话说中华五千年

两汉演义（上）

(清) 黄士恒 著　　(清) 清远道人 编

中国文史出版社

图书在版编目（CIP）数据

两汉演义 /（清）黄士恒著;（清）清远道人编 . -- 北京：中国文史出版社，2018.6
（话说中华五千年）
ISBN 978-7-5205-0300-6

Ⅰ. ①两… Ⅱ. ①黄… ②清… Ⅲ. ①章回小说－中国－清代 Ⅳ. ① I242.4

中国版本图书馆 CIP 数据核字（2018）第 110853 号

责任编辑：秦千里

出版发行：中国文史出版社
社　　址：北京市海淀区西八里庄 69 号院　邮编：100142
电　　话：010-81136606　81136602　81136603（发行部）
传　　真：010-81136655
印　　装：廊坊市海涛印刷有限公司
经　　销：全国新华书店
开　　本：16 开
印　　张：46.75
字　　数：992 千字
版　　次：2019 年 5 月北京第 1 版
印　　次：2019 年 5 月第 1 次印刷
定　　价：158.00 元

出版说明

本书由黄士恒的《西汉演义》和清远道人的《东汉演义》合编而成。

《西汉演义》,共二百回,清代黄士恒著,民国7年(1918)商务印书馆出版。该书从刘邦建立汉朝写起,经王莽篡位,到刘秀复汉为止。主要叙述军国大事、朝野轶闻,基本史实从《史记》《汉书》而来,文字通俗,文笔流畅,人物刻画精彩。

作者黄士恒,福州永泰人,生平不详。光绪三十年十二月(1905年1月)前后,与兄弟黄士复捐资创办西城两等小学堂,并自任堂长。

《东汉演义》,又名《东汉演义评》《东汉十二帝通俗演义》,共三十二回,由清代珊城清远道人根据明代谢诏《东汉演义传》重编。《东汉演义传》故事多取自民间传说,清远道人深感其臆想成分甚多,与史实相差甚远,叙述也过于简略,遂依据正史增删重编《东汉演义》。

本书主要讲述西汉末年王莽篡位后,赤眉、绿林等豪杰起义,汉太子刘秀率领36员云台大将兴兵讨莽,攻关斩将,恢复汉室天下的故事。

作者生平不详。

目　录

西汉演义

东汉演义

西汉演义

（清）黄士恒　著

趙高
秦始皇
秦二世
秦子嬰

虞姬
楚霸王項羽
范增
項伯

漢惠帝
呂后
漢高祖
戚夫人
趙王如意

樊噲
韓信
令
蕭何
張良
陳平

周亞夫
漢景帝
袁盎
鼂錯

吕祿
吕産
審食其
劉章
灌嬰

孝女緹縈
漢文帝
陸賈
賈誼
南越王趙佗

英布
彭越
曹參
王陵
周勃

陳皇后
漢武帝
衛皇后
戾太子據
王夫人

劉敬
匈奴冒頓單于
中行說
匈奴老上單于
衛律

田蚡
衛青
霍去病
李廣
李陵

董仲舒
汲黯
公孫弘
張騫
蘇武

鄂邑長公主
鉤弋夫人趙氏
漢昭帝
上官皇后

桑弘羊
霍光
金日磾
上官桀
燕王旦

昌邑王劉賀
漢宣帝
許皇后
霍皇后
霍顯

趙充國
張安世
魏相
丙吉
黄霸

王昭君
馮婕妤
傅昭儀
漢元帝
王皇后

劉向
史高
匡衡
蕭望之
石顯

趙昭儀合德
趙后飛燕
漢成帝
班婕妤

朱雲
杜欽
張禹
王鳳
陳湯

傅喜
傅晏
傅皇后
漢哀帝
董賢
王莽
孺子嬰
王皇后
漢平帝
孔光
東臺趙尉藍天甫寫於海上

第一回　高祖置酒论三杰　娄敬建策都关中

话说汉高祖皇帝，自灭项羽，经诸侯王拥戴，于汉五年二月甲午日，即帝位于汜阳，命诸侯王各罢兵归国。此时天下半为封建，半为郡县。封建之中，诸侯王凡有八国，即楚王韩信、韩王信、淮南王英布、梁王彭越、长沙王吴芮、赵王张耳、燕王臧荼、闽越王无诸是也。其余土地皆为郡县，属于天子。惟有南粤一处，现为赵陀所据，尚未归汉。

高祖定都洛阳。因值天下新定，政事繁多，中有两事，最关紧要。第一是招集流亡；第二是遣散士卒。只因当日人民，初遭秦政暴虐，不堪其苦。后来楚、汉相争，至于八年之久，壮者死于锋镝，老弱死于流亡，死亡无数。大兵所过，十室九空。有财产者，弃却田宅逃入山谷，自筑保寨，以避寇盗。一班贫苦小民，强壮者流为强徒，到处抢掠；老弱者不得衣食，皆转卖为人奴婢，真是流离颠沛，满目荒凉。高祖乃下诏各郡县，饬官吏妥为招抚，使其各归故里，原有田宅，仍旧给还，俾得安生。官吏等务须详细晓谕，不可轻用笞辱。其因贫卖身为人奴婢者，一律免为庶人，许其还家完聚。此诏既下，地方官奉命办理，于是人民得各谋职业，略有生气。各处城邑，人烟亦逐渐兴盛。至于从军士卒，分别赏赐爵邑，遣其各自归家，尽免本身家族租税力役。此二事皆已办完，又命有司将历来随从征战之武将、文臣各按所立功劳，并所取得城邑，所获将士，分别议功，以便封赏。

高祖因这几件大事，忙了数月，直至夏五月，诸务渐清，稍得闲暇，特在洛阳南宫，大宴群臣，庆贺成功。高祖先对群臣道："诸君随我攻秦灭楚，劳苦数年，助成帝业。今日宴会，君臣同乐，各皆尽量一醉。"群臣奉命，欢呼痛饮。

高祖饮至半酣，对众说道："朕今欲发一问，先与列侯诸将约明，皆须直言对答，不得隐瞒。"群臣同声应诺。高祖方始问道："我所以得天下，项氏所以失天下，二者皆必有个原因。试问其原因为何？"群臣见问，各自俯首寻思。少顷，高起、王陵起身答道："陛下平日待人轻慢，项羽待人恭敬；然陛下使人攻取城池，每得一地，即以封与其人，能与天下同利；项羽生性妒贤忌能，遇有战胜，不肯录人之功；攻得城邑，不肯封赏将士，所以失天下。"高祖听了，便将二人之语遍问群臣，是否意见相同，群臣尽皆道是。

高祖方对二人道："汝知其一，不知其二，待吾细细说明。"因饮了一杯酒说道："据我看来，天下得失，第一关系，在于能否用得其人。吾有三人，皆具奇特之才，吾所不及，诸君知之否？"群臣皆答不知。高祖道："运筹帷幄之中，决胜千里之外，吾不如子房；镇国家，抚百姓，供给军饷，接济前敌，吾不如萧何；统百万之兵，有战必胜，有攻必取，吾不如韩信。此三人皆人中之杰，吾能用之，所以取得天下。项羽有一范增而不能用，所以为我所败。"

群臣起先未闻高祖说出三人名字，在座一班武将，如曹参、樊哙诸人，心想自己定然有分，及至听到三人名字，除韩信一人外，萧何、张良，不过文臣谋士，竟与韩信并列，实出众人意料之外。各人腹中暗自评论,大抵说高祖偏爱二人,要想重加爵赏,只因二人平日并无战功,恐诸将不服,故特加称赞,以为将来封爵地步。但碍着是皇帝所说之语,不敢辩驳,只得外面假作心悦诚服,一齐同声道是。后人因此遂称张良、萧何、韩信为三杰。

此次南宫宴会,韩信已到楚国为王,萧何尚在关中,惟有张良一人在座。听得高祖将他与韩信、萧何并称,心中倒吃一惊。只因张良深知高祖心事,凡平日被他敬重之人,多半犯他疑忌。韩信为高祖所最忌者,即萧何亦不能免。如今竟连类及到自己身上,安得不惊?从此张良愈加谨慎,非遇高祖询问,不肯多言,常日借口多病,闭门静养。只因他见机独早,所以终得保全。

一日高祖罢朝无事,正在宫中闲坐,忽有戍卒娄敬求见,高祖便命唤入。原来娄敬乃齐国人,此次充当兵卒,前往陇西戍守,行经洛阳,忽然想出一事,便欲面见高祖。但自顾一个平民,如何能见天子?因往访一同乡人姓虞,现为将军,托其先行介绍。虞将军许诺。因见娄敬身穿旃衣,外披羊裘,心想此种服饰,往见天子,甚不雅观,便自脱身上绸衣,令其更换。娄敬辞道:"凡人须各安本分,应穿绸衣,便用绸衣入见;应穿旃衣,便就旃衣入见。吾乃平民,不敢更换服饰。"遂脱去羊裘,单穿旃衣。虞将军听他说得有理,也不相强。于是带同娄敬,到得宫门外,令他暂候。虞将军先入宫中,向高祖说知,然后出来传唤。

娄敬随着虞将军入宫,见过高祖。高祖先命赐他酒食,待得娄敬食完,高祖方始问他来意。娄敬见问,因说道:"陛下定都洛阳,是否欲与周朝比盛?"高祖道是。娄敬道:"陛下取得天下,与周不同,周由诸侯,积德十余世,至武王始为天子。周公相成王,方营洛邑,因其地适中,诸侯便于纳贡。其意在使后世子孙以德服人,不欲恃险,致养成骄奢暴虐恶习。但周公虽建洛邑,亦未迁都,后至平王,方才东迁。周室遂弱,分裂为二。诸侯不服,周不能制,并非德薄,乃由形势过弱之故。今陛下崛起丰沛,灭秦胜楚,大战七十,小战四十,专由武力取得天下。人民遭乱,疮痍满目不比成康之时。为陛下计,不如定都关中。关中负山带河,形势险固;沃野千里,号为天府。骤然有变,百万之众,可以立时招集;天下虽乱,坚守险要,关中之地,亦可保全,是为上策。"

高祖听了,便命娄敬暂退,遂将此语,遍问群臣。当日群臣多是山东之人,贪着洛阳近便,不欲西入关中,便皆托词说道:"周都洛阳,传国数百年;秦都关中,不过二世即亡,不如学周为是。且洛阳东有成皋,西有殽黾,背河面洛,险亦可恃。"高祖闻言,心中疑惑不决,又将娄敬及群臣言语询问张良。张良道:"洛阳虽有险可守,但中间平原不过数百里,田地甚薄,四面受敌,非用武之国。关中左有殽、函,右有陇、蜀,三面据险,独以一面东临诸侯;天下无事,可由河、渭漕运米谷,供给京师,一旦有变,发兵运饷,顺流而下,甚是便利,此所谓金城千里,天府之国,娄敬之说甚是。"

高祖闻张良之言,意遂决定。即日车驾西行,定都关中。因说道:"首先建策定都关中之人,乃是娄敬,娄者刘也。"于是赐娄敬姓为刘氏,拜为郎中,号曰"奉春君"。高祖行到关中,见咸阳地方,宫室残破,遂命萧何就渭水之南,建筑长乐、未央两宫,待宫成方始迁往。此时高祖暂在栎阳、洛阳二地,往来居住。

当日各国诸侯王，大抵皆高祖所立，著有功劳，惟燕王臧荼，乃项羽所立，又未曾随从征战，今因项羽已灭，心中不安，惟恐高祖见疑，遂于是年八月起兵叛汉。高祖闻报，亲率诸将讨之，不上两月，擒获臧荼，平定燕地。高祖便想将他素日心爱之人，立为燕王。未知此人是谁，且听下回分解。

第二回　平燕地卢绾封王　据海岛田横死义

话说高祖擒了臧荼，平定燕地，意中欲立卢绾为燕王。惟因卢绾平日无甚功劳，若自出主见，立之为王，群臣当面虽不敢违，背地定然不服，必说我偏心。若命在朝诸臣，公同推举，照理曹参战功最多，料群臣必然举他，万不能轮到卢绾身上，此策亦觉不妥。

高祖想了许久，忽得一法，立时写成诏书，分遣使者赍往各国，命诸侯王选择有功之人，立为燕王。各使者临行之时，高祖早已当面授意，及至行到各国，宣读诏书已毕。各国国王见是选立燕王，自己意中，本无一定之人，遂先向使者探问高祖意思，使者与之说知。各国国王心想，无论何人，为了燕王，与己毫无关系；既然高祖意在卢绾，乐得顺旨行事。迨至各国推举上来，都说是太尉长安侯卢绾，随从征战，平定天下，其功最多，应请立为燕王。高祖于是借口诸侯王公推，下诏立卢绾为燕王，群臣遂皆不敢议论。

说起卢绾本与高祖同里，先是卢绾之父，与太公交好甚密。卢绾又与高祖同日出世，乡里中人，因两家同日生子，实是合村有喜，遂各出钱文，买了羊酒与两家贺喜。到得高祖、卢绾年渐长成，同在一个书塾读书，二人又甚相得。乡里中人，见两家父子，并皆交好，高祖又与卢绾同日生辰，甚是奇异。大家复买羊酒，送与两家。后来高祖长成，时时闹事，避匿他处，不敢回家，一路亏得卢绾照应，高祖感其患难相从，因此愈加亲爱。及高祖自沛起兵，绾为宾客，从入汉中，拜为将军，随侍左右。高祖东击项羽，拜卢绾为太尉，常得出入卧内，所有饮食衣服赏赐，与众不同，格外优异。群臣中如萧何、曹参等，虽也是高祖旧人，深得高祖信任敬礼，若论亲密宠幸，却都不及卢绾。如今立为燕王，在高祖算是各国诸侯王中第一信爱之人。卢绾奉命，辞别高祖，自带妻子，住在燕国。

高祖由燕地回到洛阳，一日偶阅列侯名册，遂下诏尽召列侯前来洛阳，意欲面询地方情形。谁知中有一人，名为利几，本是楚将，当项羽死时，利几为陈县令，举城来降，高祖封之为颍川侯。如今闻得诏命，却不知道各处列侯，尽皆被召，以为单单召他一人；又猜不着召他何事，反疑自己曾为楚将，因此高祖见忌，欲加杀害；心想此去必然凶多吉少，与其束手就戮，不如举兵反抗，或可侥幸成功。于是遂起兵造反。高祖闻信大怒，亲自带兵来击。那颍川小小地方，如何当得大兵，不消两日，早将城池攻破，利几被获正法。

高祖回至洛阳，因利几之事，想到楚将尚有季布、钟离眛二人，自从垓下兵败，不肯投降，脱身逃走，至今未获，遂下诏通饬天下，悬赏购拿，以绝后患。

又有人来报，说是齐王田横，领众五百余人，逃入海岛中居住。高祖闻说，心想田横与田儋、田荣兄弟三人，久据齐地称王，深得人心，今若不早招安，后来必致为乱，于是立遣使者前往海岛。使者至岛，见了田横，传高祖诏命，尽赦其罪，召之来京。田横闻命辞谢道："臣前曾烹杀陛下使者郦食其，今虽蒙陛下赦臣之罪，但臣闻得食其之弟郦商，现为将军，立有大功，臣若到来，郦商必然怀恨，暗地设计害臣，以报其兄之仇，臣因此恐惧，不敢奉诏。”

使者将言回报高祖，高祖闻说，心想田横所虑甚是。此时郦商官拜卫尉，掌管禁兵，高祖遂将郦商召到，面谕不准报仇。又下诏道：“齐王田横，不日奉召将到，所有一行人马从者，敢有人动其毫发者，诛及三族。”于是又遣使者持节，往召田横，并告以诏书已下，可保无虞，尽管安心前来；如果肯来，大则为王，小亦不失封侯之贵；倘违诏不来，即日发兵征讨。田横奉到此诏，只得从命，随身仅带门客二人，随着使者动身，沿路乘坐驿站车马，直赴洛阳。

一日行到尸乡驿，例须换马前进，田横便托词对使者道：“此去洛阳不远，人臣入见天子，应须洁净身体，以表诚敬。如今一路跋涉，受了风尘，浑身垢腻，不如在此暂住，以便洗沐。”使者见田横说得有理，只道是真，因传令就馆驿住下。

田横避开使者，私唤二客到静僻之处，对他说道：“我从前与汉王，并皆南面称王，如今汉王身为天子，我乃成为逃人，北面事之，甚是可耻。更有一层，我既杀人之兄，今又与其弟比肩同事一主，纵使其人心畏天子之诏，不敢动我，我心岂不内愧？至汉帝所以必欲召我者，无非欲一见我之面貌而已。汉帝现在洛阳，此去不过三十里，若斩我头，急行三十里，天气虽热，形貌尚可认识，不至变坏。我今便寻一死，死后汝可依言行事。”说罢立即拔剑自刎而死。二客闻言错愕，急欲救时，事已无及。

原来田横为人，生性侠烈，志气高强，平日敬贤恤下，甚得人心。自从兵败之后，往依彭越，虽然逃亡流落，不肯屈居人下。及彭越降了高祖，封为梁王，田横便率领部下五百余人，逃往海岛，不愿归汉。今因高祖一再遣使来召，要想拒绝不来，又自料势力不敌，徒害部下众人生命，决计自己安排一死，遂慨然同了使者起程。随身不带多人，也是恐部下人多，见自己身死或生扰乱之意。如今轰轰烈烈，拼个自尽，可见平日并非畏死，所有恐惧郦商报仇之说，原是托词。总之以身殉国，不肯降汉而已。

二客见田横已死，抚尸大哭，使者闻声赶来一看，心中大惊。二客便将田横临死之言，述了一遍。使者无法，只得依言办理，将田横首级割下，带同二客，立即乘坐驿马，赶到洛阳，入朝见了高祖，备述情形，并将田横首级呈上。高祖闻言惊讶，又看了田横首级，见他英气勃勃，面目如生，心中甚是痛惜。因叹一口气说道：“此人兄弟三人，皆由布衣出身，相继称王，岂非天下贤人？可惜吾不能生见其面。”言罢不禁为之流泪，遂拜二客为都尉。命有司发遣士卒二千人，修筑坟墓，将田横首级，合着尸身，用王者之礼安葬。

到了安葬之日，二客亲自送葬，眼看葬事已毕，二客便在墓旁挖成二穴，拔剑自刎。一时观看之人，尽皆伤感，便将二客棺敛，葬在墓旁。早有人报知高祖，高祖听了大惊，心想田横之客，原来都是贤人。闻说尚有五百人，现在海岛，如果闻知田横已死，定为其主报仇，不如尽数召来，授以官职。遂又遣使前往，只说是田横已受封爵，特来相招。众人信以为实，一齐随同使者，到得洛阳，方知田横并二客死信。五百人既已被骗到此，无力报仇，便同往田横墓上大哭一场，尽皆自杀。至今河南偃师县西有田横墓，唐韩愈路过墓下，为文祭之。其辞道：

事有旷百世而相感者，余不自知其何心？非今世之所稀，孰为使余欷歔而不可禁？余既博观乎天下，曷有庶几乎夫子之所为？死者不复生，嗟余去此其从。谁当秦氏之败乱，得一士而可王。何五百人之扰扰，而不能脱夫子于剑铓？抑所宝之非贤，亦天命之有常。昔阙里之多士，孔圣亦云其遑遑。苟余行之不迷，虽颠沛其何？伤自古死者非一，夫子至今有耿光。跽陈辞而祭酒，魂仿佛而来享。

田横及五百人所居之海岛，在今山东即墨县东北，一说即江苏东海县东北之小鬲山，未知孰是。却说高祖闻五百人皆从田横而死，愈加骇异，一连叹惜数日。夏侯婴看见高祖感念田横，便想趁此时救了季布。未知夏侯婴如何救法，且听下回分解。

第三回　勇季布辱身为奴　侠朱家设计救士

话说季布乃是楚人,少时任气仗义,乡里称为侠客。后归项羽为将,常与汉兵争战,屡次迫逐高祖,到了十分危急,高祖几乎遭他毒手,因此心中甚恨其人。如今项羽既灭,季布自知高祖恨他,不敢降汉,独自逃匿。高祖见季布逃去,便悬出赏格:“有人擒得季布来献,或知风报信因而拿获者,赏以千金;如敢私自藏留者,事发之后罪及三族。”

季布此时正藏匿濮阳周氏家中,只因周氏也是侠客,素与交好,故往投之。周氏一见季布,慨然留住,吩咐家人不得漏泄。不到几时,濮阳地方官吏,奉诏购拿季布,立即通告人民。本地人民皆知周氏是个大侠,且素与季布往来,因猜到季布必定藏匿其家,便有人想出头告发,领此赏格;就是地方官吏,也想擒获季布献功,心中亦疑到周氏。正要带兵到其家中搜查,早有人报与周氏得知。周氏暗想风声已紧,若待官吏到时,不特季布被擒,自己全家尽皆坐罪,为今之计惟有将他送往他处藏匿,但须寻个稳妥地方。周氏寻思半晌,忽然悟道,惟有此人,方能救得季布,必须如此如此行事。

周氏主意既定,又恐季布不肯委曲听从,遂先对季布说道:“现在朝廷购拿将军甚急,地方官吏,不日将到舍下搜查,此地更无可以藏身之处。吾已想得一计在此,将军如肯听从,方敢说出;若将军不听,吾请先行自刎而死,以明吾非有意不肯收留。”季布见周氏说得激切,只得许诺。周氏方始将计言明。季布此时迫于无法,勉强依从。于是周氏便七手八脚,将季布改装起来。先把季布头发剃得精光,然后取出一个铁环,套在颈上,牢牢拴住;再脱去身上衣服,换穿灰色毛布宽大之衣。此种装饰,由今日看起来,竟像一个和尚,惟颈上多一铁环。但其时佛法尚未东来,人民并不知有和尚,此乃是当日奴仆装饰,只因秦汉制度,凡犯罪之人,没收为奴者,都要剃去头发,带上铁环,名为髡钳。周氏将季布装成奴仆模样,所以掩人耳目。

季布此时闭着双眼,一任他人排布,心中回想自己平日气概何等豪雄,替人扶危济困,名震一时。到如今山穷水尽无路可走,自顾堂堂男子,岂不能早寻一死,何至为人奴仆,受此辱没?但因平生功业,尚未成就,一遭危难,便欲自尽,人反笑我志气薄弱,死得无名,心中实是不甘,所以暂时忍耐,希望将来得见天日,重新建立一番事业,也可雪此耻辱。

季布正在胡思乱想,周氏早已将他装扮完全。季布揽镜自照,失了本来面目,不禁眼中流下泪来。周氏着实安慰一番,便命左右备了一辆广柳车,将季布装在车中,当作货物,免人生疑。周氏自带家僮数十人,随车押送,即日起程。

行经多日,到了一处,车马停在门前。周氏先行入内,见过主人,说是新得一奴,要来贩卖,其人闻言,便命将季布唤入。季布此时只得装作奴仆身分,向着其人行礼。其人将季布浑身上下,看了一回,心中明白,故意问明身价若干,遣人如数付与周氏,便将季布留下。周氏辞别其人,自回濮阳。

从此季布便在此人家中为奴。此人是谁?原来乃是鲁国有名一个大侠,姓朱名家。他自少生长鲁地,鲁地之人,大抵学习儒业,只有朱家与众不同,生成一种侠性,看见他人灾难,比着自己,还见紧急,定要设法拯救。他自己家产本非富足,地方上穷人又多,不能一概周济,便想得一法,先从极贫贱之人着手。自己平日节衣缩食,不肯丝毫浪费,所余之钱,尽数用为赈恤,家中不留一文。若遇人有了危急之事,或是亡命避仇,他便费尽心力,务使脱免。前后被他收留藏匿因而救活之豪杰,已有百余人。此外平常之人,更属不计其数。他尤有一层好处,绝不矜夸本事,数说功德,凡曾受恩之人,事后不但不肯受其报酬,且惟恐再见其人,说起感激之语。因此鲁地贫民,各个感德,都愿替他效力,连着地方官吏以及富家巨室,尽皆尊敬。远方之人,闻说朱家大名,也都钦仰。朱家遂在地方上具有大势力,无人敢犯。所以周氏特将季布托付与他,却并不言明其事,只因彼此皆是同道之人,两心相照。在朱家平日虽不识季布之面,今见周氏此种行动,早已了然,料定此奴除却季布,更无别人,所以立即收买,却也并不说破。

朱家既得季布,便想设法安置。但是留在家中,与同原有奴仆一般使唤,太觉辱没季布身分,断然不可;若加以特别优待,又未免惹人疑心,亦非善法。忽记起自己儿子,现在乡居,经管田产,可令季布前往同住。遂唤到其子嘱咐道:“此奴甚有才干,所有田中事务,尽可听他料理,汝并须与他一同饮食,不可轻慢。”其子领命,带同季布自去。

说起朱家,他平日明目张胆,包庇许多重罪人犯,官府尚且无可奈何,何况此时安置季布,神不知,鬼不觉,地方官吏,更属无从捕拿。季布得了此种去处,真是十分安稳,周氏可谓付托得人了。

谁知朱家心中,仍不满足,以为救人须要救彻。如今季布虽得保全无事,但一世埋没不得出头,究非了局,必须设法运动赦免其罪,方始遂我心愿。朱家便想瞒着大众,亲到洛阳一行。因他平日声名颇大,一举一动,易惹世人注意。此次为了季布之事,更须秘密,于是装作商人,乘坐轺车直赴洛阳,觅一僻静旅馆歇下。

朱家暗想满朝公卿,惟有夏侯婴一人,生性义侠,又与高祖亲密,欲救季布,只在此人身上。遂换了衣服,一径往见夏侯婴。夏侯婴久慕朱家之名,今闻来访,连忙延入相见,二人谈论之间,甚是相得。夏侯婴便留在家中饮酒,朱家但与夏侯婴泛论别事,却未说到季布。夏侯婴见朱家慷慨豪爽,愈加敬服,到得席散,朱家辞去,夏侯婴又订明日再来,朱家应允。

如此一连饮了数日,朱家与夏侯婴,已是十分熟识,遂就饮酒中间,假作无意,随口问道:“季布有何大罪,主上拿捕如此之急?”夏侯婴见问,便将季布结怨高祖原由,说了一遍。朱家道:“原来如此。”因又问夏侯婴道:“君观季布,是何等样人?”夏侯婴答道:“他是贤人。”朱家接口道:“凡人臣各为其主,季布前为楚将,迫逐主上,正是能尽其职。今楚国虽灭,项氏之臣尚多,岂能尽数诛戮?主上新得天下,便欲严拿一人,图报私怨,何其示人不广?况如季布之贤,若被捕拿得急,不是北走匈奴,便是南投粤地,似此轻弃壮士,资助敌国,伍子胥所以得鞭平王之墓也。君何不乘机向主上言之?”夏侯婴听了,心中暗想朱家是个大侠,此言出于有心,由此看来,季布明明被他藏匿,故特将言来打动我，使我向主上求赦季布，他既如此热心救人，我也乐得成全其事，于是满口应允。朱家见夏侯婴许诺，心知此策有效，即辞别夏侯婴，回去鲁国。

不过几日，恰遇田横之事，夏侯婴见高祖痛惜田横，便趁此机会，照着朱家语意，向高祖陈明。高祖依言，立时下诏赦了季布，并即召其入见。朱家闻得消息，立将季布送至洛阳，入见高祖，季布当面谢罪。高祖此时怒气已平，乃拜季布为郎中。朱家见季布已得出身，心满意足。后来季布历位显官，朱家却终身不与相见。

此事传播外间，人人皆知，都说季布能屈能伸，不愧丈夫气概。朱家满腔热血，肝胆照人，义侠尤为难得，由是朱家名闻天下。高祖既赦季布，只余钟离昧未获，闻说其家在楚，且钟离昧素与韩信交好，疑其人必在楚国，遂下诏楚王韩信，命其捕拿。未知钟离昧能否就获，且听下回分解。

第四回　韩信赠金报漂母　陈平划策擒楚王

话说韩信自从齐王移为楚王，到了楚国都城下邳，想起自己少年之时，穷困无聊，曾蒙某人怜恤，又曾受某人耻辱，一恩一怨，心中了了记得。如今功成名就，回到故乡为王，正是大丈夫扬眉吐气之日，从前恩怨，必须逐一报答。论起受恩之人，要算漂母第一。她是一贫苦妇人，又与我素不相识，一旦萍水相逢，怜我无食，竟肯供给饭顿，一连数十日，毫无厌倦之色，到了临别，我向她道谢，说出感激图报之语，她反道并不望报。此种胸襟度量，天下能有几人，谁知竟出在一个妇女身上。今我得享富贵，自当从重报答。但事隔十余年，不知此人是否生存，遂遣人前往淮阴访问。

使者到了淮阴，查知漂母尚在，传韩信之命，召入宫中。韩信见漂母容貌，比前苍老许多，问起近来状况，仍然漂絮为生。漂母见韩信丰彩异常，比起从前垂钓之时，竟同两人，心中也甚欢喜。韩信便命左右取出黄金千斤，赠与漂母，说道："区区薄礼，聊报昔日一饭之恩。"漂母也就受之不辞。谢别韩信回去，得此一笔大财，养老已是有余，便不再作旧日生活。一班同事女伴，闻漂母享受厚报尽皆艳羡。想起当日漂絮之时，一同遇见韩信，只她一人分饭与吃，大众还暗中笑她，何苦把闲饭养活闲汉，何曾料到韩信竟为一国之王，今日可得好处，各自追悔不已。后人因感漂母高义，就淮阴立祠祀之，香火至今不绝。明人黄省曾有谒漂母祠记一篇，说是千金之报犹薄，盖因漂母此种高义，实是古今罕见，所以食报久长，也可见天道不爽了。

韩信既报漂母，同时又召下乡亭长来见。下乡亭长闻召，心想我当日供给韩信饭顿不少，虽然后因我妻讨厌，绝迹不来，但论从前所吃饭顿，也可比得漂母，今他念起旧情，漂母已得千金之赏，又来召我，必定也有厚赠。于是欢欢喜喜，换了衣服，入见韩信。拜贺已毕，却听得韩信说道："吾从前也曾叨扰饭顿，本想从重报答，谁知汝是小人，为德不终，日久生厌，竟与妻子躲在帐中饮食，惟恐被我知得，又要破费。"亭长听到此语。不觉惭愧满面，无话可答。韩信便命左右，取出钱一百文，掷与亭长，说道："只此已足酬当日柴米之费，汝可收了去罢。"一时左右之人，尽皆对着亭长，面上现出一种鄙薄之色。亭长真是无地自容，欲待不收，又恐韩信动怒，只得拾了钱文，抱头鼠窜而去。众人见此情形，不觉失笑，心中暗赞韩信处置得妙，此种耻辱比刑罚更觉难受。

亭长出去之后，又见带进一人。其人一见韩信，俯伏在地，连连叩头，自称罪该万死。原来此人即是淮阴市上少年，前曾藐视韩信，当众要他爬出胯下，以为笑乐。如今事隔十年，此人已到中年时代，不似从前轻薄。忽闻说韩信为了楚王，心中大惊，正要预备逃走，却被韩信遣人来唤，一时不及避匿，吓得面无人色，心头小鹿乱撞。自料此去定遭杀死，却又无法脱身，只得硬着头皮，随了来人入见。不待韩信开口，自己先行谢罪。此时心中但望免死，已算侥幸。左右见此人正是韩信冤对，也想他此来必然不得便宜，且看韩信又用何法处置，方能报得旧怨。

谁知韩信见此人惶恐异常,反用言抚慰道:“汝可安心,不须惊惧,吾召汝来,正欲录用,并非计较往事。”于是遂命之为中尉。此人立时转惧为喜,出于意料之外,连忙谢恩就职。左右亦觉韩信以德报怨,用意殊不可测。韩信知众人心中疑惑,因对左右说道:“此人乃是壮士,当其辱我之时,我岂不能拼死杀他?但念死得无名,是以暂时忍辱,方能得有今日。回想此人激我,也算有益于我,由此看来,不但无怨,而且有恩,故特与以官职。”众人听说皆服。韩信见恩怨都已报答,心中甚是得意。

一日忽报楚将钟离昧来到,韩信请入相见。钟离昧备述兵败逃走,不肯降汉,兹因访拿甚急,特来相投。韩信念起旧时交情,便将钟离昧收留。过了一时,又得高祖诏书,令其严拿。韩信不忍将钟离昧献出,假向使者说道:“钟离昧并未到此,容饬各县查捕。”于是照例行文各县,敷衍一番。使者不知是假,回去复命,钟离昧却安然住在楚国。

也是合当有事,韩信因自己到国未久,须出巡行各县,遂带了从官,排列兵队,择日起程。一路旌旗蔽日,剑戟如林,真是十分威武。说起一国之王,出入用兵护卫,本是寻常之事,谁知竟有人借为口实,便赶到洛阳,向高祖上书。说是楚王韩信,发兵谋反。高祖本来深忌韩信,得了报告,也不问他真假,便想借此夺回楚地。于是秘密会集诸将,告知此事,问其计策。诸将皆道,惟有立即发兵击之。高祖闻言默然,不置可否。

待得诸将退去,高祖独召陈平近前,问其如何处置。陈平明知韩信决不造反,但因其人为高祖所忌,今若替他辩白,反恐高祖疑为同党。又不知高祖对于此事,是何意思,遂辞以无策。高祖又问,陈平又辞。如此数次,高祖定要陈平想法。陈平推辞不却,因见高祖屡次所问,都是对付韩信方法,至于韩信谋反情形,是虚是实,并未问及,陈平便猜破高祖心事,是要借此夺回楚国土地。此时被迫不过,也顾不得韩信受了委曲,遂转问高祖道:“诸将意见如何?”高祖遂将诸将言语告知。陈平又问道:“来人上书告发韩信谋反,外间有人知得此事否?”高祖道:“此事现尚秘密,未曾发表,外间无人知晓。”陈平道:“韩信自己知有此事否?”高祖道:“不知。”陈平道:“陛下现有兵队,能如楚兵精练乎?”高祖道:“不能胜过楚兵。”陈平道:“陛下观诸将中,用兵有能及韩信者乎?”高祖道:“不及韩信。”陈平道:“陛下军队既不及楚兵之精,诸将用兵又皆不如韩信,今突然起兵攻之,是催促韩信造反,激成战事,臣窃为陛下危之。”高祖道:“如今计将安出?”陈平方说道:“古代天子每出巡狩,大会诸侯。今南方有云梦,陛下只须假作出游云梦,大会诸侯王于陈地。陈地为楚之西界,韩信闻说天子无事出游,势必出郊迎谒,陛下待其来谒,只须如此如此,楚地可定。”高祖听说大喜,于是遣使分赴各国,说是天子将要南游云梦,约齐诸侯王俱到陈地聚会。使者奉命,分头去了。

高祖六年十二月,陈平及诸将随同车驾起行,前往陈地。韩信闻说高祖将至陈地,虽然不知陈平之计,但因前此高祖两次夺其兵权,已知他心怀疑忌。此次前来陈地,会集诸侯王,不知是何用意。欲待发兵自卫,又想自己并无罪过,高祖谅不至平空见罪。况他此来,若果出于好意,见我陈列兵队,岂非反招嫌忌?欲待亲身迎谒,又恐事有不测,因此迟疑不决,便向左右亲信之人,秘密商议。

有人进策道:“主上最恶钟离昧,前曾有诏命我国捕拿,今若斩了钟离昧,前往迎谒,主上必喜,大王可保无事。”韩信此时,毫无主见,只得听从其计,但图自保,也顾不得朋友交情，便遣人请到钟离昧，故意说道：“汉帝已知足下在此，遣人前来逼我，要将足下献出，如何是好？”钟离昧见说，知韩信意思，欲他自杀。心想我以为此人可靠，故来投奔，谁知他竟是无义之徒，卖友求荣，将来定有报应。遂答道：“汉所以不来攻楚者，因我在此之故，今君若欲执我献媚于汉，我死不久，君亦随亡。”钟离昧说到此处，心中愤怒，大骂韩信不是诚实之人，我误与之结识。骂毕，拔剑自刎而死。韩信遂割下钟离昧首级，即日离了下邳，直到陈地等候。

过了数日，韩信闻报高祖到来，亲自出郊迎接，手持钟离昧首级，遥见高祖车驾，伏在道旁拜谒。正欲陈明钟离昧之事，谁知高祖一见韩信，便喝令左右：“与我拿下！”两旁武士，哄然答应，一齐涌出。韩信此时出于不意，吓得魂不附体。未知韩信性命，能否保全，且听下回分解。

第五回　高祖行赏封列侯　萧何论功居第一

话说高祖假作南游云梦，大会诸侯于陈，恰值韩信来迎，便喝令武士将他拿下。韩信出于不意，惟有束手受缚，心中又惊又怒，望着高祖说道："古人有言，狡兔死，良狗烹。今天下已定，臣自当烹。"高祖既获韩信，甚是欢喜，也不与他多言，只说是有人告汝谋反。遂命左右将韩信缚载后车。及至各国国王到来，闻说韩信谋反被擒，各自暗惊，但未知其事虚实，不敢替他辩白。高祖会见诸侯王之后，遂托词因韩信造反，不往云梦，命诸侯王各回本国，自带韩信归到洛阳。心知韩信并无谋反举动，不过畏忌其才，恐他据了楚国，久后不能制伏。如今既夺其土地，量他也无能为，又怜其无罪，遂下诏赦韩信，封之为淮阴侯，将楚地分为二国，立刘贾为荆王，据有淮东；立弟刘交为楚王，据有淮西。又立兄喜为代王，长子肥为齐王，由此同姓诸侯王，遂有四国。

高祖见诸将争功年余，尚未封赏，乃先封大功臣二十余人为候。于是封曹参为平阳侯，周勃为绛侯，樊哙为舞阳侯，郦商为曲周侯，夏侯婴为汝阴侯，灌婴为颍阴侯，傅宽为阳陵侯，靳歙为信武侯，王吸为清阳侯，吕欧为广严侯，薛欧为广平侯，陈婴为堂邑侯，吕泽为周吕侯，吕释之为建成侯，孔熙为蓼侯，陈贺为费侯，陈稀为阳夏侯，陈平为户牖侯。尚有数人，无关紧要，兹不备述。

高祖见张良、萧何并无战功，有司亦未议及，但前次置酒时，已备述二人功劳，称为人杰，诸将皆知，如今也不待有司议功，便自行封他二人。因令张良自己选择齐地三万户，张良道："臣初起下邳，与陛下相遇于留，此天以臣授陛下。陛下用臣之计，幸常得中，臣但愿封留足矣，不敢当三万户。"高祖遂从张良之意，封为留侯，计一万户。又下诏封萧何为酂侯，计八千户。

诸将闻此消息，尽皆诧异。心想我辈中曹参功最多，受封万余户，此外诸人，不过五六千户，最少者仅有千户，今张良已封万户，萧何又得八千户。论起张良虽未亲临战阵，也曾常在军中，出谋制胜，尚可算得有功；独有萧何，受此厚赏实在令人不服。于是不约而同，一齐入见高祖说道："臣等被坚执锐，多者百余战，少亦数十战，攻城得地，大小不等，尽皆舍命杀敌，劳苦异常。今萧何并无汗马功劳，但弄文墨，安坐议论，何以反居臣等之上？"高祖见诸将负气而来，声势汹汹，说话之间，愤懑不平，见于辞色，知道此等武夫，正在盛怒之时，不可纯用强力折服，必须缓缓解说，以平其气，遂对众从容发言道："诸君且不必争辩，听我说一譬喻。君等亦知打猎否？"众皆应道："知之。"高祖又问："诸君知猎狗否？"众又应道："知之。"高祖因说道："诸君不见打猎之时，逐取狐兔者，原属猎狗，但是发见狐兔踪迹，指示与猎狗者，却赖人力。今诸君不过能逐得走兽而已，此种功劳，譬如猎狗。至如萧何，他能发见踪迹，指示与狗，其功可比于人。况诸君单是一身随我，至多亦不过两三人。萧何举族数十人，皆来随我，其功真不可忘，诸君如何能及？"诸将听了，始各默然退去。

此时诸将中未曾受封者尚多，只因彼此争功，有司不能议决，所以耽搁下来。一日，高祖在洛阳南宫，偶由复道上行过，张良随从左右。高祖无意中向外一望，只见水边沙上，聚集多人，正在交头接耳，似是议论秘密之事，定睛细看，原来乃是诸将。高祖心疑，因问张良道："彼等所议何事？"张良答道："陛下原来不知，彼等乃是相聚谋反。"高祖惊道："天下方且太平，何故谋反？"张良道："陛下出身布衣，用此辈取得天下。今陛下身为天子，所封赏皆萧曹等素所亲爱之人，所诛戮皆生平所仇怨之人，闻得有司计功论赏，虽将天下之地，尽数封与诸将，犹有不足，此辈恐陛下因不能遍封，便欲寻其平日过失，借事杀之。所以相聚谋反耳。"

高祖闻说大惊，急问道："如今有何良策？"张良沉吟半晌道："陛下平日所最憎恶为群臣所共知者，在诸将中果是何人？"高祖道："惟有雍齿。雍齿与我，少时本有旧怨，我常遭其迫辱，心欲杀之，因其功多，所以不忍。"张良道："今惟有先封雍齿，以示诸将。诸将见雍齿受封，自然人人安心，不复谋反。"

高祖依言，急命左右置酒，大会诸将，即日封雍齿为什邡侯。原来雍齿自从丰邑兵败，投奔魏国，后魏为章邯所破。雍齿又奔赵国，及韩信、张耳破赵，雍齿降于张耳。张耳用为将军，遣其领兵助汉攻楚。因为高祖所恶，相从较晚，然战功甚多，乘此机会，遂得封侯。高祖既封雍齿，又催促丞相御史从速定功行封。当日酒散之后，诸将回家，各自暗喜道："雍齿尚且封侯，吾辈可保无患。"过了数日，高祖果又封诸将数十人为侯。内中王陵为安国侯，审食其为辟阳侯，其余诸人，不必细述。

当日列侯既已受封，有司又奏请定其位次高下，高祖尚未开言，诸将一齐说道："平阳侯曹参，身受七十伤，攻城得地，其功最多，应列第一。"高祖本欲令萧何居第一位，今闻诸将推举曹参，心想我前次已违了众心，多封萧何，如今更有何法，驳倒众人，能使萧何占先？一时思索不到。正在迟疑未答，旁有关内侯鄂千秋知得高祖意思，便近前说道："诸臣所议皆误，曹参虽有攻城得地之功，然不过一时之事。陛下与楚战争五年，中间兵败脱走，丧失士卒，不计其数。萧何常由关中遣兵充补，每遇陛下危急之时，萧何不待诏令，常发数万之众，前来接应。当楚汉相距荥阳，为时甚久，军中并无现成粮草，萧何常由水道运粮供给，不致缺乏。陛下虽屡次战败失地，萧何常能保全关中，以待陛下，此乃万世之功。今虽无曹参等百余人，于国家无所缺损，国家不赖曹参方得保全，如何欲以一旦之功，加于万世之上？据臣愚见，萧何宜列第一，曹参次之，方为公平。"

高祖听鄂千秋之言，正合其意，心中大喜，连连点头称善。于是命将萧何列第一位，赐剑履上殿，入朝不趋。又说道："吾闻进贤当受上赏，萧何虽然功高，必得鄂君一番议论，然后更明。"乃封鄂千秋为安平侯。所有萧何兄弟子侄十余人，皆赐食邑。并想起从前为亭长前往咸阳时，各人皆送钱三百，独萧何送钱五百，比他人多二百，遂加封萧何二千户，以为报答。高祖行封已毕，起驾前往栎阳。

此时太公亦在栎阳宫中居住，高祖每隔五日，必来一见太公，仍行家人之礼，再拜请安，侍坐片刻，方始回去。此本家庭常事，父子之间，理应如此。谁知一日，高祖又乘车来见太公，才到宫门之前，太公早已闻信，手自持帚出门迎接，一路倒退而行。高祖见了，心中大惊。欲知太公何故如此，且听下回分解。

第六回　尊太上社徙枌榆　起朝仪礼成绵蕞

话说高祖见太公持帚出门迎接，倒退而行，如此恭敬，心中大惊，急跳下车，抢前两步，将太公扶住，说道："大人何故如此？"太公笑道："皇帝乃是人主，为天下臣民所共瞻仰，奈何因我一人，乱了天下法度。"高祖闻言，方始大悟。遂同太公入宫坐下，心想太公平日并未如此，此次一定有人教他。因遣人暗地查访，何人所教。原来却是太公家令。只因家令见高祖即位已久，太公尚无尊号，欲待自向高祖陈明，又恐显他忘却父亲，反触其忌，遂想出一法，使之自行觉悟，便对太公说道："古人有言'天无二日，地无二王。'今皇帝虽子，乃是人主；太公虽父，乃是人臣，如何反使人主来拜人臣？未免为人轻视，恐致威令不行。"太公依言，故此次一见高祖到来，忽然恭敬。高祖探得是家令所言，心中甚喜。暗想我一向忘却此事，幸他一言将我提醒，于是回到自己宫中，立命人持了黄金五百斤，赐与太公家令。夏五月，高祖遂下诏道：

> 人之至亲，莫亲于父子。故父有天下，传归于子，子有天下，尊归于父，此人道之极也。前日天下大乱，兵革并起，万民苦殃，朕亲被坚执锐，自率士卒，犯危难，平暴乱，立诸侯，偃兵息民，天下大安，此皆太公之教训也。诸王通侯将军群卿大夫，已尊朕为皇帝，而太公未有号，今上尊太公曰太上皇。

太公既受太上皇尊号，名正言顺，以后高祖来见，自然安坐受拜，不须再行客气。但从此太公反觉有了拘束，甚以为苦。说起太公，他自少至老，身为布衣，一向随便惯了。自从为了太上皇，要想出外游玩，便要惊动多人，排起銮驾，前扶后拥，出得宫门，又须清道，驱逐行人，遇见王侯将相，尽皆伏地迎谒，许多礼节，实在累赘讨厌。既不能如从前任意游行，又累大家奔走趋避行礼不迭，以此也就懒于出门。惟是长日住在深宫，享受丰衣美食，过于清闲，转苦无法消遣，偶然寻了侍臣宫女闲话一回，也觉无甚趣味。回想前在丰邑，或与亲戚故旧谈心，或到市井上游玩，何等逍遥自在！而且平生最喜与一班市井少年，如屠户、贩夫、沽酒卖饼之流，相聚一处，斗鸡打球，种种游戏以为笑乐。如今深居皇宫，如同拘囚，尚不及从前之自由。因此想起故乡，便欲东归。但恐高祖放心不下，不肯任其归去，故又不便明言，终日只是闷闷不乐。

一日高祖到来，见太上皇颜色凄怆，恐是身体不爽，问起却又无病，但不知因何事故，如此不悦，便私唤太上皇左右近侍，问其缘故。左右皆答不知。高祖命其乘间问明回报。左右奉命，因趁着无人之时，近前启问。太上皇便与说知自己心事。左右听了，连忙报与高祖。高祖心想欲听太上皇回去，因他年纪已老，并无亲人在侧，终觉不安。自念身为天子，何难设法安慰亲心，于是想得一策。唤到著名巧匠吴宽，前往丰邑，将街道房屋市井田园，逐一看明，绘成详细图样，并方向形式尺寸大小，一律记清，却就栎阳附近，秦时所置骊邑地方，全部拆卸，按图改造。不消数月完工。高祖命名为新丰，下诏将丰邑市井之人，全数移到此处居住。丰邑中原有一社，名为粉榆之社，高祖少时常往致祭，如今亦命将旧社移来。

其时丰邑人民，奉诏移徙，一路费用，皆由官中供给，各人便将家中所有什物以及牲畜，一概带来。及至到了新丰，一见街巷道路，俨然就是故里，连着门户式样，房屋间数，都是一样，大家各个称奇。于是男女老幼不须他人指引，皆能认取自己房屋，自将什物移入居住。更有各家带来犬羊鸡鸭，放在街上，亦能认识道路，自回其家，竟似将全座丰邑，移来此处。于是众人皆称赞吴宽真是巧匠，无不欢喜，各加赏赠，以酬其劳。高祖见新丰已成，便请太上皇时常前往游玩，太上皇到了新丰，恍如身回故里，心中大悦，从此遂不至愁闷了。

高祖一日正坐宫中，忽报叔孙通前来求见，高祖召入。原来叔孙通自从秦二世命为博士，逃归薛县，项梁定了薛地，叔孙通遂留事楚。及高祖兵入彭城，又来降汉。叔孙通本是儒生，因知高祖最恶儒服，于是改服短衣，仿照楚人服饰。高祖见了甚喜，拜为博士，号稷嗣君。叔孙通门下弟子百余人，亦从其师降汉。当楚汉纷争之时，叔孙通常在高祖前，保荐勇士，甚至强盗也曾推荐过，却不曾荐他弟子。弟子背后皆骂道："我等服事先生数年，先生并未引进一人，专喜推举一班下流人物，殊属不解。"谁知此语却被叔孙通听得，遂唤集诸弟子近前说道："现在汉王方蒙矢石，争取天下，诸生岂能手持兵器，临阵战斗？故吾先荐此辈武勇之人，诸生暂时权且安心忍耐，待得机会，我自不至忘记。"弟子听了，方各无言。到了汉五年二月，高祖即皇帝位，由叔孙通拟定仪节。高祖生性脱略，不喜繁文苛礼，遂命叔孙通一概除去秦时苛礼，务使简便易行。叔孙通奉命办理，于是君臣礼节，一切从简。却又生出弊害。只因群臣多是武人，又大半市井出身，生性卤莽，举止粗俗，每遇宫中宴会，饮得酒醉，尽皆露出本相，也不顾朝廷礼节，不管天子在座。或是心中高兴，唱歌大呼；或是论事争功，彼此詈骂；甚至拔出剑来，向着殿柱砍去，真是闹得不堪，一连数次，都是如此。高祖心中甚属厌苦，欲待用法惩治，又因酒后小过，不便认真；要是任他胡行，又未免有失观瞻，惹人耻笑。正在无法处置，叔孙通久知高祖意思，此次入见，因进言道："现在天下已定。朝廷威仪，不可不肃。臣请往召鲁国儒生，与臣弟子，共起朝仪。"高祖道："此事行之恐甚繁难。"叔孙通道："礼节本乎人情，随时变更，不必拘泥。臣请略采古礼与秦时仪节，斟酌定之。"高祖道："汝可先试为之，务使大众容易知晓，更须体贴我所能行，不可太繁。"叔孙通奉命，立即起程，前往鲁国。

叔孙通到了鲁国，招集儒生三十余人，中有儒生二人，不肯同来，面斥叔孙通道："汝平日所事君主，将近十人，皆由当面阿谀，故得宠贵。如今战争初息，死者未葬，伤者未复，竟欲兴起礼乐。礼乐皆由积德百年，然后可兴，谈何容易？吾岂肯学汝所为，汝所为不合古道，吾断不行，汝可速去，免得使我受了玷污。"叔孙通被斥并不发怒，反笑道："汝二人真是鄙儒，不识时变。"遂也不再强他，自与愿去儒生三十余人，回到栎阳。

叔孙通记起高祖嘱咐言语，心中自行打算，若是照着古礼君臣不甚悬隔，天子临朝，理应立在中间，面见群臣，有时且须答礼，又有郊劳宴享等仪节，在天子也颇烦劳，料想高祖定属难行。若单用秦仪,未免过苛,亦为高祖所不喜。今欲定此朝仪,说不得惟有对于君主从宽,对于臣下从严,此事方可实行。叔孙通主意既定,便与各儒生会议数次,得了大概。因想起应行礼节,单就文字开载,一时看不清楚,必须实地演习,排出模式,方能使人人明白。但演习须要多人,现仅有儒生三十余人,连同弟子百余人,尚属不敷。于是又请高祖就左右侍臣中选出曾经读书讲学者数十人凑数,共有二百余人。叔孙通遂在野外择了一个广大平旷地方,带同诸人,前往演礼。先预备许多竹竿,周围插在地上,用绵搓成绳索,按着次序,一路横缚竹竿之上,划清地段。再用茅草多束,排定位次,名为绵蕞。叔孙通自己假作高祖,分派儒生弟子近侍诸人,各充文武百官左右侍从以及兵卒,依着拟定仪节逐日演习,遇有不便之处,便随时斟酌修改。

一连演习月余日,觉得纯熟,叔孙通便请高祖到来试观。高祖到了野外,亲看诸人演礼,觉得仪节并不繁杂,便点头道:“似此办法,我能照行。”于是下诏群臣,随着叔孙通演习,预备明年岁首实行。欲知汉代朝仪如何,且看下回分解。

第七回　正朝会叔孙受赏　灭敌国冒顿崛兴

话说高祖七年冬十月,各国诸侯王先期到来朝贺岁首,皆向叔孙通处学习朝仪。此时恰好长乐宫告成,高祖命就新宫行礼。到了十月初一日,天色未明,早有谒者到来,预备行礼,待得文武百官到齐,各按官爵等级,由谒者分班引入殿门。却见殿廷之中,陈列车骑仪仗,周围皆是武士,全装贯甲,手持兵器,竖立旌旗,排列守卫。殿前两旁郎中数百人,各执画戟,夹着阶陛,左右分立。群臣既入殿门,谒者传言速走,群臣依言,各自趋就班位。武官自功臣列侯将军以下,按序排立西方,面皆向东,文官自丞相御史大夫以下,按序排立东方,面皆向西。大行设九宾,掌传达上下言语。分列既定,然后高祖乘辇出房。左右近侍,传声称警,一路簇拥上殿,升了宝座,谒者引诸侯、丞相、列侯、将军至六百石以上官吏,逐班进前朝贺。皇帝见诸侯王丞相列侯等拜谒,皆由御座立起,侍中从旁称道:"皇帝为诸侯王丞相列侯起。"待诸人拜毕起立,皇帝始仍坐下。旁有太常说道:"谨谢行礼。"至于将军郡守拜谒,皇帝并不起立,但命左右称谢而已。

其时群臣,由诸侯王以下,见此严肃气象,人人心中警惕,无不谨慎恭敬,直至行礼已毕,各归班次立定,乃就殿上排设筵宴,名为法酒。有御史数人,从旁监酒,群臣在殿上侍宴,尽皆鞠躬俯首,十分谨饬,各按官爵尊卑次第,起立捧觞敬酒。酒至九巡,谒者传言罢席,御史在旁执法,遇有不合仪式,便即引之退去。到得宴毕散朝,群臣无一人敢喧哗失礼,于是高帝慨然叹道:"吾今日乃知为皇帝之贵也。"遂拜叔孙通为太常,赐金五百斤。叔孙通谢恩,因乘机说道:"臣弟子及诸儒生,随臣共起朝仪,不无微劳,乞赐以官。"高祖皆命之为郎。叔孙通既出,即将所赐之金,分与诸弟子。诸弟子既得官,又得金,人人欢喜,皆称赞道:"叔孙先生,真是圣人,能知当世要务。"清谢启昆有诗咏叔孙通道:

初征文学待咸京,虎口旋离入汉城。
鼠窃狗偷谀二世,短衣楚服媚公卿。
拜君博士犹秦士,污我诸生羡两生。
绵蕞野中朝礼杂,殿廷草草寿觞行。

高祖见朝会已毕,命诸侯王各自归国。此时各国中,惟有韩王信因被匈奴围于马邑,未曾来朝。不过数日,忽报韩王信将马邑投降匈奴,反与匈奴合兵,来攻太原。高祖闻报,自率诸将,统领大军,克日往伐。说起匈奴自被蒙恬逐过黄河北岸,势甚微弱。及至蒙恬既死,诸侯叛秦,中国大乱,所有旧时迁移北地人民,与同戍边士卒,尽皆散归,于是匈奴乘虚渡过黄河,渐又取回旧地。匈奴俗呼国王为单于,呼王后为阏氏。当日匈奴国王，名为头曼。头曼单于，有一太子，名为冒顿。头曼又有所爱阏氏，生一少子。头曼因欲废去冒顿，立其少于，但因冒顿尚无过失，未便无故废立。于是想得一法，欲借他人杀之。其时匈奴之国，东有东胡，西有月氏，并皆强盛。先是匈奴与月氏两国不和，头曼因欲杀冒顿，故特与月氏议和，便将冒顿送与月氏为质，及至冒顿到了月氏，头曼却起兵往攻月氏。月氏国王大怒，将杀冒顿。冒顿乘防守人不甚留意，私自逃走。但是路途遥远，如何回得国中，纵使逃到半途，也被月氏追获。冒顿却想一法，知得月氏素有一匹好马，他便趁势偷得，骑上马来，加了几鞭，如风驰去，迨至月氏遣兵追赶，已来不及，竟被他逃回本国。

头曼原料定冒顿此次定遭杀死，今见其安然回来，不觉吃了一惊，问他如何逃脱。冒顿一一说知。头曼也就服他勇敢，于是拨出一万马兵，交与冒顿带领。

冒顿从九死一生中，逃得性命，惊魂甫定。回想此次遭难，明是父王有意害他，欲立少弟，因此心中怀恨，却喜如今掌握兵权，得以实行其志，但恐众人不从，于是心生一计。造成一种骲箭，以骨为镞上穿一孔，射之有声，名为鸣镝。乃调集部下兵队，日日演习骑射，因下令道："凡遇我鸣镝所射之处，诸将士尽当射之，若有不肯发箭者，即行斩首。"部众闻令，不知他是何意，大众疑信参半。

冒顿既下此令，知部众未必皆能遵守，于是不时率众出外射猎，以试众心。初时冒顿用鸣镝射取鸟兽，部众中也有忘却命令，不即照射者，冒顿便将其人斩首。由此部下尽皆恐惧，以后出猎，凡遇鸣镝所射，无论有无鸟兽，众矢向之齐发。冒顿自念众人虽然听令，尚未可恃，只因鸟兽乃无关系之物，若遇稍有关系，未必皆能从命，必须逐一试验，方可安稳行事。一日，冒顿自以鸣镝射其好马，左右见此马是他心爱，也有不敢射者，冒顿立斩之。又一日，冒顿竟将鸣镝对着自己爱妻射去，左右中有惶恐不敢射者，冒顿又斩之。一众吓得股战，从此死心塌地，不敢违令。

过了一时，冒顿又出打猎，于路遇见单于一匹好马。急抽鸣镝，向之射去，响声未绝，但见万矢齐飞，有如雨点。只因部下将士，被冒顿斩得怕了，人人提心吊胆，执着弓矢预备，但闻鸣镝之声，觑定方向，不知不觉，自然射去，也不管射的是何人物。冒顿见此情形，心知众人可用，乃往请其父头曼单于，出外射猎。头曼不知是计，便同冒顿出外，冒顿乘间竟用鸣镝射其父王，部下众人亦随鸣镝而射，竟将头曼立时射死。冒顿趁势引兵入内，杀死后母及少弟，并不肯服从之大臣，遂自立为单于。

此信传到东胡，东胡国王，一向自恃强大，今闻冒顿弑父自立，心想匈奴有衅可乘，借此要索，必获利益。久闻其国蓄有一匹千里马，趁此时遣使往来，若其不允，立即兴兵，问其弑逆之罪。想罢，便命使者前往。使者到得匈奴，入见冒顿，道达国王之意。冒顿暗想，此是东胡见我初次即位，人心未定，故特借端求索，我若不允，彼必来伐，不如将计就计以骄其心。乃召集群臣会议可否，群臣皆言千里马乃是我国之宝，不可轻以与人。冒顿故意说道："东胡与我为邻，理应亲睦，奈何爱惜一马，得罪邻国？"遂命将千里马交与来使带去。

东胡王既得千里马，心中甚喜，以为冒顿畏己，不敢违逆。过了一时，又遣使往见冒顿，说是欲得单于一位阏氏。冒顿听了心中虽怒，却并不现于辞色，仍向左右问其意见。左右尽皆发怒，说道："东胡王如此无道，乃敢来求阏氏，请即发兵击之。"冒顿闻说，假作毫不介意，慨然说道："与人邻国，如何因一女子，致使失欢。"即装所爱阏氏，送与东胡。东胡王见冒顿竟肯将爱妻奉送，心中愈加骄矜。得步进步，便想侵占土地。

原来东胡与匈奴交界之处，中间尚有一段荒地，长千余里，二国皆弃之不居，各在自己界上，沿途掘有土穴，派兵看守，以防敌人，名为瓯脱。东胡王因遣使对冒顿道，匈奴与我交界，瓯脱之外，所有弃地，既不居住，可归我国占领。冒顿又将此事遍问群臣，群臣以为此是弃地，无甚关系，或言可与，或言勿与。冒顿忽然大怒说道："土地乃国之根本，如何轻易与人，群臣中有言可与者，尽行推出斩首。"冒顿立时全装披挂，持戈上马，下令国中兵队，即日随从进发，如有落后者皆斩。冒顿匹马当先，领着兵队，直向东胡杀去。东胡国王，本来看轻冒顿，未曾设备，忽闻冒顿大兵到来，仓皇迎敌，连战连败。冒顿乘胜灭了东胡，杀死国王，掳其人民畜产归国。冒顿既并东胡，乘胜进兵，西破月氏，南破楼烦，白羊，尽夺蒙恬所得故地，侵入中国燕、代等地，又北服丁灵等五国。此时中国正值楚汉战争，无暇顾及外患，所以匈奴日见强大。

及高祖平定项羽，因燕、代地方，迫近匈奴，韩王信材力武勇，部下又多劲兵，遂将韩王信移到太原为王，以防匈奴，命其建都晋阳。韩王信奉命到了晋阳，因上书高祖，说是本国地近边界，匈奴时常来侵，晋阳地方，距离边界尚远，请将国都，移至马邑。高祖应允。及高祖六年秋，冒顿起了大兵来侵，竟将马邑围住。韩王信被困围中，遣人向高祖求救，高祖立即发兵。韩王信又恐汉兵路远，救应不及，致被匈奴攻破，遂屡次遣使到冒顿军中求和。高祖闻知，疑韩王信怀有异志，遣人责问。韩王信心恐高祖诛之，反将马邑降了匈奴，约与一同来攻太原，故高祖亲自领兵讨之。未知此去胜负如何，且听下回分解。

第八回　征匈奴娄敬料敌　困白登陈平献谋

话说高祖七年冬十月，车驾亲征匈奴。诸将中如周勃、樊哙、夏侯婴、灌婴、靳歙等，皆随驾进征，共计马步兵队三十二万人。一路浩浩荡荡，向北而进。行至半途，探得韩王信与匈奴合兵，南逾句注，进攻太原，已破数城，声势颇大。高祖闻信，催兵前进，前锋到了解铜鞮，恰与韩王信军队相遇。两下交战一阵，韩王信败走。汉兵阵斩其将王善。韩王信收集败兵，与其将曼丘臣、王黄等商议，欲立赵氏后裔以维人心，于是访得故赵王之后赵利，立之为王，遣人向冒顿请兵。此时冒顿居住上谷，闻信即命左右贤王，率领马兵万余，与王黄等会合，进至晋阳，又被汉兵击败。韩王信与左右贤王等，领败残兵士，一路迤里北走。高祖入了晋阳住下，遣将领兵，乘胜追至离石，又大破之。冒顿闻得败报，再遣大兵，驻扎楼烦西北，嘱咐将士，须要一连诈败，引得汉兵到来，将士领命而去。

高祖住在晋阳，见汉兵连获胜仗，便欲长驱北进，又恐匈奴兵势尚盛，边外险远，未敢深入。因闻冒顿现居上谷，定计先遣使者假作通问，就便察看虚实，再定行止。冒顿闻有汉使将到，急嘱咐左右，如此如此。左右奉命，布置已定，方许汉使入见。汉使见了匈奴如此情形，心中暗自窃笑，便回报高祖，说是可击。高祖放心不下，又遣使者多人往看，及至回报，众口相同，都言击之必胜。高祖方始带领将士由晋阳起程，临行又命娄敬再往察看，娄敬奉命去了。高祖大军一路行到楼烦遇着匈奴兵队，战了几阵，匈奴尽皆败走，汉兵随后追逐。

此时正是十一月时候，又兼塞外地方，异常寒冷，真是风利如刀，雪大如掌，汉兵如何耐得。士卒被冻，手指坠落者，十人之中，竟有二三，其余冻得支体僵硬皮肉拆裂者，更是不计其数。高祖一心要破匈奴，冒着风雪，催兵前进。一日行至广武，却值娄敬回来复命。高祖问他所见如何。娄敬说道：“大凡两国相争，理应各夸所长，今臣到彼，遍观所有人畜，尽是老弱瘦小，此必冒顿设计，故意自露其短，却暗地埋伏奇兵诱我深入。据臣愚见，匈奴实未可击。”高祖见说，心想我前所派使者，将近十人，皆说可击，现已遣兵二十余万，逾过句注，正是兴致之时，他偏来造言惑众，遂怒骂娄敬道：“齐虏，汝本以口舌得官，今乃敢妄言，阻止吾军！”立命左右将娄敬上起刑具，下在广武狱中，一面催趱人马进行。

高祖性急，自领马兵当先，步兵随后进发。行至平城县地方，后面步兵追赶不上，多半落后。高祖正行之际，忽见匈奴兵马，漫山遍野而来，冒顿率领左右贤王，亲自临阵。周勃、樊哙等急率军队迎敌。只因汉兵远来疲乏，而且不耐塞外寒冷，盼着后面大队接应，偏未到来，战了片刻渐渐抵敌不住。高祖见前面有山一座，遂命将人马尽行上山，周围筑起壁垒固守。此山名为白登山，不过是一块高地，形若丘陵，故又名白登台。冒顿见汉兵上山，便指挥兵马，将白登山团团围住，高祖与诸将遂被困于围中。原来冒顿先饬部下佯输,引诱汉军深入,又故意将老弱士卒与汉使观看,以骄其心,今闻高祖亲来,心中暗喜,便就平城左右山谷中,埋伏精兵四十万,此乃反客为主以逸待劳之策。高祖不知,致坠其计。

当日高祖被围,几次饬励将士,奋勇冲下山来,却都被匈奴杀回。高祖心中焦急,自率诸将,登高一望,只见四方八面,密密层层,都是匈奴兵马,围得水泄不通,每方马皆一色。西方尽是白马,东方尽是青马,北方尽是黑马,南方尽是赤马,军容甚觉好看。诸将见匈奴一个个人雄马壮,不觉胆怯,专盼后队前来救援。谁知等候一日,并不见到,及至第二日,依旧寂然。一连过了五六日,毫无动静。汉兵被困山上,起先各人身边尚有随带干粮度日,后来粮尽,只得采取草根木实,聊以充饥,并融取雪水解渴。夜间搭起营帐,随便居住。偏是寒得厉害,便到处砍取树木枝叶,煨火取暖。高祖虽然屡亲战阵,经历许多艰难危险,却从未受过此种苦楚,一连数日,饥寒交迫,实在难受,想起娄敬言语,心中懊悔不迭。其时汉兵后队大军,原已到了,平城近旁,却被冒顿遣兵阻住,不得会合一处,连粮草都无从接济。

直到第六日,高祖心知救兵无望,又见诸将士受饿受冻,面无人色,要想拼命杀条血路逃走,也是不能。思来想去,并无方法,遂向陈平问计。陈平早探知匈奴阏氏,现在军中,于是心生一计,附着高祖耳边,说了数句。高祖依允,立命画工画一美女,务极美丽。画工奉命,费了一日工夫,画完呈与高祖。

次日高祖选一善通胡语巧于应对之人,作为使者,赍了画图一幅,并许多珍宝,往见匈奴阏氏,吩咐如此如此。使者奉命,带了各物,一马驰下山来,恰值是日大雾弥漫,对面不能见物,使者到得匈奴营旁,遇着兵士,说是奉使来见阏氏。兵士便将他引至阏氏帐前,遣人入内通报。阏氏闻说,即命入见。使者见了阏氏,道达汉帝之意,托其向单于前说情,两下各自罢兵。言毕,献上许多珍宝,阏氏看见各物,皆是塞外罕有,心中甚喜,尽行收下。对使者道:“多谢汉帝厚意,我当即向单于言之。但恐我是女流,单于未必肯听我言,未免辜负汉帝的厚意。”

使者见说,便走近前道:“汉帝尚有一句重要言语,因为与阏氏身上,甚有关系,特遣使臣告闻。”说到此处便向怀中取出画图一幅,双手递上道:“此乃中国第一美女,天下闻名,兹因汉帝被围多日,危急异常,有人献计,请汉帝召到此女,献与单于求和。汉帝依言,数日前已遣使回国,一面又命画工画其容貌,预备先与单于阅看。如果应允罢兵,不日美女到时,便要将她送来。及至昨日,汉帝忽想起此策虽好,究竟有些不妥,只因此位美女,真是天下无双,倘被单于得了,定然为色所迷,夺却阏氏宠爱。素仰阏氏为人贤德,此计若行于阏氏甚是不便,因转念不如先托阏氏说情,并告知此种情节,若是阏氏能趁着美女未至以前,解了此围,放走汉帝,便可将此策作罢。一则中国不至失却美女;二则阏氏也可保全夫妻恩爱。倘阏氏不能想法解救,汉帝迫于无法,只得实行此策,特先遣使臣告明,并将画图呈上一看。此图虽费尽苦心,不过得其仿佛。阏氏但看画图,便可想见本人十分美丽了。”

阏氏接过画图,一边观看,一边听着言语,不觉暗自吃惊。心想若使此人到来,我国妇女,都无颜色,此事如何是好。说不得惟有力劝单于,放他走脱,方可保得自己地位。想罢,仍将图交还使者,嘱道:“汝可上复汉帝,我自当极力解救。”使者领命,自去回复高祖。因在雾中往来,大众不觉,所以冒顿并不知有此事。

阏氏打发使者去了,遂往见冒顿说道:“如今汉帝被围多日,后队兵到,不能救出,定又遣人回报,尽起大兵,前来接应。将来汉兵愈到愈多,恐怕敌但不过,纵使战胜汉兵,夺得土地,与我国人风土不合,亦不能占领居住。况且彼此均是一国之主,不宜自相残害。汉帝灭秦破楚,平定天下,亦有神灵辅助,不如放其回去,买个人情,愿单于留意。”冒顿此时,正在想起前与王黄、赵利约期到此会合,如今期限已过,尚未见到,莫非二人与汉通谋。心中方自疑虑,所以一闻阏氏之言,便即依允,传令兵士将围开了一角。此时大雾已散,高祖见了大喜,便欲趁势冲出。陈平说道,匈奴所用兵器,不过弓矢刀矛,并无其他器仗,如今须令军士张起硬弩,搭上两箭,箭镞向外,陛下居中,由诸将保护,徐徐下山,方可走脱。高祖依言,遂命将士各执弩箭,分列两旁。高祖乘车,夏侯婴为御,诸将前后簇拥,一同下山。

到得山下,高祖望见两边胡骑如林,心中恐惧,急命夏侯婴加鞭速走。夏侯婴记得陈平言语,定要缓缓而行,高祖催促数次,夏侯婴只说无妨,仍然缓辔垂鞭,慢慢前进。冒顿见汉兵从容而过,疑是有计,饬令部下,不必拦阻。高祖与诸将士,因此得脱重围。回到平城,与后队大兵会合一处,诸将遭此困厄,人人愤怒,皆欲与匈奴决一死战,以雪耻辱。未知战事如何,且听下回分解。

第九回　患匈奴始议和亲　实关中尽徙大姓

话说高祖及请将脱出白登之围，到得平城，方与大兵会合，诸将受困七日，尽皆愤怒，欲与匈奴决一死战，雪此耻辱。忽得探报，说是冒顿已引兵回去，诸将便来见高祖，自愿领兵追赶。高祖被胡兵围得怕了，急忙止住道："冒顿极善用兵，此去必有埋伏，我若追赶，正中其计。况塞外天气奇寒，加以道里不熟，不如暂时罢兵，将来再作打算。"说罢遂传令回车。

高祖回到广武，立即命人将娄敬释放，对之谢道："吾不听君言，以致被困白登，皆由以前所遣使者误我，我已尽斩之矣。"于是封娄敬为关内侯，食邑二千户，号为建信侯，又加封汝阴侯夏侯婴一千户。

高祖南行过曲逆县，偶然上城闲望，见民居稠密，屋舍连云，甚是高大，不禁赞道："壮哉此县，吾行遍天下，但见洛阳与此地而已。"因念陈平此次献计有功，未曾加赏，于是回顾御史问道："曲逆户口，共有若干？"御史对道："当秦时有三万余户，后因兵乱时起，人多死亡逃匿，现在仅有五千户。"高祖遂下诏改封陈平为曲逆侯。陈平随从高祖征伐，前后一共六出奇计，皆得受封加邑。

十二月，高祖回至洛阳，忽报代王刘喜到来求见。高祖惊讶，急命召入。但见他满面风尘，身上穿着平民服饰，形状甚是狼狈。高祖愈觉诧异，问其缘故。刘喜便将始末诉明。原来冒顿闻说高祖回军，即引兵来攻代地，代王刘喜自幼生长田间，未曾经历兵事，闻说匈奴人马精壮，又知得高祖新在白登被围，料想自己不能抵敌，遂改换装饰弃了城池，由僻路逃回洛阳。高祖因刘喜是自己亲兄，不忍加罪，下诏降为合阳侯，封少子如意为代王。高祖回到关中命阳夏侯陈豨为代相，统领赵代边兵，北防匈奴。陈豨奉命去了。

高祖因想起匈奴时来侵犯，边境无日平靖，甚是忧虑，遂向娄敬问计。娄敬道："现在天下初定，将士疲困，欲恃武力降服匈奴，势所不能。且冒顿弑父自立，豺狼之性，又不可用仁义化导。如今惟有为长久之计，使其子孙将来称臣归附而已，但此策窃恐陛下不能施行。"高祖道："如有良计，我何为不能照行，但不知其计若何？"娄敬道："陛下果能以嫡长公主嫁与单于，厚备妆奁，彼见是汉帝亲女，赠送又厚，为蛮夷所仰慕，一定立为阏氏，所生之子，必为太子，将来可望代为单于。且匈奴贪得汉物，陛下不时将我国所余，彼国所少之物，赠送与彼，又使能言之士，以礼节晓谕之。冒顿在世，固是汉家女婿，冒顿既死，则外孙代为单于，天下岂有外孙敢与外祖抗拒之理？如此则可不用战争，渐渐臣服。若陛下爱惜长公主，不肯远离，但以宗室或后宫之女假称公主嫁之，彼虽匈奴，亦不可欺，窃恐于事无益。"高祖闻言称善。便欲将鲁元长公主许嫁冒顿。吕后闻得此信，日夜啼哭，对高祖道："妾惟有一子一女，奈何将女弃与匈奴，终身不得见面？"高祖拗她不过，只得将后宫妃嫔所生之女，托名长公主，许嫁冒顿，即命娄敬前往议和结亲。娄敬奉命,束装起程。恰值萧何建筑未央宫成功,前来复命。

说起未央宫比长乐宫更加壮丽,长乐宫系秦始皇所造,高祖不过略加修饰而已。未央宫却是萧何新造,周回二十八里,正门向北,称为北阙;旁有公车司马门,东面亦有一门,称为东阙;未央前殿,乃就龙首山筑成。东西广五十丈,深十五丈,高三十五丈,殿中正室,号为宣室。此外宫殿楼阁甚多,又有武库收藏甲兵,太仓积贮米谷,工程甚大,至是方始告竣,萧何便请高祖往观。高祖周览一回,见其高大华丽,却故意发怒道:“天下汹汹,劳苦数岁,成败尚未可知,汝建筑宫室,何为如此过度?”萧何答道:“正为天下未定,故可趁此时机,造成宫殿,人民久经劳苦,尚不觉得。况天子以四海为家,若非高大华丽,不足以壮观瞻,且勿使后世更有加增,亦是长久之计。”高祖闻言,遂乃回嗔作喜,因命就其地建筑都城,设立县治,名为长安。此地在秦以前,本是一个乡聚,北隔渭水,正与秦之咸阳宫相对,如今遂成为汉之都城。高祖七年春二月,遂由栎阳迁都长安,独有太上皇贪新丰乐处,仍在栎阳宫居住。

光阴荏苒,又过一年。到了九年冬十月,淮南王英布、梁王彭越、赵王张敖、楚王刘交,皆来长安朝贺岁首。高祖遣人往栎阳宫,迎取太上皇到来,升坐未央宫前殿,自率诸侯王将相等,朝贺已毕,大排筵宴,父子君臣,入席饮酒。太上皇回想,自己本是布衣,生长田间,却值七国秦楚之际,天下多故,但求苟全性命,谁知今日竟得身为天子之父,晚景占尽风光,真非意料所及。想到此处,甚是欢喜。高祖见他父亲高兴,便就席上起身,双手亲捧玉杯,行到太上皇面前敬酒,口中说道:“从前大人时常说臣无赖,不能谋生积产,不如兄仲,勤于耕作。今臣所立产业,比起兄仲,不知何人较多?”高祖言毕,群臣皆呼万岁,太上皇与高祖大笑,群臣也忍不住,尽皆大笑。于是诸侯王以次上前敬酒,各个开怀畅饮,尽欢而散。

过了数日,娄敬由匈奴奉使回来复命,说是冒顿应允和亲,已与结约。但暂时议和,未可深恃。臣此次奉使往来,一路留心察看,窃见匈奴所据河南之地,如白羊、楼烦等处,距离长安最近者仅有七百里,若用轻骑,一日一夜可至,此宜预为防备。又现在天下新定,所有六国之后,以及巨族豪宗,所在多有,亦宜妥为安顿。试观秦末各处起兵之人甚众,然惟齐之田姓,楚之昭、屈、景、怀等姓,其势最盛。如今陛下虽都关中,而关中残破,人烟稀少,北近胡寇,东有六国之族,一旦有变,陛下不得高枕而卧。为今之计,莫如将齐楚大族昭、屈、景、怀、田五姓,与燕、赵、韩、魏之后,以及豪杰名家,移居关中。关中旷土甚多,地又肥沃,足容多人,天下无事,可以防胡,诸侯有变,亦可用以征伐。”高祖依言,即命娄敬往办此事。于是照着秦时办法,富家巨族,被迫迁到关中者,共有十余万口。虽说移民垦殖,原是国家一种政策,但所徙者,不是贫民力作之人,却是富豪大姓,于是长安之地,变成五方杂处,游侠之士,盗贼之徒,皆匿迹其中,所以汉时三辅,号称难治。以后每遇一帝葬在山陵,便徙人民聚居其地,都由娄敬作俑,遂使秦时虐政,一旦复活,累得当日人民,迁徙不安,种种困难,无庸赘述。

十二月,高祖行到洛阳,忽有人上书告发赵国丞相贯高谋刺之事。高祖得书大怒,立命逮捕赵王张敖、赵相贯高等,解送洛阳审问。未知此案实情如何,且听下回分解。

第十回　高祖谩骂遭刺客　贯高忍死明赵王

话说赵王张敖乃张耳之子，汉五年七月，张耳身死，高祖命张敖嗣立为王。适值张敖新丧妻室，吕后因恐高祖将鲁元公主嫁与匈奴单于，故急与高祖商定，许嫁张敖。于是鲁元公主，遂为赵王王后。高祖七年，车驾因事过赵，赵王张敖，闻说丈人到来，亲自出境迎接。到了赵国邯郸都城，直入王宫。鲁元公主出来拜见父亲，便留高祖小住数日。张敖早晚殷勤服侍，亲自奉上饮食，甚属恭敬，也算尽了女婿之礼。

偏是高祖生性自来傲慢，动辄将人乱骂，此种习气，自少至老，全然不变，况兼如今身为天子，更觉比前尊大。又因张敖是他女婿，便看同自己儿女一般，不加一毫礼貌，张起两足，昂然坐在上面，将张敖呼来喝去，几同奴仆，稍不如意，信口乱骂，全不想张敖纵屑女婿至亲，也是一国之王，现又在他国中，竟不顾他体面。张敖遭此侮辱，只是下气低声，一味顺受，毫不介意。谁知竟惹起赵国群臣贯高、赵午等十余人发怒，要替张敖出气。

说起贯高、赵午二人，本是张耳门客，平日为人负气，不肯略受委曲。如今二人皆为赵相，年纪各已六十余，却仍是少年心性，偏要好胜，今见此情形，心中实在难受，暗骂我王懦弱。于是大家会聚相议，欲杀高祖。

众人议定，遂由贯高入见张敖，屏退左右，密说道："王事皇帝甚恭，皇帝待王太觉无礼，臣请为王杀之。"张敖闻言大惊，急将手指放在口中啮出血来，指天为誓道："君何出此妄言？记否先王失国，幸赖皇帝，方得复国？泽流子孙，丝毫皆皇帝之力，此恩无可报答，愿君勿再出口。"贯高见说，无言退出，自向十余人述了张敖之语。大众重复商议道："此乃我等之过，我王为人忠厚，不忍背德，何必与他商议。我等因见皇帝侮辱我王，故欲杀之，又何苦连累我王身上，如今我等自去行事，若得事成，夺了天下，奉归我王，不成我等各拼一身坐罪，也觉干净。"商议已毕，方欲下手预备，不料高祖早已起程去了。众人见此时已来不及，只得搁下。

过了一年，是为高祖八年，恰值高祖领兵往击韩王信余寇于东垣，寇平之后，高祖传令回京。贯高早已探知消息，预料高祖回时，必由赵地经过，且知他是按照驿站而行，因想起赵地柏人县，是个大站，高祖到此，定就馆舍歇宿一宵。遂与同党十余人密议，暗遣力士数人，各怀利刃，前往柏人馆舍厕中，埋伏等候，高祖到来，定要上厕，便就厕中，将他杀死。

安排已定，不消几日，高祖果然到了柏人，人得行宫，原想在此歇宿，也是高祖命不应死，忽然心中大动，因问左右道："此县何名？"左右回答："县名柏人。"高祖道："柏与迫音相近，柏人者乃是为人所迫，地名不利，不可在此住宿。"遂即传令起行，于是贯高等所谋，又复落空。事虽未成，不免有人知得，渐渐传到外间，却被贯高仇人所闻，心中暗喜，便想借此害死贯高，以报其仇。虽明知连累多人，也顾不得。

适值九年冬十二月，高祖到了洛阳，贯高仇人便来上书告发。高祖阅书大怒，因见贯高、赵午乃是赵相，其余亦皆赵国官吏，心想赵王张敖定然同谋，立遣武士持诏前往赵国，将张敖、贯高、赵午等十余人捕缚，解到洛阳审问，并通告赵国臣民，如敢随从赵王前来，罪及三族。

武士奉命，到了赵国宣读诏书，张敖一向不曾知有此事，听了诏书，好似晴空打个霹雳，吃惊不小，此时埋怨诸人，已是无及，只得束手受缚。赵午等十余人，闻此消息，心想不如早寻一死，免得下狱受刑，遭了苦辱，遂各拔出佩刀，自刎而死。独有贯高颜色不变，却见诸人纷纷寻死，气得须髯大张，厉声骂道："是谁令汝作此事情？我王本未同谋，如今连累被捕，汝等但知自己寻死，更有何人替王伸冤，明他不反？"贯高骂时，诸人早已死尽，只余他与张敖二人。贯高便对张敖道："王请放心，臣终当表明王之冤枉。大丈夫行事，自作自受，万不至累王受罪。"武士遂将贯高一同绑缚，连张敖装入槛车之中，即日起行，解往洛阳。

赵国群臣见王与丞相，都成犯人，又有诏不许臣民相随，只得痛哭一场送出国境，各自回家。内有赵国郎中田叔、孟舒等十余人，不肯相舍，自己髡钳，身穿赭衣，假称赵王家奴，随从上路。

鲁元公主在宫，闻说丈夫被捕，吓得啼哭，心知丈夫并无此意，乃是为人所累，遂急急收拾行装，赶回长安。见了吕后，哭诉求救。吕后闻说，亦自惊疑，便带同女儿，一齐来到洛阳。闻说张敖与贯高早已解到，下在狱中，高祖现饬廷尉严行讯办。吕后便遣人往狱中探视张敖，回报说是并不受苦，只因狱官知他是天子女婿，情罪未明，自然不敢怠慢。吕后入宫见了高祖，便代张敖辩白，请即下诏赦免。高祖不允，吕后一连说了数次，大意说张敖乃是女婿，他岂不看女儿情分，安肯为此等事。高祖闻言怒道："假使张敖得据天下，他岂少了汝之女儿。"吕后见高祖发怒，因此也不敢再言。

当日廷尉奉高祖之命，先将贯高提出审问，贯高到堂，慨然直供，并说道："都是我辈所为，赵王不知。"廷尉心疑贯高袒护其主，不肯实招，便将贯高用刑拷打，一连数日，贯高被打数千，皮开肉绽，血流遍地，只是忍住痛苦，并无一语攀到赵王身上。末后廷尉又将铁条烧红，向他身上刺入，贯高受此种种酷刑，弄得死去复活，身上无一片完肤，仍是执定原供，始终矢口不移，廷尉无法，只得将审问贯高情形，并其口供，上奏高祖。

高祖见奏，心想难得如此硬汉，不觉失声赞道："壮士！"因问群臣道："汝等谁人识得贯高，即行前往狱中看视，可以私情问他，到底赵王有无同谋。"旁有中大夫泄公出班奏道："贯高与臣同里，臣素识之，此人本在赵国有名，崇尚节义，不轻一诺。"高祖遂命泄公持节前往狱中，此时贯高遍体刑伤，动弹不得，狱吏将他放在鞭舆之中。泄公持节走到近前，贯高闻有人来，仰面一看认得泄公容貌，因问道："来者莫非泄公？"泄公答应道："是。"二人久别重逢，泄公见贯高受此苦痛，也觉伤感。贯高长日坐在狱中，正在愁闷，如今得见故人，甚是欢喜，彼此畅谈，一如平日。

说话中间，泄公因问起谋刺之事，赵王果否知情。贯高被问答道："凡人谁不爱其父母妻子，今吾自认首谋，三族皆当论死，岂肯专为赵王一人，断送一家性命？只因赵王实不与谋，皆系吾等所为。"于是遂将高祖过赵，如何轻慢赵王，彼等如何发怒，如何设计，从头至尾，述了一遍。泄公知贯高所说，都是实情，便依言回报高祖。高祖始信张敖实是无罪，于是下诏，赦之出狱。

高祖暗想贯高为人耿直，真算难得，又命泄公前往，将赵王出狱之事，告知贯高，以慰其心，并赦贯高之罪。泄公奉命，再到狱中，向贯高说道："赵王今已赦出。"贯高闻说惊喜道："赵王果真赦出乎？"泄公答道："实已赦出。"贯高心中大喜。泄公又说道："主上甚重足下，故特命吾持节来赦足下之罪。"贯高笑道："吾所以忍死一时，致使浑身受伤者，因欲明赵王无罪之故。今王已出，吾可塞责，虽死不恨。况人臣既受篡弑之名，有何面目，再事主上。纵使主上不肯杀我，我心岂不惭愧。"说罢遂将双手自扼咽喉，气绝而死。

高祖闻说贯高自尽，甚是叹惜。又闻赵国郎中田叔、孟舒等十余人，不避危难，自甘为奴，相随张敖，也是难得，便一起召见，人人对答如流，满朝群臣都辩他不过。高祖暗想道："原来赵国群臣，皆是贤士。"心中甚悦，遂一律拜为诸侯相及郡守。

高祖带了张敖，回到长安，下诏降张敖为宣平侯，将代地并归赵国，移代王如意为赵王。却说赵王如意，乃戚夫人所生，戚夫人甚得高祖宠爱，因此家庭之内，又演出一番变故来。未知此事如何，且听下回分解。

第十一回　争易储周昌相赵　谋叛汉陈豨连胡

话说高祖戚夫人，乃定陶人，生得天姿秀丽，容光照人，善能鼓瑟击筑，又能为翘袖折腰之舞，歌唱《出塞》、《入塞》、《望归》之曲。高祖为汉王时，路过定陶，纳入后宫，甚得宠爱，常侍左右，日以管弦歌舞为娱乐。随身侍女数百人，皆习音乐，每当歌曲之际，一齐举首高唱，声彻云霄，高祖甚悦。戚夫人生一子，取名如意，至年八岁。高祖立之为代王。如今移为赵王，年才十岁，高祖甚是珍爱。因其年幼，虽然封王，未令就国，留在左右，高祖每往洛阳，戚夫人与赵王如意，常随从同往。吕后与太子盈，多留居长安，平日甚少见面，因此愈觉疏远。

戚夫人见自己母子得宠，便希望如意得立为太子，日夜在高祖面前，哭泣要求。高祖为色所迷，不免心动。又觉得太子盈生性柔弱，将来嗣位，恐不能制服臣民；如意年虽幼小，性情与己相似，立为太子，必能继承基业。高祖想罢，立即升殿，欲下诏废太子盈，立如意为太子。群臣皆出谏阻，高祖不听。旁有御史大夫周昌，见高祖不从诸臣之谏，心中大怒，立在殿廷力争。

原来周昌乃是周苛从弟，亦系沛县人氏，初与周苛同随高祖入关。高祖为汉王，以周苛为御史大夫，周昌为中尉。后来周苛奉命留守荥阳，城破为项羽所执，被烹而死。高祖念周苛死事甚烈，因命周昌接领兄职，为御史大夫，封汾阴侯。周昌为人，强直敢言，同班中如萧何、曹参等，皆尊敬之。尝有一日，高祖闲坐宫中，周昌因事入宫面奏。行到宫前，却望见高祖正抱着戚夫人，取笑作乐。周昌连忙回头走出，却早被高祖一眼瞧见，撇了戚夫人，飞步而出，竟将周昌追及。周昌见高祖到来，只得停住脚步，转身作礼。高祖趁势便将周昌按伏在地，两足骑他项上，向周昌问道："我算是何等君主？"周昌仰面说道："陛下即是桀纣之主。"高祖闻言大笑，放他起来，从此觉得周昌方严不苟，心中更加敬惮。

及至此次欲废太子，周昌比诸人争得尤力，高祖便要他说出所争理由。周昌正在怒气勃勃，更兼平素有了口吃之病，一时说不出理由，急得满面通红，唇吻乱动，却说不出一字来，半晌方始说道："臣口不能言，然臣期期知其不可，陛下欲废太子，臣期期不奉诏。"高祖见他急时说话不清，夹着许多"期期"，忍不住放声大笑，遂将废立之事罢议，起驾回宫。

当日君臣会议此事，早有人报与吕后得知。吕后闻信大惊，亲自出来，藏在殿之东厢，留心窃听，所有君臣问答语言，一一听得清楚，末后见所议不成，心中方才稍安。及至高祖入内，吕后望见周昌，心中十分感激，不觉对之下跪，口中谢道："今日若无周君，太子几乎被废。"周昌只得辞谢退出。

高祖回到宫中，心想此事群臣多数反对，若要实行，未免有拂众心，因此将废立之意，减了一半。戚夫人闻事不成，大失所望，自然又来缠扰高祖，说是此事已被吕后知得，心中定然怀恨如意，若不立之为嗣，将来必为吕后所害。高祖闻说，暗想此言亦属实情，须得觅一善法，保全赵王如意，免致将来受害。谁知寻思半日，竟无一计，只是频频叹息，不发一语，想得心中烦躁，便命戚夫人击筑，自己唱歌，聊以解闷。

从此高祖将此事横在心上，日常郁郁不乐，左右近臣见高祖颜色惨淡，大异平日，不知他所忧何事，不敢动问。独有掌管符玺御史赵尧，年纪尚少，甚属聪明伶俐，知得高祖意思。一日趁着无人在旁，便进言道："陛下近多不乐，莫非为赵王年少，戚夫人与吕后有隙，恐万岁之后，赵王不能保全？"高祖答道："汝所料甚是，吾因此事，心中忧闷，不知计将安出。"赵尧说道："陛下惟有为赵王置一刚强国相，选择吕后、太子及群臣素所敬惮之人充之，方保无事。"高祖道："此计甚是，我心中亦欲如此，但群臣中何人可任？"赵尧道："御史大夫周昌，为人坚忍质直，且为吕后太子群臣所敬惮，惟有此人可任。"高祖称善。于是遣人召到周昌，对之说道："吾有一事，定要烦君，君可为我相赵，辅佐赵王？"周昌闻说，心中不愿，因泣道："臣相从陛下已久，陛下如何中道弃臣，令为诸侯之相？"高祖道："吾原知诸侯相不及御史大夫之贵，但吾深为赵王忧虑，思来想去，除君之外，更无他人，只得屈君勉强为我一行。"周昌不得已，方始允诺。高祖遂下诏，移御史大夫周昌为赵相。周昌奉命，缴还御史大夫印绶，起程前赴赵国。

高祖便将御史大夫之印，持在手中，玩弄片刻，口中自问道："何人可为御史大夫？"此时赵尧侍立左右，高祖转过头来，两眼对着赵尧，熟视良久，又自答道："更无胜过赵尧之人。"即日便拜赵尧为御史大夫。说起符玺御史，秩仅六百石，本御史大夫属官。御史大夫，位在丞相之次，亲近用事，两下官职尊卑，相去甚远。如今赵尧竟因数句言语，超迁高位。先是赵人有方与公者，曾对周昌说道："君之史赵尧，年纪虽少，乃是奇才，君必须另眼相看，此人不久将代君之位。"周昌见说，心中不信，笑道："赵尧年少，不过刀笔之吏，何能如是？"及至此时，周昌到了赵国，闻说赵尧果然为了御史大夫，始信方与公之言不谬。

过了数月，周昌因事忽又回京求见。高祖召入，问其来意。周昌因屏人说道："代相陈豨，领兵居代数年，多招宾客，臣恐其谋为不轨，故特赶回奏闻。"高祖闻奏，命周昌仍回赵国防守，一面遣人前往代地查办。

原来陈豨乃宛朐人，初从高祖入关，以将军定代地，破臧荼，封阳夏侯。高祖甚加宠信。及高祖由平城回，因代地关系紧要，乃命陈豨为代相，统领边兵，防备匈奴。陈豨性好豪侠，常仰慕魏公子无忌之为人，今既为将守边，遂多招宾客，收养门下，无论其人贫富贵贱，一律平等看待。而且谦恭下士，如同布衣之交，所以远近之人，争来趋附。到得宾客既多，贤愚不等，不免有一班不肖之徒，倚借势力，在外招权纳贿，种种犯法。但因陈豨身为代相，居在代地，代王如意既不在国，故一任他宾客横行，也无人来管闲事。

陈豨在代，已有数年，此次告假归里，路过赵国邯郸都城，适遇周昌为赵相。周昌闻得陈豨到来，自然前往拜会。忽见他门下宾客及相随之人，不计其数，车马共有千余辆，邯郸旅舍，尽被占满。周昌不免惊讶，后来陈豨假满回代，又过赵国，宾客之多，亦如前时。周昌因此疑其聚众谋乱，于自己也有干系，故特行入京面告高祖。及至高祖遣人查办，遂发觉陈豨宾客许多不法之事，并牵连到陈豨身上，使者据实回报高祖。高祖见陈豨尚无谋反证据,也就不加深究。

谁知陈豨因此心中恐惧,知得韩王信与其将王黄、曼丘臣等现在匈奴中,因暗遣宾客前往交结王黄、曼丘臣二人,彼此往来通信,立下盟约,预备将来事急时,联合举兵。高祖尚屑不知,到了十年秋七月,太上皇驾崩栎阳宫,高祖借着丧事,遣使往召陈豨。陈豨闻召大惊,以为此去定遭究治,遂托言病重,不肯来京。一面遣人与王黄、曼丘臣约期聚会。及至九月,王黄等引众到来,陈豨遂举兵叛汉,自称代王,迫劫代地官吏人民,使之从己。高祖闻信,先下诏尽赦代地被劫吏民,以离其党羽,自率诸将,星夜前进,到得邯郸。周昌迎入城中,具报陈豨举动。高祖大喜道:"陈豨不知北据邯郸,南阻漳水,吾知其无能为矣。"周昌因奏道:"常山一郡,共有二十五城,现竟失去二十城,已将该郡守尉拿到,应请即行斩首,以正其罪。"高祖道:"该郡守尉,是否通同造反?"周昌道:"并未造反。"高祖道:"既未造反,不过因力量不足,以致失守,并无大罪,即命将守尉赦出,仍令各回本任。"

高祖又遣周昌就赵地壮士中,选择可以为将之人,以便任用。周昌奉命选得四人,带领入见。高祖见了谩骂道:"竖子安能为将!"四人被骂,俯伏地上,不敢做声。高祖骂了一场,却仍授为将军,且各封一千户。左右进谏道:"诸将士相从入汉伐楚,有功尚未尽赏,今此四人何功,竟得受封?"高祖道:"此非汝等所知,陈豨造反,邯郸以北之地,皆为彼所据,吾以羽檄召集天下之兵,尚未有一处到来,如今惟有邯郸本地军队,吾何惜此四千户,以慰赵地子弟之心。"左右闻言,尽皆称善。

高祖又问陈豨部将是谁,左右对道:"多系从前曾为商贾之人。"高祖道:"吾已知处置之法。"遂遣人多用金钱收买陈豨部将,并悬出赏格,有能擒得王黄、曼丘臣来献者,各赏千金。布置既定,专待诸路兵到,安排进攻。未知此去胜负如何,且听下回分解。

第十二回　高祖自将击陈豨　吕后设计杀韩信

话说汉十一年冬十一月，高祖驻扎邯郸，诸路兵马，陆续到齐，正拟进攻陈豨。先探得陈豨遣部将张春，东渡黄河，进攻聊城。陈豨自与曼丘臣，屯兵襄国，又遣将侯敞，领兵万余人，往来接应。王黄率马兵驻在曲逆，韩王信亦领胡骑，现居参合。高祖闻报，乃遣将军郭蒙，领兵前往齐国，会合齐相曹参，共击张春，命太尉周勃，领兵由太原进攻代郡，命樊哙领兵往击襄国，命灌婴领兵进攻曲逆。堵将奉命而去。

高祖自领郦商、夏侯婴等，引兵前进。到得东垣，却遇赵利据城固守不降。高祖指挥诸将攻城，城上士卒，对着高祖谩骂。高祖大怒，下令急攻，一直攻了月余，城中食尽，方始出降。高祖入城，命收捕前次谩骂之人，尽行斩首，不骂者免其一死，因将东垣改名真定。

此时郭蒙已会合曹参，将张春击败。周勃攻破马邑，进至楼烦。樊哙亦击破陈豨、曼丘臣兵，降了清河常山等县。灌婴兵到曲逆，与王黄、侯敞交战一场，大败敌兵，阵斩侯敞，王黄逃去。高祖遂统四路得胜军队，长驱进攻，所过城邑，陈豨部将多被金钱收买，陆续来降。王黄及曼丘臣，亦皆被其部下将士生擒来献，陈豨兵败势穷，投奔匈奴，惟有韩王信带领胡骑，尚在参合。高祖令将军柴武率兵攻之。柴武先遣人致书韩王信，劝其归降。韩王信不听，柴武遂进兵攻破参合，擒杀韩王信。

十一年春正月，高祖平定太原，遣周勃、樊哙领兵往定云中、雁门、代郡、上谷之地，二将奉命去了。高祖因见代地隔在常山之北，迫近匈奴，赵国在常山之南，不便兼管，遂立子恒为代王，建都中都，将代郡、雁门划归代国。

高祖回到洛阳，恰遇吕后计杀韩信，遣人来报。却说韩信自被高祖擒缚，降为淮阴侯，心想自己战功甚高，满以为据地称王，传与子孙。不料高祖畏忌其才，竟夺其国，难免心中怨恨，居常郁郁不乐。又因自己一向为王，周勃、灌婴等，皆居其下，如今降为列侯，每遇朝会时，竟与诸人同班，心尤不甘，遂常称病不朝。

一日偶然出门，到得樊哙家中。樊哙尝为韩信属将，知其天性高傲，遂亲出门前拜接，延入坐谈。每有言语，皆自称臣，仍称韩信为大王，因说道："大王今日乃肯枉顾臣家，臣实不胜欣幸。"韩信坐了片刻辞去，樊哙又到门前拜送。韩信被樊哙如此奉承，心中甚是喜悦，竟似自己仍在楚国为王一般，及至出得门来，方始省悟，不觉自笑道："我乃与樊哙等为伍。"

又一日高祖无事，与韩信评论诸将才能，各有高下。高祖因问道："如我能领几多军队？"韩信答道："陛下不过能领十万之兵。"高祖问道："如君能领几多？"韩信答道："臣多多益善。"高祖听了笑道："既然多多益善，何故为我所擒？"韩信道："陛下虽然不善御兵，却善御将，此臣所以为陛下所擒。况陛下种种举动，直是天授，非由人力所能。"高祖听了，方始无言。

及至此次陈豨造反，高祖自领兵队击之，诸将皆随军征进，独韩信称病，不肯从行。过了月余，忽有韩信舍人栾说，因事得罪韩信。韩信将他拘执，意欲杀之。栾说心中忧惧，因知韩信素为朝廷所忌，不如趁此时陈豨作乱，说他通同谋反，朝廷定然相信，办他罪名，如此我不但可免一死，且可博得富贵。栾说想定，于是秘密写成一书，暗地遣人交与其弟，使他将书出来告发。

书中说是，数年前陈豨奉命为代相，来向淮阴侯韩信告辞。韩信延入相见，屏退左右，执着陈豨之手，与之同步中庭。良久，韩信仰天叹道："汝是吾之知心，吾今欲以一言奉告。"陈豨答道："愿听将军命令。"韩信因说道："足下所守代地，乃天下精兵所聚之处，职任甚属重要。主上平日，虽然十分宠信足下，但是若有人来言足下谋反，初次虽未必相信，到得二次，主上未免生疑，若到三次，主上定然发怒，亲自领兵征讨。此时关中空虚，吾为足下从中起事，便可取得天下。"陈豨素来知得韩信本领，闻了此言，相信不疑，即答道："谨如尊命。"此外二人又说了许多言语，陈豨起身告别。韩信送出门外，再三叮嘱，方始分手。如今陈豨果然造反，主上亲征，韩信记得前言，故意称病，不肯相从，却暗遣人前往陈豨处通信，嘱其尽力抵敌，当即从中相助。韩信打发使人去了，便与自己亲信家臣密谋，欲乘夜间，诈作诏书，尽赦许多没官罪徒奴隶，给以兵器，亲自带领，袭攻吕后、太子，各事都已布置清楚，专待陈豨回信，便行起事。以上情节，都是栾说捏造，末后又假说他因知得此事，特行谏阻，致触韩信之怒，身被拘囚，故遣弟代为上书等语。

吕后得书，心中忧虑。只因平日畏忌韩信，此时也不问他谋反真假，便想设法除之。于是遣人召到萧何，秘密定计。到了次日，忽报有使者由军中到来，说是高祖已定赵地，陈豨被获斩首，列侯群臣闻信，皆到宫中贺喜。萧何却亲往韩信家中，假作问病，就便告知此事，因劝韩信道："足下虽病，何妨勉强入宫道贺？"韩信本无甚病，又却不过萧何情面，只得随同入宫。吕后早已伏下武士等候，一见韩信进来，便命武士拿下捆起，说他阴谋造反，立时就长乐宫钟室中斩之。韩信临刑叹道："吾悔不听蒯彻之言，致为儿女子所欺，岂非天命。"说罢引颈受戮。

原来吕后与萧何计议，欲就宫中擒杀韩信以免费力。但高祖现不在宫，无故召之，韩信必不肯来。或反引其疑心，激出变故，萧何因设此计，令人假作使者，来说陈豨已灭，自己去骗令入贺。韩信不知，竟中其计，死得真是冤枉。读者试思韩信贫困之时，得遇漂母，给以饭食，幸免饥饿。如今到了末路，偏为吕后所杀。生死皆出于女子，亦是一奇。萧何起先追回韩信，荐为大将，此时不替他表白，却反算计害他，恩仇同出于一人，亦事之不可解者。清人谢启昆有诗为韩信不平，诗曰：

鞅鞅羞同哙为伍，多多未让帝论兵。
当时英杰遭猜忌，自古王侯戒盛盈。
岂料娥姁难恕死，不如漂母尚哀生。
我从胯下桥边过，淮水潺潺作怨声。

吕后既杀韩信，又下令灭其三族，一面遣人报知高祖。高祖正在洛阳，闻得韩信已死，问知始末情形，心中且喜且怜。只因除了畏忌之人，可免后患，自然欢喜；又明知韩信无辜遭戮，所以生怜。高祖忽然又想到萧何身上，即命使者赍诏回京，拜丞相萧何为相国，加封五千户。又遣来都尉一员，领兵五百人，为相国护卫。使者到了长安，宣读诏书，萧何以为高祖因他计除韩信，故特加此封赏，心中甚是欢喜。在朝文武百官，闻此消息，都来相府道贺，萧何一一接待。等到众人去后，却又有一人前来求见，萧何请入，其人一见萧何，便开口说道："吾今特来吊君，君之祸不远矣。"萧何闻言大惊，不知来人是谁，且听下回分解。

第十三回　遇吕后彭越被醢　哭梁王栾布明冤

话说萧何闻其人说是祸事不远，心中大惊，急问其故。其人说道："今主上栉风沐雨，勤劳在外。君居中留守，不亲战阵，乃反加君封邑，置兵护卫。此因见淮阴侯新反，心中疑及于君，所以置兵护卫。名为卫君，实则防君，望君让还封邑勿受，更将家中财物捐助军饷，始能免祸。"萧何闻言，如梦方觉，连向其人称谢。原来此人姓邵名平，本是秦时东陵侯。到得秦灭，邵平失去爵位，身为布衣，家中又颇贫困，只有几亩田地，在长安城东门外，自己便靠着种瓜过日。偏他所种之瓜，风味甚美，长安东门色青，亦名青门，时人因号为青门瓜。又因邵平原是东陵侯，故亦谓之东陵瓜。萧何素闻其贤，与之结交，邵平感其知己，如今闻有此事，料得高祖不怀好意，故特来点醒萧何。萧何立即依言行事，高祖闻知，果然大悦。

吕后因闻高祖现在洛阳，遂亲自到来，告知计杀韩信之事。高祖因栾说告发韩信有功，遂封之为慎阳侯。又向吕后问起韩信临死，有何言语，吕后便将韩信之语，述了一遍。高祖闻韩信提及蒯彻，因说道："此人乃是齐国辩士，原来韩信造反，都是由他指教，真属可恨。"遂下诏齐国，捕拿蒯彻。

不过几时，齐国已将蒯彻解到洛阳。高祖召蒯彻入见，问道："汝曾教韩信造反否？"蒯彻直答道："臣本教之，无奈韩信竖子，不肯用臣之策，故被诛族。若彼能听臣言，陛下安得杀之？"高祖见说大怒，喝令左右将他烹死。左右正待动手，蒯彻仰天叹息，大声呼冤。高祖道："汝教韩信造反，烹汝有何冤枉？"蒯彻道："秦末天下大乱，群雄并起，争夺帝位，捷足先得。俗语有云：'跖犬吠尧，尧非不仁。'犬但知自为其主，当日臣教韩信之时，臣惟知有韩信，不识陛下，况天下之人，欲为帝王者甚多，不过力量不及，陛下岂能一概烹之？"高祖见蒯彻说得有理，遂命赦出。蒯彻仍得逍遥自在，回到齐国去了。

当日陈豨造反，高祖亲征，行至邯郸，曾遣人往召梁王彭越带兵前来。使者至梁，彭越说是有病，不能自来，遣将领兵，前往邯郸接应。高祖见彭越不到，心中大怒，又遣使者责备彭越。彭越被责，自然恐惧，便欲亲见高祖，当面谢过。旁有梁将扈辄谏道："不可，王在先不往，如今见责始往，往必被擒，不如趁此举事。"彭越闻说，心想扈辄所虑甚是，前次韩信被擒，即是榜样。因此止住不行，但扈辄劝他造反，他亦不肯。谁知却被太仆听得，偏又太仆因事犯罪，心恐彭越究治，便逃到洛阳，向高祖上书，说梁王与扈辄谋反。高祖得书，不动声色，遣使赍诏到梁，随带武士多人。彭越不知，自出接诏，使者乘其不备，即令武士将彭越拿下，并连扈辄，一直解到洛阳，下入狱中，交与廷尉王恬开审办。

王恬开奉命审出实情，原是扈辄起意，彭越并未听从，依照法律，彭越当然无罪。但王恬开知高祖之意，欲尽除异姓诸侯王，于是硬坐以罪，说是扈辄劝彭越谋反，彭越不杀扈辄，实是反形已具，请旨依法治罪。高祖见奏，心知彭越冤枉，不忍杀之，下诏将彭越免为庶人，移到蜀中青衣县居住，即日遣吏役押送起行。彭越虽然受冤，却还留得性命，就算侥幸，于是随着吏役上路。

一日行至郑地，忽值吕后由长安起程，前赴洛阳。恰好两下相遇。彭越见是吕后，便就路旁叩谒，泪流满面，备陈始末情形，自明无罪，恳求吕后向高祖说情，放回昌邑故里。吕后闻言，慨然许诺，并用好言安慰，即命吏役带了彭越，随同自己回到洛阳。吏役因是皇后命令，不敢不从，彭越收泪，谢了吕后，心想吕后为人真是难得，竟肯替我说情，实令人异常感激。又料到高祖定然依从吕后之言，放我归乡，免得远行万里，遂欣然随着吕后前进。

不日到了洛阳，吕后入见高祖说道："彭王乃是壮士，今陛下以罪废之，令居蜀地。蜀地险阻，难保其不为乱，无异养虎贻患。不如趁此时诛之，妾已命吏役带领同来。"高祖闻言亦以为然。吕后遂又令人告发彭越，说他暗地招集部下，复谋造反。于是高祖又交廷尉王恬开审讯，王恬开便迎合吕后之意，复奏上来，说是罪应族诛，高祖准奏办理。此时彭越正在盼望诏书下来，赦他回里。谁知又被廷尉拿去，问他重谋造反之罪，心中方悟自己竟为吕后所卖，不是救他，反来害他，此时悔恨，已是无及。

到了三月，遂诛彭越，灭其三族，并将肉碎切为醢，分赐诸侯，悬其首级于洛阳市上以示众，遣武士看守，下诏道："有人敢收视者，即行捕拿。"数日后，果见一人，身穿素服，随带祭礼，踉跄行来，到了彭越头下，跪在地上，口中喃喃说了许多言语，然后排列祭品，拜毕，放声大哭，甚是哀切。早被旁边武士看见，都想道："此人莫非疯癫，竟敢如此大胆，违诏前来哭祭。"遂一拥上前，将他拿住，问起姓名，乃是姓栾名布。

原来栾布本梁国人，家甚贫困，流落到了齐国，在一酒店中充当酒保，遂与彭越交好。后彭越入钜野为盗，栾布却被人劫去，卖到燕地，为人奴仆，偏遇家主被人杀害，栾布仗义，杀死仇人，为其家主报仇。时臧荼为燕将，闻得此事，心感栾布甚有义气，遂举为都尉，及臧荼身为燕王，用栾布为将军。项羽既灭，臧荼起兵叛汉，高祖讨平燕地，栾布兵败被掳。彭越闻信，乃向高祖请赎栾布，高祖许之。彭越遂将栾布赎回，以为梁国大夫。此次栾布奉彭越之命，出使齐国，待到回时，闻得彭越已死，有诏禁人收视。栾布感念彭越私恩，又悲他死得冤枉，一时忠愤激发，不顾自身，奋然来到洛阳，便将彭越之头，当作生人，向之奏明奉使所办之事，然后慷慨哭祭一回，任其捕拿。

武士捕了栾布，奏闻高祖。高祖命将栾布带进，骂道："彭越谋反伏诛，吾有诏禁人不得收视，汝独敢哭祭，明明是与彭越一同谋反。"说罢，喝令左右："速与我烹之。"左右答应一声，一齐拥上，将栾布提起，正要掷入汤釜。栾布此时早将生死置之度外，全然不惧，但因一腔冤愤，未尽发泄，要想说个痛快，遂回顾道："臣有一言，愿待说毕，然后就死。"高祖道："汝有何言，可即说来。"左右方将栾布放下，栾布大声说道："陛下自从彭城败回，受困于荥阳、成皋之间，全赖彭王居在梁地，与汉联合，断楚粮道，项王有后顾之忧，所以不能引兵西进。当此之时，彭王为楚则汉破，为汉则楚破，楚汉成败，皆由于彭王。况垓下之围，若无彭王，项氏不至灭亡。及天下已定，彭王受封，亦欲传之万世。今陛下一次征兵于梁，彭王因病不能亲行，陛下即疑为反叛，反形未见，陛下乃用苛细之法，将其诛灭，臣恐功臣从此人人寒心。现在彭王已死，臣生不如死，请即就烹。”栾布朗朗说了一遍，替彭越死后吐气，自觉爽快，也不待武士动手，自己撩起衣服，便向汤釜跳去。高祖听栾布所说，语语不错，又见其人慷慨义烈心中亦为感动，于是赦了栾布，拜为都尉，后以军功封俞侯，为燕王相。燕齐之间，皆为立社，号曰栾公社，此是后事。

高祖既杀彭越，遂将梁地分为二国。立子恢为梁王，友为淮阳王。夏四月高祖回到长安，想起南粤地方，现为赵佗所据，尚未归服，因下诏封赵佗为南粤王，命陆贾往授印绶。陆贾奉命而行，未知赵佗受封与否，且听下回分解。

第十四回　陆贾奉使封赵佗　樊哙排闼见高祖

话说陆贾本是楚人，口才辩利，从高祖为客，常在左右，屡奉使往来各国。天下既定，陆贾心知高祖不喜儒术，意欲引诱高祖崇尚文治，遂时常在高祖面前，称说诗书。高祖听得讨厌，便大骂道："我由马上取得天下，何用诗书？"陆贾接说道："由马上得天下，能由马上治天下否？昔汤武既平桀纣偃武修文，天下大治。始皇二世，穷兵滥刑，遂至亡国。假使当日秦已得天下，施行仁义，取法古圣，陛下又安得有今日？"高祖见陆贾所说，虽是正理，但与他素性不合，未免心中不乐，面上现出惭愧之色，因对陆贾道："汝试为我将秦所以失天下与我所以得天下之故，详细指陈，并集古来成败兴亡之事，著成一书。"陆贾奉命，著书十二篇，奏上高祖，每奏一篇，高祖听了，尽皆称善。左右齐呼万岁，遂名其书为新语。至是高祖见南粤未服，乃命陆贾往封赵佗，陆贾奉命起身前去。

说起赵佗本真定人，当日秦始皇既定南粤之地，因置桂林、南海、象郡三郡，徙谪戍之民，与蛮人杂居，以赵佗为龙川县令。龙川县属南海郡，至二世时，南海尉任嚣，见天下大乱，亦欲占据南粤独立，无奈自己年纪太老，身多疾病，后来渐渐病重，自知不济，便欲将此事托付与人。心中暗想，只有龙川令赵佗，为人英武，甚有干略，可胜此任。遂遣人往召赵佗。赵佗奉命前来，直到病榻之前相见。任嚣屏退左右说道："近闻陈胜、吴广、项羽、刘季等，各个兴兵聚众，中国扰乱，未知何日始得安定。南海地处僻远，吾恐敌人来侵，意欲发兵塞断新开道路，自为防备，以待时变，偏值病甚，未能行此。吾遍观郡中官吏，无足与言，故特召汝，面行付托。我死之后，汝即代我之位，此地负山面海，东西数千里，又颇有中国人相与辅助，可以立国。此亦一州之主，汝当好自为之。"于是任嚣假作二世诏书，命赵佗行南海尉事。赵佗受命，一一领诺，不过数日，任嚣身死。赵佗遂接南海尉之任，即作檄文，饬下横浦、阳山等关守将，说是盗兵将至，急将道路塞断，设兵防守。守将得檄，依言办理。赵佗见边地已固，但恐属下官吏不服，遂借事将秦所置各县令，陆续诛灭，更用自己亲信之人接充。后闻秦已灭亡，赵佗即起兵袭攻桂林、象郡，尽并其地，于是南粤三郡，皆归赵佗占领，北与长沙接境。赵佗遂自立为南粤武王。

及至高祖已定天下，赵佗自恃险远，不肯称臣纳贡。高祖欲待兴兵攻之，又因战争初息，士卒劳苦，而且粤地难于征进，不减匈奴。前次征伐匈奴，已经失败，若师出无功，反增耻辱，便想趁势立赵佗为南粤王，命陆贾前往开导，与之立约通市。但求不来侵犯，保得边境安静而已。

当日陆贾奉命到了南粤，却不见赵佗亲身出接，早料定他是个倔强之人，不肯服汉。心想此次与他见面，说话须要不卑不亢，太卑则损失使者身分，有辱国体；太亢则赵佗不肯受命，误了和约，总在相机行事，方能成功。陆贾主意既定，赍了印绶，一直入内，望见赵佗昂然坐在堂中，头上也不戴冠，将头发绾成一个椎髻，身上也不束带，张起两膝，箕踞而坐，望见陆贾进来，并不起身。陆贾见赵佗如此傲慢无礼便一直进至面前，大声说道："足下乃是中国人，祖宗坟墓，兄弟亲戚，都在真定。如今足下反其天性，弃却冠带，徒以区区之粤，欲与天子抗行，不肯降服，祸将至矣。当日秦失其政，豪杰并起，今天子先入关，灭暴秦，平强楚，五年之间，海内平定，此非人力，实由天意。天子闻王据南粤，不助天下诛讨暴逆，诸将相大臣，皆请移兵问罪。天子怜百姓劳苦，权令休息，故遣臣来授君王印绶，结约通使。君王理宜亲自出郊迎接，北面称臣，谁知竟欲以敌国之体相待，若使天子闻得此事，赫然震怒，遣人掘烧君王先人坟墓，诛灭宗族，命一偏将，领十万之兵前来，则粤人杀王降汉，易如反掌。"赵佗听到此语，不觉竦然，即时离座起立，笑对陆贾谢道："久居蛮夷之中，以致失礼，幸勿见责。"遂与陆贾叙礼坐下，纵论世事。

赵佗见陆贾对答如流，心中想要难他，因先问道："我比萧何、曹参、韩信，何人较贤？"陆贾答道："王似过之。"赵佗又直问道："我比皇帝，何人较贤？"陆贾暗想，要是说他才能不如，他必不服；但就势力上比较，他自当服输，遂答道："皇帝起丰、沛，诛灭群雄，为天下兴利除害，上继五帝三皇之业，统治中国。中国之人，以亿兆计算，地方万里，土壤膏腴，万物殷富，政由一家，自天地开辟以来未曾有此。今王人众不过数十万，皆属蛮夷，崎岖山海之间，不过如汉之一郡，王何得自比于汉？"赵佗听陆贾说话得体，不能驳他，因大笑道："我不在中国起事，故仅据此地称王，若使我当日亦居中国，岂遂不及汉帝？"

于是赵佗甚是敬重陆贾，留他住下，日日与之饮酒谈论，情形甚是亲密，因对陆贾道："粤中无人足与言语，幸得先生到来，使我逐日得闻所未闻。"陆贾在粤，住了数月，竟拜赵佗为粤王，使之称臣立约，事毕辞归。赵佗遂将粤中所产奇异珠宝，装在橐中，约计价值千金，赐与陆贾；又别送财礼，亦值千金，陆贾拜受，回到长安，入见高祖复命。高祖闻赵佗竟肯称臣奉约，心中大悦，遂拜陆贾为太中大夫。

此时南粤既服，匈奴亦已和亲，中国无事。一日高祖忽然患病，最恶见人，独卧禁中，饬守门官吏，不得放进群臣，所有亲旧大臣，如绛侯周勃、颍阴侯灌婴等，皆不敢入内。如此十余日，群臣不知高祖病状如何，又不得一见，众心皆觉不安。独有舞阳侯樊哙，见高祖病中疏远大臣，深恐内中或生变故，倚着自己系与高祖连襟，比起诸人，更加亲近，遂对众倡议，自愿为首率领诸人，入见高祖，大众赞成。樊哙于是在前先行，诸大臣随后同入，进至宫门。守门人阻他不住，樊哙一直排闼入内，望见高祖独自一人，将头枕着一个宦者，卧在床上。

樊哙见高祖神情懒散，不觉流泪说道："从前陛下与臣等东征西讨，意气何等雄壮，如今天下已定，陛下神情，竟与昔日大异，群臣闻陛下患病，尽皆忧惧。陛下不与臣等相见，乃独与宦者同处，记否二世赵高之事，可为寒心。"高祖见樊哙说得激切，不觉大笑，即由床上起坐。诸大臣见高祖容色如常，方始放心。其实高祖无甚大病，只因近被戚夫人缠扰不过，欲立赵王如意为太子，自己心中，却委决不下，便寻个静处，独自沉思此事，不特诸大臣不得见面，连着吕后、太子、戚夫人、赵王如意，也都不与相见。樊哙是吕后妹夫，自然一心顾着太子，料得高祖定为此事，沉思不决，恐他想到一偏，又欲实行废立，于是带领群臣，闯了进去。欲打断他念头，又借着宦者在旁，便将二世赵高一提，隐隐是说废立可以亡国之意。高祖领悟其意，因又将此事暂行放下。

只可怜吕后终日提心吊胆，十分忧虑，要想设法保全太子，却又不知从何下手，真是愁扬肠百结，泪眼双垂。未知太子能否保全，且听下回分解。

第十五回　安储位张良授计　破阴谋英布起兵

话说吕后自从前次知得高祖欲废太子盈，更立赵王如意为太子，吃惊不小。当日虽幸所议未成，但高祖既存此心，早晚必见实行，岂肯罢休？若使废立事成，赵王如意，将来即了帝位，自己虽仍不失为太后，但如意乃戚夫人所生，母以子贵，戚夫人自然得势，自己反要仰其鼻息。而且太子盈本是嫡子，转须北面称臣，心中实属不甘。辗转寻思，欲求保全太子之位，却又无法可想，只是日常焦急愁苦，不知如何是好。旁有亲信近侍，知得吕后心事，因进言道："留候张良，最善设计，素得主上信用，不如使人寻他设法。"吕后依言，遂密遣其兄建成侯吕释之往见张良。

此时张良正托辞多病，学习导引之法，不食米谷，在家养静，闭门不出，已有年余。今闻吕释之求见，遂遣人辞以患病。吕释之说有要事，定须面谈，张良只得请入相见。寒喧已毕，吕释之屏退左右说道："足下乃是主上谋臣，言听计从，今主上日日欲易太子，此事有关大局，足下何得坐视不理？"张良答道："从前主上屡遭危困，故肯听吾之计；如今天下安定，欲易太子，别立心爱之人，此事关系家庭骨肉之间，人所难言，虽有吾辈百人无益于事。"吕释之见张良所说，也是实情，因道："足下既不能谏阻，应请为我设计。"张良再三推辞，吕释之一定要他想法，张良被迫不过，暗想我若出头干预此事，主上闻知，必触其怒，如今惟有代出主意，令其自去行事，方可不露痕迹。

张良沉思半晌，方对吕释之道："此事非口舌可争，据吾愚见，现有四人，为主上所仰慕，屡次招请，不能得其前来，足下若能不惜金玉财帛，预备厚礼，使太子修成一书，书中措辞务极谦卑，选一能言之人，赍持书币，并备安车驷马，前往聘请。他若不允须是极力恳求，务使他不能推却，自然到来。俟其来时，待以客礼，每遇太子入朝，即令四人相随左右，但使主上见了，知此四人甚贤，太子便可保全，不至被废。"吕释之问了四人姓名，谢过张良，自去回复吕后。吕后也不知张良此计有何妙用，但因自己更无别法，便命吕释之依言办理。

原来张良所荐四人，都是当时有名高士，时人因他年纪皆老，须发皓白，故又称为四皓。内中一人姓唐名秉，字宣明，乃陈留襄邑人，常居园中，人因号为东园公。一人姓崔名广，字少通，齐人，隐居夏里修道，故号为夏黄公。一人姓周名术，字元道，河内轵人，号角里先生。一人复姓绮里字季。此四人并皆修道洁己，非义不动，当日因见秦始皇作事暴虐，知天下将乱，相约隐居不仕，同入商山之中，作紫芝歌以明志。其歌道：

莫莫高山，深谷逶迤。
晔晔紫芝，可以疗饥。
唐虞世远，吾将何归？
驷马高盖，其忧甚大。

富贵之畏人，不如贫贱之肆志。

高祖既得天下，闻四人之名，下诏征之。四人知高祖待人侮慢，遂逃入终南山中，不肯来见。当日吕释之依着张良之计，往聘四人，四人起初不肯到来，后见使者来意甚诚，勉强从命。到了长安，即住在建成侯家中，太子盈待之甚是恭敬。四人渐知太子聘请之意，又蒙太子优待，只得住下。正拟乘机入见高祖，忽有警报传来，道是淮南王英布造反。说起淮南王英布，本属楚将，项羽封之为九江王，后来叛楚归汉，与韩信、彭越共灭项羽，高祖仍将九江故地封之为淮南王。英布得复故国，也就称心遂意，频年来朝，君臣之间毫无猜忌。至高祖十一年春正月，闻淮阴侯韩信为吕后所杀，英布始怀恐惧。到了三月，又闻梁王彭越被废，心中愈加忧虑。一日，英布正率同将士，出外射猎，忽报高祖遣使到来，颁赐彭越肉醢，英布问知原由，大吃一惊。心想高祖近来无故杀戮功臣，不久将轮到我身上，与其临时束手受戮，不如早为布置，先发制人，遂密令部将聚集军队，留心探听近郡消息，预备乘机起事。此种秘密举动，高祖自然不知。

适值英布有一爱姬，偶患疾病，出到医家诊治。此医家正与中大夫贲赫家对门，贲赫见王姬日日往来医家，心中急生奇想。想起自己身为侍中，常在王之左右，便与王姬相见，也无妨碍，况闻此姬为王所最宠幸，若得蒙她赏识，肯向王前提拔数句，定可将我升官。贲赫想到此处，甚是高兴，于是逐日前往医家，等候王姬到来，出门迎送，奔走奉承，异常恭敬，连随来人马，都给与饮食。又不时觅得奇珍异宝献上。王姬见贲赫十分殷勤，更兼受他厚礼，心中甚喜。又知他是王之近臣，遂亦不甚避忌，时时与之问答，不消几日，彼此渐熟。贲赫见王姬病已大瘥，遂办了一席丰盛酒筵，排在尽家，自作主人，恭请王姬一同入席饮酒。王姬也不推辞，到得酒散，王姬回宫，便将贲赫记在心上。

一日英布入宫，王姬在旁侍奉，说话中间，偶然提到贲赫，便称赞他是个好人，英布听了觉得诧异，便含怒问道："汝何从知他是个好人？"王姬见英布动怒，吓了一跳，自悔出言冒昧，又见英布追问甚急，情知不能瞒隐，遂将前事说了一遍。英布闻说，心疑二人定有私情，逼问王姬。王姬抵死不认，英布又遣人往召贲赫，到来质证，早有英布左右近臣，见英布欲究此事，急报与贲赫得知。贲赫闻信，正在恐惧，却遇使者来召，贲赫只得推称患病，不敢入见；又料得英布召他不到，定然发怒，要来捕拿，不如及早逃走，于是立即整理行装，偷得使节，到了馆驿，诈称奉着王令，有紧要公事，前往长安，吩咐驿吏赶速预备车马，立时起程。驿吏见他是淮南王近臣，手中又执着使节，自然信以为实，慌忙备齐车马，让他前往。贲赫上车，嘱御者加鞭速走，每到一站，换马便行，昼夜趱程，马不停蹄一直到了长安，逃得性命，方始将心放下。

贲赫既到长安，又想起英布知我乘驿到京，必然遣人上书，说我罪状，请求拿送回国，到了其时，我就有口也难分辩，必须及早打算。忽然记得日前英布曾饬诸将聚集兵队，预备谋反，此事秘密，惟有近臣方得知晓，如今趁他未来追捕，先行告发，不但自身得保，并可希望爵赏。贲赫算计已定，修成一书，亲自诣阙奏闻。书中说是淮南王英布谋反已有形迹，请趁他未发之时，先行诛之。高祖得书，便告知萧何，萧何说道："英布受汉厚恩，不应有此反谋，恐系贲赫与他素有仇怨，故特妄言诬陷，应请将贲赫收系狱中，一面遣使前往淮南查明。”高祖依言办理，立遣使者去了。

当日英布见贲赫称病不肯应召，心中更怒，即命武士往捕，贲赫早已逃去，但将家属收拿下狱，又派人四出侦查，方知是乘驿赴京，急命轻骑追赶，已来不及。英布料定贲赫此去，必将国中秘密之事，告知朝廷，心中甚是悬悬。不过数日，果有汉使到来，却又被他查出聚兵之事。英布见阴谋已露，遂将贲赫全家处斩，即日发兵造反。

高祖闻报，下诏赦出贲赫，拜为将军，一面召集诸将问计。诸将皆请发兵击之，此时高祖病体尚未痊愈，懒于出征，又记起废立之事，至今未决，不如趁此机会，命太子盈前往，一试其才，再行决定。高祖想罢，便欲令太子盈率领诸将往击英布。此消息传到四皓耳中，连忙相聚密议道：“我等来此，本为保护太子，如今太子领兵，事在危急，岂容袖手旁观？”便想设法挽救，未知四人所谋如何，且听下回分解。

第十六回　出下策英布败绩　歌大风高祖还乡

话说东园公、夏黄公、角里先生、绮里季四人，见高祖欲令太子领兵，明是要想借事废他，乃相聚一处，秘密议定挽救之策，遂一同往见建成侯吕释之，说道："太子领兵，纵使有功，位不加尊，若是无功，便当受祸。况部下诸将，皆系从前相随主上，平定天下，立有功勋，自命甚高。今使太子统领此辈，无异使孤羊带领群狼，谁肯服从命令，替他尽力？此去不能成功，可以预料。吾又闻韩非子有言：'母爱者子抱。'今戚夫人日夜侍奉主上，赵王如意常常抱在面前，将来赵王如意，定然代为太子，又可想见。现在事已危急，足下何不速请吕后往见主上，如此如此，方可免祸。"吕释之闻言大悟，此时天色已晚，也等不得天明，便乘夜入宫，见了吕后，告知四人言语。吕后心服四人甚有见解，遂即依计而行。

到了次日，吕后往见高祖，待得无人在侧，便说道："英布乃是天下猛将，善于用兵，非同小可。如今朝中诸将，皆是陛下旧日同辈之人，却命太子统领此辈，岂肯听命？太子纵有本领，无从施展。若使英布闻知，愈加放胆，长驱西来，更无畏忌，天下危矣。陛下虽然抱病，勉强载入卧车，统兵前进，诸将见陛下亲征，何人敢不尽力？陛下虽不免受些辛苦，但是因为妻子，也是无法，还望陛下强自支持。"吕后连哭带说，泪流满面。高祖听了心想此言亦复有理，我本欲借此试验太子之才，若照此说，反致误了大事，因向吕后道："我早知竖子本不中用，只得自行罢了。"遂发下命令，预备亲征。

汝阴侯、夏侯婴闻说高祖亲征，保荐其客薛公，善于计划，可备顾问。原来薛公曾为楚国令尹，此次夏侯婴闻得英布反信，疑其不实，因召薛公问之，薛公道："此人当然造反。"夏侯婴道："英布受主上之封，据有淮南之地，南面称王，富贵已极，何故造反？"薛公道："英布与韩信、彭越三人，一同立功，一体受赏，今韩信被杀，彭越伏诛，英布自疑祸及其身，是以造反。"夏侯婴深服其言，因向高祖举荐。高祖立召薛公，问其意见，薛公道："英布造反，不足为怪，设使英布能用上策，则山东非属汉有，若用中策，彼此胜败，尚未可知，惟用下策，陛下可以安枕而卧，不足挂虑。"高祖问道："何谓上、中、下策？"薛公道："南取吴楚，东并齐鲁，北定燕赵，坚壁固守，是为上策。如此则山东不属于汉矣。南取吴楚，西并韩魏，据敖仓之粟，塞成皋之险，是为中策。如此则胜败尚未可知。东取吴，西取下蔡，聚粮越地，身归长沙，是为下策。陛下安枕而卧，可保无事。"高祖又问道："汝料英布当用何策？"薛公道："必用下策。"高祖问道："何以不用上中二策，反用下策？"薛公道："英布本是骊山刑徒，得遇乱世，据国封王，此等人但顾一身，并无远虑，故知必出下策。"高祖称善，下诏封薛公为关内侯，食邑千户，择定吉日，自同诸将，统领大兵起行。

此时张良正在卧病，闻得高祖出征，勉强出来相送，因对高祖说道："陛下出征，臣理应随行，无如病甚，不能如愿，今有一言上陈。楚人生性猛利，望陛下切不可与之争锋。”高祖允诺。张良又请命太子为将军，统领兵马，留守关中，高祖依言。此时叔孙通已为太子太傅，高祖又命张良为太子少傅，说道：“子房虽然抱病，可静卧调养，遇事辅助太子。”张良受命自回，高祖催军进发。

当日英布决意起事，召集部下说道：“主上年纪已老，厌倦兵事，闻我起兵，自己未必肯来，定然派遣诸将迎敌，论起诸将之中，只有韩信、彭越二人，最为可虑，如今二人已死，其余皆不足畏，我军奋勇前进，可操胜算。”于是下令出兵东攻荆国，荆王刘贾闻信，亲自领兵来迎。战了一阵，刘贾兵败被杀，英布尽收荆地之兵，渡过淮水，攻入楚地。楚王刘交遣将领兵拒之，楚将分兵为三，欲使彼此互相救应。有人谏楚将道：“英布善战，为人所畏，况我兵自在本地争战，容易散败，今分为三军，彼若败吾一军，其余定皆散走，安能相救？”楚将不听，遂与英布接战，前军战败，尚有二军，闻信果皆散走，英布乘胜长驱西进，到得蕲县之西会甀地方，适与高祖大军相遇，时十二年冬十月也。

高祖闻敌兵已近，下令安营。亲自登高望敌，遥见英布军队甚多，旌旗齐整，人马雄壮，十分精练，又看他行军布阵，一如项羽。高祖见了，知是劲敌，心中不悦，遂令诸将领兵出营，排成阵势。高祖自到阵前，遣人传语，唤英布出来相见，英布闻说，即引部众到来。高祖远远对着英布说道：“吾封汝为王，南面称孤，有何不足，何苦造反？”英布答道：“我亦不过欲为皇帝而已。”高祖听了，怒骂英布反复无常，挥兵进攻。英布部下接住厮杀，高祖因恐将士懈怠，亲在前敌督战，不料忽被敌箭射中，仍自忍痛，不肯退却，两下大战良久，英布大败而退。原来英布本料高祖自己不来，谁知事出意外，今日阵前相见，不免胆怯。汉军诸将见高祖扶病临阵，受伤不退，人人更加奋勇，郦商、夏侯婴等，奋勇陷阵，英布以此抵敌不住，率领余众，一路退去。汉兵从后追赶。英布渡过淮水，且战且走，部下将士，沿途散逃。高祖见英布兵败势穷，遂遣将领兵追之。自己却想起故乡久别，自从彭城兵败之后，一向未曾回来，如今相去甚近，不如顺路一行，重览旧时风景，与父老故人畅叙一番，也是大丈夫快意之事。想罢遂命起驾前往沛县。

沛县官吏闻信，早已预备行宫等候。地方人民，听说高祖回乡，尽皆欢喜，家家户户，悬灯结彩，各各扶老携幼，出到境上迎接，望见高祖车驾到来，欢声雷动。高祖入得沛宫，按日置酒，遍召亲戚故旧，与同父老子弟，到来相见，一同饮酒叙旧。又选出沛中儿童一百二十人，教以歌曲，使之演唱。高祖饮到酒酣，心中十分畅快，亲自击筑作歌道：

“大风起兮云飞扬，威加海内兮归故乡，安得猛士兮守四方？”

高祖歌罢，便命儿童将此歌学习，同声高唱，自己又起舞一回，此时乐极不觉伤心，流下数行泪来，因对诸人说道：“游子常思故乡，吾虽建都关中，万岁之后，吾魂魄犹思恋沛县。且吾由沛公诛讨暴逆，遂得天下，今即以沛县为吾汤沐之邑，所有人民应出租税力役，永远豁免。”此诏既下，沛中人民闻知，自然更加欢喜。

高祖又将亲族故旧中相识妇女如武负、王媪等一并召到，赐以酒食，畅谈从前及别后情形，各皆尽醉极欢，方始散去。如此一连十余日，高祖欲去，众人再三挽留，高祖道："吾一行人马众多，在此耽搁已久，若再留恋，父老子弟等如何供给得起。"众人见高祖执定要去，各自备办酒食，同到沛县西境饯行，县中人民，为之一空。待得高祖车驾行到此处，众人争先献上酒食，高祖却不过众人厚意，下令将人马停住，搭起帐棚，又与众人痛饮三日。沛县父老乘着饮酒中间，叩头请道："沛县人民，幸得永免租税力役，丰邑尚未得免，惟愿陛下哀怜。"高祖说道："丰邑乃吾生长之地，心中极不能忘，不过吾恨其帮同雍齿叛我，为魏固守，今既承父老固请，可一并免其租税力役。"沛父老闻言，又为丰人叩谢，高祖遂别了众人起行。后人因就沛县筑台，名为歌风台。清袁枚有诗咏歌风台道：

高台击筑忆英雄，马上归来句亦工。
一代君民酣饮后，千年魂魄故乡中。
青天弓剑无留影，落日河山有大风。
百二十人飘散尽，满村牧笛是歌童。

高祖由沛县行到淮南，忽报长沙王吴臣已将英布杀死，前来报功。未知英布如何被杀，且听下回分解。

第十七回　识反相早知刘濞　怀忌心冤系萧何

话说英布自被高祖杀败，收聚余众，渡过淮水。部下将士，沿途散去，汉兵从后追来。英布逃到江南，随身仅有百余人，正在无路可走，心中十分危急，忽有长沙王吴臣遣人到来，邀请英布前往长沙，说是要与他一同投奔南粤。英布本是长沙王吴芮女婿，此时吴芮已死，其子吴臣嗣立为王。英布因吴臣是他妻舅，自然相信不疑，遂随使者一同起行。一日，到得鄱阳，夜宿村舍，使者乘其不备，竟把英布杀死，将头前往献功。

英布既死，淮南平定。高祖遂下诏立其子长为淮南王。又因荆王刘贾为英布所杀，并无后代，下诏将荆地改为吴国，立兄仲之子沛候刘濞为吴王。刘濞既已受封，高祖重唤近前，将他相貌详细看了一遍，心中甚悔，不应封他，但因封王大典已经举行，未便收回成命，乃对刘濞说道："观汝形状，具有反相。"刘濞闻言，暗吃一惊，正欲分辩，高祖又用手抚摩其背，说道："自此以后五十年，东南起有乱事，莫非就应在汝身上？但是天下同姓一家，汝须牢记我言，切勿造反。"刘濞听了，莫名其妙，却又不敢多说，只得叩头答道："微臣万万不敢。"谁知到了景帝时代，七国之乱，就是刘濞倡首，果然应了高祖之言，此是后事。

十二月，高祖由淮南起行，路过鲁地，遣官具太牢祭祀孔子。此时太尉周勃领兵追击陈豨于灵丘，陈豨兵败被杀。周勃尽定代地，回见高祖复命。并报告陈豨降将所说，燕王卢绾，曾使其臣范齐，往见陈豨，私与通谋造反。高祖心想卢绾与我自少至今，交好最密，安肯生此异心，定是群臣见我宠爱卢绾，心中妒忌，造此谣言，不如召他到来，证明并无其事，也可塞住谗间之口，想罢，便遣人往召卢绾，自己命驾还京。

高祖一路西行，入了关中，将到长安，忽有无数人民拦路上书，去了一起，又来一起，沿途不绝。高祖心中觉得诧异，命将所上之书，逐件阅过，大都是告相国萧何，说他倚借权势，欺侮百姓，用贱价强买民间田宅。人民受亏，心内不甘，故来告发。高祖命左右将各书上所列价目，统行计算，不下数千万，高祖听了暗自欢喜。

及至到了长安，群臣闻信，出来迎接，高祖见了萧何，带笑说道："相国乃向人民取利，得了许多便宜田宅？"因回顾左右，命将人民所上之书，尽数交与相国，又对萧何道："君可自向人民调处息事。"萧何见说，也觉满面惭愧，收了书件，自去逐户清理。读者试想萧何身为相国，一向谨慎守法，为何此刻竟变成一个贪利武断之土豪？就中有个缘故。原来高祖此次亲征英布，临行虽命太子留守关中，仍自放心不下，只因久知萧何深得民心，恐他作乱。关中是个根本重地，若有摇动，天下去矣。说起萧何，虽是高祖故人，但人心难测，眼见连年以来，功臣谋反，已有数起，难保萧何不因此生心，于是时常遣使回到长安，探问萧何动静。

萧何见使者三番五次回京，并无要紧事故，只传高祖命令，问他近日所为何事，心中记得前此高祖在荥阳时，也曾如此。又记得韩信被杀之时，召平教他言语，此时萧何倒也乖觉，心知高祖疑己，便又依召平所说方法，一面加意安抚百姓，一面尽将所有家财，报效军用。却又有萧何之客，见萧何但知守着旧法，毫不变动，遂对萧何说道："君作此行径，灭族之祸不远矣。"萧何闻言大惊，急问其故，客道："君今位为相国，功居第一，不可复加，高于此者，惟有南面称王而已。君居关中十余年，众心归附，主上所以时常遣使问君，因畏君深得人心，乘机尽据关中之地。而君反日夜劳苦，惟恐失了人和，岂非愈重主上之忌？今为君计，何不多买田宅，抑勒卖主，令其贬价出售，使人民生出怨谤，主上闻知，心中始安，君可免祸。"萧何闻言大悟，依计而行，后复有使者到来，见萧何终日求田问舍，外议哗然。回去报知高祖，高祖果然大悦。此次回京，一路又遇人民上书告发，高祖不惟不怒，反觉欢喜。其实萧何不过借此敷衍高祖，待得高祖回来，仍将所买田宅，归还原主，或照原价补给，一时谤议，也就息了。

萧何生性本来忠厚，虽然弄假一时，今见高祖回京，料想他心中更无疑忌。便仍旧复他本色，一心一意为国为民，实心办事。一日因见长安地方，自从建都以来，已有数年，人民迁居到此者，日多一日，人烟渐渐稠密，原有田地，不敷栽种，尚有多数贫民，无以谋生。又想起上林苑中，空地甚多，荒废可惜，不如任民耕作，官中又可收取稿草为禽兽之食，似此一举两得，于是也不更向他人商量，便向高祖奏请。高祖听了大怒道："相国想是多受商人贿赂，所以替他来请苑地。"遂命将萧何交与廷尉，上起刑具，下在狱中。萧何吓得目瞪口呆，不敢分辩。此时高祖箭疮未愈，身体不快，每多暴怒。群臣见萧何被囚，也不知因为何事，未敢保救。

高祖既囚萧何，怒气未息，一日适值闲坐无事，王卫尉在旁侍立，因乘间上前问道："相国有何大罪，陛下立时将他系狱？"高祖道："吾闻李斯为秦皇帝丞相，有善归主，有恶自受，今相国多受人金钱，为民请吾苑地，自己博得名誉，吾故将他系狱。"王卫尉道："萧相国因见此事有益于民，故特上请，此真是宰相应尽之职，陛下如何反疑相国受贿？且陛下前在荥阳，与项羽相拒数岁，近又亲征陈豨、英布，皆系相国留守，当此之时，相国若怀私意，只须一动足间，则自关以西，皆非陛下所有，相国不当此时谋得大利，今岂反贪商人之金？况秦皇帝即因不闻其过，至于亡国，李斯之事，何足为法？陛下对于相国，未免看得太浅。"高祖被王卫尉驳得无言，但他心中终是不悦，不得已遂遣使者持节赦出萧何。萧何此时年纪已老，平日本是拘谨之人，更兼被囚数日，幸得赦出，愈加戒慎，随着使者入见高祖。高祖本来赐他剑履上殿，如今他却脱履跣足，上前谢罪。高祖见萧何近前，便说道："相国罢了。相国为民请吾苑地，吾不许，吾不过为桀纣之主，相国便成贤相，所以吾特囚系相国，欲使百姓知吾之过。"萧何听了高祖语意，明明是责备他沽名钓誉，自悔作事失于点检，经此一险，从此更加小心，高祖气平，却也如前看待。

几日之后，高祖所遣使者自燕国回京复命，说是燕王卢绾，自称患病，不能来京。高祖听说，心想卢绾与我交情，何等亲密，岂有不能相信之事？如今召他不来，莫非起了异心。又转念道，或者他真是抱病，也未可知，但无论如何，总要问个明白。遂命辟阳侯审食其、御史大夫赵尧往迎燕王来京，并查明有无与陈豨通谋之事，二人奉命前往。未知卢绾有无反谋，且听下回分解。

第十八回　张胜奉使误燕王　卢绾避征畏吕后

话说卢绾与高祖自幼交好，未曾一日相离，及高祖起兵，以卢绾为将军，常侍左右，虽在军中，无甚战功，高祖既灭臧荼，设计立之为燕王。在异姓诸侯王中，算是卢绾最得亲幸，亦惟有卢绾最忠于汉。当日陈豨占据代地，起兵叛汉，高祖亲至邯郸，指挥诸将，自西南进攻，卢绾闻信，亦遣兵攻其东北，陈豨四面受敌，兵败势穷，急遣王黄前往匈奴求救，事为卢绾所闻。此时匈奴已与汉结约和亲，卢绾恐冒顿单于又被陈豨煽动，来犯边境，因亦遣其臣张胜，前赴匈奴，告知陈豨兵败，不日就擒，单于切勿被其摇惑，妄动刀兵，以致两国失了和好。

张胜奉命到得匈奴，方欲进见单于，说明来意，忽有旧燕王臧荼之子臧衍，自从父死国亡，逃在胡地，日夜盼望机会，图报其仇。今见陈豨造反，正欲劝诱匈奴，与之连合。又闻卢绾遣了张胜到来，知他来意必是破坏此事，于是心生一计，亲自来见张胜说道："汉帝心存疑忌，久欲吞灭各国，今因诸侯时时反叛，兵连不决，燕国方得久存。燕王见足下熟习匈奴情形，特加信任，足下但知为燕速灭陈豨，不知陈豨已灭，其次便轮到燕国，不但燕王不保，足下亦将被擒。为今之计，足下何不密告燕王，缓攻陈豨，一面结好匈奴，方能长保燕国，即使一旦有急，彼此亦可互相救助。"张胜闻言称善，竟将所奉使命，全然违背，也不通知燕王，待其回报，便一由己意专断行事，入见冒顿，转劝他帮助陈豨，抵敌燕兵，冒顿依言，遣将领兵，来与燕将对敌。

燕将闻得匈奴兵到，连忙报知卢绾，卢绾闻信，甚是诧异。心想我命张胜往阻匈奴出兵，若使匈奴不听吾言，张胜早应回国复命，如今他竟安住胡地，也不遣人回报，不消说得，定是张胜连合匈奴造反，遂命捕拿张胜家属，下在狱中，遣使将此事奏闻高祖，请将张胜全家处斩。

谁知使者去得不久，张胜却由匈奴回来，闻说家属被拿，知是卢绾误会，连忙入见卢绾，屏退左右，备述原由。卢绾听了大悟，方知张胜乃是为己尽忠，又想他所画计策，亦属不错，但是张胜家属已经被拿下狱，奏闻高祖，专待命下便要处决，此事如何是好。卢绾想得一计，私将张胜家属放出，却用别个犯人，顶名替代，待得使者回报，便将替代之人，绑出处斩，以掩众人耳目。却仍命张胜前往匈奴，暗地传递消息，又密饬燕将停止进攻，并遣范齐往见陈豨，告以此事，嘱其并力防御西南，务与汉兵长久相持，勿得轻易退却。陈豨见卢绾肯与连和，心中甚喜，遂一意抵敌汉兵，虽然连战连败，尚自死据代郡边地，经了年余，始被周勃破灭。

周勃既查出卢绾通使之事，来报高祖。高祖初未相信，遣使往召卢绾，卢绾早知消息，未免心虚，不敢前往，假称病甚。高祖因此生疑，又遣审食其、赵尧赴燕。二人奉命到了燕国，传高祖之诏，看视疾病，并来迎接入朝。卢绾勉强出见二人，二人见卢绾无甚病容，心下明白，便欲传集卢绾左右之人到来，验问有无与陈豨通使之事。卢绾见汉使如此举动,不是来迎接他,竟是来查办他,愈加恐惧,密对亲近之人说道:“从前异姓诸侯王,除闽越本是蛮夷,无庸计算外,在中国境内,共有七国,到得现在,只存我与长沙二国,其余皆已破灭。往年冤杀韩信,族诛彭越,均出吕后之计,如今主上卧病,一切事权,尽属吕后。吕后妇人之见,专欲寻事诛戮异姓诸侯王与大功臣,我今若往长安,定然性命难保。”于是自称病重,深居宫中,不肯随同汉使起程。左右之人闻汉使传唤,亦皆逃走,或藏匿不出。

审食其与赵尧见传集左右不到,又连卢绾都不得见面,遂遣人在外秘密查探,适有卢绾左右逃走之人,将卢绾言语传述于外。恰被二人访闻,赵尧听了,尚未发作。独有审食其心中大怒。

原来审食其为人并无才干,素喜游荡,平日一味饮酒赌博,勾引妇女,只因人品生得尚属清秀,又兼性情柔顺,善于迎合,以此也自有人喜他。当日高祖身为沛公,因他是同里之人,平日相识,遂用为舍人,命其照应家事,审食其因此得与吕后日夕相见,便放出他谄媚手段,奉承得吕后十分欢喜。此时高祖军务忙碌,无暇问及家事,不久又领兵入关,一去年余,吕后尚在中年,不惯独居,又欺太公年老,子女尚幼,遂与审食其私通,明来暗去,情好甚密。及至高祖兵入彭城,遣人迎接家属,审食其侍奉太公、吕后,由沛起行。偏值高祖兵败,途中不得相遇,反被楚兵擒获,闭在营中。审食其在楚营中首尾三年,虽然身被拘囚,却喜常得与吕后相见,吕后因他患难相随,更加亲爱。后来楚汉议和,审食其随太公、吕后归汉,不过几时,项羽破灭,高祖封赏诸将,吕后乘机提起审食其,说他保护家属有功,高祖遂封之为辟阳侯。此后高祖连年巡幸洛阳,又兼东征西讨,吕后常在关中,不时得与审食其聚会,因此审食其一心一意归附吕后。如今闻卢绾言语,伤及吕后,自然忿怒异常,遂对赵尧说道:“照此看来,卢绾断不肯行,我等在此无益,不如回去复命。”

二人遂回到长安,入见高祖,审食其便将卢绾举动及其言语,从头至尾,述了一遍。高祖闻言,心想我平日一片至诚,看待卢绾,谁知他竟违命不来,不禁大怒,正要遣人前往责备,忽得边吏报告,近有匈奴人前来投降,说是张胜现在匈奴,仍为燕王使者,不时通报消息。高祖听了说道:“卢绾果然造反。”遂命樊哙领兵攻燕,立其子建为燕王。

卢绾闻得汉兵到来,自揣并无反心,不过恐遭吕后毒手,不敢入朝,如今高祖竟然遣兵来攻,若与抵抗,明是反叛,此事断不可行。又想起平日与高祖情谊何等亲密,自悔不该听信小人播弄,以致如此,又料到自己若得与高祖相见,当面陈情谢过,高祖定加原谅,遂想得一计,即日随带家属宫人马兵数千,弃了燕国,直到长城之下,搭起帐幕居住。一面遣人暗入内地,打听消息,希望高祖病愈,再行回到长安求见。未知卢绾能否与高祖相见,且听下回分解。

第十九回　四皓进言安乐宫　周勃受诏代樊哙

话说高祖自从亲征英布，临阵受伤，一路箭疮发作，回到长安病势日重。戚夫人见高祖如此情形，深恐一旦驾崩，自己母子性命不保，便日夜催促高祖速易太子。高祖见她涕泣哀求，不免心中怜惜。又想起太子盈终是庸懦无能，前次命其出征英布，定是他心中惧怕，当面不好推辞，背地却去求他母亲设法挽回，所以吕后对我说出许多言语，末后竟累我带病临阵，以致身受重伤，至今痛楚异常，似此不肖儿子，如何承嗣帝位。说起如意，现年亦已十二岁，不为甚小，更兼天性聪明，又有萧、曹等老臣辅佐，将来嗣位，可保太平无事，前此欲易太子，奈因群臣谏阻，致作罢议，如今已隔数年，旧事重提，谅来无人再敢进谏，纵使有之，我若执意不听，料朝中更无如周昌那种力争之人，此事正好趁此实行。

高祖主意已定，便又与群臣说知，欲废太子，群臣仍前进谏，此时张良身为太子少傅，因见此事与彼职任有关，不免也出言阻止。高祖果然不听，张良遂托病不出视事，独有太子太傅叔孙通，闻知此事，大不以为然，上前谏道："昔日晋献公溺爱骊姬，废太子申生，立少子奚齐，晋国因此乱了数十年。秦始皇不早立扶苏为太子，使赵高得用诈谋别立胡亥，以致灭亡，此为陛下所亲见之事。今太子仁孝，天下皆闻，吕后又与陛下同甘共苦，岂可背弃？陛下如必欲废嫡立少，臣请先行就死，以颈血洒地。"说到此处，叔孙通用手按住佩剑，意欲自杀。高祖见了，慌忙离座止住，说道："不可如此，吾不过偶出戏言，何必顶真。"叔孙通道："太子乃是天下根本，根本一摇，天下振动，陛下奈何竟以天下为戏？"高祖只得假意答应道："吾听汝言，不易太子。"叔孙通闻言，方始退去。

高祖自思我满意此次定可实行废立，谁知却有叔孙通，比周昌争得更为激烈，因他词直气壮，一时无话可驳，只得含糊依允，且待缓缓想个方法，总要见诸实行。高祖想罢，遂又暂将此事放下。当日吕后闻信，愈加焦急，知得高祖此次再议废立，比前更为决心，虽又有人力争，终恐无济于事。又想起戚夫人三番五次，图谋夺嫡，用着狐媚手段，迷惑主上，真是可恨，我若一朝得志，必不轻易放过她母子二人，定要慢慢处治，以报此仇。吕后越思越气，又急又恨，日坐深宫，如同牢狱，不时暗召建成侯吕释之入宫，密议补救方法，二人议了多次，束手无策。忽然想起张良所教之计，未曾一用，现在四皓聘来已久，高祖尚未闻知，须寻个机会，使四皓随同入见，此计有无效力，固不可知，但事已危急，不妨一试。二人议定，便一心一意等候机会。

更有太子盈，自知失爱于父，惟恐稍有过失，致被高祖闻知，借口实行废立，以此兢兢业业，遇事倍加戒慎，高祖因见太子盈恂恂循谨，平日并无失德，也就挨延时日，不能决断施行。

一日，高祖病体稍愈，便在宫中置酒，特召太子盈到来侍宴。吕释之闻知暗喜道：

“此次正可实行留侯之计。”遂通知四皓，随同太子盈入见。高祖见太子盈到来，背后随着四人，年纪大都在八十以外，须眉如雪，衣冠高大，形状甚是魁梧雄伟，心中诧异，因问太子盈道：“此是何人？”四人见高祖动问，便不待太子盈开口，一齐进前，各言名姓，乃是东园公、角里先生、绮里季、夏黄公。

高祖听了，大惊道：“吾求觅君等数年，君等竟皆逃避，不肯到来，如今何以自愿来从吾儿，试言其故？”四人同声答道：“陛下平日轻慢士人，动加怒骂，臣等恐遭侮辱，是以藏匿深山。却闻得太子为人仁孝，恭敬爱士，天下之人，莫不延颈，愿为太子效死，臣等慕义，特来相从。”高祖闻言，心想此四人名望甚重，为天下人士所共瞻仰，我屡次下诏征聘，四处寻求，无法招致，偏是太子竟有本领，将他请来，由此观之，太子已为人望所归，不可轻动，我何苦溺爱废立，大拂众心，自贻祸乱，因此决计不易太子。便对四人说道：“尚望君等始终保护太子。”四人领命，遂以次上前敬酒，高祖见此岩岩道貌，亦以优礼相待，不敢侮慢，四人礼毕，随着太子一同趋出。

高祖见四人趋出，以目相送，急召戚夫人近前，指着四人，令其观看，逐一告以名姓，说道：“我本欲易太子，无奈太子得此四人为之辅佐，譬如飞鸟，羽翼已经长成，任他高飞远去。如今太子之位，万难更动，将来吕后便真是汝的主人了。”戚夫人闻言，顿如冷水淋头，自知希望已绝，不禁掩面悲泣。高祖见了，甚是不乐，因设法劝慰道：“人生有如朝露，正宜及时行乐，何苦想到未来之事，自寻烦恼，汝今可为我起作楚舞，我当为汝唱一曲楚歌，且就眼前尽欢一醉。”戚夫人见说，方始收泪，勉强奉命起舞，左右宫人，一齐奏起音乐，高祖也就提起喉咙，唱出歌来，其歌道：

鸿鹄高飞，一举千里。
羽翼已就，横绝四海。
横绝四海，当可奈何？
虽有矰缴，尚安所施？

高祖歌罢，戚夫人听了歌词，语意明明是指废立不成，触动自己心事，不觉失声痛哭，泪如雨下。高祖心中愈加不乐，遂立起身来，吩咐罢酒，自去休息。从此高祖更不提起废立之事，遂命赵王如意，前往赵国。吕后闻知张良之计有效，不胜欢喜，心中甚感张良。戚夫人见所谋不成，也就死心塌地。

过了一时，高祖病势更重，不能起床，时多躁怒，旁有侍臣素与樊哙不睦，因见高祖容易发怒，便趁着无人之时近前捏说道：“樊哙与吕后结为死党，闻知陛下欲易太子，心中甚是愤愤不平，此次领兵征燕，临行曾对人道：‘宫车有日晏驾，他便引兵回国，尽杀戚夫人、赵王如意诸人。’似此大胆妄言，难保他日不见诸实事，望陛下早除此人，以绝后患。”高祖心中正虑戚夫人、赵王如意不得保全，又因樊哙是吕后妹夫，自然与吕后一党，听了此言，深信不疑，因此发怒欲杀樊哙。又想起樊哙现正领兵在外，若闻我欲杀他，或竟起兵造反，必须设计除之，遂唤陈平近前问计。陈平便就高祖耳边说了几句。高祖称善，即命陈平草成诏书，召周勃到床前受诏，说道：“樊哙见我有病，乃敢希望我死，今命陈平乘坐驿车，载了周勃，前往军中，代樊哙为将，到得军中，即斩樊哙之头，由陈平带回复命。”二人受诏，即时起行。及至吕后闻信，心中大惊，急欲解救，已来不及。未知樊哙性命能否保全，且听下回分解。

第二十回　高祖临终论相位　吕后秘丧逞阴谋

话说高祖病中听信谗言，心中大怒，命陈平、周勃受诏往杀樊哙。吕后闻知大惊，解救不及，又见高祖正在盛怒之下，不便进言。谁知高祖因怒气激动箭疮，病益沉重。吕后不免忧虑，下令遍访良医，有人保荐一位医士，说是极其高明，吕后即遣人迎请到来。医士奉召入宫，直到床前，见了高祖，诊视病情。高祖素来不信医药，此次自觉病重，痊愈无望，不欲医治，遂故意向医士问道："此病可治否？"医士见问，只得说是可治。高祖听了，心想此乃安慰病人之语，安能瞒我，因骂道："吾由布衣出身，手提三尺之剑，取得天下，岂非出于天命？吾命在天，虽有扁鹊何益？"遂不肯听其医治，命左右取金五十斤，赐与医士，令其归去。

到了十二年春三月，高祖病势日重一日，自知不起，早虑到吕后将来专权，不免紊乱朝制，乃遍召列侯大臣入宫，宰杀白马，同立盟誓道："以后非属刘氏，不得为王；非属有功，不得封侯，若有违背此约者，天下共击之！"群臣奉命，誓毕退出。高祖又遣使奉诏往谕陈平，命其由燕回时，即往荥阳，帮同灌婴领兵驻守，防备各国乘着朝廷丧事，发生变故。吕后见高祖病已危笃，趁着无人在旁，进至床前，含悲问道："陛下百岁之后，萧相国若死，何人可代其职？"高祖道："可以曹参代之。"吕后问道："尚有何人？"高祖道："王陵可任，但其人性质稍戆，陈平可以助之。惟是陈平智计有余，不能独任。周勃看似重厚朴实，然将来能安刘氏者，必是此人，可用之为太尉。"吕后再问此数人后更用何人，高祖道："此后亦非汝所能知。"吕后方始无言，谨记数人姓名。后来依着高祖所言任用，果然诛灭吕氏，平定祸乱，高祖也算是有先见之明了。

夏四月甲辰，高祖驾崩于长乐宫中。说起高祖为人，自少不喜文学，懒读诗书，但他生性明白通达，好用谋略，善听人言，平日无论何人，皆与相见，虽是监门戍卒，初次见面，待之有如故旧。当日领兵入关，先顺民心，约法三章，到得天下既定，命萧何作律令，韩信造军法，张苍定章程，叔孙通制礼仪，虽然诸事草创，规模却甚阔大。统计生平，自从三十九岁起兵，四十二岁入关灭秦，身为汉王，与项羽战争五年，平定天下，四十六岁即皇帝位，至此八年，享年五十三岁。中间东征西讨，身在兵间之日为多，每战皆亲临前敌，共计身受兵刃所伤十二处，矢石所伤十二处，其伤口尤重前后透过者四处，此次竟因亲征英布，为流矢所中，医治不愈而死。清谢启昆有诗咏高祖道：

治生比仲孰为强，云气东南隐砀芒。
囊乏一钱惊吕父，手持三尺入咸阳。
斩蛇未必成真帝，烹狗终难恕假王。
孔费将军竟何在，空歌猛士大风扬。

吕后见高祖已死，心中忽动杀机，便欲一试狠辣手段，吩咐秘不发丧。此时仅有近侍数人在旁，吕后令其严守秘密，不得漏泄。于是令人将辟阳侯审食其召入宫中，密与商议道："现在主上驾崩，列侯诸将，布满朝廷，论起出身，本与主上同为平民，后因各人境遇不同，主上竟为皇帝，彼等北面称臣，意中常觉不愿，何况要他奉事少主，岂肯甘心？若非将彼等一概族诛，天下不得安宁。不知汝意以为如何？"审食其本是个无用之人，对于凡百事体，毫无主见，又兼平日自己品行不端，诸将看他不起，因此挟了嫌隙，遂也不管事体轻重，可行不可行，一口极力赞成。吕后见审食其与她同意，心中甚喜，便又问他如何下手行事。审食其见问，更属茫然，寻思半晌，竟是一筹莫展。吕后自己思来想去，一时也无善法，只因列侯诸将不下百余人，若要一律诱入宫中，将他杀死，殊非易事。比不得前次只杀韩信一人，不甚费力，况诸将多半手握兵权，倘使预先泄漏消息，或是临时走脱数人，便立刻酿成大乱，不可收拾，此计不但恶毒，而且危险。吕后虽是狠忍，到此亦不能不迟疑审慎，偏遇审食其是个蠢才，全无理会。吕后又召其兄建成侯吕释之、侄郦侯吕台等，一同商议，诸人一连想了三日三夜，毕竟无甚方法。

大凡秘密之事，延了多日，断无不被人发觉之理，当日宫中正在商议未决，早已被人闻知。原来曲周侯郦商之子郦寄，素与诸吕结交，极其亲密。此次会议之事，诸吕在场，人多口众，言语间不免泄露风声，却被郦寄听得，心想他父亲也是诸将中之一人，莫要连累在内，遂急回家中，暗暗告知郦商，令其速行避匿，以免与诸人一同受祸。郦商闻得此信，不觉大惊，心中想道，幸喜为我所闻，若使同班中他人得知，必然在外宣扬，闹出事来，于是连忙入宫寻见审食其，邀到僻静之处，附耳说道："我闻主上已崩四日，尚不发丧，吕后欲设计尽诛诸将，此计若行，天下危矣。现在陈平、灌婴领兵十万，东守荥阳；樊哙、周勃领兵二十万，北定燕地，倘使闻知主上驾崩，诸将被诛，必然连兵西向，来攻关中，朝中大臣，见此情形，亦必离心，反与诸将连合，作为内应，灭亡就在眼前。吕后、太子，不但不能据此尊位，且连性命都不能保。足下为吕后亲信之人，务须速行阻止，剀切陈明，将此事作为罢议，早日发丧，方保无事。"审食其听说，目瞪口呆，遂依言告知吕后。吕后心中也觉所言甚是，况此事已被郦商知得，更属难行，只得作罢。于是一天风浪，因此平息。

吕后遂下令于丁未日发丧，此时高祖死已四日，方才殡殓，群臣闻信，都入宫中哭临，却喜未知吕后设计谋害之事。到了五月丙寅，葬于长陵，群臣上庙号为高皇帝。己巳，太子盈嗣位，是为汉惠帝，尊吕后为皇太后，下诏大赦天下。卢绾闻知高祖已死，料定自己回朝，吕后必不相容，便率同家族兵队，投奔匈奴而去。

却说陈平与周勃奉诏往斩樊哙，一路乘坐驿车，风驰前往。陈平于路寻思道，我此去甚是危险，樊哙乃是枭雄之将，现握兵权，若使不肯奉诏，造起反来，我二人到了军中，岂非白白送死？更有一层，纵使樊哙俯首听命，我便将他斩首回报，眼见主上病重，不日驾崩。吕后专了政权，樊哙是她妹夫，又有胞妹吕媭在朝，要与其夫报仇，定然说我设计引诱主上，杀她丈夫，触了吕后之怒，我命亦就难保。若径将诏书搁起，放了樊哙，又恐怕主上尚在，说我违诏行事，真是斩他不可，放他亦不可。想来想去，正在左右为难，忽然眉头一皱，计上心来。未知陈平想得何计，且听下回分解。

第二十一回　智陈平巧全樊哙　戆周昌力保赵王

话说陈平奉诏往斩樊哙，于路寻思，左右为难，忽然想得一计，便要与周勃商议。但他心中所想为难情形，又不便对周勃说出，于是故意托词说道："樊哙乃主上故人，平日所立战功甚多，又是吕后胞妹吕媭之夫，甚得亲幸。今主上因一时忿怒，故欲斩之，难保将来不生后悔，转归咎我二人身上，说是当时明知樊哙无罪，不肯出头保奏，反又赞成算计杀他，我二人如何担得起此种干系。据愚见且慢将他斩首，只须活活拘送回京，任凭主上自己发落，不知君意以为如何？"周勃见说，心想主上只命我往代樊哙领兵，不曾命我斩杀樊哙，此事本是他一人责成，与我无干，我落得不管，遂答道："一凭君意办理。"陈平听了，心知周勃不肯参与此事，只要他不来反对，我便可照此办去。但是还有一层，设使樊哙有心谋反，不肯束手受缚，如何是好。陈平却又想得一法，也不与周勃说明，只待临机行事。

此时樊哙统领大兵，已定了燕地十八县，驻扎蓟南。陈平与周勃行到蓟南，离军十里，陈平便停住不进，下令随从人等，就地筑成一坛，却遣人持节前往军中，命樊哙到来受诏。樊哙全不觉得，只道是高祖遣使前来慰劳，也不识使者自己不到军中，却在远地筑坛，召他受诏，是何意思，只得随带数骑，同着来人到来接诏。陈平预先嘱咐从人，备下绳索等候，一见樊哙到了，自己登坛宣读诏书已毕，两旁人一拥而上，便将樊哙双手背绑起来。樊哙听了诏书，说是即就军中斩他，只道如今绑了就杀，自然又惊又怒，口中乱嚷起来。陈平急下坛对他说明自己意思，樊哙方始无言，左右早将槛车推上，陈平命将樊哙装入槛车，遣人押送，即日解往长安。

樊哙随来兵士，见主将被擒，尽皆吃惊，欲待上前救护，无奈自己人数无多，况碍着诏书，不敢胡乱动手。陈平便同周勃驰至军中，将诏书晓谕诸将士，令周勃接管兵事，自己仍乘坐驿车，回京复命。

行不到数日，早听路人传说，高祖驾崩。陈平吓了一跳，心想幸喜我早定主意，预料及此，若使我依着诏书，即将樊哙斩首，如今回去，也一定被吕后杀了。但是樊哙得保性命，虽然不至见怪，独有吕媭见她丈夫被辱，心中仍是恨我，必向吕后面前，说我坏话，我须赶到长安，设法防她，于是一路趱程前进。又行数日，却遇使者持诏到来，见了陈平，宣读高祖诏书，命他前往荥阳，会同灌婴防守。陈平受诏，自思高祖已崩，荥阳现有灌婴在彼，无甚要事，如今我还是赶到长安要紧，借着奔丧为名，不往荥阳，一径回京。

到了长安，陈平直入宫中，向高祖灵前放声大哭，泪如雨下。哭毕，遂向吕后、太子奏道："臣此次奉诏往斩樊哙，自己不敢擅杀，已将樊哙拿解来京，不日可到。"吕后闻说，陈平未照诏书将樊哙杀死，心中甚悦。又见陈平远路赶回，满面风尘，更兼哭得伤心，觉其情状可怜，便安慰道："君可出外暂行歇息。"陈平暗想，我若出外，不能常与吕后见面，吕媭便得乘机进谗，激动吕后之怒，我必遭其陷害。于是想得一计，便向吕后请道："现值大丧，臣愿留宫以备宿卫。"吕后道："宫中宿卫已有多人，君远道初回，不宜过于劳苦。"陈平再三固请，吕后却他不过，便命为郎中令，日在宫中，傅相惠帝。

果然吕媭闻得陈平奉诏往斩樊哙，一面忧惧非常，一面痛恨陈平，以为都是他献此毒计。如今闻得樊哙未死，心中虽然稍慰，却并不感激他，只因见樊哙被囚，到底不免受辱，立意欲图报复，便向吕后哭诉，要他惩办陈平以出此气。吕后已听了陈平先入之言，又兼日与陈平见面，觉他并无不是之处，反劝其妹不要错怪好人。吕媭无法，只得忍住。不过几日，樊哙解到。吕后下诏赦之，复其爵邑，又命樊哙向陈平道谢，陈平因此竟得免祸。

却说惠帝自从五岁时，高祖为汉王，立之为太子，到了九岁，高祖即皇帝位，立为皇太子，如今高祖驾崩，嗣立为帝，年已一十七岁。天性宽仁谨慎，但未免过于柔弱，国事多由吕后专断。吕后为人，性本妒忌，心又狠毒，自从被困楚军三年，幸因两下议和，始得放回，夫妻久别重聚。又见高祖后宫广纳妃嫔，得宠之人甚多，自己年长色衰，不得时常亲近，心中暗骂高祖薄情，全不念及糟糠之义。由是看着一般得宠妃嫔，有如眼中之钉，十分痛恨。偏又遇着戚夫人恃宠谋易太子，事虽不成，害得她日夕提心吊胆，忧愁惶急，以此最为切齿，如今得志，便欲将一肚皮怨愤，尽数发泄。待到高祖丧葬事毕，吕后遂下令将高祖宠幸妃嫔，按名囚入永巷。诸妃嫔中有已生皇子，封为国王者，也不得随子赴国，只有薄姬，平日无宠，少得进见，其子恒现为代王，吕后独许其赴代。薄姬竟得为了代王太后，只可怜诸妃嫔被囚永巷，作了罪人，衣食粗恶，不免饥寒，回想平日享惯珍馐美味，身上穿戴都是珠玉锦绣，如今时移势易，繁华过眼，毕竟成空，一个个瘦尽花容，蹙残眉黛，不免长吁短叹，此等愁苦情形，无庸细述。

就中戚夫人本是吕后第一冤对，此时岂肯轻轻放过，自是比起别人更加受苦。吕后下令将她髡钳起来，身穿赭衣，勒令长日舂米，并派人在旁监督，若有怠懈，便即加以鞭打。戚夫人自少娇养已惯，只知吹弹歌舞，如今要她做此苦工，如何禁得劳苦，心中自然怨恨。又想起自己儿子，现在赵地为王，尚是安乐，谁知她母亲在此受苦，母子相隔既远，自己又无心腹之人，传递消息，真是愁怀万种，度日如年。戚夫人遂编成一歌，一面舂米，一面唱歌道：

子为王，母为虏，终日舂薄暮，常与死为伍。
相离三千里，当谁使告汝？

吕后所派监舂之人，听得戚夫人歌词中含怨恨，不敢隐瞒，便来告知吕后。吕后闻信大怒道："贱人尚欲倚靠着她的儿子，我如今先把她儿子杀了，再来慢慢处治她。"于是遂遣使前往赵国，召赵王如意来京。及至使者回来，说是赵王有病，不能来京。吕后大怒，又遣使者往召，一连三次，均不见赵王到来，吕后愈怒。未知吕后能否害得赵王，且听下回分解。

第二十二回　钟阴祸吕雉肆毒　被奇刑人彘生灾

话说赵王如意，自从到了赵国，不过几月，高祖驾崩。此时如意年仅一十二岁，国中政事，皆归赵相周昌办理。周昌因见赵王是高祖少子，平日最加宠爱，特行托他保护，所以一心一意，保护赵王。偏值吕后遣人来召。周昌心想吕后因为废立之事，与戚夫人母子成了冤对，如今戚夫人已被囚于永巷，吕后意犹未足，更想谋害赵王。我若坐视不救，岂非有负高祖委托，遂假说赵王有病，不能入京。后来使者三番两次，络绎来催，又见赵王并无甚病，周昌情知瞒他不过，欲待听王赴京，又实不能放心，遂对使者直说道："当初高皇帝在日，曾将赵王嘱咐与臣，命臣尽心保护。今赵王年纪尚少，臣窃闻太后怨恨戚夫人，欲召赵王来京，将其母子并行杀害，臣实不敢听王应召。且赵王亦有疾病，不能奉诏。"使者只得依言回报。吕后见三次召他不来，又闻周昌许多言语，愈加愤怒。心想都是周昌从中作梗，我今先将周昌调开，看他更借何人作为护符。于是吕后却遣使者往召周昌，周昌闻命，只得随同使者赴京。

原来周昌也知自己离了赵国，赵王一定不能保全，无奈身为人臣，不能拒绝朝命，不比前次吕后来召赵王，可将高祖遗命与之抵抗。如今来召自己，却当依诏而行，虽明知此是吕后调虎离山之计，但自己本分理应如此，以后赵王能否保全，非自己力量所能及，只得听之而已。周昌既到长安，入见吕后，此时吕后正在得势，竟忘却从前跪谢周昌情事，反怨他太觉多事，一见周昌便骂道："汝岂不知我怨戚氏，如何不放赵王前来？"周昌气得说道："臣但知尽臣之职，前此高皇帝欲易太子，臣曾守职力争，今高皇帝以赵王托臣，臣自应尽心保护，太后与戚氏是否有怨，臣实不敢妄行干预。"吕后听了，无言可答，遂留周昌在朝，不令归赵，另遣使者往召赵王。此时赵王身边，更无人敢替他作主，辞绝来使，如意自己年幼，惧怕吕后，不敢不来，使者遂奉了赵王，一同起程。

事为惠帝所闻，惠帝生性慈仁，从前虽被戚夫人阴谋夺嫡，几乎不保太子之位，到得事已过去，也就不再计较。自即位后，见吕后将高祖得宠妃嫔，幽囚永巷，复迫令戚夫人舂米，心中已是不悦，几次进谏吕后，吕后不听。及闻吕后往召赵王如意，更替赵王担忧。后来听说周昌不放赵王前来，心中为之一慰，今见周昌召到，又召赵王，料定赵王必来，来必遭害。因念起同父手足之情，岂可坐视不救？又想赵王平日无甚过恶，吕后不能明行杀他，惟有暗地用计谋害，眼见除却自己，更无别人可作赵王保护，事在危急，必须预先打算才好。

惠帝想定方法，急遣近侍打听赵王消息，何日可到灞上，即来报知。近侍奉命去了，不过数日，赵王如意到了灞上，近侍报知惠帝。惠帝即命排齐銮驾，自己亲到灞上，迎接赵王。兄弟相见，俱各悲喜，惠帝遂与赵王同车入宫，来见吕后。吕后见了赵王，怒从心起，却碍着惠帝，当面不便发作，暗想他既到来，如同俎上之肉，何妨慢慢想法害他。赵王如意闻知其母被囚永巷，心中虽然悲伤，却不敢求与相见，从此惠帝便与赵王同床卧起，同席饮食，吕后密遣多人侦探消息，欲乘惠帝不在，杀死赵王。惠帝因此时时刻刻，加意防护赵王，母子二人彼此各知心事，当面并不明言，只在暗中算计。如此一连数月，惠帝与赵王顷刻不离，吕后竟无法下手。

到了惠帝元年冬十二月，一日惠帝早起，须出外射猎，本拟带同赵王前往，无奈赵王年幼，不能起早，又兼隆冬严寒天气，恋着重衾，正是好睡。惠帝因见赵王来了许久，安然无事，未免防备稍懈，此时又唤他不醒，心想我出去不久便回，不如由他熟睡，稍离片刻，谅无妨碍。谁知惠帝一去，即有侦探之人，飞报吕后得知。吕后大喜，急传诏命力士往害赵王。力士奉命入得惠帝宫中，见赵王尚未睡醒，遂就被裹用绳套在赵王如意项上，紧紧勒住，不消一刻，赵王一命呜呼。力士见赵王已死，连忙回报吕后。吕后心中尚未肯信，疑是力士骗她，便命近侍将赵王尸身取来验明，近侍奉命，到了惠帝宫中，却喜惠帝尚未回来，便将赵王尸身，用绿色长囊装贮，放在一个小衣车内，送到吕后宫中。吕后命人打开绿囊，亲自看明相貌，果是赵王如意，方才大喜，吩咐重赏力士。

及至惠帝猎罢回宫，不见赵王，已吃一惊，问起左右皆说是被吕后遣人缢死。惠帝大惊，但事已至此，无可奈何，只得痛哭一场。命将赵王尸身，照着王礼埋葬，谥为赵隐王。如意既死，又无后代，吕后遂将淮阳王友移为赵王。周昌闻赵王如意被害，心中异常愤懑，因思高祖托以赵王，自己不能保全，更有何面目立在朝廷，遂托病不肯朝见，终日住在家中，郁郁不乐，竟因此气闷而死。

惠帝因赵王由自己保护不周，以致横死，尤加痛惜，想起数月之久，同眠共食，枉费许多精神，究竟不能保全。又怜赵王死得无辜，虽起意由于吕后，但动手谋害之人，必须惩治，也算是替赵王如意报仇，于是留心访查，后来果然查得缢死赵王之力士，乃是东郭门外一个官奴，惠帝便命官吏捕获，立时将他腰斩，吕后处在深宫，并不知得此事。

吕后既杀赵王如意，便命人将戚夫人两手、两足，尽数截断，一双眼睛，并行剜去，又用药将她两耳熏聋，并以哑药与服，安置在土窟之中，起一名字，号为“人彘”。戚夫人此时，目不能视，耳不能听，口不能言，又无手足，不能行走运动，竟似一个混沌，偏是她禁得此种奇酷刑法，仍然不死。吕后要她受着活罪，每日仍令人给她饮食，一连数月，戚夫人尚能生活。

一日吕后召到惠帝，令其往观一种奇异之物，名为“人彘”。惠帝一向亲理政务，何曾知得此事。况兼赵王如意已死，心想吕后怒气可平，更不料戚夫人遭此奇祸。当日奉命前往土窟观看，见了此种形状，心中甚是诧异，便向左右查问，方知乃是戚夫人。惠帝吃惊非常，不觉大哭回宫，从此得病。未知惠帝病状如何，且听下回分解。

第二十三回　**沧桑侍女谈遗事　杯酒宫廷伏杀机**

话说惠帝见了人彘，问知乃是戚夫人，一时出其不意，又惊又气，又是悲痛，不禁大哭回宫。心想天下竟有如此之事，戚夫人也是先帝妃嫔，如今竟遭此奇刑，弄得求生不能，求死不得。不料母亲如此忍心，瞒着我用出惨酷手段，偏又命我亲自往看，事已如此，我也无法补救，但是叫我心上如何过得去。而且外人不知，只道是我意图报复，帮同母亲出此主意，再不然，也说我不能谏阻母亲，任她一味胡为，坐视不理，以致如此。我身为天子，竟使家庭之中，发生奇变，不能设法消弭，又何能临御天下，管理万民？史笔流传，后世说我是个何等君主，真是母亲害我，使我何颜更对臣民。惠帝越思越恼，终日如醉如痴，忘餐废寝，因此得了大病，卧床不起，连皇帝也不想做，因遣人对吕后道："此事非是人类所为，太后为此举动，竟不先使吾知。从今以后，便请太后亲理万机，吾愿仍如昔日身为太子，不能再治天下。"吕后听了，不免怀惭。又悔不该令惠帝往看，以致惊得生病。但是有一件事正中其意，因为惠帝病了，请她亲政，她便独揽大权，从此任意妄为，竟将辟阳侯审食其留在宫中，一同饮食起居，坦然无忌。

过了一时，戚夫人也就死了。说起戚夫人一生为人，极欢乐极苦痛之事，皆曾受过。自从囚入永巷，旧日随身侍儿，吕后尽皆遣散出宫。内中有一侍儿姓贾名佩兰，出宫之后，嫁与扶风人段儒为妻。常对人言，在宫时侍奉戚夫人，戚夫人为高祖所最宠爱，每有奇珍异宝，皆赐与之，以此服用之物，备极华侈。戚夫人曾用百炼之金制为指环，此金经过百炼，光彩焕发，戴在指上，竟能照见指骨，却被高祖看见，嫌其光彩太露，以为不祥，遂将指环分赐与侍儿鸣玉、耀光等人，每人四枚。

戚夫人只有一子赵王如意，倍加爱惜，令保母多人抚养，所居之室，名为养德宫，后又改名鱼藻宫。如意长到八九岁，戚夫人不放心他在外读书，便选择一个女师，名为赵媪，使教他识字。戚夫人每至高祖面前提起如意，要他代为设法，保得长命富贵，高祖想到无法，心中烦闷，便命戚夫人击筑，自己唱起大风之诗，如此情形，不止一次。

贾佩兰又说起在宫时，日常无事，聚集同伴，惟以管弦歌舞，互相娱乐，一遇良辰佳节，各人预先置备新奇服饰，临时穿着，随从戚夫人到处行乐。宫中四时乐事甚多，不能尽述，一年之中，皆有例行乐事。大概每值十月十五日，结伴同入灵女庙中，用牲醴祀神，大家吹笛击筑，唱上灵之曲，祭毕各人列队排立，彼此两手交挽，两臂相连，以足踏地，口中齐歌《赤凤凰来》之曲。至七月七日，同临百子池上，奏于阗之乐，待乐奏毕，各以五色线缕，彼此连系，名为相连爱。八月四日，出到雕房之外，北户竹下，各下围棋以卜时运，得胜者算是终年有福，若是棋输，定主终年疾病，须取丝线，朝着北辰星，祈求长命，方可免患。九月九日，各人身佩茱萸，食蓬饵，饮菊花酒，说是可以令人长寿。此酒乃当菊花放时，连茎叶采下，和黍米酿之，到得来年九月九日始熟，然后饮之，故名为菊花酒。又逢正月上辰日，出到池边，盥漱洗濯，食蓬饵，以辟妖邪。三月上已，就流水张乐。以上各种乐事，每年皆是如此。如今戚夫人既死，一班同伴，都已出宫，各散一方，大抵嫁作民妻。佩兰言时，不胜感叹。清人谢启昆有诗咏戚夫人道：

鱼藻深宫保护难，上灵曲和大风寒。
金环照骨分鸣玉，翠袖招腰拥佩兰。
太子已随黄绮远，宫奴旋捧绿囊看。
安刘无计安椒闼，连爱空教彩缕团。

惠帝自见“人彘”之后，一病经年，方能起床。到了二年冬十月，齐王刘肥入朝觐见。却说刘肥乃高祖少年私通曹氏所生，算是庶出长子。高祖因他是长子，立为齐王，欲使多得土地，下令凡附近齐国地方，其人民能为齐国言语者，尽皆封与齐国，所以齐国甚大，共有七十三县。又命曹参为齐相，佐王治国。如今高祖既崩，惠帝新立，齐王遂与曹参议定，来京朝见。惠帝因他是大哥，十分优礼看待，便邀同入宫，谒见吕后。惠帝下令排起筵宴，请吕后坐了上座，自己要想尊敬大哥，尽些兄弟情分，因说道：“宫内当行家人之礼。”照着兄弟叙齿，便推齐王坐在自己之上，齐王也不推辞，一径坐下。吕后见了，心中大怒，却又不便发作，暗骂齐王，汝乃庶出，兼是人臣，我子已为皇帝，竟敢自恃年长，目无礼法，如此放肆，于是想得一计。待齐王饮得正酣，乘其不备，暗对左右低说数句，左右奉命，立时斟了两杯酒来，放在齐王面前，请他向吕后敬酒。

说起古人敬酒，乃是卑幼对于尊长，常行礼节，照例应持起酒杯，说出许多吉利之语，无非祝他福寿，祝毕便在尊长面前，将酒自行饮尽，此礼古人谓之上寿。当日吕后心中含怒，齐王全不觉得，忽见左右斟酒到来，要他敬酒。自想此是自己应尽之礼，更无可疑，遂立起身来，取了一杯酒在手。恰好惠帝无意中因见左右斟了两杯，便欲与齐王一同敬酒，等得齐王起身，自己也就离座方欲伸手取杯，吕后一见大惊，连忙立起，将酒夺去，倾翻地上。惠帝初时，未免错愕，仔细一想，心中明白。齐王见此情形，大有可疑，因此祝寿已毕，不敢饮酒，假称大醉，谢了筵宴，即时归邸。回思席间形状，终不放心，便欲问个明白，乃密遣近侍持了金钱，贿赂吕后左右，探问其故。左右得了金钱，料想此事纵使齐王知得，他亦不敢在外张扬，便将实情说出。来人如言回报，齐王闻说，吓得目瞪口呆，浑身冷汗如雨。

原来吕后命左右所斟之酒，乃是鸩酒。鸩本鸟名，此鸟一名运日鸟，又名同力鸟，产于岭南，形状似鹗，浑身紫黑，红嘴黑目，颈长七八寸，鸣声如击腰鼓，性好食蝮蛇及野葛，所巢之处，其下数十步，草木不生。人用其羽画酒，便成鸩酒，饮之立时身死。当日吕后特命左右预备此酒，意欲毒死齐王，谁知事不凑巧，却被惠帝横来干预，弄得吕后发急，露出马脚，齐王因得幸免，直到事后方才闻知，安得不惊。

齐王惊定，心想吕后既已动怒，存心害他，早晚终遭毒手，惠帝虽然友爱兄弟，亦恐无力保全，但看赵王如意便是一个榜样。赵王乃是惠帝幼弟，惠帝因知吕后有意加害，起居饮食，顷刻不离，守到数月，究竟尚不能免祸，况他年长居外，惠帝如何照顾得到？即使吕后饶他一死，也定然不肯放他回到齐国，自悔此次不该来朝，眼看不久死在长安，更不得南面称王，如何是好！齐王辗转寻思，心中忧虑，乃与近臣数人密议脱身之策，旁有内史进计道："太后独有子女二人，一为今皇帝，一为鲁元公主。鲁元公主食邑仅有鲁地数城，而大王据有齐国七十余城，今大王若肯以一郡之地，献上太后，为鲁元公主食邑，太后必然大喜，大王可保无患。"齐王闻言，连连点头称善，即便依计而行。未知吕后能否息怒，且听下回分解。

第二十四回　**萧何推贤得替人　曹参为相饮醇酒**

话说齐王刘肥听从内史之言，依计行事，便将城阳一郡之地奉献与鲁元公主为食邑，尚恐不能博得吕后欢心，又请尊鲁元公主为王太后。吕后见齐王十分讨好，果然回嗔作喜，立即允准，自己亲带惠帝及鲁元公主，来到齐王邸中，张乐宴饮。惠帝因吕后欲毒齐王，心想我欲尊敬大哥，反致害他，此数日正在愁苦，要想设法保护，今见彼此和好，心中始安。是日母子兄弟痛饮极欢而散，齐王因此遂得安然回国。齐王回国数月，适值汉相国萧何身死，齐相曹参遂被召为相国。

是年秋七月，相国萧何病重，惠帝闻知，车驾亲临视疾，因见萧何病已不治，便问道："君百岁之后，何人可以代君之位？"萧何答道："古语有云：'知臣莫若主'，惟陛下自行选择。"惠帝因记起高祖临终之言，又问道："曹参何如？"萧何闻言，正合本意，遂顿首道："陛下已得其人，臣死可以不恨。"惠帝又安慰一番，然后回宫。不过数日，萧何身死。萧何身为汉相十余年，所买田宅，必择穷僻之处，居家不肯修治墙屋，人问其故，萧何道："后世子孙若贤，当学吾之俭，不贤亦不至为势家所夺。"吕后、惠帝因念萧何是高祖第一功臣，命葬于长陵之东，赐谥为文终侯，使其子袭爵为酂侯，后来萧何子孙，每因绝嗣或犯罪，失去爵位，朝廷往往求得其后，续封酂侯，直至王莽败时始绝，当日功臣无与为比。清人谢启昆有诗咏萧何道：

咸阳图籍得周知，厄塞山河指掌窥。
转漕独肩关内任，买田能释汉王疑。
无双国士追亡者，第一功臣孰代之？
清净兴歌遵约束，治平允作后贤师。

萧何既死，惠帝即遣使往召曹参。却说曹参自从高祖六年到了齐相之任，此时天下初定，齐地广大，王又年少，曹参乃尽召长老诸儒，问以治国之道。儒生百余人，所言人人各异，曹参心中疑惑不决。闻胶西地方，有一位盖公，精于黄老之学，遂备下厚礼，遣人前往聘之。说起黄老之学，乃战国时人士所倡，托始于黄帝、老子，即后世道家所祖。盖公应聘到齐，曹参向之请问。盖公遂本他所学，说了一遍，大抵是言治道贵清静而民自定。曹参深服其言，遂自将正室让与盖公居住，待以师礼，一依其言，治理政务。曹参在齐九年，专务清静，使人民得以休养生息，于是一时翕然称为贤相。

此次闻得萧何死信，曹参立饬舍人赶紧收拾行装，说是我将入京代萧何为相国。舍人闻言，心中不信，只得遵命办理。数日之后，果然使者到了，曹参奉命，便将经手事件，交代后任齐相接管，并嘱道："今将齐国狱市两处，托付与君，慎勿轻扰。"后任听了，心中生疑，因问道："治国之道岂无更大者？"曹参答道："非也，只因监狱与街市两处地方，人类不齐，善恶杂处，若要遇事穷究，必致恶人无所容身，闹出事来，吾故以此为先务。”后任听了，方始无言。曹参拜别齐王，随同使者到京，入见吕后、惠帝，接了相国之印，到任视事。

曹参字敬伯，少时与萧何同为沛县吏，交情甚密，后二人皆从高祖，萧何为相，曹参为将，因事生有嫌隙，彼此不睦。如今萧何临死，惠帝问及曹参，萧何却极力赞成，曹参既代萧何为相国，凡事一照旧章办理，毫无变更。又选择各地官吏口才钝拙素性忠厚者，用为相国属官，其有性情苛刻好名喜事之人，一律罢免。属吏偶犯小过，曹参必为遮掩，以此府中无事。曹参长日清闲，便在相府痛饮醇酒。

当日满朝公卿以及属吏宾客人等，见曹参初履相任，料想定有一番新政，谁知除却更换几个官吏外，并无举动，只是终日沉醉，人人都觉诧异，遂有一班怀着意见、要想陈言献策之人，前往相府求见。曹参也不拒绝，每值客至，便命置酒共饮，席间所谈，却无一语涉及政治，及饮到半酣，来客正欲陈述意见，曹参早已觉得，便极力劝他饮酒，偶然说出一二句，曹参只当不闻，急用别话支开，但管相对痛饮，直至其人酒醉辞去，始终开口不得，无论官吏宾客到来，曹参都用此法看待。众人也不知他是何意思，但知道见他无益，以后也不再来，曹参反落得清静。

曹参既不理事，专好饮酒，于是府中属吏，也就偷闲学起样来。原来曹参所居相府，后面有一花园，园外便是属吏住屋，一班属吏三五成群，聚在屋内，开怀畅饮，酒醉之后，还要高呼唱曲，声达四邻，日日如此。曹参身边一个从吏，见此种举动，真是闹得不堪，自己无法阻止，又碍着彼此都是同事，不便出头告发。暗想如何能使相国亲自闻知，加以惩戒，方能敛迹，寻思良久，忽得一计。一日趁着曹参无事，请其往游后园，曹参欣然应允。到得园中，正待赏玩风景，忽然一阵风来，猛听得一片喧哗，曹参停了脚步，听得是饮酒欢呼之声，又知得园外周围尽是吏舍，仔细再听，连各属吏语音都辨得清楚。从吏见曹参亲自闻知，定然发怒。谁知曹参反听得高兴起来，吩咐左右安设坐席，取出酒肴，坐下痛饮。饮到酣醉，也就大声歌呼，与舍吏声音两相应和。当日园外一班属吏，闻得相国也在后园醉歌，知是与他凑趣，益加畅意。属吏见此情形出乎意料之外，不觉看得呆了，心想相国也与彼等一伙胡闹，真是无法可想，只好由他。

事为惠帝所闻。却说惠帝自病愈之后，心灰意懒，只因吕后任意妄为，自己无法匡救，便终日在宫，与妃嫔等饮酒作乐，算是有托而逃。但表面上虽然一切不管，暗地却也留心外事。今见曹参一味饮酒，无所事事，心想他为相国，如何也学我样，莫非他心中看我不起，所以不肯尽心辅助，待要问个明白，但当面又不便说出。恰好曹参长子曹窋，现为中大夫，日在惠帝左右，惠帝便对曹窋道：“汝归家时，可从容向汝父如此如此探问，看他如何答话。汝便依言回报，但切莫说是我教汝。”曹窋领命。

到得休沐之日，曹窋回家，见他父亲曹参，仍是饮酒，便在一旁侍立。等到无人之际，遂依着惠帝嘱咐言语，近前问道：“高皇帝驾崩未久，主上年纪尚少，大人身为相国，终日饮酒，无所建白，将何以治天下？”曹参听了大怒，不由分说，持起戒尺，将曹窋痛责二百下，责毕说道：“速即入宫侍奉主上，天下事非是汝所应言。”曹窋见父亲动怒，不敢明说是惠帝教他，只得入宫，来见惠帝。惠帝问起此事，曹窋就直说了。惠帝见曹窋因他受责,心中甚是不悦。

次日早朝,惠帝一见曹参,便责备道:“汝昨日何故责打曹窋?曹窋所言,乃是我教他说。”曹参听了,连忙免冠顿首谢罪,因说道:“陛下自量圣明英武,比高皇帝何如?”惠帝见问,惶恐道:“朕如何敢比先帝?”曹参又道:“陛下观臣才能,比起萧何,何人为胜?”惠帝道:“君似不及萧何。”曹参道:“陛下之言是也。当日高皇帝与萧何,平定天下,法令明备,今陛下垂拱于上,臣等守职于下,遵而勿失,不亦可乎?”惠帝闻言,点头称善,从此便也由他酣醉。曹参为相,首尾三年,其时人民为之作歌道:

萧何为法,觏若画一。
曹参代之,守而勿失。
载其清净,民以宁一。

后人因此便将萧何、曹参并称为汉贤相。但论起古时宰相之职,总理庶政,进退百官,事务何等繁多,责任何等重大,纵使日夜勤慎办公,犹恐不免贻误。偏是曹参,竟似无事可做,盖由平日崇尚黄老之学,以为息事可以宁民。殊不知设官分职,原为教养万民,增进治理,若但求安静无事,已不能号为称职,况加以终日饮酒,沉湎无度,尤属非法。在当日人民知识浅薄,又兼大乱初平,各谋生计,但求官府不扰,便自歌功颂德,感戴不忘。故曹参为相,虽无政绩,亦可博得称誉。然而国事因此败坏于无形之中,致酿出后来祸患者,已属不免。即如其时,内有吕后,擅权专恣,肆为淫乱,曹参不能辅助惠帝,设法防止,遂致诸吕之变。外有匈奴,侵凌中国,曹参不能命将出师,威服强敌,使成永久之患,推原祸本,曹参实不能辞其咎,称为贤相,未免有愧。欲知当日内忧外患情形,且听下回分解。

第二十五回　惠帝发怒囚辟阳　朱建定计见闳孺

说话吕后自从高祖驾崩，自己年已长大，却时常密召审食其入宫侍寝，但碍惠帝，恐其闻知，于是多遣近侍，作为耳目，每遇惠帝入见，近侍先期报信，急将审食其藏匿，以此惠帝都未撞着，也无人敢向惠帝说知此事。

后来惠帝因见人彘，气愤成病，吕后遂得畅意，竟命审食其常住宫中，一同饮食寝处，俨如夫妇。到得惠帝病愈，吕后与审食其同居已成习惯，便遇惠帝入见，也顾不得回避。又喜得惠帝无意国事，日与后宫淫乐，以此愈无忌惮。审食其更倚着得宠太后，结连诸吕，在外横肆，弄得朝野侧目，中外皆知。但只瞒着惠帝一人。谁知月深日久，渐被惠帝窥破形迹，不免生疑，因留意查访其事，一班近侍，皆畏吕后威严，无人敢说，惠帝不得实据，未便发作。恰好有一近臣，与审食其有隙，便乘着无人之际，一五一十，告知惠帝。惠帝听了大怒，心想母亲作事不端，有玷先帝，最可恨是审食其，竟敢大胆妄为，目无法纪，若不将他正法，何以整肃宫闱？于是便借着审食其别项劣迹，下诏锁拿下狱，示意廷尉，定要将他办成死罪。

吕后闻得审食其被捕，心中实在不舍，欲待自向惠帝说情，赦他出狱，又明知惠帝专为此事发怒，自己作了亏心之事，对着惠帝，已觉满面惭愧，此言更难出口，惟有希望朝中大臣出头保救。无如曹参、周勃等，平日见审食其得幸吕后，品行不端，大都憎恶其人，此时闻他罪状发觉，将要斩首，各个心中暗喜。以为早日明正典刑，朝中去了一个幸臣，大家都觉快意，岂肯反去救他？惠帝又催促廷尉，早日定罪，眼见得审食其死在临头，谁知他命该未绝，竟有一人出来救他。

此人姓朱名建，系楚地人，前为淮南王英布丞相，因事罢免。后又为英布近臣，当日英布心想造反，曾向朱建问其意见，朱建劝其勿反，英布不听，遂起兵叛汉。高祖既诛英布，闻知朱建谏阻英布，因赐朱建号为平原君，将其家属迁居长安。朱建为人甚有口才，秉性廉直，不肯苟合，虽然居住京师，却从不与公卿贵人往来，独有陆贾与之亲密。偏是审食其闻得朱建之名，十分仰慕，知是陆贾好友，因托陆贾介绍，欲与结交，陆贾便向朱建陈述审食其之意。朱建久知审食其是个小人，乃托陆贾婉言拒绝，不肯与之相见，审食其只得罢了。

过了一时，却值朱建母死，家中甚贫，只得向亲友告帮，以为殡殓。陆贾闻信，赶到朱建家中吊唁。见他门庭冷落，丧事毫未备办，心想好友遭此大故，义应出力相助，但是自己一人力量不及，须向各处张罗。忽然想起审食其前曾托他介绍，由是心生一计，急忙往访审食其。相见之下，突然向他贺喜。审食其不觉错愕，因问道：“我有何喜可贺？”陆贾从容说道：“平原君母死。”审食其听了，更是莫名其妙，便道：“平原君母死，与我无干，何为贺我？”陆贾道：“前日君欲结交平原君，平原君因有老母在堂，须留此身侍奉，不敢受君之惠，恐将来遇有缓急，不能报答。如今其母新死，君若能备厚礼送之，平原君自然感激，定思力图报效。”审食其闻说，方才明白，便依陆贾之言，遣人持了百金，送与朱建，说是作为送丧衣被之费。此时朱建因母亲新死，无从备办丧事，正在又悲又急，忽见审食其送来百金，实是得力，虽然平日心中鄙薄其人，但他此来馈送，名义甚正，不便推却，只得收受。果然有钱事便易办，不消片刻，便将后事一切具备。更有一班朝臣，附势趋炎，知得审食其是太后得宠之人，竟向平原君送上厚礼，要想借此讨好，便各备礼物前来赙赠。朱建竟收得许多礼物，一共估起价来，可值五百金，于是丧事办得甚是热闹。朱建因此感审食其厚意，方始与之结识。

此次审食其囚在狱中，自知事势危急，心中愁苦，欲向他人求救，想起满朝公卿，竟无一人与他关切，只有朱建曾受恩惠，闻我下狱，亦未一来看视，不知何故，遂密令人通知朱建，请其到狱一见。朱建对来人说道："此案办得严急，我实不敢见君。"来人回报审食其，具述朱建言语。审食其闻朱建不肯来见，以为有心背己，不觉怒气填胸，大骂朱建妄恩负义，见我有难，坐视不救，连面也不肯一见，似此全无心肝之人，我枉费心神财力，与他交结，真是不值。审食其越思越气，眼见吕后既不能为力，朱建又复如此，自知希望已绝，只好坐待死期。

当日朱建闻得审食其下狱，心中感其旧恩，正在沉思搭救方法，适值审食其遣人请往狱中相见。朱建心想欲待救他，须在外面秘密行事，我今到狱与他相见，并无益处，且恐漏泄风声，被人知得，说我与他同党，反弄得不好设法，遂辞了使者，不肯往见，也不与他说出原由，独自一人寻思竟日，忽被他想得一个妙策。

在朱建意思，以为此案惟有寻个得力之人，前向主上说通，此外更无别法，惟是主上正在盛怒之下，吕后是他母亲，因与此案有关，尚不敢替他说情，至于朝中大臣，无论说是不肯保救，即使出来保救，主上不听，也是枉然。要想说得主上回心转意之人，却从何处寻觅？但有一层，审食其得罪，原为私通吕后而起，主上对于吕后，无可奈何，便归罪于审食其一人。论起吕后生性强悍，权力又比主上更大，岂不能庇一审食其，只因自己颜面有关，赧于启齿，事过之后，心中自然怀恨，定要寻究告发此事之人，借事惩办，替审食其报仇。纵使何人告发，不能查出，亦必拿着主上短处，将他宠幸之人，杀死一二，以泄此愤。到得其时，主上也就无力保救，由此看来，欲救审食其，只在主上近臣中最为宠幸之人，得他一言，此狱立解。但他如何肯替审食其进言，说不得惟有用着利害劝他，自然马到功成。朱建打定主意，自去行事。

原来惠帝有一幸臣，名为闳孺，朱建平日原不与他相识，今因一心要救审食其也顾不得许多，便访得他住处，前往求见。闳孺久仰朱建大名，竟想不到他肯来拜访，连忙迎入相见，寒暄已毕，朱建请他屏退从人，行近前来，附耳低说数句。闳孺听了，不觉大惊。欲知朱建所言何事，且听下回分解。

第二十六回　匈奴移书调吕后　惠帝始冠纳正宫

话说朱建屏人对闳孺道："吾此来特有要事奉告，足下所以能得主上宠幸之故，天下莫不闻知。今辟阳侯因得幸太后，下狱治罪，据道路传说，皆云系足下进谗，欲使主上杀之。无论有无此事，但人言籍籍，甚是可畏。若使辟阳侯今日伏诛，太后含怒，明日亦必诛及足下。足下处此地位，何等危险！为今之计，足下何不哀求主上，主上必然听从足下之言，赦出辟阳侯。太后知辟阳侯系由足下保救，定当感激足下，足下得两宫宠爱，不但可保无事，而且愈加富贵矣。转祸为福，在此一举。"闳孺本是个无用之人，被朱建一吓，心中大恐，忙对朱建道谢。说是有劳指教，遂即依计而行，入宫见了惠帝，替审食其苦苦哀求，惠帝素为闳孺所惑，不忍过拂其意，竟下诏将审食其特赦出狱。

审食其忽然奉到赦诏，喜出意外，以为定是吕后之力，及回到家中，暗地查访，谁知竟是闳孺救他，心想闳孺与我无甚交情，如何肯出死力，甚是不解，但既蒙他保救，理应前往道谢，遂到闳孺家中，见过闳孺，问起原由，方知是朱建之计。审食其不觉大惊，暗道我几乎错怪好人，于是立即往谢朱建。朱建密嘱审食其切勿漏言于外，审食其领诺，由此愈加敬重朱建，待以上宾之礼。一时满朝公卿，闻得审食其平空遇赦，都觉诧异。偏是曹参仍然日饮醇酒，对于此事，一由惠帝主意，全不过问。

谁知惠帝自兴此狱，竟把宫闱秘事，传扬于外，弄得天下皆知，连匈奴冒顿单于，都有所闻。冒顿自从高祖，遣娄敬与结和亲，约为兄弟，以宗室女为单于阏氏，并许逐年送以絮、缯、酒米、食物等，各有一定数目，冒顿得了许多受用，数年来虽未遣兵犯塞，中国边境，稍得安静，但冒顿因此便骄傲起来。及闻高祖已死，吕后、惠帝临朝，量着孤儿寡妇，无甚本领，愈加看轻中国，正拟寻隙生事，偏又闻得吕后淫乱，更觉有了把柄，遂作成一书，遣使赍至长安，呈上吕后。吕后得书，拆开一阅，书中写道：

> 孤偾之君，生于沮泽之中，长于平野牛马之域，数至边境，愿游中国。陛下独立，孤偾独居，两主不乐，无以自娱，愿以所有，易其所无。

吕后见书中语意，句句是戏弄她，不觉大怒，立召大臣诸将到来会议。吕后将匈奴来书，遍给群臣看毕，因说道："匈奴如此无礼，我欲斩其来使，发兵击之，不知诸君以为如何？"群臣未及开言，旁有舞阳侯樊哙，挺身奏道："臣愿得十万众，横行匈奴中。"群臣因吕后十分气恼，又见樊哙兴致勃勃，不便阻他，于是顺着吕后意思，一齐道是。

独有季布，此时官为中郎将，见樊哙但知口头说得爽快，全不思征伐匈奴，岂是易事？又遇着一班群臣，不顾利害，一味顺从，忍不住愤然出班，大声说道："哙可斩也。"吕后及群臣，出其不意，听了此语，均觉愕然。吕后见是季布，便问其故。季布答道："昔日高帝统领四十万众，北伐匈奴，樊哙身为上将，随从出征，竟被匈奴围困平城七日,樊哙无力解围。当时天下为之作歌道:‘平城之下亦诚苦,七日不食,不能彀弩。’如今歌声未绝,兵士受伤始愈,樊哙又欲摇动天下,妄言用十万众可以横行,岂非面欺?据臣愚见,匈奴譬如禽兽,得他好言,不足为喜,恶言亦不足怒,未可轻议征伐。”季布立在殿廷,侃侃而谈,殿上侍臣,皆替季布危惧。吕后听季布说得有理,口中称善,遂将议击之事作罢,令大谒者张释,拟成回书,赠以车马。书中略道:

> 单于不忘敝邑,赐之以书。敝邑恐惧,退日自图。年老气衰,发齿坠落,行步失度。单于过听,不足以自污。敝邑无罪,宜在见赦。窃有御车二乘、马二驷,以奉常驾。

此书作就,连同车马交与匈奴来使带回。冒顿见书中语气极其卑逊,甚是得意。因念受了吕后车马,不免用物报答。到了惠帝三年春,冒顿又遣使前来献马,此时吕后怒气已平,复以宗室之女为公主,出嫁冒顿,与之修好。当日办理此种交涉,惠帝皆不预闻,只因惠帝被吕后种种任意胡为,气得心中冰冷,索性一切不问。说起吕后,素性强梁,从不肯受些委曲。如今遭着冒顿如此侮嫚,竟能忍受过去,无非为自己有了不是,犯人批评,若与匈奴决裂,战端一开,胜负毫无把握,只得吞声忍气,但是当日中国国体,遭她玷辱,已是不少。

闲言少叙,却说吕后既将匈奴敷衍无事,又想将惠帝调开居住,以免妨她取乐。原来惠帝与吕后同住长乐宫,朝夕容易相见,自从赦了审食其,惠帝心中终放不下,遂日常留意防范吕后。吕后起初也尚敛迹,过了一时,实在忍耐不住,便又趁着惠帝不在,私召审食其入宫。审食其幸遇赦免,留得性命,自然闭门自守,不敢再蹈覆辙。无奈吕后偏要纠缠,不得不略与周旋,终是提心吊胆,惟恐遇见惠帝,难保首领,便连吕后也须刻刻提防,不似从前那种十分畅意。吕后却想得一法,到了四年冬十月,惠帝年已二十一岁,吕后下诏册立皇后张氏,趁此时将未央宫收拾一新,举行大婚典礼,便把惠帝移到未央宫居住,于是母子各居一宫。吕后料想惠帝不过三五日来朝一次,而且车驾到来,有人通报,可以预先防备,自己便又得与审食其常在一处。

至惠帝所立皇后张氏,却并不是他人,乃即鲁元公主嫁与张敖所生之女。说起鲁元公主,原是惠帝胞姊,其女即惠帝甥女。吕后自己淫乱,偏也要惠帝乱伦,只说是欲结重亲,并不管辈数相越,名分有乖,竟将她配了惠帝。甥舅为婚,此与齐王刘肥推尊鲁元公主为王太后,同一悖理之事。惠帝终是柔弱,迫于母命,不得不从,竟与张氏成婚。

惠帝既纳皇后,又接连举行冠礼,遂下诏大赦天下,并令郡国各举孝悌力田人民,终身免其租税力役。惠帝正乐新婚,不免中了吕后之计。过了一时,惠帝静坐宫中,忽又记起此事,心下顿然省悟。但是既已住在此处,不便重行迁回,似此相离既远,往来费事,无从防范,如何是好?惠帝思来想去,却又想得一法。未知惠帝所想方法如何,且听下回分解。

第二十七回　扩规模长安筑城　纵酒色孝惠短祚

说话惠帝自移居未央宫,与吕后离隔,虽然不时可以往来,但终不如同在一宫之便。原来长乐、未央二宫,一在城东,一在城西,中间隔了数条市巷,不能打通一处,惟有建筑复道,跨空而过,将两宫联络一气,便可随时来往。惠帝想得此策,遂下诏有司,说是自己思慕太后,日日要往长乐宫朝见,但车驾在街道上往来,必须先行清道,禁止行人,于人民交通,甚属不便,可即建一复道,以省出入之烦。有司奉命,择定武库之南,正在兴工建筑。事为叔孙通所闻,因与他职掌有关,遂入见惠帝,来说此事。

叔孙通本为太子太傅,前曾力谏废立之事,甚为惠帝所敬重,及惠帝即位,因见园陵寝庙礼制,群臣中并无一人熟悉,因将叔孙通迁为奉常,使定宗庙园陵各种制度礼节。此次叔孙通闻得建筑复道,便乘着奏事之际,请惠帝屏退左右,近前说道:“陛下何以自出主意,建此复道?高帝陵寝衣冠,每月出游高庙,皆由此道经过,如今复道横架其上,岂有子孙反在宗庙道路上面往来行走之理?”惠帝闻言,不觉大惧,原来汉制天子之墓曰“陵”,就陵上起屋曰“园”,园中建有正寝便殿等,以像生时所居宫殿,并将生平所服衣冠与御用器物,收藏其中。如今高祖葬于长陵,陵在渭水之北,高庙却在长安城中,照例每月由高祖陵寝取出衣冠,备齐法驾,来游高庙一次,偏是惠帝所筑复道,正跨高祖衣冠出游道路之上,故叔孙通以为不可。

惠帝既被叔孙通提醒,心中悔惧,便欲立命有司罢工。叔孙通又说道:“人主行事,不可有过,致使人民看轻。如今既已兴工,百姓皆知,若便废止,明示举事之过,不如就渭北地方,再建高庙一所,名为原庙,使高帝衣冠,每月到彼游行,不由此处经过,便可免此过失,而且多立宗庙,亦是大孝之本。”惠帝依言。于是下诏有司,建立原庙,武库复道,仍旧建筑。待得完工,惠帝便由复道直到长乐宫,往来甚便。吕后亦知惠帝用意,无法阻止,只得暗地留心防备,惠帝未曾遇见,也就罢了。

光阴迅速,又过一年。此时已是惠帝五年秋九月,长安都城,方始建筑成功。先是高祖定都长安,本已筑有都城,但是形制甚属狭小,至惠帝元年春正月,始命兴工改作,遣犯罪徒隶二万人,建筑数年,中间又两次发遣长安六百里内居民男女十四万数千人,帮同作工数十日,至是告竣。吕后因人民帮同筑城有功,下诏每家赐爵一级。说起长安都城,甚是高壮广大,城墙高三丈五尺,下阔一丈五尺,上阔九尺,雉堞高三版。城之一面,各有三门,共计十二门。其南面为南斗形,北面为北斗形,时人因呼之为斗城。城下有池环绕,池广三丈,全城周围六十五里,每门皆大道三条,谓之三涂。横直相连,三三如九,故又谓之九逵,正与十二城门相对。道路平正通达,并用铁椎筑得坚实,左右栽种树木两行,中间并列车轨十二,两旁为行人往来之径。又有三宫、九府、八街、九陌、九市,每四里为一市,市皆有楼,此外王侯邸第百余处,民居闾里一百六十,并皆屋宇整齐,门巷平直,真是皇都之地,首善之区,说不尽繁华富丽。东汉班固有《西都赋》,

叙述长安之盛。其略道：

建金城之万雉，呀周池而成渊。披三条之广路，立十二之通门。内则街衢洞达，闾阎且千，九市开场，货别隧分。人不得顾，车不得旋。阗城溢郭，旁流百廛。红尘四合，烟云相连。

又张衡《西京赋》道：

徒观其城郭之制，则旁开三门。叁涂夷庭，方轨十二街衢相经。廛里端直，甍宇齐平。北阙甲第，当道直启。程巧致功，期不陁陊，木衣绨锦，土被朱紫。武库禁兵，设在兰锜。匪石匪董，畴能宅此。尔乃廓开九市，通阛带阓。旗亭五重，俯察百隧。周制大胥，今也惟尉。瓌货方至，鸟集鳞萃。鬻者兼赢，求者不匮。

是年八月相国曹参病死，吕后谥为懿侯，命其子曹窋袭爵平阳侯。吕后记起高祖之言，欲用王陵、陈平二人为相，遂命废去相国，设左右二丞相。惠帝六年冬十月以王陵为右丞相，陈平为左丞相。又命周勃为太尉。此时留侯张良，舞阳侯樊哙，亦相继病亡。张良素来多病，自佐高祖平定天下，受封留侯，因见高祖性多猜忌，便想韬晦自全，尝自述生平道："吾家世为韩相，当韩国被灭，吾不爱万金家产，为韩报仇，击秦始皇于博浪沙，事虽不成，天下震动。今仗三寸之舌，为帝王师，受封万户，位列通侯，身本布衣，至此显荣已极，于愿足矣。便当弃却世间之事，往从赤松子游耳。"于是张良学习导引，不食五谷。及高祖既崩，吕后心感张良献计保全惠帝，于是强劝张良复进饮食，因说道："人生一世之间，譬如白驹过隙，何必自己刻苦如此。"张良被劝，不得已照旧进食，至是身死。吕后甚是痛惜，谥为文成侯，使其长子张不疑袭爵留侯，次子张辟疆，年才十四岁，吕后用为侍中。又命谥樊哙为武侯，以其子樊伉袭爵。清人谢启昆有诗咏张良道：

一椎博浪客东游，未遂归韩更相刘。
结友商山能助汉，受书黄石但封留。
三分诸葛殊成败，异代青田法运筹。
为帝者师本忠孝，清风万古过去榖城幽。

当日天下无事，朝政清简，惠帝因为日事淫乐，身体斫丧，遂致患病，渐渐沉重。到了七年秋八月戊寅，驾崩于未央宫。惠帝自从十七岁即位，在位七年，年仅二十四岁。综计惠帝一生，前半世失爱于高祖，一向临深履薄，过得是兢兢业业的日子；后半世受制于吕后，终日醇酒妇人，过得是昏昏沉沉的日子。虽然身为皇帝，并不得丝毫展布，只因受尽吕后气恼以致生了厌世思想，反借酒色自戕其身，也算是可怜的皇帝了。

吕后只有惠帝一子，如今短命死了，母子情关天性，纵使平日忤逆不孝，到了死后，也不能不落点眼泪，何况惠帝为人，又甚孝顺。虽然一力保护赵王如意及发怒囚系审食其，此两件事与吕后意思相反，但他所行，却合正理，吕后亦不能因此怪他。何况惠帝一命实被吕后气死，吕后想以此层，应比别人为母亲的更加哭得伤心。岂料惠帝气绝发丧，吕后随众举哀，偏只有声无泪，左右侍臣，见此情形，都觉诧异。要说吕后生性狠毒，连儿子死了都不伤心，又未免太过。但是吕后为何如此，不特读者诸君，猜不着她心事，连当日许多在旁亲见之人，都无理会，却单被一个十五岁童子，一眼窥破。欲知童子何人，且听下回分解。

第二十八回　立少帝太后亲政　罢王陵诸吕封王

话说当日惠帝驾崩，吕后每哭，有声无泪，众皆不解其故，独有张良之子张辟疆，现年十五，身为侍中，生性乖觉，猜破吕后意思，也不与别人说知，独自来见左丞相陈平说道："太后独有主上一子，今主上驾崩，太后哭而不哀，君知其故否？"陈平听了，也觉诧异，一时揣测不来，因问道："此是何故？"辟疆道："主上未有长大之子，今幼君嗣位，太后惟恐君等为乱，所以无心哭泣。君等身居要地，无故见疑，势甚危险，何不速请太后用吕台、吕产为将军，统领南北军，并将诸吕授官，使之居中用事，如此则太后心安，君等可以免祸？"陈平见说，心想此言甚是不错。此时但顾保全自己，也不管将来如何，便依言奏闻吕后。吕后大喜，立即允准，嗣后吕后每哭惠帝，泪流满面，甚是伤心，左右但觉吕后前后情形有异，莫测其故。

原来汉时兵制，分为南北二军，南军驻扎城内，保卫宫中，属宫卫尉主管，至京城之兵，则为北军，属京中尉主管，皆统于太尉。如今吕后命其兄吕泽之子吕台、吕产，分统南北军，于是兵权都归吕氏之手，太尉周勃徒拥虚名，并无实权，吕后愈得横行无忌。

惠帝既崩，到了九月，葬于安陵，群臣上庙号为孝惠皇帝，先是惠帝纳张敖之女为皇后，已有数年，并无所出。吕后心欲皇后生子，设尽种种方法，究竟不能得子。吕后又想出一计，密令张后假作怀孕，暗取惠帝后宫美人之子，当作张后自己亲生，立为太子。又恐其母现在，太子将来长大，必然认取所生之母，不认张后，先将其母杀死，以绝后患。待得惠帝丧葬完毕，吕后便命太子嗣位，是为少帝。此时少帝年仅数岁，不能亲理政务，吕后不过借他作个名目，自己便临朝称制，于是刘氏天下，几乎变成吕氏天下，所以史官竟将吕后纪年，不书少帝，也是此意。

吕后既已一人独揽大权，比起惠帝在日，更得自由，遂想将母家子侄提拔起来，同享富贵。一日吕后临朝，宣布己意，欲立诸吕为王，以探大臣之意，是否依从。先问右丞相王陵，王陵对道："高皇帝曾杀白马，与众盟誓道：'非刘氏而为王者，天下共击之。'今欲王吕氏，有背此约。"吕后听了心中不悦，又问左丞相陈平、太尉周勃，二人对道："高帝定天下，封子弟为王，今太后称制，与高帝事同一律，欲王诸吕，无所不可。"吕后见说大喜。

此时王陵在旁，听得二人所言，心中大怒。及至罢朝，群臣一同退出，王陵遂责备陈平、周勃道："当日群臣与高帝歃血为盟，君等岂不在内？如今高帝既崩，太后女主，欲王吕氏，君等便顺从其意，违背前约，将来有何面目见高帝于地下？"陈平见王陵怒气勃勃，也不与他分辨，但说道："面折廷争，吾不如君，全社稷，安刘氏，君亦不如吾。"王陵闻说，遂不复言，彼此各自散去。

吕后回到宫中，心想王陵不肯顺从。必须夺其相权。到了元年冬十一月，遂下诏迁王陵为帝太傅。王陵知吕后欲夺其权，故意尊为太傅，因此心中愤怒，谢病不朝。吕后遂命陈平为右丞相，审食其为左丞相。说起审食其，何曾知得政务，如今命为丞相，不过挂名，并不理事，终日坐监宫中，如同郎中令，不过公卿百官奏事，却都由他取决，也就权重一时。吕后又查得御史大夫赵尧，前曾献计高祖，荐周昌为赵相，使之保护赵王如意，因此心怨其人，便借事将赵尧办罪。忽又想起任敖，旧为狱吏，于己有恩，尚未报答，闻其现任上党郡守，于是下诏召为御史大夫。当日列侯群臣，顺从阿附吕氏者，皆得擢用，反对者悉行罢免。朝廷之上，大都吕后党羽布满，而在吕后左右尤为得势者，除审食其外，尚有二人。一为吕后胞妹吕嬃，专权用事，吕后封之为临光侯；一为阉人张释，字卿，甚得宠爱，吕后命之为大谒者。朝中大臣，对此三人，莫不畏惧。吕后既将王陵罢相，料得欲封诸吕，廷臣中更无人敢出头反对，但须以渐而行，不宜太骤。到了夏四月，吕后先封高祖旧臣郎中令冯无择等数人为列侯。次封吕释之子吕种为沛侯，吕后姊长姁子吕平为扶柳侯。又立惠帝后宫诸子，强为淮阳王，不疑为恒山王，弘为襄城侯，朝为轵侯，武为壶关侯。于是下诏追尊其父吕公为宣王，兄吕泽为悼武王。此时鲁元公主已死，太后立其子张偃为鲁王，追谥公主为鲁元太后。朝中大臣见此举动，皆知吕后欲封诸吕为王，又有许多用事之人，前来示意，迫胁陈平等，要他上请，陈平不得已，乃请割齐国之济南郡为吕国，立郦侯吕台为吕王，吕后依言，立时下诏行封，于是吕台居然为了国王。

当日吕后本意，原不过要抬举自己母家子侄，享受荣华富贵，并不想夺取刘氏天下，但要享富贵，须使之据国封王，于愿方足。无奈高祖生前，偏与群臣立下盟誓，不许异姓为王，如今违背盟誓，硬立吕台为王，虽一时权力在手，刘氏宗室，在表面上无可奈何，其心必然不服，将来自己死后，吕氏必遭鱼肉，欲为长久之计，须使刘吕二氏，联络得情谊亲密，方保相安无事。又因吕台封王，系割取齐国土地，就是张偃得封鲁王，也是前日齐王刘肥所献一郡之地，吕后因此便想先与齐王联络。此时齐王刘肥已死，赐谥为悼惠王，使其长子刘襄嗣立为王。吕后二年五月，遂封刘肥次子刘章为朱虚侯，三子刘兴居为东牟侯，并命其入京宿卫，复将吕禄之女，嫁与刘章为妻。又命赵王刘友、梁王刘恢，皆娶诸吕之女为王后。吕后意欲刘吕二姓，互为婚姻，借以消灭恶感，也算费尽苦心了。

时光迅速，吕后临朝称制，已有四年，少帝渐长到十余岁，方知自己不是张后所生。又闻生母已被吕后杀死，心中自然怨恨。到底小儿心性，不知忍耐，遂发怒说道："太后何得杀死我母，强我作了他人之子，如今我年尚幼，只得由她，待我长大，便要替我母亲报仇。"左右闻言，急来报与吕后。吕后听了，暗自吃惊，心想少帝小小年纪，便存此心，据说要与其母报仇。其母是我杀死，他固无如我何，将来必然迁怒到我母家，吕氏一族，难保不送在他手里，不如趁其年幼，即行废去，别立一人，以免养虎贻患。吕后主意既定，密遣心腹之人，将少帝幽闭永巷之内，连左右近侍都不得与之相见，却令人在外扬言少帝得病甚重。其实少帝并无疾病，只因语言不慎，致遭幽闭，独居一室，更无一人前来看顾，吕后于是下诏实行废立。欲知少帝将来如何，且听下回分解。

第二十九回　吕后下诏废少帝　田生设计说张卿

话说吕后四年夏五月，下诏废去少帝，命群臣会议应立之人。其诏书道：

> 凡有天下治万民者，盖之如天，客之如地。上有欢心以使百姓，百姓欣然以事其上，欢欣交通而天下治。今皇帝疾久不已，乃失惑昏乱，不能继嗣，奉宗庙祭祀，不可属天下，其议代之。

群臣得诏，大都不知宫中实在情形，纵使知得少帝无辜被废，谁敢代为鸣冤？只得一齐说道："皇太后为天下计，废昏立明，所以安宗庙社稷，用意至为深远，臣等敢不奉诏。"吕后见群臣尽皆服从，遂命断绝少帝饮食，少帝不久遂死。一面示意群臣，立恒山王刘弘为帝。刘弘本封襄城侯；后因恒山王刘不疑身死，吕后移为恒山王，至是立为皇帝，亦称少帝，仍由吕后专政。

吕王吕台立了一年身死，吕后谥为肃王，使其子吕嘉嗣立为王。吕嘉本是纨绔子弟出身，加以平日父母溺爱纵容，自然骄恣暴戾。及至为王，愈加傲慢，自以为尊贵非常，连家中尊长，都不放在眼里，一味横行，无恶不作。吕后实在看不过去，到了六年冬十月，遂下诏将吕嘉废为庶人，意欲别立诸吕中一人为王，又不欲自己出口，最好仍由群臣自来奏请，方显得不是一人私意。当日恰好有田生其人，出来成就此事。

田生本齐国人，家贫落魄，游到长安，旅居既久，资财用尽，不能回乡，因想得一法，要向富贵人家，打个抽丰。若论长安帝都地方，尽有许多王侯将相，贵族朱门，但苦无一人认得，便到处托人，替他引进。却好有一朋友，认得大将军营陵侯刘泽，允为介绍，前往相见。说起刘泽，乃是高祖从堂兄弟，前为郎中，因击陈豨有功，封营陵侯，官拜大将军，算是朝中一位皇族。刘泽既见田生，与之接谈。田生口才素好，议论风生，甚中刘泽之意。田生又因刘泽是高祖兄弟，可望封王，遂替他想出种种计策，图谋王位。刘泽不觉大悦，立时赠金二百斤。田生得金，便收拾行装，径回齐国。此时事隔二年，刘泽谋王，尚未得手，忽然想起田生，一去杳无信息，因遣人往齐国探问。来人奉命到齐，见了田生，传刘泽言语责备他："足下回去许久，不曾一通音问，想是与我绝交，不记从前情谊了？"谁知田生自从得金回家，二年来经营产业，居然家道小康，正想报答刘泽恩惠，今闻使者之言，便托他回对刘泽谢罪，并说自己不久当来长安，力图报效。使者如言回报。田生便带同己子，起程来京。田生既到长安，自寻寓所住下，因要秘密营谋，恐被外间走漏风声，所以连刘泽都不与之相见。但是要想谋事，须与朝中亲贵交结，算起吕后左右用事之人，只有审食其、吕媭、张释，此三人中比较起来，惟有张释是个宦官，容易结识，遂托人将其子荐与张释为门客。张释果然收留，过了数月，忽闻吕后废去吕嘉，尚未择立何人为吕王。田生揣知吕后之意，便想见了张释作成其事，为刘泽封王作个引线。主意既定，便择定日子，先遣其子往约张释，届时到他家中饮酒。

原来田生此次到京，随带许多钱财，比起前次穷困情形，大不相同，只因要与权贵往来，便租得一所高大房屋，置备家伙，使用奴婢，日常饮食服用，甚是阔绰，旁人不知，都道他是世家巨族。当日田生之于，奉命往请张释，说他父亲极意倾仰，薄具酒肴，要请贵人驾临赏光，万勿见却。张释见其意甚诚，也就应允。到了是日，田生早预备丰盛酒筵，将家中收拾洁净，一切铺陈装饰，十分华美。待得张释到了，田生亲整衣冠，出门迎接，延人堂中，左右排下酒席，田生便请张释坐了上座，自己相陪宴饮。张释初意以为一个门客，家中能有几多设备，不过到来敷衍一番，算是领他的厚意。谁知一到田生家中，见他门庭高大，帷帐器具，并皆华丽，左右伺候之人甚多，席间肴馔，件件精美，看此门面，竟与列侯不相上下，心中暗自惊异，因此不敢轻视。又见田生言语投机，彼此遂甚浃洽。

酒到半酣，田生屏退左右，密对张释道："今太后外家吕氏，其父子兄弟，曾助高帝，取得天下，功劳甚大，又是国戚，太后春秋已长，父兄皆死，欲多立于侄为王，因恐大臣不服，故仅立吕王一人。如今吕嘉又以罪废，太后之意，欲立吕产为吕王，自己不便出口。足下得宠太后，素为大臣所敬，何不示意大臣使之上请？太后必喜，足下亦可得封侯之赏。"张释听了大以为然，于是谢别田生，依计而行。一日吕后临朝，因问大臣道："吕嘉已废，应立何人为吕王？"大臣等遂请立吕产，吕后甚悦，乃下诏立吕产为吕王，后来吕后查是张释替他出力，赐以千金。张释受赏，心想若非田生教我，安能得此赏赐？遂分五百金以赠田生，田生力辞不受，张释以为田生廉洁慷慨，因此愈加敬重。

一日张释又来田生家中，田生请人密室，畅谈良久，因向张释低说道："近闻吕后封王，朝中大臣，颇多不服，鄙见须用调停手段。现有营陵侯刘泽，在诸刘中辈数最长，仅为大将军，心中未免失望，足下何不进言于太后，割十余县之地，立之为王。刘泽得王，自然感激太后，吕王地位，由此更加稳固。"张释闻言，立即依允，遂辞别田生，往见吕后。田生又查知刘泽之妻，乃是吕媭之女，因暗地使人密向刘泽告知此事，使他转托吕媭，帮同进言。吕后既听张释之言，又有吕媭在旁怂恿，心中也想借此安顿刘氏，遂于七年二月下语，将琅琊一郡，封刘泽为琅琊王。

刘泽既已受封，自然大感田生，邀其一同到国，田生又劝其速行，不可挨延。刘泽依言，便与田生收拾行装，即行起程。不过数日，吕后果然后悔，不欲遣刘泽就国，因他是诸刘之长，留在长安，可以挟制诸刘。又闻得刘泽已经动身，便命使者飞骑往追，并嘱其追至函谷关为止，如追不上，不必再追，免得动人观听。使者奉命至关，刘泽已于前一日出关，使者只得依言折回，刘泽竟与田生安然到国。

当日吕后将诸吕之女嫁与梁、赵诸王，原欲将婚姻调和彼此意见，谁知不是冤家不对头，因此反生出许多事故。说起赵王刘友，本是高祖庶子，高祖时立为淮阳王。及惠帝元年赵王如意被杀，吕后遂移刘友为赵王，迫令娶诸吕之女为王后。偏是二人性情不合，夫妻之间，并无恩爱。赵王本有爱姬数人，因此常在爱姬处作乐，少到吕氏宫中。吕氏心生妒忌，又倚着吕后之势，要想压制赵王，不使与诸姬亲近。赵王岂肯受她压制，便与吕氏反目。吕氏大怒，立即收拾行装，回到长安，来见吕后。

读者试想吕女到京，来见吕后，是何意思？若就常情而论，无非哭诉赵王宠妾欺妻，要求太后作主，勒令赵王向之服礼，以后不得如此，也就罢了。谁知吕女心肠狠毒，却与吕后相似，以为如此尚不足意，须得吕后将她丈夫治死，方可泄其怨恨，于是竟将实情隐瞒不说，却另编出一种话来，陷害赵王。欲知吕女如何措辞，且听下回分解。

第三十回　两赵王女祸亡身　朱虚侯军法行酒

话说赵王刘友之后吕氏，因赵王偏爱姬妾，夫妻反目，心中异常怨恨，一直回到长安，入见吕后，意欲将言激怒吕后，将赵王从重处治，以快其意，遂捏说道："赵王最恶吕氏，因妾是吕氏之女，加以虐待。并大言道：'吕氏岂得为王，等到太后百岁之后，吾必照着先帝盟誓，发兵击之。'妾闻此言，知是赵王有心弃妾，住在赵国，更无希望，且恐将来吕氏必受赵王之害，所以特地逃回报告此事。"吕后听了，以为其言是实，不觉大怒，顿起杀心，即遣使者往召赵王。当日赵王闻说吕氏含怒回京，料想不过往见吕后，诉说她受了许多委曲。世间夫妻反目，为妇女者往往回到母家，哭诉一切，此是常有之事，只得任她去了。及至使者来召，赵王知得定为此事，心想吕后身为尊长，要想调和儿媳感情，命我来京，将她接回，或是听信她一面之词，将我责备，但我也可当面辩白，谅来此去无甚不了之事，便随使者起行。七年春正月，赵王到了长安，吕后闻说赵王到来，不与相见，闭在邸中，遣兵围守，不给饮食，也不许赵国随来从臣，与他同在一处。从臣看不过意，备了饮食，私自送进，却被守兵查出，立即拿捕治罪，因此更无别人，敢进饮食。可怜赵王刘友独自一人，幽囚邸中，活活受饿，至此方知身被吕氏诬陷，冤愤填胸，无处告诉，遂作歌道：

诸吕用事兮刘氏微，迫胁王侯兮强授我妃。
我妃既妒兮诬我以恶，谗女乱国兮上曾不寤。
我无忠臣兮何故弃国，自决中野兮苍天与直。
吁嗟不可悔兮宁早自贼，为王饿死兮谁者怜之！
吕氏绝理兮托天报仇。

赵王悲歌愤懑，饥火中烧，欲逃无路，不久竟然饿死。吕后命以民礼葬于长安，下诏移梁王刘恢为赵王，更将吕王吕产移为梁王，又立惠帝后宫之子刘太为济川王。

说起梁王刘恢，生性本来懦弱，所娶王后，偏又是吕产之女，性质刚强，以致太阿倒持，受制于内。王后既得专权，所有左右从官，皆用诸吕族人，作她耳目，梁王一举一动，不得自由，心中郁郁不乐。如今奉命移封赵国，闻得赵王刘友饿死，都由其妻吕氏进谗所致，因此对着王后，愈加畏惧。王后亦知此事，更觉扬扬得意。刘恢本有爱姬一人，王后便暗中用药将她毒死，刘恢闻信，甚是伤悼。又明知她死得冤枉，却看着赵王刘友是个榜样，一毫不敢出声，只是心中悲愤，无人可告。于是作成歌诗四首，命乐工歌唱，不到几时，遂发愤自服毒药而死，时吕后七年夏六月也。吕后闻赵王自杀，问知原因，全不怜悯，反说是堂堂一国之王，只为了一个妇人，拚将身殉，并不想奉承宗庙，失了孝道，因此不立其嗣，遂遣使往告代王刘恒，意欲移之为赵王。代王对着使者辞谢，说是情愿仍守代郡边地，不敢移封大国，使者如言回报。于是太傅吕产、丞相陈平，知得吕后欲封吕禄，便请立吕禄为赵王，吕后自然允准，吕氏遂又添了一个国王。

到了是年九月，燕王刘建身死，王后虽未生子，其后宫美人，却有一子，照例应得嗣立为王。谁知吕后自因两个吕女断送了两位赵王性命，不说吕家女儿不好，反道是刘氏诸王，有意与吕氏作对。知得刘吕联姻，无益于事，又料到刘氏宗支，见她此种举动，愈加不平，心想一不做，二不休，索性趁着自己在时，多立吕氏几人为王，养成强大势力，也可与刘氏为敌。遂暗遣刺客，前往燕国，将燕王之子杀死。此时吕后也不待群臣来请，即下诏立吕台之子吕通为燕王。又封吕胜为赘其侯，吕更始为滕侯，吕忿为吕城侯，吕莹为祝兹侯，于是吕氏共有三王六侯。连大谒者张释，亦得封为建陵侯，汉时阉人封侯，算他第一。都亏迎合吕后之力，得了此种好处。但难为刘氏诸王侯，人人心中恐惧，各图自保，惟恐稍触吕后之怒。内中独有朱虚侯刘章，年方二十岁，生得性情活泼，气概勇敢，因见刘氏失势，诸吕擅权，心中实在气愤不过，欲待出来反抗，明知卵石不敌，只得装作懵懂样子，一味与众随和。他虽也娶吕禄之女为妻，却与两个赵王不同，用出手段，买得吕女欢心。吕后与诸吕，见刘章夫妻恩爱，也甚欢喜。刘章却暗地算计，要想示个利害，使知刘氏未尝无人，诸吕或不敢十分放肆。主意既定，专待见机行事。

一日吕后在宫中排起筵宴，大会亲戚，诸吕尽皆在座。刘章本是吕后之孙，又是诸吕女婿，也得预宴。吕后因他辈行最小，便命为酒吏监酒。刘章因此心生一计，上前请道："臣本将门之子，出身将种，请得以军法行酒。"吕后平日将他当作小孩，又听其语意甚是浑沦，以为无非凑趣作乐，便即应允。到得酒酣，刘章出席敬酒，又唱了一曲，舞了一回。大众看他，竟是个天真烂漫的孩子。刘章歌舞已毕，又向前说道："请为太后唱一耕田之歌。"吕后听了笑道："只有汝父知得耕田，汝一出世便为王子，岂知田事？"刘章答道："臣能知之。"吕后道："当试说来，看是对与不对。"刘章应声唱一田歌道：

深耕穊种，立苗欲疏。
非其种者，锄而去之。

吕后闻得歌词，知是刘章寓意，所谓非种，明明指着诸吕，暗想谁料一个小孩，竟有此种深心，因此也就默然无语。刘章却仍假作无心，只顾催着近侍巡环斟酒，不多几时，大家都已吃得半醉。诸吕中有一人，不胜酒力，恐怕醉后失仪，又见吕后等甚是高兴，不便当面告辞，打断众人兴头，于是趁着大众不觉，私自离席逃去，却被刘章一人看见。

原来刘章请以军法行酒，便已存下杀心，虽然唱歌起舞，弄出许多花头，两眼却望着席上各人，不住的轮转观看，要想寻他破绽，正如饿猫寻伺鼠子一般。如今看见有人逃席，又认明是诸吕中人，正是难得机会，立即离座向之追赶，其人见刘章从后赶来，何曾知得是要杀他，以为不过欲来挽留，不令逃去，正想对着刘章婉言辞却，谁知刘章赶到近前，不由分说，拔起剑来，立将其人杀死，割下首级，提到席前，向吕后说道："有一人逃酒，臣谨依军法斩之。”吕后及席上众人，连同左右近侍，见此情形，尽皆大惊失色。但因已许刘章行使军法，不能责他擅杀之罪。再看刘章，他却如行所无事，面不改容。大众到此，兴致全无，吕后遂命罢酒，诸吕一个个垂头丧气，各自散归。

从此之后，诸吕见了刘章，各带三分畏惧，也有心中怀恨，要想设计害他，却因他言语行事，并无过失，也就无可奈何。此事传到外间，一班刘氏宗支，暗自欢喜，都赞刘章年少胆大，敢作敢为，此举可为刘氏吐气。就是朝中大臣如陈平等，心中亦敬服刘章，都倚他作刘氏保障。却说陈平自从代王陵为右丞相，虽有左丞相审食其，与他同事，却是从不过问，所以一切政事，皆归陈平一人办理。但陈平事事皆须请示吕后而行，并无一毫权力，连种种违法举动，亦不能救正，凡事惟有顺从吕后意思，也算是善于保全禄位了，谁知尚有人向吕后面前，说他坏话。未知其人为谁，且听下回分解。

第三十一回　曲逆智免吕媭谮　陆生计联平勃欢

话说陈平自为右丞相,独理政务,一切依从吕后之意而行,吕后自是欢喜。偏遇吕媭仍记前次谋执樊哙之仇,欲趁此时再图报复。说起吕媭为人,心肠之狠,手段之辣,不亚乃姊。吕后与她志同道合,所以遇事便与商量,吕媭因得干预朝政,在外招权纳贿,势力颇大。如今欲害陈平,便日夜寻他短处。无奈陈平甚有智计,遇事弥缝得毫无间隙,吕媭竟属无从下手,不得已遂捏说道:"陈平身为丞相,不理政事,终日在家,只是痛饮醇酒,戏弄妇人,似此荒废职务,应行罢免治罪。"吕后平日多听吕媭之言,独有此语,却不肯听。一则久知吕媭与陈平有隙,所言自是出于私意;二则政事由己专决,惟恐陈平干涉,若使陈平醇酒妇人,不理政事,倒是他好处,所以吕媭说了数次,吕后皆置之不理。早有人将吕媭言语报与陈平得知。原来陈平饮醇酒,戏妇人,亦是实有其事,只因知得吕后天性猜忌,惟恐其当面顺从、背地算计,所以托于酒色,免致见疑。今闻吕媭进谗,不但不肯改变,索性将计就计,大张女乐,在家终日痛饮。果然吕后初闻吕媭之言,尚未深信,后遣人出外打听,据回报说陈平当真如此,吕后也不明言,心中却暗自欢喜。

一日陈平因事入宫来见吕后,恰好吕媭在旁。吕后记起此事,便对陈平将吕媭言语当面说出,因安慰陈平道:"俗语有言:'儿女子之言不可听。'但看君对我作事何如?不须畏惧吕媭之谮。"陈平闻言,顿首称谢。吕媭被吕后当面抢白一番,不禁羞惭满面,从此再不敢说陈平坏话。

陈平虽然善用智术,保得自己禄位,但是眼看吕后紊乱朝政,诸吕日益横行,刘氏失势,不免怨恨。彼此势成水火,不能两立,祸机已伏,终有一朝发作,无论谁胜谁败,自己身为丞相,均不能辞其责。论起本心自然为顾刘氏,但是诸吕势力,布满朝廷,如何设法驱除,必须预先布置。陈平因为此事,横亘在心,外面虽然假作淫乐,心内却甚忧虑,每趁无事之时,屏退左右,独坐一室,俯首沉思。谁知平日号称多谋足智之陈平,遇着此种难题,想了多次,竟无善策。一日陈平仍在独居深念,忽有一人走进,在他对面坐下。陈平想到出神,全然不觉。其人见陈平如此情形,早已猜着心事,因开言问道:"何事思念如此之深?"陈平闻言,如梦方觉,举头一看,原来却是陆贾。

陆贾自从吕后临朝,欲封诸吕为王,自料力不能争,且因素有口辩,尤为吕后所忌,于是托病辞职,退居林下。因见好畤地方,田土肥美,宜于居家,遂携家属移居其地,并将家产分与儿子,令其分爨。原来陆贾生有五子,其妻早死,家中无别财产,只有前次奉使南粤时南粤王赵佗所赠橐中之装,皆是珠宝,价值千金。陆贾遂将珠宝变卖得金,分与五子,每子各得二百金,使之置买田产过日。陆贾自己并不留下养老资财,随身只有驷马安车一乘,歌舞侍者十人,宝剑一柄,价值百金。却与五子立下契丝道:"我若到了汝家,汝须供给吾人马酒食草料,极我所欲,以十日为限,我便另住他处。我若得病,死在某子家中，由某子备办丧葬，我所有车马侍者宝剑悉数与之。大约一年之中，除往来长安并到其他亲戚朋友外，轮流到汝五家，每家不过两三次，日常见面，反觉得不新鲜，我亦不至久住，惹汝等讨厌。”其子奉命，各自谋生。陆贾处分家事既毕，从此一人逍遥自在，到处行乐。

读者须知我国家族有一种习惯，凡人生子，到得长大，不问他能否自立，便急急替他娶妇，要望早日抱孙，算是福气。为子者靠着父母过活，娇养惯了，不能谋生，只管坐吃现成，此在富户单丁，或不觉得。若使家道不丰，儿子又多，娶了几房媳妇，生了无数孙男孙女，人口既比从前增加，又都不能赚钱，但知花费，反累得老年人，终日奔波，为儿孙作尽马牛。世上人倒称羡他有子有孙，算是福气，此种福气，也就不易享受。何况不肖儿子，但顾妻儿，不顾父母，各在房中作乐，任他堂上两老，冷冷清清，也无人前来问安视膳。更有兄弟不和，夫妇反目，妯娌相争，为尊长者，费尽调停，呕尽闲气，此亦家庭中常有之事。陆贾早已见到，想出此法，既可免除苦累，又得实享家庭快乐，也可谓善于处置了。

陆贾一身虽然逍遥自在，却仍记挂着国事。眼见数年以来，吕氏势力日大一日，时事日非，祸胎已种，也不知一班大臣，如陈平、周勃等，作何打算，因想一探消息，遂一直来访陈平。到得门前下车，不待阍人通报，径行入内，却见陈平独坐一室，看他神气，料是有重要之事，因即向之动问。陈平被问，方知陆贾到来，见是熟人，却反问道：“先生试猜我心中所思何事？”陆贾道：“足下位为上相，食三万户侯，可谓富贵已极，更无他望。然而心中尚有忧虑者，不过是为诸吕及少主耳。”陈平答道：“先生所猜不错，但是事势至此，为之奈何？”陆贾道：“大凡天下安，注意在相；天下危，注意在将。将相和睦，则众心归附，如此天下虽有变故，事权不至分裂，为社稷计，在君与绛侯二人掌握耳。君今何不与绛侯深相交结？”因附着陈平耳边，说了几句，陈平点头称善。

说起陈平与周勃本无交情。从前相随高祖在荥阳时，周勃曾向高祖诉说陈平受金，二人以此不和。后来一为丞相，一为太尉，同朝共事，渐渐忘了前隙，但彼此交情尚未十分浃洽，所以陆贾要他二人结欢，同心合力，方可济事。但因周勃是个武人，性质率直，若要他先来亲热陈平，必定负气不肯，所以陆贾又特来说陈平。陈平听了陆贾之言，便预备五百金厚礼，遣人送与周勃，又请他至家饮酒，大张筵席，歌舞毕陈。陈平便用出种种手段，联络周勃，引得他开怀痛饮，极欢而散。过了数日，周勃也就依礼报答，二人不久竟成莫逆，不时相聚，渐渐谈到国事，彼此同心共图进行之策。陈平因感陆贾替他设计，遂将奴婢百人，车马五十乘，钱五百万，赠与陆贾，以为饮食之费。陆贾得了此宗大财，便与汉廷公卿往来交结，甚是有名。

到了八年春三月上巳日，照俗例官府及人民皆到东流水上洗濯，以除不祥，名为祓祭。是日吕后亦排齐銮驾，亲往灞上，事毕而回。行过轵道，无意间忽见一物，形状如狗，颜色青黑，直向吕后腋下扑来，吕后大惊。未知是何怪物，且听下回分解。

第三十二回　见鬼物吕后身死　得密报齐王起兵

话说吕后由灞上回宫，路过轵道，瞥见有物如苍狗，来据腋下，心中大惊，定睛一看，忽又不见。但觉得腋下疼痛，回到宫中，解衣一看，竟似被物击伤，心疑适才所见，不知是何鬼怪，便命太史卜得一卦，据云：系赵王如意作祟。吕后忧惧，从此卧病在床，医药祈祷，并无效验。延至秋七月，病势更重，吕后自知不起，乃命赵王吕禄为上将军，管领北军，梁王吕产管领南军。又召二人入宫面嘱道："高帝曾与大臣立约，非刘氏而为王者，天下共击之。今吾封汝等为王，大臣心皆不平，我死之后，恐其为变，汝等须牢握兵权，防卫宫殿，不得轻离。我出葬地，汝等切勿亲自送丧，以免为人所制。"二人受命。七月辛巳，吕后驾崩于未央宫，遗诏以吕产为相国，左丞相审食其为少帝太傅，立吕禄之女为皇后。说起吕后与高祖同由微贱出身，亲历艰苦，眼见高祖扫荡群雄，平定天下，诛戮功臣，分王子弟，自己母家，并无一毫好处。虽然也有二人封侯，却都由军功得来。吕氏与刘氏比较起来，太觉得不平均，所以一旦临朝称制，便将诸吕抬举起来，只因过于偏袒诸吕，把高祖诸子任意残害；又违背高祖誓约，强立诸吕为王，以致众心不服，后人将她与唐时武则天并称为吕武。其实武则天改唐为周，立武氏七庙，显有篡夺之意，至于恣意淫乱存心狠毒，亦比吕后为甚，不过同是女主专政，外戚擅权，因此连类并称耳。清人谢启昆有诗咏吕后道：

称制居然设九宾，编年犹是汉家春。
酒筵竟许行军法，钟室亲能缚将臣。
轵道犬伤高帝子，厕中彘痛戚夫人。
绛侯纵守丹书约，诸吕难逃喋血频。

吕后既死，与高祖合葬于长陵。此时诸吕中只有燕王吕通回了燕国，梁王吕产，赵王吕禄，依着吕后嘱咐，不往送葬，各聚兵队，紧守城门及皇宫。吕产既为相国，吕禄又为上将军，一时政权兵权，皆归此二人掌握，虽有左丞相陈平，太尉周勃，不过是挂名将相，并无一毫权力。一班列侯诸将，更不待论。朱虚侯刘章见此情形，知得诸吕并无才能，于是心生一计，要想尽灭诸吕，拥立其兄齐王刘襄为帝。遂密遣心腹之人，私往齐国，告知齐王，假说是诸吕拥了重兵，密谋作乱，已妻吕氏，知得阴谋，暗行告知，事势危急，请齐王克日发兵西来，已与弟兴居并诸大臣当为内应。齐王刘襄得信，乃与其舅驷钧、郎中令祝午、中尉魏勃三人秘密议定，刻日兴兵。

事为齐相召平所闻，心想齐王无故发兵，明是为乱，欲待谏阻，又恐齐王不听，自己兵权在握，岂能任其胡为？遂派遣军队，将王宫四面围守。名为保卫，实则防备齐王，使之不得举事。齐王受制，束手无法。中尉魏勃本与齐王同谋，今见事机中变，都由召平作梗，一时心急智生，便来见召平说道：“传闻王欲发兵，并未得朝廷虎符为验，岂非存心造反？今相君遣兵围王，先事预防，甚属善策。但须有可靠之人为将，方保无虞，勃虽不才，愿效微劳，为相君率领兵队。”召平不知魏勃是计，相信不疑，便将兵权交与魏勃，魏勃既握兵权，即下令撤去王宫之围，来围相府。召平方知为魏勃所卖，追悔已迟，遂伏剑自杀。

说起魏勃本齐国人，当日曹参为相，魏勃年少家贫，要想谒见曹参，又苦无人引进。忽想得一计，每日起个绝早，到齐相舍人门外，替他扫地。舍人早起开门，见门前一片洁净，似是有人扫过。起初尚不觉得，后见日日如此，甚是可疑，以为世间断无如此闲情之人，来替别人扫地，谅系何种鬼怪，定要看个明白。等到天色黎明，舍人便伏在门侧等候，不过一刻，果然闻得门外扫地声响，遂由门隙中向外张望，却见一人弯着身，持帚扫地。舍人立即开门走出，问起姓名，知是魏勃。魏勃遂向舍人备述情由，托他介绍入见丞相，舍人应允，遂引魏勃见了曹参，曹参便将魏勃收在门下。一日曹参出门，令魏勃御车，魏勃趁便进言时事，曹参听了，大加赏识，荐于悼惠王，悼惠王用为内史。及悼惠王死，刘襄嗣立，魏勃宠幸用事，权过于相。召平明知魏勃是齐王得宠之人，即使不知他是同谋，岂可不加防备？此次漫然付以兵权，可谓自取其祸。魏勃闻召平已死，遂来通报齐王。齐王大喜，乃命驷钧为丞相，魏勃为将军，祝午为内史，下令召集国中兵队，预备进军。此时齐地已被吕后分割为四国，除齐国外，尚有琅琊、济南、城阳三郡，分属三国。济南系吕后封与惠帝后宫之子济川王刘太，城阳封与鲁王张偃。此二国皆吕氏党羽，惟琅琊王刘泽，本系高祖兄弟。如今齐王要将三郡趁势取回，但碍着刘泽是他从堂叔祖，不便兴兵攻之。遂遣祝午前往琅琊，面见刘泽，用言诱之道：“近闻吕氏阴谋为乱，齐王意欲起兵诛之，自以年少不知兵事，因想起大王当高帝时为将领兵，久经战阵，故愿将齐国委托大王。齐王本欲亲自来请，但因国中无主，不敢远离，使臣来请大王，务乞驾到临淄面商。齐王当并合二国之后，由大王率领入关，平定内乱。”刘泽听了，相信不疑，即日起行。到了临淄，入见齐王。齐王便将刘泽留在齐国，又使祝午前往琅琊，尽起本地之兵到来，与齐兵合为一处，由魏勃带领西进。又分兵往取济南、城阳二郡。齐王一面遣使持书分往各国，告知起兵之意。其书道：

> 高帝平定天下，王诸子弟悼惠王于齐，悼惠王薨，惠帝使留侯张良立臣为齐王。惠帝崩，高后用事，春秋高，听诸吕，擅废帝更立。又杀三赵王，灭梁、燕以王诸吕，分齐国为四。忠臣进谏，上惑乱不听。今高后崩，皇帝春秋富，未能治天下，固恃大臣诸将。今诸吕又擅自尊官，聚兵严威，劫列侯忠臣，矫制以令天下，宗庙所以危。今寡人率兵入诛不当为王者。

楚王刘交得书，即命将领兵，会合齐兵前进。此消息传入长安，吕产与吕禄商议，遣大将军灌婴领兵击之。灌婴奉命，带兵出关，行到荥阳。此时齐兵尚未到来，灌婴召诸将计议道：“诸吕统兵占据关中，意欲谋危刘氏，自行篡立。我今若破齐回报，岂非为虎添翼？此事断不可行，不如顿兵不进，遣人与齐联合，相机行事。”诸将闻言，尽皆赞成。灌婴遂下令将兵队驻扎荥阳,遣使往见齐王,与之联和且待吕氏变起,一同讨之。齐王许诺,遂回兵屯在齐国西界,静候机会。未知诸吕是否为变,且听下回分解。

第三十三回　周勃矫诏入北军　刘章率兵诛吕产

话说吕产、吕禄自遣灌婴去后，心知朝中大臣宗室与己反对，欲待尽数捕拿诛戮，又畏惧绛侯周勃、朱虚侯刘章二人。只因周勃原系宿将，如今虽无兵权，他旧时部下心腹将士甚多，一旦发作起来，难保士卒不倒戈相向。至如刘章也是个敢作敢为之人，见此情形，岂不预先布置。又兼齐、楚现已起兵，虽命灌婴往讨，但恐灌婴亦未必可靠。今若从中发难，灌婴闻信，定与齐楚连兵来讨，反致彼等有所借口，不如且看灌婴此去情形如何。若果与齐国通谋，再行下手。于是会合诸吕等密议多日，各人意见不一，议论纷纭。吕产、吕禄，毫无主见，犹豫不决，当日一班朝臣，见此情形，无不人人自危，但又无力抵抗，惟有束手待毙而已。

内中陈平与周勃二人，因事势危急，乃密聚商议自救之策。周勃对陈平道："如今惟有使我掌兵，可保无事。但是如何方能夺取兵权？"陈平沉思片刻，便附周勃耳边说了数句，周勃点首称善，立即依计而行。其时曲周侯郦商，年老在家养病，陈平与周勃假作商议要事，遣人往请郦商。郦商不知是计，依言而到。二人将郦商留在家中，又遣人唤到其子郦寄，嘱令往见吕禄，劝他如此如此。只因郦寄与诸吕交情最好，故陈平、周勃欲使之往说吕禄，将兵权让交周勃，又恐郦寄不肯往说，或反与吕禄通谋算计，故先将其父郦商劫来，作为抵当。郦寄见其父被劫，无可奈何，只得依言前往。见了吕禄，因说道："高帝与吕后，一同平定天下，刘氏所立九王吕氏所立三王皆经大臣议定，布告诸侯，诸侯并无异言。今太后新崩，帝年尚少，足下佩赵王之印，不速到国守藩，乃为上将统兵留京，所以大臣及诸侯，不免疑忌。足下何不让出将印，并请梁王归还相印，以兵权付太尉，与大臣立盟，各回本国。齐楚闻知，必然罢兵，内外皆安，足下高枕而王千里，此乃万世之利。"吕禄听了，甚以为然，乃使人将此计告知吕产。吕产又与诸吕会议，或以为可，或以为不可，众口不一，议了数次，毫无决断。郦寄见此计不行，父亲不得归家，心中焦急，便日日到吕禄处，意欲乘机促成其事，却又恐他见疑，不敢十分催促。吕禄素信郦寄，何曾知他心事？见其时常到来，便邀同出外游猎。一日猎罢，郦寄别去。吕禄顺路到其姑吕媭家中，因与吕媭夸说打猎之乐。吕媭见其侄如此庸暗，全无见识，当此事势紧急，不但不可将兵权让人，连军中都不可擅离一步，他反时出游猎，真是不知死活，因此心中大怒，责骂吕禄道："汝身为上将，乃竟弃却军队！眼看吕氏全族，断送汝手。"吕媭越骂越气，命人将家中所有珠玉宝器，悉数取出，散置堂下，说道："此等物件，今后都非我有，何苦替着他人看守，空费心力。"吕禄被其姑责备一番，垂头丧气而去，但他心中尚以为其姑年老未免过虑，哪里肯信。事被郦寄闻知，见吕媭横生阻力，料想此计难成，急来告知陈平、周勃。

陈平、周勃得郦寄回报，密议："吕禄已有意让出兵权，只因诸吕意见不同，以致延宕，须再设法促其速行。"正在筹议间，忽报平阳侯曹窋有要事求见。二人即命请入，此时曹窋已代任敖为御史大夫，本日适因政事入见相国吕产，与之计议。忽遇郎中令贾寿奉使由齐国回来，一见吕产，便邀到一旁，将灌婴与齐楚通谋欲诛诸吕之事，备细告知，并催促吕产道："王不早日回国，今虽欲行，亦不可得，惟有赶紧入宫保护少帝，严兵自守。"说罢连声催促吕产速行。原来贾寿乃吕氏党羽，知得势急，特来报信，背着曹窋与吕产说话，却被曹窋留心窃听，已知大略，遂赶到陈平处，说知此事。陈平与周勃见事已至此，若不速夺兵权，变生顷刻，二人议定一计，遣人密请襄平侯纪通与典客刘揭到来。纪通乃高祖女婿现掌符节，刘揭乃是宗室。二人见请，一齐陆续到来。陈平先命纪通持节，带同周勃，驰往北军，矫称少帝有诏，命太尉周勃掌管兵事。又遣刘揭随着郦寄往见吕禄，嘱咐如此如此。郦寄奉命同刘揭来见吕禄说道："少帝有诏，命太尉掌管北军，意欲足下回国，足下当速归还将印，辞别起程，不然大祸立至。"吕禄被吓，全无主意，又心想郦寄与我交厚，必不见欺，于是解下将印，交与刘揭。刘揭得印，立即来寻周勃，此时周勃已与纪通同入北军。刘揭寻到北军，见了周勃，交割将印，于是北军遂归周勃掌管。

周勃入得军门，心想我虽手握兵权，但尚未知军心能否归附，此军已被吕禄统领多年，难保他不布置党羽，收买众心，为他出力，我纵为统将，众心不服，亦无如何。因想出一法，下令军中道："汝等将士，为吕氏者右袒，为刘氏者左袒。"此令既下，但见片刻之间，全军尽皆左袒。只因吕禄虽然为将，并不知联络将佐，顾恤士卒，所以竟无一人为他。周勃见了，心中大喜，因遣人报知陈平。陈平又命刘章来助周勃，周勃使之监守军门。此时尚有南军，仍属吕产管领。南军本是卫宫之兵，分为两处，一在长乐宫，一在未央宫，分归两宫卫尉统带。周勃因南军未曾归附，不敢发作，先遣曹窋往说未央宫卫尉，命其阻住吕产，勿使入宫。当日吕产被贾寿催促不过。方始决计入宫为乱。心中尚以为吕禄仍在北军，可保无事。谁知行至未央宫殿门口，却被卫尉阻住，不得入宫，只在殿门口徘徊往来。曹窋见他手下护卫之人甚多，未敢动手，急遣人报知周勃。周勃亦恐难以取胜，不敢明言讨之，遂对刘章道："汝速入宫，保护少帝。"刘章请兵，周勃给与步卒千余人。刘章率兵，径入未央宫门，望见吕产正在廷中。时天色将晚，刘章挥兵进击，吕产见了先自逃走。随身将士。正待上前迎敌，忽然天起大风，尘土飞扬，迎面扑来，大众慌乱，各自四散，不敢抵当。刘章下令单拿吕产，余人不究，兵士得令，就宫内分头寻觅，吕产见事急，逃入郎中府吏厕中藏匿，却被兵士寻获，擒出斩之。

当日宫中大乱，少帝在内闻信大惊，急命人将殿门紧闭，停了片刻，见外间喧扰已定，问知吕产已被刘章杀死，少帝无法，只得遣谒者持节慰劳刘章。刘章此时何曾认得少帝，便欲夺取谒者之节，谒者不肯。刘章亦不强他，但将谒者挟了上车，带领随来士卒，一直前往长乐宫。谒者被刘章劫持，无可奈何，只得听其摆弄。原来长乐宫卫尉吕更始，乃吕产族人。刘章恐其闻知吕产被杀，举兵作乱，与之交战，未免费力，意欲趁其未发觉以前，矫诏杀之，所以挟了谒者俱来，有节为信，方可行事。既到长乐宫前，刘章假称有诏，召卫尉吕更始到来听命。吕更始以为是真，行近前来，刘章即喝令左右将士，拿下斩首。一面矫诏安慰军心，竟无一人敢出反抗，刘章见诸事已毕，即驰回北军，告知周勃。未知以后如何，且听下回分解。

第三十四回　灭诸吕奉迎代邸　立文帝清除皇宫

话说吕后八年秋八月庚申，朱虚侯刘章，既斩吕产、吕更始，驰入北军，报与周勃。周勃闻信大喜，遂向刘章拜贺道："我辈所患独有吕产，吕产已诛，天下定矣。"于是周勃遣派将士，分头捕拿诸吕家属，无论长幼男女，悉皆斩之。吕禄此时已卸兵柄，无异平民，自然易被擒杀，独有吕媭为众所恨，竟将她活活打死。又命人往杀燕王吕通，废去鲁王张偃，至审食其本与吕氏亲密，照例亦难免罪，幸得陆贾与朱建二人，替他解免，故得保全，仍命为左丞相。

陈平与周勃见大局已定，遂遣刘章前往齐国，将诛灭诸吕之事，告知齐王，请其罢兵。又使人通知灌婴，命即回军，于是诸大臣相聚密议道："吕后所立少帝与诸王，皆非真孝惠帝之子，吕后将他人之子，假充惠帝之子，使之嗣位，意在保全吕氏，今我辈尽诛诸吕，将来少帝及诸王年长后，必替吕氏报仇，我辈难逃灭族之祸，不如废去，别立他人。"正在商议之际，适值琅玡王刘泽，亦由齐国来京。原来刘泽自被齐王骗到国中，留住不放，自知中计，追悔不及，正苦无法脱身，今闻吕氏已灭，心生一计，遂对齐王说道："齐悼惠王为高皇帝长子，推本而言，大王乃高皇帝嫡长孙，应立为天子，今诸大臣会议应立之人，正在狐疑未定，泽于宗室之中，叨属年长，诸大臣自当待泽一言而决，今大王留泽在此，并无益处，不如遣泽入关，计议此事，可助大王成功。"齐王听说甚喜，遂即遣人保护刘泽起程。诸大臣闻说刘泽到来，果然与之商议，恰好有人提议欲立齐王刘襄，谁知刘泽自受齐王之欺，心中怀恨，此来不但不肯赞成，且有意破坏其事，以为报复，因说道："齐王母舅驷钧，为人凶恶暴戾，真如俗语所谓虎而冠者。此次吕氏以外家势力，几乱天下，若立齐王，是又出一吕氏矣。"陈平、周勃等闻言，皆道："琅玡王所说甚是。"于是迎立齐王之议作罢。又有人议立淮南王刘长，众意以为刘长年纪尚少，其舅家亦非善良，也不赞成。末后选来选去，大众公推代王刘恒，都说道："高帝诸子现存者，惟代王年纪最长，闻代王为人仁孝宽厚。太后家薄氏，又复谨慎纯良，迎立为帝，名义甚顺。"众人议定，守秘密，暗地遣人往代，迎接代王到来。此时朱虚侯刘章，已由齐回京，亦在会议之列，本意原欲迎立其兄齐王，但因众议不从，也就无法。

当日使者奉命到了代国，传达诸大臣之意，迎接代王入京。代王刘恒闻信，心中疑虑，遂与国中诸臣会议。郎中令张武等议道："现在朝中大臣，皆是高帝旧将，熟习兵事，多行诈谋，其心难测，特畏高帝吕后之威，不敢妄为。今诸吕新灭，京师流血，名为迎立大王，实不可信，愿大王称疾勿往，徐观其变。"代王听说，尚未发言，旁有中尉宋昌进前说道："群臣之议皆非，据臣愚见，大王此去，稳登宝位，并无危险。请言其证。昔日秦失其政，豪杰并起，人人皆自以为能得天下，然而天子之位，终归刘氏。天下之人，皆已绝望，此其一也。高帝封立子弟为王，其地如犬牙相错，所谓磐石之宗，天下皆服其强，此其二也。汉兴以来，除秦苛暴，法令简约，德惠时施，人心大安，难于摇动，此其三也。即就近事而言,以吕后之威,立吕氏三人为王,擅权专制,然而太尉仅以一节入北军,大声一呼,士皆左袒,卒灭诸吕,此乃天授,非人力也。如今诸大臣即欲谋变,百姓不肯为用,其党又不能同心协力,内畏朱虚、东牟之亲,外畏吴、楚、淮南、琅玡、齐、代之强,必不敢动。况高帝子现存者,独有淮南王与大王二人,大王又屑年长,加以贤圣仁孝,闻于天下,故诸大臣顺天下之心,意欲迎立大王。臣愿大王勿疑,便司起驾前往。"代王见众议不同,未知所从,遂入见薄太后,告知此事。薄太后亦无主见,待要前往,恐遭危险,欲待不去,又冠失了现成机会,遂命卜人占之。卜人奉命占成一卦,乃是大横之兆,其繇词道:

> 大横庚庚,余为天王,夏启以光。

卜人见了繇词,遂向代王拜贺,说是大吉,代王见繇词中说天王,心中不解,因问卜人道:"寡人现已为王,何以又说是天王?"卜人答道:"词中所谓天王,乃是天子,并非指诸侯王。"代王方悟,入告太后,自己仍不敢造次前往,遂议定先遣太后之弟薄昭,偕同使者至京,察看情形,再定行止。薄昭奉命而去,不过几时,便偕使者回报,说是已见太尉周勃,周勃备述所以迎立之意,情形确实,并无可疑。代王心中甚喜,因笑对宋昌道:"果然不出君之所料。"于是决计起程,自与宋昌同车,随带近臣张武等六人,共乘坐驿车六辆,前往长安。行至高陵,离长安不远,代王终不放心,又命宋昌飞骑先往,观察动静,此时朝中各大臣,闻得代王将到,齐集渭桥等候,宋昌一马先到,望见众人,知是前来接驾,急忙回报代王。代王方始命驾前进,及至渭桥,群臣一齐拜谒称臣,代王也就下车答拜。拜毕俱各起立。太尉周勃为首,进前说道:"愿大王屏退左右,有事奉陈。"代王未及回答,宋昌在旁闻说,即向周勃道:"太尉所盲是公,无妨当众言之。若所言是私,王者不受私言。"周勃见宋昌说得有理,便跪在地上,双手高捧天子符玺,献与代王,请其接受。代王不肯即受,因辞谢道:"俟至邸第再议。"于是代王辞了众人,坐上原车,直入京城,群臣随后相从。到了代邸,各皆下车入内,时乃闰九月己酉日也。君臣既到代邸,一同上书劝进。其书道:

> 丞相臣平、太尉臣勃、大将军臣武、御史大夫臣苍、宗正臣郢客、朱虚侯臣章、东牟侯臣兴居、典客臣揭再拜言大王足下,子弘等皆非孝惠皇帝子,不当奉宗庙。臣谨请阴安侯、顷王后与琅玡王、宗室、大臣、列侯、吏二千石议曰:大王高帝长子,宜为高帝嗣。愿大王即天子位。

代王得书,对群臣道:"奉承高帝宗庙,乃是重大之事,寡人不材,不称其位,愿请楚王计议应立之人,寡人实不敢当。"群臣闻言,皆俯伏固请。代王向西而立,固让三次,又向南而立,固让两次,然后即位,是为文帝。旁有东牟侯刘兴居上前奏道:"此次诛灭吕氏,臣并无功,请得前往清宫。"文帝许诺,并命太仆汝阴侯夏侯婴同往。刘兴居遂与夏侯婴直入未央宫,走至少帝近前,对少帝道:"足下非刘氏,不当立。"遂指挥左右执戟之人，令其退去。诸人闻说，各弃兵器，一哄而散，内中尚有数人，不肯听命，宦者令张释又向其晓谕一番，亦皆散去。少帝见此情形，吓得不敢作声。夏侯婴早命人备齐车辆，将少帝载入车中，少帝此时方始问道："汝欲载我到何处去？"夏侯婴答道："出到外闲府舍居住。"于是遂将少帝安置少府署中，一面备齐天子法驾，前往代邸，迎接文帝。刘兴居亦将惠帝之后张氏，移往北宫居住，然后把未央宫收拾洁净，前来回报。到了黄昏时候，文帝车驾起行入宫。谁知行至未央宫端门口，忽有宫官十人，手中持戟，拦住门口，说道："天子在内，足下何故擅入？"欲知代王能否入宫，且听下回分解。

第三十五回　惠帝子无辜被戮　窦后弟脱险受封

话说文帝车驾到未央宫，忽有十人在端门口持戟拦住，说道："天子在内，足下何为擅入。"原来此十人乃是看守端门谒者，只因刘兴居清宫时，未曾晓谕大众，彼等尚不知天子已经易人，所以向前拦阻。文帝被阻，不得入宫，乃遣人往告太尉周勃。周勃闻信赶来，向谒者说明原因，此十人始各弃戟走开，文帝方得入内。陈平、周勃见文帝已入宫中，遂于是夜分遣多人，将少帝义及常山王朝、淮阳王武、济川王太一律杀死。

读者须知惠帝后宫共有七子，除先立之少帝被废而死，又恒山王不疑、淮阳王强二人早死外，尚余此四人，如今同日见杀，真是死得冤枉。在陈平、周勃，既灭吕氏，自不能不废少帝。只因少帝是惠帝之子，吕后之孙，将来长大，必然追究此事，重翻旧案，坐诸人以擅杀之罪，所以要将少帝废去。但是少帝年幼，并无失德，无故不能废他，只得说他不是惠帝之子，既说少帝不是惠帝之子，遂连着朝、武、太诸人，都不认是惠帝之子，于是糊糊涂涂，将他们一概杀死，以为斩草除根之计。此便是陈平等的阴谋，只可怜惠帝竟因此绝后了。

文帝既入未央宫，即拜宋昌为卫将军，管领南北军，以张武为郎中令，巡行宫殿。当晚文帝出坐前殿，下诏大赦天下，到了元年冬十月，文帝谒见高庙，下诏追谥赵王友为幽王，立其子遂为赵王，移琅玡王刘泽为燕王。凡吕后所夺齐楚二国之地，悉数还之。遣车骑将军薄昭往代，迎接太后薄氏至京，尊为皇太后，入居长乐宫。原来文帝奉事太后，极尽孝道，当在代国之时，薄太后有疾，一病三年，文帝躬自侍奉，衣不解带，目不交睫，饮食汤药，皆必亲尝而后进，直至病愈始已，以此仁孝着闻。如今立为天子，薄氏竟得为皇太后，也算应了许负之言。

文帝元年春正月，群臣请立太子，文帝谦让再三，群臣力请立子启为太子，文帝许之。三月，群臣又请立皇后，薄太后下诏，立太子母窦氏为皇后。说起窦氏，乃观津人，父母早卒，家有一兄一弟。兄字长君，弟名广国字少君。窦后少时，以良家子女，被选入宫为宫人。惠帝时，吕后挑选宫人分赐诸王，每国五人，窦后名亦在内，自以为家在清河，与赵国最近，愿往赵国，遂托主管宦官，请其将己名载入赵国五人之列，宦官许诺。谁知事后忘记，竟将窦后名字，误载代国名下，奏明吕后，已得允准，窦后方知其事，不觉涕泣埋怨宦官，不愿前往代国。宦官因名册业经奏准，不能更改，只得自己认错，极力劝慰窦后。窦后无法，只得随众出宫，到得代国。文帝时为代王，见了所赐五人，只有窦后恰中其意，因得进幸，生下一女名嫖，又生二子，长名启，次名武。文帝本有王后，王后生有四子，文帝未即帝位，王后已死。及文帝即位，王后所生四子，忽然接连病死。当日群臣请立太子，惟有窦后子启，年纪最长，故得立为太子。母以子贵，所以窦后得立为皇后。又封长女嫖为馆陶公主，次子武亦得封王。读者试想窦后当日若得如愿，到了赵国，不过做赵王友的姬妾，有何好处？幸亏宦官忘记嘱托，将她派到代国，如今竟得立为皇后。可见凡事非人所能预料，所谓塞翁失马，安知非福？窦后恰正与此语相应。

窦后既得立为皇后，外家自然也得好处，于是其兄长君，便将家移到长安居住。窦后问起少弟少君，何以不见？长君说是四五岁时，被人诱拐，至今不知去向。窦后甚是悬念，遣人四处访寻，并无消息。过了一时，少君忽自行诣阙上书认亲。原来少君被人拐卖为奴，后又转卖十余家，流落到宜阳地方。此时年已长成，主人命其入山烧炭，与同百余人一处工作。夜间同就岸下，搭起茅篷住宿。忽有一夜，山岸崩塌，百余人梦中惊醒，逃走不及，都被压死，独有少君一人得脱。自以为大难不死，必有后福，遂到卜肆问卦，卜人代他卜得一卦，不觉大惊，说是数日之内，便得发迹，将来定当封侯。少君暗自欢喜，果然不过数日，少君随其主人到了长安，闻得天子新立皇后姓窦乃观津人。少君被拐时，年纪虽小，却记得自己本姓及县名，心想此位新立皇后，与我同姓同县，莫非就是我姊？想到此处，心中不禁大喜，却又不敢冒昧，恐防错认，其罪不小，因在外打听一番，料得有八九分的实，方敢上书自陈。窦后得书，便与文帝言明，文帝命召少君入见。少君此时身为人奴，自然是憔悴可怜，更兼姊弟一别十余年，如今各已长成，连声音容貌都不认识，如何辨得真假。文帝便问道："汝尚记得少时家事否，可说出一二件，看是对与不对。"少君道："曾记在家时，与姊出外采桑，有一次从桑树坠下。"窦后想起实有此事，但尚未能相信，再问少君，更记得别事否。少君又说道："记得姊被选入宫起程西上之日，曾与我话别于旅舍之中，亲自取汤为我洗头，洗毕又取饭与我食之，然后上路。"窦后见说得情真事确，知是其弟无疑，遂与少君相抱痛哭一场，左右近侍，皆为流涕。文帝因厚赐之，命与其兄长君，同在长安居住。

事为绛侯周勃、颍阴侯灌婴等所闻，相聚议道："我辈遭诸吕之难，幸得不死，将来性命，或且系此二人身上。此二人出身寒微，不可不为之先择师傅，恐其又学诸吕，我辈死无葬身之地矣。"于是奏明文帝，选取老成端正之人，陪伴二人，与之同居。果然窦长君、少君得了师友之力，并皆谨慎谦让，不敢倚借富贵，欺凌他人，因此外间甚有贤名。到得文帝既死，景帝即位，尊窦后为皇太后，封少君为章武侯，其时长君早已身死，景帝又封其子窦彭祖为南皮侯，此是后事。

文帝见诸事大定，遂下诏赏诛请吕之功，加封太尉周勃邑万户，赐金五千斤。丞相陈平、将军灌婴，邑各三千户，金二千斤。朱虚侯刘章、襄平侯纪通，邑各二千户，金千斤。封典客刘揭为阳信侯，赐金千斤。又赏代国从来诸臣功，封宋昌为壮武侯，张武等皆官九卿。读者试想此次诛灭诸吕，要算是朱虚侯刘章功劳最大。当日周勃虽入北军，不敢动手，若非刘章杀了吕产，诸吕未易一时平定。如今论功行赏，反被周勃得了首功，刘章受赏甚薄。其弟刘兴居，清宫也算有功，并未蒙赏，此是何故？只因文帝知得刘章兄弟欲诛诸吕，如此出力，其意不过是欲立其兄齐王刘襄为帝，若非周勃、刘泽等不肯赞成，文帝安得即位？所以刘泽既得移封燕国，周勃等又皆叨重赏，独刘章兄弟大受屈抑，可见文帝虽贤，亦不免怀着私意。

文帝虽已行赏，心中对于周勃，尚觉得功多赏薄，过意不去。便欲命其为相，因见左丞相审食其，平日既无功劳，又无才干，且是吕氏之党，不治其罪，已算宽大，如何更任他居此高位？于是意欲将审食其罢免，以周勃为左丞相。谁知右丞相陈平，早已料得文帝之意，遂即谢病不朝。未知陈平是何用意，且看下回分解。

第三十六回　**陈平巧言胜周勃　陆贾奉书见赵佗**

话说文帝见周勃功多，欲将审食其免职，以周勃为左丞相，尚未发表。右丞相陈平，知文帝宠爱周勃，心想不如连右丞相一并让他，于是谢病不朝。文帝见陈平无故告病，心中生疑，亲问其故，陈平对道："当日高帝在时，周勃功不如臣，此次诛灭诸吕，臣功亦不及勃，臣愿以相位让之。"文帝准奏，乃下诏以太尉周勃为右丞相，位居第一，以陈平为左丞相，位居第二，灌婴为太尉，审食其免官回家。文帝又喜陈平能让，加封三千户，赐金千斤。

周勃既为右丞相，心满意足，遇着朝会之时，意气扬扬，极其自得。文帝待之却甚恭敬，每见其走出，常以目送之。旁有中郎袁盎，见此情形，心中不以为然，忍不住进前问道："陛下以为绛侯是何如人？"文帝道："绛侯乃是社稷臣也。"袁盎道："不然。绛侯乃是功臣，非社稷臣。所称为社稷臣者，为其能与君共存亡也。当吕后时，诸吕用事擅权，刘氏不绝如线，绛侯身为太尉，职主兵权，不能救正，及吕后已崩，诸大臣相聚谋诛诸吕，绛侯适逢其会，得以成功。今观其人，似有自骄之色，陛下反待以谦让，不免有失君臣之礼，臣窃为陛下不取也。"文帝听了，默然自失，从此临朝对着周勃，便不似从前那种和气。周勃也觉得文帝容貌，日益尊严，心中渐加畏惧，不敢如前畅意，心中疑是有人进谗，以致恩遇顿薄。后来果然探得乃是袁盎所说，周勃怨恨道："袁丝小子，我与其兄素来交好，谁知他竟在帝前毁谤起我来，也太觉不情了。"原来袁盎字丝，乃楚地人，前为吕禄舍人。文帝即位，以其兄袁哙之力，得为中郎。袁哙本与周勃为友，故周勃怨之。袁盎闻知周勃怨己，亦不以为意。

文帝天性仁爱，自从即位之后，留心政务，勤求治道。一日因见法令中有收孥相坐之律，此律本是秦法，汉时沿用未除。其法一人有罪，坐及家族，文帝以为不公，下诏废之。又命有司赈恤鳏寡孤独穷困之人，凡民年八十以上，每月赐以米一石，肉二十斤，酒五斗；九十以上，又加赐帛二匹，絮三斤，定为常例。时有来献千里马者，文帝道："朕出行之际，千乘万骑，鸾旗在前，属车在后，平常无事，日行五十里，出师日行三十里，皆有一定程限，朕乘坐此千里马，一人先行至何处去？是此马在我并无用处。"遂命左右将马还之，并给其来往路费，因下诏道："朕不受献，此后四方不得来献。"当日各地官吏奉到此等诏书，布告于外，一众人民闻知，尽皆欢喜感激，以为何幸得逢圣王，连那年老抱病之人，亦扶杖出门听诏，并望自己寿命延长，得见太平盛世。读者须知自周末以至汉初，中间经历许久年代，并无一个君相，肯实心为民办事者，如今文帝即位，首先赈贫恤老，除去苛法，所以人心感动，四方归仰。

文帝临朝稍久，国家政事，逐渐熟悉。一日因向右丞相周勃问道："天下一年之内，定罪案件，共有几多？"周勃平日并未留心狱讼，一时被问，答应不出，只得谢道不知。文帝见周勃不能答对，未免难乎为情，心想或且此事容易忘记，别件大事，定能知得，遂又问道："一年内钱谷出入之数，各有几多？"周勃见问，更是茫然，只得又答道不知，心中甚是惶愧，汗流满身。文帝见周勃如此情形，只得命他退立一旁，又召左丞相陈平近前，仍将前二事问之，陈平也是不知，他却比周勃答应得巧，只说道："此事各有主管之人。"文帝闻言暗想道：原来他也不知，岂有宰相连刑罚财政全然不晓之理？因又问道："主管之人，到底是谁。"陈平道："陛下若欲知犯罪多少，可问廷尉；钱谷出入多少，可问治粟内史。"文帝见答，心中不悦，遂说道："既然各有主管之人，不知君所管何事。"陈平见文帝穷究到底，因免冠顿首道："陛下不知臣不肖，使得待罪宰相。宰相之职，上佐天子理阴阳顺四时，外镇抚四夷诸侯，内亲附百姓，使卿大夫各得其职。"文帝听了，连声称善。周勃在旁，见陈平应对如流，能博文帝欢喜，想到自己先前情形，不觉大惭。到得退朝走出，周勃私向陈平责备道："君平素何不教我，以致主上问我，无话可答？"陈平笑道："君居其位，岂有不知自己之职？譬如主上若问长安盗贼数目，又能勉强对答否？"周勃被陈平说得无话可答，自此方知自己才能，远逊陈平，到了秋八月，周勃称病告退，文帝遂专任陈平一人为相。

当日文帝即位之后，遣使通告诸侯王及各蛮夷，独有南粤王赵佗，尚未臣服。原来吕后时有司请禁南粤市买铁器，防其为乱，吕后许之。赵佗闻此消息，因怒道："昔日高皇帝立我为南粤王，许与我通市货物，今吕后听信谗臣之言，以为我是蛮夷，心存异视，禁绝货物，此必是长沙王之计，欲倚借中国势力，吞灭南粤，并其土地。须知我南粤岂肯轻受他人欺凌？索性与之绝交，免得屈居人下。"于是自号为南粤武帝，起兵攻击长沙，残破数县，虏掠人畜货物而去。长沙王遣人赴京告急，吕后闻信大怒，即命隆虑侯周灶，领兵击之。却值五六月天气，暑湿正盛，士卒不服南边水土，酿成大疫，死者无数。赵佗又遣兵防守边界，汉兵不能越岭侵入一步。过了年余，吕后身死，周灶也就班师回京。赵佗见汉兵无如之何，愈加得意，迫使闽、越、西瓯皆来归附，所占土地，东西万余里，赵佗于是僭用天子仪仗，俨然成一独立之国。

文帝既查明南粤起衅原由，知是曲在中国，遂想纯用德化，使之归服。因修成一书，命陈平举荐使者，持往南粤。陈平道："当日高帝时系陆贾奉使前往，今其人现在长安，家居无事，可以为使。"文帝依言，即拜陆贾为太中大夫。陆贾奉命赍书起程，直赴南粤。赵佗接受文帝之书。其辞道：

> 皇帝谨问南粤王，甚苦心劳意。朕高皇帝侧室之子，弃外奉北藩于代，道里辽远，壅蔽朴愚，未尝致书。高皇帝弃群臣，孝惠皇帝即世，高后自临事，不幸有疾，日进不衰，以故悖暴乎治。诸吕为变故乱法，不能独制，乃取他姓子为孝惠皇帝嗣。赖宗庙之灵，功臣之力，诛之已毕。朕以王侯吏不释之故，不得不立。今即位，乃者闻王遗将军隆虑侯书，求亲昆弟，请罢长沙两将军，朕以王书罢将军博阳侯，亲昆弟在真定者，已遣人存问，修治先人塚。前日闻王发兵于边，为寇灾不止，当其时长沙苦之，南郡尤甚。虽王之国，庸独利乎？必多杀士卒，伤良将吏，寡人之妻，孤人之子，独人父母，得一亡十，朕不忍为也。朕欲定地犬牙相入者，以问吏。吏曰："高皇帝所以介长

沙土也。”朕不能擅变焉。吏曰:“得王之地,不足以为大,得王之财,不足以为富”。服岭以南,王自治之。虽然王之号为帝,两帝并立,无一乘之使以通其道,是争也。争而不让,仁者不为也。愿与王分弃前恶,终今以来,通使如故。故使贾驰谕,告王朕意,王亦受之,毋为寇灾矣。上褚五十衣、中褚三十衣、下褚二十衣遗王,愿王听乐娱忧,存问邻国。

未知赵佗得书之后,其意如何,且听下回分解。

第三十七回　赵佗报书去帝号　贾谊被谗谪长沙

话说赵佗见文帝来书，仁至义尽，语气蔼然，不觉心中折服。又因陆贾是他故人，久别重逢，自然欢喜，遂下令除去帝号，留陆贾住了数日，修成回书，并献许多方物。陆贾辞别赵佗，回至长安，入见文帝复命，呈上书信物件。文帝将书拆开，见其上写道：

> 蛮夷大长老夫臣佗，昧死再拜上书皇帝陛下。老夫故粤吏也，高皇帝幸赐臣佗玺，以为南粤王，使为外臣，时纳贡职。孝惠皇帝即位，义不忍绝，所以赐老夫者甚厚。高后自临用事，近细士，信谗臣，别异蛮夷，出令曰：毋予蛮夷外粤金铁田器，马牛羊即予，予牡毋予牝。老夫处僻，马牛羊齿已长，自以祭祀不修有死罪，使内史藩、中尉高、御史平，凡三辈，上书谢过，皆不反。又风闻老夫父母坟墓已坏削，兄弟宗族已诛论，吏相与议曰："今内不得振于汉，外无以自高异。"故更号为帝，自帝其国，非敢有害于天下也。高皇后闻之大怒，削去南粤之籍，使使不通，老夫窃疑长沙王谗臣，故敢发兵以伐其边。且南方卑湿，蛮夷中，西有西瓯，其众半羸，南面称王；东有闽越，其众数千人，亦称王；西北有长沙，其半蛮夷，亦称王；老夫故敢妄窃帝号，聊以自娱。老夫身定百邑之地，东西南北数千万里，带甲百万有余，然北面而臣事汉何也？不敢背先人之故。老夫处粤四十九年，于今抱孙焉，然夙兴夜寐，寝不安席，食不甘味，目不视靡曼之色，耳不听钟鼓之音者，以不得事汉也。今陛下幸哀怜，复故号通使汉如故，老夫死骨不腐，改号不敢为帝矣。谨北面因使者献白璧一双，翠鸟千，犀角十，紫贝五百，桂蠹一器，生翠四十只，孔雀两只，昧死再拜以闻皇帝陛下。

文帝得书，见赵佗称奉约，心中大悦，从此南方无事。光阴荏苒，过了一年，是为文帝二年冬十月，丞相陈平身死，文帝赐谥为献侯，使其子陈买袭封曲逆侯。后传至陈平曾孙陈何，坐罪诛死，国除。当陈平在日，尝自言我多阴谋，乃道家所禁，将来子孙，必不能长保爵位，因吾平日行事，多种阴祸之故。果然自陈何废后，尚有陈平曾孙陈掌，乃武帝卫皇后之姊夫，贵幸一时，意求续封曲逆，竟不能得。读者须知陈平一生，专恃智计诈谋，得以保全禄位，他事且置不问，单论阴谋杀死少帝诸王，致使惠帝绝嗣，便是一宗大罪，能将爵位传到曾孙，尚算是便宜了他。清人谢启昆有诗咏陈平道：

> 翛然户牍一闲身，食核何劳逐妇人。
> 壮士受金非损洁，丈夫冠玉岂长贫。
> 平生出计多行闲，尽日忧谗但饮醇。

太尉同心诛吕氏，阴谋终亦不如臣。

陈平既死，文帝又用周勃为相。说起周勃，自少家贫，本以织蚕箔为生。又能吹箫，每遇人家丧事，多往充当吹鼓手。颇有膂力，能张强弩。高祖起义，遂得相从为将，屡立战功。生平不好文学，轻视儒生，每遇召集诸生论事，周勃甚是傲慢，自己东向高坐，不与叙礼，也不等诸生开口，便催促道："汝速与我说来。"其粗鲁如此。文帝初即位时，以为他有大功，所以十分敬重，后来听了袁盎之言，又兼问他言语，对答不出，便知他非宰相之才，所以听其辞职，独任陈平。如今陈平已死，旧日勋望老臣，惟他一人居首，所以仍旧用他为相。

周勃为相，尚未一月，偏又逢着日蚀。原来古人遇着日蚀，便以为是朝政缺失，其责在于君相，此亦神道设教之意。文帝因见日蚀，心中恐惧，下诏举贤良方正能直言极谏之人，于是上书言事之人甚多。有贾山者，乃颍川人，现为颍阴侯灌婴骑士，上书极言治乱，名为至言，文帝纳之。原来文帝每日车驾出入，遇着上书之人，必止住御辇，收受其书，书中所言不可用，不过置之不理，亦不加以责备，如果可用，必极口称善，斟酌施行，意在使人尽言。谁知周勃身为丞相，却并无一言建白，以此文帝更觉看他不起。

文帝方在一心勤求治理，闻得河南郡守吴公，政治和平，为天下第一，遂下诏征为廷尉。吴公到京，一见文帝，便保荐一人，姓贾名谊，说他年少好学，能通诸家之书。文帝立即召见，拜为博士。说起贾谊，乃洛阳人，少时以文学见称，一郡之人，呼为才子。吴公闻知其名，命其来见，收留门下，甚加赏识。此次入朝，首行保荐。贾谊拜博士时，年纪仅有二十余岁，在同官之中，算是后辈，每值诏书下来，命诸博士议事，诸博士大半年老之人，对于应议之事，往往文理荒疏，辞不达意。贾谊见众人如此情形，因向各人问明大意，自己便代大众执笔，做成许多文字，每人一篇，逐一交与本人阅看，却都合着各人意思，因此同官皆称其才。事为文帝所闻，心中甚悦，贾谊因上书劝文帝积蓄米谷以备荒乱。文帝心感其言，遂下诏开籍田，自己亲耕以劝百姓。又请文帝下诏命列侯各归其国，只因当日列侯皆居长安，各人所食封邑，相离甚远，每年应得租税，均由人民运至长安献纳，连累小民，多出运费，甚属不便，所以贾谊首先建议，文帝依言行之。

当日文帝甚是看重贾谊，一年之中，竟由博士升至太中大夫。贾谊见文帝是个有为之主，自己感激知遇，也想尽他学问，辅佐太平。因见汉兴已有二十余年，天下无事，正应趁着此时，改正朔，易服色，更定官制，兴起礼乐。于是将应兴应革之事，起个草稿，奏上文帝。文帝见此乃一朝大典，要由自己创定，恐怕才力不及，以此心怀谦让，未即照行。但因此知贾谊是个王佐之才，可以大用，便饬下群臣，议将贾谊任为公卿。此诏一下，大触周勃之忌，遂约同灌婴、张相如、冯敬等一班耆旧老臣，群向文帝谮毁贾谊道："洛阳少年，初学新进，便欲擅权，纷乱诸事。"文帝迫于诸大臣反对，不得已命贾谊出为长沙王太傅。贾谊怏怏不乐，只得辞朝而去。

周勃见贾谊已去，心中大喜，自以为可以安静无事。谁知文帝心中，对他极不满意。先是朱虚侯刘章，首诛诸吕，其功最大，当时周勃等曾私许刘章，将赵地封之为王，又许其弟刘兴居为梁王。及文帝即位，因刘章兄弟本意欲立齐王，故没其功，反重赏了周勃。周勃得赏,也全不替刘章表白,后来文帝闻知周勃私许刘章兄弟为王之事,心中不悦。此次恰值有司请立皇子为王,文帝想起刘章兄弟,终是有功,未免大受委屈。又赵王友次子刘辟强,预诛诸吕,亦属有功,遂下诏立刘辟强为河间王,朱虚侯刘章为城阳王,东牟侯刘兴居为济北王。然后立皇子武为代王,参为太原王,揖为梁王。刘章与刘兴居,一向失职,心中郁郁,如今虽得为王,却又是向齐国割出二郡来,二人自然心怨周勃,便连文帝也因此事愈觉不喜周勃,意欲将他免相。但是无故罢职,在周勃面上甚不好看,必须借个题目方好,文帝因此迟迟未决。

到了三年冬十一月,文帝忽然想得一法,遂下诏说是前遣列侯各归其国,事已多日,闻有已经辞行尚未就道者,丞相乃吾所敬重,可为朕率领列侯归国。于是轻轻一诏,竟将周勃免职,用灌婴代为丞相。忽报匈奴大举入寇,文帝急命丞相灌婴领兵往击。未知此去胜负如何,且听下回分解。

第三十八回　得游扬季布显名　惹嫌疑绛侯被逮

话说汉文帝三年夏五月匈奴右贤王入寇上郡,文帝得报,即日车驾亲幸甘泉宫,命丞相灌婴领马兵八万,前往击之。又遣使持书责备冒顿违约失信。文帝复由甘泉进至高奴,顺路到了太原,接见旧日代国群臣,厚加赏赐,并赏人民牛酒,免其租税。文帝在太原驻驾十余日,闻匈奴已去,正拟回銮,忽有急报,说是济北王刘兴居起兵造反。

原来济北王刘兴居,与其兄城阳王刘章,自以诛灭诸吕,立有大功,虽得封王,仅据一郡之地,未免缺望。刘章到国未久,便已身死,兴居见其兄因此气愤而死,愈加怨恨,此次闻得匈奴来犯,文帝亲往高奴,心中以为御驾亲征,关中必定空虚,遂即举兵西行,意欲袭取荥阳。文帝得信,急命棘蒲侯柴武为大将军,领兵十万,克日往讨。一面遣使催促灌婴回兵。此时灌婴已将右贤王驱逐出塞,闻命立即拔寨退回。文帝又命祁侯缯贺,领兵固守荥阳,自己起驾回京。灌婴随后也到,当日柴武奉命引兵东征刘兴居,两军相遇,战了数阵,兴居兵败自杀,济北国除。

当兴居初举兵之日,忽有大风从东而来,直将其旌旗吹入天际,良久始下坠。遣人觅之,乃在城西井中,及大军将行,战马皆悲鸣不进。左右李廓等进谏,兴居不听,及兴居败,李廓亦自杀。文帝怜兴居自取灭亡,遂尽封齐悼惠王诸子罢军等七人为列侯。

文帝平定济北,过了一年,匈奴冒顿单于遣使奉书到来,说是此次起衅原因,乃由中国边吏侵侮右贤王,右贤王心怀不甘,也不告诉单于,听从谗人之计,自行发兵入塞。单于闻知此事,以右贤王违约擅动,罚其领兵往征月氏,如今已灭月氏,并降服楼兰、乌孙等二十六国,北方大定,单于自愿罢兵休息,尽除前隙,复修旧好。但未知汉帝之意如何,故特遣使请问,并献上马、骆驼等物。文帝得书,便与公卿会议和、战二事,孰得孰失。群臣同声奏道:“匈奴新灭月氏,兵势正盛,未可轻敌;且边衅一开,劳师费财,人民受害,纵使战胜,得了胡地,尽是沙漠旷野,不能居住,不如与之和亲。”文帝见众议相同,遂许匈奴讲和,作成回书,并赠以锦绣,遣使前往结约,从此边境又稍得宁静。

是年冬十二月,丞相灌婴身死。文帝赐谥为懿侯;以御史大夫张苍为丞相,尚遗御史大夫一缺,文帝正在择人补授,有人举荐季布可用,文帝亦闻其名,遂遣使者往召季布入京。

季布此时已由中郎将出为河东郡守。河东本故梁地,乃是有名大郡,其地人士,闻得季布到来,久知他是楚国大侠,莫不畏服。季布到郡数年,地方却也安静无事。先是季布同里有一辩士,复姓曹丘,人皆称之为曹丘生。曹丘生与季布初不相识,流寓长安,恃着口才,结交权贵,夤缘得事宦者赵谈,借此在外招权纳贿,连窦后之兄窦长君,都与交好。季布平日深恶其人,曾作书劝窦长君,勿与往来,窦长君不听。忽一日,曹丘生来访窦长君,告别回里,又言顺路将往河东,请为作书介绍,往见季布。窦长君心想季布正劝我勿与汝结交，如何反去惹他，因辞道："季将军不喜足下，足下勿往为妙。"曹丘生道："我与季将军并无仇怨，何故他不喜我？"窦长君便将季布来信，与之阅看。曹丘生看毕笑道："他不喜我，我偏要见他，但求足下一书，为我先容，我自有方法，包管他与我相得。"窦长君先本不肯，后经曹丘生再三要求，却他不过，只得写成一书，书中大抵叙述曹丘生好处，并代达他仰慕之意。曹丘生袖了书，辞别窦长君，到得河东，歇下旅舍，先遣人持书向郡署投递，自己随后前往求见。季布得书，拆开一看，不觉大怒。心想他竟敢来捋虎须，待他来时，须要从重挫辱他一番，方知我不是好惹的。少顷，阍人入内通报，说是曹丘生来了。季布传言唤进，自己盛气待之，曹丘生从容入内，望见季布端坐不动，满面怒容，他却神色洋洋，丝毫不惧，一直走到季布面前，长揖说道："楚人有相传俗语道：'得黄金百斤，不如得季布一诺。'足下在梁楚之地，所以能取得此种名誉者，皆仆之力，况仆与足下同为楚人，仆称扬足下之名，遍于天下，岂不美哉，足下又何必将仆拒绝？"季布闻言，果然回嗔作喜，急从座上立起，与之叙礼，待为上宾，留在郡署，住了数月。曹丘生辞去，季布又备厚礼送之。原来季布名誉传闻远近，皆由曹丘生替他到处称说，所以后人称为人揄扬引进者，曰为作曹丘，即本于此。

文帝此次遣使往召季布，本意欲命之为御史大夫，谁知使者已去，却又有人对文帝道："季布为人刚勇，平日酗酒使气，难于亲近。"文帝听了中悔，遂将御史大夫补授别人。及至季布奉命到来，留在京师一月，并无职使，文帝召见一次，仍命回任。季布早将情形打听明白，心中不免怏怏，遂对文帝说道："臣无功窃宠，待罪河东，忽蒙陛下见召，此必有人在陛下前过誉臣者。及臣至京，不闻后命，却令回任，此又必有人毁谤臣者。陛下因一人之称誉而召臣，又因一人之毁谤而弃臣，臣恐天下有识者闻之，有以窥见陛下之浅深也。"文帝被季布道破隐情，无言可答，良久方说道："河东乃吾股肱之郡，故特召君询问情形，并无别故。"季布明知文帝托词遮掩，只得辞别回任。

季布回任未久，河东地方，忽然兴一大狱。原来周勃所封绛邑，正属河东管辖，周勃自从免相归国，身享富贵，原无不足，但回想昔日手诛诸吕，迎立代王，威震天下，如今失势家居，难保无人暗算，况文帝无故将他免相，明是心存疑忌。记得前次人言不为无因，以此愈加戒惧，惟恐学了韩信、彭越，束手受诛，偏又想不出免祸方法，提心吊胆，怀着鬼胎。

人生祸福，本无一定，惟人所召。周勃果能谨慎家居，原可无事，谁知他年老智昏，更兼畏惧到了极处，行事愈觉颠倒，每遇着河东郡守尉出巡各县，到了绛邑，自然来见周勃。周勃闻报守尉到来，便以为是来拿他，要想辞绝不见，势属不能，待要出见，又恐果然被拿，一时急得糊涂，竟亏他想出一个方法，自己全身披挂，又命家中人各执兵器，随着左右保护，后出见守尉，好得郡守正是季布，见了此种情形，以为是要显他大将威风，却料不出他心事，不过付之一笑。

读者试想，守尉如果奉诏前来拿他，纵使披甲持兵，有何益处，若是反抗朝廷，更是罪上加罪。周勃想出此法，不但于事无益，因此反惹出祸来。只因他此等作为，传到外间，就有希功邀赏之人，借此作个凭据，奔到长安上书告发，说是绛侯周勃谋反。文帝得书,不知事实真假,便饬下河东郡守尉,将周勃捕拿来京,交与廷尉,讯明有无谋反情事。季布奉到诏书,只得偕同郡尉,带领兵卒,到了绛邑,一声令下,将周勃居屋团团围住,季布入内宣读诏书,周勃此时魂不附体,虽然身穿盔甲,手持兵器,只是吓得如木人一般,白白被他捆起,上了囚车,解到长安。未知周勃此去性命如何,且听下回分解。

第三十九回　薄太后力救绛侯　张释宅受知文帝

话说周勃被拿到京，囚系请室，算是生平从未受过的苦，自念本无谋反情事，凭空遭此污蔑，不知将来讯问之时，如何措辞，方可剖明自己冤枉，正在寻思未得其法，偏又遭着一班如狼似虎的狱吏，前来侮辱。

读者试想我国专制时代，监狱黑暗，固不待言，纵使汉文时代，算是朝政清明，刑罚平允，此种陋习，终难改革。大抵为狱吏者，多系无赖出身，又在狱中习见惨酷情形，毫不动念，平日对着囚犯，作威作福，是其惯技，但见有人入狱，便是买卖上门，不问他本来有无犯罪，也不问他平日身分贵贱，家道贫富，先要使他尝尝自己的利害，待他受苦不过，自然送钱来用，所以犯人一见狱吏，如鼠遇猫，任他鞭打詈骂，不敢出声。如今周勃虽属有名将相，今既到了此间，便也强汉不离市，只得由他。狱吏见周勃是个老实人，便不时用冷言冷语，明讥暗讽，虽然不敢十分凌虐，此种闷气，已经难受。

周勃遭狱吏虐待，心中虽然气愤，但此时意气凋丧，譬如猛兽闭在柙中，反要俯首帖耳，仰人鼻息，也只得耐心忍受。因想起此辈无非借端需索，遂吩咐家中取出千金，买嘱一班狱吏，真是钱可通神。狱吏得此重贿，立时换了一副面目，承应得十分周到。周勃便请教他，将来口供如何说法，狱吏手中恰好执着一个木简，便在简背写了数字，持与周勃观看。周勃定睛一看，乃是"以公主为证"五字。原来周勃长子名胜之，选配公主，公主即是文帝之女，所以狱吏教他引公主为证，以明自己并无反谋。周勃得狱吏指教，到了讯问之日，便照着此语写成口供，刑官讯知周勃实无反谋，遂将口供并审讯情形奏明文帝。

当日朝中公卿见周勃下狱，皆知他是冤枉，却无人敢向文帝明言，只有袁盎在文帝前，一力保其无罪。文帝迟疑未决，又有太后之弟薄昭，因周勃前将加封食邑尽数赠之，心中甚感，今见其被诬，不忍坐视，便将此情告知薄太后。薄太后也以为周勃断不会造反，却怒文帝轻信谗言，枉屈功臣。恰好一日文帝入宫朝见太后，太后见了文帝，记起周勃之事，不觉发怒，信手将头上所戴软巾，向着文帝掷去，口中说道："绛侯手握国玺，身掌北军，不当其时造反，如今居一小县，倒想谋反，岂有此理？"文帝生性孝顺，见太后盛怒，出其不意，吃了一惊。又已看见廷尉奏报周勃谋反并无凭据，因向太后谢罪，说道："刑官已验问明白，正待放出。"遂立即遣使持节到狱，赦出周勃，复其爵邑。周勃既得出狱，仍回绛邑每对人说道："吾尝统领百万之军，至今日始知狱吏之贵。"又闻袁盎在文帝前，极力救他，便又与袁盎深相交结。周勃经此大狱，借以自明心迹，从此反得心安意泰，享受晚年清福。

袁盎此时已升为中郎将，常侍文帝左右，遇事敢言。一日随同文帝出游霸陵，霸陵乃文帝自营生圹，在长安城东七十里。文帝素重节俭，因山为陵，不另起坟，山上偏栽柏树。此山北临灞水，就水立名，故曰霸陵。其西山势斜迤而下，成一长坂，势颇陡峻。文帝车驾到得山上，赏玩片刻，吩咐回车，意欲从西驰下峻坂，袁盎见了，一骑飞到车前，揽住辔头，谏道："不可。"文帝笑道："将军莫非胆怯。"袁盎道："臣闻俗语有云：'千金之子，坐不垂堂。百金之子，不骑衡。'何况人君，岂可乘危徼幸？今陛下亲御六马，驰下峻山，万一马惊车覆，有伤圣体，陛下纵使自轻，其奈高庙太后何？"文帝闻言乃止。

又一日，文帝与窦皇后、慎夫人同到上林游玩，早有上林郎署长布下坐席，文帝与窦后入席坐定，慎夫人随后走进，便想与窦后同坐。袁盎在旁看见，却引慎夫人退到一旁席上，使之就坐。慎夫人素得文帝宠爱，平日在宫，与窦后同席坐惯，如今遇着袁盎，偏要按着嫡庶，分出尊卑礼节。在慎夫人心想皇上、皇后一向都不与我计较，平空却被一个小臣出来干涉，明是当众将我折辱，因此气得变了颜色，立定身子，怒目视着袁盎，不肯坐下。文帝也觉得袁盎多事，将他宠爱之人，平空得罪，一时亦自生嗔，立起身来，带子诸人一径回宫。袁盎知文帝心中愤怒，当时不便剖明，随驾到了宫内，方始进前说道："臣闻尊卑有序，然后上下和睦。今陛下既立皇后，则慎夫人便是姬妾。妾与皇后岂可并坐？陛下心爱慎夫人，不妨厚加赏赐，若以此为见好，适是害她。陛下独不见昔日戚夫人恃宠骄恣，得罪吕后，后来竟酿成人彘之祸，能不寒心？"文帝被袁盎说得回嗔作喜，即召慎夫人到来，将袁盎之言转述一遍，慎夫人也就明白，立时气平，反觉得袁盎是一片好意，遂命取金五十斤，赐与袁盎。慎夫人自从听了袁盎言语，也知守着礼节，不敢恃宠骄傲，后来因得保全无事。

袁盎久事文帝，不但直言敢谏，且能认拔贤才，他曾保荐一人，后来竟成为一代名臣。此人姓张名释之，字秀，乃堵阳人。家中富有资财，与兄仲同居。其兄劝其人仕，于是出资捐纳，得为骑郎。释之生性，不善逢迎，所以名誉不显，在官十年，不得升迁。骑郎官卑职小，月俸无多，居住长安地方，用费又大，入不敷出，还要家中寄钱来用。释之自念本意出仕，为图功名，如今两无成就，反累吾兄耗费许多财产，觉得宦游毫无趣味，便想告病回家。独有袁盎素来赏识张释之是个贤者，今闻他要告病，想朝中去了此人，未免可惜，便奏请文帝，将释之迁补谒者。释之既得迁官，入见文帝，适值文帝朝罢无事，释之便欲上前陈述意见，文帝见释之正要开口，因先说道："不必陈述三代以上之事，发为高论，但求平易切实，使现在即可施行。"释之听说，乃就秦汉两朝行事，互相比较，说明秦所以亡，汉所以兴之故，文帝称善，即拜释之为谒者仆射，释之无意中又升了官，从此遂无去志。

一日文帝车驾出游上林苑。张释之随行，此上林苑本秦旧苑，方三百里，苑中离宫别馆七十所，栽种花果，豢养鸟兽，又有鱼台、犬台、兽圈等，每值秋冬，天子常来射猎鸟兽，供奉宗庙。文帝此来，一路闲游，偶登虎圈，对着上林尉，问起各种鸟兽簿册数目。谁知上林尉平日并未留心，逐件问时，皆不能对。文帝问了十余件，上林尉瞪着两眼，左边一瞧，右边一看，口中总是答应不出，旁有虎圈啬夫，见上林尉不能对，便忍不住出头替他对答。文帝见啬夫口齿清利，欲试其才，乃将各种鸟兽簿详细翻阅，逐项细问，啬夫口才甚捷，有问必答，如响应声，毫无疑滞。文帝甚喜，便对左右夸奖啬夫道："凡为官吏，职掌所在，正该如此，上林尉实是无用。"遂命释之即拜啬夫为上林令。

说起上林令比上林尉官职更高，啬夫三言两语，竟得超升高位，也算他的造化。谁知释之闻言，迟疑良久，却近前问道："陛下以为绛侯周勃是何等人？"文帝答道："是个忠厚长者？"释之又问："东阳侯张相如是何等人？"文帝道："也是长者"。释之因说道："绛侯、东阳侯，既皆称为长者，然此二人若与之论事，似乎言语不能出口，岂学此啬夫，仗着利口，喋喋不休。且秦始皇即因任用刀笔之吏，但务口辩，毫无实际，以致亡国，今陛下见啬夫善于应对，便即超升其官，臣恐此风一开，上行下效，空言无实，甚为可虑。"文帝称善，于是收回成命。读者须知文帝超擢啬夫，固然太过。然啬夫应对如流，可见其平日留心职守，非徒事口给者可比。释之所言，亦未切当，但其意因恐文帝以言取人，此端一开，使谗佞之辈，得乘机进用，故借啬夫痛切言之，乃是杜渐防微之意。

文帝游毕登车，召释之骖乘，嘱咐御者缓缓而行。文帝一路上向释之问起秦时敝政，释之据实陈奏。文帝回宫，立拜释之为公车令。汉时公车令，掌守宫中公车司马门，凡四方上书言事及贡献皆归管领，乃是卫尉属官。释之既为公车令，终日守卫宫门。一日忽值皇太子启与梁王揖同车入朝，倚着自己是个皇子，到了司马门前，并不下车，一直入内，却被释之看见，连忙追下，将车拦住，阻止太子、梁王不得入宫。原来汉时法令，凡出入殿门公车司马门者，皆应下车，违者罚金四两。释之当日但知执法，也不顾他是何人，遂上书劾奏太子、梁王，不下公门，不敬。偏是此事竟被薄太后知得，连文帝都觉难以为情，只得向着太后免冠叩头谢过，说是教诲儿子不严，致他如此放肆，太后见文帝已替儿子赔了小心，遂遣使持诏赦太子、梁王之罪，二人方得入宫。太子、梁王受了此番折辱，虽然心怨释之，但因他当官执法，却也无如之何。当日文帝见释之敢作敢为，不避亲贵，心中甚奇其人，遂拜释之为中大夫，不过一时，又升为中郎将。

张释之既为中郎将，例应随驾出入。一日，文帝带同慎夫人，又到霸陵游玩，文帝登高四望，忽记起慎夫人乃是邯郸人，因用手指着新丰道上，对慎夫人道："此乃前往邯郸之路也。"慎夫人见说，不免触动思家之念，默然不乐。文帝见慎夫人容色，知她动了乡心，要想替她解闷，遂命慎夫人鼓瑟，自己依着音调，唱起歌来。文帝触景生情，自念人生百年，光阴易尽，死后便长埋此间。又念起天子陵寝，到了乱世，往往遭人发掘，却连骸骨都不能保，想到此处，也觉惨然，良久因对左右侍臣叹道："我死之后，若用此山之石为椁，再以纻絮杂漆涂之，当极坚牢不可动矣。"左右尽皆道是。释之见说，上前对道："假使墓中藏有珍宝，足动人心，纵使将南山铸成一片，犹恐有隙可乘。若其中并无可欲，便无石椁，又何足虑？"文帝见释之说得透彻，不觉称善。到了文帝三年，适值廷尉缺出，文帝遂命释之为廷尉。欲知释之治绩如何，且听下回分解。

第四十回　张廷尉用法持平　淮南王蓄谋造反

话说文帝拜张释之为廷尉，论起廷尉，位列九卿，执掌国法，审判词讼，乃是重要职守。释之到官未久，一日忽奉文帝诏书，发下一人，释之问明原由，乃因是日文帝出行，路过中渭桥，忽见一人从桥下走出，惊了御马，故文帝命将其人拿获，发交廷尉治罪。释之遂亲提其人讯问，据其人供称，长安人，适由中渭桥行走，闻得传呼警跸，知是御驾将到，一时无处避匿，只得藏身桥下，等候许久，不用声息，以为御驾已经过去，遂由桥下走出，不料撞着车驾，急忙退走，却遭捕获。释之审得实情，即按律拟定判词，说是此人犯跸，罪当罚金，便将案情奏报上来。文帝见了判词，怒道："此人亲惊吾马，幸是吾马驯良，不然惊跳起来，岂不将吾跌伤，廷尉何以从轻发落？"释之对道："法律乃天子与天下公共之物，今法律所定，犯跸之罪，不过罚金，若任意加重，何以取信于民？且当其时，陛下立即将他处斩，也就罢了，今既发交廷尉，廷尉用法，要在持平，稍有不公，天下随之轻重，人民将无所措其手足，愿陛下察之。"文帝听了，心中顿悟，遂说道："廷尉所判甚是。"释之方始无言退出。又过一时，忽有人潜入高祖庙中，偷得神座前一个玉环，却被守庙之人发觉，追捕得贼，奏闻文帝。文帝发怒，命交廷尉严办。释之讯出盗环是实，依律当斩，录了口供判词，奏上文帝。文帝见奏大怒，责释之道："此人盗先帝庙物，不法已极，吾所以将案交与廷尉讯办者，意欲将其人族诛，今但照法律判罪，与吾恭承宗庙之意大有违背。"释之见文帝盛怒，因免冠顿首奏道："依法罪止如此，且罪有更重于此者，今盗宗庙中物，便加以族诛，设有万一，愚民无知，擅取长陵一抔之土，陛下将何以加重其法？"文帝见释之说得有理，怒气稍平，心中尚恐办得太轻，对不住先帝，遂袖了释之奏案，入宫与薄太后商议，薄太后也以释之所判为是，文帝方才批准照办。

读者须知一国法律，无论上下，皆宜遵守。纵在专制时代，君主握有大权，可自由制定法律，但法律已定之后，未改之前，亦不宜任意轻重。无如执法官吏，畏惧君主之威，往往顺从其意，成为习惯。独有张释之却能执法不阿，所以一时见重，称为名臣。

光阴迅速，到了文帝六年，忽有急报，道是淮南王刘长谋反。说起刘长，本是高祖少子，其母姓赵，乃赵王张敖美人。高祖八年由东垣回到赵国，张敖献上赵美人，高祖纳之，谁知一宿便已得孕。事为张敖所闻，不敢将她放在后宫，遂另筑一宫，令其居住。到得次年，贯高谋刺事发，高祖命将张敖家属一概拿下，因在河内狱中，赵美人怀孕在身，亦被连累下狱。因对官吏陈明情由，官吏据情奏闻高祖，高祖方怒贯高，未暇理及此事。赵美人之弟赵兼，与辟阳侯审食其认识，因托审食其代恳吕后，向高祖言明。吕后生性妒忌，不肯替她进说。审食其见吕后辞绝，也不强求。后来赵美人在狱中生下刘长，心恨高祖无情，便寻自尽。看守官吏见赵美人已死，遂将刘长送上高祖，奏知其事，高祖心中也就追悔，命将刘长交与吕后抚养，下令安葬赵美人于原籍真定县。高祖既灭英布，因封刘长为淮南王。刘长自少失母，依着吕后过日，颇得吕后欢心，所以吕后临朝之时，刘长竟得安坐淮南，保全无事。但他却晓得自己母亲冤死狱中，心中不敢怨恨吕后，单怨审食其，不肯替她尽力，意欲将他杀死以报母仇。又碍着吕后尚在，不敢下手。及诸吕已灭，文帝即位，刘长自以为是天子异母弟，比较各国国王，算是最亲。日渐骄恣，遇事专擅，不奉朝廷法令。文帝碍着兄弟情分，格外优容，不加深究。到了文帝三年，刘长来京朝见，只因久在淮南为王，独自称尊，骄傲惯了，一时改变不来。如今入朝，要他卑躬屈节，尽那为臣子的礼数，却是难事，所以一切举动，仍是横行无忌。文帝见幼弟到来，心中甚是欢喜，一日亲邀刘长同辇而坐，入上林苑中射猎，刘长得文帝优待，也忘却君臣名分，常称文帝为大兄。文帝却一味宽容，不与计较。刘长愈觉得意，心中暗想，不趁此时为母报仇，满了多年的心愿，更待何时，便想定报仇方法，带了从人，自去行事。

原来刘长生成一副绝大膂力，双手能举巨鼎，如今要报母仇，也不烦他人助力。一日早起，自己袖了一把大铁锤，随带从人，乘车直到辟阳侯审食其家来。阍人见是淮南王驾到，连忙入内通报。审食其闻说刘长来访，何曾知是前来杀他，遂急整衣冠，出来相见。刘长见了审食其，怒从心起，一言不发，便向袖中取出铁锤，赶前数步，对着审食其用力猛击，审食其不曾提备，早已被击倒地，一命呜呼。刘长喝令从人，割下首级，随带上车，风驰而去。当日审食其家人，见审食其平空被杀，出其不意，大众慌乱。只因凶手乃是当今皇帝兄弟，谁敢出来捕拿，又见他手持大锤，勇猛非常，只得任其走去，事后遣人申报朝廷，听候政府办理。

刘长既杀审食其，心想与其等候尸亲告发，不如自行出首，料文帝仁慈，必不至将他办罪，于是带了审食其首级，回身上车，嘱咐御者前往未央宫。到得阙下，刘长下车，肉袒俯伏说道："当日贯高谋逆事发，臣母不应坐罪，审食其得宠吕后，其势能使吕后代向高帝陈情，偏又不肯尽力，致令臣母枉死，此其罪一也。赵王如意母子无罪，吕后杀之，审食其坐视不顾，其罪二也。吕后封诸吕为王，欲危刘氏，审食其并不进谏，其罪三也。臣谨为天下诛贼臣审食其，并报母仇，伏阙请罪，愿受斧钺之诛。"文帝闻报大惊，及听刘长自首之言，却替他原谅，是为母报仇，遂下诏赦免刘长，不治其罪。

审食其死后，门客四散，不免有人在外，将惠帝当日欲杀审食其，赖朱建设计救出之事，四处传说，竟被文帝得知，遂遣吏往捕朱建。吏人奉命，到了朱建家中。朱建闻信，便欲自杀，其子与吏人等同声劝道，案情轻重，尚未可知，何必枉送一命。朱建不听，对其子道："我死祸绝，免得及汝身上。"遂拔剑自刎而死。吏人见朱建已死，回报文帝，文帝叹惜道："我不过唤他问明其事，并无杀他之意。"乃召朱建之子拜为中大夫，可惜朱建是个烈性男子，只因误交审食其，被他带累，不得其死。可见人生在世，交友不可不慎。

闲言少叙，却说刘长得赦，心中扬扬得意，回到淮南，放纵更甚，僭用天子仪仗，出入皆称警跸，自作法令，逐去朝廷所置丞相及二千石以上之官，另行委任。又私自封人为关内侯，擅赦罪人，妄杀无辜，藏匿亡命，每上书朝廷，言语傲慢。文帝见其种种不法，每事优容，旁有袁盎谏道："诸侯太骄，必生祸患，愿陛下稍加惩戒，削其土地，以儆将来。"文帝不听，谁知刘长愈加横行，后来弄得实在不堪，文帝尚不忍亲加责备，因见国舅薄昭，尊重用事，命其私自作书，致与刘长，数其罪恶，劝令改过。刘长得书，心中不悦，自知犯法多端，惟恐朝廷究治，于是蓄谋造反。却又有棘蒲侯柴武之子柴奇，与之暗通消息，作为内应，定期起事。谁知机事不密，竟被朝廷查觉。未知刘长谋反情形如何，且听下回分解。

第四十一回　**淮南王发愤饿死　贾太傅痛哭陈言**

话说淮南王刘长，阴蓄反谋，于文帝六年冬十月，密遣大夫但等七十人，入到关中，与棘蒲侯柴武之子柴奇商议，约定期日。用大车四十辆，装载兵马在谷口地方起事。柴奇又遣士伍开章等，往见刘长，请其遣使分往闽越及匈奴，乞兵来助。开章既见刘长，刘长时与秘密计议，赐以居屋，为之娶妻，并给以二千石俸禄。开章与刘长议定，遣人回报柴奇，却被官吏发觉，遂遣长安尉前往淮南捕拿开章。刘长见事机泄露，急与中尉简忌密谋杀死开章以绝口。开章既死，刘长命用衣衾棺椁，葬之于肥陵。却对长安尉说道："开章不知去向。"又故意令人在别处筑土为坟，立碑其上，写道"开章死，埋此下。"有司查得情形，奏明文帝，遣使往召刘长，刘长无法，只得随同使者到京。

刘长既至长安，文帝命丞相张苍、御史大夫冯敬，与宗正廷尉等，会同审理此案。张苍等审得刘长谋反是实，又发觉其他种种不法之事，按律复奏，刘长罪应弃市。文帝见奏，心中不忍，下诏会同列侯及二千石官吏再议。群臣公议复奏，仍请按律办罪。文帝终觉不忍，下诏废去淮南王，赦其死罪。群臣请将刘长解往蜀郡邛邮地方安置，遣其姬妾有子者与之同居，由地方官为之起盖住屋，按月供给柴米、盐豉、菜蔬等。文帝批令每日加给刘长肉五斤，酒二斗，并选其得宠美人、才人等十人，相随同往。于是将刘长装入槛车，按县由驿递送赴蜀，所有共同谋反之人，尽皆诛死。

袁盎见文帝如此处置刘长，因上前谏道："陛下平素容纵淮南王，不为设置方严傅相，故至于此。淮南王骄傲已惯，且其性质本来刚强，今骤然加以屈辱，臣恐路上若有不虞。万一身死，陛下反蒙杀弟之名，如何是好？"文帝答道："我不过暂时使他受苦，冀他自知悔过，不久便令回国。"遂不听袁盎之言。谁知刘长一旦做了犯人，身坐槛车，心中何等愧恨。自从长安上路，便对侍者说道："谁说我是勇者，我岂能勇？我因平日骄惯，不闻己过，至有今日。人生一世，安能如此郁郁？"于是发愤不食，一路侍者进上饮食，一毫不用，偏值所过州县，官吏但知按驿传送，因见槛车贴有封条，竟无人敢揭开一看，直至雍县地方，县令方始发封验视，却见刘长早已饿死。县令大惊，飞报文帝。文帝正在用膳，闻报撇下饮食，放声大哭，自悔处置不善，致弟于死，因此哭得尤为伤心。恰好袁盎入宫，问知此事，上前叩首请罪，说道："此皆臣当日不能强谏之罪。"文帝见了袁盎愧恨道："吾因不用君言，以致如此，今已追悔无及，如何是好。"说罢又放声大哭。

袁盎见文帝十分悲哀，因劝慰道："事已至此，哭亦无益，愿陛下善保玉体，勉自宽解。且陛下平日有三件事，高出众人，此种小过，不能损坏名誉。"文帝见说，停住哭问道："我有何事，高出众人？"袁盎道："陛下居代，侍奉太后，孝过曾参，一也；当日大臣诛灭诸吕，遣使奉迎，陛下慨然，乘驿而至，勇过贲育，二也；及群臣奉书劝进，陛下西向让三，南向让再，让又过于许由，三也。况陛下此次不过欲使淮南王受苦改过，皆由有司保护不谨，以致病死，陛下无意杀之，问心本自无愧，幸勿过于悲伤。”文帝被袁盎劝解一番，方始罢哭。又问袁盎道：“如今计将安出？”袁盎道：“惟有将丞相御史斩首以谢天下，方可免人议论，且淮南王生有四子，惟陛下留意。”文帝心想此事原怪不得丞相御史，只是沿途地方官全不在意，实属可恨。遂下诏丞相御史，查明所过州县，官吏不肯发封验视，与同侍臣不进饮食者，一律弃市，因此牵连死者多人。列位试想专制君主往往卸过臣下，连文帝都不能免，真是可叹！文帝又命用列侯礼葬刘长于雍县，过了年余，乃封刘长四子安、勃、赐、良，皆为列侯。当日民间为淮南王作歌，词道：

> 一尺布，尚可缝；一斗粟，尚可舂，兄弟二人不相容。

文帝闻歌叹道：“昔周公诛管蔡，称为圣人，因其不以私害公也。今人民为此歌词，岂非谓我贪得淮南土地？”此时刘良已死，文帝遂将淮南分为三国，尽立刘长三子为王。刘安为淮南王，刘勃为衡山王，刘赐为庐江王，追谥刘长为淮南厉王。先是贾谊闻文帝封刘长四子为侯，上疏谏道：“淮南王悖逆无道，天下皆知，陛下赦其死罪，迁往蜀道，中途遇疾而死，天下皆以为死得其当。今尊崇罪人之子，转足起人讥议。将来其子年长，不忘父仇，陛下又封以地，岂非为虎添翼？”文帝不听，及至武帝时，刘安及刘赐，皆以谋反发觉，自杀国除，果如贾谊之言。

却说贾谊自从奉命出为长沙王太傅，心知为众所忌，郁郁不乐，一路南行，到了湘水。想起昔日楚国贤臣屈原，被谗见逐，曾作离骚以明己志，后竟自投汨罗而死。贾谊自念怀才不遇，却与屈原相同，因作赋一篇以吊屈原，借以发挥自己心中感慨不平之意。及至长沙，入见长沙王吴产，吴产乃是吴芮玄孙，年纪尚幼。贾谊身为太傅，一住三年。他本河南人，自到南方，见土地卑湿，大半是蛮夷居住，未经开化，自己伤悼，如何到了此种去处，常虑寿命不长。一日忽有鹏鸟，飞入贾谊屋中，集于坐旁，良久始去。原来楚人风俗，以此鸟为不祥之物，若飞入人家，主人将死。贾谊见此鹏鸟，来得古怪，心想莫非自己将死，于是又为鹏赋以自宽解。后年余文帝思念贾谊，遣使召之来京，贾谊到京，入宫求见。此时文帝身坐宣室，礼官致祭鬼神，奉上胙肉，适值贾谊到来，文帝因问以鬼神之事，贾谊具道所以然之故。文帝见贾谊讲说鬼神道理，甚是精微，听得津津忘倦，不觉将身移近席前，直到夜半方罢。文帝因叹道：“吾久不见贾生，自以为见解过之，今日方知不及。”因拜贾谊为梁王太傅。梁王刘揖，乃文帝少子，性好读书，甚得文帝宠爱，所以特命贾谊为傅。文帝又时时问以朝政得失，贾谊因上书痛言时事，洋洋万余言，后人因名为《治安策》。文帝得书深纳其言，到了十一年夏六月，梁王揖入京朝见，偶不谨慎，忽从马上坠下身死。贾谊自伤身为太傅辅导无状，以致王遭横死，常多悲泣，过了年余，亦遂身死，年仅三十三。后人因惜贾谊以王佐之才，遇着汉文有道之主，尚不能尽展所长，以致抑郁而死，唐刘长卿过长沙贾谊宅作诗吊之道：

> 三年谪宦此栖迟，万古惟留楚客悲。
> 秋草独寻人去后，寒林空见日斜时。

汉文有道恩犹薄，湘水无情吊岂知。
寂寂江山摇落处，怜君何事到天涯。

先是贾谊为周勃等所忌，不得在朝。及周勃被告谋反，逮捕到京，验明无罪，复其爵邑。贾谊因上言大臣有罪，不宜加辱，文帝纳之。至十年冬，文帝出幸甘泉，尝遣使者回到长安，时车骑将军薄昭，自恃太后之弟，因与使者有怨，将其杀死。文帝闻报，要想惩治薄昭，恐伤太后之心；欲待宽免，又于国法有损。于是忆及贾谊之言，使朝中公卿，同往薄昭家中饮酒，意欲令其自尽，薄昭不肯。文帝又命群臣各穿素服，前往哭之，薄昭不得已，遂服药自杀。

贾谊又劝文帝尚节俭，崇礼义，省刑罚，教太子等。文帝多见施行，惟有请将各国土地，分割为无数小国，尽封其王子弟，文帝未及办理。至景帝时，遂有七国之祸。贾谊又见当日匈奴强横，时犯边境，因上陈三表五饵之术，自请为属国之官，务使匈奴降服。文帝见是书生之谈，不听其言，一意要与匈奴和亲，谁知匈奴仍来犯边，频年不息。未知匈奴为患情形如何，且听下回分解。

第四十二回　中行进计教匈奴　伏女传经授晁错

话说匈奴自从文帝四年，西灭月氏，降定楼兰、乌孙诸国，兵威大振，国势愈强，文帝无法制服，只得与之重议和好，谁知不久匈奴又复背约。

先是文帝六年，匈奴冒顿单于身死，其子稽粥嗣立，号为老上单于。文帝因见匈奴易了新君，自应再修和亲，遂将宗室之女翁主，嫁于稽粥为阏氏。又遣宦官中行说，保护翁主，随同前往匈奴。文帝因中行说是燕地人，熟习边情，故特遣之。中行说闻命，心想住在中国，岂不是好，平空要我奉此苦差，到那荒寒地方，好似犯罪充军一样，且又不知何年月日，方得回国，以此心中不愿，推辞数次。文帝不允其请，中行说无法，只得收拾起身，但他因此起了怨毒之心，临行对人说道："我本不愿入胡，朝廷偏要强迫，我不到彼处便罢，若到彼处，定要设法报仇，从此中国不要想过太平日子。"中行说既去，有人将此语传说于外。当时都以为他不过是个宦官，能有多大本领，酿成边患，因亦不以为意。谁知中行说一到匈奴，便极力奉承老上单于，果然得他宠爱，言听计从，因此又弄得两国兵连祸结，不得平静。

原来匈奴自与中国和亲，每年得了中国供给绸帛、棉絮、酒米等物，比起他所食的乳酪，所衣的毡裘，自然精美得多，遂使匈奴嗜好，逐渐变换。又兼连娶宗室之女，作了阏氏，宫庭中习惯，更容易改同汉人一样。到了老上单于，自少便习用汉物。中行说心恐单于将与汉人同化，于匈奴大不利益，此时竟忘了自己本是汉人，反一心一意为着匈奴，惟恐匈奴将被汉廷制伏，因对老上单于说道："匈奴全国人众，计算起来，不能抵得中国一郡，所以能称强一方者，皆因平日衣食，与汉人不同，不必仰给于汉。如今单于改变旧俗，嗜好汉物，汉廷只须将全国物件，划出十分之二，供给匈奴，匈奴便当举国归降于汉，此乃危亡之道，愿单于急宜变计。"老上单于闻言大悟，从此便也不重汉物。

此外匈奴中尚有许多侯王贵官，也与单于一样，喜用中国物品，中行说不能一个个去劝他，却想得一法，每当大众聚会之时，中行说便将绸帛所制衣裤，穿在身上，向着草莽荆棘之中，往来奔驰。读者试想绸帛那种轻软，如何禁得木皮棘刺。不消片刻，中行说跑了回来，众人看他浑身衣服，东破西裂，一条条绸片，一丝丝棉絮，随风飞扬，却似花蝴蝶一般，大家都觉好笑。中行说也不言语，连忙将身上衣服脱下，穿起皮裘毡裳，仍前驰骤一番，回来并不损坏。中行说遂对众说道："诸君知得此理否？君等日常生活，与汉人不同，汉物虽好，到了此地，并无用处，有何宝贵？"众人听了，一同称善。中行说又不用中国饮食，改从匈奴习惯，人问其故，中行说答道："汉人食物，甚不便利，且亦不如兽肉乳酪风味之美。"于是匈奴大众，见中行说本是汉人，反从胡俗，便也将汉物看做平常，不见稀罕。

中行说又见匈奴生性愚蠢，不知书记计算，平日所有人口牲畜，不过约计大数，生死出入，漫无稽考。遂又教导单于左右之人，学习书写及计数方法，将人口牲畜，分别门类，设立簿籍，出入登记，详细计算，以备查考。匈奴得了此种学问，无形中竟增许多智识。中国既与匈奴和亲，约为兄弟，每年均遣使者赍持书信及照约应送各种物件，前往匈奴，匈奴亦常有回书并答赠之物。向例汉帝来书，皆用长一尺一寸之木简，上写皇帝敬问匈奴大单于无恙，中间叙述言语并所赠物品。中行说因教单于做成复书，用长一尺二寸之木简，所有印章及封套，皆较长大，书中措词，异常倨傲，开首写道："天地所生日月所置匈奴大单于，敬问汉皇帝无恙。"以后也写所答言语及报赠之物。单于见中行说教他与中国争胜，心中甚喜，以为中行说尽忠于己，故皆依言办理。

从来中国所遣使者，到了匈奴地方，见其生活简陋，风俗野蛮，不免心生鄙薄，往往夸张中国文明，讥笑匈奴愚蠢，匈奴中也无人能与之辩论。自从有了中行说，便替匈奴与汉使争辩，汉使偶言匈奴风俗如何野蛮，中行说也说中国习惯种种不好，彼此舌战几交次，汉使竟不能将他难倒。后来中行说觉得厌烦，每遇汉使到来，要想与他辩论，中行说便用言阻住道："汉使毋得多言，汝但照管自己送来物件，留心检点，品质是否精良，分量是否满足，倘若有粗恶短少等弊，我断不肯轻易放过，且待秋成时候，派遣铁骑践踏汝的田禾，届时勿怪我背约失信。"汉使将言回报文帝。文帝始悔当日不该遣派中行说前往，自贻后患。

中行说又教单于多派侦探，潜入边地，打听虚实，若有机会可乘，便即遣兵前来掳掠。自文帝十一年冬十一月，匈奴始背和约，来侵狄道。掳去人畜颇多，只因初次获了胜利，从此频年寇盗，边境不宁。文帝虽然屡次遣兵防剿，无奈沿边千余里，处处皆可入寇，实属防不胜防。匈奴但侦得某处边备稍疏，便来掳掠，及至汉兵到时，胡骑早已出塞。文帝因为此事，竟弄得无法可想。

此时贾谊已死，却有太子家令晁错，上书言及兵事，文帝甚是嘉纳，赐以玺书褒奖。晁错又上书请募民迁居塞下，并令民纳粟入边，许其拜爵免罪，以资塞下兵食，文帝皆依言施行。

说起晁错，乃颍川人，少时学习刑名，为人生性峭直深刻，由文学出身，官为太常掌故。适值文帝即位，搜求各种经书，只有《尚书》一经，自经秦始皇焚烧之后，灭亡不传，无人知晓。闻有济南人伏生，名胜，秦时官为博士，专习尚书，要想召他入京，无奈伏生已有九十余岁，不能出门。文帝因饬太常遣人前往受业，太常遂命晁错就伏生家中，请其传授。晁错奉命到了济南，往见伏生，偏是伏生老迈龙钟，不但行动需人，连说话都不清楚，似此情景，安能传经？却好伏生有一女，名义娥，少听其父讲学，明习经义，且能通晓其父言语，伏生命其女传言以教晁错。

原来伏生所传《尚书》，亦是不全，只因当日秦始皇禁人藏书，伏生遂将尚书藏入壁中，后来楚汉纷争，天下大乱，伏生避乱外出。及天下已定，书禁大开，伏生回到自己家中，开壁寻书，早已坏烂数十篇，仅余二十九篇，如今便将此二十九篇传与晁错。伏生口讲其义，由其女逐句转授与晁错，偏是济南人与颍川人，言语多有不同，晁错听受一遍，中间不能理会之处，却有十之二三，只得就着己意解说。晁错听伏生讲完，回京复命，便上书文帝，称引书说。文帝命为太子舍人，累迁至太子家令。晁错口才甚好，因此得宠于太子启，太子家中之人，将他起个绰号，号为智囊。此时因见匈奴时为边患，故特上书献计，文帝依言施行。一日，文帝坐在宫中，外间呈进一书。文帝接阅，原来是淳于意之女缇萦，为父上书。未知书中说何言语，且听下回分解。

第四十三回　**缇萦上书脱父罪　文帝下诏除肉刑**

话说当日齐国有一名医，复姓淳于，名意，家在临淄，自少好医，遍求方术。闻淄川人公孙光善医，多传古方，淳于意即往求见，拜之为师，久之尽得其传。淳于意又向其师请益，公孙光道："吾方已尽，此皆吾少年所受妙方，今吾身已老，无所用之，故尽以授汝，并无秘惜，汝切勿轻传于外。"淳于意谢道："意得事先生，尽传妙方，不胜万幸，立誓不敢妄传与人。"一日，公孙光与淳于意闲谈，淳于意因论古方，极赞其精，公孙光喜道："汝将来必为国手，惜吾所学有限，不能使汝再有进步。吾有好友，住在临淄，善于处方，其方甚奇，并世罕见，非吾所及。吾中年时曾请其人传授，其人不肯，说吾不是应传之人。其人现亦年老，家中富足，待过一时，吾当与汝同往访之，彼若知汝精专医学，当肯传授。"淳于意闻言，心中甚喜，便欲立时往见其人，但碍着公孙光未曾说出姓名住址，又不便急于请问，只得暂时忍耐。

过了数日，忽有一人，姓阳名殷，来谒公孙光，说是前来献马，托公孙光引见齐王。淳于意因得与阳殷相见，二人甚是相得，结为朋友。公孙光因嘱阳殷道："淳于意好方术，汝当善加待遇。"又对淳于意道："此人即吾好友之子，其父名庆，汝今可同其往见吾友。"于是公孙光作书为淳于意介绍于阳庆，淳于意满心欢喜，拜别公孙光，偕同阳殷到了临淄，入见阳庆，呈上公孙光书信。阳庆将书阅毕，允将淳于意收留门下，从此淳于意一心一意，随着阳庆学习。其时正是吕后八年，阳庆年已七十余岁，家中富有财产，子孙众多，自己医术虽精，平日却不肯轻易为人治病，所以外间并无人知他是个名医，也无人前来受业。如今年纪已老，原想觅人传授学问，无奈未得恰当之人，连自己儿孙，都不是学医材料，所以也不传授。及至淳于意来到门下，阳庆留心察看，见他奉事先生，甚属尽职，而且专心求学，勤勤恳恳，知是可以付托。一日屏去从人，独唤淳于意到了面前，密说道："汝平日所学方书，都不是道，汝可一概弃去，吾有古昔遗传黄帝扁鹊脉书，用五色诊病，能知人死生，并有论药之书，皆甚精微。我家颇足自给，别无所求，今因爱汝，故愿将我所藏禁方秘书，悉数教汝，汝当秘密学习，勿使我子孙得知。"淳于意闻说，喜出非常，急离席拜谢道："先生幸肯赐教，诚非弟子始望所及，敢不奉命。"于是阳庆取出许多书籍，交与淳于意，令其熟读，不时替他讲解，淳于意昼夜研究，尽心领受。到了一年，已得大概，阳庆便令其试行治病，颇有效验。淳于意自以为学问未精，仍旧勤学，一直学了三年，医道精熟，此时年仅三十九岁。遂辞别阳庆，在外行道，为人治病，决其生死，每多神效。于是名闻一时，远近求医者接踵而至，淳于意便借着医术过活。

读者须知大凡具绝技之人，多不肯受人拘束。淳于意性本落拓不羁，懒事生产，不乐仕宦，也曾任过太仓长，不久便弃官而去。最喜云游四方，足迹所至，闻名求医之人，不计其数，弄得淳于意应接不暇，有时心中甚不耐烦，便不肯替人治病，任他千金之聘，只是辞绝不去。但是病家当病人征候危急之际，好容易寻得一位有名医生，盼他前来救治，如盼重生父母一般，谁知日复一日，望得眼穿，终是请他不到。也有病重的挨延不过，便自死了，其家属不免抱怨。都因淳于意名誉太盛，求者过多，不能悉应。所以平日得他治愈，感激之人固多，而因他辞绝不治，以致结恨之怨家，亦复不少。

到了文帝十二年，遂有怨家寻了淳于意罪过，出来告发。淳于意被捕到官，讯明应受肉刑，遂由吏役押解前往长安。淳于意无子，仅有五女，此时闻得父亲押解起程，都来相送。一个个牵衣而泣，淳于意正在心烦意乱，见了女儿此种情形，不觉发怒，骂道："生女不生男，急时无用处。"说罢遂随了吏役上路而去。诸女被骂，各自惭愧回家，独有少女名为缇萦，心想父亲之言，伤感不已。因念自己也是个人，虽然身为女子，岂遂无法救得父亲，于是想得一策，连忙收拾行装，于路赶上父亲，一同前进。到了长安，淳于意下入狱中，缇萦遂诣阙上书道：

妾父为吏，齐中皆称其廉平。今坐法当刑，妾伤夫死者不可复生，刑者不可复属，虽后欲改过自新，其遭无由也。妾愿没入为官婢，以赎父刑罪，使得自新。

文帝览罢缇萦所上之书，意大感动，即命赦了淳于意，一面下诏除去肉刑。原来汉时肉刑，本有三种，一黥；二劓；三斩左右趾。今文帝因感缇萦之孝，一律废去，凡犯此罪者，另换别种刑罚。诸位试想缇萦一个小小女子，只因孝心纯笃，至诚感人，不特保全父亲，且能将自古相传残酷之刑，一旦除去，免得后来犯罪者亏损身体，真是无量功德。东汉班固作诗赞道：

三王德弥薄，惟后用肉刑。
太仓令有罪，就递长安城。
自恨身无子，困急独茕茕。
小女痛父言，死者不可生。
上书诣阙下，思古歌鸡鸣。
忧心摧折裂，晨风扬激声。
圣汉孝文帝，恻然感至情。
百男何愦愦，不如一缇萦。

淳于意既得免罪出狱，父女相见，悲喜交集，遂同缇萦回到临淄。此事喧传一时，世人皆称缇萦为孝女。淳于意既回临淄，年纪已老，也就家居不出。后来文帝知其善医，遣使召到长安，问其所学并历来治病效验情形，淳于意逐条具述。兹就其中尤为奇验者二事，摘列于下：

济北王召淳于意遍诊后宫各侍女，有侍女名竖者，现状无病，淳于意诊其脉毕,因对旁人说道:“竖病伤脾,不可劳动,依法应于春日呕血而死。”济北王闻知,立召此女近前,见其举动如常,颜色不变,心中不信。至次年春,此女捧剑随王入厕,事毕,王由厕出,见此女未来,遣人唤之,已倒于厕上,呕血而死。

齐王黄姬之兄黄长卿,宴客于家,淳于意在座,诸客坐定,尚未上食。淳于意举目观看,见座中一人,姓宋名建,乃齐王后弟,淳于意注视良久,因对宋建道:“足下有病,四五日前曾患腰脊痛,不能俯仰,小便不通,若不急治,病将入肾,此名肾痺,乃由执持重物而得。”宋建闻言,不觉惊异道:“君言良是,吾本有腰脊痛之病,前四五日,适值阴雨,黄氏诸婿,来到吾家坐谈,见吾家仓下有方石一块,众人争往搬弄,吾亦欲学其所为,无奈用尽力量,不能将他举起,只得罢手。谁知一到晚间,腰脊大痛,小便不通,至今未愈。”说罢因请淳于意诊治,淳于意为开一方,服药十余日而愈。

淳于意治病效验甚多,不能尽述,后人因其曾为太仓长,故称之为仓公。司马迁修史记,以扁鹊仓公同传,号为一代名医。闲言少叙,文帝既除肉刑,过了一年,又报匈奴大举入寇。欲知情形如何,且听下回分解。

第四十四回　冯唐论救云中守　文帝受欺新垣平

话说文帝十四年冬，匈奴老上单于，听信中行说之言，自率马兵十四万人，攻入朝那、萧关，杀死北地都尉，掳掠人民物畜甚多。一路长驱，进至彭阳，遣奇兵入回中宫，放火烧之，哨马直到雍县甘泉等处。边吏飞书告急，警报一日数十次。文帝闻报大惊，急命昌侯卢卿为上郡将军，宁侯魏速为北地将军，隆虑侯周宪为陇西将军，各率人马，前往该地防守。此三路兵，星夜出发。文帝又命中尉周舍为卫将军，郎中令张武为车骑将军，率领马步军队十万人，车千乘，驻扎渭北。文帝想起匈奴如此猖獗，心中愤怒，决计御驾亲征，自到校场校阅人马，申明军令，赏劳士卒，择日起行。群臣相率进谏，文帝一概不听。事为薄太后所闻，深恐文帝临敌冒险，极力阻止。文帝无法，只得罢议，乃命东阳侯张相如为大将军，带同建在侯董赫、内史栾布等，领兵往击匈奴。匈奴盘踞边地，已有月余，及闻汉兵到来，方始徐徐退出塞外。张相如等将匈奴驱逐出塞，便即回兵，两下并未交战，也未曾追获匈奴一人一马，反被匈奴掳掠许多人畜，满载而去，因此匈奴愈加骄横，连年入边，劫杀甚众，文帝甚以为虑。

一日，文帝偶然乘辇行过郎署，有郎中署长姓冯名唐，出来迎接。文帝定睛一看，见是一个庞眉皓首的老人，因问道："父老何仍为郎，家居何处？"冯唐对道："臣祖本赵人，臣父移居代地。"文帝见说他是赵人，忽然忆起旧事，慨然道："吾在代国时，有尚食监高祛，常为我言赵将李齐之贤，及其战于钜鹿之事，吾每饭未尝不念及其人，父老知之否？"冯唐对道："李齐为将，尚不及廉颇、李牧。"文帝问道："廉颇、李牧为将何如？"冯唐道："臣祖父曾为赵将，与李牧结交最密，臣父旧为代相，又与李齐为友，故知其详。"遂将廉颇、李牧战功，具述一遍。文帝既闻廉颇、李牧善于为将，心中甚是仰慕。又想起匈奴久为边患，国家思用良将，正苦未得其人，不禁抚髀叹息道："吾独不得廉颇、李牧为将，若得此人，岂忧匈奴？"冯唐闻言，忍不住说道："陛下虽有廉颇、李牧，亦不能用。"文帝被冯唐直言顶撞，心中不悦，即命起驾回宫。

文帝回宫之后，忽想起冯唐说我不能用廉颇、李牧，必有原因，我当时未及问他，如今何不唤他到来，问个明白。于是遣人召到冯唐，先责备道："君当着众人将我侮辱，竟不能等到无人时节，背地言之？"冯唐被责谢罪道："臣实鄙人，不知忌讳。"文帝因接问道："君何以言吾不能用廉颇、李牧？试述其由。"冯唐道："臣闻古之人君，命将出师，跪而推毂曰：'阃以内寡人制之，阃以外将军制之'。此非虚语。臣祖父常言李牧为赵将，居边地，其市租皆听收用，赏罚由己，不待报闻。委任既专，故李牧得以成功。今臣窃闻魏尚为云中郡守，所收市租，尽给士卒，自出私钱，每五日杀牛一次，遍飨将校，以此匈奴闻风远避，不敢轻犯云中之地。日前匈奴初次来侵，魏尚率领将士击之，大获胜利，斩杀甚多。后因报功，所斩敌首缺少六级，陛下将其下狱，削去官爵，罚使做工。由此言之，陛下用法过明，赏太轻，罚太重，故曰虽得廉颇、李牧亦不能用。"文帝见冯唐言语切直，心中感动，不觉大悦，即日令冯唐持节赦出魏尚，仍命为云中郡守。又拜冯唐为车骑都尉。果然魏尚到了云中，匈奴畏威，不敢来犯，郡中连年无事。冯唐后致仕归家。至武帝即位，被举贤良，时年已九十余，不能为官，武帝仍用其子冯遂为郎，此是后事。

文帝既感冯唐之言，复用魏尚，又慎选边郡守将，于是边患得以稍息。忽有鲁人公孙臣，上书言秦得水德，汉承其后，当为土德。土德之应，当有黄龙出现，请改正朔，易服色，色宜尚黄。文帝得书，以问丞相张苍，张苍本精律历，其意以为汉乃水德，故以十月为岁首，公孙臣所言不合。文帝见说，遂罢公孙臣不用。谁知到了文帝十五年，果有黄龙出现于成纪地方，文帝记起公孙臣之言，召为博士，命与诸生议改正朔易服色。又下诏礼官议郊祀，于是有司请文帝亲祀上帝于郊。夏四月，文帝驾到雍郊，亲祀五帝，只因文帝迷信鬼神，遂由此引出一人来。

此人复姓新垣名平，系赵国人，生性巧诈，学习方士之术，自言善于望气。今见文帝尊重祭祀，便想借此图得富贵，于是求见文帝面陈道："臣望长安东北，近有神气，成为五彩，如人冠冕。臣曾闻人言，东北方乃是神明之舍，如今天降祥瑞，应就其地立庙奉祀上帝，以答瑞应。"文帝依言，即饬有司就渭阳建立五帝之庙。读者欲知五帝果是何神，说起来历，甚属可笑，都由人君自出己意造作而成。当日秦宜公始作密畤，祀青帝；灵公作上畤，祀黄帝；又作下峙，祀炎帝；献公作畦畤，祀白帝，此四畤在祭祀上最为尊贵。及至高祖还定三秦，问起秦时所祀上帝，究是何帝，有人对道："秦祀上帝，有白帝、青帝、黄帝、赤帝四畤。"高祖觉得可疑，又问道："吾闻天有五帝，如何秦时但祀四帝？"众人闻言，皆不能对。高祖自己想了良久，突然说道："吾已知之，此乃待我一人方能具备。"遂命有司立黑帝祠，命为北畤。但是高祖虽立五畤，岁时但命有司致祭，自己并不亲往。如今文帝要想郊祀上帝，也不查考明白，便把五畤当作郊坛，亲往致祭，所以新垣平趁此时节捏请文帝就渭阳别立五庙。此五庙同一屋宇，中分五殿，每帝一殿，前面殿门，各如其帝颜色。五庙既成，到了十六年夏四月，文帝亲往渭阳祭祀，依照秦归仪节，祭时举起爟火，火光烛天，照耀远近。文帝认是瑞应，心中甚悦，祭毕回宫，遂拜新垣平为上大夫，前后赏赐，不下千金。

文帝既宠信新垣平，以为祭祀可以求福，于是又命博士会议巡狩封禅等种种典礼，预备举行。一日文帝车驾出行，路过长门恍惚见有五人，立于道北。文帝心想自己出门，例须清道警跸，道旁安得尚有行人，定睛一看，忽又不见，以为定是神灵出现，但五人一起，衣服颜色，又不相同，莫非便是五帝？于是命就所见之处，建五帝坛，用五副太牢祭之。新垣平见文帝迷信已深，知其容易受欺，于是愈加胆大，竟然买嘱一人，令其手持玉杯，到阙下上书献进。新垣平却先入宫来见文帝，约计其人将到，因对文帝道："臣顷望见阙下，有宝玉气到来。"语声初歇，果见近侍捧着玉杯来奏文帝，文帝见玉杯上刻有四字道，'人主延寿'，不觉大喜。见得新垣平望气奇验，此杯定是个宝物，遂命将杯受了，重赏来人及新垣平。新垣平受赏出宫，复向其人分得许多赐物。过了一时，新垣平又言："臣测得某日日当再中。"到了其日，日果再中。日再中，原是七国时故事，燕太子为质于秦，秦王对之发誓道："日若再中，方放汝归。"此乃妄诞之语，大约当日测量不准，故现为再中。文帝偏深信其言，遂下诏将十七年改为元年，赐天下大酺数日。当日新垣平宠冠朝臣，凡有所言，文帝无不依从，他偏不肯安静，又向文帝说道："禹鼎坠入泗水，现在河堤已决。黄河与泗水相通，臣望东北汾阴地方，有金宝之气，想是陛下圣明，宝鼎又将出世，但其兆虽见，不迎不能自至。"文帝闻说，深信不疑，遂遣人立庙于汾阴，面临黄河，意欲祭祀河神，使人入水寻觅禹鼎。正在兴工建筑庙宇，尚未告竣，忽有人出来告发新垣平种种欺诈之事。未知所言如何，且听下回分解。

第四十五回　应梦境宠邀明主　肃朝仪气折幸臣

话说文帝后元年冬十月，有人上书告发新垣平种种行为，皆是欺诈，并无实事。文帝见书大怒，即将新垣平发交廷尉审讯。廷尉按着所告情节，逐项究出实情，罪应族诛，奏明文帝批准施行。文帝始知为新垣平所欺，不胜悔恨，由此扫兴，便将祭祀巡狩、改正朔、易服色等事，一律搁置。说起以上各事，前此贾谊也曾献策，文帝当时心存谦让未肯施行，到了此际，忽然高兴起来，无如贾谊已死，偏遇着一个新垣平，受他播弄。总之文帝平日最信鬼神，前此身坐宣室，曾问贾谊以鬼神之事，但他信用贾谊却不及新垣平，以致弄出无数笑话。不但新垣平而已，更有一个庸劣无能之人，却得文帝始终宠遇，问其得宠原因，却也由迷信而来，说起更觉可笑。

原来文帝有一夜睡在宫中，忽做一个梦。梦见自己要想上天，极力挣扎，总不得上，正在为难之际，旁边来了一人，头戴黄帽，立在文帝后面，用力一推，竟将文帝推上了天。文帝满心欢喜，回头向下一看，要想看他是何等样人，却只看见其人背面，觉得他衣服上穿了一孔，正要开言动问，蓦然惊醒。文帝定一定神，回思梦境，历历如在目前，心念此人助我上天，必定是个贤臣。昔日殷高宗梦见良相，画影图形，求得傅说，用以为相，果然得力，在历史上传为佳话。如今我所梦的，自然也是此等人物，万万不可错过。可惜梦中不曾看见其人面目，未免是个缺憾，幸喜就他衣帽上，得有二种凭据，尚可由此推寻。因又想起平日所坐御船，船中水手，皆戴黄帽，时人称为黄头郎，梦中之人，莫非就是御船水手？文帝想到此处，甚觉高兴，此时天色已明，文帝连忙由床上坐起，左右服侍，披上衣服，用了点心，立刻命驾前往渐台。

说起渐台，乃在未央宫西沧池之上，此池水皆苍色，故名沧池。池中置了许多御船，预备车驾不时游玩。文帝一早到了渐台坐定，吩咐将御船黄头郎，尽数唤来，听候点验。众人被召，不知文帝是何意思，都带三分畏惧，连忙整萧衣服，鱼贯而进。文帝命俱在一旁立定，然后遂人唤至面前验看。但是每验一人，文帝并不问他姓名，也不看他面目，只令其人背面立定，向他背后衣服上详细看了一过，便命退去。左右近侍见文帝如此举动，摸不着头脑，人人心中都觉诧异，也有一二人向前动问，文帝却不肯说破。一连验了多人，中间果有一人，背后衣服穿了一孔，文帝便命将其人留下。其人闻命，吃了一大惊，不知自己犯了何种大罪，背后印上何种证据，却被文帝查出，此去定要吃亏，还不知能否保得住性命，偏又无处逃走，只得立在一旁，呆如木鸡。待得各船黄头郎，一一验完，文帝见只有此人与梦中所见符合，心想定是不错。于是独唤其人近前，其人吓得战战兢兢，俯伏地上，不敢仰视。文帝便问其人姓名及籍贯出身，其人按定心神对道："臣姓邓名通，乃蜀郡南安县人，以熟于行船，被选为黄头郎。"文帝见说姓邓，暗想邓与登音相近，梦中助我登天，必是此人，不觉大悦。因用好言抚慰，拔为近侍。邓通不料文帝平空赏识起他来，霎时变忧为喜，谢了恩便随车驾回宫，从此邓通遂常在文帝左右。

文帝初意邓通必是一个能臣，后来渐渐知他并无材干，但一心记着前梦，以为他既能助我登天，于我必然有益。又见邓通为人柔顺，虽然得宠，并不交结朝贵，干与政事，也不曾在文帝前保荐一人。每值假日，例许回家休息，邓通偏不愿出外，仍在宫中随侍左右，文帝以此日加宠爱，遇着闲暇，便带同邓通到其家中，游玩宴饮，前后赏赐，不下十余万。又屡次升其官职，不到几时，一个水手，居然做了太中大夫。

到了文帝后二年秋八月，丞相张苍，因老病免官，此时高祖旧臣，大都死亡，虽有一二人尚在，却非丞相之才。文帝满心要想择个贤相，看来看去，只有皇后之弟窦广国，素著贤名，最为中意，但碍着他是外戚，拜为丞相，又恐天下人说是出于私意，因此想了许久，决计不用。此外惟有关内侯申屠嘉，乃梁地人，曾随高祖征讨项籍、黥布，立有战功。其人虽是行伍出身，然秉性廉直，不受请托，是个公正之人，而且现为御史大夫，丞相缺出，正该推升，于是文帝遂命申屠嘉为丞相。

申屠嘉既为丞相，因见邓通并无功劳，坐享高官厚禄，心中已是不悦。一日入朝奏事，恰遇邓通侍立文帝身旁，斜着身子，形状甚是怠慢。申屠嘉看了不禁大怒，暂时忍气，将事奏完，方对文帝说道："陛下宠爱群臣，尽可使之富贵，惟有朝廷之礼，不可不肃。"文帝见说，知是指着邓通，惟恐他说出名字，急将言阻住道："君可勿言，吾已知得其人，自当私行教戒。"申屠嘉见文帝顾惜邓通，愈加愤懑。待到朝罢，申屠嘉回至相府，立即遣人持檄往召邓通，并传语道："邓通如果不来，我要将他斩首。"邓通见召，心知不妙，又闻来人传说，不来要斩，更加恐惧，急忙入宫来见文帝，告知其事。文帝虽然心爱邓通，却因申屠嘉所言甚正，料想此次唤他前去，不过是责备一番，我若袒护，不令应召，未免失了丞相面子，因对邓通道："汝尽管放心前往，我即刻使人召汝。"邓通本意欲求文帝替他辞绝来使，免此一行，今见文帝也命他去，只得硬着头皮，随同来人，前赴相府。

邓通到了相府，来人入内通报。申屠嘉即命入见。邓通捏着一把汗，一路走进，望见申屠嘉满面杀气，便如小鬼遇着阎王一般，连忙脱下冠帻，除去鞋袜，光着头，赤着两足，跪在地上，对着申屠嘉叩头谢罪。申屠嘉端坐不动，厉声责备道："朝廷礼节，乃是高皇帝制定，汝一个小臣，胆敢在殿上戏弄，可晓得犯了大不敬之罪，应该处斩？"说罢对着旁边属官道："可即将他缚出斩首。"邓通闻言，吓得浑身发抖，魂魄飞到九霄云外，俯伏地上，叩头如捣蒜，连声哀求饶恕申屠嘉置之不理，喝令左右动手，左右答应一声，有如雷鸣。邓通此时盼望文帝遣人前来解救，偏是久不到来，急得无法，只有拼命叩头，叩得地上作响，连头皮都破了，血流满地。左右之人，见他如此，都觉好笑，却又替他可怜，所以未曾动手。申屠嘉仍是愤怒不止，不肯饶放，正在危急，忽报文帝遣使持节到来。申屠嘉闻报，撇下邓通，整了衣冠，出来接诏。

文帝自遣邓通去后，过了片刻，心想此时邓通当被申通嘉处治得痛快，遂唤近臣持节前往相府，召取邓通到来。使者到府，见了申屠嘉，传文帝命令对申屠嘉说道："此人乃吾之弄臣，君可恕之。"申屠嘉奉诏，又将邓通严加戒饬一番，方始放他起去。邓通得了性命，如从鬼门关上还魂，抱着头窜出相府，随同使者入得宫中，一见文帝，俨同婴儿遇着慈母,忍不住两泪直流,觉得满怀委屈,一时却说不出来,口中但道:“丞相几乎杀臣。”文帝见邓通满面是血,额上突起无数垒块,面目都肿,骤看似乎不像个人,心中也觉怜惜,便用好言抚慰,又命太医用药调治。邓通感激文帝厚恩,心知此次是自己的不是,也不敢埋怨申屠嘉,以后愈加谨慎,不敢失礼,文帝仍前宠爱,又将他升为上大夫。

文帝既爱邓通,便想保全他终身富贵,但不知他生相如何,于是唤一著名善相之人,来与邓通看相。其人将邓通相貌详细看了一偏,回奏文帝道:“此人照着相法,将来应当贫饿而死。”文帝听了,怫然不悦道:“能使人富者,在我而已,邓通为我所爱,何至于贫?”于是命将蜀郡严道铜山,赐与邓通,许其自行铸钱。先是秦时通用之钱,每文皆重半两,高祖嫌其过重,另铸荚钱,每文仅重一铢半。钱既过轻,以致物价胜贵。到得文帝五年,遂命更造四铢钱,除去盗铸法,许人民任意铸钱。贾谊、贾山皆曾上书谏阻,文帝不听。其时吴王刘濞,已就故章铜山,私自铸钱,富并天子。如今文帝又赐邓通铜山,邓通也就大开鼓铸,于是吴邓之钱,布满天下,其富可想。文帝以为邓通坐拥大财,一世吃着不尽,万不至于贫饿了。谁知邓通反因铜山为累,终至贫饿,竟出文帝意料之外。真如俗语所说,人算不如天算,也是邓通福气微薄,享受过分,以致如此。欲知邓通何以贫饿,且听下回分解。

第四十六回　失铜山邓通饿死　赐几杖吴王不朝

话说文帝将蜀郡严道铜山，赐与邓通，以为他可免于贫饿。邓通受了如此恩遇，异常感激，更一心一意，服侍文帝。一日文帝身上忽然生了一痈，焮热肿痛，坐卧不宁。邓通因文帝患病，格外殷勤，昼夜侍奉，顷刻不离。到得痈已成熟，破口流脓，文帝愈觉痈口热如火烧，疼痛难忍，辗转床褥，呻吟不绝。邓通见文帝甚是苦楚，要想极力讨好，也顾不得脓血污秽，便用口对着痈口，缓缓吮吸。原来痈毒得人口吮，便能退热生凉，减去痛楚，而且吸出败脓，易于收口。文帝因痈痛正在苦恼，忽被邓通吮得爽快，便任令时常吮之。又见邓通做此污秽之事，心甘情愿，毫无厌恶，以为真是忠臣。却念起身为天子，觉得惟有邓通一人爱我，此外岂遂别无爱我之人？想到此处，不免闷闷不乐，因向邓通问道："天下之人，谁最爱我？"邓通见问，不知文帝是何意思，因随口答道："以臣愚见，爱陛下者，似无过于太子。"文帝闻言，点头无语。

一日，恰好太子入内问病，文帝忽记起邓通言语，因要试看太子到底如何，便命其近前吮痈。太子见那痈口脓血淋漓，甚是臭秽，面上现出难色，但因父命难违，不得已勉强吮了数口，便就罢了。文帝见此情形，也不言语，以为毕竟还是邓通爱我，从此更觉与他十分亲热。谁知太子退出宫来，闻得近侍传说，始知邓通常替文帝吮痈。暗想邓通是个小臣，尚然如此，我为人子，反不及他，相形见绌，未免心生惭愧，暗恨邓通设法献媚，离间他父子之亲。邓通何曾知得，后来文帝驾崩，太子即位，是为景帝。景帝记起旧怨，便将邓通免官。邓通彼时虽然失官，财产富足，尚可在家享福。偏是有人出来告发，说他私出边外铸钱。景帝发交官吏审问，无甚实据。官吏因他是富人，正可借此鱼肉。又知得景帝怨他，便迎合上意，吹毛求疵，做成罪名，将他所有家产，全数没收入官，尚不足意，更坐他负欠官款数万。邓通出得狱来，家破人散，衣食毫无。事为文帝女馆陶长公主所闻，因念邓通是文帝最爱之人，见其情景可怜，便时常赐以钱物。却被官吏闻知，遣人暗地侦伺，每遇邓通得了赏赐，便派吏役跟随其后，说他尚欠官款，不得私蓄钱物，尽数将其没收。邓通白白向他望了一眼，丝毫不得享受，连一条簪子都不能带在身上。馆陶长公主闻知，也就无法，只得私下给与衣食，却命他托词向人借得，以免官吏又来追取。当日邓通所铸之钱，到处皆是，岂料末路，竟无一文得归自己使用，长日向人寄食，有一餐，无一餐，饥寒交迫，不久便死于人家，居然应了相士之言。当日文帝幸臣除邓通外，尚有北宫伯子及赵谈二人，并是宦者，但其宠爱，皆不及邓通。北宫伯子是个老实人，到也罢了。赵谈乃由占星望气得幸，文帝常使之骖乘，其人虽不及新垣平那种奸巧，却喜在文帝前搬弄是非。因见中郎将袁盎直言敢谏，心中不喜其人，便时向文帝说他过失，却被袁盎闻知，恐遭陷害，甚是忧虑。袁盎兄子袁种，官为常侍骑，知得袁盎心事，因献计道："君可当着大廷广众，将他耻辱，使主上知他与君有仇，纵有毁谤，定不见信。"袁盎依言，等候机会行事。

一日文帝将往长乐宫朝见太后，仍命赵谈骖乘。车驾出得宫门，袁盎走到车前，俯伏奏道："臣闻天子所同车而坐之人，必是天下豪杰，如今汉廷虽然缺乏人材，陛下奈何独与刀锯之余一车共载。"文帝听了大笑，即命赵谈下车。当时众目都向赵谈注意，赵谈羞得无地容身，含着涕泣走下车来。以后赵谈每谮袁盎，文帝以为挟嫌，遂不肯相信。

但袁盎因为遇事直谏，致为文帝所畏忌，竟被调为陇西都尉，后又迁为吴王丞相。袁盎临行，到其兄子袁种家中辞别，袁种因对袁盎道："君此行甚是危险，吴王享国日久，性益骄纵，多为不轨，君到官后，倘欲秉公纠治，必触吴王之怒。若不上书告君，亦必使人杀君。愚意此去一切置之不问。南方地势卑淫，君若能终日饮酒，不管诸事，但时劝吴王勿谋造反，如此或可侥幸免祸。"袁盎闻言称善，到了吴国，便依袁种之言而行，竟得吴王优待。过了一时，袁盎托故告归长安，吴王厚赠以财物。袁盎两依袁种之言，皆得免祸。

说起吴王刘濞，算是文帝堂兄。自从高祖十一年受封，据有四郡之地，到国未久，高祖驾崩。惠帝吕后时，因为天下新定，许诸侯王各治其国，刘濞查得本国鄣郡地方产铜，便招集各国亡命之人，开采铜山，私自铸钱，又煮海水为盐。此两项每年进款甚多，因之人民并不纳税，国用反觉充足。刘濞独据一方，坐享安乐，自然骄傲异常。

及至文帝即位之后，刘濞例应来朝，自以为是文帝之兄，犯不着自己亲来，便遣其太子刘贤入京朝见。文帝以礼看待，因是自己侄儿，便命皇太子陪他饮宴游玩。一日皇太子留吴太子在宫赌博，吴太子随来师傅，也在一旁陪伴，正在兴高采烈之际，忽然起了争论。吴太子平素在国骄养已惯，何曾知得朝廷礼数，到了此地，仍是一味任性，不知退让。更兼随来师傅，都是楚人，生性倔强，不识大体，便帮着吴太子与皇太子力争。皇太子自也不肯相让，彼此争执良久，言语之间，不免侵犯，引得皇太子大怒，用手提起博局，向吴太子当面掷去。吴太子并未提防，一时走避不及，竟被博局打中要害，立时身死。事为文帝所闻，自然责备太子一番，饬人将吴太子依礼棺殓，送回吴国。刘濞闻信，又悲又恨，眼看其子死于非命，无从报仇，及见朝廷送丧到来，因含怒说道："天下都是一家，死在长安，便葬在长安罢了，何必特地送来。"于是又赌气遣人将丧移回长安埋葬。从此刘濞怀恨，失了藩臣之礼，自己称病不朝，连儿子都不遣其来京。

文帝料到刘濞因为其子之故，假称有病，便遣人到吴验问。来人回报，吴王并无病容，文帝听了也就动怒，每遇吴国使者到京，文帝便责问吴王何以不朝，将使者囚系狱中治罪。刘濞见使者连遭究治，心中恐惧，于是蓄意谋反，召聚豪杰，收买民心，欲乘机会起事。后来又有吴使到京，文帝仍前责问，吴使者对道："吴王本来无病，其始诈称有病，原想瞒过朝廷，谁知却被发觉，使者数人，并遭囚系。吴王见朝廷责问愈急，愈加忧惧，惟恐陛下诛之，以此甚是无聊。臣闻古语有云：'察见渊鱼者不祥。'伏愿陛下尽赦其罪，与之更始。吴王自当改过自新，克尽臣节。"文帝见使者所言有理，遂下诏将前所系使者，尽行释放。一面遣人赍了几杖，赐与吴王，说是王年已老，可免来朝。刘濞得文帝宽恕不究，心中始安，便将造反之心，逐渐冷淡。袁盎正当其时做了吴相，所以幸保无事。当日齐王刘襄早死，谥为哀王，其子刘则嗣立，十四年又死，谥为文王。刘则无子，照例其国应除，文帝因怜齐悼惠王绝了嫡嗣，又记起贾谊之言，遂将齐地分为六国，尽立悼惠王之子六人为王，即齐王将闾、济北王志、淄川王贤、胶东王雄渠、胶西王昂、济南王辟光是也。此时中国无事，百姓乐业，惟有匈奴为患，文帝不欲起兵征讨，只得遣使前往，与之重行议和。未知匈奴能否允从，且听下回分解。

第四十七回　议和亲匈奴背约　识将才细柳劳军

话说文帝因匈奴连年犯边,甚以为患,遂遣使者前往议和。匈奴老上单于亦遣使来答谢。到了后二年,文帝又遣使持书,与之申明和约。其书写道:

皇帝敬问匈奴大单于无恙,使当户且渠雕渠难、郎中韩辽,遗朕马二匹,已至敬受。先帝制长城以北,引弓之国,受令单于;长城以内,冠带之室,朕亦制之。使万民耕织射猎衣食,父子毋离,臣主相安,俱无暴虐。今闻渫恶民贪降其趋,背义绝约,忘万民之命,离两主之欢,然其事已在前矣。书云:二国已和亲,两主欢悦,寝兵休卒养马,世世昌乐,翕然更始。朕甚嘉之,圣者日新,改作更始,使老者得息,幼者得长,各保其首领,而终其天年。朕与单于,俱由此道,顺天恤民,世世相传,施之无穷,天下莫不咸嘉。汉与匈奴邻敌之国,匈奴处北地寒,杀气早降,故诏吏遗单于秫蘖、金帛、绵絮之物,岁有数。今天下大安,万民熙熙,独朕与单于为之父母,朕追念前事,薄物细故,谋臣计失,皆不足以离昆弟之欢。朕闻天下不颇覆,地不偏载。朕与单于,皆捐细故,俱蹈大道,坠坏前恶,以图长久,使两国之民,若一家子,元元万民,下及鱼鳖,上及飞鸟,跂行、喙息、蠕动之类,莫不就安利,避危殆。故来者不止,天之道也。俱去前事,朕释逃虏民,单于毋言章尼等。朕闻古之帝王,约分明而不食言,单于留志,天下大安,和亲之后,汉过不先,单于其察之。

老上单于得书许诺,使者回报。文帝大喜,以为从此边境可以无事,遂将和亲之事,下诏布告天下。其诏书道:

朕既不明,不能远德,使方外之国,或不宁息。夫四荒之外,不安其生,封圻之内,勤劳不处,二者之咎,皆自于朕之德薄而不能达远也。间者累年,匈奴并暴边境,多杀吏民,边臣兵吏,又不能谕其内志,以重吾不德。夫久结难连兵,中外之国,将何以自宁?今朕夙兴夜寐,勤劳天下,忧苦万民,为之恻怛不安,未尝一日忘于心。故遣使者冠盖相望,结辙于道,以谕朕志于单于。今单于反古之道,计社稷之安,便万民之利,新与朕俱弃细过,偕之大道,结兄弟之义,以全天下元元之民。和亲以定,始于今年。

文帝后四年,匈奴老上单于身死,其子军臣单于嗣立。文帝闻信,又将宗室女翁主嫁之,与结和亲。军臣单于立了年余,中行说又教其背约,趁着中国无备,入塞掳掠,必获大利。单于依允。到了文帝后六年冬十月,匈奴发出马队六万人,以三万人入郡,三万人入云中,大肆杀掠,侵至代郡句注,边吏举起烽火告急,一路连绵不绝,火光直达甘泉宫。文帝闻报,又惊又怒,急聚群臣商议。以北地、飞狐、句注三处地方,最为紧要,因命中大夫令勉、前楚相苏意、将军张武三人,各率军队,驰往防守,并饬沿边官吏,一律戒严,防备匈奴来犯。文帝又恐匈奴乘虚来袭长安,复遣三将,分驻近处,保卫都城。此三位将军,一为河内郡守周亚夫,领兵屯于细柳;一为宗正刘礼,领兵屯于灞上;一为松兹侯徐悼,领兵屯于棘门,三将奉命各率军队前去。

文帝念兵队防守,甚是劳苦。一日亲自命驾,前赴三路军营,慰劳将士,顺便察看军中情形。车驾由宫起行,将到灞上,早有前驱官吏,先往通报。及至营前,但见静悄悄的,仅有数个兵士守门。前驱官吏,仗着天子势头便驰车一直进营,兵士见了,也不上前拦阻任其入内。将军刘礼闻信,立即大开营门,率同诸将出营俯伏接驾。文帝传言免礼,御驾一直驰入营中,各将士随后跟入。文帝对各将士宣言慰劳一番,依次到棘门。将军徐悼,也照着灞上一样接待,不消细说。

文帝慰劳灞上、棘门两处军队已毕,末后方赴细柳。前驱官吏,照例先往,将到军营,远远一望,却与起先两处情形,大不相同。但见旌旗齐整,队伍分明,将士一个个顶盔贯甲,各执兵器,张起弓弩,排列营前,如临大敌,气象真是严肃威武,不觉暗暗称奇。车到营门,要想照前驰入通报,却被军士拦阻,不得入内。前驱官吏方始说道:“天子车驾立刻将到,我是前驱,先来报信。”军中都尉见说答道:“将军有令,说是军中但遵将军之令,不遵天子之诏。”前驱官吏闻言,心想越发奇了,他连天子之诏,都不肯奉,我更有何法可想,只好待天子自己到来,看他如何举动。于是暂将车马勒住,等候文帝车驾到来。

文帝车驾将到营门,望见营前将士,有如云屯蚁聚,却不见一人出来迎接,已觉可疑,及至到了营前,前驱官吏迎前说明其故,文帝不信,仍命车驾前进,也被将士阻住。文帝无法,只得先遣使者持节,宣诏将军,说是吾欲入营劳军。军吏见说,方肯带同使者,入内通报。周亚夫闻诏,并不出迎,但传令开门请入,守门将士奉令,开了营门,又对御车之人嘱咐道:“将军有约,军中不得驰驱。”文帝见说,只得按辔徐行,进了营中。

文帝入得营门,始见将军周亚夫,全身披挂,手持兵器,立在一旁,望着文帝但躬身作了一揖,口中说道:“甲胄在身,例不拜跪,请以军礼相见。”文帝闻言,不觉动容,俯身轼车,肃然致敬,使人传语称谢,并说道:“皇帝敬劳将军。”于是照例行了慰劳之礼,命驾出营,亚夫也不遣人相送。

文帝车驾出了营门,随来群臣,一晌看得呆了,到此心神方定,回想适才情形,尽皆惊异。文帝长叹一声,对着左右说道:“此方是真将军,若论先前灞上、棘门之兵,皆如儿戏,其主将不难乘虚擒来,至如亚夫,岂可侵犯?”说罢又复称善再三。至今陕西咸阳县西南,有细柳仓,相传即亚夫屯兵之处。过了月余,匈奴已被汉兵驱逐出塞,边境无事。文帝遂将三路军队撤回,下诏拜周亚夫为中尉。原来周亚夫即绛侯周勃之子,周勃于文帝十一年身死,谥为武侯,长子周胜之承袭爵邑。周胜之本娶文帝之女,却与公主不能相得,又犯了杀人之罪,袭爵不久,便将国开除。文帝念起周勃功劳,不忍令其绝封，下诏群臣推举周勃诸子中最贤之人。其时周亚夫已为河内郡守，群臣皆推举亚夫，文帝因封之为条侯，以续周勃之后。此次领兵防胡，竟被文帝赏识，记在心中，念念不忘。可见文帝爱才心切，也是亚夫适遇其时，故得成就功业。未知以后如何，且听下回分解。

第四十八回　孝文遗诏定服制　景帝嗣位任宠臣

话说文帝到了后七年夏日，忽然抱病，渐渐沉重，医药无效，自知不起，唤太子启到得榻前，嘱咐后事已毕，又说道："将来天下如有变故，周亚夫真是将才，可使掌兵。"太子启涕泣受命。六月己亥，文帝驾崩于未央宫，发下遗诏，颁布天下。其诏书道：

> 朕闻盖天下万物之萌生，靡不有死。死者天地之理，物之自然者，奚可甚哀？当今之时，世咸嘉生而恶死，厚葬以破业，重服以伤生，吾甚不取。且朕既不德，无以佐百姓，今崩又使重服久临，以罹寒暑之数，哀人之父子，伤长幼之志，损其饮食，绝鬼神之祭祀，以重吾不德，谓天下何？朕获保宗庙，以眇眇之身，托于天下君王之上，二十有余年矣。赖天之灵，社稷之福，方内安宁，靡有兵革，朕既不敏，常畏过行，以羞先帝之道德。维年之久长，惧于不终，今乃幸以天年，得复供养于高庙，朕之不明与嘉之，其奚哀悲之有？其令天下吏民，令到出临三日，皆释服。毋禁娶妇、嫁女、祠祀、饮酒、食肉者，自当给丧事服临者，皆无践，绖带毋过三寸，毋布车及兵器，毋发民男女哭临宫殿。宫殿中当临者，皆以旦夕各十五举声，礼毕罢。非旦夕临时，禁毋得擅哭。以下，服大红十五日，小红十四日，纤七日，释服。他不在令中者，皆以此令比类从事，布告天下，使明知朕意。霸陵山川因其故，毋有所改，归夫人以下至少使。

文帝自八岁立为代王，二十五岁即皇帝位，在位二十三年，享年四十七岁。及崩，葬于霸陵，群臣上庙号为孝文皇帝。太子启嗣位，是为景帝。丞相申屠嘉等，议以为功莫大于高皇帝，德莫盛于孝文皇帝，请将高皇庙为太祖之庙，文帝庙为太宗之庙，令郡国诸侯皆立太宗之庙，世世享祭，景帝依议。

综计文帝一生，以恭俭为治。即位以来，所有宫室苑囿，车骑服御，并无增加，有不便于民者，即行革除。尝欲就骊山之上，筑一露台，唤到工匠，计算工料用费，约需百金。文帝叹道："百金乃是中人十家之产，吾奉先帝宫室，常恐德薄，不堪享受，何必更筑此台。"遂命罢议。文帝自身常服弋绨，足履革舄，以韦带剑，莞蒲为席，集上书之囊以为殿帷。所爱慎夫人衣不曳地，宫中帷帐，皆甚朴素，并无文绣之饰。每遇水旱，即减损服御之物，除山泽之禁，又命官吏发仓廪以济贫民。即位之初，首除收孥相坐之律，定赈穷养老之令，其后复除诽谤妖言法及肉刑以省刑罚；亲自耕桑，除去田租，置三老孝悌力田常员以劝农业。屡诏举贤良方正能直言极谏之人，亲自策之。贾谊、贾山、袁盎、冯唐等陈说切直，并加纳用。所以当日海内安宁，家给人足，每岁断狱，犯罪之人，不过数百，几致刑措不用，有成康之风，后世帝王少有及之者。

及文帝临崩，记起张释之言语，遗命殉葬皆用瓦器，不得以金银铜锡为饰。谁知景帝未遵守遗命，暗地仍将许多宝物殉葬，不过其事秘密，无人知得。到了西汉之末，赤眉为乱，西入长安。汉帝诸陵，皆被发掘，搜取金玉宝器，尸骸尽遭抛弃，独有霸陵与附近之宣帝杜陵，众贼以为其中毫无所有，不往发掘，竟得保全。直到晋愍帝时，霸、杜二陵，方被盗发，掘出金玉采帛甚多。愍帝闻知，下敕收取其余以归内府，因问索琳道："汉陵中物，何以如此之多？"索琳对道："汉天子即位一年，便治山陵，每年划取天下贡赋三分之一，以充其中。武帝享国日长，及崩茂陵不复容物，赤眉所取陵中之物，不能减半。霸、杜二陵，不过比较稍俭而已。"可见文帝并非真正薄葬，但因当时将文帝遗命传说于外，人民信以为真，故可免赤眉发掘耳。清谢启昆有诗咏文帝道：

大横占得兆庚庚，三让风高尚朴诚。
产惜中入宫室俭，马无千里属车轻。
玉杯阙下奸难售，金鼎汾阴祀未成。
二十余年致刑措，休将孝景比升平。

后人因读文帝遗诏，所言服制，有大功十五日，小功十四日，纤七日释服之语，遂谓文帝始制短丧，仅有三十六日，期满即行除服，比起从前三年丧制算是以日易月。不知文帝遗诏，本系布告天下，盖因当日臣民对于天子，丧服颇重，文帝因恐重服伤生，特定此令。使天下吏民，三日释服，又使应在殿中哭临者，既葬之后，三十六日释服。是文帝所定服制，乃臣民对于君主之服制，非人子对于父母之服制，后世君主服其父母之丧，借口文帝遗制，以日易月，而对于臣民，反勒令持服多日，并禁止其嫁娶宴会，其意无非欲显君主德泽之深，人民哀慕之切。史臣书之《国史》，不曰如丧考妣，便曰遏密八音，累得人民婚嫁不能，宴会不可，真是可笑。文帝遗诏只定三日之服，一切不禁，可谓体贴民意，屏绝虚文，称为三代以后之贤君，诚无愧色。

当日景帝既嗣帝位，张释之仍为廷尉，记起从前景帝为太子乘车入司马门被其劾奏之事，心中大恐，欲待称病辞职，终虑景帝怀恨，寻事杀他；待要面见谢罪，又不知如何措辞，急得辗转无策，便往王生处求计。

王生乃是一个老处士，善为黄老之学，隐居不仕，名重一时，素与张释之交好。文帝闻其贤，尝召到朝廷，问以治道。一日，正在朝会之际，三公九卿，盈廷序立，王生故意对着张释之说道："吾袜带解散，烦张廷尉替我结袜。"百官闻言尽皆错愕，却见张释之恭恭敬敬，行至王生面前，跪在地上，替他结好，然后仍回原处，面不改色。众人愈觉诧异。及朝会散后，有人责备王生道："君何为当着大庭广众，将张廷尉如此折辱？"王生见说答道："吾自念年老贫贱，对于张廷尉毫无裨益，张廷尉为方今名臣，吾故聊使当廷结袜，正欲以表见其贤，并非将他折辱。"众人闻得此语，尽皆赞美王生，敬重释之。

如今释之遭此困难，故往王生处求计。王生想了片刻，便教释之面见景帝，直提前事，向之谢罪，可保无事。释之依言，入见景帝，照着王生所教之言，说了一遍。景帝见释之既已引过，也就不加罪责，但心中终觉不喜其人。过了年余，便将释之调为淮南相,别用所爱张欧为廷尉,又用晁错为左内史。从此晁错得宠用事,言听计从,建议削弱诸侯,以致演成七国之乱。欲知当日起乱情形,且听下回分解。

第四十九回　议削地晁错发难　擅称兵刘濞首谋

话说晁错在文帝时，久为太子家令，深得景帝信任。文帝曾亲策贤良，一时对策者百余人，惟晁错得取高等，文帝擢为中大夫。晁错又屡上书请削弱诸侯，更定法令，文帝虽奇其材，不尽听从，独景帝深以为然。及即位，用为左内史。晁错自知为景帝所信任，便欲趁此时实行其计划，每独自人见景帝，面陈时事，凡有所言，景帝无不听从，于是法令多所更定。丞相申屠嘉，见景帝偏信晁错，任意纷更，心中甚是反对，屡次力争，景帝不听。申屠嘉自念身为丞相，权力反不如一个内史，以此愈加愤懑。

此时袁盎已卸吴相之任，告病回到长安，原来袁盎素来不喜晁错，晁错所到之处，袁盎遇着，立即避去。袁盎若是先在，晁错闻知，亦便走开，二人也不知有何冤仇，彼此向未同堂共语。申屠嘉既不喜晁错，便将袁盎引为上客，一心寻觅晁错罪过，要想将他除去。恰好晁错所居内史之府，乃就太上皇庙余地起盖，庙外本有短垣环绕，向东开门，出入均须绕道而行，势甚不便。晁错恃着自己得宠天子，并不奏闻，竟将短垣凿成一门，向南出入。事为申屠嘉所闻，连忙修成表章，欲借此事奏请治罪。谁知机事不密，却被旁人得知，赶即报与晁错。晁错闻信大恐，乘夜入宫来见景帝，自将此事奏明。到了次日早朝，丞相申屠嘉出班奏称，内史晁错擅凿太上皇庙墙为门，应请发交廷尉讯明正法。景帝已得晁错奏闻，因说道："晁错所穿，非真庙墙，乃是庙外短垣，且系我使为之，晁错无罪。"申屠嘉见说，无言而退，回到相府，怒气勃勃，对着长史说道："吾悔不先将晁错斩首，然后奏闻，以致为儿辈所卖。"申屠嘉竟因此气愤成病，不久呕血数升而死。景帝遂以御史大夫陶青为丞相，内史晁错为御史大夫。

晁错一旦气死丞相，超升高位，愈觉意气扬扬，便日夜寻伺诸侯王过失，对于吴楚等国，尤加注意。一日晁错入见景帝说道："昔日高帝初定天下，因兄弟甚少，诸子年幼，于是大封同姓，孽子悼惠王王齐七十二城，庶弟元王王楚四十城，兄子濞王吴五十余城，此三国已据天下之半。今吴王濞因挟前此太子之隙，诈病不朝，依法当诛。文帝不忍，赐以几杖，恩德甚厚。吴王理应改过自新，乃愈加骄恣，公然即山铸钱，煮海为盐，招诱天下亡命，阴谋作乱。今削其地必反，即不削其地亦必反，削之则反急而祸小，不削则反迟而祸大，望陛下察之。"景帝听了晁错之言，意中固甚赞成，但因事关重大，遂命公卿列侯宗室会议其事。群臣奉诏，知得此议实行，定起变故，又因晁错正在得宠，势倾朝廷，不敢出来反对，恐致得罪，以此皆默然无言，独有窦婴极力争辨以为不可。景帝因有人持了异议，便将此事暂行作罢。

窦婴字王孙，乃窦太后从兄之子，素喜结交宾客，文帝时曾为吴相，以病免官。景帝即位，用为詹事此次力持异议，遂与晁错有隙。到了景帝三年冬，梁王刘武来朝。刘武乃景帝母弟，窦太后少子，初封淮阳王，后移梁王，最得宠于太后。连年入朝，每次来时，太后必留住京师数月，方许回国。景帝体贴太后之意，对着幼弟，格外优待，比众不同。此次梁王来朝，随带太子刘买到京。刘买此时年纪尚小，未及成人，太后见了爱子，已是欢喜，又见孙儿同来，愈觉得意，便唤刘买近前，详细看他相貌，又用手抚弄一回，心中十分怜爱，巴不得他立即娶妻生子，自己得见重孙，何等快乐！因向景帝说知此意，景帝便对梁王道："儿可举行冠礼。"梁王辞道："礼年二十而冠，今儿年幼，未可举行。"景帝口中尚说儿可冠也，梁王不敢答应。过了数日，景帝又对梁王道："儿可娶妇"。梁王辞道："礼云：'三十曰壮有室。'儿尚童蒙，未知为人父之道，不可强为娶妇。"又过数日，刘买随父入宫请安，行到宫门，却将足上所穿之履，不知遗落何处，景帝见了，方才说道："儿真年幼。"乃回复太后，将冠婚之礼暂缓举行。景帝又问梁王共有几个王子，梁王答道："现有五男。"景帝即下诏一概拜为列侯，各赐衣裳器服，梁王叩头谢恩。太后见景帝如此亲爱梁王，自然更加高兴。

一日，景帝与梁王同在宫，陪侍太后宴饮，酒到半酣，景帝此时未置太子，欲悦太后之意，乃从容对梁王道："千秋万岁之后，愿将帝位传之于王。"梁王心知景帝此语，非出于真意，外面虽然谦言辞谢，内中亦自暗喜。太后听了景帝之言，正合本心，不觉大悦。不料窦婴在旁闻说，手持杯酒进上景帝道："天下者，乃高帝之天下，汉朝之法，父子相传，陛下何得传位梁王？陛下失言，请饮此酒。"窦太后正在高兴，忽见其侄直言谏阻，大拂其意，由此憎恶窦婴。窦婴素性伉爽，也将自己官职看得微薄，遂告病回家，太后发怒，除去窦婴门籍，不准入宫朝见。

晁错见窦婴得罪太后免官，朝中更无他人敢与反抗，于是重提前议。先寻得赵王刘遂过失，奏闻景帝，削其常山郡。又发觉胶西王刘卬卖爵作弊，削其六县。恰好楚王刘戊来朝，晁错复查得楚王去年居薄太后之丧，私近妇女，奏请景帝诛之。景帝诏赦其罪，削去东海一郡。晁错见连削数国之地，诸侯王并无动静，自以为办事顺手，遂与群臣定议，欲削吴地。

早有吴王刘濞所派在京坐探之人，闻此消息，飞报刘濞得知。刘濞前因文帝赐以几杖，不究前事，暂将反谋搁起。自见楚赵胶西，地皆被削，早料到吴国也将波及，如今得此报告，正在愤怒；又值楚王刘戊密遣使者到来，约同起兵，刘濞反谋遂决。意欲联合各国，同时举事，但由自己一人为首，尚恐不济。素闻胶西王刘卬，勇敢好兵，久为各国所畏，得他出来倡议，便易成事。刘濞乃暗遣中大夫应高，前往胶西，面见刘卬，说道："近者主上任用邪臣，听信谗贼，变更津令，侵削诸侯，诛罚日重。古语有云：'舐糠及米'，吴与胶西，皆知名之国，一旦被察，不得安枕。吴王身有疾病，不能朝请，二十余年，常恐见疑，无以自白。窃闻大王以卖爵小事，致被削地，论理罚不至此，今竟如此，恐尚不止削地而已。"刘卬道："似此为之奈何？"应高道："吴王自以与大王同此忧患，愿乘时顺理，拚弃微躯，以除天下之患，未知大王以为然否？"刘卬瞿然惊道："寡人何敢如是？主上虽用法严急，为人臣者，惟有死耳，安敢背叛？"应高道："御史大夫晁错荧惑天子，侵夺诸侯，蔽塞忠贤，朝廷疾怨，诸侯皆有背叛之意。事变已极，顷者彗星竟天，蝗虫满地，此乃万世一时之机会也。大王诚能许诺，吴王即率楚王，略定函谷关，守荥阳敖仓之粟，扫治行宫以待大王。大王幸临，则大事可定，然后两主中分天下，岂不甚好？"刘卬听说称善，应高见刘卬已允，将言回报刘濞。刘濞尚恐刘卬翻悔，于是自己又装作使者，亲往胶西，与刘卬面行定约。胶西群臣，闻知此事，进谏刘卬道："诸侯之地，不能当汉十分之二。大王谋为叛逆，致遗太后之忧，甚属非计。如今承事一帝，尚觉不易，假使事成，两主分争，为患益大。"刘卬不听，遂遣使往约齐、赵、淄川、胶东、济南、济北等国。当日各国多遭削罚，人人震恐，怨恨晁错，今得胶西来使约会，遂皆许诺。

吴王刘濞既得各国允从，日夜训练兵卒，部署将士，筹备器械粮饷，克期举事。此时朝廷已议定削夺吴国会稽、豫章二郡之地，迨至削书到时，刘濞已先起兵，尽杀朝廷所置官吏，下令国中道："寡人年六十二岁，身自为将，少子年十四岁，亦为士卒之先。凡国中男子，年纪上同寡人，下同少子者，皆当从军征进。"于是调集全国士众，得兵二十余万。又遣使分往闽、东越乞兵。原约各国，闻得刘濞起兵消息，亦皆响应。未知成败如何，且听下回分解。

第五十回　吴王遣使告诸侯　七国连兵讨晁错

话说景帝三年正月甲子，吴王刘濞称兵于广陵，原约各国，如胶西、胶东、淄川、济南、楚、赵闻信，亦同时起事。

说起楚王刘戊，乃元王刘交之孙，先是刘交少好读书，曾与鲁人穆生、白生、申公，一同学诗于荀卿门人浮丘伯。及秦始皇下令焚书，刘交与穆生等，拜别浮丘伯，各自归家。后来刘交立为楚王，遂用穆生、白生、申公为中大夫，优礼相待。刘交因穆生等素不饮酒，每遇宴饮，必为穆生等特设醴酒。及刘交身死，传子夷王郢客、至孙刘戊嗣位，皆与从前无异。一日，刘戊置酒会客，忽然忘却设醴，到得罢酒，穆生退出说道："吾今可以去矣，醴酒不设，王之意已怠，若不去，将为楚人所辱。"遂即称病，高卧不起。申公与白生闻说穆生卧病，特来看视，问知其故，因强劝道："汝何不念先王之德，今王一旦小小失礼，何足介意？"穆生道："《易经》有言：'君子见机而作，不俟终日。'先王优加礼貌于吾三人者，本因重道之故，今竟忽之，是忘道也。忘道之人，难与久居，吾岂但为区区之礼乎？"于是谢病而去。

申公、白生见挽留穆生不住，只得听之。二人心中，皆以为穆生太觉拘执，自己遂仍留事刘戊不去，谁知刘戊享国日久，渐肆淫暴，如今因罪被削东海一郡，暗自愤怒，因遣使到吴与之通同谋反。申公、白生闻信进谏，刘戊不但不听，反恶二人多言，处以胥靡之刑。其刑乃用锁链将二人连系一处，身服赭衣，罚使立在市上舂米，二人至是始服穆生之先见，自己追悔，却已迟了。

又有元王之子休侯刘富，乃刘戊叔父，闻知此事，亦使人来谏训刘戊，刘戊大怒说道："叔父若不与吾同心，吾将来起兵，便当先取叔父。"来人回报刘富，刘富大惧，遂与其母，奔往长安逃避。

刘戊既闻吴王刘濞起事，便欲发兵。旁有丞相张尚，太傅赵夷吾，上前苦谏，刘戊不听，竟将二人杀害，克期出兵，与吴联合。此时赵王刘遂亦杀其丞相建德、内史王悍，领兵驻在赵国西界，欲待吴楚兵到，与之会同前进；一面遣使前往匈奴，请其派兵相助。余如胶西、胶东、淄川、济南等，亦一律响应，独有齐王刘将闾忽然翻悔，不肯与之联合。又济北王刘志，因城坏未修，却被其国郎中令将王劫住，发兵坚守，以此不得如愿。

当日天下诸侯王，共有二十二国，即吴、楚、燕、赵、齐、城阳、济北、淄川、济南、胶西、胶东、淮南、衡山、庐江、梁、代、河间、临江、淮阳、汝南、广川、长沙是也。此次起兵仅有吴、楚、赵、淄川、济南、胶西、胶东七国，齐与济北，背约中变，城阳国小，不与其谋，此外梁、代二王，皆文帝之子，河间、临江、淮阳、汝南、广川、长沙六王，皆景帝之子，当然不肯附和，尚有淮南、衡山、庐江三王，皆淮南厉王刘长之子。刘长前被文帝徙往蜀地，途中饿死，刘濞料其三子，定想报复父仇。又长沙王吴芮传至玄孙吴产身死，无子国除，景帝将长沙封其子刘发，吴芮有二庶子，皆为列侯，不得嗣立为王。刘濞亦欲诱之同反，于是发遣使者，分往各国致书。其书写道：

> 吴王刘濞，敬问胶西王、胶东王、淄川王、济南王、赵王、楚王、淮南王、衡山王、故长沙王子幸教，以汉有贼臣错，无功天下，侵夺诸侯之地，使吏劾系讯治，以侵辱之为故，不以诸侯人君礼遇刘氏骨肉，绝先帝功臣，进任奸人，诳乱天下，欲危社稷。陛下多病志逸，不能省察。欲举兵诛之，谨闻教。敝国虽狭，地方三千里，人民虽少，精兵可具五十万。寡人素事南越三十余年，其王诸君，皆不辞分其兵以随寡人，又可得三十万。寡人虽不肖，愿以身从诸王。南越直长沙者，因王子定。长沙以北，西走蜀汉中告越，楚王、淮南三王与寡人西面，齐诸王与赵王定河间、河内，或入临晋关，或与寡人会雒阳。燕王、赵王故与胡王有约，燕王北定代、云中，转胡众入萧关，走长安，匡正天下，以安高庙，愿王勉之。楚元王子，淮南三王，或不沐洗十余年，怨入骨髓，欲壹有所出久矣。寡人未得诸王之意，未敢听。今诸王苟能存亡继绝，振弱伐暴，以安刘氏社稷，所愿也。吴国虽贫，寡人节衣食用，积金钱，修兵革，聚粮食，夜以继日，三十余年矣。凡皆为此，愿诸王勉之，能斩捕大将者，赐金五千斤，封万户；列将，三千斤，封五千户；裨将，二千斤，封二千户；二千石，千斤，封千户，皆为列侯。其以军若城邑降者，卒万人，邑万户。如得大将，人户五千；如得列将，人户三千；如得裨将，人户千；如得二千石，其小吏皆以差次受爵金。他封赐皆倍常法，其有故爵邑者，更益勿因。愿诸王明以令士大夫，不敢欺也。寡人金钱在天下者，往往而有，非必取于吴，诸王日夜用之不能尽，有当赐者告寡人，寡人且往遗之，敬以闻。

吴使者奉书到了淮南，淮南王刘安将书阅过，念起父仇，便召其相商议，意欲发兵助吴。其相见刘安意决，自知力争无益，因想出一计，假意说道："大王必欲与吴响应，臣愿为将。"刘安见说甚喜，遂将兵事交付其相。其相既掌兵权，反将淮南边境，派兵固守。刘安受欺，束手无策。吴使者又到衡山、庐江二处。衡山王刘勃，一心为汉，辞绝来使。庐江王刘赐，得书之后，虽不发兵，却常与南越通使，意在坐观成败。于是刘濞所致三国之书，皆无效力，吴芮庶子，更不待言。

刘濞遣使发书之后，自率大兵，西渡淮水。大将田禄伯献计道："大兵屯聚西行，不出奇计，难以成功。臣愿得五万人，别沿江淮而上，收淮南长沙，西入武关与大王相会，此亦一奇也。"刘濞欲从其计，太子驹谏道："王以反叛为名，兵权不可假手他人，恐他人得兵，亦将叛王，为之奈何？且分兵而去，前途利害，不可预测，徒自受损。"刘濞见说乃止。又有少将桓将军，对刘濞道："吴多步兵，步兵利于险阻，汉多车骑，车骑利于平地。愿大王所过城邑，不必留攻，一直疾驱，西据雒阳武库，食敖仓之粟，据山河之险，以令诸侯，虽不入关，天下已定。今大王若一路徐行，略定城邑，待得汉军车骑，驰至梁楚之郊，大事去矣。"刘濞将言遍问诸老将，诸老将皆道："此人年少，可使临阵破敌，安知大计？"刘濞遂又不用桓将军之言。引兵渡过淮水，恰遇楚王刘戊率众到来，两军会合一处，直向梁地而进。此时胶西、胶东、淄川、济南四国，因齐王背约，合兵围攻临淄齐王，刘将闾发兵坚守。早有人将七国反书，传到长安，景帝闻信大惊，急聚朝臣商议。未知景帝如何处置，且听下回分解。

第五十一回　亚夫窦婴同拜将　袁盎晁错两相仇

话说景帝三年春正月，吴、楚、胶西、胶东、淄川、济南、赵七国，举兵造反，警报传至长安。景帝闻信大惊，急聚朝臣，会议出兵征讨。晁错上前奏道："吴、楚等存心造反已久，今又连合七国，其势甚大，此次出兵征讨，非数十百万之人，不易荡平。兵数既多，若但委任群臣，恐不可信，以臣愚见，不如御驾亲征，臣愿留守长安之地。至敌兵新起，其势甚锐，不可轻敌，徐、僮一带之地，不妨弃以与吴，我兵坚守荥阳，以逸待劳，可获全胜。"景帝见说，暗想当此事急，要我自己亲临前敌，冒着危险，他反自图安稳，留守关中，明是怀有私意，因此心中不悦。又念群臣之中，岂无一二可靠之人，使之领兵，何必要我亲往？沉思良久，忽记起文帝临终曾说周亚夫可使为将，遂不用晁错之言，下诏将中尉周亚夫升为太尉，统辖三十六将军，克日出兵，往征吴楚。周亚夫受命而去。

景帝又念及齐、赵二处，亦须遣兵前往，惟是统将甚难其人。朝中诸将，除周亚夫外，未可信任，只好就宗室及外戚中选择。但选来选去，仅有窦婴一人，最为适宜。此时窦婴久已免官家居，景帝遂即遣使往召，窦婴闻命，随了使者入宫。景帝一见窦婴，温言抚慰，具述自己意思，欲命为将。窦婴生性褊狭，心想太后主上，一向将我冷落，如今事急，方来求我，我岂轻易由人播弄，于是赌气辞道："臣材力薄弱，不能胜此大任，乞陛下另选贤才。"景帝道："吾思之已久，除君之外，更无他人，望勿推辞。"窦婴仍执定不肯答应。适值窦太后也在座上，知得窦婴意思，心中追悔，不该将侄得罪，除其门籍，致使怀恨，不愿效力，欲待向他谢时，口中又说不出，因此对着窦婴，不免露出愧色。景帝见此情形，也知窦婴有意与太后为难，此时由他发作，也就足意，因说道："国事正在危急，王孙岂可固让？"窦婴见景帝言词激切，方始依允，太后也觉欢喜。景帝乃拜窦婴为大将军，赐金千斤。窦婴保荐栾布等人，景帝皆拜为将军，因命曲周侯郦寄，领兵击赵，栾布领兵救齐，使窦婴进屯荥阳，监督两路军马。

窦婴既受将印，带了所赐千金，回到家中，便命将金陈在廊庑之下，自己坐在堂上，办理军务，预备出征。每遇军中将士因事来见，窦婴便命其自己酌量目下要用若干，尽管自向廊下，取去应用，直待金尽方止，并无一金入家，以此将士感激，尽皆踊跃用命。窦婴见诸事完备，择定吉日，将要起行。当晚忽报袁盎前来求见，窦婴传言请入。原来袁盎自从卸了吴相之任，家居无事。却值晁错为御史大夫，素来与之有隙，探知袁盎曾受吴王财物，遂遣属吏究治其事，欲将袁盎办罪。景帝念袁盎久事文帝，算是旧臣，下诏赦为庶人，袁盎因此得免。及至七国反报传来，晁错又想借此重行报复，乃对属吏道："袁盎多受吴王金钱，专为蒙蔽，言其不反，如今果反，谅袁盎必知其谋，应即奏闻主上，将其拿究。"属吏答道："事若未发，先行究治，便可绝其根株，今吴已起兵，纵使追究，于事无益。且袁盎身为大臣，不宜有谋。"晁错本意挟嫌欲害袁盎，今闻属吏此说，恐被猜破心事，因此迟疑不决。却有旁人闻知此语，急来报与袁盎。袁盎已是惊弓之鸟，闻言大恐，心想晁错不知何故，与我死作冤对，前此遭其构陷，几乎性命不保，如今又要无风起浪，愈思愈觉可恨。眼见得我与他势不两立，他既存心害我，说不得我也要设计害他，不如趁他未曾下手，先发制人。一时心急智生，想得一计，要入朝面见景帝，但苦无人介绍。忽然想到窦婴，前与晁错争议，种下嫌隙，如今新拜大将军，为景帝所倚重，自己又与之素来交好，正可托他引进。袁盎想定主意，见天色已晚，却事不宜迟，便乘夜来访窦婴。

袁盎见了窦婴，并不提起晁错，但说自己前为吴相，深知吴王谋反之故，事关机密，愿入朝面奏，请先向主上陈明。窦婴应允。次日入朝，奏闻景帝，景帝命召袁盎入见。袁盎奉召到时，却值景帝正与晁错商议调拨兵饷之事，二人素不见面，骤然相遇，不觉俱吃一惊，因在御前，不便回避。但仇人相对，未免难以为情，彼此暗自咬牙切齿。景帝何曾知他二人有隙，又兼军务正忙，无暇留意，一见袁盎即问道："君尝为吴相，亦知吴将田禄伯为人否？今吴楚造反，以君意料，将来事势成败如何？"袁盎应声对道："陛下不必忧虑，吴楚指日可破。"景帝见说又问道："吴王即山铸钱，煮海为监，招诱天下豪杰，白头举事，若非计出万全，岂肯妄动，今君何以知其无能为也？"袁盎道："吴固有铜盐之利，然安得豪杰为彼招诱，若使果得豪杰，亦将辅以道义，不复谋反。吴所招诱，大抵无赖子弟，亡命奸人，所以煽惑为乱。"景帝未及开言，晁错立在旁边，听袁盎对着景帝说了许多言语，心中生厌，但望景帝立时命他退去，遂故意用言打断道："袁盎所料甚是。"谁知景帝因见晁错也赞成袁盎之语。便又向下问道："如今计将安出？"袁盎暗想主上问到本题，正好实行其计，偏碍着晁错在旁，不便说出，因请景帝屏退左右。景帝便命左右近侍，一概避开，独有晁错一人侍立不去。袁盎见晁错仍在，心中发急，便对景帝道："臣所言之事，人臣皆不得知。"景帝见说，遂命晁错暂避。晁错闻命，不得已走到殿之东厢，心想我是主上最亲近之人，如今连我都要回避，到底不知他说甚言语，但觉自己仇人，反得主上亲近，心中甚是恨恨。

袁盎四顾无人，方对景帝低声说："吴楚造反，彼此有书往来，皆言高皇帝封王子弟，各有一定分地。今贼臣晁错，擅行谪罚诸侯，削夺其地，所以起兵，意在共诛晁错，各复故地。为今之计，独有立斩晁错，发使尽赦吴、楚七国之罪，并还其地，则兵可不血刃而罢。"景帝听了，暗想我因七国有心谋逆，故不得已而用兵，若使七国本意不过如此，我又何妨依从，落得省事，于是默然良久，又问袁盎道："此计究竟如何，如果行之有效，我何爱一人以谢天下？"袁盎被问，自念斩了晁错，七国未必便肯罢兵，不过我自为复仇起见，故献此策，若要我包他有效，如何便敢承任，因对道："以臣愚见，想得此策，尚望陛下熟思而行。"景帝点首无语，遂嘱袁盎回家，秘密收拾行装，预备奉使起程，但暂时勿令外人知悉。袁盎受命退出，自去行事。

晁错直待袁盎退出，复到御前，计议军务，心想袁盎适才与主上密语多时，究竟所说何事，无从知晓，又不便向景帝动问。景帝此时已存心要杀晁错，自然也不告知。原来景帝天性猜忍，又怕动兵，自从闻了七国反信，见他来势颇大，未免担着惊恐。偏值晁错献计，要他御驾亲征，自愿居守，景帝已是不悦。如今听了袁盎之言，以为归罪晁错，便可息了兵戈，明知晁错无罪，一时要想将他塞责，也顾不得许多，因此景帝遂含含糊糊，竟将晁错杀死。欲知晁错如何被杀，且听下回分解。

第五十二回　**晁错朝衣斩东市　亚夫坚壁老吴师**

话说景帝自听袁盎之言,想了十余日,方始决计。但欲杀晁错,先须定个罪名。论起晁错,本来无罪,此次不过要借他向七国解说,免动刀兵,但若照七国所宣布罪状,将他杀死,又恐事后七国仍然不肯罢兵,岂不惹人耻笑?况削夺各国土地,虽由晁错发议,原是自己决断施行,不能全怪晁错。景帝却记起晁错前曾献议亲征,便就此事,栽他一个罪名,又不便说是自己意思,暗地遣人通知丞相中尉等,使其出头劾奏。

于是丞相青、中尉嘉、延尉欧联名劾奏晁错:“吴王反逆无道,天下所当共诛。今御史大夫晁错,议以为兵数众多,群臣不可信,陛下宜自临前敌,使错居守。又徐僮之旁,吴所未得之地,可以与吴。错不称陛下德信,意欲离间群臣百姓,又欲以城邑与吴,无臣子礼,大逆无道,错当腰斩,父母妻子同产无少长皆弃市,臣请论如法。”景帝得奏,立即批准。

景帝既已秘密定了晁错罪名,待要明白宣布,将他正法,又自念实对晁错不住,若使晁错闻知,定然心中不服,也要将景帝隐情宣露于外,惟有使他死得不明不白,方免许多周折。遂唤中尉近前,密嘱如此如此,不可有误。中尉奉命,乘车持节,直到御史府中,传景帝命令,说是有紧要事件,令晁错即与中尉同车入朝。

此时晁错正因办理军务,日夜忙碌,何曾知有此事?今闻中尉来召,遂连忙穿了朝服,出外登车。中尉见晁错上车,却暗地嘱咐御者,扬鞭径向东市而去。晁错见不是入朝之路,心中生疑,正待动问,早已行到东市,车忽停住,中尉喝令左右,将晁错拿下,不由分说,便就东市行刑。晁错死时,身上尚穿朝服,中尉既杀晁错,回见景帝复命,景帝方将晁错罪状宣布于外,又命将晁错家族,一律收捕斩首。

先是晁错更定法令,议削各国之地,消息传到各国,一时议论哗然,尽皆怨恨晁错。晁错之父,本在原籍颍川居住,闻信大惊,急忙赶到长安,一见晁错,便说道:“主上新即位,汝为政用事,专喜侵削诸侯,疏人骨肉,以致众口嚣嚣,归怨于汝,汝又何苦如此?”晁错见说答道:“此乃当然之事,不如此则天子不尊,宗庙不安。”其父长叹道:“刘氏固安,晁氏危矣!吾今别汝去矣。”遂回到颍川,自服毒药而死,临死时对人说道:“吾不忍见祸及身后,不如早寻一死,反觉干净。”

晁错之父死了十余日,七国便反,如今晁错竟遭族诛,果应了其父之言。论起晁错为人,也算是尽忠王室,不避劳怨。只因一念苛刻,遂至无辜枉死,祸及家族。清谢启昆有诗咏晁错道:

刻深学本出申商,家令才多号智囊。
兵事上言操国要,农田立法实边疆。
诸侯削地谋诚善,东市行刑义可伤。

刘氏虽安晁氏灭，城阳中尉识忠良。

景帝既杀晁错，遂一依袁盎之计而行，拜袁盎为太常；又以吴王刘濞弟刘广之子德侯刘通为宗正，一同奉使，前往吴国，告知已杀晁错，尽复各国被削之地，谕令即日罢兵。

说起太常，职掌宗庙，宗正管理属籍，景帝特授二人以此官职，命为使者，其意以为此行用奉宗庙之意思，联亲族之情谊，一心希望吴王刘濞，能俯首听命，罢兵息事。袁盎明知刘濞不肯顺从，此去甚是危险，但景帝既听其言，杀死晁错，替他报仇，暗自快意，况又是自己所献之策，势难推辞，遂与刘通起程同往。

当日周亚夫奉命东征，檄调各地兵队，克期聚集荥阳，听候调遣，自己率同诸将，乘坐驿车六辆出发，行至灞上。忽有一人拦住车前说道："将军此去东征吴楚战胜则宗庙安，不胜则天下危，事关重要，未知能否听臣一言？"亚夫见说，连忙下车，与其人为礼，动问姓名。其人说是姓赵，名涉，亚夫因问其说，赵涉道："吴王富有钱财，暗地蓄养许多死士，为日已久。今闻将军出兵，必先遣甲士埋伏于殽黾险阻之处，预备半途截杀，将军不可不防。且兵事尤贵秘密神速，将军何不从此绕道右行，由蓝田出武关，而抵雒阳，不过稍迟一二日，于是直入武库，鸣鼓聚兵，诸侯闻之，出其不意，以为将军乃从天而下也。"亚夫依言而行。

既至雒阳，遣派兵队，前往殽黾一带搜查，果然搜出吴国伏兵，尽数擒来报功。亚夫心想幸喜听从赵涉之计，不然几遭暗算，于是奏闻景帝，请以赵涉为护军。

亚夫素闻雒阳有个大侠，名为剧孟，此次一到雒阳，便访问剧孟消息，及至左中寻得剧孟来见，亚夫一见剧孟，心中大喜道："七国谋反，吾乘坐驿车，一路怀有戒心，诚不自料竟能安抵此处，又以为敌人已得剧孟，今剧孟安然不动，吾据荥阳，荥阳以东，安稳无患。可笑吴楚欲举大事，而不求剧孟，吾知其无能为矣。"

原来剧孟生平行事，与鲁国朱家大相类似，手下党羽甚多，布满河南一带。为人性好赌博，常与少年相聚游戏，其母死时，自远方前来送丧之车，不下千辆。如今吴、楚起兵，若先使人与剧孟联络一气，只须他一动足，河南一带，立时响应。所以亚夫身为大将，得了一个剧孟，便似得一敌国，也可想见当时游侠势力之大。

亚夫既得剧孟，料得此间可保无事，于是起行前往荥阳。此时各路兵队，都已到齐，亚夫统领大兵，进至淮阳。忽报梁王刘武，遣使前来告急。原来吴、楚合兵侵入梁地，梁王遣兵拒之，战于棘壁，梁兵大败，死者数万人。吴兵乘胜而前，梁王续发兵队迎战，又被击败。梁王大恐，坚守睢阳，日夜盼望朝廷发兵前来救援，今闻周亚夫为将，故特遣使催促进兵。

亚夫得信，因问其父门客邓尉道："计将安出？"邓尉道："敌兵新来，其锋甚锐，不可与争。惟是楚人轻躁，不能持久，为将军计，不如移兵进驻昌邑，深沟高垒，坚守不动，一任吴、楚与梁相持。吴兵见梁无援，必尽锐攻之。将军却遣轻骑，扼淮泗之口，断其粮道，待吴兵粮食不继，然后以全力制之，破吴必矣。"亚夫称善，遂引兵驻扎昌邑，梁王连遣使者求救，亚夫均辞绝不允，梁王由此大怨亚夫，不得已又遣使前往长安，诉知景帝。景帝下诏命亚夫救梁,亚夫不肯奉诏,暗地却遣弓高侯韩颓当,率领轻骑,从间道抄到吴、楚兵队后面,断其粮运。

梁王见亚夫终不肯救,心中无法,只得拼命固守,又选得韩安国、张羽二人为将。韩安国字长孺,梁人。张羽即此次死事楚相张尚之弟。安国性持重,张羽勇敢善战,以此方能阻住吴兵,不使前进。

吴王刘濞与楚王刘戊,连胜梁兵数阵,甚是高兴。忽报亚夫兵到淮阳,正拟分兵迎敌,又闻亚夫移驻昌邑,按兵不动,不肯救梁。刘濞大喜,以为亚夫胆怯,不加防备,率众并力攻梁,遇梁将韩安国、张羽,领兵拒敌,战了数阵,彼此互有杀伤。一日刘濞与刘戊坐在中军,忽报朝廷特遣太常袁盎、宗正刘通前来。刘濞因刘通是他胞侄,便命其先行入见。欲知刘通入见情形如何,且听下回分解。

第五十三回　论晁错邓公鸣冤　救袁盎从史报德

话说吴王刘濞闻说朝廷特遣袁盎、刘通二人到来，不知是何意思，因刘通是他胞侄，命其先行入见。刘通进到中军，见了刘濞，具言朝廷俯从七国之意，业将晁错正法，并归还各国所削之地，两下各自罢兵，请即出营拜受诏命。刘濞见说笑道："我今已为东帝，更向何人下拜？"刘濞既不肯听从朝命，心想刘通是我侄儿，容易打发。只有袁盎，虽曾为吴相，本是旧臣，然其人素有口才，出语犀利，我若见他，不免多费唇舌，反恐辩他不过，不如不见为妙。又因袁盎前为陇西都尉，爱惜士卒，部下皆愿替他效死，值此战争之际，若得此人归降，必然有裨军事，于是下令将袁盎留在军中，遣人传达己意，欲命为将。袁盎不听。刘濞又遣人百端劫制，袁盎此时惟有安排一死，毫不为动。刘濞见袁盎誓死不从，心中大怒，遂命一都尉，领兵五百人，围守袁盎，意欲将他杀死。

景帝自遣袁盎、刘通去后，满望吴王依言罢兵，早日议和，谁知一去许久，并无消息，正在盼望。一日，忽报谒者仆射邓公求见，并上书言兵事。邓公乃成固人，此次从周亚太击吴楚为将军，适因事由军中回京。景帝命其入见，邓公具报军情已毕。景帝因问道："君此次从军中来，谅闻得晁错已死，吴楚能否罢兵？"邓公见问答道："吴王蓄谋叛逆，已数十年，此次适遇削地，遂发怒举兵造反，只因师出无名，故借口欲诛晁错，其实意不在错。不意陛下竟将晁错杀死，臣恐天下之士，从此钳口不改复言。"景帝见说，急问其故。邓公道："晁错因虑诸侯强大不可制，故请削其地以尊京师，此乃万世之利。谁知计谋始行，竟遭大戮，内杜忠臣之口，外为诸侯报仇，臣窃为陛下不取。"景帝闻言大悟，此时悔已无及，不觉长叹一声，说道："君言甚善，吾亦自恨不应如此。"乃拜邓公为城阳中尉。又过一时，宗正刘通回来复命，说吴王不肯奉诏，袁盎被囚军中，自己得脱归报。景帝益服邓公明于见事。又闻袁盎被囚，虽属祸由自取，但因其不肯降吴，景帝亦怜其忠，此时无法救回，只得听之而已。

袁盎被五百人围守军中，欲待乘机逃走，无奈防范甚严，兵士昼夜轮流梭巡，如何得脱。正在危急之际，忽来一个救星。先是袁盎为吴相时，有一从史与袁盎侍儿私通，却被袁盎察知，并不发作，仍同旧日一样待遇。偏是有人往告从史道："相公已知汝与侍儿私通，若不速逃，且将治汝之罪。"从史大恐，连忙依言逃走。袁盎闻信，不及呼唤御者，自己亲自驱车追之，竟将从史追回，用言抚慰一悉，并出侍儿赐之，仍命其照常办事。从史因此感激袁盎，念念不忘。此次吴王派遣都尉，围守袁盎，恰好从史即在都尉部下，充当司马，便想趁此时救出袁盎，报答恩德。无奈军中耳目众多，一时未能下手，欲待近前与袁盎说明，使他安心等候机会，又恐被人察觉，漏泄风声，反为不美，只得装作不识，暗地自行算计。

其时正值正月，天气寒冷，司马心想，惟有用酒灌醉守卒，方可救出袁盎，偏又手边钱财无多。不得已尽将随身衣物变卖，凑得一笔钱文，向外间买了两石醇酒。司马屈指一算，同伴共有五百人，若要个个将他灌醉，再加五六倍之酒，尚恐不敷，如今只得两石，若使五百人分饮，每人仅得四合，安能使醉？要想再行买凑，囊中更无余钱，弄得不尴不尬，如何是好。忽又想起五百人，系散在四面八方，团团围守，如今只须灌醉数十人，寻个出路，便可逃走，此酒已足醉数十人，无须再买。司马想定主意，将酒藏好。待到一日，天上降下大雪，一班兵士，蜷伏帐棚之内，冻得个个体僵，面无人色。司马自己住在西南角上，到了黄昏时候，便取出两石酒来，将瓮打开，唤集同伙数十人，一齐饮酒。一班伙伴，正在饥寒交迫之际，加以口中又渴，忽闻酒香扑鼻，喉中已是作痒。一闻司马请他同饮，各个欢喜异常，各把大碗前来斟取，彼此东一碗，西一碗，不消片刻，竟将两石醇酒，饮得点滴毫无，一众都吃得烂醉。又见天色已晚，此时也顾不得看守责任，各人展开被褥，倒头便睡。

司马见各人都已睡熟，悄悄走近袁盎身旁，将他唤起，密语道："君可趁此逃走，吴王已定明日斩君，迟恐无及。"袁盎见了司马，却不认识，只因相隔数年，早已忘怀，一时无从记忆。以为我与他素昧生平，忽来唤我逃走，莫非是计，因此心中不信，便问道："君是何人，何为如此？"司马见问，具道情由。袁盎何曾想到此人，闻言反吃一惊，定睛细看，果然不错，暗想难得他不忘旧情，临难相救，但我还须替他打算，岂可但顾自己？遂向司马辞谢道："感君厚意，惟是君有老亲，我何苦累君？"司马道："君尽管放心前去，臣亦逃走，已将吾亲藏匿，不致遇害，可勿虑。"因催促袁盎道："事不宜迟，即此请行。"袁盎见是雪夜，道路难行，便着上双屐，随同司马，走到西南角上，只见一班兵士，纵横卧满地上，酒气扑鼻，鼾声如雷，竟无一人醒觉。司马与袁盎心中暗喜，但要逃走，须从大众身上越过，若偶不留意，误触其身，致将其人惊醒，岂不误事？二人到了此时，并无别法，只得提心吊胆，冒着危险，一步步轻轻跨去，到得营帐近旁，司马拔出刀来，将营帐割开一条大缝，钻了出去，袁盎随后跟出。二人到得营外，司马指着一条去路，对袁盎道："由此前往，可达梁营，恕臣不能相送。"于是二人道声珍重，各自分手而去。

袁盎见司马已去，便依着所指之路而行，此时手中尚持汉节，因恐被人撞见，便将节旄解下包好，放在怀中，足上蹬着木屐，趁雪光一路行去，却喜并未遇见吴兵。袁盎一夜不曾歇足，行了七十里，天色微明，回望吴营，相离已远，袁盎始觉放心。但是冒寒疾走，觉得全身麻木，腹中饥饿，人已十分困乏，两足又肿大如锤，沉重难举，更莫想移他一步。此时若有追兵到来，也只得束手受缚。袁盎立了片刻，忽见前面来了一队马兵，袁盎心中吃惊，详细观看，却认得是梁国军队，不觉喜出望外，待得马兵行近，袁盎向他述明原因。梁兵见是汉使由敌军逃回，便备了一匹马，与之骑坐，遣人送回梁营。袁盎在梁营安歇数日，身体平复，便回到长安，来见景帝。景帝见袁盎竟得逃回，也就欢喜，用言慰劳一番，命其仍供旧职。

当日吴营中自袁盎逃后，直至次早，方才发觉，报与吴王刘濞得知。刘濞大怒，即将醉卒办罪，一面遣兵追赶，已被袁盎走脱。刘濞见逃了袁盎，又连日与梁兵交战，未能获利，心中闷闷不乐。一日忽有探卒报说，周亚夫遣兵截住淮泗路口，断绝我军后路，将运来粮草，全数劫去，刘濞闻报大惊。未知刘濞作何打算，且听下回分解。

第五十四回　闯吴营灌夫报仇　走丹徒刘濞被杀

话说吴王刘濞闻说周亚夫遣兵断其粮道，心中大惊。自念梁地攻击不下，久驻此间，一旦粮竭，后无退路，如何是好。欲待举兵西进，又因梁地各城防守甚密，不敢深入敌境，寻思无策，惟有率众往迎周亚夫之兵，与之决一死战。刘濞计定，遂传令即日移营北去。一路行至下邑，却与周亚夫兵相遇。原来亚夫早料吴楚攻梁不下，一定起兵北来，故特进驻下邑，今闻吴楚兵到，亚夫知其远来气盛，军中粮少，利在速战，遂命将士坚壁固守，不得轻动。吴王刘濞，三番五次，遣兵前来索战，亚夫只是按兵不出，两军相拒十余日，未曾交战一次。刘濞与刘戊商议，要想退兵，又恐亚夫随后追袭，不得已遂遣兵来攻亚夫营寨。亚夫严加防守，吴楚之兵攻打几次，始终不能取胜。

一夜亚夫军中，忽传说敌人前来劫营，一时将士惊扰，以为吴兵已入营内，黑暗之中，无从辨认，彼此自相攻击，喧扰之声，直达中军帐下。亚夫知是讹言，力持镇定，坚卧不起，传出命令，饬各营将士，各归行伍，无得慌乱，少顷也就安静无事。亚夫由此夜间防备愈严，不过数日，吴楚兵队，果然前来劫寨。只因吴王刘濞见日间不能取胜，便想出此计，冒险而行。当晚，刘濞先遣一军，虚张声势，由东南方进攻亚夫营寨，自与楚王刘戊，各率大队精兵，攻其西北。亚夫早有准备，闻得东南方面，杀声震地，暗想黑夜劫营，必须悄悄进兵，乘人不备，方能取胜，岂有擂鼓呐喊，反使人知之理？此必吴王诡计，要想诱我尽力防备东南，他却由西北乘虚而入。想罢，遂传下命令，将大队人马，调到西北防守，及至刘濞、刘戊率兵到时，已是守备完固，攻打不入，只得退回，计点兵队，反折了许多人马。刘濞与刘戊收兵回营，心中懊丧不迭。

又过数日，周亚夫料得敌军粮食将尽，士卒大半倦怠，遂下令出兵攻之。刘濞、刘戊率众迎敌，两下交战良久，汉军校尉灌孟，奋勇陷阵，匹马当先，汉兵大队随之涌进，吴楚军队抵敌不住，大败而退，灌孟竟死于阵。

灌孟本姓张氏，乃颍阴人，先为颍阴侯灌婴舍人，甚得宠幸，荐于高祖，官至二千石。张孟感激灌婴知遇之恩，遂冒姓灌氏。此次灌婴之子颍阴侯灌何，奉命为将军，随同周亚夫出征，邀灌孟与之同往。灌孟年老家居，不乐从军，却被灌何极力恳请，灌孟却之不过，只得允从，并带其子灌夫，到了军中，灌何遂命灌孟为校尉。灌孟居在军中，日常郁郁不乐，及至临阵，拼命向前，竟死敌手。汉军取得尸首回营，灌夫闻信，抱着父尸，大哭不止，旁人见了，俱觉伤感，一同上前解劝，备了衣衾棺椁，将灌孟殡殓。颍阴侯灌何，自悔不该邀同灌孟前来，今见灌孟已死，便劝灌夫送其父丧回京。原来汉法，父子二人，同在军中，若有一人死亡，其生存者，例许送丧回去。灌夫心痛父死，日夜涕泣，闻得灌何相劝，哪里肯听，奋然说道："愿取吴王或吴将首级，以报父仇，方始甘心。"于是身披盔甲，手持画戟，带了家奴十余人，又向军中邀请平日交好壮士数十人，骑上战马，同往吴军，决一死战。灌何阻止不住，及出得营门，灌夫检点人数，除自己家奴外,随来壮士,仅有两人,其余不知何往。灌夫知道众人畏惧吴军,不敢相从,只得由他。此时灌夫一心记着父仇,勇气百倍,策马前进,到了吴营之前,十余人发一声喊,奋力杀进。灌夫怒马当先,杀入敌营,东冲西撞,如入无人之境。吴军将士,被他杀伤数十人,一直冲至坐旗之下,却遇吴军大队阻住,不得前进,彼此尘战良久,终因众寡不敌,十余骑死亡将尽。灌夫战到力竭,只得拨马而回。吴军将士,人人畏其勇敢,不敢追赶。灌夫回到营中,随身只余一骑,自己身受重伤十余次,血满战袍。众人争来看视,尽皆叹服,遂将灌夫扶入后营养病,并请军医诊治。灌夫受伤过重,已是奄奄一息,却好军中备有治创良药,价值万金,用以敷治,方得不死。过了数日,灌夫伤势稍愈,行动如常,又向将军灌何请道:"吾前次杀入吴营,熟知敌军曲折,今愿再往,定要取得吴将之首,报复父仇。"灌何服其胆大,并感其孝心切挚,将言抚慰,劝其勿往。灌夫执定不肯,灌何心恐灌夫此去有失,急来告知太尉周亚夫。亚夫闻言,也为动容,即遣人将灌夫召到,极力劝阻,灌夫无法,只得依允。此事传说出去,一时众口争加赞叹,灌夫由此名闻天下。

当日吴王刘濞战败之后,复遭灌夫率领十余骑,前来踏营,出其不意,仓皇迎敌,死了数十人,竟被灌夫走脱,全军为之丧气。加以粮食不敷,连日以来,将士竟有因饥而死者,亦有私自逃亡者。刘濞自知立脚不住,于是瞒着众人,也不通知楚王刘戊,独自率领心腹壮士数千人,乘夜悄悄出营,撇下大军,一路东行,渡过淮水,直向丹徒而去。到得天明,吴营将士,闻知吴王已逃,军中无主,众心大乱,各自四散,分头前向亚夫及梁营投降。亚夫将投降兵士安插清楚,即进兵来攻楚军。楚王刘戊,迎战大败,无路逃走,拔剑自杀。部下见王已死,一时投戈弃甲,相率归降。亚夫大获全胜。

刘濞逃至丹徒,投依东瓯兵队。说起东瓯,其先君长名摇,曾与闽越王无诸,同领越人佐汉伐楚,惠帝时封摇为东海王,建都东瓯,世人遂称之为东瓯王。及刘濞起兵,遣使分往闽粤东瓯,请其发兵相助。闽粤王辞绝不允,独东瓯王发兵万余人来援,驻扎丹徒,故刘濞兵败,特来投奔。一面使人收集逃亡兵卒,意图恢复。此时亚夫乘胜略定吴楚之地,闻知刘濞现在东瓯军中,亚夫暗想夷人素性贪利,遂悬出赏格道:"有人能斩刘濞头来献者,赏以千金。"又遣使往见东瓯主将,诱以重利。东瓯主将见刘濞势已穷蹙,自悔此次不该发兵,深恐朝廷讨其助逆之罪,又贪得重赏,于是允了汉使,设计往请吴王刘濞出来劳军。刘濞不知是计,慨然前来。东瓯主将,出其不意,遣人将刘濞杀死,割下首级,驰驿送到长安献功。景帝念东瓯杀死吴王,不究其罪,仍加赏赐。吴王太子驹,见其父被杀,逃奔闽越而去。

先是吴王刘濞起兵之际,所有随从宾客,皆得任用。独有周丘,乃下邳人,亡命来投吴王,平日嗜酒,不修行检,吴王心轻其人,不加委任。周丘见自己并无职事,乃人见吴王说道:"臣以无能,不能效力军中,今亦不敢别有所求,但愿得一汉节,必有以报。"吴王见说,遂命将节与之。周丘既得汉节,乘夜带了从人,驰入下邳城中。其时下邳已闻吴国谋反,发兵登城守备,因见周丘手持汉节,以为乃是汉使,放其入城。周丘到了馆舍,遣人往请县令到来相见,预嘱从人,先为准备,待得县令入门,周丘即喝令从人拿下斩首。于是唤到自己兄弟,与同当地富豪告诉道:"吴王举事,不日兵到,若与拒敌,必遭屠灭,不如趁其未至,先往投降,可保家室。若有才能,且可取得封侯之贵。”众人闻说,皆从其计。周丘遂据了下邳,召集本地子弟,得兵三万人,遣人回报吴王,自己领兵北定城邑,一路收集士卒,及至城阳,有兵十余万。城阳中尉闻报领兵迎战,却被杀得大败,周丘正欲乘胜长驱,忽闻吴王败走,自料无人可共成功,于是心灰意懒,引兵回到下邳。背上忽发一痈,不久身死。吴地遂皆平定。此时窦婴所监齐、赵之兵,亦先后获胜。欲知齐、赵情形如何,且听下回分解。

第五十五回　遭危急六王自杀　讨叛逆七国荡平

话说当日七国造反，吴、楚合兵侵伐梁地，胶西、胶东、淄川三王，因恨齐王背约，领兵合围齐都临淄，济南王亦遣兵相助，拼力攻打。齐王刘将闾闻信，发兵登城固守，一面急遣路中大夫，前往长安告急。路中大夫奉使，星夜趋行，到了长安，入见景帝，具奏其事。景帝允即发兵，仍命其回报齐王，嘱令坚守。路中大夫受命，立即起程回国。

齐王既遣路中大夫去后，四国兵已到了，将临淄都城，围了数重，架起云梯，四面攻打。说起临淄，本是战国时齐之旧都，城高濠深，急切未易打破。无奈齐王将闾，素来未亲军事，眼见四国兵马，势如潮涌，杀声震天，自然日夜担着惊恐。又盼望路中大夫去了许久，尚无回信，不知汉兵与吴、楚对敌胜负如何，能否分兵前来救援，但恐汉廷无暇发兵，或是救兵来迟，一旦防守力竭，竟被打破，便连身家性命都不能保。因与大臣商议，密遣使者出城，与各国议和，情愿结盟通好，以救目前之急。

齐王与各国议和，尚未定约，恰好路中大夫已由长安回到临淄。将至城下，远远望见刀枪剑戟，密密层层，围得水泄不通。路中大夫心想如何方能回报齐王，此时国事危急，说不得只有拼着老命，冒险前进，计算已定，将马加上一鞭，风驰而去。看看近城，早被敌人望见，便将路中大夫捉至营中，报知三国主将。主将命带入见。路中大夫面无惧色，入到中军帐下，三国主将问道："汝是何人？到此何干？"路中大夫直答道："吾乃齐国路中大夫，奉齐王之命，赴京求救，特来回报齐王。"三国主将问道："汝将如何回报？"路中大夫便将景帝嘱咐言语照述一遍，三国主将听了，说道："汝可反说汉兵已为吴楚所败，齐国今应速降，不然城破，必遭屠戮。"路中大夫见说，满口应允，三国主将尚恐是假，又与路中大夫结下盟誓，不得违背。于是遣人将路中大夫引至城下，通知城上之人，传请齐王相见。路中大夫望见齐王，立在城上，遂大声说道："汉已发兵百万，使太尉周亚夫击破吴楚，即日引兵救齐，齐须坚守勿降。"三国主将见路中大夫背约，心中大怒，立即将他斩首。路中大夫为国捐躯，真是难得。

齐王将闾得了路中大夫回报，回到宫中，召集近臣商议，近臣闻说汉兵击破吴楚，不日将至，料想各国抵敌不过，遂劝齐王勿与议和，齐王依言，仍前固守。果然不久汉平阳侯曹襄、将军栾布，率领救兵到来，一阵杀败各国兵队，解了临淄之围。胶西、胶东、淄川三王，各率败残兵卒，逃回本国。胶西王刘卬回国之后，自念计穷力竭，罪无可逃，深悔误听吴王刘濞之言，弄得家破国亡，还要累及老母，心中实是难过。于是脱下鞋袜，赤着双足，席槁饮水，对着太后谢罪。太后见其子作此叛逆之事，犯下大罪，悲痛怨恨，一时交集，眼看死在目前，无法可想，旁有太子德进计道："现在汉兵调回，臣观其力已疲，可以袭取，事势至此，一不做，二不休，请收聚余兵，奋力击之，若仍不胜，再逃入海，尚未为晚。"刘卬闻言连连摇首道："吾士卒皆已受伤，不可复用。"遂不听太子德之言，安坐待死。

此时汉将弓高侯韩颓当，已破吴、楚，奉周亚夫之命，领兵来到胶西，先遣人投书于刘卬，书中说道："奉诏诛讨不义，来降者赦免其罪，不降者灭之。王今如何打算，望即告知，吾将待以行事。"刘卬得书，遂亲到汉军营前，肉袒叩头说道："臣卬奉法不谨，惊骇百姓，乃劳将军远道来至穷国，念特自行请罪。"韩颓当闻说刘卬到了，率领将士，手执金鼓，出到营前相见，因向刘卬说道："王甚劳苦兵事，愿闻王所以发兵之故。"刘卬见问，叩头膝行而前，答道："今者晁错用事，变更高皇帝法令，侵夺诸侯之地，卬等以为不义。恐其败乱天下，所以连合七国，发兵诛错。今闻错已伏诛，卬等谨即罢兵回国。"韩颓当见说责道："王若以晁错为不善，何不上书奏闻，且未有诏书虎符，辄自发兵，攻击守义之国，由此观之，意实不但欲诛晁错而已！"说罢便从怀中取出景帝诏书，读与刘卬听道：

> 制诏将军，盖闻为善者天报以福，为非者天报以殃。高皇帝亲垂功德，建立诸侯，悼惠王绝无后，孝文皇帝哀怜加惠。王幽王子遂、悼惠王子卬等，令奉其先王宗庙，为汉藩国，德配天地，明并日月。而吴王濞背德反义，诱受天下亡命罪人，乱天下币，称疾不朝，二十余年。有司数请濞罪，孝文皇帝宽之，欲其改行为善。今乃与楚王戊、赵王遂、胶西王卬、济南王避光、淄川王贤、胶东王雄渠，约从谋反，为逆无道，起兵以危宗庙，贼杀大臣及汉使者，迫劫万民，伐杀无罪；烧残民家，掘其丘垄，甚为虐暴。而卬等又重逆无道，烧宗庙，卤御物，朕甚痛之。朕素服避正殿，将军其劝士大夫击反虏，击反虏者，深入多杀为功，斩首捕虏，比三百石以上皆杀，无有所置，敢有议诏及不如诏者，皆腰斩。

韩颓当读诏已毕，对刘卬说道："王当自行打算。"刘卬自知无望，因答道："如卬等死有余罪。"遂拔剑自杀。汉兵又分讨胶东、锱川、济南三国。胶东王刘雄渠，淄川王刘贤，济南王刘避光，亦皆自尽。时景帝三年春三月也。

诸将既定四国，闻得齐王将闾，曾与四国通谋，议欲移兵伐之，齐王闻信大惧，竟服毒药自杀，诸将见齐王已死，乃止。济北王刘志，本与七国有约，后为郎中令所劫，不得发兵，今闻各国相继破灭，心中忧虑，惟恐朝廷追究同谋之罪，自念不如早寻一死，尚望保全妻子。旁有齐人公孙获对刘志道："臣请为王往说梁王，说如不行，死尚未晚。"刘志依言，遂遣公孙获前往。公孙获一见梁王进说道："济北之地，东接强齐，南邻吴越，北迫燕赵，四分五裂之国，权谋不足以自守，兵力不足以御敌，虽与吴通情，并非本意。假使济北据实不肯从吴，吴必先平齐及济北，连合燕赵，如此则山东诸国，联为一气。今吴楚合兵西与天子争衡，独济北守节不从，吴王因此失助独进，以至破败不可救药，汉兵得胜，未必非济北之力。大王试思以区区之济北，欲与诸侯争强，不啻驱犬羊以御虎狼。济北王奉职惟谨，可谓忠义，然犹不免见疑于上，臣恐藩臣寒心，殊非社稷之利。方今能建言于朝廷者，独有大王。大王若肯为济北剖明其枉，则上有全亡国之功，下有安百姓之名，德沦骨髓，恩加无穷，惟大王留意。"梁王闻言大悦，即遣使上言于朝，济北王遂得免罪。

此外惟有赵王刘遂，当与七国定约时，率兵驻在西境，等候吴楚到来，一同进兵。后闻汉遣曲周侯郦寄领兵来攻，刘遂急引兵回到邯郸都城固守。郦寄围住邯郸，攻打七月不能破。刘遂本与匈奴有约，至是匈奴闻吴楚兵败，亦不肯发兵入边。刘遂死据孤城，外无救援，又值栾布救齐回来，与郦寄合兵攻打，设计引水以灌邯郸，邯郸城坏，刘遂自杀，于是七国尽皆平定。周亚夫与窦婴，率领诸将，奏凯回京。未知以后如何，且听下回分解。

第五十六回　废皇后阴谋争宠　易太子忠谏见疏

话说条侯周亚夫，大将军窦婴，平定吴楚七国，班师回京，入见景帝，景帝大加慰劳，仍以亚夫为太尉，封窦婴为魏其侯，随征将士，俱加升赏。周亚夫甚得景帝敬重，窦婴又是太后之侄，素性任侠，喜宾客，一时游士多归之。二人新立大功，朝野仰望，每遇朝廷会议大事，皆推条侯、魏其侯居首，公卿莫敢与之抗礼。过了数年景帝又以亚夫为丞相，窦婴为太子太傅，二人当此时代，最为得意。景帝闻齐王将闾服毒身死，以为齐王因被各国迫胁，不得已与之通谋，死非其罪，遂赐谥将闾为孝王。使其太子寿嗣为齐王，又议续封吴、楚之后，窦太后闻知此事，对景帝道："吴王年老，为宗室表率，理应奉法守职，今乃首率七国，扰乱天下，奈何复立其后？"景帝依言，于是仅立楚元王子刘礼为楚王，将吴地分为鲁、江都二国，移淮阳王刘余为鲁王，汝南王刘非为江都王，又移广川王彭祖为赵王。景帝因衡山王刘勃，力拒吴楚，恪守臣节，心中甚悦，恰值衡山王来朝，景帝温言慰谕，说是衡山僻在南方，地势卑泾，遂下诏移济北王刘志为淄川王，移刘勃为济北王，以褒其忠。又庐江王刘赐，与南越私自通使往来，遂移刘赐为衡山王，并封皇子端为胶西王，胜为中山王。此时七国新平，各国诸侯王，畏惧朝廷之威，尽皆谨慎奉职，景帝便趁此时重定各国官职，将各国丞相，改名曰相，裁去御史大夫、廷尉、少府宗正、博士等官，减省大夫谒者等员数，以示不得与朝廷比并，从此各国势力渐弱。景帝又念楚相张尚，太傅谢夷吾，赵相建德，内史王悍，尽忠被杀，皆封其子为列侯。

光阴迅速，已是景帝四年夏四月，景帝始下诏立皇子荣为皇太子。彻为胶东王。太子荣乃栗姬所生，胶东王为王夫人所出，皆系景帝庶子。原来景帝对于皇后薄氏，毫无恩爱，不过迫于祖母薄太后之命，立之为后，一向未曾生子，景帝故迟迟未立太子。如今薄太后已崩，薄后愈加失势，景帝遂将庶长子荣立为皇太子，时人因其母姓栗，故又称为栗太子。栗太子立了两年，景帝竟将薄后废去。薄后既废，景帝自应别立皇后，依理而言，栗姬当然有望。谁知事情中变，不但栗姬不得立为皇后，连太子荣都不得保其位，也算是出于意料之外了。

事因景帝胞姊长公主名嫖，嫁与堂邑侯陈竿为妻，生有一女，小字阿娇。公主意欲将女配与太子荣为妃，遂托人示意其母栗姬，却被王夫人得知此事。王夫人生性智巧，善知人意，因见栗姬近多嫉妒，景帝宠幸稍衰，便设计欲夺栗姬之宠，使其子胶东王彻得代为太子。今闻长公主之女，欲与太子荣结婚，不觉暗自吃惊。心想长公主本是太后爱女，又与主上姊弟十分亲密，若使此番姻事成就，栗姬得长公主的助力，自然占了上风，如何是好？王夫人沉思良久，忽然想得一策，遂遣人对栗姬说道："长公主前曾引进许多美人，并蒙主上宠爱，可见长公主在主上前极有势力，汝何不暗地与长公主交结，便向主上进言，便依旧得宠专房，岂不是好？"栗姬妒心最重，自见景帝后宫添了许多新宠，对于自己，恩爱渐不如前，心中不免怨恨。又闻说一班人都由长公主引进，遂迁怒刘长公主身上，怪她多事，如今王夫人反用言激她，要她去奉承长公主，栗姬听了，愈触其怒，自然不肯依从。正当此时，长公主遣人前来说亲，栗姬愤怒未息，竟中了王夫人之计，一口将她谢绝。

当日长公主倚着自己势力，欲将女与太子结婚，自以为一说便成，及至来人回报，竟被栗姬拒绝，弄得一场扫兴，不觉老羞成怒，暗骂道："我女欲为妃后，原不稀罕她的儿子，她如此不识抬举，想是无福消受我女。主上儿子甚多，我不妨另选一人为女婿，设计夺了储位，管教她儿子坐不稳东宫，叫她试试我的利害。长公主主意既定，从此便与栗姬有隙，王夫人却趁此时机，来与长公主百般要好，不消几时，竟买得长公主欢心，二人十分亲热。

说起王夫人本槐里人，母臧儿，乃故燕王臧荼孙女，嫁与王仲为妻，生下一子两女，子名王信，长女名妹儿，即王夫人，次女名儿姁。后王仲身死，臧儿挟了儿女，再嫁长陵田氏，又生二子，田蚡、田胜。王夫人年已长成，嫁与金王孙为妻，生下一女。一日归宁母家，适值相士姚翁到来，臧儿知其善能看相，所言多验，因请其遍相家人。姚翁一见王夫人叹道："此乃天下贵人，当生天子。"又相次女，亦说是贵。臧儿听说，心想我女嫁与金王孙，一个平民，如何能生天子，追悔从前不该错嫁，如今惟有赶紧离婚，将她送入宫中，趁着青春美貌，不怕不得宠爱。主意既定，遂与王夫人商议，王夫人也就应允，臧儿便将长女留在家中，托人向金氏要求离婚。金氏见说，大怒不允，彼此议了数次，金氏执定不从，臧儿见女已接回，纵使婿家不肯，亦无妨事，于是置之不理，过了一时，适遇朝廷选取良家子女纳入太子后宫，臧儿闻信大喜，急将长次二女，一同报名，送入宫中，迨至金氏闻悉此事，已不及出头阻止，又不敢向官府控告，只得作罢。

王夫人入到宫中，恰值景帝身为太子，见她姊妹貌美，甚加宠幸，王夫人得幸，一连生下三女。一日景帝梦见一个赤彘，从云中冉冉而下，直入崇芳阁中，及至梦觉，景帝便到崇芳阁内坐下，忽见有雾成为赤龙之形，蒙蔽窗户，问起宫内妃嫔，皆言望见阁上有丹霞灿烂而起，未几霞灭，见一赤龙，盘旋栋间。景帝因召姚翁问之，姚翁道，此乃吉祥之兆，将来此阁必生命世之人，攘除夷狄，获得祥瑞，为汉家盛主，然而也是大妖。"景帝闻言，遂使王夫人移居崇芳阁，改名为猗兰殿，欲使应此吉兆。过了十余日，景帝又梦有神女捧日与王夫人，夫人吞之，谁知王夫人也梦见日入怀中醒时告知景帝，景帝道，此乃贵兆，从此王夫人怀孕在身，及至临盆，产下一男。景帝先期梦见高祖对他说道："王美人生子，可名为彘。"及生遂取名曰彘，后乃改名为彻。刘彻自少聪明多智，与宫人及诸兄弟游戏，能揣测各人之意，与之相应，因此无论大小，并能得其欢心，当着尊长面前，应对恭敬，俨如成人，自太后下至近侍，皆称其迥异常儿。年方三岁，景帝抱于膝上，试问道："儿乐为天子否？"刘彻对道："由天不由儿。儿但愿日居宫中，在陛下前戏弄，亦不敢荒惰以失子道。"景帝闻言，不觉愕然，由此大加敬异，至年四岁，遂封为胶东王。

长公主既与王夫人交好，又见胶东王姿禀不凡，便欲将女许之。自向王夫人商议，王夫人满口应允。长公主又与景帝言及，景帝因胶东王年幼，未即应允，长公主只得暂缓。过了一时，长公主带同女儿入宫，来到王夫人处，见了胶东王，即将他抱在膝上抚弄,戏问道:“儿愿娶妇否。”因指左右宫女,逐一问他,是否中意。胶东王皆说不要,长公主乃指其女问道:“阿娇好否?”胶东王虽属小儿,却甚作怪,一见问到阿娇,便含笑答道:“甚好,若得阿娇作妇,当作金屋贮之。”长公主闻言大悦,于是苦缠景帝,要召胶东王为婿。景帝只得许诺,婚事由此遂定。

及薄后被废,长公主惟恐栗姬得立为后,遂暗地寻其过失,日在景帝之前,谮说栗姬种种悍妒,又说栗姬崇信邪道,尝与诸夫人相会,却令侍者暗向各人背后诅咒,希望诸人失宠,自己独得亲幸。景帝本意欲立栗姬为后,却被长公主说得心动。一日景帝意欲探看栗姬到底如何,因对她说道:“吾百岁之后,诸姬所生之子,汝当善为待遇。”栗姬正在怨恨诸人得宠,闻了此言,心中愈怒,不肯答应,又在背后暗骂景帝为老狗,却被景帝听得,由此记恨在心,尚未发作。长公主又向景帝夸说胶东王如何好处。景帝自己也觉此子可爱,又记起历来梦兆,心想此子将来定非凡品,但因太子荣并无过失,一时未便废立。王夫人知得景帝心事,却想出一计,暗地使人催促大臣,请立栗姬为皇后。诸大臣心想栗姬乃是太子之母,立为皇后,事属无疑,自然赞成。到了景帝七年春正月,遂由大行奏称,子以母贵,母以子贵,今太子母号宜为皇后。景帝见奏,触起旧恨,不觉大怒道:“此事岂汝所当言者?立命将大行交与廷尉办罪,一面下诏废太子荣为临江王。”旁有丞相周亚夫,太子太傅窦婴,见栗太子无故被废,极言谏阻。景帝不听,窦婴负气,告病辞职,归到蓝田山下隐居去了。亚夫也因此事触忤景帝,渐被疏远,不如从前那种亲厚。栗姬闻其子被废,心中愈加愤恨,景帝此后又绝迹不到她的宫中。栗姬不得见景帝一面,自知恩爱已绝,无可挽回,不久忧郁而死。王夫人与长公主,见其计已成,心中各自暗喜,料得胶东王彻安稳做了太子。谁知中间却又生出曲折,几被他人坐享现成,此人却又不是景帝之子。欲知此人是谁,且听下回分解。

第五十七回　窦太后溺爱少子　胶东王正位青宫

话说景帝七年春正月，下诏废太子荣为临江王。其时梁王刘武，适在京师，见此情形，心中大喜。说起刘武，借着太后宠爱，故得移封梁国，据有四十余城，多是膏腴之地，刘武在国已历二十余年，平日无事，只是纵情娱乐，国都地名睢阳，刘武尚嫌城郭太小，下令另行建筑，加大至七十里，又辟东苑，方三百余里。睢阳城东，本有平台，乃是离宫，梁王不时到彼游玩，因其距离稍远，往来不便，于是建筑复道，跨空而过，由宫中直达平台，计长三十余里。又作曜华宫，筑兔园，园中有山名百灵山，山上有肤寸石、落猿岩、栖龙岫等胜景，又有雁池，池中有鹤洲凫渚，此外宫观相连，不下数十里，奇花异草，珍禽怪兽，无不具备。加以太后想念爱子，不时遣人颁到赏赐，不可胜数，府库存积金钱，不下数百千万，珠玉珍宝，比较天子内府尤多。梁王于是广招四方宾客，礼待游士，遂有齐人羊胜、公孙诡、邹阳，吴人枚乘、严忌，蜀人司马相如等，皆闻风来至。公孙诡尤得宠幸，初见之日，梁王即赐以千金，官至中尉，号为公孙将军。邹阳、枚乘先事吴王刘濞，因见刘濞谋反，二人上书谏阻，刘濞不听，遂皆游梁，与严忌、司马相如，并以文学著名，常陪梁王游宴，作为辞赋，所以梁园宾客，一时称盛。

梁王享此富贵，也算穷奢极欲，偏他心中尚不满足，更要谋得储位，以便将来嗣立为帝，方才称心满意。他起此念头，并非无因，一则得了太后之助，二则景帝前此未立太子，也曾当面许他，以此引动高兴，又有羊胜、公孙诡百端迎合，替他种种算计，梁王大喜，愈加优待二人。枚乘、严忌，知得此事不妥，心中虽不赞成，却也不敢谏阻，只有邹阳，为人颇有智略，生性慷慨，不肯苟合，见梁王听信二人之计，遂力争以为不可。羊胜、公孙诡素来嫌忌邹阳，因向梁王进谗，引得梁王大怒，竟将邹阳下在狱中，意欲杀之。邹阳含冤莫白，乃由狱中上书自明，梁王得书感悟，立命赦出，仍待之为上宾。

适值七国造反，梁王用韩安国、张羽为将，拒敌吴楚之兵，及周亚夫破灭吴楚，梁兵前后擒杀敌人，几与汉兵相等，景帝念梁王立有大功，乃赐以天子旌旗。梁王自恃其功，又受此种特别赏赐，心中愈加骄傲，于是出入排起銮驾，千乘万骑，传呼警跸，所有礼节，竟与天子无异。事为景帝闻知，心中甚是不悦，恐伤太后之意，不便责备。太后也知景帝意思，只得假作发怒，每遇梁国使者到来，不许进见，并将梁王作事种种不法之处，严加诘责，景帝便趁此时立了太子荣。太后见景帝违背前言，自立太子，心中虽然不悦，但因梁王也有不是之处，故亦不便开口，梁王闻说景帝已立太子，甚是懊丧，又见太后也来责备，愈加忧惧，便遣韩安国为使入京，代为剖明。

韩安国奉命，到了长安，却想得一法。先往见长公主，哭诉道："梁王为子尽孝，为臣尽忠，何以太后并不加察？前日七国并反，关东摇动，梁王心念太后皇帝在京，惟恐梁地有失，致被侵入，亲自跪送臣等，使领兵力拒吴楚。吴楚破灭，皆梁国之力也。今太后因琐细礼节，责备梁王，梁王平日见惯父兄皆为皇帝，故出入皆称警跸，所有车旗，又皆皇帝所赐,梁王不过欲以此夸示诸侯,使天下皆知己为太后皇帝所爱耳。现在梁使一到,便遭诘责,梁王心中恐惧,日夜涕泣思慕,不知所为,何以梁王如此忠孝,太后不加体恤?所有此中情节,非公主不能代达,故臣特来奉恳。”长公主依言转达太后,太后本意原欲梁王自己设辞解说,今闻安国之言,心中大喜,便向景帝说知。景帝也就释然,反免冠对太后谢过道:“自己兄弟,不能教导,致累太后忧虑。”遂命尽召梁使入见,厚加赏赐。太后见韩安国善于言语,能替梁王解说,大加赏识,安国竟得了太后与长公主赏赐,共值千余金,从此景帝与梁王,消除意见,日加亲密,皆由韩安国之力,韩安国也由此显名。

到了景帝七年冬十月,梁王思念太后,始复入朝。景帝闻信,先期遣使用御车驷马,前往函谷关迎接。梁王既到长安,入见太后景帝,遂留在宫中住下。景帝与梁王,入则共辇,出则同车,又下令梁国随来侍中谒者等官,并许其任意出入殿门,与天子宦官无异。梁王在宫住了两月,恰值景帝发怒,废栗太子为临江王,梁王便想趁此时机,遂他多年心愿。太后意中亦欲梁王得嗣帝位,母子二人,计议已定,专待见机行事。

一日景帝与梁王同在宫中,陪侍太后饮宴。太后乘着酒兴,便对景帝说道:“吾闻殷道亲亲,周道尊尊,其义一也,后日当以梁王为托。”景帝闻言,心中不甚理会,还当是太后说她自己死后,要将梁王托付与帝,遂将身跪起,谨应道是。太后以为景帝已经听得明白,慨然应允,不觉大悦。梁王在旁闻说,也就暗自欢喜,及至罢酒之后,景帝记着适才太后言语,心中狐疑,即召到袁盎及精通经学大臣多人,向之备述太后言语,问是何意。袁盎等齐声对道:“太后之意,欲立梁王为皇太子。”景帝又问道:“此语如何解说?”诸人对道:“殷道亲其所亲,故太子死则立其弟。周道敬其本始,故太子死则立嫡孙。”景帝听了,方始明白,因问袁盎等道:“君等对此,意见如何?”袁盎等对道:“不可。昔日宋宣公死,不立其子殇公,而立其弟穆公,穆公死时归位殇公,穆公之子庄公,与殇公争国,杀死殇公,宋国祸乱不绝,所以春秋说宋之祸皆宣公所为。如今汉家向用周制,周制不得立弟,臣等请面见太后,说明此事。”景帝许诺,袁盎等遂入宫中,见了太后,请问道:“闻太后之意,欲使皇帝传位梁王,将来梁王身后,不知更立何人?”太后被问答道:“吾当复立皇帝之子。”袁盎等遂引春秋宋宣公之事为证,说是宋宣公援立不正,致生祸乱,不可再蹈覆辙。太后见众意反对,心中虽然不悦,又寻不出言语来驳他,只得命将所议作罢。梁王因事不成,顿觉神气萧索,暗中痛恨建议诸人,又不敢再求太后替他设法,遂无情无绪,辞别回国,景帝乃下诏立王夫人为皇后,胶东王彻为皇太子。长公主与王夫人所谋得就,自然十分得意,姚翁之言至此也就应验。先是临江王刘阏早死,无子国除,至是景帝既废太子荣,遂封之为临江王。刘荣到国,过了一年,景帝下诏改元,是为中元年。此时刘荣因建筑王宫,并无空地,遂就文帝庙外余地起盖,忽有人上书告发,说临江王侵占太宗庙地。景帝中二年,下诏召之入京。刘荣奉命起行,照例在江陵北门,举行祖祭。何谓祖祭?只因古代相传,有共工氏之子,名修,性好远游,后人以为行神,每遇出行,必先祭之,因将所祭酒肴,相聚宴饮,故名祖祭。刘荣祖祭既毕,上得车中,车轴无故忽然断折,全车毁坏。刘荣虽未受伤,却已吃一虚惊,只得换车前进。当日江陵百姓,闻王出行,都来道旁,围住观看,中有父老多人,见此情形,以为乃是不祥之兆，不觉暗自流涕，私相窃议道：“吾王此去，必然不返。”

刘荣到了长安，景帝将他发交中尉府，讯问侵占庙地之事。不说起侵占庙外余地，原不算是何等大罪，前次景帝宠爱晁错，凿那庙外短垣为门，尚然替他遮掩，何况刘荣曾为太子，如今虽然失势，终是景帝之子，岂有说不明白之事？无奈刘荣时运不齐，偏偏遇着中尉却是郅都，乃系著名的凶神恶煞，以致一命送在他手。欲知刘荣如何身死，且听下回分解。

第五十八回　朝有苍鹰人侧目　暮来群燕鸟鸣冤

话说郅都乃杨县人，初事文帝为郎，至景帝时累迁中郎将。郅都为人勇猛，尚气节，居官公廉，不受他人赠送请托，尝自言道："吾已背亲出仕，身为官吏，自应奉职死节，更不能顾及妻子矣。"于是立朝专务直言敢谏，稠人广众之中，对着公卿大臣，面斥其过，不少退让，以此朝中群臣，皆畏其人。

一日，景帝随带贾姬，前往上林游玩，贾姬辞了景帝，登厕而去。景帝在外等候贾姬尚未到来，正在盼望，忽见远远来了一个野彘，走入厕所。原来上林之中，本养有许多动物，大抵凶猛野兽，都加圈禁，其次也用栏槛关闭，偏值守者失于防范，竟被野彘窜了出来。说起野彘，虽然不甚凶猛，亦能伤人，景帝见野彘走入厕所，知得贾姬尚在厕中，未曾出来，不免吃惊，心恐野彘伤了贾姬，急拟命人往救，恰好郅都侍立一旁。景帝意欲使之前往，却又不便出口，只得以目示意。郅都明知景帝意思，假做不曾理会，立住不动，景帝情急，自己立起身来，取了兵器在手，便欲亲自往救贾姬。郅都连忙上前俯伏奏道："陛下亡了一姬，又有一姬进来，天下岂少此辈？陛下以万乘之躯，冒此危险，纵然自轻，其如宗庙太后何？"景帝见郅都说得有理，方始归座。少顷却见野彘由厕出来，径往别处，贾姬随后亦到，并未被伤。事为太后所闻，深喜郅都能知大体，特命赐金百斤，景帝也心感郅都之言，又另加赐百斤，由此郅都得了景帝宠眷。

当日济南地方，有一大姓瞯氏，全族共有三百余家，恃着人众势强，武断乡曲，抗拒官府，种种横行不法，一方之人，莫敢与较，连历任官府，都无如之何。有司将此事具奏上来，景帝甚怒，心想须择一个严猛郡守，能惩治，遍观朝中诸臣，只有郅都或可胜任，遂下诏拜郅都为济南郡守，郅都受命赴任，下车之后，先访得瞯氏一族首恶数人，立命擒拿办罪，诛其三族，其余皆吓得股战，从此不敢妄为。郅都在郡年余，威行四境，道不拾遗，连邻近十数郡郡守，皆畏惧之如长官。后景帝既废太子荣，又将栗姬家族，交与中尉治罪。其时卫绾为中尉，景帝因嫌卫绾为人过于长厚，不忍尽力捕治，于是免去卫绾之职，召拜郅都为中尉，使之办理此案。郅都奉命便将栗氏亲属，尽数捕拿治罪，太子荣之舅栗卿等，皆牵连被杀。说起中尉，职掌巡察京师，防备盗贼，郅都既为中尉，愈觉傲睨，气凌一时。丞相条侯周亚夫，极其尊贵，郅都相见，不过一揖，其余官吏，自然更不在他眼里。当日人民风气纯朴，畏罪自重，郅都用法，偏喜严酷，一味雷厉风行，不问贵戚豪门，少有违犯，便行重办，以此列侯宗室，见了郅都，尽毕侧目，大众将他起个绰号，叫他苍鹰。

至是郅都奉命审问临江王刘荣侵占庙地之事，郅都便将刘荣严词责问，刘荣年小胆怯，今见郅都那种威严，以为自己犯下大罪，非常忧惧，又被软禁在中尉府中，不得入见景帝，当面谢过，心中焦急，便想写成一书，上奏景帝，因向府吏借取刀笔一用。郅都闻知，禁止吏人，不得借与，刘荣见连笔都不肯借，愈加羞愤。却好魏其侯窦婴见了，心中不平，便遣人持了刀笔，乘着无人之际，交与刘荣。刘荣既得刀笔，作成一书，向景帝陈明此事，当晚便在中尉府内，自缢而死。

次日郅都闻知刘荣身死，只得奏明景帝，并将遗书呈上。景帝见书，虽然追悔，却并不怪郅都，但命将刘荣以礼殡葬，谥为闵王，因其无子，便将临江国除为郡。刘荣死后，葬于蓝田。忽有燕子数万，衔土置其墓上，百姓闻知，尽皆叹息怜悯，说他死得冤枉。事为窦太后所闻，哭了一场，念起长孙平日并无大过，如今竟不明不白，死在中尉府内，明被郅都威迫所致，于是发怒，大骂郅都大胆，竟敢迫死王子，若不将他斩首，不足以平我恨。景帝心爱郅都，见太后发怒，恐他性命不保，急将郅都免职归家，以平太后之气。一面又赏识郅都材干，心想将他废弃，未免可惜，遂瞒着太后，遣使就郅都家中，拜之为雁门太守，命其便道赴任，不必来京觐见，并许以便宜从事，郅都受命而去。

当日景帝虽与匈奴和亲，匈奴却仍不时入边小小掳掠，边境尚难安静。雁门地方，本为胡骑出没之地，自从郅都做了郡守，匈奴素闻其名，畏其威严，竟将沿边兵马，一律退回，不敢再来侵犯。匈奴又曾刻一木偶以像郅都，将他放在一处，作为箭堋，遣骑兵对之放箭，谁知胡人久被郅都声威所慑，如今对着偶像，便如见了活人一般，不敢正视，只得胡乱射去，轮流射了多人，并无一箭中他身上，匈奴见此情形，愈加恐惧，不说自己胆怯，反说郅都是个天神下世，连他的偶像，都有神灵，所以射他不中，于是相约勿去惹他，直到郅都身死，雁门边境一带，全不见有胡骑踪迹。

景帝将郅都任为雁门郡守，料想可以保全无患，谁知窦太后好察外事，过了一时，竟被查知郅都仍得任用，不觉大怒，使人搜寻郅都过失，坐以重罪，定要杀他。景帝便向太后哀求道："郅都乃是忠臣，乞免其一死，释放归家。"窦太后因前次被景帝用计袒护，使他得了便宜，如今更不肯轻易放过，因说道："临江王独非忠臣，何为枉死其手？"景帝见太后执定不肯，也就无法，只得依着太后意思，竟将郅都斩首，一时怨恨之人，莫不称快。说起郅都居官也算公正，只因他心肠太狠，手段太辣，遇事苛刻，不存厚道，后来司马迁修史，将他列入酷吏传中。

且说当日临江王刘荣身死未久，梁王刘武忽又兴出一桩大狱。原来梁王自从谋嗣帝位，不得成功，回到梁国，心中怏怏不乐，深恨袁盎等十余人，破坏其事，待要就此作罢，心中又属不甘，遂又与羊胜、公孙诡议得一法，上书景帝，说是乞赐容车之地，由梁国直至长乐宫，自使梁国人民，筑成甬道，以便不时朝见太后。景帝得书，复命袁盎诸人议其可否允许。袁盎等复奏道："此事违背先帝制度，万不可行。"景帝依议，辞绝梁王，梁王闻说又是袁盎诸人从中作梗，心中十分痛恨，无处发泄，乃召到羊胜、公孙诡密议刺杀袁盎，由此遂闹出大祸来。未知袁盎如何被杀，且听下回分解。

第五十九回　**遭刺客议臣横死　辨凶器磨工明冤**

话说梁王召到羊胜、公孙诡告知景帝不许所请,因说道:“寡人谋事,三番两次,不得成就,皆由贼臣袁盎等从中作梗,离间我母子兄弟之亲,每一念及,令人切齿,寡人意欲设法除此贼臣,稍泄胸中之气,不知君等有何妙计?”羊胜、公孙诡齐声答道:“大王欲除此贼,并非难事,只须破费重金,购买刺客,乘其不备,将他刺死,不过一夫之力。此等无头命案,神不知,鬼不觉,纵使皋陶复生,也难究出下手及主使之人,大王若有意报仇,此法最妙。”梁王听了称善,又说道:“既然如此,就烦君等替寡人行事,但千万须要秘密,勿得露出破绽。”二人奉命出外,暗地搜寻刺客数十人,许以重赏,命其分头前往长安,觅便行刺袁盎及当日与议诸人。刺客依言,分作数起,前往长安而去。

袁盎自从七国破后,景帝命为楚相,后来因病免官,家居安陵。安陵当地富豪,因袁盎是个贵人,如今告老回乡,争来结纳。袁盎虽然做过大官,却不排起架子,对着乡里之人,无论贵贱贫富,皆用平等看待,一味与众随和,平日间居无事,便随着一班少年,斗鸡走狗为乐,毫无官场习气,以此乡评甚好。关中一带,皆慕其名。一日袁盎正在家中,忽报剧孟前来相访。说起剧孟,此次因事由洛阳来到长安,闻袁盎之名,特来拜谒。袁盎也知剧孟是个有名大侠,急命请入,厚礼相待,当地有一富人,见袁盎与剧孟是相得,心中不觉疑惑,因问袁盎道:“剧孟乃是赌博之徒,将军何故与之交好?”袁盎答道:“剧孟虽是赌徒,然其母死时,远近送丧之车,至千余辆,可见其人亦有过人之处,况缓急人所不免,一旦遇有急难,叩门求救,慨然不辞,为天下所仰望者,独有季心与剧孟耳。今足下出门,必使数人骑马相从,左右拥护,此种行径,不过徒饰外观,若遇缓急,何足倚赖?”袁盎说到性起,便将富人骂了一顿,以后不与往来。此语传播于外,人人闻之,愈加敬重袁盎。说起季心,乃季布之弟,也是一个大侠,气盖关中,待人却甚恭敬,曾因事杀人,逃到吴国。适袁盎为吴相,季心藏匿其家,以兄礼事袁盎,后为中尉属下司马,其时中尉正是郅都,见着季心,也不敢不加礼貌,少年子弟,往往冒称季心门下,其为人钦仰如此,故袁盎以之与剧孟并称。

袁盎虽然家居,甚得景帝宠信,每遇朝廷有事,常召袁盎到来会议,或不时遣使就其家中问之,往往依议而行。梁王两次计谋,皆为袁盎等十数人直言破坏,以此怨入骨髓,特遣刺客多人,匀作数起,前往行刺。第一次奉命往刺袁盎之人,行至关中,沿途向人问起袁盎,无不极口道他好处,刺客听了,心中暗想道,原来袁盎是个好人,我岂可下此毒手?不如索性卖个人情与他,打算既定,遂一直来见袁盎,说道:“吾受梁王之金,前来刺君,闻君是好人,心中不忍,但后来刺客,尚有十余人,未必皆与我同意,故特面告,君须早为防备。”说罢扬长而去。袁盎闻言,吃了一惊,从此心中忽忽不乐。家内偏又生出许多怪异,袁盎忧愁无计,不知如何是好。闻当地有卜者棓棓生,能知未来之事,遂前往棓生家中问卜以占吉凶。也是袁盎命该横死,当日由棓生处问卜回来,路经安陵郭门外，适遇梁国后来刺客，在此守候，望见袁盎行近，尚恐错误，迎前问道："来者是否袁将军？"袁盎举目观看来人并不相识，此时心中顿忘前事，遂直答道："我即袁将军，君来见访，莫非有误？"其人闻言接口道："是。"话犹未完，一剑迎面刺来，袁盎不及提防，早被刺中要害，立时倒地而死。其人见袁盎已死，恐被路人遇见，匆促之间，不及将剑收回，拔足飞奔而去。袁盎死时，其剑尚着身上。清人谢启昆有诗咏袁盎道：

公言曾下使臣车，日饮无何计岂疏？
司马解酬从史德，斗鸡恒共博徒居。
能令斩错纾群急，孰使诛袁有客狙。
不忍刺君君已死，棓生占问竟何如？

袁盎既死，不过数日，与袁盎一同建议之十八人，亦皆遇刺，行刺之人，均被脱逃未获。有司见地方上出此重大案件，连忙奏闻景帝。景帝闻奏，又惊又怒，暗想此事从中必有人主使，虽不知其人是谁，揣度原因，必系由于报怨。但与袁盎等十数人有怨者，除却梁王之外，更无他人。又况行刺多人，尤非具有绝大势力如梁王者，不能办到，由此看来，刺客定是来自梁国，然未经寻出证据，不能平空究治。景帝便命有司，将此案详细研究，务期水落石出。有司奉命退下，立即遣派多人，四出查访。一连多日，并无丝毫影响。有司见此案寻不出一点头绪，又被景帝几次催促，急得坐立不安，寝食皆废。忽念道，行凶证据，只有袁盎身上被刺之剑，是个证物，如今既无别法，且就此剑上检查一番，或可由此发现踪迹。想罢，遂命将剑取至，详细把玩，见此剑既无文字表记，形式又与普通人所用无异，并无特别不同之处，不觉失望，于是将剑放在案头，看了又想，想了又看，竟被他看出破绽，便唤到一个从吏，附耳嘱咐，如此如此。从吏奉命持剑而去。

当日从吏持剑，出到长安市上，遍寻磨洗刀剑工匠，将剑与之观看，令其认明此剑是否曾经其手磨洗。一连问了十余人，皆言非是，末后遇见一匠，将剑细看，认得是他经手磨洗。从吏因问道："此剑系由何人交汝磨？"洗工匠想了片刻，答道："十余日前，有梁国郎官某人，手持此剑，令我磨洗。"从吏闻言，连忙据实回报，有司查得梁国郎官，尚在长安居住，遂不动声色，差人前往，将其捕获，严行讯鞫。梁国郎官无法抵赖，只得直供，说是梁王宠臣羊胜、公孙诡，遣其带领刺客，来干此事。有司见案情明白，送录了供词，回奏景帝。景帝闻奏，心想果然不出我之所料，似此胆大妄为，竟敢杀害大臣，真是目无法纪，于是大怒，立遣使者前往梁国，查办此事。

读者欲知有司如何想出此法，竟得破案。说起也就平淡无奇。其初有司本想就剑上考查那行刺之人，到底是谁，或且留下何种证据，可以辨认，谁知搜寻许久，并无所得，只得将剑放下，末后想来想去，除却此剑，更无下手方法，不如且将行刺之人，放下一边，单就此剑身上，详加研究，看是如何。遂又将剑反复看了几遍，只见剑柄颇觉陈旧，剑锋却白如霜雪，并无一点锈涩，由此沉思，忽然大悟，不禁拍案叫绝。原来他见剑上留有尘垢，便断定此剑久已经人佩带，必非出于新铸。既知此剑是个旧物，又为人所常用，那剑锋上总不免有一二锈涩之处。如今竟通体雪白光亮，俨如新打出来的，必是刺客当杀人之前，重行磨洗。若说刺客自己磨洗，他未必学习此种技艺，断不能修治得如此光亮，不消说得，定经工匠之手。但此等工匠，每日经手磨洗之物甚多，此剑又是通常式样，事后未必认得，即使认得，也未必记得是何人交来，岂不又枉费心机？然而此层可不必虑，只因同是一物，在通常人眼中观之，似乎形式相似，难于区别，若经专门工匠之手，便觉得一物有一物不同之处。况磨洗旧剑，要到十分光亮，便费许久工夫，不比零星物件，一时片刻，便可交还，定要将物主姓名住址记下，以免错乱，所以只须寻得经手工匠，此案便有眉目。此种工匠，除却长安之外，僻地罕有，故命从吏出查，果然被他查得。此事看似浅显，常人每易忽略，有司也是从无意中偶然得来。现在世界上各种稀奇古怪之侦探案，大都如此，不过人情愈加变幻，情节较为繁杂而已。谁知我国二千余年之前，已用此种方法，发现大狱，不过无人将他情节编作小说，以致一向埋没，未免可惜。欲知此案究竟如何，且听下回分解。

第六十回　景帝遣使兴大狱　梁王悔过出罪人

话说景帝遣派使者前往梁国查办行刺之案，使者临行，景帝嘱咐务将羊胜、公孙诡二人拿获澈究，奏明严办，使者奉命而去。却说梁王当日接到探报，说是袁盎等十余人，一律被刺身死，行刺之人，亦皆脱逃。梁王心中暗喜，密召羊胜、公孙诡到来，告知此事，奖其办理迅速，并将许多珍物赏赐二人。二人受赏，各自欢喜退出。梁王高兴异常，料得朝廷对此案件，虽然不免疑心到我，但是并无一毫证据，谅也无从查办，此举既可出我一口恶气，又可使一班朝臣，心怀恐惧，将袁盎等作个榜样，以后不敢与我作对，我便可稳坐龙廷了。

谁知不过数日，梁王又得探报，说是案情败露，天子遣使查拿羊胜、公孙诡二人，使者不日将到。梁王闻信，惊得手足失措，急召羊胜、公孙诡责备道："吾曾切嘱做事须要秘密，何以留下破绽，致被查出，今闹出祸来，如何是好？"梁王说罢，连连顿足，叹气不绝。二人见了探报，知是指名拿他，呆了半晌，又被梁王埋怨，惊惧愧悔，一时交集。想起自己性命要紧，欲待逃走，外面拿捕甚急，无地容身，说不得惟有哀求梁王保护，于是二人一同跪在地上，对着梁王叩头，要他设法搭救。梁王心想此二人若被汉使拿去，供出实情，连我都要办罪，为今之计，惟有将他藏在宫中，使汉使无从捕拿，料他不敢到我宫中搜寻，梁王想定主意，遂将二人安置宫中密室，嘱咐近侍人等，毋得漏泄。

及汉使到梁，传景帝之命，要此二人，梁王假作不知去向，使者无法，只得奏闻景帝。景帝见二人是梁王宠臣，如今忽然不见，难保非梁王将他藏匿，或纵使逃走，由此看来，梁王对于此案，显有嫌疑，因此心中愈怒。又接二连三续派使者多人到梁，督同梁相轩丘豹，就全国中大行搜索，只除王宫未曾入内。只因此事，弄得人民家家户户，鸡犬不宁，使者及当地官吏，忙乱了月余日，二人却安坐宫中，何处寻其踪影。

当日景帝本意深恨梁王，定要将此案彻底穷究，谁知却被窦太后闻知，料得此事梁王必定预谋，眼见景帝雷厉风行，又不便将言阻止。心想案情若讯得明白，照着法律办理，梁王性命难保，自己垂暮之年，岂忍令爱子陷入死地？纵使现有我在，结局可免一死，也须受苦遭辱，虽然是他自取，但自心终觉难过。窦太后因此日夜忧虑，三餐饮食懒进，终日长吁短叹，眼中不时流泪。景帝见母亲如此，知是为着梁王之事，自己也觉愁闷，欲待含糊了事，实在气他不过，若是认真办理，又恐累太后愁急致病，究不知此事应如何办理，便召集亲信大臣，与之商议。有人献策，请选择通知经术明白大体之人，前往办理此案，方免错误。景帝依言，遂选出田叔、吕季主二人，命其前往。

说起田叔，前为赵王张敖郎中，因贯高事发，张敖被逮，田叔与孟舒等十余人，自己髡钳为奴，随张敖赴京，后张敖得释，荐于高祖，高祖召见，拜孟舒为云中郡守，田叔为汉中郡守。田叔在郡十余年，因事免官家居，至是景帝特命与吕季主二人为使，办理梁事。二人奉命到梁，梁王已听韩安国之言，勒令羊胜、公孙诡自杀。

韩安国此时官为梁国内史，先是安国自为梁使，受知太后，得了许多赏赐，归国之后，忽因事犯罪，下在狱中，却遇狱吏田甲，将他当作平常犯人，百般凌辱，安国受辱不过，一日对田甲道："俗语有言'死灰尚能复燃'，汝何便将我轻量？"田甲冷笑道："死灰若能复燃，我当浇之以尿。"安国闻言，虽然不免动怒，但此时无可奈何，只得忍住。不过几时，梁国内史缺出，梁王宠爱公孙诡，意欲请朝廷命为内史。窦太后却记起韩安国，便对景帝说知，遣使持诏到梁，拜安国为内史。安国一旦由犯人出为二千石，田甲得信大惊，惟恐安国报怨，连忙逃走。安国遣人传谕田甲家属道："田甲不出就职，我便诛灭汝族。"田甲闻知，只得出来，向着安国肉袒谢罪。安国一见田甲笑道："汝今可以用尿矣。"田甲俯伏，连连叩头，口称万死，安国又笑道："汝辈岂足计较？"遂命起去，后仍照常看待，人皆服韩安国度量之大。

及刺客案起，朝廷先后遣来使者，将及十人，坐在国中，勒令官吏擒拿羊胜、公孙诡，日夕催迫，已经通国搜尽，惟未曾搜到王宫，外间不免有人拟议，说是二人现在避匿宫中。韩安国闻得此言，暗想汉使追到无法，必然来搜王宫，届时若被搜获，梁王何以为地，于是想得一法，入宫来见梁王。

韩安国一见梁王，便涕泣说道："臣闻主辱臣死，今大王左右并无良臣，以致国中纷乱至此。羊胜、公孙诡久拿不获，臣请辞官就死。"梁王见说安慰道："何至如是？"安国泪流满面，说道："大王自念对于皇帝，比起皇帝对于临江王，何人为亲？"梁王道："吾自不及临江王之亲"。安国道："皇帝与临江王，至亲父子，临江王本是太子，不过因其母一言之失，废为临江王，后竟坐侵占庙地，自杀于中尉府，此是何故？盖因治天下者，终不能以私害公也。今大王列在诸侯，听信邪臣之说，犯禁违法，天子因体太后之意，不忍加罪，太后日夜涕泣，希望大王改过，大王偏不悔悟。假如太后宫车晏驾，大王更有何人可以倚赖？"梁王听安国语语刺入心坎，不待说完，眼中已流下数行泪来，因与安国商议，迫令羊胜、公孙诡自杀，恰好田叔、吕季主到来，梁王送将二人尸首交出。

梁王到此，也就深悔误听二人之言，犯下大罪，惟恐景帝发怒，自己不免，急命韩安国赴京，面见长公主，托其代向太后谢罪，并恳太后极力保全。安国奉命而去，梁王又念邹阳前曾谏阻，当时不用其言，反听羊胜、公孙诡谗谮，几乎将他杀死，如今方悟他是忠臣，自赏对他不住，遂遣人召之入宫。邹阳应召而入，梁王见了邹阳，深自谢过，命左右取出千金，交与邹阳，托其寻求方法，解救此难，邹阳应允，袖了千金，回到家中。想起自己平日相识之人，惟有齐人王先生，年已八十余岁，素多奇计，不如前往求之。于是克日起程，直赴齐国。

邹阳到了齐国，寻见王先生，告知此事，求为设法。王先生听了摇头道："此事甚难措手，大凡人君怀着私怨，必欲施诛，其势不易挽回，纵使太后之尊、骨肉之亲，犹难阻止，何况臣下？"邹阳闻说，不觉失望，只得起身告辞。王先生问道："足下此去，将往何处？"邹阳答道："吾闻邻鲁之人，笃守经学，齐楚之人，口辩多智，韩魏之人，间多奇节，吾将遍历各地，勤加访问。"王先生道："足下此行，归途仍请过我一谈，然后西上。"邹阳许诺，遂辞别王先生，到处寻求谋士，问以计策。谁知奔走月余日，竟无一人能替设法。邹阳垂头丧气，回到齐国，又来寻见王先生，告知所谋不就，并说道："吾今即将西行,不知先生有何妙计,能否见教?”王先生被问方始说道:“吾前日本有愚计,因恐掩了别人长处,而且自觉浅陋,所以不敢说出。今足下既别无奇策,聊以奉告。足下此行,务须往见一人,除却此人,更无人可以为力。”邹阳急问:“何人?”王先生不慌不忙,说出其人名字。欲知此人是谁,且听下回分解。

第六十一回　梁孝王伏阙请罪　周亚夫失宠免官

话说王先生对邹阳道："汝此去可往见王长君。王长君者，即王皇后之兄王信是也。"邹阳听说，心中顿悟，欣然领诺，遂谢了王先生，即日起程。只因奔走各地，费了许多时日，惟恐误却梁王之事，决计不回梁国，一直取道前往长安。邹阳昼夜趱行，既到长安即托人介绍入见王长君，王长君便将邹阳留在门下。

邹阳在王长君门下，住了数日。一日，乘着王长君无事之际，近前说道："臣并非为着长君无人使用，故来随侍，生性愚戆，窃不自量，有一要事特来奉告，未知长君愿闻之否？"长君答道："先生若肯赐教，不胜幸甚。"邹阳因请屏退左右，近前说道："窃闻长君女弟，得宠后宫，天下无两，惟是长君平日行事，多不循理，今袁盎之案，若穷究到底，梁王不免伏诛，如此则太后哀痛少子，积怒在心，无所发泄，对于主上贵臣，必然切齿，臣恐长君，危如累卵。"长君闻言，心中惊慌，急问道："似此为之奈何？"邹阳道："长君若能力替梁王切实向主上陈说，对梁事，不加穷究，便可结好太后，太后感德长君，永久不忘，长君女弟又得两宫之宠，不但长享富贵，且有存亡继绝之功，德布天下，名传后世，在此一举，不可错过。惟愿长君熟思而行。"长君听了，立即许诺。遂乘间对景帝力言，景帝本来甚怒梁王，因见太后忧泣不食，心肠不免稍软，又得王长君极力解劝，怒气消去一半。此时韩安国亦已托长公主代达窦太后，太后自然更加关切，但景帝因此案既经遣使查办，须俟田叔、吕季主二人回京，看他如何复命，方能定夺。

田叔、吕季主一到梁国，不久梁王便将羊胜、公孙诡二人尸首交出，在梁王之意，要他二人自杀灭口，免得攀到自己身上。然事不瞒真，羊胜、公孙诡虽然死了，尚有行刺凶手，与同案中关系之人，竟被田叔、吕季主捉到数个，将案情彻底讯究，就中梁王如何起意，羊胜、公孙诡如何主谋，如何遣派刺客行事，证供确凿，无可讳饰。田叔、吕季主见案已查办明白，便带了案卷，起程回京。此时梁王性命，操在二人之手，若竟据实复奏，纵使太后出力救护，景帝有意宽恕，无奈国法如此，万不能因私害公，梁王即免一死，也须吃个大亏。却亏田叔早已定下主意，一路行至霸昌厩，吩咐从吏，取出案卷，用火焚烧，不消片刻，化为灰烬。二人空手回到长安，来见景帝复命。

景帝一见二人，急问道："案情办得如何？梁王是否预谋？"田叔答道："梁王实有此事，按律应该死罪。"景帝问道："如今案卷何在？"田叔从容对道："愿主上勿问此事。"景帝问道："何故？"田叔道："此案认真办理，梁王若不伏诛，则是国法不行，但梁王如果伏法，连累太后，食不甘味，卧不安席，此乃陛下之忧。"将自己办理此案意见，述了一遍，景帝大悦，急命二人入见太后，说道："此案梁王并不知情，乃是幸臣羊胜、公孙诡等所为，今已将他诛死，案情了结，梁王安然无事。"太后正在忧愁成病，卧床不起，左右传达二人言语，太后闻之，又惊又喜，立时起坐，只因连日气苦，饮食少进，此时心花大放，方觉腹中饥饿，左右进上御膳，太后饱餐一顿，身体立即平复，毫无病状。景帝见了,心中大喜,十分看重田叔,拜为鲁相。

梁王自从遭此大狱,侥幸免罪,也就收心敛迹,不敢别有希望。过了一时,探得景帝怒气渐息,遂上书自请入朝,景帝许之。梁王起程来京,于路寻思,此次入见皇帝太后,记起前事,定加责备,须要设法解免,但不知如何方好,便与随来近臣商议。旁有大夫茅兰附着梁王之耳,低说如此如此,梁王点头称善。一路行经多日,早望见函谷关,梁王吩咐将车马停在关前,自己换了行装,依计行事。

景帝闻说梁王将到,照例遣使至关迎接,使者奉命到了函谷关,问知梁王车骑,驻扎关外,遂急出关来迎。谁知两下相遇,使者问起梁王,梁国从官诧异道:"王命我等在此等候,自己先行入关,何以未曾遇见?"使者闻言大惊,回到关门,遍问守关吏人,皆云不见。于是彼此遣人四出寻觅,扰攘一日,竟不知梁王去向,使者无法,只得回报景帝。景帝也觉可疑,料得此事,不能隐瞒,便来告知太后。太后正在一心盼望梁王到来,忽闻此言,吃了一吓,仔细一想,梁王好好来朝,尚有许多人马相从,何至彼此相失,此定是皇帝怀恨,将他害死,却用假言前来骗我。想到此处,一阵心酸,不觉涕泣说道:"皇帝杀了吾子。"景帝极口分辩,太后何曾肯信,景帝见此情形,心中忧惧,只得又遣多人,分头查访,正在纷扰之际,忽报梁王已到关下。

原来梁王听从茅兰之计,就关外换坐一辆布车,随带两骑,悄悄离了众人,一直入关,关吏何曾知是梁王。梁王一到长安,径来投奔长公主,便藏在长公主园中,后闻景帝太后寻他不着,十分发急,自料此时出见,可保无事,于是身伏斧锧,来到阙下谢罪。内侍传报入内,景帝太后闻信,尽皆大喜,如得异宝,立命召入,相见之下,彼此抱持悲泣,母子兄弟,遂皆和好如初。景帝下令将梁国从官悉数召入关中。梁王用此巧计,虽得免责,然景帝毕竟怀恨在心,碍着太后不便发作,外面看待也就冷淡许多,不比从前同车共辇,那种亲热。梁王心畏景帝,不敢在京久住,便即告辞回国。

过了一年,是为景帝中三年,丞相周亚夫因事免官。先是栗太子被废,亚夫在帝前力争,言辞切直,大拂景帝之意,由此恩遇遂衰。又值梁王刘武入朝,记着旧怨,便常向太后诉说亚夫短处,太后将言告知景帝,景帝闻得,愈加不悦。及至梁王刺杀袁盎,兴了大狱,王皇后之兄王信,依邹阳之计,在景帝前力替梁王解说,后来梁王竟得保全,太后心感王信,一日忽对景帝说道:"皇后之兄王信,应即封之为侯。"景帝听了,正合其意,但口中却谦辞道:"当日南皮与章武,先帝在时,并未行封,至臣即位,方得受爵,依理而言,王信未得封侯。"太后道:"人生行事,各因其时,何必拘守成法?吾每念及吾兄窦长君,生存之日,竟无爵位,到得死后,其子彭祖,反得坐享侯封,吾甚以为恨事,帝可速封王信。"景帝见说,因答道:"应请与丞相计议行事。"

景帝既奉太后之命,心中高兴,便出坐朝,召到丞相周亚夫,告以此事,问其意见如何,亚夫奏道:"先前高皇帝立下誓约,说是非刘氏不得封王,非有功不得封侯,若有背约,天下共击之。今王信虽是皇后之兄,并未立功,若封为侯,未免有背誓约。"景帝被亚夫说得扫兴,默然无语,只得回明太后,将此事作罢。但心中以为亚夫借着高皇帝来压制他,暗自蓄怒,至是适值匈奴王徐庐等六人降汉,景帝意欲各封为侯,以劝后来投降之人,周亚夫谏道:"此辈背叛其主,来降陛下,陛下封之为侯,将何以责人臣之不能守节者？”景帝见亚夫事事与之反对，心中久积不平，此时再忍不住，遂拂然变色道：“丞相所议不可用。”竟尽封徐庐等为列侯。亚夫见景帝发怒，不听其言，因此告病辞职，景帝也不挽留，即下诏以桃侯刘舍代为丞相。刘舍乃刘襄之子，刘襄本姓项氏，系项羽族人，随高祖征战有功，与项伯同日受封，赐姓刘氏。刘襄死后，刘舍承袭侯爵，颇得景帝宠幸，至是遂代周亚夫为相。欲知以后如何，且听下回分解。

第六十二回　周亚夫下狱饿死　梁孝王失意病终

话说周亚夫自罢相之后，不免失意，但仍在长安居住，以列侯岁时入宫朝见，景帝念亚夫立有大功，虽然因事触忤，但已将他免相，既往不咎，故仍照常礼待，不时召入谈话。

一日，景帝无事，坐在宫中，恰值太子彻来见。原来汉制太子每五日朝见一次，即坐东厢，省视御膳。景帝一见太子，忽然触起心事，因念太子年纪尚幼，自己若有不测，须先选择大臣，辅佐幼主，遂记起周亚夫，是先帝临崩嘱咐之人，其人材干，自是可用，但嫌他性气过于倔强，如今家居无聊，谅已自知改变，不如趁太子在此，将他召来，当面试他一试，看是如何。景帝想定，即遣人往召亚夫，一面嘱咐数语，左右奉命去预备，不消片刻，亚夫应召到来，见了景帝。景帝即命赐食，左右进上肴馔，却是一块大肉，虽已蒸得烂熟，未曾切碎。亚夫向席上一看，自己面前，并未置箸，心想此肉如何吃法，终不成将他一口吞下。亚夫一向郁郁不平，今见此种情形，知是景帝有意作弄，不觉面现怒色，回顾尚席命其取箸，景帝留心观察亚夫，觉得他神情有异，心想此人全无耐性，稍不如意，也值得如此动气，乃觑着亚夫笑道："莫非君意有所不满？"亚夫见说，只得免冠谢罪。景帝命之立起，亚夫赌气，竟自一径趋出。

此时太子彻在旁，两眼注视亚夫，未曾稍歇，及亚夫走出，景帝便问太子道："汝何故频频看他？"太子对道："此人面目可畏，必能作贼。"景帝听说，不觉好笑，因目送亚夫出外，口中说道："因此小事，便自怏怏，不可为少主之臣。"从此景帝遂有欲除亚夫之意。

过了一时，亚夫之子，因见亚夫年老，便替他预先备办后事，却私向尚方官吏，买得葬时所用甲盾五百具。尚方器物，本禁民间购买使用，其子以为此是葬器，无关紧要，竟自出主意，将他买来，亚夫都不得知，偏被亚夫家中所雇工人看见，若使彼此不结冤仇，也就无人管此闲事，谁知亚夫之子，倚着侯门势力，自己举动有错，并不留心检点，反要虐待工人，昼夜命其作工，不许休息，至各人应得工钱，又故意种种留难，不肯发给，弄得一班佣工，人人心中怀恨，欲图报复，便将此事作为把柄，上书告发，说他私买犯禁之物，案情连到亚夫身上。景帝闻知，便将亚夫发交有司讯问。

有司奉命，传到亚夫，问起此事，亚夫自想与我并无关系，因此不肯对答，有司无法，只得据实奏闻景帝。景帝见亚夫始终倔强，心中大怒，便骂道："吾亦不用他对答。"遂命将此案，直送廷尉。廷尉知得景帝甚怒亚夫，于是迎合意旨，再问亚夫道："君侯何故欲反？"亚夫答道："臣所买者，用是葬器，何谓之反？"廷尉道："君侯纵不欲反地上，便是欲反地下耳？"遂不由分说，将亚夫下入狱中，日夜迫胁供招甚急。亚夫平日生性何等高傲，如今遭此无妄之灾，岂甘受人凌辱？自入狱中，安排一死，不肯进食，一连饿了五日，怒气上冲，顿然呕血而死。景帝闻亚夫已死，即下诏封王信为盖侯。

先是文帝时，亚夫官为河内郡守，许负曾看其相，向之说道："君此后三岁封侯，封侯八岁，身为将相，手握国权，贵重一时，人臣无两。但是再过九年，便当饿死？"亚夫听了笑道："吾兄已代吾父为侯，将来兄死，其子当袭爵位，安得轮到我身？即如汝言，我既封侯贵极人臣，又何至于饿死？请问饿死有何证据？汝可指示与我"。许负见说，乃用手指其口道："直纹入口，照相法合当饿死。"亚夫心中不信，过了三年，亚夫之兄绛侯周胜之，有罪削爵，文帝果封亚夫为条侯，后来历官将相，皆如许负之言，此次被人告发，吏役来捕亚夫，亚夫便欲自杀，其夫人闻知，极力劝阻道："此等小事，何至便死？"亚夫因此不得自尽，竟在狱中饿死，方知许负之言不谬。许负本河内老妇，即前看薄太后之相者，高祖因其相术甚精，封之为鸣雌亭侯，妇人封侯，也算古今少有。

当日梁王刘武，闻说周亚夫下狱身死，觉得平日怨恨，一朝发泄，心中十分畅快。待到景帝中六年冬十月，遂又入京朝见，窦太后见了梁王，自然欢喜，景帝不过表面周旋而已，梁王此时，早将谋嗣帝位之心，消归乌有，心中但望得与太后常常亲近，便已足意。

原来梁王生性颇孝，住在国中，每每思念太后，偶闻太后抱病，口不能食，夜不安寝，常欲留居长安，侍奉太后，以此太后愈加怜爱，至是梁王遂上书景帝，请在长安居住一时，景帝不许。原来汉时定例，诸侯王来朝天子，皆有一定礼节，初来入见，谓之小见，到了正旦朝贺，谓之法见，后三日，天子为王置酒，赐以金钱财物，又过二日，复入小见，便即辞去，大约前后人见四次，留在长安，不过二十日。只有梁王得宠太后，前此来朝，往往留到半年，如行归国。自从刺杀袁盎，失了景帝欢心，以后来朝，便按着定例办理，不肯将他留京。梁王弄得无法，此次只得自行陈请，谁知景帝竟丝毫不肯容情，连太后都不便挽留，梁王自觉没趣，只得束装归国。

梁王回国之后，日常忽忽不乐。一日北到梁山打猎解闷，有人献上一牛，形状奇怪，四足生在背上，梁王见了，心中甚是嫌恶，遂命罢猎回宫。到了夏四月抱病，发热六日，遂即身死。

梁王既死，早有有司具报入京，窦太后闻信，卧床大哭，因想起梁王来朝曾请留京，偏是皇帝不准，硬要逼他回国，以致郁闷而死，于是一面哭一面说道："皇帝果杀吾子。"景帝见太后十分伤心，日夜啼哭饮食不进，已是焦急，又闻太后言语归咎自己身上，更加忧惧，想尽种种方法，百般劝慰，竟不能解释分毫。景帝心中惶急，便来与长公主商议，长公主知得太后意思，遂教景帝速封梁王诸子，景帝依言，即下诏赐谥梁王刘武为孝王，分梁地为五国。尽立孝王五子为王，女五人亦皆赐与食邑。太后闻知，心中稍慰，方才进了饮食。

梁孝王当未死之时，所拥资财，不计其数，平日享用奢华，挥霍无度，到得死后，府库尚余黄金四十余万斤，此外钱财，约计起来，也有此数。梁孝王坐享富贵，不知自在受用，反弄出许多风波，到得后来，竟至失意而死，可见富贵真不易享受。

景帝自梁王回国后，见长安中宗室贵人，每多犯法，因念及郅都前为中尉，一班贵族豪门，人人恐惧，不敢放肆，京师甚觉安静，可惜因事触怒太后，竟被诛死。如今要想寻个替人，甚是难得，景帝寻思良久，忽然想起一人，平日行径，颇与郅都相似，谅来可以称职，遂下诏命为中尉。欲知此人是谁，且听下回分解。

第六十三回　**景帝论相抑窦婴　太后崇老怒辕固**

话说景帝中六年,下诏拜宁成为中尉。说起宁成,乃南阳穰人,初事景帝为郎,生平一味任气,性又苛暴,其始为小吏时,专好欺凌长官,不肯服从其命,及至自为人上,却又待下严急,毫不宽容。平日办理职务,纯是狡猾奸诈,好逞威风。偏他官运亨通,居然一路升迁,竟做了济南都尉,恰遇郅都正为济南太守,若论官职,太守治民,都尉掌兵,官皆二千石,地位本属平等,无如郅都威名久著,前数任都尉到官,都是步行造府,托府吏入内通报,然后进见,俨如属吏来见长官一样,其为同僚所畏,至于如此。此番遇着宁成,却不把郅都放在眼里,不但不肯卑躬曲节,反做出高傲样子,竟要驾乎其上。读者须知郅都原不是好惹的,今被宁成撩起虎须,岂不大触其怒?谁知郅都久闻宁成之名,以为是他同志,转加退让,不与计较,二人遂结了交情,相得甚欢。至是景帝因念郅都,记起宁成,即召之为中尉。宁成既为中尉,办事一仿郅都,专尚严酷,惟是持身廉洁,尚远不及郅都。然而一班贵戚,见了他也就头痛。

景帝既拜宁成为中尉,过了一年,是为后元年,又下诏将丞相刘舍免官,用卫绾为丞相,直不疑为御史大夫。卫绾乃代国大陵人,初以戏车为郎,得事文帝,积资格升至中郎将。为人除却谨慎之外,并无他长。景帝时为太子,曾招集文帝左右侍臣宴饮,众人闻命皆往,独卫绾因恐文帝说他怀有二心,取媚太子,托病不往。文帝临崩嘱咐景帝道:“卫绾秉性长厚,汝可善加待遇。”及景帝即位年余,并不理会卫绾,卫绾愈加谨慎。一日,景帝驾往上林,忽召卫绾骖乘,车驾游罢还宫。景帝向卫绾问道:“君知所以得骖乘之故否?”卫绾对道:“不知。”景帝道:“吾为太子时,曾招君饮,君不肯来,以此将君记在心上。君当日不来,究因何故?”卫绾谢道:“死罪,其时实是患病。”景帝与卫绾谈论颇觉亲密,因命左右取剑赐之。

卫绾为中郎将,每遇郎官有过,常为遮掩。平日对于同官,遇事并无争论,有功常让与他人,景帝见了,心想卫绾清廉忠实,一心事主,甚是可嘉,不久便拜为河间王太傅。及七国造反,卫绾奉命带领河间之兵,从击吴楚有功,拜为中尉,封建陵侯。景帝既废栗太子,迁怒到其外家,诏下中尉究治,却因卫绾为人长厚,恐其不能尽力,遂赐卫绾告假回家,用郅都代为中尉。未几景帝立胶东王为太子,召拜卫绾为太子太傅,升擢御史大夫,至是遂代刘舍为丞相。卫绾为相,每入朝奏对,大抵皆例行之事,自从为郎以至丞相,无咎无誉,只有景帝记着文帝遗言,以为卫绾秉性敦厚,胜过周亚夫,可以辅佐少主,大加尊宠,赏赐甚多。

直不疑乃南阳人,其始亦事文帝为郎,郎官职掌宿卫,官署也在宫中。人数既多,不免数人同住一舍。一日有同舍郎告假归家,无意中误将他人金钱携带而去,及至其人发觉,失了金钱,却疑是直不疑取去,便来追问不疑。不疑竟不分辩,反向其人谢过,说是实有其事,自己立即措办金钱,照数偿还。过了许久,告归郎官,假满入宫,仍将原金带回，交给失主。于是失主方知并非不疑取去，深自惭愧，众人闻知此事，皆称不疑为长者，后不疑渐升为中大夫。一日正值朝会之时，有人当众毁谤不疑道："不疑相貌甚是美观，无如偏喜盗嫂。"不疑听了，也不发怒，但说道："我并无兄。"原来不疑专学老子，务为韬晦，不喜立名，所居官职，一切照旧，惟恐人称其治绩。景帝即位，升为卫尉，后因击吴楚有功，封为塞侯，及卫绾拜相，不疑遂由卫尉代为御史大夫。

先是刘舍罢相之后，窦太后心欲其侄窦婴为相，向景帝说了数次，景帝答道："太后之意，似以为臣爱惜相位，不肯付与魏其侯。只因魏其侯为人，平日沾沾自喜，举动轻率，不能持重，实难任用为相。"太后听了，方始无语。窦太后索性最喜黄帝老子之学，因此连景帝并外家诸窦，皆不得不读老子，尊崇其术。太后平日留心朝政，一时公卿大臣，务取清静无为，如卫绾、直不疑等，至于有名儒生，不过用为博士，聊备顾问而已。

一日景帝偶召博士，问及汤、武之事，博士中有齐人辕固与黄生在景帝前忽起争论，各执一说。黄生说道："汤、武不算受命，乃是放弑。"辕固驳道："此说非也，当日桀、纣荒乱，天下之心，皆归汤、武，汤、武顺人心而诛桀、纣，不得已而立为天子，非受命而何？"黄生又说道："桀、纣虽然无道，乃是君上，汤、武虽然圣贤，终是臣下，君有过失，臣不匡救，反因其过而诛之，篡夺其位，非弑而何？"辕固又驳道："若如汝言，是高皇帝代秦而为天子，亦有不是之处？"景帝见二人争辩许久，心中已觉厌烦，又闻说到高祖身上，恐其不识忌讳，言语冒犯，生出事来，因将言解说道："食肉之人，不食马肝，不算是不知味。论学之人，不言汤、武受命，亦不为愚。"说罢，便命二人退去，当日学者闻得景帝言语，以后对于此事，遂皆不敢再发议论。

窦太后既好黄老，常读其书。心中便要人人称赞黄老，方才足意。长日闲坐宫中，忽想起一班博士，崇拜孔子，讲习经书，论起孔子，本是老子弟子，不知此辈儒生，对着老子之书，其意以为何如？何妨召来一问？于是立即命人往召博士，偏是博士人数虽多，别人不召，单单召到辕固一人。辕固入见太后，太后取出老子之书问道："此书何如？"辕固答道："此家人之言耳。"太后平日将老子之书，奉为金科玉律，异常尊重，如今却被辕固说是无足重轻，几于一毫不值，心中顿然大怒，骂道："安得司空城旦之书乎？"原来太后因辕固说老子平常，她也说儒书苛刻，比于刑法。

太后深怒辕固，要想置他死地，却又不能办他罪名，便命辕固前往上林兽圈之内，击死野彘。景帝在旁，知得辕固直言无罪，因见太后盛怒，不敢上前保救，密令左右取了一柄利刃，暗地交与辕固。辕固一个书生，如何敌得野彘，自料此去必死，如今得了利刃，便也胆壮，左右将他放下兽圈，辕固见了野彘，仗着利刃，尽力刺去，恰好正中其心，野彘应手倒毙。太后见了，默然无语，不便再行加罪，辕固遂得保无事。景帝因辕固为人廉直，拜为清河王太傅。

当日儒生虽不得大用，然齐鲁一带，经学昌明，皆由私家自相讲授，各有师承，传为家法，此外又有蜀郡，地虽偏僻而文学大兴，亚于齐鲁，溯其原因，皆由一位循吏提倡之力。欲知循吏是谁，且听下回分解。

第六十四回　文翁化蜀立官学　景帝崩御葬阳陵

话说此位循吏，姓文名党，字仲翁，后人皆称之为文翁，乃庐江舒人。自少好学，家贫，尝与人入山采木，行至深林之中，文翁忽对同伴道："吾欲远出求学，未知能否成就，今试投吾斧于高树之上。如果所志得遂，斧当挂住不坠。"说毕，遂将手中之斧，尽力向上一掷，果然挂在树上。文翁甚喜，于是径往长安，从师求学。后由郡县吏出身，累经荐举，遂被任为蜀郡太守。

文翁到任之后，对于地方利弊，甚是注意，所有地方上应兴应革之事，无不斟酌缓急，实力举行。因见繁县地方，一片良田，却恨缺少水利，文翁察看地势，纠集人工，开凿河道一条，引湔江以注之，共灌溉繁县田地千七百顷，由此收成大旺，人民皆感其德。

文翁生性仁慈爱人，尤喜讲求教化，因见蜀地从前本系蛮夷居住，开辟未久，秦时始将犯罪之人移居此地，居民习惯，犹未脱野蛮风气，而且学校未设，人民并不知识字读书。文翁以为小民衣食虽足，若不教以学问，地方安能进化？但是人民愚蒙无知，纵使苦口劝导，未必便肯听从，惟有用奖励方法以引诱之。文翁想定主意，遂就本郡及属县中，选择小吏之聪敏有材者，得张叔、司马相如等十余人。文翁亲自勉励一番，送往长安，令其从博士受读经传或学律令。

张叔等十余人，既由文翁送京留学，所有来往川资，以及束脩膳费，自然都由郡守津贴，预算起来，也是一笔大款，此款又不能动用官帑作正开销，文翁惟有自将郡署用度，力加节省，按照预算数目，筹出此项钱财，已是十分费力。更有一样难处，当日交通不便，行人稀少，既无轮船铁路，一直运送，又无邮政银行，可以汇兑，况蜀道号称难行，距离长安又有二千余里，此款如何寄法？只有本郡每年照例派遣吏人，赍持钱米簿籍，前往长安报告一次，名为上计，托其带去，最为便利。然欲其携着现款，行此远路，也是为难，一则太觉累赘，二则恐遭抢劫。文翁却又想得一法，尽将现钱购买货物，如书刀布匹等。书刀乃供写字之用，蜀郡所铸，号为金马书刀，最是著称，时人所重，其刀形似佩刀，刀柄有环，铸一马形于刀环上，外镶以金，故名金马书刀。又本地所织布匹，甚是细密，一匹价值数金。此二物算是蜀郡有名土产，文翁便付与上计之吏，随带入京，比起现钱，自然轻便许多，吏人到京之后，照着文翁嘱咐，将刀布等物，分送博士，作为学费，博士见了书刀，正合其用，便是蜀布，也可裁衣，自然满心欢喜。

过了数年，张叔、司马相如等，学成回到蜀郡，文翁用为郡吏，任以高职，次第举荐，遂在成都市中设立官学，命司马相如为教授，招集属县子弟，入学读书，免其徭役。到得毕业，考验学问，最高等之学生，即补为郡县吏，其次命为孝弟力田。蜀郡本来荒僻，人民得为官吏者，甚属寥寥，平日看见官吏，觉得十分尊贵，心中虽然羡慕，但不知如何方可得官，如今见此情形，方知作官须由求学，遂有许多人民，愿送子弟入学。文翁又想设法招徕，更选择学生，命在自己左右，学习办事，每遇出巡各属县，也带同学，行优美学生，与之同往，使其出入内室，传达命令，当地人民见了，尽皆啧啧称羡。盖当地人民，看重官吏，不必亲身做官，但使得与官吏亲近，已算十分荣耀，所以见此情形，争遣子弟入学。无奈学额有限，不能容得多人，遂有一班富人，心中盼望子弟入学得官，不惜花费金钱，求为学生，文翁便趁此时机，推广学校，不过数年，一郡之中，文化大进。后来蜀人前往长安求学者，日多一日，竟与齐鲁一同称盛，连巴郡等处，皆闻风兴起，争立学校，地方风气，为多一变。

文翁后来竟终于任。蜀人思慕功德，为之设立祠堂，春秋祭享不绝，至今四川成都地方，尚有文翁讲台遗址。唐人卢照邻有咏文翁讲台诗曰：

锦里淹中馆，岷山稷下亭。
空梁无燕雀，古壁有丹青。
槐落犹疑市，苔深不辨铭。
良哉二千石，江汉表遗灵。

当日鲁国亦有名宦一人，亦卒于官，即田叔是也。田叔自被任为鲁相，事鲁王刘余。刘余乃景帝之子，生性最喜建筑宫室苑囿。到国之后，连年大兴土木，所居之宫，与孔子旧宅邻近，刘余欲将孔子旧宅拆毁，以广自己宫殿，遂命工匠动手，工匠拆至屋壁，搜出书籍数十篇，皆是古字，形如蝌蚪，鲁王自来督工，偶然闲步上了孔子庙堂，忽闻金石丝竹之音，一时并作，鲁王心中大惧，知是孔子显此灵异，急命停工，已拆之处，修葺完好，与同壁中所得书籍，一概归还孔氏。此壁中书，乃孔子八世孙子襄，当始皇焚书时所藏，其书为礼记、尚书、论语、孝经等，后经孔安国写以隶书，并传于世。

鲁王又喜狗马禽鸟，遣人到处搜求，布满苑囿，皆用米谷喂养，单是孔雀、鵁鶄、鸡鸭、鹅雁等，每年所费俸谷，竟至二千石之多。似此浪费无度，自然入不敷出，不免向民间勒取财物，弄得人民怨声载道。及至田叔初次到任，便有人民百余，前来诉说此事。田叔佯作不理，命左右将告状人驱逐出外，鲁王闻知，自觉惭愧，取出私财，遣人交与田叔，嘱其代为偿还，田叔辞道："王自使人还之，不然，是王为恶而相为善，不可。"鲁王依言，自行全数偿还，以后遂不敢妄取人物。

鲁王又常出到苑中打猎，田叔并不谏阻，但是每遇王出猎，必亲自随到苑中，鲁王怜田叔年老辛苦，便命其回去歇息，田叔却出到苑外，露坐待王。有人入报鲁王，鲁王又遣人请田叔回府安歇，一连催促数次，田叔始终不肯回府，因说道："吾王现在苑中暴露，我何敢独自安居？"鲁王无法，后来也就不大出游，过了数年，田叔病卒，鲁人感其恩惠，大众凑集百金，送与田叔家属，作为祭礼。田叔少子田仁，见了说道："我岂肯因为百金致损先人之名？"遂力辞不受，人皆叹息而去。光阴迅速，此时已是景帝后三年，皇太子彻年已十六岁，照例加冠，娶长公主之女为太子妃，景帝因想试以政务。一日，廷尉奏上犯人防年一案，事因防年继母陈氏，杀了防年之父，防年为父报仇，亦将陈氏杀死，有司依律处断，以子杀母，罪应大逆。景帝见了，觉得可疑，遂问太子。太子对道："俗云继母如母。可见继母原不能全与母比。不过因父所爱，故谓之母耳。今继母无状，手杀其父，则是下手之日，母恩已绝，防年不宜处以大逆。”景帝闻言点首，遂依太子之议，闻者称善。

是年景帝得病，正月甲子，驾崩于未央宫，景帝年三十二即位，在位十六年，寿仅四十八。二月葬于阳陵，群臣上庙号为孝景皇帝，太子彻嗣立，是为武帝。后人言汉治世，必曰文景。其实景帝为人，远不及于文帝，不过安静节俭，与民休息尚不失为守成之主而已。欲知以后如何，且听下回分解。

第六十五回　武帝即位封外家　仲舒对策尊儒术

话说景帝既崩，武帝即位，尊窦太后为太皇太后，王皇后为皇太后，立妃陈氏为皇后，此陈后即馆陶长公主之女阿娇是也。武帝又尊外祖母臧儿为平原君，封太后同母之弟田蚡为武安侯，田胜为周阳候，封同母之姊金俗为修成君。

此修成君即王太后前嫁金王孙所生之女，王太后既嫁金氏，复被其母臧儿夺回，送入宫中，得幸景帝，立为皇后。其家深讳此事，不敢泄漏，外间亦无传说。及武帝即位，金王孙已死，其女早嫁为民妻，武帝全然不知此事。王太后虽心念此女，自己不便明言，即金氏亦不敢自认是太后之女，却被侍臣韩嫣得知，遂向武帝备述始末，并言金氏家在长陵。武帝听了惊喜道："既有此事，何不早言？"乃先遣近侍前往长陵，探明金氏有无在家，速来回报。

次早近侍回来复命，说金氏现在家中，武帝心中高兴，吩咐备齐车驾，自往迎接。武帝乘坐御车，一班从官卫士，扈驾起行，千乘万骑簇拥着出了横门直向长陵而去。说起长陵即高祖葬地，离长安城三十五里，汉时天子所葬之处，皆立县邑，迁移人民居住以奉山陵，所以其地也甚热闹。武帝车驾行到长陵，人民闻信，以为天子出来致祭陵寝，谁知车驾却由通衢转入小市，大众见了，不知何故，人人心中惊恐，所过之处，一律闭户关门，肃静无声。武帝车驾到了小市西边，将入金氏所居之巷，巷门早被人民关闭。先驱官吏呼唤不开，便用强力将门打破，车驾入得巷中，直至金氏门前停住。武帝因恐金氏不知来由，惊得逃走，自己枉来一遭，先命武士将其居屋前后围住，及至到了门前，自己不便入内，遂使近侍传呼金氏出见。

当日金氏坐在家中，忽见来了无数武士，将前后门团团围住，一家惊慌失措，不知犯何大罪，以致其府派兵来拿。也有疑是强盗前来抢劫，吓得人人发抖，一时各自躲避。近侍入得门来，见静悄悄的，似乎并无一人，于是到处搜寻，直入内房，留心观看，似乎床下有人藏匿，遂上前一手将她拖出，却是一个妇人，问知即是金氏。此时金氏面无人色，身体软做一团，蹲在地上。近侍见了，甚是好笑，也无暇与她明言，一边一个，将她挟住，一直走出门外，到了武帝车前，告知情形，方将金氏放下，令其拜谒。武帝一见金氏，便下车立住，说道："大姊何故躲避如此之密？"遂命载入副车，一同回去。金氏听说，又惊又喜，上了副车，定一定神，回想适才情形，恍如做梦一般。家中人等见此情形，方知天子特来迎接其姊，料定金氏此去定有好处，人人心中转忧为喜，自不消说。

武帝接得金氏，下令回车，径向长乐宫而来，于路又遣人先将金氏姓名，列入长乐宫门籍。武帝到得长乐宫，带同金氏入内。金氏一路留心观看，那皇宫富丽，真是梦想不到，不消片刻，进了内廷。武帝命金氏站立一旁，自己先上前朝见太后。太后一见武帝，便说道："帝甚疲倦，顷由何处到来？"原来武帝往返行了七十里路，坐在车中大半日，此时回宫，不免露出倦容。见太后动问，即答道："今日特往长陵，接得大姊到来。"

遂回顾金氏道："可上前谒见太后。"太后与金氏隔别二十余年，虽是亲生女儿，却不认得，闻言方始记起，遂向金氏问道："汝即俗女耶？"金氏答应道："是。"太后念起前事，不禁流泪，金氏亦伏地悲泣，母女二人，各叙别后情形。武帝命左右置酒，亲自捧觞向太后上寿，又下诏以钱千万，奴婢三百人，公田百顷，甲第一区，赐与金氏，并给汤沐邑，号为修成君。太后心中欢喜，却替金氏谢道："有累皇帝破费。"于是太后命召三女，平阳公主，南宫公主，隆虑公主，俱来宫中，与姊相见，各叙亲情。太后因见修成君并非刘氏，又兼其夫早死，只生一子一女，心中倍加怜惜，便想提拔她子女。后来其子长成，因母封号，称为修成子仲，倚着太后之势，在外骄恣横行，一时官吏人民，畏其势力，甚以为苦，此是后话。

武帝即位，照例下诏改元，于是始立年号，称为建元。原来从前帝王，并无年号，至武帝始创此制，后世遂一律沿用，考其原因，乃由改元而来。大凡人君嗣位，本只改元一次，惟文帝改元两次，故称为前元、后元；景帝改元三次，故有前元、中元、后元之别。武帝仿照文景，大约每数年即改元一次，其始不过称为一元、二元、三元等名目，后因有司奏言，改元宜依天瑞，不宜用一二三数字。武帝依议，改一元为建元，二元为元光，三元为元朔，四元为元狩，五元为元鼎。年号之设，实起于元鼎三年，后来史家依此追称，所以武帝即位之初，便有年号。

武帝自少喜读诗书，性好文学，自从即位，便下诏丞相、御史、列侯、郡守、诸侯相等，各举贤良方正直言极谏之士。其时广川国举董仲舒，淄川国举公孙弘，会稽郡举严助等，人数众多，齐集阙下。丞相卫绾知武帝意重儒术，遂奏称各地所举贤良，或有习申、商、韩非、苏秦、张仪之学者，未免淆乱国政，请皆罢归，武帝准奏。于是被举之人，尽属儒生。建元元年冬十月，武帝亲自发策，问以帝王为治之道，儒生对策者百余人，武帝逐一披览，觉董仲舒所对之策，与众不同，因复加策问两次。仲舒备陈国家治乱之由，天人感应之理，请武帝尊崇孔子，罢黜百家，设立学校，洋洋数千言，后世因称为"天人三策。"

董仲舒乃广川温城人，少习《春秋》《公羊传》，景帝时官为博士，一意勤学，下帷讲读，不问外事，三年目不窥园，以此学问精博，从学弟子，日多一日。仲舒不能一概亲教，乃命弟子依次自相传授，有在门下受业多年，竟不得一见其面者。仲舒为人方正，进退举止，皆有礼节，一时学者咸尊敬之，称为大儒。至是被举为贤良，对策称旨，武帝命为江都相。此外严助亦得用为中大夫，公孙弘为博士。

武帝心感仲舒之言，意欲大兴儒学，励精图治，因见丞相卫绾为人平常，并无学问，不能称职，是年六月，遂借事将卫绾免官。武帝欲就朝臣之中选择一人，代卫绾为丞相，看来看去，却属意到田蚡身上。

说起田蚡，乃王太后同母之弟。王太后兄弟三人，长兄王信，景帝时已封为盖侯，生性嗜酒，平日又多过失；幼弟田胜，景帝时官至九卿，曾因犯罪下狱；独有田蚡，为人奸巧，口才便捷，也曾学习书史，为王太后所爱。自从受封武安侯，便广招宾客，推荐名士，意在博取名誉，养成势力，图得大用。武帝因田蚡是他母舅，遇事多与商议。田蚡自己何曾有甚见解，便暗地请教一班宾客，替他筹画计策，回复武帝。武帝每多依从，于是朝廷所有设施，多出田蚡宾客之计，武帝不知，以为田蚡富有才干，甚加信任。如今意欲拜为丞相，忽又想起一人，此人资望胜过田蚡，即势力亦不在其下，武帝以此迟疑不决。欲知此人为谁，且听下回分解。

第六十六回　窦太后深怒儒生　万石君独严家教

话说武帝即位之后，虽然亲理政务，但因在位日浅，年纪尚少，一切用人行政，皆须禀承两宫太后，自己不得专决。王太后是他母亲，尚易说话，只有祖母窦太后，难于奉承。如今欲用田蚡为相，忽又想起一人，未免有些妨碍。此人是谁？原来即是窦婴。论起田蚡与窦婴，同是外戚，一为皇太后之弟，一为太皇太后之侄，彼此不相上下。但窦婴在当日朝廷中，算是著名的勋旧大臣，田蚡资格名望都远不及他，况景帝在时，窦太后久欲其侄为相，言过数次，无奈景帝不用。如今武帝若用田蚡不用窦婴，明是袒护母家，忘却祖母之亲，未免有拂太皇太后之意，以此迟疑不决。后又想起太尉一官，本与丞相平等，自七国平后，此官久废，不如复置太尉，二人同时并用，也觉公平。但谁为丞相，谁为太尉，一时尚未决定。此时却有一人，姓籍名福，常在田、窦两家为宾客，知得此种情形，因念彼此都是自己居停，必须用法调和二人地位，免得互相争竞，伤了感情。于是想得一法，来见田蚡道："魏其侯尊贵已久，素为天下人望所归，今将军初次用事，名望较逊，主上若命将军为相，将军必须让与魏其。魏其为相，将军必为太尉，太尉与丞相，一体尊贵，将军又有让贤之名，岂非一举两得？"田蚡依言，便将此意告知王太后，太后转达武帝，武帝之意遂决，于是下诏拜窦婴为丞相，田蚡为太尉。

窦婴与田蚡，素性皆好儒术，二人既为将相，遂一同推荐儒生二人，一为赵绾，一为王臧。武帝拜赵绾为御史大夫，王臧为郎中令。赵绾代人，王臧兰陵人，少时同事申公学诗。至是既得进用，遂建议仿照古制，设立明堂、辟雍，请武帝用安车蒲轮往聘其师申公到来，会议此事。窦太后素重黄老，见此举动，已是不喜。窦婴又想将朝政整顿一番，建议令列侯各自就国，一班宗室外戚，有行为不法者，立即举奏，除其属籍。当日外戚多为列侯，列侯也多娶公主，大都不愿就国。又恐窦婴举奏他过失，遂争向窦太后前，毁谤窦婴。窦太后愈加不悦，因此对于武帝所行政务，每多批驳阻止。赵绾见太皇太后从中作梗，以致建议之事不能进行，便向武帝奏道："依礼妇人不预政事，陛下躬理万机，遇事当自由决断，臣请自今以后，不必向长乐宫奏事。"武帝听了，迟疑未决，却被窦太后闻知，心中大怒，遂仍用从前诛戮郅都手段，使人诬揑赵绾、王臧罪状。窦太后借此发怒，责备武帝道："此二人明是欲学新垣平，汝年少无识，为其所欺。"武帝被责，只得将赵绾、王臧下狱讯办，二人在狱自杀，于是所有建议一律作罢，窦婴、田蚡也因此免职。

先是窦婴拜相之命既下，籍福便来贺喜，因进言道："君侯天性好善疾恶，如今善人称誉君侯，故得相位；然恶人尚多，亦将毁谤君侯。君侯若能兼容，方可长久；不然，恐不久便当被毁去官。"窦婴不听，谁知不出半年，竟应了籍福之语。

窦太后既将窦婴、田蚡免官，废去太尉，以柏至侯许昌为丞相，庄青翟为御史大夫，又用石建为郎中令，石庆为内史。建、庆二人，皆万石君石奋之子，石奋其先本系赵人，迁居河内。高祖二年，东击项羽，行过河内，石奋时年十五，为小吏，得侍高祖。高祖暇时，呼与言语，见其年纪虽小，一举一动，却甚恭敬可爱，高祖因问道："汝家尚有何人？"石奋对道："臣有母，不幸失明，有一姊，能弹琴瑟。"高祖又问道："汝愿从我否？"石奋道："情愿尽力。"高祖甚喜，遂召其姊为美人，以石奋为中涓，使掌管接受书信引见宾客之事。及高祖平定项羽，建都长安，便将石奋家属，移居长安城中戚里，以其姊为美人，算是帝王亲戚也。石奋为人，并无文学，一味恭敬谨慎，满朝官吏，无与为比。高祖崩后，历事惠帝、吕后、文帝，官至太中大夫。文帝时，太子太傅张相如免官，文帝命群臣公推一人继任，大众一同推举石奋，文帝遂拜石奋为太子太傅。及景帝即位，因石奋是他师傅，位列九卿，日近左右，心中畏其拘谨，乃将石奋调出为诸侯相。

石奋生有四子，长子建，次子甲，三子乙，四子庆，并以孝顺驯谨，为人所称。当景帝时，官皆至二千石，景帝见了称叹道："石君与四子，同为二千石，合计所食之禄，恰满万石，不料人臣贵宠，竟聚于一门。"遂下诏号石奋为万石君。至景帝末年，石奋告老家居，景帝命仍食上大夫之禄，每遇年节，随班入朝庆贺。石奋年纪虽老，恭敬如前，偶乘车出门，行经宫阙，必下车疾趋而过，遇见天子路过车马，必凭轼致敬。景帝或时遣人就其家中赐食，石奋亦必叩首拜受，然后进食，食时如在帝前，不敢怠慢。平日家庭之内，礼仪严肃，俨如朝廷，子孙出为小吏，遇休沐之日，归家谒见，万石君必穿朝服，然后见之；与子孙言语，不称其名；子孙年稍长，可以戴冠者，终日侍立一旁，不敢脱冠。遇有过失，万石君并不责骂，但自己不就正座，到了食时，对案不食，家人见此情形，便知是有人犯过，尽皆惶恐，彼此自相责备，究出犯过之人，托长辈带领向万石君肉袒谢罪，深自悔改，万石君方始恕之。因此一家之内，遵其教化，下至儿童奴仆，皆知谨慎。若遇亲族丧事，万石君哀戚尽礼，子孙亦能依照而行。天下之人无不称赞万石君家门孝谨，虽齐鲁儒生讲究躬行实践之人，亦自以为不及。

此次王臧下狱自杀，郎中令缺出，需人补授，窦太后记起万石君，因说道："儒生平时满口仁义道德，到得行事，往往与言不符。今万石君一家，并不研究文学，看他为人处世，却是脚踏实地，可见凡事不在多言。"遂下诏拜万石君长子石建为郎中令，少子石庆为内史。石建此时年届六旬，须发尽白。万石君已是八十余岁，却尚健全无病。石建虽然官高年老，事父一如往日。每隔五日回家休沐，见过万石君，退入旁屋，窃问侍者，取出万石君近身所穿衣裤，持向近墙沟边，亲自洗涤洁净，仍悄悄交与侍者。石建因恐他人洗得不净，所以必须自己动手；又恐被万石君得知，心中不安，独自躲在一旁，背地行事。似此体贴亲心，无微不至，在万石君诸子之中，算是第一孝顺。

石建不但孝行第一，即谨慎亦算第一。自为郎中令，管理宫内事务。一日，因事写成奏章，奏闻武帝。武帝阅毕，仍行发回。石建又将自己奏章复看一遍，忽然看到马字，十分惊恐。心想马字下面一弯，是个马尾，连着四点，算是马足，共有五画。如今只写四画，少却一画，不能成字，定被主上看出，责问起来，便要死了，如何是好，因此惶急异常。后见武帝并未提起此事，方始放心。以后遇事，自然愈加注意。但凡人谨慎太过，往往变成畏懦，石建却不如此。他见事有应直言者，便乘间屏退左右，向武帝痛切言之。及至大廷广众之间，反似不能言者。武帝知其忠实，特加礼待。

至石庆，孝谨虽不及其兄，比起平人也就远过。当日万石君由戚里移居陵里，石庆身为内史，每遇出行回到里门，仍照例下车步行而入。一日偶因酒醉，忘却下车，一直坐到家中，却被万石君闻知，不肯进食。石庆吓得酒都醒了，连忙托人说情，自己肉袒俯伏请罪。万石君因石庆失礼乡里，气得利害，仍自置之不理。石建见父亲怒气不解，便带领全家兄弟子侄，一齐肉袒，替石庆求情。万石君却不过大众情面，方对石庆冷笑说道："内史自是贵人，入得里巷，里中尊长，各皆走避，内史安然坐在车中不动，在理固应如此。"石庆被责，不敢出声，过了片刻，万石君方命其退去。从此石庆及诸子孙等，一到里门，便跳下车，步行回家。后来石庆由内史调为太仆，常替武帝御车。一日武帝坐在车上，忽想试他一试，遂骤然问道："车中共有几马？"石庆却不即对答，用手举起马鞭，将马逐一数过，方才举手答道："六马。"石庆在兄弟之中，性情最为轻率，尚且如此，可见万石君家教之严，连窦太后、武帝都十分佩服。

万石君直至武帝元朔五年始卒，寿九十六。石建年已七十余，居丧哭泣甚哀，年余亦死。惟石庆竟位至丞相，此是后话。欲知当日情形如何，且听下回分解。

第六十七回　严助奉诏定远方　闽越杀王奉汉令

话说当日窦婴与田蚡同时免官，皆以列侯家居，自表面观之，二人失意正复相等，然而内中情形，却大不相同。窦婴生性不善趋时，全借窦太后为泰山之靠。今既触怒窦太后，将他疏远，平时罕得进见，遇事不与商议，即使偶然进言，亦不见听。名为外戚，并无一毫势力。田蚡虽亦为窦太后所不喜，尚有王太后可以倚赖，况论起戚谊，算是武帝母舅，比窦婴亦自较亲，故罢官之后，仍然得势，常在武帝左右，言事每多听从，田蚡以此日加骄横。

一日，忽报闽越王郢，发兵攻击东瓯，东瓯遣人前来告急。武帝因问田蚡，应否发兵救之。田蚡对道："越人自相攻击，本其常事，不足劳中国往救。况越地当秦时已弃之，不属中国，尽可置之不理。"时严助在旁，闻言即诘问田蚡道："越地本我属国，今为邻国所困，特来告急，朝廷置之不救，将何以服万国？若谓为秦所弃，则秦连咸阳亦皆弃之，何况于越？今所论者，在吾力能救与否耳。"田蚡被驳，无言退去。

原来严助自从对策被擢为中大夫，常在武帝左右，甚得宠幸，如今数言驳倒田蚡。武帝听了，点首称善，遂对严助道："太尉不足与计，今决意往救东瓯，但吾新即位，不欲便出虎符，向郡国发兵，惊动天下人耳目。汝可持节前往会稽郡，命郡守发兵往救。"严助奉命起行，到了会稽，传武帝之诏，令其发兵。郡守见严助并无虎符为验，意欲依法拒绝，正在迟疑不决。严助知得郡守意思，心恐误了使命，忽想起自己持节出使，例许专杀，遂故意发怒，斩一司马示威。一面将武帝不发虎符之意告知郡守，郡守方才悚然听命。克日调齐兵队，由严助带领出发。

说起闽越与东瓯，皆是蛮夷。秦时曾以其地为闽中郡，与南越通称为百越。及汉定天下，高祖立故闽越君长无诸为闽越王，建都冶县；惠帝又立摇为东海王，建都东瓯。两国境土相连，其地势东南近海，西接南越，西北与汉会稽、豫章二郡交界。交界之处，皆是高滩峻岭，道路难行。加以地气暑泾，不便行军，如今严助欲救东瓯，特改由海道前往。

闽越王无诸与东海王摇，同为越王勾践之后，本属一族。先是七国反时，吴王刘濞兵败，走至丹徒，被东瓯人诱杀。太子刘驹，逃入闽越，心怨东瓯，欲借闽越之兵，报复父仇。日夜进劝王郢，吞并东瓯。王郢听从其计，遂于建元三年起兵往攻东瓯。王郢心想道路险远，汉兵未必来救，量着东瓯国小，无力抵御，定可破灭。及闻严助竟由海道进兵，心中恐惧，连忙将兵退回本国。

当日严助带领军队，乘坐战舰，浮海南下，到了东瓯。东瓯王出迎，严助问知闽越早已退兵，地方安静无事，甚是欢喜。暗想闽越畏我声威，此来不战而定，已算出于意料之外。论理本应进兵闽越，讨其擅攻邻国之罪。但恐他未必肯服，万一出兵抵拒，我兵不能取胜，以致损失国威，反为不美。不如趁此收场，免得画蛇添足。严助想定，遂传令班师,仍由海道回国。

东瓯王见严助就此退兵,并不向闽越声讨其罪,默计我与闽越已结仇隙,不久必又来攻。若屡向汉廷告急,也觉厌烦。况汉兵远道来救,或恐缓不及事,一旦被其破灭,举国人民,不遭杀戮,亦被掳掠成为奴隶。似此提心吊胆,日夜不安,不如弃了国家,迁往内地,尚得保全生命,安居过日。于是将此意告知严助,严助奏闻武帝,允其所请。遂将东瓯全国人众,移到江淮之间,拨与土地居住。闽越王郢,自从收兵回国,惟恐汉兵来讨,过了一时,闻说严助班师,又闻东瓯全国内徙,现在其地空虚,王郢大喜,急将人民移往居住,于是不费一兵,不折一矢,竟完全将东瓯占领。

闽越王郢既得东瓯,贪心不足,又想吞并南越。到了建元六年,复兴兵往攻南越。南越王胡遣人上书告急,其书道:

> 两粤俱为藩臣,毋擅兴兵相攻击。今东粤擅兴兵侵臣,臣不敢兴兵,唯天子诏之。

武帝览书,深嘉南越王能守职遵约。即下诏命大行王恢、大司农韩安国为将军,各率兵队,一由豫章,一由会稽,两路合攻闽越,讨其背约之罪。闽越王郢闻知汉兵来讨,遣兵据守险阻,预备抵抗。却有闽越王之弟余善,见事势不妙,遂暗地与宗族密议道:"今王未曾请命天子,擅自发兵攻击邻国,以致天子兴师来讨。汉兵既众且强,即使侥幸被我战胜,以后必然更来,直至灭国乃止。为今之计,不如杀王以谢天子。天子若肯就此罢兵,我国固得保全,倘仍不允,然后与战,战复不胜,再逃入海。吾计如此,不知众意若何?"众人闻说,同声称善。于是余善遣人将王郢刺死,割下首级,送到王恢军前,请求罢兵。王恢道:"我此来本为讨王,今不战而得王头,乃是莫大利益。"遂顿兵不进,使人将此事通知韩安国,一面遣使奉闽越王之头,驰驿报闻武帝。武帝下诏两将,命其班师。又查得此次闽越兴兵,独有无诸之孙繇君丑,并不预谋,乃立丑为闽繇王。谁知余善自从刺死王郢,威行国中,人民多服,居然自立为王,繇王不能制止。后为武帝所闻,心想单为余善一人,犯不着起兵往讨,且念其有功未赏,遂下诏立余善为东粤王,与繇王同居一国。

武帝既平闽越,遂遣严助前往南越,告知此事,并谕意南越王胡,令其入朝。南越王胡闻诏,顿首谢道:"天子乃幸兴兵诛闽越,臣虽死无以报德,谨遣太子婴齐入京宿卫。"又对严助道:"小国新遭兵火,应请使者先行,胡不日束装就道。"严助既去,南越大臣谏阻赵胡道:"先王有言,奉事天子,但求不至失礼,不可为好言所诱,便行入朝。入朝之后,不得复归,必至亡国。"赵胡见说,遂称病不肯入见。先是淮南王刘安,闻武帝征讨闽越,上书谏阻。武帝虽然不听,却念他是一番好意。此次严助由南越奉使回京,武帝命其顺路前至淮南,告知平定闽越之事。严助由淮南回京,备述淮南王刘安闻言顿首谢过。武帝大悦,因问严助意中何欲,严助对道:"愿为会稽太守。"武帝遂拜严助为会稽太守。

当日武帝招求文学之士,严助最为先进,此外尚有东方朔、司马相如、枚皋、吾丘寿王、主父偃、朱买臣、徐乐、严安、终军、胶仓、庄葱奇诸人,陆续进用。就中最得亲近者,为严助、东方朔、司马相如、枚皋等。未知东方朔等为人如何,且听下回分解。

第六十八回　东方生诣阙上书　金马门佯狂避世

话说东方朔字曼倩，乃平原厌次人，少时好读书，博览传记。适值武帝即位，下诏举贤良方正文学才力之士，待以不次之位。一时人士闻风，皆欲趁此取得功名富贵。但恨无人荐举，只得自来长安，诣阙上书，效那毛遂自荐，希冀进用。诸如此类，不下数千人。所上之书，武帝皆亲自披览，言不可采者，即罢令归家。东方朔亦随众观光，来了长安，直到公车司马门上书。当日上书，例用奏牍。奏牍系以竹削成，如今之竹简。在常人上书，不过用它数个，极多用至十余个、百余个，也就罢了。偏是此位曼倩先生，所上之书，却与众人大不相同，一连用了三千个奏牍。也不知他向何处搜寻许多言语，更破费几多时日，方才写成。放在阙上，竟有一大堆。那管理上书之公车令见了，人人吐舌，都道古今少有，莫非他将世间各种书籍，尽数抄写上来，不然那得许多话说。但无论如何，只得照例收受。于是东来一人，西来一个，更莫想独力将它举起。后来却是两个公车令，费尽力量，一同将它扛进。武帝看见，也觉诧异，便放在宫中，慢慢阅看。看到歇时，便就书上做个符号，留待次日续看，一直过了两个月，方才看完。读者若问东方朔书中所言何事，无奈其书不传。纵使传到现在，似此连篇累牍，也难详载，如今但就书中自叙履历一段，录之如下：

> 臣朔少失父母，长养兄嫂，年十二学书，三冬文史足用；十五学击剑；十六学诗书，诵二十二万言；十九学孙吴兵法，战阵之具，钲鼓之教，亦诵二十二万言。凡臣朔固已诵四十四万言，又常服子路之言。臣朔年二十二，长九尺三寸，目若悬珠，齿若编贝，勇若孟贲，捷若庆忌，廉若鲍叔，信若尾生，若此可以为天子大臣矣。臣朔昧死再拜以闻。

武帝看毕，心中大奇其人，遂命其待诏公车。东方朔在公车门待诏，过了一时，不见动静，知得武帝事忙，将他忘记。似此俸禄微薄，不敷用度，未奉诏命，又不得入见，如何是好？东方朔却想得一策，来寻侏儒。

当时选取一班矮人，教以戏剧，备天子娱乐之用，号为侏儒。东方朔一见侏儒，装出惊慌情状，连忙说道：“主上以为汝辈毫无用处，耕田作工，固不如人；临众居官，不能治民；从军杀敌，不任兵事；无益于国，徒费衣食，今欲尽杀汝辈。我怜汝等无辜被戮，闻此消息，特来通知。”侏儒听说，信以为真，一众吓得相聚啼泣。东方朔见他们入了圈套，遂又慢慢说道：“我今教汝一法，待得主上车驾行过此处，汝等一齐拦住叩头请罪，可保无事。”侏儒同声应诺，齐向东方朔道谢。东方朔别了侏儒，出到门外，忍不住一路大笑而去。

不过数日，武帝车驾出行，果由侏儒门外经过。一班侏儒，依东方朔所教，俯伏道旁,连连叩首,同声号哭。武帝见了,大为诧异,问是何故。侏儒对道:“闻东方朔言,主上欲尽诛臣等,故来恳恩饶恕。”武帝闻言,知是东方朔生事,卖弄他的本领,即遣人将东方朔召到,问道:“何事妄言恐吓侏儒?”东方朔见问,对道:“臣朔今日生亦言,死亦言。侏儒身长三尺余,俸食粟一囊,钱二百四十;臣朔身长九尺余,俸食亦粟一囊,钱二百四;侏儒饱欲死,臣朔饥欲死,臣言可用,幸异其礼;不可用,罢之归家,勿使但留长安索米。”武帝听说大笑,乃命东方朔待诏金马门。金马门乃宦者署门,本在宫中,东方朔遂稍得与武帝亲近。

武帝一日聚集许多术士,令其射覆。武帝自置守宫于盂下,使诸人射之,皆不能中。东方朔在旁见了,不觉技痒,走上前来,自言道:“臣曾读《易经》,请试射之。”武帝许诺。东方朔遂用蓍草布成一卦,说道:“臣以为龙又无角,谓之为蛇又有足,跂跂脉脉善缘壁,是非守宫即蜥蜴。”武帝见东方朔射中,口中称善,命左右赐帛十匹,又置他物使射。东方朔连中几次,皆得受赏。旁有倡人郭舍人,素得武帝宠幸,生性诙谐,言语敏捷。尤善为技壶之戏,以竹为矢每投必中。且有一种绝技,先投一矢于壶中,随后再投一矢,能将前矢激出,仍回手中。如是又投又激,一连百余次,自号其矢为骁。每在武帝前投壶,常受金帛之赐。今见东方朔射复连中,得了许多赏赐,心中不服,便对武帝道:“东方朔不过侥幸得中,并非实有本领。臣请使朔再射,朔若能中,臣愿笞责百下;朔不能中,臣当赐帛。”武帝应允。郭舍人遂暗取一物藏在盆下,使东方朔射之。东方朔仍前布卦毕,且不明言,故意含胡说道:“此是窭数。”郭舍人见说,拍手笑道:“臣早料定朔不能中,如今果然。”东方朔见郭舍人正在高兴,遂从容说出道:“生肉为脍,干肉为脯,着树为寄生,盆下为窭数。”武帝闻言,遂命开盆一看,果是树上寄生,郭舍人无言服输。武帝便命倡监。将郭舍人笞责一百。郭舍人被打,连声呼痛,东方朔甚是得意,遂对着他嘲笑道:“口无毛,声謷謷,尻益高。”郭舍人听了,不胜气愤,向武帝道:“东方朔胆敢骂辱天子从官,罪当弃市。”武帝问东方朔道:“何故将他骂辱?”东方朔道:“臣非敢骂他,乃与他说谜语耳。”武帝道:“所说是何谜语?”东方朔道:“口无毛者,狗窦也;声嗷嗷者,鸟哺鷇也;尻益高者,鹤俯啄也。”郭舍人知东方朔明是笑他,今被主上诘问,故意托词解免。自想平空受责,又被耻笑,心中不甘,遂对武帝道:“臣请也为谜语问朔,朔若不知,亦当受责。”于是信口乱唱道:“令壶龃,老柏涂,伊优亚。狋吽牙。”东方朔答道:“令者命也,壶者所以盛也,龃者齿不正也。老者人所敬也,柏者鬼之廷也,涂者渐洳径也。伊优亚者辞未定也,狋吽牙者两犬争也。”郭舍人有问,东方朔应声即对,变化无穷,莫能诘难,左右皆大惊,由是遂得武帝爱幸,拜为郎官。

东方朔既为郎官,常侍武帝左右。武帝每当无事之时,便召东方朔近前,与之谈论。东方朔谐谑百出,引得武帝笑乐,时常赐以酒食。东方朔在武帝面前食毕,见案上尚有余肉,便一块一块,悉数揣在怀中,汤汁淋漓污满襟袖。武帝又时赐以钱帛,东方朔双手捧持不下,便将它束作一捆,用担荷在肩上,一径归家。众人见了,无不嗤笑,东方朔全然不顾。

东方朔既得许多赏赐,遂在长安拣择美貌女子,娶之为妻,娶了许久,觉得讨厌,便又弃去,再行别娶。大约每隔年余,必换一妻,似此也不知几次。所赐钱帛,都消费在妇女身上。同事郎官，大半呼之为狂人。事为武帝所闻，对左右道："东方朔若无此等行径，汝辈安能及之。"

一日，东方朔在殿中闲行，有一郎官向之问道："人皆以先生为狂，先生自谓为何？"东方朔答道："吾乃避世之人，古人避世于深山之中，吾却避世于宫殿之间。"于是每到酒酣，便据地唱歌道：

> 陆沉于俗，避世金马门。宫殿中可以避世全身，何必深山之中、蒿芦之下？

东方朔生平笑话甚多，不能尽述，却有一事，传播千古，作为美谈。未知此事为何，且听下回分解。

第六十九回　东方割肉遗细君　相如弹琴挑卓女

话说一日正值三伏，天气炎热，武帝念起一班从官，侍奉劳苦，饬令大官丞，各赐以肉。有司遂将应赐之肉，陈列殿中，专待大官丞到来，宣诏分给。

东方朔在旁，看见赐肉，早已垂涎，满望立刻受赐，持肉归家，与妇女大嚼一顿。偏是等候许久，大官丞仍自不来。再看时候已是过午，日影渐渐西斜，东方朔等得不耐烦，便大踏步直走向前，拔出佩剑将肉割下一大块来，对着同官说道："伏日须要早归，我请就此受赐罢了。"说毕怀了肉摇摆而去。众人看见，忍不住一齐大笑。及至大官丞到来，宣诏分给，单单不见东方朔，问起情由，众人告知其事，大官丞便来奏知武帝。

次日，东方朔入宫，武帝一见问道："昨日先生不待诏命，割肉而去，是何道理？"东方朔被问，免冠俯伏谢罪。武帝道："先生起立，自责一番。"东方朔再拜起立，正色自责道："朔来朔来，受赐不待诏，何无礼也？拔剑割肉，一何壮也？割之不多，又何廉也？归遗细君，又何仁也？"武帝听了，鼓掌笑道："吾使先生自责，乃反自赞。"遂命左右再赐以酒一石，肉百斤。东方朔欢喜拜谢而去。

一日武帝偶坐宫中，忽得一篇《子虚赋》，读之称善，但不知何人所作，因叹说道："朕偏不得与此人同时。"旁有狗监蜀人杨得意进前说道："臣邑人司马相如，自言曾为此赋。"武帝听说惊喜，即遣人往召司马相如。说起司马相如字长卿，乃蜀郡成都人，擅长文学，但有口吃之病，难于言语。自少为父母所钟爱，小名号为犬子。及年长，慕战国蔺相如之为人，因名相如。时文翁为蜀郡太守，见相如生性聪俊，命往长安受读经书，学成回蜀教授。后事景帝为郎，渐擢为武骑常侍。相如性喜著作，偏遇景帝不好词赋，命为武官，心甚不愿。恰值梁孝王来朝，随带邹阳、枚乘、严忌诸人，相如与诸人相见，彼此谈论，甚是相得。不久遂谢病免官，来游梁国。孝王以礼对待，命与诸人同居，相如与诸人日常无事，各借文词倡和，消遣光阴，因此遂著成子虚之赋。

及梁孝王死后，相如归到成都。家中清贫，又无事业可做，因想起友人王吉，现为临邛县令。记得当年临别之时，王吉曾说道："长卿如果宦游不遂，可来找我。"如今飘泊一身，又无家室，何不前往依之？相如想定，便将家中所余田产，悉数变卖得钱，用一半置备行装，一半留为盘费，即日起程前往临邛。王吉闻得相如到了，自出迎接，便留相如住在都亭。二人久别重逢，自然欢喜，王吉问起相如近日景况，相如一一告知。王吉见故人如此落泊，必须替他想法，因筹得一计，密与相如说知。相如允诺。

于是王吉假作十分恭敬，每日一早亲到都亭，来向相如问安。初时相如尚出来相见，过了数日，王吉来时，相如故意称病，命仆人辞绝不见。王吉仍自日日到来，不敢怠慢。本地人民，见此情形，都道县令来了一位贵客。此信传到一班富人耳中，也不知此客具有何等势力，能使县令如此尊重，不免心生势利，意欲前来结交。

原来临邛地方，素多富人，就中以卓王孙为第一户。卓王孙先世本是赵人，因得铁矿,开炉冶铸,由此起家致富。至秦灭赵国,卓氏全家被掳,迁往蜀地,所有家产,皆遭没收。卓氏夫妻二人,自己推辇而行,到了葭萌地方。其时同迁之人甚多,也有身边藏有钱财者,因见蜀道险恶难行,便将钱买嘱押送官吏,求其安置近处。官吏得了贿赂,即命其就葭萌居住,只有卓氏却不肯依照众人行事。他夫妻二人暗地商议道:“此地狭小,土质硗薄。吾闻岷山之下,土地甚肥,下有蹲鸱,至死不饥。且其民勤于工作,交易便利,吾等当往其地居住。”于是卓氏反求官吏,迁居远处。官吏遂将卓氏安置临邛。卓氏大喜。只因临邛亦有铁山,于是采铁制造,重兴世业。又往来滇蜀一带,贩运货物,获利甚多。不久成为巨富,所畜家僮至八百人,池台苑囿射猎之乐,俨如国君。又有程郑系由山东迁来,亦以鼓铸为业,与西南夷贸易,家僮亦有数百人,其事几与卓氏相等。

当日卓王孙、程郑等闻此消息,相聚议道:“县令现有贵客,我等理当备酒邀请,以尽东道之谊,并请县令作陪。”诸人择定日期,就卓王孙家中宴会。说起富家举动素来阔绰,今因邀请贵客,格外铺张。先期悬灯结彩,陈设一新,却内中惊动了一个人。此人即卓王孙之女,名文君,年才十七岁,出嫁不久,即丧其夫,回到母家。文君生得美貌非常,眉色如望远山,脸际常若芙蓉,肌肤柔滑如脂,生性放诞风流。可惜年少守寡,虽然衣食富足,终觉辜负青春。其父也想替她另行择配,但是当地子弟,并无一人能中文君之意,以此耽搁下来。文君自己却暗地留心,意在择人而事。当日闻得父亲宴请贵客,不觉心动,便想出来偷看。

到了是日,卓王孙一早起来,整肃衣冠,出外候客,使人分头催请,一班宾客,陆续到齐,共有百余人。过了许久,临邛县令王吉亦到,大众专候司马相如一人。此时已是日午,酒筵久已齐备,卓王孙一再遣人催请,司马相如托词有病,辞谢不来。王吉不敢先行入席,只得亲自乘车来迎相如。又过许久,方将相如请至。众见相如十分难请,此次似乎却不过县令情面,勉强一来应酬,也要看他是何等样人。及至望见风采,一座之人,尽皆倾仰。此时卓文君早已立在户侧,定睛窃看,见相如人品清秀,举止闲雅。又观车马仆从,亦甚美丽雍容,觉得本地寻不出此种人物,心中爱慕不舍。一时看得忘情,不觉露出自己面目,却被相如一眼瞧见。

此时外面饮到酒酣,王吉知相如善于弹琴,蓄有一琴,名为“绿绮缘”,如今带在车上,便命左右取至。王吉亲自捧到相如面前说道:“闻长卿素性喜琴,望弹数曲以自娱乐。”相如推辞不过,遂弹了一两曲。一班座客,但听音调悠扬,便皆鼓掌称善,何曾知得琴中之意,独有卓文君素喜音乐,深谙律吕。见相如弹琴指法甚精,又闻所弹曲调,语语关切到自己身上,暗自点头会意。原来相如因见文君貌美,十分倾慕,便将心事写入琴中以挑之,当下所弹之曲,名为《凤求凰》。其辞道:

凤兮凤兮归故乡,遨游四海求其凰。有一艳女在此堂,室迩人遐毒我肠,何由交接为鸳鸯?

凤兮凤兮从凰楼,得托子尾永为妃。交情通体必和谐,中夜相从别有谁?

文君听得眉飞色舞，忽地划然一声，琴声顿止，方才醒了回来。不消片刻，酒阑席歌，相如起身告别，众客纷纷散去。文君独自回到内室，心中惘惘如有所失，暗想道，似此风流儒雅，世间男子，能得几个？我正宜托以终身，不可当面错过。但是我虽有意于他，恐他未必有意于我，方才听他琴调，虽然情意缠绵，安知他意中非别有所属？况他与我素昧生平，异地初来，何以便知有我？我今费尽心思，如何设法使他知得？文君独自沉思，正在出神，忽有一人慌慌张张走入房来，却把文君吓了一跳。欲知来者何人，且听下回分解。

第七十回　效鸾凰文君私奔　脱鹔鹴相如贳酒

话说卓文君独自胡思乱想，忽有一人仓皇走入，文君出其不意，吃了一惊，举头一看，却是自己身边一个侍儿。文君正待开言责备，那侍者见房内无人，便走近前来，附着文君耳边说道："适才外边请客，异常热闹，我也随众前往观看。见那首座一位客人，品貌清秀，又会弹琴，甚是好听。问了旁人，方知他名叫司马相如，我正在看得高兴，却被家僮唤到门外，说是有人寻我说话。我见其人，却不认得，其人自言系奉主人之命，给我许多赏赐，托我密向娘子道达仰慕之意。我问他主人姓名，原来就是首座之客。我又问他主人家世，据他说主人住在成都，家中并无妻室子女。据我看来，此人才貌双全，也曾做过官吏，又兼衣装华美，举动阔绰，谅来家道不至贫穷。今既有意仰慕娘子，若得成了亲事，真是一双佳偶，不知娘子意下如何。"文君听了，口中默然无语，心中却着实欢喜，喜的是司马相如果然有意于我，我今决计从他，但如何方能成就此事？若等他托人前来向我父亲说亲，固是正当办法；所虑者，万一父亲竟将他辞绝，弄得两下决裂，反为不美，此事如何是好？

文君辗转寻思，并无方法，末后想来想去，只有自出主意，随他逃走，最为简捷。又想起琴调末句道："中夜相从别有谁？"明是叫我夜间到他馆舍更无人知之意，事不宜迟，只在今夜前往便了。文君此时已被爱情驱使，也顾不得许多，一到晚间，吃过晚饭，命侍儿出外，悄悄备了车马，只说是往访亲戚。自己瞒过家中众人，暗地出来上车，吩咐御者加鞭前往都亭。不消片刻，早已到了。文君便命车马回去，自己直入馆舍，来见相如。相如一见文君黑夜到来，又惊又喜，待到天明，遂一同乘车，离了临邛，驰归成都。

原来相如种种做作，都是王吉之计。王吉因见相如贫穷，未曾娶妻，性又不乐仕进，惟有做了富家女婿，既有家室，又有钱财，方为一举两得。但本地富人虽多，大都心存势利，若使知得相如，家贫无业，岂肯将女许他？因念此等势利之人，惟有势利方能动他。好在相如新来做客，彼辈无从窥破底蕴，遂想得此计，自己假作恭敬，每日往拜相如。又使相如托病不见，装出那高不可攀的身分。使卓王孙、程郑等见了，十分仰慕，自然要来结交。相如才貌，又可倾动众人，彼辈见了，必能中意，然后自己从中替他说合，方可成事。此原是王吉替故人打算一片的好意，谁知相如席间窥见文君，便将琴声勾引，又用重赏买通文君侍儿，转达己意。文君一时情急，竟等不得托人说媒，夤夜私奔，二人挟同逃走，及至王吉闻知，见事已至此，只得由他罢了。

当时文君逃走，卓氏家中大众，全然不知。只因富家大族，房屋广大，人口众多，各人但料理自己之事，无暇顾及他人，便有一二个人知得文君出门，还道她往访亲戚，不久便可回家，谁人料到她会逃走？所以全不在意。直至次日大家起来，彼此见面，问起文君，方知不在家中。遣人到处寻觅，全无踪影。末后究问侍儿及御者，始知前往都亭。急到都亭问时,连司马相如都已不见,方悟是随他逃走。此时相如与文君已动身大半日了。卓王孙闻说女儿随人私奔,直气得饮食不能下咽。欲遣人追赶,料得相去已远,万难赶上。纵使追回,然两情既然相属,终必更逃,于事有何益处?若待告到官府,擒拿惩治,眼看得相如是县令故人,必加袒庇。况此事经官,闹到通国皆知,自己愈觉出丑,只得忍气吞声,反吩咐家人不许在外张扬,免被他人议论。谁知喧扰半日,弄得亲戚朋友,早已周知,陆续到来解劝。过了一时,打听得相如与文君住在成都,光景甚是为难,便有人劝卓王孙道:"文君虽然做错了事,终是自己女儿,她既愿从相如,相如便是汝女婿,何妨分给钱财,作为嫁资,免得她落泊过日。"卓王孙听说大怒道:"养女不肖,至于如此,我不忍将她杀死,已算便宜。若论家财,我是一钱不给。"众人说了数次,卓王孙始终不肯。

文君自随相加,回到成都。入得家中一看,原来只有破屋数间,除却四壁之外,更无一物。文君先前以为相如服装华美,家道虽非殷富,定然有些田产,可以安坐过日,谁知竟是空无所有,未免失望。又追悔自己临行仓促,不曾将细软物件,多收拾些带来。事已至此,也就无法,只得将随身插戴金珠首饰,变卖数件,置备日用物件,暂度目前。相如自得文君为伴,暇时偶尔著书作文,远胜从前那种寂寞。惟是终日坐在家中,无所事事,只有出款,并无入款。自古道坐食山空,不消几日,文君带来物件,变卖将尽。相如一向贫穷度日,尚不觉得困苦,只有文君自少生长朱门,锦衣玉食,安坐享受,何曾领略贫家苦况?如今对着粗茶淡饭,已是食不下咽,更兼无人使用,炊爨洗涤,事事躬亲,愈加劳苦。又虑到将来钱财用尽,便要入了饿乡,如何是好?因此郁郁不乐,不免蹙残眉黛,瘦损花容。相如见文君憔悴非常,心中愈加怜惜,便不时弹琴替她解闷。

一日,相如与文君枯坐相对,甚是无聊。相如默念文君娇养已惯,自到我家,不曾得过快乐日子,都是为我所累,想起来实在对她不住。今日无事,不如买些酒肴,与她作乐一番。但是身边并无一钱,如何觅得一醉?此席又系自己作东,不便向文君开口。想到无法,只有自己身上所穿一件鹔鹴颇值几文。现在天气尚不甚冷,将他抵押些钱,暂博她目前快乐。而且我二人成亲以来,未尝饮过合欢酒,不如趁此补足,便当是洞房花烛燕尔新婚,以后如何,且不管他。相如想定主意,也不告知文君,独自走到市上,寻了一家酒店。那店主人名为阳昌,乃是相如素识,相如走入店中,便将身上皮裘脱下,交与阳昌,作为抵押品,向他赊取美酒两瓶,肴馔数品。不消片刻,酒肴端整,店小二挑着,跟随相如送到家中,遂一一取出,排列案上。相如打发店小二回去,自请文君前来饮酒。文君问起情由,相如方才告知。文君只得出来与相如对坐饮酒。相如一心欲买文君欢喜,谁知饮到半酣,反触动文君心事,想起眼前家景落泊,度日艰难,不由得一阵心酸,低了头抱着颈项,那两行眼泪,便如断线珍珠,扑扑簌簌堕了下来,襟袖都被沾湿。

相如见此情形,吃了一惊,连忙安慰道:"好好饮酒,何苦又想心事?"文君含悲说道:"我想起自己生平,家中何等富足,每遇高兴时,要吃要喝,不要拿出现钱,只须吩咐一声,立时买好,捧到面前,尽情享用。不想如今连到吃喝都无现钱,竟累汝脱下皮裘来抵押，叫我如何吃得下去？”说到此处，哽咽不能成声。停了片刻，文君又说道：“我预算用度不久罄尽，更无别物可以典卖，终不成坐而待毙。据我意见，不管好歹，再到临邛住下，便作是父亲不肯周济，我尚有兄弟姊妹，向他借些钱财，也可过活，何至自苦如此？”相如听了，心想，我设计引诱文君，害她到来受苦，偏是卓王孙不顾父女之情，不肯分给钱财，料他也是一时气极，所以置之不理。现在事隔数月，想他气已渐平，我与文君便再回临邛，谅他也不至与我二人为难。纵使为难，现有县令王吉，是我故人，自然暗中做我护符，也不怕他。惟是依着文君打算，借贷为生，亦非善策，必须弄他一笔钱财到手，方可遂意。因又念道，大凡富人最顾体面，他所以深怒文君，也因是越礼私奔，伤了他的体面，在他意中原想不认父女之亲，但自外人观之，文君终是他的女儿。如今迫到无路可走，一不做，二不休，索性从重玷辱他一番，管教他自己情愿将钱奉送，遮掩门面。相如沉思半晌，忽得一策，便与文君说知。文君点头应允。二人计议已定，重将酒肴吃了，收拾安寝，一宵无话。到了次日，相如与文君收拾行装，仍坐原来车马，前向临邛而去。欲知此去如何，且听下回分解。

第七十一回　卓文君当垆沽酒　汉武帝微服出游

话说司马相如与卓文君到得临邛，既不往见卓王孙，也不通知王吉，便将车马变卖，作为资本，租了一间店，置备许多什物，雇了几个伙计，择个吉日，挂上招牌，居然开了一家酒店。说起经商买卖，原属正当营业，即卓王孙祖父，亦由买卖致富，并不至失了身分。惟是卖酒生涯比起别项生意，终觉不如，但相如既为店东，文君也是女东人。若使安坐店中，不理杂务，也就罢了，偏是相如却令文君每日浓妆艳服，出到店前，当垆卖酒。相如自己脱下衣冠，身穿短褐，下着短脚之裤，系起围裙，在店中帮同伙计，洗涤杯盘兼作杂事。

相如酒店一开，生意便异常兴旺。只因地方上人见是妇女当垆卖酒，都当作一桩新闻，到处传说，因此哄动多人，都借买酒为名，争来观看，店前终日拥挤不开，又兼文君姿态秀丽，更惹得一班轻薄子弟，浮荡少年，目迷心醉。早有认识卓文君之人，说出姓名，不消几日，风声传播满县，都说是卓王孙女儿，居然做了酒保。一时议论纷纷，嬉笑怒骂，无所不有。

事为县令王吉所闻，急遣人出来打听，据回报说是确实。王吉暗思，此乃相如之计，如今且莫道破，于是假作不知，置之不问。只有卓王孙闻信，又羞又怒。心想女儿做此下贱之事，连自己都无面目见人，只得躲在家中，闭门不出。遂有许多亲族戚友，知得此事，都来劝慰卓王孙道："汝仅有一男两女，家中不患无钱，都因不给资才，迫她做出此事。且文君既已失身于司马长卿，长卿旧曾为官，以病免职，家道虽贫，人材却还相配，况又是县令之客，奈何使她辱没到此田地？"卓王孙听诸人所说，也甚有理，自己又无别法，不得已长叹一声，方才应允。乃分与文君家僮百人，钱百万，以及嫁时衣被财物。文君得此大财，立即闭了店门，与相如仍回成都。王吉闻知，也替相如欢喜，算他所设之计，竟然成功。读者须知司马相如此种行径，比起东方朔更是不堪，他二人在历史上却都是有名人物。只因我国人有一种风气，但凡遇着文人才子，格外看重，任他做出种种丑态，到后来反传为佳话。至今四川成都县尚有相如琴台旧址。又邛崃县东白鹤驿有文君井，井水酿酒，其味甚美。井侧亦有琴台，相传为司马相如抚琴之处。唐杜甫有诗咏相如琴台道：

茂陵多病后，尚有卓文君。
酒肆人间世，琴台日暮云。
野花留宝靥，蔓草见罗裙。
归凤求凰意，寥寥不复闻。

当日相如、文君再回成都，将所得资财，置买田宅，使用奴仆，顿然成了富人。回想从前皮裘换酒情形，大不相同。如今拥有财产，坐对美人，无忧无虑，于愿已足。谁知乐极生灾，旧病复发。原来相如素有消渴之病，自从得了文君，未免为色所迷，以致触起痼疾。相如也自懊悔，乃作《美人赋》以自警，但要想清心寡欲，却又不能。此时恰值武帝下诏来召，相如便与文君暂别，束装上路。相如出门坐在车中，自思我昔日屈身酒保，为人所笑，此次奉诏入京，主上谅有用我之意，将来必须取得高官厚禄，衣锦还乡，方足一洗从前耻辱。正在沉思，车马忽然停住。原来成都城北十里，有一桥名为升仙桥，又有送客观，乃是送行之地。相如车到此处，早有许多亲友，闻他入京，在此等候送别。相如急下车与众人相见，各道殷勤，叙谈片刻，彼此珍重而别。相如出到市门，触起车中思想，命从人取笔，就市门上题道：

不乘赤车驷马，不过汝下。

相如题毕，驱车前进，一路晓行夜宿，到了长安。入见武帝，武帝问道："汝曾作《子虚赋》否？"相如对道："有之，但此乃诸侯之事，尚未足观，请再为天子作游猎之赋。"武帝便命尚书给与笔札。相如退下，遂作《上林赋》，奏上武帝。武帝大悦，拜相如为郎，常侍左右。

原来武帝最好词赋，自为太子时，即闻梁王宾客，多工词赋，意欲将他收罗。及即位下诏访问，其时梁孝王已死多年，宾客四散。司马相如虽在成都，武帝尚未闻其名，独有枚乘家居淮阴养老。武帝遣使用安车蒲轮，召之入京。枚乘行至半路，得病而死。武帝闻知，为之叹惜。又下诏询问枚乘诸子，有无能文之人，有司回奏，说是无有。武帝只得作罢。如今得了司马相如，也是旧日梁王宾客，其文笔不在枚乘之下，武帝已觉欣悦。谁知不久又来一个枚皋，诣阙上书，自称是枚乘之子。武帝愈加欢喜，急命召其入见，问明来历。

枚皋字少孺，乃是枚乘庶子，其母梁人。枚乘在梁，娶之为妾，生下枚皋，及孝王死后，枚乘东归淮阴，意欲将他母子一同带去。其母依母家，且因枚乘家中现有正妻嫡子，恐回去遭其凌虐，执意不肯相从。枚乘大怒，遂连枚皋也不带去，留下数千钱，令其与母同居。枚皋自少读书，却颇传得父学，年十七岁，上书于梁王刘买。刘买召之为郎，后奉命出使，因事与从官争执，从官怀恨，遂在梁王前毁谤枚皋。梁王发怒，将其家室没收。枚皋独身逃至长安藏匿，适遇大赦，方得出头上书自陈。武帝问知其故，命其作《平乐馆赋》。枚皋应命立成。武帝读之称善，亦用为郎。

武帝既得司马相如、枚皋，每遇出外巡游，或得奇兽异物，便命二人作赋。但他二人为文，性质却正相反。相如下笔迟钝，每作文时，胸中先将外事一切屏除不问，意思闲散，然后动笔。前此所作子虚、上林之赋，几经百日方成，以此所作虽少，却无一篇不佳。枚皋才思敏捷，平日所作甚多，然文字不及相如。二人各有长处，并称一时，故有马迟、枚速之语。武帝每遇高兴也与二人同作诗赋，校皋天分本高，下笔立就，似乎不费心思，初时自看，尚觉得意。及至见了相如之作，觉得十分工妙，心中叹服，尝对相如说道："以吾之速，换汝之迟，不知可否？"相如答道："于臣则可，但未知陛下何如耳？"

武帝听说大笑，却亦不加责备。

武帝自从赵绾、王藏被杀之后，一切用人行政，皆受制于太皇太后，自己不得施展。每日政事余闲，除与东方朔、司马相如、枚皋等谈论外，觉得宫中郁闷，遂于建元三年八月，出外微行。其时正在秋中，天朗气清，武帝与侍中常侍、武骑及待诏陇西北地从军之良家子能骑射者，先期约会，命在殿门等候，因此遂有期门之号。每次微行，必至夜静始出，直到次日薄暮方才还宫。武帝改换服装，带同诸人出宫，无拘无束，任意游行，或入里巷观察风俗，或到田野驰骋射猎，心中十分快乐。后来愈加畅意，每出竟令预备五日粮食，流连忘返，只因上有两宫太后，照例五日须到长信朝见一次。武帝最畏祖母窦太后，如今瞒她出外，到了朝见之日，必须回来，以免查问起来，致遭责备。恐她不时呼唤，故亦未敢远出，平时微行所至，北到池阳。西至黄山。南猎长杨。东游宜春。大抵都在长安近处。

一日，武帝行至莲勺道上，忽见往来路人，望着他一行人众，尽皆奔避。武帝觉得情形可疑，便命左右往问。据路人说是，现有数十人，手持画戟，在前开道，所以走避。左右回报，武帝愈觉诧异，又命再问他人，所言亦皆相同。当日武帝一行不过二十人，马七八匹，轮流乘坐。众人所着衣服，皆如平民，无从分辨，此持戟数十人，何从而来，而且自己全然不知，旁人偏皆望见。武帝默念，此必鬼神前来护卫，心中暗喜，以此愈加自负，并不防备。谁知一夜竟遇着危险，几乎被人暗算。未知武帝如何遇险，且听下回分解。

第七十二回　**柏谷亭夜行遇险　终南山昼猎生灾**

话说武帝一日微行，乘兴远出，不觉天色已晚，问起地名，乃是柏谷。其地有亭，武帝便命左右，前往亭中借宿一宵。柏谷亭亭长，见一行人数众多，不知他是天子，竟拒绝不纳。武帝无法，又不便与之明言，只得别寻宿处。走了一程，恰好遇见一家旅馆，武帝下马，带同众人，步入门内。旅馆主人，乃是一个老翁，闻知有客到来投宿，出外招呼，便向武帝问起姓名籍贯，现往何处，武帝含糊答应。老翁暗自生疑，留心细看，一众都是少年，身边各携兵器，又有坐骑七八匹，此种行径，不似军队，亦非猎户，因此愈加疑惑。只得开了一间空房，容他入内歇息。武帝终日骑马，身体十分疲倦，一径入房坐下。众人一半随侍武帝，一半将马牵入后槽喂养。老翁知武帝是为首之人，便向武帝发话道："汝生得长大多力，自应勤于耕作，现在清平世界，何故平空率领众人，携带刀剑昏夜出行？据我看来，不是抢劫财物，便想奸淫妇女罢了。"武帝被他责问，不好直说，又不欲与之争辩，失了身分，只当作不曾听见，默然无语。

老翁见武帝置之不答，心想一众定非善类，大约被吾说破底里，所以无言以对，若使他们果然闹出事来，官府必加追究，知是在我馆中住宿，反道我旅馆是他窝家，连我都要问罪，如何是好？老翁坐在一旁寻思，武帝并不觉得。后来坐了片刻，却见旅馆一无招待，自己口中正渴，遂向老翁索取浆水。老翁不但不知他是天子，且并不当作平民，竟看同盗匪一般，哪肯给与浆水？便愤然答道："我只有尿，并无浆水。"说罢撇下众人，一直入内。众人见老翁如此无礼，俱觉愤怒。武帝却毫不动气，密对众人说道："听其语气，想是误会，此去必然不怀好意，我辈须先探明情形，预作准备。"遂选一轻小便捷之人，潜入内中，探听老翁动静。

来人奉命而去，不久回来，报与武帝道："臣适才趁着黑暗，悄悄走入内边，伏在窗下张望，却见老翁与少年十余人，同在一室，手中各持弓矢刀剑，似要前来厮杀。本待听他说甚言语，偏是相离既远，语音过低，不知所说何事。正在观看之间，忽有一人走出，臣恐被他窥见，连忙退了下来。"武帝听了未及开言，猛听得脚步声音，自外走进一人，定睛一看，却是一个老妪。武帝问知是店主妇，即老翁之妻。原来老翁入内召集店中佣工十余人，备齐兵器，意欲将一众人等执缚送官，又恐他知风逃走，因先遣其妻出来，绊住众人。

当下老妪一见武帝相貌非凡，便知是位贵人，再看众人，并无凶恶之状，料得其夫误会，遂向武帝极力周旋一番。又恐其夫鲁莽从事，急即入内，向老翁说道："吾观此丈夫乃是非常之人，不可得罪，纵使真是盗贼，两边人数不相上下，彼等亦有兵器，既作准备，也难取胜。"老翁不听。老妪自料不能拦阻，忽想得一计，对其夫道："现在动手，各用兵器，不免互有杀伤，不如等候众人睡熟，乘其不备，一齐涌进，一人一个将他捆缚，岂不省事？如今时候尚早，天气又冷，大家慢慢各饮数杯以壮胆力。"老翁见说得有理,方始应允。老妪捧出酒肴,排起杯筷,众人入席饮酒。老妪亲执酒壶,频频劝酒,老翁不知是计,与众人开怀痛饮,不消片刻,大众皆被灌醉。老翁毕竟年老,不胜酒力,一时酒性发作,忘了正事,昏沉欲睡。老妪将他扶入房中,睡在床上,又恐他一觉醒来,忽然记起,依前出来惹祸,遂取出绳子,将老翁捆绑在床,然后走出房来,吩咐众人各自归寝。众人醉中也就胡涂,况此事又是老翁为首,如今他自己先自睡了,更无人来管闲事,于是一哄而散。

老妪打发众人睡了,自己持灯出外,抬头一看,却见武帝与众人团坐一室,并未安卧,而且各人兵器随身,防备似甚严密。老妪心想幸亏我用此计,不然此间变作战场,早已闹出一场大祸。于是走进房内,向武帝陪尽许多小心。武帝早遣人探知以上情形,深感老妪设计保全,遂亦向之道谢。老妪料得众人此时腹中已饥,遂自入厨中,杀鸡炊饭,端整出外。武帝与众人熬了半夜,未曾进食,加以夜深霜重,正在饥寒交迫,见此热腾腾饭菜,觉得比那皇宫御膳,还要丰美,各人狼吞虎嚼,吃个精光。身体顿然饱暖,愈加感激老妪。待到天色微明,武帝辞别老妪,带了众人,牵了马匹,出门上马,加了一鞭,直回长安。

武帝与众人回到长安,入得宫中,立即下诏,往召老翁、老妪来见。使者奉命前去。却说老翁当夜酒醉,一直睡到天明方才醒来。此时老妪早将他身上绳索,悄悄解下,所以老翁醒了,连被缚之事都不觉得。但记起夜来情形,埋怨老妪误事,问知武帝一众已去,只得作罢。到了下午,忽见使者奉诏到来,召他夫妻入见。老翁甚是诧异,问起情形,方知昨夜乃是御驾到来寄宿。此一惊非同小可,老妪见说,十分得意,举起手对老翁夸道:“我的眼力如何?昨宵若非我用计挽救,汝已遭灭门之祸了。”于是欢欢喜喜,入内梳洗,换了新衣,催促老翁同行。老翁自知得罪天子,必遭罪责,希望自己妻子做了人情,可以替他解免。此时无法,只得硬着头皮,随同上路。一对老夫妻,同时被召,彼此心事,却不相同,一个是眉飞色舞,一个是胆战心惊。不消片刻,到了宫门,使者入内复命,武帝命召二人入见。老翁连连叩头谢罪,武帝念其无知,并不责备,只对老妪慰劳一番。命左右赏以千金,仍擢其夫为羽林郎。夫妻二人,一同欢喜谢恩退出。

武帝自遭此次危险,心中有所警戒,以后微行,遂自称为平阳侯。平阳侯者乃是曹寿,即曹参曾孙,为帝姊平阳公主之夫,自然尊贵一时,武帝假托其名,以免出外受人欺侮。

一日,武帝率领众人,行到终南山射猎。说起终南山,一名南山,又名秦岭,乃是关中有名大山。西起秦陇,东至蓝田,中经雍、岐、郿、鄠、长安、万年诸地,首尾连绵八百里。山中鸟兽甚多,今被武帝率众搜捕,所有麇鹿狐兔,以及虎豹熊罴,不能安居巢穴,便一齐向山下奔逃。众人见了,随后追赶,群兽被赶,四散蹿入田中。此时禾稼将熟,尚未收割,众人赶得高兴,也顾不得许多,径向田中东西驰逐。那农田禁不起人马众多,竟将山下一带田禾践成平地。可怜农民辛苦终年,好容易盼到收成有日,一旦弄得颗粒无收,人人悲愤交集,但听得号呼詈骂之声,一路不绝。众人倚着天子之势,只管逐捕禽兽,置之不理。一班农民,眼看血本化为乌有,安肯甘心?但闻说他乃平阳侯,现是皇亲国戚,更兼人数众多,手中各执兵器,不敢向之理论。只得携妻挈子,成群结队,同向地方官告状去了。未知此事如何结局,且听下回分解。

第七十三回　罗珍异大修上苑　苦饥寒争逐金丸

话说武帝在终南山下射猎,践坏田禾,一班农民齐向地方官告状。此地为鄠、杜两县交界,鄠、杜县令闻知,一同到来,见众人仍在打猎,以为是平阳侯,便欲与之面会。众人因自己闹出事来,若听他面见武帝,终觉不便,于是一不做,二不休,大家手提马鞭,竟要来打鄠、杜县令,惹得县令大怒,喝令吏役动手擒拿。武帝见了,心想此事本来自己不是,愈闹愈大,将来如何收拾?遂急传令众人收队回去。众人闻命,便簇拥着武帝一径回宫。内有数人骑马落后,竟被吏役拿获,往见鄠、杜县令。县令问其来历,数人只得直说,并将随带御用物件,与之观看。县令初不肯信,后见御物,方知是实,乃将数人释放。一面向百姓安慰一番,酌量给与钱文,赔偿损失。一班农民,见县令都无法奈何他,反要自己认赔,只得依言散去。后来渐渐有人传说,方知是天子微行射猎,大众各吃一惊。心想我辈虽遭损失,但天子竟白白的被我辈饱骂一顿,也就值得。

自从此事闹后,武帝微行之事,朝野皆知,只瞒着两宫太后。当日丞相许昌、御史大夫庄青翟,特为此事秘密商议道:"主上时出微行,若遭危险不测,我等如何当此重责?"乃议定使右辅都尉巡察长杨以东一带之地,暗中保护御驾。又因武帝在外,供给诸多不便,复命右内史发出夫役,办理供应。武帝自己亦私置更衣之处,自宣曲以南,共有十二所,以备日间出游中途休息之用,至夜间常在离宫住宿。大抵长杨、五柞、倍阳、宣曲四宫,尤多来往。

后来武帝觉得道路辽远,终日骑马驰走,未免劳苦,又被百姓讨厌,遂想得一法。命太中大夫吾丘寿王,带同善算者二人,就阿城以南,盩厔以东,宜春以西,科南以北,丈量其中田地顷亩,绘具图说,并估出价值,意欲全数开作上林苑。又下诏中尉及左右内史,计算属县荒田数目,预备赔偿人民。吾丘寿王字子赣,赵人,以等诏从董仲舒受《春秋》,累官至太中大夫。今奉命量度土地,遂将经手办理之事,回奏武帝。武帝见其办事迅速,大悦称善。东方朔在旁闻知此事,进前谏道:"南山乃天下之阻,起自汧、陇以东,商、雒以西,土性肥饶,所谓天下陆海之地,每亩价值一金。今取为苑囿,坏人居屋,毁人坟墓,夺人田园,使膏腴之地变成荆棘榛莽之区,狐兔虎狼之穴,且其中又有深沟大渠,车骑驰骋,甚是危险。臣窃以为不可。"武帝闻言称善,拜东方朔为太中大夫,给事中,赐黄金百斤。然竟依吾丘寿王所奏,兴工建造上林苑。

说起上林苑,本秦旧苑,武帝嫌其狭小,特加开拓。此苑东南起蓝田宜春鼎湖、御宿、昆吾,傍南山西行,直至长杨、五柞;北绕黄山循渭水而东;周围三百里,离宫七十所。武帝初修上林苑,群臣及远方各献名果异树,不下三千余种,亦有制为美名以标奇异者。琅琊太守王唐献金叶梨,出琅琊人王野家;峰阳都尉曹龙献峄阳栗,其大如拳;东郭都尉于吉献蓬莱杏一株,花瓣六出,杂具五色,云是仙人所食。又有瀚海梨,东王梨,西王枣,霜桃,绿柰,文杏。此外如白银树、黄银树、千年长生树、万年长生树、扶老木、金明树、摇风树、鸣风树、琉璃树等，名目繁多，不可胜数。

至珍禽奇兽，则有白鹦鹉、紫鸳鸯、犛牛、青兕，以及江鸥海鹤，此等本系茂陵富人袁广汉之物。广汉富有金钱，家僮八九百人，尝就北邙山下筑园，东西四里，南北五里，园中叠石为山，激水为波潮，积沙为洲渚，广蓄异物。后广汉有罪伏诛，园没入官，园中草木鸟兽，皆移入上林苑。

武帝建此大苑，以后便在苑中游玩，不再出外微行。忽一日上林令报称，上林中有一鹿，被人杀死，已将其人擒获，请示办理。武帝得报大怒，命将杀鹿之人，交与有司讯明正法。时左右群臣，迎合武帝之意，皆说此人擅杀天子之鹿，犯了大不敬之罪，理应斩首。东方朔在旁闻言应声道："此人有当死之罪三：使陛下因一鹿之故而至杀人，一当死也；使天下人闻之，皆以为陛下重鹿而贱人，二当死也；匈奴一旦来侵，尽可使鹿逐之，今失此鹿，何以御外患？三当死也。"武帝闻言，默然半晌，遂命赦了杀鹿人之罪。

过了一时，武帝又觉上林中游得厌烦，无甚趣味，心中仰慕秦始皇巡游之乐，但碍着太皇太后，只得暂时忍耐。直至建元六年夏五月，太皇太后窦氏驾崩，武帝遂得任意游行，屡到雍县、甘泉、西逾陇阪，上崆峒，临祖厉河，北出长城，登单于台，幸缑氏，上嵩高，登泰山，行封禅。东游海上，至碣石，自临瓠子，塞河决，通道回中，出萧关，南巡登天柱，自浔阳浮江至枞阳。总计武帝一生，车驾四出，并无一岁安坐宫中，此皆在窦太后崩后之事。

当日丞相许昌，系窦太后任用之人，不为武帝所喜。及窦太后驾崩，武帝即借丧事办理不周为名，将他免官，拜田蚡为丞相。又将御史大夫庄青翟免职，以韩安国代之。

韩安国本为梁国内史，自从梁孝王死后，因事罢职闲居，适值武帝初立，田蚡为太尉，安国知田蚡亲幸用事，性又贪财，乃遣人持金五百斤，献与田蚡。田蚡得金，便向武帝、太后极力推荐。武帝素闻韩安国之名，遂用为北地都尉，未几入为大司农。此次奉命领兵往讨闽越有功，又与田蚡素来相得，田蚡既为丞相，安国前得为御史大夫。

武帝脱了窦太后压制，从此用人行政皆得自由，遂下诏将次年改元，是为元光元年。武帝因两次征讨闽越，并不费力，便想起祖宗以来，对于匈奴，专用和亲手段，纵容得胡人跋扈异常，蔑视中国，时常背约入塞侵盗，如今须和兵力痛加惩创，以绝外患。但用兵要在将帅得人，方能立功，于是武帝留意寻觅将才。旁有近侍韩嫣，知得武帝心事，遂想设法迎合帝意。

韩嫣字王孙，乃弓高侯韩颓当庶孙。武帝为胶东王，韩嫣常陪学书，同在幼年，彼此相爱。至武帝为太子，韩嫣得侍东宫，生性聪慧，工于骑射，遇事善能奉承意旨，武帝愈加亲近。及即位，命为侍中，常与同床卧起。今见武帝欲伐匈奴，遂自请为将，昼夜学习兵法武艺。武帝大悦，超擢为上大夫，赏赐之厚，几如文帝之于邓通。韩嫣以此富有资财，服用奢侈，至以玳瑁为床。性好射猎，尤喜用弹丸弹取鸟雀，其弹丸皆以黄金为之。日常无事，便挟弹出外射猎，金丸坠落远处，寻觅不见，韩嫣亦不顾惜。大约每日所失常有十余个，于是长安中一班儿童，一见韩嫣出猎，便成群结队，追随其后，望着金丸所坠之处，一齐拔足飞奔，争往寻觅。韩嫣亦任其拾取不问，时人因编成两句俗语道：

苦饥寒,逐金丸。

武帝生性亦喜打猎,每遇出游,韩嫣常得随侍。一日,江都王刘非入朝,武帝约与同猎上林。有司备齐车驾,已传呼警跸,禁止行人。武帝尚未动身,先命韩嫣前往巡视禽兽。韩嫣奉命,乘坐副车,带领百余骑飞驰而去。此时江都王刘非正在道旁等候,望见车骑,以为武帝驾到,挥退众人,独出道旁俯伏迎谒。韩嫣并不在意,长驱直过。刘非立起身来,问知乃是韩嫣。自想身为天子之兄,竟遭近臣如此侮慢,不觉大怒,遂入见王太后,哭诉此事。情愿归还江都王国,入宫宿卫,与韩嫣同列。太后听说也觉不平,用好言抚慰刘非,由此太后衔恨韩嫣。正欲寻事诛之,偏遇韩嫣恃宠,出入宫闱,肆无忌惮,竟与宫人通奸,后来奸事发觉,太后大怒,遂趁此将韩嫣赐死。武帝代为恳求,太后执意不肯,韩嫣只得服毒而死。武帝深惜韩嫣无命,不得带兵征伐匈奴,建立功勋,因用其弟韩说为将。忽一日有人向武帝保荐一位名将,武帝闻言甚喜,立召其人至京。欲知名将是谁,且听下回分解。

第七十四回　著战功李广知名　挑边衅聂壹献计

话说武帝欲伐匈奴，留意将才，一日有人保荐陇西太守李广，乃是当今名将，武帝即下诏召之入京，拜为未央宫卫尉。

说起李广，乃陇西成纪人，其先有李信者，为秦始皇将，领兵伐燕，逐得燕太子丹，立有战功。李广生长将门，为人长身猿臂，自少学习骑射，其射法得自家传，与众不同，李广习之尤精，遂以善射著名。

文帝十四年，匈奴大入萧关，李广以良家子从军击胡。初次上阵，便展出生平本领，箭无虚发，杀敌甚多，以战功与徒弟李蔡同为郎官。未几擢为武骑常侍，常从文帝出外射猎。文帝见李广勇猛多力，尝空手格杀猛兽，不禁叹道："可惜李广生不逢时，若使遇见高帝，便受封万户侯，亦不为过。"

文帝既崩，景帝即位，却值七国造反。李广以骑郎将随太尉周亚夫与吴楚战于昌邑。奋勇争先，匹马直入敌阵，取其大旗，由此名称大显，梁王授以将军之印，李广受之。及事平之后，论功行赏，李广本有大功，却因私受梁印，不加升赏，仅出为上谷太守。

当日景帝一意与匈奴和亲，嫁以翁主，与之通市。按年赠送物品，一如旧约。匈奴尚不足意，仍不时侵入边境，掳掠人畜。上谷正当敌冲，每遇匈奴入寇，李广亲自领兵与之对敌。事为典属国公孙昆邪所闻，遂对景帝泣道："李广才气，天下无双。然往往自负其能，与敌争胜，万一死在敌手，未免可惜。"景帝听说，遂下诏移李广为上郡太守。上郡地虽亦近边，尚在雁门、云中之南，距离匈奴较远，边境可保无事。谁知到了景帝中六年，匈奴忽大入雁门，一径来犯上郡。景帝闻信，特遣中贵人往助李广，操练兵马，防备敌兵。

一日，中贵人自带数十骑，出外巡哨，恰与胡骑相遇。中贵人望见胡骑，仅有三人，自恃人众，便欲上前擒拿，三人略无惧色，等到众人行近，便张弓搭箭，一齐射来。不消片刻，数十骑几乎尽被射杀，中贵人身亦受伤，因见势头不好，拨转马飞逃回营，告知李广。李广道："此三人必是射雕者也。"原来雕乃大鸟，一名为鹫，飞高而速，必善射者方能射中，塞外人以射雕为能事，故称善射之人为射雕者。

李广于是自率百骑，往追三人。当日三人一连射杀汉兵数十人，自身虽未受伤，但坐下战马，亦被汉兵射死，只得步行归去，故被李广追及。李广望见三人在前，相离不远，便将兵队分为左右翼，一齐立定。三人知有追骑，方将回射，但听弓弦响处，一个早已倒地。二人心慌，未及开弓，又倒一个，只余一人，正想射避，箭又来了。李广连发三箭，射中三人，两人被中要害，立时身死，一人受伤尚活。左右赶上捉来。李广问明来历，果是匈奴中之射雕者，遂命左右将他捆缚。李广上马，正待回营，忽见前面尘沙大起，定睛一望，却是匈奴马队，约有数千人，漫山遍野而来。匈奴望见李广人数无多，心疑是诱敌之兵，未敢轻动，便将兵马上山，远远排成阵势，以待汉兵。

此时李广部兵，骤遇匈奴大队，人人恐惧，自顾只有百骑，众寡悬殊，万难抵敌，便要策马逃走。李广连忙阻住道："不可，今与大军相隔数十里。若即逃走，匈奴自后追射，立刻死个尽绝；不如立住不走，匈奴以为我是诱敌，不敢来击，尚可保全。"于是李广下令拔队反向前行，相近匈奴阵地二里之处，李广吩咐立定。又命兵士悉数下马，解鞍休息。部众疑虑道："敌兵甚多，今若解鞍，遇有紧急，恐来不及。"李广道："胡虏料吾必逃，今解鞍以明不走，正欲使彼信吾为诱敌之兵。"部下只得依言而行。匈奴见此情形，果然不敢来击。

李广与匈奴相拒良久，瞥见匈奴队中，出来一个将官，乘坐白马，巡视军队。李广飞身上马，带了十余骑，直向其人奔来。相离不远，李广曳满弓统，一箭射去，敌将应声而倒。李广勒马仍回原地，解鞍放马，即卧地上。看看天色已暮，匈奴终觉李广举动怪异，心想汉兵定有大队埋伏近旁，要想乘夜来攻，不如退去，免中其计，遂传令回兵。时已夜半，李广等候匈奴人马退尽，方才率众还营。到得营中，已是平明时候。景帝闻知此事，深赞李广甚有将略，又调李广为北地、雁门、代郡、云中、陇西等郡太守，皆以力战著称。

同时又有一人，姓程名不识，亦为边郡太守，领兵防胡。与李广并称为名将。然二人为将，方略各异。李广行军，并无部曲行阵，每就水草鲜美之地，驻扎营寨，人人各得自便。夜间不击刁斗。文书簿籍，皆从省约，但遣侦骑远出探敌，却未尝遭敌暗算。程不识领兵，营阵整肃，刁斗森严，军吏掌理簿籍，人人各务其职，不得自便，以此一班将士，皆乐李广之宽，苦程不识之严。程不识尝对人道："李将军治兵极其简易，若敌人骤然来犯，一时恐难抵抗。但士卒平日安闲快乐，故临阵愿为之死。我军虽觉烦扰，然敌人亦无从侵犯。"至是武帝既用李广为未央卫尉，遂亦以程不识为长乐卫尉。二人虽为内官，仍不时领兵驻扎边地以防匈奴。

至元光二年春，匈奴遣人来求和亲，武帝命群臣会议许否。大行王恢本燕人，数为边郡官吏，熟习边务，因建议道："匈奴与我和亲，大约不过数岁，便自背约。似此反复无信，不如勿许，立即举兵击之。"御史大夫韩安国议道："匈奴迁徙无常，难得制伏，我千里远征，人马疲乏，易为匈奴所乘，不如和亲为便。"武帝遍问群臣，多以安国之言为是，遂决议仍与匈奴和亲。

匈奴既得和亲，与汉亲密，自单于以下，常在长城近旁往来。原来匈奴从中行说死后，风气又变，一律喜用中国之物。且与中国通商贸易，常获利益。又见汉廷自惠帝以后专事和亲，只有胡人背约入塞侵犯，并未见汉兵来伐一次，因此坦然不疑，毫无防备。胡汉彼此也觉相安无事。

谁知却有雁门郡马邑人聂壹者，家中富有财产，在边地算是一个土豪。因见匈奴贵人轻临边境，便想趁此生事邀功，博得爵赏，于是亲到长安，来见大行王恢献计道："匈奴新得和亲，可诱以利，使单于深入塞内，伏兵袭击，可获全胜。"王恢前次会议，一力主战，却被韩安国反对，众议又皆附和安国，以致已见不得施行，心中甚是不服。今闻聂壹之语，甚合己意，便向武帝奏闻。武帝也觉心动，遂召公卿问道："朕以宗女嫁与单于,岁给财帛,赂遗甚厚。单于竟敢轻慢使命,数入侵盗。边境不安,朕甚忧之,今欲举兵往征,君等以为何如?”武帝说毕,王恢应声出班奏道:“陛下未说此事,臣早欲献此谋。臣闻当日战国之际,代地自立为一国,北有胡人,内多敌国,然其人民尚能支持,匈奴不轻来犯。今以陛下之威,海内一家,又遣兵戍边,严为防备,匈奴竟敢侵盗不息者,皆由未尝恐以兵威耳。臣意以为击之为便。”王恢正在说得高兴,忽见班中闪出一人,近前奏道:“不可!”王恢心想偏又有人出来反对,急行举头观看。未知来者何人,且听下回分解。

第七十五回　觉阴谋单于脱逃　坐逗桡王恢自杀

话说王恢正在赞成武帝议伐匈奴，忽见有人出来反对，回头一看，原来又是韩安国。只听安国说道："昔高皇帝被围平城，七日不食，后卒遣刘敬与约和亲。孝文皇帝曾聚精兵于广武，欲伐匈奴，竟无尺寸之功，孝文感悟，复与和亲。此皆已往之事，成效可见，臣窃谓勿击为是。"王恢道："此说非也，高帝所以不报平城之怨者，非力不及，乃因天下新定，欲使人民暂得休息耳。今天下久安，独边境数惊，士卒多死，岂可置之不顾？且匈奴不能感之以德，只能服之以威，以中国之盛，攻彼匈奴，不难制其死命，臣故以为击之便。"安国道："不然，臣闻匈奴之兵，轻疾剽悍，居处无常，难得而制。今将卷甲深入，未及千里，人马乏食，劳而无功。若谓别有巧计可以胜之，则臣不知，不然臣恐未见其利，先受其害。"王恢道："臣所言击之者，并非发兵深入，乃欲用计引诱单于入边，伏兵邀击，单于可以成擒，此乃万全之计。"武帝听了称善，于是遂从王恢之议，先命聂壹前往引诱匈奴。

聂壹回到马邑。便赍持许多财物，潜出塞外，与匈奴交易。乘便托人介绍，假作献计，入见军臣单于说道："吾能斩马邑令丞首级，以城来降。单于引兵前往，城中财物，可以尽得。"军臣单于听说，心贪马邑财物，深信不疑，遂遣使者随同聂壹前往马邑。欲待聂壹斩了守令，验取首级回报，方肯进兵。聂壹只得应允，同使者到了马邑。聂壹独自入见马邑令，告知详情。邑令遂就狱中取出死罪囚人数名，斩下首级，悬挂城下。聂壹乃邀使者往看，说道："马邑官吏已死，汝可回报单于，火速前来。"使者何曾认得马邑令丞，见了首级，以为是实，依言回报单于。单于甚喜，立刻带领十万人马，卷旗束甲潜入武州边塞。

武帝自遣聂壹去后，即调齐兵马三十余万，命卫尉李广为骁骑将军，太仆公孙贺为轻车将军，大行王恢为将屯将军，太中大夫李息为材官将军，各率军队，预备袭击单于。又命御史大夫韩安国为护军将军，诸将皆归节制。安国奉命偕同诸将领兵起程，到了马邑。安国自与公孙贺各率大队人马，就马邑近旁山谷中，四散埋伏。王恢与李广、李息领兵三万人，别由代地，抄出匈奴之后，截击其辎重。布置已定，专待单于到来。

元光二年夏六月，匈奴军臣单于率领胡骑十万，入了武州边塞，一路扬扬得意，径向马邑而来。渐渐行近马邑，相去不过百余里，单于未免胆怯，坐在马上，留心观看。忽见牛羊骡马，三五成群，布满山野，却并无一个牧人。原来边地人民，皆以牧畜为业，此次朝廷发出大队人马，到了马邑，势难隐秘，早有风声传播，近地一带居民，闻说大军到来，料得边境有事，早晚与匈奴必有一场恶战，大众也顾不得牲畜，挈了家室，仓皇逃难，所以牲畜无人牧养。军臣单于见此情形，心中诧异，意欲寻人访问消息，恰好望见前面有人行进一亭，单于便传下命令进兵攻亭。

汉时定制边郡地方，每百里设一尉，其下有士史尉史各二人，掌巡行边塞。又于险要地方，筑障置亭，使人守之，以防敌人来侵。当日雁门郡尉史，出来巡边，不意恰遇匈奴。一时无处逃避，却见附近有亭，只得奔入亭中暂避。尉史早知马邑之谋，以为匈奴此来，贪得马邑财物，谅他无心攻亭。谁知单于命不该绝，一见尉史入亭，催兵来攻。胡兵到了亭边，四面围住，尉史无路可走，便向楼上藏匿，胡兵各持矛戟，向上钻刺。尉史自知不免，情急计生，此时但顾自己性命，也顾不得国家大事，遂与胡兵说知，自己情愿投降，胡兵方才住手。尉史下楼来见单于，遂将汉廷密谋，一一告知。单于听了大惊道："原来如此，吾早生疑，几乎坠其诡计。"于是带了尉史，立刻回兵。单于既得回国，感激尉史救其性命，因说道："吾得尉史，天也，天使尉史特来告我。"遂封尉史为天王。

此时韩安国、公孙贺伏兵马邑近旁，原约单于到来，举火为号，一齐出兵攻之，谁知等候多日，不见匈奴动静。后闻塞下一带传言，单于未至马邑引兵回去，韩安国与公孙贺急率众追到塞下，已来不及。只有王恢等所部三万之兵，本拟袭击匈奴辎重，驻在代地，眼看单于引兵出塞，人马众多，不敢进击，任其过去。诸将枉费辛苦，不能立功，只得班师回见武帝。

武帝满望诸将此去，擒得单于，报复国耻。今见一个个空手回来复命，并未擒获匈奴一人一骑，心中十分失望。想起首谋都是王恢，他人不击匈奴，情犹可恕，王恢奉命截击辎重，亲见单于回兵，何以亦不出击？遂将此事责问王恢。王恢答道："本约单于兵入马邑诸将伏兵齐起，臣从后击其辎重，方可得利。今单于未至马邑，半路回兵，目所部仅三万人，众寡不敌，攻之徒取败亡，明知回来当遭斩首，但亦保全陛下三万人马。"武帝见说大怒，遂将王恢交与廷尉办罪。廷尉按律判王恢逗桡不进，罪当斩首，回奏武帝。武帝依议。

王恢在狱被廷尉判成死罪，惶急异常，密遣人持了千金，献与丞相田蚡，托其解救。田蚡见了金钱，岂有不受，便想替他设法。又见武帝正在盛怒之下，自己不敢进言，算来惟有太后可以挽回帝意。遂入见太后说道："王恢首倡马邑之谋，今事不成，反遭诛死，是为匈奴报仇，望太后向帝言之，免其一死。"王太后本来不甚干预政事，今因其弟来言，只得应允。待得武帝到来朝见，太后便将田蚡言语照述一遍。武帝听说答道："首创马邑之议，本是王恢，当时听从其计，调发大兵数十万，劳动天下人民，希冀成此大功。纵使密谋泄漏，致被单于逃走，王恢所部之兵，若肯出击，犹可擒杀一二，以慰众心。谁知王恢畏惧不进，枉费一番举动，毫无功效。今不诛王恢，无以谢天下。"太后见武帝执意欲斩王恢，也就不便再言，使人报与田蚡。田蚡知事不济，只得回绝王恢。王恢自知无望，遂在狱中自杀。田蚡竟白白得了千金，武帝何曾知得。

说起田蚡为人身材短小，面貌丑陋。自从为相，甚得武帝宠任，每入奏事，武帝留与谈论，往往移时始退，凡有言语，每多听从，所荐之人，或起家至二千石，权移人主。

田蚡倚着势力，收受贿赂，以此致富。自建居屋，高大华丽，一时无与为比。置买田园，皆极膏腴之地。日常使人分赴各地购取器物，车骑往来，相属于路。又选求美女，充为姬妾，不下百数十人。一时王侯官吏赠献金玉财宝，狗马珍玩，更属不可胜数。

田蚡生性不但贪婪，而且异常骄横，自以为是当朝丞相，何等尊贵！一班王侯公卿，都不放在眼里，连在自己家中，也要摆起架子。一日置酒宴客，其同母之兄盖侯王信在座，田蚡竟自己东向而坐，使王信坐在南向，以为丞相位尊，不可因兄之故失了体统，其妄自尊大如此。谁知却有人欲与争胜，以致彼此结下冤仇，兴了大狱。欲知其人是谁，且听下回分解。

第七十六回　感荣枯田窦争胜　构嫌隙蚡夫讲和

话说田蚡为相，正在十分得意，却有一人，也是外戚，同为列侯，此时偏值失势，以致相形见绌。其人为谁，即魏其侯窦婴是也。

窦婴自从免相家居，郁郁不乐，今见田蚡为相，作威作福，气焰逼人，实在看不上眼。回想景帝初年，自己身为大将军，声势何等显赫，其时田蚡年少官卑，每来谒见，或陪侍宴饮，拜跪恭敬，常执子侄之礼。谁知时移世易，他一旦得志，竟将我置之不理。更有一班宾客，往日对我献尽殷勤，如今见我失势却变了面目，不来亲近，偶然遇见，十分傲慢，使人难堪。窦婴越想越气，因遍数自己交游之人，不知凡几，独有灌夫一人，交情仍旧，并不因盛衰变节，以此愈加厚待灌夫。

灌夫因吴楚之战有名当时，事平之后颍阴侯灌何遂对景帝备述灌夫奋勇陷阵之事，景帝亦为之动色，乃拜灌夫为郎中将。后坐事免官，家居长安。朝臣交口称誉，景帝复用为代相。及武帝即位，移为淮阳太守，适值窦婴为相，素与灌夫交好，遂得召人为太仆。一日与长乐卫尉窦甫饮酒，忽起争论。灌夫酒后性起，竟动手殴打窦甫，窦甫乃窦太后兄弟。事为武帝所闻，心恐灌夫触怒窦太后，致遭诛戮，急调为燕相。数年又因事免官，仍在长安居住。灌夫生性刚直，不喜阿谀，平日敬礼贫贱，轻藐权贵，最好奖励年少新进之士，士论以此重之。但嗜酒使气又素好任侠，平日所与往来之人，多属土豪地霸。其家本在颍川，富有财产，每日供给宾客饮食，动至百数十人。灌夫虽不在颍川居住，其宗族宾客，皆借灌夫之势，欺凌小民，武断乡曲，任意横行，颍川人民多怨恨灌氏。当地儿童为之歌道：

颍水清，灌氏亭。颍水浊，灌氏族。

灌夫闲居长安，无所事事，平日许多宾客，也就渐渐散去。灌夫觉得无聊，便时到窦婴处坐谈，二人性质同是好胜负气，又适当失意之际，彼此同病相怜，便欲互相倚重。在窦婴心恨一班宾客，待己疏慢，但知趋附田蚡。欲倚灌夫为助，将那趋炎附势之徒，极力排斥；灌夫亦欲借窦婴援引，得交列侯宗室，博取声名，二人因此十分亲热。此时田蚡权势虽盛，却与二人并无仇隙，二人若能清静自守，一任田蚡势焰熏天，原与他风马牛不相及。谁知二人偏要置身势利场中，又不肯丝毫退让，以致触忤权贵，酿出祸来。

一日，灌夫偶到田蚡处坐谈，田蚡知灌夫与窦婴交好，因随口说道："吾意本欲与仲孺同访魏其侯，偏值仲孺此时适有期功之服，未免不便。"灌夫不知田蚡全属虚言，心想他一向不到魏其处，如今忽然肯去，也算难得，遂答道："丞相竟肯屈尊枉顾魏其侯，夫虽有服，安敢推辞？便当转达魏其，令其预备酒食，丞相明日务望早临。"田蚡应诺。灌夫辞出，径到窦婴处，与之说知。窦婴闻信，也觉欢喜，知得田蚡素来骄贵，不敢怠慢，立与其妻吩咐厨人，购买牛羊鸡鸭山珍海味，预备酒席；一面督率奴仆，洒扫房屋，陈列器具，举家忙碌一夜，未曾安寝。

到了天明，窦婴令门下留心等候，望见丞相到时，速即入内通报，以便出来迎接。不久灌夫亦起早赶到，预备陪伴丞相。此时酒席隔夜早已完备，专等田蚡到来。谁知由天明等到日中，尚未见到，窦婴便对灌夫道："莫非丞相忘记此事？"灌夫见田蚡不来，心中甚是不悦，及闻窦婴之语，因答道："我昨日早与约定，谅他不应忘却。"二人等到无法，灌夫遂亲自驾车，往迎田蚡。到了相府，下车入内，门下报说，丞相尚高卧未起。灌夫暗自愤怒，只得坐着等候。过了许久，方见田蚡自内出来，灌夫迎住说道："丞相昨日许到魏其侯家，魏其侯夫妻备办酒席，自天明至今未敢进食。"田蚡听说，假作忘记，谢道："吾昨夜酒醉，竟忘却与仲孺所言之语。"遂命驾车前往。

原来田蚡昨对灌夫，不过信口答应，其实无意前往，今被灌夫自来催请，只得一行。吩咐左右驾车，自己重行入内，故意拖延良久，方始出外慢慢上车。灌夫心中愈怒，忍着一肚皮气，同到窦婴家来。窦婴将田蚡接进，排出酒席，三人一同入席酒。饮到酒酣，灌夫起身舞了一回，亦欲田蚡起舞。田蚡却端坐不动。灌夫见田蚡如此倨傲，此时乘着酒性，遂将先前忍受之气，一齐发作起来。自己禁压不住，移过坐位，接近田蚡，竟用冷言冷语当面讥刺。窦婴在旁，深恐灌夫触怒田蚡，急上前说道："仲孺酒醉，可暂歇息。"遂令人扶了灌夫出去。窦婴又向田蚡代灌夫陪话，田蚡却谈笑如常，神色不露，二人仍前饮酒，直至夜间，方始尽欢而散。

田蚡自恃尊贵，此次肯到窦婴家中，算是莫大人情，因此便欲窦婴将物报答。过了一时，闻得窦婴城南有田数顷，甚是肥美，便托籍福向窦婴请求，籍福依言转达窦婴。窦婴听了，怫然不悦道："老夫虽废弃不用，丞相虽贵，岂可以势相夺？"灌夫在旁见说，怒骂籍福。籍福被骂，心中虽恼，却恐田蚡闻知，二人生了嫌隙。遂想得一计，假作未曾往说，却向田蚡道："魏其年老将死，容易忍耐，且待其死取之不迟。"田蚡当是实情，遂将此事搁起。偏有旁人将窦婴并灌夫言语，传到田蚡耳中，田蚡方知籍福已经说过，窦婴不肯，灌夫也出头干涉，于是田蚡也就大怒道："魏其之子，曾犯杀人之罪，我设法救活其命，我对魏其，任他请求，无所不可，他偏吝惜此数顷田，不肯与我。且此事与灌夫有何相干，要他费气，我就从此不敢再求此田了。"由此田蚡心怨窦婴，尤恨灌夫，便想算计害他。

元光三年春，田蚡入见武帝说道："灌夫家在颍川，甚是横行，为人民之患，应请究治。"武帝道："此乃丞相应办之事，何必奏请。"田蚡见说，便想借此惩治灌夫，出此一口恶气。谁知灌夫却早探得田蚡一件大罪，作个把柄，田蚡若欲究治灌夫，灌夫也就出头告发，田蚡因此不敢下手。

先是田蚡为太尉时，适值淮南王刘安入朝，田蚡亲往灞上迎接，密对刘安说道："主上未有太子，大王最贤，且是高祖之孙，一旦宫车晏驾，若非大王嗣位，更有何人？"刘安闻言大喜，厚赠田蚡金钱财物，托其从中留意帮助。此事原甚秘密，不知如何竟被灌夫探得，若使奏闻武帝，田蚡连性命都不能保。灌夫借此挟制田蚡，手段也算狠辣。

当日田蚡与灌夫相持不下，遂有两家宾客，料得二人决裂，必至两败俱伤，同归于尽。于是大众商议，出来调停此事，各向二人极力劝解，彼此消除前隙，讲和了事。二人只得依言，暂时忍气。

到了是年夏日，田蚡续娶燕王刘嘉之女为夫人，太后下诏，尽召列侯宗室，前往作贺。窦婴当然在内，因想起灌夫与田蚡结怨，虽然和解，彼此并未见面，不如趁着田蚡喜事，邀同灌夫前往相见，使他二人仍旧和好。于是乘车到灌夫家中，说明己意。灌夫辞道："夫常因醉酒，得罪丞相，丞相近又与夫有隙，不如不往为妙。"窦婴道："前事已经和解，切勿介意，"遂强邀灌夫同往。灌夫却不过窦婴情面，只得依言。谁知此去，竟如火药得了引线，一旦爆发起来，不可收拾。欲知结果如何，且听下回分解。

第七十七回　莽灌夫使酒骂座　侠窦婴救友忘身

话说窦婴邀同灌夫，前往相府，到了门前，下车入内。但见相府中悬灯结彩，收拾一新，门外车马喧阗，宾从如云。论起丞相迎娶夫人，自然热闹异常，一段风光，不消细说。是日田蚡全身冠带，出来接待宾客，正是意气扬扬，十分高兴。窦婴带同灌夫，向之道贺。二人相见，虽然心中各怀芥蒂，面上却也假作殷勤，窦婴也就安心。

当日宾客到齐，田蚡吩咐排列筵席，邀请众人入席饮酒。田蚡在席相陪，到得酒酣，田蚡起身，按着位次，向坐客敬酒。坐客数百人，见田蚡亲来敬酒，尽皆避席俯伏，甚是恭敬。田蚡敬到灌夫面前，灌夫心虽不愿，也只得随众行礼。待到田蚡敬毕，坐客也出席轮流敬酒，不久轮到窦婴身上。灌夫对着别人，并不注意，惟有窦婴敬酒，却留心观看，只见座客中有一半是窦婴故人，避席俯伏；其余一半，不过跪在席上而已。原来古人席地而坐，以尻靠着足跟，跪时不过将腰股伸直，论起敬意，自然不及避席。灌夫心中暗想：众人但敬田蚡不敬窦婴，心中甚是不悦。后来轮到灌夫敬酒，灌夫只得出席，依次敬到田蚡。此时乘着酒气，意欲将田蚡当众轻慢一番，好替窦婴出气。田蚡见灌夫近前，便跪在席上，说道："不能满杯。"灌夫偏要斟了满杯，递与田蚡，一面冷笑道："丞相虽是贵人，也要饮尽此酒。"田蚡赌气不肯，只饮一半，灌夫无法，只得罢手，却因拗不过田蚡，心中十分愤怒。正在无处发作，恰好敬到临汝侯灌贤。灌贤方与程不识附耳低言，见了灌夫，又不避席。灌夫遂趁此发怒，骂灌贤道："汝平日毁程不识，说他不值一钱。如今长者敬酒，偏学儿女辈呫嗫耳语。"灌贤本与灌夫一家，被骂自无话说。程不识素性谨慎，不轻与人计较，也不多言，只有田蚡因适才灌夫强他饮酒，勾起旧恨，心中已觉不快。今闻灌夫此语，明是指桑骂槐，因想挑拨他起衅，遂对灌夫道："程、李并是东西宫卫尉，今当众辱程将军，仲孺独不替李将军留些地步？"原来李广素为灌夫所敬，田蚡故以此激之。灌夫听了，正如火上加油，厉声道："今日便是斩头陷胸，我亦不避，何曾知得程、李。"说罢瞋目大骂。

此时座上宾客，见灌夫借酒发怒，怕他惹到自己身上，便以更衣为名，纷纷离坐暂避。后来愈闹愈大，各人遂趁喧嚷时逐渐散去。窦婴见灌夫露出本相，心中惶急，连忙起身，以手招之使出。田蚡自想今日喜事，何等热闹，却被灌夫出来，大杀风景，闹得大家扫兴，四散而去。明明寻仇报复，将我玷辱。我是堂堂丞相，终不成让他白白糟蹋一顿，竟自摇摇摆摆去了？若不翻转面皮，将他处治，何以显得我利害。田蚡想罢，于是发怒对众说道："此皆吾平常骄纵灌夫，以致今日得罪坐客。"遂饬从骑将灌夫扣留，勿令回去，左右答应一声，把住门口，灌夫不得出去。籍福见势不佳，连向田蚡拜求饶了灌夫，又令灌夫上前，对田蚡陪礼。灌夫不听。籍福用手按着灌夫项上，强使谢罪。灌夫愈怒，不肯依从。籍福知和解不成，只好走开。

田蚡见灌夫仍然倔强，乃指挥从骑，将人执缚，暂置传舍。但是此事如何处置呢？

若说灌夫酒醉谩骂，乃是小小过失，便作辱了丞相，算不得大罪。田蚡却想得一计，借着大题目，硬栽他一个罪名。他遣人召到长史说道："今日有诏召请列侯宗室，灌夫骂坐，直是目无诏书，犯了不敬之罪，应行举劾。"遂命将灌夫拘囚居室。田蚡一心欲置灌夫于死地，遂趁势追究前事，分遣吏役捕拿灌氏宗族，讯明种种恶迹，所犯皆系死罪。灌夫此时虽亦欲告发田蚡，无奈身已被拘，自己家属宗族，不是被拿在狱，便是逃匿一空，连着一班狱吏，都是田蚡耳目，更无人代抱不平，只累得窦婴日夜奔走，要想设法替他解救。

窦婴当日回家，闻知灌夫被劾受拘，心中深悔自己不该强邀灌夫前往，以致酿出祸事。自念惟有恳求田蚡，恕了灌夫，但又不便自言，只得遍托许多宾客，前向田蚡说情，田蚡竟一一辞绝。窦婴无法，眼看灌夫陷入死地，都是自己害他，说不得只好挺身担任解救之事。旁有窦婴之妻，见窦婴立意欲救灌夫，恐他连累受过，因谏阻道："灌将军得罪丞相，就是得罪太后，岂能救得？"窦婴答道："纵使救他不得，连我都被坐罪，不过失了侯爵。此侯爵自我得之，亦复何恨？无论如何，终不令灌仲孺独死，窦婴独生。"说罢，便自到密室之中，写成一书，表白灌夫之冤。心中又恐家人前来谏阻，遂瞒着大众耳目，私自出门，前往北阙上书。

武帝接阅窦婴所上之书，立召窦婴入见。窦婴见了武帝，备言灌夫醉饱过失，罪不至死。武帝点头，命赐窦婴饮食，说道："待来日到东朝辩明此事。"窦婴见说，只得退下。

次日，武帝驾坐长乐宫，召集公卿大臣，会议灌夫之狱。窦婴力言灌夫为人甚好，此次酒后小有过失，丞相挟嫌，遂诬以他罪。田蚡极陈灌夫交通豪猾，鱼肉乡里，所为横恣，种种不道。窦婴口才素拙，竟说田蚡不过，只得转到田蚡身上，说田蚡平日如何骄奢贪恣。田蚡听了，也不分辩，只说道："现在天下幸而安乐无事，蚡蒙主上亲幸，得侍左右，所喜者音乐狗马田宅，所有者倡优巧匠之类，不如魏其、灌夫，日夜招聚天下豪杰壮士，与之议论，心存诽谤，仰面视天，俯首画地，睥睨两宫之间，侥幸天下有变，得立大功。臣自然不及魏其等所为。"二人辩论良久，武帝遂遍问朝臣道："二人所言，何人为是？可各陈述意见。"

于是御史大夫韩安国出班奏道："魏其言灌夫因父战死，亲持画戟，驰入吴军，身受数十伤，勇冠三军，此乃天下壮士。杯酒争论，非有大恶，不能便引他罪诛之，魏其所言是也。丞相言灌夫交结奸人，凌虐小民，家资富厚，横行颍川，不可不究，丞相之言亦是。应如何办理，尚望陛下裁察。"韩安国言毕退下，旁有主爵都尉汲黯，内史郑当时，相继向前陈述，皆以窦婴之言为是。偏是郑当时生性怯懦，心畏田蚡之势，后来语气游移，不敢坚执。其余诸人，明知田蚡不是，但畏其权势，惟恐言语得罪，遂皆默然。武帝便对郑当时发怒道："汝平日常说魏其、武安长短，今日当着大廷议论，何以局促，效辕下驹？吾并斩汝辈矣。"说毕，遂即起身罢朝入内。

原来武帝近见田蚡骄横，心中已恶其人，碍着太后，未便将他罢相。此次灌夫事起，武帝听了二人辩论，并诸臣所主张，明知是田蚡挟隙倾陷灌夫，但当着大众断他不是，恐田蚡面上，有失风光，以致太后不悦，只得假作含糊，不复穷究，却借郑当时发作数句，便行罢议。在武帝原无心诛戮灌夫，看来田蚡此举，不免失败。未知田蚡如何打算，且听下回分解。

第七十八回　田蚡设计激太后　武帝被迫罪灌夫

话说当日武帝罢朝，各官皆散。田蚡垂头丧气，行出宫门。心想今日廷议，除自己与窦婴外，发言只有三人，汲黯、郑当时都为窦婴，韩安国模棱两可，算来为窦婴者却有两个半，自己只得半个，心中甚是愤懑。恰好行到止车门，一眼瞥见韩安国，急呼近前，与之同车回去。田蚡坐在车中，便对韩安国埋怨道："长孺理应助我处治此老秃翁，何为首鼠两端？"安国被责，默然良久，方对田蚡道："君何不自尊重？魏其言君之短，当免冠解印绶，归还主上。说：'臣以肺腑，幸得待罪宰相，本难胜任，魏其所言皆是。'如此则主上喜君能让，极意挽留，魏其必愧而自杀。今人言君短，君亦言其短，譬如儿女互相争论，何其不识大体？"田蚡闻言，乃向韩安国谢道："当时争得甚急，不曾想到此法。"

田蚡于路暗思，事已至此，若不能杀得灌夫，必至为人耻笑，眉头一皱，计上心来。于是回到家中，假作十分懊丧，召集家人．告知自己被人欺凌，无面目复立人世，惟有寻个自尽。遂先写成一书，辞别太后，又嘱咐兄弟许多言语。举家大小，见此情形，以为田蚡真恨恨不绝，于是盖候王信、周阳侯田胜心中焦急，连忙乘车，前赴长乐宫来见太后。

王太后平日不甚干涉政务，只因此事与其弟有关，当日廷议之时，特遣近待从旁听得明白，回来详细报知。太后因朝臣多为窦婴，心中不悦。恰值王信、田胜同入宫中，对着太后号哭，诉说田蚡为人所欺，气得寻死，恳求太后替他做主。太后闻说，也就悲泣。此时武帝罢朝入内，正当食时，照例向太后进食，太后发怒不食，对武帝道："我身尚在，不料人皆凌践吾弟，到我百岁之后，岂不任人鱼肉。"武帝见太后发怒，上前谢道："彼此同是外戚，所以廷辩此事，不然只须一狱吏便可决断。"

先是武帝入宫，郎中令石建趁着无人，便将二人事实，向武帝分别陈明，武帝愈加明白。偏遇太后袒护外家，赌气不肯进食。武帝明知受田蚡摆弄，此时且顾敷衍太后，也料得太后意思，不过欲诛灌夫，连窦婴都要受罪，方才平得此气。但照此办理，终觉不公，不免有人出来说话。别人却也不惧，只虑汲黯一人。此时适黄河开了决口，便乘此机会，命汲黯偕同郑当时前往堵塞。

汲黯与郑当时奉使起程之后，武帝遂遣御史责问窦婴。说他所言不实，欺骗君上，竟将窦婴拘于都司空。一面饬廷尉严究灌夫罪状，依律处断。廷尉只得承着太后之意，将灌夫拟定族诛罪名，并其宗族皆坐以死罪。此时窦婴被拘，汲黯、郑当时奉使出外，朝臣中更无一人敢向武帝争论此案。窦婴闻知灌夫遭此大冤，心中不甘，己身虽遭囚禁，尚要设法救他。谁知此举，竟连累到自己身上。未知窦婴性命如何，且听下回分解。

第七十九回　**田蚡抱病遭冤鬼　相如奉使通西夷**

话说窦婴一心欲救灌夫，即恨自己被拘，不得入见武帝。忽想起景帝临崩之时，曾受遗诏道："将来遇事见为不便，许其随时入内面陈。"窦婴遂将此语写成一书，使其侄上奏武帝，希望武帝召其入见。武帝得书，便命尚书查明有无此种遗诏。向例诏书皆写两本，一发给受诏之人，一存尚书备案。谁知尚书复奏，据称并无此语，独窦婴家中有之，乃窦婴家丞封藏。于是有司劾奏窦婴矫先帝之诏，罪应弃市。窦婴被拘，尚不知其事，及元光四年冬十月，灌夫并家属宗族皆已被杀，窦婴方知自己为人所劾，坐以死罪。自念上书不能救得灌夫，反害自己，心中甚是愤恚，因此得感风疾，便欲绝食而死，免得受刑。后来却打听得武帝无意杀他，遂又如常进食，一面延医诊治风病。

武帝将窦婴拘在都司空，并非真欲办罪，不过借此稍平太后之气，又使他不得干预灌夫之事。本拟杀了灌夫，便将窦婴释放，偏值窦婴被拘之后，尚要上书，且引景帝遗诏为言，致被尚书劾以矫诏之罪。武帝见窦婴家中现有此诏，岂能伪造，料想不是尚书失于留稿，便是田蚡从中播弄，所以并无欲杀窦婴之意。及灌夫既死，武帝遂想将窦婴发落，已议定为不死。谁知田蚡陷死灌夫，意犹未足，又想并杀窦婴。因见朝廷向例，每值立春之日，必下宽大诏书，凡罪人未经行刑者，多从减免。心恐窦婴延至立春，竟得赦出，未免便宜了他，遂使人造作一种流言，说是窦婴在狱怨望，出言诽谤。传到武帝耳中，以为是真，不觉大怒，遂于元光四年冬十二月晦日，命将窦婴押到渭城处斩。

读者须知灌夫交结豪猾，为害颍川，原属有罪。田蚡身为丞相，若能依法究治，明正其罪，灌夫亦当俯首无辞，虽死何怨？今田蚡因自己作事不端，心恐灌夫举发，平时不敢究治，后来积有嫌隙，却因酒后小失，诬以不敬之罪，将其拘执；又尽捕其家属宗族，使之不得告发己罪。灌夫以此竟遭族诛，自然死得不甘。至如窦婴更属无罪，有司劾其矫诏，亦系冤枉。偏遇田蚡挟求田不遂之怨及帮助灌夫之仇，便欲趁势报复，造作谤言以促其死。二人既死，田蚡正在十分快意。谁知天道好还，报应不爽，才到春日，田蚡便得一病。其病却甚奇怪，但觉浑身上下无处不痛，似乎被人打击。田蚡口中只是号呼服罪，旁人并无所见，问起他来，又不肯说。合家惊恐，到处祈神祷告，延医服药，毫无效验。

王太后及武帝闻知，车驾临视，见此情形，料他必定遇鬼，遂遣能视鬼物之巫，到来一看。据回报说是魏其侯与灌夫，守住田蚡身边，共同笞击，欲索其命。武帝听了心中明白，王太后也自追悔，已是无及。不过数日，田蚡竟号呼而死，清人谢启昆有诗咏灌夫道：

愿取王头报父仇，凭陵气概压同俦。
渭渭颍水歌清浊，墨墨王孙挟骋游。

骂坐不知长乐尉，造门惯詈武安侯。
后来守杀传瞻鬼，醉饱为灾恨未休。

综计田蚡一生行事，极不足取。奢侈横暴，气焰迫人，又因倚着太后势力，竟侵武帝用人之权，每遇官吏出缺，自己任意补人。武帝甚觉不快，一日曾问田蚡道："君所补官吏已经完否？吾意亦欲补人。"又一日田蚡奏请武帝给与考工官地以广居屋。武帝忍不住发怒道："君何不遂取武库？"可见武帝平日对于田蚡，甚是不满。此次因敷衍太后，使田蚡得了便宜，尤不愿意。后来淮南王刘安谋反发觉，武帝查得田蚡曾与交通，怒道："武安侯此时若在，我必灭他的族。"由此看来，田蚡之死，尚是占了便宜，或者报应止及一身，不能累到全族，天道难知，只好以不解解之罢了。

闲话休提，却说武帝为着田、窦之案，特将汲黯派往治河，汲黯不过在田、窦廷辩之时，说了几句公道话，武帝何以惮之至此？原来汲黯有一段来历，甚可敬重，实非当时朝臣可比。

汲黯字长孺，濮阳人，武帝在东宫，汲黯为太子洗马，日侍左右。武帝见其举止方严，心中敬惮，及即位用为谒者。当日闽越攻击东瓯，武帝命汲黯往视情形。汲黯奉命行至吴中，便即回报，说道："越人相攻，乃其习惯，不足劳天子使者。"武帝无言。一日，武帝闻河内失火，烧民居千余家，又遣汲黯往视。及至复命，奏道："小民失火，近屋延烧，此等小事，不足置虑。但臣此去行过河南，见其地新遭水旱，贫民受害者万余家，竟至父子相食。臣谨以便宜行事，持节发河南仓谷，赈济饥民，今归还使节，请伏矫诏之罪。"武帝念其一心为国，特赦其罪。汲黯为人，性情倨傲少礼，合己者善待之，不合者不与相见；人有过失，每面斥之，以此不为众人所喜。然平日重气节，喜游侠，做事正直，取与不苟；事君犯颜敢谏，武帝招致文学儒生，锐意图治，尝对群臣道："吾欲兴政治，法尧舜，何如？"群臣未对。汲黯上前说道："陛下内多欲而外施仁义，奈何欲效唐虞之治乎？"武帝听说，勃然变色，立即罢朝入内。满朝公卿，见武帝盛怒，皆替汲担忧，也有责备汲黯，说他不该如此。汲黯答道："天子设置公卿辅弼之臣，岂欲其阿谀承顺，陷人主于不义？况当官任职，若但知爱身，将何以对朝廷？"众人见说无语。

武帝既畏汲黯直谏，遂调出为东海太守。汲黯素学黄老之术，为治清静，总持大体，不务烦苛，性又多病，常卧阁内，在任年余，东海大治。武帝闻其政绩甚好，又召入为主爵都尉。恰值田蚡为丞相，异常骄贵，每遇二千石官吏向之拜谒，田蚡并不答礼，汲黯对于田蚡，未尝下拜，不过一揖而已。及至灌夫事起，汲黯见田蚡意存诬陷，自己又与灌夫交好，故廷辩时力白其枉。武帝迫于太后，意欲归罪灌夫、窦婴，又恐汲黯见他二人受了委屈，必然出而力争，须费许多口舌，惟有设法先将汲黯调开，方好着手。武帝正在筹思，忽报黄河开了决口。

说起黄河，乃是中国第二大川。昔日夏禹治水，导河于积石，开壶口，避龙门，凿底柱，南至孟津，东流经大伾，分为二道：一北流为大河；一东流为漯水。北流大河又分为九道，自兖州入海。后历一千六百七十六年，至周定王五年，北河始决宿胥口与漯水分流。东北至成平，复合于禹故道。及汉武帝元光三年春，河决顿丘东南，混入漯川，由千乘入海。是年夏日，复由长寿津东决濮阳瓠子口，注入钜野，南通淮泗。当日被洪水淹没者，共有十六郡，真是大灾。武帝闻报大惊，遂趁此时，急遣汲黯往塞决口。又因郑当时也是窦氏一党，此次廷议畏缩，贬为詹事，命与汲黯克日同往。郑当时闻命，遂向武帝请展限五日，备办行装。武帝见说惊讶道："吾闻人言，郑庄行千里不赍粮，何须备办行装？"原来郑当时字庄，乃陈人，生性谨厚清廉，最好宾客。常就长安近郊，备置驿马以请宾客，又戒饬门下，客至无论贵贱，立即延见，与执宾主之礼，以此为人所称。武帝见其交游甚广，到处有人接待，故以为言。至今称扬好客之人，谓之郑庄置驿，即此故事。

当日汲黯、郑当时奉命到了濮阳，大兴夫役，用人十万，筑堤以塞决口。无如河水势盛，堤成复坏，枉费许多工程，不能成功。汲黯与郑当时无法，只得回报武帝，具述其故。二人回至长安，闻得灌夫、窦婴已死，挽救无及，深以为恨。武帝见塞河无功，欲议再举。田蚡进言道："大凡江河泛决，皆关天事，未易用人力强塞，强塞之恐违天意。"原来田蚡所食鄃县地居河北，今河决向南而流，鄃县可免水灾，每年多得收获，故劝武帝勿塞。武帝闻言，迟疑未决。又问望气者，望气者亦如田蚡之说，武帝遂决意不塞。

武帝治河不成，正在着急，忽接到报告：唐蒙为开通西南夷，在巴蜀地方，征调夫役，人民大为惊扰。深恐日久滋生事端，须得一人前往宣慰。因念廷臣中惟司马相如熟悉巴蜀情形，可以胜任，便即命其前往。

先是王恢出征闽越，闽越人恐惧，刺杀王郢，前向王恢投降。王恢因使鄱阳令唐蒙，往谕南越，告以平定闽越之事。南越人排出中国食品，款待唐蒙。唐蒙见中有一种蒟酱，因问此物从何而来，粤人对道："此由西北牂牁江运来。"唐蒙听说，暗想此物出产蜀中，相隔数千里路，如何得到此间，心中怀疑。及回到长安，访寻蜀中商人，告以此语，商人说道："蒟酱惟蜀中方有，土人往往携带此物，私出边境，卖与夜郎。夜郎国临牂牂江，江广可以行船，直抵南越。夜郎王因贪南越财物，遂与南越交通，为其属国，然南越亦不能强使称臣服事。"唐蒙闻言方悟，因想南越地大人众，难保将来不生异心，惟有通道夜郎，可以制伏南越，遂向武帝上书献策。武帝得书，即从其请，拜唐蒙为中郎将，发兵护送。由巴郡符关前进，一路山岭崎岖，甚是难行，经了多日，始抵夜郎国都。

原来汉时蜀郡之西为西夷，巴郡之南为南夷，统名为西南夷，皆是氐种。其中君长不下百余，地方数千里，不屑中国。夜郎在南夷之中，算是大国。唐蒙既至夜郎，入见其君长夜郎侯多同。夜郎候向来独霸一方，不知中国情形，自以为据有大地，惟我独尊。今见唐蒙到来，因问："汉比我国，谁为较大？"唐蒙笑道："汝国区区之地，如何比得大汉？"乃备述中国土地之大，人民之众，物产之多，文化之美，并将带来金帛货物厚赐夜郎侯。谕以朝廷威德，约令举国内属，设置官吏，即以其子为县令。夜郎侯听了，方知中国之大，真是梦想不到，不觉爽然自失。后人讥笑狂妄无识之徒，谓之夜郎自大，皆因夜郎侯一语，遂传为千古笑柄。

夜郎侯既闻唐蒙言语，遂与近旁小邑各君长会议，各君长因见中国财物精美，起了贪心，欲与中国交通。又料得道路险远，汉兵不能来攻，遂议定一依唐蒙之约。唐蒙回报武帝。武帝定名其地为犍为郡，复命唐蒙前往修治道路，由僰道直达牂牁江。唐蒙奉命到了巴蜀，竟按照征发军队制度，调集士卒多人，人民以为要他当兵，不免私行逃走。唐蒙遂用起军法，诛其头目，弄得巴蜀人心大加惊恐。武帝闻知，又遣司马相如前往，责备唐蒙，勿得轻举妄动，并作檄文晓谕各属，方始安静无事。

当日西夷各君长，闻南夷与中国交通，多得赏赐，心中十分羡慕，皆愿归附。欲请朝廷设置官吏，依照南夷之例。蜀郡地方官据情奏闻武帝。此时司马相如已由蜀回京。武帝见奏，遂召相如问之，相如对道："西夷如邛莋冉駹，皆近蜀郡。其道易通，秦时尝通为郡县，汉兴始废。今若置以为县，更比南夷为胜。"武帝大以为然，遂拜司马相如为中郎将，建节出使。又以王然于、壶充国、吕越人为副使，乘坐驿车四辆，前往蜀郡，招徕西夷，使其归附。

相如奉命出使，乘坐高车驷马，前呼后拥，到了蜀郡。蜀郡太守出郊远迎，成都县令身负弩矢，先驱引导。相如车过升仙桥，想起昔年初入长安，曾在市门题字，如今果然遂了夙愿，心中何等快意，当日蜀郡士女，沿途围观者，不计其数，见相如置身尊贵，衣锦还乡，无不啧啧称羡。消息传到临邛，卓王孙与一班富人闻知，遂皆赶到成都。自己不敢进见，各备牛酒厚礼，托门下献与相如，希望得他欢心。此时卓王孙怒气也不知消归何处，不觉长叹一声，自恨眼力不高，使文君得配相如，尚嫌太晚，于是重新分给文君家财，与其男相等。文君始回家中，与父母兄弟相见。

相如既到蜀郡，遣人赍持金帛，晓谕西夷，于是邛莋、冉駹等君长皆愿归附。蜀郡边境开拓广大，西至沫若，南至牂牁，通道灵山，架桥孙水，以达邛莋。共设一都尉十余县，属于蜀郡。当日蜀中父老，见相如欲通西夷，皆言夷人不为我用，此举无益于事。相如不免追悔。但因此策系自己建议，不敢进谏武帝，遂作成一篇文字，诘难蜀中父老。相如事毕带同文君回到长安复命。武帝大悦，后来有人向武帝上书告发相如奉使不职，受人赂遗金钱，相如竟因此免官，遂与文君家居茂陵，不回蜀郡。过了年余，武帝思念相如，爱惜其才，复召为郎。

一日，相如从武帝至长杨宫射猎，武帝正在年富力强，最喜亲击熊豕，驰逐野兽。相如上疏谏阻，武帝见疏称善，为之罢猎。回銮行过宜春宫秦二世葬处，相如又作赋以吊二世，武帝回宫，遂拜相如为孝文园令。

相如既得卓王孙两次分给财产，家道富足，不慕爵禄，往往称病闲居。在旁人观之，大可逍遥自在。谁知相如素性好色，自得文君，患了消渴之疾，意犹未足，又想聘茂陵人家女儿为妾。卓文君闻知，心恨相如薄情，遂作诗一篇，名为《白头吟》，欲与相如决绝。其诗道：

皑如山上雪，皎若云间月。
闻君有两意，故来相决绝。
今日斗酒会，明日沟水头。
躞蹀御沟上，沟水东西流。
凄凄复凄凄，嫁女不须啼。
愿得一心人，白头不相离。

竹竿何袅袅，鱼尾何簁簁。
男儿重意气，何用钱刀为。

相如见诗，知触文君之怒，只得将此事作罢。又过一时，忽报废后陈氏，遣人赍到黄金百斤，欲求相如为文。欲知陈后何故被废，且听下回分解。

第八十回　惑女巫陈后被废　私窦主董偃见亲

话说武帝废后陈氏，即馆陶长公主之女。先是武帝立为太子，深得长公主之力，因娶其女为妃，及即位立为皇后，号长公主为窦太主。窦太主倚借自己有功，屡向武帝请求，毫不知足，武帝甚是厌苦。有时不允其请，窦太主便觉不悦。陈后性又骄妒，因此夫妇恩爱渐不如前。此时窦太后尚在，王太后见此情形，密对武帝道："汝新即位．欲立明堂，太皇太后已是动怒。今又触忤长公主，必至愈失太皇太后欢心。大凡妇人性情，易于见好，汝何妨委曲顺从以悦其意？今后此等处务须深自谨慎。"武帝受了王太后之教，复与窦太主和好，待遇陈后也就如初。

及建元六年，窦太后驾崩，遗命将自己宫中所有金钱财物，尽数赐与窦太主。窦太主得此一宗大财，尚未足意，不时仍向武帝请求，武帝一概辞绝不与。窦太主心生怨望，背后说了许多丑言。武帝闻知大怒，欲废陈后，后又转念道："当日若非窦太主，不能到此地位，背德不祥，不如姑且含容。"因此陈后未即被废，但宠爱由此大衰。

陈后自嫁武帝，专宠骄贵十余年，并无所出，也曾求医服药，前后费钱九千万，毕竟无子。及至失宠，心中愈加嫉妒。因见后宫之中，算卫子夫最为得势，便视同眼中之钉，三番五次，设计陷害，欲致子夫于死地。事为武帝所闻，积怒未发。陈后尚自放纵不检，招集一班女巫入宫，问其有何方法，能使主上回心转意，夫妇重新和好？中有女巫楚服，便想趁此骗取钱财，自夸法术如何高妙，何等灵验。陈后深信不疑，使她行法，楚服遂率领徒众，就陈后宫中，安立神像，排设道场，昼夜参拜。又合成丸药，与陈后服之，种种举动，无非弄神弄鬼，闹了许久，并无效验。楚服既得陈后许多财物，心中也觉过意不去，忽然奇想天开，自己竟穿着男子衣冠，作为武帝替身，与陈后同床而卧，相爱俨如夫妇，要想借此慰了陈后痴情。有人将此事告知武帝，武帝怒甚，命有司穷究其事。有司回奏女巫楚服为皇后巫蛊祠祭咒诅，大逆无道，罪应斩首，其余连坐被诛者三百余人，楚服枭首于市。元光五年秋七月，武帝遂命有司赐陈后策书，收其玺绶，退居别宫。陈后自悔为人所惑，被废原无话说。窦太主闻知此事，又羞又惧，入见武帝，叩头谢罪。武帝用言安慰，从此窦太主不敢再向武帝请求。武帝念其旧恩，仍加礼待。

陈后废后一年，窦太主之夫堂邑侯陈午身死。窦太主寡居，年已五十余，却又与卖珠儿董偃亲近。先是董偃年才十三岁，常随其母卖珠，出入窦太主家。左右见其生得眉目清秀，遂在窦太主前，说他相貌甚好，窦太主闻言心动，召之入见，果然看中。因对其母道："吾欲替汝教养此子，不知可否？"其母见公主竟肯收留其子，喜出意外，自然诺诺连声，再三称谢。公主遂将董偃留在家中，待同子侄，教以书算射御。董偃为人，却也柔顺驯谨，与众无忤，甚得窦太主欢心。一日，董偃与公主家儿，同在廊下赌博。窦太主伏在栏槛，留心观看，董偃因得宠公主，富有钱财，赌时赢得他人之钱，却能让还不要，窦太主见了，心中愈加奇异。

及陈午既死，董偃年已十八，窦太主将他行了冠礼，每遇出外，命其执辔御车，在家常侍左右。当日朝中公卿，因董偃是窦太主爱幸之人，皆与往来。窦太主便命董偃散财交结宾客，又亲自传到中府吩咐道："董君欲用财物，汝当即时支给。约计一日所用，金满百斤，钱满百万，帛满千匹，方来告我。若不满此数，任其使用，不必请命。"中府领命退去。于是董偃每日要用钱财，便径向中府支取。读者须知窦太主本是贪财之人，平日向武帝求索，已自不少，又得窦太后遗赠一宗大财，自己如何用得许多。如今心爱董偃，便任其挥霍，全不吝惜。董偃有钱使用，因此交游甚广，名闻一时，人皆称之为董君。

当日董偃所交宾客有袁叔者，乃袁盎之侄，家居安陵，与董偃甚是相得。一日密对董偃道："足下私侍公主，罪在不测，计将安出？"董偃闻言大惧，蹙起双眉答道："吾久已忧虑此事，但不知如何是好？"袁叔道："吾有一计，可保足下无事。"董偃欢喜请教。袁叔道："顾成庙距离京城颇远，其地又有楸竹籍田。主上每年例须到此行礼，邻近并无宿宫，只有窦太主长门园，最为近便，主上久欲得之。今足下何不请窦太主将此园献与主上，主上知出自足下之意，自然喜悦，足下可以高枕而卧，长无忧患，不知君意以为如何？"董偃听了，连忙顿首称谢，口中说道："敢不奉教。"遂入内向窦太主说知。窦太主立即写成一书，将园献与武帝。武帝大悦，命将窦太主园改名为长门宫，移废后陈氏居之。武帝念窦太主情谊，令有司供养废后，一切如旧。窦太主闻知大喜，便命董偃持黄金百斤赠与袁叔。

袁叔暗想窦太主私近董偃之事，已为武帝所闻，此次上书献园，武帝亦知是董偃意思，何不趁此时使他得见武帝。因又想得一计，告知董偃，转达窦太主依言行事。于是窦太主遂称疾不朝。武帝闻信，亲来视病，问以所欲。窦太主辞谢道："妾幸蒙陛下厚恩，先帝遗德，列为公主。既叨赏赐，又得食邑，受恩深重，无以为报。不幸身遭疾病，深恐早填沟壑，窃愿陛下车驾不时临幸。妾得献觞上寿，虽死不恨。"武帝见说笑道："但望主病早愈，此等小事，何足忧虑。惟是群臣从官人多，未免累主破费。"说罢遂起驾还宫。原来武帝自从陈后废后，一向少到窦太主处，故袁叔教窦太主诈病，要求武帝不时到来。今见武帝应允，窦太主心中暗喜。过了数日，似作病愈，入宫谒见。武帝便命取钱千万，与窦太主宴饮作乐一日，至晚方回。

又过数日，武帝果来主家。窦太主早预备今日使董偃见帝，明知自己作事不端，先自贬降。身着蔽膝，妆成卑贱服饰，引导武帝登阶，入得堂中，恭请武帝坐了正座。武帝见窦太主如此装饰，心中明白，坐尚未定，不等窦太主开口便说道："愿见主人翁。"窦太主闻说，立即下堂，除去簪珥，跣着双足，叩头谢罪道："妾所行无状，有负陛下，身当伏诛，陛下不忍加刑，实为万幸。"武帝辞谢，命窦太主戴簪着履，窦太主遂起立前往东厢，此时董偃已在东厢等候。窦太主便引董偃入见，董偃头戴绿帻，臂缚青鞲，随窦太主行到堂下，俯伏地上。窦太主立在旁边赞名道："馆陶公主庖人臣偃，昧死再拜上谒。"董偃连连叩头请罪，武帝见了立起，吩咐赐以衣冠。董偃奉命起去，换了衣冠，左右排齐筵宴，武帝入席。窦太主与董偃陪侍左右。窦太主见武帝优待董偃、不称其名，呼为主人翁，心中何等快活，格外奉承武帝，亲自进食，捧觞上寿。是日宴饮尽欢而散，窦太主又取出许多金钱缯帛，请命武帝，分赐将军列侯随从官吏。此事传播于外，天下皆知董君贵宠，于是各地术士擅长一技者，闻风争投董君，于是窦太主门庭，一时异常热闹。

董偃自得见武帝之后，极力迎合，买得武帝欢心，常从游戏北宫，驰逐平乐。又引武帝观看斗鸡走狗蹴鞠等戏，武帝大为欢乐。一日武帝驾坐未央前殿宣室，一班郎官执戟，排列殿下。武帝吩咐左右，特为窦太主置酒，并命谒者往引董偃入内。忽见殿下一人，撇了画戟，上前奏道："董偃有斩罪三，安得入此？"武帝急举目观看。未知来者何人，且听下回分解。

第八十一回　长门词赋难邀宠　平阳歌舞独承恩

话说武帝置酒宣室,欲召董偃入内,旁有一人上前谏阻,武帝举目一看,原来却是东方朔。东方朔此时正为郎官,执戟立在殿下,闻召董偃,撇下面戟,上殿说道:“董偃有斩罪三,安得入此?”武帝问道:“何故?”东方朔道:“偃以人臣私侍公主,其罪一也;败男女之化,乱婚姻之礼,有伤王制,其罪二也;陛下富于春秋,方积思六经,留神政事,偃不遵经劝学,反以奢侈为务,尽狗马之乐,极耳目之欲,是乃国家之大贼,人主之大蜮,其罪三也。陛下奈何与之亲近?”武帝听了默然不应,良久方说道:“吾今已命预备,权且敷衍此次,以后自当改过。”东方朔道:“不可。宣室乃先帝正殿,非正事不得入此,不比它处。若容纳淫乱之人,在此饮宴,臣恐将有篡逆之祸。”武帝称善,遂命将酒筵移于北宫,引董偃由东司马门入内,改名东司马门为东交门,赐东方朔黄金三十斤。由此董偃恩宠日衰,武帝不与亲近。

董偃既据有窦太主资财,服用阔绰,交游众多,说不尽豪华娱乐,后来竟忘了自己是何出身。自顾青春年少,却嫌窦太主年纪老大,渐与疏远,在外私置姬妾,假称宾客酬应,瞒着窦太主,不时前往取乐。久之竟被窦太主探知,心中大怒,责骂董偃一番,将他闭在家中,不许出门。往日所有交游,一概断绝。武帝闻知此事,遂将董偃赐死。董偃死时,年已三十,又过数年,窦太主亦死,二人竟合葬于霸陵之旁。此后公主贵人,遂多逾越礼制,闺门不谨,皆由武帝纵容窦太主与董偃,致酿成此种风气。

当日废后陈氏,自从移居长门宫,虽然饮食服用,一切如故,但长日独居,未免愁闷无聊。闻说武帝与窦太主情谊仍甚亲密,心想如何能得车驾到来,相见一面。忽念道主上平日最喜辞赋,不如托人作成一赋,将自己悔过思慕之情,曲曲摹写出来,希望主上见了此赋,感念旧情,重收覆水。久闻蜀人司马相如文字最工,遂遣人持了黄金百斤,送与相如、文君,作为酒食之费,请其代作一赋。相如允诺,不久作成,交与来人带去,后人因称为《长门赋》。

废后陈氏得赋甚喜,遂命宫人时常读诵,不久传到武帝耳中,武帝与废后恩情已断,相如文字也就无灵,后来废后竟死于长门宫,在她未死之前,卫子夫已立为皇后。

说起卫子夫出身甚是微贱,其母卫媪,乃平阳侯曹寿家婢,嫁于卫氏,生有一男三女。男字长君,长女字君孺,次女字少儿,三女字子夫。卫媪又与平阳侯家吏郑季私通,生子名青。子夫自少容貌秀丽,头发尤美,色黑而长,光可以鉴,以其母故,遂为平阳侯家歌女。

武帝姊阳信长公主,嫁与平阳侯曹寿,故亦称平阳公主。公主见武帝久未生子,遂留意访寻良家女子十余人,蓄养在家。建元二年春三月上巳,武帝照例往灞上祓祭,回时顺路驾临平阳公主家中。平阳公主便将所蓄良家之女,妆束出见。武帝逐人看过,竟不曾选取一个,公主见武帝并不合意,遂命诸人退出。

到得饮酒时候，公主召到一班歌女，当筵歌舞，子夫也在其列。她本善歌，能造新曲，如今得见天子，便将歌词来挑武帝。也是她命中有缘，武帝听她歌词，不觉心动，遂唤子夫近前，问其姓名。少顷，武帝起入旁室更衣，公主心知子夫为帝所喜，遂命其随侍入内，子夫因此得与武帝亲近。武帝还坐，喜动颜色，命赐公主金千斤，公主遂奏请送子夫入宫，武帝许之。酒阑席散，武帝起驾回宫，命将子夫载入后车。公主亲送子夫登车，手抚其背道："汝此去努力加餐，将来尊贵，望勿相忘。"子夫领诺。

谁知子夫入宫年余，竟不得见武帝一面。原来武帝后宫姬妾众多，立有簿籍，按名登记，每日轮流进幸。子夫新入宫中，名字记在簿末，所以年余还轮不到她一次，子夫闲住深宫，正在愁闷，一日，忽闻武帝召集宫人，尽行入见。子夫向众人问起缘由，方知武帝因为宫人太多，意欲亲自挑选一番，分别去留。子夫心想主上内宠甚多，何时得见亲幸，似此闭锁宫中，甚觉拘束，反不如在侯家快乐。子夫想定主意，一心要想出宫，于是草草妆束，随同众人入见。

武帝既召齐宫人，遂按着名册，逐人点唤近前验看，见有不中用者，便在名下做个记号，预备发放回家。及至点到子夫，子夫走近前来，对着武帝涕泣，自请放她出外。武帝前因看见子夫发美，一时高兴，纳入后宫，事后早已忘却。今见子夫如此情形，不免触起旧情，心生怜悯。忽又想到昨夜曾做一梦，梦见卫子夫立于中庭，旁生梓树数株，梓者子也，我今尚未有子，想是应在子夫身上，合该生子，今日恰又与她相见，岂非天意？武帝想罢，遂将子夫安慰一番，并告以梦中所见，当晚便命子夫侍寝。子夫果由此怀孕在身，遂绝出宫之念。

此时陈后尚未被废，闻知子夫得幸有孕，心中十分妒忌，便想出许多方法，意欲害死子夫。子夫几次遭她毒计，却有天幸，皆得不死。武帝闻知，愈加爱惜子夫，日夜遣人守护，陈后无从下手。偏是窦太主身为母亲，任从其女害人，不但不加教训，反要助她为虐。自己无法奈何子夫，竟迁怒到其弟卫青，要想杀他出气，于是遣人往捕卫青。未知卫青性命如何，且听下回分解。

第八十二回　卫青胜敌取侯封　李广复仇诛醉尉

话说卫青字仲卿，本姓郑氏，乃卫媪私通郑季所生。少时其母将青送还郑季，郑季家中，已有正妻，早生数子。因他乃私生子，不甚爱惜，使之牧羊。诸子更不把他当作兄弟，一味呼来喝去，使令做事，有如奴仆，不时还要打骂。卫青虽有父母，却无可倚赖，只得忍气吞声，过那伶仃孤苦的日子。一日因事随着众人，到了甘泉宫居室。此地乃罪人发来作工住宿之处，内中有一钳徒，却能看相，看了卫青相貌，便对他说道："汝乃贵人，将来官至封侯。"卫青听说笑道："我为人家奴才，得免打骂，于愿已足，安敢希望封侯。"说罢连连摇头，不肯相信。

及卫青年壮，受不过嫡母及兄弟许多闲气，便离了家庭，来依其母卫媪。卫媪恳求平阳公主录用，公主命为骑奴，每遇公主出行，卫青常骑马跟随。虽然也为人奴，却比在家尚觉快乐。后闻其同母之姊子夫，得幸武帝，纳入后宫，心中暗喜。因记起钳徒之言，盼望姊氏得贵，封及外家，自己也得好处。但是自己姓郑，姊氏姓卫，虽然同母，主上未必知得，不如也改姓卫，好在自己兄弟，既不把我当人，索性与他断绝关系。卫青想定，从此遂冒姓卫氏。又想起身为侯家骑奴，未免辱没，乃托人荐引，得在建章宫当差。卫青遂结识武帝一班从官，与骑郎公孙敖，尤为交好。

谁知卫青意欲求福，反先得祸。此时其姊子夫，得幸有孕，陈皇后害之不死，窦太主便想替其女出气。卫青在外，何曾知得宫中之事，若使他不冒姓卫，窦太主未必便知他是子夫之弟，今见他明明姓卫，遂迁怒其身。遣人将卫青诱到家中，出其不意，捆绑起来，囚在一处，意欲杀之。卫青虽在宫当差，职位卑贱，并未知名，便被公主杀死，也无人替他伸冤。正在危急之际，却被公孙敖闻知此事，代抱不平，急邀同壮士多人，趁着看守之人不及防备，竟将卫青夺回。卫青因此得免，事为武帝所闻，乃召卫青并其兄卫长君入见。卫青为人退让和柔，武帝一见便加宠幸，数日之间，赏赐几至千金，与其兄同拜为侍中。公孙敖也得升擢。卫青既贵，窦太主遂亦不敢再行加害。不久陈皇后被废，卫子夫宠爱日加，一连生下三女，武帝遂拜子夫为夫人，擢卫青为太中大夫。武帝见卫青勇力过人，且有将略，便欲命之为将，往击匈奴。

当日匈奴军臣单于，自从马邑回兵，心怨汉廷设计诱陷，由此断绝和亲，不时遣兵入塞侵盗。武帝久欲出兵征之，却因朝中多事，又连年通道西南夷，未暇兼顾。至元光六年春，匈奴复入上谷，杀掠吏民。武帝遂拜卫青为车骑将军，兵出上谷；公孙贺为轻车将军，兵出云中；太中大夫公孙敖为骑将军，兵出代郡；卫尉李广为骁骑将军，兵出雁门，各率马队一万，往击匈奴。四将领命，分道前进。算自高祖被围白登之后，至今七十年，汉兵第一次出塞。

匈奴闻知汉兵大举来伐，急命部下预备迎敌。先说李广兵出雁门，恰与单于大队相遇，两下交战良久。匈奴兵十余万，汉兵仅有万人，众寡悬殊。李广虽然勇猛善战，终难取胜，部下兵士，死亡过半，胡兵势如潮涌，将李广四面围住。李广东冲西突，不能脱身。单于素闻李广之名，今见他被困垓心，急传下命令，务须生擒李广，不得将他杀死。末后李广战到力竭，身又受伤，不能抵拒，胡兵一拥上前，竟将李广擒住。单于见已获得李广，心中大喜，即命回军。李广部下将校，眼看主将被擒，无力救援，只得收集败残兵士，退回数十里驻札。胡兵战胜，一齐口唱凯歌而回。李广虽然被擒，心中却甚镇静，意欲设计逃走，故意假作伤重，不能起坐。胡兵信以为真，料他万难脱逃，遂亦不加捆缚，取出绳网，将李广盛住，系在两马之间，慢慢行走。

李广卧在网上，前后左右，都是胡兵围守，要想脱逃，未得其便，索性闭目假死，使他不作准备。约略行有十余里路，李广心想不趁此时急逃，若到胡庭，莫想得归中国。遂偷眼向四围观看一遍，瞥见近旁有一胡儿，骑在马上。李广留心细看，知是一匹好马，此时心急智生，连忙耸身一跃，捷如飞鸟，竟跳上胡儿马背。李广一手夺得胡儿弓箭，一手将胡儿推落马下，勒转僵绳，加上数鞭，那马展起四蹄，如飞向南驰去。胡兵出其不意，大惊失色，一齐拨回马头，从后急追，李广回头一看，尘埃起处，追兵来了数百，自己单身匹马，如何抵敌，只得催马前进。好在坐骑得力，胡兵多数追赶不上，也有数十人乘坐好马，渐渐追近，李广便将夺得弓箭，回射追兵，无不应弦而倒。李广且行且射，一直行有数十里路，却与部下残兵相遇，胡兵追赶不上，只得回去，李广竟得逃脱。

读者试想，李广此次出兵，骤遇单于大队人马，寡不敌众，以致兵败被擒，可谓尽力杀敌，及被擒之后，又能设计逃回，理应替他原情，将功折罪。谁知李广回国之后，有司查问情形，说他丧失士卒甚多，自己又被生擒，照律应该斩首，但照例许其出钱赎罪。李广遂赎了死罪，免为庶人。此时公孙敖、公孙贺、卫青三路兵马，亦皆回国。公孙敖兵出代郡，为胡兵所败，折兵七千余人，亦坐斩罪，赎为庶人。公孙贺由云中出塞，未遇胡兵，并无捕获。只有卫青自上谷直驱至龙城，战胜胡兵，斩首七百级。武帝赐爵为关内侯，合计四将出师，一人无功，二人坐罪，独卫青得受爵赏。

李广自从免官，闲居无事，恰值颍阴侯灌疆有罪失爵，二人结伴，同到蓝田、南山之下居住，不时出外射猎解闷。一日乡间有人，来请饮酒，李广随带一个马兵，前往赴席。饮到天晚回家，一路行从亭下经过，却遇霸陵县尉，出来巡查，见了李广，大声呵斥道："汝是何人，竟敢犯夜？"原来汉制不许人民夜行，夜行者谓之犯夜。李广未及答应，旁有马兵向前说道："此乃故李将军是也。"谁知霸陵尉，正在酒醉，使出官威，喝道："纵使现任将军，尚不得夜行，何况是故。"遂将李广并马兵留在亭下，睡了一宿，次早方得归家。李广素性褊狭，受了霸陵尉侮辱，怀恨在心，要想报复此耻。恰好过了一年，武帝又拜李广为右北平太守。

匈奴自被汉兵四路来伐，心中不甘，到了秋日，遂遣兵数千人入塞，沿着边境，一路杀掠，渔阳地方，尤遭其害。此时韩安国病愈复为卫尉，武帝遂命安国为材官将军，领兵屯守渔阳。一日捕得胡人，据说匈奴现已远去，安国信以为实。又见正是农忙时候，遂据情奏闻武帝，罢去守兵。不料过了月余，胡兵忽大举侵入辽西、渔阳、雁门等郡，杀辽西太守，败渔阳、雁门都尉。安国部卒仅有千余，仓皇出战，汉兵大败。安国受伤回营固守，匈奴四面围攻安国。又闻塞下传言胡兵将入东方，武帝遂将安国移守右北平。

安国自思昔日身为御史大夫、护军将军，统辖诸将，资格已老；如今却被后进卫青等立功，自己领兵在外，反多败亡，甚是仇恨，希望武帝将他罢归。谁知武帝更将他迁往东方，防备胡寇，因此忽忽不乐，不过数月，竟得病呕血而死。武帝得报，正在择人接任，忽想起李广人材难得，弃置不用未免可惜，遂下诏命李广为右北平太守。李广受命，便欲报复私怨，奏请武帝，将霸陵尉随军调用。武帝准奏，霸陵尉被调至军，李广一见大怒，喝令左右推出斩首。一面上书武帝，陈明情节，自行请罪。未知武帝如何发落，且听下回分解。

第八十三回　飞将军射石没羽　主父偃上书得官

话说李广杀了霸陵尉，自向武帝上书请罪。武帝赐书免究，令其尽力防胡。李广奉命到了右北平接任，早有消息传入匈奴。匈奴当韩安国在时，本拟来侵右北平，今闻李广当了郡守，遂将此举作罢。只因李广历守边郡，数与匈奴力战，威名久著；加以前次受伤被获，身在多人围守之中，竟能单骑脱逃，真是神勇莫测，以此匈奴人人畏服，将李广起个绰号，号为"汉飞将军"。李广在郡数年，匈奴始终不敢入境。

李广见郡中无事，时时以射猎自娱，生性尤喜射虎，每居边郡，闻说其地有虎，便随带弓箭，亲往射之。及居右北平，地尤多虎，李广常日随带兵士，跨山越岭，寻觅虎迹，虎若被他遇见，一箭一只，莫想望活，也不知杀了多少。一日，李广行到山中转角之处，忽然一阵风过，迎面来一斑斓大虎。那虎一见有人，便蹲在地上，大吼一声，张牙舞爪猛扑过来。此时李广与虎相去不过数丈之地，随从兵士，见来势凶猛，一时猝不及防，吓得手足无措。李广张弓搭箭，急向那虎射去。说时迟，做时快，那虎一爪早扑到李广身上。一班兵士急持兵器来救，忽见那虎四足一蹬，直挺挺倒地而死，行近看时，原来李广一箭直贯虎心，所以死得如此之速。再看李广身上，却也鲜血淋漓，受了重伤，众人回想适才情景，危险万分，不觉毛发悚然，遂扶着李广，回去延医调治。李广此番几乎命丧虎口，在他人早怀戒心，偏他毫不介意，待得伤痕平复，仍前出外射猎。

又一日，李广自山旁行过，远望草木丛杂之中，隐隐似是一只猛虎，卧在地上。李广觑准，放了一箭，只听飕的一声，那支箭不高不下，正中虎身。众人便赶向前去，要想拖那死虎，谁知近前一看，却是一块大石。再看那箭镞连杆都透入石内，稳稳插定，只余一半箭羽，露在外面，用手拔它不动。大众见了，都道石头何等坚固，箭锋竟能穿入，真是十分奇怪，遂赶回报知李广。李广不信，自来观看，果然不错，心中也觉诧异，于是再回原处，对着那石，重射一箭。谁知此次虽仍射中，箭锋碰在石上，折为两段，石头依然完好，并无损伤，李广连射数箭，终不能入，但不知先前一箭，何以如此，自己也莫名其妙。

李广在右北平首尾六年，适值郎中令石建身死，武帝遂召李广入京，代石建为郎中令。

当日四将出师，独卫青一人立功，以此武帝尤加亲幸。过了一年，是为元朔元年，卫子夫生下一子，取名为据。武帝年已二十九，始得长男，心中甚是欢喜，下诏立卫子夫为皇后。东方朔、枚皋皆作皇太子生赋以贺。武帝又命立禖祠，使校皋作禖祝之文祭之。枚皋又献赋于卫皇后，戒以慎终如始。卫后既立，外家皆得封赏。卫后长姊君孺，嫁与太仆公孙贺；次姊少儿，先与霍仲孺私通，生子名为去病，后又与陈掌私通。陈掌即陈平曾孙，武帝乃召陈掌为詹事，陈掌竟娶少儿为妻。霍去病年已十八岁，武帝亦用为侍中。

是年秋日，匈奴入寇辽西、渔阳、雁门等处，适值韩安国兵败被围，武帝又拜卫青为车骑将军，领兵三万，出雁门，李息出代郡。卫青与匈奴交战大胜，捕斩敌人数千，奏凯而回。武帝甚喜。先是卫青出兵之前，曾遣小吏减宣，往河东买马。减宣奉命前往，不久如言买齐。卫青爱其才干，遂向武帝保荐。武帝拜减宣为厩丞。一日，卫青又向武帝推荐一人，其人复姓主父名偃，乃临淄人，素学苏秦、张仪之术。家贫客游诸侯，所至不遇，至是入京，来见卫青。卫青与语大悦，遂向武帝保荐。谁知言了数次，武帝未即召用。主父偃久在京师，用度已绝，到处借贷，每多惹人厌恶，寻思无法，只得写成一书，自行诣阙上之。同时又有燕人徐乐，临淄人严安，一同上书，皆言时务。武帝见了三人之书，甚合其意，立即同时召见，对三人道："君等皆在何处，何相见之晚也！"皆拜为郎中。

主父偃得官之后，便时向武帝上书言事，多见听用。元朔二年春，梁王刘襄，城阳王刘延，上书请以邑分与其弟。武帝见奏未决，主父偃进言道："古者诸侯地不过百里，易于制伏，今则连城数十，地方千里，平时骄奢淫乱，有事则合纵谋逆。若依法削小其地，必致群起生变，晁错之事，可为前车之鉴。据臣愚见，诸侯王子弟多者或至十余人，惟有嫡长子乃得嗣立，其余虽系骨肉，并无尺寸之封，未免向隅。愿陛下令诸侯王得推恩分割其地，以封子弟为侯。在彼人人喜得所愿，又出自主上恩德，实则分裂其国，使渐弱小易制。"武帝听了称善，乃下诏允准梁王、城阳王之请。又通告诸侯王有愿分与子弟邑者，许其奏闻照办。于是诸侯王支庶子弟，皆得封邑，藩国由此削弱。

到了元朔二年，匈奴又来犯边，武帝复遣卫青、李息率兵讨之，卫青兵出云中，北至高阙复折而西行，直抵符离，阵斩敌首数千，捕得牲畜数十万，驱逐白羊、楼烦王，尽取河南之地。武帝大喜，下诏封卫青为长平侯，部将苏建为平陵侯，张次公为岸头侯。主父偃因上书武帝道："朔方地质肥沃，外阻黄河，形势险要。昔蒙恬筑城以逐匈奴，今可仿行其策，既免戍兵运饷，又可开拓土地。"武帝得书，交于公卿会议，公卿皆以为不便。武帝不听，竟从主父偃之言，下诏以所得河南地，置朔方、五原两郡，使苏建前往筑城，并修复蒙恬故塞，募民十万人，徙居其地。

一日，主父偃又对武帝道："茂陵初立，请将各地富豪兼并之家，尽数移徙其间。此等人平日倚借财势，横行乡里，为害地方，今勒令迁居以奉陵邑，内可以充实京师，外可以潜消奸宄，所谓不用刑而能除害，计莫善于此。"武帝依言，即饬有司遵照办理。

各地郡守奉到武帝诏书，即按照章程，查明本地豪杰及家财三百万以上之富户，造具名册，通知本人，预备起程，届期分派吏役押送赴京。当日河内轵县，有一大侠，姓郭名解，字翁伯，论起家财，尚不满三百万，原不在应徙之列。但是他侠名素著，势力极大，可算是当地著名豪杰，若将他遗漏，深恐武帝查出，必然究问，说是舞弊隐匿，如何当得起此种罪名？只得将郭解姓名列入数内。

郭解闻说自己应行迁徙茂陵，心中不愿，也知此事非地方官所能为力，必须朝中具有权势之人，前向主上陈明。因想起将军卫青主上所宠，得他一言，当可避免。于是托人转求卫青，代向武帝说情。卫青素闻郭解之名，心想此等小事，并不费力，遂慨然依允，入见武帝，具述郭解家贫，不合迁徙。谁知卫青不代说情，武帝尚不注意，今闻此言，便知他是大侠，愈加不肯放松，因微笑说道："郭解不过一个布衣，竟有权力，能使将军替他说话，可见其家不贫。"卫青无言对答，只得退下，使人通知郭解。郭解无法，遂率领家口，起程来京。欲知郭解平日为人如何，且听下回分解。

第八十四回　悔愆尤恶人改行　逞睚眦侠客寻仇

话说郭解即善相人许负之外孙，其父亦为游侠，文帝时因事被诛。郭解为人短小精悍，少时凶恶无赖，人或稍忤其意，便必设法将其人害死，方始甘心，因此被他杀害之人甚多。但生性却也慷慨，自视性命甚轻，往往将身借与朋友报仇雪恨。他家中既无甚财产，自己又无职业，遂结识一班无赖，专事打家劫舍，掳掠货物，收藏亡命，为其党羽。偶然安静无事，不去劫掠，便私自铸钱，或发掘坟墓，年未三十，所犯罪案累累，不计其数。

大凡身为盗贼之人，无论老奸巨猾，终有一日破案。况郭解生当文景之世，算是汉朝极盛时代，岂容他任意横行，无恶不作？若在他人，早已被获正法，不知死了几次。偏是郭解，命根牢固，每当犯事发觉，官吏捕拿紧急之时，往往被他逃匿得免。有时即遭拿获下狱，却能设法逃走，或是遇赦放免，也算得有天幸。

及郭解年到三十以后，渐渐积有家财，自己也知悔过，改行为善，自奉俭约，专善替人排难解纷，扶危济困，救人之命，不夸己功，又能以德报怨。但他行为虽变，心肠仍是阴险狠毒，遇有小小仇怨，便记恨在心，暗图报复。又有当地一班少年，仰慕郭解为人，争来归附，探得他心怨之人，事前并不通知郭解，竟设法替他报仇，因此当地人民畏其势力，更不敢与之作对。谁知郭解姊子，一日与人饮酒，倚着郭解之势，强灌人酒，其人愤怒，将其刺死，逃走而去。其姊闻子被杀，自然痛哭，因见凶手未获，便向郭解发怒道："翁伯一向仗义有名，今竟有人敢杀吾子，凶手又被逃走，如何出得此气？"遂将其子尸身弃在道旁，不肯收葬，意欲借此耻辱郭解，使他代觅仇人。郭解果然遣人暗地查访，竟被他探得凶手去处。凶手自知郭解消息灵通，万难逃脱，一时急得无计，自向郭解出首，将他杀人情由，据实陈明。郭解听说慨然道："此乃吾甥无理，汝杀他并无不合。"遂安慰其人使去，自将其甥收葬。当地名人闻知此事，皆敬重郭解之义，因此归附之人日多。

郭解持身恭俭，每出外未尝随带从骑，不敢乘车入其县庭，但他行过之处，人皆避座起立。一日郭解正行之际，忽见旁有一人，箕踞而坐，两眼望着郭解，并不动身。郭解便近前问其姓名。后被郭解之客闻知，深怒其人无礼，欲往杀之。郭解急阻住道："同居乡里，竟不为人所敬，乃是吾德不修，彼有何罪？"客闻郭解之言，方才止住。读者试想郭解一个细民，出入要人起座，已是奇事。更有郭解之客，因此发怒，欲杀其人，尤觉可异。郭解不听其客报仇，引咎自责，似乎不与计较。谁知他计较之心，比前更深，手段比前更巧，遂乃往见县中尉史，告知其人姓名，并嘱咐道："此人吾所敬重，请于践更时免其充役。"原来汉时人人皆须充当兵役，一月一换，故名为更。富人不愿充役，出钱二千，由贫人代之，名曰"践更"。此事本系尉史管理，尉史既受郭解之嘱，不敢不从，每轮到其人践更之时，更役并不传唤，一连数次，都是如此。其人心中诧异，自向吏役问其缘由,方知乃是郭解令他免役。其人素来轻藐郭解,至是心感其德,想起郭解出行,众人皆避,自己傲然不动,甚是无礼,不想他反以德报怨,自觉惭愧异常,遂肉袒向郭解谢罪。一时少年闻知,皆说郭解行事大异常人,愈加仰慕。

当日河内一带邻近郡国,皆闻郭解之名,人民遇有急难,皆来恳求郭解,替他解免;或彼此结下冤仇,及生出争论,亦请郭解调停和解。郭解不论道里远近,一诺便行,凡可出脱者,无不替他出脱,即使势难挽救,亦必尽己心力,奔走设法,务使请求之人心满意足,然后方敢受其酒食。众人见郭解一腔血性,无不感动,人人死心塌地愿替郭解效力。

一日,忽有洛阳人前来相访,郭解出见,问其来意。其人具述洛阳有两大姓,因事相仇,彼此各图报复,当地贤豪曾经相继出面调处已有十数次,两家始终坚执不听,特远道来请郭解代为和解。郭解慨然允诺,即同来人到得洛阳。他不欲使外人闻知,等到夜间,亲往两姓家中,委曲劝导。两姓久仰郭解之名,只得勉强听从。郭解乃对两姓道:"吾闻洛阳有名诸公,曾经屡次调停,多不见听,今幸足下肯听解言。但解何苦夺他县贤士大夫之权?君可候我去后,仍请当地诸公,再行出头劝解,然后听从,庶可顾全诸公体面。"两姓许之,郭解遂乘夜坐车悄悄回去。

郭解侠名,传播愈远,便有四方亡命避难之人,前来投靠,日多一日,郭解一律收留。自己家财,本非豪富,却肯养活多人,毫无吝惜,后来愈到愈众,不但饮食无从供给,连房屋都难容留。于是当地一班少年,及邻县富豪,见此情形,便想替他出力,各自驾车来到郭解家中,迎取逃人,载归其家养活。此种举动,本须秘密,大约多在夜半行事,因此每夜郭解门前,必有车十余辆,可见其藏匿逃人之多。读者须知,专制时代,人民蜷伏于政府威权之下,困苦颠连,无所告诉,但得一人,能超出政府权力范围之外,缓急足以托命者,便如小儿之投慈母,大旱之望云霓,所以郭解虽是一个无赖小民,竟能号召党羽,包庇犯人,隐然与政府为敌。

此次郭解被徙茂陵,急将逃人处置清楚,收拾行装起行。临行之时,远近来送之人甚多,争出钱财为赠,郭解共得钱千余万。郭解既入关中,关中贤豪,无论识与不识,争来结交,一见如故。郭解虽然新到异地,声气却也广通。当日轵人杨季主之子为县吏,奉命押送郭解。郭解兄子因此怀恨,于路将他暗杀,并割取首级而去。杨季主闻知,心痛其子,要想复仇,郭解遂遣人回到轵县,并杀季主。季主家族见父子二人皆为郭氏所杀,心中愈加不甘,又料得郭解力不小,地方官都无可奈何,惟有叩阍上书,方得伸冤。于是写成一书,备陈杨季主父子被杀情形,并历诉郭解平日种种罪状,遣人诣阙告发。来人奉命,星夜赶到长安,方才行至阙下,未及上书,忽然背后来了一人,也不交言,赶向前来便是一刀。其人不及防备,被刺要害,立刻倒地而死,凶手早已奔逃不见。

原来郭解探知杨氏有人来京上书,急遣刺客觅便将他刺死。刺客如言往寻上书之人,恰好不先不后,赶至阙下动手。论起阙下乃是天子居处,何等尊严,如今青天白日,竟有人敢在此地行凶杀人,真是罕见之事,一时哄动多人,都来观看。长安令赶来验过尸身,确系被人刺杀,凶手当场脱逃,死者又非本地之人,并无家属出头承领,岂不是一桩无头命案?郭解又可逍遥法外。谁知官吏验尸时,却发现一样绝大证据。原来郭解所遣刺客,虽将上书人杀死,匆忙之中,只顾逃得性命,未及收取其书,以致其书落在官吏手中,奏闻武帝。武帝大怒,下诏官吏严拿郭解,务获究办。郭解早已闻信,先期预备脱逃,却将老母妻子安置夏阳,自己独身出走,意欲前往太原,遂向东北而去。一日,郭解行至临晋关,由此出关,渡过黄河,方可前往太原。平常往来之人,到了此关,皆须查明来历,方才放过。郭解犯事逃走,如何得过此关?偏是郭解大有把握,公然来见关吏籍少翁,直言始末。籍少翁与郭解素不相识,却久仰慕其人,如今得见郭解,并感其直言不讳,遂慨然放之出关。未知郭解此去能否逃脱,且听下回分解。

第八十五回　坐大逆郭解伏诛　谋联姻徐甲奉使

话说官吏奉诏拿捕郭解，密遣吏役到了茂陵郭解家中，但见门已反锁，打开一看，空寂无人，问起左右邻居，知已全家逃走。似此高飞远去，何处寻其踪迹？但料他一路奔驰，必向亲友家投宿。好在郭解迁到茂陵，为日尚浅，近地所有至亲密友，亦无多家，不难逐一访问。遂查得郭解平日常与往来之人，开列姓名住址，按户搜寻，却被他查有头绪。原来郭解手下党羽甚多，此次仓皇出走，未及通知。料得众人闻信，必来追随，故所过之处，投宿一宵，次早临行，必先将此去何地，寄寓何家，告知主人，使其党羽得以跟踪追至。又料得官方前来追问，主人必不肯对他明言。谁知吏役因郭解是奉诏严拿之人，也就认真追捕，遂向郭解亲友苦苦追究。其中有曾容留郭解住宿者，明知郭解去处，起先不肯明言，后被吏役骚扰不堪，因想起自己容留郭解，系在奉诏拿捕以前，原不算得犯罪。又见事隔多日，郭解去得已远，便说出他从前去处，已是追捕无及，遂向吏役吐出实情。吏役闻言大喜，急依言追问到第二家，第二家因有第一家为证，势难推辞，因又供出第三家，如此一路追问，势如破竹，不久遂追究到临晋籍少翁处。

说起籍少翁与郭解不过一面之缘，平日并无交谊，况又明知郭解去处，何妨竟对吏役直说。但他生性却甚侠烈，心想郭解与我素昧平生，一旦急难径来投奔，并肯披肝沥胆，据实相告，毫无疑虑，真是我生平第一知己。如今我若将他去处告知吏役，设或因此被获，岂非有负知己？此事万不可行。惟是我执定不言，吏役亦不肯轻易放过；若用虚言骗他，又非大丈夫所为。籍少翁想来想去，左右为难。吏役见他沉吟不语，连连催迫。籍少翁自知无法避此难关，因想起古语有云：士为知己者死。与其利己害人，偷生世上，不如轰轰烈烈，自寻一死，以报知己。籍少翁起了决心，于是拔出剑来，自刎而死。众吏役出其不意，见此情形，尽皆错愕。一时闻者皆叹惜籍少翁是个烈士，只因籍少翁自杀灭口，吏役无从知得郭解去处，到处访查，并无踪影，郭解竟得逃脱。

郭解逃到太原，藏匿经年，及至元朔三年春，武帝下诏大赦天下，郭解闻得赦书，以为可以无事，渐渐出头。一时风声传播，遂被官吏闻知，密遣吏役往捕，竟将郭解捕获，奏闻武帝，武帝即命地方官穷究所犯罪案，并遣使者前往轵县，逐件查办。有司将案情讯问明白，郭解虽然杀了多人，却都是大赦以前之事，不能再行办罪，照例应得放免，谁知此时忽又生出一事。

轵县有一儒生，一日陪同使者闲坐，谈论之间，说起郭解，旁有座客极口称誉，儒生听了，愤然答道："郭解专以奸诈犯法，有何好处？"座客被驳不悦，出来告知旁人。此语传入郭解宾客耳中，不禁大怒，便乘儒生不备，将他刺死，并断其舌。此案一出，凶手虽未捕获，众人皆知与郭解定有关系，问官便将此事责问郭解。郭解被囚狱中，实不知何人所杀。吏役在外查访，亦不能查出杀人姓名，官吏遂具奏武帝，说是郭解无罪。御史大夫公孙弘议道："郭解本是布衣，任侠擅权，竟以小怨杀人，解虽不知，其罪尤甚于知，应判以大逆无道，罪当族诛。"武帝依议。此时郭解家族亦由夏阳拿到，于是全家皆坐处斩。但他党羽甚多，平日感恩慕义之人，亦复不少，先期将其子孙藏匿一二，传至后汉郭伋，即其玄孙，家门复盛，此是后话。

当日郭解伏法，主父偃亦因事族诛。说起主父偃，自得见武帝，专事迎合，武帝欲立卫子夫为后，却因其出身微贱，不免迟疑，主父偃遂从旁设法赞助，子夫得立为后，多出其力。武帝以此愈加宠信，言听计从，遂由郎中擢为谒者、中郎、中大夫，一年之中，四迁其官。主父偃既已得志，便欲报复平生仇怨，先陷燕王刘定国于死。原来燕王刘定国，乃敬王刘泽之孙，康王刘嘉之子。刘嘉于景帝五年身死，定国嗣位，与其父妾淫乱，又夺弟妇作妾，逼三女与之通奸。适有肥如令郢人，忤定国意，定国欲杀之。郢人将告发其淫乱之事，定国先发制人，遣谒者借他事劾奏郢人捕拿下狱，杀之灭口。其时田蚡正在得势，刘嘉之女又为田蚡夫人，郢人兄弟不敢出头申诉。直到元朔二年秋，始来长安，寻见主父偃，具言其事。主父偃前游燕赵，穷困不得志，心中正在怀恨，至是遂令郢人兄弟上书告发，自己从旁证实其事。武帝将书发下公卿会议，皆言定国行同禽兽，乱人伦，逆天道，其罪当诛。武帝依议，下诏赐定国死，定国闻而自杀，国除为郡。

此事发生之后，朝中各大臣以及各国诸侯王，见主父偃仅向武帝数言，便杀燕王，灭燕国，人人皆恐自己所作罪恶，被其查悉，又向武帝举发，只得曲意奉承，赂以金钱财物，动至千金，主父偃一律收受。又闻知众人畏己，愈觉扬扬得意。旁有亲友见其过于跋扈，便进说道："观君举动，未免太横。"主父偃笑答道："吾束发游学四十余年，不得成名遂意。父母弃我，兄弟疏我，朋友鄙我，我穷困之日久矣！今日得志，且图快意一时。大丈夫生不五鼎食，死便五鼎烹耳。吾日暮途远，故倒行逆施之。"亲友闻言，知得主父偃存此心事，必致失败，果然不久便生出事故。

先是齐人有徐甲者，入宫为宦者，事王太后。王太后生有四女，三女皆为公主，独长女修成君，因非刘氏所出，不得与诸女一样尊贵，以此太后心中尤加怜爱。修成君有一女名娥，太后见其年已长成，意欲嫁与诸侯王为后，使其得享富贵。徐甲窥知太后意思，因见齐王刘次昌，嗣位未久，年纪甚少，料他尚未娶后，何不出为撮合，藉此买得太后欢心？徐甲想定，遂向太后说知，自请前往齐国，必使齐王上书请娥为后。太后见说大喜，即命徐甲赴齐。徐甲辞别太后，收拾行装，正待起程，忽遇主父偃来访。原来主父偃平日专务交结宦官，探听宫中消息，如今闻知徐甲往齐求亲，也想将己女嫁与齐王为妾，于是来见徐甲说道："足下此去，事成之后，幸为言及偃女，愿得充王后宫。"徐甲领诺而去。

齐王刘次昌，乃孝王将闾之孙，元光五年，嗣立为王，有母号纪太后。纪太后心欲外家得宠，遂以其弟之女，许配次昌为后。谁知次昌不爱纪女，专与后宫姬妾取乐，少到王后宫中。纪太后见了，心中不乐，因想得一法，使其女纪翁主入居宫中，管理后宫，一班姬妾不许近王，意欲纪女得专宠幸。齐王次昌迫于母命，既不得与姬妾取乐，又不愿亲近纪女，却与其姊翁主私通。徐甲不知齐国内情，心中倚着皇太后势力，以为此种亲事，一说便成，故敢一力担任。当日奉命到了齐国，入见齐王刘次昌，告以此事，并述主父偃言语。齐王正在嫌恶纪女，闻言亦自愿意，但是不敢自主，便入宫告知纪太后。纪太后听了，不觉勃然大怒。未知纪太后如何回答，且听下回分解。

第八十六回　主父偃殉利亡身　公孙弘曲学阿世

话说纪太后因见齐王纪女夫妇不睦，正在忧恼，忽闻徐甲奉使来说亲事，欲夺纪女地位，勃然大怒道："王已有后，后宫具备。徐甲本是齐国贫人，及为宦者，入事朝廷，并未闻有所补益。今反欲乱吾王家。且主父偃何人，乃欲以女入充后宫，此是何故？"遂遣人传言辞绝徐甲。徐甲受纪太后责备，不但一场扫兴，直弄得无地容身，回到馆驿暗想道："我此来在皇太后前夸下大口，如今事既不成，回去将何复命？又想纪太后言语何等刻毒，全不替我留些面子，真是可恨！他既说我乱他王家，我便寻事害她一害，借报此仇。"主意既定，遂遣人在外秘密打听，竟探得齐王与姊翁主私通情事。徐甲得此消息，暗自欢喜，立即起程回京。

徐甲回到长安，入见王太后，将实情瞒住不说，却捏说道："齐王已是愿意娶娥，但臣又探得一事，不便明言，大约恐同燕王，不如将此议作罢。"王太后听毕，恐又兴了大狱，急说道："以后不必再提此事。"太后遂将娥嫁与淮南王刘安太子迁为妃。主父偃闻知徐甲已回，急来访问其事，徐甲一一告知。主父偃心中怀恨，便将齐王奸情在外传说，竟被武帝闻知。主父偃遂对武帝道："齐都临淄，户口十万，市租千金，人众殷富，过于长安，非天子亲弟爱子，不得封此。今齐王在亲属上甚是疏远，况当日吕后临朝，哀王首先举兵，及吴楚七国之乱，孝王几乎从逆。近又闻齐王与其姊私通，亟宜究问。"武帝闻言，遂拜主父偃为齐相，且命匡正其事。

主父偃奉命到了齐国，齐国本他故乡，主父偃自思昔日贫贱之时，受尽种种耻辱，如今富贵还乡，也将他们奚落一番，出此恶气。乃尽召宗族宾客到来，令人取出五百金，分与众人。众人见金欢喜，正待道谢，忽听主父偃说道："从前吾遭穷困，兄弟不与我衣食，宾客不许我入门，将我看得何等轻贱！我今身为齐相，诸君或不远千里前来迎我，我已看破诸君心事，从今之后，请与诸君绝交，勿得再入我门。"众人见说，羞惭满面，各自取金散去。

主父偃辞绝亲友去后，到任视事，召集王宫宦者，究问齐王与姊通奸之事。宦者被主父偃穷究不过，只得据实供招，供词连及齐王。主父偃便将此事恫吓齐王，其意不过欲使齐王恐惧，对他服罪陪礼，既可报复私怨，且借此敲诈一笔钱财。谁知齐王次昌，是个纨袴少年，禁不起此种恐吓，以为身犯大罪，终难脱免，恐怕学了燕王，与其被执伏诛，不如早寻自尽，遂乘众人不备，服毒而死。主父偃见闹出事来，只得据实报闻武帝。

先是赵王刘彭祖闻燕王定国自杀，其祸皆起于主父偃，因忆主父偃也曾游赵，甚不得志，如今贵幸，既已陷燕王，难保不轮到赵国，意欲上书揭其罪恶。又因主父偃日在武帝左右，恐言不见听，反受其害，以此未敢发作。及闻主父偃出为齐相，彭祖遂遣人上书告偃收受诸侯金钱，所以献计使诸侯子弟多得受封。武帝见书，正在疑惑，忽报齐王自杀，心想定被主父偃胁迫之故，因此大怒，下诏拿捕主父偃，交与官吏究办。主父偃供认曾受诸侯之金,实未胁迫齐王,使之自杀。官吏照录供词奏上武帝。武帝欲免其死,御史大夫公孙弘力争道:“齐王自杀无后,国都为郡,主父偃乃系首恶,非诛偃无以谢天下”。武帝依言,遂将主父偃族诛。主父偃当贵盛之时,及门下宾客,不下千人,至是举家受刑,尸身曝露,竟无一人前来看视。独有洨皎县孔车,替他收葬。武帝闻之,以孔车为忠厚长者,心中深重其人。

当日郭解与主父偃二人,武帝本无意杀之,只因公孙弘一语,皆坐族诛。说起公孙弘,乃淄川人,少时为薛县狱吏,因事免职,家贫无业,遂在海上牧猪。年四十余,始学春秋杂家之说。武帝即位,招集贤良文学之士,公孙弘年已六十,被举贤良,与董仲舒、严助一同对策,武帝命为博士。未几出使匈奴,回京复命,所言不合武帝之意,武帝以为无能,公孙弘只得谢病归里。至元光五年,武帝复征贤良,淄川人又推举公孙弘。公孙弘自念七十老翁,无心仕进,对众力辞,众人不允,强使应命,公孙弘只得再行入京。武帝临轩策问,一时对策者百余人,太常将公孙弘列在下第。武帝见策,亲擢第一。时辕固年已九十余,与公孙弘一同被征,知公孙弘为人,善于取巧,因正色说道:“公孙弘务须正其学问,发为议论,勿得曲学阿世。”公孙弘心畏辕固为人刚直,遂联合一班儒生,极力排摈辕固。辕固见众人不容,遂以老病告归,公孙弘却由此得志。

武帝不见公孙弘已有十年,此次复召入见,也是公孙弘时运到来,武帝却觉他年纪虽老,丰采甚佳,仍拜为博士,待诏金马门。公孙弘又上疏陈述为治之道,武帝甚异其言。此时唐蒙与司马相如,奉命通道西南夷,兴工数年,士卒多死,夷人又不时背叛,发兵征讨,难于见功,巴蜀人民甚以为苦。武帝特命公孙弘前往察看情形。公孙弘回奏,极言通道西南夷并无用处,徒受损害,请罢其役,武帝不听。公孙弘知武帝天性好胜,不纳直言,惟有顺从其意,方得保全禄位,从此幡然变计,每当朝廷会议之时,公孙弘不出主意,但陈述数种办法,任凭武帝自择。每遇事有不可,亦不肯当廷争辩,但约同汲黯等,候武帝无事乘间入见,却让汲黯先行发言,自己随后委曲开说,引得武帝欢喜,所言多见听从。武帝以为公孙弘居心谨厚,日加亲幸,不过一年,官至左内史。

一日朝中又开会议,先期各公卿会同讨论,大众意见相同,约明入朝时一致主张此说,公孙弘也在其列。及至廷议之时,武帝闻众人所议,心中不以为然。公孙弘揣知武帝之意,竟背原约,顺从武帝主张。汲黯在旁,见了愤愤不平,当着大廷,厉声诘问公孙弘道:“齐人多诈无信,先前与臣等同建此议,今忽背约,可谓不忠。”武帝听说,便问公孙弘有无此事,公孙弘也不辩白,但说道:“知臣者以臣为忠,不知臣者以臣为不忠。”武帝闻言,明知公孙弘背约是实,却因其违众助己,心中甚悦,连声称所言不错。后来左右近臣或言公孙弘之短,武帝愈加厚待。元朔三年,武帝遂擢公孙弘为御史大夫。

先是元朔元年,东夷涉貊君长南闾,率领人口二十八万,前赴辽东,请求内属。武帝允之,下诏以其地为苍海郡,发遣人役,开通道路,建筑城邑,所费用与西南夷相等。元朔二年,卫青驱逐匈奴,取河南地,武帝又立为朔方郡,修复蒙恬城堡,所费尤多。公孙弘以为无益于国,常请罢之。武帝乃命侍中朱买臣,将设置朔方郡利害情形,设为十问,诘难公孙弘。公孙弘料得武帝执意欲置朔方,若逆其意,必至得罪,遂假作无辞对答,向武帝谢道:“臣是山东鄙人,不知此策之利,但愚见不如罢去西南夷及苍海,专事朔方。”武帝方从其言。当日朱买臣既难倒公孙弘,武帝甚喜,遂命为会稽太守。未知以后如何,且听下回分解。

第八十七回　怀印绶买臣得官　载后车故妻自缢

话说朱买臣字翁子，乃吴县人，家贫，专喜读书，不事生产。年至四十余，愈加穷困，衣食不周，乃与其妻人山伐柴，挑向市中贩卖，得钱以供日用。买臣每日挑柴入市，一面行路，一面读书唱歌，口内并无休歇。其妻在后相随；见此情形，心中发急。因想丈夫本是读书人家，一旦落泊，竟至卖柴过活，说起来何等惭愧，如今只好挑着担子，低头走过，免被众人看出。谁知他反在人群中，朗读高唱，似恐大众不知，要将自己丑相，引起人人注目，不知是何意思。于是赶上前来，阻住买臣，令其勿唱。谁知买臣唱得高兴，声音愈高，一连数次，都是如此。

其妻因买臣屡劝不听，恼羞成怒，便对买臣道："汝自己不顾体面，也就罢了，只是我何苦跟着汝出头露面，被人笑话。汝既不听我言，从今放我回去母家，彼此断绝夫妇关系，各寻生活去罢。"买臣见说笑道："我年至五十当得富贵，今已四十余岁，不久时运到来，便可发迹，汝随我受苦，为日已久，何妨暂时忍耐，待我富贵，报汝之功，切勿急于求去，免得后悔。"其妻闻言怒道："似汝此种行径，终久不过饿死沟中而已，何能富贵？"买臣再三挽留，其妻决意要去，买臣无法，只得写了一纸离婚书，任其别嫁。

买臣既无妻室，独自一人挑柴过市，口照常歌唱。一日，买臣担柴下山，一路行来，身体觉得困乏，又兼腹中空虚，衣裳单薄，一时饥寒交迫，不能支持，遂就路旁坟墓暂行歇息。无意中忽然遇见故妻。原来其妻自与买臣离婚，另嫁一个平民，家中薄有财产，尚可度日，比起买臣，胜过许多，也就心满意足，此日正同后夫家中人等出外祭墓，瞥见买臣歇下柴担，蹲在墓间，身子缩做一堆，料他是为饥寒所困，心中念起旧情，不觉恻然。遂将祭毕菜饭，给与买臣饮食，买臣也不推辞，饱吃一顿。

买臣自少读书，本想上进，只因无一人荐拔；意欲西上长安，又苦川资缺乏。自从其妻去后，落魄数年，恰值会稽郡吏入京上计，随带衣粮并进贡方物，装入大车，买臣遂求充士卒，一路押送车物，随从到京，住在会稽郡邸。原来当日远郡皆在京师设邸，以为上计吏卒往来食宿之所。买臣既得入京，便向阙下上书。武帝见书，未即报闻。买臣在公车门待诏日久，不见动静，用度告罄，孤身初到长安，并无亲友可以告贷，渐至食用不给，只有同来上计吏卒，见其穷苦无食，轮流帮贴饭顿。买臣等候一时，心想武帝事忙，未必记忆他所上之书，正在进退维谷，无法可想，忽值严助由会稽太守任内回京。买臣与之同县，便求见严助，托其引进。严助遂向武帝推荐，武帝召入与语，买臣陈说《春秋》及《楚辞》，武帝甚悦，拜为中大夫，与严助一同侍中。

买臣为侍中，久之因事免官，仍居长安，常向会稽守邸之人寄居就食。未几，武帝忽忆买臣，复召为待诏。时东越王余善，反复不臣。武帝意欲兴兵讨之，买臣因进言道："从前东越王居住泉山，地势高峻，一人守险，千人不能上。今闻东越王南迁大泽之中，离泉山五百里，我若发兵浮海，直指泉山，席卷而南，东越可破也。"武帝深以为然，遂下诏拜买臣为会稽太守，命买臣到郡，预备楼船粮食及水战兵器，等候诏书到时，兴兵进发。武帝又笑对买臣道："古语有云：富贵不归故乡，如衣锦夜行，今君此去，意中何如？"买臣叩头谢恩辞出。

买臣受诏出了宫门，满心欢喜，自念飘泊半生，被人冷眼，如今得志，料想外间尚无人知，何妨假作贫穷，试他一试。于是仍将破旧故衣，穿在身上，怀了印绶，步行直至会稽郡邸。此时天气炎热，买臣走得气喘吁吁，汗流遍体。看看行到郡邸门前，遇见素识之人，姓钱名勃，不知他已贵为太守，便上前迎问道："暑天出行，得无劳苦。"信手取出纨扇一柄，赠与买臣。买臣道谢，走入邸内，却见一班上计郡吏，在内相聚饮酒。买臣走过，众人置之不理。买臣也不言明，便入房内，仍与守邸之人一同吃饭。守邸人因买臣寄食已惯，并不生疑。买臣食到将饱，故意将怀中绶带，露出一角，守邸人见了，不觉诧异，走近前来，信手将绶带拖出，却见中包一印，取印看时，原来是会稽太守官印。守邸人顿然吃惊，连忙走出房外，告知上计郡吏。一众郡吏，酒已饮醉，闻说何曾肯信，大声斥为妄言。守邸人道："汝若不信，试来一看，便知真假。"中间也有买臣故人，素来看轻买臣，闻言立即起身，一路摇头说道："岂有此事！"及走入房内，提起印绶细看，不觉呆了，连忙回报众人，说是确实。满座闻言，酒都吓醒，于是告知郡丞，一同入见。此时大众寂静无声，各各整肃衣冠，推推挤挤，排列中庭，请出买臣拜谒。买臣方徐步出房受拜。少顷，长安厩吏，驾着驷马车来迎买臣，买臣乘车而去。临行心感钱勃之情，邀同赴任，待为上客，后又用为掾史。

当日会稽郡人，闻得新任太守将至，发出民夫，修理道路。各县官吏，又分遣吏役，远来迎接。买臣一路前呼后拥，车百余辆，及入吴县界内，买臣留心观看。回想昔日卖薪行歌，何等困苦，如今何等风光！只可惜故妻一力求去，无福消受荣华富贵。买臣正在沉思，瞥见道旁站立多人，万头攒仰。原来县中士女，闻说太守上任，争来围观，此时买臣故妻，不知太守是谁，也来随众观看。却被买臣一眼瞧见，遂命停车，唤到面前。其妻行近细看，方才认得太守就是买臣，一时心中悔恨，满面羞惭，一语也说不出。买臣问知其夫，方替太守修路，亦即遣人召到，将其夫妇，载入后车，一同到得郡署，拨出后园房屋令其居住，供给饮食。买臣又置酒遍邀故人，与之欢叙，凡有恩于己者，逐一报答。买臣本是一个樵夫出身，今日贵至二千石，又在故里为官，可谓心满意足。

买臣既已富贵，自然另行娶妻生子，却仍将故妻并其后夫留养园中，一则念起旧日夫妇之情，二则报其墓间一饭之德，在买臣也算情至义尽。其后夫本是平民，忽得太守厚待，坐享现成衣食，乐得安闲过日。独有买臣故妻，自念上半世跟随买臣，受尽许多辛苦，岂料如今买臣得了好处，自己虽仍活在世上，却与他成为陌路之人，不得一毫受用，平白让与他人。虽是自己福薄，也由当日一念之差，硬要离婚，以至于此。如今覆水难收，回想从前，悔已无及。但是长日住在此间，受他供给，自觉无面见人，心上实是难过，到不如死了还觉干净。主意既定，等到夜间，后夫睡熟，便解下腰带，自缢而死。算起她在园中，恰才住了一月，及至次早后夫方觉，解救已是无及，急来报知买臣。买臣闻信叹息，给与钱文，命其买棺收葬。清人谢启昆有诗咏买臣道：

四十无闻岂丈夫，负薪行路且摊书。
功名半为饥寒迫，贫贱方知骨肉疏。
上阙刚逢须诏日，怀章正是受恩初。
未能免俗惊群吏，一饭前妻载后车。

朱买臣五十出仕，数年间做了本郡太守，已算是晚景亨通，但比起公孙弘七十被举，不过数年，竟然拜相封侯，其遭遇又觉不如。欲知公孙弘如何拜相，且听下回分解。

第八十八回　平津开阁延贤人　张汤具狱磔盗鼠

话说公孙弘身为御史大夫，不过两年，武帝又用为相。先是汲黯本与公孙弘交好，自因前次廷议，公孙弘违背众人原约，顺从武帝之意，汲黯大怒，当面指摘其过，二人由此有隙。汲黯生性刚直，因见公孙弘一味阿谀，行事又好矫饰，心中甚恶其人。一日，武帝临朝，汲黯近前说道："公孙弘位在三公，俸禄甚多。今闻乃为布被，足见其诈。"武帝闻言乃召公孙弘问之，公孙弘慨然承认，并说道："九卿中与臣交好者，无过汲黯。今日汲黯当廷诘问，实中臣弘之病。臣弘备位御史大夫，乃为布被，迹近钓名，真如汲黯所说。但是若无汲黯，陛下安得闻此言语？"武帝见公孙弘被汲黯面斥，并不发怒，自己满口认错，反说汲黯好处。可见公孙弘宽容能让，心中愈觉其贤。到了元朔五年，遂将丞相薛泽免官，拜公孙弘为丞相，并封为平津侯。从前丞相皆以列侯为之，至公孙弘独无爵邑，故武帝特加封爵，其后官至丞相，照例皆得封候，遂成为故事。

公孙弘自以出身布衣，位至丞相，不可忘本，于是起客馆，开东阁，延请贤士，与之谋议。其客馆分为三种：一曰钦贤馆以待大贤，凡德堪辅相佐理阴阳者居之；一曰翘材馆以待大才，凡才任九卿将军二千石者居之；一曰接士馆以待国士，凡有一行之善一艺之长者居之。公孙弘每食不过一肉，脱粟为饭。所得俸禄，皆以供给故人宾客，家中并无余财。一日，有故人高贺来访，公孙弘留住相府，也将自己饮食服用，出来款待。高贺见日间所食不过脱粟，夜间所卧不过布被，以为公孙弘有意薄待，心中怨恨，便对公孙弘道："我初来时以为必得一番好受用，谁知大失所望，似此脱粟布被，我自有之，何须仰慕故人富贵？"说罢辞谢而去。公孙弘听了，满面惭愧，只得由他去了。高贺出外又对人说道："公孙弘内服貂蝉，外穿麻袋，内厨每食五鼎，外膳仅有一肴，似此何以示天下？"此言传布一时，于是朝廷上下，多疑公孙弘矫为节俭。公孙弘叹道："宁愿逢着恶宾，不愿逢着故人。"

公孙弘为人多闻见，善谈论，喜嘲谑，常言人主病在不广大，人臣病在不节俭，所以自奉极薄。然奉养后母，却甚孝谨，后母死后，服丧三年，也算是他好处。但是性多疑忌，外宽内深，凡人与他有隙，无论远年近日，牢记在心，外面假作交好，终久必借事报复。当日主父偃得罪，武帝欲免其一死，公孙弘平时遇事多顺从武帝之意，独与主父偃素有嫌隙，遂向武帝力争，主父偃竟因此族诛。及为丞相，心怨汲黯，知得武帝意思，亦不甚喜汲黯，便欲借事诛之。一日入朝向武帝奏道："右内史所管界内，多系宗室贵人，地方号称难治，非得素有重望之人，不能称职，请徙汲黯为内史。"武帝遂下诏拜汲黯为右内史。汲黯在任数年，职事并无废弛。公孙弘竟寻不出他过失，只得罢手。

公孙弘又与董仲舒不睦，亦思设计害之。说起董仲舒，自从建元元年被举贤良，与公孙弘一同对策，武帝命为江都相。其时江都王刘非，乃武帝之兄，素性骄傲好勇，仲舒以礼匡正，王亦甚加敬重，后因事废为中大夫。建元六年，辽东高庙及长陵高园殿，皆被火灾,仲舒作成一篇论说,推言灾异之理。方才拟就草稿,未及奏上,适值主父偃来访仲舒,却遇仲舒不在,见草稿中语多讥刺。主父偃平日因仲舒名誉甚重,心生嫉妒,便想借此害他,于是偷了草稿,奏上武帝。武帝发交儒生阅视,儒生中有吕步舒者,本是仲舒弟子,见了此稿,不知其师所作,大加驳斥,说是下愚。仲舒竟因此下狱,论罪当死。武帝下诏赦之。仲舒出狱家居,其时公孙弘又以贤良被举,公孙弘本与仲舒皆学《春秋》,所学不及仲舒,但以能迎合帝意,数年之间,位至丞相,仲舒守正,常斥公孙弘为阿谀。公孙弘因此怀恨在心,欲图报复。一日忽报胶西相出缺,公孙弘满心欢喜。

原来胶西王刘端,亦武帝之兄,为人狠戾,时常犯法杀人,朝臣屡请诛之,武帝不忍。刘端尚不知改过,所为比前加甚。武帝遂依有司之清,削其国土大半。刘端由此心中愤怒,假作一切不管,府库房屋坏漏,雨淋日晒,财物腐烂,损失不计其数。刘端明知,置之不理,并不许迁移他处,又饬属官不许收取租税,撤去王宫宿卫,将宫中正门封闭,另开旁门出入。时常改变姓名,假作布衣,前往他国。汉廷所委相与二千石到了胶西国中,若欲依法办理,刘端即使人寻其过失,出头告发;不能寻得过失,便设计或用毒药将他害死。相与二千石,倘附和刘端,曲从其意,朝廷又加罪责,以此胶西虽是小国,前后所委相与二千石,坐事被杀者甚多。公孙弘便想借此陷害仲舒,遂奏明武帝道:"惟有董仲舒可为胶西王相。"武帝依言,命仲舒前往赴任。仲舒受诏也不推辞,到了胶西。刘端闻知仲舒是个大儒,久仰其贤,心中敬重,也就另眼看待。仲舒在胶西一时,国中无事,因恐日久获罪,遂亦告病辞职。公孙弘见害他不得,也就无如之何。

当日与公孙弘最为相得者,惟有廷尉张汤。张汤乃杜陵人,自少便生成一种吏才。其父为长安丞,一日出门,使之看守房屋,张汤年纪尚幼,小儿心性,不免贪图游戏,未及留心家事。到得其父回时,查看一切,谁知厨中藏留之肉,被鼠窃食,其父发怒,将张汤打了一顿。张汤被打,自念为鼠所害,心中不甘,要想寻鼠报仇。

次日其父出外,张汤闭上房门,掘开鼠穴,果然捕获一鼠,并搜得食剩之肉。张汤大喜,心想平日常见父亲审理案件,处决罪犯,甚是有趣,我今捕得此鼠,正好仿照父亲行事,不但泄愤,又可取乐。于是将鼠缚住,当作犯人,自己做起刑官,坐堂审案。吊起此鼠,取出余肉,喝问道:"此肉是否被汝窃食?"那鼠只是唧唧作声,张汤便当他不肯实供,喝令拿下拷打,自己却用小棍,向着鼠身乱敲。那鼠被打,跳跃大叫。张汤当作他已招认,遂录出口供,拟下判词,援据法律,处以死罪。又假作文书将此案申报朝廷,得了批准,案情已定,然后将鼠就堂下磔死,算是行刑了结此案。

张汤正在游戏,恰值其父回来,问知其事,便索取张汤所作判词,看了一遍,心中大加惊异。暗想此判词字字精当,如同老狱吏一般,我一向并未教他,他又何从学得,想是生成天才。既然如此,索性造就他将来做个刑官。从此其父便将自己经办案件,所有文书判词,交与张汤书写,使之练习。张汤对于刑狱,日加熟悉。及其父死后,张汤初为长安狱吏,便干没他人财物。又与长安富商田甲、鱼翁叔等交结,彼此钱财往来。其时正值景帝末年,王皇后同母之弟田胜,因事犯罪,系在长安狱中。张汤暗想此人乃皇后之弟,将来太子即位,便是国舅,正好趁此时先烧冷灶,结下交情。于是倾身照顾田胜,吩咐狱卒好生看待,又设法将所犯案件宽缓下来。果然不久武帝即位,田胜得释出狱,封为周阳侯,心中十分感激张汤,与之结交。又带领张汤,遍见朝中贵人,替他博取名誉。恰遇宁成由中尉移为内史,张汤为其属吏,甚被赏识,荐于丞相卫绾,卫绾调为茂陵尉。及田蚡拜相,以张汤为丞相史,荐补侍御史。陈皇后巫蛊事起,武帝发交张汤审办,张汤穷究党羽,连坐死者三百余人。武帝以汤为能,擢为太中大夫,命与赵禹共定律令。未知以后如何,且听下回分解。

第八十九回　拜廷尉张汤得宠　决疑狱倪宽显名

话说元光五年，武帝使张汤与赵禹同定律令。赵禹乃郃县人，曾事周亚夫，为丞相史，府中属吏皆称其公廉，惟周亚夫不肯信任。或问其故，亚夫道："吾极知赵禹才能，但其人用法深刻，不可使居大府。"至是赵禹积官至太中大夫，奉命与张汤做了同事，二人意见相同，彼此一见便如旧识，深相结纳。赵禹年长，张汤以兄礼事之。所定法令，专务苛酷。又作见知故纵之法，凡官吏见知他人犯法，不即出头告发，是为故纵，与犯人同一办罪。又刑官用法严猛，故入人罪者，其罪从轻；若故纵犯人者，其罪从重。此令既定，一班官吏皆受拘束，欲免朝廷督责，不得不从事苛刻，由是酷吏借此逞威，无辜之民多被诛戮矣。

到了元朔三年，武帝遂拜张汤为廷尉，用赵禹为少府，赵禹为人清廉，生性倨傲，在朝不与公卿往来，门无食客，一意奉公孤立。张汤偏想卖弄智巧，上结武帝欢心，下博众人称誉。廷尉属官甚多，有廷尉正、左监、右监、掾史等名目，分部办事。张汤到任，便留心察看属官性质，某人苛刻，某人和平，分别记在心上。每遇出有案件，张汤先探明武帝意思，若武帝意主从严惩办者，便发交苛刻之人讯问，武帝意在从轻发落者，便发交和平之人审判。至其人实在有无犯罪与所犯之罪，是轻是重，以及属官审判是否合法，一切不问，但求能如武帝之意，不被批驳，便算尽了自己责任。

张汤有时遇见案件，探不出武帝意思，或武帝对于此案，并无成见，张汤却另有主意。心想主上平日最恶土豪游侠，但遇此等人犯到案，不管如何，便加他一个重罪，料不至十分违背上意；至于贫弱小民，张汤本有意将他超生，却又想到武帝生性雄猜，遇事定要恩自己出，于是仍行判定罪名，具文奏上，自己又亲向武帝说道："此案依律虽应办罪，尚望陛下裁察。"武帝听说，知他是替犯人求恩，往往依言轻减其罪，或径行释放。若是遇着疑难案件，张汤先向武帝陈明原因，分别数种办法，自己不敢主张，听候武帝定夺，等到武帝决断之后，便将此种判词，编入例案，列为定法。张汤如此办案，也算体贴武帝意思，煞费苦心，自然买得武帝欢喜。谁知张汤过于讨好，不免弄巧成拙，有时奏事不合帝意，反遭武帝诘责，张汤只是免冠叩头，自己认错。一面留心细听武帝言语，知得武帝意见，便举出贤能属官姓名，说道："某人曾向臣主张此议，臣生性愚蠢，不用其言，以致做事错误。"武帝见其深自责备，也就气平，并不加罪。有时武帝见其奏事甚合己意，连声称善，张汤却不自承认，反说道："臣并不曾想到此处，乃是属官某人所为。"武帝听了，以为张汤竟能推贤让善，愈加信任。

张汤又见武帝性喜文学，一时进用之人，大抵儒生为多，自想系刀笔吏出身，平日未读儒书，恐被舆论看轻。此时适值董仲舒由胶西谢病回京，家居茂陵，一意修学著书，不问家事。武帝甚重其人，朝廷每有大议，常使张汤往问仲舒，仲舒依据经义，对答皆有法度。张汤便以师礼奉事仲舒，一面结交儒生，敬礼名士。其实张汤但知法令刑罚，何曾晓得经术，对于一班文人学士，气味不同，势难投合，不过欲得众人说好，所以违了本心，强勉与之联络。又建议请武帝选派博士弟子曾习《尚书》、《春秋》之人，充补廷尉属官。于是法庭之中，也有儒生在内供职，但张汤意在借此装点门面，何曾实心任用。

一日，张汤忽遇一桩疑难案件，召集亲信掾史，会议办法，奏上武帝。武帝批驳下来，张汤又与掾史再三斟酌，另拟办法奏上。武帝又不合意，重行批驳。张汤两次被驳，心中忧惧。一众掾史，已是费尽心思，更无方法可想，彼此面面相觑，计无所出。正在惶急之际，忽有一人走来，见此情形，上前动问。

此人姓倪名宽，乃千乘人，自少师事欧阳生，学习《尚书》。自武帝即位，始置五经博士。及公孙弘为丞相，建议设置博士弟子五十人，饬令各郡国选取人民，年在十八岁以上，仪状端正者，补充博士弟子，每年考试一次，及格者调补郎中及文学掌故。倪宽被选入京，师事博士孔安国褚大为弟子。只因家中甚贫，住居长安，旅费无出，便为同学诸人炊煮饭菜，诸人一同供其伙食。倪宽平日刻苦勤学，遇有放学之日，便出外替人佣工，赚得工资以供用度。但他虽是作工，仍带经书前往，稍得休息，便取经书诵读，以此学问大有精进。谁知身礼过劳，忽得一病，卧床不起。倪宽孤身远客，平常尚不觉得，一到病中，举目无亲，真是凄惶万状。却亏得好友韩生，极力照应。说起韩生，家中略有财产，与倪宽本不相识，只因他天性好奇，一日忽发奇想费了五千钱，给与一个有名相工，邀他同到学校看相。将一班博士弟子，逐人看过，因问相工："何人当贵？"相工看了一遍，独指倪宽对韩生道："此生必贵，将来位至三公。"韩生谢了相工，令其回去，遂来与倪宽相见，各通姓名，结为朋友。韩生一味与倪宽要好，倪宽也感其情谊，二人遂如以胶投漆，十分亲密。韩生见倪宽独居无伴，便将自己行装，搬来同住，及至倪宽得病，韩生替他延医调药，递汤送水，日夜伺候，如同仆人。倪宽病愈，异常感激韩生，从此二人相待有逾骨肉。及至年终考试，倪宽及格，得补掌故，未几又调补廷尉文学卒史。

倪宽为人温和，机警有智略，善作文字，惟是口才颇拙。自补廷尉史，见那廷尉府中，所用无非刀笔法律之吏，倪宽独以儒生杂在众人之中，众人都道他未曾练习事务，遂不分派职事，但命为从史，前往北地看视牲畜。倪宽在北地数年，此次回至廷尉府，缴上牲畜数簿，恰值众掾史会议案件，倪宽见一个个愁眉苦眼，心想必是一件疑难之事，不免向前动问，众人此时无法，只得详细告知。倪宽却想得一种办法，遂对众人陈述意见。众人便请倪宽拟个奏稿。倪宽提起笔来，一挥而就。众人围着观看，无不拜服，急持奏稿来见张汤，告知其事。张汤看了一遍，不觉大惊，急召倪宽入见，与之谈论片刻，甚加赏识，立擢为掾，便将倪宽所作奏稿，奏上武帝，即日便得武帝批准。过了数日，张汤入朝，武帝问道："前次奏章，非是俗吏手笔，到底何人所为？"张汤说是倪宽，武帝点头道："我已久闻其名。"张汤退朝，便将倪宽升为奏谳掾。倪宽每依据经义，判决疑狱，张汤甚加倚任。

张汤自见身居高位，愈想博取名誉，平日行事务为修饰，所得俸禄，用以广交宾客，周恤族人。对于故人子弟现为官吏者，尤加照护，每遇出外酬应，不避寒暑。以此张汤虽然用法深刻，却得众人称赞，连丞相公孙弘都时常说他好处。独有汲黯听见张汤更定法令，得为廷尉，心中不悦。一日同侍武帝，汲黯忽面责张汤道："君为正卿，上不能广先帝之功业，下不能化天下之邪心，使国富民安，人不犯罪，何故空将高皇帝所定法令纷纷更改？似此行事，祸及子孙，将来必至绝种。"又一日，汲黯与张汤相聚议事，张汤所言，无非苛刻琐细。汲黯不入耳，忍不住发怒骂道："世人常言刀笔吏不可为公卿，此语果然不错。使张汤得志，必致天下人民不得安宁。"张汤被汲黯当着大廷广众，几次直言责备，并不容情，心中自然怀恨，便与公孙弘联络一气。

当日武帝正宠信公孙弘、张汤二人，偏遇汲黯屡斥其短，因此赌气，反升二人官职。汲黯当建元六年即为主爵都尉，其时公孙弘、张汤尚是小吏，不过几年，便与同列，如今竟居其上。汲黯身为九卿十余年，并未升擢，又见二人得志，愈觉郁郁不平，一日因事入见武帝，不觉当面说出。未知汲黯说何言语，且听下回分解。

第九十回　卫青立功封三子　赵禹选士得二人

话说汲黯因见公孙弘、张汤用事，自己不得升擢，遂入见武帝，突然说道："陛下任用群臣，譬如积薪，后来者反得居上。"武帝闻言默然不悦。及汲黯退出，武帝对左右叹道："人果不可无学，试听汲黯言语，比前更加愚戆。"原来汲黯专学黄老，不喜儒术，所以武帝讥其无学。此时武帝正一意征伐匈奴，取得河南之地，设置朔方郡，汲黯又屡劝武帝安静少事，与匈奴和亲，武帝不听。当日朔方之地，本系匈奴右贤王管辖，今被汉兵夺取，心中怨恨，连年起兵入边，杀略官吏人民甚多，武帝愈加愤怒。元朔五年春，右贤王又来侵扰朔方，武帝命车骑将军卫青，率领马兵三万，兵出高阙。又拜卫尉苏建为游击将军，左内史李阻为强弩将军，太仆公孙贺为骑将军，代相李蔡为轻车将军，各领人马兵出朔方。诸将皆归卫青节制。复命大行李息、岸头侯张次公领兵出右北平以为救应。卫青奉命与诸将领兵到得边境，匈奴右贤王早已退出塞外。卫青遣人探得右贤王约有六七百里，遂传令诸将，出塞追击。诸将奉令，各领部下人马，偃旗息鼓，悄悄前进。行了多日，竟被追及。原来右贤王闻知汉兵来攻，心想道路遥远，汉兵何能到此，当晚饮酒醉卧，并不设备。偏遇汉兵十余万，乘夜席卷而至，将右贤王四面围住。胡兵出其不意，张皇失措，又兼黑夜之中，难于辨认，但听到处喊杀之声，震天动地，也不知汉兵来了多少。右贤王从梦中惊醒，吓得心胆俱碎，急带同爱妾一人，胡骑数百，拼命杀条血路，突围北走。胡兵逃走不及，多被擒杀。此一场虽然走了右贤王，却生擒右贤小王十余人，掳得男女一万五千余人，牲畜数十万头，斩取首级，不计其数。汉兵大获全胜。卫青先遣飞骑回京报捷，自己率同诸将班师回国。武帝闻信大喜，立遣使者赍持大将军印绶往迎卫青。卫青领兵入塞，恰值使者到来，就军中开读诏书，拜卫青为大将军，诸将皆归统属。卫青受了将印，奏凯回京，入见武帝。武帝优加慰劳，下诏加封食邑八千七百户，又封卫青长子卫伉为宜春侯，次子卫不疑为阴安侯，三子卫登为发干侯。卫青再三辞谢道："臣托赖陛下神灵，诸将出力，幸得战胜，已蒙陛下加封食邑。臣三子皆在襁褓，未有勤劳，滥叨爵赏，不足以服将士之心。伉等三人，不敢受封。"武帝道："我非忘却诸将之功，今当以次封赏。"于是公孙贺、李蔡、公孙敖、韩说等皆得封侯。卫青见武帝不许辞封，只得谢恩退出。

卫青屡次出师，皆立大功，官位既尊，便有许多人士来投门下，卫青虽然以礼接待，却未向武帝举荐一人，因此一班文士，无人称誉。旁有部将平陵侯苏建进说道："大将军位至尊重，但恨不为士大夫所称，尚望将军推贤荐士，效古代名将所为，则名声自然日盛。"卫青听了谢道："昔日魏其、武安，厚招宾客，常为天子所切齿，须知亲待士大夫、进贤人、黜不肖，乃是人主之大权。为人臣者，但当奉法守职而已，何必招士。"读者试想卫青当日名位未显，也曾荐过减宣、主父偃二人。如今亲贵无比，反不肯引荐一人，其中自有原因。原来卫青久事武帝，深知武帝天性雄猜，凡提拔一人，必要恩出自上。公孙弘身为丞相，广开东阁招贤，尚不敢有所举荐，何况卫青身为武将，手握兵权，自然更须避嫌。即如主父偃虽经卫青推荐，武帝却不任用，直待自己上书，方得召见。后竟因事族诛，卫青愈加警戒，以此专务和柔退让，对于朝廷用人行政，一切不肯干预。

谁知卫青无心荐士，武帝却有意求贤。先是卫青未拜大将军之前，一日武帝有诏，选择卫将军舍人，用为郎官。卫青奉诏，也不问其人贤否，但拣舍人中家产富足者十余人，命其各自备办鞍马绛衣佩剑，开具姓名，预备入奏。忽报少府赵禹前来拜谒，卫青延人相见，谈及此事。卫青传令唤进所选舍人，遍请赵禹看过，是否合格。赵禹逐一唤到近前，试问以事，大都不能对答，或是对答不清，一连问了十余人，竟无一人明白晓事。赵禹心中暗想，将军也太糊涂，似此等人，如何选他入见主上，遂对卫青说道："吾闻古语有云：'将门之中必有将'，又云：'不知其君，视其所使；不知其子，视其所友'。今主上下诏举将军舍人者，欲以此观将军能得文武贤才之士也。若但取富人子应诏，一无智略，如木偶人，被以锦绣，徒具外观，全无实用，如何去得？"卫青被赵禹说得羞惭满面，心中顿觉失望。也知赵禹原是一番好意，替他打算，于是尽召门下舍人，一共百余，齐集一处，请赵禹代为选择。赵禹向百余人逐名问话，末后指着二人对卫青道："只此两人可以入选，其余无一可用。"卫青举目观看所选之人，原来一名田仁，一名任安。

说起田仁即鲁相田叔少子，自少随父在任。田叔病死任上，鲁人感其公廉，奉百金为祭礼。田仁力辞不受，说道："不因贪得百金，致伤先人之名。"闻者叹其有志。田仁年既长成，勇健多力，只因家贫，屈身为卫青舍人，素与任安交好。任安字少卿，荥阳人，自幼丧父，贫困无聊，不得已为人御车。前往长安，求为小吏，又难遂意，乃人籍为武功人。武功系扶风西界一个小邑，任安以为小邑无甚豪杰，容易出名，所以在此居住。住了一时，竟得补充亭长。武功地僻多山，邑人常相聚打猎，任安每为匀分所得麋鹿雉兔。又当猎时，分配老小之人，使当容易职务，众人皆喜任安分派公平，并无异言。一日，邑人又将出猎，聚集一处，约有数百人，等候任安分派。任安到了，举目巡视一周，便说道："某人之子某甲，何故不来？"众人留心观看，果然某甲未来，都怪任安目力生得敏捷，一览便知，不用点算，由此愈服其能。不久任安遂升补三老，又被举为县长。忽值武帝出游，任安办理供应不周，因此免官。遂投卫青门下，恰与田仁相遇。二人本属旧交，如今又是同事，彼此相见，各叙近况，愈加亲密。

当日卫青门客甚多，统归家监管束，由其分派职守。家监既握用人之权，便将一班舍人，当作自己属吏，于是装出长官身分，所谓"一朝权在手，便把令来行"。一班舍人，既受管辖，无不仰其鼻息，家监遂借此发一笔小财，不问其人才干如何，但照出钱多少，分派职务高下。田仁与任安一样贫穷，无钱奉承家监，家监便派二人养马。论起养马，已是下等职务，谁知其中又分等次，只因二人不出一钱，所以派他一个最下等去处，所养乃是顽劣不驯之马。二人奉派，只得前往当差，虽然受了委屈，却喜彼此仍得相聚一处，日间饲养马匹，夜间便在马厩旁一间小小草屋安身。二人同床而卧，田仁自念屈身贱役，心中愤愤不平。一夜，便对任安道："家监甚不知人。"任安答道："将军尚不知人，何况家监。"田仁听说，也就叹息无语。

后来卫青屡伐匈奴，二人皆随军征进，立有微功，卫青拔为骑吏。一日，二人随卫青前往平阳公主家中，主家留住吃饭，命二人与一班骑奴同席而坐。二人心中暗怒，也不言语，突然拔出刀来，割断坐席，移到他处吃饭。大众见二人此种行径，不禁诧异，觉得他俩自抬身价，不屑与众人同席，甚是讨嫌，却也不敢出言责备。此次朝廷有诏，选取舍人为郎，卫青但知讲究排场，专选富人子弟，二人已是绝望。却值赵禹到来另选，竟将二人看中。谁知卫青一见二人贫穷，意中甚是不满，待得赵禹去后，便向二人发话。未知卫青所言如何，且听下回分解。

第九十一回　卫青得尚平阳主　汲黯见惮淮南王

话说卫青被赵禹说他所选不当，已觉惭愧。后见赵禹单单选出田仁、任安二人，暗想许多有钱之人，他偏不要，却看中两个穷人，真不可解，因此意中甚是不平。待得赵禹去后，便想难他一难，遂向二人道："汝可各自备办鞍马新衣。"二人见说，心想将军明知我家贫穷，有意将我奚落，于是也就负气答道："家贫无力备办。"卫青闻言怒道："汝二人既自知家贫，又何必出此言语，观汝颜色怏怏，似乎此去乃我有求于汝，此是何故？"卫青说罢，含怒入内。待要仍用前次所选十余人，不举二人，又恐应了赵禹所言，不合武帝之意，自已有失光彩；要想另选，又不知何人合格，且恐辜负赵禹一番好意，不得已方将二人姓名开列上闻，一面给与二人衣装，预备召见。

武帝看了名单，立召二人入见，问道："汝二人有何才干，可互相推举。"田仁对道："提桴鼓，立军门，使三军之士乐于死战，仁不及任安。"任安亦对道："决嫌疑，定是非，治理官事，使百姓无怨心，安不及田仁。"武帝听了，大笑称善，遂皆拜为郎中，使任安护北军，田仁监护沿边田谷于河上，二人遂由此显名。读者试想卫青一旦富贵，忘却自已本来面目，却嫌田仁、任安贫穷，真不可解。但他虽知人不明，尚肯听从赵禹之言，还算是好。

卫青本由平阳公主家奴出身，如今既为大将军，仍时到公主处问候。主家一班奴仆，见他仪从煊赫，心中十分羡慕。此时公主之夫曹寿，早已身死，其子曹襄，嗣爵为侯，平阳公主寡居数年，意欲择人再嫁。一日因问左右道："列侯之中，何人最贤，可以嫁之？"左右皆言大将军卫青。公主笑道："此人本在我家，常骑马从我出人，如何竟以为夫。"左右道："方今大将军，姊为皇后，三子封侯，举朝尊贵无比，公主若欲择夫，除却他更有何人？"公主闻言，意思遂决，于是告知卫后。卫后转告武帝，武帝即下诏使卫青尚平阳公主。卫青既娶平阳公主，与武帝互为郎舅，君臣之间，又添一重戚谊，愈觉亲热。

当日朝中一班公卿列侯，见了卫青，尽皆低头下拜，不敢与之抗礼，独有汲黯一人，长揖不拜。卫青性本谦退，又与汲黯素来相得，并不计较及此。却有旁人见了，私对汲黯说道："主上意欲群臣尊敬大将军，大将军何等贵重！君此后与之相见，不可不拜。"汲黯答道："不然，以大将军之贵，而能敬贤下士，使有揖客，岂不更见贵重？"后卫青闻得此言，愈觉汲黯之贤，每遇朝廷疑难之事，时向请问，敬重汲黯，过于往日。

武帝自见卫青屡伐匈奴，皆立大功，想起汲黯劝阻用兵，真是不达事体，以此愈不听汲黯之言。但汲黯言虽不用，却为武帝所最敬礼。只因汲黯平日立朝，严气正性，一举一动，毫不苟且，所以武帝望而生畏。至如卫青日侍武帝左右，为人一味和柔，武帝与之厮熟，也就脱略礼节，有时竟踞坐床侧，与之相对。即如丞相公孙弘，平日有事入见，武帝或不戴冠。惟有汲黯上朝，武帝若未戴冠，不敢与之相见。一日，武帝坐在武帐，恰值汲黯上前奏事，武帝未曾戴冠，望见汲黯到来，连忙避入帷中，使近侍传诏准其所奏，直待汲黯退去，方始出就原坐。

武帝不但敬礼汲黯，且知其为人忠直，所以任他三番五次直言冲犯，皆能容忍。若在他人，不遭诛戮，也被贬斥。汲黯独能安稳无事，更有一层。汲黯素来体弱多病，屡次因病请假。向例病满三月，尚未销假，便当免官。汲黯每次请假，往往逾期尚未愈，照例早应罢免，武帝闻知，却特别赐假，使之安心调理。汲黯感激武帝知遇，也就不想告退，待到病体稍愈，便勉强出来视事。一日，汲黯又病，托严助代为请假，严助入见武帝，奏闻其事。武帝准其告假，因问严助道："君观，汲黯为人如何？"严助对道："使汲黯居官任职，未必胜过他人。然一旦托孤寄命，使之辅佐幼主，坚守孤城，招之不来，麾之不去，虽孟贲、夏育亦不能夺之矣。"武帝闻言，点头道是。因叹道："古人所称为社稷臣，如汲黯者，可谓近似之矣！"读者试想武帝既知汲黯是社稷臣，何以不肯大用？只因武帝素性多欲，好大喜功，却与汲黯意见相反。若用为相，必被谏阻，不得快意；倘仍前不听其言，汲黯亦必告退，反致君臣失感。武帝不肯大用汲黯，也算是保全汲黯。汲黯虽然不得执政当权，无甚功业可见，但得他一日在朝，一班奸邪，有所忌惮，无形之中，便消却许多祸乱。但看当日淮南王刘安，蓄谋造反，对于汉朝诸臣，除武将卫青外，视如无物，只有汲黯一人，为所畏惧。可见武帝赞为社稷臣，真是不错。

说起淮南王刘安为人，性好读书鼓琴，不喜田猎游玩，自从身为国王，也想安抚百姓，博取名誉。又喜招致宾客方术之士，于是四方闻风来投门下者，不下数千人。中有苏飞、李尚、左吴、田由、雷被、伍被、毛被、晋昌八人最为出色，时人号为八公。刘安遂使诸人作为《内书》二十一篇，《外书》三十三篇，后人因称其书为《淮南子》。又有中篇八卷，名为《枕中鸿宝苑秘书》，皆言神仙黄白之术。建元二年，刘安来朝，入见武帝，献所作内篇。武帝读之，大加称赏，藏其书于宫中，甚是秘惜。又命刘安作《离骚赋》，刘安早晨受诏，日中便成，又献《颂德》及《长安都国颂》。刘安每入见武帝，武帝留与谈论，至夜方休。武帝因刘安在亲属中系是叔父，又兼博学能文，善于辩论，以此甚见尊重，每遇赐书及答书，有司拟上草稿，武帝必命司马相如复视改定，然后发出。

先是刘安初到长安，太尉田蚡迎于灞上，密对刘安说道："现今主上未有太子，大王系高帝之孙，素行仁义，天下皆闻。宫车一日晏驾，除大王外，更有何人当立？"刘安听了大喜，遂将许多宝物厚赠田蚡。其实田蚡不过用甜言奉承刘安，骗他财物，谁知刘安竟认作实事，由此生心欲谋帝位。回到本国，密召心腹诸人计议此事。偏是群臣宾客，多系江淮间人，知刘安谋嗣帝位，便想借此发迹。又料得武帝纵使无子，刘安系属疏房，帝位也轮不到他身上，不如劝他造反。遂群向刘安叙述其父厉王刘长被废情事，说他无罪迁蜀，半途饿死，何等枉屈凄凉，意欲借此激动刘安之怒。刘安久因其父废死，心存怨恨，前此吴楚七国反时，便欲发兵与之联合，因被其相骗得兵权，反将城池固守，抵抗吴楚以致不能如愿。及七国事败，淮南幸得保全，刘安也就灰心。今被田蚡用言挑拨，又有群臣宾客，众口一辞，提起旧恨，于是刘安为帝思想与报仇心事，同时发生。但因天下安静无事，所以犹豫未发。一日忽报彗星出现，刘安见了，不觉心动。未知刘安如何造反，且听下回分解。

第九十二回　淮南王养士复仇　太子迁弃妻谋叛

话说武帝建元六年秋八月，彗星出现东方，其长竟天。说起彗星，种类颇多，亦有一定轨道，何时出现，可以预先推算，本无足异。但在当日学术尚未发达，人民迷信素深，遇有不常见之物，便指为妖怪。不但小民如此，连学士大夫，都说彗星乃是蚩尤之旗，若使出现，天下必有乱事发生。人人习闻此种学说，遂将它当作凶神恶煞。又见它拖着一条长尾，光气莲蓬勃勃，无不望而生畏。当日彗星正当淮南地方出现，所以看得更加清楚，刘安见了，心中诧异。旁有宾客便对刘安说道："记得吴楚反时，彗星也曾出现，其长不过数尺，且致战争数月，流血千里；如今彗星长到竟天，天下必然大乱。"刘安闻言，心想主上尚无太子，一旦天下有变，各国诸侯王，定皆争谋帝位，惟有兵力强盛者方能获得，我当早为布置。于是暗地大制兵器，广积金钱，又遣人与各郡国联络。更有一班游士，造作许多妖言，奉承刘安。刘安甚喜，厚加赏赐，日夜等候机会，预备起兵。此时正值闽越王郢起兵攻击南越，南越遣人求救。武帝使韩安国领兵讨之，刘安上书谏阻，武帝不听。及闽越人杀王郢来降，武帝使严助到淮南，告知平定闽越之事，刘安与严助深相结纳，厚加赂遗。严助贪得财物，竟受刘安笼络。

刘安又因己国距离长安甚远，消息不能灵通，欲派遣密使，交结朝臣，为作侦探，苦无可靠之人。一日想得一法，命召其女到来。原来刘安生有二子，长子名不害，乃是庶出；次子名迁，王后所生。王后姓蓼名荼，甚得宠幸，故立其子迁为太子。又有一女名陵，生性聪明，口才甚好，素为刘安所钟爱。今欲谋反，乃召其女秘密告知己意，令其前往长安，探听朝廷动静，随时报闻，并使秘密交结武帝近臣，作为内应。因取出许多金钱，交付刘陵，任其使用。刘陵依言，到了长安。她算是武帝从堂姊妹，当时称为翁主，既系宗室，又是女流，可任意出入宫闱，探访消息。又借其身分势力才貌金钱，交结朝臣，遂有多人，被她耸动。刘陵恃着父命，干此大事，住在长安，无拘无束，由她肆意妄为。便与安平侯鄂千秋之孙鄂但私通，两情甚密，竟将心事告知鄂但。鄂但为色所迷，百般讨好私行上书刘安，自己称臣，并言愿尽死力。刘陵既得但，尚不足意，背地又结识岸头侯张次公，赠与许多财物。

刘安既遣刘陵入京，忽又想起其妇乃修成君之女，向为王太后所钟爱，我如今着手谋反，太子妃既系一家之人，断难将她隐瞒。但她是主上外家亲戚，若使得知此事，难保不背地走漏消息，此人留在家中，做事未免碍眼。于是唤到太子迁吩咐如此如此。太子迁听了，暗想父亲若得为帝，自己便是皇太子，何等快乐！遂也不顾平日夫妻情义，借着小事发怒，责备其妃，不与同寝。太子妃不知自己因何事故得罪太子，尚以为是一时气愤，不久便当回心转意。谁知太子迁自发怒之后，一连三月，足迹不入房门，太子妃独处空房，惟有暗中悲泣。左右近侍见此情形，报知刘安。刘安闻报故意发怒，召到太子迁，责他不该将妃冷落，立迫太子入内。太子迟迟不行，刘安喝令宦者，拖着太子，自己督同前往。到了内房，命将太子推入房内，立即闭上房门，外面加锁，严饬宫内人等，不准擅开。每日饮食，均由窗口传递。又训饬太子，命他夫妇仍旧和好，方才转身出外。太子妃见阿翁亲自送子到来，也算爱怜媳妇到了极点，心中十分感激。又见太子被锁房内，料他见面生情，不久仍得遂倡随之乐。谁知太子迁偷看其妻，情状也觉可怜，原想与之亲近，无如内中却有说不出之苦，只得硬着心肠，装作不理，整日呆坐一旁，入夜便和衣而睡。有时太子妃忍不住近前问讯，太子迁只是闭目不语，弄得太子妃心灰意冷，也就赌气不复相亲。此时夫妇二人，对面如隔千里，如此又过了三月。太子妃心想太子既将我十分厌弃，谅难挽回，自念住在此处，何等苦恼，不如回去母家，尚可清静过日，于是遣人告知刘安，自愿求去，刘安见她中计，心中暗喜。

原来刘安欲逐太子妃，又因她是王太后孙女，不敢得罪，因想得此计，密嘱太子，要他与妻决绝，果弄到太子妃无地安身，自请离异。刘安遂派人护送回到长安，一面上书武帝，陈明其事，此时恰值王太后驾崩，武帝见奏，以为是夫妇不和，遂准其自行离异。刘安设计逐了太子妃，心中无所顾虑，正在畅意，谁知意外却生一事。其时武帝征伐匈奴，下诏各郡国有愿从军者，即行送往长安。淮南有郎中雷被，因得罪太子迁欲借此脱身，求安准其前往。刘安不惟不许，且信太子之谮，免去雷被官职。雷被畏祸，遂于元朔五年，逃到长安，上书自明。武帝发交廷尉，行文河南官吏究治其事。河南官吏奉诏行文寿春丞，传集淮南王太子迁到案讯问。刘安闻此消息，心中大惊，意欲不遣太子前往，一面立即发兵，但又恐仓卒起事，不能成功，反弄得不可收拾，以此迟疑未定。遂先使人嘱托寿春丞，将来文暂行压搁。寿春丞因见雷被所告无甚大事，于是顺从王意，未即照办。恰好武帝下诏，命就淮南讯问太子，不必传到河南。此诏未到之先，淮南相因寿春丞不照文书传讯太子，心中大怒，上书劾其不敬。刘安闻信，急替寿春丞说情，请淮南相勿行劾奏。淮南相执定不肯。刘安亦怒，遣人上书告淮南相种种不法。武帝发交廷尉审问，廷尉张汤讯明始末，复奏武帝。武帝命公卿会议此事，公卿议请逮捕淮南王入京究治。武帝不听，即命中尉段宏前往淮南，问明其事。早有淮南在京探访之人，闻此消息，飞报刘安得知。

刘安接到逮捕之报，不觉大恐，便欲起兵。旁有太子迁进前献计道："且俟汉使来见之时，先令卫士执戟，立在王旁；若使汉使果来捕王，便喝令卫士将他刺死，臣亦遣人刺杀淮南中尉，然后举兵，尚未为晚。"刘安依言。及至中尉段宏到了淮南，入见刘安。刘安留心观看段宏，颜色甚是和平，不过问起斥免雷被之事，刘安便将此事述了一遍，段宏闻言，别无他语。刘安料得无甚大事，遂不发作。段宏回京复命，具述刘安言语。武帝以问公卿，公卿皆言淮南王刘安不许雷被等奋击匈奴，阻格明诏，罪当弃市，武帝不许。公卿复请废之，武帝又不肯听。于是请削其五县，武帝始准削其二县，仍遣中尉段宏宣诏赦免其罪。

刘安自段宏去后，又遣人入京探听，来人探得公卿奏请行诛消息，连忙回报刘安，刘安心慌。及闻段宏又到，未知仅削其地，以为是来捕拿，又与太子迁商议，仍如前次，召齐卫士，相机下手。谁知段宏一见刘安，便向之道贺，告知武帝赦免其罪，刘安闻说仅削二县，心中大安，所谋又复中止。到了段宏去后，风波已息，刘安追想前事，不觉自伤道："吾素行仁义，反遭削地，真是可耻。"因此谋反愈急。正在着手准备，忽报朝廷来传其孙刘建到案讯问。未知刘建何故被传，且听下回分解。

第九十三回　兴大狱两国灭亡　定叛案万人遭戮

话说刘建之父不害，乃刘安长子，平日失爱于父。王后蓼荼既不以为子，太子迁亦不以为兄。刘建颇有才能，负气好胜，因见太子不礼其父，心生怨恨。又兼当日武帝下诏许诸侯王分封子弟为侯，刘安仅有两子，竟不肯分地封与不害。以此刘建愈加愤怒，遂暗中交结宾客，意图杀害太子，以其父代之。不料事机不密，竟被太子迁得知，常将刘建捆缚责打。刘建便视太子迁如同仇人，欲图报复。知其两次谋杀汉中尉，因使心腹人严正入京上书，说是淮南王孙建，才能甚高，王后荼与太子迁常凌虐建。建父不害无罪，时被囚系，欲置之死地。今建现在，可召问备知淮南阴事。武帝见书遂发交廷尉，转行河南官吏审讯。

此事既已发生，却有前辟阳侯审食其之孙审卿，素与丞相公孙弘交好，因念祖父为淮南厉王所杀，欲趁此时报仇，遂密查刘安行事，告知公孙弘。公孙弘因疑淮南王有心谋逆，严饬河南官吏彻究此案。河南官吏奉令，传提刘建，前往讯问。刘建被传到案，遂将太子迁如何两次谋杀段宏，详细说了一遍。又供出在事诸人姓名，官吏录就供词，奏闻武帝。武帝立遣廷尉监前往淮南，会同淮南中尉逮捕太子迁到案质讯。

刘安自见其孙被传，心恐究出反谋，正在着急，今闻朝廷遣使来捕太子，惊恐异常，急召太子迁商议，意欲就此起事。但因相与二千石，皆系汉廷设置，料其不肯赞成，必须设计先杀此辈，方可举兵。于是遣人分头往召相与内史中尉。谁知内史闻召，料得刘安不怀好意，托辞外出未归。中尉却对来人道："臣奉有诏命，不得与王相见。"独相一人闻召到来。刘安心想内史中尉不来，独杀一相，无益于事，遂设辞遣相回家，复与太子迁别筹方法。太子迁心想种种计划，皆不如意，不如罢手。又想到自己被告不过是谋杀汉中尉，好在此事同谋之人，皆已死亡。我今到案，一口咬定不肯承认，无人出头作证，料不能将我定罪。遂对刘安道："群臣可用者，前次都被囚系，如今无人可与共事。且不待机会，仓卒举发，恐难成功，不如权时忍耐。臣愿就逮前往，谅无大事。"刘安此时也就心灰意懒，只得依从太子迁之言。太子迁辞别刘安，回到自己宫中，忽又转念道："我是一国太子，今往法庭听审，岂不玷辱身分，万一审出确据，坐罪被诛，迟早总是一死，不如寻个自尽，免得连累父王。"太子迁主意既定，拔出剑来，要想自刎，偏是胆怯无力，一剑挥去，咽喉未曾割断，倒地呻吟。众人闻声，飞奔前来，见此情形，各吃一惊，连忙将太子迁扶到床上，请医调治。刘安及后荼闻报，大惊失色，都来看视，此时宫中正在慌乱，忽报汉使领兵到来，将王宫团团围住。

当日汉兵围了淮南王宫，一宫之人，吓得魂不附体，啼啼哭哭。刘安尚以为是来捕太子，假作镇定。谁知汉使入内，竟将王后荼与太子迁一同收捕，一面派遣多人，就宫中到处搜索。但听得翻箱倒箧，一片声乱，末后果在后宫搜出私造玺印等谋反证据。刘安见了，吓得目瞪口呆，浑身发抖。汉使因他是一国之王，虽然反谋败露，但未奉诏书，不敢擅拿，只将王后太子并宫人及搜出证据带去。留下兵队，看守王宫，将刘安软禁在内。又遣人分头捕拿宾客群臣，尽数收禁狱中。

读者须知汉使此来本系奉诏逮捕太子迁，何以竟敢任意搜索王宫，捕拿多人？只因有人出首，告发反谋。此出首之人，即是名列八公之伍被。伍被乃楚地人，或言系伍子胥之后，现为淮南中郎，素以才能见称，为刘安所重。刘安曾与计议谋反之策。今值汉使到来，伍被见事势不佳，一旦反谋发觉，必连到自己身上。又见法令定有谋反自首者免除其罪之文，遂自向汉使出首。汉使知系实情，故特发兵搜捕，即日据情奏闻武帝。武帝大怒，下诏将一干人犯押解到京，发交廷尉张汤严密审办。张汤奉命先将出首之人伍被提到讯问，录取供词，又以次提问王后荼、太子迁及淮南群臣宾客等，众人无可抵赖，只得据实供招。张汤录了供词，奏闻武帝。武帝见刘安谋反是实，下诏诸侯王、列侯会议其罪。于是赵王刘彭祖，列侯曹襄等，奏请将刘安正法。武帝乃命宗正刘弃，持节往治刘安。刘弃未至淮南，刘安早已闻信自杀，王后荼、太子迁皆伏诛，国除为九江郡。后人因刘安素好神仙之术，遂言刘安得遇仙人八公，授以丹经，制成仙药未服。恰遇伍被告发，八公遂使刘安服药登山，白日升天。所余药器，置在中庭，鸡犬舐啄之，皆得升天，故有鸡鸣天上，犬吠云中之说。晋人葛洪因将刘安列入《神仙传》，遂成一种故事，其为虚妄，自不消说。

当日张汤既将淮南案情审讯明白，于是根究党羽通谋之人，一时株连坐罪者不计其数，严助、鄂但、张次公等皆被捕下狱。又向武帝奏称衡山王刘赐乃刘安之弟，应请逮捕。武帝道：“诸侯各以其国为本，不当连坐。”刘赐幸得免议。谁知一波未平，一波复起，忽有淮南案中人犯陈喜，逃匿衡山王子刘孝家中，竟被有司捕获，有司因劾奏刘孝藏匿罪人。刘孝欲图免罪，遂向有司将反谋自首。

说起衡山王刘赐，与刘安虽是兄弟，彼此却因事不睦。刘赐早知刘安暗蓄逆谋，心恐已国为其所并，因亦结交宾客与之相应。元光六年，刘赐入朝，从臣中有谒者卫庆，挟其方术，意欲上书入事天子。刘赐心怒卫庆不肯附己，回国之后，坐以死罪，严刑拷打，强使诬服。衡山内史知得卫庆冤枉，不肯将其办罪，刘赐迁怒内史，上书告其罪恶。有司传讯内史，内史备述原由，并言刘赐屡次侵夺民田，掘人坟墓。有司奏请捕治刘赐，武帝不许，但命将其国二百石以上官吏，改归朝廷委任。照例王国官吏四百石以下，允许国王自由任用。今因刘赐做事不法，故夺其用人之权。刘赐因此羞忿，密与心腹近臣奚慈、张广昌等计议谋反。

刘赐原配王后乘舒，生有二男一女，长男爽为太子，次男孝，女名无采。又有爱姬二人，一为徐来，一为厥姬，亦各生有子女。乘舒早死，刘赐续立徐来为后。厥姬本与徐来争宠，素相嫉妒。今见徐来得为王后，心愈不甘，遂密对太子爽道：“徐来使婢毒杀汝母。”太子爽听说，心恨徐来，因其得宠于父，无法报仇，正在愤无可泄，忽值徐来之兄来到衡山。太子与之宴饮，乘间拔剑将其刺伤。徐来因太子欲杀其兄，心中大怒，遂设计谋害太子。太子母弟孝，自少失母，刘赐交与徐来抚养，徐来心本不爱，因欲得其助力，假作异常关切以买其心。又太子同母之妹无采，出嫁未久，为夫所弃，仍归母家。偏又不守闺门，与奴私通，事为太子所闻，屡加责备，无采老羞成怒，不与太子相见。徐来闻知，加意善待无采，于是三人结为一气，同在刘赐前诬毁太子，刘赐由此心怒太子，不时将他系缚责打。

元朔四年，有人刺伤徐来假母。刘赐又疑是太子所为，复将太子责打。太子屡受冤屈，心生怨恨，后值刘赐抱病，太子也就称病，不来侍疾。无采与孝又进谗道："太子实是无病，故意称病，且其面上反带喜色。"刘赐病卧床褥，正在烦燥，一闻此言，不暇问明真假，以为太子希望我死，自己得立为王，因此大怒，欲废太子爽，立其弟孝。徐来探知刘赐决废太子爽，心中尚不足意，欲趁此时一并废孝，而以自己亲生之子广代为太子。但是孝无过失，如何得废？徐来遂引诱孝与后宫淫乱，欲借此陷以罪名。谁知又为太子爽探知。太子爽心想父王常欲废我立孝，如今我得此把柄，可以要挟父王，父王不听，我便出头告发。于是进见刘赐说道："孝与王御者奸，无采与奴奸，愿王努力加餐。臣请上书天子，陈明其事。"说罢回身便走，刘赐闻言大惊，急命近侍追阻，太子爽何曾肯听，近侍无法，回报刘赐。刘赐大怒，亲自往追太子，竟被追上，喝令左右捉拿回宫，太子爽此时浑如癫狂，口出恶言，刘赐防他逃走，上了刑具，囚在宫中。

太子爽既被囚系，孝日得亲幸。刘赐以为孝多才能，佩以王印，号为将军，使居外家，多给金钱招致宾客。宾客知其谋反，极力怂恿。于是刘赐乃使孝客江都人枚赫、陈喜，私造兵车弓箭，刻天子玺、将相、军吏印，日夜搜求壮士，等候机会。元朔五年，刘赐照例应行入朝，直挨延至六年，方始起行，路过淮南。其时刘安正拟起事，欲刘赐为响应，于是叙起兄弟之情。二人重修和好，尽除前隙，约定合力造反。刘赐遂上书靠病，武帝许其不朝。刘赐回国，遣人上书请废太子爽，立孝为太子。太子爽亦使心腹之人告发其父与弟孝谋反。刘赐闻之，又上书告太子不道。适值廷尉审问淮南之狱，访拿陈喜，却在孝家捕获。孝恐陈喜供出实情，于是自行出首。武帝又交张汤审办。刘赐闻信自杀。王后徐来坐毒死前后乘舒，太子爽坐告父王不孝，刘孝坐与王御婢奸，皆弃市，国除为衡山郡。当日张汤为廷尉，审办淮南、衡山二案，穷究根株，连引列侯二千石豪杰坐死者数万人。及至定案复奏，武帝素爱严助，又见伍被善于说辞，多言朝廷之美，欲释不诛。张汤争道："伍被首为反谋，罪在不赦，严助禁闼近臣，乃与诸侯交结，今若不诛，后不可治。"二人遂皆伏诛。未知以后如何，且听下回分解。

第九十四回　**霍嫖姚奋勇立功　张博望艰难奉使**

话说武帝元狩元年，淮南、衡山两国谋反发觉，兴了大狱，死者数万人。武帝心想诸侯王见我未立皇太子，所以生心，不如早定储位以绝其念。又见卫后所生之子名据，已有七岁，武帝遂下诏立为皇太子。此时卫后姊子霍去病，亦以军功得侯。说起霍去病，自为侍中数年，甚得武帝宠爱。武帝见其为人勇敢，精于骑射，欲使立功得受封爵。元朔六年春，武帝将伐匈奴，命合骑侯公孙敖为中将军，太仆公孙贺为左将军，翕侯赵信为前将军，卫尉平陵侯苏建为右将军，郎中令李广为后将军，左内史李阻为强弩将军。一共六将军，马兵十余万，皆归大将军卫青统率，克日出师。又拜霍去病为嫖姚校尉，使之独领一队，随从卫青征进。武帝因恐去病初次临阵，不习兵事，或有疏失，遂密嘱卫青，挑选精壮兵士为其部下。卫青奉命，率同诸将士由定襄出塞，遇见胡兵，大战一阵，捕斩胡骑数千，霍去病奋勇争先，立有大功。卫青既胜匈奴，遂回兵入到定襄，暂行歇马。

过了月余，卫青又遣诸将分道前进，深入敌境数百里，与匈奴连战数次，汉兵连获大胜。卫青会合诸将计点军队，无大损失，惟有前将军赵信、右将军苏建并其部下将士三千余人，至今尚未见到。更有嫖姚校尉霍去病带领八百人，不知去向。卫青暗自吃惊，心想赵信、苏建二人，尚无关紧要，只有霍去病，甚得主上宠爱，又是自己外甥，临行之际，主上曾再三嘱咐，若有疏虞，将何面目回见主上？遂急派兵队分路寻觅。卫青正在忧虑，忽报右将军苏建单骑回营。卫青唤入，只见苏建血满战袍，垂头丧气，将交战失败情形述了一遍。

原来苏建与前将军赵信，合兵同行，忽与单于大兵相遇，两下大战一日余。苏建与赵信仅有马队三千人，匈奴骑兵数万，众寡不敌，汉兵死亡略尽。赵信本是匈奴小王，前此来降，受封翕侯，今被匈奴围急，自知无路脱逃，又见单于遣人招降，赵信遂率领余骑八百人投降单于。苏建死战得脱，部下全数覆没，独身逃归，自向卫青请罪。卫青召集军正闳、长史安、议郎周霸等问道："苏建失军，应如何处置？"周霸答道："大将军自出兵以来，未曾斩将。今苏建弃军，可斩之以立威。"闳、安二人同声道："此说不然。苏建以数千人当胡兵数万，力战日余，士卒不敢二心。今自归而斩之，是使后人战败皆不敢回也。苏建不应斩首。"卫青听罢，方始说道："吾幸得待罪行间，不患无威，周霸说我立威，殊失吾意。且吾职权虽可斩将，不如归奏天子，由天子自行裁夺，借以表明人臣不敢专权，不亦可乎？"军吏同声称善，卫青遂命将苏建装入囚车，押送回京。

卫青正在处置苏建，恰好霍去病亦已得胜回营。先是去病率同八百骑，离了大军，长驱直进，行经数日，已离大军数百里。去病先遣人侦得匈奴住处，乘其不备，挥兵掩杀，斩首二千余级，只因路远，所以回来较迟。卫青见霍去病无恙回来，又获大胜，不觉转忧为喜，遂传令班师回京。有司计算两次所斩敌首不下万余级，诸将皆有斩获，霍去病战功尤多,武帝封为冠军侯,其余将士,亦得升赏,惟李广一人无功。苏建失军,罪当暂首,赎为庶人。此次出征,虽然获胜,但因两将失军,一将降胡,所以卫青不加封赏,但赐千金。

当日汉兵深入敌境,幸得校尉张骞为向导,知有水草之处,以此军士不至困乏,得以成功,武帝遂封张骞为博望侯。张骞乃汉中人,初事武帝为郎,建元间武帝得匈奴降人,言匈奴老上单于,杀月氏王,以其头为饮器,月氏人民败逃,心怨匈奴,意在复仇,但恨无人援助。武帝正想灭平匈奴,闻言便欲遣人通使月氏,与之结约,同伐匈奴。但由中国前往月氏,须从匈奴中经过,武帝乃下诏募人前往。张骞自愿应募,武帝大喜,遂命持节出使月氏。

月氏在匈奴之西,为西域诸国之一,风俗与匈奴相同,以游牧为生。本居敦煌、祁连之间,有兵十余万,素称强大,轻视匈奴。后被匈奴冒顿、老上两单于,两次遣兵击破。其民众逃过大宛以西,征服大夏之人,占领其沩水以北之地,复立大月氏国。大夏本系土著,今为月氏所侵,仍在沩水之南立国。

其国无大君长,惟城邑各置酋长,人民约百余万,性弱畏战,故服属于月氏。月氏距离长安,约有万余里。当日张骞奉使带同投降胡人堂邑父起程,一行约有百余人,由陇西出塞,意欲偷过匈奴。谁知却被匈奴发觉,即将张骞及从人一概扣留,送与单于发落。单于竟留张骞不遣,并以胡女嫁之,生有子女。

张骞在匈奴一直住了十余年,保持汉节,不使遗失,日夜希望脱身。好在为日既久,渐与胡人熟悉,胡人不甚防备,听其随意往来居住。张骞遂移居匈奴西境,寻得机会,便率同从人逃出匈奴,行经数十日,始至大宛,。大宛在月氏之北,建都贵山城,地气暑湿,人民以耕田为生。亦有城郭宫室如中国,土产葡萄、苜蓿,又多好马,葡萄用以酿酒,苜蓿用以饲马,故其俗嗜酒,马菅蓿。大宛王素闻中国广大富足,只因路远不能通使。今见张骞到来,心中甚喜,问其此行何往。张骞备述为汉秦使月氏,被匈奴阻留,今得逃出,请其派人引导前往月氏;若得到月氏,将来回汉,汉当多以财物奉酬。大宛王依言,遣人引导,并为通译,送张骞至康居。康居又转送张骞至大月氏。大月氏风俗与大宛相同,其王即前王太子。前王被杀,人民立之为王。既征服大夏,据有其地,土地肥饶,人民安乐,并无报仇之心。又见中国离彼甚远,往来不便,无意结交。张骞与月氏王谈论多次,毫无头绪,遂到大夏游历一回,住了年余。张骞见结约不成,只得辞归。张骞心想此行若仍从旧路回去,必须经过匈奴,不但复被留住,且恐追究前次逃走之事,性命不保,此路万不可行。于是留心探访,果知有一条路径,傍着南山行走,可以回国。张骞大喜,于是带领众人起行。谁知此路异常艰险,所过之处,多是沙漠,往往千里并无人烟,连水草都不易得。张骞到了此时,只好拼命前进,行经多日,随带粮食已尽。幸有堂邑父善射,到了穷急无食之处,便射取鸟兽以供一饱,甚至终日不能得食。似此旅行,也算苦到极处,好容易行近中国,却又遇着羌人。原来南山一带,本为诸羌所居,最恶异种之人,往往滥行杀害。张骞不敢由羌中经过,只得转向北行,不觉走入匈奴界内,又被匈奴获得。却幸张骞生性坚忍,待人宽大,为蛮夷所爱重,故匈奴亦不加害,惟仍被其留住,不许归国。

张骞在匈奴又住年余，恰值军臣单于身死，其弟左谷蠡王伊稚斜，攻败太子于单，自立为单于。于单降汉，封为陟安侯。骞趁着匈奴乱事，带领胡妇逃归长安。入见武帝复命，具述一切，时元朔三年也。张骞自奉使以至归国，共历时十三年，往返数万里，去时共有百余人，及归惟余二人。武帝拜张骞为太中大夫，号堂邑父为奉使君。

至元朔六年，武帝命卫青伐胡，因张骞久在胡中，熟悉地势，使以校尉从军为向导，汉兵战胜回国，张骞因得封侯。一日，张骞入朝，又向武帝献策。未知张骞所言何事，且听下回分解。

第九十五回　通西域张骞献计　过河东去病寻亲

话说张骞对武帝道："臣前在大夏时，见有邛竹杖、蜀布。臣问此物何从而来，大夏国人道，此乃吾国商人，至身毒国买得。身毒国在大夏东南，约数千里，风俗与大夏相同，惟气候尤为暑湿，人民乘象而战，国临大水。以臣愚见，大夏在中国南万余里，身毒又在大夏东南数千里，且有蜀物，必然离蜀不远。今欲通使大夏，若循南山前往，须经羌中，甚是危险；若稍北行则为匈奴所得，惟有从蜀起程，道路应较直捷，又无寇盗，不妨遣人试往。"武帝既闻张骞前言大宛、大夏、安息等皆系大国，多出奇物，其北则有月氏、康居之类，皆可以财物招徕。果能设法使其归附，便可广地万里，重译来朝，威德遍于四海，因此心动，异常高兴。今得张骞献策，遂锐意欲通大夏。

先是武帝使唐蒙、司马相如通道西南夷，劳费甚多，乃听公孙弘之言，下令罢止。今因张骞进说，遂于元狩元年，复通西南夷。下诏蜀、犍为二郡，分遣使者王然于、柏始昌、吕越人等十余人，四道并出，皆各行一二千里。其北为氐、莋所阻，南为嶲、昆明所阻。昆明无君长，俗喜劫盗，汉使到者，辄被杀伤，夺取财物。武帝得报大怒。因闻其国有池，名为洱海。方三百里，遂就上林中凿一池，名为昆明池，使士卒在此练习水战，预备出兵讨之。

当日武帝所遣通道使者，既为昆明所阻，不得前进，却到一国，名为滇越。其国亦有一池，名滇池，方三百里。先是战国时代，楚顷襄王命将军庄蹻，由巴郡黔中西行略地，直至滇池。见池旁土地肥饶，方广数千里，皆为蛮夷所居，因以兵威平定其地，使之属楚。正待回报楚王，谁知秦兵伐楚，尽取巴郡、黔中一带之地。庄蹻归路已绝，只得率领部下，占据滇地称王，变易服色，从其土俗，传位数世，遂与中国隔绝不通。如今汉使初至滇越，滇王当羌，问知欲往身毒，因留使者暂住，代为觅道。滇王不知中国情形，自以为己国广大无比，遂问使者道："汉与我国，何者为大？"使者告以实情，滇王方始省悟。使者在滇年余，所遣觅道之人，皆为昆明所阻，不能西进，只得回报武帝，并言滇系大国，可招抚之使为属国。武帝闻言，也甚注意，但因其时专事伐胡，未暇及此。

到了元狩二年春，武帝拜霍去病为骠骑将军，率领马队万人，往伐匈奴。却病兵出陇西，长驱直入，过焉耆山千余里，捕斩敌人八千余，获休屠王子，收取休屠王祭天金人，奏凯回京。武帝益封去病二千户。是年夏日，去病复与合骑侯公孙敖各率数万人，由北地分路进兵，约期会合。去病渡过居延泽，攻入祁连山，斩首三万余级，生降二千五百余人，全师而还。

匈奴连遭汉兵剿杀，欲图报复，遂亦遣兵侵犯代郡、雁门。武帝闻报，又使李广、张骞率兵出右北平，往攻匈奴左贤王。李广领兵四千，张骞领兵一万，分两道前进。左贤王闻知汉兵将到，亲率四万骑来迎，适与李广相遇。左贤王望见汉兵甚少，挥骑围之，李广部下将士，人人恐惧。李广欲安众心，乃命其少子李敢先行夺围杀敌。李敢奉了父命，领兵数十人，突出围外，左右绕杀一遍，回报李广道：“胡虏不难抵敌。”众人闻说，心中始安。李广指挥兵士，布成圆阵，面皆外向。左贤王催兵急攻，汉兵并力死拒，两下苦战竟日。终因众寡不敌，胡兵虽被杀三千余，李广部下已死亡过半。胡兵趁势猛进，箭如雨下，李广见己箭将尽，乃命军士张满弓弦，勿得轻发。自用大黄弩箭，觑定胡将射去，一连射死数人。胡兵久畏李广善射，不敢迫近。时天色渐晚，各自罢兵歇息。汉兵自料难敌胡人，又盼张骞兵队尚未到来，吓得面无人色。李广神气扬扬如常，仍自巡行队伍，部众皆服其勇，一宵无事。次日日出，两军重行交战。李广部下死亡渐尽，势在危急，却值张骞大队前来接应。左贤王见敌军来了救兵，遂即收军退去。张骞因士卒远来疲倦，不敢往追，只将李广及败残兵士救出，引兵回国。有司评定诸将功罪，奏明武帝，分别赏罚。霍去病益封五千四百户，部将赵破奴等皆得封侯。李广杀死匈奴三千余，所部将士死亡将尽，功罪相抵，不得受赏。公孙敖与张骞迟误军期，罪当斩首，皆赎为庶人。

此次四将出师，又独霍去病一人立功。原来霍去病所部将士，皆系经过选取的精锐者，所以每战必胜。但去病亦比他人胆大，敢于深入，每次赴敌，常领精兵先行，大队随后继进，所向无敌。惟是去病自少便为侍中，生性骄贵，不知艰苦，当出军之际，武帝常命太官为之备办食物，装载大车数十辆。及至回兵，所余尚多，往往弃却，而士卒不免饥饿。其在塞外，或遇军中乏粮，部众疲敝，去病不加抚恤，自己尚在营内打球。卫青行军，必俟大众皆得饮食，自己方敢进食；大众皆得安居，自己方敢休息。临阵身在士卒之先，班师身居士卒之后，所得赏赐，常以分给部下。故就将略而论，去病远逊卫青，不过得有天幸，未尝失败而已。武帝尝欲令去病学习孙吴兵法，去病答道：“为将但看方略何如，不必学古兵法。”武帝又为去病修建第宅完工，命其自往观看，去病道：“匈奴未灭，无以家为。”武帝由此益加爱重，比于卫青。

霍去病本霍仲孺之子，仲孺乃平阳人，少为县吏，在平阳侯曹寿家中供差，因与卫后之姊少儿私通，遂生去病。及仲孺差满自回平阳，别行娶妇，生有一子，名为霍光。少儿亦另嫁陈掌为妻，彼此音信断绝，不相闻问。去病自少依母生长，不知父是何人，及年已壮，乃向其母追问，方识其父名字、住址，又未知生死存亡。其时去病正为侍中，未及寻访，直至此次得拜骠骑将军，领兵往击匈奴，路过河东。河东太守闻信，远出迎接，身负弩矢，在前引导。去病到了平阳馆舍，查知其父尚在，立即遣吏驾车往迎。仲孺年老家居，闻信惊喜异常，即同吏人乘车到了馆舍门前。仲孺下车入内，早有人报知去病，去病正待出迎，谁知仲孺早已行近，不待去病行礼，先自倒身下拜。

读者必疑仲孺是父，去病是子，以父拜子，真是古今罕见，不知昔日礼节，与现在不同。今人以下拜为大礼，古人席地而坐，所谓拜者，不过以手据地，略表敬意而已。但此种礼节，父施诸子，究属过谦。去病见了，未免难为情，未知去病如何对答，且听下回分解。

第九十六回　卫将军听计赠金　浑邪王惧诛降汉

话说霍仲孺入见霍去病，向之下拜，去病慌忙迎前答拜，因跪在地上说道："去病早不自知为大人遗体，以致有失奉养。"仲孺闻言，匍匐叩头道："老臣得托命于将军，乃天之力也。"此一番父子二人初次相见，各致殷勤。去病因军行有期，不得久留，小住数日，取出私财，为其父大买田宅奴婢，然后辞别而去。及战胜匈奴，班师回到平阳，又与仲孺相见，临行携带其弟霍光同往长安。霍光此时年已十余岁，以去病之力，得为郎官。当日卫氏极盛，一门五候，富贵震动天下。时人为之歌道：

生男无喜，生女无怒，独不见卫子夫霸天下。

大凡盛极而衰，物之常理。此时卫后已到中年，颜色渐衰，武帝别得王夫人，生子名闳，渐将卫后宠爱移到王夫人身上。王夫人家居赵地，出身微贱，上有老母，并无兄弟，家中甚贫，武帝因想使其外家享富贵之福。读者须知专制君主，喜怒无常，一人得宠，九族沾恩；一人失意，九族遭戮。武帝昔日亲幸卫后，故卫氏得势；如今亲幸王夫人，王氏又将夺卫氏之宠。幸而卫青、霍去病皆立有战功，王夫人又无兄弟，所以卫氏尚得保全。卫青处此时代，正当持盈戒满。谁知他生性朴实，不曾料到此事，仍自洋洋如常，毫无打算，却被旁观之人，替他担忧，忍不住上前献计。

此人姓宁名乘，乃齐地人，以方士待诏公车门，日久费用不给，贫困饥寒。时当冬月，宁乘衣履不全，常在雪中来往，路上行人见了，各皆失笑。原来宁乘所穿之鞋，全然脱底，自上面看时，还像鞋样，其实底下乃是双足着地而走。宁乘一日立在公车门，恰值卫青伐胡回京，入宫见帝，武帝赐金千斤。卫青谢赏，出得宫门上车，从人扛着金在后相随。宁乘初见卫青入宫，便想到卫后，又由卫后想到王夫人，正在想得出神，瞥见赐金，心中陡生一计，便欲借此显他谋略。于是赶到卫青车前，拦路拜谒，口中说道："有事奉陈。"卫青急命停车。宁乘行近车旁，对着卫青说道："将军功未甚多，竟能身食万户，三子封侯，皆因皇后之故。今王夫人得幸主上，其外家并未富贵，愿将军以所得赐金，分半赠与王夫人之母，主上闻之，必然心喜。"卫青听了谢道："幸蒙先生赐教，谨当遵命。"卫青回到家中，即依宁乘之言，遣人持五百金送与王夫人之母。

王夫人之母既得卫青赠金，自然告知王夫人，王夫人转告武帝。武帝道："大将军是老实人，不知为此，此必有人教之。"遂召到卫青，问是何人计策，卫青只得据实说是宁乘。武帝立拜宁乘为东海都尉。宁乘拜官出宫，身佩二千石印绶，乘坐高车驷马，辞别众人，出了都门。一班同官待诏之人，皆来饯行，此一段风光，比起从前冷落情形，大不相同。只因一言合了武帝之意，骤擢高位，卫氏也得保全恩宠。

当日匈奴被卫青、霍去病连年攻击，死伤甚多。内中尤以浑邪王与休屠王部众，居在西方，连战连败，死者数万人。匈奴伊稚斜单于，因此发怒，遣使往召浑邪王、休屠王，将行诛戮。浑邪王与休屠王闻信大恐，相聚密谋，意欲率众降汉，先遣人入边，与汉将结约。适值元朔二年秋，武帝使大行李息，领兵在河上筑城。浑邪王使者来见李息，具言投降之事，李息即遣人驰驿飞报武帝。武帝见奏，疑是诈降，乃命霍去病领兵往迎，嘱其相机行事。

去病奉命，领兵渡过黄河，扎下营寨，与浑邪王人众距离数里，遥遥相望。先是休屠王已与浑邪王定约降汉，后又翻悔，浑邪王虑其为变，遂杀休屠王，系其妻子，尽领其众。及霍去病领兵到时，浑邪王属下小王及其部将，望见汉军甚多，恐遭掩杀，多不欲降，亦有私自逃走者。去病探知浑邪王来降是实，遂率领数百骑，驰入浑邪王军中，与浑邪王相见。问知部众不愿投降者约有八千人，去病遂与定计，尽行杀死。先遣浑邪王乘驿赴京，去病率领降众四万余人，渡过黄河，直向长安而去；一面使人驰报武帝。武帝大喜，下诏发车二万辆，前往迎接。长安县令奉到诏书，赶紧遵办。车辆尚易凑集，但是所需马匹甚多，官马不敷，便向民间赊取。民间所养之马固多，但因官中要来白赊，不肯给钱，遂多将马藏匿，以此马匹不能足额。有司奏闻武帝，武帝大怒，召到长安令，责骂一番，喝令推出斩首。忽见班中闪出一人，大呼不可。武帝举目观看，原来却是汲黯。汲黯对武帝侃侃说道："长安令无罪，独斩臣黯，民乃肯出马。"武帝听了愕然。汲黯又续说道："匈奴背主来降，可令诸县沿途传送，徐徐来京。何至使天下骚动，疲敝中国，以事夷狄之人？"武帝闻言，默默不语，长安令遂得免死。

浑邪王既至长安，入见武帝，武帝封为漯阴侯，食邑万户。又封其裨王部将数人皆为列侯，赏赐数十百万。匈奴降人既多，到了长安，不免向商人购买物件，商人也有将铁器卖与降胡者，有司便指为犯罪，收捕下狱。原来当日法律凡吏民以兵器铁器出关售与胡人者，其罪当死，有司即据此律办理，因此坐罪当死者竟有五百余人。汲黯闻知其事，入宫求见。武帝正坐高门殿，汲黯上前说道："匈奴自绝和亲，屡攻边塞，朝廷兴兵讨之，人民死伤，不可胜数，费至数百万。臣愚以为陛下捕得胡人，皆以为奴婢，赐与从军死事之家，获取财物，即以与之，以此谢天下之劳苦，平百姓之怨气。谁知浑邪王率数万人来降，陛下厚加赏赐，府库为空。又发良民侍养，如奉骄子。愚民无知，在长安中与之交易，而法吏乃依照边关之律，加以罪名。今陛下纵不能取得匈奴之财以慰民心，又用酷法杀无知者五百余人，此所谓庇其叶而伤其枝者，臣窃为陛下不取。"武帝见说，默然不答。汲黯见武帝不听，愤然辞出。武帝对左右道："吾久不闻汲黯之言，今又复妄发矣。"

武帝见匈奴降众，与中国习惯各异，言语不通，住居长安，恐其生事，遂命分居陇西、北地、上郡、朔方、云中五郡之地，因其故俗，服属于汉，号之为五属国。又将浑邪王旧地，设置武威、酒泉二郡，于是自金城以西，傍南山直至盐泽，并无匈奴踪迹，而陇西北地上郡一带，边患渐少。乃下诏减去其地戍卒一半，以省徭役。武帝嘉美霍去病之功，加封食邑一千七百户。

浑邪王与休屠王本属匈奴右贤王部下，如今率众降汉，右贤王几于不能成军。伊稚斜单于深为愤怒，力谋复仇。过了一年，遂分兵两路，大举入寇。未知匈奴此来胜负如何，且听下回分解。

第九十七回　畏汉兵单于远遁　误军期李广自戕

话说武帝元狩三年秋，匈奴伊稚斜单于起兵复仇，分为两路，每路各有胡骑数万，攻入右北平、定襄两处，杀略人民千余人而去。单于得胜回国，料想汉兵必复来攻，遂与赵信计议。赵信自兵败降胡，单于因其在汉年久，熟知中国情形，甚加宠任，封之为自次王，以其姊嫁之，又为筑城使之居住。赵信因教单于度过沙漠，迁居北方，勿近边塞，引诱汉兵深入，乘其疲困击之，必能取胜。单于信从其计，遂将人畜悉数移至漠北居住。

武帝闻报匈奴来侵，正拟发兵征讨，又闻单于移居之计，遂召卫青、霍去病等议道："赵信为单于设计北迁，其意以为我兵不能远度沙漠，久留其地。我今大发士卒，多备粮食，剿灭匈奴，在此一举。"元狩四年春，武帝乃命大将军卫青、骠骑将军霍去病，各率马兵五万、步兵数十万、公私之马十四万匹，分道前进。武帝因见霍去病胆略过于卫青，欲令往当单于，遂命选取敢战深入之兵皆属去病，使去病由定襄出发。后捕得胡人，据说单于现在东方，武帝信以为实，乃复命去病兵出代郡，卫青兵出定襄，约期度过沙漠，共击匈奴。二将所领人马，数目相同，惟霍去病部下却无裨将，遂用李广之子校尉李敢等为大校，以当裨将。李广见武帝大举伐胡，却不命其为将，心中不悦，遂自向武帝请行。武帝道："将军年纪已老，不可再临战阵。"李广一再固请，武帝沉吟良久，方始应允，遂拜李广为前将军，与左将军公孙贺、右将军赵食其、后将军曹襄俱属于大将军卫青。卫青与霍去病领命，带同将士，择定吉期出发。

卫青兵由定襄出塞，于路捕获胡人，问知单于所在，自率大军兼程前进。却命李广与赵食其合兵取道东行，约期会合。李广心想，东行路势弯曲，多需时日，且沿途水草甚少，不能供给大队人马，尚须分作数队，缓缓而行，此明是大将军不欲我立大功，所以使我行此远路，遂对卫青道："臣所部系属前将军，当为先锋击敌。今大将军乃调臣使出东路，不知何意？且臣束发从戎，即与匈奴交战，直至今日，始得一当单于，臣愿率领所部，效死前敌。"卫青闻言，不允其请。李广遂固辞不愿东行，卫青见李广违令，乃用强制手段，饬长史作成檄书，行下李广幕府；一面对李广道："将军速回所部，遵照檄书行事。"李广见卫青强其遵令，心中愤怒，现于颜色，遂也不向卫青告辞，奋然走出，回到自己军营，会合赵食其领兵就道。

说起卫青与李广，平日并无仇怨，此次何以不令其为前部？只因卫青临行之际，武帝曾密嘱道："李广年老数奇，勿使往当单于，恐被单于逃走，不得成擒。"卫青既受武帝密嘱，自己又与公孙敖至好，公孙敖因前次出师，误了军期，失去侯爵，现在军中为校尉，卫青意欲提拔他立功复爵，故调开李广，而以公孙敖代为前部。李广虽不知武帝有此言语，却知卫青欲将公孙敖代己立功，因此愤愤不平。卫青既打发李广去了，自己催兵北进，行千余里，度过沙漠，正与单于大队相遇。

单于探得汉兵来攻,预备迎敌。赵信献计道:“汉兵度漠远来,人马疲乏,我可坐待其至,信手擒来。”于是单于遂将辎重送往北方,自率精兵,驻扎漠北,远见汉兵到来,列阵以待。卫青防备胡骑驰突,下令用武刚车环绕为营。武刚车乃是一种兵车,车箱四围皆有板壁,上安小窗以备瞭望,旁开箭眼,四围环列刀枪,使敌骑不得冲突,弩箭不能贯穿,算是当日行军利器。卫青立定营盘,先遣马队五千,前往挑战,匈奴亦遣万骑迎敌。两阵对圆,正待交战,此时日已将没,大风忽起,吹得尘沙滚滚,扑人面目,两军对面不能相见。卫青复遣骑兵数万,分为左右翼前进,包围匈奴。两下交战良久,天色已晚,单于见汉兵甚多,士马精强,知难取胜,恐为所擒,趁着薄暮,乘坐六骡,率领劲骑数百,尽力冲出围外,直向西北而去。汉兵不知,仍与胡兵力战至夜,彼此暗中相持,杀伤大略相等。后汉军左校捕得胡人,据言单于未昏之时,早已逃去。卫青闻信,急发轻骑乘夜往追,自率大军继进。此时胡兵亦已战得筋疲力尽,各自散去。卫青意欲追捉单于,率领将士疾驰一夜,马不停蹄,直到天明,行有二百余里,竟不见单于踪迹。又前行至寘颜山赵信城,得匈奴积谷。卫青入城驻军一日,因其粮食、人马皆得饱餐。到得次日,卫青见匈奴并无动静,不敢再行深入,遂传令班师。所余积谷尚多,不能搬运,于是放起一把火来,将一座赵信城烧个罄尽,然后起行。

卫青行至沙漠之南,方与李广、赵食其军队相遇。原来李广、赵食其,由东路进兵,路径不熟,半途迷惑失道,以致迟误期日,此时方到。李广见过卫青,回到自己军中。卫青遣长史持了酒醪干饭,赠与李广。因传卫青言语,问二将失道原因,并道青欲上书天子,具报此种情形。李广明知卫青有意与己为难,未即对答。长史见李广不答,便到李广幕府内,责备军吏,催其即作报告。李广闻知愈怒,便对长史道:“诸校尉无罪,是我自行失道,如今吾自报告,不必累及他人。”长史既去,李广气愤已极,自己行至幕府,对着麾下诸将士说道:“广自束发与匈奴交战,大小七十余次。今从大将军出师,幸得与单于对敌,而大将军竟使广由别路进兵,路途既远,又迷失道,岂非天意?广现年已六十余,安能复对刀笔之吏,任其舞弄文墨,诬加罪名。事已如此,惟有一死。”说罢,拔出佩刀,自刎而死。一班将士出其不意,急待救时,已是无及。

先是李广与从弟李蔡,俱事文帝为郎,景帝时二人皆官二千石。武帝元朔五年,李蔡为轻车将军,从大将军卫青击右贤王有功,封乐安侯。及元狩二年,丞相公孙弘病死,武帝遂用李蔡为丞相,李蔡为人平庸,无甚才略,名誉远在李广之下,竟得拜相;李广累著战绩,威名远播,部下将校或取封侯,而自己历官不过九卿,不得爵邑,以此居常怏怏不乐。一日与望气王朔相语,因向之问道:“自汉击匈奴,广未尝不从军征进,历数诸将之中,才能不及中人,以军功得侯者数十人。广自问不在人后,然而竟无尺寸之功,取得封邑,岂吾相不当封侯乎?”王朔见说答道:“将军自思平日所作之事,至今有所悔恨否?”李广道:“吾记为陇西太守时,羌人谋反,吾诱降八百余人,恐其为变,同日杀之,至今独有此事,心中悔恨。”王朔道:“祸莫大于杀已降,将军所以不得封侯,正为此事。”后人因武帝数奇一言,遂谓李广命运不好。但论起李广将才,也算难得,前后领兵四十余年,待遇兵士宽缓不苛,每得赏赐,即分与部下;行军遇有困乏之处,大众饥渴,必俟士卒尽饮,方肯自饮;士卒尽餐,方肯进食。其射法尤为有名,遇见敌人,非在数十步之内,自料不中,不肯妄发,发即应弦而倒,因此不免为敌所困,即射猛兽亦常被伤。至是自杀,远近之人闻之,无论知与不知,皆为流涕。清人谢启昆有诗咏李广道:

猿臂无双意气超,白檀弥节慑天骄。
草中没石惊飞虎,塞上持鞍看射雕。
秦陇杀羌降鬼怨,灞陵诛尉醉魂销。
数奇恨少封侯相,绝幕风凄泣故僚。

李广有子三人,长名当户,次名椒,皆为郎官,事武帝,当户早死,武帝乃拜其弟椒为代郡太守。二人皆先李广而死,独少子李敢,此次以校尉从骠骑将军霍去病出塞,立有战功。未知去病如何战胜匈奴,且听下回分解

第九十八回　**去病伐胡封狼居　张骞凿空通西域**

话说骠骑将军霍去病，率领大军，由代郡出塞，行二千余里，却遇匈奴左贤王率众三十余万，前来迎敌。去病挥兵进击，连战数次，汉兵大胜，擒获匈奴属王三人，官吏八十三人，捕斩敌首七万余级，左贤王率领败残兵士逃去。去病遂封狼居胥山，禅于姑衍，登临瀚海，奏凯而回。武帝大喜，下诏褒扬去病战功，益封五千八百户，部下诸将皆得封赏。李敢受封关内侯，食邑二百户。此时卫青亦率诸将回京，武帝因其不能追获单于，且所斩敌首不过万余级，比较霍去病相去甚远，故卫青不得加封，连部下将士亦无封赏。赵食其失道当死，赎为庶人。是役两军共杀匈奴八九万人，而将士死者亦有数万人，公私战马十四万匹，及入塞不满三万匹，虽然胜得匈奴，所受损失，亦自不小。

武帝见去病战功高于卫青，而官位尚在其下，未免有屈，于是始设置大司马一职，下诏命大将军卫青、骠骑将军霍去病，皆为大司马。又改定骠骑将军品秩俸禄，使与大将军同等。自此之后，卫青宠幸日衰，去病日益贵盛。卫青故人及门下宾客，见此情形，多撇却卫青，来投去病，往往得有官爵。独有任安一人，不肯变节，卫青始知其贤。

武帝又怜李广死得无辜，遂以其子李敢，承袭父职，为郎中令。李敢心怨卫青强夺其父前部之职，迫使东行，以致冤愤自杀，便欲为父报复此仇。一日，李敢来与卫青相见，责问其父致死之由。卫青方欲伸辩，李敢突然奋拳击来。卫青不及提防，身上早被击伤，连忙走避得脱。论起卫青素有膂力，若与李敢交手，未必斗他不过，何以竟肯退让，此中却有两种原因。一则李广官居前部，本应使为先锋，却因私受武帝之命，无故将他调开，依理而言，自己究有不是；况李广竟因此丧命，无怪其子怀恨，不如暂时忍受，亦足以平其气；二则卫青素日待人一主宽让，又兼位为大将军，若与部将之子争斗，未免失了体统。有此二因，所以卫青不但不与李敢计较，反当作并无此事，禁止家人传说，自在家中将伤养好。李敢见卫青受伤不敢出声，也就罢了。

谁知此事却被霍去病得知，去病本卫青之甥，闻信大怒。心想李敢甚是可恨，竟敢击伤吾舅，吾舅度量宽洪，偏能忍受，我须设法替他出气。去病想定主意，外面却照常不露声色，元狩五年，去病与李敢随从武帝前往雍县，复至甘泉宫射猎，一班将士，正在纵放鹰犬，驰逐鸟兽，兴高采烈。去病向人丛中觑定李敢，放了一箭。李敢不知去病恨他，未曾防备，真是明枪易躲，暗箭难防，竟被射中要害，立时身死。左右见了大惊，急来报知武帝。武帝明知是去病射死，无奈心爱去病，不欲使之坐罪，遂命左右拔出箭镞，将李敢尸首交其家族收葬，只说是在场射猎，被鹿触死，去病竟得脱然无事。

过了年余，去病也就病死，武帝十分痛惜，谥为景桓侯，赐葬于茂陵之旁。为起高冢以像祈连山，命其子霍嬗嗣袭父爵。霍嬗字子侯，年纪尚幼，亦得武帝宠爱，拜为奉车都尉。综计去病一生，凡六次出师，杀敌十一万余人，又降浑邪王之众四万余人。卫青凡七次出师，杀敌五万余人。去病既死，卫青亦不复再击匈奴。

当日匈奴伊稚斜单于，因被卫青围攻，率领数百骑向西北逃走，及汉兵既去，匈奴大众寻觅单于十余日，竟不知其踪迹所在。于是右谷蠡王乃自立为单于，代领其众。过了一时，伊稚斜单于始回故处，右谷蠡王乃除去单于之号，仍就故职。统计匈奴兵马不过数十万，自经卫青、霍去病二人累次征讨，死亡过半，其势大衰。加以人民一闻汉兵到来，仓皇奔走，怀孕妇女，往往堕胎损命，大众甚以为苦，只得住居漠北以避兵锋，从此沙漠以南，遂无王庭。单于又用赵信之计，欲与汉廷和亲，不来犯边。汉廷亦因马少，不再大举北伐。惟将近边一带之地，逐渐占领，又西逐渚羌，渡河湟，筑令居塞，自朔方以西至令居，往往通沟渠，置田官，移民耕种。又分置吏卒以守之，边境稍得无事。

武帝见匈奴败逃漠北，一时未易剿灭。好在胡人受此大创，暂时不敢来犯，亦姑置之。一日，武帝忽想起西域各国尚未交通，前次欲通大夏，遣派多人由巴蜀寻路前往，皆为蛮夷所阻，如今须别设法，遂召张骞问之。此时张骞失去候爵，正想立功恢复，因对武帝道："臣昔在匈奴时，闻有乌孙国，其王号昆莫。昆莫之父名难兜靡，本与大月氏同在敦煌祁连之间，从事游牧，皆系小国。及月氏强盛，攻破乌孙，杀难兜靡，占领其地。乌孙遗民逃往匈奴。此时昆莫新生，其臣布就翎侯抱之逃走，行至半路，无所得食，布就欲为觅食，乃将昆莫藏在草中，自己径去。及寻得食物回时，远远望见昆莫所藏之处，立了一狼。布就不觉大惊，心想昆莫性命休矣。急行近前，却见那狼仍立住不动，仔细一看，昆莫正在卧饮狼乳，安然无恙。又有乌口中衔肉，飞翔其上。布就心中暗想，此子将来必定非凡，遂抱了昆莫，投奔匈奴。单于甚加爱养。及昆莫年壮，单于以其父遗民与之，又使领兵，数立战功。此时匈奴已破月氏，月氏人众西走，击破塞王，因居其地。昆莫既著战功，乃向单于请复父仇，单于许之。昆莫于是领兵来攻月氏。月氏不敌，更西行移居大夏之地，昆莫遂据有塞地，尽降其众，仍立国号为乌孙。后单于死，乌孙稍强，不肯复事匈奴。匈奴遣兵击之，反为所败。匈奴畏以为神，与之远离。今匈奴新为汉所困，而乌孙旧地本浑邪王所居，自浑邪王率众来降，其地空虚。大凡蛮夷性恋故土，又贪汉物。若趁此时遣人前往乌孙，厚加赂遗，招其东归，仍居故地。再遣公主为其王夫人，与之结为兄弟，料其必能听从。如此便断却匈奴右臂，且乌孙既与我联和，而其西大夏等国，皆可招抚，令为外臣。"武帝闻言称善，乃拜张骞为中郎将，随带三百人，每人给马二匹，赍持金帛值数千万，牛羊万头，又多遣副使持节同行，以便顺路分赴各国。

张骞受命率领众人起程，到了乌孙，乌孙王昆莫出见张骞。张骞传达武帝之命，赐与各物。昆莫坐受不拜，礼如单于。张骞见其如此傲慢，心中大惭，乃对昆莫道："天子远遣使者赐王多物，王若不肯拜受，则请将各物带还。"昆莫贪得汉物，方才起坐拜受，但其他礼节，仍同敌国。张骞因进说道："乌孙若能东归旧国，汉当以公主嫁为夫人，结兄弟之好，同拒匈奴，破之甚易。"昆莫听了沉吟不答，遂与其国大臣商议。大臣等皆不欲移居，又因己国地近匈奴，服属日久，且与中国远隔，究不知中国大小如何。昆莫年纪已老，国中又分为三。原来昆莫有子十余，其中子官为大禄，为人强干，善于用兵。昆莫使领万余骑别居一地。大禄之兄为太子，太子有子名岑陬，太子早死，临终对昆莫道："必以岑陬为太子。"昆莫怜爱太子，允从其请。大禄大怒，收合士众，谋攻岑陬。

昆莫闻知,亦以万余骑与岑陬,使之别居。昆莫自己部下,亦有万余骑,于是一国分裂,惟表面上尚统属于昆莫。昆莫徒有虚名,不能专制,以致所议不成。张骞见乌孙未能得手,乃命副使分往大宛、康居、月氏、大夏等国。住了一时,昆莫遣使护送张骞回国,以马数十匹为报答。张骞回报武帝。武帝见了乌孙所献之马,甚是雄壮,心中大喜。张骞又带有西域出产各物,如葡萄、苜蓿等,武帝命栽于离宫别馆,拜张骞为大行,时元鼎二年也。过了一年,张骞身死,而前所遣副使前往大夏等国者,皆与其人同来。于是西域诸国,始知中国之广大富庶,急欲与汉交通,实由张骞发起,以后汉使往者,皆称博望候所使,以其为外人所信也。张骞又曾探得河源,后人因相传张骞乘槎至天河,其说荒诞可笑。清人谢启昆有诗咏张骞道:

博望初乘贯月槎,龙庭万里欲为家。
玉门以外安亭障,金马从西致渥洼。
凿空安能得要领,开边不异控褒斜。
轮台诏下陈哀痛,上苑犹栽苜蓿花。

欲知以后如何,且听下回分解。

第九十九回　卜式输财结主知　张汤言利乱国政

话说武帝当即位之初，承文景之恭俭，国家安宁，百姓富足。府库钱财，久存不用，至于钱串烂断；积谷过多，仓不能容，往往露积腐败，至不可食。民间平常不遭水旱，家家丰衣足食，为官吏者，若无他故，终身不更，至将官名为其姓号。人人皆知自重，不肯轻易犯法，真是清平世界。及至武帝即位，招抚东瓯，征讨闽越，江淮一带人民，不免劳费。唐蒙、司马相如奉使通道西南夷，置犍为郡，驱遣巴蜀人民数万人，凿山开路，死亡无数，巴蜀为之疲敝。彭吴受命安抚涉貊，设沧海郡，所用人夫同于西南夷，燕齐之间，皆受其扰。及王恢设谋，诱单于入马邑，于是匈奴遂绝和亲，侵扰边地，兵连不解。武帝大发士卒，遣将出师，征讨频年，中外骚动。后卫青取河南地，设置朔方，兴工十余万人，前往修筑城堡，使各地转运粮饷以供其食，费至数十万万，府库为之一空。武帝乃募人民能献奴婢入官者，免其终身力役。元光六年，卫青等四将军，率兵十余万攻胡，战胜而归，士卒应受赏赐，共费黄金二十余万斤，人马死者十余万，辎重粮食之费尚不在内。大司农奏称宫中藏钱及所入赋税，不足以供军费。武帝命有司会议，有司请令民得买爵及赎罪。于是设置赏官名曰武功爵，分为多级，每级值钱十七万，共值三十余万金。民买武功爵至第五级者，名为官首，得试补吏，尽先任用；其有罪者，得计所买之爵减二等，由此仕途混杂。至元狩二年，霍去病两出击胡大捷，其秋匈奴浑邪王率众来降，是年所费赏赐及其他用度凡百余万万。武帝为伐匈奴多养马，马之在长安者数万匹，而降胡数万，皆仰食于官。宫中不足以供给，武帝乃减损御膳，出内府私藏，以为弥补。元狩三年秋，山东大水，人民被灾乏食。武帝命郡国尽发仓谷以为赈济，又募富民出资借贷。无如灾区过广，尚难遍及，遂下诏移贫民于关以西及朔方、新秦中，共计七十余万口。官给衣食数年，借与产业，使之谋生，派遣使者分路监护，费以亿计，国用由此大竭。

当日朝廷费用既乏，小民又复穷困，惟有一种富商大贾，居积财物，乘时射利，贵卖贱买，以此致富。更有以铸铁、煮盐为业者，获利愈厚，家产动至数万金，却并不肯稍破悭囊，以济公家之急。此时独有一人，行事却与众人大异。此人姓卜名式，乃河南人。自少以耕田牧畜为业，与其幼弟同居。及弟年已壮，卜式尽将田宅财物让与其弟，自己单取羊百余头，入山牧养。过了十余年，所养之羊，多至千余头，于是自己置买田宅，成为富人。谁知其弟竟将所有田宅，花费一空。卜式又将自己产业分与其弟，如此者已有数次。元光五年，公孙弘既为丞相，卜式见武帝一意伐胡，便想趁此出头，乃诣阙上书，自愿捐出家财一半以助边用。武帝见书，遂遣使问卜式道："汝意欲为官乎？"卜式答道："臣自少牧羊，不习仕宦，不愿为官。"使者又问道："汝家岂有冤枉之事，欲来剖白乎？"卜式答道："臣一生与人无争，邑人贫者以钱借之，不善者教之，所居之处，人皆从式，式何故被冤。"使者道："既然如此，汝捐钱助边，意中何欲？"卜式道："天子方诛匈奴,愚以为贤者宜死节,有财者宜捐助,如此则匈奴可灭,此外并无他意。”

使者回报武帝,武帝闻言,心中甚奇其人,因将此事告知丞相公孙弘,公孙弘对道:“此非人情,不轨之臣,不可信以为实。恐致乱法,愿陛下勿许。”武帝闻言,遂置卜式不理。卜式在阙下等候许久,见武帝并不批答,仍自归家耕田牧畜。到了元光三年,山东贫民被水移徙,宫中不能尽给,此时公孙弘已死,卜式乃捐钱二十万,交与河南太守,以助移民之费。河南太守奏上富人捐助贫民名簿,中有卜式姓名,武帝见了,记起前事,因说道:“此人即是前次欲捐家财一半助边者。”遂命赐卜式夕徭四百人。卜式又尽数纳还于官。于是武帝以为卜式终是忠厚长者,乃召拜为中郎,赐爵左庶长,赏田十顷,布告天下。意欲借此耸动富民,使之闻风报效。谁知一班富豪,爱财如命,更无一人肯学卜式。武帝因此怀怒。张汤遂趁此时想尽种种办法,来向武帝进说。

原来张汤自从办理淮南衡山之狱,穷究根本,株连多人,武帝甚以为能,愈加宠任。及公孙弘病死,武帝以御史大夫李蔡代为丞相,擢张汤为御史大夫,张汤既贵为三公,更欲显己才干。因见武帝方虑国用不足,偏是许多富商大贾,一毛不拔,真属可恨,惟有令出重税以困之。遂会合公卿上奏请算缗钱,凡商人从事借贷买卖贮积以取利者,虽无市籍,亦须各就自己资本,估计价值报官,每缗钱二千,应出一算。其以手工制造贩卖者,每缗钱四千,应出一算,人民非为官吏及三老北边骑士而蓄有轺车者,出钱一算,商贾人轺车二算,船只五丈以上一算,若有隐匿不报,或报告不实不尽者,发觉之后,罚令本人戍边一年,没收其货物。有能出头告发者,以其半赏给之。凡商人有市籍者,不得置买田产,犯者没收田货入官。武帝见奏,立即依议施行,因命杨可主管告发缗钱之事,号为告缗。

张汤又想起冶铁煮盐,其利最厚,人民多由此致富,因献议请将天下盐铁尽数收归官中专卖,可得大宗收入。武帝依言办理。但是盐铁专卖,其事繁琐,非得熟悉情形之人不能胜任。武帝正在为难,旁有大农令郑当时,举荐二人:一人复姓东郭名咸阳,乃齐国之大盐商;一人姓孔名仅,乃南阳之大铁商,皆以所业致富。武帝遂拜二人为大农丞,分掌盐铁之事。二人既得拜官,遂奏请于各郡分置铁官,铸造铁器;又募人给以费用,官置器具,使之煮盐,定价发售。人民有敢私铸铁器及煮盐者拿捕办罪,没收其物。武帝准奏,因命东郭咸阳、孔仅乘坐驿车,巡视各地盐铁情形,分置属官。于是从前以盐铁起家之人皆得补授为吏,官吏之中,商人遂占多数。

先是文帝始用半两钱,又许人民铸钱,于是官私所铸之钱不可胜数。行用至四十余年,钱多而轻,物少而贵。张汤又想设法更定币制,使公家可获利益。因查得禁苑之中,畜养白鹿无数,而少府多藏银锡,遂入对武帝说道:“古者诸侯朝聘,皆有皮币,又所用之钱,约分三等:黄金为上,白金为中,赤金为下。今通行半两之钱,实重四铢,而好人往往偷磨钱背,窃取铜屑,以致钱轻物贵。且远地用钱,未免烦费,请制皮币、铸白金以便用。”武帝许之,乃议定用白鹿皮方一尺,上绘五彩花纹,作为皮币,价值四十万钱,凡王侯宗室朝会,必用皮币荐璧,然后得行。又杂和银锡,铸成白金三种:第一种重八两,其式圆,上铸龙形,价值三千;第二种重六两,其式方,上铸马形,价值五百;第三种重四两,其式椭圆,上铸龟形,价值三百。又令将从前半两钱,一律收回销毁,另铸三铢钱,禁止人民私铸各种金钱,犯者处以死刑。此令既行,不过一年,人民犯法私铸者不计其数。有司上言三铢钱过轻,容易假造,于是更铸五铢钱,钱之周围,皆有轮廓,使人民不得偷磨取屑。谁知私铸并不减少,尤以楚地一带为多。武帝忽然想起一人,便欲召拜为淮阳太守。未知武帝欲用何人,且听下回分解。

第一〇〇回　使乘障枉死狄山　坐腹诽冤杀颜异

话说武帝因楚地私铸尤多,淮阳乃楚地要冲,须得贤能太守以治之,忽然想起一人。其人为谁?即汲黯是也。先是汲黯本为右内史,元朔四年,因事免官,隐居田园一年。如今武帝正在择人,因忆汲黯前治东海,官声甚著,故召拜为淮阳太守。使者奉诏,到了汲黯家中,汲黯俯伏辞谢,不肯接受印绶。使者回报武帝,武帝又下诏敦迫,如此数次,汲黯不得已,方始受命。入见武帝,武帝召之上殿,汲黯对武帝泣道:"臣自以为身填沟壑,不再得见陛下,不意陛下复肯收用。臣常有犬马之病,力不能任一郡之事,乞为中郎。出入禁闼,补过拾遗,臣之愿也。"武帝道:"君莫非看轻淮阳?吾不久即将召君。现因淮阳地方,吏民不相安,吾但借君平日威望,卧而治之可也。"汲黯闻言,只得辞别武帝出宫,心中甚是郁郁不乐。原来汲黯自从罢职家居,此一年中,虽然身在田野,却念念不忘国事。每闻张汤得志,朝政日非,不胜忧愤。今蒙武帝召用,希望自己得在朝廷,遇事从中补救,谁知武帝强使前往淮阳,不得如愿。当日退出宫门,坐在车中,心想张汤如此奸诈,终有一日发觉。惟是待到发觉之日,国事已多败坏,何如将他罪状及早揭出,尚可挽回。但是我已外任,不得进言,环顾朝中许多公卿,又无一正直敢言之辈,惟有大行李息,与我尚属交好,不如前往劝之,于是汲黯命车往访李息。

李息乃郁郅人,初事景帝,在朝日久,屡为将军。曾从卫青取得朔方,以功封关内侯,现为大行。闻报汲黯来访,延入相见,汲黯说道:"黯被逐居郡,不得复预朝廷之议。方今御史大夫张汤,智足以拒谏,辩足以饰非,专务顺从主上之意;又喜舞文弄法,内怀奸诈以欺主上,外倚贼吏以为党羽。君位列九卿,何不早言?若容忍不发,将来君当与之同受其罪。"汲黯说罢,遂即辞别赴任。李息听了汲黯之语,明知所言甚是,无奈心畏张汤,自料与他作对,必遭陷害,以此不敢出口。

当日,张汤每遇入朝奏事,语及国家用度,直至日已西斜。武帝听得高兴,忘了饮食。丞相李蔡不过拥个虚名,轮不到他说话,所有天下政事,皆由张汤裁决。张汤撺掇武帝兴了许多事业,国家未得其利,人民先受其害,只落得一班不肖官吏,从中舞弊侵吞。到了赃私败露,便用严刑酷法,痛治其罪。因此举朝公卿,下至庶人,皆注目于张汤一人之举动。张汤尝患病请假,武帝车驾亲临其家看视,众人见他如此得宠,俱各诧异。

一日,匈奴遣人来求和亲,武帝召集群臣会议。旁有博士狄山上前说道:"和亲最便。"武帝问道:"何以见得?"狄山对道:"兵乃凶器,不可屡动。昔高帝受困平城,始议和亲,所以孝惠高后之时,天下安乐。及文帝欲伐匈奴,北方又苦兵事。景帝自七国乱平,口不言兵,人民富实。今陛下兴兵击胡,中国因之空虚,边人多致贫困,由此观之,不如和亲。"武帝见说便问张汤道:"此言何如?"张汤心知武帝不欲议和,遂对道:"此乃愚儒无知妄说。"狄山被张汤当着武帝及众人之前,面加指斥,心中愤怒,也不顾得势力不敌,应声说道:“臣固是愚忠,若御史大夫张汤乃是诈忠。张汤前治淮南衡山之狱,用苛刻之法,痛诋诸侯,离间骨肉,使藩臣不能自安,臣所以说张汤乃是诈忠。”武帝见狄山指斥张汤,心中大怒,也不与辩论是非,便向狄山作色道:“吾使生居一郡,能禁止胡虏入境侵盗否?”狄山对道:“不能。”武帝复问道:“居一县如何?”狄山又答:“不能。”武帝又问:“居一障间如何?”狄山自想主上袒护张汤,不辨曲直,却设此难题问我。我若再答不能,便说我是理穷辞屈,拿交法官办罪,不如权且答应,看是如何。狄山想定主意,遂答道:“能。”武帝即命狄山前往乘障。狄山到边,不过月余,便被匈奴斩其头而去。朝中群臣见狄山触忤张汤,竟枉送了一命,由此各怀畏惧,不敢多言。

武帝既依张汤之言,造成白鹿皮币,因召到大农令颜异,问:“以此币可否行用?”颜异对道:“向例王侯朝贺,皆用苍壁,价值不过数千。今皮币为荐壁之用,其价值四十万,未免本末不能相称。”武帝闻言,心中不悦,尚未发作。谁知却有人闻得此事,便欲借此迎合帝意,上书告说颜异持有他议。武帝得书,发交张汤查办。说起颜异乃济南人,初为济南亭长,渐升至九卿。居官廉直,平日见张汤做事奸许,自然气味不相投合。此次张汤建议制造皮币,颜异又不肯赞成,张汤愈加怀恨。恰好奉旨查办,便欲搜寻颜异过失,砌成罪名,致之死地。但是颜异素来做事公正,却寻不到他短处,若单说他主持异议,也不算是大罪,安能杀他?张汤一面算计,一面遣派心腹之人,暗中打听颜异动静,不久却被他探出一件事来。若论此事,真是毫无影响。只因颜异一日偶与座客闲谈,座客中有言及朝廷新下诏令,中有不便于人民之处,颜异也算谨慎,听了此言,口中并未答话,不过将口唇微微掀动。有人见了,急将此事报知张汤。张汤闻言大喜,便将他作个把柄,架上大题目,复奏武帝。说是颜异身为九卿,见令有不便,不即入朝陈明,却在背后腹诽,罪应弃市。武帝准奏,竟将颜异论斩。读者须知,古今刑法,无论如何严密,只能管束人之言动,不有管束人之意思,秦法虽极苛酷,也须有人出言诽谤,方治其罪。况文帝时早将诽滂律文除去,就是武帝使张汤重定法令,添加许多罪名,也不过将诽谤之罪,重行恢复,何曾定有腹诽之法?如今欲害颜异,全不管法律有无明文,自己竟创出此种新奇罪名,明是有意栽陷。偏遇武帝不悦颜异,所以堕其计中,毫不觉察。颜异死得不明不白,比起狄山尤为冤枉。自从此案发生,有司便编为一种则例,此后遂有腹诽之法,因此满朝公卿,皆以颜异为戒,一味顺从上意,求保无事而已。

张汤自恃武帝宠爱,言听计从,又见与己反对之人,任意诛灭,劳不费力,正在得意洋洋之际,却被故交田甲,看不上眼。田甲虽为长安当商,竟是一位烈士,素有节操。自见张汤身为大臣,紊乱朝政,擅作威福,心甚不以为然,便时时劝戒责备张汤。张汤何曾肯听,仍然恃势横行,一意报复仇怨。先是张汤与河东人李文,素有嫌隙。李文现官御史中丞,常在殿中兰台,职掌文书,举劾不法。只因心怨张汤,遇有公事可以伤及张汤者,李文便极力挑剔,全不替张汤留些余地。张汤以此恨入骨髓,正想算计害他,忽奉武帝召见,发下一书,命其查办。张汤将书看毕,乐得心花怒开。未知张汤何事喜乐,且听下回分解。

第一〇一回　陷李文谒居助虐　告张汤赵王复仇

话说张汤看毕武帝发交文书,正中其意,不觉大喜。原来书中乃是告发李文,说他种种舞弊作奸,至上书之人,却并不载姓名。武帝方信任张汤,何曾知他二人有隙,见了此书,又命张汤查办。张汤得书,如获至宝,心想我正苦未得方法害他,却不料有此机会,也是他命该丧在我手。但不知此匿名书,究是何人所上,竟能如此凑巧,必非无因。张汤将文书反复看了数遍,沉思半晌,忽然悟道:“不消说得,定是此人所为。除却他更无人能体贴我心事,出此妙计。”于是张汤便将李文提到审问,严刑逼供,李文受不起刑法,只得按款招认。张汤录了供词,复奏武帝,说是所告皆实,李文应处死刑。武帝批准。不过几日,李文遂结果了性命。张汤正在十分快意,不料一日,武帝忽然记起此案,心想李文所犯罪状,既是确实,那告发之人,不妨自出姓名,又何必匿名上书?此中情节可疑。未据张汤声叙,因召张汤问道:“告发李文之人,曾否查明踪迹?究竟因何而起?”张汤被问,暗吃一惊。心想我虽明知其人,却不能对主上说出,一时心急计生,假作惊疑道:“此事大约是李文故人,与他有怨,所以出头告发。”武帝听了,默然不语。

读者欲知告发李文之人,到底是谁,其人又未向张汤言明,张汤如何知得?原来张汤平日选取许多苛刻狡猾之人,用为属吏,又以恩惠买结其心,使作自己爪牙。中有一人姓鲁名谒居,现为御史府吏,乃张汤最心爱之人。谒居知李文为张汤所痛恨,因想出此计,遣人上书诣阙告发。张汤却也料出此事是谒居替他出力,二人见面,并未明言,彼此两心相樱不料无意中忽被武帝问起,张汤若据实说出,无奈谒居是他属吏,武帝性本英明,必疑其中有弊,究问起来,如何是好。所以张汤便将轻轻一语,遮掩过去。如今李文既死,张汤心中感激谒居,正想提拔他官职。偏是谒居无福消受,忽得一病,卧床不起。他本异地之人,来到长安,寄居人家,只有一弟,并无眷属。张汤闻说谒居卧病,放心不下。一日,屏却从人,私自来到谒居家中视病。谒居病卧床上,两足酸痛,口中不住呻吟。张汤见他病势沉重,无人服事,甚不过意,便亲自动手,替他抚摩双足,谒居再三推辞,张汤执定不肯,谒居只得由他。读者试想,张汤与鲁谒居并非亲戚故旧,一个三公,居然降尊服事小吏之病,真是奇谈。古语道:若要人不知,除非己莫为。张汤做此暖昧之事,自以为神不知,鬼不觉,谁知隔墙有耳,竟被一人探得。也因张汤平日害人过多,如今恶贯满盈,遂由此引出许多冤对。

先是赵国人民,多以冶铸铁器为业,赵王刘彭祖,借此抽捐得了一笔大宗收入。自从张汤建议,将铁器归官专卖,各地设立铁官,禁止人民私铸。赵王失了此项利益,心中不甘,便借故与铁官争讼。事归张汤审办,张汤袒护铁官,判断赵王无理。赵王心中愤怒。张汤又使鲁谒居查办赵王,赵王因此也怨谒居,于是密遣心腹之人,暗查张汤过恶。来人奉命到了长安,终日侦察张汤举动,恰好张汤来看谒居之病,被他探得此事,连忙飞报赵王。赵王闻报大喜。

说起赵王刘彭祖，生性巧佞，对人卑谄，居心却甚深刻，喜言法律，常借口辩伤人。他本武帝之兄，自从景帝时受封，在国日久，所为每多不法。汉廷委来相与二千石，欲依法律究治，未免有碍彭祖。彭祖却想得一种抵制之法，每遇相与二千石初次到任，先用手段将他笼络。瞒着众人，身穿皂布单衣，假作隶役，前往迎接，并替他扫除馆舍。又恐此种手段，尚不见效，当相与二千石人见之时，必用诈术多设疑难之事问之。相与二千石应对之间，若有失言，犯了忌讳，彭祖便将所言，逐一记下。待到相与二千石意欲究治他不法之事，便将所记言语，提出挟制。如挟制不遂，即行上书告发，并诬以营私纳贿。当日赵相及二千石，坠在彭祖计中，在任不久，往往得罪去官，大者坐死，小者被刑。后来之人，知得彭祖利害，不敢究治，于是一国政权，皆归彭祖。彭祖又上书武帝，自请督捕国中盗贼，每乘夜带领兵卒，巡察邯郸城中，因此使者及过客往来赵国，知得赵王奸险，都不敢在邯郸住宿。前次主父偃伏诛，亦由彭祖首告。如今张汤与他作对，可谓遇见劲敌。

当日彭祖得了报告，立即上书武帝，告发此事。说是张汤身为大臣，史谒居有病，张汤竟至为之摩足。观其情形，大有可疑，必是二人平日，通同做下重大不法之事，所以如此，应请从严究治。武帝得书，发交廷尉查办。廷尉奉命往捕谒居。谒居早已病死，却将其弟拿到。廷尉向之讯问。谒居之弟，自然不肯供招。廷尉见案情尚未明白，不能释放，便令暂行收系。无奈当时罪人极多，犯人皆满，遂将谒居之弟拘禁导官。一日，张汤因办理别案人犯，到了导官，望见谒居之弟。张汤心生怜悯，原想替他设法出脱，但因自己现被赵王告发，犯了嫌疑，当着众人之前，未便露出形迹，于是假作不识，置之不理。谒居之弟因兄连累，无辜被系，正在冤愤填胸，满望张汤为之出力解免。如今见了张汤，方欲上前诉苦，张汤却望望而去，如同陌路一般。他是粗人，何曾理会张汤深意，便以为张汤果然绝情，心中怨恨，竟使人上书告说张汤与谒居同谋陷害李文。武帝先因告发李文之书，不列姓名，已自生疑，今见此书，便有几分相信，遂又命御史中丞减宣查办。

说起减宣自被卫青举荐，得为厩丞，办事颇有成绩。武帝擢为御史中丞，命其帮同张汤讯办主父偃及淮南反案，被他诬陷致死者不计其数。当日一班酷吏，都称赞他敢决疑案。此次奉命查办张汤，减宣暗自欢喜。原来减宣也与张汤结下冤仇，如今落他手中，岂肯轻易放过？便将此事彻底查究明白，作成文书，尚未复奏。谁知一波未平，一波复起。此时丞相李蔡，早因犯罪下狱自杀，武帝拜庄青翟为丞相。一日，忽报有人偷掘孝文帝园中埋葬之钱，庄青翟便约张汤同向武帝谢罪，张汤许诺。及到武帝御前，张汤心想惟有丞相四时巡行园陵，如今被盗，是他失于觉察，应行谢罪，与我职守无关，我又何必替人分过，于是站立不动。庄青翟只得独自上前奏明此事，叩头谢罪。武帝见奏，即命御史查究此案。张汤便想趁此陷害庄青翟，夺他相位。读者试想，张汤自己被人查办，正在危险之际，不知格外谨慎；反要设法害人，可谓胆大已极。未知张汤如何算计，且听下回分解。

第一〇二回　张汤遗书报私仇　倪宽为政膺上考

话说张汤见武帝使御史查究偷掘葬钱之案，忽又起了害人心事。只因他身为御史大夫，诸御史皆归统属，对于此案，自然可出主意。遂欲设法加陷庄青翟，说是丞相明知偷盗之人，不行举发，应坐以见知故纵之罪。在张汤之意，以为庄青翟既已坐罪免相，自己当然得代其位。谁知张汤正在算计，却被旁人探得，急来报与庄青翟。庄青翟闻知，心中甚是忧惧，便密与长史商议。长史乃是丞相属官，额设两员，又有额外多人，名为守长史。当日庄青翟召集诸长史，告知此事，令其设法补救，中有长史朱买臣、守长史王朝、边通三人，闻言大怒，齐向庄青翟献计。

先是朱买臣与严助同为侍中，尊贵用事。其时张汤方为小吏，趋走买臣之前，听其使令。及买臣出为会稽太守，年余，武帝召拜主爵都尉，位列九卿。张汤亦为廷尉，审办淮南反狱，力陷严助于死，买臣由此心怨张汤。后买臣因事失官，复起为丞相长史。张汤已贵至御史大夫，武帝甚加宠幸，每遇丞相出缺或告假，常令张汤代行丞相之事。买臣不料张汤竟为自己长官，心中虽然不服，也只得低头忍气，守着自己职分。偏是张汤每见买臣到来，踞坐床上，不肯略加礼貌。买臣深恨张汤，常欲致之死地以泄其愤。王朝与边通二人，从前官位亦在张汤之上，王朝曾为右内史，边通曾为济南相，如今失职，来守丞相长史，不免意存怏怏。张汤对他二人，也与朱买臣一般看待。原来张汤知此三长史，素来贵显，故意将他陵折。王朝、边通被辱，也就怀恨，遂与买臣结为一气，正在搜寻张汤罪状，等候机会举发。今见张汤欲害庄青翟，便想趁此公报私仇。于是三人相聚计议一番，便同对庄青翟说道："张汤先已应允与君一同谢罪，后来竟敢背约，明是有意卖君。今又欲借陵寝之事，将君劾奏，其意乃欲代君之位。吾等久知张汤秘密过恶，事已至此，不如先发制人。"因行近青翟耳边，说了几句，青翟点首应允。

朱买臣等遂遣吏分头捕拿张汤素识商人田信等到案，逼令证明张汤罪状，录出供词。道是张汤将欲奏请举行一事，往往先使田信得知，因此居积货物，大获利益，与汤均分，此外尚有多款，无非说张汤营私舞弊，案关重大。遂有人传到武帝耳中，武帝愈觉可疑，因用言试探张汤道："吾每有举动，商人早已知之，借此居积致富。由此观之，似乎有人将吾计谋背地告知，以致走漏消息。"张汤闻言，以为武帝不是疑他，不即向前谢过，面上装作诧异之色，随口应道："此事似乎应有其人。"武帝听了，心中不悦。恰好此时减宣将查办谒居之事，复奏上来，武帝方悟张汤怀诈面欺，不觉大怒，乃遣使者多人，逐件责问张汤。张汤对使者力辩并无其事，不肯服罪，使者回报武帝，武帝愈怒，又命赵禹前往。赵禹此时官为廷尉，奉命来见张汤，向他责备道："君何不自知本分？君子日审办案件，杀死几多人命！如今人皆言君所犯有据，天子不忍将君下狱，其意欲君自行打算，何必多费言词对答？"张汤见说，自知不免，遂写成一书，辞谢武帝。书中说道："汤无尺寸之功，起刀笔吏，幸蒙陛下，致位三公，无以塞责。然谋陷汤者，乃三长史也。”写毕将书交与赵禹，伏剑自杀，时武帝元鼎二年冬十一月也。

张汤死后，其家尚有老母，家中财产，不过值五百金，皆系平日所得俸禄赏赐。家人议欲厚葬张汤，其母却有见识，说道：“汤为天子大臣，身被恶言而死，何用厚葬？”于是草草殡殓，载以牛车，有棺无椁。武帝既见张汤遗书，又闻其家无甚财产，暗想张汤若与商人通同谋利，何至如此贫穷，心中不免生悔。及闻汤母之言，因叹道：“非此母不能生此子。”遂命收捕三长史，穷究谋害张汤情形。于是朱买臣、王朝、边通皆因此事坐死，丞相庄青翟下狱自杀，田信等得释回家。武帝心惜张汤，复进用其子安世。读者试想，张汤一生冤死多人，末路也被他人陷害。又他平日专用诈术得志，到头亦因诈术失败，可见天道好还，报应不爽。清谢启昆有诗咏张汤道：

诸公造请誉殷勤，奏事君前日易曛。
磔鼠爰书惊老吏，侵渔律法用深文。
斩头博士忠谁辨，摩足中丞诈易分。
刀笔合谋三长史，子能干蛊尚怜君。

武帝虽然怜惜张汤，却也知他平日做事奸诈，但因遇事能顺帝意，所以记忆不忘。后闻汲黯曾劝大行李息劾奏张汤，李息不从。武帝心想李息位列九卿，知而不言，有负朝廷，遂将李息免官。此时汲黯尚在淮阳，武帝心知其忠，且闻其为政清平，遂下诏令汲黯食诸侯相秩。汲黯在淮阳数年，竟卒于任。武帝思念汲黯，以其弟汲仁为九卿。汲黯之子汲偃，后官亦至诸侯相。

当日与张汤、赵禹同时酷吏尚有义纵、王温舒等。义纵河东人，本由盗贼出身，曾为定襄太守。到任之初，狱中系有二百余犯人，义纵不问轻重，一律坐以死罪。又出其不意，派遣吏役，围住监狱，将入狱看视之犯人亲友二百余人，全数捕拿拷问，诬以阴谋解脱死罪，奏闻武帝，武帝批准，于是一日之中，杀死四百余人，人民莫不战栗。武帝以为能，命为右内史。又以王温舒为中尉。温舒阳陵人，少时以发掘坟墓为事，后为张汤属吏，督捕盗贼，杀害甚多，渐升为广平都尉。温舒到任，选择本地大奸巨猾十余人，用为属吏。先查得其平日所犯重罪未经发觉者，用以挟制，然后使之捕拿盗贼。其人办事若能合得温舒之意，无论如何犯法，并不究治；若使稍有顾避，不肯尽力，温舒便加重办，甚至灭族。因此盗贼不敢来犯广平，广平号称道不拾遗。武帝闻知，命为河内太守。温舒在广平时，久知河内土豪奸猾姓名，一到河内，也照从前办法，尽捕郡中豪猾，株连至千余家。大者族诛，小者死罪，录成案卷，奏闻武帝。此时正值冬末，温舒惟恐耽搁到春，不得行刑，特备驿马五十匹，飞奏武帝。不过二三日，得了回报，尽行押出处斩，流血十余里。当地人民，皆怪其奏报神速，从此郡中至夜不闻犬吠。温舒因案中尚有知风脱逃之人，被其漏网，意犹未足。又遣吏役分往别郡追捕，及至捕获回来，已是春日。温舒见了，跌足叹息道：“若使冬令再加一月，便可完毕吾事。”其天性残忍好杀如此。偏是武帝甚加赏识，用为中尉。温舒既为中尉，掌巡察京师盗贼。适值义纵为右内史，掌治京师地方，二人同事，彼此负气，不肯相下，后皆以罪伏法。此外酷吏尚多,不能尽述,惟有赵禹晚年比较诸人尚算宽大,独得寿终于家。

当日丞相庄青翟、御史大夫张汤,既皆自杀,武帝乃拜太子太傅赵周为丞相,石庆为御史大夫,又召倪宽为左内史。倪宽为政,一心爱民,每遇征收租税,可缓者一概从缓,以舒民力,因此人民尤加爱戴。一日,忽报南粤造反,武帝发兵讨之。军事既兴,费用甚大,有司遂向各地催收租税。倪宽却因欠租过多,例应免职,人民闻知此信,惟恐失了一位好官。于是家家户户,急照应纳税额,备齐钱米。或用担挑,或用车运,一路连续不绝,争来缴纳。不消数日工夫,倪宽竟将所欠租税,全数收齐报解。有司比较成绩,反在诸人之上。武帝因此愈奇倪宽,便想重用他。未知南粤何故造反,且听下回分解。

第一〇三回　阻内属吕嘉称兵　请长缨终军赍志

话说南粤前被东瓯来侵，武帝遣兵救之。事平之后，武帝命严助示意南粤王赵胡，令其入朝。南粤群臣谏阻赵胡，赵胡遂称病不肯来朝，遣其太子赵婴齐入京宿卫。婴齐在粤，久已娶妻生子，及到长安，又娶邯郸樛氏女为妻，生子名兴。后十余年，赵胡病重，婴齐请归侍疾。不久赵胡身死，婴齐嗣立为王，上书请立樛氏女为王后，兴为太子。武帝又时遣使者，谕以来京朝见。婴齐心想独据一方，生杀任意，何等快乐，若使入朝，天子强我服从汉法，比于内地诸侯，甚是不便。于是再三称病，但遣其子次公来京。及婴齐死，太子赵兴即位，尊其母樛氏为王太后。先是樛氏未嫁婴齐时，曾与灞陵人安国少季私通。事为武帝所闻，便想趁此收取南粤之地。元鼎四年，遂遣安国少季及谏大夫终军等为使，前往南粤，劝王及太后入朝。又命卫尉路博德，领兵屯在桂阳，遥为声势。

安国少季等奉命到粤，入见王与太后，告以武帝之意。樛太后与少季久别，如今见面生情，复与私通。久之，国人颇有所知，皆说太后辱了国体，人心多不归附。太后见此情形，恐有乱事，便欲倚借汉廷威势，压制国人，于是决计力劝王兴及其近臣，请求内属。丞相吕嘉闻知此事，屡次上书谏止王兴。王兴年少，受制于母，不听其言。遂托使者上书武帝，自愿比于内地诸侯，三年一朝，除去边关。武帝得书大悦，立允其请，并赐丞相吕嘉银印及内史中尉太傅等印。其余官吏，许其自置。除去旧时黥劓之刑，一切遵用汉法，仍留使者镇抚其地。

南粤王赵兴与樛太后奉到武帝诏书，便命整束行装，满载许多财物，准备起程入京。谁知中间又生曲折。原来粤相吕嘉，历相三王，年纪已老，宗族七十余人，分布国中，并为大官。所生之子，皆娶王女，女皆嫁王子弟宗室。又与苍梧王连姻，所以吕嘉在粤，位望甚重，国人信服，多愿为其耳目，其得众心远胜于王。吕嘉为人，却尽忠国事，因见王兴与樛太后如此举动，国家必难保全，曾经力谏数次，又不见听，因此郁郁不乐，时常称病，不肯与汉使相见。汉使见吕嘉极力反对，意欲除之。又因其势力颇大，未敢轻动。此时王兴及樛太后，心中亦恐吕嘉不待自己起程，先行发难，欲借汉使之力，将其诛戮，以免后患。于是议定一计，克日行事。

一日，王兴与樛太后在宫中置酒延请汉使，并召国中大臣皆来侍宴。吕嘉闻召，不知是计，勉强到来。此时吕嘉之弟，现为将军，领兵驻守宫外。及至酒酣，樛太后便对吕嘉道："南粤内属，乃是国家之利，相君苦苦以为不便，此是何故？"说罢目视汉使，意欲汉使借此发怒，就坐斩之。不料汉使心想吕嘉之弟，领兵现在宫外，若闻其兄被杀，必然率众复仇，我等如何抵敌，因此各自狐疑，互相观望，不敢发作。吕嘉见诸人神情有异，知是不怀好意，连忙离座，飞步出外。樛太后见所谋不成，心中大怒。又想事机败露，不可放他走脱，一时情急，也不及呼唤左右，自己离座，信手取了长矛一支，随后赶去，意欲刺死吕嘉。大众见了，大惊失色。王兴觉得不成事体，急即上前拦住。樛太后方才掷下长矛，气吁吁归到座上。吕嘉得出宫门，将上事告知其弟，遂向其弟分取一半军队，保护自己家族。吕嘉回到相府，忧愤交集，自念樛太后乃中国人，一心欲将南粤奉献汉廷，与我势不两立。我今何不举兵，将王及太后并汉使等一概剿除，另立一人为主，庶可保全赵氏社稷。又转念道，此事皆由太后一人做主，王为太后所迫，其实并无杀我之意，我又何忍下此毒手？不如权且忍耐，看她如何举动，再作打算。吕嘉主意既定，遂多派心腹之人，暗地探听太后及汉使消息，随时报闻。从此吕嘉称病不出，不与众人相见。

当日席间出了此种变故，大众不欢而散。樛太后回到宫中，一心要想设法杀害吕嘉，无奈兵权在他掌握，不但自己无力杀他，反恐为他所害。樛太后想来想去，并无方法，只得密令汉使，将此情形飞报武帝。武帝闻报，大骂使者无能，临事毫无决断。又想南粤王与太后皆欲归附，只有吕嘉一人蓄意作乱，无须兴起大军，但得一个勇士，带领些须人马，前往镇压，当可无事。于是唤到一人姓庄名参，命其领兵二千，前往南粤。

庄参闻命，心想主上不知粤中内情，未免轻量吕嘉，以为不用费力。据我看来，此去必难成事，遂向武帝说道："若是彼此和好，奉使前往，只须数人足矣；若要用武，二千人不能有为。"于是力辞不往。旁有郏人韩千秋，前为济北相，自命勇敢。因见庄参推辞，暗自笑他胆怯，便欲学毛遂自荐，奋然上前说道："区区一个南粤，又有国王作为内应，只吕嘉一人，从中作梗，量此小事，有何难办。巨虽不才，自愿前往。但得勇士三百人，必斩吕嘉之首，回来复命。"武帝听说大喜道："汝既愿往，我仍与汝二千人马，并命南粤王太后之弟樛乐助汝。汝此去须要相机行事，不可造次。"韩千秋连声应诺，遂欣然会同樛乐，率领军队起行，将入粤境。早有南粤边吏探悉，立即遣人报与吕嘉得知。

吕嘉自从称病不出，一连数月，见外间并无动静，正自生疑，如今得了边吏报告，料得汉兵此来，必是与己作对，不如趁他未到，先发制人。遂与其弟率领士卒，攻入王宫，将樛太后及王兴杀害。又分兵围住使馆，汉使未曾防备，一时措手不及，尽被杀死。只可惜终军少年英俊，亦遭其祸。

终军字子云，乃济南人，自少好学能文，名闻郡中。年十八被选为博士弟子，入京受业，临行赴太守府中领凭前往。太守久闻终军才气不凡，因召入见，与之言语，甚奇其人，遂与结交。终军向太守长揖告别，步行上道。一日，行到函谷关。此关乃是入京要道，武帝特设都尉管理，往来行人到此，皆须查验，方得出入。终军既至关口，关吏验明文书，随即取出一物，交与终军。终军接过一看，乃是一块帛边，上面写有文字，加盖印章。原来汉制关口检查极严，除官吏奉有公事，出入得以自由外，其余人等领有通过凭照，于过关口时，立即收回，故须另给一物，以备将来验放之用。终军不知此种缘故，持帛在手，看了半晌，茫然不解，因问关吏道："此物有何用处？"关吏答道："繻，将来汝要出关，须持此物验明，方得过去。"终军听了，方才明白，慨然说道："大丈夫既已西游，何用持此为据，方得回家。"说罢弃繻而去。关吏见了，便将终军相了几下，都说此少年有些疯癫，看他将来如何出关，一众传说，无不嗤笑。

终军既到长安，便诣阙上书言事，武帝得书，见其文字甚佳，不觉叹赏，立即拜为谒者给事中。元狩元年冬十月，武帝驾至雍县，祭祀五畤，终军随驾前往。尚未行礼，左右忽获一种异兽，头上独有一角，每足皆生五蹄，有人说是白麟；又获得一株奇木，四旁生枝，却又合于本干。武帝将此二物，遍问群臣。终军奏对以为野兽并角，众枝内附，应在夷狄将来归化。武帝甚异其言，因此改元为元狩。后年余果有南粤人及匈奴浑邪王率众来降，时人皆以为终军之言有验。一日，武帝遣终军巡行郡国，终军奉命，持了使节，乘坐高车驷马，东过函谷关。回想当日入关之时，相隔不过数年，情形却大不同。关吏见了终军，认得相貌，便私对同辈说道："此使者即前次弃繻少年也，不料有志竟成，果然应了他的言语。"于是众人方始叹服。

终军一路巡行，每到一处，见有应兴应革事宜，随时奏闻武帝，请旨办理。及至事毕回京复命，详细陈述各地所见情形，武帝甚喜。此时武帝正欲遣人出使匈奴，终军自请前往。武帝不允，擢为谏大夫。此次又值遣使南粤，终军向武帝说道："臣请受长缨，必羁南粤王致之阙下。"武帝壮其言，命与安国少季同往，已说动南粤王自愿内属，武帝大悦。谁知变化仓卒，竟为吕嘉所害。终军死时，年仅二十余，世人因呼为终童。清谢启昆有诗咏终军道：

旁枝奇木五蹄麟，奏对摛词艳子云。
复传西游终建节，请缨南粤愿从军。
名高弱冠未为福，数阨奇才焉用文。
徐乐严安同结队，终童后世尚流闻。

终军既死，未知南粤乱事如何，且听下回分解。

第一〇四回　坐酎金列侯失爵　平南粤二将立功

话说粤相吕嘉起兵攻杀王及太后并汉使等，一面下令国中道："王年尚少，太后乃中国人，又与使者私通，一意内属，尽持先王宝器，入献天子以自媚。又欲多带从人至长安，卖为奴仆，取得财利，不顾赵氏社稷。为万世虑，吾受国厚恩，不忍坐视，今特起兵肃清宫禁，别立嗣君，以安宗庙。"于是吕嘉迎立婴齐前妻之子术阳侯赵建德为王，遣人通告各郡县及苍梧王。一日忽得边吏急报，汉将韩千秋、樛乐领兵二千，攻破数小邑，请即派兵防御。吕嘉得报，见汉兵甚少，心生一计。饬下沿途郡县，凡遇汉兵到来，不得拒敌，并须为之开道，供给饮食，却就番禺附近山谷之中，伏下精兵等候。

原来韩千秋与樛乐，领兵进入粤地，粤人见了，登城拒守。韩千秋率众奋勇攻之，一连得了数处城池，催兵前进。此时粤中地方官已奉到吕嘉命令，一闻汉兵到了，便遣人殷勤接待，办理供应并派向导在前引路，所过之处无不如此。韩千秋与樛乐不知国中已出变故，见此情形，反以为粤人畏惧兵威，不敢抵抗。一路欢欢喜喜，径向番禺进发。看看行近番禺，相距仅有四十里路。其地山岭重叠，道路崎岖，一众行到深谷之中，引导之人忽然不见。正在惊疑之际，先行之人报说，前进并无道路，原来是个穷谷。韩千秋方知中计，急命退兵。谁知后路亦被木石塞断，汉兵困在穷谷之中，进退不得，人人心慌。仰面看时，但见四围山上，布满粤兵，一声梆响，矢石交下如雨。汉军将士无处躲避，竟将韩千秋、樛乐及二千人马，全数坑死谷中。

吕嘉既杀汉使，灭汉兵，心知汉廷必兴大兵来讨，于是命将汉使所持之节封好，遣人送到边上，设辞谢罪，希望借此了事，一面布置军队，分守要隘之处，谨防汉兵侵入，边吏得了使节，探知实情，具报武帝。武帝闻信大怒，下诏大赦天下，尽发罪人从军，并调集江淮水军十万，分为四路，进讨南粤。第一路伏波将军路博德，出桂阳，下湟水；第二路楼船将军杨仆，出豫章，下浈水；第三路戈船将军严、第四路下濑将军甲，同出零陵。一下漓水，一下苍梧。又遣粤人驰义侯遗，率领巴蜀罪人，尽发夜郎兵队，下牂牁江。诸路军队，皆向番禺征进。时元鼎五年秋七月也。

武帝正在分派诸将出师，齐相卜式又趁此时上书言事。先是卜式自蒙武帝拜为中郎，奉召入见，卜式固辞不愿为郎。武帝道："汝既善于牧畜，吾有羊在上林，欲使汝为我牧养。"卜式奉命，于是身服布衣，足穿草履，日在上林牧羊。过了年余，羊皆壮大。一日武帝行过其地，见了群羊，口中称善。卜式进言道："臣之牧羊，并无他巧，以时起居，恶者除去，勿使害群。不独牧羊而已，治民之道，亦如是也。"武帝心奇其言，意欲试使治民，遂拜卜式为缑氏令。卜式在官，人民相安无事，武帝调为成皋令，又使管理漕运，成绩甚优。武帝以卜式为人朴忠，遂擢为齐王太傅，复转为齐相。至是卜式上书说道："臣闻主愧臣死。今南粤反叛，群臣宜尽死节。其无能者，应出财助军。臣愿与儿子及临淄习射、博昌习船之人，前往死敌，以尽臣节。"武帝见书，大赞卜式是个好人，遂下诏赐卜式爵为关内侯，黄金四十斤，田十顷，布告天下。

读者须知卜式不过自请从军，尚未亲临战阵，立有功劳，武帝遽行爵赏，格外褒扬，原欲借此激励群臣，使之闻风兴起。不料此诏既下，毫无效力。武帝因此愤怒，心想别人尚可饶恕，只有一班列侯，平日食租衣税，安富尊荣，如今国家有事，更无一人自请从军击敌，真属可恨，因欲借事发作以出此气。恰好时值八月，酎酒告成，致祭宗庙，照例诸侯王及列侯皆应贡金助祭。贡金多少，按照所食户口计算，立有定额。诸人按照数目，各向少府缴纳，所有分量成色，不免略有高低，一向也无人注意。此番武帝却令少府认真查验，就中分量不足，成色低下者，不计其数。武帝下诏一律剥夺官爵，统计列侯因酎金失侯者，共有一百零六人。武帝又怒丞相赵周，明知列侯所献酎金过轻，不行纠举，将其下狱。赵周在狱自杀，武帝遂拜石庆为丞相，卜式为御史大夫。事后人们方知此场风波，皆由卜式一人惹起。只因他自己要向武帝讨好，弄得列侯多数失爵，结果竟让他一人得了好处。

当日诸将奉命进兵，内中楼船将军杨仆率领水军，由豫章顺流而下，先入粤境。一日行至一处，江面甚窄，两岸皆是峻岭，壁立千仞；江中乱石高下排列，水流冲激，浪声如雷。杨仆唤到土人询问，据说此地前进，须过三峡。一名浈阳，一名寻峡，一名中宿，皆是险要去处。寻峡在二峡之间，尤为险阻。赵佗曾在此筑城把守，名为万人城，如今吕嘉早已遣兵据守。杨仆听了，先将船只泊定，自率精兵，攀藤附葛，上得高岸，寻了僻径，直趋城下，将城围住，四面攻打。粤兵出其不意，无力抵敌，一半逃走，一半归降。杨仆破了寻峡，沿途无阻。将近番禺，遥见两岸山势对峙如门，其地名为石门，上有粤兵屯扎。杨仆激励士卒，奋勇杀败守兵，夺取粮舶无数，占了石门，暂行驻兵歇息，等候伏波将军到来，一同前进。谁知伏波将军路博德由桂阳进兵，只因路远，误了期限。又兼所部士卒，多是罪人，沿途逃走，及行至石门，部下仅有千余人。杨仆见路博德已到，传令进兵，自己率众前行，直抵番禺。赵建德、吕嘉闻报汉兵到来，闭城拒守。

杨仆既到番禺，遂与路博德议定，各率部下攻城，杨仆攻其东南，路博德攻其西北。杨仆兵到城下，粤人出城迎敌，交战一阵，粤兵大败，奔入城中，不敢再出。杨仆下令架起云梯，尽力攻打。又令军士多备引火之物，缚在箭头，射入城中，放火烧城。此时路博德驻在西北，却只按兵不动。原来杨仆初次领兵，部下有众数万，一路连获胜仗，兵势正锐，因见路博德仅有千余人，料其无济于事，便想独占首功，不肯与路博德合兵一处。又见番禺地势，东南一带，便于进兵，自己遂认定其地，率众猛攻。路博德是个宿将，也不与杨仆计较，自率所部，进至番禺西北离城数里之地，望见城上遍插旌旗，满布兵队。路博德自思，番禺乃是南粤国都，城高濠深，守备完固，我今仅有千余人，要想攻城，无此力量。且恐被敌兵看破底里，出兵迎战，寡不敌众，徒取败亡，殊非善策。于是沉思，忽得一计，传令部下，就此安营，多筑壁垒，虚插旌旗，坚守不动；一面遣人晓谕城中军民速来归降。

番禺城中被杨仆兵队攻打甚急，火箭乱射入城，城中火起，延烧民居无数，烟焰冲天，又听得城外汉兵杀声震天，人心愈加慌乱。但见百姓扶老携幼，啼啼哭哭，东奔西窜，各想逃生，满城鼎沸。守城军士见此情形，亦各顾家室，无心拒敌。正欲开了西北门逃走，忽见路博德领兵到来，扎下营盘。粤人素闻路博德威名，又兼天色已暮，遥望也不知兵马多少，大众相顾失色，心想四面都是汉兵，无路脱逃，如何是好。正在惶急无计，恰好路博德遣使到了城下，传谕众人，令其投降。众人狐疑不决，内有一班胆大之人，冒险开了城门，随同使者来到汉军营前。使者先行入报，路博德唤令入见，用言抚慰，并取出印绶，分赐诸人，命其仍回城中，劝谕大众早降，免遭杀戮。一班来降之人，初意但图保得性命，不料意外复获爵赏，欢喜领命，回到城下，对着大众备述一切。于是城中军民大开城门，成群结队，齐向路博德军营纳款，城中守将无力弹压。更有城东南一带被火居民，都向西北逃难，闻知此信，也就随众出城。

当晚西北两门，出城之人，一夜络绎不绝。杨仆何曾知得，仍自督同将士，彻夜围攻。赵建德及吕嘉见城中大乱，人心已去，自料不能抵拒，遂率心腹数百人，乘夜换了衣服，杂着一班逃难之人出城，意欲逃入海中。到得天明，全城之人，皆已投降路博德。杨仆攻破东南两门，入得城中，却是一座空城。赵建德与吕嘉逃走未远，也被路博德询问降人知其去处，遣兵往追，竟将二人捕获斩首。杨仆满望功归独占，不想却被路博德坐享其成，也就服其智略。粤地各郡县闻说番禺已破，君相被擒。自然望风归附。苍梧王赵光本与南粤王同族，一见汉兵到来，即出迎降，戈船下濑将军及驰义侯所发夜郎之兵，未曾到来，南粤已经平定。二将遂即遣人飞报武帝。未知以后如何，且听下回分解。

第一〇五回　**耀兵威武帝巡边　好神异方士进用**

话说元鼎六年冬十月，武帝车驾东巡，将往缑氏。行至左邑桐乡，接到边报，知南粤已破，心中大喜，遂命将桐乡改置闻喜县。复行至汲县新中乡，续得二将报告，斩获吕嘉首级。武帝又就其地设置获嘉县。及武帝回京，路博德与杨仆亦已班师回国，有司议定战功，路博德前已封为符离侯，至是加封户口；杨仆力战有功，封为将梁侯；其余大小将士及来降之人，皆有爵赏。武帝命将南粤之地设置南海、苍梧、郁林、合浦、交趾、九真、日南、珠垒、儋耳九郡。正在设宴庆功，忽报西南夷且兰君长，杀犍为太守，兴兵作乱。武帝想起前遣驰义侯率领罪人及夜郎兵队，会攻南粤，现在南粤已平，因下诏令其回军往讨且兰。驰义侯奉命，进兵攻破且兰及邛莋，杀其君长。于是冉駹闻风恐惧，自请降附，遂平定西南夷。设置牂牁、粤嶲、沈黎、文山、武都等郡。于是夜郎侯及滇王，先后纳土入朝，武帝赐以王印，使管领其民，又以滇地为益州郡。

是年秋日，又报东越王余善据地反叛。先是南粤反时，余善上书自请率兵八千，随从楼船将军征进，武帝许之，余善兵至揭阳，假称海中风浪甚大，不能前进，意存观望；暗地又遣使者，与赵建德、吕嘉往来通信。及汉兵既破番禺，杨仆查知余善反复无常，即上书武帝，自愿引兵往击东越。武帝因兵士劳苦，不许所请，但命部下校尉，率领兵队，留驻豫章、梅岭，听候命令。此事偏被余善探知，又见汉兵留驻边境，恐其来讨，遂急发兵把守要隘，拒绝汉兵来路。又号将军驺力为吞汉将军，领兵侵入白沙武林、梅岭，杀汉三校尉。武帝遣大农令张成、前山州侯刘齿，率众驻守边境。二将望见东粤兵至，不敢迎击，反引众退避。武帝怒其畏懦，召回斩之。聚集朝臣议定，大举征越。武帝欲复使杨仆为将，却因杨仆自夸前功，趾高气扬，恐其因骄致败，于是想得一策。先下诏书责数杨仆种种罪过，问其顾否出征东越，将功赎罪。杨仆被责，心中惶恐，叩头对道："愿尽死力。"武帝遂命杨仆与横海将军韩说、中尉王温舒等，分路出师。此时余善已刻玺自立为帝，发兵守险。汉兵诸路并进，越人自料无力抗敌，遂杀余善来降。武帝见东越地势险阻，不时反叛，乃下诏尽移其民于江淮，东越之地遂虚。

此时南方一带虽已平定，西北诸羌又复蠢动。说起诸羌本是三苗之后，自被虞舜放逐于三危，遗族散居湟中一带，共有二十余种。其人野蛮凶悍，彼此争斗，不相统一。至是有先零种与封养牢姐种，因被汉兵迫逐，两下解仇讲和，勾结匈奴，合兵十余万，来攻令居、安故，围枹罕。武帝遣将军李息，郎中令徐自为，领兵十万讨平其地，始置护羌校尉以管辖之。武帝又遣公孙贺、赵破奴各率马兵万余，一出九原，一出令居，巡行边塞二千余里，皆不见匈奴一人，二将遂班师回京复命。

当日武帝见四方平定，天下无事，遂专意于神仙封禅二事。原来武帝行事，与秦始皇大抵相同，所以秦皇汉武，后世并称。但始皇因举行封禅，引起求仙；武帝却因有意求仙，始行封禅。武帝好仙，本是天性。自从即位之初，闻说长陵有一神君，甚是灵异，立遣使者，具了厚礼往迎。那神君，本是长陵一个女子，嫁为人妻，生下一男，数岁而死。女子悲痛其子，不久亦死。死后见神于其妯娌宛若。宛若见其有灵，便就室中设位供奉。风声传到外间，好事之人，争来问讯。宛若为之传语，说人家小事，颇有应验。于是东家问病，西家许愿，各具祭品拜祷，香火日盛。武帝外祖平原君臧儿也曾往祭，后来子孙果然贵显。武帝因此相信，遣使将神君迎到上林，供在蹄氏观。相传神君却能对人言语，但是不见其形。此时有一方士李少君，闻武帝崇信鬼神，遂来长安，卖弄伎俩。说起李少君，曾为前深泽侯赵修舍人，常借方术遍游诸侯，孤身飘泊，并无妻室。旁人问其年纪及生长地方，他却不肯明告，常自言七十岁，能役使鬼神，长生不死。所到之处，富家贵族闻其具有神术，往往赠以金钱财物。少君得人馈赠，平日衣食用度，常有赢余。旁人见其不事生产，竟有金钱使用，又不知他系何处人，以此信从、崇奉者愈多。及少君游至长安，一班列侯将相闻其名者，争与交结。一日武安侯田蚡宴客，少君与座。座中有一老人，年九十余，少君与之谈论，问其姓名籍贯，老人一一告知。少君因言从前曾与其祖父常在某地游玩射猎，老人听说，记起自己幼年之时，果曾随从祖父前往其地，因自认实有其事。众人闻言，心想少君既与老人祖父交游，年纪至少也有百余岁。看他相貌，比起老人，反觉少年，究竟年纪若干，令人无从推测，莫非真有长生之术，因此一座尽皆惊异。

事为武帝所闻，立召少君入见，欲试其术，因命取一古铜器到来，问道："汝识得此器，是何时代物？"少君一看，便答道："此器齐桓公十年，陈于柏寝。"武帝细视其器，底面刻有文字，果是齐桓公之物，于是心中信服，甚加尊敬。左右将此事传入宫中，一宫之人，个个称奇道怪。都以为少君乃数百岁人，不啻一位神仙，意中无不仰慕。少君因向武帝进言道："陛下若肯亲自祭灶，可致鬼物；鬼物至则丹砂可化为黄金；黄金成以为饮食器则益寿；益寿而海中蓬莱仙人乃可得见；然后举行封禅，便能不死，昔日黄帝即是如此。臣曾游海上，遇见安期生，安期生以枣与臣食之，其大如瓜。安期生乃仙人，往来蓬莱之中，合则见人，不合则隐。"武帝见说，遂亲自祭祀灶神，又遣方士入海求仙；一面命少君化合丹砂诸药，制炼黄金，使黄、腄史宽舒从少君学习其术。过了一时，少君病死，武帝以为少君仙人，何至于死，想是化去，却恨未及将他挽留，甚觉可惜。

李少君既死，又有燕齐一带方士，争来长安上书，陈述祀神求仙之事。就中齐人少翁，尤得武帝信任。先是武帝宠爱王夫人，生有一子名闳。王夫人病甚，武帝自来看视，因问道："闳当为王，汝意欲置之何处？"王夫人道："此事全凭陛下做主，妾有何言？"武帝道："虽然如是，汝意中欲得何地？不妨明言。"王夫人道："妾愿置之雒阳。"武帝道："雒阳有武库敖仓，地当冲要，乃全国之大都会，自先帝以来，并未封与子弟，除却此处，其余皆可。"王夫人见说，默然不答。武帝又道："关东之国，惟齐最大，临淄户口十万，为天下膏腴。我欲立之为齐王，汝意如何？"王夫人以手扣额，谢道："幸甚。"不过数日，王夫人竟然身死。武帝闻报大哭，遣有司追册为齐王太后。未几遂立其子闳为齐王。武帝日夜思念王夫人，十分伤感。少翁见此情形，便想显他本领，因向武帝自言有术能致王夫人之神，前来相见。武帝闻言大喜。未知少翁之术有无灵验，且听下回分解。

第一〇六回　少翁术致王夫人　武帝诗成柏梁体

话说少翁向武帝自言有术能致王夫人之神，前来相见，武帝大喜。少翁使武帝先期斋戒，择定吉日就宫中扫除净室一间，中设帷帐几筵。又索取王夫人生前所服之衣，以为招魂之用。到了是夜，少翁尽屏诸人，入室作法。武帝沐浴，换穿新衣，就室旁别设一帐，静坐其中，依着少翁言语，屏绝声息，凝神息虑，留心观看。少翁点起灯烛，陈列酒肴，口中念念有词。此时已近三更，星河耿耿，万籁俱寂，少翁手持衣服，向着帷帐连招三次。忽闻帐中微微嗟叹之声。武帝定睛遥望，果见帐中端坐一个美女，俨然王夫人相貌，含颦凝睇，若不胜情。少顷，披帷而出，徐步室内，形状宛如生人。武帝惊起，正欲近前，少翁连忙止住，说道："若太迫近，转使速回。"武帝只得忍耐，过了片刻，见其仍回帐中，蓦然不见。武帝愈觉悲感，因作一诗，使乐府谱入歌曲。其诗道：

是耶非耶，立而望之，翩何姗姗其来迟。

武帝见少翁法术有验，遂拜为文成将军，赏赐甚多，每入见待以客礼。武帝以为少翁既能致鬼，必能请仙，因此十分尊敬，希望即日便将神仙请至。少翁被武帝催迫无法，只得设计挨延时日，因对武帝道："陛下欲与神仙往来，所有宫室器具被服，无一与神相似，所以神物不至，必须另行创造。"于是教武帝制造五色之车各一，上书云气，按着五行相生相克之理，随时换坐一色之车。譬如遇着水事，则驾黄车，因是土能克水，如此轮流乘坐，可辟恶鬼。又就甘泉宫中，建筑台观，画天地泰一诸鬼神像，并置备一切祭具。少翁凡有所言，武帝无不照办，只忙得一班工匠，日夜赶工，不消数月，一切完备。少翁遂作起种种法术。过了年余，并不见神仙到来。武帝渐疑其假，少翁也觉武帝信任不及从前，心想若不弄些手段，显见得我术无灵，必然说是欺妄，将我治罪。少翁想得一计，暗中自去行事。

一日，武帝驾到甘泉，问起求仙之事，少翁答道："不日便有效验。"武帝听了半信半疑，忽见道旁有人牵牛走过。少翁一见此牛，面上露出惊异之色，即命其人牵到面前，详细看了一遍，遂对武帝道："此牛腹中必有奇异。"武帝即命左右杀而验之。左右奉命，剖开牛腹，果然中间有物。取出一看，乃是一块绸帛，上有文字。左右呈上武帝。武帝反复看了数遍，心中若有所思，迟疑不语。少翁在旁，正想夸说此书如何灵异，必是神仙所使。谁知尚未开口，武帝忽地将面一沉，两眼直视少翁，厉声说道："此书明是汝亲笔所写，如何当面将我戏弄？"原来少翁假作帛书，杂在草中，与此牛食之，意欲显他神道。不料弄巧成拙，竟被武帝窥破，吓得目瞪口呆，一言不发。武帝愈觉他是情虚，心中大怒，即喝令左右将少翁推出斩首，时元狩四年也。

过了一年，武帝行至鼎湖宫，病甚，遍求天下巫医。有游水发根者，进言上郡有巫，先因抱病，神附其身，善能知人休咎。武帝遂命迎到甘泉供奉，亦号神君。因遣人向神君问病，神君答道："天子不必忧病，病稍愈，可到甘泉，与我相会。"来人将言回报武帝。过了几日，武帝病体渐瘥，遂起驾前往甘泉，病果大愈。乃大赦天下，就北宫中，更置寿宫，以奉神君，张插旌旗羽葆，排列几筵帷帐，异常庄严。此神君不止一人，其中最贵者为太一，尚有太禁、司命等为其辅佐。神君时去时来，来时有风肃然，常居帷帐之中，人不得见，但闻其语，语音与人相似。神君饮食，皆由巫进奉，语言亦由巫转达。神君发言多在夜间，有时日中亦闻其言。武帝每到寿宫，必先洁除，然后入内，凡神君所言，武帝遣人记录成书，名曰画法。其所言皆是世俗所知，并无特别奇异之处，但武帝心中独觉喜好，只因其事诡秘，究竟是真是假，外人也无从得知。

武帝既立寿宫神君，又想起长陵神君，现在上林，往来祈祷，未免不便。元鼎二年，下令就长安城北门内建筑一台，迎长陵神君入居其处。台用香柏为梁，因名为柏梁台，高至数十丈。武帝又听方士之言，择地立一铜柱，高二十丈，大七围，上铸仙人，平舒双掌，高捧铜盘，盘中置玉杯以承露水。云取此露水，和玉屑服之，可以长生，时人因呼之为仙掌，又曰金茎。此物传至三国时代，魏明帝性好神仙，景初元年，遣人往长安折取铜人承露盘，意欲移之洛阳。当折取之时，声闻数十里。谁知铜人过重，不能移动，遂置于灞城，此是后事。

当日柏梁台既成，武帝大会群臣，下令有能为七言诗者，始得上台预宴。武帝先吟一句，群臣奉诏，以次接续成篇，后人因名为柏梁台体。其诗道：

日月星辰和四时，骖驾驷马从梁来。
郡国士马羽林材，总领天下诚难治。
和抚四夷不易哉，刀笔之吏臣执之。
撞钟伐鼓声中诗，宗室广大日益滋。
周卫交戟禁不时，总领从宗柏梁台。
平理清谳决嫌疑，修饰舆马待驾来。
郡国吏功差次之，乘舆御物主治之。
陈粟万石扬以箕，徼道官下随讨治。
三辅盗贼天下危，盗阻南山为民灾。
外家公主不可治，椒房率更领其材。
蛮夷朝贺常舍其，柱刊欂栌相枝持。
枇杷橘栗桃李梅，走狗逐兔张罘罳。
齿妃女唇甘如饴，迫窘诘屈几穷哉。

武帝自诛少翁之后，因见一班方士更无一人及得少翁，遂追悔自己性急，不该将他杀死，未曾尽用其术。又想天下之大，必有得道真人，或闻少翁被诛，便将他做个榜样，不肯与我亲近。遂吩咐左右勿言少翁被杀，只说是中毒而死。武帝正在思念少翁，不久又得一人，做了少翁替身。此人姓栾名大，乃胶东王舍人，事胶东康王刘寄，主管药方。康王娶乐成侯丁义姊为王后，无子。及刘寄身死，武帝立他姬之子刘贤为胶东王。康王后做事不端，又与刘贤不睦，恐被他寻得短处，出来告发，欲买武帝欢心。因闻武帝悔诛少翁，遂想到栾大曾与少翁同师，学习法术，谅其本领与少翁不相上下，武帝必能中意。乃遣栾大入京，托其弟乐成侯丁义举荐。丁义言于武帝，武帝闻是少翁同学，心中大悦，命召入见。栾大为人身材长大，巧于言语，又多机变，敢为大言。当日入见武帝说道："臣常往来海中，遇见安期羡门之屑，但以臣为贱不肯信臣，又以为康王不过一国诸侯，不足传授仙术。臣屡向康王言及，康王又不用臣，今见陛下，庶几得遂平生之愿。臣昔从师学术，臣师曾言黄金可成，河决可塞，不死之药可得，仙人可致。然臣所虑者，恐学文成将军，不得善终。如此则方士皆掩口而去，安敢再言法术？"武帝闻言急说道："文成乃食马肝而死，汝若能修其术，我更无所吝惜。"栾大道："臣师仙者无求于人，陛下必欲其来，须先尊贵其使者，令为亲属，用客礼相待，佩以各种印信，方可使之通言于仙人。仙人若尚不允，再须加尊其使，然后可致。"武帝见说，沉吟半晌，只因一向被方士欺骗怕了，所以未敢相信，遂命栾大当面试验小术。栾大奉命，吩咐左右取小旗数百杆，插在殿前，栾大口中念念有词，不消片刻，数百杆之旗，一齐飞向空中，离地约有十余丈。但见满空旗影翩翩，回旋飞舞，自相触击，观者无不骇然。武帝遂下诏拜栾大为五利将军。未知以后如何，且听下回分解。

第一〇七回　佩六印栾大奉使　得大鼎孙卿进书

话说武帝当日正忧河决未塞,又见方士化炼黄金不能成就,今闻栾大大言不惭,所验斗旗小术,也能动人,因此十分相信。心想他如果请到神仙,我自不吝爵赏,但据他口气,须要先行封授官爵,并一一依他要求,方能与神仙接洽。岂有神仙也存势利思想,分别贵贱待人?或者他恐我见得请仙太易,所以故作刁难,试我一试?好在富贵由我口出,并无难事,就是结为亲属,待以客礼,不过屈些尊贵,既想成仙得道,也顾不得许多,便一律依他,看是如何。武帝想罢,遂先封栾大为五利将军。过了数日,又下诏加封栾大,如此接连下了三道诏书,加封为天士将军、地士将军、大通将军,栾大自见武帝,仅有月余,居然佩了四个印绶。

武帝求仙情急,一心但望依了栾大要求,立刻将神仙请来相见,何等快活!于是便把朝廷官爵,当作求神礼物,随意送人,不管他有功无功,胡乱给了四个将印。又料到栾大尚未足意,索性早日满他心愿,免得耽误求仙之事。元鼎四年四月,武帝遂下诏封栾大为乐通侯,赐以列侯甲第,僮仆千人,并御用车马帷帐器物。又以卫皇后所生长女卫长公主嫁之,赠嫁黄金万斤,改公主所食汤沐邑名曰当利公主。武帝车驾亲临栾大之家,又不时派遣使者,存问赏赐。车马往来,不绝于道。朝中上下,见武帝如此宠任栾大,都想与他亲近。遂由窦太主起,以至列侯将相九卿二千石,争到其家,置酒宴请,并赠献许多珍物。武帝又刻玉印一方,文曰天道将军,遣使者身着羽衣,夜立白茅之上,授与栾大。栾大亦着羽衣,立白茅上,收受印绶。此种仪节,算是用客礼相待,印文上刻“天道”二字,是说为天子引导天神之意。可笑栾大一个微贱之人,一旦时运到来,得见天子,只费三言两语,数月之间,封侯尚主,身佩六印,富贵荣华,一时无比。在栾大原不料武帝竟肯件件依从,毫无吝惜,如今受此非常待遇,也觉无话可说。遂就家中铺设坛场,安立神座,夜夜祈祷,希望天神下降。谁知用尽法术,天神未曾下降,却召集许多鬼物。栾大便时时驱使众鬼,卖弄小术,借此敷衍武帝,消磨岁月。

栾大虽然十分快意,安乐过日,心中却也担忧,只因武帝是要他降神,不是要他使鬼,万不能将鬼代神。又知武帝为人,不易愚弄,现今一时懵懂,久后若被察出,反面无情,便如少翁枉遭毒手。因此栾大住了数月,不敢贪恋快乐,即命家人备办行装,辞别武帝,入海寻师。武帝满望他此去请得神仙到来,心中十分高兴,吩咐设宴饯行。又恐所言不实,被他欺骗,乃唤近侍密嘱道:“汝可假作平民,暗中跟随栾大,一路留心察其动静,却不可露出痕迹,被其窥破。”近侍奉命,遂秘密随同栾大起程。

当日燕齐一带方士,闻说栾大骤然富贵,人人心中艳羡,都想入见武帝,夸张自己有何秘方神术,借此骗取爵赏,但苦无由进身。中有齐人公孙卿,因闻武帝新得大鼎,便作成一书,名为鼎书,趁此机会,来到长安,托人引进。

先是元鼎四年冬十一月,武帝命立后土祠于汾阴。车驾亲往致祭。祭毕,武帝乘坐御船，渡过汾河。河行至中流，与群臣宴饮，顾视帝京，欣然有感，遂作一诗，名为《秋风词》。其词道：

秋风起兮白云飞，木叶黄落兮雁南归。
兰有秀兮菊有芳，怀佳人兮不能忘。
泛楼船兮济汾河，横中流兮扬素波。
萧鼓鸣兮发棹歌，欢乐极兮哀情多。
少壮几时兮奈老何。

是年六月，汾阴有巫名锦，为人祭祀后土祠旁，忽见地上有物，形状如钩，信手将士扒开一看，却是一个大鼎。此鼎形状与寻常不同，刻满花纹，并无款识。众人甚觉奇异，告知地方官。地方官奏闻武帝，武帝遣人查验，据回报说巫锦得鼎情形，并无虚伪，遂命使者往迎宝鼎。武帝亲自起驾，带同宝鼎，前赴甘泉，将献与天神。一路行至仲山，天色晴明，忽有黄云一片，亭亭如盖，正在鼎上。左右告知武帝。武帝心想此是祥瑞，暗自欢喜。适见一鹿从旁走过，武帝拈弓搭箭，亲自射之，应弦而倒。左右拖上死鹿，武帝即命将鹿祭鼎。到了甘泉，祭献事毕，武帝回至长安，命群臣会议尊崇宝鼎。群臣见此鼎并无款识，究不知出何时代，只得含含糊糊，说是周物，遂同向武帝贺得周鼎。独有吾丘寿王，在外扬言道："并非周鼎。"武帝闻知，心中不悦，命召吾丘寿王入内问道："朕顷得周鼎，众议皆以为然；汝独以为非，此是何故？汝今有说便罢，无说当死。"吾丘寿王听了，并无惧色，从容答道："臣安敢无说？臣闻周德始于后稷，成于文武，显于周公，德泽上昭，上天报应，鼎为周出，故名周鼎。今汉自高祖布德施惠，六合和同，至于陛下，功德愈盛。天瑞并至，宝鼎自出，此天所以与汉，乃汉宝非周宝也。"武帝闻言，大悦称善，群臣皆呼万岁，遂赐寿王黄金十斤，又亲作《宝鼎之歌》以纪其瑞。

此时公孙卿恰好到了长安，便来访近侍所忠，袖出鼎书，托其代奏。所忠披阅其书，大抵无稽之言，料想必是妄语，不便替他转达，遂设辞推却道："宝鼎之事，现已议决，说之何益？"公孙卿见所忠不肯转达，又别寻武帝近幸之人，将书奏上。武帝得书，读了一遍，甚是中意，即召公孙卿入见，问道："此书何来？"公孙卿对道："臣得此书于申公，申公已死。"武帝道："申公何人？"公孙卿道："乃齐国人，常与安期生往来，传授黄帝之言，平生并无他书，独有此鼎书。申公曾言黄帝曾得宝鼎，问于鬼臾区，后竟成仙。今汉兴复当黄帝之时，申公又言汉之圣人，当在高祖之孙或曾孙。其时宝鼎出现，便当举行封禅。自古封禅共有七十二君，惟黄帝得上泰山行封。今汉帝亦得上封，上封便能成仙登天。昔日黄帝之时，诸侯万国，而山川之神受封者，居其七千。天下名山有八：三在蛮夷，五在中国。中国名山，乃是华山、首山、太室山、泰山、莱山，此五山皆黄帝所常游，与神仙相会之处。黄帝且战且学仙，虑百姓不知尊崇仙道，于是诛斩毁谤鬼神之人，历年百余岁，始得与神交通。黄帝曾祭上帝于雍郊，留宿三月，其臣鬼臾区，号大鸿，死葬雍地，今之鸿冢是也。其后黄帝接见诸神于明庭，明庭即今之甘泉。又当日所谓塞门，即今谷口也。黄帝末年，采首山之铜，铸鼎于荆山之下，鼎成之后，有龙垂胡髯,从天下降,来迎黄帝。黄帝骑上龙身,群臣及后宫随从而上者共有七十余人,龙乃腾空而去。尚有小臣多人不得上,一齐攀住龙髯,那龙渐渐飞升,诸人要想将他带上,不肯放手。谁知龙髯载不起人,竟被连根拔脱,但听得一片声响,诸人相继坠地。黄帝身边之弓,被他震动,也就同时坠落。此时围观之人不计其数,人人举头仰望,见黄帝乘龙上天去了。于是大众抱住黄帝之弓及龙髯,同声号哭,后世因名其地曰'鼎湖',又名弓曰'乌号',即此故事。"

武帝侧耳静听公孙卿说了一大篇言语,觉得津津有味。及说到黄帝乘龙上天,武帝听得入神,不禁长叹一声,口中说道:"使我得学黄帝,弃却妻子,直如脱屣耳。"遂拜公孙卿为郎,使之前往太室,访求神仙。武帝自栾大、公孙卿去后,正在盼望回信,一日忽报有人诣阙进献天马一匹,说是产在渥洼水中。武帝听了,甚觉奇异。欲知此马是何来历,且听下回分解。

第一〇八回　夸神异渥洼产马　坐诬罔五利受刑

话说汉时西北一带边境，大抵高原荒野，宜于牧畜。从前本是西戎所居，未曾开化，及至武帝之时，方入中国版图，列为郡县，发遣罪人戍边，并募贫民移徙其地，渐渐从事开垦种植，讲求水利。但居民以牧畜为生者尚居多数，所养骡马牛羊，遍地皆是，即野生者亦自不少。当日有一人姓暴名利长，本新野人氏，只因犯罪遭刑，发往西北戍边，被派在敦煌界内屯田耕作。住过一时，与土人往来渐熟，听其谈论牧畜情形，也就能辨别马之良否。一日偶从渥洼水边经过，远远望见一群野马，来到河下饮水。暴利长注目观看，内中却有一马，生得雄姿逸态，矫健异常。暴利长暗想我自从到了此地，看过无数马匹，虽然良马所在皆有，却不曾见有此种。若将他献上天子，定蒙赏鉴，不止免罪，且可邀赏，但不知此马巢穴所在，安能想法捕获。暴利长正在沉思，早见此马饮毕，飞驰而去，其疾如风，众马都赶它不上，料难跟踪追捕，独自怅望良久，方始归去。

到了次日，暴利长照常在田中作工，回想昨日所见，心中不舍，于是偷闲复到河边等候，希望再与此马相遇。不消片刻，果又见此马随同群马到来，一连候了数日，都是如此。暴利长知它日日来此饮水，便想就此动手捕拿。又料此马野性未驯，见人便走，我若卤莽从事，将它惊走，以后不来此处饮水，反难寻觅。但是如何方能近得他身，真是个难题目。暴利长沉思累日，忽然悟到一法，也不知是否可用，便想试他一试。于是先向相识人家，借了一副络头及绊索，带回家中备用。

暴利长一心要擒此马，便乘耕作余暇，取黄黑二土，照着自己身材高下，塑起一个泥人。将黄土捏成头面手足，黑土做了身段衣服，远远看来，俨然是人，也辨不出真假。暴利长费了数日工夫，方才完竣。次日，暴利长起个绝早，抱了泥人，带了络头绊索，飞步直至河边。趁群马未来之先，认定他平日饮水所在，将泥人竖立地上，四围用泥土筑得坚实，免致倾倒。然后取出络头绊索，放在泥人手中。安置已毕，自己走向远处隙望。少顷群马到来，初见泥人，也觉惊恐，不敢上前，便移向近处饮水而去。暴利长心想群马不被泥人惊走，便有几分希望，待到群马去后，收取络头绊索回家。从此暴利长日日携带二物，交与泥人执持，密窥群马行状。如此月余，群马见惯泥人，知他是个死物，不能言动，便又回到原处饮水，有时竟向泥人身边行过，略无疑忌。暴利长一一看在眼中，知是机会已到。

一日暴利长约了同伴数人，前来相助。到得其地，先将泥人移去，嘱咐诸人远立等候：自己却学着泥人，手持络头绊索，呆呆立定。及至群马到此饮水，以为他是泥人，置之不理。暴利长把定身心，不敢轻动，一眼专注那匹好马，待它行近身边，低头饮水之际，蓦然飞步上前，先将绊索绊住后脚，那马出其不意，吃了一惊，转过头来便走，此时群马亦皆惊散。暴利长死命执定绊索，任从那马拖在地上乱滚，只是不放。那马被绊索勒住后足，不能狂奔。诸人见暴利长得手，急忙赶到，七手八脚，好容易套上络头，方将此马制伏。于是欢欢喜喜，牵了回来，唤集多人观看，都道此种好马真是罕见。暴利长愈加高兴，决意将它报官，献与天子。又想道："我若据实说出来由，不过是匹野马，有何奇特，须是张大其辞，方显得它乃神异之物。"暴利长想定，遂向地方官报告，假说此马产在渥洼水中，不时上岸吃草，被他看见，设法捕获，特来奉献天子。地方官据情奏闻武帝，并派人送马来京。武帝性好良马，见此马果然神骏，信以为实，遂命收在御厩，好生喂养。暴利长擒马有功，自然也得好处。武帝遂作天马之歌，其词道：

泰一况，天马下。
沾赤汗，沫流赭。
志俶傥，精权奇。
蹑浮云，晻上驰，
体容与，迣万里。
今安匹，龙为友。

武帝歌词之意，以为此马乃是泰一所赐。过了一年，是为元鼎五年冬十月，武帝命立泰一祠于甘泉。十一月朔旦冬至，武帝亲祭泰一，列火满坛。公卿奏言，其夜祠上现有美光，及昼有黄气上冲于天。于是太史令司马谈、祠官宽舒，请立泰畤坛以明瑞应。是年秋日，武帝为伐南粤祷告泰一，命有司制成旗幡。幡用牡荆为柄，上画日月北斗登龙之象，旗画天一三星，以为泰一前锋，名曰"灵旗"。凡遇兵事，则命太史奉旗以指所伐之国。此时恰值栾大回京复命，武帝问起求仙情形，栾大所说，都是模糊影响，毫无实际。武帝听了，也就疑惑不信。那暗随栾大之近侍，亦已回宫，遂将栾大一路行为据实说出。原来栾大此去，不敢入海，却走到泰山祭祷一番，近侍跟踪察看，并无所见。栾大不知有人相随，却向武帝妄言亲见其师，所有法术，又多无应验。武帝始知受欺，异常愤怒，即将栾大发交法司，坐以诬罔之罪，腰斩于市。乐成侯丁义，举荐匪人，所为不道，也被斩首。栾大伏诛之后，不久公孙卿也由河南候神回来，入见武帝。说是在缑氏城上，见有仙人足迹，又有物如雉，往来城上。武帝自被少翁、栾大两次欺骗后，对于方士之言不敢轻信。元鼎六年冬，遂亲到缑氏，观看仙迹。心中未免生疑，因问公孙卿道："汝莫非又学文成、五利否？"公孙卿道："人求神仙，神仙无求于人，若非宽以时日，神仙不肯便来。凡言神仙者，其事似乎迂诞，须是积久然后可致。"武帝听了，方始无语。读者须知，公孙卿一口抱定黄帝做个榜样，说黄帝百余岁方得与神仙交通，便要武帝仿效黄帝，游幸名山，举行封禅，借此拖延时日，保全自己富贵。论起手段，比文成、五利尤为狡猾，所以武帝竟被他瞒过。

武帝自缑氏看了仙迹，起驾还京，意欲举行封禅。先是元狩元年，武帝获得白麟。其时济北王刘胡，早料武帝必将封禅，因见泰山在其国境，遂预先上书将泰山及其旁县献与武帝。武帝另以他县偿之。及元狩五年，司马相如病重，武帝闻知，唤到近侍所忠说道："闻得司马相如病甚，汝可前往其家，尽取所著之书，不然恐到后来必致散失。"所忠奉命，到了茂陵相如家中，问知相如已死，因传武帝之诏，向其妻卓文君取书。文君对道:“相如并未有书,平时所著之书,往往为人取去。相如未死之时,曾写书一卷,嘱道:‘若有使者到来求书,可将此书付之。’”说毕将书取出,交与所忠。所忠回奏武帝。武帝将书看了一遍,原来是说封禅之事,心中甚奇其言。后武帝既得宝鼎,并听公孙卿及方士之言,以为黄帝因行封禅,得遇神仙,所以一心欲学黄帝。又想采用儒术,装点门面,乃召集公卿儒生,会议封禅礼节。读者试想,昔日秦始皇欲行封禅,齐鲁诸生尚不知其礼节,何况时代又历百年?加以焚书坑儒之后,此种典礼,自然更无人知得,武帝见众人不知,只得令博士徐偃、周霸等采取尚书周官王制文字草定礼节。谁知一班儒生,各逞意见,拘文牵义,彼此辩论不决,以致起草数年,尚未成就。至是武帝也等不得诸儒复奏,决意实行。未知封禅如何举行,且听下回分解。

第一〇九回　登嵩高山呼万岁　封泰岱天报德星

话说元封元年冬十月，武帝将行封禅，因向群臣说道："封禅大典，古人必先振兵、释旅，然后举行。现在南粤东瓯皆已伏罪，西蛮北狄尚未大定。朕将亲率军队，巡行边境。"于是下诏设置十二部将军，调集人马十八万，御驾亲自出巡。由云阳取道北行，经过上郡西河五原，出长城之北，登单于台直至朔方，北临漠河。一路旌旗蔽日，戈矛如云，首尾千余里，络绎不绝，威震远近。匈奴闻信，避匿不出。

武帝乃遣郭吉往见匈奴单于，传达言语。此时匈奴伊稚斜单于已死，其子乌维单于嗣位。郭吉既至匈奴，匈奴主客，见有汉使，出而接待，因向郭吉探问来意。郭吉暗想，我若据实告知，料想单于不肯相见，无由达此使命；不如卑词厚礼，诱其出见。于是假作十分恭敬，含胡说了几句好话，并云尚有紧要言语，须面见单于亲说。主客闻言，以为汉使此来，乃是重修和好，遂告知单于，许其入见。郭吉一见单于，忽然翻转面皮，大声说道："吾奉汉帝之命，特来传语单于知悉，现在南粤王之头，已悬于汉北阙之下。单于如有本领，敢与汉兵交战，天子亲统大军，驻在边境等候，不妨一决雌雄；若畏服兵威，不敢拒敌，便当稽首称臣于汉，何必埋头漠北，在此寒苦无水草之地，偷活过日？"乌维单于听了郭吉一番言语，羞惭满面，一时无可发作，便迁怒到主客身上，喝令推出斩首。又将郭吉拘留，迁到北海地方，不放回国。

武帝自遣郭吉去后，等候一时，不见回报，料想匈奴不敢迎敌，遂传令班师，回到上郡阳周县桥山，见有黄帝之冢，因命有司备礼致祭。武帝想到黄帝，忽然生疑，因问群臣道："吾闻黄帝不死，何以现有冢在？"群臣未及对答，公孙卿在旁闻言，急上前说道："黄帝成仙上天，群臣葬其衣冠于此。"武帝听了恍然，因叹道："吾后若能升天，群臣亦当葬吾衣冠于东陵，效黄帝故事。"群臣皆称万岁，武帝大悦，遂命遣散军队，还至甘泉，命诸儒学习封禅礼节；一面自造祭器，遍示儒生，儒生或言不合古制。徐偃又言，太常诸生行礼，不如鲁国儒生之善，武帝疑惑未决。因想起内史倪宽精通经术，甚有见解，因召倪宽问以办法。倪宽劝武帝自定仪节行礼，武帝依言，乃尽罢诸儒，不从其议。及至仪节既成，武帝意欲重用倪宽。适值卜式为御史大夫，上言盐铁归官专卖，宫中所出货物，大抵恶劣，定价又昂，强制人民买之，人民甚以为苦。又舟车有算，以致商贩稀少，物价大贵，请皆罢之。武帝闻言，大为拂意，由此不喜卜式。至是将行封掸，卜式又不习文章，武帝遂贬卜式为太子太傅，以倪宽为御史大夫。

先是倪宽之师褚大，通习五经，曾为博士，倪宽从之受业。此次卜式贬官，御史大夫缺出，褚大官为梁相，适奉武帝命召入京。褚大自以为当得御史大夫，欣然就道。及行至洛阳，闻说武帝拜倪宽为御史大夫，褚大心想倪宽乃我弟子，如今竟居重任，不觉大笑。未几到了长安，武帝召之入见，恰遇倪宽在旁。二人当武帝御前，议论封禅之事，褚大竟说倪宽不过，方始心服，退朝叹道："主上实能知人。"此时正值春月，武帝带同倪宽等，东到缑氏，礼祭中岳太室。武帝车驾登山，随驾御史及在庙旁吏卒皆闻有大声呼万岁者，如此一连三次，遂向山上之人查问。山上人并云未言。又问山下人，山下人亦云不识。众人惊异，一齐告知武帝，说是山神也会说话，竟能三呼万岁。武帝见山神有灵，令祠官加增太室祭典，禁人民不得采伐山上草木，又以山下人户三百，为其奉邑，名曰“崇高”。

武帝由中岳起程，直至泰山。此时正在早春，山中草木尚未生叶。武帝遣人运石竖立山顶，与秦始皇所立之石，相去二十余步。石高二丈一尺，上刻四十五字，其文道：

事天以礼，立身以义。事父以孝，成民以仁。
四海之内，莫不为郡县。四夷八蛮，咸来贡职。
与天无极，人民蕃息，天禄永得。

当日尚有大石一块，因过于笨重，共用五车运载不能上山，因置山下为屋，号五车石。武帝立石既毕，遂命驾东游海上，祭祀八神。一时齐地之人，闻知御驾亲临，争先上书言神怪奇方者，不下万余人。就中单言海上神山者亦有数千。武帝命有司多备船只，皆使入海访求蓬莱仙人，一面意欲遍游名山，遣公孙卿持节先行，守候神人。公孙卿行至东莱，自言夜见大人，身长数丈，及至行近，却无所见，但见其足迹甚大，有似禽兽。武帝见说遂亲到东莱观看，群臣又言于路遇一老翁，手中牵狗，说道：“吾欲见钜公。”众人正欲动问，忽然不见。武帝初观足迹，心中未信，及闻群臣言遇老翁，于是十分相信，以为定是仙人，又分遣方士千余人，各乘驿车四出求仙。武帝驻跸海上，等候回信。

光阴迅速，已到了夏四月，武帝因封禅期近，起驾回至泰山，就泰山东面筑土为封，广一丈二尺，高九尺，埋玉牒书于其下。说起玉牒书，乃封禅中一种最秘密之事，其书以玉为之，故名玉牒。至书中所说何语，外间不得而知，盖此书乃帝王用以上达神明求遂所愿者。历代帝王，所求各异，或求年寿，或思神仙，所以务守秘密，不使人知。武帝既就山下封毕，又独与奉车都尉霍子侯登泰山顶，亦筑土为封，其事皆甚秘密。次日，武帝从北面下山，禅于肃然。封禅之夜，山中似有光辉照耀，次日有白云出自封中，群臣皆上寿颂功德。武帝乃下诏改今年为元封元年，大赦天下。又说道：“古者天子五载一巡狩，东至泰山以朝诸侯，诸侯须有朝宿之地。”遂命诸侯王各建邸第于泰山之下。武帝自见举行封禅，诸事顺遂，无风雨阻碍，又闻方士之言，似乎蓬莱诸仙，不难接见，因此满心高兴。复东到海上，翘望许久，不觉心醉，竟欲亲自乘船浮海，往访蓬莱。群臣同声谏阻，武帝不听。东方朔进前说道：“仙者得之自然，不可躁求。若其有道，不忧不得；若其无道，虽至蓬莱见仙，亦属无益。臣愿陛下且回宫静住以待之，仙人必将自至。”武帝闻言乃止。

此时霍子侯随驾驻在海上，忽然暴病，一日而死。武帝平日深爱子侯，今见其年少早死，十分悼惜，作诗哭之。诸方士见武帝悲伤，遂皆用言劝慰道：“子侯乃是仙去，不足哀痛。”武帝遂饬人送丧回京，并转述方士之语，慰其家人；一面起驾循海北行，到了碣石，又自达西沿边西巡，直至九原，五月还抵甘泉。是年秋日，望气王朔上言，某夜独见填星出现，其大如瓜，约一食顷方没。有司遂奏称陛下建汉家封禅，天故报以德星。武帝甚喜，因想起此次封禅得以举行，全赖一人之力，不可不加封赏。未知武帝欲封何人，且听下回分解。

第一一〇回　行平准弘羊受爵　塞决河武帝兴歌

话说元封元年，武帝东封泰山，北巡朔方，周行一万八千里。所过之处，颁给赏赐，用帛百余万匹，金钱不下万万，皆由大农令桑弘羊供给，并无缺乏。说起桑弘羊，乃洛阳贾人之子，年十三，入资为郎，得事武帝。弘羊自少善于计算，数向武帝言利，甚得信任，至是拜为搜粟都尉，代孔仅领大农令，管理天下盐铁。弘羊因见国家每年收入虽多，而出款亦复不少，出入相抵，并无赢余。若有意外费用，一时无从筹措，必须预为打算，增加收入，方可应急。但是筹款方法，无非取诸民间，如算舟车，告缗钱，专卖盐铁等，皆见施行。若再加税抽捐，不但小民罗掘已穷，国家所获无几，而且专靠搜刮，也不是理财手段。弘羊沉思数日，得了一法。他本生长商家，熟识贸易，便想替国家经营商业，借获厚利，却立一种美名，谓之均输平准。其法于各地设立均输官，令各州郡将所收租税并其运费，全数缴纳于均输官，均输官将款购买本地出产货物，按照平日商贾所贩运之种类运送入京，交与大农，是为均输。大农尽括天下货物，视其价之贵贱，贵时发卖，贱时收买，如此则富商大贾无从牟利，物价不至腾贵，故曰“平准”。桑弘羊既将此法奏准武帝施行，又请令人民得纳粟补官并赎罪，武帝亦即依从。果然行了一年，人民所纳之粟，不计其数，太仓及甘泉仓皆满，边塞亦有余谷。而均输所得之帛，不下五百万匹，人民并未加赋，国用却甚充足，武帝乃得任意挥霍。今因有司说是封禅之后，天报德星，遂想到桑弘羊理财之功，下诏赐爵左庶长，黄金二百斤。

武帝自行封禅之后，天久不雨，因命百官祈雨。此时卜式失宠，被贬为太子太傅，见桑弘羊专替武帝谋利，居然受赏，心中不悦。乃私向旁人说道：“县官但当食租衣税而已，今弘羊遣吏日坐市中，开列店肆，贩卖货物以求利，真属不成事体。据吾之见，惟有将弘羊烹死，天方下雨。”读者须知，国家经营产业所得收入，比起加捐抽税强取于民，尚算善策，不过在当日事属创举，故卜式见为奇异，而后世言利，必称桑弘。可见桑弘羊、孔仅，究是善于理财，卜式之言，实属过激。

是年各地不过小旱，收成尚无大害，到了次年春日，正值田家下种时候，雨水又复缺少。武帝颇以为虑。一日，忽报公孙卿候神回京，武帝召入问之。公孙卿说在东莱山上，亲见神人，神人似言欲见天子，故特赶回报信。武帝听了，不胜欢喜，立即命驾东游。行至缑氏县，拜公孙卿为中大夫，一路趱程到了东莱。武帝沐浴斋戒，住宿山下，分遣近侍，遍往山中寻觅，但有影响，立即报知。武帝住了数日，近侍陆续回报，据说高岩峻岭，深林穷谷，到处搜寻，毫无闻见，但见有大人足迹而已。武帝不信，亲自命驾入山巡行一周，神人究竟杳然，便向公孙卿详细诘问。公孙卿一口执定前语，说是千真万真，武帝被他迷惑，未肯罢休，复命方士千余人，分路前往寻仙采药。

武帝此次东游，一路上兴高采烈，以为公孙卿敢为此言，必有几分把握，不料仍是落空，意中大觉懊丧。此时方想到自己出行无名，若使人民知是求仙不遇，岂不传为笑柄?便欲借个题目,遮掩过去,恰好闻说东莱附近有万里沙神祠,甚是灵应,因记起人民正在苦旱,不如借祈雨为名,见得此行是为民事。遂遣从官前往祈雨,自己由东莱起程,顺路致祭泰山。祭事既毕,将回长安,武帝忽又念及黄河决口尚未塞好,本年雨量稀少,河水不致泛溢,曾令汲仁、郭昌带领人夫数万兴工堵塞,不知能否成功,且趁便亲往看视一番。武帝想定,即命起驾直往瓠子,亲临黄河决口。

说起黄河之患,历代史不绝书,其实并非不能防范之天灾。特因后世治水之人,只知筑堤堵塞,不肯依照水性,为一劳永逸之计。甚乃壅遏水势,以邻为壑,致河患至今不息,真可慨叹。昔日大禹治水,将北渎疏为九河。借杀水势,深合治水原理。经历夏商周三代,为时一千余年,黄河并无水患。自春秋时代,齐桓称霸,侵占河道以广民居,九河遂并合为一,下流已受阻碍。又兼近河各国,但图己国利益,或掘鸿沟以开水利,或筑堤障以防水害,尽将河边空地占领,河流不得疏畅。到了周定王五年,河始由宿胥口泛决,东移漯川,复由长寿津别流至成平,复合于禹故道,是为黄河河道迁移之第一次。

及武帝元光三年,黄河又由顿丘西北移向东南,流入渤海。是年夏日,河决濮阳瓠子口东南注于巨野,通入淮泗,被灾之地,共有十六郡。河决之际,但听得一声响亮,天崩地塌,附近居民皆见有一蛟龙,由决口中飞出,后随龙子九个,直入河中,沿海逆上,喷沫流波,直达数十里之远。武帝使汲黯、郑当时前往塞之,屡塞屡坏,只得罢手。自此之后,山东连年水患不息,梁楚之地被害尤甚,故武帝又命汲黯之弟汲仁同郭昌继续其事。武帝行至瓠子,汲仁、郭昌闻知车驾到来,连忙向前迎接。二人见了武帝,备言河工重大,材料缺乏,只因塞河须用薪柴,此时正值东郡烧草,薪柴甚少,不得已伐取淇园之竹,中填土石,以塞决口,名之为揵。武帝遣使沉白马玉璧于河以祭河神,又命群臣自将军以下,亲自负薪,置于岸旁。武帝心忧河工不成,乃作歌二章。其词道:

瓠子决兮将奈何,浩浩洋洋兮虑殚为河。
殚为河兮地不得宁,功无已时兮吾山平。
吾山平兮钜野溢,鱼弗郁兮柏冬日。
正道弛兮离常流,蛟龙骋兮放远游。
归旧川兮神哉沛,不封禅兮安知外?
为我谓河伯兮何不仁,泛滥不止兮愁吾人。
啮桑浮兮淮泗满,久不返兮水维缓。
河汤汤兮激潺湲,北渡回兮迅流难。
搴长茭兮湛美玉,河伯许兮薪不属。
薪不属兮卫人罪,烧萧条兮噫乎何以御水。
颓林竹兮揵石菑,宣防塞兮万福来。

当日塞河一班人夫,见天子御驾亲临,官吏亦帮同作工,大众愈加努力。果然人多手众,不久便将决口堵塞,建筑一宫于其上,名曰"宣防"。于是引河北行,复禹故道,梁楚之地，遂无水灾。武帝回到长安，想起公孙卿连年候神，并无效验。听其言语，不是某处降真，便是某山显圣，说得天花乱坠，反累我往来奔走，何曾有些影响，因此发怒，召到公孙卿，严加责备。公孙卿被责，心恐武帝诛之，乃又想得一策，托大将军卫青代向武帝说道："仙人本来可见，无如陛下车驾往来匆促，所以不能相值。今陛下可建筑宫观如缑氏城，置脯枣等物于其上，仙人当可招致。且仙人性好楼居，非极高显，不肯下降。"武帝依言，遂命有司就上林建筑飞廉观，就甘泉建筑益延寿观，各高四十丈。飞廉乃神禽之名，能致风气，其状雀头鹿身蛇尾，头上有角，身有斑纹如豹。武帝命以铜铸其形，置之观上，因以为名。又于甘泉筑台，名为通天台，亦曰"望仙台"，台高三十丈，望见长安城。待到台观既成，武帝使公孙卿设置供具，望候神仙，公孙卿借此竟得免责。

是年夏日天下大旱，武帝甚是忧虑。公孙卿见了，又想设法逢迎，因进说道："昔日黄帝封禅，天旱三年，因欲干燥所封之土，不足为忧。"武帝听说，便将愁怀放下，一意大兴土木，增广宫室，并遣人就泰山下建筑明堂，又更置甘泉宫前殿。一日忽有人报说，甘泉宫斋房，生一奇异之物。武帝闻报，立即亲往观看。未知甘泉宫出生何物，且听下回分解。

第一一一回　袭辽东小国启衅　定朝鲜两将无功

话说元封二年夏六月，有芝生于甘泉斋房，九茎连叶。武帝以为祥瑞，下诏大赦天下。一日忽报朝鲜起兵攻杀辽东都尉涉何。武帝遣楼船将军杨仆、左将军荀彘，率兵讨之。说起朝鲜，自从周武王封与箕子，传国四十余世。当战国之时，属于燕国，汉初以其地僻远难守，修复辽东边塞，至浿水为界，及燕王卢绾，弃国逃入匈奴，有燕人卫满，聚众千余人，东走出塞，度浿水，居秦故空地，降服诸夷，并燕齐亡命之徒，自立为朝鲜王，建都王险。惠帝吕后之时，天下初定，辽东太守见卫满强盛，与之立约，使为外臣，禁约塞外蛮夷，勿得侵犯边境。蛮夷君长欲入见天子者，不得阻止。于是卫满借其兵威财力，征服近旁小邑，地方数千里。传至其孙右渠，既未入朝中国，又多诱致亡命汉人。至是有真番辰韩国，欲上书入见武帝，复被右渠阻遏不通。武帝闻知，乃使涉何往使朝鲜，责备右渠。右渠不肯奉诏。涉何见其倔强，心怀愤怒。及至回国，右渠使其裨王，一路护送。到了浿水边界，涉何暗嘱御者，出其不意，刺死裨王，即渡浿水，驰入边塞。还报武帝，说是杀了朝鲜将官。武帝闻说甚喜，不加细问，便拜涉何为辽东东部都尉。

朝鲜人见其裨王被杀，报知右渠，右渠大怒。正在无从发泄，忽闻涉何为辽东东部都尉，相隔不过一水，遂遣将领兵，乘其不备，袭攻辽东，竟将涉何杀死。武帝大怒，募集天下死罪囚徒，充当兵卒。令杨仆、荀彘带领，往讨朝鲜。朝鲜王右渠得报，急分派将士固守险要地方，以防汉兵到来。

杨仆、荀彘二将奉命，各率人马五万，分道出征。杨仆由齐地乘船，东渡渤海，荀彘却由辽东进发，约定会攻朝鲜京城。杨仆水道行程较速，自领兵队七千，先渡渤海，到了列口地方。照约应在此处等候荀彘，一同进兵。杨仆自恃前功，冒险轻进，也不等后队到齐，独率七千人，直到王险城下，传令攻城。朝鲜王卫右渠，早有预备。闻知汉兵到来，遣人出外探听。据回报说只有七千人马，卫右渠见汉兵甚少，遂命大开城门，出兵迎敌。两下交战一阵，汉兵寡不敌众，死伤大半，其余四散逃生。杨仆战败，与部众相失，落荒而走。逃至深山之中，藏匿十余日，渐渐收集败卒。计算三停人马，折了两停。杨仆遭此大败，只得退兵，静待荀彘到来。谁知荀彘兵到浿水，遇见朝鲜兵队，阻住去路，彼此相持多日，胜负尚未能决。

武帝见二将未能成功，心想朝鲜小国，不值得劳动大兵。且恐师出无功，反被蛮夷看轻，不如乘此兵威，遣使谕令求和，便可息事。乃遣卫山为使，往谕右渠，晓以利害。右渠一见使者，顿首谢罪，说是自己早欲求和，但恐汉将用计诱杀。今见使节，情愿归附，即令太子随同使者入朝谢罪，并献马五千匹，又送到许多粮食，犒赏兵士。卫山既与右渠约定，克期带领太子起程，右渠遣众万余人，各持兵器，护送太子。将渡浿水，卫山见朝鲜兵容甚盛，疑其中途为变，便与荀彘商议，二人意见相同。乃向朝鲜太子说道："太子既已归降，宜令从人勿持兵器。"太子听说，亦疑汉将与使者有诈，于是不渡浿水，自引人众回去。卫山见事不成，只得回报武帝。武帝怒其失计，立将卫山斩首，一面遣人催促二将进兵。

荀彘奉到武帝命令，督率军队，奋勇杀败敌兵，渡过浿水，一路杀到王险城下，遣人约会杨仆一同攻城。此时杨仆后队亦已到齐，闻信立即拔营前进，到了王险城南驻扎。荀彘早已率同部下，围住西北两面，进力攻打，望见杨仆兵到，又遣人催促进兵。杨仆心想荀彘久为侍中，素得武帝亲幸，所部将士皆燕代人，生性强悍，又兼乘胜而来，其气甚骄，以为朝鲜即日便可荡平，所以拼命攻打。我部卒皆齐人，浮海东行，遇着风波，已受损失，先与右渠战得大败，挫了锐气，军心恐惧，自己也觉惭愧。因记起前次与路博德围攻番禺，出尽死力，欲占首功，结果反被路博德坐享现成。如今何不也学路博德，一任荀彘急攻，我只安坐待降，岂非善策。杨仆想罢，遂向来人含胡答应，吩咐将士，就城下排阵，摇旗呐喊，虚张声势，并不实力攻击。因此荀彘独力围攻数月，尚未能将城池打破。

当日王险城中被围日久，朝鲜王右渠一意固守，却有一班大臣路人、韩阴、王唊等，心恐城池失守，自己身家不保，私自会议，意欲投降汉军。因见荀彘兵队凶猛，恐其不肯纳降，杨仆来势和平，想是容易说话，遂遣人出城径赴杨仆军中，说明来意。杨仆大喜，立允其请，彼此商议降约，使者往返数次，尚未决定。荀彘又遣人来与杨仆订期协助攻城，杨仆一心希望受了朝鲜之降，更无心事进兵。荀彘一连来约数次，杨仆只是按兵不动。荀彘见杨仆不肯如约，不免动怒，又不知他是何意思，遣人打听，方知杨仆与朝鲜约降。荀彘便也遣人招降朝鲜，意在独占大功，不与杨仆共事，因此二将不睦。朝鲜人见汉将彼此争功，也就心存观望，不肯便来投降。

事为武帝所闻，心想将帅不和，必致误事，遂召到前济南太守公孙遂，命其前往军中，决定和战，并许以便宜从事。公孙遂奉命行到朝鲜，先至荀彘军营，见了荀彘，问以军情。荀彘道："朝鲜当破久矣，所以未破者，只因屡次与楼船将军约期会攻，楼船将军不肯进兵，以致误了军事。据愚见推测，楼船将军初与敌人交战大败，已犯失军之罪；今又与朝鲜私自和好，却不见朝鲜到来投降，谅系有心反叛，若不急行设法，恐其密与朝鲜通谋，共灭吾军。"公孙遂听说，十分相信，遂亦不向杨仆问明，竟与荀彘议定一计，遣人持节往召杨仆，速到左将军军营会议军事。杨仆与荀彘生有意见，本不肯到他营中，今因使者相请，坦然到来。谁知公孙遂一见杨仆，即喝令荀彘部下，将杨仆拘执，软禁军中，一面遣人持节晓谕杨仆部下，统归荀彘率领。杨仆部下见了使节，以为使者奉诏行事，谁敢不服。公孙遂事毕，辞别荀彘，回京复命。

荀彘既兼统两军，便下令将王险城四面围住，日夜架起云梯攻打，朝鲜大臣路人、韩阴、王唊等，见事势不佳，相率出城投降。过了一时，尼溪、相参又使人刺杀右渠来降。复有朝鲜大臣成已，仍据住王险城，与汉兵抵抗。荀彘令降人晓谕朝鲜人民，共诛成已。于是平定朝鲜全境，设置真番、临屯、乐浪、玄菟四郡。武帝召荀彘回京，荀彘于路，闻说公孙遂回京，武帝怒其专擅，下狱伏诛，心中十分恐惧。及至长安，武帝将荀彘发交有司讯问，有司传集杨仆，讯出实情，奏明武帝。荀彘竟坐争功相嫉，贻误事机，斩首于市。杨仆亦因不待荀彘，先行交战，以致将士死亡过多，罪当伏诛，赎为庶人，不久也就病死。

武帝既遣兵东讨朝鲜，又欲西通大宛诸国，所遣使者，一岁之中多至十余人，往来取道楼兰、车师二国。二国办理供应，甚以为苦。后遇汉使到来，不但不肯供给，反劫取其货物。又时为匈奴耳目，使匈奴出兵遮阻汉使。使者归告武帝，并言二国兵弱，易于征服，于是武帝又欲兴兵西讨。未知武帝如何发兵，且听下回分解。

第一一二回　黄鹄歌兴汉公主　哀蝉曲悼李夫人

话说西域地方广大，东西六千余里，南北千余里，共分三十六国。南北皆有大山，中央有河。东接汉境玉门；阳关。西限葱岭。由中国往西域，有南北两道。南道由楼兰傍南山，循河西行，经且末、精绝、捍弥、于阗至莎车，西逾葱岭，则出大月氏安息、罽宾等国；北道由车师前王庭随北山循河西行，经尉犁、乌垒、渠犁、焉耆、龟兹至疏勒，西逾葱岭，则出大宛、康居等国。以上诸国，大抵服属匈奴，武帝欲弱匈奴，故遣使者前往招徕，而楼兰、车师阻遏去路，妨害汉使。元封三年，乃遣赵破奴、王恢领兵数万，前往征之。破奴掳楼兰王，王恢获车师王，二国恐惧，皆来降服。破奴乘胜扬其兵威，借以震动乌孙、大宛诸国。及还，武帝封赵破奴为浞野侯，王恢为浩侯。

武帝征服楼兰、车师之后，使者往来诸国并无阻碍。不久便有乌孙王昆莫遣使来求和亲。先是张骞曾奉使乌孙，约与共拒匈奴，嫁以公主，昆莫不听。后张骞回国，昆莫遣使随来中国，使者见中国地大人众，物产富厚，归报昆莫。昆莫由此渐渐重视中国。今闻楼兰、车师皆为汉兵所破，汉使往来西域，相属不绝，且南通大宛月氏，直出乌孙之后。因此心中恐惧，记起张骞之言，便欲与汉结好，乃遣使前来献马。使者入见武帝，道达昆莫之意，欲娶汉公主，约为兄弟。武帝与群臣议决许之，因对使者道："汝国须先纳聘，我国方能遣嫁。使者回报昆莫。昆莫遂遣人送马千匹，作为聘礼。元封六年，武帝乃以江都王刘建之女细君为公主，遣嫁乌孙，赐以御用器物，从嫁宦官侍御数百人，赠送甚厚。武帝因念江都公主出嫁异国，道路遥远，不免愁思。遂命乐工裁筝筑为马上乐，名为琵琶，使人于马上弹之，以慰其长途思乡之心，琵琶由此始有。江都公主既至乌孙，昆莫以为右夫人。匈奴闻之，亦遣女嫁与昆莫，昆莫以为左夫人。公主在乌孙，自建宫室居住，一年之中，与昆莫相会数次，每会置酒宴饮，出币帛以赐昆莫左右。昆莫年已老迈，又兼彼此言语不通，虽为夫妇，并无爱情。公主常日悲思，满腔愁苦，无从发泄，遂作歌道：

吾家嫁我兮天一方，远托异国兮乌孙王。
穹庐为室兮旃为墙，以肉为食兮酪为浆。
居常土思兮心内伤，愿为黄鹄兮归故乡。

武帝闻知，心中甚是怜悯。每隔一年，遣使者赍持锦绣等物给与公主。后昆莫自以年老，欲使公主转嫁其孙岑陬，公主不肯，上书向武帝陈明。武帝欲与乌孙共灭匈奴，回书劝公主从其国俗，公主只得遵命嫁与岑陬。昆莫不久身死。岑陬代立为王，改王号为昆弥，公主生有一女，名少夫，未几身死。武帝又以楚王戊孙女解忧为公主，嫁与岑陬，此是后话。

武帝自与乌孙和亲，过了一年，公孙卿上言，请改正朔。武帝命与中大夫壶遂、太史令司马迁造太初历，以正月为岁首，下诏改元为太初元年。此时柏梁台忽遭火灾，焚烧殆尽。武帝方巡行海上，考问方士入海求仙之人，并无效验。闻报柏梁被火，不觉吃惊，急起驾回至甘泉。公孙卿迎着说道："黄帝造青灵台，台成十二日，即被火烧，黄帝乃建筑明庭，明庭即今之甘泉宫也。"又一班方士多言古代帝王有建都甘泉者。武帝听信其说，因就甘泉宫设朝会，见群臣。又命起诸侯邸第于宫旁。有越人勇之向武帝进言道："越中风俗，凡遇火灾之后，重行建屋，务比从前高大，所以厌胜火事。"武帝依言，于是选择地址，却嫌城中太小乃就未央宫之西长安城，建筑一座大宫殿，名曰"建章宫"。先命工人画成图本，照图构造。此宫周围三十里，中容千门万户，前殿比未央尤高。正门向南，名曰"阊阖，高二十五丈，亦名璧门，中有玉堂，内殿十二门，阶陛皆以玉为之。又铸铜为凤，高五尺，饰以黄金，置于屋上。其下设有转枢，向风作飞翔状，谓之大鸟。其东有凤阙，高二十余丈，亦名别凤阙，又曰嶕峣阙，上置铜凤凰。北有圆阙，亦高二十余丈。又立井干楼、神明台，各高五十丈。辇道往来相属，西为唐中，广数十里，中设虎圈。又于宫北凿大池，名为太液池，中起渐台，高二十余丈。有蓬莱方丈瀛洲以像海中神山，其余宫殿名目不可胜数。武帝因宫在城外，来往不便，乃作飞阁跨城直通未央宫。又于长乐宫北建明光宫，未央宫北建桂宫，皆筑复道相连。桂宫中有光明殿，以金玉珠玑为帘箔，壁嵌明珠，金陛玉阶，昼夜光明。并设七宝床、杂宝案、厕宝屏风、列宝帐，时人因谓之四宝宫。

读者试想，长安城内现有未央、长乐、北宫三处，武帝往来居住，已是有余。至于游玩之所，则有上林、甘泉、宜春、长杨以及其他离宫别馆，原无须兴工动众。只因武帝性慕神仙，又好女色，一半是听信方士妄说，嫌旧宫矮小，不足迎候神灵，一半也欲趁此广搜佳丽，充入后宫。即如武帝建筑明光宫，本为求仙起见，到得宫成之后，便发燕、赵美女二千人，居住其中。所选良家子女，年纪皆在十五以上二十以下，至年满三十便令出嫁。据掖庭总簿所载，统计各宫美女，共有一万八千人，分派宦者或妇人管领。大者领四五百人，小者领一二百人，其常得进幸者，另行注册，增加俸禄，至比六百石。惟是人数既多，其中最得宠者，数年之中不过进幸一二次，有子者赐金千斤，得孕者拜为容华，或充侍衣之属。每遇出巡，常选二百人从行，载之后车。又从中挑选十六人与帝同辇，皆不施粉黛，自然美丽。

武帝后宫虽多，自从王夫人死后，却无一专宠之人。及两越既平，武帝新得幸臣李延年，精通音律，善于歌舞，又能为新声变曲，闻者莫不感动，武帝爱之。延年有妹，现为歌女，意欲进之武帝，但以出身微贱，不便自言，乃求平阳公主代为荐引。公主许诺。一日武帝置酒宫中，平阳公主在座，延年带领一班乐工侍宴，待到酒酣，延年起舞，自作新歌一首，挑动武帝，其歌道：

北方有佳人，遗世而独立。
一顾倾人城，再顾倾人国。
宁不知倾城与倾国，佳人难再得。

武帝平日阅历妇女，千千万万，不特寻常粉黛，视同粪土，便纵有七八分颜色，也因日常见惯，看不上眼。此时卫后年老，王夫人早死，心中也想访求绝色佳人，无如并未遇见。今闻延年歌词，触动心事，不禁叹息称善，因说道："世间岂有此种佳人？"平阳公主知得延年歌中有意，遂趁势说道："延年有妹，色艺双绝，不敢自荐，故借歌词见意。"武帝听了，心中高兴，立命召之入宫。少顷延年引妹入见。武帝详细观看，果然姿容出众，又试使歌舞，也甚精工，由此大见宠幸，号为李夫人。不久得孕，生一子名髆，武帝封为昌邑王。武帝自得李夫人，甚遂心愿。一班宫人见李夫人常侍武帝，无不艳羡嫉妒。一日武帝到李夫人宫中，偶觉头痒，向李夫人取玉簪搔头。此事传到后宫，人人想学李夫人得宠，搔头皆用玉簪，一时玉价贵至加倍。谁知彩云易散，好月难圆，李夫人入宫，仅有数年，忽然得病。病重之际，武帝亲临看视。李夫人一见武帝到来，急以被蒙面，口中说道："妾久卧病，容貌毁坏，不可以见陛下，愿以昌邑王及兄弟为托。"武帝道："夫人病势已危，恐难救药，何不与我相见，面托王与兄弟？"李夫人推辞道："妇人貌不修饰，不见君父，妾实不敢与陛下相见。"武帝道："夫人不妨见我，我将加赐千金，并封拜兄弟尊官。"李夫人道："尊官在帝，不在一见。"武帝又言必欲见之，李夫人遂转面向内，欷歔掩泣，不复再言，任凭武帝再三呼唤，总不理他。于是武帝不悦，起身出外。此时李夫人姊妹入宫问病，见此情形，不解其故，均大诧异。待武帝去后，即向李夫人责备道："贵人不难一见主上，嘱托兄弟，何苦违忤主上，至于如此？"李夫人笑道："我所以不欲见帝者，正是深托兄弟。我本微贱，得侍主上。主上所以眷恋我者，特因平日容貌而已。大凡以色事人者，色衰而爱弛，爱弛则恩绝。今若见我颜色非故，必然嫌恶，有吐弃之意，岂肯再行追念，收录其兄弟乎？"众人听了，方始明白，不过数日，李夫人身死。左右报知武帝，武帝甚是哀悼，命以厚礼葬之，图画其形于甘泉宫。

武帝思念李夫人不能忘情，一日驾幸昆明池，乘舟游玩。此昆明池在上林中，周围四十里，池中有豫章台、灵波殿及石鲸。石鲸长三丈，每遇雷雨，常鸣吼，鬣尾皆动。又于池之东西立二石人：一为牵牛，一为织女，以像天河。武帝开凿此池，本为学习水战，置有楼船百艘，船上遍列戈矛，四角立幡旄羽盖，甚是庄严美丽。后又作大船，可容万人，上建宫室，以供行乐。时值秋日，武帝身坐舟中，望见夕照西斜，凉风激水，景物倍觉凄凉。武帝触事怀人，自作新词一首，名曰《落叶哀蝉之曲》，使女伶歌唱。其词道：

罗袂兮无声，玉墀兮尘生。
虚房冷而寂寞，落叶依于重扃。
望彼美之女兮，安得感余心之未宁？

武帝出来，本为散闷，谁知到此，反觉添愁，于是命驾回宫，到了延凉室中暂息。一时神思困倦，朦胧之间，忽见一人走进。未知来者何人，且听下回分解。

第一一三回　李广利征宛无功　赵破奴攻胡败没

话说武帝身卧延凉室，不觉入梦。梦见李夫人冉冉至前，手携一物，赠与武帝，口中说道："此乃蘅芜之香。"武帝接过，正欲开言动问，忽然惊觉，回忆梦境，历历如在目前。又闻得一股香气，芬芳扑鼻。记起李夫人梦中所赠之香，到处摸索，却并不见。但只是枕席衣襟，沾染香气，经月不歇，因改延凉室名曰"遗芳梦室"。武帝自得梦后，怀思转切，自作一赋，以表伤悼之意。又想到李夫人病中嘱托之言，遂拜其兄李延年为协律都尉。尚有弟李广利，武帝欲使立功以便封赏，恰好不久便得机会。

当日武帝遣往西域使者，回来报告武帝，说是大宛有良马在贰师城，但其国人有意藏匿，不肯与汉使观看。武帝本好宛马，闻言便欲得之，乃使壮士车令等赍持千金并金马前往，向宛王易取贰师城良马。车令等奉命到了大宛，传达武帝之言，宛王便与其大臣会议此事。原来大宛与汉交通有年，多有中国之物，见了金马，并不稀罕，于是彼此议道："汉离我国甚远，中经盐水，时有死亡。若绕道北行，则有匈奴为寇；南行又乏水草，且无人居，往往绝食。汉使每来，一行数百人，常因饥饿死者过半，大兵岂能到此？况贰师马乃我国宝马，不可轻以与人。"遂议定辞绝使者。使者见事不成，空自往来，费尽许多辛苦，因此大怒。当着宛国大臣，痛骂一番，又将金马椎成碎屑，镌之而去。宛国大臣见了，也就大怒，相与说道："汉使藐视我国，欺人太甚，必须设计惩治，方出此气。"但当面并不发作，仍放汉使回去。却遣人前往东境郁成地方，授意郁成王，令其相机行事。汉使行至郁成，郁成便起兵拦住去路，将车令等杀死，尽将财物夺去。有几个从人幸得脱逃，回国报知武帝。武帝大怒。旁有姚定汉前曾奉使到宛，因进言道："宛国兵弱，我兵但有三千人，用强弩射之，便可破灭。"武帝见前次赵破奴往攻楼兰，仅带轻骑七百，便掳其王，遂深信姚定汉之言。以为成功甚易，便想作成李广利，借此取得封侯，也算不负李夫人之托。太初元年秋遂拜李广利为贰师将军，发属国骑兵六千，并郡国恶少年数万人，令其带领往伐大宛。

武帝又恐李广利初次出征，不谙兵事，使赵始成为军正，李哆为校尉，统制军事。又命故浩侯王恢为向导。李广利率领将士，西出玉门，到了盐水。此地乃是一片沙碛，共长一千三百里，草木不生，水又咸苦不可饮。且四望漫漫，并无一定道路，行人惟有留心寻认人畜骸骨及驼马粪所在，以为标准，依之前进。汉军到此，各将所带粮食淡水，暂止饥喝，行经多日，早有许多人马禁不得辛苦，沿途倒毙。好容易度过沙碛，到得车师，军中粮食已尽。车师新被汉兵征服，自然办理供应，人马得以饱食。由此再进，经过尉犁、乌垒等小国，一见汉兵到来，连忙闭起城门，发兵拒守。李广利与诸将商议，发兵攻之，又恐急切难下。但是不攻，则人马无从得食，只得传令进攻。有几处容易攻破，军士便得了饮食，也有攻打数日，不能得手。汉兵只得忍饥径过，一路兵士饿死者不计其数。

及至大宛东境郁成地方，李广利点检人马，只余数千，又皆疲乏饥饿，面无人色。郁成王闻信，闭城拒守。李广利挥兵攻城，城中出兵迎击，两下战了一阵，彼此杀伤甚多。李广利见又折了许多人马，自知不能成功，遂会诸将议道："郁成不过一个边城，尚难攻破，何况要想攻入王都，不如及早回兵，别图再举。"诸将皆以为然，因恐敌兵追袭，遂乘夜悄悄拔营退去，又经了许多跋涉，方到敦煌。往来行了二年，生还之人，十中不过一二。李广利暂住敦煌，不敢回京，使人上书武帝，备言路远乏食，兵士不苦战斗，但苦饥饿，现在人少，不足破宛，请暂罢兵，俟添发军队再行前往。

武帝遣兵征宛，满拟指日成功，忽得李广利请求罢兵之书，不觉勃然大怒。立命使者遮住玉门关，传语李广利道："兵有敢入者斩之。"李广利恐惧，遂率部下留驻敦煌待命。武帝自从命将出师，未曾遭过大败，如今征讨小小一宛，竟不能成功，心中异常愤懑，便想力图雪耻。于是下令大赦囚徒，尽发各地恶少年并沿边骑队，费了一年工夫，共调集骑兵六万，步卒七万人，马三万匹，牛十万头。驴及骆驼各万头，满载粮食，多备弓弩兵器，发天下七科谪使之运饷。又拜善于相马二人，一为执马都尉，一为驱马都尉，以备攻破大宛时，使之择取良马。欲知后事如何，且听下回分解。

第一一四回　得宛马新作歌辞　夸夷使大张宴乐

话说当日各地发兵征宛，军队辎重牲畜，俱到敦煌取齐，仍由李广利带领前往。李广利心想人马甚多，若一路同行，沿途所过之国，不能悉数供给。遂分为数队，由南北二道陆续前进。所过小国，见汉兵势盛，不敢拒敌，皆出城迎接，供给饮食。惟有轮台闭城不纳。李广利进兵围攻数日，破之，屠其人民。由此西行，逾过葱岭，喜得是年雪少，一路并无阻碍，直到宛国边境。宛王早已遣兵预备迎敌，汉兵到者仅有三万。与宛兵接战一阵，宛兵大败，逃入郁成城中固守。李广利欲攻郁成，因恐旷日持久，使宛人又得设计抵御，遂率众绕过郁成，直向宛都贵山城进发。到得贵山城下，宛人登城拒守。李广利分布兵队，四面围往，并力攻打。原来宛人不知掘井，城中并无井水，皆由城外作沟，引取流水入城，以供汲食。李广利先已查知，随带水工多人，既到城下，便将水源决向它流，涸出水沟，却就沟中开掘地道攻城。城中绝了水源，人心已觉惊惶，又兼汉兵攻打甚急，尤为恐惧，遂遣人潜向康居求救。汉兵围攻四十余日，竟将外城攻破，并擒得宛国勇将煎靡。宛人大惊，逃入内城坚守。此时宛人已请得康居救兵，因见汉军人马众多，不敢前进。李广利既得外城，传令将士急攻。宛人困守内城，盼望康居救兵，日久不至，自知无望，于是诸贵臣相聚密谋道："汉人因王藏匿良马攻杀使者，所以兴兵来伐我。今杀王献出良马，汉兵自应罢手。如其不然，力战而死，尚未为晚。"众人皆以为然，于是率众共杀其王毋寡，割取首级，遣人持向汉军求和，并说道："汉勿攻我，我尽出良马，任凭择取，且供给汉兵粮食。若不许我和，我便尽杀良马，不日康居救兵将至，我在内，康居在外，内外并力，与汉兵决一死战。望熟计利害，或和或战，从速决定。"李广利见说，立聚诸将议道："闻得宛城中新获汉人，已知穿井之法，城中不患无水，且蓄积粮食甚多。我兵此来为诛首恶毋寡一人，今已取得毋寡首级，也可罢兵。若不许其和，彼必死守，相持日久，康居乘我疲敝，进兵夹攻，必为所破，不如趁此讲和。"诸将皆道甚善，遂许宛人约和。宛人乃尽将良马献出，并送来许多食物。汉兵择取良马数十匹，中等以下之马三千余匹。因宛贵人昧蔡平日善待汉使，立之为宛王，与之盟誓，罢兵而归。

先是汉兵分为数队西行，有校尉王申生、前鸿胪壶充国等领兵千余，由别路行至郁成，郁成人闭城不肯给食。申生心轻敌人，又自恃大军在宛，距离不过二百里，不患无人救应，遂挥兵前来攻城。郁成王侦知汉兵甚少，即领人马三千出城迎敌。汉兵寡不敌众，一败涂地。王申生、壶充国等力战而死，仅有数人逃脱，报知李广利。李广利命搜粟都尉上官桀领兵往攻郁成。郁成人无力拒敌，开城出降，郁成王率领心腹人等逃往康居。上官桀率兵追至康居，命将郁成王交出，康居闻汉兵已破宛都，不敢违命，即将郁成王缚送上官桀。上官桀使骑士四人押解郁成王前往大军。四人于路商议道："郁成王为天子所痛恨者，今奉命活解此人，于路若有疏虞，谁能当此责任，不如将他杀死。”主意虽定，却又无人动手。中有上郢骑士赵弟遂拔出剑来，斩其首级，献与李广利。上官桀随后领兵追及大军，一同回国。

李广利此次伐宛，一路并不乏食，且兵士战死者亦不多，但因将吏贪得财物，虐待士卒，以此死亡甚众。及太初四年春，班师回，入玉门关，仅有万余人，马千余匹。武帝明知其事，为是万里远伐，不便再行苛责，遂封李广利为海西侯，食邑八千户，其余将士皆得升赏。总计伐宛一役，首尾四年，方告成功。武帝先得乌孙良马，名曰“天马”。今得大宛良马，更在乌孙之上，乃名乌孙马为西极马，名宛马为天马，因作《天马之歌》。其歌道：

天马徕，从西极。涉流沙，九夷服。
天马徕，出泉水。虎脊两，化若鬼。
天马徕，历无草。径千里，循东道。
天马徕，执徐时。将摇举，谁与期。
天马徕，开远门。竦予身，逝昆仑。
天马徕，龙之媒。游阊阖，观玉台。

武帝号宛马为天马，并非无因。相传大宛有一高山，其上有马不可获得。国人遂取五色母马放置山下，与之交合，所生之驹，号为天马子，故武帝用以为名。宛马与它马不同之处，在于汗血。汗血者，汗从前博小孔中流出如血。此种之马，能日行千里，为世所贵，后遂统称良马为汗血。今人考究方知并非流汗。如今伊犁所产之马最强健者，前髆及脊，往往生有小疮出血，名曰“伤气”，所以必在前肩髆者，因其用力过多之故。昔人未曾细察，故有此说。

武帝自征服大宛之后，兵威大震，西域诸小国闻风恐惧，多遣其子弟随从李广利到来朝贡。以后汉使前往西域，所过之处，皆以礼接待，不敢轻慢。武帝始发戍卒屯田于渠犁，置使者校尉领护之，以供给往来之汉使。又自敦煌以西，直到盐泽，处处起亭，为行人休息之地。当日中国极盛，除匈奴外，四夷无不宾服，远方绝域，重译来朝，奇珍异物，一时毕集。于是后宫服饰之物，无非明珠、翠羽、通犀、玳瑁等珍宝，皇家豢养之马，则有蒲梢、龙文、鱼目、汗血等名目。而上苑之中，驯象、狮子、猛犬、大雀以及珍禽奇兽，所在皆是。内中尤以安息所贡之大鸟卵及眩人最为罕见。大鸟卵出于安息附近之条支、乌弋山离二国，其卵大如瓮。眩人善为幻术，出于骊靬地方，能吞刀、吐火、植瓜、种树、屠人、截马，见者无不惊异。

武帝既大营宫室，又兴角抵之戏，造甲乙之帐，络以隋珠和璧，五光十色，华丽异常。每遇朝会，驾临平乐观，前垂甲帐，后列黼扆。武帝身服翠被，手凭玉几，端坐其中，大会蛮夷使者。设酒池肉林以供醉饱，演种种奇戏，如巴渝、都卢、漫衍、鱼龙等，以资娱乐。巴渝戏乃巴渝地方有一种宾人，勇健善舞，曾随高祖还定三秦有功。高祖喜观其舞，故命乐人习之。都卢戏即缘绳走索之类，漫衍戏作大兽长八十丈，从东而来，行至观前，背上忽然现出神山，武帝注意求仙，特作此戏。鱼龙戏先作舍利之兽，由西方来舞于庭中,舞毕入至殿前,化为比目鱼,跳跃水面,口中漱水作起云雾,遮蔽日光。又变成黄龙,长八丈,跳出水外,游戏庭中,满身鳞甲,照耀日光,人目皆眩。武帝又常巡行郡国,或往海上,亦令外国宾客随从。所过通都大邑,人数众多,则大张角抵,任其聚观,发出财帛,大加赏赐。又遣人邀同外国使者,遍观各处仓库府藏,以夸示中国之富足,于是四夷钦慕,来者愈多。

武帝见西域平定,便欲专事降服匈奴。过了一年,改元为天汉元年,正拟兴兵北伐。忽报匈奴遣使求和,尽将昔日拘留汉使一律送还,武帝大喜。未知匈奴如何求和。且听下回分解。

第一一五回　赋五言苏武奉使　敬大节卫律劝降

话说天汉元年武帝欲伐匈奴,忽报匈奴遣使求和。先是匈奴为汉兵所败,逃往漠北之后,专事休养人马,练习骑射,久未犯边。但时遣使者到汉请求和亲,武帝遣王乌报之,顺便察看情形。王乌归报武帝云:“单于愿遣太子为质于汉”。武帝又遣杨信前往订约。杨信见了单于,便提起太子为质之事,单于听了答道:“此非从前原约。依原约汉常遣翁主嫁与匈奴,并按年赠给缯絮食物,各有定额,彼此和亲,匈奴亦不犯边。今竟欲一反原约,使吾太子为质,此事万难办到。”杨信见订约不成,回报武帝。武帝心想单于曾面许王乌,今又反悔,想是看轻杨信之故,于是仍命王乌再往。单于一见王乌,却又不提前事,但用好言对王乌道:“吾欲入汉面见天子,结为兄弟。”王乌信以为实,依言回报,武帝大喜。立命有司为单于建筑邸第于长安,使人传语匈奴。其实单于无意来汉,因答道:“非得汉贵人为使,吾不与说实话。”后匈奴又使其贵臣来汉,忽得一病,服药不愈,死于长安,武帝命路充国佩二千石印绶,往送其丧,厚加赠遗,值数千金。路充国行至匈奴,单于说是汉杀我贵臣,乃留路充国不使归去。当日汉使被匈奴扣留者,前后十余人,汉亦留匈奴使者,彼此相当。自是匈奴又时遣兵犯边,武帝乃命郭昌及赵破奴屯兵朔方以备之。元封六年,乌维单于死,子詹师庐立,年少,号为儿单于。武帝闻信,遣使二人往吊,一人吊单于,一人吊右贤王,欲以离间其君臣。使者入匈奴境,匈奴官吏却将二人一同送到单于处。单于问知原因,大怒,遂将二人拘留。儿单于性好杀伐,国人不安。有左大都尉欲谋杀单于降汉,遣人密告武帝,请即发兵来迎,以便从中举事。武帝遂命因杅将军公孙敖往筑受降城,又续令赵破奴领兵前往。

赵破奴先遣人与左大都尉约定期限,至浚稽山相迎,于是率领马兵二万,由朔方出塞,北行二千余里,到了浚稽。等候左大都尉,不见到来,遣人打听,方知左大都尉临欲举发,机事不密,却被单于诛死,一面遣兵来攻汉兵。赵破奴见事不成,传令回兵,一路南行。未至受降城四百里之处,忽遇匈奴大队人马,共有八万骑,将汉兵团团围住。汉兵乏水,赵破奴乘夜自率数十骑出营觅水,不意却遇胡兵,竟被活捉过去。匈奴既得赵破奴,便趁着汉兵无主,挥兵急攻,汉军将吏战死大半,其余一概投降。单于闻报大喜,遂遣兵进取受降城。围攻数日不破,乃侵入中国边境,大掠而去,时太初二年秋日也。次年匈奴又大入定襄、云中各处,杀略数千人。武帝正拟起兵复仇,适因朝议决定专意征宛,遂暂将征胡之事搁起。至是匈奴忽遣使求和。原来匈奴儿单于立三年而死,其子尚少,国人共立其叔父右贤王句黎湖为单于。句黎湖立一年而死,国人又立其弟且鞮侯为单于。且鞮侯初立,因恐汉兵来攻,遂尽将汉使路充国等释放,遣使者送之归汉。路充国回见武帝,备述且鞮侯单于之语。据说单于自谓我乃儿子,安敢与汉天子匹敌,汉天子乃我丈人辈。武帝闻言甚喜,以为单于能知信义,遂亦尽释所留匈奴使者,遣中郎将苏武持节送归,并以财币厚赠单于,答其善意。

苏武字子卿,即前平陵侯苏建之子。苏建自与赵信征胡战败,赎为庶人,后复为代郡太守,病卒任所。苏武兄弟三人,自少皆以父荫为郎,后兄嘉为奉车都尉,弟贤为骑都尉,而苏武为栘中厩监。时李广之孙李陵为建章监,与苏武同为侍中,二人交好甚密。至是苏武以中郎将奉使匈奴,自念此行入胡,胡人生性无常,吉凶正未可卜,若如前此汉使,仍被拘留,则此生要想回国,与老母兄弟妻子朋友再见一面,也就难了,苏武想到此处心中不胜感慨,于是作诗四章,留别诸人。其诗道:

骨肉缘枝叶,结交亦相因。
四海皆兄弟,谁为行路人?
况我连枝树,与子同一身。
昔为鸳与鸯,今为参与辰。
昔者长相近,邈若胡与秦。
惟念当乖离,恩情日以新。
鹿鸣思野草,可以喻嘉宾。
我有一尊酒,欲以赠远人。
愿子留斟酌,叙此平生亲。

结发为夫妻,恩爱两不疑。
欢娱在今夕,燕婉及良时。
征夫怀远路,起视夜何其?
参辰皆已没,去去从此辞。
行役在战场,相见未有期。
握手一长叹,泪为生别滋。
努力爱春华,莫忘欢乐时。
生当复来归,死当长相思。

黄鹄一远别,千里顾徘徊。
胡马失其群,思心常依依。
何况双飞龙,羽翼临当乖。
幸有弦歌曲,可以喻中怀。
请为游子吟,泠泠一何悲。
丝竹历清声,慷慨有余哀。
长歌正激烈,中心怆以摧。
欲展清商曲,念子不能归。
俯仰内伤心,泪下不可挥。
愿为双黄鹄,遗子俱远飞。

烛烛晨明月，馥馥秋兰芳。
芬馨良夜发，随风闻我堂。
征夫怀远路，游子恋故乡。
寒冬十二月，晨起践严霜。
俯观江汉流，仰视浮云翔。
良友远别离，各在天一方。
山海隔中州，相去悠且长。
嘉会难再遇，欢乐殊未央。
愿君崇令德，随时爱景光。

李陵闻知苏武出使，急来送别，并作诗三首赠行。其诗道：

良时不再至，离别在须臾。
屏营衢路侧，执手野踟蹰。
仰视浮云驰，奄忽互相逾。
风波一失所，各在天一隅。
长当从此别，且复立斯须。
欲因晨风发，送子以贱躯。

嘉会难再遇，三载为千秋。
临河濯长缨，念子怅悠悠。
远望悲风至，对酒不能酬。
行人怀往路，何以慰我愁？
独有盈觞酒，与子结绸缪。

携手上河梁，游子暮何之。
徘徊蹊路侧，悢悢不能辞。
行人难久留，各言长相思。
安知非日月，弦望自有时。
努力崇明德，皓首以为期。

苏武辞别众人，与副使中郎将张胜、属吏常惠及士卒百余人离了长安，一路北去，到得匈奴，入见单于，传达武帝言语，送还匈奴使者，并将出财币送与单于且鞮侯。单于本无意与汉和好，只因初次即位，国中人心未定、又因一班汉使，不肯投降，留在国中，无益于事，不如概放还，借此为缓兵之计。今见武帝赠以厚礼，以为汉人畏己，愈加骄傲。苏武奉使事毕，单于正欲遣人发送归国，谁知意外忽生事故。

先是有卫律者，其父本系长水胡人。卫律素与李延年交好，延年荐于武帝，武帝遣使匈奴。适值李延年因事犯罪,家族被囚,卫律闻信不敢回国,遂降匈奴。单于立之为丁灵王,甚加宠信。其部下虞常亦长水胡人,从卫律出使,被逼降胡,心中不愿,密与缑王商议,欲劫单于之母阏氏,一同归汉。缑王乃浑邪王姊子,先随浑邪王降汉,后从赵破奴出征,兵败没入胡中,常思逃归。二人计议许久,正苦未得机会。此次却遇苏武到来,虞常前在中国曾与副使张胜相识,因私来问候张胜,密说道:"闻汉天子甚怨卫律,常能为汉杀之,吾母与弟在汉,望得受天子赏赐。张胜闻言,也不告知苏武,立即允许,并以财物赠与虞常。虞常自去预备。

一日,且鞮侯单于率众出外打猎,只余阏氏及其子弟等看守穹庐。虞常与缑王见此情形,便又想仍行前策,劫取阏氏归汉,于是召集部下七十余人,预备举事。中有一人心想,事或不成,自己连累受罪,便乘夜告知单于子弟。单于子弟得报大惊,连忙召集军队,前来捕拿。缑王与虞常见密谋败露,率众拒敌,缑王战死,虞常被擒。单于命交卫律究问。张胜闻知此事,心中惟恐虞常供出前次所说之语,连累到自己身上,因此十分担忧。又自悔未与苏武商议,私行应许,如今事急,料难隐瞒,且趁未发觉之前,将情说出,看有何法补救。张胜想定,便向苏武告知。苏武听说,暗吃一惊,常惠在旁,闻言也觉错愕。便埋怨张胜做事冒昧,不与众人商量,漫然答应,且又赠以财物,明是与之同谋,若被究出,如何抵赖。张胜被责垂头丧气,哑口无言。苏武心想此事定然发觉,如今埋怨张胜,有何益处,因说道:"事已如此,必定连及我身,与其受辱而死,有辱国体,不如早寻自尽。"说罢,拔出佩刀,便欲自杀。张胜、常惠见了大惊,连忙上前拦阻,苏武虽被众人劝住,不得动手,却早决计安排一死。张胜等心中惴惴,各怀鬼胎,但望虞常不将此事供出,便可保全无事。

谁知虞常被卫律严刑拷打,痛苦难忍,只得据实供出,遂牵连到张胜身上。卫律将供词告知单于,单于大怒,召集诸贵臣会议,欲杀汉使。左伊秩訾议道:"杀之未免太过,若使谋害单于,更有何法加重?不如一概勒令投降。"众人皆道此议甚是,单于乃命卫律往召汉使并其从人到来听命。苏武闻召,知是祸事到了,胸中已有把握,也自不惧,昂然前往;张胜面无人色,勉强起身;常惠却气愤愤带领众人,随着苏武到来。卫律便传单于之命,立迫投降。苏武听了,对常惠等道:"我若投降匈奴,屈节辱命,虽生有何面目归汉。"说罢,便拔刀自刺。

此时在会人众,无论胡汉,俱各大惊失色,常惠等不觉伤心,围住痛哭。卫律一心要救苏武,赶上前来,两手将他抱住,吩咐众人飞骑往召医生。不消片刻,医生到来,苏武已晕绝,血流不止。医生见了,说是可治,所用治法,却也新奇。先就地上开挖一坑,下置煴火,将苏武反面放在坑上,令人以足踏其背上,使之出血。然后拔出佩刀,将药敷住伤口。也是苏武命不该死,医治半日,渐有气息,医生命将苏武抬回营中静养。单于敬重苏武节操,早晚遣人来到汉营问候,只将张胜一人收系在狱。过了一时,苏武伤痕渐渐平复,单于屡次遣人劝降,苏武只是不肯。卫律既将虞常审问明白,判定死罪,到了行刑之日,便想借此威吓苏武,强迫投降。于是排齐兵队,遣人请到苏武,又从狱中提出张胜、虞常。卫律拔剑在手,先将虞常斩首,然后对张胜道:"汉使张胜谋杀单于近臣当死。单于从宽办理,降者赦免其罪。"说毕举剑欲向张胜砍去。张胜吓得战战兢兢，自愿投降。卫律回过头来，对苏武道：“副使有罪当相连坐。”苏武答道：“本未同谋，又非亲属，何谓相坐？”卫律闻说，行近前来，将剑指定苏武，苏武依然不动。卫律见苏武全不畏死，吓他无用，遂又软说道：“苏君，律前此负汉，来归匈奴，幸蒙大恩，赐号为王，拥众数万，马畜满山，富贵如此。苏君今日归降，明日便与我一样尊贵；若固执不通，枉自身死草野，更有何人知得？”苏武听了，当作不闻，置之不答。卫律复说道：“君若肯因我归降，我与君约为兄弟。今不听吾计，后虽欲再见我，尚可得乎？”苏武闻言，勃然变色，指着卫律，厉声骂道：“汝为人臣子，不顾恩义，叛主背亲，屈膝蛮夷，身为降虏，我又何用见汝？且单于信汝，使汝审讯刑狱，决人死生。汝不平心持正，反欲借端挑衅，坐观成败。南粤杀汉使者，屠为九郡；宛王杀汉使者，头悬北阙；朝鲜杀汉使者，即时诛灭；独匈奴尚未耳。汝明知我不肯降，特设此计，欲使两国相攻，匈奴之祸，必将由我起矣。”卫律见苏武始终不受协迫，入告单于。单于心想苏武忠义凛然，如此之人，世间少有。愈欲使为我用，但是威迫利诱都已试过，毫无效力，更有何法得其归降？单于沉思良久，忽又心生一计。未知单于如何设计，且听下回分解。

第一一六回　苏武仗节牧羝羊　李陵奋勇战胡骑

话说单于欲得苏武归降，心想威胁利诱两俱无用，惟有置之极穷困之地，使受苦不过，不忧其不听命。于是命将苏武幽于大窖之中，绝其饮食。苏武到了此地，惟有瞑目待死。饿了数日，手足无力，卧在窖中，不能动弹，觉得眼中火冒，腹内雷鸣，此种苦处，实属难受。此时正在求死不得，忽然天降大雪，雪花片片，飞入窖中，坠落毯上。苏武饥渴已极，便啮雪和着毯毛，一同咽下。如此又过数日，单于使人验视，见其不死，甚觉诧异，以为必有神灵暗中辅助。苏武虽受此磨折，却仍不肯降服。单于遂遣人移送苏武，安置于北海上无人之处，使之牧养羝羊并说道："须是羝羊生子，方得放归。"又将官属常惠等分别安置他处，使之不得相见。

苏武到得北海，其地严寒，不生五谷，一望黄沙白草，并无人迹，随身只有一柄汉节，并一群羝羊。比起前日身困窖中，虽觉自由，但是无从取得饮食，如何过活。论起野外飞禽走兽，原自不少，偏又未曾携带弓矢兵器，不能猎取。苏武自思，刀刺不死，饥饿不死，如今到了此处，虽然受苦，却想留着生命，希望有日得回中国，便就草地之上，寻觅食物。却被他寻得动、植两种，便将它当作粮食。原来塞外严寒地方，生有一种草，名为速古芒，叶长二寸，形状如蒿，每茎不过三四叶。其茎蔓延地上，花与根结实累累，如麦门冬。又有野鼠，比常鼠较长，每二三十同居一穴，遍地皆是。到了秋日，野鼠皆收取此草实为粮，藏于穴中，以备度过一冬，多者至有数石。苏武只得掘取野鼠草实，胡乱充饥，夜间便在土窟内安身。久之，成为习惯，居然穴居野处，木食草衣，无异太古之人了。

苏武日长无事，仗着汉节，带了一群羝羊，散向四处吃草。那一柄汉节，看同性命一般，常常持在手中，卧起不离，弄得节上之旄渐渐脱落，犹自不舍。那一群羝羊，便是他的伴侣，行住一处，十分亲密。苏武处此寂寞无人之境，几乎与世相忘，只有思慕己国之心，耿耿在念。如此日复一日，也不知年节岁时，但见节旄纷纷落尽，只剩得一把光柄。羝羊却个个长成，但只不能生子，苏武也不忍食它。不知不觉，约略过了五六遍寒暑，苏武自思我便老死此处，无望生还了。

谁知一日忽远远望见一大队人马簇拥而来，苏武久不见人，今得相逢，不问是胡是汉，心中皆觉欢喜。及至行近问明，乃是单于之弟于靬王，因闻北海禽兽甚多，率众前来射猎。见了苏武，知是汉使不降者，也就敬其忠义，心生怜悯。于靬王张起毡帐，驻在北海之上，日常领众四出射猎。苏武得此一群人到后，不似从前寂寞，相聚日久，彼此熟悉，苏武闲时，便替他结网纺缴，矫正弓弩，修理种种猎具。于靬王见苏武甚有才艺，愈加爱重，便命供给其衣食，苏武方脱下身上破旧衣服，换上新衣，弃却野鼠草实，来食膻肉酪浆，此时也就知得月日。

光阴迅速，早又过了三年余，于靬王忽得一病，病到沉重，自知不起，料得自己死后，苏武无人供给，便拨出许多马牛羊并穹庐用具等，赐与苏武。不久于靬王身死，其部下果移居他处。苏武依然剩得一人，但有了各种牲畜及器具，日用到也不乏。偏又遇着邻近北海之丁灵人，闻知苏武牲畜众多，率众前来，偷盗一空。苏武生活，又复穷困。

武帝自遣苏武去后，等候许久，不见归来，正在疑惑，早有边吏探知消息，飞报武帝。武帝方知并非真心和好，不禁大怒。到了天汉二年夏日，遂命贰师将军李广利率领马队三万人往伐匈奴。又召骑都尉李陵使之随军征进。李陵字少卿，乃李广之孙，其父李当户，早死，遗腹生陵。少为侍中建章监，善骑射，爱人下士，众皆称之。武帝以为有李广之风，曾使带领八百骑深入匈奴二千余里，过居延，察视地势，不见胡骑而回，武帝拜为骑都尉。命率勇士五千人，驻扎酒泉、张掖，教士卒习射，以备匈奴。及李广利出征大宛，李陵领轻骑五百出敦煌，至盐水，迎接大军回国，至是武帝召见李陵于武台，命为李广利押送辎重。李陵叩头自请道："臣所领屯边兵队皆荆楚勇士，力能扼虎，射必命中，愿得自当一队，以分单于兵力，不使专与贰师对敌。"武帝见说道："汝莫非不愿为人属下，但是我发兵已多，并无马队与汝。"李陵对道："不用马队，臣愿以少击众，自率所部步兵五千人，直入单于之庭。"武帝见其胆勇过人，遂即依允，于是另遣他将押送辎重，随同李广利出发。

李广利奉命领兵，由酒泉出塞，击右贤王于天山，斩首万余级，奏凯而回。行至半路，忽遇匈奴大队人马，将汉军围了数重，李广利率众左冲右突，不能得出。又兼军中粮食已尽，匈奴四面急攻，士卒远来饥困，抵敌不住，死伤十之六七。正在危急之际，却有假司马赵充国向李广利自陈情愿率领壮士在前开路，大兵随后继进。赵充国严装贯甲，匹马当先，所部百余人随从出营。但见胡骑密布，有如蜂屯蚁聚，充国大呼陷阵，向矛戟林中横冲直撞，如人无人之境。胡兵当着便死，只得退避，竟被充国杀开一条血路。诸将保着李广利随后突出围外，此番恶战，胡兵死伤甚多，充国身被二十余创。匈奴畏其勇敢，也就收兵回去，不敢追赶击。

赵充国字翁孙，上邽人，初为骑士，以善骑射，补羽林郎。为人沉勇有大略，自少好为将帅，学习兵书，通知边情。此次大军脱险，皆赖充国一人之力。李广利回见武帝，奏明其事。武帝立召充国入见，令其脱衣，亲视伤痕，见其疮瘢狼籍，悬想充国当日血战之苦及其勇敢之状，不禁嗟叹良久，立命拜为中郎。

当日李陵辞别武帝，回到张掖，调集部下，预备出征。武帝因恐李陵兵少，或有疏虞，乃下诏强弩都尉路博德领兵前往，半路接应李陵。路博德曾以战功为伏波将军，封邳离侯，因事失去官爵，复为强弩都尉。如今奉到武帝诏书，暗想自己本是老将，反为少年后辈后应，心中不甘。于是托词上书说道："现当秋天，匈奴马肥，未可与战。臣愿留李陵待至明年春日，各领酒泉、张掖马队五千人，并击东西浚稽两山，必可取胜。"武帝得书，见路博德有意推诿，甚怒，又疑是李陵反悔，不欲出征，故教博德上书延宕。此时适得边报，匈奴侵入西河，武帝因改命路博德与公孙敖领兵前往迎敌。又下诏李陵，令其于九月出兵，直至东浚稽山南龙勒水上，探听敌踪。若无所见，可回至受降城休息，即将一路情形由驿奏闻。并问李陵与路博德有何言语，亦一并详细陈明。李陵遂遵诏率领步卒五千人,出遮虏障,北行三十日,到了浚稽山,扎下营寨,画就所过山川形势,使麾下骑士陈步乐驰驿回京奏闻。武帝召见陈步乐,步乐呈上地图,详细报告,并言李陵领兵,得人死力。武帝甚悦,即拜陈步乐为郎。

李陵既到浚稽山,一路未遇胡兵,正待班师,忽报单于大队人马约有三万到来。李陵就两山之间,结下营盘,外用大车环绕,以防敌兵冲突。自率士卒出到营外,排成阵势,戟盾在前,弓弩在后,下令军中道:"闻鼓即进,闻金即止。"将士听令,人人磨拳擦掌,预备厮杀,单于望见汉兵甚少,指挥胡骑来扑汉营。李陵坚守不动,等候敌兵将近,但听得一声鼓响,汉军中千弩齐发,箭如飞蝗一般,前队胡兵应弦而倒,后面立脚不住,一齐退走上山,李陵率众掩杀一阵,胡兵死者数千人。单于大惊,急遣部下分头驰报左右贤王,令其出兵救应。未知李陵胜败如何,且听下回分解。

第一一七回　李陵失援降匈奴　马迁得罪下蚕室

话说匈奴且鞮侯单于见战不过李陵，急遣人分往左右贤王处，发兵助战。左右贤王闻信，即发兵队到来，一共八万余骑。李陵见胡骑众多，势难相持，于是且战且走，向南而行。单于率众从后追赶，汉兵行了数日，到一山谷中，胡兵赶到，汉兵奋勇抵敌，各有死伤。李陵传令士卒受三伤者载以车辇，受两伤者推运车辆，受一伤者持兵战斗，彼此苦战。至夜俱各歇息，李陵回营对部下道："吾军士气稍衰，鼓声不起，此是何故？莫非军中藏有妇女？"遂亲自查搜，果在大车之中，搜出许多妇女。李陵究问来由，乃是关东盗贼妻女，发遣到边，边军占据为妻，此次出征，随带同行，藏匿车中，今被李陵搜得，一剑一个，尽行斩首。士卒见了，俱各大惊失色，但因私带妇女，违犯军令，自己不遭责罚，已是便宜，谁敢开口拦阻，只有暗自痛惜，各将尸首掩埋。停了片刻，各人心中到觉得清净，无所牵挂，倒头便睡。到了次日，又与匈奴交战，汉兵人人死心塌地，勇气百倍，阵斩敌首三千余级。匈奴大败，回报单于，单于自恃兵多，尚不肯舍，仍自催兵追赶。

李陵杀败追骑，引兵向东南而行，行经四五日，到了一个大湖，湖中遍是葭苇，胡兵自后追至。时值隆冬，北风大作，单于令部下顺风放火，欲烧汉兵。李陵见了，也命兵士放火自救。一路行过大湖，南至山下。单于引兵占住山上，使其子率领胡骑来攻汉兵。李陵指挥步卒，依着树林放箭，胡兵死者数千，只得退回山上。李陵望见单于亲在山上督战，下令张起连弩，齐向单于射去。单于胆怯，率众退下山来，召集大臣商议道："此乃汉之精兵，吾军多彼十余倍，攻之不破，反致败亡。今敌人日夜引吾南行，将至边塞恐有伏兵，在彼接应，不如就此退回，免坠其计。"诸大臣听了同声说道："不可。单于自领数万骑攻汉兵数千人不能破灭，将来何以号令边将？且使汉人愈加轻看匈奴。如今由此南行，沿途皆是山谷，尚有四五十里，始得平地，且到平地不能取胜，再行回兵。"单于也就依言办理。

李陵连战多日，虽然屡获大胜，所杀胡兵共有万余人，自己部下死伤不过千余，但是胡兵尚有十万，又皆骑马，汉兵步行，终觉吃力。且无救兵到来接应，如何是好？李陵正在思想脱身之法，左右报说生擒胡兵一名听候发落。李陵传令唤进，用好言安慰，问其军中情形。胡兵便将匈奴君臣商议退兵之策，说了一遍。李陵听罢，暗想单于已存退志，索性抖擞精神，奋战一阵，杀得他心胆俱丧，自然退去，我军方得脱险。李陵想定，一宵无事，次日早起，鼓励将士，奋力杀敌，一日大战数十次，复杀胡兵二千余。单于自料不能取胜，正欲传令退兵，忽报汉军有人前来投降。单于即命入见。原来汉军军候管敢，因事被校尉责打五十，心中怀恨，便向匈奴投降。胡兵引之入见单于，管敢自述来降之意，并想借此讨好，遂备言汉兵后无救援，箭已将尽。只有李将军与成安侯部下各八百人，骁勇善战，在前先行。其旗帜为黄白二色，若以精骑并力射之，便可破灭。成安侯姓韩名延年，颍川人，即韩千秋之子。千秋前攻南粤，战死，武帝封延年为侯，此次随李陵出征，现为校尉。单于听管敢之言，心中大喜，遂尽起兵队，随后急攻。又遣精兵绕道出至汉兵之前，断其去路，口中大呼道："李陵、韩延年速降！"汉兵被困谷中，胡兵立在山上，四面围射，箭如雨下。李陵与韩延年率同部下拼命杀出，沿途放箭以御追兵。行了一日，未到鞮汗山，汉兵五十万箭一概射尽。李陵计点士卒尚有三千余人，但是手中各执空弓，此外别无兵器，如何拒敌。又见车辆累赘难行，乃命部下尽弃车辆，砍破车轮，截取车辐，以当兵器。将吏各执短刀，一路奔驰，到得鞮汗山。此山中有一谷，道路甚狭，汉兵正在谷中行走，胡兵却又赶到，一齐上山，堵住谷口，各用擂石打下。汉兵多死，不得前进，便就谷中驻扎。

此时天色渐晚，两军休战，各进晚餐。入夜，李陵换了便衣，独步出营，左右随出。李陵摇手道："汝等不必随我，大丈夫当独身往取单于耳。"李陵行到营外，四望胡兵，漫山遍野，安下营寨。李陵见了，不觉心惊，自料难以逃脱，寻思良久，仍回营中。左右闻说往取单于惟恐此去有失，今见李陵垂头丧气回来，也就不敢动问。但听得李陵长叹一声说道："兵败死矣。"旁有军吏一人进前说道："将军以少胜多，威震匈奴。如今天命不遂，何不暂时委屈，将来得便归国？譬如浞野侯为胡兵所擒，后得逃回，天子仍行宽待，何况将军？"李陵听了摇头道："君可勿言，吾若不死，非壮士也。"遂命砍断旌旗并所携珍宝，就地上掘一大坑，将土掩埋。李陵对将吏叹道："每人再得数十箭便可脱身，今手无兵器，如何战斗，待到天明，便将束手受缚。不如各寻生路，四散逃走，侥幸得脱，尚可归报天子。"乃传令兵士，每人携带干粮二升，冰一片，各自逃生。约明到得遮虏障，等候后来之人。兵士奉命，各人装束停当，预备逃走。到得夜半，李陵下令，鸣鼓集队，鼓声忽然不响。李陵与韩延年一马当先，杀条血路，兵士在后随从，出得谷中。胡骑数千追至，将李陵、韩延年围住，部下士卒早被冲散。韩延年力战而死，李陵战得力竭，无路脱逃，记起军吏之言，于是向南说道："无面目报陛下。"遂即下马投降。所余兵士，幸被逃脱，陆续到得塞上，尚有四百余人。一众匆促逃生，未知李陵投降，但将战败情形，告知边吏。边吏飞报武帝。武帝得报，心欲李陵战死，即召到陵母及妻，使相工看其相貌，据说并无死丧之色。武帝心中疑惑，过了一时，方知李陵实是投降。武帝大怒，召到陈步乐责问。步乐恐惧自杀，遂将李陵之母及其妻子囚系保宫。

当日朝中诸臣，见武帝深怒李陵，便异口同声责备李陵不应降敌，独有太史令司马迁心中不服。司马迁字子长，龙门人，自少博学，善于为文，弱冠遍游四方，历览名山大川。初仕为郎中，曾奉使西南夷，以文学见知于武帝。其父司马谈为太史令，身死，武帝使迁继其职。司马迁与李陵同为侍中，平日未曾结交，但觉得李陵是个奇士。今见众人交口毁谤，甚是愤慨，欲向武帝进言，未得其便。恰好一日武帝召到司马迁，问道："李陵平日为人如何？此次降胡是何用意？"司马迁遂趁此时极言李陵为人好处，并道："李陵提步卒不满五千，当匈奴亿万之众，转战千里，矢尽援绝，士卒犹争先死敌。其得士心，即古之名将不过如是。今虽身陷胡中，所立战功，也足表彰于天下。所以不死者，当是欲留其有用之身，等候机会，立功报汉。"武帝听了心想，我本命李广利统领大兵出征，使李陵为其援助，李陵偏欲自己逞功，以致遇着单于兵败身降，反使李广利不能见功。今听司马迁之言,明是有意毁谤李广利,替李陵解免,于是勃然变色,命将司马迁交与廷尉办罪。廷尉奉命,议定司马迁罪名,说是诬罔君上,应处宫刑。司马迁竟被李陵连累遭刑,真是冤枉。后来发愤,著成一书,记述历朝事实,自黄帝直至武帝,共百三十篇,名曰《史记》,后人称为良史。清人谢启昆有诗咏司马迁道:

龙门禹穴郁心胸,世掌天官太史公。
富贵不彰名易没,是非乃定恨无穷。
李陵祸起悲臣志,壶遂书来忆祖风。
成一家言五十万,千秋纪传创元功。

武帝虽怒司马迁,将他办罪,后来知他并无私意,复用为中书令,宠幸用事。武帝又想起李陵,因无救兵以致陷没,心中甚是追悔,对近臣道:“当日应俟李陵兵已出塞,再遣路博德领兵往迎,李陵便可回国。都由预先下诏,以致老将得生奸诈。”乃遣使慰劳李陵部下生还兵士,并加赏赐。武帝深惜李陵,过了年余,复命四将领兵伐胡,就中单遣公孙敖往迎李陵归国。未知李陵能否归汉,且听下回分解。

第一一八回　任廷尉杜周枉法　拜直指江充怀奸

话说天汉四年春正月，武帝大发天下七科谪及勇敢之士，遣四将带领，分道往伐匈奴。贰师将军李广利率马兵六万、步兵七万出朔方，强弩都尉路博德率万余人接应贰师，游击将军韩说率步兵三万出五原，因杅将军公孙敖率马兵一万、步兵三万出雁门。早有细作飞报匈奴且鞮侯单于。单于闻信，尽将老弱妇女牲畜辎重迁移余吾水北，自率精兵十万骑驻扎余吾水南，以待汉兵。及李广利兵到，两下交战几次，互有杀伤，广利见不能取胜，引兵南归。胡兵随后追到，广利且战且走，连战十余日，无甚胜负，恰值路博德引兵来会，单于乃率众北去。游击将军韩增出塞，不遇胡骑而回，并无所得。因杅将军公孙敖本奉命深入匈奴迎接李陵，行至半路，却遇左贤王兵队，汉兵与战不利，遂即退回，此次四将出师，并无一人立功。公孙敖回报武帝，说是于路捕得胡人，据言李陵教匈奴布置兵事，以备汉军，故臣此去不能成事。武帝闻言信以为实，不觉大怒，遂命将李陵老母妻子一律处斩。过了一年，匈奴且鞮侯单于身死，其子狐鹿姑单于嗣立。武帝遣使往吊匈奴，李陵自闻家族被杀，大哭一场，心中怀恨。今见汉使到来，便向之诘问道："吾为汉率步卒五千，横行匈奴，只因无救而败。自问何负于汉，竟致全家受戮？"使者答道："汉闻李少卿教匈奴为兵，所以如此。"李陵道："此乃李绪，非我也。"使者回报武帝，述李陵之语，武帝方知其误，悔已无及。李绪也是汉人，官为塞外都尉，防守边城。匈奴来攻，李绪开城出降，单于待以客礼，常坐李陵之上。李陵自闻汉使之言，心痛老母妻子皆为李绪被诛，因使人刺杀李绪，以泄其愤。单于之母大阏氏闻知大怒，欲杀李陵。单于心爱李陵勇敢善战，将其藏匿北方，待至大阏氏死后始回。单于遂以己女嫁与李陵，立之为右校王，与卫律并贵宠用事。卫律常在单于左右，李陵居外，遇有大事，方始入议，从此李陵便在匈奴重立家室，断绝归汉之念。

当日武帝从事四夷，征讨连年不息，武帝年老，性愈严急，群臣办事，稍不如意，便交廷尉办罪。其时为廷尉者乃是杜周。杜周系南阳杜衍人，为人少言迟重，存心却甚深刻。平日行事全学张汤，尤能揣摩武帝意思，百端迎合。有人曾问杜周道："君为天下决狱，不按照三尺法，专凭人主意思办案，此是何故？"杜周答道："三尺法何自而来，前主所是著之为律；后主所是，列之为令。各以当时为是，何必定从古法？"其人见杜周如此诡辩，即亦无言而去。

杜周自为廷尉以来，奉诏审办之案，不计其数。官吏二千石以上犯事被系诏狱者，出入相抵，常有百余人。此外各郡国发生案件，亦皆送交廷尉办理，一年之中，多至千余案。每案大者牵连人证数百人，小者亦有数十人。无论远近，一律逮捕，解至京师听审。刑官提案讯问，专以告发之词为主，犯人若有不服，便用严刑拷打，强迫成招，更无一人得遭放免。于是吏民闻有逮捕消息，悉皆逃匿，往往悬案十余年，不能归结。廷尉及各官府监狱囚犯，多至六七万人。官吏任意株连者又有十余万人，人民含冤抱屈，怨气冲天，哭声载道，其惨状真不忍观。

其时武帝又分天下为十三州，每州置刺史一人，掌奉诏书，所列六条：一、豪强怙势；二、侵渔百姓；三、刑赏猥滥；四、阿私蔽贤；五、子弟请托；六、骫法纳赇。巡察所部官吏，法令日密。于是各郡国官吏，皆以苛刻为能，人民贫困，愈轻犯法。山东一带亡命之人既多，遂群起为盗贼，所到之处，攻破城邑，戕杀官吏，劫取府库，释放死囚，掳掠财物，道路不通。各地官吏，呈报武帝。武帝乃使暴胜之、范昆、夏兰、张德、王贺等为直指使者，使身服绣衣，持节仗斧，赍虎符，发兵分头逐捕盗贼。所至之处，官吏自二千石以下许其专杀。于是诛杀甚众，逐捕数年，方颇擒获贼首。其余党逃入山泽之中，恃险抗拒，官兵无可奈何。武帝见盗贼久未肃清，心中大怒，乃另定一种法律，名曰"沉命法"。其法凡遇盗贼起事，不即发觉，纵使发觉，出兵捕拿不能如额者，该管二千石以下至小吏皆当死罪。自此法颁布以后，小吏畏诛，纵有盗贼，不敢举报，地方长官亦使其勿言。以此盗贼虽多，官吏不敢过问，上下相蒙，但求敷衍避罪，朝廷何曾知得。

武帝既遣暴胜之等分往各郡国，又念京师地方亦须有人督察，于是想到江充身上。江充字次倩，乃邯郸人，本名江齐。有妹善鼓琴歌舞，嫁赵王太子刘丹。江齐又得宠于赵王彭祖，待为上客。后江齐因事触怒太子，太子丹遣人捕之，却被江齐闻风先期逃走，遂将其父兄系狱讯问，处以死刑。江齐逃至长安，改名江充，诣阙上书，告发赵太子丹，说其与姊及王后宫淫乱，又交通郡国奸猾，劫掠财物，官吏皆不能禁。武帝见书大怒，遣使发兵围赵王宫，捕太子丹下狱，交与廷尉审办。廷尉杜周复奏太子丹应得死罪。赵王彭祖上书武帝，代其子剖明，并言江充乃逋逃小臣，假捏罪恶，激怒朝廷，臣愿率赵国勇士从军，攻击匈奴，以赎丹罪。武帝不许，后太子丹虽遇赦放出，竟被废不得嗣立。

武帝自得江充所上之书，便召入，见江充身材高大，容貌甚壮，武帝望见，心中暗自称奇，对左右道："燕赵每多奇士。"因问以当时政事，江充对答称旨，武帝甚悦，用为谒者。至是武帝遂拜为绣衣直指使者，督察三辅盗贼，并纠举贵戚近臣不法之事。其时贵戚近臣，自恃权势，不免奢侈违禁。江充逐一举发，奏请武帝允准，没收犯禁物件，并勒令本人身到北军等候，往击匈奴。于是一班贵戚子弟见其父兄犯法，心中惶恐，入见武帝，叩头哀求，情愿出钱赎罪。武帝依允。便按其官爵高下，定一数目，使其纳钱北军，赦免其罪，因此所得之钱，共有数千万。武帝心想江充为人忠直，执法不阿，所言又皆中意，甚加宠幸。

一日江充出门，遇见一簇车马，在驰道行走。江充便喝令停止，问是何人。其人答是阳信长公主。江充道："公主何以得在驰道行走？"其人答道；"曾奉太后之诏。"江充道："既是太后有诏，只有公主得行，余人岂可援例。"遂将随从公主车骑，没收入官。又一日，武帝出游甘泉，江充随驾前往，于路遇见太子据所遣使者，乘坐车马，也在驰道中行走。江充喝令左右上前，将使者并车马一起扣留，正待奏闻武帝，忽报太子据遣人到来。江充命其入见，来人转达太子之意，说道："并非爱惜车马，实不欲使主上闻知此事。见得太子平日不曾约束左右，以致如此，尚望江君宽恕。"江充不听，辞了来人，便入见武帝，并将太子遣人来说之事，备细陈明。武帝听了甚喜，因说道："为人臣者应当如是。”由此江充大得武帝信用，威震京师，众人无不侧目。武帝又擢为水衡都尉，太子据虽怨江充，也就无法。

说起太子据乃卫皇后所生，武帝年二十九始得此子，甚加宠爱，曾从博士受读经书，及年已长成，武帝为之建筑博望苑，使结交宾客，从其所好，以此太子结交之人，不免邪正混杂。后武帝留心察看太子举动，嫌其过于谨厚，无甚才能，不似自己。此时王夫人生一子名闳，李姬生二子名旦、青，李夫人生一子名髆，皇后、太子宠爱渐衰，因此心中常不自安。却被武帝觉得，遂密唤卫青近前说道：“朕因朝廷诸事草创，又值四夷交侵，不变更制度，后世无法；不出师征伐，天下不安，不得已劳动人民。若后世又如朕所为，便蹈亡秦覆辙。太子为人敦重好静，必能安定天下，欲求守成之主，更无贤于太子者。近闻皇后太子有不安之意，汝可以此意谕之。”卫青受命，告知皇后、太子。卫后闻言，向武帝脱簪谢罪。武帝屡事征伐，太子每婉言进谏，武帝笑道：“吾为其劳，将来使汝得以安逸过日，岂不可乎？”武帝每遇出巡，常以政事委付太子，宫内之事委付卫后，许其专决。回时，奏闻武帝，并无异说，有时并不过目。武帝用法甚严，群臣多顺其意，遇事务在苛酷。太子素性宽厚，判决事件，每多从轻发落，以此用法大臣见了心中不悦。卫后心恐太子办事不合帝意，以致得罪，常戒太子，勿得擅行轻纵。武帝闻知，反说太子判决甚是，皇后未免过虑。到了元封五年，卫青病卒，武帝赐谥烈侯，与平阳公主合葬起冢以像卢山。自卫青死后，其子卫伉、卫不疑、卫登又皆坐事夺爵。太子与皇后失了外家援助，势成孤立，卫后也自知谨慎，力避嫌疑，虽然无宠，武帝仍照前礼待。无奈武帝内宠既多，诸子皆壮，各自树党，争取储位。便有黄门苏文、小黄门常融等一班小人，从中播弄，意欲陷害太子，别立己所拥戴之人。太子曾入见卫后，谈论半日，方始辞出，苏文却告武帝道：“太子入宫，与宫人为戏。”武帝见说不语，遂选派宫人多名赐与太子。太子后闻苏文进谗，心甚恨之。苏文又与常融密察太子举动，遇有过失，便加上许多言语报知武帝。卫后见了，切齿痛恨，欲使太子自向武帝将情诉明，诛死二人。太子道：“但求自己无过，岂畏苏文等人，主上聪明，不信邪佞，不足为虑。”一日，武帝偶感小疾，遣常融往召太子。常融回奏，太子面有喜色。武帝听了默然。不久，太子到来，武帝留心察看，见太子面上尚带泪痕，强作欢笑之状。武帝心疑，召到太子左右，问其原因，左右对说道：“太子闻得主上有病，忧愁悲泣。”武帝知是常融有意离间，立命绑出斩首，果然不出太子所料。独有苏文进谗比前更甚。江充闻知此事，自想得罪太子，将来必遭诛戮，遂交通苏文，日夜设法陷害太子，恰值巫蛊事起，忽然天翻地覆，弄出一场大祸。未知江充如何用计，且听下回分解。

第一一九回　江充大兴巫蛊狱　武帝避暑甘泉宫

话说武帝崇信鬼神，一意求仙，便有许多方士神巫，带领徒众，聚集京师，造作符咒法术，骗取人家财物，大都左道惑众，虚言欺人。只因武帝十分相信，上行下效，所以内自后妃宫人，外至近臣贵戚，被其迷惑者不可胜数。当日陈皇后即因听信女巫楚服造作厌胜发觉被废，坐死多人。事后众人尚不觉悟，武帝也不加禁止，一任女巫出入宫中。武帝妃妾既多，失意者希求进幸，争宠者互相嫉妒，女巫便教她们祈神拜鬼，画符念咒，种种造作。又刻木为人，埋在屋内，说是可以度厄解难。无知妇女自然信以为实，于是宫廷之内，到处埋有木人。连着公主外戚大臣子弟也多相信，人民更不消说，把一座长安城几乎变成鬼神世界，只落得一班方士神巫个个发财，丰衣美食，安坐受用。也是合当有事，征和元年冬十一月，武帝白昼坐在建章宫中，仿佛望见一个男子，身上带剑，摇摇摆摆，走入中龙华门。武帝见是生人，喝令左右上前捕拿，左右奉命，到处搜寻，并无踪影。武帝心想明明看见一人，如何查拿不获，可恨守门官吏全不留心，任令闲人私行入内，因此大怒，传令将门候斩首。又调集三辅骑士，大搜上林，并闭起长安城门，遂户搜索。一时人民不知何事，众心惶惶，商贾罢市，匠作停工，家家户户闭起大门，一见官吏到来查检，吓得人人胆战心惊，啼啼哭哭，闹做一团。更有待诏北军征官，因为罢市，未曾预蓄粮米，又被禁止出入，竟有多人坐在屋内，活活饿死。如此纷纷扰扰，一连闹了十一日，方始罢手。究竟其人未曾获得，而巫蛊之狱便由此起。武帝初见有人带剑入宫，以为必是刺客，后经到处查遍，并无其人，心中愈加疑惑。回想起来，觉得他又不是人，只因宫禁之地，何等森严，由外入内，须经历许多门闼，处处有人看守，耳目众多，万难蒙混过去。便作大众都未留心，被他混进，也只好杂在人众中间行走，或遮遮掩掩，藏匿偏僻之处，哪敢青天白日昂然由中门走入，全无慌张恐惧之色？及至被我亲眼看见，遣人往捕，倏忽之间，便即不见。由此观之，不是妖魔，定是鬼怪。又想到京师方士神巫既多，难保无人心怀不轨，暗中施展邪术，要想谋为大逆。武帝辗转寻思，意中不悦，不出月余，果然发生事故。

说起巫蛊之祸，第一当灾者便是丞相公孙贺。公孙贺字子叔，义渠人。其父公孙昆邪，景帝时，以将军击吴楚有功，封平曲侯，后坐罪失爵。公孙贺少为骑士，数立战功，武帝为太子时，贺为舍人，及即位，擢为太仆。贺娶卫皇后之姊君孺为妻，由是有宠。武帝命为将军，从卫青征匈奴有功，封南窌侯，后坐酎金失爵。太初二年春，丞相石庆身死，武帝遂拜公孙贺为丞相，封葛绎侯。其时朝廷多事，督责大臣甚严。自公孙弘死后，继任丞相四人，就中李蔡、庄青翟、赵周三人皆坐事自杀。石庆虽因谨慎，幸得保全，然亦常遭武帝谴责，因此公孙贺一闻拜相，不但不喜，反觉忧惧。当召拜之际，公孙贺不肯接受印绶，对着武帝顿首涕辞道："臣本边鄙之人，由鞍马骑射得官，自揣才能不胜丞相之任，伏望陛下另选贤能。"武帝见公孙贺此种情形，心中也就感动，但因拜相事大,不便收回成命,遂向左右道:“扶起丞相。”左右近前来扶,公孙贺俯伏不肯起立。武帝便自行起去。公孙贺无法,只得拜受印绶。出到外面,左右问其何故力辞。公孙贺道:“主上贤明,吾实不能称职,恐负重责,吾从此危矣。”左右闻言,方悟其意。

武帝既拜公孙贺为丞相,又以其子公孙敬声代为太仆。公孙贺勉强就了相职,心中怀着鬼胎,办事自然兢兢业业。好在武帝大权独揽,诸事专决,丞相不过奉命而行,无甚责任。公孙贺为相既久,觉得相安无事,便将从前危惧之心,渐渐忘却,自己贪恋权势,不肯告退。其子公孙敬声又自恃皇后姊子,平日举动,种种骄奢不法,公孙贺不能管束。征和元年,公孙敬声因擅用北军钱一千九百万,被捕下狱究办。公孙贺见其子坐罪,便想设法救免。其时长安有一大侠,姓朱名安世,乃阳陵人,武帝闻知其名,下诏严拿未获。公孙贺爱子情切,遂向武帝自请捕得朱安世以赎子罪,武帝许之。公孙贺乃多派差役到处查缉,过了一时,竟将安世拿获。

公孙贺闻报朱安世被获,心中甚喜,以为其子可保无事,谁知惹下冤对,祸事愈大。那朱安世既是大侠,平日声气广通,在朝公卿一举一动无不周知,所有公孙敬声种种不法之事早已听得烂熟,只因与己无冤无仇,故不过问。如今公孙贺将他擒获,真是惹火烧身。安世下狱之后,查知是公孙贺将他赎子,不觉笑道:“丞相自取灭门之祸。”遂在狱中上书告发公孙敬声与阳石公主私通,又使巫祭祷某人,咒诅主上,并当来往甘泉驰道中间,埋下偶人,其咒诅之语甚是恶毒。武帝得书大怒,命将公孙贺拿交有司彻底根究,于是牵连多人。阳石公主与诸邑公主及卫伉并因此被杀。公孙贺父子死于狱中,其家族诛,时征和二年春正月也。公孙贺既死,武帝遂分丞相为两府,先以庶兄中山靖王刘胜之子涿郡太守刘屈牦为左丞相,封澎侯。

自从此案发生后,宫姬妾因彼此妒忌,或怀有仇怨,争向武帝告发,说是某处埋有木人,咒诅主上。武帝听说,想起前次入宫之人,谅是诸人所为。遇有告发,便交有司彻底根究,往往株连大臣身上,后宫及朝臣犯罪者数百人,自是武帝意中多所嫌恶。一日,白昼睡在宫中,忽梦见木人数千,手中持杖来击武帝,武帝惊醒,因觉身体不适,忽忽善忘。江充遂乘间进其言道:“主上之恙,咎在巫蛊为祟。”武帝见说十分相信,即命江充查办巫蛊之事。江充奉命,便想借此陷害多人,显他本领。乃由民间及群臣家中查起,先遣人密探某家某户崇奉鬼神,夜间常有祭祀祈祷画符念咒等事,便私制无数木人,预遣亲信之人,将木人埋其居屋近旁。又于地面用物染污,作为记号,以便自己前往寻掘。但是江充本非方士神巫,平日并未学习驱鬼召神等法术,若独自查办起来,纵使发现凭据,他人亦必抵赖,说是江充架陷,不然如何知得。所以必须带同神巫,并与之通同一气,方可下手。然而此等巫蛊邪术,本是神巫所为,今若带之同往发掘,那被害之人,难保无一二家即此神巫教他为此,彼此对证之后,神巫也当坐罪,或竟供出与己通谋情事,岂非反受其累?江充却想得一个善法,不用中国之巫,单寻几个胡巫,秘密结下契约,许以重赂。只因胡巫初到中国,言语不通,断无人请他作法,且不致漏泄密谋。江充计算已定,令人侦得某家夜祭之时,便同胡巫率领多人一拥而入。先将祭祀所用香烛符咒等收取,又命胡巫假作捕蛊,向屋中屋外巡视一遍,看到地面染污记号,便指道此是鬼魅形迹,其下定然有物。江充立命众人依着所指之处,动手发掘,果然掘出木人。江充见得了凭据,便喝令将其全家人等尽数捕拿,如此一连拿了多起。又有人民彼此结怨,自相诬告者,江充不问情由,一概收执下狱,于是逐起提来审问。问说他作为巫蛊咒诅主上,大逆不道。其人不服,江充即动刑拷打,迫令供招。若再执定不招,江充便用铁条向火中烧得通红烙他身上,或箝其手足,其人立刻皮肉焦烂,忍痛不过,无不诬服。江充遂将他判成死罪,奏闻武帝。因此臣民被诛者不下数万人,旁人明知他是冤枉,更无一人敢向武帝剖白。原来武帝见案件日多,猜忌愈甚,连着左右近臣都觉可疑,人人心中恐惧,惟恐自己性命不保,哪敢再管别人闲事。只可怜一班无辜之人,骈首受戮,江充倒以为是自己功劳,甚是扬扬得意。

武帝因梦受惊,常多疾病,又兼巫蛊案件,闹得不清,烦恼异常。此时正值夏日,武帝即起驾赴甘泉宫避暑养病,皇后太子留在长安。一日,太子前往甘泉宫问安。江充望见太子到来,急近前道:"太子切勿轻入,陛下有诏,嫌恶太子岳鼻,太子若入,尚望用纸遮鼻。"原来太子生得鼻梁高大,有如山岳,故名岳鼻。太子闻言,以为病人心性喜怒无常,或有是事,遂依言将纸掩鼻,入见武帝。武帝见了,不解其故。江充便从旁悄悄说道:"太子不欲闻陛下脓臭,所以掩鼻。"武帝听了大怒,便责备太子,令其回去。太子莫名其妙,只得还宫。江充便想趁此害死太子,却命胡巫檀何来向武帝上言。未知胡巫所言何事,且听下回分解。

第一二〇回　石德献计斩江充　屈牦率兵战太子

话说江充使胡巫檀何向武帝上言道："臣观各宫之中，皆有蛊气，若不除去，主上之病，恐难即愈。"武帝心想，我早疑有此事，怪不得前次梦见许多木人，持杖来击，从此心神恍惚，坐立不宁。如今移到甘泉，仍未见瘥，但不知何人施此邪术，必须查明重办，以绝祸根。想罢，遂命江充先就甘泉宫中查验。江充率领胡巫檀何，前往宫中查出许多木人，然后回到长安，入未央宫。先就前殿发掘，破坏御座，遍地寻觅。武帝又遣按道侯韩说、御史章赣、黄门苏文前来帮助。一众到得后宫，由各姬妾以次掘到皇后宫中，每在一处发现木人，便将宫人收拿下狱，以此后宫坐罪者不计其数。江充一一掘毕，乃与苏文一直闯进太子宫中，一班人役，声势汹汹，手中各执锹锄，在后随入。太子见了二人，眼中出火，但因他是奉诏到来，只得忍气，任他发掘。江充等气昂昂入内，指挥人役，依着胡巫所指地方，七手八脚，锹锄齐下，东开一洞，西挖一沟，纵横相接，更无一块可以安床之处。

太子知江充有意寻衅，所以发掘得如此利害，也就密嘱左右，留心随着观看，恐被他弄假栽害。谁知末后果然由地下掘出桐木人六个，身上皆用针刺，又有帛书一块，上写文字，语多丑恶。江充便声言太子宫中掘得木人尤多，又有帛书所言不道，当即奏闻主上。读者试想，此木人帛书，何自而来，乃是江充教胡巫作成，趁着众人不备，埋在太子宫内。太子闻知此事，心中大惧，自想木人确由自己宫中掘出，主上责问起来，纵使满身是口，不能自明，如何是好？急唤少傅石德，告知此事，问以解救方法。石德听了，暗想我为太子师傅，此事发作起来，连我性命都不能保，说不得且救目前。因向太子道："前此丞相父子与两公主及卫氏，皆坐此事被诛。今胡巫与使者掘地发现凭据，是否胡巫所置，或竟实有其事，无从分辨，太子何以自明？为今之计，不如遣使持节，矫诏收捕江充等，下入狱中，穷究其中奸诈。且主上得病，现在甘泉，皇后及太子使人问疾，皆未得有回报。主上存亡未卜，而奸臣竟敢如此胡为，太子独不忆秦扶苏之事乎？"太子见说，答道："吾为人子，安得擅诛？不如前往甘泉，面见主上剖白，尚可希望免罪。"太子遂欲命驾前往甘泉，江充心恐太子见了武帝，说他诬陷，武帝是精明之人，必然究问其事，到头事不瞒真，万一阴谋败露，不但不能害得太子，自己反惹灭族之祸。因此极力阻住太子，不许前往。

太子被阻不得起行，心中惶急，不知如何是好，想了良久，并无方法，只得依从石德之计。七月壬午，太子使客诈为使者，带领一班武士，持节矫诏，收捕江充诸人。使者到来，开读诏书。按道侯韩说心疑使者是假，不肯奉诏。使者到了此时，也不由分说，喝令武士上前，即将江充及胡巫檀何拿下。韩说不服，便与武士格斗，苏文、章赣见势头不佳，乘大众慌乱中间，脱身逃走。韩说一人斗不过众武士，竟被当场杀死。章赣身亦受伤，与苏文拼命逃出，直向甘泉而去。此时天色已晚，太子遂使舍人无且持节夜入未央宫长秋殿门，对长御倚华告知其事。托其转奏皇后，发出中厩车马，装载射士。又大开武库，取出兵器，调集长乐宫卫卒，严守宫门。是时刘屈牦为左丞相，闻说太子发兵，不知何故。便只身逃出相府，但图保得性命，连丞相印绶都不知遗失何处。还是丞相长史颇有见识，便乘坐驿车，驰赴甘泉，往见武帝。

太子既拿得江充、胡巫，便命将江充推进骂道："赵虏，汝已搅乱汝国国王父子，尚不足意，又想来搅乱我父子。"说罢喝令推出处斩，将首级悬在市中示众，一面通告百官，说是帝在甘泉病重，疑有变故，奸臣江充欲图造反，现已捕获伏诛。太子又因胡巫檀何听从江充指使同谋诬陷，尤为可恶，命就上林地方，用火烧死，可笑江充未能害得太子，自己先丧性命，真是小人何苦甘为小人，结局报应不差，反落得骂名千载，也可谓至愚了。

武帝自遣江充回京，久未得他回报，正在悬望。一日忽见苏文、章赣慌张入内，将前事诉说一遍。武帝听了沉吟道："太子必因掘出木人，心中恐惧，又忿恨江充等，所以迫出此种变故。"遂即遣使往召太子。使者奉使不敢前往，却到他处躲过一二日，便来回报武帝，说是太子谋反已成，意欲将臣斩首，臣幸得逃归报信。原来此使者平日也与太子有隙，所以不敢前往，又捏造言辞，回复武帝，武帝不禁大怒。此时恰值丞相长史到来，入见武帝，备述太子发兵之事。武帝已听了使者之言，以为太子造反是实，因问长史道："丞相如何作为？"长史不便言丞相逃走，只得答道："丞相秘密其事，未敢发兵。"武帝怒道："事已彰明较著，人言藉藉，何用秘密？丞相并无周公之风。昔日周公不曾诛灭管蔡乎？"遂命左右写成玺书交长史带与丞相，书中说道："捕斩反者，自有赏罚，以牛车为橹，毋用短兵接战，致多杀伤士卒，坚闭城门，勿使反者得出。"长史奉命，回到长安，寻见刘屈牦。屈牦见了玺书，方敢出头，召集军队。武帝已命长史去后，心想太子宣言，说我病重，恐有变故，借此摇惑众心，我须回宫，人心方定，遂命起驾回至长安城西建章宫住下。又下诏发三辅近县之兵，统归丞相刘屈牦调遣。刘屈牦遂带领将士，来与太子交战。

太子既斩江充，自知事已闹大，不敢前往甘泉见帝，又不知武帝曾遣使者来召，忽闻丞相刘屈牦起兵前来，此时一不做二不休，急筹对敌之策。自顾兵队甚少，乃遣使者矫诏尽赦长安诸官府囚徒，分给武库兵器，命少傅石德宾客张光等带领迎敌。又使囚人如侯持节，调集长水及宣曲胡骑。如侯驰到长水、宣曲，传下诏令。将士见了使节，信以为真，各自装束齐整，正待起行，却值武帝所遣侍郎马通到了。问知情形，急向胡骑说道："此节有诈，不可听从。"遂将太子造反之事说了一遍，又把自己所持之节，与众观看，胡兵方悟。原来汉节纯系赤色，武帝因太子持有赤节，遂于自己所发节上，加用黄旄，以为辨别。马通乃遣人追捕如侯，竟被获得，立时斩首。马通遂引胡骑来到长安，又召集水军兵士，自与大鸿胪商丘成分领前来助战。其时两军交战地方，乃在长乐宫西门外，正是繁华热闹街市，谁知霎时成为战场。只听得杀声震天，居民不知来由，一时人心惊惶，东奔西窜。无奈各处城门皆由刘屈牦派兵把守，不能得出，所有战区附近，自然逃徙一空。其余惟有紧闭大门，坐在家中，留心探听消息而已。

太子见刘屈牦军队到来愈多，自料力不能敌，便亲自乘车来到北军门外，遣人唤出护军使者任安,与以赤节,请其发兵相助。任安原是太子母舅卫青门客,今见事情重大,如何敢下手帮助,但当面又不便推辞,只得再拜受节。退入军中,却传令兵士闭上营门,不得擅出。太子见任安不肯相助,长水胡骑又不见到来,筹思无法,只得引兵驱迫各市人民,授以兵器,强使充当军队,一共也有数万人,均令助战,一直战了五日,两军死者数万,血流成渠。末后众人皆言太子造反,以此人心不服。刘屈牦军队愈多,太子抵敌不过,败下阵来。石德被马通部下兵士景建生擒,商丘成亦获张光。太子引着败残军队,南奔复盎城门。遥望城门,早有兵队把守,后面又有追兵将次赶到,太子十分惶急。未知太子能否出城逃脱,且听下回分解。

第一二一回　戾太子末路自尽　田千秋片言悟主

话说太子引领败军，逃至复盎城门。此时天色已晚，望见城门有兵把守，后面追兵又将赶到，心中十分惶急。暗想不知何人在此守门，只得上前与之好说，他若肯放我逃出，自不消说；否则惟有用强拼命夺门而出。太子想罢策马近前，定睛一看，为头一个官吏，原来不是别人，正待开言，其人早传令部下大开城门。太子会意，连忙加上一鞭，出得城门，如飞驰去。其人见太子已去，仍命将门闭上。诸位欲知此人是谁？原来乃是田仁。田仁亦系卫青门客，现官丞相司直，奉刘屈氂之命把守此门，恰好太子兵败逃到此处。田仁遥望知是太子，心想太子与主上，终是父子之亲，我又何苦做此恶人，不如趁着昏黑之中，假作不知，放他出去。田仁既放走太子，不久刘屈氂领兵从后追至，查问守城军士。据说适才有人到此，司直命即开城，让他出去。屈氂料是太子，因见田仁违令，私自卖放，心中大怒，喝令左右将田仁拿下斩首。左右正待动手，旁有御史大夫暴胜之上前说道："司直乃二千石官吏，自应先行奏请主上批准，然后行刑，如何擅行处斩？"屈氂听了无语，遂命将田仁释放；一面遣人出城追赶太子，自来奏闻武帝。武帝闻说太子脱逃，心中大怒。命将田仁、暴胜之收拿下狱，使人责问暴胜之道："司直私纵叛人，丞相斩之，法所当然，大夫何故擅行阻止？"胜之被责惶恐，在狱自杀。武帝又遣宗正刘长乐、执金吾刘敢奉策收取皇后玺绶，卫后自缢而死。黄门苏文、姚定汉将卫后尸身抬放公车令空屋之中，用小棺殡殓，葬于长安城南桐柏亭，卫氏家属，悉数坐死。武帝赏平乱之功，封马通为重合侯，景建为德侯，商丘成为秺侯。下诏有司查明，凡系太子宾客，曾出入宫门者，一律捕拿斩首；其随太子起兵者，照谋反律族诛；官吏士民被太子胁迫从逆者，皆迁往敦煌郡。武帝正在分别赏罚，忽有北军钱官小吏上书，告发护军使者任安曾受太子之节，太子并说道："望将鲜明完好甲仗给我。"原来任安因事怒此小吏，加以笞责，小吏怀恨，故来告发。武帝见书自言道："任安既受太子之节，何以又不发兵？"忽又想道："是了，此人本是老吏，今见兵起，意欲坐观成败，看是何人得胜，便与合从。此等怀有二心不忠之人，留他何用？"遂命将任安下狱究问，竟与田仁一同腰斩。

武帝因太子逃走未获，恐其重复起兵前来，乃于长安各城门，设兵把守。武帝自见变起家庭，闹出一场大祸，气愤交加，时发暴怒。群臣各自忧惧，不知所为。却有壶关三老名茂，闻知此事，心中不平，遂来长安，诣阙上书，为太子讼冤。其书道：

臣闻父者犹天，母者犹地，子犹万物也。故天平地安，物乃茂成。父慈母爱，子乃孝顺。今皇太子为汉嫡嗣，承万世之业，体祖宗之重，亲则皇帝之宗子也。江充布衣之人，闾阎之隶臣耳。陛下显而用之，衔至尊之命，以迫蹙皇太子，造饰奸诈，群邪错谬，是以亲戚之路，隔塞而不通。太子进则不得见上,退则困于乱臣,独冤结而无告,不忍忿忿之心,起而杀充。恐惧逋逃,子盗父兵,以救难自免耳,臣窃以为无邪心。诗曰:“营营青蝇,止于藩。恺悌君子,无信谗言。”谗言罔极,交乱四国。往者江充谗杀赵太子,天下莫不闻。陛下不省察,深过太子,发盛怒,举大兵而求之。三公自将,智者不敢言,辩士不敢说,臣窃痛之。唯陛下宽心慰意,少察所亲,毋患太子之非,亟罢甲兵,无令太子久亡。臣不胜拳拳,出一旦之命,待罪建章阙下。

武帝得书,颇为感动,将一腔怒气渐渐化去,心中也觉太子枉屈。但因事体尚未大明,不便宣诏赦免。谁知不久忽得官吏报告,寻见太子踪迹,太子却已自尽。

当日太子由长安逃出,从人四散,太子自与皇孙二人,行至湖县泉鸠里,因见诏书捕拿甚急,遂投到一个相识人家藏匿。偏遇其家主人甚是贫穷,因见太子逃难到此,只得收留。太子与皇孙匆忙逃走,身边也未带有金钱,便靠着主人饮食。主人心想太子与皇孙平日锦衣玉食,何等快乐,如今到了我家,不但弄不出丰美饮食,连着一日三餐,都难供给,岂不将他饿坏?于是想得一法,督同妻子,昼夜赶做鞋履,自己每日持向街中,卖得钱文,供给太子及二皇孙。太子见此情形,心中过意不去,因想起旧日结交许多宾客,中有一人住在湖县,闻说家甚富足,不如遣人通信,悄悄唤其到来,商量长久之策,免得主人因我费尽辛苦。太子想定,遂告知主人,遣人前往。谁知来人作事不密,走漏消息,竟被官吏得知,便派了吏役多名,往捕太子。吏役奉命,到了其家,探知太子在内,呐喊一声,将前后门一齐围住。主人见了,知是事发,急将外门紧闭。吏役一齐动手将门打破,主人自知不免,挺身上前,意欲拦住众人,使太子乘间逃走。吏役见主人阻住路口,吆喝不动,便欲用强闯进,主人死命抵拒,彼此格斗起来,皇孙二人,也来帮助。太子坐在房中,闻得外面一片喧嚷之声,正在惊惶,早见一群人破门而入,知是官吏来拿,自料不能脱身,不如早寻一死,免得受辱。遂将房门闭上,解下腰间丝带,悬梁而死。

太子既死,主人也被吏役打倒,一命呜呼,连皇孙二人,一同遇害。众吏役一拥上前,望见房门紧闭。有山阳县卒张富昌上前,用力一足踢倒户扇,入内看时,太子正高挂在梁上。新安令史李寿,连忙赶上,抱住太子,解下带来,用手抚摩,早已身冷气绝,知是无救,回报官吏。官吏飞奏武帝,武帝也觉伤感,遂命将太子并皇孙二人,用棺盛殓,就葬其地。武帝此时已觉太子负屈,但因前曾悬赏捉拿太子,又未下诏明赦其罪,如今捕获太子之人不能不加赏赐,以昭信实,乃下诏封李寿为邗侯,张富昌为题候。

过了一时,刑官承审巫蛊案件,验问起来,多是不实。武帝愈觉太子实被江充胁迫,并无他意,心中异常悔恨。又有高寝郎田中秋上书,极言太子冤枉,书中说是子弄父兵,罪不过笞,天子之子过误杀人,更有何罪?臣曾梦见一白头翁,教臣言此。武帝见书,遂大感悟,立召千秋入见。千秋身长八尺余,容貌甚是俊伟。武帝望见,便觉中意,因对千秋道:“父子之间,人所难言,君独明其不然,此乃高庙神灵使君教我,公当遂为吾辅佐。”即拜田千秋为大鸿胪,下诏族灭江充之家,将苏文缚于横桥上,用火焚死,替太子报仇。武帝怜太子无辜枉死,思慕不已,乃筑思子宫及归来望思台于湖县,天下闻之,皆为悲叹。

先是太子纳史良娣,生三子一女,长子名进,人皆呼为史皇孙。史皇孙纳王夫人,生一子,名病已,是为皇曾孙。皇曾孙初生数月,适值乱时发生,史皇孙与史良娣、王夫人皆死,只余皇曾孙系在狱中,后来长大,得嗣帝位,是为汉宣帝。宣帝时追谥太子为戾太子。清谢启昆有诗咏戾太子道:

高谋立祀祝深宫,宾客谁教博望通。
走犬台前鹦翩动,泉鸠里畔凤雏空。
湖边不返筑思子,梦里无辜说老翁。
良娣绵绵留一线,戾园寝荐泣秋风。

当日武帝诸子见武帝年纪已老,未立太子,各谋为嗣。此时齐王刘闳早死,算是燕王刘旦年纪最长,为人颇有才略,博学经书杂说。尤喜星历、算数、倡优、射猎之事,招致游士,在国日久。自闻太子据失败,心想依着次序,自己应得立为太子,但又不便启口,只得设法试探武帝之意。遂遣人上书,自请入京宿卫。武帝见书,知他欲谋太子之位,不觉大怒,将书掷在地上,叹口气道:“生子当置之齐鲁之乡,使习礼义。今乃置之燕赵,果然起了争心,不让之端,由此见矣。”遂喝令将来使推出斩首,从人大惊,逃回报知刘旦。刘旦大为扫兴,只得罢手。又有贰师将军李广利,本是李夫人之弟,意欲拥立昌邑王刘髆为太子,屡与丞相刘屈牦秘密商议。原来刘屈牦子娶李广利之女为妻,彼此儿女亲家,自然结为一气。此时又值匈奴来侵,武帝遂命李广利、商丘成、马通各领兵马,往伐匈奴,三路并进。李广利择定吉日,率众起身,心中记着昌邑王之事。恰值刘屈牦到来送行,李广利便又叮咛嘱咐未知李广利如何嘱咐,且听下回分解。

第一二二回 刘屈牦坐罪伏诛 李广利降胡被杀

话说征和三年春三月，贰师将军李广利率兵出征匈奴，题相刘屈牦设宴饯行，亲自送至渭桥。李广利记起昌邑王之事，临行又向刘屈牦嘱咐道："愿君侯早请主上立昌邑王为太子，将来昌邑王得嗣帝位，君侯长保富贵，更有何忧？"屈牦闻言许诺，二人珍重而别。屈牦回至相府，欲向武帝上请，心中却又迟疑，未敢造次。忽有内者令郭穰向武帝告发，说是丞相夫人因见丞相常遭主上谴责，心中不甘，使巫祭社，诅咒主上，口出恶言。又与贰师将军同谋，祈祷鬼神，欲使昌邑王为帝。武帝命将刘屈牦并其妻子下狱，发交有司验问。有司回奏，刘屈牦罪至大逆不道。武帝大怒，下诏将刘屈牦载入厨车，巡行市中示众，遂腰斩刘屈牦于东市，妻子皆枭首华阳街。连贰师将军妻子亦被拿捕下狱，只因贰师未回，故未定罪。

当日李广利领众七万，道出五原，商丘成领众三万，出西河；马通领众四万，出酒泉，三路同时并进。单于闻知汉兵大出，尽将辎重移入赵信城，北至郅居水上。左贤王亦将人民驱过余吾水六七百里。单于自率精兵等候汉兵交战，商丘成兵一路长驱直入，并无所见，遂即班师回国。单于探得消息，却使大将与李陵领三万余骑追之，两军相遇，商丘成回兵交战，杀退胡兵，整队南行。胡兵不舍，仍旧追来，渐渐追近。汉兵又复转身厮杀，如此一连转战九日，到了蒲奴水边，商丘成传令部下奋勇迎敌，大战一阵。胡兵死伤无数，方始收兵，不来追赶，商丘成得胜而回。马通出兵道经车师之北。武帝恐车师帮助匈奴，阻止汉兵，不得前进，又命匈奴降王开陵侯成娩，带领楼兰尉犁危须等六国兵队，围攻车师。车师王率众降汉。马通一路无阻，兵至天山。单于早遣大将偃渠等率二万骑到来邀击，偃渠望见汉军强盛，不敢交战，即行退去。马通全师回国，无所得失。独有贰师将军李广利一去数月，未见回兵。先是武帝出师之前，自用易经占得一卦，乃是大过九五爻，众人详那爻辞，皆言应主匈奴困败。武帝又使方士望气，太史占星，太卜卜筮，并以为吉，说是匈奴必破，时不再得，切勿错过。又道北伐之将，当于鬴山克敌。武帝心念苏武等奉使，被匈奴久留不返，今若示以兵威，或将畏惧送还，遂决计起兵。又卜诸将之中应遣何人，及得卦以李广利为最吉，武帝故多发人马命李广利兵到鬴山，并嘱其不可深入。谁知经过数月，诸将皆回，却不得李广利消息，武帝正在悬念，忽得边吏报告，说是贰师兵败，投降匈奴去了。

原来李广利兵到塞外，单于早使右大都尉偕同卫律带五千骑，就夫羊句山险要之处，准备遮击。李广利得报，遣部将带领属国骑兵二千前往迎敌，胡兵大败，死伤数百人，其余四散逃走。汉兵乘胜追赶，直至范夫人城。胡兵奔走逃匿，不敢拒敌。李广利正待回兵，忽报长安有人到来。李广利唤入看时，原来却是自己家中门客。只见他满身尘土，颜色张皇，双手呈上家信。李广利接过一阅，方知巫蛊事发，刘屈牦全家被戮，自己妻子株连下狱，不觉大惊失色。急向门客细问始末，门客便将详情述了一遍。李广利心中忧惧，沉思无法。旁有属吏胡亚夫也因避罪从军，见此情形，趁势上前密说道："闻得夫人公子，皆因巫蛊连累，被困在狱，将军此行，除非立有大功回国，博得主上欢心，或可希望赦免。若回去不合上意，正遇此案发生，岂不一同受罪。到了其时，虽欲望见郅居以北，亦不可得矣。"李广利本意欲回军，今被胡亚夫用言打动，心中狐疑，遂欲深入匈奴，立功于国，事若不成，便向匈奴投降。主意既定，传令部下进兵，一路北上，直至郅居水上。匈奴人众闻风逃过水北，贰师遣护军带领二万人马渡过郅居水。行经一日，适遇左贤王、左大将也统二万胡兵前来，两军合战一日，胡骑死伤惨重，左大将被杀。李广利得胜兵，方拟再行前进。军中长史见李广利举动，知其用意，便来与降胡将决眭都尉密议道："将军怀有异心，意欲行险邀功，不顾他人性命，恐其必败。"遂谋共执李广利，班师回国。谁知机事不密，被李广利闻知，即将长史斩首。心中亦恐军心不服，再生变乱，想两次战胜，回去也可将功赎罪，于是传令班师。

李广利率众南行，到得燕然山，单于见部下兵队多被汉兵杀败，心中不甘，又料汉兵跋涉往来，人马定然疲倦，正好乘机复仇，遂自率精骑五万，抄出汉兵前面，阻住去路。李广利挥兵进战，混斗一阵，天色已晚，各自收兵，计点军队，各折了许多人马。汉兵远行辛苦，又兼交战一日，筋疲力尽，倒头便睡。谁知单于密遣士卒，乘夜偷往汉军营前，就地上挖掘陷坑一道，深至数尺，一面拔起大队人马，从汉营背后杀人。汉兵从睡梦中惊醒，手足无措。时军中大乱，四散逃生，众将保着李广利夺路走出营前，望见前面并无敌兵。正欲逃走，忽听得一声响亮，前行人马，早已跌入陷坑。后面胡兵大队追至，李广利进退无路，只得率众投降。单于大获全胜，又得李广利，心中甚喜，知他乃是汉朝大将、天子外戚，比起李陵、卫律，身分不同，于是也就十分礼待，以女嫁之。武帝闻知李广利降了匈奴，即命将其妻子处斩。

李广利在匈奴年余，甚得单于信任，言听计从，卫律见了顿生妒忌。心想向来单于遇事，必来与我商议，一国之中，除却单于，惟我一人权力最大。自从他到之后，单于改变心肠，尽将宠爱移到他身上，若不设法将他除去，何以保全我之地位？卫律因此存心谋害李广利。其时适值单于之母阏氏抱病，卫律心生一计，密嘱胡巫如此如此。胡巫依言，即向单于说道："先单于阴灵发怒，道是从前祭兵之时，曾祝擒获贰师，将他祭社。今已得贰师，何故不用？阏氏之病，正为此事。"单于一向尊信神巫，只得遣人将李广利执缚。李广利何曾知是卫律陷害，因怒道："我死之后，定作厉鬼，灭此匈奴。"于是匈奴竟杀贰师，将尸祭社，卫律见除了李广利，心中暗自称快。他也全不记从前与李延年何等交好，赖其向武帝荐引，始得奉使匈奴。如今延年家败人亡，只余其弟广利一人，投降匈奴，不加照看，也就罢了；反要起意陷害，致之死地，可见小人万不可与之结交，到头身受其祸，尚不觉悟，真是可怕。闲言少叙，却说匈奴自从李广利死后，忽然天降大雪，一连数月，牲畜冻死不少，人民也遭疫病，所种之黍，皆不成熟。单于记起李广利之言，以为是冤鬼作祟，心中恐惧，便替李广利立起祠堂，岁时祭祀。读者试想，李广利如果有灵，便当先杀卫律、胡巫报仇，如今却让他二人安然无恙，可见其鬼不能为厉。单于崇信神巫，为其所欺，又复误认冤鬼为祟。武帝轻听占卜之言，以致丧师失将，此皆迷信之过。欲知后事如何，且听下回分解。

第一二三回　轮台诏武帝悔祸　林光宫日磾立功

话说武帝自巫蛊事起，太子败亡，李广利又投降匈奴，连遭拂意之事，长日忧郁烦闷，毫无乐趣，愈觉勘破世情，厌倦诸事。因想起求仙尚无效果，现在年纪已老，不趁此时专意从事，无常一到，悔之已晚。武帝想定，遂先召到公孙卿，问他候神多年，有何应验。公孙卿设词推托，仍抱定从前所见足迹，做他凭据。武帝见他不济，便想仍到海上一行。征和四年春正月，武帝命驾到了东莱，遂至海上，召集方士，逐一考问。人人皆言望见神山，但被逆风倒吹，不得前往。武帝亲临海畔，遥望天水相连，一碧无际，此时万念都绝，仿佛云水空明之中，别有一番世界。便命左右预备船只，择定吉日，沐浴斋戒，亲自浮海求仙。群臣闻知，都来谏阻，武帝执意不从。正欲登舟出发，忽然起了一阵大风，吹得海中波浪，汹涌如山，霎时间天昏地黑。但听海水冲激，如同千军万马之声。武帝也觉恐惧，遂绝浮海之想，在海上留连十余日，方始回銮。

武帝一路上观风采俗，访问人民疾苦，方想起连年东征西讨，南发北战，虽然开拓土地，降服蛮夷，却弄得人民室家离散，生计困穷。又念自己崇信神仙，也算十分恳挚。平日招致方士神巫，祈祷太乙神君，遍祭名山，广立台观，费尽心思财力。不但未得福报，反因此发生巫蛊之狱，竟至萧墙祸起，妻死子亡，算来都是我平日造作许多罪过，所以结局得此报应。想到此处，不禁满身冷汗，深自追悔，遂立意痛改前非，专务安民息事。一日行至钜定，此时三月天气，正是耕田时候，武帝意欲人民务农，便就此处举行亲耕之礼。事毕起驾，顺路前往泰山。

武帝既到泰山，重修封禅，亲祀明堂，礼毕召见群臣，说道："朕即位以来，所为狂悖，致使天下愁苦，悔已无及。自今以后，凡事有伤害百姓糜费天下者，一概罢去。"田千秋便趁势说道："方士言神仙者甚多，并无明效，徒费官钱，请皆罢遣。"武帝点首道："大鸿胪之言是也。"遂命将诸方士一律遣散。此后武帝每对群臣言及求仙之事，自叹往日愚惑，致为方士所欺，天下岂有神仙，尽是妖妄；惟有节食服药，或可少病而已。到了夏六月，武帝回至甘泉宫，下诏拜田千秋为丞相，封富民侯，以示休养人民之意。

此时却有搜粟都尉桑弘羊，不知武帝用意，约同丞相田千秋、御史大夫商丘成奏言，西域轮台东有水田五千顷以上，土地温和肥美，可遣卒屯田，置校尉分头看护，募民壮健敢往者到彼垦田，并筑亭障以威西域。武帝遂下诏深陈既往之悔。其诏书道：

> 前有司奏，欲益民赋三十，助边用，是重困老弱孤独也。今又请遣卒屯田轮台。轮台西于车师千余里，前开陵侯击车师，虽降其王，以辽远乏食，道死者尚数千人，况益西乎？乃者贰师败，军士死亡离散，悲痛常在朕心。今又请远田轮台，欲起亭隧，是扰劳天下，非所以优民也，朕不忍闻。当今务在禁苛暴，止擅赋，力本农，修马复，令以补缺，无乏武备而已。

武帝既下此诏，由此不再出兵，后人因称为《轮台之诏》。读者须知，武帝本是极聪明人，但因溺于嗜欲，沉迷不悟。如今屡遭变故，痛定思痛，一旦悔悟，便将从前所为全然改变。虽由天资不凡，究竟得力在于曾读儒书，明得道理，不比秦始皇一味自私自利，专任申韩之术，惨酷寡恩，所以汉家天下，竟得保全无事。闲言少叙。一日武帝驾坐未央宫，忽报匈奴遣使持书到来。武帝将书开看，其书道：

南有大汉，北有强胡。胡者，天之骄子也，不为小礼以自烦。今欲与汉开大关，娶汉女为妻，岁给遗我蘖酒万石，稷米五千斛，杂缯万匹，他如故约，则边不相盗矣。

武帝见书中来意，是求和亲，便交群臣会议。群臣因其言辞傲慢，要求过奢，决议不许其请，遣使报答。大鸿胪田广明献计，请募囚徒送匈奴使者，乘便刺杀单于报怨。武帝心想匈奴得汉降人，搜索甚严，岂易行刺？若被发觉，徒贻笑柄，且此等举动，五霸尚不肯为，何况堂堂中国，遂不听田广明之言。仍照群臣所议，遣使回报匈奴。使者到了匈奴，入见单于。单于问道："闻汉新拜丞相田千秋，此人素无名望，天子何由进用？"使者答道："乃因其上书言事之故。"单于听了笑道："若果如此，是汉置丞相，并非任用贤人，只须一妄男子上书，便可取得。"使者无言对答，及至回国，将言告知武帝。武帝大怒，以为使者辱命，意欲将他下狱办罪，左右代为恳求，良久，武帝方始赦之。说起田千秋本齐国诸田之后，迁居长陵。千秋为人，无甚才能学术，又无门第功劳，特因一言点醒武帝，不过一年，便取宰相封侯，真是世所罕见，无怪单于诧异，便连千秋自己也想不到。但他秉性厚重，颇有智略，居位能称其职，比起前后几个丞相，算是较胜。

千秋自为丞相，因见武帝连年惩办巫蛊，诛罚尤多，群臣恐惧，便想设法宽解帝意，安慰众心。乃与御史大夫九卿等同向武帝称颂功德，捧觞上寿。劝帝施恩惠，缓刑罚，玩听音乐，颐养精神，为天下自寻娱乐，武帝辞道："朕实不德，致召殃咎，自左丞相与贰师阴谋逆乱，巫蛊之祸，流及士大夫。朕痛士大夫常在心，数月以来，日仅一食，更有何心听乐？至今余巫脱逃，祸犹未止，阴贼侵身，远近为蛊，联心甚愧，何寿之有。谨谢丞相二千石各归官舍，勿复有言。"田千秋闻命，只得率领群臣退出。

光阴迅速，过了一年，是为后元元年。时值六月，武帝避暑林光宫。一日清晨，武帝高卧未起，忽听得外面有人大呼道："马何罗造反！"武帝惊醒，连忙起身，走出房门，却见侍中驸马都尉金日磾双手将马何罗紧紧抱住。马何罗极力撑拒，不得脱身。此时左右闻声各持兵器赶到，见此情形便一拥上前，欲将何罗杀死。武帝恐忙乱之际，伤了金日磾，急忙阻住众人，切勿动手。马何罗知事已败露，吓得手软，却被金日磾双手力扼其颈，掷下殿来。左右赶上将马何罗捆绑，搜出利刃，拥到武帝面前。武帝问他何故造反。马何罗料难抵赖，只得据实供出。

原来马何罗官为侍中仆射，素与江充异常亲密。及太子据起兵，何罗之弟马通与太子力战，得封重合侯。后武帝查知太子受冤，尽诛江充宗族党羽，马何罗兄弟心恐祸连自己，遂谋为逆。何罗日侍武帝，意欲行刺，自有机会可乘。但是事关重大，心中担着惊恐，神色不免张皇。偏遇金日䃅诸事留心，觉得马何罗甚属可疑，又未曾得有谋逆凭据，不敢告发，惟有暗中察其动静，与之一同出入，寸步不离。马何罗见日䃅紧紧相随，亦觉其意，因此过了许久，不得行刺。马何罗心想，须乘金日䃅不在，方好下手。此时恰好金日䃅先一日患了小病，卧在殿旁直庐。马何罗心中暗喜，遂使其弟马通并小弟马安成假传诏书，夜出宫门，发兵前来接应。到了是日早晨，何罗从外走入，料得武帝未起，日䃅卧病，正好行事。于是取出一把利刃，藏在袖中，直由东厢上殿，便想闯进卧房，刺死武帝。谁知日䃅自从昨日卧了一日，次日天明，觉得病势轻减，便起身前往厕上，方才走到厕所，忽然心动，立即回入殿中，到了武帝卧房门口坐下。及至马何罗走到殿上，一眼瞥见日䃅坐在一旁，出于不意，因大惊变色。但是已发难收，事在必行，何罗便奔向卧房，意欲入内。谁知举步慌张，误触宝瑟，跌到地上。日䃅觉他谋反无疑，便趁势上前双手抱住，大叫起来，因此破获。武帝又命奉车都尉霍光、骑都尉上官桀往捕马通、马安成并其同谋之人，一并交与有司审究，遂皆伏诛。

金日䃅字翁叔，本匈奴休屠王太子，休屠王与浑邪王约同降汉，后又反悔，遂为浑邪王所杀。日䃅与母阏氏弟伦俱没入官，送黄门养马，时年才十四岁。过了数年，武帝一日正在宴乐，传令召取黄门所养之马到来阅看。日䃅随同马夫数十人，牵马走过殿下，武帝逐一阅看。此时后宫妃嫔满前，一众马夫，无不偷眼观看，独有日䃅低头走过，不敢侧视。武帝见日䃅身体长大，容貌端严，所养之马又甚肥壮，心中觉他不同常人，问其姓名家世，日䃅一一对答，武帝方知乃是休屠王太子。因他胡人，未有姓名，遂想到休屠王曾作金人祭天，于是赐姓为金，即日赐以汤沐衣冠，拜为马监，未几迁为侍中驸马都尉。日䃅既得武帝亲近，日常举动，不曾稍有过失，武帝甚加信爱，赏赐至千金，出则骖乘，入侍左右。一班贵戚见了，背地怨道："主上得一胡儿，何故如此贵重？"武帝听说，愈加亲厚日䃅。日䃅之母教导二子甚有法度，武帝闻而嘉欢。其母既死，武帝命画其像于甘泉宫，题其上曰"休屠王阏氏"。日䃅出入，见画必拜，对之涕泣，良久始去。

日䃅生有两子，皆为武帝弄儿，常在帝侧。弄儿年幼无知，又与武帝戏弄已惯，一日武帝会在殿上，弄儿从后越登御座，抱住武帝颈项。日䃅在前望见，不敢开言，只将两目怒视弄儿，弄儿心畏其父，连忙退缩下来，且走且哭道："翁怒。"武帝便对日䃅道："汝何故向吾儿发怒？"日䃅见武帝纵容其子，心中甚是忧虑。后日䃅长子年已长大，不知谨慎，竟在殿下与宫人调戏，适被日䃅撞见，恶其淫乱，心想若不除之，将来必至连累全家，遂将长子杀死。武帝闻知大怒，召到日䃅，大加诘责，日䃅顿首谢罪，因备言所以当杀之故，武帝心中痛惜弄儿，为之泣下。后来转念日䃅杜渐防微，甚有见识，反加敬重。日䃅在武帝左右数十年，未敢定睛视帝，赐出宫女，亦不敢近。武帝欲纳其女于后宫，日䃅辞谢不肯，其谨厚如此。此次擒捕马何罗，尤见忠节，遂与霍光同受托孤重任。未知武帝如何托孤，且听下回分解。

第一二四回　防后患婕妤赐死　颁遗诏武帝托孤

话说武帝素体本健，即位以后，虽然耽玩声色，却善行导养之术，所以体气常觉强壮。年至六十余，发尚不白，容颜转少。此时一意求仙，服药辟谷，少近妇女。及巫蛊祸起，武帝心中懊悔，从此闷闷不乐，身体渐瘦。此次又被马何罗谋刺，意外受惊，但觉长日惨惨不乐。自知不久人世，便想就诸子之中择立一人为太子。因想起燕王旦年纪虽长，但前次上书，求人宿卫，已怀争位之心，后又藏匿亡命，被有司发觉，削其三县，断不可立之为嗣。其次则广陵王胥，生得壮大多力，能空手与猛兽格斗，然性喜游乐，做事每多过失，亦非人君之度。至昌邑王髆又不幸早死，惟有少子弗陵，可使承嗣帝位。

说起弗陵乃赵婕妤所生。赵婕妤本齐国人，家居河间，其父因事坐罪，身被宫刑为中黄门，早死。婕妤少好清净，忽得一病，卧床六年，两手十指弯曲成拳，擘之不开，饮食少进。恰值武帝巡狩，行过河间，望气者进言，此间出有奇女，是个贵人，当在东北地方。武帝依言，即遣近侍向东北一带挨家推问，恰好问到赵婕妤家中，知有此女，便将她带来复命。武帝召入，见其容貌甚美，但是两手皆拳，武帝使数十人擘之不开。遂命近前，亲自披之，两手随即伸开，忽于掌中得一玉钩。武帝心中甚觉奇异，由此进幸，号为拳夫人。后进位婕妤，所居之宫，名为钩弋，故又号为钩弋夫人。武帝甚加宠爱，太始三年，生下一子，取名弗陵，又号钩弋子。赵婕妤怀孕十四月始生此子。武帝道："闻说古帝唐尧十四月始生，今钩弋子也是如此。"乃名其出生之宫门为尧母门。钩弋子年到五六岁，身体长大，天性多智，武帝以为肖己。又因其出生与众不同，加倍心爱，早欲立为太子，但因年纪太小，其母赵婕妤，又系青春年少，放心不下，以此迟疑未决。

到了后元元年秋七月，钩弋子年已七岁，武帝决计立之为嗣，但有两事须先办妥。第一须择大臣为之辅佐，就朝中大臣而论，丞相田千秋，为人虽然厚重，用事未久，难胜重托。此外御史大夫以及九卿，也无可以信任之人。再看近侍之中，金日磾固然可托，但他又是胡人，难服众心。选来选去，惟有霍去病之弟奉车都尉霍光，随侍左右，出入宫禁二十余年，小心谨慎，未尝有过。可以肩此重任。此时且慢发表，免得群臣疑忌。先行授意霍光，使之知悉。武帝想定，遂命黄门画工画周公负成王朝诸侯之像，赐与霍光，武帝即择定霍光辅佐嗣子。第二便想处置赵婕妤以绝后患。一日武帝在甘泉宫，借事责备赵婕妤。赵婕妤素得宠幸，此时见帝发怒，不知何故，心中惶恐，脱下簪珥，叩头谢罪。武帝见了，甚不过意，忽又想到将来之事，也顾不得平日恩爱，便喝令左右送往掖庭狱中。左右应声上前，将赵婕妤带了便走。赵婕妤自想并无大过，主上竟下此绝情，忍不住一阵心酸，待要开言问个明白，无奈喉中哽咽，连一句话都说不出，但频频回过头来望着武帝。武帝也觉凄楚，只得咬定牙根说道："速行，汝再不想望活。"赵婕妤到了狱中，武帝遣使赐死，即葬云阳。是日大风扬尘，闻者皆为伤感。武帝心中暗自痛惜。过了数日，武帝闲居宫中，因问左右道："赵婕妤死后，大众议论如何？"左右答道："人言陛下将立其子，何故竟杀其母？"武帝道："此非一班愚人所知，从古国家所以生乱，由于主少母壮。女主独居，骄恣淫乱，任意妄为，群臣莫能禁阻，汝不见吕后即是如此。"左右听了，方知武帝用意。读者试想，武帝思患预防，固有深意，但不想另谋善法，竟忍割爱置之死地，此种举动，真是专制君主之雄，只苦了赵婕妤，死得不明不白。

过了一年，正值春日，武帝驾幸五柞宫。此宫有柞树五株，每株大至三人合抱，枝叶阴森，荫庇数十亩地。宫西有青梧观，观前有三株梧桐树，树下东西排列石麒麟二枚，胁上刻有文字，乃是秦始皇骊山墓中之物。石麒麟头高一丈三尺，在东者前脚左边折断，断处鲜红如血，时人因相传为神物。此处本是离宫，武帝不过偶然到来游玩，谁知忽得一病，渐渐沉重，不能回到长安。霍光随侍在旁，见武帝病势危险，遂乘间涕泣问道："如有不讳，当立何人为嗣？"武帝听了说道："君未知前次赐书之意乎？立少子，君行周公之事可也。"原来霍光自少未读儒书，不知周公辅佐成王是何故事，所以虽得武帝赐书，并未领会，至是闻言，方始明白，因顿首让道："臣不如金日磾。"日磾闻言，也上前让道："臣乃外国人，不如霍光。若使臣辅佐少主，早被匈奴看轻，以为中国无人。"武帝遂对霍光道："汝二人不必互相推让，并当受我付托。"二人只得无言退下。

武帝即命霍光、金日磾辅佐幼主，又就朝臣中选出御史大夫桑弘羊、太仆上官桀，做他二人帮助。桑弘羊本是武帝旧人，不消细说；上官桀乃上邽人，少为羽林期门郎，数从武帝微行。一日武帝车驾行上甘泉山，半途忽遇大风，车上之盖，被风力制住，以致车马难行，左右遂将车盖解下，交与上官桀执在手中。上官桀两手持盖，随车而行，并不稍离。少顷又值暴雨大至，上官桀奋力擎盖，遮住武帝，大风吹他不动。武帝见其膂力甚大，暗暗称奇，拜为未央厩令。武帝生性爱马，不时到厩阅看。偶因患病，多日未曾看马，及至病愈，见所养之马多瘦。武帝向上官桀发怒道："汝以为我不再见马，所以无心喂养。"便欲将上官桀下狱办罪。上官桀情急计生，连忙叩首说道："臣闻圣体不安，日夜忧惧，意实不在于马。"语尚未毕，眼中早已流泪，在上官桀不过一时急智，希望借此免罪。武帝却信为忠实，由此亲近，得为太仆。

当日武帝自知不起，下诏立弗陵为皇太子，以霍光为大司马大将军，金日磾为车骑将军，上官桀为左将军。又召到丞相田千秋御史大夫桑弘羊，五人皆拜于卧室床下，同受遗诏，辅佐少主。二月乙卯，武帝驾崩五柞宫中。先一日武帝白昼卧在床上，久之不醒，左右近前观看，见帝颜色不异平常，但是已无气息。到了次日，颜色渐变，双目紧闭，群臣方始发丧，移入未央前殿，举行殡殓。三月甲申，葬于茂陵。群臣议上庙号为孝武皇帝。

武帝自十六岁即位，在位五十四年，享年七十岁，中间计共改元十一次。综计生平，崇儒术，兴太学，改正朔，定历数，举贤良，成立汉家一代制度。其功业尤著者，北逐匈奴，南平两粤交趾，东灭朝鲜，西通西域，开拓土地，宣扬国威，为西汉极盛时代。但是内多嗜欲，好女色，慕神仙，屡出巡游，大兴土木，天下因此多事。又信任计臣，搜括民财，委用酷吏，枉害人命，因之民穷财尽，盗贼纷起，卒至巫蛊祸发，妻子不保。幸晚年悔过，一改前非，得免亡国之祸。论起雄才大略，在专制君主中，也可算是第一了。武帝不但生前做事与人不同，便连死后也有许多灵异之处。据当日传说，武帝死后，停灵未央前殿，近臣早晚上祭，祭毕撤退祭品，见逐件翻动，似乎有人食过一般。及葬后，所有姬妾，皆移到茂陵园居住，常觉武帝前来亲幸，有如平日，旁人却并无所见。霍光闻知此事，遂多派宫人居住园中，一直添到五百人，方始绝迹。及昭帝始元二年，有官吏告发人民盗用御物。霍光将物调来验视，见其上题有文字，乃是茂陵中殉葬之物。因问其人，此物何从而来，据说是由某处买得。霍光心疑安葬之日官吏未曾谨慎，以致被人窃取，遂拿将作匠下狱究问。过了年余，郿县地方又有人手持玉杯，到市上求卖。官吏见了，疑是御物，意欲上前捕拿，忽然不见，只将玉杯收得送上霍光。霍光细看，又是茂陵中物，遂召官吏到来，亲自动问，其人相貌如何，身上穿何衣物。官吏逐一告知。霍光细想所说形状，甚似先帝，莫非是先帝显灵。默然片刻，遂命赦出将作匠，不复追问其事。又过年余，茂陵令薛平忽见武帝白日现形，对他说道："吾虽去世，仍是汝君，如何任听吏卒到我陵上磨洗刀剑？"说罢，忽然不见。薛平甚是骇异，急召所属吏卒，推问其事。却原来陵旁有块方石，吏卒常在此偷磨刀剑，薛平遂急晓谕禁止。一时众人闻知武帝种种灵迹，无不惊异，宣帝时加上武帝尊号称为世宗。清谢启昆有诗咏武帝道：

学仙妄意鼎湖攀，雄略军容动八寰。
玉检封中呼万岁，金童海上引三山。
蚕丛远自牂牁辟，龙种新从渥水还。
独幸直臣客汲黯，时闻谠论一开颜。

武帝既崩，霍光等遵奉遗诏，率领群臣，请皇太子弗陵即位，是为昭帝。未知以后如何，且听下回分解。

第一二五回　职供养盖主入宫　谋篡夺燕王遇赦

话说武帝驾崩之后，大将军霍光等受遗诏，奉太子弗陵即皇帝位，是为昭帝。昭帝时年八岁，未能亲理朝政，一切事务皆由顾命大臣主持。论起顾命大臣，本有五人。在武帝之意，却专注重霍光，故遗诏令霍光秉政，领尚书事，以金日磾、上官桀为之辅佐，至丞相田千秋、御史大夫桑弘羊不过守职奉行而已。霍光既受武帝重托，深恐自己作事或有过失，每当朝会之日，常对丞相田千秋道："光与君侯同受遗诏，今光治内，君侯治外，尚望有以教之，使光得无负天下。"田千秋听说答道："将军第留意，天下自蒙将军之赐。"霍光屡次请问，田千秋竟无一言。桑弘羊见丞相尚不干涉，自更不敢多口。至金日磾及上官桀又皆与霍光连姻，彼此又甚相得，且遗诏令其辅助霍光，是事不敢自出主见，所以用人行政之权，皆归霍光掌握。

当日霍光初次当国，一举一动，朝野之人无不十分注目。霍光生得容貌洁白，眉目疏朗，须髯甚多，身材不过中人，并不高大，素性沉静细密。自从武帝崩后，日夜在宫办事，殿中郎仆射见光出入宫门，上下殿廷，所行之路，所立之处，似有一定地方，心中觉得奇异。于是就其行立之处，暗地做个记号，等候霍光到时，留心察看，居然不差一尺一寸。心想霍光为人如此端重，真是大臣气度，十分拜服。读者须知此时武帝新崩，昭帝年幼，又兼巫蛊。初息，人主未安。霍光身负重大责任，处此危疑地位，何等艰险，好在他谨厚镇定，所以得保无事。虽然如此，尚不免小受虚惊。一夜霍光住宿宫中，已是解衣就寝，忽有数人踉跄走入，报说殿中出现怪异。霍光急起披衣，走到殿中，但见宿卫郎官，分头乱窜，人声喧嚷，闹成一片，也问不出是何原因。霍光见此情形，恐是发生变故，心中虽然吃惊，却也安详不乱，因想起玉玺关系重要，立即遣人召到管理符玺郎官，欲收取玉玺，以防不测。郎官闻召到来，霍光命其将玺交出。郎官闻言惊讶道："符玺乃臣职掌之物，非奉诏命，何得私相授受？"霍光见郎官不肯交出，仓皇之际无暇与之细说，便欲上前夺取，郎官不知霍光用意，见他用强来夺，连忙退开数步，一手紧执玉玺，一手按住剑柄，厉声说道："臣头可得，玉玺不可得也。"霍光见此郎官愿以性命守护玉玺，不惟不怒，心中反加敬重。遂告知己意，令其加意保管。此时众人闹了一回，也就渐渐安静。霍光细问情由，原来众人因武帝停灵未久，俱觉心虚，又兼夜间黑暗之中，疑神疑鬼，自相扰乱，其实并无甚事。霍光到了次日，遂下诏将管理符玺郎官增加俸禄二等。人民闻知此事，皆说霍光秉心公正，由此人心悦服。

霍光自从此次吃惊之后，心想主上幼小，饮食起居需人照顾。如今赵婕妤既死，所有先帝妃嫔，大抵出居茂陵园，宫中更无可靠之人。自己日理政务，又无余暇兼顾，万一变生意外，防范不及，主上偶有差池，我将何以对先帝。因想起武帝之女鄂邑公主，嫁与盖侯王受为妻，现在王受已死，其子王文信嗣爵，公主寡居无事，何不请她常住宫中，照料一切。霍光想定主意，遂加封鄂邑公主食邑，称为盖长公主，令其入宫供养昭帝。又追尊赵婕妤为皇太后，就其葬地起陵，号曰“云陵”。过了一年，改元为元始元年。霍光见昭帝亲兄为王者，惟有燕王刘旦、广陵王刘胥，又帝姊亦只盖长公主一人，因体贴昭帝之意，下诏加封燕王、广陵王、盖长公主各一万三千户，并加赐燕王钱三千万。广陵王及盖长公主受封，并无异说。独有燕王，因加封赐，转又生出事来。

先是燕王刘旦自以年长应嗣帝位，所谋不遂，心中郁郁不乐，便存篡夺之意。及武帝驾崩，昭帝即位，赐与诸侯王玺书告知丧事。望书到了燕国，燕王刘旦得知武帝凶信并不悲痛。群臣劝令举哀，刘旦却不肯哭，一心谋夺帝位，故意借词说道：“玺书封函甚小，京师疑有变故。”遂遣心腹近臣寿西、长孙纵之、王孺等前往长安，借问丧礼为名，秘密探听消息。诸人奉命到了长安，王孺素识执金吾郭广意，因向之私问道：“帝因何病而崩？现在立者何人之子？年有几岁？”郭广意答道：“吾当时待诏于五柞宫，忽闻宫中喧言帝崩，诸将军共立太子为帝，年八九岁，先帝葬时，亦未出送，此外别无所知。”王孺见广意说得不明不白，遂与诸人商议，意欲寻见盖长公主问明详情。谁知盖长公主已奉召入宫，住在宫中，不得见面，此外无从探听，遂将郭广意言语归报刘旦。刘旦听说，正中其意，因说道：“主上临崩，未闻有何言语，盖长公主又不得见，此事甚属可怪。”乃又命中大夫至京上书，请于各郡国设立武帝宗庙，欲以试探朝廷之意。霍光见书，不允其请。刘旦愈加不悦。

此次朝廷赐钱三千万，加封万三千户，刘旦不但不喜，反发怒道：“我当为帝，更受何人之赐！”但他口中虽然如此言语，仍将封赐收受。暗地却与中山哀王之子刘长、齐孝王之孙刘泽等，密谋造反。先欲收揽国权，乃诈言曾受武帝之诏，许其亲理政事，修饬武备，以防变故。刘长又为刘旦拟一命令，晓谕群臣。群臣不知，信以为实，于是刘旦遂掌握一国之权。时有郎中成轸知得刘旦意思，乘间进言道：“大王失职，但当起而索取，不可安坐而得。大王若肯起事，国中之人下至女子，皆攘臂愿为大王效力。”刘旦见说，决意举兵，因对众宣言道：“前此高后假立子弘为皇帝，诸侯拱手事之八年，及高后崩，大臣诛诸吕，迎立文帝，天下始知少帝非孝惠之子。今我乃武帝长子反不得立，上书请立庙又不见听，况我安得别有弟在。今大臣所立者乃大将军之子，天下当共伐之。”一面使刘泽作成文书，遣人散布各郡国，欲以摇动人心。刘泽又欲自归临淄，招集党羽，约期与燕国一同起兵。商议既定，遂即起程回齐。

刘旦自刘泽去后，招集各地亡命，充当士卒。又收聚民间铜铁，制造兵器。不时亲自出外阅操，每出入僭用天子仪仗，左右近臣皆称侍中。时有郎中韩义等见刘旦反谋已露，屡行苦谏。刘旦大怒，遂将韩义杀死。一时因谏被杀者竟有十五人，此后也就无人敢谏。刘旦一心预备为帝，兴高采烈。一日召集大队兵马，带同官吏，前往文安县大猎。一则练习兵卒；二则待至预定期日到来，以便举事。岂料期尚未到，却被朝廷发觉。

原来刘泽回到临淄，谋杀青州刺史隽不疑，起兵与刘旦响应。事尚未行，却被刘成闻知，急告隽不疑。不疑乘其无备，分遣吏役将刘泽及其党羽捕拿下获，奏闻朝廷。朝廷遣人前往查办，究出同谋诸人，燕王刘旦自然在内，有司请捕刘旦治罪。霍光心想刘旦乃先帝长子不得嗣位，不免心怀怨望，照理虽应办罪，但我辅政未久，便兴大狱，杀戮亲支，恐诸侯王及宗室心抱不安，反疑我有异志，不如遣使宣布受诏托孤始末，以释其疑；再责其无故起兵之罪，使之悔过自新，谅不敢复谋篡夺。霍光想定，遂遣使责问刘旦。刘旦恐惧伏罪，对使者叩头谢过。使者回报霍光。霍光乃下诏有司道："燕王至亲，勿得究治。"但将刘泽等正法，擢隽不疑为京兆尹。未知以后如何，且听下回分解。

第一二六回　奉贤母不疑著名　冒太子方遂伏法

说话隽不疑字曼倩，乃渤海人，自少学习《春秋》，一举一动必合礼节，以此人皆敬重，名闻州郡。武帝天汉二年，山东盗贼大起，暴胜之奉命为直指使者，身服绣衣，手持斧钺，督察郡国，逐捕盗贼。官吏稍不如意，便遭诛戮。一路所过，被杀之人甚多，威振一时，官吏莫不恐惧。暴胜之用法虽甚严猛，却知敬重贤人，素闻隽不疑之名，及到渤海，即遣吏往请不疑，欲与相见。吏人奉命到了不疑家中，传达暴胜之之意。不疑因见暴胜之杀戮太甚，也想趁此进言劝谏，于是慨然应诺，命吏人先行回报，自己入内换过衣服，头戴进贤冠，腰悬櫑具剑，身佩玉环，宽衣大带，装束异常齐整。行到胜之门口，递上名帖求见。门下吏人见不疑身旁带剑，以为此是凶器，欲使解下，方许入内。不疑说道："剑乃君子武备卫身之器，不可解下，若不许入见，便请退去。"吏人无法，只得入内通报。胜之命开阁门，延请入内。

隽不疑见请，昂然走进。暴胜之坐在堂上，远远望见不疑容貌尊严，衣冠高大，不觉肃然起敬。立即起身下堂，曳履迎接。彼此初见，各致谦让，于是登堂脱履，就席坐定。不疑以手据地说道："伏居海滨，闻暴公子威名久矣，今始得望见颜色，亲奉话言，实为生平之幸。窃有一言奉告，大凡为官吏者太刚则折，太柔则废，威行加之以恩，始能立功扬名，永享禄位。"胜之闻言，心知不疑非同常人，敬纳其戒，优加礼待。问以当时应行之事，不疑对答如流，深合胜之之意，畅谈至夜，方始辞去。

当日暴胜之门下从事，皆向各州郡选取能吏充当，今闻不疑来见，遂立在屏后，侧耳听其言语。谁知不疑一见胜之，便即用言规谏，闻者无不吐舌，只因暴胜之奉命出使，掌握生杀之权，何等威严！众人见了，先存恐惧之心，安敢直言触忤其意。独有不疑侃侃而谈，全无惧色，居然能得胜之听从，殊出众人意料之外，所以异常惊骇。胜之既赏识不疑，遂上表向武帝保荐。武帝召入京师，不久即拜不疑为青州刺史。至是因捕获刘泽有功，擢为京兆尹，赐钱百万。

隽不疑自为京兆尹，令行禁止，京师吏民服其威信，部下肃然，安静无事。不疑家有老母，迎到官署奉养。每遇不疑出巡属县，讯问囚徒，回至官署，其母便问不疑，此行审问人犯，从中必多冤屈，有无替他申理，救活几人。不疑若对说某案办得太重，现已从轻发落，某人身受枉屈，已为释放，其母闻言，心中甚喜，饮食笑语，比平日加倍高兴；若使不疑回来，问知所审之案，并未开脱一人，其母立即发怒，不肯进食。不疑素性孝顺，又不敢妄言欺骗，只得曲从母意，所办之案往往从宽。读者须知国家设立刑法，原为除暴安良，固不可诬陷无辜，亦不宜纵容有罪，故刑官审案务以公平为要。今不疑之母，一意欲使其子宽赦罪犯，似乎太偏。其实不然，原来不疑为人嫉恶如仇，虽然不至如暴胜之之苛酷，仍难免失之过严，其母深知不疑素性，故用此种手段为之补救。所以不疑在官虽甚严厉，却不流于残刻，皆出贤母之力。

光阴迅速，不疑身为京兆尹已有五年。一日忽有一人乘坐牛车，上立黄旗，身穿黄衣，头戴黄帽，直到未央宫北阙之下，自称为卫太子。公车令见了，连忙报知霍光。霍光闻说，吃了一惊，入告昭帝，商议处置之法。先下诏使公卿将军中二千石官吏同来辨认真假。此消息哄动一时，长安城中吏民前来聚观者不下数万人。霍光恐有变故，命右将军王莽领兵守住阙下，以备非常。其时满朝文武，自丞相御史大夫以至中二千石官吏，奉诏陆续到了阙下，望见其人，不知是真是假，彼此相视，莫敢发言。但听得两旁观看之人交头接耳，纷纷议论。一众文武呆立观望，正想不出主意，忽见人民纷纷让路，众人定睛观看，却是京兆尹隽不疑到来。只因隽不疑闻诏稍迟，所以后到。当下不疑分开众人，行到近前，略略看了一眼，即喝令吏役将其拿下。大众闻言，尽觉错愕。中有一人上前阻道："是非尚未可知，何妨稍缓。"不疑对众说道："便是卫太子，诸君亦何用疑虑，昔日卫灵公太子蒯聩，得罪出奔，后灵公既死，蒯聩之子辄嗣位，蒯聩欲入卫国，辄拒而不纳，《春秋》不以为非。今卫太子得罪先帝，逃走在外，未就诛戮，忽自来归，此乃罪人，法应拿捕。"说罢便命将其人送往诏狱。大众闻言，皆服不疑甚有见识，于是一哄而散。

霍光与昭帝坐在宫中，等候群臣回报，心中也就十分忧虑，因想其人如系假冒，不妨捕拿治罪，此事尚属易办。万一卫太子未死，今果来归，将用何法处置？正在计议未决，近臣报说，京兆尹隽不疑命将其人擒拿下狱，并将不疑言语备述一遍。昭帝与霍光闻言，大加称赞，说道："公卿大臣当用有经术明于大义之人，幸有不疑方免误事。"乃下诏将其人交与廷尉审办。廷尉奉命提到其人，究问数次，果然审出奸诈。读者试想卫太子早在湖州泉鸠里自缢身死，何处更觅其人，不消说得。自是别人假冒，但何人竟敢大胆假称卫太子？说起也就可笑。原来此人本系夏阳人，姓成，名方遂，住居湖州，向以卖卜为业。一日忽有人前来问卜，一见成方遂，不禁吃惊，频频注目。成方遂觉得可疑，便问其故。其人说道："吾从前曾为卫太子舍人，日在太子左右，今观汝状貌俨是卫太子，天下竟有如此相似之人，若非卫太子已死，几乎误认。"成方遂听了心中暗喜，待得其人去后，因想到自己家贫，终日卖卜，尚难度活。既有人说我甚似卫太子，卫太子死得不明不白，也无人证实其事，我何不诈称卫太子，入京一行，事隔多年，料想无人识破，纵然不得封王，也可博取富贵。成方遂计算已定，瞒了众人，闭了卜肆，一径入京，诣阙自认。谁知偏遇隽不疑不问青红皂白，立即拿捕下狱，弄得成方遂无法可施，只得一口咬定是实。廷尉因卫太子葬在湖州，遂遣人前往查访来人。到了湖州，闻得道路传说，卜人成方遂忽然不见，于是留心访问成方遂为人始末，便猜到是他假冒太子，急行回报廷尉。廷尉又传集当地乡里张宗禄等素来认识成方遂之人，到案对质。成方遂无可抵赖，一一直供。廷尉判定，成方遂诬罔不道，腰斩东市。可笑成方遂未曾图得富贵，反白白送了性命，真可谓至愚之人；但他若不遇隽不疑，或竟得了好处亦未可知。隽不疑所引经义，虽未确当，然当机立断，也算是才识过人了。

自此案发生后，隽不疑名重朝廷，一班公卿皆自以为不及，霍光尤加欢赏，便欲以女嫁之。隽不疑心虑霍氏权势太重，将来难保无祸，于是极力固辞。霍光见其执定不肯，只得作罢。过了一时，隽不疑因病免官归家，不久身死。京师人民怀其政绩，称为一代名宦。

当日霍光为政，务在安静，轻徭薄赋，与民休息，又令郡国各举贤良文学之士，问以民间疾苦。一班贤良文学，皆请罢盐铁榷酤均输官，勿与天下争利，御史大夫桑弘羊极力反对。霍光遂召集贤良文学六十余人，与公卿等会议其事，彼此互相驳难。桑弘羊主张盐铁均输，乃是国家大事业，所以安边足用，万不可废。于是但罢榷酤官。后汝南人桓宽将当日盐铁之议编辑成书，名为《盐铁论》，计数万言，至今犹行于世。

霍光见国内安宁，便议与匈奴和亲，乃遣使前往匈奴，探其意思。先是始元二年匈奴狐鹿姑单于身死，当狐鹿姑将死之际，嘱诸贵人道："我子年少，不能治国，当立弟右谷蠡王为单于。"及狐鹿姑死后，卫律却与阏氏颛渠密谋，秘不发丧，假传单于命令，召诸贵人宴饮结盟，共立狐鹿姑子左谷蠡王号为壶衍鞮单于。壶衍鞮单于既立，右谷蠡与单于子左贤王，皆以不得嗣立，心怀怨望。向例匈奴每岁五月，大会诸王于龙城，祭享天地鬼神，至是左贤王、右谷蠡王不肯来会，匈奴之势始衰。恰值汉使到来，单于使人示意，欲求和亲。使者道："匈奴既有意和亲，须先放苏武等回国。"单于使人回答，说是苏武已死。未知苏武生死如何，且听下回分解。

话说中华五千年

两汉演义（下）

(清) 黄士恒 著　　(清) 清远道人 编

中国文史出版社

第一二七回　李陵置酒劝苏武　常惠设策动单于

话说苏武被匈奴移到北海牧羊，但以野鼠草根为粮，艰难度日，后来幸得单于弟于靬王周济，赐以牲畜器用。于靬王死后，其众移去，附近有丁灵人见苏武牲畜颇多，欺他孤弱无助，便将牲畜偷去，苏武又遭穷困，但他心中尚希望有日得回中国，所以不肯便死，只是终日手持汉节，带着一群羝羊，在那冰天雪窖之中居住，衣食不周，度日如年。又不时想起家中老母兄弟妻子，久断音信，生死未卜，纵使铁石心肠，也应落泪，此种苦趣，非笔墨所能形容。在单于不过爱其忠节，欲使之受苦不过，自然来降，如今为日已久，心想苏武或已回心转意。闻李陵素与苏武交好，便命其前往劝说。

原来苏武自入匈奴，不过一年，李陵便已降胡，二人平日至好，谁知同在匈奴十余年，却并未曾见面。只因李陵身作降人，自觉惭愧，不敢往访苏武。直到武帝末年，奉了单于之命，方始前往北海。此时李陵已受单于封为右校王，又娶单于之女为妻，便率领许多从人，携带无数食物，到了海上，来见苏武。

苏武久闻李陵降胡，也谅他一时失足，违反本心，且事过已久，遂亦不复提及，彼此相见但叙交情。李陵遂命置酒作乐，邀同苏武入席饮酒。二人久别重逢，说不尽别来景况。饮到酒酣，李陵便对苏武道："单于闻陵与子卿素来相得，故遣陵来劝足下。单于一片虚心；仰慕足下，意欲同享富贵。足下终不得回国，居此无人之地，徒受困苦。虽有忠义，何从表见。且足下离国日久，未知故乡消息。前者长君为奉车都尉，从主上行至雍州棫阳宫，因扶御辇行下除道，偶一不慎，误触旁柱，折断辇辕，有司劾奏大不敬。长君惧罪，伏剑自刎，主上赐钱二百万以为葬费。孺卿为骑都尉，从主上祭河东后土，偏遇宦者与黄门驸马争船，竟将驸马推坠河中溺死，宦者见闹出祸来，自知不免，连忙逃走，主上命孺卿追捕。孺卿遍寻不获，无以复命，心中惶恐，服毒而死。陵初来时，太夫人已不幸弃世，陵曾送葬至阳陵。尊夫人年少，闻已改嫁。家中独有令妹二人，两女一男。今屈指又过十余年，存亡不可知。人生有如朝露，何徒自苦如此？陵当初降之际，终日忽忽，几如发狂，自痛有负国家，加以老母囚系保宫，忧心如焚。子卿家已无人，无所顾虑，不愿投降之心，更无以过陵，且主上春秋已高，法令无常，大臣无罪被诛灭者不下数十家，纵得归国，安尚不可知，子卿更为谁尽节？望听陵之计，勿再拘执。

苏武听李陵说他母亲既已去世，兄弟又皆自杀，发妻亦已出嫁，弄得家败人亡，心中何等酸楚，但他立志不降，无论如何，始终不肯改变，因对李陵道："武父子毫无功德，皆出主上成全，位为将军，爵列通侯，兄弟并蒙亲近，随侍左右，常愿肝脑涂地。今得杀身以报，虽斧钺汤镬亦所甘心，愿勿再言。"李陵见苏武不听其言，只得按下不谈，另说他事。当日酒散，李陵便在海上住宿。次日又与苏武饮酒，谈论中间，李陵屡次用言打动苏武，苏武只作不闻。一连饮了数日，李陵见苏武只是不动，忍不住直说道："子卿何妨一听陵言。"苏武答道："武自以为必死久矣，王如定欲武降，请尽今日之欢，效死于前。”李陵闻言，心知苏武语出至诚，不禁长叹道：“子卿真是义士，陵与卫律之罪上通于天矣！”说罢泪下沾襟，遂向苏武告辞而去。

李陵见苏武生计困难，待欲赠以财产，却嫌自己不忠，对之未免有愧，遂与其妻商议，用其妻名义，赐与苏武牛羊数十头。又想起苏武妻已改嫁，子女不知在否，况兼年纪将老，归国无期，不如劝他纳一胡女，免得孤身无伴，将来生下一男半女，也可接续血脉，因遣人将此意告知苏武。苏武也就应允。李陵乃就自己部下选一女子嫁之，从此苏武有了家室，不至如前寂寞，又得许多牲畜，衣食不至缺乏。丁灵人知是李陵好友，也不敢前来侵盗。

及武帝驾崩，李陵闻知信息，又到北海来见苏武，说道：“近日边界守兵，捕得云中人口，据言自太守以至吏民，皆穿素服，说是主上已崩。”苏武闻言变色惊讶，急问道：“此事确否？”李陵答道：“甚确。”苏武听了便即向南号哭，哭到痛极，不觉呕血。李陵见了，心中自悔不应前来告知，遂极力劝慰一番，自行归去。苏武从此每日早晚哭泣两次，直到数月方罢。当日霍光遣使到了匈奴，问起苏武，匈奴诈言已死，使者不知真假，只得依言回报。过了年余又有汉使到来，以为苏武果死，不复再问。一夜忽有一人求见，使者问其姓名，说是常惠，乃系苏武属吏。使者闻信惊喜，即令入见。

说起常惠自被匈奴另行安置一处，遣人看守，不得自由行动，虽知苏武身在北海，但苦无从一见。心中日夜思归，却又并无办法，只得耐心等候。好在场惠所住之地，距离单于王庭不远，又兼居住已久，通其言语，渐与看守胡人彼此熟悉，交情也就亲密，每有汉使到来，常惠闻信，便留心探听消息，往往知得大概。及闻汉使求觅苏武，匈奴不肯实告。常惠暗想匈奴有意不将我辈放归，似此看来，不免老死胡中，如何是好，除非有人向汉使通一消息，说明所在地，使匈奴无从推托，此事方有希望。常惠想定主意，只放在心里，并不曾告知他人。此次一闻汉使到了，便对看守胡人假说道：“新来汉使，乃我亲戚，我在此十余年，不得家中消息，意欲见他访问明白，免得心中悬念，汝若恐我逃走，不妨同往，但事须秘密，不可使人得知。我意欲趁今夜悄悄前往，谈论数语，便即回来，决不至连累于汝，望汝行此方便。”看守之人听了，慨然应允，因此常惠方得到来。

使者见了常惠，问起情形，常惠备细告知，使者方知苏武尚在。常惠又行近使者身边，附耳说了数语，使者点头应允。常惠不敢久延，便同看守之人告辞回去。到了次日，使者入见单于，照着常惠嘱咐之语说道：“我此来特奉天子命令索回苏武，只因天子一日在上林中射猎，忽见天边一雁飞过，天子亲自拈弓搭箭，向他射去，那雁中箭坠地，左右上前拾取，忽见雁足上系有一物，解开一看，却是一块帛书。书中写道：‘臣苏武现在荒泽之中。’细看书词，确是苏武笔迹。前日汉使问起苏武，单于如何说他已死，欺骗邻国？如今天怜苏武孤忠，使他帛书得达，又是天子亲手射得，单于更有何说？”单于闻言，与左右面面相觑，心中大惊。本来胡人生性率直，加以迷信甚深，今闻使者之言，以为射雁得书，果有其事，又因自己说谎被人揭破，一时无从回护，便向使者谢过道：“苏武实是尚在。”使者暗想常惠之计果然不错，心中甚喜，即要求单于放之归国。单于与诸贵人商议，只得允从使者之请。

读者试想，匈奴久留苏武，不肯放还，何以一旦慨然应允，只因此时单于年少，其母阏氏所行不正，国人离心，诸贵人常恐汉兵来攻。卫律曾为单于设策，意欲穿井筑城，建楼藏谷，以资防守。正在兴工之际，有人说道："胡人不能守城，必被汉兵攻取，反使敌人得了利益。"因此遂命罢工。卫律又时劝单于与汉和亲，可得利益，诸贵人犹豫未决。今见汉使屡次求索苏武，苏武又在此日久，并无投降之意，留之无益于事。又想到马宏亦久留不降，不如一并放归。说起马宏，乃于武帝时与光禄大夫王忠同奉使命，前往西域，道经楼兰，楼兰王私告匈奴，发兵遮阻。王忠力战而死，马宏被擒入胡，匈奴迫其投降，马宏不从，亦被拘留。如今竟得与苏武一同返国，真是幸事。

李陵知得此信，便置酒来与苏武作贺，因说道："今足下得归中国，名扬匈奴，功显汉室，虽古史所载，丹青所画，不能胜过足下，但恨陵不能追随左右。陵虽不才，假使朝廷稍宽其罪，保全老母，陵亦当效春秋时曹沫劫盟之事以洗大辱，此乃陵所念念不忘者。今家族被诛，为世人所耻笑，陵又何所希望。陵为此言，不过使子卿知得吾心而已。彼此异国，从此一别，更无相见之日了！"李陵说到此处，心中悲愤交集，遂起舞作歌道：

经万里兮度沙漠，为君将兮奋匈奴。
路穷绝兮矢刃摧，士众灭兮名已颓。
老母已死，虽欲报恩将安归？

李陵歌罢，不禁伤心，流下数行眼泪，遂与苏武珍重而别。匈奴召集苏武从人，除已降及死亡外仅有九人，连马宏一同送归中国。未知苏武归后如何，且听下回分解。

第一二八回　全汉节苏武归国　谢故人李陵报书

话说苏武娶胡妇已有数年,此次匈奴放之归国,适值胡妇怀孕,苏武因其是异国人,不便携带,遂托李陵为之照顾,自己随带从人九人,与马宏一同起程,始元六年春到了长安。长安吏民闻知,争来观看。苏武当出使时,年方四十,留在匈奴一十九年,及归须发尽白,手中尚持汉节,见者无不感叹。昭帝以苏武奉使全节,命有司预备太牢,使苏武往祭武帝陵庙,即日下诏拜苏武为典属国,赐钱二百万,第宅一区。随来六人,内有常惠、徐圣、赵终根三人,年尚未老,皆拜为郎中,每人赐帛二百匹。其余六人,年老不能任职,每人赐钱十万,使之归家,免其终身力役。独有马宏尽忠守节,不减苏武,偏是归国之后,不闻朝廷有何封赏,又不为世人所称道,以致后世之人,但知苏武,不知马宏。可见人世功名,原也有幸有不幸,清人谢启昆有诗咏苏武道:

辱命何甘引佩刀,廿年海上鬓萧骚。
咽旃不见羝生乳,卧雪惟闻节落旄。
南向心伤龙驭失,北风盼断雁行高。
人生奄忽如朝露,五字河梁惜别劳。

苏武回到家中,其子苏元尚在。同侄辈出来迎接,苏武见子侄等都已长成,回想当日临行之际,老母兄弟妻室团聚一堂,如今一个个死别生离,不能相见,独自一人归家,几如隔世,心中何等伤感。过了一时,匈奴使者到来,带有李陵寄来之书,苏武拆开一看,书中说是胡妇生下一男,母子均尚安好。苏武得书也觉稍慰,于是写成回书,先谢李陵照顾之情,并得其子取名通国。只因路途遥远,不便接回,仍托李陵代为保护。书尾劝说李陵回汉,丁宁再三,写毕封固,仍交匈奴使者带回。

读者试想,李陵降胡已久,家族被诛,更有何面目复回中国?且此次与苏武诀别,曾将自己心事说出,观其语气,已是无意回来。苏武岂不知得,何以又作书相劝。只因霍光及上官桀素与李陵交好,今见苏武已回,便想再招李陵,知得李陵有书寄与苏武,特嘱苏武回书力劝李陵回国。苏武依言作书去后,霍光、上官桀尚恐不能得力,又选得李陵故友陇西任立政等三人,命其前往匈奴,借着奉使为名,暗地示意李陵,请其归来。

任立政等三人到了匈奴,照例入见单于。单于置酒宴请汉使,李陵、卫律皆侍坐两旁。立政等虽得与李陵相见,却因当着大庭广众,不便私语,只得频频以目注视李陵。又不时自以一手摩其刀环,一手暗握李陵之足,立政此种举动,以为环者还也,是说李陵可以还归中国之意。李陵此时已得苏武回书,也知立政意思,难以回答,只好故作不知,立政等也就无法。过了数日,李陵与卫律自携牛酒来到汉使营中,邀请任立政等三人宴饮。任立政等见李陵亲来,心中甚喜,欲趁此时转达霍光、上官桀之言,清其归国。偏又遇着卫律同来，卫律本是胡种，久降匈奴，一意与汉为敌，若闻此事，必然极力破坏，所以任立政欲言又止，不敢轻于启口。当日李陵、卫律与任立政等一面饮酒，一面赌博，任立政留心观看，李陵、卫律皆身穿胡服，头上挽个椎髻，五人赌了一回，酒已半酣，任立政忍耐不住，便装着醉意，两眼注定李陵，高声说道："汉廷现已大赦，国内安乐，主上年少，霍子孟、上官少叔用事。"立政说到此处，却又停住。李陵会意，默然不答，目视立政良久，举手自理其发，口中说道："吾今已著胡服矣！"立政闻言，知其不愿归国，待欲直言进劝，又碍着卫律在座，心中正在着急，恰好卫律起身出外更衣。立政见是说话机会，急说道："少卿，汝甚劳苦。霍子孟、上官少叔有言，命吾奉告。"李陵闻说问道："霍与上官想都安好？"立政道："二人嘱吾来请少卿即归故乡，勿忧不得富贵，强似在此称王。"李陵呼立政之字道："少公，归国固是易事，但恐再受耻辱将如之何？"李陵话未说完，忽见卫律走进，立即住口。谁知末后数语，已被卫律听得，便对李陵道："李少卿，古之贤人，不皆终身居住一国。昔日范蠡遍游天下，由余弃戎投秦，并能扬名千古。今君等说话，何以如此亲切？"说罢遂催促李陵一同回去。原来卫律为人极其奸巧，先前见任立政言语神气，便猜到他专为李陵而来，因想得一计，假作更衣，让他说个畅快，却乘二人深谈之际，突然走进，使他无从隐瞒，便好将言拦阻，且使立政等自知事机漏泄，不敢再下说辞。立政与李陵说话正在入港，竟被卫律截断话头，心中甚觉不快。及至二人起身告别，立政心想此事既已说穿，索性向李陵问个定着，以便回去复命。于是立政随着李陵走出营外，低声问道："适间所言之事，君亦有意否？"李陵心中何曾不思回国，但因家破人亡，身败名裂，归去亦复无聊，况朝廷执政，随时易人，现有霍光、上官桀当权，固可无虞，将来别易他人，难保不生变故，李陵想定，遂辞绝任立政道："大丈夫不能再辱。"任立政知事不成，过了数日，遂辞别李陵归国。李陵袖出一书，托任立政带交苏武。立政回到长安，入见霍光、上官桀，备述李陵言语，二人见李陵不肯归国，只得由他。立政又将李陵托带之书交与苏武。苏东坡说李陵此书，《汉书》上不曾载出，是齐梁人伪撰的，此言未免太偏，今且不论。当下苏武拆开一看，但见书上写道：

子卿足下，勤宣令德，策名清时，荣问休畅，幸甚幸甚！远托异国，昔人所悲，望风怀想，能不依依？昔者不遗，远辱还答，慰诲勤勤，有逾骨肉。陵虽不敏，能不慨然？自从初降，以至今日，身之穷困，独坐愁苦。终日无睹，但见异类。韦阮毳幙，以御风雨。膻肉酪浆，以充饥渴。举目言笑，谁与为欢。胡地玄冰，边土惨裂，但闻悲风萧条之声。凉秋九月，塞外草衰，夜不能寐，侧耳远听，胡茄互动，牧马悲鸣，吟啸成群，边声四起。晨坐听之，不觉泪下，嗟乎子卿，陵独何心，能不悲哉？与子别后，益复无聊，上念老母，临年被戮。妻子无辜，并为鲸鲵。身负国恩，为世所悲。子归受荣，我留受辱，命也如何？身出礼义之乡，而入无知之俗；违弃君亲之恩，长为蛮夷之域，伤矣！令先君之嗣，更成戎狄之族，又自悲矣！功大罪小，不蒙明察，孤负陵心。区区之意，每一念至，忽然忘生。陵不难刺心以自明，刎颈以见志，顾国家于我已矣！杀身无益，适足增羞，故每攘臂忍辱，辄复苟活。左右之人，见陵如此，以为不入耳之欢，来相劝勉。异方之乐，只令人悲，徒增忉怛耳。嗟乎子卿！人之相知，贵相知心，前书仓卒，未尽所怀，故复略而言之。昔先帝授陵步卒五千，出征绝域，五将失道，陵独遇战，而裹万里之粮，率徒步之师，出天汉之外，入强胡之域，以五千之众，对十万之军，策疲乏之兵，当新羁之马。然犹斩将搴旗，追奔逐北，灭迹扫尘，斩其枭帅，使三军之士，视死如归。陵也不才，希当大任，意谓此时功难堪矣！匈奴既败，举国兴师，更练精兵，强逾十万。单于临阵，亲自合围，客主之形，既不相如，步马之势，又甚悬绝。疲兵再战，一以当千，然犹扶乘创痛，决命争首，死伤积野，余不满百，而皆扶病不任干戈。然陵振臂一呼，创病皆起，举刃指虏，胡马奔走，兵尽矢穷，人无尺铁，犹复徒首奋呼，争为先登。当此时也，天地为陵震怒，战士为陵饮血。单于谓陵不可复得，便欲引还，而贼臣教之，遂使复战，故陵不免耳！昔高皇帝以三十万众困于平城，当此之时，猛将如云，谋臣如雨，然犹七日不食，仅乃得免，况当陵者，岂易为力哉？而执事者云云，苟怨陵以不死，然陵不死罪也！子卿视陵，岂偷生之士，而惜死之人哉？宁有背君亲捐妻子而反为利者乎？然陵不死有所为也，故欲如前书之言，报恩于国主耳。诚以虚死不如立节，灭名不如报德也。昔范蠡不殉会稽之耻，曹沫不死三败之辱，卒复勾践之仇，报鲁国之羞，区区之心，窃慕此耳。何图志未立而怨已成，计未从而骨肉受刑，此陵所以仰天椎心而泣血也。足下又云："汉与功臣不薄，子为汉臣，安得不云尔乎？"昔萧樊囚系，韩彭菹醢，晁错受戮，周、魏见辜。其余佐命立功之士，贾谊、亚夫之徒，皆信命世之才，抱将相之具，而受小人之谗，并受祸败之辱，卒使怀才受谤，能不得展，彼二子之遐举，谁不为之痛心哉？陵先将军，功略盖天地，义勇冠三军，徒失贵臣之意，到到身绝域之表，此功臣义士所以负戟而长叹者也，何谓不薄哉？且足下昔以单车之使，适万乘之虏，遭时不通，至于伏剑不顾，流离辛苦，几死漠北之野，丁年奉使，皓首而归，老母终堂，生妻去帷，此天下所希闻，古今所未有也。蛮貊之人，尚犹嘉子之节，况为天下之主乎？陵谓足下当享茅土之荐，受千乘之赏，闻子之归，赐不过二百万，位不过典属国；无尺土之封，加子之勤，而妨功害能之臣，皆为万户侯；亲戚贪佞之类，悉为廊庙宰。子尚如此，陵复何望哉？且汉厚诛陵以不死，薄赏子以守节，欲使远听之臣，望风驰命，此实难矣，所以每顾而不悔者也。陵虽孤恩，汉亦负德。昔人有言："虽忠不烈，视死如归。"陵诚能安，而主岂复能眷眷乎？男儿生以不成名，死则葬蛮夷中。谁复能屈身稽颡，还向北阙，使刀笔之吏，弄其文墨耶？愿足下勿复望陵。嗟乎子卿！夫复何言。相去万里，人绝路殊，生为别世之人，死为异域之鬼。长与足下，生死辞矣，幸谢故人，勉事圣君。足下胤子无恙，勿以为念，努力自爱。时因北风，复惠德音，李陵顿首。

* * *

苏武阅书，为之叹息。后李陵在匈奴二十余年，竟死于胡中。李陵书中极言苏武回国，朝廷封赏过薄，此事本出霍光主意，霍光对于爵赏，甚为慎重，惟恐过滥，其意尚是敬重苏武，有此特别待遇。旁有上官桀素与苏武交好，又因种种事故，与霍光不睦，遂代苏武不平。却借燕王刘旦上书诉说，因此闹出一场大祸，几乎连累到苏武身上。未知上官桀何故与霍光不睦，且听下回分解。

第一二九回　丁外人私侍公主　上官桀谋害霍光

话说武帝当日遗诏使霍光辅佐，以金日磾、上官桀为之帮助。又念他三人擒捕马河罗、马通有功，未行封赏，遂另作遗诏封金日磾为秺侯，霍光为博陆侯，上官桀为安阳侯。及武帝既崩，霍光与群臣开读遗诏，金日磾见了便对霍光说道："现在主上年幼，我三人职掌大权，要若遽受封爵，不免惹人议论，且将此事搁起。"霍光听了点头称是，上官桀也就无言。到了昭帝始元元年九月，金日磾忽得一病，日见沉重。霍光恐其不起，因想到金日磾一生忠诚谨厚，当日马河罗蓄谋行刺，若非日磾留心保护，先帝几致不免。如今临死未受封赏，何以显朝廷崇德报功之意，遂入与昭帝言明，下诏封之。日磾病在床上，奄奄一息，不能起立，卧受印绶，一日便死，时始元元年秋九月也。昭帝甚加痛惜，赐以墓地，从葬茂陵，谥曰敬侯。日磾长子为武帝弄儿，因淫乱为日磾所杀。尚有次子金赏、三子金建皆为昭帝侍中，与昭帝年岁不相上下，每日一同卧起，甚是亲爱。金赏为奉车都尉，金建为驸马都尉。至是日磾身死，金赏嗣爵为侯，身佩两绶，金建仅佩一绶。昭帝时年九岁，见他二人所佩印绶，兄多弟少，心欲二人一律，便对霍光道："金氏兄弟两人，何不使他同佩两绶？"霍光对道："金赏乃因嗣父为侯，故得两绶。"昭帝笑道："封侯岂不在我与将军乎？"霍光对道："先帝有约在先，有功始得封侯。"昭帝听了也就无语。

先是武帝遗诏本系三人同封，如今既封金日磾，霍光与上官桀也就一同受封。时卫尉王莽之子王忽，身为侍中，在外扬言道："先帝崩时，忽常在左右，岂有遗诏封三人之事，此乃群儿自相贵耳！"霍光闻言大怒，切责王莽。王莽遂将王忽毒死。旁有宾客见霍光权震一时，遂进言道："将军不见昔日吕氏擅权，排斥宗室，不与共事，是以天下不信，卒至灭亡。今将军当国，帝又年幼，宜进用宗室，遇事多与大臣商议，方可免患。"霍光依言，乃选宗室中可用者，得刘辟疆、刘长乐二人，皆以为光禄大夫，又命辟疆兼守长乐卫尉。金日磾既死，只余上官桀一人帮助霍光。霍光每遇休沐出外，上官桀便代霍光入内判决政事。霍光因他是儿女亲家，素来交好，且又同受顾命，所以相信不疑。但重要事件，仍须由霍光定夺施行。其初二人相安无事，及至为时既久，彼此遇事各执意见，上官桀遂与霍光争权，究竟争他不过，因此积下许多嫌隙。先是霍光使盖长公主入宫供养昭帝，原为她年老寡居，家中无甚牵累，不妨长在宫中。偏遇盖长公主平日闺门不谨，竟与其子宾客河间人丁外人私通，如今被召入宫，宫禁森严，丁外人不得擅行出入。盖长公主心念丁外人，不免时常出外，便有人将此事报告霍光。霍光要想体贴盖长公主之意，遂转告昭帝，下诏令丁外人得侍盖长公主。读者试想，盖长公主身为贵主，恣行淫乱，已是不顾廉耻。丁外人以一个平民，私通公主，论起当时法律，本应伏诛。霍光对于此事，不能按律惩办，只置之不闻不问可矣，岂料他不学无术，又见昔日武帝对于馆陶公主及董偃甚加优待，便以为此事无关紧要，不如下诏成全其事，使公主得以一心一意照顾主上。只因此举,遂惹起无数事来。

盖长公主当日见此诏书,心中自然欢喜。从此丁外人便得出入宫省,毫无顾忌。光阴荏苒,到了始元四年,昭帝年已十二岁,盖长公主在宫既久,后宫之事,归其掌管,因见昭帝年纪渐长,便欲纳周阳氏之女使之匹配昭帝。说起周阳氏,本系淮南厉王之舅赵兼,得封周阳侯,后因事失爵,遂改姓周阳氏。长公主与之素识,以故欲纳其女。事尚未行,却被上官桀之子上官安得知。上官安即霍光女婿,生有一女,现年六岁,闻知此事,忽然生心,欲将已女配与昭帝。又想起自己女儿,即是霍光外孙女,此事霍光必然赞成。若得他允许,长公主也无如之何。事成之后,我身为国丈,稳取封侯之贵,何等快意!上官安想得心花怒放,急来寻见霍光,告以已意。霍光因见外孙女尚幼,不肯听从。上官安一场扫兴,回到家中,埋怨丈人太觉拘执,心想失此机会,未免可惜,不肯就此罢手,沉思良久,忽得一计。遂又往见丁外人,他与外人素甚相得,因向之说道:“闻得长公主选择后宫,安有一女,容貌端正,若仰赖长公主之力,得入宫中,立为皇后,使安父子同在朝廷,又有椒房之戚,不胜荣幸,此事成否,全在足下。足下若肯向长公主前尽力成全,安自当感激图报。汉家故事,常以列侯匹配公主,足下奉有明诏,得侍公主,何愁不得封侯?”丁外人闻言,心中甚喜,立即应允。乃入见长公主,备述上官安之语。长公主许诺,于是告知昭帝,立召上官安之女入宫,封为婕妤,拜上官安为骑都尉。过了月余,长公主一心盼望丁外人早得封侯,于是力劝昭帝立上官氏为皇后,并擢上官安为车骑将军,时始元四年春三月也。

当日上官氏得立为皇后,霍光以为是昭帝及长公主之意,并不知上官安与丁外人通谋之事。且因是自己外孙女,不免有点私意,所以不加阻止。过了一年,长公主又使昭帝加封后父上官安为桑乐侯,食邑一千五百户。上官安便恃势骄淫,无恶不作。一日昭帝召入宫中赐宴,上官安宴罢回家,对宾客大言道:“今日与我婿饮酒大乐,见他服饰何等华丽,使人回到家中,几欲自将物件一火烧却。”众人闻言,无不暗笑。

上官安既已得志,心感长公主,便欲为丁外人营谋封侯,但是封拜之权,全在霍光,必须得他允许,于是不时守住霍光,要求封丁外人为侯。霍光任女婿纠缠多次,只是执意不肯。上官安无法,自料身为女婿,终难拗过丈人,不如请其父出面,遂告知上官桀。上官桀依言,又向霍光提及此事。霍光仍然不听。上官桀见封侯无望,便想拜丁外人为光禄大夫,并使得人见昭帝。霍光见丁外人并无材德,如何妄与官职,因此又不许诺。上官桀自觉没趣,归与上官安言之,父子二人见此事不成,自觉无颜以对丁外人。因又别思一法,知得燕王刘旦,乃是帝兄,不得嗣立,心中久怀怨望,遂遣人私与刘旦交结,令其上书请封丁外人为侯。刘旦自从前次谋反不成,数年以来,正在郁郁不能得志,今见上官桀父子肯与交结,心中大喜,便想借此联络朝臣,为其党羽,乘机谋取帝位,于是依言遣人上书昭帝,书中说道:“臣与陛下独有长公主为姊,陛下幸使丁外人侍之,外人宜受爵号。”昭帝见书,以问霍光,霍光力持不可,昭帝遂将书批驳不准。长公主得知此事始末,遂与霍光有隙。

上官桀父子费尽心力,为丁外人求封,均被霍光把持,不得如愿,心中异常惭愧,便归怨到霍光身上。上官桀自想我当先帝在日,位列九卿,本居霍光之上。如今父子并为将军，又是国戚，皇后系我孙女，霍光不过是外祖，反得专制政事，令人不平，由是遂起争权之心。正当此时，偏又发生一事。有太医监名充国者，乃是上官桀妻父所爱之人，倚借外戚之势，无故闯入殿中。左右报知霍光，霍光命拿捕下狱，交与刑官讯明复奏，应处死罪。上官桀又向霍光讨情，霍光不允。到了冬月将尽，行刑期近，眼看得充国一命不保，却被长公主闻知，便替充国献马二十匹，求赎其罪，方得减刑免死。上官桀因此深怨霍光，愈加感激长公主。

谁知一波未平，一波复起。丁外人虽不得官爵，却将长公主做他靠山，在长安中武断横行，众人侧目。又与前京兆尹樊福积有仇怨，今见樊福免官家居，因使刺客将樊福射死，事后遂将刺客藏匿长公主第宅。长公主第宅在渭城县，吏役探知踪迹，不敢往捕，便来报与渭城县令得知。渭城县令姓胡名建，字子孟，河东人，乃是一个有名干吏，在武帝时曾为北军军正丞。家中甚贫，出入并无车马，常与士卒一同卧起，待遇士卒，极其有恩，以此众心感激，愿为效力。时有监军御史违背军法，私将军中营垒凿为小室，陈列货物，贩卖求利。军正见了，并不举发。胡建心中大怒，便欲设计诛之，乃对士卒道："我欲与汝等共诛一人，但看我喝拿便拿，喝斩便斩。"众人同声应诺。恰好一日大阅兵马，监军御史与护军诸校尉一排，坐在演武台上。胡建带同士卒走至台下拜谒，乘着众人不意，迈步走上台来，士卒随后一同上台。胡建指定监军御史，喝令士卒拿下，士卒应声一拥而前，立将监军御史推到台下。胡建又喝道斩首，士卒便将御史一刀两段。此时护军诸校尉，不知何故，大加惊骇。胡建一面将己意告知众人，一面向怀中取出一书，此书乃是胡建预先写就者，即时遣人持去奏闻武帝。书中备述监军御史罪状，又说是按照军法所定，军正不属于将军，将军有罪，军正得以奏闻，至军吏二千石以下如有犯罪，即时行法。"臣乃军正属官，能否行法，不无可疑，但见有犯罪，便当依法办理，不敢推委。臣今已将御史斩首，谨昧死奏闻。"武帝见奏，深喜胡建执法不阿，立即批准。胡建由此名闻一时，后调为渭城县令。

胡建自为渭城令，声名甚好，人心悦服。今闻刺客逃入长公主第宅，遂率领游徼带同兵役前往，将长公主第宅围住，入内搜索，竟将刺客捕获。长公主家人见了，连忙遣人报知长公主。长公主闻信，急与丁外人、上官安带了许多宾客奴仆，各执兵器，火速回到家中。见胡建已将刺客捕去，问知初行不远，命众往追，众人望见官吏在前，一齐放箭。胡建命吏卒四散而走，大众追赶不及，回报长公主。长公主自以为我是皇帝之姊，县令竟敢围住我家拿人，太觉藐视我了，若不将他惩办，如何甘心，但又想到自己窝藏犯人，也有不是，遂不敢直告胡建，只借游徼出气，乃使仆射捏辞告道："渭城令游徼，砍伤公主家奴。"胡建闻知也上书辩白，说是游徼奉公拿捕罪犯，并未伤人。长公主听说大怒，又遣人上书诬告胡建侮辱公主，箭射宅门。又明知属吏砍伤家奴，替他回护，不肯认真究办。霍光见书，知是长公主有意诬陷胡建，置之不理。长公主更加气愤。后来忽值霍光抱病在家，不能亲理政务，上官桀便代霍光办事，于是重翻旧案，检出长公主所上之书，发交有司讯办。有司奉命捕拿胡建，胡建闻报自杀。及至霍光病愈，闻知此事，挽救无及。渭城吏民，皆为胡建称冤，立祠祀之。上官桀父子既因种种事故，与霍光争权，积下许多仇怨，便想设计将霍光除去，自己独揽政权，方得快意。于是内连盖长公主，外结燕王刘旦。又有御史大夫桑弘羊，自以为创设盐铁均输，为国兴利，立有大功，欲替子弟求官，霍光不许其请，因此怀恨，也与上官桀联为一气。上官桀遂密记霍光过失，寄与刘旦，使上书告发。刘旦许诺，尚未照办。适值霍光前往广明，校阅羽林郎官回京，上官桀遂与诸人密议，欲害霍光。未知上官桀如何设计，且听下回分解。

第一三〇回　上官桀谋逆伏诛　燕王旦惧罪自杀

话说上官桀父子欲害霍光，密与桑弘羊商议，欲趁此时遣人通知刘旦，上书告发霍光过失。又恐往返需时，遂决议自替刘旦拟成一书，专待霍光出外休沐之日，遣人奏闻。料想昭帝年幼无知，见书不辨真假。上官桀既替霍光判决政务，便好将书发交有司查办。桑弘羊自任联络朝中公卿，共将霍光捕执。众人议定之后，上官桀将书写好，等候机会。过了几日，恰值霍光归家休息，上官桀便遣亲信心腹之人，持书诣阙告发。书中说道："臣闻大将军霍光校阅羽林郎官，沿途自称警跸，并令太官先往置备饮食。又说是中郎将苏武奉使匈奴，被留二十年，及归但为典属国；而大将军长史杨敞并无功劳，反得为搜粟都尉，又擅调幕府校尉。似此专权任意，疑有异心。臣旦愿归还符玺，入宫宿卫，密察奸臣举动，以防发生变故。"昭帝见书，反复看了数遍，觉得情节可疑，便搁置一旁。上官桀欲请将书发下，昭帝知是诬陷，愈加不肯。

到了次日早晨，霍光入宫，方知其事，心中恐惧，遂坐在殿前西阁画室，不敢入内。此室中画有古帝王像，故名画室。昭帝坐在殿上，久候霍光不见到来，只有左将军上官桀在旁侍立。昭帝问上官桀道："大将军现在何处？"上官桀对道："大将军因燕王告发其罪，所以不敢擅入。"昭帝乃下诏召大将军霍光。霍光闻诏入内，对着昭帝免冠叩首谢罪。昭帝神色如常，便对霍光道："将军可即戴冠，朕知此书是假，将军无罪。"霍光见说心中始安，因问道："陛下何以知其假？"昭帝道："将军自往广明校阅羽林郎官，并调校尉，至今未及十日，燕王何以得知？且将军即欲谋反，无须校尉。"霍光听了也就恍然大悟。左右近侍及尚书等见昭帝年虽幼小，辨事精明，俱觉惊异。左将军上官桀被昭帝说出破绽，吓得汗流浃背，只得强自支持。此时元始六年，昭帝年方十四岁也。

昭帝既料燕王所上之书是假，便命捕拿上书之人。上书人果然逃走。有司寻觅不得，回奏昭帝。昭帝愈觉其假，因此大怒，通饬各地官吏严密查缉，务获究办。上官桀见了十分忧虑，惟恐上书人一旦被获，究出是他主谋，其罪不小遂乘间向昭帝说道："此等小事，不必穷究。"昭帝不听。上官桀只得将上书人藏匿一处，嘱其切勿出面，以此未被官吏破获。上官桀因此计害不倒霍光，便又想得一离间方法，使自己亲信之人，时在昭帝前诉说霍光之短。谁知昭帝闻言，便发怒道："大将军乃是忠臣，先帝所托，使之辅佐朕躬，敢有妄加毁谤者，即行办罪。"由此上官桀等不敢再言。

原来昭帝自见假书之后，觉得上官桀不足倚任，遂亲信霍光，疏远上官桀。上官桀自思所谋屡次不成，反弄得霍光地位日固，自己恩宠日衰，心中愈觉不甘。遂与其子上官安密议，一不做，二不休，索性举行篡夺之事，先杀霍光，废昭帝，再诱燕王入京诛之，然后自立为帝。上官桀父子计议既定，又料盖长公主、桑弘羊未必许他篡位，于是瞒住二人，但说是废去昭帝，迎立燕王，盖长公主及桑弘羊不知上官桀心事，遂皆依允。旁有亲信之人，闻知此事，私对上官安说道："似此举动，将置皇后于何地？"上官安答道：

"古语有云'逐鹿者不顾兔',言不能因小失大也。况依赖皇后,始得尊贵。一旦主人改变心肠,虽欲求为平民,亦不可得。此乃百世一时之事,不可错过。"其人无言而退。上官桀乃与众人打算下手方法,末后议得一策,使长公主置酒邀请霍光,俟其到来,伏兵杀之。又遣人通知燕王刘旦,令其早作预备,等候此间起事,得有信息,速即起身来京。燕王刘旦一向欲谋为帝,自与上官桀私相交结,屡次派遣幸臣寿西、长孙纵之等十余人,赍持金银珍宝以及好马,分赠长公主、上官桀、桑弘羊等,原想买得诸人之心,作为内应,以便乘机篡夺帝位。如今接到上官桀来书,说是迎他为帝,不禁大喜,遂写成回书,许立上官桀为王。一面连结郡国豪杰千余人为其声援,又恐消息迟缓,乃命设置驿马,以便往来通信。

燕王刘旦一心安排为帝,遂将此事备细告知燕相平,问其意见。平对道:"大王前与刘泽结谋,事尚未成,便被发觉。皆由刘泽素性自大,喜轻慢人,以致失败。平闻左将军为人轻佻,车骑将军年少骄傲,臣恐其复为刘泽,不能成事。更恐其事成之后,反叛大王,未可轻信。"刘旦听了大不谓然,且言我乃先帝长子,天下所信,何虑他人反叛,相平遂不敢再言。过了一时,刘旦对群臣说道:"近得盖长公主来信,中言欲举大事,所虑者独有二人,即大将军霍光与右将军王莽。今右将军已死,丞相又病,看来此事必成,不久便有使者前来召我。"遂分付群臣各自收拾行装,准备起程。

刘旦正在高兴,谁知宫中一连发生许多灾异。一日天降大雨,众人皆见有一道长虹下垂宫中,吸饮井水,顷刻之间,井水都尽。后宫永巷之中,群猪忽然发狂,闯出猪圈,突入厨房,直奔灶上,将灶破坏,灶上有锅六七个,都被群猪衔出,放在殿前。又见一群乌鹊在宫中池上争斗,群乌斗败,纷纷坠入池中而死。更有一鼠立在王宫端门之中,旋转跳舞。近侍报知刘旦。刘旦亲自来看,那鼠见了多人,并不惧怕,犹自跳舞不休。刘旦心疑鬼神为祟,便命官吏排下酒肴祭奠,并无效验。那鼠一直跳舞至一日一夜,方始力尽倒地而死。又一日殿门忽自关闭,数人尽力推之不开。城上无故发火,众官闻信齐集,指挥兵役,奋勇扑灭,已将城门烧尽。又有大风一阵,卷地而来,吹得天地昏暗,耳边但闻呼呼作响,势如千军万马,所过之处树木皆折,或竟连根拔出,宫城上城楼全座皆被吹倒。天上又坠下一颗流星,声震远近。种种怪异,层见叠出,宫中自后姬以下人人震恐。刘旦因此受惊得病,于是遣人四出祈祷鬼神。时有宾客吕广等善观天文,入见刘旦说道:"本年九十月间,当有兵马围城,又汉廷当有大臣被戮而死。"刘旦听了,愈加忧惧,对吕广道:"谋事不成,妖异屡现。兵气将至,如何是好?"刘旦此时颇有悔心,但已势成骑虎,只得听之而已。

果然不久长安忽有急报到来,说是密谋败露,同谋诸人皆死。刘旦闻信大惊失色,急向来人查问详情,来人备细说知。原来盖长公主谋请霍光饮酒,乘间杀之,事尚未行,却有前充稻田使者燕仓之子,现为公主舍人,闻知此事,私告其父燕仓。燕仓见事关重大,不能隐瞒,因想起大司农杨敞,是霍光心腹之人,便来告知杨敞。说起杨敞,乃华阴人,本在大将军幕府当差,霍光爱其谨厚,用为军司马,渐升大将军长史,未几擢为搜粟都尉,至是官至大司农。杨敞为人无甚才能,又兼庸懦畏事,偏是霍光看得中意,将他提拔。上官桀旁观不服,所以前替燕王上书,曾将杨敞与苏武比较,说他无功取得高位。当日杨敞闻得燕仓之语，惊恐异常，自己不敢出头告发，托病告假回家，请到谏大夫杜延年告知此事。杜延年即杜周之子，闻言立即报与霍光。霍光密告昭帝，不动声色，遣人分头捕拿。丞相征事任宫亲斩上官桀，丞相少史王寿引诱上官安入到府门杀之，桑弘羊亦被擒伏诛，盖长公主闻信自杀。刘旦所遣心腹使者孙纵之等，闻风逃走，朝廷饬下各地官吏严密拿捕。此事发觉，正在昭帝元凤元年秋九月，吕广之言居然应验。

刘旦见事已至此，急召相平说道："吾谋已败，不如即行起兵。"相平答道："左将军已死，百姓皆知此事，今若起兵，人心不服，反招祸乱。"刘旦闻说十分忧闷，遂命设宴万载宫，大会宾客群臣及后宫姬妾，列坐饮酒。刘旦饮到中间，自作一歌。其词道：

归空城兮，狗不吠，鸡不鸣。
横术何广兮，固知国中之无人。

刘旦歌罢。旁有华容夫人离席起舞，口中歌道：

发纷纷兮填渠，骨籍籍兮亡居。
母求死子兮，妻求死夫，
徘徊两渠间兮，君子将安居！

华容夫人歌声凄恻，座中闻者，莫不泣下。忽报朝廷有赦令到来，刘旦心中稍慰，尚冀免死。及至左右将赦令传进，刘旦看了一过，顿然失望，叹息说道："原来但赦吏民，并不赦我。"遂罢酒入内，会集后姬诸人于明光殿，分付数语，便欲拔剑自杀。左右连忙劝道："朝廷素来宽大，或者但削土地，不至于死，何妨稍为忍耐。"一班后姬见刘旦寻死，大众啼啼哭哭，上前拦阻，刘旦方才止住。过了数日，昭帝遣使到燕，赐与燕王玺书。书中说道：

昔高皇帝王天下，建立子弟，以藩屏社稷。先日诸吕阴谋大逆，刘氏不绝若发，赖绛侯等诛讨贼乱，尊立孝文，以安宗庙，非以中外有人，表里相应故耶？樊郦曹灌携剑推锋，从高皇帝垦灾除害，耘锄海内，当此之时，头如蓬葆，勤苦至矣，然其赏不过封侯。今宗室子孙，曾无暴衣露冠之劳，裂地而王之，分财而赐之。父死子继，兄终弟及。今王骨肉至亲，敌吾一体。乃与他姓异族，谋害社稷，亲其所疏，疏其所亲，有悖逆之心，无忠爱之义。如使古人有知，当何面目复奉斋酎见高祖之庙乎？

刘旦读罢玺书，自知不免，遂将符玺交付近待收管，用绶带自缢而死。后宫后姬随刘旦自杀者二十余人。昭帝赐刘旦谥为刺王，赦燕王太子建及盖长公主子文信并为庶人。上官皇后因年幼不曾预闻此事，且系霍光外孙女，故得不废。又下诏封杜延年、燕仓、任宫、王寿皆为列侯。杨敞身为九卿，闻知逆谋，不即告发，以此不得受封。当日苏武素与上官桀、桑弘羊交好，燕王曾上书争其封赏太薄。此次上官桀谋逆，苏武之子苏元也曾预谋。事发之后，有司穷究党与，苏元因此被诛。廷尉王平遂奏请逮捕苏武。霍光念苏武尽忠全节，且并未知其子同谋，乃置之不问，但将苏武免官。霍光见朝中并无旧人，遂告知昭帝，拜张安世为右将军兼光禄勋，帮同自己处理政事。又以杜延年为太仆，王欣为御史大夫。未知以后如何，且听下回分解。

第一三一回　讨乌桓明友报捷　斩楼兰介子立功

话说霍光既诛上官桀等，朝政一清。但因自己一人，独掌国事，需人助理。同朝一班旧臣，又皆死亡略尽，看来看去，只有光禄勋张安世为人谨厚，遂请昭帝拜安世为右将军兼光禄勋，帮理政务。又拜杜延年为太仆。张安世字子孺，即张汤之子。先是张汤既死，武帝甚为悼惜，乃用安世为郎。武帝尝出巡河东，随带书籍于路失去三箧。武帝下诏寻求，一面遍问从臣，失去之书所载何事？众人皆茫然不知，便记得一二，其余也就遗忘。惟有安世平日遇事留心，而且记性甚好，竟将书中所记之事，一概默写出来，武帝甚喜。后经官吏悬出赏格，寻获所失之书。武帝将安世所记，与原书校对一过，并无遗落，由此武帝大加赏识。杜延年字幼公，乃杜周之子，历官谏大夫，尝劝霍光修文帝之政，力行恭俭，霍光听从其言。霍光自见上官桀同受顾命尚且谋反，何况他人，因此心中常加儆戒，主持刑罚，一切从严。延年常从中设法补救，济之以宽，于是众人皆称其贤。读者试想，张汤、杜周并是酷吏，偏生出安世、延年二人，能盖其父之愆，也算难得。

到了元凤四年春正月，昭帝年十八岁，举行冠礼。论理昭帝年已长成，本可亲理政事，却仍委任霍光办理。此时丞相田千秋病死，赐谥定侯。先是千秋年老，昭帝特加优待，每遇朝见，许其乘坐小车出入宫殿，时人因号为"车丞相"。千秋既死，昭帝拜王欣为丞相，封宜春侯。又以杨敞为御史大夫。王欣济南人，由县吏出身，积官至御史大夫，今为丞相，并无权力，也如田千秋，奉行故事而已。

当日海内承平，万民乐业，只有匈奴时来侵犯边塞。霍光饬边郡官吏严密防备，胡兵每来，无所劫掠，反被汉兵击败，以此也就少来侵犯。元凤三年冬，边吏报称，近有匈奴人前来投降，告言乌桓人发掘先单于之墓，匈奴闻知，心中怨恨，现正发出马兵二万，往击乌桓。说起乌桓，本是东胡人种，昔日匈奴冒顿单于既灭东胡，东胡遗民散走，入乌桓及鲜卑山，遂分为乌桓、鲜卑二族，世世服属匈奴。至武帝攻破匈奴左贤王之地，将乌桓人移居上谷、渔阳、右北平、辽东四郡塞外，令侦察匈奴动静。又置乌桓校尉，监领其众，使不得与匈奴交通。至是乌桓部众渐渐强盛，不服校尉管束，时时反叛，霍光方欲讨之。今闻匈奴往攻乌桓，霍光又想起匈奴远来，正好趁势迎击。遂将此事与护军都尉赵充国商议，赵充国答道："乌桓近年屡次犯塞，匈奴击之，于我不无利益。况匈奴少来侵犯，边境幸得无事。蛮夷自相攻击，若兴兵干涉，未免招寇生事，甚为非计。"霍光见说，心中迟疑。又问中郎将范明友，范明友对言可击。霍光意决，遂告知昭帝，拜范明友为度辽将军，领兵往击匈奴。

范明友领了二万人马，行到辽东。匈奴探闻汉兵到来，早已引去。明友记起临行之际，霍光曾嘱道："兵不空出，如果追赶匈奴不及，可即进击乌桓。"现在乌桓新遭匈奴之兵，乘其疲敝攻之，必可取胜。范明友想定，立即率众进攻。乌桓人众望风逃避。

汉兵追斩六千余人,大获全胜而回。昭帝下诏封为平陵侯。此时傅介子奉使前往楼兰,归国复命。说起楼兰本系匈奴属国,自武帝遣赵破奴领兵攻破其国,楼兰畏惧汉兵之威,方始降服贡献。匈奴闻知,又兴兵责其不应降汉。楼兰一个小国,居于两大国之间,左右为难,只得两边服属。于是楼兰王遣一子为质匈奴,又遣一子为质于汉。武帝征和元年楼兰王死,其国人请放还质子,立之为王。谁知楼兰质子犯法,受了宫刑,不便遣之归国。武帝遂遣人托辞,说是天子甚爱质子,欲留左右,可别选当立之人为王。楼兰国人遂另立新王。武帝又责令新王送一子为质,新王乃遣其子尉屠耆来汉,又遣一子安归前往匈奴。过了数年,新王又死,匈奴早闻消息,急遣安归回国。安归遂得嗣立为王。武帝遣使下诏令楼兰王入朝,说是天子将加厚赐。楼兰王之妻,本其继母,闻知此事,便对安归道:"先王遣两子为质于汉,皆不复归,如何竟欲往朝?"安归依言,遂向使者辞道:"寡人新立,国事未定,愿待数年,再行入见天子。"使者只得将言回报武帝。

原来楼兰在西域各国中,最近中国,其地适当白龙堆。但见一片沙碛,绵长千余里,并无水草。汉使往来西域,多由此地经过。楼兰既服中国,每遇汉使经过其地,除遣人引导通译之外,又须担水运粮,办理供给。加以随从吏卒,百端需索。楼兰国小,汉使往来又多,不能禁此劳费,国人甚以为苦。其王安归,又曾为质匈奴,素与匈奴亲密,见得与汉交通,无益有害。于是决意叛汉,暗中交结匈奴,为其耳目。每遇汉使经过,先期使人通知匈奴,发兵截杀汉使。卫司马安乐、光禄大夫王忠、期门郎遂成等前后三次经过楼兰,皆为胡兵所杀。又安息及大宛遣使前来贡献,路经楼兰,也被楼兰人杀死,并夺取贡物。武帝尚未知安归与匈奴通谋之事。安归之弟尉屠耆久在中国,不得归国为王,因探得安归密谋,告知武帝。此时龟兹亦杀轮台校尉,武帝未及征讨而崩。昭帝初立年幼,霍光为政,专务安静。直至元凤三年,方议遣使前往大宛。适有骏马监傅介子,乃北地人,自少好学,年方十四。一日正在学书,心中偶有感触,忽然弃觚,叹道:"大丈夫当立功绝域,安能学那无用书生。"遂往军营投效,积功得官,闻知朝廷遣使,自愿奉命前往。霍光因命其顺路至楼兰、龟兹二国,责其杀使之罪。

介子到了楼兰,入见楼兰王安归,责备道:"王何以私教匈奴拦杀汉使?汉起大兵,不日将至。"安归听说心中恐惧,力辩并无此事。介子道:"王既不教匈奴,却任匈奴使者往来经过,并不告知,亦属不合。"安归连忙谢过,并说道:"匈奴使者近日初由敝国过去,路经龟兹,前赴乌孙。"介子闻言,遂辞别楼兰王前至龟兹,宣诏责备龟兹王。龟兹王也就服罪。介子既到大宛,传达使命已毕,归路又至龟兹。龟兹人告说:"匈奴使者新从乌孙回来,现在此处。"介子听说大喜,急传令随行吏卒,全装披挂,各执兵器。介子匹马当先,带领众人,直到匈奴使者馆舍,乘其不备一拥而入,竟将匈奴使者杀死,回国复命。昭帝下诏拜介子为中郎,调为平乐厩监。

傅介子既杀匈奴使者,心中尚不足意,因又想得一计,来向大将军霍光说道:"楼兰、龟兹二国,时时反复,朝廷空言责备,若不加诛,无以惩戒将来。介子行过龟兹,龟兹王接见之时,甚是亲近,并无疑忌。介子愿往刺之,可以示威诸国。"霍光心想龟兹国相去遥远,倘使介子行刺不成,反为所杀。我若兴师远征,未必便能取胜。若置之不讨，转损国威，况龟兹不过杀一校尉。此次又任听介子袭杀匈奴使者，也可敷衍了事。惟有楼兰王安归勾引匈奴，三次杀害使者，两相比较，情节尤重。且楼兰近在玉门关外，介子此去，设有疏虞，讨伐亦易。主意已定，遂对介子道："汝既有此胆略，为国立功，朝廷自必准如所请，但龟兹路远，不如楼兰较近，何妨先往一试。"介子应诺，霍光遂人告昭帝，下诏遣之。

傅介子奉命，随带一班勇士，赍持金银币帛，一路扬言系奉诏令颁赐各国。行到楼兰国都，楼兰王安归闻说傅介子又来，只得延入相见。介子留心观看，楼兰王左右陈列卫士甚多，身边各带兵器。又见自己所坐之处，与王距离颇远，介子自知难以下手，遂与楼兰王闲谈数语，退归营中。心中暗想：我本献计，欲刺龟兹王，大将军却命我来刺楼兰王。偏遇楼兰王不比龟兹王容易亲近，似此不能成事，归去将何复命。介子沉思半晌，眉头一皱，计上心来，遂收拾行装，遣人辞别楼兰王。楼兰王派通译人护送介子起程。介子一路行到楼兰国西界，扎下营盘暂住。命从人将所带黄金锦绣取出，与通译人观看，因对之说道："我此来奉天子命，携此珍贵之物，遍赐各国。今到汝国，汝王并不另眼看待。我本欲一径过去，又转念替汝王可惜。汝可回去，告知汝王，若不速来受取，我即前往他国矣。"译人见了许多物件，心中相信，便如言回报楼兰王。楼兰王素来贪得中国之物，闻言大喜，果然亲自来见介子。介子闻报楼兰王将到，嘱咐从人数语，亲自出营迎接。楼兰王随带国中贵人并左右近侍数百人到来，望见介子，笑容满面。介子请入营中坐定，排下筵宴，一同入席饮酒。介子又命从人将黄金锦绣陈列筵前，楼兰王见了，不觉眉飞色舞，遂与介子开怀畅饮。饮到酒酣，介子见楼兰王与其贵人近侍等皆有醉意，便对楼兰王说道："天子使我到来，尚有秘密言语，报与王知。"楼兰王信以为实，便从席上起立，介子在前引路，入到帐中。楼兰王立定，方欲问介子有何言语，突有壮士二人，从帐后闪出，手中各执利刀，齐向楼兰王背后刺入，刀尖直透前心，楼兰王大叫一声，立时倒地而死。外边席上楼兰贵人近侍，闻得喊声，知是祸事，一时四散而走。介子连忙出外，对着楼兰人众说道："楼兰王安归私通匈奴，劫杀使者，罪在不赦，天子遣我前来诛王。今王安归既已伏诛，其余一切不问。现有王弟尉屠耆在汉，汝等当立之为王。汉兵不日将到，汝等勿得妄动，自取灭亡之祸。"一众闻言，只得连声应诺。傅介子便斩楼兰王安归之首，随带从人，起行回国，入得玉门关，一路乘坐驿车，赶到长安，奏知昭帝。昭帝命将楼兰王首级，悬挂北阙之下示众。众下诏封傅介子为义阳侯，食邑七百户，遂立尉屠耆为楼兰王，改其国名曰鄯善，时元凤四年夏四月也。

到了元凤六年，丞相王欣身死。昭帝拜杨敞为丞相，封安平侯，以蔡义为御史大夫。蔡义河内人，曾教昭帝读经，故得升擢。昭帝又封张安世为富平侯。光阴迅速，过了一年，改元为元平元年。此时朝廷无事，财用充足。昭帝乃下诏议减人民口钱。先是人民年十五以上，每年纳税百二十钱，谓之为算。至武帝征伐四夷，加增赋税，凡人民生子，年自三岁至十四岁，每人每年出钱二十三。名曰口钱。昭帝因怜人民纳税过重，故特议减。有司复奏，每人减去十三，昭帝批准。到了夏四月，昭帝抱病，驾崩于未央宫。未知以后如何，且听下回分解。

第一三二回　孝昭帝驾崩无嗣　昌邑王奉召入京

话说昭帝元平元年春二月，忽有流星，其大如月，向西飞去，其速如箭，众星皆随之西行，时在早晨。众目共见，莫不诧异。是时昭帝身体时觉不安。霍光见昭帝多病，心中忧虑，意欲皇后得宠生子。侍医及左右近臣，皆顺霍光之意，说是帝病，须节欲静养，禁止后宫之人，不得进幸。到了夏四月，昭帝病重，驾崩于未央宫。综计在位十三年，改元三次，年仅二十一岁。昭帝自幼聪慧，为武帝所爱，虽即位以来，未尝亲理政事，并无表见，然能深信霍光，始终委任；又能辨别燕王所上之书是假，知上官桀之奸诈，不与亲近，不愧称为明主，况年尚幼小，尤为难得。后人论到此事，因言昔日周武王驾崩，成王年幼，周公为相，管叔、蔡叔宣布流言，诬谤周公谋反。成王闻知，其初不免生疑，后来方始觉悟。由此观之，霍光虽然不能比得周公，昭帝转胜过成王，只是享年不久，未免可惜。

昭帝既崩，上官皇后年才十五，并未生有子女。霍光费尽苦心，保护幼主，幸得成立，却又半途夭折，自然十分悲痛。便与诸大臣会议应立之人，诸大臣因见武帝之子广陵王刘胥现在，遂请立刘胥为皇帝。霍光心想刘胥平日所为不法，所以先帝不立为嗣。今竟奉为天子，不特有违先帝之意，且恐即位之后，愈加放纵，汉家社稷将致不保，后人必然归罪于我。但众人皆注意于刘胥，我若执定不肯，又恐大众疑我别有私意。霍光再四寻思，心中终觉不安，因此迟疑不决。旁有郎官知得霍光意思，遂上书道："昔日周太王废泰伯立王季，文王弃伯邑考立武王，大抵立嗣要在得宜，虽废长立少，亦无不可。广陵王素为无道，万不可立。"霍光见书，正中其意，于是将书遍交丞相杨敞等观看。即日擢此郎官为九江太守。

霍光决意不立刘胥，遂想到应立之人，惟有昌邑王刘贺。刘贺乃昌邑哀王刘髆之子，刘髆系李夫人所生。武帝宠爱李夫人，李夫人死时，葬以皇后之礼。哀王早死，所以不得立为太子。及武帝崩后，宗庙例有皇后配食，而武帝陈皇后与卫皇后皆因罪被废。霍光体贴武帝之意，遂以李夫人配食。李夫人既可配食武帝，刘贺便算是武帝嫡孙，立之为帝，可谓名正言顺。况昭帝在位十余年，也算一代之君，不可无后。今迎立刘贺，又可承继昭帝，最为确当。至刘贺为人如何虽不可知，但他嗣立为昌邑王已有十余年，未闻相二千石举奏过恶，谅不至又学刘胥。霍光想定，遂将己意遍告诸大臣，问其意见。诸大臣不敢多言，一律承诺。霍光遂奏明上官皇后，作成玺书。遣行大鸿胪事少府史乐成、宗正刘德、光禄大夫丙吉、中郎将利汉，往召昌邑王刘贺入京主丧。读者须知，凡人心中之理想，与世上之事实，往往相反。霍光不欲迎立刘胥，原为其举动每多过失。谁知别人不选，却单选中刘贺，更比刘胥不如。刘胥虽然无道，将来还望有悔过自新之日；刘贺却生来便是痴呆，如何可作天子？若论霍光为人，素称谨慎，此次迎立嗣君，关系何等重大，岂敢轻举妄动，但他却万想不到刘贺为人如此，就连朝中诸大臣也都不知。况昭帝新崩,国家不可一日无主,事关紧急,须是当机立断,所以霍光也无暇细查,便即定议举行。

说起刘贺年方五岁,嗣立为王,在国已有十三年。只因精神不全,所以举动无节。平日最好游猎,驰驱国中,不知休息。尝往方与地方,未及半日,行路二百里,连累百姓,荒废正业,替他修理道路。旁有王吉,字子阳,琅玡皋虞人,官为昌邑中尉,见此情形,上书极谏。刘贺尚知敬重王吉,下令褒美,并赐牛肉五百斤,酒五石,脯五束。过了一时,刘贺照旧放纵。王吉常常劝谏,无如刘贺闻言,偶然明白,过后又复糊涂,一味任性妄为,终不改变。又有郎中令龚遂,字少卿,乃山阳郡南平阳人。为人刚直敢言,每见刘贺做事不合,便当面说其过失。刘贺听了,自己也觉羞惭无地,不待龚遂说完,连忙以手掩耳,急走入内,对着近侍道:"郎中令专会羞辱人。"龚遂出外,又对刘贺之师王式及其相安乐大加责备,说他二人不能救正,二人无言服罪。由此国中之人,皆畏龚遂。

刘贺生性又专喜与御卒厨夫相聚一处,长日游戏饮食,赏赐无度。龚遂闻知,入见刘贺,跪在地上,膝行直至刘贺面前,放声大哭。左右近侍见龚遂哭得伤心,无不感动流涕。刘贺正与众人游戏,十分高兴,突被龚遂一哭,心中大惊。一班御卒厨夫,望见龚遂,缩着头四散而走。刘贺急向龚遂问道:"郎中令何故大哭?"龚遂挥泪对道:"臣痛社稷将危,所以哭泣,愿大王屏退左右,使臣得尽言上闻。"刘贺遂命左右退去。龚遂方才止住哭说道:"大王知否胶西王所为无道,以至亡国?"刘贺答道:"不知也。"龚遂道:"臣闻胶西王有幸臣侯得,专事阿谀。胶西王平日行事,几与桀纣相同,侯得却赞他是尧舜,因此买得胶西王喜欢,言无不听,竟至亡国。今大王亲近一群小人,沾染恶习,将来难免不学胶西。臣请选择郎官端正有学问之人,与王一同起居,或说诗书,或习礼节,必然有益。"刘贺闻言点头应允。龚遂见刘贺肯听其言,心中大喜。于是选得郎中张安等十人,引见刘贺,命其随侍左右。龚遂满心希望刘贺日与正人相处,渐渐改过迁善,谁知不过数日,刘贺受不过礼法拘束,便将张安等十人一概逐去。龚遂见了,连连叹息,也就无如之何。

过了一时,昌邑宫中一连发生妖怪数起。说也奇怪,一日刘贺坐在宫中,猛然举首,忽见一白犬,高约三尺,无尾,自项以下,有似人形,头戴方山冠。旋又见一熊,遍问左右,左右皆道未曾看见。刘贺心中惊疑,便召龚遂到来,告以所见。先是刘贺命人制造侧注冠,以赐大臣,龚遂亦得受赐。后刘贺又将此冠使奴戴之,龚遂见了,立即脱冠缴还刘贺。今值刘贺召问,因言道:"此乃天戒,言在侧之人,皆戴冠之狗,大王若仍信而用之,必致亡国。"刘贺不听。未几又有鹫鸟飞集宫中殿下,刘贺心中也知厌恶,使人射杀之。又问龚遂,龚遂道:"此不祥之兆,野鸟入居,宫室将空。"于是刘贺仰天叹道:"不祥何故屡现?"龚遂即头道:"臣不敢隐瞒大王,时进逆耳之言,大王不喜,若论国家存亡,臣之一言,所补有几,尚望大王自己随在省察。大王曾读《诗经》,《诗经》三百五篇中言人事王道,无不具备,大王平日行事,合于《诗经》何篇?大王位为诸侯王,品行不及庶人,似此欲存甚难,欲亡甚易,不可不戒。"刘贺听了,默然无语。又一日,刘贺所坐席上,忽有血迹染污。再召龚遂问之,龚遂失声号哭道:"妖异时来,不久宫室空虚,大王急宜谨慎。”刘贺听了，虽然心惊，但他事过便忘，终不改变。

当日史乐成等奉命往召昌邑王，一路趱行，赶到昌邑，正值深夜，诸人叫开城门入内，直到昌邑王宫前，已是五更时候。昌邑群臣，闻信齐集，顷刻间点起灯烛，唤醒刘贺，开读玺书，知是召入嗣位。一时宫中上下人等，各自欢喜，心想吾王既为天子，自然抬举大众都得好处。一班郎官谒者，连着厨夫走卒，争向刘贺要求随带入京。刘贺也不管人数多少，一概应允。于是众人扬扬得意，各自回家收拾行李。独有龚遂、王吉二人，心中愈加忧虑。王吉回到家中，连忙写成一书，劝戒刘贺，其书略道：

> 大王以丧事征，宜日夜哭泣悲哀而已，慎毋有所发，愿大王察之。大将军仁爱勇智忠信之德，天下莫不闻，事孝武皇帝二十余年，未尝有过。先帝弃群臣，属以天下，寄幼孤焉。大将军抱持幼君襁褓之中，布政施教，海内晏然，虽周公伊尹，无以加也。今帝崩无嗣，大将军惟思可以奉宗庙者，攀援而立大王，其仁厚岂有量哉！臣愿大王事之敬之，政事壹听之，大王垂拱南面而已，愿留意常以为念。

刘贺一心准备为帝，十分高兴。见了王吉之书，便放在一边，全然不以为意。到了是日正午，刘贺带同昌邑群臣以及吏卒，约计不下三百余人，随同使者起身。未知刘贺此去如何，且听下回分解。

第一三三回　刘贺即位肆昏淫　霍光忧国谋废立

话说昌邑王刘贺奉召入京，带领多人，随同使者起程。刘贺与使者及相二千石等，乘坐七辆驿车，其余从人骑马相随。此次昭帝新崩，立等刘贺到来主丧，所以行程异常紧急，每到一站，立即换马前进。无如刘贺从人过多，站中不能预备许多马匹与他换坐，从人只得仍骑原来马匹前进。行经许久，马力已乏，渐渐落后。众人望见刘贺车辆去得已远，惟恐追赶不上，只管尽力加鞭，那马被打不过，拼命飞跑，跑到力竭，倒地而死。是日正午起行，傍晚到了定陶，计行一百三十五里，从人马匹，沿途倒毙者不计其数。失马之人，倚着刘贺之势，或向地方官吏吵扰，要他立备马匹；或强夺民马乘坐，一路纷纷扰扰，闹得不堪。直至夜间，方才陆续赶到。郎中令龚遂见第一日出门，便酿事故，因力劝刘贺，勿带多人。刘贺方将平日不甚亲近之郎官谒者，挑出五十余人，令其仍回昌邑。诸人奔走半日，空费辛苦，闻此命令，垂头丧气，仍寻原路归家，皆骂龚遂多事。

刘贺在定陶宿了一夜，次日一早进发，随从尚有二百余人。刘贺一路上兴高采烈，全然不记王吉劝戒之语，满心但想游乐戏玩。一日行到济阳，刘贺闻说其地出产长鸣鸡，便遣人出外购买。原来长鸣鸡鸣声甚长，每一鸣，约有一顿饭时间，声音不绝。加以长距善斗，所以刘贺要想搜寻带入京中。又一日刘贺于路见有卖积竹杖者，积竹杖乃以木为骨，外用竹丝缠绕。刘贺见了，便命停车购买。龚遂在旁谏道："积竹杖乃是骄傲少年所执，大王买此何用。"刘贺不听，竟买取二柄方行。刘贺此行本系奔丧，不能携带姬妾，他平日骄淫已惯，又兼生性昏愦，何曾知得居丧礼节。如今数日不近妇女，心上非常难过，行过弘农地方，便使从官留心选择美貌女子，诱取到来。又令大奴善暗用衣车装载，到了馆舍之中，秘密取乐。谁知外面早有风声，传入使者耳中，使者史乐成等见刘贺一路买鸡买杖，已是失礼，因系小事，所以忍住不言。如今闻说私近妇女，大背法纪，不禁愤慨，行到湖州，使者便向昌邑相安乐责备一番，说他不能谏阻。安乐被责，转告龚遂。龚遂入见刘贺，问其有无此事，刘贺力辩无有。龚遂道："既无此事，大王何惜一奴，致损盛德，请收付官吏办罪，替大王洗此恶名。"刘贺无语。龚遂便一手捉住奴善头发，直拖下去，交与卫士长立时正法。并搜出女子，放还其家。刘贺自知理屈，也就不敢出言。

刘贺在路，行经多日，到了灞上，早有大鸿胪预备法驾出郊迎接。刘贺乘坐法驾，使仆寿成御车，郎中令龚遂骖乘。一路行近广明东都门龚遂便对刘贺道："依礼奔丧望见国都便哭，此乃长安东郭门也，大王须放声大哭。"刘贺哪有悲痛之心，便推辞道："我患喉痛不能哭泣。"及行到城门，龚遂又说："须哭。"刘贺道："城门与郭门同是一样，先前未哭，现在也可不哭。"龚遂只得由他。车驾入得城中，至未央宫东阙，龚遂心恐刘贺不知礼节，闹出笑话，有失观瞻，便向刘贺详细指点道："昌邑帐棚在此阙外驰道之北，帐棚附近有南北通行一条大道，但看马足前行，未到其处数步，大王便当下车向阙，西面俯伏，哭泣尽哀方止。”刘贺到了此时，也知大众观瞻所在，不敢贪懒，一一领诺。于是照着龚遂之言，伏哭如礼。礼毕，上官皇后传诏召入谒见，即日立为皇太子，入宫居丧。

霍光见昭帝驾崩，已有月余日，因议嗣立之人，久延时日，天下不可一日无主，如今刘贺既到，便当早正大位。乃择定六月丙寅日，霍光率领群臣奉上天子玺绶，刘贺遂即帝位，尊上官皇后为皇太后。过了数日，始葬昭帝于平陵。刘贺自从即位之后，也不管丧服在身，终日带同昌邑群臣，出外游玩；或在宫饮酒作乐，一味淫戏无度。龚遂、王吉屡谏不听。一日刘贺忽得一梦，梦见殿下西阶之东，积物一堆，约有五六石之多，上用屋瓦遮盖。刘贺梦中觉得可疑，亲自下殿揭开一看，乃是蝇粪。刘贺惊醒，即告知龚遂，问是何故，龚遂乘机进谏道：“陛下所读《诗经》，不曾说道：‘营营青蝇止于藩，恺悌君子，毋信谗言。’今陛下左右谗人甚多，有如蝇粪。愿陛下选用先帝大臣子孙，使在左右，尽逐昌邑群臣，并请将臣先逐，如此方可转祸为福。若不肯舍弃昌邑故人，听信谗谀之言，必有凶咎。”刘贺听了，摇头不答。龚遂自知费尽苦心，难望刘贺改过，心中异常忧烦，走出宫门，却遇前昌邑相安乐。安乐此时已拜为长乐二卫尉，龚遂执安乐之手，行到无人之处，对之流涕说道：“王自立为天子，日益骄恣，吾屡次进谏，更不想他听从。古代法制尚宽，大臣许其隐居告退。今吾辈求去不得，待欲假作颠狂，又恐被人知觉。一旦祸发，不免身死名裂，如何是好？君乃陛下故相，理应极力谏诤。”安乐听了，甚为感动，但他心想龚遂已屡谏不听，自己进言，明知无益，何必多此一举，因此并不入谏。

霍光既立刘贺，不过一二日，便觉他举动悖乱。其初尚想设法匡救，与公卿等进谏数次，刘贺当面应诺，谁知过后又复如故，全不改变。霍光心想我万不料昌邑王为人如此，直到今日，方才明白，已是悔之无及。但他在国已十余年，何以并未闻有失德之事，真不可解。莫非即了帝位，霎时改变性质，或是路上感受疾病，所以与前不同？霍光辗转沉思，忽又想起，此次遣往迎接昌邑王诸人，一路同来，必然知他底里，遂召到史乐成、刘德、丙吉等详细询问。诸人便将昌邑王途中举动，一一告知。霍光暗想诸人既有所闻，一到长安，便该告我。我若早知其事，固然不肯起意迎立；便作他已到长安，我方得知，也不肯轻将天子玺绶，奉他即位。如今木已成舟，如何是好？想来想去，都是我做事过于卤莽，以致如此，也怪不得诸人，于是沉吟半晌，遂命诸人退出。

刘贺即位已有十余日，但图娱乐，不问政事。他虽不知治国，却何曾不想揽权。但因丧服未除，照例不能亲政，一切政权，仍由霍光掌握，所以行事虽甚悖谬，尚未害及国家。偏是昌邑一班群臣，只有龚遂、王吉等数人为人忠直，其余大抵市井无赖之徒，但知引诱刘贺为非作恶。今见霍光总揽大权，遇事不得畅意，又知刘贺种种举动，皆为霍光所不喜，君臣之间，势难两立。便想先除霍光，再逐各大臣，改用昌邑群臣。但是欲除霍光，当用何法，于是有提议等候刘贺除服，收回政权，便将霍光免职者；又有提议不待除服，即设法将霍光杀死者。彼此争论，议尚未定。早有人探知大概，急来报与霍光。霍光因为刘贺无道，正在忧闷。又闻此种报告，竟弄得寝食俱废，坐立不安，深悔迎立非人,致生后患,不但己身不保,眼看汉家社稷,都断送在此人身上。我虽拼得一死,也难塞责,急须趁此设法挽回。但要想挽回,惟有将他废去,别立新君。无如他已即位,君臣名分已定,一旦举行废立,知我者谅我是出于不得已;不知我者,反道我谋为叛逆,难保不由此发生变故,引起祸乱。此事关系非常重大,须得心腹有见识之人,与他从长计议。霍光遍观朝臣之中,惟有大司农田延年,字子宾,乃齐国之后,曾在大将军幕府,算是霍光属吏,为人甚有材略,霍光素加亲重,至是遂遣人单请田延年到来商议。

田延年闻命到来,霍光延入密室,屏退从人,问以方法。田延年道:“将军为国柱石,既知此人不可为君,何不建议奏闻太后,另选贤人立之。”霍光道:“吾意亦欲如是,但以臣废君,不知古代曾有此事否?”延年道:“昔日伊尹为商朝宰相,废太甲以安宗庙,后世皆称其忠。将军若能行此,亦是汉之伊尹也。”霍光听了,意思方决。原来霍光未曾读书,不知伊尹之事,所以史官说其不学无术。如今既闻田延年之言,便引入为给事中。一面又与车骑将军张安世秘密计议此事,除他三人之外,别无一人得知。刘贺更是终日昏昏,毫无知觉。时当六月,正是大热时候,偏值连日天气阴沉不雨,却合刘贺之意,便日日出外游玩。一日刘贺乘坐御车,方出宫门,忽有一人拦住车前谏道:“天久阴不雨,臣下当有谋其主上者,陛下出外,意欲何往?”未知来者何人,且听下回分解。

第一三四回　延年按剑劫群臣　太后宣诏废刘贺

话说刘贺乘车出宫，忽有一人拦住车前谏阻。刘贺举目观看，乃是光禄大夫夏侯胜。刘贺听夏侯胜说是臣下谋上，不觉大怒道："现在清平无事，何人敢起逆谋，汝安得造作妖言，摇动人心？"说罢便喝令左右将夏侯胜捆缚，交与有司究办。有司告知大将军霍光，霍光闻夏侯胜之言，突然大惊，暗想此语明指废立而言。但废立之事，尚未定计，惟有田子宾、张子孺得知。田子宾首先倡议，必能秘密。想是张子孺言语漏泄，致被夏侯胜得知，出头告发，幸得昌邑王生性糊涂，未加细察，不然大事去矣！于是霍光背着众人，责备张安世，说他言语不慎。其实张安世为人素来慎密，自从预谋，并未向旁人道及一字。今被霍光埋怨，自然力言并无此事。霍光不信，遂命左右将夏侯胜召来询问。

夏侯胜字长公，鲁国人，少从族叔夏侯始昌学习书经及《洪范五行传》。始昌明于阴阳，曾向武帝预言柏梁台当于某日遇火，到了其日，果然被焚。武帝甚重始昌，遂拜为昌邑王刘髆太傅。夏侯胜既得始昌传授，又历事名师，学问精熟，至是因谏刘贺被缚，发交有司。有司向霍光请示发落，霍光命解其缚，召之入内问道："汝进谏之语，何自而来？"夏侯胜对道："此语出在《洪范传》。《洪范传》说是，人君无道，上天降罚。白昼常阴，于时则有下人谋代上位者。臣不便明言，故但说臣下有谋。"霍光与张安世闻言，俱各大惊，由此愈加敬重儒生。于是霍光也不由刘贺主意，即命将夏侯胜释放。

霍光心想废立之事，须是秘密迅速，不宜再延。遂一面与张安世着手预备，一面遣田延年密报丞相杨敞。杨敞本是霍光故吏，霍光料他必然同意。但因他现为丞相，位居百僚之首，故须预先告明，待到会议之时，免得惊慌失措。田延年奉命，到了杨敞家中，备细说知。杨敞听了吓得汗流满背，不知如何答话。田延年问其意见，杨敞只是诺诺连声。田延年未得杨敞确实答应，不肯回报，两人相对坐了片刻，田延年起身出外更衣，杨敞独自在室中，呆呆坐定。杨敞之妻，闻得二人在密室商议，知是要事，便藏在东厢窃听，因见杨敞良久答应不出，心中替他着急。恰好延年走出，便急由东厢入内，对杨敞道："此乃国家大事，今大将军议已决定，使九卿来报君侯，君侯不从速答应，便要先遭诛戮矣！"杨敞听说，愈加惊恐。此时田延年更衣已毕，走入室中。杨敞之妻心知其夫无用，若不替他做主，大祸便在眼前。此时且顾不得回避，遂与延年相见，三人共坐对语，杨敞之妻不待杨敞开口，便对延年慨然应允，说是愿奉大将军教令。田延年依言回报霍光。霍光又念起苏武著名忠节，现在免官家居，遂邀其同预谋议，一则自己可以取信于国人，二则苏武也可借此恢复官位。

霍光不动声色，暗中布置十余日，诸事都已完备。于是下令遍召丞相御史将军列侯中二千石大夫博士齐集未央宫会议。百官闻命陆续到来，就中惟有少数预谋之人，知得此次会议非同小可，心中各自担惊。此外大都不知所议何事，还以为无甚关系，神气扬扬如常。独有霍光当此废立大故，安危祸福，决定在于顷刻之间，纵使平日如何镇定，到此也不免张惶，只得把定心神，强自支持。不消片刻，众人到齐，入席坐定，大众眼光都注定霍光一人。忽听霍光说道："昌邑王行为昏乱，恐危社稷，如何是好？"众人闻言，出其不意，俱各大惊失色，目瞪口呆，彼此面面相觑，竟无一人敢发一言，口中但应道："是，是。"霍光见众人不置可否，正在着急，忽见大司农田延年奋然离坐，行至大众之前，手按佩剑，对着霍光说道："先帝托将军以幼孤，寄将军以天下，因见将军忠贤，能安刘氏也。今群下鼎沸，社稷将倾，若使汉家绝祀，将军虽死，何面目见先帝于地下乎？今日之议，不得迟疑，群臣若有后应者，臣请以剑斩之。"延年言时，声色俱厉。众人闻言，吓得呆了。霍光心头有如小鹿乱撞，对着延年谢道："九卿责光是也，天下汹汹不安，光当受责。"众人见此情形，心知废立事在必行，若不依从，必遭杀害，遂齐向霍光叩头说道："万姓之命，在于将军。唯大将军所命，敢不遵从。"霍光见大众并无异辞，方始心安，便取出奏章，令群臣依次署名。此奏章乃霍光预先作就者。群臣署名既毕，随同霍光前往长乐宫，入见皇太后，备述昌邑王淫乱情形，不可以嗣大位，请太后下诏废之，太后准奏。霍光即请太后备齐车驾，前往未央宫，预备升坐承明殿宣诏，自率群臣随后也到。又请太后下诏，遍饬各禁门守卫之人，勿使昌邑群臣擅入。霍光见废立之事，已将成功。料得刘贺更无能为，便抽空来看他作何举动，到底知与不知。

原来刘贺常居未央宫北温室殿中。霍光到了温室，恰值刘贺入朝太后初回，乘辇辇归温室。守门宦者早已奉到太后诏书，望见刘贺到来，一齐排立禁门两旁，手中各持门扇，待得刘贺入内，宦者一拥上前，将门闭上。昌邑群臣，随后走到，不得入内。此时刘贺仍如在梦中，外间举动，丝毫不知。见众人无故关门闭户，觉得诧异，便问何为？霍光在旁跪下答道："皇太后有诏，不许昌邑群臣入内。"刘贺道："既是皇太后有诏，不妨从容办理，何至如此惊人？"言罢入内。霍光也不与他多言，便走出外边，指挥卫士人等尽将昌邑群臣驱逐到金马门外。早有车骑将军张安世，带领羽林骑兵，围守宫外，等候昌邑群臣被驱到此，便将其擒拿。正如探囊取物，毫不费力，不消片刻，二百余人，一一束手受缚，不曾走脱一个。连龚遂、王吉等也都在内，一齐送往廷尉，下在狱中。霍光传到昭帝旧日一班侍中中常侍，命其守卫刘贺。并嘱道："汝等须留心守卫，勿致稍有差池，万一羞愤自尽，使我负有杀主之名，何以对天下。"诸人领命入内。刘贺也闻昌邑群臣皆已被缚，尚未知自己当废，又见左右近侍皆系新来之人，便问道："我旧日从官，因何得罪，大将军竟将他悉数囚系？"左右答道："不知。"少顷忽见使者持节到来，说是皇太后有诏来召。刘贺闻召，方知恐惧，因对使者说道："我有何罪？太后却来召我？"使者也答不知。刘贺无法，只得乘车随同使者前往。

当日上官太后身服珠襦，驾坐未央宫承明殿武帐之中。侍御数百人排列两旁，手中皆持兵器，期门武士执戟陈列殿下，群臣各依班次上殿。太后遣使往召刘贺。不久使者领了刘贺到来，太后命刘贺俯伏殿前听诏，旁有尚书令手持群臣奏章，高声朗读道：

丞相臣敞、大司马大将军臣光、车骑将军臣安世、度辽将军臣明友、前将军臣增、后将军臣充国、御史大夫臣义、宜春侯臣谭、当涂侯臣圣、随桃侯臣昌乐、杜侯臣屠耆堂、太仆臣延年、太常臣昌、大司农臣延年、宗正臣德、少府臣乐成、廷尉臣光、执金吾臣延寿、大鸿胪臣贤、左冯翊臣广明、右扶风臣德、长信少府臣嘉、故典属国臣武、京辅都尉臣广汉、司隶校尉臣辟兵、诸吏文学光禄大夫臣迁、臣畸、臣吉、臣赐、臣管、臣胜、臣梁、臣长幸、臣夏侯胜、太中大夫臣德、臣卬，昧死言皇太后陛下，臣敞等顿首死罪：天子所以永保宗庙，总壹海内者，以慈孝礼义赏罚为本。孝昭皇帝早弃天下，无嗣，臣敞等议昌邑王宜嗣后，遣宗正大鸿胪光禄大夫奉节召昌邑王主丧。然王无悲哀之心，居道上不素食。使从官略女子衣车，纳所居馆舍。始至谒见，立为皇太子，常私买鸡豚以食，受皇帝玺于大行前，退归住处发玺不封，使从官持节引纳昌邑从官驺、宰、官奴二百余人，常与居宫中游戏。自往符玺署中取节十六，每遇朝暮哭临，令从官更互持节随从。又作书曰："皇帝问侍中君卿使中御府令高昌奉黄金千斤，赐君卿，娶十妻。"大行在前殿，发乐府乐器，引纳昌邑乐人，击鼓歌吹，作俳倡。送葬还宫，便上前殿，击钟磬，召宗庙乐人鼓吹歌舞，悉奏众乐。发长安厨备三太牢，祭阁室中，祭毕与从官饮食。乘法驾皮轩鸾旗，驱驰北宫桂宫，弄彘斗虎。召皇太后所乘小马车，使官奴骑乘，游戏掖庭之中。与孝昭皇帝宫人蒙等淫乱，诏掖庭令敢泄言腰斩。

尚书令读到此处，太后大怒，便命且住，向刘贺厉声责道："为人臣子，应该悖乱如是耶？"刘贺被群臣将他罪恶一一指出，如数家珍，当着大庭广众万目观瞻之地，读与他听。他虽愚騃，也觉得无地自容，将身缩做一团。正在又羞又惧，忽被太后高声责骂，吓得倒退数步，离席俯伏。尚书又接读道：

取诸侯王列侯二千石绶及墨绶黄绶，以与昌邑郎官免奴佩之，变换节上黄旄，改用赤色。发御府金钱刀剑玉器采缯，赏赐所与游戏之人。与从官官奴夜饮，荒迷于酒。诏太官进御膳如故，食监奏未除服，未可照旧进膳。复诏太官速备，勿由食监，太官不敢备，即使从官出买鸡豚，诏殿门容纳以为常，独夜设九宾之礼于温室，引见姊夫昌邑关内侯。祖宗庙尚未祭，为玺书使使者持节以三太牢祭昌邑哀王庙，称嗣子皇帝。受玺以来，二十七日，使者旁午，持节诏诸官署征发，凡一千一百二十七件，文学光禄大夫夏侯胜等及侍中傅嘉屡谏其过失。使人簿责胜。缚嘉系狱，荒淫迷惑，失帝王礼义，乱汉制度。臣敞等数进谏不变，更日以益甚，恐危社稷，天下不安。臣敞等谨与博士议，皆曰：高皇帝建功业，为汉太祖。孝文皇帝慈仁节俭，为汉太宗。今陛下嗣孝昭皇帝后，所行淫僻不法，宗庙重于君。陛下未见高庙受命，不可以承天序，奉宗庙，子万姓，当废。臣请有司御史大夫臣义、宗正臣德、太常臣昌与太祝，以一太牢祭告高庙。臣敞等昧死以闻。

尚书令读罢奏章，皇太后宣诏曰："可。"刘贺听说自己被废，惊倒在地。霍光便令刘贺起拜受诏。刘贺此时还想留恋帝位，却被霍光催促，急得说出话来，众人闻了无不窃笑。未知刘贺说何言语，且听下回分解。

第一三五回　逢君恶从官伏诛　起民间宣帝继统

话说上官太后宣诏废去刘贺，霍光催促刘贺起拜受诏，刘贺急得说道："闻得《孝经》有言，'天子有诤臣七人，虽无道不失天下。'"众人见刘贺到了此时，尚要引经据典，说那梦话，俱觉得好笑。霍光觉得他可气又复可怜，便说道："皇太后有诏废王，王安得尚称天子。"遂走上前来持起刘贺之手，就他身上解下玺组，奉上太后。命左右扶刘贺下殿，直出金马门，群臣随后送出。到了阙外，刘贺自知无望，西向望阙下拜，口中说道："愚戆不任汉事。"拜毕起立，侍臣指引上车。刘贺举目观看，所坐乃是副车，并无旌旗仪仗，只有吏卒数十人，前后随从。休说法驾不知去向，尚不及在昌邑为王时出门那种荣耀。刘贺垂头丧气，坐在车中，所过之处，但见两旁人众拥挤不开。原来废立之事，已传遍长安城中，人民闻信，扶老携幼，争来观看，万头攒动，都说道："此是被废天子，人人心中替他难以为情。"一路行来，早到昌邑邸第。

霍光送刘贺出了宫门，看他上车。忽想起刘贺此去难保不羞愤自杀，或是他人要想向我讨好，将他逼死。我又难免天下人议论，因此放心不下，便坐车亲自送来，既到昌邑邸前，刘贺下车入内，霍光随入，分付邸中人等小心伺候。遂向刘贺辞道："王所行自绝于天。臣等驽怯，不能杀身报德，臣宁负王，不敢负社稷，愿王自爱，臣从此不得再见于左右。"霍光说罢，不觉伤心，涕泣而去。此时刘贺既废，朝中无主。霍光便请上官太后暂住未央宫，临朝听政。霍光又念太后既然亲理政事，必须通晓经术。乃清令夏侯胜教授太后书经。移夏侯胜为长信少府，赐爵关内侯。其实太后年纪尚小，不知处断政务，又是霍光外孙，也不敢自出主意。凡事皆由霍光拟定办法，奏闻太后，太后无不照准，霍光本意也不过暂时借此镇压人心而已。

霍光见废立之事，虽已成功，尚有刘贺与昌邑群臣，须分别处置。但处置刘贺，颇觉为难，待欲使之仍归昌邑为王，又恐其曾经称帝，心中不甘，居然起兵背叛；或有奸人假他名义，号召地方，因此生事，也未可知。遂请太后下诏群臣会议办法，群臣回奏道："古代放废之人，例应驱逐远方，不使预闻政事，请将故昌邑王贺移到汉中房陵县安置。"霍光见奏，心想此种办法，未免过重。刘贺虽然无道，此次我若不起意迎立，他仍得在国为王，安稳无事。如今不特帝位被废，连王位都不能保，又要流到荒僻地方，成了罪人，岂非我反害了他，心中终觉不忍。于是想得一法，奏请太后，仍将刘贺送归昌邑，削去王号，给以食邑二千户。至昌邑群臣被拿下狱，经廷尉逐人提出审讯，录取供词复奏。霍光命将二百余人一律处斩，惟有中尉王吉、郎中令龚遂屡次进谏，得免死刑，髡为城旦。又有刘贺之师王式，经刑官讯问，责其何以并无谏书。王式答道："臣以诗三百五篇朝夕教王，每遇忠臣孝子之诗，未尝不为王反复诵之也；每遇危亡失道之君，未尝不为王流涕痛陈之也。臣以诗三百五篇谏，所以无谏书。"刑官将言告知霍光，王式也得免死。霍光既将昌邑群臣定了死罪，昌邑相安乐也在其内。此时追悔不听龚遂之言，已是无及。到了行刑之日，皆由狱中提出绑赴市曹。但闻得一片呼号之声，也有埋怨众人当日不听其言，早将霍光设计杀死，致有今日，因说道："当断不断，反受其乱。"不消片刻，二百余人都做刀下之鬼。读者试想，昌邑群臣所坐罪名，不过是不能辅导，陷王于恶，依律原不至于死，况二百余人中也有马卒厨夫官奴等人，更不能责以大义，应将情节较重者诛杀数人，其余一概流到远方，方算正当办法。如今霍光竟不问轻重，全数处斩者，其中别有两种原因：一则霍光深恨诸人平日不将刘贺罪恶举奏，以致自己并不觉知，倡议迎立，几乎酿出大祸；二则更恨诸人设计害他，所以必欲置之死地，连王吉、龚遂等忠直之人，也不过得免一死，尚要罚作苦工。只有当日半路折回之郎官谒者五十余人最得便宜，此一班五十余人回家之后，尚在抱怨龚遂。及闻此消息，各吃一惊，心想侥幸未曾随往长安，不然也是一死，因此转感激龚遂不置。

闲言少叙，却说霍光既废刘贺，便又与群臣会议应立之人。除广陵王刘胥，前次已经议决，不可为嗣。又燕刺王刘旦，因谋反自杀，其子废为庶人，不在提议之列。此外武帝子孙更无别人可立，大众会议数次，未能决定。于是光禄大夫丙吉遂向霍光上书提议道："将军与公卿会议，择立嗣君，此举关系甚大，窃听外间言论，诸侯宗室在位者并无知名之人，惟奉诏所养武帝曾孙名病已者，现年十八岁，学习诗书，材质甚美，愿将军采访众议，参以卜筮。若宜承嗣，先使人侍太后，使天下人明白知晓，然后决定大策，天下幸甚。"霍光得书，遍问群臣，太仆杜延年力劝立之。霍光也知皇曾孙平日为人品行尚好，遂依从丙吉之议，与丞相杨敞等奏请皇太后，立为昭帝之嗣。皇太后准奏。霍光即遣宗正刘德，前至皇曾孙所居尚冠里宅中，令其沐浴，赐以御府衣服。太仆以轸猎车奉迎皇曾孙入宗正府斋戒。七月庚申日，皇太后召见于未央宫。此时皇曾孙尚是庶人，并无官爵。霍光之意，不欲便立庶人为天子，因请太后先封为阳武侯。霍光择定吉日，率领群臣奉上玺绶。皇曾孙遂谒见高庙，即皇帝位，是为宣帝。

说起宣帝乃武帝长子太子据之孙，太子据纳史良娣生子名进，号史皇孙，史皇孙纳王夫人，生宣帝，号皇曾孙。皇曾孙初生数月，巫蛊事起，太子据兵败逃去。史良娣、史皇孙、王夫人皆遇害。皇曾孙虽是幼小，亦因此连累，下在郡邸狱中。此时武帝正在深怒太子造反，便连自己嫡亲曾孙，也看同叛逆家属，听其生死存亡，并不过问。皇曾孙孤身在狱，并无乳母照顾。一班狱吏，更不替他寻觅乳母，每日遣人喂以稀粥，有一顿，无一顿，任其屎尿淋漓，也无人替他更换。读者试想，平常人家数月小孩，若无人乳养保护，已难望活。何况他是龙生凤养，平日异常娇贵，更难受此磨折，所以不过月余，便弄得黄瘦不堪，奄奄一息。狱中犯人见了，都道他不久于人世，谁知他命中合有帝王之分，且是一代中兴令主，虽遭患难，不该夭死，正当危急之际，却遇丙吉到来，做了救星。

丙吉字少卿，乃鲁国人，生性慈善，幼习律令，由鲁国狱史积功升为廷尉右监，因事失官归里。不久却值巫蛊事起，犯人甚多，京师各狱皆满，刑官办理不下。武帝遂召丙吉到京，命其专审郡邸狱中巫蛊人犯。丙吉到了郡邸狱，传集吏卒，命将狱中人犯逐一唤来点验。正在点验之际，忽见狱卒抱到一个小儿，丙吉问知乃是皇曾孙，心中大惊。暗想他是帝王子孙，无辜受罪，已觉可怜。又见他憔悴到不成人样，愈加恻然动念。遂命将皇曾孙移到高燥宽敞地方居住，又就狱中轻罪作工女犯，选择谨慎忠厚现有乳汁者二人，一为淮阳人赵征卿，一为渭城人胡组，丙吉命二人日夜轮流，乳养保抱。又恐二人偷懒疏忽，每日早晚必亲来看视两次。偶遇自己患病，不能亲来，便遣心腹小吏名尊代为看视。所有饮食饥饱衣服寒暖居处燥湿，逐件验明，并不时留心察看胡组、赵征卿，勿使二人私自他去游玩。皇曾孙自得丙吉十分照顾，方免饥寒，安乐过日。

此时巫蛊案件，连年不决。皇曾孙在狱中渐渐长大，丙吉便替他断乳，仍令胡、赵二人抚养。所有衣食用度，皆由丙吉私自供给，又时买甘美之物与食。偏是皇曾孙体气素弱，出世便多疾病，所以取名病已。已，愈也。病已，乃祝他病愈之意。又加狱中受过磨折，到了三四岁，便三番两次病得沉重，几乎死去。幸亏丙吉严督二人，格外小心侍候，并延医服药，极力救治，方得保全。又过一时，胡组作工期满，例应出狱回家，皇曾孙啼哭不舍，丙吉见了，便出钱将胡组雇在狱中，仍旧与赵征卿一同作伴。

光阴荏苒，皇曾孙在狱五年，年已五岁，时为后元二年二月。武帝身体多病，常往来长杨五柞二宫。旁有望气者上言："长安狱中，有天子气。"武帝便命使者前往长安，将各诏狱所系犯人，无论轻重，悉数杀之。内谒者令奉命夜到郡邸狱，丙吉早有所闻，此时一心欲救皇曾孙，也顾不得许多，便命左右闭起大门，拒住郭穰，不使得入。又遣人传语道："皇曾孙在此狱中，他人无辜，犹不可妄杀，何况是嫡亲曾孙。"郭穰守到天明，不得入内，只得回报武帝，并劾奏丙吉违抗诏命。武帝听说，心中顿悟，暗想望气所言天子气，莫非就应在曾孙身上，因说道："此乃天意，非丙吉之罪。"遂下诏大赦天下，皇曾孙经此大难，又得丙吉救免，连郡邸狱中许多囚犯，都赖丙吉得生，人人无不感德。

丙吉奉到赦书，心喜皇曾孙得出监狱，却又怜他无家可归。便命狱官作书，送与京兆尹。京兆尹驳还不肯收受。丙吉却访得皇曾孙祖母史良娣外家史氏，现在京师，便将皇曾孙送归史氏。此时史良娣之母贞君及兄史恭尚存。贞君年已老迈，见了外曾孙，甚是怜悯，亲加抚养。未几武帝驾崩，遗诏收养曾孙于掖庭，并命宗正将名字登入簿籍。皇曾孙既到掖庭，又得掖庭令张贺尽心奉养。到了年长，从师读书，甚是聪明好学。然性亦喜游侠，足迹行遍三辅。他又生有一种异相，遍身及足下皆有毛，所卧之处，时有光明。每到饼店卖饼，店中生意顿然发达，自己也觉奇怪，不解其故。到了昭帝元凤三年正月，泰山、莱芜山之南，一日忽闻有大声，势甚汹涌，似是数千人叫唤，远近人民闻声齐来看视，原来却是一块大石，自由地上竖立。此石高一丈五尺，大四十八围，入地深八尺，旁三小石环绕作足。石立之后，有白乌数千飞集四围，观者无不惊异。又同时上林苑中一大柳树，已枯死卧地，亦自起立复生，有虫食树叶成字道："公孙病已立。"符节令眭弘字孟，鲁国人，曾从董仲舒学《春秋》，因上言当有从匹夫起为天子者。霍光闻言恶之，坐以妖言惑众大逆不道，眭弘竟被处斩。至是霍光与诸大臣会议立嗣未决，又值丙吉曾为大将军长史，甚得霍光亲重，故向霍光提议，竟得依从。宣帝果从皇曾孙即位，方信眭弘之言有验。未知以后如何，且听下回分解。

第一三六回　延年上书劾霍光　宣帝下诏求故剑

话说昭帝元平元年秋七月，霍光废去昌邑王刘贺，迎立宣帝，此时霍光大权独揽，威震朝野，人人畏服。宣帝为人虽然英明，初次即位，也就暗存戒心，一切举动兢兢业业，每与霍光相见，尤加谨慎。当日宣帝受了皇帝玺绶，应行谒见高庙，宣帝乘坐御车，前往行礼，大将军霍光骖乘。宣帝本来惧怕霍光，平日见面，已是望而生畏，如今同坐一车，逼近身旁，愈觉得局促不安，似乎背上生有芒刺一般。读者试想宣帝既为天子，何以如此畏惧霍光？只因霍光秉政既久，威权太重，加以此次任意为立，由不得不使人胆怯。更有一层，霍光见宣帝初立，恐其复学刘贺，也觉放心不下，未敢便使亲政，仍请上官太后留居未央宫，临朝决事。宣帝虽已即位，并无权力，因想起刘贺是一国之王，且有许多近臣为之羽翼，尚被霍光要立便立，要废便废，毫不费力。何况自己乃由庶人出身，势孤力弱，更难与他抵抗。设使言行不慎，被他看出过失，或触忤其意，便要做第二之刘贺，到了其时，岂非追悔无及。宣帝怀了此意，所以对于霍光愈加畏惧。

正当此时，却有侍御史严延年上书，劾奏大将军霍光，擅行废立主上，无人臣之礼，罪该不道。此奏既上，满朝公卿闻知，无不惊骇。也有人替延年担忧，说他触怒霍光，必遭诛罚。宣帝见奏，既不便得罪霍光，又不肯责罚延年，便将奏章搁起。延年劾奏，虽不能动得霍光，然朝廷百官因此也都肃然敬惮。说起严延年乃下邳人，其父曾为丞相属吏。延年少学法律，由郡吏出身，被举为侍御史，为人短小精悍，办事敏捷，但是生性负气。此次劾奏霍光，为人所不敢为，也算具有胆识。然平心而论，霍光错处，在于最初不慎，迎立非人。及见刘贺种种无道，将他废去，可谓善于补过。后人以为延年此奏，能正君臣之义，因此称其敢言，不过专制时代尊君卑臣之思想耳。

宣帝即位未久，丞相杨敞病死。霍光奏请太后拜蔡义为丞相，封阳平侯。又以田广明为御史大夫。蔡义系河内温县人，由明经出身，曾在大将军卫青幕府当差。家中甚贫，出入常是步行，却有卫青门下一班好事之人，怜他穷苦，大众凑出钱文，买了一辆犊车，与他乘坐。后来蔡义时运到来，竟被武帝召见，讲说《诗经》，甚合帝意，拜光禄大夫给事中，命其教授昭帝读书。元凤六年，擢御史大夫。至是代杨敞为相，年已八十余岁，身材短小，又无须眉，形状甚似老妇。加以弯腰曲背，立起时上半身倾向前面，因此脚跟不稳，举步艰难。每遇朝会出入，须有两个吏人，左右扶持，方能行走。众人见他老迈龙钟，心中都觉看轻，便在背后私相议论道："大将军任命宰相，不选贤才，但用此等年老无用之人，凡事可以由他专制。"有人闻得此言，急来报知霍光。霍光听了诧异，便对侍中左右并自己官属道："吾因蔡义曾为人主之师，当然可任宰相。不料外间妄加揣测，此等言语，何可使天下人闻知。"众人听了，方才不敢再言。

到了十一月，群臣上议请宣帝择立皇后。先是宣帝未即位以前，已娶许广汉之女为妻。许广汉昌邑人，少年尝为昌邑王郎官。一日随从武帝前往甘泉宫，广汉因起程匆促，误将同行郎官马鞍安在自己马上，后被原主查出，告知有司。有司劾奏广汉从驾偷盗，犯了死罪，武帝下诏处以宫刑。说起广汉不过误取他人一个马鞍，并非出于有意，论理原无大过，谁知竟坐死刑，几乎性命不保，可见汉时法律之严。广汉既遭宫刑，入宫为宦者丞。适值上官桀谋反，预先备下绳索数千条，每条长数尺，装一箱内，缄封甚密，准备起事时缚人之用，藏在殿中庐舍。后来阴谋败露，霍光分遣诸人搜寻证据，知得上官桀藏有绳索，便命许广汉前往搜寻。广汉遍搜不见，只得回报霍光。霍光不信，又遣他人往寻，其人奉命前往，竟将此索搜出。广汉又因此坐罪，罚作鬼薪。因他本是宦官，遂送入掖庭作工，后被任为暴室啬夫。宣帝时为皇曾孙收养掖庭之中，恰与许广汉同在一处居住，彼此日常相见，异常亲好。

当日掖庭令张贺，即张安世之兄，曾为卫太子家吏。太子兵败，所有宾客皆定死刑，张贺也在其内，幸得张安世为兄上书求恩，得免一死，受了宫刑，送入宫中充当宦官，渐升为掖庭令。张贺见皇曾孙年幼受累，无人顾恤，情形甚属可怜，又念起卫太子旧日待己之恩，因此十分关切，加意抚养并使之从师读书，代出学费。光阴迅速，皇曾孙渐已成人。张贺见他生得仪容俊伟，举止非凡，更兼足下有毛，卧处有光，种种神异，愈觉惊奇。暗想此人将来定然大贵，何不以女嫁之，遂时对其弟安世夸说皇曾孙如何好处，并露许婚之意。此时正在元凤四年，昭帝方行冠礼，安世为右将军，与霍光同心辅政。每听张贺赞美皇曾孙，安世便行阻止，其意以为少主在上，不宜称道曾孙，恐涉嫌疑。又闻张贺欲以己女嫁之，不觉大为拂意，因说道："曾孙乃卫太子之后，身为庶人，幸得公家供给衣食，已算满足，将女嫁他，有何好处，以后请不必再提此事。"张贺见安世不肯，只得作为罢论。

又过一时，皇曾孙年已十六岁，张贺便想为之娶妻，成立家室，也算报答卫太子一番知遇。但自己既不便将女许配，只得就外间留心撮合。在张贺本意原想觅得富贵人家结亲，将来皇曾孙也可靠他得个出身，建功立业。谁知满朝公卿列侯虽然不少，却无人肯招为女婿。若论皇曾孙名目，岂不赫赫，要结好亲，原非难事，无如人情大抵势利，见皇曾孙正在失势之时，身为庶人，更不将他放在眼里。张贺又是一个宦官，被人轻视，所以做媒也不得力。虽有其弟安世现掌政权，偏又极力反对此事，张贺因此也不敢选择门第，但图得成亲事而已。

一日张贺无意之中，忽闻得许广汉现有一女，尚在择配。心想许广汉与皇曾孙同居既久，甚是相得，今若向他求亲，定可成就。张贺想罢，心中高兴，便分付左右安排酒席，遣人往请许广汉前来饮酒。不久广汉到来，二人一同入席，饮到酒酣，张贺停杯说道："皇曾孙在皇室之中，亲属最近，纵使为人庸劣，亦不失为关内侯，何况他才能出众，足下尽可以女许之。"广汉闻言，慨然许诺，张贺甚是欢喜。

次日许广汉回家，将此事告知其妻，其妻听了大怒道："女儿是我辛苦养育，汝欲许配与人，应先与我商量，如何轻易答应，此事我万不能承认。"因此夫妇之间大起争论。原来广汉之女，名为平君，年方一十五岁，先已许字内者令复姓欧侯氏之子为妻，择定吉日，将要成亲。欧候氏之子忽然病死，广汉之妻，只有一女，爱同掌珠，正要收拾嫁装，闻说女婿身死，大为扫兴。心想莫非女儿生相不好，以致尚未过门，便克丈夫，如今又须另行结婚，但婚姻大事，关系女儿终身，不可草率。且请相工看过女儿相貌，再行决定。于是亲带其女，到了一家相馆看相，相工将许女端详良久，拱手作贺道："此乃大贵之相。"广汉之妻闻说暗自欢喜，谢别相工，带了女儿回家。一路想道："欧侯氏子想是无福消受我女，所以早死，以后说亲，须要慎重。"不料未过数日，广汉竟当饮酒中间，一口许下亲事，所招女婿，虽号为皇曾孙，却是平民，并无一官半职，所以发怒，执定不肯，立逼广汉要他退亲。广汉自念未曾与妻相商，也有不是，但已面允张贺，一言既出，驷马难追。况张贺现为掖庭令，是个长官，我为暴室啬夫，乃他属员，一经承诺之后，更难翻悔。乃向其妻用好言安慰，说是皇曾孙将来必能贵显，万不至误了女儿。其妻闻言气愤渐平，到底妇人终拗不过丈夫，竟将女许嫁皇曾孙，择日成礼。张贺自出家财为皇曾孙行聘迎娶。从此皇曾孙便依着许广汉及外祖母史家过日，张贺得免责任，不久也就身死。

皇曾孙自娶许女，过了一年，生下一子名奭。又过数月，霍光迎立为帝。宣帝既已即位，拜许氏为婕好。此时群臣请立皇后，大众心中拟议，以为定是霍光小女。原来霍光正妻，复姓东闾氏，无子，仅生一女，嫁与上官安为妻，即上官太后之母。上官安谋反时，霍氏早死，追尊为敬夫人。霍光又纳婢女名显，生有一子数女，子名霍禹。及东闾氏死，霍光遂以显为继室。先是霍光有所爱家奴二人，一人姓冯名殷字子都，一人姓王名子方，子都尤为得宠。霍光每有要事，常与计议。霍显又与子都通奸。子都与子方借着将军之势，在外横行无忌，满朝文武百官，无不畏其气焰，争来奉承。此次霍显见宣帝即位，未立皇后，因想起小女成君尚未出嫁，便欲谋得后位。乃使二人示意百官，百官安敢不从。遂先奏请立后，以探宣帝之意。在众人皆料宣帝畏惧霍光，必立其女，且霍光之女又系上官太后之姨，宣帝借此婚姻以联络太后与霍光二人，岂非得计？宣帝也知众人意思，但念起旧日微贱之时，许女曾同甘共苦，如今贵而弃妻，于心终觉不忍，惟是欲立许女为后，又不便自言，须由群臣指名上讲，不露痕迹，方免得罪霍光。然而有何方法能使群臣知得此意，宣帝沉吟半晌，得了一计，即下诏寻求昔日所佩故剑。群臣见诏，便知宣帝念旧情深，一把故剑，尚要寻求，何况妻室，于是遂请立许捷好为皇后。后人因谓发妻为故剑，即此故事。未知以后如何，且听下回分解。

第一三七回　田司农贪赃自杀　常校尉征胡立功

话说宣帝即位数月，霍光留心观察，见其举动并无过失，方始放心。到了十一月，宣帝下诏立许氏为皇后，霍光便请上官太后仍归长乐宫居住。霍显闻知许后得立，甚是不悦。此时许后之父广汉尚在，照例应得封侯。霍光说他是受过宫刑之人，不宜为一国之君，以此许广汉竟不得受封。直过年余，始封为昌成君。残冬既过，时值新春，改元为本始元年。霍光请将政事归还宣帝亲理，宣帝谦让不肯收受，一切政事皆先经霍光过目，然后奏闻。宣帝下诏追谥故太子据、史良娣为戾太子、戾夫人，并追谥史皇孙及王夫人为悼考悼后。又命有司议群臣定策之功，下诏加封大将军霍光一万七千户，车骑将军张安世万户，此外列侯加封户口者十人，封侯者五人，赐爵关内侯者八人。大司农田延年最先发议有功，得封阳城侯，正在扬扬得意之际，谁知却有茂陵人焦、贡两姓出头告其赃罪。

说起焦、贡两姓，皆是茂陵富人，素以经商起家，两姓先曾合股出钱数千万，暗地收买炭苇等丧葬所用之物，存积图利。适值昭帝骤得急病驾崩，大司农田延年不曾先期预备，临时赶办葬事，一切应用物件，不能应手。探知焦、贡两家收藏此物甚多，居为奇货，欲趁此时抬价出卖，遂向上官皇后奏说："有一等商人，专收陵墓应用不祥器物，希冀官府急需，借以牟利，非臣民应为之事，请尽数没收入官。"此奏上后，竟得批准。田延年遂遣人到焦、贡两家将各物一概充公。焦、贡两家未得丝毫利益，反受许多损失，因此痛恨田延年，意欲寻事报复，于是私自出钱遣人搜寻田延年罪过。也是合当有事，当日田延年承办陵工，曾向民间雇车三万辆往便桥下取沙，运至圹内，言明每辆租价一千文，本共三千万。延年造具报销时，每辆竟开报二千文，共计六千万，自己侵吞一半。却被焦、贡两家查知此事，不觉大喜。暗想我不过屯积葬物，希图赚钱，汝便说我居心不良，将我货物充公。幸而我两家财产颇裕，虽受损失，尚无大碍，若在中人之家，岂不立时破产？汝存心也算狠毒。如今天眼昭昭，报应不爽，汝也有不法之事落在我手，且论起情节，比我更重，不但没收财产而已，连性命都也难保。我辈不趁此时报仇，更待何时。于是焦、贡两家，遣人诣阙上书告发。

当日朝廷得书，发交丞相府查办，果有其事。丞相蔡义遂复奏田延年主守盗三千万罪该不道。霍光素重田延年，见他贪赃犯法，便欲代为遮盖，遣人召到延年密问道："汝到底有无此事，不妨实说。"田延年生性好胜，不肯认错，一力抵赖，并说道："臣本出自将军之门，幸蒙提拔，得有爵位，安敢作此犯法之事。"霍光听说便道："既无此事，当饬有司彻底穷究。"田延年无言退出。时有御史大夫田广明，见田延年事在危急，自己不便说情，因见太仆杜延年素与霍光亲密，乃私向杜延年说道："春秋之义，许人以功抵过，当日议废昌邑王时，非田子宾一言，大事不成。今何妨由公家出钱三千万与之，望足下将愚言告知大将军。"杜延年依言入告。霍光闻言，知田延年侵吞公款是实。

心想我曾问他实情，原欲为之设法，他偏不肯承认，连我都要欺瞒，事已至此，是他自要吃亏，只好置之不管。遂对杜延年道："田大夫所言甚是，若说子宾为人，真是勇士，回想会议之时，子宾首发大议，震动朝廷。"说到此处，霍光举手自抚其心道："使我至今尚患惊悸之病。汝可通知田大夫转告大司农，照例赴狱，再由众公卿公议此事。"杜延年将霍光言语回报田广明，田广明无法，只得遣人告知田延年。

田延年到了此时，方悔自己不该欺骗霍光，已是无及，却又不甘入狱受辱，因说道："但望朝廷将我宽赦而已，有何面目入到狱中，为众人所指笑，吏卒所轻贱。"田延年说罢，心中决定一死，便关上阁门，独在书房居住，解开衣服，袒露半身，右手持刀，终日由东边走到西边，一人踱来踱去，如此数日。朝廷遣使来召田延年，前赴廷尉听审。署中击鼓迎接诏书，田延年在内，闻得鼓声，自知祸事到了，立即自刎而死。读者须知，田延年立决大议，明白勇敢，更胜于隽不疑，其才气固自不凡，无如一念贪心，竟弄得末路身败名裂，未免可惜。当田延年赃罪发觉之时，侍御史严延年又劾奏田延年手持兵器，侵犯属车。田延年自辩不曾侵犯属车。霍光将此事交与御史中丞查办，御史中丞诘问严延年道："田延年犯罪，既已发觉，汝何以不通知宫门守卫禁止，却使他仍得出入宫中？"于是御史中丞反劾奏严延年纵容罪人，依法当死。诸位试想田延年虽被人告发，不过身处嫌疑，未经定案，不能即称为罪人，又未免他官职，严延年何得擅行禁止。即使严延年不加禁止，算是有罪，亦不过失于觉察而已，何至说他纵容，更何至办成死罪。此明是御史中丞因见严延年曾劾奏霍光，料想霍光必然怀恨，便借题陷之于死，欲以取悦霍光。霍光也不详加考察，便即批准照办。官吏奉命往捕严延年，严延年早已闻风逃走，此案也就搁起。

此时苏武以预议废立得封关内侯，食邑三百户。其随从苏武出使之常惠，亦于本始二年立功封侯。先是武帝遣江都公主嫁与乌孙王昆莫，昆莫又使其孙岑陬娶公主。昆莫死，岑陬代立。未几公主亦死，武帝又以楚王戊之孙女解忧为公主，嫁与岑陬。岑陬死，其弟翁归靡立，复娶解忧。乌孙既与汉和亲，大触匈奴之忌，昭帝时匈奴遂发兵与车师共侵乌孙。公主屡次上书求救，并称愿发国中一半精兵，尽力与汉夹攻匈奴。宣帝得书，遂与霍光商议，决发马兵十五万，使五将军率领，分道出兵。御史大夫田广明为祁连将军，领四万余骑出西河；度辽将军范明友领三万余骑出张掖；前将军韩增领三万余骑出云中；后将军赵充国为蒲类将军，领三万余骑出酒泉；云中太守田顺为虎牙将军，领三万余骑出五原。又使校尉常惠持节前往乌孙，监护乌孙之兵，会同汉兵前进。

此次汉兵大举出动，匈奴事前并未闻知。原来匈奴自从李广利之后，十余年来未见汉兵出塞，所以并未提防。及至五路大军到了塞外，匈奴沿边探骑，瞥见一路马粪甚多，无意中忽发现马粪中间余有谷粒，不觉大惊。若论塞外地方，专事牧畜，马粪到处皆有，原不足异，但边马大都吃食草料，并不食谷。今见马粪中有余谷，必是汉军之马，因此吃惊，赶回报知匈奴。匈奴大众闻此消息，各皆扶老携幼，驱逐畜产，星夜向北逃避。诸将领兵到时，匈奴早已远去，仅余少数人畜逃走不及，致被汉兵捕得。五将回京，有司议定赏罚。田广明急于回军，不肯尽力追击，田顺不至原约地点，又浮报杀获数目,均被究问,畏罪自杀。此外范明友、韩增、赵充国三人亦皆不至约定地点便行班师,宣帝特从宽典,悉予免议。

独有常惠持节行至乌孙,乌孙昆弥自为将军,率领翕侯以下五万余人马,由西方攻入右谷蠡王庭,捕获单于伯叔及嫂,并属王骑将以下三万九千人,又得马牛驴骡骆驼等五万余匹,羊六十余万头。乌孙得了许多人畜,也不分与汉使,一概据为己有。常惠仅带吏卒十余人随从昆弥回国,未至乌孙国都,却被乌孙人偷入常惠营中,窃去使节印绶。常惠闻报大惊,追究不得,只好空手回国。自料失去印绶及节,算是奉使辱命,必遭诛戮。谁知宣帝见五将出师无功,惟常惠奉使克捷,遂封常惠为长罗侯,仍命赍持金帛往赐乌孙有功之人。常惠遂向宣帝奏道:“龟兹国曾杀校尉赖丹,尚未伏诛,请顺路前往击之。”宣帝恐其生事,不肯应允。常惠退出来见霍光,具述己意。霍光许其便宜行事。常惠到了乌孙,宣诏赏赐已毕,便传命发乌孙及各国兵五万人,往攻龟兹,先遣人责备龟兹王。龟兹王谢罪道:“此乃我先王误听贵人姑翼之言,我实无罪。”常惠道:“既然如此,汝可将姑翼缚送前来,朝廷当赦王之罪。”龟兹王依允,即缚姑翼送至军前。常惠将其斩首,罢兵回国,奏闻宣帝。宣帝见是霍光主意,且又立功,遂亦不问。光阴迅速,到了本始三年春正月,许皇后产后忽然身死。未知许后如何致死,且听下回分解。

第一三八回　行毒计许后被鸩　遂阴谋霍女正位

话说宣帝与许后同由微贱出身，且是年少夫妻，自然恩爱异常。只有霍光夫人霍显，心想皇后之位，明明应属我女，如今却被许女夺去，量她一个宦官女儿，偏得正位中宫，我女反不及她，真是可恨，必须设法将她除去，我女便得安稳入宫，做了皇后。但是事关重大，必须筹一万全之策，方可下手。霍显想来想去，未得方法，只好暂时忍耐。

过了一时，许后又怀孕在身，临当分娩，身体多病。宣帝加意爱护，遍觅医人诊治。有人保荐女医淳于衍，宣帝见她是个妇人，照料生产，更属便利，即下诏召之入宫。淳于衍奉命收拾随身衣物，预备起行。其夫淳于赏，现为掖庭户卫，见淳于衍行色匆匆，忽然想起一事，便对淳于衍道："汝可先往大将军府中，向霍夫人告辞，然后入宫，并托霍夫人替我转求大将军，委派我为安池监。此缺甚好，若得到手，强如做此户卫。"淳于衍依言前往霍光家中。原来淳于衍素为霍氏所爱，可以任意出入，此次来见霍显，告知入宫侍疾，并将其夫求派言语，述了一遍。霍显听说她入宫调治许后之病，心中一动，又闻淳于衍求派其夫差缺，猛然记起前事，觉得机会可图。眉头一皱，计上心来，立即屏退左右，笑容满面，呼淳于衍之字道："少夫，汝若为我干得一事，我更当从重报答，但未知少夫肯否？"淳于衍不知霍显用意，还道是寻常之事，又兼正在托她谋事，势难推却，遂直应道："夫人所言，有何不可，只须夫人分付，贱妾无不从命。"

霍显见淳于衍答应爽利，遂说道："将军平日最爱小女成君，意欲使她到了极贵地步，如今便为此事拜托少夫。"淳于衍听了，茫然不解，因问道："令爱终身，全仗将军与夫人做主，贱妾何能为力，敢问此语，是何缘故？"霍显见她尚不明白，便走近淳于衍身旁，附耳低说道："妇人生产，乃是大事，往往十死一生。今皇后正当临盆，可趁此时进以毒药，结果她性命，成君便得立为皇后。如蒙从中出力，事成之后，当与少夫同享富贵。"淳于衍闻言大惊，暗想此事非同小可，如何干得，若被发觉，便有灭族之祸，因推辞道："凡药皆由众医一同配制，且进服之际，有人先尝，安能置毒？"霍显又说道："此事全在少夫，少夫肯为，岂患无法？现在将军管领天下，谁敢多言，设有缓急，自当设法救护，万不至使少夫被累，但恐少夫无意耳！"淳于衍沉吟良久，方答道："情愿尽力。"霍显又叮咛数语。淳于衍告辞回去，也不告知其夫，密取附子，捣成细末，带入长定宫中。

本始三年春正月，许后分娩之后，身体颇好，无甚大病，太医拟方，制为丸药进服。淳于衍便趁着无人之际，将所带附子末掺入药内，做成丸药，更无一人得知，此乃淳于衍答应霍显之时，早已算定。只因别项毒药，多有一种特别气味，容易使人觉察，纵使事前幸免发觉，其人既死，身上亦必现出受毒痕迹，自己难脱干系。惟有附子性本有毒，又加大热，然无甚气味，且在平人服之，亦不遽至于死，独产后体虚之人，最为忌服。当日左右进上丸药，淳于衍在旁眼看许后将药服下，心中也就捏着一把汗，外面却装作如常。不过少顷，药力发作，许后便觉身体不安，因问淳于衍道："我头觉得岑岑，药中莫非有毒？”淳于衍被她说破底里，吓得心头有如小鹿乱撞，只得咬定牙根答道：“无有。”话犹未完，许后心中愈加烦闷，召到诸医看视，大众束手无策，许后竟中毒而崩。宣帝闻报到求，大哭一场。只道是产后体弱，以致骤脱。遂依礼殡殓，葬于杜南。谥为恭哀皇后。

淳于衍毒死许后，出得宫门，便到霍显家中。霍显早已得信，心中大喜。今见淳于衍到来，十分礼待，背着人殷殷致谢。霍显一心感激淳于衍，意欲从重酬劳，但因许后新崩，未敢多给财物，恐致惹人疑心。淮知不久果有人上书宣帝，告说诸医侍病无状，以致皇后暴崩，应请严加究治。宣帝见书，也想起许后死得不明不白，难保其中不无他故，遂下诏将当日侍病医人一律收系诏狱，淳于衍也在其内。刑官审讯几次，淳于衍不肯供招，刑官也就无法。只得劾奏诸医诊治不慎，罪该不道，应行办罪。霍显见淳于衍被拿下狱，日夜提心吊胆，惟恐淳于衍一口供出，连累到自己身上。后来又闻刑官要将淳于衍办罪，心中愈加惶急，暗想我曾允许她，有急便当救护，今若置之不理，倘刑官将她办成死罪，淳于衍必定怪我不救，她便拼却一命，说出是我主谋下毒，要我与她同死，如何是好？霍显想到此处，不禁浑身冷汗，心知事在危急，须速救出淳于衍，但除却霍光，也无别人能救。于是遣人请到霍光，屏退左右，将自己主谋毒死许后之事，备细告知。末后又说道：“我失计做了此事，今已追悔无及，但求示意刑官，勿迫淳于衍供招，便不至于发觉。”霍光一向如在梦中，今闻此言，有如半天打个霹雳，惊得口呆目瞪，半晌不能出声，心怨其妻不应瞒着自己，做此大逆。此时抱怨，也就无益，待欲自行举发，又不忍置其妻于死地。霍光沉思良久，左右为难，一任霍显说话，只是默然不应。后来刑官奏上诸医罪名，霍光竟批令将淳于衍开释，不论其罪。读者须知霍光既闻霍显之言，便当立时奏闻宣帝，明正其罪，方可谓公正无私，且罪止霍显一人，既可保全家族，又可表明自己心迹。谁知一念之私，溺爱其妻，反为遮掩。只此一事，大为生平之玷，又兼留下祸根，贻害后代，都由他不学无术，以至于此。

闲言少叙，当日淳于衍得霍光之力，出狱回家。霍显闻信，心中始安，又见案已归结，可保无事，不妨重谢淳于衍以酬其劳。于是检出蒲桃锦二十四匹，散花绫二十五匹，走珠一琲，绿绫百端，钱百万，金百斤。说起金珠锦绣，原是富贵人家常有之物，不算稀罕。内中独有散花绫一种，乃是最新花样，出自巨鹿人陈宝光家，宝光之妻得传其法。霍显闻知，遣人召到家中，使之织造。每机用一百二十镊，须经六十日，始能织成一匹，每匹价值万钱，此一副厚礼，也就可观。霍显恐淳于衍尚未满意，又为她起造居屋，赐与奴仆，不可胜数。偏是淳于衍贪心不足，背地私自怨道：“吾为汝担下弥天罪过，成就何等功劳，谁知汝报答我，不过如此！”列位试想霍显为一女儿害死许后，担尽许多惊恐，破费无数钱财，反被淳于衍埋怨，可见小人枉做小人，结果有何好处。

霍显自从许后死后，便为其女成君安排陪嫁衣装器具，力劝霍光纳入后宫，霍光只得依允。宣帝自失许后，心中悲悼。今见成君乃是霍光亲女，格外优待，与众不同。到了本始四年三月，宣帝遂下诏立霍氏为皇后。先是许后出身微贱，在位不过三年，车马衣服甚是俭朴，从官仪仗概从节省。每五日一至长乐宫，朝见皇太后亲奉杯盘，进上饮食，修行妇道，真是一位贤后。可惜遭人暗算，短命而死。如今霍后生长富贵，素性奢华，出门之时，车驾煊赫，侍从如云。又兼素性阔绰，所颁赏赐，不下千万。比起许后，一奢一俭，相去甚远。奉皇太后，仍照许后故事，但是上官太后却是霍后长姊之女，应呼霍后为姨母。今见霍后照例进食，上官太后觉得心有不安，往往起立致敬。宣帝亦宠爱霍后，常在正宫住宿。霍显既得遂愿，自然欢喜。此时天下清平，朝廷无事。时光荏苒，霍氏为后，已有三年，时值地节二年春三月，霍光忽得一病，渐渐沉重。未知霍光病体如何，且听下回分解。

第一三九回　魏相因许伯进言　宣帝防霍氏生变

话说宣帝即位以来，已有六年，所有朝政，仍委任霍光办理。霍光每入朝见奏事，宣帝见了，立即起座敛容，十分恭敬，所有言语，虚心听受，不肯自出主意。霍光秉政前后二十年，到了地节二年春，年老得病，渐渐沉重，宣帝闻知，驾临霍光家中，亲到榻前问病，知得病势已危，医药难以挽救，不禁为之涕泣。及宣帝回宫，霍光上书谢恩，并请分自己封邑三千户封侄孙霍山为列侯，以奉兄去病之祀。宣帝见书，发交丞相御史议奏。即日拜霍光之子霍禹为右将军。不过数日，霍光病死。宣帝及上官太后亲来祭奠，使太中大夫任宣及侍御史五人持节护理丧事，中二千石以下官吏监修坟墓，赐以御用衣衾棺椁椀。到了葬日，灵柩装入辒辌车中，前导仪仗，逐队排列，首尾长有数里。满朝文武百官皆来送葬。丧车装饰异常华丽，并用黄屋左纛，一如帝制。又自长安直至茂陵，一路皆有军队陈列。此一段风光，不亚于天子出丧，哄动长安士民，扶老携幼，齐来观看。宣帝下诏赐谥宣成侯，遣官为起坟墓祠堂，置园邑三百家，设官看守，依时祭奠。清人谢启昆有诗咏霍光道：

风采人瞻博陆侯，端居画室赞皇猷。
放桐伊尹阿衡重，负扆周公侧席求。
骖乘祸萌芒刺背，徙薪计失客焦头。
家奴尽倚将军势，悔不封章发逆谋。

宣帝自霍光死后，始行亲理政务。此时丞相蔡义已死，韦贤为丞相，魏相为御史大夫。韦贤字长孺，鲁国人，为人质朴少欲。勤于学问，博通经书，时人称为邹鲁大儒，曾教昭帝读诗，官至大鸿胪。本始三年代蔡义为相，封扶阳侯，食邑七百户。魏相字弱翁，定陶人，少学易，被举贤良，为茂陵令，擢河南太守，禁暴除奸，豪强畏服。是时适值丞相田千秋病死，其次子为洛阳武库令，平日见魏相治郡甚严，如今又失了父亲，心恐在官日久，不免因过失得罪，遂即辞职而去。魏相闻知，急遣属吏前往追之，意欲将他唤回。田千秋次子竟执意不肯。属吏无法，只得回报魏相。魏相顿足道："大将军闻知此人去官，必以为我见丞相已死，不肯善待其子，使他因此见怪，吾势危矣！"因此魏相心中闷闷不乐。后来田千秋次子到了长安，大将军霍光闻知，果然责备魏相道："今幼主新立，大局未安，函谷乃京师要地，武库为精兵所聚，故以丞相弟为关都尉，子为武库令。今河南太守不深思国家大计，一见丞相不在，便即斥逐其子，用意何其浅薄。"魏相受此责备，真是冤枉，此时便要辩白，霍光也不肯信。过了一时，有人告发魏相杀死无辜之人。霍光便发交有司拘提魏相讯办。一时在京河南戍卒二三千人，闻知此事，一齐拦住霍光车前说道："情愿再留京师作工一年，以赎太守之罪。"又有河南百姓老弱万余人，守住函谷关，意欲入关上书恳求释放魏相，关吏不敢放其入关，只得报闻朝廷。霍光却为前事心恨魏相，不听人要求，竟将魏相交与廷尉下狱。魏相在狱经年，恰遇大赦得出。此时霍光怒气已平，又见魏相深得民心，遂使试署茂陵县令，后又擢为扬州刺史。魏相考察各郡国守相不称职者，尽行劾奏，多被贬逐。时光禄大夫丙吉，素与魏相交好，见其锋棱太露，恐又因此得罪，遂作书劝道："朝廷已深知弱翁才干，望稍谨慎自重。"魏相得书，深以为然，于是一切从宽，后复为河南太守。宣帝即位，召入为大司农。本始三年，擢御史大夫。至是霍光既死，其子霍禹已为右将军，嗣爵博陆侯。魏相心恐霍禹擅权，遂上书请拜张安世为大将军以代霍光之位。宣帝亦有此意，诏书未下，安世已有所闻，心中甚惧，乃入见宣帝说道："老臣妄有所闻，言之算是冒昧，不言则下情不达，老臣实自量不足以居大位，继大将军之后，愿陛下哀怜，曲全老臣之命。"宣帝闻言笑道："君言太谦，君尚不可，更谁可者？"安世叩首固辞，宣帝不许，遂拜安世为大司马车骑将军领尚书事。

宣帝又思念霍光功德，并记起霍光临死曾请封兄孙霍山，遂下诏封霍山为乐平候，以奉车都尉领尚书事。到了次年，宣帝始封许后父许广汉为平思候，又封霍光兄孙中郎将霍云为冠阳侯，霍氏一门三侯。霍显此时居然为了太夫人，与冯子都同居，俨如夫妇。霍光在时自作坟墓，霍显嫌其狭小，重行改作，规模甚是阔大，三面起阙，建筑神道，北临昭灵馆，南出承思馆。并修饰祠堂，起阁道，通连永巷，尽幽霍光妾婢以守之。又大治第宅，自作乘辇，上画五彩，涂以黄金，锦绣为茵，以熟皮及丝绵包裹车轮，使侍婢用五彩丝绳挽车游行宅中。霍禹、霍山亦皆修建住屋，极其华丽。又不时出外游行，驰逐平乐观一带。霍云更是放荡，每当朝见之日，往往假称疾病，私自出外，带领许多宾客，架鹰牵犬，到了黄山苑中，张围大猎，却使苍头奴持了名帖，上朝挂号。有司畏其势力，不敢责备。霍显又与诸女任意出入长信宫，日夜无度。魏相本与霍氏意存芥蒂，今又见此情形不成事体，便请许广汉带领入见宣帝，面奏此事。

魏相既见宣帝，便说道："自后元以来，政归大臣，今霍光已死，其子霍禹复为右将军，兄孙霍山现居政府，兄弟诸婿皆据高位，职掌兵权。霍光夫人显及诸女，在长信宫皆有名籍，或夤夜称诏，开门出入，骄奢放纵，恐渐不制，宜设法减夺其权，破其阴谋，以固万世之基，并可保全功臣之后。"宣帝自在民间，久闻霍氏贵盛，其家人倚势横行，种种不法，心中已是不喜，因看霍光面上不便究问。今闻魏相之言，甚合其意，点头称善。又过数日，魏相复由许广汉面请宣帝，除去副封，以免壅蔽。原来旧例人民上书，须备正副两封，先由领尚书者开拆副封观看，若是所言不善，便将原书搁起不奏。今宣帝依从魏相之言，除去副封，人民所上之书，不须由霍山过目。霍山虽领尚书事，但已毫无权力。宣帝既亲信魏相，遂命为给事中，与之计议。又准令群臣单独进见言事。霍显虽然日事淫乐，却也留心朝政，见此情形，知是不妙，因唤集霍禹及霍山、霍云等说道："汝辈不思奉承大将军遗业，保全自己地位，今御史大夫得为给事中，汝辈须当留意，若使他人进言离间，将来何以自救？"霍禹等闻言尚不在意。谁知不久恰又闹出事来。

说起霍氏一班家奴，当霍光在日，倚借主势，气焰凌人，谁敢向他得罪？如今霍光虽死，他一向骄横已惯，更不肯稍稍敛迹。一日霍氏家奴与御史大夫家奴同在路上行走，偏是冤家路窄，两下相遇，各欲他人让路，彼此争执良久。霍氏家奴大怒，率领一众闯入御史府中，府中人等见了，连忙关上大门。霍氏家奴便欲动起手脚，踏破大门。御史闻知，连忙对众叩头谢罪，方始息事。在御史也只得忍辱吞声，不与计较。旁人见了，却甚不平，一时议论纷纷，都说霍氏家奴目无法纪，欺人太甚。霍显等闻之，方知忧惧。此时丞相韦贤年老多病，便向宣帝辞职，宣帝赐以黄金安车驷马归第。汉时丞相致仕，算韦贤为第一人。于是宣帝遂拜魏相为丞相，以丙吉为御史大夫，二人同心辅政，宣帝甚加倚任。魏相不时入见宣帝，商议政事。宣帝又宠信平恩侯许广汉及侍中金安上，许其任意出入宫中。安上字子侯，乃金日磾之侄，地节元年曾举发楚王刘延寿反谋，赐爵关内侯。安上为人谨厚有智略，深得宣帝爱重。霍显及霍禹等见诸人得势，心中妒忌，因此甚加嫌恶。霍显更是担忧，却又不便告知他人，只是长日闷闷不乐。

读者试想霍显何事担忧，只因前次毒死许后，犯了弥天大罪，惟恐被人得知。偏是俗语有云："若要人不知，除非己莫为。"当日许后死得不明不白，外间已自有人议论，又见淳于衍得释出狱，忽然发了一笔大财，大众早猜到其中必有原因。及霍氏得立为后，众人遂皆恍然，但碍着霍光尚在，不敢多言，恐致惹祸。如今霍光已死，便又有人将此语到处传播，却被宣帝闻知，心中也觉可疑，暗想此言如果属实，必须严行究办，为许后报复冤仇。惟是众口喧传，未得确实证据，尚难发作。且霍氏子弟亲属布满朝廷，大抵手握兵权，势力甚大，要想惩治，亦难下手。如今既有此等风闻，霍氏万难亲信，须趁此时逐渐削其权力，免贻后患。宣帝于是召到魏相等密议处置之法。

原来霍光自上官桀谋反发觉之后，心恐被人暗算，于是任用女婿度辽将军范明友为未央卫尉，次女婿中郎将任胜为羽林监，又以长女女婿邓广汉为长乐卫尉，中女女婿赵平为散骑骑都尉光禄大夫，带领戍兵；姊婿张朔为光禄大夫给事中，孙婿王汉为中郎将，今霍禹又为右将军，朝中兵权，皆属霍氏。在霍光原是一心为国，但为防患起见，免遭他人毒手，谁知威权太重，反致惹人疑忌。当日宣帝与魏相商议已定，先将范明友移为光禄勋，出任胜为安定太守。过了数月，又出张朔为蜀郡太守，王汉为武威太守，不久复移郑广汉为少府，以霍禹为大司马，尊以空名，使与霍光同官，其实并无印绶官属，遂尽收诸人兵权。另用许史二家子弟为将，拜张安世为卫将军，所有两宫卫尉城门北军屯兵皆归统属。霍禹明知宣帝夺其兵权，心中愤郁，遂称病不肯入朝。一日坐在家中，忽见外间传报有人前来拜访。霍禹看了名帖，乃是熟人，便命请入。其人走进，一见霍禹，启口问病。霍禹听了，不禁长叹一声，便将心事说出。未知来人是谁，且听下回分解。

第一四〇回　罢诸霍贵戚怨望　获王媪外家受封

话说当日来访霍禹之人，乃是任宣。任宣官为太中大夫，前曾奉命持节护理霍光丧事。霍禹为右将军时，任宣又曾为其长史。今闻霍禹有病，故来看视。霍禹请入相见，任宣见霍禹并无病容，知他心怀怨望，假托称病，便故意用言挑道："未知君侯身患何病？"霍禹听了长叹道："我有何病，县官若非我家将军，不得至此。今将军坟墓未干，便将我家亲属人等一概疏远，反任用许史夺我印绶，使人不自知有何罪过。"任宣闻言，心知霍禹怨恨甚深，遂反复劝解道："时势不同，今非昔比，当大将军在日，独掌国权，杀生在手，有如廷尉李种、王平，左冯翊贾胜、胡及，车丞相女婿少府徐仁，因忤将军之意，皆下狱而死。又如史乐成本是小家子，得宠将军，官至九卿封侯。其时满朝文武但知奉承冯子都、王子方等，视丞相直同无物。大凡盛衰各有其时，今许史乃天子骨肉，自然当贵。大司马竟因此怨恨，愚意窃以为不可。"霍禹被任宣说了一篇，默然无语。过了数日，病假已满，霍禹只得照旧入朝。

宣帝深痛许后被毒而死，至是遂下诏立长子奭为皇太子，时年八岁。霍显闻立太子，愤怒异常，不肯进食，对家中人说道："此乃帝在民间时所生之子，岂可立为太子！将来皇后有子，反要为王，向他称臣朝拜，实在使人不甘。"霍显辗转寻思，忽得一计，便入宫来见霍后，屏退从人，教以如此如此。霍后应诺，于是召到太子，赐以饮食，意欲加入毒药，将他毒死。谁知宣帝早已留心，密嘱保母，加意防护，每遇霍后赐食，必经保母先尝。霍后三番五次无从下手。当日霍山、霍云等自见势力日孤，遂时与霍显、霍禹商议，往往相对啼泣，自相埋怨。霍山因说道："今丞相用事，县官信之，竟将大将军所定法令尽行变易，揭发大将军过失。又一班儒生，多系贫人，客居长安，饥寒交迫，喜为妄言，不避忌讳，素为大将军所深恶。今主上偏喜与儒生谈论，人人皆得上书请见，多言我家之事。日前曾有人上书，言大将军时主弱臣强，专制擅权。今其子孙用事，兄弟亲戚，日益骄恣，恐危宗庙。迩来灾异数见，即为此故。其言最为动听，我将其书压搁不奏。谁知后来上书之人，更加狡诈，每奏上之书，径由中书令出外取上，不由尚书，可见主上更不信任我辈。"霍显听到此处，便接口道："丞相时说我家不好，他自己岂遂毫无罪过，我辈也可将他作个把柄。"霍山道："丞相为人廉正，哪得有罪。我家兄弟诸婿多不谨慎，以致惹人议论。更有一事关系重大，据现在民间扬言，都说是霍氏毒杀许后，究竟有无此事？"霍显被问，心知隐瞒不住，只得一五一十说了一遍。霍禹及霍山、霍云听了大惊失色，一齐说道："既有此事，何不早告我等？如今县官斥逐诸婿，夺其兵权，正为此故。此乃大事，一旦认真究办，诛罚不小，如何是好？"霍显被众人抱怨，默然无语。霍禹等遂急商议自救之策。只因所犯案情过于重大，更无方法可以解免，末后想来想去，惟有设法废去宣帝，方保无事，但是如何下手，尚在计议未定。

霍山及霍云当日回到家中，便将霍显言语秘密告知家人，一众闻说，无不惊恐。正在举家慌张之际，忽又有人前来报告不吉之兆。原来霍光外孙婿赵平有一门客石夏通晓天文，一日向赵平说道："吾夜观星象，见荧惑守住御星，御星者即太仆奉车都尉也，若非罢斥，便当横死。"赵平闻言，心想霍山现为奉车都尉，据此言来，甚为可虑，便将此语告知霍山等。于是霍禹等更加愁急。各家人心，亦皆惶惶不安。霍云之舅李竟有一至友张赦，素与霍云来往甚熟，此次又到云家，见其家人十分匆迫，而且神色张惶，似有紧急之事，便料到霍氏欲谋为变。他却为霍氏想得一计，密向李竟道："今丞相与平恩侯得宠专权，可请太夫人向太后上言，先诛此两人。至于移易天子，惟在太后而已。"李竟便将此语告知霍云，霍云转告霍禹、霍山，大众聚议，皆以此计为然。正在预备实行，突被张章出头告发此事。

张章本颍川人，曾在长安充当亭长，因事失官，流落四方，贫困无聊，决计诣阙上书，意欲谋得一官半职，因此来到长安。却苦无处栖身，记与霍氏马夫旧曾相识，遂往寻见马夫，具言来意。马夫便留张章在马枥旁下榻。到了晚间，张章睡在床上，想起身世飘零，生涯落拓，茫茫前路，来日大难，一时心事如潮，辗转不能成寐。时已夜深，忽听得一阵人语之声，张章侧耳细听，原来是一众马夫，相聚谈论。张章留心听了半晌，暗自叹喜道："我如今机会到了！"原来霍氏诸人谋事不密，连马夫也都知得。他们本是一班粗人，忘却张章在此，便将石夏及张赦言语一一说出，被张章听得谨记在心。到了次日，张章照着马夫言语，写成一书，直向北阙呈递。宣帝见书，即交廷尉查究，于是执金吾遣人往捕张赦、石夏等，宣帝下诏止之。霍山等愈觉恐惧，相与密议道："县官因此案牵连到太后身上，不便穷究，所以暂行搁起。然吾等事机已露，又有毒死许后之事，陛下虽然宽仁，但恐左右之人不肯罢手，过后又必发作。到得再发，必至族诛，不如先发制人。"遂使诸女各自归家，报告其夫，劝其同谋举事，并说将来祸发，君等也无处躲避。霍氏诸婿见势已到此，只得依允。

谁知一波未平，一波又起。霍云之舅李竟复因交通诸侯王，被有司发觉，捕拿治罪，案辞引到霍山、霍云，有司奏知宣帝。宣帝下诏将霍云、霍山免官就第。霍禹虽与此案无甚关系，却又因霍光诸女，平日对于太后，自恃身为姨母，每多倨傲失礼，霍氏家奴冯子都又屡次犯法。宣帝召到霍禹，将此二事面加责备，弄得霍显、霍禹、霍山、霍云等日夜提心吊胆，寝食俱废，于是反谋益急。霍显夜来神思不宁，梦魂颠倒，忽梦宅内井水上溢，流至庭下，厨中之灶忽移到树上。又梦见霍光对她说道："汝知儿被拿否？可急下去捕之。"霍显吃惊醒来，却是一梦。霍禹也梦见外面车骑人众喧哗之声自远而近，说是来拿自己，不觉大惊而醒。告诉众人，举家皆以为不是吉兆。加以宅中鼠类一时众多，白昼公然出行，与人相触，又常以尾画地。夜夜常有鸮鸣于堂前树上，一日宅门无故自坏，霍云家在尚冠里中门亦坏。巷头人民远远共见有人在霍云屋上彻取屋瓦投下，众人心疑，一齐行近看时，却又无有，俱觉诧异。

霍禹诸人商议举事方法，只因未得机会，所以迟疑。直至地节四年秋，方始决计行事。先是宣帝即位之初，便遣人寻觅外家，但是事隔久远，无从问讯，偶然寻得一二人，细行考问，却又非是。直到地节三年，使者方寻获王媪，云是宣帝外祖母。王媪遂带两男，随同使者来京。众人因其坐黄牛车，便称为黄牛妪。宣帝恐其是假，不敢便行承认，乃先命太中大夫任宣与丞相御史大夫属官一同考验。任宣等召问王媪及其里人，所述情节均能相符，知王媪确系悼后之母，因即据实复奏。宣帝见奏，立即召见王媪母子，赏赐无数。地节四年春，下诏赐外祖母王媪号为博平君，封舅王无故为平昌侯，王武为乐昌侯，王乃始先死，追谥曰思成侯。

霍山、霍云趁此机会，与霍禹议定一计，欲使太后置酒，延请博平君，召丞相魏相、平恩侯许广汉等，使范明友、邓广汉以太后诏牵出斩之，遂废去宣帝，立霍禹为天子，彼此约定，尚未举事。宣帝忽拜霍云为玄菟太守，任宣为代郡太守。霍山又因擅写秘书，应行坐罪。霍显为之上书求情，愿献自己城西第宅全座并马千匹以赎罪，宣帝不许。霍显正在惶急，谁知又被张章告发。张章自前次上书告发，见宣帝隐忍不究，料想霍氏不肯罢手，于是留心访查，居然探出阴谋。此番却另有一种手段，并不依照前次上书告发。未知张章如何告发，且听下回分解。

第一四一回　发逆谋功臣绝后　报旧恩宫婢陈言

话说张章知得霍氏密谋，便告知素识之期门董忠，董忠又转告左曹杨恽。杨恽字子幼，乃杨敞次子，其母为司马迁之女。杨恽自幼读其外祖司马迁《史记》，兼习《春秋》。为人颇有才能，性喜结交英俊，以此名称朝廷。今闻董忠言语，急报知侍中金安上，金安上奏闻宣帝。宣帝即召杨恽入见，问以详细情形，杨恽逐一对答。张章见此事已得上闻，又恐宣帝因口语无凭，未即究办，遂又补上一书，说得异常确凿。侍中史高、金安上建议，禁止霍氏诸人出入宫禁。又有待中金赏乃金日磾之子霍光女婿，今闻此事，即上书自请去妻。宣帝知反谋是实，遂分遣有司将霍氏家族及同谋亲友尽数拿下。霍山、霍云及范明友先期闻信，自知无可逃避，各寻自尽。霍显、霍禹、邓广汉等尚不闻知，临时措手不及，遂皆被拿下狱。经廷尉讯出真情，立即行刑，霍禹被处腰斩，霍显及霍氏诸婿皆处斩，惟金赏先期去妻，独得免罪。此外与霍氏相连坐诛灭者数千家，时地节四年秋七月也。宣帝下诏有司废去霍后，移居昭台宫，屈计霍后得立仅有五年，并未生育子女。又过十二年，宣帝将其再移云林馆，方始忧愤自杀，葬于昆吾亭东。

先是茂陵人徐福见霍氏骄奢异常，因叹道："霍氏必亡"。乃上书宣帝，言霍氏过盛，陛下既宠爱之，宜常加限制。勿使至于灭亡。徐福连上三书，宣帝均不采用。及霍氏诛灭之后，张章、董忠、杨恽、金安上、史高皆得封侯，惟徐福并无赏赐，惟遂有人为徐福上书道：

> 臣闻客有过主人者，见其灶直突，旁有积薪，客谓主人，更为曲突，远徙其薪，不者且有火患。主人嘿然不应。俄而家果失火，邻里共救之，幸而得息。于是杀牛置酒，谢其邻人，被火灼烂者在于上行，余各以功次坐，而不录言曲突者。人谓主人曰："向使听客之言，不费牛酒，终无火患，今论功而请宾，曲突徙薪无恩泽，焦头烂额为上客邪？"主人乃悟而请之。今茂陵徐福数上书言霍氏且有变，宜防绝之。向使福说得行，则国亡裂土出爵之费，臣亡逆乱诛灭之败。往事既已，而福独不蒙其功。惟陛下察之，贵徙薪曲突之策，使居焦发灼烂之右。

宣帝得书，乃赐徐福帛千匹。读者试想，霍光身辅幼主，独揽政权二十余年，毫无异心，可谓尽忠汉室。谁知身死未久，竟弄得人亡族灭，虽说是霍禹等甘心谋反，自取其祸，而其中关键，全在霍显谋毒许后一事。其始则霍光溺爱霍显，不肯自行检举，致贻后患。其后则宣帝痛惜许后，有意酿成变故，借报私仇。又有魏相从中播弄，以至迫成反谋，兴起大狱。徐福之说，自是有理，但与帝私意不合。赐帛千匹，不过借此敷衍外议而已。

宣帝既诛霍氏，过了一月，适值举行饮酎之礼。先期斋戒，遍祭各宗庙。一日宣帝将往祭昭帝之庙，车驾行至半途，先驱旄头骑士身上所佩之剑，忽然自行拔出，坠落地上，剑柄插入泥中，剑锋直向御驾，驾车之马，见了皆惊。宣帝也觉诧异，立召梁丘贺令其问卦。梁丘贺字长翁，琅琊人，精于易经，现为郎官。当日奉命筮了一卦，便对宣帝道："据此卦看来，必有凶谋，此行甚是不吉。"宣帝闻言便命回车还宫，使有司代祭，是日庙中果然发见刺客。原来霍氏谋反伏诛之时，代郡太守任宣，亦坐霍氏党与被诛。任宣之子任章为公车丞，闻变逃到渭城界中，心痛其父枉死，立意复仇。探知祭庙之期，宣帝必然亲来，且照例当于夜间入庙。任章于是身穿祭服，装成郎官模样，杂在大众之内，手执画戟，立在庙门，欲待宣帝到来，上前行刺。趁着黑夜人多，看不清楚，又兼出其不意，真是绝好机会。谁知宣帝命不该死，偏有坠剑示兆，又得梁丘贺善于卜筮，十分灵验。宣帝因此中道折回，却使有司代祭。有司到了庙内，留心点验人数，任章无从隐匿，遂被查出，处以死刑。梁丘贺因此得宠宣帝，得升官职，位终少府。宣帝从此每遇祭祀，待至天明，方入庙行礼，以后遂成为故事。

宣帝既废霍后，欲就后宫择立一人为皇后。是时后宫妃嫔得宠者三人，一为华婕妤，生有一女，后封馆陶公主；一为张婕妤，生一子名钦，后封淮阳王；一为卫婕妤，生一子名嚣后封楚王。此三人中，张婕妤尤为爱幸，宣帝意欲立之，又想起太子奭幼年失母，几为霍后所害，今若立后不慎，太子又遭毒手。况此三人，自己各生有子女，欲其抚爱太子，恐是难事，不如择其平日为人谨慎未曾生子者立之，方免后患。宣帝主意既定，遂下诏立王捷妤为皇后，使之抚养太子。王婕妤乃长陵人，其先代本居沛县，随高祖入关，有功，赐爵关内侯。传至婕妤之父王奉光，少时性喜斗鸡，宣帝在民间，常与奉光聚会相识。奉光有女年十余岁，已经许字他姓，临当出嫁，其夫忽死，如此一连数次，以故年长尚未适人。及宣帝即位，召入后宫，渐升为婕妤。至是竟得立为皇后。封其父奉光为邛成侯。王后虽然得立，宣帝少与相见，并无宠爱。太子遂依王后过日，宣帝又使疏广、疏受为傅，太子因此得保无事。

当日张安世有孙女名敬，嫁于霍氏亲属，适值霍氏谋反，孙女也应坐罪。安世一向小心，今见霍氏谋反族诛，已自恐惧。更兼孙女牵连在内，算是自己与霍氏有亲，难免诛累，因此心中愁苦，见于颜色。他年纪已老，禁不起忧虑，不过数日，容貌便瘦了许多。宣帝不知安世心事，见他如此情形，十分诧异，又觉得他甚是可怜，因向左右问是何故。左右知安世是为此事，便将详情诉说一番。宣帝乃命赦了安世孙女以慰其意。安世见宣帝如此优待，愈加惶恐，因想起霍氏败亡，都因权势太盛。现在主上英明，自己领尚书事，是个重要职务，一举一动，须与霍氏相反，方可保全。安世从此办理政务，格外谨慎周密，每遇重大政事，入见宣帝，秘密议定办法，便托词回家养病。及闻朝廷诏令发布此事，安世假作惊异，立遣属吏前往丞相府中询问，因此朝廷大臣，皆不知安世曾经预议。

安世曾向宣帝荐举一人，却被其人闻知，来见安世，面谢提拔之恩。安世听了，大以为恨，说道："举荐贤能，乃是应为之事，岂有私心，何必来谢？"乃分付阍人将其辞绝，不与相见。又有郎官，功劳甚高，不得升擢，自向安世申说。安世答道："足下功高，明主自能知悉，此皆人臣当尽之职，何得自夸？”郎官听了，只得无言退去。安世虽拒绝郎官之请，入见宣帝，却陈述郎官之功，不久郎官果得升擢。一日安世幕府长史迁调他处，来见安世，告辞赴任。安世因问道：“吾平日有何过失，君可直言。”长史见问，遂答道：“将军身为明主股肱，并未引进人士，以此为众所讥。”安世道：“明主在上，贤不肖分别甚清，臣下但当自修其职而已，何从知有人士而推荐之乎！”读者须知，安世眼看霍氏是个榜样，有意力避权势，虽不免矫枉过正，但因此却博得宣帝亲重。

宣帝又想起安世之兄掖庭令张贺，从前待已有恩，即位以来尚未报答。适值安世入朝，宣帝忽忆前事，因对安世道：“掖庭令平日常夸称我，将军阻之是也。”先是张贺本有一子早死，遗有一孙，年纪甚幼，遂以安世小男彭祖为嗣。宣帝自幼又与彭祖同窗读书，至是欲封彭祖为侯，乃先赐爵关内侯。安世上表固辞。宣帝道：“吾自为掖庭令，非为将军也！”安世听了不敢再言。宣帝又为张贺置守冢三十家，亲自指定地方，令其居住。此三十家皆在张贺坟墓之西斗鸡舍南，系宣帝少时所常游之处。

此时宣帝但知感念已死之张贺，全然忘却生存之丙吉。原来宣帝被赦出狱之时，年才五岁，以前之事，年纪过小不曾记得，丙吉现为御史大夫，日在帝前，绝口不提一字，宣帝更无从得知。偏是机缘巧合，恰有掖庭宫婢名则，前曾保抱宣帝，今见宣帝即位，遂令其夫上书自陈。宣帝见书，发交掖庭令查问，则供称丙吉知情。掖庭令遂领则往御史府告知丙吉。丙吉望见则尚能认识，并记起前事，因对则道：“汝曾因看视皇曾孙疏忽不谨，被我责打，汝安得有功？惟渭城胡组、淮阳赵征卿算是有恩。”于是丙吉奏上胡组等供养劳苦情形。宣帝命丙吉访寻胡组、赵征卿，查得二人已死，现有子孙，宣帝厚加赏赐。又下诏将则放免出宫，赐钱十万，亲自召见，问以旧日情形，则逐一备述。宣帝方知幼年得力丙吉，幸免死亡，他却从未向我说起此事，由此宣帝大加敬重丙吉。

元康三年春，宣帝乃下诏封张贺嗣子张彭祖为阳都侯，丙吉为博阳侯，史恭子史曾为将陵侯，史玄为平台侯，许广汉弟许舜为博望侯，许延寿为乐成侯，又张贺之孙张霸现年七岁，亦赐爵关内侯。此外少时故旧及郡邸狱作工之人，各就昔日恩情深浅，分别轻重，给与官禄田宅财物。丙吉正将受封，忽患疾病，顿觉沉重。宣帝闻知，恐其一病不起，甚为忧虑，意欲趁其生存之日，就卧榻上，加印绶以封之。太子太傅夏侯胜道：“此人未合便死，臣闻有阴德者，必享其乐，以及子孙，今吉尚未受报，此病虽重，必不至死。”宣帝闻言，半疑半信。不过数日，丙吉病体果愈。闻知封侯之事，上书固辞。宣帝不许，丙吉方才受封。此时宣帝又想到前昌邑王刘贺被废已久，遂下诏封为海昏侯。未知刘贺如何受封，且听下回分解。

第一四二回　封刘贺废王善终　褒王成循吏接迹

话说前昌邑王刘贺,自从被废之后,连王号一概削除。昌邑归汉为山阳郡。上官太后仍许刘贺归到昌邑故宫居住,赐以食邑二千户。刘贺回到昌邑,终日幽囚宫中,如同犯人,若是他人,早已忧郁不堪。偏他却也不知愤恨,依然安闲过日,但不比从前那种快意。到了地节三年,霍光已死。宣帝亲理政事,念起刘贺也曾为帝,今虽被废,住在昌邑,难保不谋恢复帝位。万一有人蓄意作乱,托名推戴故君,煽惑人心,聚众起事,岂非养虎贻患。因想到山阳太守一缺,须任用能吏,随时防范,方可放心,于是就群臣中选得张敞,遂命之为山阳太守。

张敞字子高,平阳人,昭帝时官为太仆丞。杜延年甚奇其人。适值刘贺被征即位,种种举动不遵法度。张敞上书切谏,刘贺不听,未几遂为霍光所废。张敞由此显名,擢为豫州刺史。宣帝即位,召拜太中大夫,与于定国同判尚书事。张敞遇事守正不阿,因此忤了霍光之意,出为函谷关都尉。宣帝久知张敞才具过人,故特用为山阳太守。张敞在任年余,闻知霍山、霍云因事免官归第,遂上书奏道:“大将军决大计,安宗庙,定天下,功固不小。今欲保全功臣之后,应由朝臣倡议,请罢霍氏三侯就第,及卫将军张安世一并赐以几杖,许之归老。陛下见奏,下诏不许。群臣固争,然后许之。如此则天下皆以为陛下不忘功德,朝臣能知礼节,霍氏子孙,亦可长享富贵,不忧后患。今朝廷不闻直言,反使陛下亲诏罢免。两侯既出,臣料大司马及其支属必然畏惧,似此近臣自危,甚非得策。臣愿就朝廷发议此事,因守远郡,无由自达,惟陛下留意。”宣帝得书,甚以为然,但因山阳要地,一时无人可代张敞,故亦不召其来京。及霍氏既灭,宣帝对于刘贺,终觉放心不下,元康二年,乃遣使赐张敞玺书,令其谨备盗贼,查察往来过客,并勿将此书宣布。张敞得书,便料到宣帝意中猜忌刘贺,不便明言,故有此诏。于是张敞修下表章,备陈刘贺近状,以安帝意。原来张敞于地节三年五月到任视事,查得故昌邑王刘贺现居旧宫,奴婢等在宫者共有一百八十三人,闭起正中大门,但开旁向小门,选吏一人为之主管钱物,每日买入食物一次,除食物外,其他不得出入。又用督盗一人,专掌稽察往来之人。更由王家出钱雇用士卒,巡逻宫墙,清除中禁,防备盗贼。张敞时遣属吏前往察看。到了四年九月,张敞亲自入宫视察情形。刘贺闻信,急出接见。张敞留心观看刘贺,见他年约二十六七岁,面带青黑色,小目尖鼻,须眉稀少,身材却甚长大。只因酒色过度,得了痿病,行动不便。身穿短衣大裤,腰佩玉环,头上插笔一枝,手中持着木简。张敞暗想从前我与他本是君臣,如今他并无爵位,算来反不如我,时异势殊,令人不胜感慨。张敞一路行进,到了中庭,与刘贺叙礼,分宾坐下。张敞欲探刘贺之意,借着恶鸟动他,遂开言道:“昌邑枭鸟甚多。”刘贺急应道:“是,从前贺到长安,不闻有枭,及回时东行,到了济阳,又闻枭声。”张敞听他说话毫无意思,遂不再言。

此时守官吏入见太守到来,便照例将刘贺妻子奴婢财物簿册,呈请张敞点验。张敞点至刘贺之女持辔，刘贺便跪起说道："持辔之母，乃严长孙女也。"张敞久知执金吾严延年字长孙，有女名罗敷，前为刘贺之妻，现已身死，闻言点头无语。共计刘贺妻妾十六人，子女二十二人，张敞逐一点验已毕。又与刘贺坐谈数语，见他言语举动衣服装饰，知是痴骇之人，遂即辞别刘贺归去。过了一时，张敞又查知昌邑哀王刘髆有歌舞女张修等十人，未生子女，且在后宫并五位号。哀王既死，例应发遣回家，乃太傅豹等擅将诸人留居哀王墓园，有违法制。张敞遂上书朝廷，请皆遣散。刘贺闻知此事，便说道："此等守园之人，有病不必诊治；有自相杀伤者亦不必究办，原欲令其速死，太守何故欲使罢遣归家？"有人将刘贺言语报与张敞。张敞听了，心想此人天性专好做那乱亡之事，始终不知仁义，与他更无话说，只得付之一笑。后来张敞奉到朝廷批准，竟将张修等十人一律遣发。如今接到宣帝玺书，张敞便将以上各事详细陈明，并将刘贺妻子奴婢财物等造成清册，交与使者带回京。宣帝见了张敞回奏，方悟到刘贺为人，不足畏忌。元康三年春，乃下诏封刘贺为海昏侯，食邑四千户。

刘贺得封侯爵，便由昌邑移居海昏。时侍中金安上上书宣帝道："刘贺天之所弃，陛下至仁，复封为列侯。贺乃放废之人，不宜得奉宗庙朝聘之礼。"宣帝见书批准。于是刘贺虽然封侯，对于朝廷典礼，不得参预，不过得食租税，挂个空名而已。又过数年，扬州刺史上奏道："刘贺与前太守卒史孙万世交好。万世尝问刘贺道：'前此被废之时，何不坚守，勿出宫门，立斩大将军，竟听他人夺取玺绶。'刘贺听说急应道：'是也，我当日失于留意。'万世又说：'刘贺不久当为豫章王。'刘贺也信以为实，便应道：'亦将如此。'以上两次言语，皆非刘贺所应言，应请究治。"宣帝将奏发交有司，有司查明是实，请将刘贺逮捕。宣帝命削夺三千户。刘贺方知为众人所唾弃，往往寻事与他作对，心中渐觉郁闷。他所居海昏，本豫章郡属县，有赣水绕城，东出大江。刘贺闲中乘舟，顺流东望，往往愤慨而还，后人因名其地为慨口。

后至神爵三年，刘贺身死。豫章太守奏道："昔舜封弟于刘有鼻，及象死不为立后，因系暴乱之人，不宜为一国始祖。今海昏侯刘贺死，有司奏其子充国当嗣爵。充国竟死，有司复奏其弟奉亲。奉亲又死，是天绝之也。陛下仁圣，待贺甚厚，虽舜之待象，无以复加，宜废其后，以顺天意。"宣帝命有司会议，皆以为不宜立嗣，于是国除为县。及元帝即位，又封贺子代宗为海昏侯，传到东汉，国尚未绝，此是后话。

宣帝自霍光死后，始亲理政事，励精图治，每五日临朝一次。自丞相以下，各按职守上前奏事。一切办事皆定有章程，整齐周密，上下奉行既久，习以为常，毫无苟且之意。宣帝本来生长民间，深知民生疾苦政事利弊，故即位以来，尤注意于地方吏治。每遇新拜刺史守相，必亲自召见，问以如何治理。及其人到官之后，又留心察其行事，是否与言相应，若有名实不符，宣帝亦必知其究竟。常自言曰："庶民所以能安居田里，毫无叹息愁恨之心者，皆由政平讼理之故，与我共同致此者，惟有良二千石而已！"宣帝又以为太守乃一方表率，若屡行更换，则下民不安，必使太守久于其任，熟悉地方情形，吏民知其不可欺骗，方始服从其教化。宣帝既存此意，对于各地守相治理地方著有成效者，往往用玺书勉励，增秩赐金，或赐爵关内侯。遇有公卿缺出，依次选补，于是良能之吏，一时称盛。

当日各地守相,最先受宣帝爵赏者,是为胶东相王成。王成治理胶东,甚有名声,四方流民来归者八万余口。宣帝于地节三年,下调褒扬,赐王成爵关内侯,秩中二千石。宣帝正拟召用,适值王成病死,宣帝甚加悼惜。后有人言王成浮报户口,邀取爵赏,因此俗吏多务虚名。读者须知,世上除非圣贤方不务名,至于中人以下更无有不好名者,既欲博取名誉,自须建立事业。宣帝褒奖王成,原借以鼓舞百官,使之留心民事,无论王成政绩有无虚伪,经此一番提倡,自然有人闻风兴起,所以王成受赏,便引出许多循吏来。

闲言少叙,却说胶东王国本与渤海郡邻近,境界相接。自从王成死后,胶东渤海连年饥荒,人民无食,流为盗贼,到处劫掠,官吏不能擒治。宣帝下诏丞相御史,推举良能之人,前往治理,于是丞相魏相、御史大夫丙吉共同举荐一人,奏闻宣帝。未知所荐何人,且听下回分解。

第一四三回　龚遂单车治渤海　朱邑遗命葬桐乡

话说宣帝因渤海胶东荒乱，命丞相御史选择守相，丞相魏相、御史大夫丙吉共同举荐龚遂。宣帝久闻其名，即拜龚遂为渤海太守。说起龚遂，自从刘贺被废与昌邑群臣一同下狱，尚幸平日直言敢谏，得免死刑，罚为城旦。后来宣帝即位，被赦出狱。当日朝中公卿皆知龚遂之贤，但因霍光当国，最恶昌邑旧人，所以无人敢为荐引，龚遂也就隐居不仕。直到此时，年已七十余岁，方得拜官。

宣帝既拜龚遂为渤海太守，便命召之入见，龚遂闻召到来。宣帝一眼望见，顿觉失望。原来宣帝一向虽闻龚遂之名，却并未曾见面，如今见他年纪已老，又兼身材短小，似与平日所闻不能相称，以此心中不免看轻。但因诏书已下，未便收回成命，只得开言问道："渤海废乱，朕甚忧之，君将用何法息其盗贼，以副朕意？"龚遂对道："海边僻远之地，不沾圣化，其民为饥寒所困，而官吏不知抚恤，故使陛下赤子，盗弄陛下之兵于潢池中耳。今使臣前往，将欲用威胜之，还是以德安之？"宣帝见说，方知龚遂果然名不虚传，不觉大悦，便答道："举用贤良之人，原欲安之而已。"龚遂接说道："臣闻治乱民譬如治乱绳，势不宜急，惟有缓之，然后可治。臣请丞相御史暂时勿用文法拘束，使臣得一切便宜从事。"宣帝许之，并加赐黄金，使其乘驿前往。

当日龚遂乘坐驿车，到了渤海郡界。郡中官吏闻说新太守到任，恐被盗劫，急发兵来迎。龚遂见了，传令全数撤回不用，一面通饬各属县，停止捕拿盗贼。凡人民手持耕田器具者，皆是良民，官吏毋得过问；惟手持兵器者，方是盗贼。此令一下，说也奇怪，不消数日，渤海界内许多盗贼，一旦忽然不见。龚遂也不带领多人保护，独自单车到府，郡中安然无事。读者试想，渤海当日何等大乱，盗贼成群结队，遍地皆是，甚至围攻官署，劫取监犯，搜索市肆，迫胁列侯。该地官吏四出拿捕，日夜不得休息，谁知拿捕愈严，盗贼愈多。正在无法可治，适遇龚遂到来，却将盗贼看同无物，从容下一命令，便收拾得无影无踪。他又不曾具有何等神通，何以竟能如此？须知盗贼与良民同是人类，本非生来便分两种，大抵衣食充足，盗贼便转为良民；饥寒交迫，良民皆化为盗贼。渤海地本贫穷，加以连年饥荒，人民无食，不得已聚众劫夺，但想苟全性命而已。及至案情发觉，官吏追捕紧急，人民愈加恐惧，待欲仍理故业，又虑官府擒拿治罪，以此聚众相持。今见新太守命令，不问前事，大众自皆欢喜，立即弃却兵器弓矢，手中各持耰锄镰刀从事耕作，所以境内悉皆平静。

龚遂于是大开仓廪，借与贫民，选用良吏，安抚百姓。又见渤海风俗奢侈，人民多从事手工技艺，不重耕作，龚遂乃提倡节俭，劝民勤力农桑，下令每人须种榆一株，薤一百根，葱五十根，韭菜一畦，又每家须养母猪二头，鸡五只。民有身带刀剑者，龚遂见了，唤至车前问道："汝何故带着牛、佩着犊走路？"其人被问，愕然不解。龚遂道："汝破费钱文，买此刀剑，带在身上，有何用处？何不将剑卖去，买得一牛，将刀卖去，买得一犊，可以耕田驾车，生出许多财利。”其人闻言方始恍然，便依着龚遂言语做去。渤海人民既受龚遂教化，风气为之一变。每年春夏时节，便齐往田中耕种。到了秋冬，家家俱有收成。遇有山场，并可摘取果子，湖荡又可收取菱芡。龚遂循行督率，人民皆有蓄积，地方因此富裕，讼案也就稀少。龚遂在任数年，宣帝见其治功卓著，地节四年，遣使召之入京。龚遂卸了郡事，束装起程，有议曹王生，自请随从入京，功曹进言道：“王生嗜酒无度，不可使之从行。”龚遂不忍逆了王生好意，遂不听功曹之言，带同王生，到了京师，住在馆舍。王生终日只顾饮酒，全不过问龚遂，龚遂也就由他。

一日宣帝召见龚遂，龚遂冠带出外登车。王生在内饮酒已醉，闻说龚遂入朝，忽然记起一事，连忙飞步赶出，望见龚遂将欲上车，便从后大叫道：“明府少待，余有一言奉陈。”龚遂闻言，只得回步走入，便问王生有何言语。王生向龚遂说了数句，龚遂点头应允。王生说罢，仍自入内饮酒。龚遂入见宣帝，宣帝慰劳一番，因问道：“君用何法以治渤海，竟能如此奏效？”龚遂记起适才王生分付言语，便照答道：“此皆圣主之德，非是小臣之力。”宣帝见龚遂言语谦恭，心中甚喜，因笑道：“君何从得此长者之言？”龚遂对道：“臣本不知言此，乃臣议曹王生所教。”宣帝听了，觉得龚遂为人诚实，愈加欢悦。因见龚遂年老，不便使作公卿，惟有水衡都尉一职，掌管上林禁苑铺陈，并为宗庙取牲，官职亲近，故拜龚遂为水衡都尉，又用议曹王生为水衡丞。龚遂在官五年，宣帝甚加敬重，年至八十余始卒。

当日与龚遂同时奉召入京者，又有北海太守朱邑，朱邑字仲卿，乃庐江舒县人。少时为舒县桐乡啬夫，为人清廉，处事公平不苟，常以爱人利物为心，未尝笞辱一人，待遇耆老孤寡尤有恩，因此部下吏民无不爱敬。后举贤良为大司农丞，迁北海太守，此次以治行第一奉召入京，宣帝拜为大司农。朱邑既为九卿，自奉甚俭，所得俸禄赏赐分与亲族乡里，家中并无余财。对于故旧，情义尤为周挚，然秉性公正，人皆不敢托以私情，又不肯为人荐引。朱邑素与张敞交好，张敞作书寄与朱邑，劝其引进贤才，朱邑得书感动，方始举荐多人。后朱邑病卒，宣帝下诏褒惜，赐其子黄金百斤，以奉祭祀。先是朱邑病重将死，嘱咐其子道：“我从前曾为桐乡吏，桐乡之民甚是爱我，我死之后，必葬于桐乡，我知后世子孙祭我，尚不及桐乡之民也！”及朱邑既死，其子遵从遗命，葬于桐乡西郭外。桐乡人民闻知，果然不约而同，富者出钱，贫者出力，大众七手八脚修起坟墓，建立祠堂，年节祭祀，香火不绝。

却说当日胶东乱事，也就不减渤海，胶东相一缺，极关紧要，宣帝正在选员充任，忽得张敞上书，自请调往其地。张敞在山阳数年，山阳本是闲郡，宣帝因关心刘贺，所以特命张敞在彼留意监察其举动。张敞自见刘贺毫无能为，并不在意，偏遇山阳全郡人口只有五十万，盗贼未破获者不过数十人，地方安静。张敞乃有才之人，生性好动，终日坐在衙署，无事可作，转觉烦闷。如今闻说渤海胶东大乱，心中跃跃欲试，便学那毛遂自荐。宣帝已知刘贺不足畏，又料张敞是个能吏，必能治盗，遂下诏召之来京，拜为胶东相，并赐以黄金三十斤。张敞收拾行装赴任，临行入见宣帝，因自请道：“治理繁难之地，赏罚不重，不足以劝善惩恶，应请以后吏人捕贼有功者，优予重赏。”宣帝许之。张敞辞了宣帝，即日起程。龚遂治理渤海，纯用宽纵，大著成效。张敞治法却与龚遂不同，一面选用能吏，追捕盗贼；一面悬出赏格，购缉盗首。又晓谕群盗，能自相捕斩者，免除其罪。属吏捕盗有功，张敞便将名字开送朝廷，补授县令，因此吏人愿为尽力。不过数月，盗首多已就擒，党羽逐渐解散，国中也就安静。此时胶东王太后，性好射猎，时时出外，张敞上书谏阻，太后遂从此不出。张敞在胶东数年，一日忽有诏以敞为京兆尹。京兆为京师三辅之一，地方号称难治，历任京兆尹除赵广汉外，俱不甚得力，故特命敞设法整顿。未知历来京兆情形如何，且听下回分解。

第一四四回　惊远夷广汉扬名　得民心京兆大治

话说汉代长安地方，自从高祖建都以来，设置左右内史主爵中尉治理其地。至武帝太初元年，重定官制，改右内史为京兆尹，左内史为左冯翊，主爵中尉为右扶风。京兆尹治长安之中，左冯翊、右扶风分治其左右，统称之为三辅。说起三辅地方，人烟稠密，风俗奢华，虽是辇毂之下，首善之区，无如五方杂处，治理甚难。一班皇亲国戚，势家巨族，倚着自己富贵，一味放纵横行，目无法纪。又有五陵年少，裘马翩翩，饱食无事，流为游侠，专喜在外见事生风，招灾惹祸。更有乞丐流氓，小偷巨骗，或白昼杀人，或通衢攫物。每日之中，发生无数案件，地方官吏，既苦应接不暇，又觉办理为难，要想秉公执法，不免得罪贵人，见嫉群小；若是敷衍了事，朝廷又责其疲软不职。可见三辅地方，真是冲繁疲难，为官吏者，往往难于出色，所以武帝以前并无知名官吏。

直至昭帝末年，京兆尹方算得人，一时皆称为能吏。其人姓赵名广汉，字子都，乃涿郡蠡吾人，少为州郡吏，举茂材为阳翟县令。以治行尤异，擢京辅都尉，署京兆尹。适值昭帝驾崩，有新丰人杜建为京兆属吏，赵广汉使往平陵监护作工。杜建素性豪侠，交通宾客，从中舞弊谋利。广汉闻知，先使人告戒杜建，杜建仍然不改，广汉大怒，便将杜建收捕下狱，讯明办罪。杜建方知广汉为人利害，便托一班有势力之人前向广汉说情。广汉一任众人百端恳求，执意不从。于是杜建宗族宾客暗地聚议，拟俟杜建行刑之时，各持兵器，出其不意，前往夺取。计议已定，却被广汉查知同谋之人姓名居处，即遣属吏往告道："汝打算如此行事，我已一一知得，若敢动手，我并将灭其家族。"杜建宗族宾客闻言，自知事机败露，只得作罢。广汉料他不敢劫夺，便令属吏数人，将杜建牵往市曹斩之。当行刑之际，并无兵队围守，旁人竟莫敢近前，京师人民皆称之。

是时昌邑王刘贺即位，恣行淫乱，霍光废之，迎立宣帝。广汉因预议定策功，赐爵关内侯，迁为颍川太守。颍川有原、褚二姓，族大人多，横行乡里，其宾客人等公然为盗贼，前任太守不能擒治。广汉到任数月，即将原、褚二姓首恶之人擒获正法，一郡之人尽皆恐惧。广汉又见颍川习俗，凡富家大姓往往互相结婚，一班郡吏又皆联为一气，蒙蔽官府，凌虐小民，大为地方之患，因欲设计除之。乃先就郡吏中择取其可用者，面加告戒一番，令其出外查办事件。郡吏素畏广汉威严，加以新受告戒，如今奉命查出犯罪情形，回报广汉，只得据实说出。广汉便捕到犯罪之人，依律处断；一面故意将郡吏言语，泄漏出外，使犯罪之人，知是某人告发，自相怨恨。又命属吏制造缿筒，那缿筒乃是瓦器，形似竹筒，上有小口，可以投入，不可取出，如今街上之邮政受信箱。广汉既制此器，即命悬挂署前，通告人民，见有不平之事，许其写成文书，投入缿筒。广汉亲自阅看，每遇有告发富家大族与郡吏犯罪之案，广汉便将投书人姓名除去，假说是富豪子弟所言。被告之人，信以为实，心生怨恨，于是强宗大姓，一向彼此十分亲热，到了此时，竟中广汉反间之计，家家结下冤仇，人心涣散，党羽稀少，习俗为之一变，吏民互相告讦。广汉反得借为耳目,侦探外间动静。郡中盗贼,见地方官消息灵通,不敢发作,偶有发作,皆被广汉侦知踪迹,立即破获。以此郡中大治,威名四播,连投降胡人都说匈奴中也知有赵广汉其人,可见广汉当日名誉传播之远。

到了本始二年,赵广汉以太守领兵,随蒲类将军赵充国出征匈奴回国,受诏复署京兆尹,在任一年,得补实缺。广汉为人精明强干,勤于职守,治理民事或至通宵未尝合眼;其应接士人和颜悦色,待遇属吏备极殷勤;遇事归功于下,尝道此事乃某掾所为,我所不及。一班屑吏,见广汉至诚待人,无不感激,每当进见之时,尽将心腹言语一概吐露,且皆愿实心实力替他办事,虽受困苦,亦不肯避。广汉又能遍知各人才具大小,及其作事尽力与否,若属吏偶有办事不力,或违背命令者,广汉先加儆戒;若再不改,即行拿捕治罪,纵使其人闻风避匿,广汉亦能设法捕获。因此令行禁止,恩威并济,吏民皆畏而爱之。广汉更有一种本领,善用言语刺探事情,遇有不知之事,并不直向他人询问,但用别话试探,他人不知不觉,竟被探出真情。此种法术,惟有广汉最为擅长,别人仿效终不能及,加以在任愈久情形愈熟。凡郡中盗贼,乡里游侠,尽知其巢穴所在。属吏受人贿赂,勒索百姓,无论一丝一毫皆不能瞒过广汉。曾有无赖少年数人,约定到一僻巷空屋之中,共议劫取某人财物。广汉早知其事,即命吏役往捕,一众无赖坐在空屋,言语未完,吏役已破门直入,全数执缚到案,一讯便服。又有郎官苏回,家中富有财产,被无赖二人同谋,将他掳到一个地方,令其家人备款前来赎回。谁知苏回掳去未久,便被赵广汉知得去处,自率吏役前往其家,敲门直入,无赖二人见了,手足无措,连忙闭上房门。广汉行到庭前,见房门紧闭,便使长安丞龚奢以手扣门,向内说道:“京兆尹赵君寄语两卿,苏回乃天子宿卫之臣,不可杀害。若能将其释放,束手归罪,自当好生看待,幸遇赦诏,或可解免。”无赖二人听说,出其不意,惊愕异常。更兼素闻广汉之名,自料无地逃走,只得依言带了苏回,开门走下堂来,对着广汉,叩头谢罪。广汉见他二人竟肯从命,将苏回好好送出,心中甚喜,亦向二人跪谢道:“保全苏君,甚感厚意。”说罢遂命吏役将二人送入狱中,嘱咐狱吏,格外优待,每日供给酒肉。广汉原想救他二人,无奈所犯案情甚重,只得依律拟成死罪,但尚希望赦免,偏遇朝廷并无赦诏。到了冬日,临当行刑之际,广汉便替二人备办衣衾棺榇,一切俱全,遣人通知二人,备言自己无法赦免之意。二人一向在狱,深得广汉优待,心中甚是感激,又念自己犯罪应死,原怪不得赵君,遂对来人齐声应道:“吾等虽死,并无所恨。”读者试思掳人勒赎,必然窝藏甚密,广汉竟能立刻破案,又能使犯罪之人甘心就死,口无怨言,真算难得。

一日,广汉用公文传唤湖都亭长。湖都亭长闻命前来长安,一路西行,到了界上,遇见界上亭长,问知是奉召到来。界上亭长因向湖都亭长戏语道:“君至府中,千万为我问候赵君。”湖都亭长知是戏言,付之一笑。及至京兆府中,广汉召人相见,问以公事。言语既毕,广汉又说道:“汝来时界上亭长曾寄声向我问候,汝何以不替他传语?”湖都亭长听说大惊,心想此种戏言,我早忘了,他却如何知得,于是叩头自认,实有此事。广汉因嘱咐道:“汝回时为我告知界上亭长,尽心职务,勉图效力,京兆不忘卿之厚意。”湖都亭长领命走出府来,遇着人留心观看,只疑广汉到处随他。回到界上,见了界上亭长,传达广汉言语。界上亭长闻言,吓得一身冷汗,暗念道:“他莫非地里鬼具有神术,不然我二人背地言语,何人传与他听,幸我言语未曾冒犯,此后须要谨慎。”想到此处,只得话诺连声,更不敢再说一字。此事传到民间,人人尽知,大众敬重广汉如同神明,不敢欺慢。广汉又见小吏俸薄,容易犯法,遂奏请朝廷,增加长安游徼狱吏秩皆百石,因此百石小吏,皆稍知自重,不敢枉法,任意妄行拘人,京兆弊政,为之一清。吏民称赞广汉,众口同声都以为说他好处,一言难尽,自从汉代开基以来,治京兆者更无一人能及。

当日左冯翊、右扶风与京兆尹同城治理,二处犯法人民往往逃匿京兆界中,广汉因叹道:“乱吾治者,常是二辅,若使广汉得兼治其地,较见容易。”读者须知,广汉吏才也算是古今少有,但他作事全用手段,居心并不忠厚。先是大将军霍光秉政,广汉奉事霍光甚是谨慎。及霍光死后,广汉揣知宣帝之意,疏远霍氏,便想借事与霍氏为难,且向宣帝讨好,探知霍禹第中私自酿酒,未曾报税,有犯禁例。广汉便带领吏卒,到了霍禹门前,不由分说,直冲入内,指挥吏卒,到处搜索,搜得许多酒瓮,一概打破,又用斧斩其门关而去。说起霍氏门庭,何等尊贵,今被广汉任意侮辱,心中不甘。只因他现是地方官,又兼人役众多,不敢出头抵抗,事后急遣人入宫告知霍后。霍后即来见宣帝,涕泣告诉。宣帝听了,略略安慰霍后数语,心中却甚喜广汉所为,便命将广汉召来,问其原因。广汉说是违法私酿,应行搜捕。宣帝无言,退入宫中,述与霍后,说是广汉秉公办事,不能加罪,霍后只得含忍。广汉因此扬扬得意,专喜侵犯一班贵戚大臣,见得他办事风烈,所用属吏又皆少年新进,任气好事,办理案件往往雷厉风行,无所顾虑,遂致惹出祸来。未知广汉结果如何,且听下回分解。

第一四五回 白奇冤于公积德 逞阴谋广汉遭刑

话说赵广汉有一门客,倚着广汉势力,在长安市上,私自卖酒,却被丞相魏相属吏查觉,将其驱逐。门客疑是骑士苏贤通风报信,以致被逐,因此心中不甘,遂来告知广汉。广汉正在趾高气扬之际,闻言暗想苏贤竟敢欺凌我客,便是目中无我,遂命长安丞搜寻苏贤罪过。时有尉史禹逢迎广汉之意,捏造苏贤罪名,说他身为骑士,应往灞上屯守,如今私离戍所,违犯军法,便将苏贤捕拿,下狱治罪。苏贤之父闻信,急诣阙上书为子诉冤,并告赵广汉挟仇诬陷。宣帝见书发交有司复讯。有司究出实情,尉史禹罪应腰斩,于是复奏宣帝,请将广汉拘案审办。宣帝心惜广汉吏才,不欲轻易解职,便命有司究问其事。赵广汉见事已败露,无可遮掩,只得直言供认。有司拟定罪名上奏,也是广汉时运尚好,恰值下诏大赦,宣帝但将赵广汉贬秩一等,仍使为京兆尹。

赵广汉幸遇宣帝从轻发落,尚不悔过,老羞成怒,无处发作,因疑是苏贤同邑人荣畜教他上书告发,遂又迁怒到荣畜身上,借着他事将荣畜处了死刑,以泄其愤。有人见荣畜死得冤枉,心中不服,写成一书,诣阙诉冤。宣帝将书发交丞相魏相、御史大夫丙吉查办,丞相魏相奉命便提取案卷,调集人证到来讯问。广汉见魏相认真查办,丝毫不肯放松,暗想事不瞒真,此案若被查出实情,我又得罪,到了其时,主上未必再肯赦免,如何是好,必须早筹自救之策,无如丞相魏相铁面无私,略不通情。我若托人求他,他必不允,惟有寻他短处,作个把柄,使他不敢穷究我事。广汉想定,遂密使心腹人投入丞相府中充当门卒,嘱其留心探听,丞相府中如有不法之事,随时报闻。

一日,赵广汉闲坐署中,正在筹思此事。忽得心腹人报告,说是丞相婢女有过,自缢而死。广汉听说心想必是丞相夫人妒忌,将她杀死,我正可借此抵制他了。此时适值丞相预祭宗庙,不在家中。广汉便使中郎赵奉寿示意魏相,欲将此事恐吓魏相,使之不究荣畜之事,谁知魏相不听其言,偏要认真查办。广汉见魏相不受胁制,便欲出头告发,但因此举关系重大,不敢冒昧。乃先向精通天文之太史,问其近来星象有无变动,太史对道:“就天文而论,今年当有大臣被诛者。”广汉听说,自念大臣无过丞相,据此看来,一定应在魏相身上无疑了。于是上书宣帝,告发魏相杀婢之罪。宣帝批交京兆尹查办,广汉奉诏,自知与魏相势不两立,必须先发制人,遂趁着魏相祭庙未回,急率领吏役多人,不问情由,冲入丞相府中,声势汹汹。相府众人正欲上前拦阻,广汉喝道:“吾奉诏前来查办事件,敢抗拒者即行拿下。”众人见来势甚大,只得让其进内,广汉带同吏役,直入内庭。魏相家中上下人等,出其不意,吓得战战兢兢,面无人色。广汉身坐堂上,命左右传唤丞相夫人出来听审。魏相之妻闻唤,只得走出。广汉勒令跪在庭下,问她何故擅杀婢女。魏相之妻,不肯承认,彼此辩驳一番。广汉又传到相府一班奴婢,逐人讯问,皆言并无其事。广汉问不出实据,遂将奴婢十余人带回京兆府,意欲迫其供认。广汉去后不久,恰好魏相回府,闻知此事,心中大怒,立即修成奏章,剖明己妻实无杀婢之事，并说赵广汉屡次犯法，不肯伏罪，反敢用诈巧手段胁臣，意欲臣代为遮掩，应请陛下派员彻究，以分曲直。宣帝得奏，便发交廷尉查办。

当日廷尉姓于名定国，字曼倩，乃郯县人。其父于公为东海郡决曹，平日判决案件极其公平，犯人经于公定罪受刑者皆无怨恨之意，郡中人感其德，为之建立生祠，号曰于公祠。先是东海有一孝妇，姓周名青，早寡无子，家甚贫苦。孝妇朝夕纺织，奉养其姑。其姑怜悯周青青年守节，劝令再嫁。周青立誓不肯，其姑因对邻人说道："媳妇奉事老身，甚是勤苦，她年正少，又无子女，因我尚在，不肯再嫁，我年已老，偏又不死，累她担搁青春，如何是好？"邻人听说也并不以为意。谁知其姑说此语时，早已怀下死心，不久竟乘着周青不备，自缢而死。其姑生有一女，算是周青小姑，今闻其母死得不明不白，便疑到周青身上，遂向县中告说周青勒死其母。县令遣人拿到周青，问其何故将姑勒死。周青自辩并无此事。县令便欲动刑逼供，周青自念，我虽不曾杀姑，但姑终是为我而死，我仍活在世上，甚觉对她不住，不如认个死罪，既可借此相从地下，也免得生受刑法。周青想罢，便转过口来胡乱供认。县令见她肯供，真是求之不得，更不问是真是假，便将周青定案，拟了死刑，报到郡署。于公早闻周青守节养姑十余年，平日乡里皆称其孝，断无杀姑之理，便欲将案批驳，偏遇东海太守不肯依从。于公向太守力争，太守始终执意不听，于公无法，只得抱着案卷，向府署痛哭一场，托病辞职而去。

读者试想，周青之姑明是自缢而死，县令何以不问皂白，竟要用刑逼供，以致周青不得已自行诬服？更有太守明觉此案可疑，竟不听于公之言，一为伸理，此是何故？原来汉时自武帝信任张汤等，改定律令，专尚严酷。凡刑官审案，故意构成人罪者，其罚尚轻；若有心脱免人罪者，其罚甚重。于是一班官吏，希图免责，多以苛刻为能，但保自己禄位，不顾小民冤枉。尽有许多案件屈打成招者，何况周青不待动刑，便明认杀姑，是她情甘一死，何苦代为辩白，自取不是。列位须知，天下没心肝之官吏尽多，似此东海之太守县令更何足异。至若于公之重视人命实心办事者，能有几人，所以小民沉冤负屈，如周青之类不知多少，此在专制时代却也视为常事。

闲言少叙，当日于公既去，太守竟将周青核准定罪。到了冬日，便将周青由狱中提出处斩，一时远近人民闻知皆来观看，尽有许多人替周青大抱不平者。周青早已安排一死，但想起守节事姑十余年费尽辛苦，到头遭此枉死，还要落个恶名，真是不值，须趁临死之际，想个方法，表白一番，免得受人唾骂。于是先期预备一条竹竿，长有十丈，做成五面布幡，挂在竹竿之上，及至临刑，周青将幡载在车上，一路乘车，到了法场下车，便将竹竿插在身旁。此时周青一股怨气，直冲霄汉，开眼向四下观望一遍，叹口气厉声对众说道："我周青死得不明不白，今当大众立誓，借着此物，表明我之心迹。我若罪该斩首，血溅竹幡，便当顺流而下；若是冤枉，血当逆流而上。"说罢闭目不语。此时围观之人拥挤异常，闻言尽皆感动，人人定睛观看。不消片刻，刽子手奉命行刑，但见刀光过处血雨横飞。说也奇怪，那血正溅在竹竿上，变作青黄颜色，果然逐节逆流而上，一直到了竿顶，方又缘着布幡流下。众目共睹，无不骇然，也有为之流涕者。是日天地惨淡，风霾四起，沙石皆飞，后人有诗叹道：

能使慈姑为舍生，周青节孝动神明。
临刑碧血缘竿上，始信人间有至诚。

自从孝妇周青冤死之后，东海郡一连枯旱三年，赤地千里，民不聊生，太守因事罢官。后任太守到来，见地方如此久旱，心中不解其故，正欲命卜人问卦，忽报于公求见，太守命之入见。于公便将周青事述了一遍，因说道："此是孝妇，本不应死，前任太守强为断定其罪，谅因此事，触怒神明，降此殃咎。"太守闻言也就相信，便命预备一席丰盛祭品，亲到周青墓前致祭，并替她建立牌坊，祭毕回署。霎时间阴云四布，大雨如注。是年东海郡年岁大熟，由此一郡之人，皆甚敬重于公。

于定国自少从其父学习法律，及于公死后，定国亦继其父为东海郡决曹，入为廷尉史，积官至御史中丞。时昌邑王即位，所行无道，于定国切谏。及昌邑王废后，霍光列奏进谏昌邑王之人，皆得升擢，于定国得升光禄大夫。地节元年宣帝命为廷尉。定国自少但习法律，未读经书，今为廷尉，方延名师学习《春秋》。为人生性谦恭，无论如何卑贱之人，皆以宾主之礼接见。对于儒士，尤为敬重，以此为人所称。至审判罪案，谨慎和平，遇有可疑之案，一律从轻发落。尤善饮酒，能饮至数石，心神不乱。每到冬月大审之时，酒后断案，愈加精明，朝廷称之曰："张释之为廷尉，天下无冤民；于定国为廷尉，民自以为不冤。"定国审判之公平，于此可见。

如今奉命查办赵广汉告发魏相杀婢之案，自然格外慎重，详细推究，结果查得魏相之婢有过被责，后来此婢出至外面，始行自缢，赵广汉所言并非实事，遂据情复奏宣帝。于是丞相司直萧望之劾奏赵广汉污辱大臣，意存挟制，罪该不道。宣帝得奏，即将赵广汉下在廷尉狱中治罪。于定国审讯中间，又发见广汉妄杀无辜、办案不实等数罪，罪应腰斩。复奏既上，宣帝批准。此时长安吏民闻知赵京兆问了死刑尽皆惊恐，不期而集者数万人，守住阙下号哭，要求赦出。也有说道："臣生在世上无益国家，情愿身代赵京兆一死，使他得以教养小民。"宣帝不听，广汉竟被腰斩。论起赵广汉平日为政廉明，抑强扶弱，原是好官，只可惜末路不终，但长安吏民都甚感戴，死后尚多追思之者。

赵广汉既因罪下狱，宣帝选得彭城太守遣使署京兆尹。不过数月，即以不能称职免官。宣帝又想得一人，现为颍川太守，乃是著名循吏，遂下调召之入京，命署京兆尹。未知此人是谁，且听下回分解。

第一四六回　治颍川黄霸著绩　京兆尹张敞显名

话说当日颍川太守姓黄名霸字次公，乃阳夏人也。少学法律，性喜为吏，曾为阳夏游徼。武帝末入钱补官，以清廉升为河南郡丞。黄霸为人温良谦让，明察多智，心思敏捷，善于御众，既为郡丞，每有建议，合于法律，人心皆服，太守甚加倚任，吏民亦皆敬重。其时霍光既诛上官桀等，恐群臣复生异心，遂仿照武帝制度，待下极其严厉。一班俗吏，承望旨意，争尚苛酷。黄霸独主宽和，以此得名。宣帝在民间，久知百姓厌苦官吏之严急，独闻黄霸持法公平。本始元年，遂召拜为廷尉正，屡断疑案，廷中之人，皆称其判决甚当，宣帝复命黄霸署丞相长史。

宣帝初次即位，意欲褒崇先帝，遂下诏群臣，说是武帝功德茂盛，应行议定庙乐。群臣奉命会议，大众皆道当依诏书办理，独有长信少府夏侯胜不肯赞成，对众争道："武帝虽有开疆拓土之功，然多丧士卒，竭民财力，奢侈无度，以致天下虚耗，至今尚未复原，无德于民，不应为之创立庙乐。"一班公卿见说，同声驳道："此乃诏书，君知之否？"夏侯胜道："诏书不可行，为人臣者须直言正论，不应阿谀苟合，吾今言已出口，虽死不悔。"众人闻言大哗，惟黄霸不置可否。于是丞相蔡义、御史大夫田广明劾奏夏侯胜反对诏书，毁谤先帝，罪该不道。黄霸身为丞相长史，纵容夏侯胜，不肯举劾，应与同罪。宣帝命将夏侯胜、黄霸下狱。群臣乃请尊武帝庙为世宗庙，凡武帝生前所至郡国共四十九处，皆为立庙，别立庙乐，名为盛德文始五行之舞，与高祖、太宗之庙，一同世世祭享。

夏侯胜与黄霸二人，自从被囚狱中，一连数月不见刑官提审，却喜同在一处，长日无事，彼此攀谈。黄霸素仰夏侯胜是个大儒，心想："自己未读经书，一向身为官吏，无暇及此，今正好趁此闲暇之时，请其教授。"黄霸想定，便将意思告知夏侯胜。夏侯胜道："吾与君所犯皆系死罪，读经有何益处？"黄霸道："孔子有言：'朝闻道，夕死可矣。'"夏侯胜闻言，大为感动，遂即依允，于是每日教授黄霸读经。黄霸尽心听讲，二人日夜讲学津津有味，不知不觉过了两冬。宣帝素知二人之贤，不忍杀之，所以久系未决，直至本始四年夏四月，关东一带四十九郡忽然同日地震，甚至山崩水溢，败坏城郭民居，死者六千余人，算是一个大灾。宣帝闻报，素服避正殿，遣使者抚恤灾区人民，又下诏大赦天下，二人始得出狱。

夏侯胜既出，宣帝拜为谏大夫给事中。说起夏侯胜为人，质朴守正，举动脱略，每入朝见，或误称宣帝为君，有时在宣帝前呼他人之字。宣帝知其诚实，甚加亲信。一日罢朝出外，向人称述宣帝之言。事为宣帝所闻，即召夏侯胜入内责备道："君何以漏泄禁中言语？"夏侯胜答道："陛下之言善，臣故扬之于外。昔日唐尧之言布满天下，至今犹为人所称诵。臣以为陛下此语可传，故特传之耳。"宣帝听了也就无语。当日朝廷每有大议，宣帝知夏侯胜素来正直，便先嘱咐道："先生只管尽言，勿以前事为戒。"后夏侯胜复为长信少府，擢太子太傅，年九十卒于官，赐葬平陵。上官太后追念师傅之恩，赐钱二百万，并为之素服五日，一班儒生皆以为荣。

黄霸出狱之后，与夏侯胜同为给事中。夏侯胜令左冯翊宋畸举荐黄霸贤良，自己又在宣帝前亲口保荐，宣帝遂拜黄霸为扬州刺史。黄霸在任三年，察吏安民，官声甚好。宣帝下诏擢为颍川太守，特赐车盖高一丈，以示褒奖。黄霸到了颍川，比前更加出色，所有周恤贫穷、劝课农桑等善政一一实行，不消细说。原来黄霸为人外宽内明，办事精细，记性尤强，更有与别个循吏不同之处。他曾将小民日常生活之事，定为章程，颁行民间，令各乡里各举首长，按照章程督率行事。初看似乎烦琐，黄霸却能实力推行，并无阻碍。一日黄霸因欲考查一事，选一年长清廉屑吏，嘱其出外密查，勿被旁人窥破行径。属吏奉命前往，行至半途腹中饥饿，却不敢向馆驿内歇息，遂向饭店买了饭菜，就路旁草草一餐，谁知树上一个乌鸦，瞥见有人正在吃饭，碗中堆着多肉，它便一翅飞下，衔了一块肉，重归树上。属吏正在吃饭，并不提防，但听得扑嗤一声，有一团黑影由面前掠过，顿吃一惊，定睛细看，方知乌鸦与人争食，不觉失笑。过了数日，属吏查毕，回到郡署，来见黄霸。黄霸一见，便迎前慰劳道："汝此去甚觉辛苦，吃饭路旁，又被老鸦偷肉。"属吏见说大惊，暗想太守如何得知，由此看来，须是瞒他不得，于是将所查情形，据实报告，不敢丝毫欺隐。读者试想，黄霸又不曾随着属吏同行，如何知得此种琐事。原来黄霸平日对于吏民求见者无不接见，以此多知外事。是日适值有人欲往郡署言事，路经其地，见此情形，及至郡署入见黄霸，顺便告知此事。黄霸便借此来吓属吏，使他无从扪索，只得吐出实情，可见为官吏者不可不多知外事。

黄霸尝断一疑案，至今传为美谈。先是颍川有一富室，兄弟二人各皆娶妻，一向同居，并未分爨。妯娌之间，亦尚相得，后二人同时怀孕，长妇小产，次妇生下一男。长妇起意谋夺家产，硬认次妇之子是其亲生。次妇不服，彼此争持，诉到官府，屡经审讯，历时三年，案尚未决。及黄霸到任，看了案卷，忽得一法。即日传集二人，到堂审问。黄霸略问二人数语，便命人抱其儿子于庭中，对二人说道："此子是谁亲生，只汝二人了然，旁人如何知得。汝二人既皆执为己子，就中谁直谁曲，除非神明不能辨别。我今惟有凭天处断，此子现在庭中，汝二人各上前抱取，何人先行抱得，便是何人之子。二人奉命一齐奔向庭中，惟恐落后。长妇步快先到，心虑次妇赶来争夺，也不顾手势轻重，狠命捉住儿臂，双手将儿提起。次妇随后赶到，见了心中不忍，便急呼道："勿伤儿手。"黄霸留心观看二人神情，心中明白。此时长妇十分高兴，抱儿走上堂来。次妇垂头丧气，也就回身立在一边。长妇遂上前说道："儿已被我抱得，求太守断归于我。"黄霸见说喝道："汝明明贪得家财，强占他人儿子，所以信手乱捉，并不爱惜，哪管小儿有无受伤，若确系亲生，岂肯如此。"遂将儿断归次妇。时人皆服其明决。

黄霸又命各处邮亭及乡官皆畜鸡豚，以所获利益周济贫穷无靠之人。遇有贫人身死，无以棺敛，属吏报告上来，黄霸便替他安排。说道某处有大木可以为棺，某亭猪子可以祭，属吏奉命前往，果如所言，并无错误。一郡吏民见黄霸办事精详，又不知其用何术，于是众口同声，称为神明。一班地霸讼棍恐被拿获办罪，不敢仍在颍川居住，便都逃往他郡，因此郡中盗贼日少，词讼渐希。黄霸一味勤行教化，非到不得已之时不用刑罚。对于所属官吏,若无大过,不轻更易。当日许县有一县丞,年老耳聋,督邮告知黄霸,欲免其职。黄霸道:“许丞乃是廉吏,年纪虽老,尚能拜起送迎。虽然有些重听,不至害事,须是好生看待,勿使贤者失意。”督邮无言退出,旁人听了心中不解,便问道:“此是何故?”黄霸道:“令丞皆一县长官,长官若屡换人,送故迎新,不免一番费用,又有奸吏趁着交代之际,藏匿簿书,盗取材物,公私耗费甚多,究皆出于人民。至所换新官,又未必贤,或且不如旧官,岂非徒添扰乱,大凡为治之道,不过去其太甚而已。”其人闻言,方知黄霸具有深意。黄霸既深得民心,地方富足,人民安乐。远近归仰,户口年年增加,有司考察治绩,算是天下第一。宣帝正欲择人为京兆尹,遂下诏召黄霸入京,命署京兆尹。谁知黄霸到任不过数月,却因两件小事,连被有司劾奏。一件是发人民修理驰道,未曾先行奏闻;一件是发马兵前往北军,马少人多,不敷乘坐,照例皆应贬秩。宣帝因黄霸在颍川官声甚好,不忍将他降官,仍使为颍川太守。但是京兆尹一职,自从赵广汉死后,竟无称职之人。地方渐又多事,缉捕废弛,长安市上,偷盗尤多,至是宣帝想起胶东相张敞,召之入见,遂命其试署京兆尹。

当日宣帝因张敞自称能禁偷盗,故用为京兆尹。张敞到任之初,便将此事放在心上,暗想偷盗必有首领,访得首领,便易着手,遂向民间明察暗访,竟被他查出首领数人。说起此数人,家中却甚富足,每出门皆有家僮骑马相随,举动也算阔绰,而且乡里中大都称其忠厚长者,却并未知他是盗首。张敞不动声色,遣人将诸盗首召来。诸盗首闻说太守见召,万不料是为此事,便换了衣服,随同来人进见。张敞一见诸盗首,当面逐一责问。诸盗首出其不意,大惊失色,只得叩头服罪。张敞道:“汝等若自知悔改,可速将本地偷儿,尽数拿来,以赎己罪,我便饶汝。”诸盗首一齐答道:“情愿效力,但是一时召集多人,令其到府,恐诸偷儿不免惊疑逃走,请将臣等暂时补授吏职,方好行事。”张敞便委任诸盗首皆为属吏。诸盗首想得一计,告知张敞。张敞依言,命其各自回家,预备行事。诸盗首回到家中,择日备下酒席,遣人通知一班偷儿,前来饮酒。诸偷儿闻信,不知是计,各自高兴,陆续来见盗首,向之贺喜。盗首便摆下酒席,邀众同饮。饮酒中间,盗首不谈别事,只顾劝酒。诸偷儿酒落宽肠,又却不过盗首美意,便一齐吃得大醉。盗首早令人备了赭石,乘着诸偷儿醉中不备,便将赭石染在各人衣上,以为记号,一众全然不觉,到得酒阑席散,辞别盗首,各自回家,谁知行至门外,便被吏役擒获。原来张敞早遣吏役坐在巷口等候,但看出来之人,身上染有赭色,便上前收捕。诸偷儿一个个束手受缚,正如瓮中捉鳖一般,总计一日之中所捉不下数百人。张敞逐一提问,各按所犯之案多少分别治罪,于是盗贼绝迹,市中清静。宣帝大悦,便将张敞补授京兆尹实缺。

张敞在任,虽然用法甚严,却也时时屈法超生。当日长安有一游徼受人贿赂,发觉之后提验赃物,乃是布匹,计算价值应办死罪。张敞按律定了罪名,眼看不能望活。游徼却有老母,其母年少丧夫,励志守节,现在年已八十,只有此子,且系遗腹所生。今见其子犯法当死,愁急万分,寻思无法,只得亲身来到京兆府署求见张敞,面陈苦情,哀求免其一死。张敞见说,心想其母苦节一生,甚是可敬。若论游徼坐法而死,原无足惜,但其母暮年无人奉养,情景委属可怜。说不得我须极力设法,超脱其子死罪,且见得节妇终有善报，可使世间妇女勉励节操，也算是维持风化之一道。张敞想罢，遂即慨然应允，其母即谢而退。张敞又将案卷反复看了数遍，觉得赃证确凿，情真罪当，已是无可解免，沉思半晌，忽得一策，便就赃物上算计，原来汉律系按赃物价值之多寡定罪之轻重。今欲免其死罪，惟有减轻赃物之价值，于是下令取到游徼所受之布，重行量过。张敞故意挑剔，说是某处边幅窄狭，某处尺寸短少，某处布地稀疏须加折扣，末后重行计算，比前减去二尺，计值钱五百文，除去此数，游徼遂不至于死。乃将前案翻过，办成活罪。张敞为政，严中有宽，以此众心翕服。

张敞身在京兆尹多年，官声甚好，却偏不得升擢，只因他虽有才干，无如生性风流，举止脱略，不免惹人议论，以此不得大位。原来汉时长安地方大官尽多，平日出门，虽也有许多人前呼后拥开道而行，但尚不如京兆尹、执金吾、司隶校尉之威武。只因此三种官职，皆是地方本管官吏。每遇出行，除通常护从人等外，更有四人手持弓箭，在前导引传呼，使行者止步，坐者起立，又禁止人立在高处窥看。若有违抗，即用弓箭射之，所以除却天子出行，便要算此三种官吏最为荣耀。偏遇张敞生性好动，自觉坐在车中前呼后拥，异常拘束。每当朝会既罢，便命御史驱车而回，亲自骑马，手握便面，策马前进，一路行由章台街经过。路人初见，觉得奇异，后来见惯，也就如常，旁人遂说张敞失了体统。张敞又常为其妻画眉，于是长安中人彼此传说张京兆眉怃。有司闻知，便将此事奏闻宣帝。宣帝召张敞到来，问其有无此事，张敞也不分辩，但答道："臣闻闺房之内，夫妇之私，有比画眉更甚者。"宣帝闻说，心爱张敞才能，不忍责备。只因京兆尹一缺，历来并无久于其任者，尽有精明强干官吏，在他郡卓卓有名，一经调任京兆，长久者不过二三年，最短者仅有一年半载，往往丧名誉，或因罪过罢免，连循良第一之黄霸也都不能胜任。前此惟有赵广汉一人最为出色，其次便算张敞。宣帝因京兆得人，也就不轻行调动。至于左冯翊、右扶风二处，当时却也出有能吏。未知其人是谁，且听下回分解。

第一四七回　翁归威行右扶风　延寿德化左冯翊

话说当日京兆地方，得张敞治理，成绩卓著。此外右扶风有尹翁归，左冯翊有韩延寿，二人皆是能吏，政绩与张敞不相上下。三辅皆算得人，地方自然安静。说起尹翁归字子况，平阳人，移居杜陵。翁归自少丧父，与其叔父同居，得任为狱中小吏。通习法律，又精剑术，人不能当。其时正当霍光秉政，霍氏宗族多在平阳，所有宾客家奴倚借霍光势力在外横行，往往手持凶器闯入市中，寻衅生事，官吏不能禁阻。及翁归为平阳市吏，竟将市政整顿得十分严肃，更无一人敢犯其法。后翁归因事辞职归里，适值田延年为河东太守出巡属县，到了平阳地方。延年忽然高兴，欲由故吏中搜罗人材，遂下令通告本地人士，凡曾为郡县吏者，悉数前来报名，听候考验录用。一时报名投到者约有五六十人，尹翁归也在其内。到了是日，田延年衣冠升座，将报名故吏按名传到相见。又告谕大众，凡有文才者立在东边，有武艺者立在西边，众人俱各依言分班立定。及至传到尹翁归，翁归进前谒见，伏在地上，不肯起立。延年问是何故？翁归对道："翁归文武兼备，任凭施用。"延年听罢未及开言，旁有功曹上前说道："此人口出大言，倨傲不逊，应加斥责。"延年摇手道："此又何妨。"遂将翁归召到近前，当面考问一番，翁归对答如流。延年大奇其才，用为卒史。

延年又试使翁归办案，见其精细敏捷，自觉才能不如，甚加亲重，擢为督邮，督邮系主管举劾各属县官吏。其时河东所属共有二十八县，延年使翁归与闳孺二人各管其半，闳孺领汾水以北各县，翁归领汾水以南各县。翁归依法举劾，所有犯罪官吏虽然免职遭刑，并无一人怨恨，由此闻名，渐擢丞尉。未几奉召入京，拜为东海太守。尹翁归将往东海赴任，临行照例辞别朝中各公卿。时于定国正为廷尉，他本东海郡人，闻知翁归到来，延入相见。定国有同乡二人入京谋事，住在定国家中，定国便想趁此时荐与翁归，乃嘱二人整肃衣冠，坐在后堂，预备入见。谁知定国与翁归会谈半日，并未提起二人。二人在后堂等候许久，毫无动静，暗想莫非于定国偶然忘却，正在迟疑之际，恰好翁归起身告辞。于定国送出大门，回头入内，见了二人，便对他们说道："此人乃是郡将，不可托以私情，汝二人又不能办事，故吾不敢令汝入见。"二人方悟定国用意。

尹翁归既到东海郡，留心访察地方吏民，某人贤，某人不肖，以及土豪讼棍等姓名无不尽知。每县设置一簿，逐名记入。每逐县捕拿恶吏奸民，讯问其罪，罪重者处以死刑。但他平时无事，并不拘人，大约拘人必当秋冬课吏大会之中，或巡行各县之时。被拘者必是著名豪猾，意在惩一警百。吏民果皆恐惧畏服，改过行善。先是东海郯县有一大土豪，姓许名仲孙，平日武断乡曲，违抗官府，一郡之人，皆以为苦。前任太守意欲将其捕拿，仲孙用种种方法解免，竟能安然无事。翁归到任未久，便将仲孙拿获，办成死罪，由此东海大治。

到了元康元年，宣帝召拜翁归为右扶风。翁归到任之后，选用公平廉正之吏，以礼接待，推诚相与，若有违背，亦必加罚。至治理地方，仍如东海时成法，各县奸恶人皆立有名簿，每遇盗贼发作，翁归便召其县长吏，告以盗贼主名，教以访拿方法。果然皆如翁归所言，不久便能擒获破案，故右扶风治盗为三辅中第一。翁归用意尤在抑强扶弱，凡豪强被罪者，多送往掌畜官吏，使其割草，限以课程，不得倩人替代。若作工未满课程，便加笞责。也有犯罪之人，不堪作工辛苦，竟用割草之刀自刎而死者，可见翁归用刑之严。惟是翁归为政虽严，至于为人，却能温良谦退，清洁自守，立朝甚得名誉。后于元康四年病终于任，家无余财。宣帝甚加悼惜，下诏称扬，赐其子黄金百斤，以奉祭祀。

翁归死后，韩延寿始为左冯翊。延寿字长公，燕国人，其父韩义为燕王刘旦郎中。刘旦谋反，韩义力谏被杀，国人怜之。后魏相被举文学对策，请奖韩义之子，以明为人臣之义，霍光从其言。时韩延寿为郡文学，霍光遂擢延寿为谏大夫，迁淮阳太守，甚有治绩。本始三年，宣帝召拜颍川太守赵广汉为京兆尹，乃调延寿为颍川太守。颍川地方号称难治，每遇太守缺出，朝廷常选名望素著之人前往充任。自从赵广汉到任，因虑吏民结党，遂设计离间，使之自相告讦，由此富家大族往往结仇。韩延寿接任之后，欲改革此种风气，又恐人民积怨已深，不肯听从。乃访得本地绅士耆老为乡里所信服者约有数十人，一律请到郡署饮酒，席间逐人问以地方风俗利弊，众人自然说出彼此不和之事。延寿遂趁势劝导众人，令其设法调停，消灭嫌隙，重修和好，众人皆以为是。延寿又与之议定，嫁娶丧祭仪节物品，约略依照古礼，不得过度，于是人民皆遵其教。延寿在任数年，宣帝又调为东郡太守，却值黄霸前来接任，照着延寿成法行去，颍川于是教化大行，论起延寿创始之功，也就不可埋没。

延寿本由文学出身，性重礼义，喜用教化，所至礼聘贤士，广纳忠谏，旌表孝悌，修治学校，吏民无不敬服。其接待属吏恩礼尤至，且与明白约誓，不得相负。一日有某县尉，违背延寿教令，在外营私舞弊，事为延寿所知，不责县尉，却责自己道："莫非我有甚事对他不住，以致如此。"县尉闻言，不觉良心发现，深自愧悔，便引刀自刺而死。又有门下一个掾史，也因此事拔剑自刎，却被旁人赶救，咽喉未断，幸得不死，但因此竟变成哑子，不能言语。延寿得报，亲往看视，对着掾史流涕，遣医调治，厚待其家，因此属吏俱各感激，不敢犯法。又一日延寿有事出行，随从人等早已备齐车马等候，及延寿走到外边，瞥见面前少了一个骑吏。原来汉时制度，自公卿至二千石出行时，皆有骑吏四名，骑着马前后拥护。此次延寿出门，骑吏理应先到伺候，谁知直至延寿临欲上车，骑吏闻信始行赶来。延寿遂命功曹将此骑吏议罚，骑吏自知有过，不敢申辩。及延寿事毕，回到府门，忽有一个门卒行到车前，对着延寿口称有言上陈。延寿便命停车，问道何事。门卒说道："今日明府出门，从人车马一切齐备，久候未出，适值骑吏之父来看其子，行至府门，见此情形不敢入内。吏骑闻说其父到来，连忙走出相见，却遇明府出外登车，见其不在，便命议罚。骑吏因敬父而被罚，未免有伤风化。"延寿听罢，即由车中拱手谢道："若非汝言，太守不自知其过。"立命功曹免议。延寿回署，即召门卒入见。读者欲知门卒是何等人？原来他本儒生，闻说延寿甚贤，却恨无人介绍，因想得一法，替人充当门卒，借着骑卒之事，显他才能。延寿相见之后，竟拔用为属吏。

延寿在东郡三年，令行禁止，词讼稀少，天下称最。宣帝召拜左冯翊。延寿到了冯翊之任，年余未曾出巡属县，遂有郡丞掾史等时时进劝道："明府宜巡行郡中，观览民俗，考察吏治。"延寿道："现在各县皆有贤令长督邮，善恶分明，不须考察，出行恐无益处，反多烦扰。"郡丞等又说道："时方春月，似宜一出劝课农桑。"延寿因众人力请，不得已命驾出外，一路巡行，到了高陵县。正在行走之际，对面来有二人，手中各执呈词怒气冲冲，到了延寿车前一齐跪下。左右接了呈词，递上延寿。延寿将二人呈词看了一遍，方知二人乃是兄弟，只因争执田产，起此诉讼。延寿大为感伤，口中说道："吾幸得为二千石，乃一郡表率，不能宣明教化，以致人民骨肉之间竟起争讼，既伤风化，又连累贤县令啬夫三老孝弟等一同受其耻辱，是皆冯翊之罪，应先告退。"遂即日称病，不理公务，入到馆舍中歇息，闭上阁门，自思己过。此事一时传遍高陵，高陵县令县丞啬夫三老等皆自行系狱待罪。谁知延寿小小举动，居然惊天动地，弄得一县人民不知所为。便有许多邻里宗族，对着争讼兄弟二人痛加责备，说他俩不该如此，害得地方长官不安其职。二人被众口交责，自己觉悟，深自悔过，遂剃去头发，解衣肉袒，俯伏谢罪，并愿将田产互相让与，不再争讼。左右报知延寿，延寿见说大喜，即命开了阁门，传二人入见，分付备下酒饭，亲与对食。又用言语劝勉一番，打发他俩去了。延寿方始出外如常视事，并遣人辞谢县令县丞等，一律引入相见，遍加慰劳。一郡传闻此事，人人心服，彼此互相教戒，不敢轻犯。于是延寿恩信竟周遍于二十四县，更无人前来诉讼，吏民见延寿至诚相待，也就不忍欺骗。读者试想，延寿有如此德化，也可算是一个循吏了！谁知末路却遇萧望之与之作对，以致做了第二之赵广汉，不得其死，未免可惜。未知望之何故作对，且听下回分解。

第一四八回　诬大臣延寿被诛　轻丞相望之失宠

话说萧望之字长倩，本东海兰陵人，迁居杜陵，世代种田为生。到了望之却自少好学，被选送入太常受业，学问精博，儒生都甚拜服。是时大将军霍光秉政，丙吉为大将军长史，素与望之相得，遂向霍光举荐望之及王仲翁等数人，并是儒生。霍光传令一同入见。望之与仲翁等闻命俱到大将军府中，早有吏人走上前来，便欲动手搜检。原来霍光自因上官桀、盖长公主谋反发觉之后，心中常恐被人暗算，出入皆随带军队，严加防备。每遇吏民进见，先须除去刀剑，解脱衣服，一旁一个吏人左右挟住，将浑身上下一律搜查，确无他物，方准入内相见。当日萧望之同着王仲翁等数人不知此种规矩，见吏人如此举动，心中不解，问其原因，吏人一一告知。王仲翁等既到此间，无可奈何，只得强忍羞耻，当着众人赤身露体，任他搜索。只有萧望之听说，不觉怒气冲天，厉声道："若要如此，我实不愿入见。"说罢将袖一拂，便欲转身走出，吏人见了，却不肯让他出外，随后赶上一把拖住。萧望之执意要去，吏人一定不放，彼此争执起来，正在难解难分之际，却好霍光在内，闻得外面喧嚷之声，问知原由，便遣人传语望之免搜，令其随同众人入见。望之一见霍光便说道："将军积功累德，辅佐幼主，将欲宣布大化，致天下于太平，是以天下之士无不仰慕，争图效力，今来见者皆先挟持搜索，恐非周公吐哺握发敬礼贤士之意。"霍光听了默然不悦，及众人退去，霍光尽补王仲翁等为大将军史，独望之一人不得任用。

过了三年，望之方以射策甲科得为郎官，补小苑东门候。此时王仲翁得霍光提拔，官至光禄大夫给事中，比起望之，贵贱如同霄壤。一日王仲翁行至小苑东门下车，有许多苍头庐儿，簇拥着仲翁入得门来，但听得前后传呼之声甚是热闹。望之正在看守此门，见仲翁到了，也并不以为意。仲翁无心中偶然看见望之，便回顾一眼说道："汝不肯碌碌随众，何故反来守门？"望之答道："各从其志而已。"后御史大夫魏相补望之为属官，调大行治礼丞。其时霍光已死，霍禹复为大司马，其兄子霍山领尚书事，亲属皆为宿卫内侍。适地节三年夏日，京师大雹，望之上疏，愿得进见，口陈灾异。宣帝在民间久闻望之之名，至是见疏，因说道："此是东海萧生耶。"乃命少府宋畸面加询问，望之对言："天降大雹，阴阳不和，乃是大臣专政之害。"宣帝心忌霍氏，闻奏正合其意，即拜望之为谒者，迁谏大夫。及霍氏谋反族诛，望之愈见信任，遂得署理少府。宣帝见望之明于经术，生性持重，议论通达，可任宰相，意欲试以政事，遂拜为左冯翊。左冯翊为三辅之一，依当时官制，亦得与九卿并列，但论起官阶，终在九卿之下。望之已为少府，位列九卿，今忽出为左冯翊，不啻降官，望之心疑自己不合帝意，于是称病辞职。宣帝闻知，即遣侍中金安上传语望之，告以己意，望之闻命，即出视事。望之为左冯翊三年，颇得称誉，宣帝召拜大鸿胪。到了神爵三年，丞相魏相身死，丙吉为相，望之遂代丙吉为御史大夫。正当此时，韩延寿由东郡太守移为左冯翊。

韩延寿为左冯翊三年，深得民心，名誉大著。他平日与望之本无仇隙，只因二人先后同为左冯翊，延寿在望之之后，名誉反驾其上，望之相形见绌，未免心生忌妒。偏又有一常侍谒者，来向望之告说："延寿前在东郡，糜费官钱千余万。"望之见说甚喜，便想借此治倒延寿，遂来见丞相丙吉，告知此事，意欲遣人究问。丙吉平日待人宽恕，又见延寿乃是有名能吏，尤宜加意保全，因答道："此事已经大赦，不须究问。"望之仍不肯放手，恰值有御史将往东郡查访案件，望之便嘱御史一并查明。事为延寿所闻，心中愤恨。却因望之曾为左冯翊，也想搜寻望之过失，以为抵制，便分遣属吏查检望之在任时旧案。果然查出廪牺官钱亏空百余万，延寿便将廪牺吏拿问，用刑拷打，迫令供认与望之通同作弊。廪牺吏受不起刑法，只得自认与望之同谋侵吞。延寿得供，便想先发制人，遂劾奏萧望之侵吞官款，一面移文殿门禁止望之入宫。望之大怒，自向宣帝奏称，臣职总领天下，闻有事故，不敢不问，今被延寿诬告，意存挟制。宣帝见奏，觉得延寿无理，但彼此互讦，谁是谁非，必须查明。遂饬有司，各就所劾之事，彻底究办。

有司奉了宣帝之命，将延寿劾奏望之案件，提讯明白，望之并无亏空官钱之事，有司遂据实奏闻宣帝。又值望之遣往东郡御史事毕回京，查明延寿前在东郡任内，校阅马兵僭用种种仪仗服饰，又私取宫中钱帛，借与充当徭役吏民，并修造车马甲仗，计款三百万以上。望之得了此种凭据，遂劾奏延寿奢僭不道。并自称前被延寿劾奏，今复举发延寿之罪，天下臣民必以臣为怀有不正之心，冤屈延寿，请将此事交与丞相中二千石博士议之。宣帝依奏令公卿会议，众人皆言延寿前既不法，后又诬奏掌法大臣，欲图解免己罪，狡猾不道，罪应斩首。宣帝平日办事认真，最恶欺诈，见奏大怒，立即批准。到了行刑之日，延寿身坐囚车，官吏等押送前往渭城。原来汉时向例杀戮大臣，多在渭城行刑，早有左冯翊所辖吏民数千人闻知延寿被戮，都来相送，各人手中携着酒肴簇拥而至，押送官吏阻止不住。大众奔上前来，围住车边两旁，争先献上酒肴，劝延寿饮食。延寿却不过众人情面，便每人饮他一杯酒，合计起来已饮了一石余，遂使一班属吏向着众人谢道："有劳诸君辛苦远送，延寿虽死，亦无所恨。"大众闻说，皆为流涕。延寿有三子皆为郎吏，延寿临刑之际，唤到三子近前说道："汝等当以我为戒，勿为官吏。"三子果遵父命，竟辞去官职，终身不仕。

萧望之见韩延寿已死，心中自然得意。此时丙吉为相，宣帝甚加敬重，望之意中却看轻丙吉。照例朝会奏事，御史大夫立处，应比丞相稍后；又丞相有病，御史大夫当往问病。望之每当朝会，常与丙吉并立，遇有议事，意见不合，望之便当面讥讽丙吉道："君侯年纪虽老，安能为我之父？我实不能从命。"丙吉一笑置之，众人却都为丙吉不平。丙吉年老多病，病时望之又不肯前往看视，丙吉亦不计较。旁有丞相司直繁延寿见了大怒，便想劾奏望之，又因望之得宠宣帝，未敢轻动。到了五凤二年春正月，望之向宣帝奏称："现在百姓尚多穷困，盗贼亦未止息，大抵三公不得其人，则三光为之不明。今岁首日月少光，咎在臣等不能称职。"宣帝见奏，心知望之意指丙吉，乃命侍中金安上等诘问望之，望之免冠对答。宣帝由此不悦。于是丞相司直繁延寿见望之有隙可乘，并查得望之私使属官料理家事；又其妻出行，望之却令少史头戴法冠，在前引路；且遣属吏买卖货物，私得利益十万余钱。繁延寿打听明白，一并上书举发。宣帝遂将望之降为太子太傅,拜黄霸为御史大夫。

黄霸自由京兆尹卸事,再任颍川,统计前后已有八年,颍川一郡愈加治理。其时天下无事,各郡国时有报告,说是凤凰神爵来集,颍川地方发见祥瑞尤多。宣帝心想黄霸终是好官,神爵四年夏四月,下调褒扬黄霸治绩,赐爵关内侯。又过一年,宣帝改元为五凤元年,召黄霸入京,拜太子太傅,至是萧望之被劾贬官,黄霸遂代为御史大夫。

读者试想,黄霸两任颍川官声都过极好,何以不能治理京兆,反让张敞出色。张敞在京兆尹任内九年,宣帝小加升擢,转将黄霸擢为三公。后来班固著《汉书》,黄霸得列《循吏传》内,张敞竟然无分,此是何故?须知黄霸是个循吏,张敞却不过是个能吏,能吏与循吏区别之处,在于居心不同,所以作用各别。为循吏者,惟以爱民为心,从根本上着眼,务在养民教民,移风易俗;能吏则但求地方安静,诸事妥办,专用法令刑罚,使民服从而已,所以遇着民风欺诈政事烦剧地方,欲求速效,能吏反较循吏易于见功,但此种治标方法,不过一时有效,且多流于苛刻,小民不免有受其害者,故能吏若可比循吏,则一班酷吏多有才能,也可算是能吏了。

闲言少叙,当日黄霸在颍川任内,得受宣帝褒扬,赐爵关内侯。信息传到各处,却惊动邻郡一位太守。此人是个酷吏,闻信之下,心中十分不服。欲知此人是谁,且听下回分解。

第一四九回　屠伯酷法治河南　严妪贤名表东海

话说当日颍川邻郡却有一个酷吏，即河南太守严延年是也。严延年自从前次劾奏霍光专擅废立，又劾田延年，却被有司奉承霍光意思，坐以容纳犯人之罪，延年脱身逃走，藏匿他处，直至本始四年遇赦，始得出头。时韦贤为丞相，魏相为御史大夫，久闻严延年之名，下书召之。两处征书同日到来，延年因御史大夫书先到，遂往御史府为屑吏。一日宣帝见其名字，记得延年前曾劾奏霍光，因此赏识在心，遂拜延年为平陵令。延年到任不久，即因妄杀无罪之人，被参免职。后又为丞相属吏，擢好畤令，从征西羌，以军功擢涿郡太守。时涿郡连任太守皆不称职，遂有土豪毕野白等扰乱地方，目无法纪。又有大姓高氏分居东西两处，时人呼为西高氏与东高氏，东、西两高恃着自己族大人众，武断乡曲，违抗官府，郡吏以下皆畏避之，不敢触忤，都说情愿得罪太守，不敢得罪豪家。由是两高氏愈加横行，竟收养许多亡命无赖之人纵其出为盗贼，每遇盗案发生，官府指名捕拿，犯案之人，便一律逃入高氏家中，吏役不敢追问。由此盗贼日多一日，道路行人，皆须张弓拔刀，方敢行走，其乱象也可想见。

严延年到了涿郡接任之后，即遣属吏蠡吾人赵绣查办高氏。赵绣奉命查明高氏首恶诸人种种不法，应得死罪，照例当按其事实拟定罪名。赵绣因见严延年新来接任，不知他为人如何，便拟定两种办法，一轻一重，先将轻者提出试探延年意思，若是延年神色不对，便再提出第二个办法。赵绣想定主意，遂来回报延年。延年早料赵绣意思，要想借他示威。一见赵绣所拟办法太轻，勃然大怒，喝令左右就他怀中搜索，果然搜出第二个办法，延年即命将赵绣收拿下狱。次日一早，便绑赴市曹杀死，说他舞文弄法，任意轻重。属吏见了，不觉股战。延年更遣属吏分头考按两高，所有奸谋尽皆发露，延年按名捕拿，分别定罪，两高氏被诛杀者数十人，于是一郡震恐，道不拾遗。延年在郡三年，宣帝迁为河南太守，赐黄金二十斤。

严延年为人短小精悍，办事敏捷，尤善为判词，自由涿郡移到河南。河南人久已闻其利害，豪家巨族无不敛迹，野无盗贼，威震旁郡。延年为治务在抑强扶弱，贫弱之人虽然犯法，必设法将他脱罪；其豪杰侵害小民者，虽所犯轻微，亦必罗织成罪；又所办之案往往出人意外，大众皆以为此人当死者，延年忽然一旦将其放出；众人所谓当生者，延年偏要致之死地。看他所下判词，却又精确老当，不能翻案。吏民无从揣测延年意思，俱各谨慎，不敢犯禁。延年对于尽心办事之属吏待之有如骨肉，属吏皆愿为之尽力，以此下情无不周知。但是生性疾恶太过，办案大抵从严，所欲诛杀者，亲自作成奏章，由驿发递，纵使亲信属吏，亦不与闻。及得朝廷批准，即日行刑，人皆惊其神速。每到冬月，尽将各属县死囚递解到府，一齐正法，血流数里。河南人将严延年起个绰号，号为屠伯。

当日张敞正为京兆尹，素与延年交好。二人为政，虽一律尚严，然张敞尚不及延年之酷。如今闻说延年用刑过刻,遂作书劝其稍缓诛罚,延年自矜其能,不肯听从。过了一时,适值左冯翊缺出,宣帝忆及严延年,欲用为左冯翊,已发符往召,又想到延年虽有才干,却得严酷之名,遂即收回成命,以韩延寿为左冯翊。此事传到延年耳中,他官兴正在勃勃,一闻信息,十分懊丧,暗想此必有人从中破坏,又想起破坏者必是少府梁丘贺,因此心恨梁丘贺。

一日延年闲坐郡署郁郁不乐,忽报朝廷有诏赐颍川太守黄霸爵关内侯,金二十斤。延年听说心中不服。原来延年素来看轻黄霸,如今同为太守,河南又与颍川为邻郡,二人为政,一宽一严,地方俱各安静。在延年自以为治绩甚高,应得朝廷褒奖,谁知却被黄霸占先,因此心怀怨望。恰值河南界内发见蝗虫,府丞狐义出外巡视一番,回见延年。延年问道:“颍川有无蝗虫?”狐义答道:“无有。”延年心想颍川与我接境,何以独无蝗虫?想是隐匿不报,却屡说凤凰下降,博取爵赏。因此愈思愈觉不平,遂说道:“此蝗岂被凤凰食耶?”狐义又说大司农耿寿昌议创设常年仓,以利百姓。延年满腹牢骚,闻言便信口说道:“丞相御史不知为此,早应避位让贤。寿昌岂得专擅此事?”狐义听说,莫名其妙,只得诺诺退去。

又一日延年与郡丞狐义并坐闲谈,说起琅琊太守因病请假满三个月,朝廷照例将他免官,此本寻常之事。谁知延年别有感触,竟想到自己得了严酷之名,朝廷必不能擢用,便对狐义道:“此人尚能去官,我反不能去耶?”狐义知他心中怨恨,不敢多言。

延年一腔怨气正在无处发泄,却又遇着忤意之事。先是延年曾保荐一个狱史,说他办事清廉,后其人竟犯赃罪,但所得之赃,并未入己,延年却因此受累,说是选举不实,因此贬秩。延年闻信,愈加气愤,不觉冷笑道:“似此牵连受罚,后来更有何人敢出头保荐人才?”此时狐义在旁,又被他听得此语。说起狐义本与严延年同为丞相属吏,如今却为延年属官。延年念起旧日同事之情,甚加厚待,又不时赠他钱物,把他当作至交,所有言语,并无忌避,以为他断不至漏泄于外。谁知狐义年纪已老,心思昏乱,平日见延年诛罚甚严,心生畏惧,惟恐遭其毒手,延年待他愈厚,他心中愈恐。凡人忧虑到了极点往往发狂,何况狐义本已老迈,精神恍惚,如今一急便急出精神病来,满心只疑延年设计害己,一意欲为抵制,却又想不出方法,因取出蓍草亲自恭敬筮了一卦。仔细一看,那卦象甚是不好,依理断来,不久当死。狐义见了大吃一惊,心想必是延年与他作对,如今如何是好,因此长日忽忽不乐。一日猛然记起延年几次与他所说言语,皆犯朝廷忌讳,我今何不先发制人,同是一死,也可免得罪名。狐义想定主意,便告假起程,前往长安而去。

狐义到了长安,便悄悄写成一书,将延年种种劣迹列出罪名十种,作成奏章,诣关奏闻。奏章既上,狐义便就馆舍中服药自尽,见得自己所言并无欺诳。宣帝得书,即饬御史丞查验,果然有此数次言语。有司乃拟定延年罪名,说他诽谤政治,怨望不道,罪该弃市。宣帝批准,于是延年竟被诛死。

读者试想,严延年与狐义所说言语,论理原无甚大罪,只因汉时自张汤定有腹诽之律,于是臣民之中往往因言语不慎便遭刑戮,而延年之死,出于狐义告发,尤为冤枉。若使狐义不患精神病,也断不至出头告发,延年又何至于死?但是延年用刑过严,被他杀戮者其中不无冤枉，一念惨刻，有伤天和，此便是他取死之道，所以鬼使神差弄出狐义来，陷之于死。先是延年本有老母，一向住在东海郡家中。延年未死之前，有一年适到冬天，其母忆起延年，许久不见，心中也觉思念，便想到河南郡署住过腊节，以便母子相聚一番。原来腊节即系阴历十二月初八日，腊本祭名，论起来不过是冬日祭神之名，但当日风俗，系于腊节次日，彼此庆贺，相聚饮食，称为小岁。民间看得腊节甚重，俨同新年一般，所以严延年之母欲趁腊节来看延年。一路行来，到了河南郡治洛阳县，却值延年赶着冬月聚集各署县犯人押赴法场处决，其母乘车正由此处经过，但见赭衣满路，铁索锒铛，望去也不知多少，又见犯人家属男男女女，东一起西一起，前来活祭，痛哭之声震天动地。其母初见大惊，问知详情，不觉大怒，将来时一团高兴，化为冰冷，不愿与延年相见，本欲驱车回去，但因一路远来车马劳顿，既到此间，只好暂行休息，遂亦不往郡署，只在都亭住下。早有人知得消息，报与延年，延年便亲到都亭来见其母。其母闻说延年到来，怒气勃勃，便命关上阁门，不准入内。延年走入都亭，见双扉紧闭，心中惊讶，又闻内中传出言语，说是其母不与相见。延年心想母亲初来，何事发怒，也不知何人将她触犯，以致连我都拒绝不见，一时摸不出头脑，只得朝着阁门，双膝跪下，免冠叩头，停了良久。其母见延年陪尽小心，方命开门放入。延年行到其母面前，俯伏请罪，其母高声责道："汝幸得为郡守，专治千里，不闻施行教化，保全愚民，反逞刑罚，多行杀戮，欲以立威，岂是为民父母之道？"延年听了，方知其母发怒之原因，只得连连叩头服罪，并恳其母前往郡署。其母先尚不许，后因延年再三求请，方始应允。延年请母登车，亲自执鞭御车，到了郡署，不过数日，已是腊节，当日祭神已毕，其母便收拾行装，起程回去东海。延年留过小岁，其母执意不肯，临行对延年道："天道神明，人命关天，岂能任汝妄杀。我不意年纪已老，反看强壮之子受刑而死，如今别无他言，惟有离汝东归，扫除墓地而已。"延年听其母言语，心中不信。暗想我好好在此为官，并无犯事，何至被杀，母亲未免过虑。其母回到东海，见了宗族人等，告知自己言语。众人听了，半疑半信。不过年余，延年果受死刑。东海之人皆称其母贤而有智，先是延年兄弟五人，一母所生，皆有才能，并至大官，延年居长，次弟严彭祖官至太子太傅，东海人因严氏兄弟五人同为二千石，故号其母为万石严妪。当日延年既死，黄霸遂擢为御史大夫。未知以后如何，且听下回分解。

第一五〇回　问牛喘解调阴阳　睹鹖来误认祥瑞

话说宣帝五凤二年御史大夫萧望之贬为太子太傅，黄霸擢为御史大夫。过了一年，丞相丙吉病死，黄霸遂代丙吉为丞相。说起丙吉本与黄霸皆从小吏出身，黄霸既从夏侯胜学习书经，丙吉亦请儒生教授诗礼，通晓大义。自从继魏相为丞相，因见宣帝办事认真，魏相用法甚严，遂一切务从宽大，以救其弊。每遇相府掾史有犯赃或不称职者，事已发觉，丙吉却置之不问。但对于犯事之吏，给予长假，算是无形之中将其免职。有人见了，便对丙吉进谏道："君侯身为汉相，任听奸吏营私舞弊，并不查究。小人正好遂其心愿，无所惩儆，殊非善策。"丙吉答道："三公府中竟出有查办属吏之事，传到外面未免不雅，所以我不肯为。"其人无言而退。

丙吉生性又喜替人隐恶扬善。他有一个御车之吏，平日嗜酒懒惰，往往抛弃职务，私自出外游荡，丙吉却并不加责备。一日御吏饮得大醉，伏在丙吉车上呕吐，连车中之茵都被污坏，该管西曹吏将情告知丙吉，请将御吏斥退。丙吉听了，从容说道："因为醉饱之失，便加斥退，使此人何处容身。"西曹姑且忍耐，论起来不过水污了丞相车茵，并无大事。西曹吏见丙吉如此宽洪大量，心中也觉佩服。那御史酒醒之后，自料必遭责罚，谁知丙吉竟不问起，似乎不知此事一般。御吏也觉疑惑。后来查访旁人，方闻得丙吉言语，心中十分感激，便欲图报。他本是边郡人，对于塞外情形甚熟。一日偶然出外，无意中遇见一人乘马如飞到来，仔细一看，乃是驿骑。又见他手中持有红白色之囊，不觉猛省道："此定是边郡告急文书到了，不管他，且随同前往探个消息。"

御吏随着驿骑，一直到了公车门，方才止住。驿骑下马走入，御吏也就随进，但见驿骑向囊中取出文书，交与公车令，口中说道："现在胡虏侵入云中代郡，兹有告急文书，前来求救。"御吏在旁听得清楚，心想此事丞相尚未知之，若使主上召问，未作准备，如何对答，必须速行告知。于是拔起足径奔相府而来，一路足不停步，不消片刻，到了相府。御吏走得气喘汗流，此时也顾不得，便径到内边来见丙吉，告知此事。又说道："此次胡虏所入之郡，其太守丞尉等或恐有老病不任兵马之人，似宜预先查看。"丙吉闻言称善，遂急召东曹查明云中代郡现任官吏姓名年岁履历。正在查看尚未完毕，宣帝已遣使来召丞相及御史大夫入朝商议要政。丙吉闻命，料知必为此事，急行查毕，命驾入朝。此时御史大夫萧望之也就到了，二人一同入见宣帝。宣帝果问起云中代郡二处官吏，丙吉早已预备，立将两处官吏姓名履历详细说出；萧望之未曾留意，一时被问，不觉茫然，勉强记得一二姓名，其余对答不出。宣帝遂向丙吉着实嘉奖，说他留心边事，勤于职守。萧望之平日看轻丙吉，此时不能对答，竟遭宣帝责备，羞惭满面。丙吉回到相府，想起此事，全亏御吏之力。因对属吏叹息道："若我不先闻御吏之言，安能得主上褒美？可见凡人各有所长，皆当宽容待遇。"一班属吏闻言，愈服丙吉之贤。

一日丙吉因事出门，照例丞相出行，有人在前清道。丙吉行至半途，忽见前面有许多人七颠八倒横在路上，连清道之人都无如之何。原来一众人民，不知因何事故，在此斗殴一场，各自散去，只余伤亡之人倒卧在地，听候官府来验。丙吉车过其地，见此情形，并不开言一问。一班随从掾史，暗想辇毂之下，青天白日，出此械斗案件，也算是重大事情，何以丞相遇见，却并不过问？各人心中均自疑惑不解。

丙吉又前行到了一处，却遇见一人在前逐牛，那牛被逐行急，气喘吁吁，不时吐舌。丙吉一眼看见，便命将车停住，立唤其人到来问道："汝驱逐此牛，已行几多里路？"其人对说："行过若干里。"丙吉无言，命其退去。掾史等见丙吉先前对于杀人一毫不管，如今却平空问起无关紧要之事，愈觉奇怪。回到相府之后，大众背后拟议，都说丞相前后失问。便有人将此语来问丙吉，说他问事轻重倒置。丙吉答道："汝等有所不知，人民械斗杀伤，自有长安令京兆尹管理，此是地方官专责。到了年终，丞相察看成绩，分别优劣，奏行赏罚而已。宰相不亲细事，不应在道路上动问，所以置之不理。现值春时，少阳当令，天气不应大热。吾见牛喘，恐其行路不多，因热发喘，便是时气不和，虑有伤害。三公职在调和阴阳，此正吾当管之事，是以问之。"掾史闻言，方才拜服，都道丙吉能知大体。到了五凤三年春，丙吉得病渐渐沉重。宣帝亲临视疾，见其病重，知必不起，便问道："君若有不讳，谁人可以自代？"丙吉辞谢道："群臣品行才能，皆主上所深悉，臣愚不知谁是。"宣帝再三请问，丙吉方顿首说道："西河太守杜延年明于法度，通晓故事；延尉于定国执法公平，天下不冤；太仆陈万年事后母甚孝，为人谨厚。此三人才能皆在臣之上，唯主上察之。"宣帝闻言，点首称善。未几丙吉死，朝廷赐谥定侯。后人以丙吉与魏相并称为魏丙。读史者论汉之贤相，前有萧曹，后有魏丙，魏相以严，丙吉以宽，宣帝号为中兴，实得二人之力。清谢启昆有诗咏丙吉道：

> 文成病已立公孙，襁褓谁为叩九阍。
> 能护狱中天子气，不言廷尉故时恩。
> 行人牛喘伤宜问，丞相车茵污勿论。
> 夺爵后来复关内，长安士伍至公存。

丙吉既死，宣帝遂拜黄霸为丞相，又忆起丙吉临终之言，下诏往召西河太守杜延年，欲命为御史大夫。说起杜延年，前为九卿已十余年。宣帝因系霍光之党，出为外郡太守，如今年老，闻诏便乞致仕。宣帝许之，乃以廷尉于定国为御史大夫。

黄霸既为丞相，号令风采不及魏相、丙吉。原来黄霸才能长于治郡，却非宰相之器，所以为相数年，功业名望反不及往日之盛，中间且闹出一段笑话来。当日各郡国派遣守丞等赍持簿藉，前来上计，黄霸照例出坐庭上，问以百姓疾苦。正当此时，忽来一个异雀，飞集丞相府中，大众尽见。黄霸便问众人此是何鸟，众人皆言不知。黄霸便拟上书奏闻宣帝，书中说道："臣问各郡国上计守丞，令其将兴利除害之事逐条列举。守丞以次上前对答：'皇天报应，感下神雀等语。'"黄霸修成表章，方欲进上，谁知一场高兴，忽又成空。原来此雀并非何等神鸟，乃是京兆尹张敞家所养之物，名为鹖雀，其形似雉，出于羌中。黄霸素来不识，惊以为神。其实上计之边吏多识之者，只因黄霸不识，遂都假言不知。黄霸竟以为神，且欲上奏，一班郡国官吏心中都窃笑丞相为人虽然仁厚有智略，但是颇信怪异。直至张敞家中发觉鹖雀逃走，追踪寻到相府，黄霸方知此是鹖雀，且系由张敞家中来者，急将奏章作废。但此事已传到张敞耳中，张敞便将黄霸误认神雀意欲上奏之事，一一奏闻宣帝。且说臣非敢毁谤丞相，但恐各郡国守丞逢迎丞相之意，妄言治绩，有名无实，此风一开，所关非细。宣帝见张敞之奏，甚是合意，遂召集上计官吏，命侍中依照张敞言语戒饬一番。黄霸听了，心中甚是惭愧。

过了一时，黄霸又向宣帝举荐侍中史高可为太尉。说起史高本宣帝祖母史良娣之兄史恭之子，算是外戚，又与宣帝有恩，封乐陵侯，甚见亲重。宣帝得奏，明知黄霸所荐甚是，但他为人也如武帝，必欲恩自己出。乃遣尚书召到黄霸诘问道："太尉之官久罢，向例以丞相兼任，意在偃武修文，设使国家有变，边境多事，左右之臣皆是将帅，俟到其时，朕自任命。至侍中乐陵侯史高，帷幄近臣，朕所深知，君何越职而举之？可即明白回奏。"黄霸被责，只得免冠谢罪，从此不敢更向宣帝陈请他事。

黄霸为相五年，于甘露三年身死，谥为定侯。先是黄霸少时为阳夏游徼，一日偶与一有名相士同车而出，于路遇见一个女子，相士将女子端详良久，便对黄霸道："依理此女将来定当富贵，若我所说不验，便是古来遗传之一切相书都应作废了。"黄霸听相士说得千真万确，也觉心动，便留心访问此女姓氏家世，原来却是同里一个巫家之女。说起巫家在当日看得甚贱。黄霸此际也不管门户能否相对，深信相士之言，居然娶之为妻。后来黄霸为相，此女竟为宰相夫人。相士之言，居然灵验。黄霸死后，子孙嗣爵直至王莽时始绝。此外子孙为二千石者，尚有五六人，可见循吏自有善报。清谢启昆有诗咏黄霸道：

所居民乐去民思，入谷为郎未可讥。
吏食邮亭乌欲攫，人言相府鹖初飞。
逢迎未遣病丞去，富贵无忘巫女归。
治郡功名后来损，循良汉代史中希

黄霸既死，宣帝遂以于定国为丞相，陈万年为御史大夫。此时却值匈奴呼韩邪单于来朝，宣帝对于匈奴，并未大用武力。谁知匈奴情形，与昔大异，竟有降服之举，也算事出意外了。欲知匈奴情形如何，且听下回分解。

第一五一回　定车师郑吉立功　袭罕幵武贤献计

话说匈奴自从本始二年被乌孙及汉兵夹攻之后，人畜死伤无数，由此心怨乌孙。到了本始三年冬，单于自领数万骑攻击乌孙，颇有斩获，正欲班师，忽遇大雪，一日深至丈余，人民牲畜冻死无数。及至回国，所存人马之数不及来时十分之一，一个个垂头丧气，回到国中，坐未安席，忽报东西北三面皆有敌兵来攻。原来匈奴属国，北有丁零，东有乌桓，因见匈奴新败，遂起兵反叛。更有乌孙趁着匈奴退兵，尽起大军随后追杀过来。匈奴出其不意，忽被三国夹攻，人民逃走不及，被杀者数万人，掳去马数万匹，牛羊等不计其数。综计两次战争，匈奴大受损失，人民死者十分之三，牲畜去其一半。不久壶衍鞮单于身死，其弟代立，是为虚闾权渠单于，此时匈奴国势衰弱，不能犯边。宣帝亦将塞外各城戍卒罢归，使百姓得以休息。

宣帝见匈奴势弱，便想取回车师之地。地节二年，乃遣侍郎郑吉带领免刑罪人，前往西域渠犁地方屯田，预备积贮米谷，趁便往攻车师。说起车师自从武帝征和三年被贰师将军李广利遣兵征服之后，一向称臣。至昭帝时车师又与匈奴交通，如今车师王乌贵竟与匈奴结婚，引导匈奴，拦截汉使，故宣帝欲征之。郑吉奉命到了渠犁，等到秋日收成，得了许多米谷，计算足敷军食，遂发西域各国之兵万余人，并自己所领耕田兵卒一千五百人，共击车师，连战皆胜。车师王求救于匈奴，此时匈奴内乱，无暇来救；车师王降汉，又恐匈奴来讨，乃轻骑投奔乌孙。郑吉遂将车师王妻子送往长安，留吏卒三百人在车师耕田，郑吉自回渠犁。

匈奴闻说汉兵占领车师，于是虚闾权渠单于召集诸大臣会议。诸大臣皆言车师土地肥美，接近匈奴，若使汉人得之，垦田积谷，必与我国有害，不可不争，于是议决遣兵来夺车师。郑吉闻信，尽起渠犁屯田之兵一千五百人前往救护，匈奴复遣左大将率领万余骑前来接应。郑吉见胡兵甚盛，自己仅有千余人，众寡不敌，只得退入车师城中固守。胡兵将城围住，攻打数日不能破，只得退去。左大将临去之时，就城下对郑吉道："此地为单于所必争，万不容汉兵在此耕种。"郑吉闻言，仍旧坚守不动。

匈奴攻打车师不下，遂常遣胡骑数千在车师左近往来梭巡，不许汉兵耕种。郑吉上书宣帝，请添加田卒。宣帝得书，遂与后将车赵充国商议，拟出兵征讨匈奴右地，以绝后患。事下公卿会议，魏相上书谏阻，说是道远费多，不如罢去。宣帝依言，乃命长罗侯常惠率领张掖、酒泉二处马队，往迎郑吉。常惠领兵直出张掖之北千余里，一路扬威耀武，虚张声势，胡骑闻风退去。常惠方入车师，接取郑吉回到渠犁，并将车师国人民尽数移往渠犁，立其太子军宿为王，遂将车师故地弃与匈奴。

匈奴既得车师故地，元康二年，虚闾权渠单于率领十余万骑近塞射猎，意欲入寇。适有胡人题除渠堂来降，具报消息。宣帝乃命后将军营平侯赵充国统率马兵四万，分屯缘边九郡，防其来侵。充国奉命，领兵到了边地，指挥诸将各领人马，驻扎险要地方，布置甚是周密。单于闻说汉兵到来，即时退去。充国见边境无事，过了一时，也就班师回朝复命。此时适值光禄大夫义渠安国奉使巡视诸羌，行过先零羌部落。先零羌酋长便向安国恳求，说是所部地方狭小，不敷游牧，乞朝廷准其不时渡过湟水以北，拣那人民未耕荒地，牧养牲畜。义渠安国见说，也不细察情形，便一口应允，替他奏闻。宣帝得奏，发交廷臣会议。赵充国一见奏章，便知道羌人不怀好意，遂上书劾奏安国奉使不敬。宣帝依言，遂不准羌人之请。原来羌人自从武帝元鼎六年，与匈奴联合围攻令居、枹罕。武帝发兵征服，尽将羌人驱到湟水以南，置护羌校尉以管之。羌人遂与匈奴离隔，不得交通。至是匈奴又遣人绕道到了羌中，引诱先零羌令其叛汉，先零酋长被其诱惑，故托词欲渡湟水以便与匈奴结合，虽经宣帝驳斥不准，羌人却借口安国允许，从此犯禁，常遣大队渡过湟水，地方官不能阻止。

到了元康三年，先零酋长预备叛汉，遂与诸羌酋长二百余人，解仇和好，同结盟约。宣帝闻知，便召赵充国问之。充国对道："从前西羌反时，亦先和好结约。当征和时，臣闻匈奴曾遣人通告。"诸羌道："羌人事汉，何等劳苦，若肯叛汉，我当相助。又张掖、酒泉二郡，本是我地，今被汉人占领，不如合兵夹击，取还其地，可以居住。"由此观之，匈奴久欲与羌联合，若不早备，羌人为变，恐不止此。宣帝正在踌躇。不过月余，果又报说羌侯狼何遣使往匈奴借兵，欲击鄯善、敦煌，以绝汉与西域通使之道。宣帝又问充国，充国道："羌人到了秋高马肥之时，必然为变，今应先遣使者巡视边兵，严行警戒，并晓谕诸羌，破其密谋。"宣帝依言命丞相御史择人前往，充国保举酒泉太守辛武贤，丞相魏相却仍用义渠安国，令其前往，察看诸羌，分别善恶。安国奉命到得羌中，便召集先零酋长三十余人，说他们狡诈凶恶，一律推出斩首，又纵兵杀戮先零种人，斩首千余级。于是一众羌人及归义羌侯杨玉见此情形，又惊又怒。心想汉官无故肆行杀戮，我等何所倚赖，于是迫胁他种羌人，一同起兵背叛。

当日义渠安国奉命带领人马三千防备羌人，一闻警报，便即引兵前进，行至浩亹，恰与羌兵相遇。羌兵见了安国，正遇仇人，大众怒从心起，拼命向前厮杀。安国抵敌不住，拨转马回头便走，众兵见主将逃走，无心恋战，一齐投戈弃甲，撇下辎重，各自逃生。羌人大胜一场，并得了许多车辆兵器衣粮。安国一路招集残兵，退至令居，遣使入朝告急，时神爵元年春也。

宣帝闻报，意欲命将出师，遍顾朝中诸将，只有赵充国老谋深算，善于用兵，但充国此时年已七十余岁，宣帝恐其老迈，不能亲临战阵，乃遣御史大夫丙吉往问充国："何人可以为将，出征羌戎？"充国对道："再无有胜过老臣者矣！"丙吉回报宣帝。宣帝又遣人问道："将军预料虏势如何，当用几多兵马？"充国对道："兵事不能遥计，臣愿驰至金城，绘其地图，并筹定用兵方略，再行奏闻。但羌戎小丑，逆天背叛，灭亡不久，愿陛下以此事交与老臣，勿以为忧。"宣帝闻言，含笑应允。充国克日起行，直到金城，调集各路兵马约有万人，安排渡河。早有探马报说隔河时见羌骑出没。充国恐被敌人侵袭，待至黑夜，先遣三营人马，人皆衔枚，马皆摘铃，卷旗息鼓，悄悄渡过河去。一到隔岸，便先立下营寨，排下阵势，遥为声援。充国方率大军继进，直到天明，全数皆已渡河。远远望见羌人，数十骑为一队，就近旁往来，诸将请出兵击之。充国道："吾兵士一夜渡河，未免疲倦。此等皆是敌之骁骑，不易取胜，又恐或是诱敌之兵。大凡攻敌，意在全数殄灭，若此等小利，切不可贪。”遂下令坚守勿出。

充国既得渡河，便欲引兵再进，披阅地图，见前面有一山峡，名为四望峡，两边皆是峭壁，中央一道江水，是个险要去处。充国乃先遣精细探卒前往该处，探看有无敌兵。探卒奉命，到了峡中，四处探视一周，并无一人，急来回报充国。充国大喜，等到夜静，传令拔营尽起，向四望峡前进。一路安然无阻，直到落都地方，安营歇息，充国对诸将道：“吾知羌虏不识行兵，使他发出数千人马守住四望峡，吾军岂能入此。”于是充国又率队西行，到了西部都尉府，休军养马，每日宴飨将士。羌人闻知汉兵到来，出队挑战，将士皆请迎敌，充国但命坚守勿出。一日部下捕得羌人数名，报请充国发落。充国吩咐将他召进，先用好言安慰一番，问以羌中情形，羌人供称羌中各酋长，闻知朝廷大出兵马来讨，心中畏惧，便自相埋怨道：“我前曾劝汝勿反，如今天子遣赵将军领兵来讨，闻说赵将军是个老将，年已八九十，善于用兵，我辈如何抵敌，眼看得只有束手就缚，便想一战而死，也不可得了！”充国闻言，心知羌人内部人心不一，但须设法离散其党，不必全用武力便可平定，因此定下一计，只是按兵不动。

原来羌戎之中，种类虽多，算是先零、罕幵二种最强，历来彼此自相攻伐，如同仇敌，此次先零为匈奴所诱，意欲叛汉，便先与罕幵和好。罕幵酋长靡当儿知先零之谋，便遣其弟雕库来告西部都尉道：“先零将反。”都尉先尚未信。过了数日，果得先零反信，但又闻说罕幵种人也有在先零中一同造反者，都尉便将雕库留住，作为抵押。如今充国既到，意欲招抚罕幵，使不与先零同叛，因说道：“雕库此来无罪，不应将他拘留。”遂命人放出雕库，善言安慰道：“汝今回去告知酋长，可说大兵此来，诛讨有罪之人，汝等当与叛人隔绝，勿得自取灭亡。现在天子有诏，布告诸羌：凡羌人被胁者，能自相捕斩，免除其罪，并有奖赏；凡能斩叛酋之首，大者赏钱四十万，中者十五万，小者二万，斩取叛羌壮男者赏三千，女子及老弱每人千钱，所捕获之妻子财物尽数给予，汝可将此诏传布诸羌，使其知悉。”雕库诺诺领命而去。

宣帝自充国起行后，即下诏发三辅、太常罪人。并三河、颍川、沛郡、淮阳、汝南材官。金城、陇西、天水、定北、地上郡骑士，并近羌之武威、张掖、酒泉三郡太守所率领防寇之兵，合计已有六万人。于是酒泉太守辛武贤奏言：“北地严寒，汉马不耐过冬，请趁七月时，自领人马一万，分两道由酒泉、张掖出兵，合攻罕幵于鲜水。羌人以畜产为命，我兵此去，虽不能尽灭羌戎。但夺其畜产，掳其妻子，引兵而回，至冬再出攻之，虏必败坏。”宣帝见奏，发交充国，令与诸将详议可否。充国与诸将议道：“武贤欲引万骑，远行千里之路，每人须用一马驮三十日之粮，约共米二斛四斗、麦八斛，又有衣装兵器，行走疲缓。羌人闻知，先期逃入山林，据险而伏，我兵进退两难，徒取败亡，安能掳获？且武威、张掖一带，皆有山路，可以通行。窃料匈奴与羌有谋，必将起兵来攻，二郡之兵更当防守要塞，不可轻动。又此次叛逆，先零为首，罕幵虽暗与通和，并未助之为逆，宜先讨先零为是。”宣帝见奏，又命公卿会议。公卿多言先零兵盛，倚借罕幵为助。若不先破罕幵，先零未易取胜。宣帝拜许延寿为强弩将军，辛武贤为破羌将军，令其准备出兵，一面降敕诘责充国道：“近者兴师动众，百物昂贵，人民疲弊，将军不念国家劳费，欲延搁岁月，安坐胜敌，为将谁不欲如此，其如国事何？今特命破羌将军辛武贤领兵于七月往征罕羌于鲜水，将军即引兵西进，相隔虽远，遥为声援，使羌虏闻东方北方皆有大兵，自然众心离散，纵不能全灭，也当瓦解。已令中郎将赵卬，带领胡越佽飞射士步兵二营，往助将军，将军急行，勿再有疑。”充国见了敕书，虽然被责，心中自有把握，依然不动。遂又上书陈说利害，未知充国如何上书，且看下回分解。

第一五二回　赵充国屯田立功　辛武贤挟私报怨

话说赵充国接到宣帝敕书，见语意中含有责备，心知宣帝被众人言语所动，此种办法，实属不妥，自己既有确见，不能随声附和，遂上书复奏道："先零羌帅杨玉等，率领羌骑，据守险阻，谋欲为寇。而罕羿并无举动，今不击先零，反击罕羿，是纵有罪而诛无辜也。且先零欲叛，故与罕羿联合，然其心中惟恐汉兵至时，罕羿背约降汉，我若先击罕羿，则彼必来救，以见好于罕羿，罕羿感先零之助己，彼此结为一党。臣恐非二三年所能平定。臣蒙厚恩，父子皆得显位，臣年已七十六岁，报国而死，诚所甘心。但为国家计，不如先讨先零，则罕羿可不征而服矣。"宣帝见书顿悟，遂从充国之计，吩咐二将停止进兵，并遣使报知充国。

充国得报，已知宣帝依允其计，乃引兵向先零前进。当日先零酋长聚集部兵，屯在湟水之北，屡向汉兵索战。汉兵只是不出，两边相持，羌人渐渐懈怠，不作准备。如今忽见汉兵卷地而至，声势浩大，不敢抵敌，便一齐弃却辎重粮草，望南而奔，意欲渡过湟水避难。汉兵随后追赶，偏遇湟水北岸一带皆是山谷，路径甚窄，又兼崎岖不平。充国传令诸将缓缓前进，旁有部将进说道："追兵利在速行，何以反缓？"充国道："此乃穷寇，若被追急，则反而死抗；惟有从缓，彼皆贪生，不自相顾，可获全胜。"诸将称善。果然羌人见汉兵并不力追，各图逃脱，只顾前进，到了湟水北岸，急觅船只渡过，无如船少人多，不能尽载，大众争先恐后来夺船只，后面汉兵大队赶到，羌人前后无路，一时心慌，彼此拥挤，前面立脚不住纷纷落水，死者不下数百人，后面被杀及投降者五百余人，余众幸得逃脱。汉兵大获全胜，掳得马牛羊万余头，车四千余辆。充国乘胜率兵前进，行经罕羿之地，吩咐军士丝毫不得侵犯。罕羿人闻知，俱各大喜，互相告语，说是汉兵果不来攻，我等可以无患。先是罕羿人种随同先零渡过湟河，占居汉地。今见汉兵来讨，酋长靡忘惧祸及己，遂遣人来见充国。自言愿回故地。充国奏闻宣帝，未奉批答，靡忘情急，自己来见充国，充国召入相见，好言抚慰，并赐以酒食，令其回去晓谕同种之人，速速悔罪投诚，靡忘唯唯从命。诸将见充国欲将靡忘放还，一齐上前谏道："此乃反虏，不可轻纵，恐朝廷闻知，必至得罪。"充国听说慨然道："诸君此种计划，但求自己无过，非为国家效忠也。"话尚未完，宣帝玺书已到，准其赎罪，于是不费一兵，罕羌全数归顺。诸将皆服充国办事之勇决。

到了是年秋月，充国忽得一病，病中仍自筹画兵事，安插降人，不肯休息。此时羌人穷困，陆续来降者已有万余人。充国预料羌人必败，意欲撤回马兵，但留应募士卒及罪徒共一万人，在彼屯田。正在作成表章，尚未奏上，忽得宣帝赐书，书中说是闻将军年老有病，恐遭不测，朕心深忧。今遣破羌、将军辛武贤往助将军，可于十二月进击先零，若将军病甚，不必亲行，但遣破羌强弩二将军前往可也。

当日赵充国之子中郎将赵印，奉宣帝之命，率领军队往助其父。此时亦在军中，见宣帝诏书催战，心知其父已定屯田之策，必不肯奉诏出师，深虑因此触怒宣帝，致遭罪责；意欲自行进谏，又恐其父不从，乃转托门下宾客进言道："主上意在速战，不如勉从上意，且此行纵有不利，亦无大损；若逆上意，一旦遣绣衣使者来责将军，将军身且不保，安能顾及国家？"充国闻言叹息道："汝安得出此不忠之言，向使朝廷早听吾计，何至使羌虏如此猖獗。往日主上命举荐往察羌戎之人，吾举辛武贤。丞相御史复奏遣义渠安国，办理不善，以致启衅。金城、湟中谷每斛八钱。吾告耿中丞籴粟二百万斛，羌人便不敢动，耿中丞奏请采百万斛，朝廷仅允籴四十万斛，又被义渠两次出使费去其半。失此二策，羌人故敢为逆。今若出兵，相持日久，胜负未决，难保四夷不乘机而起。到了其时，边患蔓延，虽有智者，无以为计，岂独羌戎一处，为足忧虑？吾今当力主吾策，以死守之，幸遇明主，可尽忠言。"于是上书备陈屯田有十二利。宣帝得书，尚有可疑，下诏询问。充国又上书剖陈，共计充国前后上书三次。宣帝皆交下朝臣会议，其始赞成之人不过十分之三，至第二次上书，赞成者便有一半。到了末次，十人之中竟有八人赞成。宣帝见群臣多以充国之计为是，遂下诏诘问前此反对之人，群臣被诏书诘问，皆顿首谢过。丞相魏相奏道："臣等愚昧，不习兵事利害，后将军屡划兵策，其言常是，臣敢保其计可行。"宣帝乃下诏充国依计行事。

宣帝虽听充国之言，实行屯田之策，又恐屯田之兵分散各地，易被羌戎侵袭，且破羌将军辛武贤、强弩将军许延寿屡次上书力言羌戎可击，因此两从其计。一面令辛武贤、许延寿会同中郎将赵卬往击先零，三将领命，带领人马分路前进。先零大败，投降及被杀者七八千人，充国又招降五千余人，宣帝见先零已无足虑，遂命三将罢兵，独留充国在彼屯田。

光阴荏苒，过了一年，是为神爵二年五月，充国计算先零羌戎总数不过五万人，来降者已有三万一千余人，临阵杀死者七千余人，沉溺河湟及饥饿而死者五六千人。统计逃亡未获者不过四千人，罕开酋长靡忘既已归顺，自向充国承认，可将逃羌尽数招抚，充国也料定羌人不久自平，遂奏请罢屯兵，宣帝允准。充国遂率领兵士奏凯而还，到了长安，惊动长安人民都来观看，有充国至好友人复姓浩星名赐，一闻充国回京，急出迎接，彼此久别重逢，自然欢喜，浩星赐无暇诉说别话，先屏去从人，附耳说道："众人议论，都道是破羌、强弩二将，出征多所杀获，以至羌人败亡。然在有识之人，深知虏势已穷，虽不出兵，亦必自服。今将军入见主上，可但归功二将，说是非臣所能及，如此在将军亦未为失计。"充国答道："吾年既老，爵位已极，岂可避嫌，不据实奏闻，况用兵乃国家大事，应为后世法则，老臣何惜余命，不向陛下明言其利害，一旦忽死，更有何人言之？"遂不听浩星赐之言，入见宣帝，直述自己意见。宣帝也知充国所言是实，乃遣辛武贤仍归酒泉太守原任，充国仍为后将军卫尉。

及神爵二年秋，羌人若零等同斩先零大酋长犹非、杨玉之首，又有酋长弟泽等率领余众四千余人来降。宣帝封若零、弟泽二人为王，其余以次封赏。乃就金城地方设立破羌、允街二县，安置降羌，初立护羌校尉以管理之。宣帝下诏群臣推举可为护羌校尉之人，于是四府公举辛武贤之小弟辛汤可以胜任，宣帝即拜辛汤为护羌校尉。辛汤既已受节，时赵充国卧病在家，闻知此事，连忙入朝面奏道："辛汤虽有才干，但他素性嗜酒使气，不可使管蛮夷，不如改用辛汤之兄辛临众。”宣帝依言，遂下诏改命辛临众。后辛临众因病免官，群臣复举辛汤。辛汤每因酒醉凌蔑羌人，羌人又复反叛，果然应了充国之言。

当日辛武贤自以为击破羌人立有大功，希望重赏，谁知宣帝听从充国之言，罢其将军之职，仍回故郡，因此心中深恨赵充国。忽记起前在军中，曾与充国长子中郎将赵印闲话。赵印说起车骑将军张安世，其始本为宣帝所不喜，意欲诛之，幸赖其父充国，向宣帝婉言谏阻，说是安世奉事武帝数十年，素称忠谨，宜赐保全，安世由此得免。此乃宫中秘密之语，外间向来不知，赵印无意中说出，却被辛武贤听了，记在心中。如今因恨充国，无法报复，便借此事出气，上书告说赵印漏泄禁中言语。赵印遂被禁止入宫。赵印年少气盛，遭辛武贤陷害，心中大怒，便欲往见充国。时充国掌兵，正在营内。赵印正在怒气勃勃，又恃其父为将，不俟通报，便一直闯入营内，违犯军律，又被有司劾奏，拿下狱中。赵印益加愤怒，拔出剑来自刎而死。充国见长子死得冤枉，心中也就冷了许多，又兼年纪已老，乃上书告退。宣帝准奏，赐以安车驷马，罢官归第。充国虽然罢官闲居，宣帝却仍倚重，每遇四夷之事，朝廷开有会议，便召充国，问以计策，并使参预兵谋。至后将军官职，虚位以待，并不补人。直至甘露二年，充国方始病卒，时年已八十六矣。宣帝赐谥为壮侯。后成帝时西羌又有警报，成帝想起将帅之臣，追忆到充国身上，遂召黄门郎扬雄，作颂追美充国，其词道：

明灵惟宣，戎有先零。先零猖狂，侵汉西疆。
汉命虎臣，惟后将军。整我六师，是讨是震，
既临其域，谕以威德。有守矜功，谓之弗克。
请奋其旅，于罕之羌。天子命我，从之鲜阳。
营平守节，屡奏封章。料敌制胜，威谋靡亢。
遂克西戎，还师于京。鬼方宾服，罔有不庭。
昔周之宣，有方有虎。诗人歌功，乃列于雅。
在汉中兴，充国作武。赳赳桓桓，亦绍厥后。

先零羌既被赵充国征服，匈奴见所谋不成，因欲与汉和亲，遣使来朝，尚未回报。虚闾权渠单于已死，匈奴忽然大乱，未知匈奴因何大乱，且听下回分解。

第一五三回　呼韩邪稽颡来朝　麒麟阁表功画像

话说匈奴虚闾权渠单于，本系壶衍鞮单于之弟。壶衍鞮死，虚闾权渠代立，以右大将女为大阏氏，而前单于所爱之颛渠阏氏，不得宠幸。颛渠阏氏心中怨恨，乃与右贤王屠耆堂私通。神爵二年五月，匈奴照例大会龙城，祭祀天地鬼神，屠耆堂亦来预会。及祭祀事毕，屠耆堂便欲归国，恰值虚闾权渠抱病，颛渠阏氏因此生心，私向屠耆堂说道："现在单于病重，且漫远去。"屠耆堂依言不行。过了数日，虚闾权渠单于果死。颛渠密与其弟都隆奇谋，立屠耆堂为单于，是为握衍朐鞮单于。握衍朐鞮生性残虐，尽杀前单于时用事之人，而任都隆奇为政。

日逐王先贤掸素与握衍朐鞮有隙，闻其得立，乃遣人通款于郑吉。郑吉时在西域，监护鄯善以西南道，即纳日逐之请，遣兵迎接，送致京师。宣帝大悦，封日逐王为归德侯，郑吉为安远侯，命其兼护车师以西北道，就西域中央设立幕府，镇抚诸国。西域与汉交通，始于张骞，到了郑吉，方始完全归附。

握衍朐鞮闻日逐王降汉大怒，遂杀其两弟。日逐弟乌禅幕闻信，曾向单于恳求赦免，单于不听。单于子为左贤王，常僭左地贵人，左地贵人皆怨，虚闾权渠子稽侯狦为乌禅幕之婿，时避居乌禅幕处。神爵四年，乌禅幕遂与左地贵人，共立稽侯狱为呼韩邪单于，发兵击握衍朐鞮，握衍朐鞮败走自杀，都隆奇逃往握衍朐鞮弟右贤王处，余众尽降呼韩邪。

呼韩邪单于既立，乃归故庭。以其兄呼屠吾斯为左谷蠡王。使人晓谕右地贵人，使杀右贤王。右贤王遂与都隆奇共立日逐王薄胥堂为屠耆单于，击呼韩邪，败之，呼韩邪东走。屠耆遂留居单于庭，使日逐王先贤掸兄右奥鞬王与乌藉都尉率兵屯守东方，以备呼韩邪。此时适有呼揭王者，由西方来，与右贤王争，与唯犁当户谋，谮右贤王杀之，屠耆旋知右贤王之冤，遂复杀唯犁当户。呼揭王惧，乃自立为呼揭单于。右奥鞬王闻知，即自立为车犁单于。乌藉都尉亦自立为乌藉单于。于是匈奴一国中，共有五单于，时宣帝五凤元年也。

后车犁乌藉与屠耆战，兵败，同投呼揭。呼揭与乌藉皆去单于号，推立车犁单于。屠耆又起兵击车犁，车犁败走，呼韩邪乘屠耆车征，举兵袭之。屠耆返救，兵败自杀，车犁单于亦降呼韩邪。呼韩邪遂定有全国，仍居单于庭，但是连年战争，死亡无数，部下兵众不过数万人。而呼韩邪之兄左贤王呼屠吾斯欺其弟势弱，遂自立为郅支骨都侯单于。甘露元年，郅支单于进攻呼韩邪，呼韩邪败走，与其部下商议自救之策。旁有左伊秩訾王劝呼韩邪降汉，称臣入朝，向汉求助，方能重定匈奴。呼韩邪聚集群臣，会议其事，诸大臣皆力争道："我匈奴本以马上战斗为国，不肯为人服役，故威名著闻于百蛮，力战而死，壮士之分也。今者兄弟争国，无论谁胜谁败，其结果不归于兄便归于弟，虽败死，犹有威名，子孙仍得称雄。汉虽强大，不能吞并匈奴，奈何败坏古制，称臣于汉，辱没先人，见笑诸国，虽得苟安，何面目复长百蛮乎？”左伊秩訾道：“此说不然，大凡强弱有时，不可固执。今汉家方盛，西域诸国皆为臣妾。匈奴自且鞮侯单于以来，国势日弱，未尝一日得安。今事汉方得安存，不事汉便即危亡，除此更有何法？”于是彼此辩难良久。呼韩邪竟从大臣伊秩訾之言，率领其众南行，到了边塞，先遣其子右贤王铢娄渠堂入朝。郅支单于闻知，亦遣子右大将驹于利受入朝。

到了甘露二年，呼韩邪单于遣使前往五原郡即头，愿于三年正月入京朝贺。宣帝闻报甚悦，即准其请。遣车骑都尉韩昌往迎呼韩邪单于，一路所过七郡，每郡拨出兵马二千，排队迎接，以示优待。宣帝见呼韩邪将到，便下诏公卿会议礼节。丞相黄霸、御史大夫于定国等议道：“应照诸侯王待遇，位在诸侯王之下。”独有太子太傅萧望之上前说道：“匈奴本为敌国。今单于来朝，宜待以不臣之礼，位在诸侯王之上。”宣帝依言，下诏待单于以客礼。甘露三年春正月，呼韩邪单于到了长安。宣帝定期设朝于甘泉宫，单于入宫朝见，赞拜称臣，不名，赐以冠带、衣裳、金玺、盭绶、玉剑、佩刀、弓矢、棨戟、安车、鞍辔、金钱、衣被、锦绣、帛絮等，不计其数。

当日朝见礼毕，宣帝遣官陪伴单于往长平住宿。宣帝御驾由甘泉宫起行，至池阳宫驻跸一夜。次日宣帝驾登长平，呼韩邪单于率众接驾。宣帝下诏单于免礼，并准令随从单于群臣在旁观看。又有各蛮夷君长王侯数万人皆来迎驾，陈列渭桥两旁等候。宣帝驾登渭桥，但听得众人各呼万岁，声如雷动。正是九重天子当阳日，万国降王执梃时。此一段风光，摹写不尽。宣帝回想昔日武帝劳师费财，伐匈奴，通西域，糜精费神，未能成功。不想到了今日，自己竟得坐享其成，也算是出于意料之外。宣帝越思越觉高兴，遂留呼韩邪单于在长安邸第住过月余，方始遣其回国。呼韩邪单于自请愿居光禄塞下，遇有急事，得就近入受降城中保守。宣帝许诺，遂命卫尉高昌侯董忠、车骑都尉韩昌率领马兵一万余骑，护送呼韩邪单于出塞；并命董忠等驻兵其地，保护单于；又诏边郡转运米粮，接济其食。呼韩邪单于受宣帝厚待，十分感悦，从此便一意归汉。

宣帝见四方平静，天下无事，因念及群臣辅佐有功，须加表章。乃命画工就未央宫麒麟阁上，图画功臣形像，并题明官职姓名，共计十一人，中间惟有霍光一人，但书官爵姓氏，不书其名。兹将麒麟阁所画十一人姓名官爵照录于下：

大司马大将军博陆侯姓霍氏
卫将军富平侯张安世
车骑将军龙额侯韩增
后将军营平侯赵充国
丞相高平侯魏相
丞相博阳侯丙吉
御史大夫建平侯杜延年
宗正阳城侯刘德
少府梁丘贺
太子太傅萧望之

典属国苏武

以上十一人，苏武名列最后，说起苏武，前因其子苏元与上官桀谋反，事发之后，苏元诛死，苏武免官。及宣帝即位，张安世上书保荐，复为典属国。宣帝因见苏武乃是苦节老臣，甚加优待。又怜其年老无子，因问左右道："苏武久在匈奴，想必生有儿子？"苏武闻知，便托平尽伯许伯向宣帝奏说："前次由匈奴回时，胡妇初生一子，名为通国。彼此时通音问，愿自出金帛，托使者前往赎回。"宣帝许诺。过了一时，通国果随使者回汉，年已长成，宣帝拜为郎官。又用苏武弟子为右曹。至神爵二年，苏武病卒，年已八十余岁，唐人温庭筠有诗咏苏武道：

苏武魂销汉使前，古祠高树两茫然。
云边雁断胡天月，陇上羊归塞草烟。
回日楼台非甲帐，去时冠剑是丁年。
茂陵不见封侯印，空向秋波哭逝川。

当日图画麒麟阁时，苏武已死，惟有萧望之一人尚在，照例应将萧望之列名最后。宣帝却用苏武，此中具有深意，只因苏武忍死抗敌，历久不变，与霍光受遗托命，同一大节凛然，可以并垂天壤，故将霍光居首，苏武居末，此正是宣帝重视苏武之意。但是当日朝中名臣，尚有多人，如丞相黄霸、御史大夫于定国、大司农朱邑、京兆尹张敞、右扶风尹翁归及太子太傅夏侯胜等皆著名一时，却不得与诸人并列，也可见宣帝选择之严了。

闲言少叙，此时丞相黄霸病死，宣帝拜于定国为丞相。先是定国之父于公家居时，一日闾门忽坏，巷中居人一同兴工修理。于公便对众人道："汝等可将闾门稍放高大，使它可容驷马高盖之车出入。"众人闻言茫然不解，便一齐问道："是何缘故？"于公被问，只得微笑说道："我平日审办案件，多积阴德，并无冤枉，将来子孙必有兴起者。"众人闻说，都信于公并非虚语，遂依言将闾门起得十分高大。到了此时，于定国身为丞相，其子于永又得尚宣帝。长女馆陶公主，后来宫至御史大夫，果应了于公之言。未知以后如何，且听下回分解。

第一五四回　王刘空诩黄白方　盖杨首蒙文字狱

话说宣帝在位日久，四夷宾服，朝廷无事，海内富足，万民乐业，真是个承平世界中兴气象。宣帝为人，虽然精明强干，勤求治理，但生性颇似武帝，喜文学，好神仙，招致儒生方士时至甘泉郊祭泰畤，往河东祀后土，作为诗歌，又听方士之言，添设神庙。一日忽得益州刺史王襄奏荐蜀人王褒有异才，宣帝即行召见，命作《圣主得贤臣颂》，用为待诏。过了一时，方士又言益州出有金马碧鸡之宝，使人前往祭祀，可以求得。宣帝依言，便命王褒往祭。王褒行至半途病死。至今云南省昆明县东有金马山，其西南有碧鸡山，上有神祠，即汉宣帝使王褒祭祀之处也。宣帝闻王褒身死，甚加悯惜。后张敞劝宣帝罢免方士，宣帝从之，由此绝意神仙之事。

宣帝又喜修治宫室，装饰车马器物，比起昭帝奢华许多，兼之信任外戚，如许氏、史氏、王氏皆受宠任。于是谏大夫王吉上书谏阻，宣帝不听，王吉遂谢病归到琅琊。说起王吉，自昌邑王刘贺被废后，与龚遂等一同下狱，因其屡次直谏，得免死罚为城旦，后刑期既满，起为益州刺史，告病归家，复召为谏大夫。王吉生性廉正，当少年时，家居长安，东邻有大枣树一株，枝叶垂到王吉庭中，适值枣熟之时，王吉之妻见了，便私自摘取，进与王吉食之。王吉先前不知，将枣食毕。出到庭中，偶然望见枣树垂下之枝并无一枣，不觉生疑，向妻究问，其妻只得明言。王吉大怒，立时休去其妻。东邻主人闻知其事，心想不过吃了几个枣子，却害人夫妇离散，也觉得甚不过意。论起来都是此株枣树招灾惹祸，便欲动手将树砍去。一时哄动乡里多人前来观看，都为感动。大众便出头调停，先阻止东邻，勿砍枣树；然后力劝王吉迎归其妻。王吉却不过大众好意，方才应允，于是地方上人为之作歌道：

> 东家有树，王阳妇去。
> 东家枣完，去妇复还。

王吉为人既属一毫不苟，所交朋友自亦不多，只有一人姓贡名禹，字少翁，与王吉同郡，二人平日极其相得，世人又为之语道：

> 王阳在位，贡公弹冠。

此二句是说他二人进退相同之意，但二人在宣帝朝并不得志。王吉既由谏大夫告归，贡禹也由河南令罢官回里。直至后来元帝即位，素闻二人之贤，遣使召之，二人奉命赴京。此时王吉年纪已老，行至半路，得病而死。元帝闻信，甚为悼惜，遣使吊祭。独有贡禹至京，竟得大用，官至御史大夫。后王吉之子王骏为京兆尹，有能名，官亦至御史大夫。骏子崇，平帝时为大司空，自王吉至王崇三代皆号清廉，但是才能名誉一代不如一代，而官职却一代高过一代。更有一宗奇事，时人相传王阳能作黄金。原来王吉父子孙三人，皆喜修饰车马衣服，平时服御甚是鲜明，但并无金银锦绣等装饰，到得搬移他处，所携带者不过几个衣包，此外别无财产，及罢官归去，也与平民一律布衣疏食。世人既服其廉，又惊其奢，因见其平日不事产业，何以能如此阔绰，遂以为定是得了仙术，能作黄金，供给自己使用，此等无知推测，未免可笑。

说起制作黄金，当日宣帝也曾遣人试验，并无成效。先是淮南王刘安性好神仙，招集许多方士，著成一书，名为《枕中鸿宝苑秘书》，书中所说大抵驱使鬼物点化黄金等事。刘安珍重此书，不使外人得见。及谋反事发，此书落在宗正刘德家中。刘德之子刘更生自幼好学，得读其书，甚以为奇。宣帝因更生富有文学，用为谏大夫。更生见宣帝方喜神仙，便将淮南之书献上，并言依法制造，黄金可成。宣帝便命更生管理上方铸造之事。更生遂依照书中所言方法，试行铸造，及至试验许久，并无成效，反白费许多财物。宣帝大怒，遂将更生发交廷尉治罪。廷尉便按照刑法，将更生拟定一个死罪。幸得更生之兄刘安民嗣父爵为阳城侯，上书愿献其国户口一半以赎弟罪。宣帝也念更生是个奇才，方得从轻发落。读者试想，更生试造黄金，原是奉着宣帝之命，到得后来试验无成，破费官中财物，在更生年少好奇，虽不免有轻举妄动之过，却非一班方士有意欺骗者可比。谁知宣帝便因此发怒，不怪自己轻信，单归罪于更生一人，更生几乎不保，宣帝居心已算深刻。但此事系由更生创意，尚可说他罪由自取。此外更有公正清廉大臣，如盖宽饶、杨恽等平日无甚罪恶，只因触忤宣帝之意，便就他言语文字上吹毛求疵，加上重大罪名，务欲致之死地。后世无数文字之狱，皆由宣帝一人开端。此种惨酷无理，直是偶语弃市之变相，究其原因，皆由宣帝中了申韩之毒，专任刑法，所以有此刻薄寡恩之举。

盖宽饶号次公，乃魏郡人，由儒生选为郎官，被举方正，对策高等，拜谏大夫行郎中户将事，因劾奏侍中张彭祖不实，被贬为卫司马。卫司马职掌屯兵，守卫宫门，乃是卫尉属官，向来见了卫尉，都是下拜。盖宽饶既到卫司马之任，查明法令所载仪节，并无此等明文，便按照法令，向着卫尉长揖不拜。卫尉觉得盖宽饶十分高傲，与众不同，但尚未知他利害。一日卫尉私命宽饶出外办事，照例卫司马领兵守卫宫门，不得擅离，遇有公事外出，应向尚书报告，卫尉不得私自差遣。无如从前充当卫司马者，意欲迎合上官，往往替卫尉办理私事，且并不报告尚书，已成一种习惯。如今盖宽饶充当卫司马，卫尉便也任意将他差遣，盖宽饶闻命，并不推辞，却照例向尚书报告，说是奉了卫尉命令，出外办理某事。尚书见了报告，所办并非公事，遂唤到卫尉责备一番，说他不应私遣属官外出。卫尉遭此责备，从此不敢违法使人。

盖宽饶自由谏大夫贬为卫司马，算是文官改为武将，遂将身上长衣截短，头戴大冠，身佩长剑，实行自己职守之事。不时巡行卫卒住处，各人之饮食起居，俱加留意，遇有身患疾病者，亲自问视，并为之延医给药，十分顾恤，以此人人尽感其恩。到了一年期满，卫卒例许归家，另换一班接替。接替之期，照例每年正月五日，大排筵宴，以酬其劳。是日宣帝亲自出见诸人，及酒阑席散，宣帝方欲开言，命其还家。谁知卫卒数千人,一齐叩头,自请再留当差一年,以报宽饶之德。宣帝甚喜,遂拜宽饶为太中大夫,命其出外巡行风俗,到得回京,奏对称旨,擢为司隶校尉。宽饶既任司隶校尉,对于百官庶民,遇有过恶,无论大小一律劾奏。于是一班贵戚公卿,皆畏其严厉,不敢犯禁,京师地面为之一清。

一日平恩侯许伯修理第宅完工,搬入居住,满朝文武百官都往道贺。许伯大排筵席,留着众人入席饮酒,只有司隶校尉盖宽饶不到。许伯遣人往请,宽饶闻信方来,由西阶一直上堂,便就东向一个特别座上昂然坐下,也不与众人施礼。许伯见他到了,便亲自提壶前来敬酒。宽饶说道:"不可多斟与我,我乃酒狂。"许伯未及开言,忽听得隔坐有人笑道:"次公醒时便狂,何必酒也!"宽饶举目一看,原来发言之人,乃是丞相魏相,也就默然不语。到得酒酣,音乐大作,众官开怀畅饮,内有长信少府檀长卿吃得大醉,便离席起舞,学那猕猴与狗争斗,形容毕肖。众人见了,无不大笑。惟有盖宽饶心中不悦,于是仰视屋宇,对着许伯叹道:"美哉此屋,但富贵无常,此屋有如传舍,阅人多矣。惟有谨慎,方得长久,愿君侯勉之。"说罢,便辞别而出,遂即入朝劾奏长信少府檀长卿,身为列卿,作猕猴舞,失礼不敬。宣帝见奏,便欲加罪檀长卿,许伯急代为谢罪,方得从宽免议。

盖宽饶为人刚直公廉,一意奉公,家中清贫,所得俸钱一半给与吏民,使其为己耳目。身为司隶,其常步行自往戍边,其高洁如此。但生性深刻,专欲寻人过恶,以致贵戚公卿多怀怨恨。又喜直言冲撞,宣帝为其是儒者,屡加宽容,然心中终觉不快,不加升迁。宽饶因见同辈或后时之人,也有位至九卿者,自己奉公尽职,反居常人之下,因此郁郁失意,便不时上疏谏争。时太子庶子王生素来敬重宽饶,见其好为直言,心甚不以为然,乃作书劝谏,宽饶不听。神爵二年秋九月,宽饶见宣帝专用刑法,信任宦官,遂上书极谏。书中说道:"方今圣道浙废,儒术不行,以刑余为周召,以法律为诗书。"又引韩氏《易传》道:"五帝官天下,三王家天下,家以传子,官以传贤。若四时之运,功成者去,不得其人则不居其位。"宣帝见书,心中大怒,便将其书发交朝臣议罪。有执金吾议道:"宽饶书意,欲求禅位,大逆不道。"宣帝依议,遂命将宽饶下狱。宽饶不肯受辱,闻诏便拔出佩刀,自刎于北阙下。时人见了,无不怜之。

盖宽饶死后,光禄勋杨恽,亦因事免官。杨恽乃杨敞之子,因告发霍禹逆谋,得封平通侯,拜光禄勋。为人轻财好义,廉洁无私。平日与盖宽饶甚属相得,但性喜揭人过失,往往招人之怨。此次因与太仆戴长乐有隙,戴长乐遂告杨恽诽谤不道。宣帝竟免杨恽为庶人,杨恽免官家居,富有钱财,声名仍自煊赫。却有友人孙会宗作书劝告杨恽,说是大臣被废,理应闭门忧惧,不可轻营产业,交通宾客。杨恽自少显名于朝,今因言语免官,心中不服,见了会宗之书愈加愤怒。遂作书回复会宗,书中不免有怨望之语。到了五凤四年夏四月,遭遇日食,忽有人上书,告说杨恽骄奢不悔过,日食之咎都由此人。宣帝见奏,发交廷尉查办,却被廷尉查出杨恽回复孙会宗之书,呈与宣帝阅看。宣帝见书中有道:"且人情所不能止者,圣人弗禁,故君父至尊亲,送其终也,有时而既。"又有诗道:"田彼南山,芜秽不治。种一顷豆,落而为萁。"宣帝读到此处,以为杨恽有心诽谤君父,讥刺朝政,不觉大怒,便处以大逆不道之罪,杨恽竟坐腰斩,妻子长流酒泉，所有朝臣中素与杨恽亲好者尽免官职。

独有京兆尹张敞平日亦与杨恽交好，有司奏请免官。宣帝惜其才能，便将奏章搁起。此时张敞适有案件发交属吏絮舜查办。絮舜心想张敞被劾，便当免官，不肯替他办案，竟将公事放在一边，自己回家歇息。有人见了便来劝阻絮舜，絮舜道："吾为此公尽力多矣，如今不过是五日京兆罢了，哪能再行办事。"谁知此语却被张敞闻知，即命吏役捕拿絮舜下狱，办成死罪。到了行刑之日，张敞使主簿传谕絮舜道："五日京兆，究竟何如？现在冬日已完，汝尚望活否？"絮舜此时悔已无及，只得引颈受戮。说起絮舜之罪，本不至死。张敞恨其渺视，致之死地，絮舜家人自然不服。到了立春，宣帝照例遣使出巡冤狱。絮舜家人载着絮舜尸首，并张敞谕单，出头告发。使者奏上宣帝，说是张敞贼杀不辜，宣帝遂将张敞免官。过了数月，京师盗贼复起，冀州又有大贼，宣帝召拜张敞为冀州刺史，地方又得平定。

当日太子奭见宣帝信任法吏，专用刑罚，心中不以为然，便乘间婉言进谏。未知太子如何进言，且听下回分解。

第一五五回　疏仲翁叔侄辞官　韦玄成兄弟让国

话说皇太子奭本宣帝在民间时所生，其母许皇后正位中宫，不过三年，便被霍显买通淳于衍用药毒死。宣帝复立霍光之女成尹为后。后闻许后不得其死，心中痛念。地节三年遂立奭为皇太子，时年八岁。宣帝拜丙吉为太子太傅，疏广太子少傅，疏受为太子家令。疏广号仲翁，兰陵人，自少好学，家居教授，被召为博士谏大夫，至是选教太子。疏受字公子，乃疏广胞兄之子，被举贤良，为人恭谨好礼，敏捷能言。宣帝每到太子宫中，疏受迎接应对，置酒上寿，礼貌雅饬，言语娴熟，宣帝甚是欢悦。过了数月，丞相韦贤告老。宣帝以魏相为丞相，丙吉为御史大夫，乃升疏广为太子太傅，疏受为少傅。

当日太子外祖父平恩侯许广汉因见许后早死，太子年幼，左右无至亲之人照管，放心不下，遂向宣帝建议，请以其弟中郎将许舜监护太子家事。宣帝迟疑未决，问于疏广，疏广对道："太子乃是一国储君，所交游之人，必择天下英俊，不宜独与外家许氏亲密，况太子自有太傅少傅，官属已备。今复使许舜监护太子之家，转示人以不广，臣窃以为不可。"宣帝听了连连点首，遂将疏广之语告知魏相，魏相免冠谢道："臣等愚见所不能及。"宣帝由此甚重疏广，时加赏赐。其时正值霍显暗使霍后设计，欲将太子毒死，也赖疏广、疏受二人时刻留心，防微杜患，太子遂得安然无事。每当太子入朝，疏广在前，疏受在后，叔侄二人同为师傅，朝廷皆以为荣。

光阴迅速，疏广为太子太傅已过五年，时为元康三年，霍后早废，太子年已十二岁，读过《论语》、《孝经》。疏广自觉年纪已老，决计告归，遂唤到疏受说道："吾闻知足不辱，知止不殆。今吾与汝官至二千石，官成名立，如此不去，惧有后悔，何如归老故乡以终寿命？"疏受道："谨从大人之议。"即日叔侄二人一齐告病。到了病假三个月期满，尚未销假。宣帝有意挽留，下诏准其续假。二人遂自称病重，上疏乞归。宣帝念他二人年纪老迈，遂皆允准，加赐黄金二十斤，皇太子也赠以黄金五十斤。疏广、疏受谢别宣帝与太子，收拾行装一同归里。到了起程之日，满朝公卿大夫并朋友同乡人士都来相送，就东都门外搭起帐棚，排列酒席，等候疏广、疏受到时，众人为之饯行，一一上前把盏，祝他俩一路平安。并各叙许多别话，弄得疏广、疏受应接不暇。此时东都门外送行车马不下数百辆，有如蜂屯蚁聚，更引动长安许多士女都来道旁观看。此一段风光异常热闹，算是一时少有。旁观之人都称道疏广、疏受之贤，深惜其去，为之叹息，也有至于下泪者。

疏广、疏受辞别众人，一路行程，到了兰陵故里。原来疏广家住乡中，家中薄有田产，子孙等皆以耕田度日。今见疏广、疏受一同回家，大众闻信出外迎接，各叙天伦之乐。疏广、疏受又将宣帝及太子所赐之金，交付家人收藏。家人见了许多黄金，不胜喜悦，以为从此买田置产，成为富家，便可安坐享福。谁知疏广、疏受自从回家之后，连日吩咐家人将所赐之金备办酒席，遍请宗族朋友宾客到来欢聚。家中人等以为老人初次归里，酒席应酬自属不免。谁知疏广却习以为常，日日请客。家人见老人十分高兴，不便拦阻，心中却以为虚糜费用，甚觉可惜。在疏广意思似乎黄金存在家中，终久是累，惟恐用它不尽，时时问他家人黄金尚有几多，速行卖去，预备酒食。家人无奈，只得依言备办。如此日日宴饮，一连过了年余，已将所赐黄金，花费大半了，子孙等暗暗叫苦，但又不便明言。于是想得一计，选得族中一位老人，为疏广平日所亲信者，将自己实情告诉一番。说是子孙等希望趁着父祖在日，置买产业，立些基础，如今逐日宴饮，糜费将尽。尚望老人得便，劝其酌留余款，置田买宅，将来子孙也好度日。老人依言劝告疏广。疏广听说慨然答道："我并非年老昏愦，不顾子孙，但因家中本有现成田宅，子孙勤力耕作，足供衣食。今若添置产业，食用有余，徒教子孙懒惰而已。且子孙不论贤愚，多财皆足为害。贤而多财，则损其志；愚而多财，则益其过。况富人为众怨所归。吾既不能教化子孙，不欲使他益过生怨。又此金乃是主上惠养老臣者，故乐与乡里宗族一同享用，以尽吾之余年，岂不是好。"老人闻言无话可答，心中却也敬服疏广见解阔达，遂将言回报疏广子孙。子孙听了疏广言语，知是全无希望，只得死心塌地，一意耕田。疏广、疏受二人竟把条金用尽，不久相继寿终于家，后人因称之为二疏。至今山东峄县东五十里有一小城，号罗滕城，土人相传二疏居宅及墓皆在其中。清人谢启昆有诗咏二疏道：

太傅居前少傅俱，宾朋祖帐出东都。
人生仕宦二千石，孰肯追随两大夫。
金问无余方寡过，功成不退岂非愚。
子孙自享田庐旧，风雨寒窗守老儒。

当日太子奭自少即得疏广、疏受教以《孝经》、《论语》。及二人去后过了数年，适值御史大夫萧望之因事贬为太子太傅教授太子。此时太子奭年已长成，生性柔仁，又得望之大儒教以经学，太子由此愈重儒术。因见宣帝平日所用，多系学习法律之吏，专用刑法治理，对于臣下督责甚严，大臣盖宽饶、杨恽等皆因言语文字稍有不谨，便坐以重罪，致之死地。太子奭见了心中甚不以为然，又因宣帝盛怒之下不敢进谏。一日太子奭趁着宣帝无事之时，从容进言道："陛下持刑太深，宜用儒生。"宣帝听了不觉忿然作色道："汉家自有制度，本来王霸杂行，如何专用德教？且俗儒不知时务，好逞议论，是古非今，使人无所适从，何足任用？"太子被驳不敢多言，只得默然退出。宣帝见太子已退，因叹息道："乱我家者必太子也。"从此心中不喜太子。

先是宣帝后宫有华婕妤张婕妤卫婕妤并皆得宠，张婕妤生一子名钦，封淮阳王。地节四年霍后既废，宣帝本意欲立张婕妤为后，因想起太子年纪尚幼，当日霍后未曾生子，尚且三番两次谋毒太子。今若立张婕妤，渠现有子，更难免不生夺嫡之念，太子尤属可危。惟有王婕妤无子，素性谨慎，遂立王婕妤为皇后，使之抚养太子。王皇后虽然得立，并无宠幸，少与宣帝相见。到了淮阳王刘钦年已长大，喜读经书，通晓政事法律，聪敏有才，甚得宣帝宠爱，屡次叹赏道："淮阳王真我子也。"宣帝既不喜太子奭，遂欲立淮阳王为太子，但又转念自己出身民间，少时依倚许氏过日，及即位之后，许后又被毒而死。想起贫贱夫妻，恩义难忘，若竟将太子奭废去，未免对不住许后，辗转寻思，心中终觉不忍，遂决计不废太子。

宣帝又因淮阳王母子平日素得宠爱，屡加称赞，料想淮阳王必然希望得立为嗣。今既无意废去太子奭，须将此意晓谕淮阳王，绝他妄想，免得结下嫌隙，将来不得保全。惟是父子兄弟之间，此等事实属不便启口，况废立之举并未发表，亦未与他人商量。不过宣帝心中有此打算，如今既已如烟消云灭，则旧事更不必重提，免多一番痕迹。但事虽未行，形迹已露，非向淮阳王用言点醒，如何能使他晓悟。宣帝沉思许久，忽得一策，自言道："我今只须用此办法，淮阳王是个聪明人，见我举动，必能体会吾意。"宣帝想罢，遂即下诏拜韦玄成为淮阳中尉。

读者试想，宣帝此策如何能醒悟淮阳王？原来宣帝本恐淮阳王与太子争夺帝位，以致兄弟不和，生出祸乱，特地寻一让国于兄之韦玄成作为榜样。说起韦玄成乃丞相韦贤之少子，自少好学，能修父业，为人谦让下士。每值乘车出外，遇见相识之人，步行路上，玄成立命停车，唤下从者，力邀其人上车，问以去处，送之前往。平日接见人客，对于贫贱之人尤加礼貌，以此名誉日广，由明经擢为谏大夫，迁大河都尉。此时其父韦贤为丞相，封扶阳侯，年老致仕。生有四子，长子韦方山早死，次子韦弘，三子韦舜，玄成算是最小。韦贤原定自己死后由韦弘承袭侯爵，却因韦弘官为太常丞，职掌宗庙，管诸陵邑，事务既繁，责任又重，容易得罪，深恐将来有碍袭爵，因令其自行告病辞职。韦弘知得其父意思，暗想道："我今若遵从父命弃官，显见得我欲代父为侯，未免遭人嫌疑。"因此不即辞职。

及韦贤抱病，韦弘竟因宗庙之事被系狱中，罪名未决。族中人等见韦贤年老病重，料其不起。韦弘犯罪，势难承袭。尚有韦舜、韦玄成，应以何人为嗣，须得韦贤主意，便来询问韦贤。韦贤病中闻说韦弘坐罪下狱，不得为嗣，心中甚以为恨，今见族人来问，默然不答。于是韦贤门生博士义倩等与韦贤宗族商议，假托韦贤命令，使家丞上书有司，请以大河都尉玄成承韦贤之后。不久韦贤病死，玄成在任，闻讣奔丧，闻知自己当袭父爵，心料必非其父本意，遂假作痴狂，卧床不起；有时胡言乱笑，不肯应召袭爵。大鸿胪遂将此事奏闻宣帝，宣帝下诏丞相御史查验。

韦玄成素有名声，自从此事轰传于外，一时议论多疑他意欲让国于兄，所以假装疯病，于是奉命查验之丞相史，遂作书劝谕玄成。玄成得书，仍置不理。丞相御史无法，遂上书劾奏玄成实未抱病，假作癫狂。旁有玄成故人官为侍郎，心恐玄成因此得罪，乃上疏道："圣王贵重礼让，宜优待玄成，勿屈其志。"宣帝见奏下诏丞相御史勿庸劾奏，带领玄成入朝拜爵。玄成不得已只好受爵，宣帝甚重玄成能让，拜为河南太守。并赦其兄韦弘之罪，拜为泰山都尉。神爵四年又召玄成入京，拜未央卫尉，调为太常。五凤四年杨恽被诛，玄成因其与杨恽交好连坐免官，到了甘露元年又召拜为淮阳中尉。

此时淮阳王刘钦尚在长安未曾就国，韦玄成虽然拜官，也未到任，宣帝因深通经术，遂命其与诸儒生在石渠阁讲论五经异同，直到宣帝驾崩，方随淮阳王赴国。未知以后如何，且听下回分解。

第一五六回　冯夫人锦车持节　乌孙主晚岁归朝

话说当日匈奴呼韩邪既已来朝，西域亦皆平静。说起西域，诸国之中，乌孙算是强大，自从本始三年进攻匈奴大获胜利之后，匈奴国势日弱，乌孙遂得无事。元康二年乌孙昆弥翁归靡托常惠上书宣帝，请以公主所生之子元贵靡为嗣，此公主即楚王戊孙女，名解忧，本嫁乌孙前昆弥岑陬。岑陬先娶胡妇，生子名为泥靡。岑陬早死，泥靡尚劝，遗命以国让与叔父大禄之子翁归靡，约俟泥靡年长，仍使为嗣。翁归靡既立为昆弥，复娶公主解忧，生三男两女，元贵靡即其长子。此时昆弥翁归靡年老，竟违背岑陬之约，欲立其子。心想元贵靡是汉家外孙，必得朝廷应允。又替元贵靡求婚公主，愿以马骡各一千匹作为聘礼。宣帝得书发交群臣会议，萧望之进前谏道："乌孙远隔绝域，反复无信，愿陛下勿许。"宣帝因见乌孙新破匈奴，立有大功，且从前已与和亲，不欲断绝旧好。遂不听望之之言，许其和亲，遣使者前往乌孙，迎取聘礼。于是乌孙昆弥翁归靡及太子元贵靡与左右大将都尉，皆遣使者前来中国，迎娶公主，计一行共有三百余人。宣帝闻信乃拜公主解忧之侄女相夫为公主，并设置官属侍御等百余人，先命居住上林苑中，学习乌孙言语。一面择定吉日。宣帝驾临平乐观，大会乌孙来使，并招集各国君长，张乐宴饮，遣之回国；一面使长罗侯光禄大夫常惠护送公主起行。

常惠等一行人马护送公主到了敦煌，正拟安排出塞，忽得探报，说是乌孙昆弥翁归靡已死，乌孙大臣却依岑陬旧约，共立泥靡为昆弥，号称狂王。常惠见事势已变，急奏闻宣帝，请将公主留在敦煌，自己驰至乌孙，责其背约不立元贵靡之罪。宣帝见奏，又召公卿会议，萧望之议道："乌孙既不立元贵靡，不如迎还公主。"宣帝依言，遂命常惠仍送公主回京。

乌孙狂王既立，复以公主解忧为妻，生一子，名为鸱靡。狂王为人暴虐无道，人心不服，又与公主失和。过了一时，适值宣帝遣卫司马魏和意、卫候任昌送还乌孙侍子。魏和意等到了乌孙，入见公主解忧。公主告说狂王暴虐，失了众心，诛之不难。和意遂与任昌商议，排设筵宴，请狂王前来饮酒。狂王不知，慨然到来。待到酒阑席散，魏和意乘其不备，密令卫士拔剑往刺狂王。卫士奉命，鲁莽向前一剑砍去，狂王虽然受伤，却不曾中他要害。狂王出其不意，吃了一惊，连忙逃出，跨上马匹，连加几鞭，如飞而去。魏和意见事不成，只得向乌孙各大臣宣布狂王罪状，并述自己系奉汉廷谕意，前来行诛。乌孙各大臣素恨狂王，闻言皆诺诺连声，并无他说。却有狂王前娶胡妇所生之子名细沈瘦，闻说其父被刺受伤，逃出都城，急召集兵队前来报仇。魏和意得报，遂与乌孙大臣商议发兵守城。过了数日，细沈瘦果然领兵到来，将一座赤谷都城团团围住，四面攻打。

此时西域都护安远侯郑吉，就西域适中地方之乌垒城建立幕府，颁行汉廷号令，镇抚诸国，威信久著。今闻公主与使者被困于赤谷城，遂调各国兵队往救。乌垒城离乌孙国都约一千七百余里，又兼各国兵队调集往来，未免多费时日。及至郑吉领兵到了赤谷城下，城中已被围数月，危困异常，幸得拼命死守，未被击破。细沈瘦见郑吉兵势强盛，不敢迎敌，方引兵解围而去。郑吉将此事奏闻宣帝。宣帝乃遣中郎将张遵、车骑将军长史张翁、副使季都赍持医药并金帛前往医治狂王，并加抚慰，又命张遵将魏和意、任昌二人锁拿解京，留长史张翁查究公主与使者谋杀狂王情形，副使季都带领医生诊治狂王伤口。张遵到了乌孙，传达使命已毕，即押解魏和意、任昌到了长安。宣帝命将二人斩首。

读者须知，魏和意、任昌谋杀狂王，原系宣帝之意，只因他俩未能杀得狂王，贻误事机，所以将他俩斩首。表面上却说是办他擅行谋杀国王之罪，至是又命张遵等前往抚慰查办，不过敷衍门面而已。偏遇张翁不知宣帝之意，便要认真查办，向着公主解忧，严加诏问。公主只是不肯承认，叩头谢过。张翁见问不出口供，一时性起，竟用手抓住公主头发，大骂一顿。公主羞忿异常，便写成一书遣人前往长安奏知宣帝。随后张翁回京，宣帝因他不应凌辱公主，并将张翁斩首。更有副使季都领着医生，专心调治狂王。狂王伤处既愈，便遣季都回国，自己亲领十余人骑马相送。季都回报宣帝。宣帝怒道："汝在乌孙许久，也应知得狂王罪恶当诛。吾命汝在彼耽搁，正要汝趁便下手杀死狂王。汝今竟认真将他治愈，是何缘故？"说罢遂命发交有司办罪。有司遂将季都判成宫刑。总计前后使者五人，四人得罪，只有张遵一人得保无事。

乌孙狂王伤处虽然治愈，不久却又被杀。先是乌孙昆弥翁归靡娶有胡妇生子名乌就屠，当狂王被刺时，乌就屠闻信大惊，遂与乌孙诸翕侯逃往北山居住，遣人探听消息。方知公主与汉使谋杀狂王未成，乌就屠因此生心欲夺王位，遂想得一计，密遣心腹在外散布流言，说他母家匈奴，有兵到来，助己得国。各地人民闻说，信以为实，争来归附。乌就屠人众既多，于是乘机将狂王杀死，自立为昆弥。宣帝闻知，立命破羌将军辛武贤领兵万余人驻扎敦煌，预备进讨其擅杀之罪，时甘露元年也。当日都护郑吉见大兵往征乌孙，道路遥远，进讨不易，不如遣人往说乌就屠令其归降，可免费事。但须得乌就屠亲信之人进言，方能动听。郑吉寻思良久，忽然想得一人，遂遣使往告其人，令其依言行事。

此人是谁，原来却是中国古代一位女外交家，姓冯名嫽。本为公主解忧侍儿，随同公主到了乌孙，嫁与乌孙右大将为妻。公主因其善书，且熟习西域诸国情形，曾命为使者，持节前往诸国，颁行赏赐，甚得诸国敬信，号为冯夫人。郑吉知乌孙右大将与乌就屠交情甚密，遂遣人密令冯夫人，往说乌就屠来降。此时长罗侯常惠已奉宣帝之命，领兵到了乌孙国都赤谷城，乌就屠尚在北山。冯夫人奉郑吉之命，亲往北山，面见乌就屠，告说汉已出兵，众寡不敌，必遭屠灭，不如及早投降。乌就屠见说，心中恐惧，便对冯夫人说道："但求汉朝与我一个小位号，我便投降。"冯夫人依言回报郑吉，郑吉奏闻宣帝。宣帝见奏，心想一个妇女竟能办理外交事务，甚觉奇异，心中也想一见其人，遂下诏召冯夫人来京面见，详加询问，冯夫人一一对答。宣帝见冯嫽确有才干，遂命为使者前往招抚乌就屠，又命谒者竺次、期门甘延寿为副使，与冯夫人一同前往。

冯夫人奉了宣帝之命，身坐锦车，手持汉节，一行人簇拥到了乌孙，直往北山，召乌就屠前往赤谷都城长罗侯常惠处听诏。常惠宣读诏书，立元贵靡为大昆弥，乌就屠为小昆弥，皆赐印绶，并为之分别人户地界，由此乌孙不啻分为两国。

过了二年，是为甘露三年，乌孙大昆弥元贵靡身死，其子星靡嗣立。公主解忧年将七十，思归中国，上书愿乞骸骨葬汉地。宣帝见书，心生怜悯，遂遣使往迎公主回汉。公主带同孙男女三人回到长安，宣帝命照公主例看待，赐以田宅奴婢。又过两年，公主身死，葬于长安，三孙遂留居中国，守其坟墓。冯夫人当公主回时，也就随同归国。后来公主已死，冯夫人闻说乌孙大昆弥星靡为人懦弱，恐被小昆弥吞并，遂上书朝廷，愿出使乌孙，镇抚星靡。朝廷准奏，遣兵百人，护送冯夫人前往乌孙。后来星靡竟赖冯夫人之力，得以保全。未知以后如何，且听下回分解。

第一五七回　宣帝崩御立嗣君　史高争权结宦竖

话说黄龙元年冬十二月,宣帝因病驾崩于未央宫。计宣帝自十八岁即位,在位二十五年。享年四十三岁,葬于杜陵。论起宣帝为人,自幼遭逢患难,生长民间,深知政治弊害和人民疾苦。即位之后励精图治,性喜法律,信赏必罚,综核名实,一时循吏称盛,治化大兴,万民乐业。又值匈奴衰弱,单于来朝,西域向风,羌戎平定,故史家称为汉代中兴之主。惟是用法过严,大臣多死,纵容许、史,外戚始得专权,信任弘恭、石显,宦官逐渐得势,两汉亡国之祸皆由宣帝一人开端,未免为君德之累。唐人李商隐有诗咏宣帝道:

天上真龙种,人间武帝孙。
小来惟射猎,兴罢得乾坤。
渭水天开苑,咸阳地献原。
英灵殊未已,丁傅渐华轩。

当日宣帝病重,心恐太子奭懦弱,不能独理政务,便仿照武帝故事,拜史高为大司马车骑将军,萧望之为前将军,周堪为光禄大夫,受遗诏辅政领尚书事。宣帝驾崩,史高等遂奉太子奭即位,是为元帝,时年二十六岁,尊上官皇太后为太皇太后,王皇后为皇太后,立妃王氏为皇后,子骜为皇太子。王皇后名政君,祖父王贺,本齐国人,武帝时为绣衣御史,逐捕盗贼,同时奉使之人如范昆、暴胜之等皆以斩杀立威,大郡地方死者至万余人。惟有王贺一人,专务宽纵,甚少诛戮,武帝怒其不能称职,即将王贺免官。王贺叹道:“吾闻救活千人者子孙有封,今吾已活万余人,后世当能兴盛。”

王贺免官之后,回到原籍东平陵居住,却遇东平陵人终氏与之有怨,王贺恐为所害,遂带同妻子迁居魏郡元城委粟里,被举为三老,甚有德化,魏郡人感之。当日元城有一老人,号建公,曾对人说道:“春秋鲁僖公时沙麓崩,晋史官卜得一卦道‘阴为阳雄,土火相乘,故沙麓崩’。此后过六百四十五年,有圣女出世,当为齐之田氏。今元城郭东有五鹿之墟,即沙鹿地王翁孺,本齐田氏之后,移居正当其地。约计过此八十年,恰满六百四十五年,当有贵女兴于天下。”建公说此语时,众人尚未肯信,谁知后来果然应验。

王贺生子名禁字稚君,自少往长安学习法律,为廷尉史。王禁为人怀有大志,性好酒色,不修边幅,娶妾甚多,生有八男四女:长子名凤,字孝卿;次子名曼,字元卿;三子名谭,字子元;四子名崇,字少子;五子名商,字子夏;六子名立,字子叔;七子名根,字稚卿;八子名逢时,字季卿。长女名君侠,次女名政君,三女名君力,四女名君弟。内唯王凤、王崇及政君三人为嫡妻李氏所出。李氏当怀孕政君时,忽梦月入其怀,及年长成,性情柔顺。曾许字两次,未嫁而其夫忽死。后赵王聘政君为姬,未入宫王又病死。此时李氏因妒忌与王禁离婚,改嫁为河内苟宾之妻。王禁见政君屡次许嫁,不能成事,心中觉得奇怪。适有清河人南宫大有精于看相,素与王禁交好,王禁便请其一看政君之相。大有看见政君,不觉大惊,急向王禁举手作贺道:"令女当贵为天下之母。"王禁听说十分相信,心中暗自欢喜,便教政君读书弹琴。宣帝五凤时,政君年已十八岁,王禁便将她装饰献入后宫。

政君在掖庭过了年余,恰值太子奭平日所最宠爱之司马良娣病重将死,对太子道:"妾死非关天命,皆由太子后宫人等见妾得宠,俱怀妒忌,暗中将妾咒诅,以致如此。"太子奭见良娣病到垂危,十分怜惜,又听她如此诉说,心中信以为实。到得司马良娣死后,太子奭悲愤成病,终日忽忽不乐,责骂后宫诸人,说她们害死良娣,一概不许进见。事为宣帝所闻,因恐太子闷损身体,便示意王皇后令其选择后宫宫女数人,赐与太子以悦其意。王皇后依言,便在后宫中选得宫女五人,预备太子来见时,听其自行择取,恰好王政君却在被选五人之内。

一日太子入宫朝见皇后,皇后便唤出五人,排立御前,暗遣女官询问太子,意中欲得何人?太子一心悲痛良娣,更无心事娱乐声色,闻言之下,略将五人看了一遍,觉得并无合意之人。但因此是皇后一番好意,不敢违拗,只得勉强应道:"中有一人可取,究竟看中何人,自己也说不出。"此时王政君所立之处,正与太子相近,又身着绛边大袦衣饰,与众不同。女官遂以为她是太子看中之人,奏闻皇后。皇后即命侍中杜辅、掖廷令浊贤同送王政君入太子宫中。太子回宫之后,召见政君于丙殿,遂得进幸。说起太子后宫原有姬妾不下十余人,得幸久者七八年,皆未有子。独政君侍寝一次,便即怀孕在身。甘露三年生一子于甲观画堂,算是嫡长皇孙。宣帝爱之,取名曰骜,常置左右。至是元帝即位,立为太子。政君遂为皇后,封皇后父王禁为阳平侯。

元帝即位之后,大司马车骑将军史高以外戚总领尚书事务,萧望之与周堪二人为副。望之前为太子太傅,周堪为少傅,二人既是师傅,自蒙元帝宠任,不时进见,陈述治道。萧望之又与周堪选取宗室中学问道德兼备之刘更生荐为给事中,与侍中金敞并在左右,四人同心辅政,劝导元帝遵守古制,多见听从,其时朝廷也就清平无事。

谁知过了年余,忽然发生变故。只因当日同受遗诏辅政之人,除萧望之、周堪外,尚有史高一人。史高字君仲,乃史恭之子,宣帝少时曾寄养其家。及即位之后,史氏与许氏同属外戚,宣帝念其旧恩,看待甚厚,于是许、史两家子弟一向放纵不法,皆由宣帝平日过于宠任之故。如今史高得拜大司马,受诏辅政,自以为身居霍光地位,遇事当由己主张。偏遇萧望之、周堪二人皆是名儒,通达治体。史高虽位居其上,学问才识不及二人,自然相形见绌,一切政事皆由二人议决。史高不过随同画押,毫无实权,因此心中不悦,渐与二人结下嫌隙。又见二人多所荐举,并得任用给事,内廷联为一气,自己势成孤立,遂也想得二人,暗地与之联络,以为抵制之法。

此二人是谁,原来皆是宦官,一为沛郡人姓弘名恭,一为济南人姓石名显,二人少时因事受了宫刑,入宫为中黄门。其时正值霍山领尚书事。宣帝恐其专权,遇有外来文书,便命宦官取入阅看,自行批发,并不告知中书,弘恭、石显常奉命传达章奏。及霍氏灭后,宣帝遂用二人为中尚书。当日宣帝为政,专依法令办事,不甚信从儒术。弘恭熟悉法令;擅长章奏,宣帝遂拜弘恭为中书令,石显为仆射,是为汉朝宦官干政之始。但因宣帝为人精明,御下甚严,而且事必躬亲,权不旁落,所以二人虽然久掌枢机,却也不敢十分作弊。

及至元帝即位,其始信任儒生。每遇会议政事,萧望之等多主张采用古制,不依法令;弘恭、石显但知援引成例,与望之等议论不合。元帝往往听从望之之议,史高知弘恭、石显所议不用,必然怨恨望之,遂与二人深相交结,彼此暗通消息,遇事互相援助。望之素知弘恭、石显生性奸邪,便欲趁势将其驱除。一日望之入见元帝奏道:"中书为政事根本之地,宜选贤明之人。自武帝时因常在后宫游乐宴饮,任用士人传达政事,觉得不便,所以参用宦官,究竟不是国家旧制,而且违背古代不近刑人之义,应请将中书宦官悉数罢去,改用士人。"元帝见奏,自以即位未久,不便变更旧制,乃发交群臣会议。于是史高、弘恭、石显闻信,急结合在朝一班党羽,反对此议。元帝生性本来优游寡断,又见众意不同,便将此事作罢。由此史高、弘恭、石显深怨望之,乃相聚计议道:"可恨萧望之竟想排斥我辈,若不将他除去,安能保全禄位。但他正在得宠之际,又苦无隙可乘,不如先设法将刘更生调为外朝官吏,剪其羽党,然后算计除他。"计议既定,恰好当日宗正缺出,三人便在元帝面前合力保奏刘更生出为宗正。论起宗正官列九卿之一,自比给事中尊贵。但给事中乃是内朝之官,出入宫禁,日在帝旁,预参谋议,地位亲密;宗正系外朝之官,专管宗室事务,反不及给事中之得势。三人既得更生调出,便又算计除去望之,果然不久竟如其愿。

先是萧望之与周堪屡次向元帝保荐名儒茂材,以备补充谏官之职。时有会稽人郑朋游学长安,意欲谋得一官半职,因见望之秉政,便欲投其门下,希望进用,但苦无人引进。一日忽然想得一计,便向阙下上书。书中告发车骑将军史高,分遣宾客前往各郡国营求贿赂,又备言许、史二家子弟种种罪过。原来郑朋探得萧望之、周堪与许、史不睦,因欲借此迎合。此奏既上,元帝发交周堪阅看。周堪看了一遍,正合其意,便以为郑朋是个好人,奏请元帝令郑朋待诏于金马门。

郑朋既为待诏,知系周堪所荐。心想望之与周堪志同道合,知我上了此奏,意中自然赞同。我今前往谒见,谅不至被他拒绝。又转念自己冒昧前往,不免被其看轻,不如先致一书,探其意旨,于是写成一书,遣人送到前将军府中。望之得书拆开一看,知是前日告发许、史之人,又见书中措词颇为得体,便命请来相见。来人回报郑朋,郑朋如言到来。望之推诚接待,礼意殷勤。郑朋喜出望外。从此常常对人称述望之如何好处,许、史如何不好,意欲讨好望之,升他官职。在萧望之原也有意提拔郑朋,无如郑朋为人品行不端。过了一时,竟被萧望之查出许多劣迹,心生嫌恶。以后每遇郑朋到来,立即谢绝不与相见。便连周堪也知郑朋是个小人,深悔从前不该将他保荐。

郑朋虽被望之拒绝,心中尚希望周堪替他引进,谁知一日忽闻说大司农史李宫拜为黄门郎。事后查知乃系周堪保奏,郑朋不觉大怒。原来李宫与郑朋同为待诏,今周堪独荐李宫,不荐郑朋。郑朋自知无望,因此怒从心起,便想投入许、史门下,报此仇恨。未知郑朋如何算计,且听下回分解。

第一五八回　许史争权进宵小　恭显定计陷忠良

话说郑朋因被萧望之、周堪谢绝不理，不怪自己品行不端，反怪二人无情。因独自计议道："我枉费一番精神，替他二人出力，原希望得些好处，谁知并不讨好，追悔当初不该投入二人门下，眼看得绝无希望，不如从速变计。惟是变计也有难处，屈指在朝权贵除却萧、周二人，便要算到许、史，此外更无他人。但我前曾诣阙上书，并屡次当众诉说许、史种种罪恶，弄得尽人皆知。如今忽然改换面目，转求亲附，不特许、史怀恨不纳，即我自身亦觉不便，此事如何是好？"郑朋沉思良久，忽得一计，不禁知案叫道："须是如此如此，既可借掩前事，又可借此出气。"于是郑朋暗中寻访许、史两家用事之人，与之深相交结，寻便托其引进，果被许、史收纳。

读者试想，许、史两家既被郑朋指斥，自然将他当作仇人，何以反肯收留门下？原来郑朋初见许、史之时，许史也曾问起何故上书告他。郑朋便将此事一起推在周堪、刘更生二人身上，因说道："我是关东之人，初次来到长安，何曾知得朝中大臣许多事故，皆由周堪、刘更生教我，我一时未及细察，便依他言语诣阙上书。后来细查实情，方知被人愚弄，悔已无及，故特亲来谢罪，如蒙收录，情愿竭力报答，以赎前愆。"许史二家听了郑朋一片花言巧语，也就深信不疑。因许替他荐引，遂有待中许章入见元帝，力荐郑朋。元帝即命召见。郑朋既见元帝，得意洋洋。便在外扬言道："我得见主上，面奏前将军萧望之小过五，大罪一，当日并有中书令在旁亲闻我言。"遂有人将郑朋言语报知萧望之。

萧望之闻说郑朋在帝前进谗，心中尚未深信，因郑朋有中书令在旁亲闻之语，便来寻弘恭、石显，问以郑朋见帝是否有此言语。弘恭、石显只得据实对答。萧望之既去之后，弘恭便与石显商议道："望之闻知有人告他，必向主上辩明，主上若将此案发交我二人查办，我辈便可从中设法构成罪名，将他除去。但是此案已经郑朋扬言，我辈在旁闻知，主上或疑我辈与之有关，另交他人查办，不由我辈主持，便难如愿。为今之计，应趁望之未及辩明之先，再兴一狱，使之迅雷不及掩耳，或可得手。"二人商议已定，又恐郑朋一人言语尚难取信，因又想出一人乃是待诏华龙。于是密唤郑朋、华龙二人到来，嘱咐一过，二人奉命自去办事。

说起华龙当日在宣帝时，因有文才，被召与刘更生、张子侨等一同待诏金马门。他人皆得升官，独有华龙为人卑鄙龌龊，所以一向沉滞。华龙也想倚傍周堪，寻人替他介绍。无如周堪久知华龙声名狼籍，一径谢绝不纳。华龙寻思无法，恰遇郑朋与之同官，又正在不得意之时，彼此遂结为密友。至是二人奉了弘恭、石显之命，知是机会到来，趁此可望升进，心中十分高兴，连忙写成一书。书中说是萧望之与周堪、刘更生秘密计议，意欲罢免车骑将军史高，离间许史诸人。书既写成，便等到萧望之出外休沐之日，诣阙奏闻。元帝得书果然发交弘恭、石显，令向望之查问有无此事。弘恭、石显奉命查问望之，望之便直对道："在朝外戚，往往骄奢淫佚，臣谋除之，原欲匡正国家，并非怀有私意。"弘恭、石显见望之直认不讳，正坠其计，也不与多言，一直回报元帝，备述望之言语。因劾奏道："萧望之、周堪、刘更生结为朋党，互相称举，屡次谗诉大臣，毁离亲戚，意欲专擅权势，为臣不忠，诬上不道，请即召致廷尉。"原来元帝即位未久，并不知召致廷尉，即是下狱，却以为不过是召交廷尉处诘责，遂即依议而行。于是萧望之周堪刘更生等竟被冤枉下狱，时元初二年春正月也。

过了数日，元帝忽记周堪、刘向多日未见，尚怪他何故不朝。便命往召二人，左右奏说二人已皆下狱。元帝听说不觉大惊，急问其故。弘恭、石显便答是系经奏准施行。元帝道："汝等当日但请召致廷尉，岂不是单交廷尉诘问，又未曾说出下狱，何以竟将他送入狱中？"弘恭、石显听了连忙俯伏在地，免冠叩头谢过，也不争辩一语。元帝见二人赔个小心，便又不忍责备，但说道："放他三人出狱，照旧视事。"弘恭、石显只得奉命唯唯退出。弘恭、石显退至外廷，秘密议道："我等用尽心机，设下计策，方得将此辈下入狱中。今主上下令放出，仍复旧职，我等前功尽弃，而且此辈既出，心中怀恨，必然算计报复，难保将来不反受其祸。但我等刚受主上诘责，未敢上言谏阻，须请车骑将军入见主上，如此如此，进说一番，或可望主上依允。"二人计议已定，遂遣人往请史高到来，附耳说了一遍。史高立即入见元帝说道："陛下即位未久，未有德化闻于天下，便先将师傅及九卿大夫下狱考验，今又无故将其放出，使之照前供职，赏罚不定，未免惹人议论。臣意不如趁此将诸人免官，也可遮掩过失。"元帝听说，心想史高所言果然不错，遂下诏将萧望之、周堪、刘更生免为庶人，擢郑朋为黄门郎。弘恭、石显、史高见其计得行，心中自然欢喜。

读者试想，元帝身为太子十余年，对于国政平日也应留意，乃竟不知召致廷尉，便是下狱，已算昏愦糊涂。及至发觉之后，明知做事过误，被人捉弄，急应赦出三人，并将弘恭、石显等治罪，也可补过。谁知反听史高之言，免了三人官职，但图遮掩己过，做事颠倒，更属可笑。总之元帝生性暗弱，做事游移，毫无主见，容易受人蒙惑。此次将萧望之等免官，原非出自本意，不过临事寡断，便为他人言语所动，心中明知三人之贤，事后也就追悔。事有凑巧，萧望之等三人既已免官，是年三月地忽大震，到了夏日太史又奏有客星见于昂宿与卷舌之间。元帝见地震星变，心中恐惧。加以自即位以来，关东连年遇灾，人民穷困，流亡入关，于是上书言事之人多说是大臣不职所致，因此元帝每当朝会时引见丞相及御史大夫屡加责备。此时于定国为丞相，陈万年为御史大夫，被责恐惧，便想告退。元帝见公卿多不称职，因想起萧望之等三人。是年冬十月先下诏称美萧望之，说他传相有功，封为关内侯食邑六百户，拜为给事中，每遇朔望入朝，位列将军之下，又召周堪、刘更生意欲拜为谏大夫。弘恭、石显见三人又复起用，恐其得势，与己为难，遂与史高密议，力劝元帝但拜二人为中郎。

元帝既再用萧望之，甚加器重，意欲使为丞相，弘恭、石显及许史等见此情形无不侧目。刘更生心知诸人怨恨望之，必然设计陷害，深恐元帝听信谗言，望之又被排斥。意欲上书感悟元帝，却因自己前被劾奏，说与望之结为朋党，如今不便再言，于是嘱托外家亲戚令其上书元帝，书中说是地震都为弘恭诸人，请罢免弘恭、石显，进用望之以答灾变等语。偏是此书不上还可，既上之后，却又惹出祸来。当日各处上书皆归中书先行阅看，此书既上之后，弘恭、石显见了便疑是刘更生主使，于是带了书来奏元帝请派人查验虚实，元帝依言办理，于是召到上书人再三诘问，上书人隐瞒不住，只得供是更生教他。元帝遂命捕更生下狱，发交太子太傅韦玄成、谏大夫贡禹与廷尉一同审问。韦玄成等将案讯明，遂劾奏刘更生前为九卿，与望之、周堪谋除车骑将军及许史各侍中，离间亲戚，独专政权，为臣不忠，幸未伏辜，复蒙召用，不悔前过，又教人上书，实属诬罔不道，元帝下诏免更生为庶人。

谁知一波未平，一波复起，萧望之因见元帝复行召用，知得前次无故免官，并非帝意，皆由弘恭、石显、许史等播弄而成，因此心中不甘，又念自己受此冤屈，若不申诉明白，将来彼等又将借词毁谤。望之想罢，遂令其子萧伋上书，告说其父前次无辜被黜，请求昭雪。元帝见奏发交群臣会议，弘恭、石显又串通许、史，结合朝臣反对望之。朝臣皆畏许、史、恭、显权势，只得随从附和，遂复奏道："望之前与周堪、刘更生密谋除去许史，所犯之罪自己供认不讳，并非有人谗谮，今忽教子上书，诉说无辜，有失大臣之礼，罪犯不敬，应请逮捕下狱？"元帝看了复奏，沉吟不语。

弘恭、石显知得萧望之素尚气节，不肯受辱。前次系召到廷尉，骗他下狱，他事前并不闻知。及至临时，迫于无奈，只得容忍。今若用明诏迫他下狱，他必寻个自尽，我辈也好斩草除根，免贻后患。但主上意思必不肯将他下狱，须趁此进言促成其事。二人计议已定，遂从旁进言道："望之前为将军辅政，意欲排退外戚，由他一人专权，侥幸免罪，又赐爵邑，预闻政事，不知悔过，却怀怨望，教子上书，归恶于上，自恃曾为师傅，终不坐罪，非将望之下入狱中，息其怏怏之心，不显得朝廷之宽厚。"元帝见说答道："萧太傅素性刚强，安肯下狱。"弘恭、石显齐声道："望之所坐言语薄罪，自料不至有性命之优，岂肯便行自杀？"元帝听了方始批准。石显便将批准之奏封好，交与谒者，令其往召望之，亲手付与阅看，一面又令太常速发执金吾车骑，将望之居屋团团围住。当日望之正在家中，忽报人马汹汹来围第宅，一家人等尽皆惊惶。不久使者到来，命召望之出来受诏。望之见此情形，自知不妙，便欲寻死。其妻见了连忙阻住道："此种举动，必非出自主上之意，不妨稍为忍耐。"望之听说，心中不决，走到外边，问其门生朱云。

朱云乃鲁国人，身长八尺余，身材魁梧，兼有膂力，少时性好游侠，结交一班少年，曾将身替人报仇。年至四十，方始发愤读书，从博士白子友受《易经》，又从望之受《论语》，皆能精通。为人倜傥，最讲气节。今因望之来问，遂劝望之自杀。望之听朱云所言，与己见相合，乃仰天叹道："吾曾为将相，年过六十，今年老入狱，贪求生活，未免卑鄙。"说罢便呼朱云之字道："游速和药来，勿耽误我死。"朱云依言，便将鸩酒一杯进上。望之举杯饮尽，不久毒发而死。使者在外久候望之不出，正在连声催促，忽报望之已死。使者入内验明，只得回报元帝。元帝坐在宫中，等候使者复命。时值正午，太官进上御膳，元帝方欲举箸，忽见使者回来，神色慌张。元帝便知有异，急问如何，使者备言望之自尽。元帝听说大惊，连连摇手道："我早疑其不肯入狱，果然杀吾贤傅。"说罢不禁失声痛哭，连饮食也不能进，便命太官撤去御膳。左右见元帝如此伤心，都不免落下几点眼泪。元帝哭了一场，心想此事皆由弘恭、石显二人主意，累我迫死师傅，想到此处,不禁大怒。便命左右召到弘恭、石显二人,厉声责备道:“汝等力说无碍,并不从长计议,今果如何?”二人闻知望之已死,心中正自暗喜,又早料必受元帝责备,但求其计得行,事已过去,谅不至将他抵罪,因此不但毫无忧虑,反觉扬扬得意。今见元帝发怒,便假作惊惶之状,免冠伏地,连连叩头。元帝起初本欲加罪二人,后见其如此情形,心中又觉不忍,过了片刻,方将二人喝退。有司奏道:“萧望之有罪而死,应请将爵邑开除。”元帝明知望之冤枉,下诏仍令望之长子萧伋袭爵关内侯。元帝追念望之,每遇岁时,必遣使者往祭其墓。遂升周堪为光禄勋,并以周堪弟子张猛为光禄大夫给事中,甚见信任。弘恭、石显畏惧二人,又想设计除之。未知以后如何,且听下回分解。

第一五九回　结贡禹石显邀名　逐周堪元帝被惑

话说萧望之既被弘恭、石显设计逼死，不久弘恭亦得病而死，元帝遂以石显为中书令。石显为人奸巧机变，能于事前探取元帝意思，百端迎合，以此深得宠爱，如今弘恭既死，石显得升为中书令，独掌枢机，便也想收买人心，博取名誉。当日萧望之本是名儒，深得人望，一旦无辜枉死，一班学士大夫无不悼惜，知被弘恭、石显陷害，众心不服，以此议论纷纷。石显闻得此信，心中也觉忧虑，暗想主上素来敬重儒生，我是一个宦官，素为清议所轻看。如今众口一辞，都说我与弘恭逼死望之，弘恭既死，便归罪于我一人，若不及早将此恶名洗刷一番，必难保全禄位，但是望之已死，却用何法补救，石显沉思片晌，忽得一计，也不告知他人，暗中自去行事。

读者试想石显所用何计，原来石显之意明知望之被己逼死，纵使极口辩白，无人肯信，不如用声东击西之法，尚可遮掩他人耳目。恰好此时朝中有一谏大夫贡禹，乃是著名儒生。石显一向并不认识，乃先使人致其仰慕之意，然后备下厚礼，亲身来拜。贡禹却不过情面，只得与他往来。石显假作十分殷勤，竟买得贡禹欢心。石显又在元帝面前极力保荐贡禹，贡禹遂由谏大夫累升光禄大夫长信少府。到了元光五年六月御史大夫陈万年病死，贡禹遂为御史大夫。元帝素重贡禹，问以政事。贡禹前后上书数十次，力劝元帝崇尚节俭。元帝颇采其言，但因与石显交好，且畏其权势，不敢言其过失。此时身为御史，年纪已老，不过数月，病重而死，时年已八十余矣。当日一班文人学士见石显敬礼贡禹，无微不至，果然信以为真，都道他为人甚好，往日萧望之之死，都是弘恭所为，石显必不至此。

贡禹既死，元帝乃拜薛广德为御史大夫。薛广德字长卿，沛郡人，精通经术，为萧望之所重，荐为博士。广德为人韫藉，及为御史大夫，却肯直言极谏。当日到任未久，适值永光元年春日，元帝驾幸甘泉，郊祭泰畤，行礼已毕，欲在其地射猎。广德上书谏阻，元帝准奏，即日回宫。到了是年秋日酎祭宗庙，元帝驾出便门欲乘楼船，广德当着车前，免冠叩首，请车驾从桥而过。元帝不知其意，未即允从，因命广德戴冠，广德伏地不起，口中说道："陛下不听臣言，臣当自刎，以血染污车轮，有犯清洁，陛下不得入庙祭祀矣。"元帝听说，心中不悦。适有光禄大夫张猛，在前先驱，急上前替广德解说道："臣闻主圣臣直，乘船危，就桥安，圣主不乘危。御史大夫之言可听。"元帝见说，方才明白，因答道："说话正该如此。"遂命从桥行过。

广德为御史大夫，不过数月。元帝以连年水旱，人民流亡，下诏责问三公。于是广德与丞相于定国、车骑将军史高同乞骸骨。元帝各赐安车驷马黄金六十斤，罢职归家。广德回到沛郡，沛郡太守亲至境上迎接，人民莫不叹羡。广德到家后，悬其安车以示子孙。于定国、史高以侯爵就第，其后三人并得寿终。于定国既免相，元帝遂用韦玄成为相，复封扶阳侯。先是玄成承袭父爵为扶阳侯，后因骑马至庙门被劾，削爵为关内侯，及拜丞相仍复父爵。邹鲁之人，因见韦玄、韦贤成父子二人皆由儒生封侯拜相，遂为之作歌道：

遗子黄金满籯，不如一经。

韦玄成既代于定国为相，元帝又以郑弘为御史大夫。郑弘字稚卿，泰山刚县人，曾任南阳太守右扶风，甚有声名。当日朝中公卿自丞相韦玄成以下，皆畏石显之势，不敢稍逆其意，惟有周堪生性公正方严，自知孤立无助，遇事直陈，不肯委曲，其弟子张猛与之同心辅政，甚得元帝信任，遂招石显之忌，时在元帝前用言谮毁。此时刘更生被废家居，因见堪、猛二人用事，希望自己复得进用，又恐元帝听信谗言，二人终被石显陷害，遂上书极言时事。其书本系密封，谁知复被石显看见，由此愈恨更与。更生许史密谋，驱逐周堪、张猛二人，却值元光元年夏六月天气甚寒，日色青而无光，于是石显及许史等联络朝臣上言："此系周堪、张猛二人用事之咎。"元帝自从萧望之死后，一意信任周堪，今见众口一辞，同声反对，意中尚是不信，无奈满朝公卿多半说他不好，单是自己一人替他不平，纵然周堪得保禄位，必被众人议论。说我有心偏护，须是朝臣之中有人出来说他好处，我便有了助力，不怕众人议论，元帝想定主意，因记起长安县令杨兴，为人颇有才能，平日常常称赞周堪，如今得他一言，可塞众人之口，于是召到杨兴假意问道："朝臣议论纷纷，争说光禄不好，此是何故？"读者须知，元帝此问原欲杨兴说好。偏遇杨兴生性狡猾，以为元帝听信人言，今已不喜周堪，便欲迎合帝意，因对道："周堪非独在朝廷不可，即在乡里亦不可也。臣前因群臣劾奏周堪与刘更生等谋毁骨肉，罪应伏诛，故臣以为不可诛堪，乃是为国养恩。"元帝接口道："是也！他有何罪，竟至遭诛？为今之计，应当如何处置？"杨兴对道："以臣愚见，似宜赐爵关内候，食邑三百户，勿使管事，主上可不失师傅之恩，此最得计。"元帝听了默然不语，暗想道："不料连杨兴都反对周堪，莫非周堪果然不好，所以犯了众怒。"由此元帝渐疑周堪。正当此时又有诸葛丰上书劾奏周堪、张猛之短。

诸葛丰字少季，琅玡人，宣帝时为侍御史，元帝即位擢为司隶校尉。说起汉时司隶校尉，例得持节逐捕盗贼，纠举不法。诸葛丰素性刚直，既拜此职，便遇事雷厉风行，并无迁就。京师吏民皆畏其威，时人为之语道："间何阔，逢诸葛。"元帝喜其公正，下诏加给光禄大夫之俸。诸葛丰感激元帝知遇，对于职务，愈加尽心。其时侍中许章甚得元帝宠幸，倚借外戚之势，任意奢淫，不遵法度，适有门下宾客在外犯事，被诸葛丰捕获，究问起来，却牵连到许章身上。诸葛丰写了奏本未及奏上，偏是冤家路窄，一日诸葛丰行至半途，忽遇许章乘车由宫内出，诸葛丰望见许章，便如饥鹰饿虎遇见鸟兽一般，心想不即此时将他收捕下狱，更待何时，遂命左右将车停驻，举起手中之节，对着许章说道："可即下车。"谁知许章却也乖觉，心知诸葛丰不怀好意，吩咐御者速即回车加上一鞭，竟望宫门如飞驰去。诸葛丰心中不舍，喝令左右从后赶去，看看赶到宫门，许章急跳下车，走入宫中。见了元帝，不说自己犯罪，单说诸葛丰矫诏擅捕外戚，臣恐遭其毒手，只得逃入宫中，哀求陛下保全微命。元帝听说也觉诸葛丰过于专擅，只得安慰许章数语。当日诸葛丰见许章入内，知他必去面诉元帝，遂也将许章罪恶，写成一书奏上。自古道先入之言为主，元帝已听许章一面之词，便下诏将诸葛丰所持之节收回，从此司隶校尉遂不持节。诸葛丰见元帝偏护外戚，又上书请得入见面陈此事。元帝不许，后遂移诸葛丰为城门校尉。诸葛丰疑是周堪、张猛在元帝前说他短处，至是乃上书诉说二人之短。元帝正因朝臣反对二人，心中不悦，又见诸葛丰之奏。心想他平日常说二人好处，如今失势便想借此报复，殊属可恶，乃下诏免诸葛丰为庶人。

但是诸葛丰虽然免职，而周堪、张猛也就因此贬官。原来元帝本想寻觅数人帮助周堪、张猛，不料如杨兴、诸葛丰等平日称周堪、张猛之人，到了此时，也就大反前说。元帝弄得无法，遂下诏贬周堪为何东太守，张猛为槐里令。从此石显专擅朝权，无所忌惮，朝中群臣顺之者无不高升，逆之者尽被诛贬，似此势焰，真是炙手可热。未知以后如何，且听下回分解。

第一六〇回　忤奸人贾杨坐罪　重宦竖周张无权

话说元帝听信谗言，贬逐周堪、张猛，正中石显之计，心中尚不觉悟，不久反将政事大权交与石显掌管。原来元帝自即位以来，素体多病，又兼性喜音乐，终日在宫，借着吹弹歌唱消遣岁月，懒亲国政，便想择一亲信之人，委以政事，免得自己劳神，无如拣来拣去，觉得满朝文武竟无一人可靠，只有石显似比众人略胜一筹，因此决计将大小政事委其办理。

读者试想，当日朝中群臣人数不为不多，何无一人能中元帝之意，却单单选着石显？只因元帝意中以为一班朝臣无论何人，皆有家族，既有家族，即有许多亲戚朋友，纠缠不清，但使一人得志，便呼朋引类，成群结党，布满朝廷，罔利营私，败坏国政，其弊甚大。惟有宦官不曾娶妻生子，既无亲戚，又兼一向住在宫中，不与外人交接，更无朋友，孤单一身，倒觉干净，但使其人居心忠直，办事勤慎，便能奉公尽职，不必其才能学问胜于他人，只因所处地位不同，便可免植党营私之弊。元帝主意既定，又见石显自先帝时久在中书供职，并无大过，因此放心委任，全然不疑。谁知石显既得专政，便引用牢梁为中书仆射，五鹿充宗为尚书令，又有伊嘉、陈顺皆在尚书，当权用事，五人结为死党，盘踞朝廷。一时趋炎附势之徒，来投门下者，皆得高位；若守正不阿，忤了五人之意，便设计陷害，或死或贬。因此满朝公卿，见了五人，无不畏惧，真是势焰熏天，炙手可热。元帝坐在宫中，何曾知得，时人为之歌道：

牢耶石耶，五鹿客耶，印何累累，绶若若耶！

当日周堪、张猛被贬之后不久，又有待诏贾捐之被石显陷害而死。贾捐之字君房，乃贾谊曾孙，元帝即位之初，曾诣阙上书，得待诏金马门。适值永光元年，珠崖郡人民造反，朝廷起兵往讨，连年不定。说起珠崖一郡，本系武帝平定南粤时设置，地在海中，长广约有千里，户口二万余。居民生性蛮悍，未受教化，官吏又用严刑酷法对付。自从设郡以来，每隔数年，便反一次，皆由朝廷派兵征服。此次乱势更大，用兵一连三年，未能平定。元帝下诏群臣会议，起大军征之。贾捐之建议道："现在关东连年被灾，人民穷困流离，此乃心腹之疾。珠崖僻在海外，其人民譬如鱼鳖，不足置为郡县，请遂弃珠崖，专恤关东为是。"元帝依肓，乃下调罢去珠崖郡。其人民慕义来归者，迁入内地居住。

贾捐之自此次建议后，颇得元帝信任，不时召见，所言多被听从。此时正值石显专权用事，捐之心知石显奸邪，因见元帝甚加宠信，未敢进言其罪，但对旁人频说石显短处。事为石显所闻，暗想道："萧望之、周堪乃是主上师傅顾命大臣，尚被我弄个小术，或贬或死，况他不过新进小臣，竟敢大胆来捋虎须，真属可笑，我若不将他惩治，何以儆戒他人。”石显因此心恨捐之,便在元帝前诉说捐之罪过。贾捐之因此不得补官,且不得常见元帝之面。

读者试想,石显久掌枢机,日在元帝左右,言听计从,声势何等煊赫。贾捐之与之作对,不啻以卵击石。但是捐之既觉石显是个小人,又敢向人前讥刺,岂不知石显必然怀恨,何妨明白上书参劾石显一番,任凭他罢职办罪,落得青史留名,不愧是贾谊孙子。再不然便辞职归隐,不与小人同朝,也合于明哲保身之道。谁知贾捐之素来热心仕宦,虽被元帝疏远,仍不肯见几而去。心中但望有人在主上前出力保奏,倘蒙召见,便可希冀进用。贾捐之思来想去,忽然记起自己一个密友,即是长安县令杨兴,现以才能得宠,今若托他介绍,必可成事。捐之想罢,便来与杨兴商议。

当日贾捐之见了杨兴,屏退左右,秘密商议,捐之先用言挑动场兴道:“现在京兆尹出缺,使我得见主上,一力保荐君兰,京兆尹唾手可得。”杨兴听了心中高兴,便也说道:“主上曾说兴比薛大夫较胜,是兴已蒙主上记忆,只须有人从旁一说,便可成事。再者君房下笔言语妙天下,假使君房得为尚书令,胜五鹿充宗远矣。”捐之接口道:“使我得代充宗为尚书令,君兰为京兆尹。京兆乃郡国之首,尚书乃百官之本,天下由此大治,贤士皆得进身矣。捐之前保平恩侯可为将军,期思、侯并可为诸曹,主上皆依言任用。又荐谒者满宣,主上即命为冀州刺史。今若保荐君兰,亦必如前,能得主上听从,可无疑也。”杨兴听捐之说到荐人如何得力,愈加高兴,遂满口答应道:“我将来复见主上,定当面荐君房。”捐之见其计得行,遂又谈论他事。后来谈到石显,捐之又说他种种不好。杨兴连忙阻止道:“石显正在贵幸,为主上所信用,今欲进身,但依吾计,姑且投入彼党,便可得志。”捐之闻言,亦即依允。杨兴便邀同贾捐之联名拟成一书,保奏石显,请元帝赐爵关内侯,并召用其兄弟。又由贾捐之作一书,保荐杨兴为京兆尹,二人商议既定,遂即依言行事。

自古有言道“隔墙有耳”,又道“若要人不知,除非己莫为”。石显一向心恨捐之,暗地遣人寻他罪过。此次杨兴与捐之密谋之事,竟被石显闻知,立即奏闻元帝。元帝下诏捕拿贾捐之、杨兴下狱,使皇后父阳平侯王禁与石显审判此案。二人回奏,说是贾捐之、杨兴心怀诈伪,互相荐举,冀得大位,又泄漏禁中言语,罔上不道,应请依律办罪。元帝准奏办理,于是贾捐之竟坐死刑,杨兴减死一等,髡钳为城旦,时永光元年。

到了永光二年三月,日食。三年十一月,地震。四年夏六月,又日食。元帝见连年灾变仍是不止,想起周堪、张猛被贬在外,真属冤枉。于是召到当日反对周堪、张猛之人,面加责问道:“汝等前言连年灾变应在周堪、张猛二人身上,吾已将他俩贬黜,现在灾变并未止息,汝等又将归咎何人?”群臣被责无言,只有叩首谢罪。元帝遂下诏褒美周堪,召之入京,拜为光禄大夫,领尚书事,又拜张猛为太中大夫给事中。

周堪被贬在外首尾四年,此次虽然重管尚书,却与从前时势大不相同。一则元帝抱病,常在宫中,周堪难得见面,遇有要事,须托石显代为奏闻,是非可否,皆由石显一言而决;二则尚书中除周堪外尚有四人,即牢梁、五鹿充宗、伊嘉、陈顺皆石显之党,周堪势孤力弱,虽有张猛为助,无如寡不敌众,因此一无展布。加以周堪年纪已老,精神也不如前,过了一时,忽然得病,口不能言,不久便死。周堪既死,石显又向元帝前诬奏张猛之罪。元帝欲将张猛下狱，张猛不甘受辱，便在公车门自刎而死。时刘更生被废在家，闻知此事，暗自伤心，乃仿照《离骚》作成文字八篇，名为《疾谗摘要救危世颂》等，以寄悲愤之意。自萧望之、周堪、张猛相继而死，刘更生遂终元帝之世不复进用。

却说萧望之门生朱云，自劝望之自杀，心痛其师受冤，因此深恨石显诸人，他素性本喜游侠，如今虽然变节读书，年纪渐老，一腔血性仍是不改，所结交大抵慷慨侠烈之辈，所恶是狐媚取容之人。但他朋友虽多，就中交情最密者惟有陈咸。陈咸乃御史大夫陈万年之子。陈万年字幼公，沛郡人，由郡吏出身，历官太守太仆。为人清廉谨饬，但生性热心仕宦，竭力奉事权贵，因此得至高位。当宣帝时丞相丙吉抱病，满朝公卿皆往问候，陈万年时为太仆，随同众人前往。丙吉便遣家丞出向众人道谢，众人闻言，俱各散去。独有万年一人，留在相府，直至夜间方归，日日如此。及至丙吉病重，宣帝亲临看视，知其不起，因问群臣中何人可胜公卿之位？丙吉遂举荐于定国、杜延年及陈万年三人。后万年竟代于定国为御史大夫，万年又倾出家财，交结许史，奉事乐陵侯史高，尤为恭敬，因此得以保全禄位。

陈咸字子康，年十八岁，因父荫得为郎官。生性却与其父相反，刚直敢言，自为郎官，上书数十次，语多讥刺近官。宣帝奇其才能，升为左曹。万年见其子平日行为，心中不喜，惟恐他结怨众人，致遭陷害。一日万年病重，忽然记起此事，便呼陈咸到了床前，教他遇事切勿任性，待人须要谦恭，万勿直言冲撞，以致取祸。万年年纪已老，惟恐其子不肯从，于是叮咛反复，说了一大篇言语，直至夜半，尚自叨絮不休。谁知陈咸见其父言语，与己意见截然不同，实在听不入耳。待欲出言辩驳，又因其父正在病中，不忍使他动气，只得立在一旁，如痴如聋，任凭其父教戒，也不知说甚言语，捱到夜深，神思困倦，不觉垂头睡去。万年卧在床上，一心但顾说话，何曾料到其子全然不听。正在讲得津津有味，忽听得扑通一声，万年大惊，急忙坐起一看，未知万年所见如何，且听下回分解。

第一六一回　朱云讲经折奸党　陈咸陷狱遇救星

话说陈万年病中唤到其子陈咸，教戒一番，正讲得津津有味，猛听得屏风上响声甚大，万年惊疑，连忙起坐看时，原来床头排下一架屏风，原为遮风之用，陈咸睡熟，站立不住，便一头触在屏风上，连屏风都摇动起来。万年见了心中大怒，便令左右取出家法，喝令陈咸跪下，责问道："为父好意教戒汝，汝反睡着，不听吾言，此是何故？"陈咸被责惊醒，只得叩头谢罪，口中说道："大人所言，均已备知大旨，不过是教咸谄媚而已。"万年见说，知他心性不能改变，遂也不再与言。

陈咸既与其父意见不同，平日最恶权贵，所结交都是名人豪杰，如萧望之之子萧育及朱博、朱云等皆名闻一时。到了元帝初元五年，陈万年病死，元帝拜贡禹为御史大夫。时有华阴县丞名嘉者，也是朱云朋友，因见贡禹交结石显，得为御史大夫；朱云学问精通，气节高尚，反不得一官。因此心中不服，遂上书保荐朱云。书中说道："御史大夫乃为宰相之副，九卿之先，官高责重，必须慎选贤能，以充其职。今有平陵人朱云，才兼文武，为人忠正，甚有智略，可使食六百石俸，试署御史大夫。"此奏既上，元帝发交群臣会议。旁有太子太傅匡衡对道："大臣乃国家之股肱，万姓所瞻仰，人君所当谨慎选择。今嘉从守丞而谋及大位，欲以匹夫超居九卿之上，非足以重国家而尊社稷也。昔日尧之用舜，文王之用太公，犹必先试之，然后授以官爵，何况朱云？臣查朱云平素好勇，时常犯法亡命，虽曾读易经，颇有学术，但他行事，并无异人之处。今御史大夫贡禹，洁白廉正，经术通明，有伯夷、史鱼之风，海内皆知，而嘉竟欲使朱云夺其位，妄相称举，疑有阴谋。此风渐不可长，请交有司查办。"元帝依言，发交有司，竟将华阴县丞办罪。

说起匡衡字稚圭，东海承县人，家世皆为农夫。惟有匡衡自少好学，家中甚贫，匡衡日间作工，晚间读书，却苦并无灯烛，不能见字。匡衡因见邻家夜有烛光，但被土壁隔绝，不能照见。于是想得一法，就土壁上凿成一孔，透出烛光，每夜将书就壁孔上映光读之。后年已长成，又苦邻近书少，未得遍读，闻说邑中有个富家，姓文名不识，家中藏书极富。匡衡便托人介绍，到其家中作工，主人给与工钱，匡衡辞谢不受。主人觉得奇怪，便问其故。匡衡说是但愿遍读主人之书。主人感叹，遂将书借之。匡衡既多读书，竟成大儒，尤善说诗，一时儒生为之语道：

无说诗，匡鼎来。匡说诗，解人颐。

匡衡学问既好，名誉日高，得补平原文学。一时儒生皆仰其名，多上书荐之。宣帝使萧望之、梁丘贺问以经义，二人回奏匡衡经学精通。宣帝不甚任用儒生，仍命匡衡归官。元帝时为太子，见匡衡所对甚喜。及元帝即位，史高与萧望之争权，彼此结怨。长安令杨兴因劝史高保荐匡衡,元帝用为博士给事中,擢太子少傅。匡衡既由史高引进,又畏石显之势,此次贡禹拜为御史大夫,本得力于石显,兼之朱云乃萧望之门生,素为石显等所畏恶,匡衡热心仕宦,便借此讨好石显,幸而朱云事前并未预闻此事,故得免祸。朱云因见朋友因他受罪,心中十分难过。又知自己为权贵所忌,无由进身,却也并不介意。谁知复有人在元帝前保奏,元帝下诏召之,只因当日讲易经者本有数家,宣帝时梁丘贺讲易,盛行一时。五鹿充宗曾从梁丘贺学易,依附石显,遂得贵幸。元帝亦喜其说,因欲参考各家学说,分别其异同之处,乃命充宗与讲易诸家,各依师说彼此辩论,定其优劣。充宗奉命便告知诸儒生,约期会集一处。诸儒生闻知此事,心中暗想五鹿充宗平日倚着权势,目中无人,加以恃其口才,强词夺理。我今若与辩论,胜了他并无好处,反招其怨;若屈服于他,岂非辱没师说,不如谢绝不去。于是托言有病,纷纷辞谢不往。充宗只得据实奏闻。元帝闻言,不解其故,反以为诸儒学问不及充宗,所以不敢到会。适有一人知得诸儒生之意,心想惟有朱云博学敢言,定然胜得充宗,因此出头保奏。朱云闻召,问知详情,心中暗想五鹿充宗依附宦官,扬扬得意,我正深恶其人,如今借着讲经,将他挫折一番,替一班儒生出此恶气,也觉痛快。于是欣然奉命,整顿衣冠,随着使者,到了讲堂。朱云摄衣上堂,随后五鹿充宗也到,二人相见已毕,各就坐席。五鹿充宗素与朱云未曾相识,如今初次见面觉朱云体态轩昂,声音洪亮,虽然平日倚贵凌人,到此也觉有些惧色。到了开口辩论,朱云三番两次竟将充宗驳倒。充宗无言可答,垂头丧气而去。一班儒生闻知此事,俱各称快,遂替他编成两句俗语道:

五鹿岳岳,朱云折其角。

元帝见朱云驳倒五鹿充宗,遂拜为博士,未几调为杜陵县令。因故纵亡命被赦免官,后又被举方正为槐里县令。朱云与陈咸本来相得,此时陈咸已由左曹擢为御史中丞,年少气盛,不肯阿附石显,屡次指摘其短,因此二人更加亲密,联为一气。朱云因见石显弄权,朝政日非,都由丞相韦玄成无用所致,因屡上疏劾奏玄成怯懦无能,容身保位。此奏皆为石显所见,置之不理。玄成闻知,由此深怨朱云,欲图报复。过了一时,恰值朱云在槐里县任,因事杀人,有司疑其枉杀,奏上朝廷。元帝因向丞相韦玄成问以朱云平日治行如何?玄成被问,便极言朱云为政暴虐,并无善状。却好陈咸在旁闻知,连忙写成一书报与朱云。朱云便托陈咸替他拟成奏稿,辩白自己冤枉,并请将此案发交御史中丞查办。此奏既上,五鹿充宗见了,心想御史中丞便是陈咸,陈咸素与朱云交好,若将此案交他查办,必替朱云洗刷,岂非坠他计中;我今须是发交丞相查办,丞相是他仇人,自然将他从重处治,也可雪我从前讲经被辱之耻。充宗想罢,遂告知石显,竟将此案批交丞相查办。韦玄成奉了批示,便遣属吏查办。不久回奏,遂坐实朱云无辜杀人之罪。朱云闻报,急逃入长安来与陈咸商议自救之策。却被韦玄成遣人秘密打听,备悉二人前后密谋,又知陈咸为石显所恨。遂上书劾奏:“御史中丞陈咸,乃宿卫执法之臣,幸得进见,竟敢漏泄禁中言语,私告朱云,并代拟奏稿,欲求发交自己查办。后又明知朱云本是亡命罪人,擅与交通,以致有司往捕朱云不得。”元帝见奏,遂命将陈咸、朱云发交廷尉，下狱办罪。廷尉奉命遣了吏役往拿二人，二人事前未曾得知，竟被捉获下狱。

陈咸、朱云入狱之后，屡经廷尉提讯，按照当日法律，朱云枉杀人民纵使是实，尚可不至死罪。惟有陈咸漏泄禁中言语，又兼交通亡命，论起罪名，应处死刑。陈咸自知所犯甚重，每当廷尉审问，不敢据实供出，廷尉见问不出口供，便命用刑责打。陈咸本是三公之子，自少娇养已惯，如何受得起刑罚，却亏他生性倔强，一连经了数次拷问，弄得死去活来，只是不肯承认。廷尉无法，只得将陈咸下在狱中。此时陈咸受伤已重，奄奄一息。家中妻子贿买狱卒入内看视，见此情形，自然痛哭，虽然罪名未定，眼看得不久便成为狱中之鬼。

陈咸在狱，杖疮发作，痛楚呻吟，坐卧不安，又无人前来慰问，静极生动，不觉心绪如潮，想起平日结交许多朋友，意气相投，何等关切，如今被囚狱中，竟无一人前来看视，想因见我所犯甚重，恐被株连，以此绝迹，可见患难之交，古今能有几人。陈咸想到此处，万念俱灰，一心唯有待死。一日正在昏晕之际，忽听狱卒报说，家中请有医生，前来诊视，陈咸便命唤入。少顷其人走进，陈咸举目一观，觉得面貌甚熟，等到其人行近，陈咸定睛细看，原来不是别人，正是平日好友朱博。此时陈咸又惊又喜，正欲开言动问，朱博见狱卒在旁，连忙摇手示意，假作诊病情形，直待狱卒退去，朱博方始开言，备问犯罪始末，陈咸一一直告。又问朱博何来，朱博便也将自己情形，叙述一遍。

朱博字子元，杜陵人，家贫，少为亭长，志好结交少年，遇事敢为。及年稍长，又喜与一般名士儒生往来，入为京兆府督邮，办事称职。如今闻说陈咸下狱，不觉吃惊，立即辞去吏职，私入廷尉府中，探问消息。知得陈咸罪名重大，心中更为担忧，意欲设法营救。又苦案情不能明白，无从下手，必须问明陈咸，再作打算。但自己无故入狱，恐被他人察知，将来不便出头救助，于是假作医生入狱，既将案情问明。朱博遂想得一计，密告陈咸，陈咸点头依允。朱博又安慰陈咸数语，辞别出狱。陈咸见朱博因他辞职，十分出力，心中也觉感激。

过了数日，廷尉又调出陈咸审问。陈咸便依着朱博言语，备陈冤枉，并引一人为证。廷尉见说遂问明其人姓名住址，立遣吏役往传。吏役奉命到了朱博家中。朱博自从出狱，即行改变姓名，预备替陈咸作个证人。今闻传唤便随吏役到廷，廷尉问起情由，朱博力证陈咸并无其事。廷尉不信，又将朱博拷打，朱博忍痛，矢口不移。廷尉见陈咸犯罪有据，但不能取得口供，且又有人为他作证，不能按律办罪，只得从轻发落，减死一等，与朱云一同判决，处以城旦之刑。陈咸全亏朱博，得免死罪。读者须知，陈咸热心为友，以致犯罪，其结果也得友人之力，可谓报应不爽。欲知以后如何，且听下回分解。

第一六二回　明易数京房亡身　发屯兵陈汤矫诏

话说当日陈咸、朱云下狱被刑，髡为城旦，同时又有魏郡太守京房亦因反对石显、五鹿充宗被杀。京房字君明，顿丘人，少从梁人焦延寿学易。焦延寿字赣，家贫好学。梁王爱其勤读，供给学费，使之专心学问，后为郡吏，补小黄县令。延寿精于卜筮，能预知一切事，因此盗贼不敢发作，地方安静。有司考核成绩，应行升任，县中三老及属官向宣帝上书，请留延寿。宣帝准奏，下诏加俸留任。后延寿竟终于任。京房得延寿传授，尤精于推测灾变。元帝初元四年，被举孝廉，入为郎官。及至永光建昭之间，连年日蚀，或色青无光，阴雾不明。京房屡次上书，预言其事，不到一年或数月，其言皆验，因此甚得元帝宠信，屡蒙召见问事。京房因见石显与五鹿充宗专权乱政，心中甚恶其人。五鹿充宗本与京房同乡，又同学《易经》。但五鹿充宗师事梁丘贺，京房师事焦延寿，彼此学说不同，每遇讲经之时，二人互相辩驳，因此结下仇隙。京房便欲寻个机会，进说元帝，使人驱逐石显诸人，但因未得其便，不敢开口。

一日元帝在宫无事，又召京房入见。京房与元帝谈论良久，因见左右无人，正好乘机进说，却又不敢直言道破，遂设词问道："周代幽王、厉王身亡国危，不知所任用者，乃是何等之人？"元帝答道："都由人君不明，故所用皆是巧佞之辈。"京房道："幽厉明知其为巧佞而复用之，到底以为贤人而后用之。"元帝道："都缘看作贤人，所以用之。"京房道："然则如今何以知其不贤？"元帝道："因见其时国乱君危，是以知之。"京房道："由此观之，任用贤人，天下必治；任用不肖，天下必乱，原属自然之道。幽厉何不觉悟，别求贤人，何故专任不肖，以致如此？"元帝道："乱世之君，各以其臣为贤，使皆能觉悟，天下哪有危亡之君？"京房道："齐桓与秦二世，也曾闻知幽厉之事，加以讥笑，然自己乃任用竖刁、赵高，天下大乱，何不以幽厉为戒，而自行觉悟乎？"元帝道："惟有道之君，方能察往知来，此外何能见及。"

京房与元帝问答，一步紧过一步，渐渐引到本题，便如箭在弦上，不得不发。京房却不慌不忙，免冠叩首说道："《春秋》一书，备记二百四十二年之间种种灾异，所以垂戒万世之人君。今陛下自即位以来，日月失明，星辰逆行，山崩泉涌，地震石坠；夏寒冬暖，春枯秋荣，水旱螟虫，瘟疫盗贼，饥民满路，罪囚塞狱，《春秋》所记灾异，无不具备。陛下试看今日天下是治是乱？"元帝道："亦极乱耳，更有何言？"京房道："现在所任用者，系何等人？"元帝沉吟道："吾意现在当事之人，似较胜于前所言者，且种种灾异，原与此人无关。"京房道："前世之君，其意亦皆以为如此；臣恐后人之视今日，亦如今日之视前世也。"元帝听说，默然良久，方始说道："今日为乱之人，到底是谁？"京房见问遂答道："陛下圣明，应自知得。"元帝道："我实不知，如已知之，何为复用。"京房本意是指石显，却又不敢明言，但说道："陛下平日最所亲信，与之秘密计议者，即是其人。"元帝闻言，也知京房是说石显，便对京房道："我已晓得。"京房只得退出。

读者试想，京房费尽口舌，反复譬喻，也可谓深切著明。谁知元帝终觉得石显为人甚好，京房所言，未必可信，因此不即听从，其结果京房未能除得石显，反为石显所算。说起原因，虽是元帝不明，大半也由京房自取。先是淮阳王刘钦之舅张博，曾从京房学易，后遂将女嫁与京房。张博生性奢华，浪费无度。虽时得刘钦赏赐，心中尚觉不足，便想设法骗取刘钦财物，供其挥霍。当日元帝多病，下诏令诸王不必来朝。张博因想得一法，寄书刘钦，说是方今朝无贤臣，灾变屡见，可为寒心。天下人民，皆仰望大王，大王奈何不求入朝，辅助主上。刘钦见书，不听其言。张博又使其弟张光屡劝刘钦。刘钦被劝多次，不免意动。张光遂遣人告知张博。张博因见女婿京房得宠元帝，时蒙召见。京房又常向张博备述召对言语，并言自己被石显、五鹿充宗离间，以致所言不用。张博听了，记在心中，如今便将京房所说灾异及与元帝密语，一一抄录，寄与刘钦，作为凭证。又假说已面见中书令石君，托其为王求朝，许送黄金五百斤。刘钦不知是假，竟将黄金五百斤给与张博。张博骗得金钱到手，十分快乐。谁知却被旁人探得此事，便来报知石显。石显与五鹿充宗，自见京房深得元帝宠幸，十分忌妒，正想设计害之。一时闻知此事，心中暗喜，但因京房常在元帝左右，不敢举发。因向元帝建议，请试用京房为郡守。建昭二年二月元帝乃拜京房为魏郡太守。京房自知平日在朝议论，多触大臣之忌，又与石显、五鹿充宗有隙，不欲远离左右。今被拜为太守，心中忧惧，于路连上二书，请求还朝。石显见京房已去，遂出头告发京房与张博通谋，诽谤政治，归恶天子，褒美诸侯，狡猾不道。元帝发交有司查办。京房去未月余，被召下狱，竟与张博兄弟三人同处死刑，刘钦幸得免议。尚有御史大夫郑弘，素与京房交好，京房前见元帝所言幽厉之事，出外便告郑弘。郑弘与之私相议论，因此连坐免官。

京房本姓李氏，因其素精音律，推算音律，自定为京氏。当京房从焦延寿学易时，延寿尝言："得吾道以亡身者，必是京生。"至是其言果验。又京房临死时，对其弟子周敞道。"吾死后四十日，客星当入天市，此即吾枉死之证也。"后京房既死，其言亦验。

读者试思，京房、贾捐之等虽与石显结怨，然亦因自己作事不慎，致使石显趁势陷害，尚不足奇；更有建立大功如陈汤、甘延寿，才能显著如冯野王，皆因不附石显，竟不得高位。元帝虽明知陈汤、甘延寿之功而不能赏，深悉冯野王之贤而不能用，直如土人木偶，被石显玩弄于股掌之上；何况一班朝臣，自然愈加畏惧，眼见贾、京诸人是个榜样，谁敢更与反对。

却说建昭三年，元帝拜甘延寿为西域都护骑都尉，陈汤为副校尉。甘延寿字君况，北地郁郅人，少时善骑射，矫捷多力。陈汤字子公，山阳瑕丘人，自幼喜读书，博学通达，善于作文。为人沉勇多谋。家贫，被荐为郎官，郁郁不得志，屡求出使外国，冀立奇功。此次奉命与甘延寿同往西域，正遂其愿，十分高兴。于是辞别朝廷，偕同甘延寿束装就道，一路所过山川城邑，陈汤每登高远望，观察形势，十分留意。说起西域自从郑吉始为都护，驻扎乌垒城，镇抚诸国，一向相安。谁知到了此时，忽又发生事故。先是宣帝五凤时，匈奴大乱，五单于争立，呼韩邪单于为郅支单于所败，遣子入朝于汉。郅支单于闻知，亦遣其子入朝。宣帝一样接待。后呼韩邪亲身来朝，郅支单于闻知，以为呼韩邪单于势穷力竭，投降汉庭，必不能回到故处，便欲乘势占领其地，偏遇宣帝发兵护送呼韩邪单于回国，郅支自知兵力不能抵抗，不如迁往西边，与西域诸国联合，乃起兵西破呼偈、坚昆、丁零三国，建都其地，心怨中国但助呼韩邪，不肯助己。又倚着自己所住之地，与中国相隔甚远，料想汉兵无如之何，因此每遇汉使到来，故意虐待，以泄其愤。

及元帝初元四年，郅支单于遣使来献，请求送还其子。元帝遣卫司马谷吉送之。谷吉送其子到后，郅支不但不加礼待，反发怒将谷吉并随人一同杀死。汉廷见谷吉一去不回，疑是瓯脱所杀。每值呼韩邪使者到来，严加责问。后来始知其误，遣使送还呼韩邪侍子，并赦其罪。此时呼韩邪人众渐多，足以自卫。又见郅支西去，故地空虚，其大臣遂劝呼韩邪北归旧庭居住。匈奴人民闻知单于复回，多来归附，国中稍定。

郅支既杀谷吉，自知得罪于汉，且闻呼韩邪日渐强盛，心恐其联合汉兵，前来复仇，正想引众投奔他处。忽报康居国王遣使到来，郅支唤入，问其来意。原来康居国当日屡被乌孙侵辱，心中不甘，欲与郅支合兵，攻取乌孙，因立郅支为王，以报其仇。郅支闻言，正中其意，遂欣然率领部下，奔到康居国。康居国王闻说郅支单于到了，不敢怠慢，连忙迎入国中居住，十分尊敬，并将己女嫁与郅支。郅支也将己女许配康居王。原来康居王欲借郅支威势，逼胁诸国。郅支也就利用康居兵力，屡次攻击乌孙，长驱直入，到了赤谷都城，杀掳人民，夺取牲畜而回。乌孙畏其势盛，不敢追击，反将人民移入内地，所有西边一带邻近康居之地，空无人居，几有千里之远。

郅支单于生性素来高傲，自以为身是匈奴大国之主，何等尊贵。自从投奔康居，已算十分委屈。如今屡胜乌孙，更觉骄纵，连康居王都不放在眼里，有时发怒，竟将康居王女并朝中贵人以及人民任意杀害，或斩其手足，投入都赖水中，总计前后被杀者不下数百人。康居王及国人敢怒而不敢言，只得听之而已。郅支又不欲与康居王同城居住，遂就都赖水边，筑城两重，内为土城，外为木城。发康居人民作工，每日五百人，直至二年，方始完工，郅支遂移入城中居住。又遣使分往大宛等国，责令按年进贡财物。大宛等畏其强暴，不敢不如言进奉。此时谷吉已死多年，汉廷方知是被郅支杀死，因三次遣使来到康居，向郅支求索谷吉尸骸。郅支又连将汉使侮辱，却遣人对西域都护说是自己所住地方，困穷狭隘，情愿投奔大汉，遣子入侍。在郅支意中以为汉兵断难远来，故假作此言，以为戏弄。

当日陈汤既到乌垒城，接任视事，见此情形，便与甘延寿商议直：“夷狄畏服大种，乃其天性。西域诸国，一向服属匈奴。今郅支单于威名远布，常为康居设计，意欲灭取乌孙、大宛，若使得此二国之后，北攻伊列，西并安息，南吞月氏，不过数年，西域所有城郭诸国皆可危矣。且其人强悍善战，留之必为后患。现在郅支单于居处离此虽远，但他终是蛮夷，城郭不坚，弓弩不利。我今若尽起屯田兵卒，联合乌孙之众，直指其城，彼欲去无处，欲守不能，不过旬月，便可取得到支之首，此乃千载之功也！”甘延寿闻言，也以为然，便欲上奏朝廷，等侯命下进兵。陈汤连忙阻住道：“主上得奏，必交公卿会议，此等大事，非庸人所见得到，必然不肯听从，岂不可惜。”延寿见陈汤意欲不待奏请，先行起兵，觉得此举责任重大，因此心中迟疑不决。陈汤本决意欲行此策，无奈自己不过是副校尉，遇事须由都护做主。甘延寿既不肯听从，陈汤无法，只得暂时忍耐。也是天意欲使陈汤成此大功，自从二人商量议之后，不过数日甘延寿忽得一病，病势颇重，延医服药，一时不能痊愈，甘延寿只得请假调治，便将一切公务，交与陈汤代理。

陈汤见延寿抱病，大权在握，正好趁此时实行己意，遂矫称朝廷有诏，调发车师屯田士卒并西域诸国兵队，克期齐集乌垒城，听候调遣。及至各路兵马到齐，延寿病亦渐愈，方始闻知其事，不觉大惊，连忙从床上跳起，走出外边，意欲阻止众人。陈汤见事已行，又被延寿出头干涉，不觉大怒，急上前拦住延寿，右手按着佩剑，厉声喝延寿道："大众都已聚集，竖子竟欲摇乱众心耶！"延寿被喝，暗想事已至此，一发不可复收，只得将错就错，依他行去，或可成功。于是依从陈汤之计，将召来军队分为六队。合计汉兵、胡兵共有四万余人，别命三队由南道进兵，越过葱岭，从大宛前往康居。甘延寿、陈汤自领三队人马，由北道入赤谷，过乌孙，经康居界，行至阗池西，正值康居副王抱阗率领马兵数千侵入乌孙，直至赤谷城东，掳杀大昆弥部下人民千余，掠取牲畜无数。此时汉兵已过乌孙，抱阗得胜领兵回国，赶及汉兵，望见汉兵后队运载许多粮食，抱阗贪心顿起，驱兵上前夺取，汉兵未及防备，被其抢去军粮颇多。早有人报知陈汤。陈汤闻信，急调胡兵回攻。两下交战一阵，康居兵败，阵亡四百余人。又被汉兵夺回所掳乌孙人民物畜。陈汤将人民交还大昆弥，所得牲畜留充军中食品。

陈汤既胜抱阗，引兵西行，入得康居界内，下令兵士不准掳掠，遣人密唤康居贵人屠墨到来，陈汤用好言抚慰，与之结盟而去。原来屠墨素怨郅支，故陈汤与之交结，以弱其势。陈汤于路又得康居贵人贝色子之子开牟以为乡导。开牟亦怨郅支，备将郅支情形告与陈汤，陈汤因此尽知单于虚实。当日大军一路长驱，将到郅支单于城相距三十里地方，将营扎住。郅支单于闻信，心中大惊，便想逃走。未知以后如何，且听下回分解。

第一六三回　陈汤决策斩郅支　石显进言阻奉世

话说郅支单于闻说汉兵到来，心中着实吃惊，暗想中国与我相隔万余里，路途遥远，大兵何从得到，而且来得如此迅速，沿途并无阻滞。由此看来，必是康居君臣心中恨我，特地勾引汉兵到此，自己作个内应，意欲将我驱除，似此为之奈何？郅支筹思半晌，觉得无法。自古道三十六计，走为上计，便想趁着汉兵未曾围城，先行逃走。于是收拾行装，随带心腹人等，直奔出城。于路又探得乌孙等国皆起兵助汉，郅支愈加惊恐，自料此去回到匈奴，一路须由乌孙等国经过，他既助汉攻我，我若前往，必然遭擒，岂非自投罗网？想来欲去无路，不如且回城中，再作打算。郅支遂即传令回兵入城，先遣使者前往汉营，诘问汉兵何故到此。过了半日，使者回报，说是汉将遣人答道："单于前日上书，自言情愿归汉，亲身入朝。天子怜念单于弃去大国，屈在康居，特命都护领兵来迎单于妻子，同到中国，因恐惊动左右，所以不敢便至城下。"郅支闻言默然不语，心想汉兵明是来伐，却托词相迎，说得好听，但他既如此说话，一时自不便兴兵攻城，不如仍遣使者与他敷衍，看他举动如何，再谋应付之策。

郅支定了主意，便又遣使前往汉营，甘延寿、陈汤也遣使者前来报答，彼此使者往返数次。陈汤知得郅支势穷，借此为缓兵之计，因对来使发言道："我等专为单于，远道跋涉，何等辛苦，谁知来了多日，并未见单于遣派名王贵人到来接洽，何以单于如此忽略，全无地主之礼？今我兵队一路到此，人畜疲极，粮食将尽，深恐将来不能回国，务望单于与大臣等代为筹划。"使者依言回报郅支，郅支听说以为是实，便想到汉兵远来，所带粮食自然有限，纵使前来攻城，也难持久。我今不如坚守此城，等候汉兵粮尽，必然退兵，然后出兵追击，可获全胜，遂传令兵士坚守外城，防备汉兵来攻。

陈汤既对单于使者责他筹备供应，料得使者回报郅支，郅支必信我兵食少，生了轻视之心，正好趁此进兵。到了次日，便下令拔寨前进，到了都赖水边，离城仅有三里之地，扎下营盘，望见单于城上五色旌旗，临风招展，兵士数百人一律顶盔贯甲，排列城头，再看城门下有步卒百余人夹着城门，排成阵势，又有马队百余人在城下往来驰走。当日城上胡兵，一见汉兵到了，一齐招手道："快来厮杀！"城下百余胡骑，纵马奔赴汉营。汉兵早张起强弩，指着胡骑。胡骑不敢近前，渐渐退回。甘延寿、陈汤即派遣兵马，随后追射，一直追至城下，举眼看时，城下竟无一人。原来马兵及步兵畏惧汉兵势盛，纷纷退入城中，即将城门关闭。甘延寿、陈汤号令三军，一闻鼓声，直逼城下，诸将士得令，但听得中军鼓响，汉兵势如潮涌，发一声喊，将城围住四面攻打。

说起单于城有两重，外重是木城。甘延寿、陈汤预备围城之时，先将军队布置，刀牌队在前，弓箭手在后，望着城楼上射去，箭如飞蝗。郅支单于闻汉兵来攻，亲自披挂上城指挥。一见汉兵行近，也命放箭，更有阏氏数十人，随同单于在侧，帮助兵士放箭。两下对射一时，郅支鼻上忽中一箭，左右阏氏也被汉兵射死数人，郅支受伤下城，骑着马回到宫中,传令宫人一概出外助战。此时城楼上胡兵被汉兵射死颇多,大众立脚不住,便都退下城来,却从木城缝中,张弓搭箭,往外射去。汉兵未曾提防,也被射死多人。甘延寿、陈汤便命军士搬运柴草,架置城下,放火攻城。此时天色已晚,郅支见势危急,便想突围而走,趁着晚间,率领数百骑,悄悄开门走出。汉兵早已防他逃走,备齐强弓硬弩等候,一见城门开处,迎面万弩齐发,前行胡兵死了多人。郅支见势不妙,只得退回。

到了夜已过半,木城被火烧穿,汉兵一拥而入,胡兵全数退入土城,登城呼救。此时康居王闻郅支被围,遣人万余来救,分为十余处,环绕四面,闻得胡兵呼救,也就大呼,几次乘夜来冲汉营,都被汉兵击退。直至天明,瞥见四面火起,汉营中鼓声动地,喊杀连天,大队人马内外夹攻。康居将士抵敌不住,大败而退。原来陈汤暗派军队抄出敌兵背后,举火为号,以此获胜。甘延寿、陈汤见郅支已无外援,便激励将士,来攻内城。汉军中人人眼见功在垂成,无不争先恐后,冒着矢石,架起云梯,奋勇登城,杀死守兵,大开城门,放进大军。郅支单于率同男女百余人逃入宫中,汉兵随后追进,郅支力战而死,被军候杜勋斩取首级。又在宫中搜得汉使节二柄,并谷吉所持诏书以及金银财帛等,分给将士。诸将士各将擒斩敌人数目前来报功,除斩取阏氏太子名王以下首级一千五百余外,生擒胡人百四十余人,投降者千余人,尽数分给随征十五国军队。于是甘延寿、陈汤上书报捷,请将郅支首级悬挂长安藁街,以示蛮夷。元帝发交公卿会议,丞相匡衡、御史大夫繁延寿以为郅支被斩各国皆知,可勿悬挂;车骑将军许嘉、右将军王商以为当悬十日,然后埋之。元帝依从许嘉、王商之议。不久甘延寿、陈汤押解郅支首级来到长安,元帝便命群臣会议,加封二人官爵。

先是石显曾欲将其姊嫁与甘延寿,甘延寿辞绝不允,因此忤了石显之意。又有丞相匡衡、御史大夫繁延寿,因二人不先奏闻,甚加反对。于是石显、匡衡建议,甘延寿、陈汤擅行矫诏兴兵,朝廷不加诛戮,已属厚幸,若再封以爵邑,诚恐将来奉使之人,皆欲侥幸立功,生事蛮夷,此风不可长。元帝本意以为甘延寿、陈汤立此大功,必须加以封赏。今见石显、匡衡等不肯赞成,心中未免为难;欲待依议不封,终觉得埋没二人功绩;待要下诏加封,又不欲违背大臣之议,因此迟疑不决。此时刘更生免官家居,闻知此事大为不平,遂上书元帝,极言甘延寿、陈汤之功。元帝见奏,乃下诏赦甘延寿、陈汤矫诏之罪,令公卿议封。议者皆以为应依照军法捕斩单于之例。匡衡、石显说道:“郅支已逃亡失国,窃号异域,不能算是真单于。”到得议定之后,奏闻元帝。元帝欲依安远侯郑吉故事,封以千户。匡衡、石显又复力争,元帝无法,只得下诏封甘延寿为义成侯,陈汤为关内侯,食邑各三百户,加赐黄金百斤,告祭上帝宗庙,大赦天下,拜延寿为长水校尉,陈汤为射声校尉。

读者试想,甘延寿、陈汤立此大功却被石显、匡衡等挟嫌阻止,若非刘更生上书力争,几乎不得封赏。后来虽得封赏,未免过薄,已足令人不平。谁知当日在甘延寿、陈汤之前,更有人所立之功,也与二人一样,事后竟未得分毫爵赏,到了此时,便也有杜钦出头替他申说。

此人是谁?乃上党潞县人,姓冯名奉世,字子明,宣帝时为郎官。元康元年,宣帝因见西域诸国新服于汉，宣帝欲遣使护送大宛诸国使者回国，下诏公卿选择可以出使之人。于是前将军韩增举荐冯奉世，宣帝拜为卫候，使之持节前往。奉世奉命行至伊循城，遇见都尉宋将告说莎车国人联合邻国，杀死中国所立莎车王万年及使者奚充。适值匈奴来攻车师，莎车人遣使扬言："北道诸国，已属匈奴。"遂劫制南道诸国，与之结盟叛汉，因此鄯善以西道路，隔绝不通，都护郑吉与校尉司马意皆在北道诸国，彼此不能相通。奉世乃与副使严昌计议道："今若不击莎车，将来日加强盛，其势难制，必致危及西域。"遂决计以节通告诸国发兵，共计一万五千人，进攻莎车破其城。莎车王自杀，传送其首至长安。西域各国，闻风归服。奉世奏闻宣帝，宣帝甚喜，召见韩增道："贺将军所荐得人。"奉世既平莎车，解散各国兵队，仍送使者到了大宛。大宛王倍加恭敬，并献出好马，名为象龙。奉世回朝复命，宣帝大悦，下诏群臣议封。丞相魏相、御史大夫丙吉皆议请封爵，独有少府萧望之说是奉世矫诏发兵，不宜加封。宣帝依从望之之议，但拜奉世为光禄大夫水衡都尉。

及元帝即位，奉世迁为光禄勋。永光二年陇西羌戎反叛，元帝遣奉世领兵讨平之，以功拜左将军，赐爵关内侯。过了年余，奉世病死。死后二年，甘延寿、陈汤因斩郅支单于皆得封赏。杜钦素仰慕奉世品行才能，因想起奉世前功未赏，殊难令人心服，因也向元帝上书，备述奉世之功高于延寿、陈汤，请求追加封赏。元帝心想此系先帝时事，如今相去久远，而且其人已死，不便重翻旧案，因此遂将杜钦所上之书搁起不理。

冯奉世生有九男四女。长男冯谭早卒。次男冯野王，字君卿，累官陇西太守，人为左冯翊。又奉世长女名嫒，被选入宫，得幸元帝，生一子拜为婕妤。此时奉世官拜左将军，野王为左冯翊，父子并在朝廷，一时议者都说他二人具有才干，应居此职，并非倚借外戚之力。后奉世既死，野王嗣爵为关内侯，擢大鸿胪，而冯婕妤亦升为昭仪。

先是建昭元年，元帝驾幸长杨宫，排列车马大猎。猎罢又到虎圈观看斗兽。元帝升殿，随带后宫宠幸之人，如傅昭仪、冯婕妤等，皆在左右，并坐观看。那虎圈中所养都是狮象虎豹熊罴等种种猛兽，各用铁槛关闭。如今将它们合在一处，那猛兽遇见异类或是势均力敌的，便彼此相视，不敢轻动；或是两不相下的，便张牙舞爪，斗在一处，也有斗胜的自鸣得意，也有斗败的垂尾逃走。但觉叫吼之声，跳踯之状，真是耳目应接不暇。一时殿上殿下之人，正在看得高兴。出其不意，忽有一头猛兽，从圈中跃出，奔向殿前，耸起上身，将前爪攀着殿边栏槛，意欲上殿。殿上人等定睛一看，原来是只野熊，于是后宫如傅婕妤等见了心惊胆战，此时但顾自己逃命，便一阵连扒带跌跑入后宫去了。只有冯婕妤一人，不慌不忙，却挺身上前，当着那熊立住。元帝在御座上也觉惊慌，瞥见冯婕妤如此情形，不禁诧异，心中十分替她担忧。却好殿下两旁武士赶上前来，各持武器，将熊打死，冯婕妤竟安然无恙。后宫人等闻说熊已打死，方才放心一齐出外。元帝便唤冯婕妤近前问道："凡人见了猛兽，无不惊避，汝何故反走近前？"冯婕妤对道："妾闻猛兽得人便止，妾恐熊犯御座，情愿以身当之。"元帝听了连声嗟叹，由此倍加敬重，升为昭仪。说起昭仪位号，乃是元帝新创，位视丞相，爵比诸侯王，在皇后之下。

当日石显见冯奉世父子皆为公卿，有名于时，冯昭仪又得元帝宠爱，便有心要与之交结，以固自己势力。一日石显遂在元帝前保荐昭仪之兄冯逡："现为谒者，为人谨敕，宜侍帷幄。"元帝依言召见冯逡，意欲命为侍中。冯逡即野王之弟，生性正直，平日最恶石显，正想揭他罪恶，今蒙召见，便请元帝屏退左右，极言石显专权自恣。元帝闻言大怒，便将冯逡罢为郎官。事后石显闻知冯逡对帝言语，十分愤恨，由此遂与冯氏有隙。

到了竟宁元年三月，御史大夫繁延寿卒。元帝下诏群臣推举，群臣一律举荐大鸿胪冯野王，行能第一。元帝见奏，又召石显问之。石显便趁势奏道："现在九卿之中，无有胜过野王者，但野王系属昭仪胞兄，臣恐后世必以为陛下偏宠后宫亲属，用为三公。"元帝见说，抚掌称善道："我却见不及此。"于是遂拜太子少傅张谭为御史大夫，下诏褒美冯野王一番，置之不用。野王闻知叹道："人皆因女得贵，我兄弟却因女得贱。"读者须知，小人设计害人，不但说他不好，便极口说好，而其人不知不觉，已受其害，真是可怕。欲知以后如何，且听下回分解。

第一六四回　昭君遗恨嫁匈奴　史丹尽忠护太子

话说当日甘延寿、陈汤既斩郅支单于，消息传到匈奴，呼韩邪单于闻知，且喜且惧。喜的是郅支既灭，无人与之作对，便可稳据匈奴之地；惧的是汉威远布，纵使强如郅支难免诛戮，何况自己本是弱国。遂遣使向元帝上书道："臣常愿谒见天子，徒因郅支尚在西方，恐其联络康居来攻，所以未敢轻离本地。如今郅支既已伏诛，臣请愿入朝谒见。"元帝见奏批准。到了竟宁元年，呼韩邪单于来朝。元帝如前款待，惟所赐物件比前一律加倍。呼韩邪又向元帝自请，愿为汉女之婿，元帝许之。先是汉与匈奴和亲，皆以宗室之女号称公主嫁之。如今单于既已降汉，自不能比照往日成例。元帝遂想就后宫宫女择取未经御幸者，赐与单于，乃命左右将所画宫女图呈上。

原来元帝因后宫宫女过多，无暇自行选择美丑，便召到长安有名画工多人，令其将宫女容貌一一画出，以便按图选择。当日长安画工有杜陵人毛延寿，最长于画人物，无论其人生得美丑老少，经他下笔，无不形容毕肖。又有安陵人陈敞、新丰人刘白、龚宽，善画牛马飞鸟，惟画人不及延寿。又有下杜人阳望、樊育皆长于设色。诸人奉命入宫，尽取宫人面目。便把它当作一桩好生意，要想借此发财，因都向所画之人索取贿赂。一班宫女，何人不希望自己能被主上看中，蒙其宠幸。如今闻说画工来画容貌，也有自知生得丑陋，望画工替她遮掩。更有容貌虽美，尚恐不中主上之意，要求画工添上几笔，变成个倾国倾城的佳人。到了此时，画工一支笔便能夺造化之权，真是扬之可使升天，抑之可使入地，高下在心，美丑随意。可怜一班宫女，哪敢不十分奉承买他欢喜。有钱的便从重送了一笔厚礼；无钱的也就卖钗钏典衣服，东挪西借，凑个成数，求他赏光。大约每人贿赂画工，多者十万，少者也有五万。毛延寿等见了钱财，落得收受。便各按她生成容貌，添上几分美色。但凡送有财物的宫人，画出容貌，只有比原来加好的，断无反丑的。毛延寿等只图得钱，也不顾平日的声名与那欺君的大罪了。

谁知一班宫女之中，却有一人姓王名嫱字昭君，乃南郡秭归人，王穰之女，生得兰心蕙质，玉貌花容。自从被选入宫，未得一见元帝。今闻画工来画容貌，又见许多宫女，纷纷用钱买嘱，心中觉得好笑，又是好气。她家中并非无钱，却不肯随同众人破钞。在昭君之意，一则觉得此种贿赂行为，实为可耻；二则但凭自己容貌，尽可取得主上宠爱，更无须画工替她妆点，所以并不曾破费一文。读者试想，昭君不肯贿赂画工，原是她人品高处，而且自己本有十分容貌。既无庸画工加工，自也不必报酬，但求毛延寿等照她本来面目画去，元帝见了，万无不召见之理。谁知一班画工被众宫女过于奉承，愈加骄傲，似乎此种贿赂，系属自己应得的。偏是众人皆有，昭君独无，更触其怒，以为昭君有意破坏他的规例。若使人人都学昭君，岂不白费辛苦？因此便将昭君容貌好处，一概湮没，虽然眉目位置不能变更，但是风神不露，神气毫无，把那活泼泼的王昭君画成如土塑木雕一般，所以元帝见了，毫不在意。此外尽有容貌不及昭君者，只因画工得了重贿,加意描写,竟得元帝召入宠幸。昭君冷落深宫,不承恩宠,只有自叹薄命而已。

此次元帝因呼韩邪单于欲娶汉女,便命将画图呈进,心中也想选一稍有颜色之人,配与单于。于是将图画翻来翻去,末后提起御笔点上昭君。只因画图上的昭君,虽然比真昭君相差甚远,但却比一般宫女尚觉稍胜,所以别人不选,单选到昭君身上。元帝何曾料到昭君是个绝色。当日选中之后,也不先召入宫一看,便命有司选成名册,备齐嫁妆,选择吉日,预备送与单于完婚。直到昭君临去之日,元帝方才召人。此时昭君靓妆丽服,更显得十分妩媚,容光动人。元帝举目一看,不觉暗自吃惊,心想我后宫昭仪、婕好等,虽然生得美丽,却都不及此人,而且语言伶俐,举动幽雅。如今送与匈奴,真是可惜。意欲将昭君留住,另换一人,无奈名册都已造定,单于也早闻知;今若临时更换,臣民必道我贪图女色,失信外人,事已到此,只得由她去罢。元帝于是吩咐昭君数语,昭君谢恩起去。

元帝见昭君已去,独自寻思道:“我宫中有此美人,何以一向不曾知得,都因我无暇逐人召见,信任一般画工,未免失计,究竟绝代容华,终非画手所能描写。”想罢命左右再将画图呈进,元帝翻复看了数遍,又将图中平日曾经召幸之人,与昭君比较一番,忽然悟道,此必是画工从中作弊,不觉怒从心起,下诏有司将一班画工,尽行下狱,交与廷尉彻究治罪。廷尉奉命,即提到毛延寿等,严刑审问。诸人熬刑不起,只得据实招出。廷尉定了死罪,一律推出斩首,并将各人家财,抄没入官,大约每人积聚家私,都有十余万。只因此一场风波,长安有名画工,几乎死绝。呼韩邪单于得娶中国美人王昭君,心中自然欢喜,遂上书元帝,请将上谷以西至敦煌一带沿边戍卒一律罢去,由匈奴担任保守。元帝见奏,发交公卿会议。朝臣大都赞成,惟有郎中侯霸熟悉边事,力陈不可。元帝听从其言,乃命车骑将军许嘉面谕呼韩邪单于道:“中国四方皆有关塞,不独防备北方而已,且恐中国奸邪之人,私出塞外酿祸,故设塞以防之也。”呼韩邪闻言谢道:“臣愚不知大计,请将此议作罢。”

呼韩邪单于带了王昭君到了塞外,号为宁胡阏氏。年余王昭君生一男,名伊屠智牙斯,后为右日逐王。及呼韩邪单于死,长子雕陶莫皋嗣立,号复株累若鞮单于,仍以昭君为妻,生有二女。昭君竟老死匈奴中。说起边地寒冷,草色皆黄,惟有昭君墓上草色独青,时人因呼为青冢。唐杜甫有诗咏王昭君道:

群山万壑赴荆门,生长明妃自有村。
一去紫台连朔漠,独留青冢向黄昏。
画图省识春风面,环珮空归月夜魂。
千载琵琶作胡语,分明怨恨曲中论。

昭君既嫁胡人,自然当从胡礼。原不得据中国礼制,责她失节。但后人怜她美貌,远嫁异域,因编成一曲谱入音乐,名《昭君怨》。好事者遂说昭君不从胡礼,服毒而死,真是可笑。

闲言少叙,却说石显自从得志专权,谗害忠良,援引奸党,种种罪恶书不胜书。当日也有京房、冯逡等向元帝前揭奏其奸，元帝不但毫无觉察，而且倚任日专。说起来虽由元帝生性暗弱，不知分别贤否，其实也因石显具有一种手段，买弄得元帝十分相信，所以一切忠言都不入耳，说起小人伎俩，也就可畏。

先是石显自见事权在他掌握，深恐元帝听信他人言语，起了疑心，索性卖个破绽，撩人出来告发；暗中却先向元帝说明，愈显得自己并无专擅，他人所告，都是不实，以后便可保无事。石显定了主意，一日乘着无人之际，向元帝奏道："宫中需用物品，多向各官署调取。遇有晚间取物，回时稍迟，宫门早闭，不得入内，嗣后请准传诏开门。"元帝见说，点头应允。过了数日，石显便借着调取物件出宫，故意迟至夜深，方始回宫。望见宫门已闭，石显便传元帝诏命，开门入内。此事传到外间，有人素恨石显，如今得了把柄，便上书劾奏石显，擅行矫诏，夜开宫门。元帝见奏，付之一笑，便将奏章交与石显阅看。石显看毕，正中其计，遂假作悲泣说道："陛下误宠小臣，委托以事。群臣无不嫉妒争欲害臣，诸如此类，不一而足。独赖圣明洞鉴，幸免遭罪。臣实微贱，不能以一身使万众称快，愿归还枢机之职，得备后宫扫除之役，虽死亦无所恨。乞陛下哀怜微命，准臣所请，曲赐保全。"说罢连连叩首，泪流满面。元帝见了，以为所言是实，心中觉得不忍。于是从重安慰勉励一番，并厚加赏赐，总计石显所得赏赐并贿赂，不下一万万。

元帝既信石显，委以政事，终日在宫养病，无事时便以音乐消遣。元帝为人多才艺，善写隶书，能弹琴瑟，吹洞箫，自谱歌曲，作为新声。有时命左右取鼙鼓置殿下。元帝自临轩槛之上，两手亲取铜丸，接连掷向鼓上，每掷必中，嘭嘭有声，其音节俨如人击急鼓，丝毫不乱。后宫及左右近臣知音之人，皆不能学。惟有次子定陶王刘康，乃傅昭仪所生，自少便通音乐，也能学得元帝此种本事，因此元帝常称其才。时有史丹在旁，见元帝称赞定陶王，急进说道："大凡所称为才能者，在于聪敏好学，如皇太子是也。若以吹弹歌唱为能，是陈惠、李微高过匡衡，可以拜为宰相。"元帝听了，也觉好笑。

读者须知，史丹此言，并非无因，乃出于防止废立之意。说起皇太子骜，幼为宣帝所爱。及年长成，喜读经书，为人宽博谨慎。其始居住桂宫。一日元帝在未央宫，忽有要事命左右急召太子到来，太子闻命连忙坐车前来。谁知行出龙楼，却遇驰道，阻住面前，不敢横穿而过，于是绕道而行，至直城门，方得度过，由作室门入宫。元帝盼望太子，等候许久，方见到来，便问其何故迟延，太子只得将实情具奏。元帝听了大悦，遂下令以后许太子越过驰道，元帝当日心中也就甚爱太子。谁知后来太子贪酒好色，终日在宫作乐，渐渐失爱于帝。又值傅昭仪有宠，其子定陶王才干又像元帝，元帝因有意欲立定陶王为太子。史丹乃史高之子，奉命监护太子，知得元帝意思，因此乘机进谏。

到了建昭四年，中山哀王刘竟病死。刘竟乃元帝少弟，因年幼尚在长安，未及就国。太子闻信，前往作吊。元帝正在悲哭，望见太子到来，想起中山王一向与太子同居同学，愈加伤心。及太子行至近前，元帝留心看他，颜色不甚悲哀，不觉心中愤怒，却不言语。太子去后，元帝便召史丹到来，告诉太子适才情形。因说道："似此为人心不慈仁，岂可使奉承宗庙，为民父母。"史丹听了暗吃一惊，心想我若不替太子弥缝，必有废立之事。一时心急智生，连忙免冠叩头道："是臣见陛下悲痛中山王，恐伤圣体，预先嘱咐太子进见时勿得涕泣，触动陛下，罪实在臣，臣当万死。"元帝素信史丹之语，方始平了怒气。

及竟宁元年,元帝病重,王皇后与太子骜少得进见,惟有傅昭仪定陶王常在左右。元帝病势日加,意中忽忽不平,时常召到尚书,问以景帝时立胶东王故事。皇后、太子与后兄王凤皆忧惧无以为计。史丹因系亲密之人,得在元帝左右侍疾,见元帝又有废立之意,心想此时我若不言,更无他人进谅。却又碍着傅昭仪与定陶王在旁,不便发言,留心等到元帝独卧之时,史丹一直走进卧房。当日皇帝卧房近床一带,用青色画在地上,因名为青蒲。惟有皇后方能走上青蒲,他人不得到此。史丹欲与元帝密语,此时也顾不得犯禁,便伏在青蒲之上,叩首涕泣说道:"皇太子位居嫡长,册立已十余年,天下莫不归心。今定陶王得宠,道路流言,太子有动摇之说。果有此事,公卿必然力争,臣请先行赐死。"元帝见史丹言语激切,大为感动,因叹道:"吾病日重,太子两王均尚幼小,意甚恋恋,并无此议,且皇后素来谨慎,先帝又爱太子,吾岂可违背,汝何从闻得此语?"史丹听说,连忙退下数步,叩首答道:"愚臣妄有所闻,该得死罪。"元帝遂对史丹道:"我恐将不起,汝可善辅导太子,勿违我意。"史丹欷歔,起立退出。只因史丹数言,太子竟得保全。未知以后如何,且听下回分解。

第一六五回　成帝即位黜宦竖　王尊舍命护金堤

话说竟宁元年夏五月，元帝病重，驾崩于未央宫。帝年二十六即位，在位十六年，改元四次，寿四十二岁，葬于渭陵。太子骜即位，是为成帝。尊王皇后为皇太后，以元舅王凤为大司马大将军，领尚书事。与后父大司马车骑将军许嘉一同辅政。许嘉乃许广汉弟许延寿之子，广汉身死无子。元帝使许嘉为广汉后，嗣爵平恩侯。元帝追念其母许皇后，在位日浅，却遭霍氏毒死。故特选许嘉之女为太子妃，初入宫时，元帝使中常侍黄门送往太子处。及诸人回来复命，备言太子见了许妃欢悦情形，元帝大喜，对左右道："汝可斟酒贺我，许妃生性聪慧，甚得太子宠爱，曾生一男不育，至是立为皇后。"成帝又感史丹拥护之力，拜为卫尉，擢右将军，赐爵关内侯。

古语道："一朝天子一朝臣"。自从成帝即位，委任王凤。王凤是个性喜揽权之人，不比史高等，但仰宦官鼻息。当日成帝正在居丧，一切政事皆由王凤主意。到了此时，石显也就一筹莫展。王凤久知石显之奸，遂奏请成帝罢去中书宦官，以石显为长信中太仆。石显既离中书，毫无权柄，比起昔日势焰，真是一落千丈了。

过了一年，成帝下诏改元为建始元年。先是丞相匡衡、御史大夫张谭，当元帝时，心畏石显，遇事不敢违忤。今见石显失势，二人遂联名上书，劾奏石显，追列种种罪恶，并其党与姓名。成帝下诏将石显免为庶人，与妻子等移归济南故里。其党牢梁、陈顺皆免官，少府五鹿充宗贬为玄菟太守，御史中丞伊嘉贬为雁门都尉。一时人心无不称快，长安为之谣道：

伊徒雁，鹿徒菟，去牢与陈实无价。

读者试想，石显自少受了宫刑，如何却有妻子？原来古代宦官得势，往往逼取良家子女为他妻子；或有无耻之徒，自愿将子女献媚。此种恶习，在前汉时便已有之。论起石显平日罪恶，理应处以极刑。只因成帝前为太子，几乎被废，石显也曾出力保护，以此从宽发落。石显失了官职，带同妻子起程，心中忧闷，饮食不进，行到半路，得病而死，也算是便宜他了。

匡衡、张谭见石显被他劾奏免官，正在得意，谁知旁边恼了一位直臣，此人姓王名尊，现官司隶校尉。当日见此情形，即上书劾奏匡衡、张谭："身为三公，明知石显专权乱政，擅作威福，何不即时劾奏，明正刑罚？乃反阿谀曲从，附下罔上，直到石显失势，匡衡、张谭方始举奏；不自陈述不忠之罪，反扬先帝用人之过，失大臣体，罪皆不道。"此书既上，成帝因初次即位，不欲伤大臣体面，下诏勿问。匡衡闻知，心中惭惧，乃上书谢罪，并称病乞骸骨，上还丞相乐安侯印绶。成帝温语慰留，赐以牛酒。明知王尊所奏甚是，但为优待大臣起见，遂命御史丞劾奏王尊，饰成小过，污辱宰相，贬为高陵令。匡衡方始照旧视事。

王尊字子赣，乃涿郡高阳人，幼时丧父，依伯叔养活，家中甚贫，伯叔使之牧羊。王尊偷闲读书，年十三得为郡中小吏。后渐长成，给事太守府中，太守问以诏书所列应行之事，王尊一一详对，太守甚奇其才，补为书佐。后被举直言为虢县令，擢安定太守。王尊到官之后，查得属吏五官掾张辅贪赃不法，即命将张辅下狱究治。张辅遂死狱中，抄没赃物不下百万。此外郡中豪强之家，亦多坐罪。郡中小人，畏其严厉，上书告尊残贼。尊坐此免官，后复为益州刺史。一日出巡所属，到了邛崃山。此山极其险峻，有九折阪，车马往来不易。王尊坐在车中，忽然记起一事，因问属吏道："此即王阳所畏之地否？"原来王阳曾为益州刺史，行过此处，见其危险，因叹道："我承先人遗体，何苦屡过险地！"于是不久告病而去。王尊闻知此事，故向属吏动问。属吏便答道："是！"王尊听了暗笑王阳畏怯，即喝令御者驱马速行而过。后人因称王阳为孝子，王尊为忠臣。

王尊在益州二年，蛮夷归附，升为东平相。说起东平王刘宇，乃宣帝之子，母为公孙婕妤。元帝即位，刘宇就国，奉公孙婕妤为东平太后。刘宇年少骄奢，屡次犯法。元帝因是至亲，不忍治罪，但将傅相免官。又见王尊办事强干，故拜为相。王尊到任，访知刘宇平日往往微行出入，与后姬家往来，王尊乃召到厩长嘱咐道："大王出门，须要备齐车驾及随从官属，方合体制。自今以后，大王若但令汝驾着小车出外，汝可叩头谏阻，说是奉有相命，不得复如从前。"厩长依言退去。刘宇由此不得出外微行，心中甚觉不悦。

一日王尊复入见刘宇，刘宇请其登堂。王尊便对刘宇道："尊此来人皆吊尊，因尊不容于朝廷，故见命为王之相。曾闻天下皆言王勇，由今观之，王特恃贵而已，安得称勇？惟如尊者乃为勇耳！"刘宇为人本来暴戾，今被王尊当面抢白，不觉无明火起，颜色大变，两眼狠狠地看着王尊，意欲将他打杀。但是未有题目，不便发作。忽然想得一计，假作好言对王尊道："请看相君佩刀。"王尊已觉刘宇之意不善，早有防备，不坠其计，但将手举起，露出腋下佩刀，对着旁边侍郎说道："汝可走到近前，拔出佩刀，与王观看。"又直对刘宇说道："王意欲诬相以拔刀向王之罪耶？"刘宇被王尊说破，自觉羞惭；又兼久闻王尊威名，不觉自然屈服。遂命左右排起筵席，自与王尊相对饮酒，极其欢乐。

王尊设法收服刘宇，使他不敢如前放肆，原是好事。谁知却被刘宇之母东平太后公孙氏闻知此事，反替其子抱屈，即上书元帝，说是王尊为人倨慢，不尽臣节。元帝依奏，便将王尊免官。至是大将军王凤素知其能，奏补军中司马，擢为司隶校尉。又因劾奏匡衡、张谭被贬为高陵县令，到官数月，因病辞职。

王尊辞职归里，不久又被任用。先是终南山有一贼首傰宗，聚众数百人，盘踞山林，四出打家劫舍，抢掠行人，为害地方。成帝拜故弘农太守傅刚为校尉，带领兵队千人，前往剿捕，费年余之力，无法擒治，贼势愈横，甚至长安城门亦加戒严。京兆尹王昌、甄遵因此连被贬官。时郑宽中为关内侯，见此情形，便对王凤说道："终南山近在辇毂之下，盗贼横行，发兵讨之，不能取胜，未免为四夷所笑。为今之计，惟有选择贤京兆尹，方可平定。"遂向王凤保荐王尊可以胜任。王凤依言，先召王尊到来，问以捕盗之策。王尊一一对答。王凤乃保荐王尊为谏大夫,署京兆都尉,行京兆尹事。王尊到任,不过月余,盗贼一概肃清。建始四年,成帝遂拜王尊为京兆尹。当日长安城中豪家大侠,不计其数,中有万章最为著名。万章字子夏,居长安城西柳市,时人因号称城西万子夏。万章曾为京兆尹门下督,与石显交好,因借石显权力,交游愈盛。一日偶随京兆尹到了殿中,一时列侯侍中等一见万章,皆近前与之为礼,却无人与京兆尹言语。万章心中恐惧,连忙退避一边。及石显免官回里,家财甚多,所有床席器具粗重之物,值钱数百万,因其不便携带,尽数赠与万章。万章不受,旁人请问其故,万章叹道:"吾以布衣见爱于石君,今石君家破,吾力不能救,岂可反贪其财物?"闻者尽皆叹服。此外又有东市贾万、卖箭张回、卖酒赵放及杜陵人杨章等,亦皆藏匿亡命,结客报仇,武断乡曲。历任京兆尹虽闻其名,不敢究办。到了王尊任内,竟将诸人一律捕拿到官,审讯定罪,尽皆伏诛,由此地方安静,吏民悦服。

王尊在任三年,却被御史大夫张忠劾奏免官。人民闻信,无不称惜。湖县三老公乘兴上书,为王尊辩白。成帝见书,遂又拜王尊为徐州刺史。未几擢东郡太守,王尊在东郡数年,地方无事。一日忽报河水大涨,金堤甚危。王尊听了大惊,急往察看。原来东郡地近黄河,当武帝时河决瓠子,连年不塞,各地皆受水害。后武帝车驾亲临,始将决口填塞。其附近一带之堤,名为金堤,意取坚固如金。此堤关系甚大,若有毁坏,不但东郡一郡成为泽国,且连吴楚诸郡国都要遭灾。当日王尊闻信,赶往河上,远远已听得河流之声,如雷鸣鼓响,沸天震地,及至近旁一望,但见一片汪洋,水势迅急,波浪如山,向堤撼来。堤身为之动遥平时金堤高出水面数丈,如今不过七八尺。那河流继长增高,约计不消一二日,便要漫过堤面,纵使水不加涨,而堤被水啮,其力甚猛,一旦崩坏,十余郡人民都将化为鱼鳖,真是危险异常。因此众人见了,无不心寒胆战。

王尊见势已危急,此时也无别法,便拼着一死,丝毫不惧。吩咐属吏备了白马,抛入水中,致祭河伯。又命巫作成祝文,说是太守情愿以身填塞金堤,保全一方生命。王尊亲执圭璧,向河祷告一番,焚了祝文,便令左右就堤上搭起庐帐,自己在内住宿,不再回署。此时随来官吏并邻近居民围观者,不下数千人,见太守身当水冲,誓与堤共存亡,人人无不感动,一齐跪下叩头,请求王尊回去。王尊只是不肯,众人也就不忍走开,将他团团围住,看看水势愈涨愈高,离堤面不过三尺,沿堤土石被水冲击,渐渐剥落,眼见得堤身不保,众人也顾不得太守,各自奔走逃生,顷刻之间,一哄散尽。惟有主簿一人,守住王尊啼泣。王尊一心待死,凝立不动。

正在死生顷刻之际,说也奇怪,那波浪到了堤边,似乎有物阻住,仍旧退回,水势亦不加涨。众人闻堤身未坏,也就陆续回来。王尊便命大众将堤身受损之处,加工抢护。过一二日,河水稍退,金堤竟得保全,于是吏民人等皆心服王尊之忠诚义烈。白马三老朱英等遂将此事奏闻成帝。成帝发下有司,查明确系实情,乃下诏褒美王尊,加秩中二千石,并赐黄金二十斤。后王尊病终任所,吏民为之立祠祭祀。清谢启昆有诗咏王尊道:

抑弱扶强令尉呵,引经造狱律无讹。

洪流万丈填堤立，峻坂千寻叱驭过。
大节不为临险动，当官大抵惜身多。
忠臣孝子原无二，未许雷门相鼠歌。

当日王尊劾奏匡衡，虽被贬官，一时舆论皆称其能尽职。匡衡闻知暗自惭愧，每遇灾变，便上书告退。成帝屡加慰留。匡衡也舍不得高官厚禄，照旧供职。到了建始三年，匡衡之子匡昌官为越骑校尉，忽因酒醉杀人，被拿下狱。其弟密与越骑属下吏卒谋，欲劫狱救出匡昌，事尚未行，却被有司发觉，奏闻成帝。匡衡得信大惊，连忙免冠跣足，入宫谢罪。成帝传谕着上冠履。匡衡方幸自己可保无事。谁知一波未平，一波复起，偏又被司隶校尉与廷尉劾奏匡衡食邑安乐乡，多占四百顷地，算是监守自盗，罪该不道。成帝下诏勿治，但收回丞相安乐侯印绶，免匡衡为庶人。汉时丞相免为庶人者，自匡衡一人为始。匡衡既已免官，成帝遂拜王商为丞相。未知以后如何，且听下回分解。

第一六六回　辟讹言王商拜相　宠外戚五侯受封

话说王商字子威，乃宣帝母舅王武之子，少嗣父爵为乐昌侯。居丧尽礼，并将家中财物，尽数分与异母兄弟，由此名闻一时，大臣共相推荐，元帝时官至右将军光禄大夫。成帝为太子，几乎被废。王商出力保护，成帝甚加敬重。即位之后，移为左将军。王商为人质朴厚重，守正不阿。因见大将军王凤并无才能，自秉国政，但知揽权据势，做事骄僭，心中甚属不平，往往露于辞色。王凤也知王商之意，由此二人结下嫌隙。

成帝既拜王凤为大将军，又封太后同母弟王崇为安成侯，食邑万户。庶弟王谭、王商、王立、王根、王逢时皆赐爵关内侯。是时天上忽降黄雾，塞满四方，终日不散。成帝下诏遍问朝臣："是何休咎？准其直言无讳。"于是谏大夫杨兴、博士驷胜等奏道："此乃阴盛侵阳之象。昔日高祖有约，非有功不得封侯。今太后诸弟，皆系无功受封，为外戚所未有，故天降此变，以警陛下。"一班朝臣见了二人之奏，多以为然。王凤闻知心中忧惧，遂上书乞骸骨。成帝下诏慰留，王凤仍出视事。

王凤乃王禁长子，与弟王崇及太后三人皆系王禁嫡妻李氏所出。先是王凤生时，适值五月五日，王禁对家人道："俗语五月五日所生之子，将来长大，身高及户，若不自害，必害父母。此子既犯俗忌，不如弃之。"其叔父在旁说道："昔日田文即以此日出生，其父使弃之，其母私自留养。后为孟尝君，封于薛地，号其母为薛公大家。由此观之，并非不祥。"王禁听说，方始无言。其母李氏已生二子一女，后因妒忌被出，再嫁苟氏，生一子名苟参，太后既贵，遂命王禁迎回李氏。至是太后心怜苟参，又欲援田蚡之例，封之为侯。成帝道："田蚡受封，并非正当。"乃拜苟参为侍中水衡都尉，王氏子弟皆为卿大夫侍中诸曹，分据要地，朝廷为满。其年六月，忽有青蝇，不计其数，一齐飞集未央宫殿中朝臣坐次。八月戊午日清晨，有两月现于东方。九月戊子夜有流星，其光照地长四五丈，屈曲如蛇形，直穿入紫宫。十二月大风拔甘泉畤中大木十围以上。各郡国多被水旱，秋收大减。综计成帝即位初年，灾变百出，说者皆谓为王氏专政之故。

谁知成帝自少亲倚王凤，不但不许他辞职，反欲将政权交付王凤一人专揽。建始三年，遂下诏安慰许嘉数语，免其大司马车骑将军之职，加赐黄金二百斤，以特进侯就第。许嘉在元帝时辅政已八九年，又是皇后之父，反不及王凤得成帝之信任。许嘉既去，王凤遂独掌政权。是年秋日，关中地方一连大雨四十余日，北方素来少雨，人民罕见，不免都怀疑惧。一日忽哄传大水到了长安，居民闻信，大起惊慌，各自扶老携幼，东奔西窜，街巷皆满，拥挤不开，也有被践而死者，霎时间人声鼎沸，满城大乱。成帝闻知，急坐前殿，召到公卿大臣，商议防御之策。大将军王凤建议道："如今事势危急，应请陛下及皇太后带同后宫人等乘坐船只，一面传谕人民，令其上城避水。"成帝闻言遍问群臣，大都赞成。独有左将军王商进前说道："自古无道之国，水犹不冒城郭，今政治和平，世无兵革，何至有大水一日暴至？此必讹言，不宜令人民上城，致使愈加惊恐。"

成帝听说称善,遂命内外百官,一律镇定,勿得张皇。过了片刻,人民也稍平静。成帝遣人查问,回报果是谣言。成帝由此愈加敬重王商,常赞其议。王凤自悔失言,甚觉惭愧。及匡衡免官,成帝遂拜王商为丞相。

王商虽为丞相,但其时用人行政之权,皆归大将军王凤主管,故丞相无甚权力。先是建始三年冬十二月一日日蚀,是夜未央宫中地震。成帝下诏公卿各举直言极谏之士,问以时政阙失。到了次年夏四月,天忽降雪。成帝复召直言极谏之士至白虎殿对策。当时灾变连年,朝野议论多归咎于王氏,但却无一人敢向成帝明言。即号为直言极谏之人,所对之策,也都含糊塞责,从中更有一二善于取巧,如杜钦、谷永等,便趁势移祸到许后身上。

杜钦字子夏,乃杜延年之子,少喜读书,祖父皆为公卿,家中富足,但出世便盲了一目,未免五官不全,因此不喜出仕。同时又有茂陵人杜邺,也字子夏。二人姓字相同,皆有才能,名闻当世。时人因恐无从分别,遂号杜钦为盲杜子夏。杜钦见世人将他身上毛病当作称号,心中甚不愿意,因想得一法,特别做成一种小帽,戴在头上,高阔仅有二寸,于是京师人改称杜钦为小冠杜子夏。杜邺为大冠杜子夏。

杜钦为人深心有谋,虽然家居无事,却喜替人划策。王凤素知其能,及为大将军,便奏补杜钦为大将军武库令。武库令职管兵器,清闲无事。杜钦既受王凤提拔,遂一心一意为着王氏。先是成帝即位,未立皇后,皇太后下诏采选良家子女入宫。杜钦素知成帝为太子时便有好色之名,因劝王凤依照古代一娶九女之制,选取名门淑女,以充后宫,预防女色乱国之祸,王凤未能听从。后来许后既立,专宠后宫,一班妃嫔少得进见,许后复生一女不育,成帝即位数年,尚未有子,皇太后与王凤等颇以为忧。此次杜钦被举对策,明知王氏势位太盛,待要直言,未免得罪王凤。只得将种种灾异归咎后宫。谷永对策,所言也与杜钦相同。成帝赐杜钦帛,拜谷永为光禄大夫。谷永字子云,长安人,乃谷吉之子。历官太常丞,为太常阳城侯刘庆忌所荐。谷永见王凤正在当权,意欲自为结托,遂借着对策,极力讨好王氏,攻击许氏,因此买取王凤欢喜,骤然取得高位。

王凤既得杜钦、谷永二人为其心腹,甚加厚待,遇事每与计议。二人遇事荐举人才,王凤依言任用,甚得其力。当日馆陶一带黄河决口,连及东郡金堤,被灾之地共有四郡三十二县,水深之处,约有三丈。杜钦举荐王延世为河堤使者。王延世督率人夫,并力堵筑,仅三十六日成功。成帝下诏将次年改元为河平元年,拜王延世为光禄大夫,赐爵关内侯。是时陈汤因事下狱,谷永又上书为之辩冤。成帝乃夺其爵,释放出狱。陈汤家居无事,一日忽奉成帝诏召,陈汤遂随同使者入见。

读者欲知成帝何故召见陈汤,先是乌孙小昆弥末振将遣人刺杀大昆弥雌栗靡,汉廷议欲起兵讨之,事尚未行。适大昆弥翎侯难栖使人杀死末振将,末振将兄子安犁靡代为小昆弥。成帝深恨未及诛杀末振将,乃命段会宗发戊己校尉及诸国兵,往诛末振将之太子番丘。段会宗字子松,上邽人,竟陵时曾为西域都护。诸国服其威信,至是拜为左曹中郎将,前往乌孙。会宗奉命领兵,行至半路,暗想道:“我若一直进兵乌孙,恐被番丘闻信,先行逃遁,不易捕获。”于是想得一计,将大兵离城远远屯扎,自带精兵三十人，各携弓弩兵器，直到小昆弥所在之地，遣人往召番丘。番丘不知消息，闻召到来。会宗便宣读诏书，说是末振将骨肉相杀，并害及汉公主子孙，未及伏诛，应将番丘抵罪。读罢，便拔剑将番丘斩首。番丘随来人等见其主被杀，出其不意，各自逃回，报与小昆弥乌犁靡知悉。

会宗率领部下回到营中，小昆弥乌犁靡闻说番丘被杀，急领数千骑来围会宗。会宗便对小昆弥宣布奉命来诛番丘之意，并说道："汝今起兵围我，纵使将我杀死，譬如九牛拔去一毛，与汉无损。从前宛王与郅支头悬藁街，汝乌孙早已知之，休再蹈其复辙。"小昆弥闻言心中虽折服，但仍辩道："末振将有负于汉，汉杀其子可也，何不先行告我，与以饮食。"会宗答道："我若预告昆弥，万一昆弥使他逃匿，岂不犯了大罪？倘给以饮食，再行付我，又伤了骨肉之恩，是以不敢先告。"小昆弥见会宗说得有理，只得号泣领兵而回。当日会宗被围之际，也虑及两下动起干戈，或致自己失利，遂一面上书朝廷请发敦煌及各城郭兵来救。成帝得书召到大将军王凤丞相王商及百官会议，数日不决。王凤忽记起谷永前曾上书保救陈汤，因想到陈汤为人足智多谋，而且熟悉西域情形，遂奏请成帝，往召陈汤问其意见。成帝准奏命召陈汤入见。此时成帝驾坐未央宫前殿宣室，陈汤奉命到来，正待下拜。成帝传谕免礼。原来陈汤前征郅支之时，在军中感受寒湿，两臂麻木不能屈伸，故成帝令其勿拜，遂将会宗奏章交与陈汤阅看。

陈汤看罢奏章，辞谢道："方今朝中将相九卿并皆贤才，小臣老病，不敢妄参末议。"成帝道："现在国家有急，君可勿让。"陈汤方始说道："以臣愚见，此事必可无忧。"成帝问道："何以见得？"陈汤道："胡人兵器不利，须三人方当汉兵一人。今围会宗之兵，其人数不足以胜会宗。且据会宗来书，欲发敦煌之兵，相去甚远，不能即至，是其意欲用以报仇，并非救急。陛下可以勿忧。"成帝道："君能断其必解围否，约计何时可解？"陈汤心想乌孙瓦合之兵，不能久攻，照向例不过数日，遂答道："已解矣！"又屈指计算道："不出五日，当有吉报。"成帝与公卿等听了，半信半疑。因见陈汤所说，为日无多，便有分晓，乃暂将发兵之议搁起，等候消息。过了四日，果然军书到来，报说其围已解。段会宗既诛番丘，领兵回国，成帝封为关内侯，赐黄金百斤。后会宗复奉使西域，病死乌孙。西域诸国，皆为发丧立祠，其得人心如此。当日王凤见陈汤料敌如神，心中佩服，遂用为从事中郎。陈汤明习法令，遇事善能临机应变。王凤十分相信，遂将幕府之事，一概委任陈汤办理。

到了河平二年，成帝遂下诏尽封诸舅为列侯，王谭平阿侯，王商成都侯，王立红阳侯，王根曲阳侯，王逢时高平侯。五人同日受封，故时人称为五侯。成帝既委政王凤，遇事谦让，不自专决。一日左右保荐光禄大夫刘向少子刘歆学问通达。成帝召见，命诵诗赋，甚喜其人，欲拜为中常侍。左右皆道："未曾告知大将军。"成帝道："此小事何必告知。"左右叩头争之，成帝乃召王凤告以己意。王凤说是不可，成帝只得作罢。当日朝臣畏惧王凤权势，不敢触忤；独有丞相王商不肯附和，因此王凤便欲设法除去王商。未知王凤如何设计，且听下回分解。

第一六七回　遭诬蔑丞相免官　泄忠谋京兆下狱

话说王商自为丞相，与大将军王凤一朝共事，二人意见不同，不免议论时有冲突。王凤虽然心恨王商，却因他也是外戚，又得成帝亲重，且平日无甚过失，未敢下手害他，所以王商为相经历四年之久，却也安然无事。

及河平四年春正月，匈奴复株絫若鞮单于来朝。成帝驾坐未央宫白虎殿，命召单于入见。单于行到未央宫廷中，望见丞相王商坐在廷中，遂即进前拜谒。王商由座上立起，与单于叙礼，谈了数句。单于偷眼观看王商，身长约有八尺余，体态魁梧，容貌严厉，觉得威风凛凛，甚是可畏，不禁倒退数步。后有人将此情形告知成帝，成帝叹道："此人真汉相矣！"语为王凤所闻，惟恐王商得宠日深，势将夺己之权，因此心中愈加妒忌。

当日王凤与琅琊太守杨肜结为亲家。适值琅琊郡中连出灾异十四种已上，王商属吏照例前往查办。王凤闻知其事，意欲保全杨肜官职，便对王商道："灾异关系天事，并非人力所能为力。杨肜素来官声颇好，务望暂置勿问。"王商听说，心知王凤袒蔽亲家，不肯依从，遂奏请将杨肜免官。王凤见奏大怒，便将奏章搁起不问。一面设法欲害王商，使人搜寻王商过失。无奈王商为人公正，无甚罪恶可作把柄。惟王商有一妹与人私通，后被家奴将其奸夫杀死。王凤便将此事强牵到王商身上，暗使心腹人耿定上书告说："王商与其父宠婢及妹淫乱，如今家奴杀死其妹之奸夫，必是王商指使。"成帝见奏，心想此等关系闺门之事，暧昧不明，无从证实，意可置之不问。王凤便向成帝力争，成帝只得发下司隶校尉查办。

先是皇太后曾下诏选取王商之女，以备后宫。恰值其女抱病，未及入宫。此次王商被人诬告，心知必遭王凤陷害，不免忧惧，遂想将女纳入宫中以为援助，乃托新被宠幸之李婕妤家转达成帝愿献其女。谁知此种举动，传到外间，反致愈闹愈大。

当日朝中有一蜀郡人张匡，官为太中大夫，生性巧佞，作事阴险，一心但想交结权门取得富贵。素知王凤与王商不和，今闻王商被告，心想趁此时机，将王商弄倒，定可买得王凤欢心，升其官职。但因此案已交司隶校尉查办，尚未复奏，若接连上书劾奏，主上必疑有人指使，须是借个题目进言，方显得不是雷同附和。张匡沉思半晌，忽得一策，遂即依计行事。

原来当日正遇日蚀，张匡便趁此上书，请对近臣面陈时政。成帝见奏，即命左将军史丹等问其意见。张匡遂言王商身被查办，私自怨恨。又托李婕妤家纳女入宫，恐有奸谋，所以日为之蚀，应请严加惩办。史丹等将张匡言语转奏成帝。成帝素信王商，心知张匡言多险刻，下诏勿治。王凤又再三力争，成帝无法，乃遣使收回丞相印绶。王商被诬免相归第，气愤成病，不过三日，吐血身死。

成帝既将王商免相，遂拜张禹为丞相。张禹字子文，河内轵县人，少学《易经》、

《论语》。成帝为太子时，曾从张禹读《论语》。及即位赐爵关内侯，拜为诸吏光禄大夫给事中，领尚书事。张禹见王凤遇事专权，成帝犹不能自出主意，因此心不自安，屡次上书告退。成帝敬重师傅，加意慰留，赐黄金百斤。养牛上尊酒，命太官送膳，侍医视疾，使者问安。张禹见成帝如此优礼看待，甚是惶恐，只得复起视事，至是竟代王商为丞相，封安昌侯。

王商死后过了一年，改元阳朔。此时成帝即位已历九年，尚未生有皇子，加以身体多病，忽忽不乐。是年正月适值定陶王刘康来朝，成帝见了，甚是欢喜。说起刘康先得元帝宠爱，曾欲立为太子，事属已往。如今来朝，成帝与太后仍体贴先帝之意，待遇甚厚，所有赏赐，比他王加至十倍，全不介意前事。照例诸侯王朝见已毕，例须回国。成帝却留定陶王在京，并对他说道："我未有子，人命无常，一朝若有不测，便恐不复相见，汝当长留京师侍我。"于是定陶王住在京邸，日日入宫倍伴成帝，甚见亲重。

独有大将军王凤，心恐定陶王在帝前说他短处，夺其权力。因此看作眼中之钉，必须设法拔去为快。恰好是年二月又值日蚀，王凤遂上言道："定陶王虽属至亲，照例当奉藩在国，今久留京师，有违正道，所以天变示戒，应请令王归国。"成帝见说，心中甚是不欲，无如一向政事都归王凤主意，不得已勉强应允。定陶王闻信，立即入宫辞行。成帝对着定陶王涕泣，说了许多别话。定陶王也就挥泪告辞而去。

当日成帝受制王凤，朝中却恼了一位直臣。此人姓王名章，字仲卿，乃泰山钜平人，宣帝时为谏大夫，号称敢言。元帝即位擢左曹中郎将，因忤石显免官。成帝召为司隶校尉，一时权贵皆敬惮之。及京兆尹王尊免官，后来者不能称职，王凤遂举王章为京兆尹。王章虽受王凤荐举，却因王凤举动横恣，不合法度，以此并不亲附。自王商被诬免相，王章已为不平。今又见王凤逼逐定陶王回国，心中愈加愤怒。此时万难再忍，便欲面向成帝力陈王凤之奸，乃先上奏，自请召见。

王章写成奏章，正待递进，其妻见了，连忙阻住道："人当知足，不想当日牛衣中涕泣时，何等贫苦，如今官至二千石，也须自己谨慎，不可多言取祸。"王章哪里肯听，便答道："汝是妇人女子，何曾知得此事？"先是王章少为诸生，游学长安，家中甚贫。一日忽然患病，时值冬令，并无被褥，只用牛衣遮盖，王章病势沉重，自恐将死，执着其妻之手，与之诀别，不禁流泪。其妻见了怒道："京师满朝贵人，论起才干，何人胜过仲卿？今偶患病，不自振作，反至涕泣未免过鄙。"到了此时，其妻记起前事，故以为言。

王章不听妻谏，上了奏章，成帝即时召见，问以时政。王章对道："天道聪明，福善祸淫，丝毫不爽。今陛下未有继嗣，亲近定陶王，所以承宗庙，重社稷，上顺天心，下安百姓。此正善事，应有祥瑞，何致灾异？灾异乃由大臣专政所致。今大将军妄言日蚀，咎在定陶王，建议遣之还国，意欲使天子孤立于上，己得专擅，以便其私，非忠臣也。且日蚀为阴侵阳臣专君之象，今政事大小皆由王凤裁决。凤不自责，反欲归咎他人。诸如此类，诬君罔上，不止一事。前丞相乐昌侯王商，本系先帝外亲，内行纯笃，位历将相，乃国家柱石之臣，其人守正，不肯委曲随从，王凤乃借闺门之事，将其罢相，冤愤而死，众人莫不怜之。又王凤明知其妾之妹张美人，已曾嫁人，不宜进御至尊，竟托言宜子，纳之后宫。臣闻羌胡之人，尚杀其长子，以正血统，况乎天子反近已嫁之女。此三者皆系大事,为陛下所亲见。其他未曾亲见者,可以推知。臣意王凤不可久掌政务,宜使退职就第,别选忠贤以代之,国家幸甚。”

成帝自从王凤诬陷王商,及迫令定陶王就国,心中已是不平。今闻王章之言,大为感悟,频频点首。因对王章道:“若非京兆尹直言,吾不闻此社稷大计,惟贤人能知贤人,君试为朕求可为辅佐之人。”王章遂奏荐琅琊太守冯野王,先帝时历官九卿,忠信质直,智谋有余,因系王舅出为太守,今若以贤复入,足见圣主乐于进贤也。成帝自为太子时,常闻野王为一时名卿,声誉远在王凤之上。今听王章之言,遂决计欲用野王。谁知此事尚未发表,却被王凤闻知。

当日成帝每召王章入见,必先屏退左右,君臣秘密言语,不使他人得闻。谁知却有太后堂弟王音,乃长乐卫尉王弘之子,现为侍中,因见成帝屡次独与王章深谈,不免生疑,遂伏在壁厢窃听。于是王章所言都落王音耳中,便悄悄出外告知王凤。王凤听说心中忧惧,乃召到杜钦告知此事。杜钦劝王凤上书辞职,书中措辞,务须凄恻动听。王凤依言写成一书,奏上成帝。事为太后所闻,终日垂泪不肯进食。成帝见书想起旧日情事,不忍将王凤罢斥,又见太后如此情形,愈觉不安,遂又下诏劝慰王凤。杜钦也劝王凤照旧办事。

成帝所谋不成,反要归罪王章,以安王凤之意,乃使尚书劾奏王章。明知冯野王前因王舅出为外吏,而私欲结好诸侯王,妄行举荐。又知张美人得幸至尊,乃妄引羌胡,非所应言。于是竟将王章及妻子一同下狱,交与廷尉办罪。廷尉复奏王章比主上于夷狄,欲绝继嗣,背叛天子,私为定陶王,罪当大逆。王章被系狱中,冤愤交集,不久得病而死。

王章有一小女年约十二岁,也被系狱。一夜睡中忽然起坐,号哭失声。人问其故,对曰:“平日夜间狱吏前来点算囚人,常是九人,如今算至八人便止,中间定然死了一人。我父生性素刚,先死者必是我父。”家人闻言,疑信参半。到了次日查问起来,王章果然身死。有司奏闻成帝,将王章家属移往合浦,抄没家中田产入官。直至王凤死后,其弟王商为大将军,奏请成帝放免王章妻子,合归故郡。此时王章妻子久居合浦,合浦地方出产明珠,其妻子遂以采珠为业,积有财产数百万,及遇赦得回泰山郡,家属并皆完聚。又遇萧育为泰山太守,心怜王章之忠,令其将所积钱财赎还原有田宅。计王章身为京兆尹,仅有二年,无罪枉死,人民莫不怜念。

王章既死,消息传到琅琊,冯野王因被王章举荐,今见王章坐罪,心不自安,遂即上书告病。及病假三月期满,成帝下诏赐告。野王遂带同妻子归杜陵就医。王凤因王章迁怒到野王身上,乃使御史中丞劾奏野王赐告养病,私自归家,奉诏不敬。杜钦素来敬重野王,闻信便向王凤前婉言保救。王凤不听,竟将野王免官。过了一年,御史大夫张忠身死。王凤心爱王音,便保荐为御史大夫。自从王章死后,王凤威震朝廷,百官莫不侧目。未知以后如何,且听下回分解。

第一六八回　遭谴责弟兄僭上　承恩宠姊妹入宫

话说王凤自从害死王章，威震朝廷，群臣莫不侧目，各郡国守相，多出其门，又以从弟王音为御史大夫。王凤胞弟王崇早死，庶母弟平阿侯王谭，成都侯王商，红阳侯王立，曲阳侯王根，高平侯王逢时五人，倚着太后及王凤之势，争为奢侈，各娶姬妾数十人，畜奴婢数百人，大起第宅园林，五家相连，一望皆是。内中成都侯王商、曲阳侯王根尤为奢僭，王商先因患病，欲求清静地方避暑，竟向成帝借明光宫居住。及起居屋，凿一大池，竟穿长安城。引沣水流入池中，以便行船。船上树立羽盖，四围张帷，使舟子唱起棹歌以为娱乐。王根园中筑一土山，上起渐台，仿照未央宫白虎殿形式。于是长安百姓为之作歌道：

五侯初起，曲阳最怒。坏决高都，连竟外杜。土山渐台，像西白虎。

说起五侯虽然奢侈，却皆学习经书，通达人事，好士养贤，倾财施与，一时四方人士，争趋其门。但五侯因此争名，兄弟之间，不免各存意见。其门下宾客，为一家所亲厚者，不得再到他家。惟有谷永一人，却能遍入五侯之门，各个得其欢心。此外尚有一人姓楼名护字君卿，齐国人。家世为医，楼护自少随其父在长安行医，常出入富贵人家。众人见其年少聪明，争劝其读书入仕。楼护依言，遂辞其父，从师学习经传。曾为京兆尹属吏数年。甚得名誉。楼护为人身材短小，应对便捷，人皆乐与之交，老年人尤加亲敬，与谷永同为五侯上客。谷永长于书札，楼护善谈论，故长安中为之语道：

谷子云笔札，楼君卿唇舌。

楼护尝蒙五侯各送佳肴美馔，将它合在一处，成为杂菜，因名为五侯鲭。一日楼护母死出葬，公卿士庶，因他是五侯贵客，都来送葬，车马二三千辆，沿途络绎不绝，乡里为之歌道：

五侯治丧楼君卿。

当日成帝既将朝中政事委任王凤，自己日常无事，便留意于诗书文字。因见禁中所存书籍，颇有散亡，乃使谒者陈农搜求天下遗书，又命刘向在天禄阁校对存书。刘向即刘更生，前在元帝时为石显所陷，免官禁锢，家居十余年。及成帝即位，拜为光禄大夫，遂改名向。刘向因见王氏势位过盛，连年日蚀地震，皆由此故，因集合古代以至秦汉种种灾异，按诸当时行事，及其占验之法，著为一书，名为《洪范五行传》，奏上成帝。

成帝心知刘向意指王凤兄弟而言，却终不能夺王氏之权。

刘向见王氏势位日盛，一日遂又上书极谏，书中略道：

王氏一姓，乘朱轮华毂者二十三人，青紫貂蝉，光盈幄内，大将军秉事用权，五侯骄奢僭盛。依东宫之尊，假甥舅之亲，以为威重，管执枢机。朋党比周，称誉者登进，忤恨者诛伤，排摈宗室，孤弱公族，外戚僭贵，未有如王氏者也。王氏与刘氏不并立。如下有泰山之安，则上有累卵之危。陛下为人子孙，守持宗庙，而令国祚移于外亲，纵不为身，奈宗庙何？宜发明诏，援近宗室，疏远外戚，子子孙孙无疆之计也。

成帝得书，反复看了数遍，深赞刘向之忠，遂令左右召来，对之叹息，良久方说道："君今且退，容吾思之。"刘向只得走出。成帝也想收回政权，无如碍着太后，惟恐事又不成，反害刘向，做了王章，被罪而死，因此迟疑不决，竟将此事搁起。后每遇公卿缺出，成帝欲用刘向。王凤便极力阻止，以致刘向终身不得高位。

到了阳朔三年，王凤病重。成帝车驾亲临问疾，见其症已垂危，因执其手涕泣道："将军如有不讳，平阿侯谭当继将军之位。"王凤叩头泣道："谭等虽与臣至亲，然行事每多奢僭，不如御史大夫音，为人谨饬，臣敢以死保之。"成帝闻言，点头应允。读者试想，王谭与王凤为同父兄弟，王音不过是伯叔兄弟，王凤不举王谭，单举王音是何用意？若论平日行事，王音自较王谭为胜，然王凤本意，却不如此。只因王谭等素性高傲，不肯屈事王凤。惟有王音对于王凤，加意奉承，所以王凤极力保荐。及王凤身死，成帝即拜王音为大司马车骑将军，封安阳侯。

王谭既为王凤所阻，不得当国。成帝也觉得难以为情，遂又擢王谭位特进，领城门兵。时谷永出为安定太守，闻知此事即寄书王谭，劝其勿受。王谭得书，见谷永替他不平，心中大为感动，遂依言力辞领兵之职。王音知得王谭负气，不肯相下，由此二人生了意见。王音自知越次越升，为人所忌，愈加小心供职，远逊王凤之专横，于是成帝始有用人之权。时京兆尹自王章死后，甚少知名之人。成帝素重少府王骏，将加大用，先欲试以政事，遂拜之为京兆尹。王骏即王吉之子，前为司隶校尉，曾劾奏丞相匡衡免官。至是为京兆尹，亦有能名。时人以之与王尊、王章并称为三王，京师为之语道："前有赵张，后有三王。"

成帝自王凤死后，觉得无人拘管，于是逐渐放纵起来。原来成帝性喜文辞，博览书籍。因见武帝故事，常与近臣微行游宴，因此引动高兴，便欲仿照而行，因与侍中张放商议。张放乃张安世元孙，其母敬武公主为元帝之妹。张放生得聪明伶俐，素得成帝欢心，又娶许后之妹为妻，亲上加亲，成帝愈加宠爱。当张放迎娶之日，成帝先期为之设备，赐以甲第一区。一切铺陈装饰，皆系御用之物，大官与私官并支办供应，那种风光热闹，真说不尽，时人因称天子娶妇，皇后嫁女。平日两宫使者，冠盖往来，不绝于路，赏赐动以千万计算。成帝拜张放为侍中中郎将，监平乐屯兵，置幕府，仪比将军。张放常与成帝同卧起，宠爱殊绝。今见成帝意欲出外游行，自然赞成。鸿嘉元年，成帝遂依武帝之例，先遣期门郎官在外等候，自己换作常人服饰，带同张放出外，或坐小车，或骑骏马，出入街巷郊野，为斗鸡走狗之戏。北至甘泉，南至长杨五柞，往往累日不归。常自称为富平侯家人。富平侯即张放所袭之爵也。

事为太后及王音所闻，时向成帝劝谏。成帝正在游兴勃勃之际，哪里肯听。到了鸿嘉二年，忽有飞雉来集未央宫承明殿。王音借此上疏，力阻微行。成帝仍旧不听。读者须知，成帝对于诸舅，单单畏惧王凤一人。若使王凤尚存，成帝也就不敢微行。如今王凤已死，不但畅意出游，而且连从前所听王章之计划，与刘向之言语，蓄积已久，便要借事一齐发作。

先是成帝曾驾幸成都侯王商第内，见其穿城引水，并未先行奏明，心中暗自愤恨，尚未明言。此次出外微行，一日偶由一处经过，望见墙内似是花园。园中景物如何，虽然不能窥见，却觉得有物巍然，甚是高大。留心细看，原来一座土山，山上有一高台。成帝心想此地俨是未央宫白虎殿，我本向东南而行，如何会走到西边，不然何以望见此殿？遂指向左右问道："此是何处？"左右对道："乃是曲阳侯王根之第。"成帝闻言大怒。待到回宫，即召王音入内，告知两次所见，大加责备。

读者试想，此事本与王音无干，何以成帝将他责备？只因王音现秉国柄，在诸舅中最为尊贵，不能约束诸兄弟，使之奉公守法，自也难逃罪责。当日王音被责回家，便遣人告知王商、王根。二人闻信惊恐，遂商议欲自行黥面割鼻，前向太后谢罪，却被成帝闻知，愈加愤怒。即命尚书责问司隶校尉及京兆尹，明知成都侯王商，擅穿帝城，决引沣水；曲阳侯王根，骄奢僭上，赤墀青琐；红阳侯王立父子，藏匿亡命，宾客出为群盗。

司隶京兆皆阿纵不举奏正法。司隶与京兆尹二人被责，无言可对，伏在禁门下叩首。成帝又赐王音策书，命召王商、王根等齐集府舍候诏；一面下诏尚书，查取文帝时诛将军薄昭故事。于是车骑将军王音，席藁待罪。王商、王立、王根皆负斧锧，俯伏阙下。成帝见了，怒气渐息。心恐有伤太后之意，不忍加诛，沉吟半晌，竟将诸人赦免。

成帝既将王氏惩戒一番，仍旧出外微行。一日驾临阳阿公主家中，公主便留成帝，饮酒作乐。成帝偶见歌舞女赵飞燕，心中甚悦，遂召入宫中，大得宠爱。

说起赵飞燕本姓冯，父名万金，乃江都王协律舍人冯大力之子。时江都王孙女姑苏郡主，嫁与江都中尉赵曼。赵曼宠爱万金，与同饮食，万金因此得与赵主私通。赵主怀孕，恐被赵曼闻知，遂假作疾病，回到王宫调理。十月期满，连产二女。初生弃之于外，三日不死，始行收养。长名宜主，次名合德。后皆送归万金家中，然仍冒姓赵氏。宜主生得轻小便利，举止翩然，时人因呼为飞燕。合德肌肤光滑，出水不濡。二人年渐长成，色皆绝世。及万金死后，冯氏家败，飞燕姊妹，流落到长安与阳阿公主家令赵临同巷居住。飞燕因见赵临与之同姓，便欲倚其照顾。时作女工针黹，送与赵临，博得赵临欢喜，竟命其住在家中，认为己女。后遂入阳阿公主家学习歌舞，至是得幸成帝，拜为婕妤。

飞燕有姑妹樊嫕先入宫为女官。成帝既宠飞燕，樊嫕又向成帝道："飞燕有妹合德，容貌尤美。"成帝闻言大喜，即命舍人吕延福以百宝凤毛步辇往迎合德。合德辞谢道："非贵人姊召不敢行。"延福回奏成帝。樊嫕想得一计，遂取得飞燕所制五彩织成手垫，作为凭信，仍命延福再往。合德正在洗头，见了凭信，方始应允。于是临镜梳装，发上遍涂沉水香油，挽成新髻，淡扫蛾眉，号称远山黛。薄施脂粉，名为慵来装。身穿小绣衣裳，绣裙文袜。坐辇入宫，来见成帝。成帝坐在云光殿帐，见合德果然生得美丽，便使樊嫕示意，欲纳之后宫。合德辞道："贵人姊在性妒忌，若非姊意，妾宁死不敢奉命。"合德言词婉转，音调清脆，左右听者，无不啧啧叹赏。成帝闻言，不便强迫，仍命将合德送还。适有宣帝时披香博士淖方成，年老发白，在宫教授，宫中号为淖夫人，此时正立在帝后，一见合德，便叹道："此祸水也，灭火必矣！"后来果如其言。

成帝既见合德，心中不舍。唤到樊嫕，与之计议。樊嫕密教成帝，替飞燕另辟一个所在，与之居住，名曰"远条馆"。又赐以紫茸云气帐、文玉几、赤金九层博山缘合等物。飞燕移居远条馆，见地方既好，又得许多珍物，甚觉高兴。樊嫕便趁此时向飞燕道："主上久无子嗣，何不将合德进上，以求子嗣，为千万岁计。"飞燕依言。遂将合德献与成帝。成帝得了合德，如鱼得水，十分满意，号之为"温柔乡"。对樊嫕道："吾当老于是乡，不能效武帝求白云乡也。"樊嫕口呼万岁，贺道："陛下真得仙人。"成帝大悦，命赐樊嫕鲛文万金，锦二十四匹，拜合德为婕妤。

飞燕自见姊妹得宠，便欲夺取皇后之位，使人暗中探取许后过失，做成罪名，前向成帝告发。未知许后能否保全，且待下回分解。

第一六九回　废许后婕妤见机　立赵氏合德专宠

话说许皇后自为太子妃以至正位中宫，常得宠于帝，生有一男一女皆不育。后宫姬妾少得进见，并无所出。王太后与兄弟等见帝未有子嗣，皆以为忧。其时适值日蚀地震，杜钦、谷永等应诏求言，迎合王凤之意，遂将灾咎归罪后宫。成帝听信二人之言，遂下诏有司减少椒房掖庭用度。许后见诏，心中不悦，自向成帝上书力争。成帝答书，引用杜钦、谷永言语，责备许后，辞甚严厉。由此帝后之间，生了意见。

自此之后，成帝对于许后恩爱渐衰，后宫得宠者日多。许后之姊名谒，嫁为平安侯王章夫人，因见许后失势，心中不平，听信巫言，使之咒诅后宫怀孕王美人等。却被飞燕探得，心中暗喜。又想起班婕妤从前也得成帝宠幸，不如将她牵连在内，一网打尽。于是飞燕遂出头告发许后及班婕妤挟媚道，咒诅后宫，骂及主上。

班婕妤乃越骑校尉班况之女，成帝初即位时选入后官，大得宠幸，拜为婕妤，居增成宫，两次生男皆夭死。成帝尝在后庭游玩，欲命班婕妤同辇而坐，婕妤辞道："妾观古代图画，凡属贤圣之君，皆有名臣在侧，惟三代末主，乃有嬖宠之女。今欲同辇，得无近似之乎！"成帝见班捷妤说得有理，遂作罢论。事为太后所闻，喜道："古有樊姬，今有班婕妤。"当日建始河平之际，外戚除王氏外，惟有许班得势。班婕妤喜诵诗，能为文，每进见及上书，一凭礼法，为成帝所敬重。及飞燕姊妹专宠，班捷妤甚少进见。飞燕恐其复得亲近，因而连累陷害。

事为太后所闻，心中大怒，即将许谒捕拿究办，果然问出实情。许谒立被处死。成帝乃遣使持节收回许后印绶，废居昭台宫。有司又将班婕妤传到讯问，婕妤道："妾闻死生有命，富贵在天。为善之人，未必得福；作恶之人，更有何望？且鬼神有知，必不见听；如其无知，诉之何益？所以不为此事。"成帝见捷妤供辞，知道为人所诬，心生怜悯，即命有司勿问，并赐以黄金百斤。

读者试想，许后被废，虽由飞燕进谗，但听容其姊咒诅，尚属罪有应得。独有班婕妤与她毫无干涉，也被拖累。犹幸成帝深知其贤，得免于罪。班捷妤自经此番风波，心绪灰冷，眼见飞燕姊妹与己作对，未必便肯罢休。将来若再兴波作浪，主上又偏爱她二人，难保不信其言，加罪于我。不如及早借个名目，离开此处，或可避祸，于是班婕妤立定主见，自向成帝请求前往长信宫供养太后。成帝准奏。班婕妤遂由未央宫搬到长乐宫居住，朝夕在太后左右侍奉，因此始得保全。但班婕妤年少失宠，独处深宫，未免郁郁不乐，日长无事，做成一赋，自伤身世，又假托团扇，作诗一首道：

新制齐纨素，皎洁如霜雪。裁为合欢扇，团圆似明月。出入君怀袖，动摇微风发。

常恐秋节至，清凉夺炎热。弃捐箧笥中，恩情中道绝。

许后及班婕妤既已退位，成帝便欲立赵飞燕为皇后。王太后以其出身甚微，不肯依允。成帝见太后不允，只得权行按下，一面令卫尉淳于长往劝太后。

淳于长字子孺，乃魏郡元城人，系太后姊子。少为黄门郎，未得成帝亲幸。适值大将军王凤抱病，淳于长算是外甥，在旁侍病，甚是小心，买得王凤欢喜。临终之际，遂将淳于长托付太后及帝。成帝乃拜为侍中，迁卫尉。至是奉令往劝太后。淳于长能言善语，渐渐劝得太后回心转意。过了年余，竟得太后允准。永始元年四月，成帝下诏封飞燕之父赵临为成阳侯。时有谏大夫刘辅知成帝欲立飞燕为后，上书极谏。成帝大怒，竟将刘辅囚系掖廷秘狱。辛庆忌、廉褒、师丹、谷永俱上书保救，成帝始命移交共工狱，减死罪一等，论为鬼薪，由此朝臣无人敢谏。

成帝将立飞燕为后，先悦太后之意。时王谭病死，成帝甚悔不令辅政，乃令王商以特进领城门兵，又封太后之侄王莽为新都侯。先是太后兄弟共有八人，独王曼一人早死，不得封侯。其子王莽，自幼丧父，依倚伯叔，其时王氏正盛，五侯子弟，但知娱乐声色，穷奢极侈。独有王莽，出身贫贱，自知事事不及他人，便欲假作恭俭，博取声名，遂拜沛郡人陈参为师，勤求学问。平日衣服朴素，有同寒士，奉事老母，看待寡嫂，抚养孤侄，十分留意。又对于伯叔父以及应酬宾客，礼貌皆甚殷勤。王凤病时，王莽侍疾，一连数月，衣不解带，比淳于长尤加周到。王凤亦将王莽嘱托太后及成帝，因此王莽得为黄门郎，擢射声校尉。成都侯王商，本是王莽叔父，甚爱王莽，曾上书愿分自己户邑以封王莽。更有长乐少府戴崇、侍中金涉、胡骑校尉箕闳、上谷都尉阳并、中郎陈汤等，皆一时名士，并上书称道王莽之贤。成帝由是看重王莽，永始元年五月，遂下诏封王莽为新都侯，拜为光禄大夫侍中。过了一月，竟立赵飞燕为皇后。当日飞燕正位后宫，其妹赵合德备了许多珍宝，作为贺礼，并写成一书道：

> 天地交畅，贵人姊及此令吉，光登正位。为先人体，不堪喜豫，谨奏上二十六物以贺：金眉组文茵一铺，沉水香莲心椀一面，五色同心大结一盘，鸳鸯万金锦一匹，琉璃屏风一张，枕前不夜珠一枚，含香绿毛狸借一铺，通香虎皮檀象一座，龙香握鱼二首，独摇宝莲一铺，七出菱花镜一奁，精金驱环四指，若亡绛绡单衣一袭，香文罗手借三幅，七回光雄肪发泽一盎，紫金被褥香炉三枚，文犀辟毒箸二只，碧玉膏奁一合。使侍儿郭语琼拜上。

原来赵合德素来十分敬事其姊，见她必拜。如今姊妹同受恩宠，合德在成帝前，虽然撒娇撒嗔，一面仍时时留意为顾其姊。先是真腊国入贡两种宝物：一名万年蛤，一名不夜珠，光彩照耀，如月照人，无论美丑，皆成艳丽。成帝将万年蛤赐与飞燕，不夜珠赐与合德。飞燕将万年蛤装入五成金霞帐中，入夜望之，常如满月。一日成帝忽对合德道："吾日中细看汝姊容貌，不及夜间之美。每到天明，令人忽忽如有所失，不知何故？"合德听说，暗想此必万年蛤从中作怪，却也不肯明言。到了此时，便将成帝赐与自己之不夜珠，凑成礼物，号为枕前不夜珠，献与飞燕，助她颜色，也不将成帝言语告知飞燕。飞燕收了二十六物，便也将许多珍物回报，内有两件最为宝贵：一为云锦五色帐，一为沉水香玉壶。合德自入宫以后,所见奇珍异宝也不为少,却未曾见此两物。其实此两物并不格外珍重,合德偏要借此埋怨成帝道:“若非姊肯赐我,我到死也不知此物。”说罢假作怨恨,掩面啼泣。成帝只得用言安慰,陪了许多小心。立时下诏益州,选取巧匠,限期三年,替婕妤织造七成锦帐。合德闻言,方始回嗔作喜。

成帝尝就宫中太液池造一大舟,可容千人,号为“合宫之舟”。又于池中起瀛洲榭,高四十尺。成帝尝与飞燕乘舟游于池中,飞燕亲自歌舞归风送远之曲。成帝使飞燕所爱侍郎冯无方吹笙,帝自以文犀簪击玉杯以为节拍。此时舟到中流,歌声正酣,大风忽起,飞燕顺风扬袖,口中唱道,“仙乎仙乎!去故而就新,宁忘怀乎!”原来飞燕身体甚轻,相传说她掌上可舞,如今立在池心,几乎被风吹去。成帝心慌,急唤冯无方道:“为我把住皇后!”冯无方便将笙放下,两手持佐飞燕双履。少顷风定,方才止住。飞燕便对成帝道:“蒙帝宠我,使我不得仙去。”说罢惆怅,不觉泣下。成帝乃厚赐冯无方,并准其出入飞燕房闼,以悦其意。后宫人等见飞燕所穿之裙被风吹绉,因仿其意,造成新式裙样,名为留仙裙。后世之百裥裙,即其遗制。

说起飞燕、合德姊妹二人,美貌不相上下。惟是飞燕体态轻盈,步履娉婷,为合德所不能及。合德丰肌弱骨,尤工笑语,亦非飞燕所能。二人并色如红玉,为当时第一,以此擅宠后宫。但飞燕自为皇后,日见骄贵。偶然有病,倒卧在床,手足懒动,必须成帝亲持匙箸劝她,方肯饮食。遇有苦药,也须成帝过口,方肯下咽,弄得成帝畏胜于爱,恩宠不免稍衰。合德为人,具有权术,临机应变,善用种种手段,笼络得成帝又畏又爱。一日不能离她,又不敢不奉承她,所以得宠尤在飞燕之上。

当日合德所住之处,名为昭阳殿,中廷皆用朱涂,殿上遍施朱漆,黄金作砌,白玉为阶,壁上横木尽安金釭,中含蓝田璧玉,饰以明珠翠羽。殿上设九金龙,口衔九子金铃,下垂五色流苏,系以绿文紫绶,金银花样,每遇风日晴和,幡旄光影,照耀一殿。铃镊之声,惊动左右。殿中又有木画屏风,雕刻精细,纹如蛛丝,殿门织珠为帘,微风一过,声如玉佩,锵鸣四壁。窗门安绿色琉璃,内外洞明,毛发皆见。屋上椽桷,皆刻作龙蛇回绕之形,鳞甲分明,栩栩欲活,见者无不惊骇。此殿乃当日著名工匠丁缓、李菊二人构造,至内中陈设之物,尽皆珍宝,五光十色,莫可名状。最为宝贵者,则有玉几、玉床。床上夏铺象牙簟,冬设绿熊席。象牙簟乃雕象牙为之,不须细说。绿熊席系熊皮所制,毛长二尺余,人卧其上,遍包全身,望之不见,坐则膝没其中。此席又用各种异香熏过,坐者身染其香,百日不歇,真是满目琳琅,说不尽皇宫富贵。赵合德本是贫家女子,一旦到此地位,享受荣华,直属梦想不到。

自从飞燕姊妹入宫,成帝为其所迷,不是在飞燕处住宿,便是在合德处住宿,从前后宫姬妾,甚少见面。到了飞燕立为皇后之后,成帝却多在合德处住宿,飞燕也无甚言语。在飞燕之意,以为成帝若宠爱她人,断难轻易含忍。好在合德是自己胞妹,不妨相容。但飞燕生性淫荡,自少做女儿时,便与邻居羽林射鸟少年私通。如今贵为皇后,岂肯安静独居。又自念入宫数载,尚未生子,倘使生得一男半女,将来也有依靠。却喜远条馆与成帝相离较远,料想无从得知,于是飞燕背着成帝,便做出许多事来。未知以后如何,且听下回分解。

第一七〇回　飞燕姊妹乱宫闱　王氏弟兄专朝政

话说成帝身边有一侍郎，姓庆名安世，年才十五岁，工于弹琴，能为双凤离鸾之曲。飞燕见其年少美貌，心中甚喜，遂告知成帝，许其出入内庭，成帝只得依允。从此每当成帝不在，庆安世便与飞燕一同居处，成帝何曾得知？飞燕得了安世，心尚不足，又选择侍郎宫奴多子之人，与之私通，意中希望生子。于是一班侍郎宫奴，得蒙飞燕青眼者，大抵鲜衣美服，沐浴熏香，任意居住远条馆，成帝全然不知。

飞燕又就宫中另辟密室一间，托言无子，在内祈祷，除却左右侍婢以外，不准一人得入，就是成帝也不得至。读者试想，飞燕如何祈祷，她却异想天开，密令心腹之人，在外招引轻薄少年，令其装作女子，用軿车载入后宫，每日约有十余人，都安置此密室内，尽情作乐。此种祈子方法，也算是世间无两，但她命该无子，究竟不能怀孕。

古语道："若要人不知，除非己莫为"。飞燕如此放纵，成帝并非痴聋，终须有日得知，岂肯便罢。合德一心为顾其姊，早已虑及此事，便乘间向成帝说道："妾姊性气刚强，多招人怨，必然有人设计诬陷，陛下若误听其言，赵氏便无遗类矣！"说到此处，不觉伤心泪下。成帝见了，信以为真，因此有人来告飞燕奸情，成帝便说他有意陷害，立地处死，后来更无人敢道一字。

谁知他人不敢告发之事，却由飞燕姊妹自己张扬起来。先是有一宫奴姓燕名赤凤，身躯雄壮，矫健多力，能超数重楼阁，飞燕、合德二人皆与之私通。此时合德已由婕妤升为昭仪，自嫌住处与飞燕隔离过远，遂请成帝另起一馆，与远条馆相连，名为少嫔馆。合德移入少嫔馆后，姊妹二人，往来甚便。一日飞燕无事，到了少嫔馆中，来寻合德，却遇燕赤凤由馆中走出，飞燕见了，口中不语，便入内与合德闲谈。

事有凑巧，恰值是日正当十月五日，宫中依照故事，齐到灵女庙祀神。宫人连臂踏地，唱赤凤来曲。飞燕无意中听了此曲，忽然触动心事，因问合德道："赤凤为谁而来？"合德听了，心知飞燕语含讥刺，此时却不肯相让，便答道："赤凤不是为姊而来，更为何人？"飞燕被合德直言冲撞，不觉大怒，此时正在吃茶，便将手中茶杯掷向合德裙边，口中骂道："鼠子竟敢啮人。"合德也用冷语回答。姊妹二人，因此起了冲突。

飞燕倚着自己是姊，又因平日合德对她十分恭敬，便偶然责备一二句，谅她也不敢回答，却不料合德此时自恃得宠胜过其姊，又想起平日一心一意为顾飞燕，在成帝前替她极力弥缝，也不知费了几多心力。如今飞燕不加体谅，反要当面奚落，因此抱着一肚皮委曲，不觉发作出来。飞燕何曾知得，愈加气愤，只有瞪起双眼，对着合德一言不发。

樊嫕在旁，见她姊妹二人无端角口，吓得手足无措，惟恐她愈闹愈大，不特伤了感情，且虑传到成帝耳中，究出姊妹二人奸情，不但二人必命不保，连家族都要受祸，如何是好？樊嫕弄得无法，只好向飞燕叩头，一直叩到皮破血出。飞燕怒气尚是不解。樊嫕又劝合德向飞燕赔礼。合德素性狡狯，见其姊动了真怒，心想此事张扬起来，必致惹祸,反为不美,不如听樊嫕劝解,自己忍气认个不是,便可了事。合德想罢,遂听凭樊嫕拉到飞燕面前,深深下拜,口中说道:“姊不记得当年贫苦之时,我姊妹二人,共被而卧,冬夜既长,天气又冷,姊睡不熟,常使我拥背取暖。如今幸得好处,又无外人妒忌,我姊妹二人,至亲骨肉,岂可自相残害?”说罢便跪在飞燕跟前,掩面悲泣。

飞热见合德向她下拜,心中之气,早消一半。又听她说到旧日情景,不觉大为感动,适才愤怒,不知消归何处。乃用手扶起合德,亲拔头上所戴紫玉九雏钗,簪在合德髻边。姊妹二人,遂仍和好。樊嫕见了,方才心安。宫人见飞燕姊妹相处日久,并无丝毫意见,如今忽然争执起来,也算是异事,不免彼此传说,竟被成帝得知,心中也就生疑,不敢向飞燕动问,却来查问合德。合德被问,暗吃一惊,心知此事,万难隐瞒,一时心急智生,便答道:“此乃姊心妒我,故作此语。因汉家本属火德,所以称陛下为赤龙凤。”成帝听了,深信不疑,反觉大悦,于是一场大祸,竟被合德数言轻轻掩过。

当日飞燕得立为后,淳于长颇为有力。成帝欲封为侯以酬其劳,但因淳于长平日并无功勋,只得借个题目,加以爵赏。先是元帝营建渭陵,概从俭约,不再移民起邑。成帝即位,照例于渭城县延陵亭部起造初陵,兴工已有数年。后成帝又见灞陵曲亭之南,风景甚好,命将初陵移建其地。时将作大匠解万年与陈汤交好,一日来见陈汤,密说道:“吾闻武帝时有工人杨光,所作工程合于上意,竟拜将作大匠。前大司农中丞耿寿昌承造杜陵,赐爵关内侯,又将作大匠乘马延年以积劳赐秩中二千石。今营造初陵,若能移徙人民,建立邑居,成此大功,吾亦当蒙重赏。子公妻家在长安,儿女皆生长长安,不喜东归故里,可上书求徙居初陵,可得赐与良田美宅。”

陈汤索性贪利,闻得万年言语,不觉心动,遂上书成帝道:“初陵地最肥美,可立为一县,移徙关东富人来此居住,臣汤愿率妻子家属徙居初陵,为天下之倡。”成帝见书,遂依其计,下令起昌陵邑,移郡国人民到此居住。解万年既得承办此项工程,预算三年可以完工。谁知昌陵地势太低,须向东山取土填塞,道远费重,所取之土,计算起来每石几与米谷同价,兴工多年,尚未成就。刘向上书极谏,淳于长也曾言其不便。成帝发下群臣议,皆请罢去昌陵工作,仍修故陵。此时王音已死,成都侯王商新为大司马卫将军辅政,平日不喜陈汤,告其罪过。成帝遂将陈汤免为庶人,与解万年俱徙居敦煌。其后哀帝时,议郎耿育上书为陈汤讼冤,陈汤得回长安居住,不久身死。及王莽秉政,追谥陈汤为破胡壮侯,封其子陈冯为破胡侯。

成帝欲封淳于长,遂将谏罢昌陵之事作他功劳,下诏赐淳于长爵为关内侯,不久又封为定陵侯。成帝自得飞燕、合德之后,仍不时出外微行,常带同富平侯张放及淳于长并小臣赵李等在外流连忘返。张放最得成帝宠幸,以此为时人所注目,于是长安遂有童谣道:

> 燕燕尾涎涎,张公予,时相见。木门仓琅根,燕飞来,啄皇孙。皇孙死,燕啄矢。

王太后与成帝诸舅见帝日夜出游,也曾劝谏数次,成帝全然不听,因此心中忧虑。

又碍着至亲，不便时常进言。时永始二年连年日蚀，适值谷永由凉州刺史来朝奏事。成帝使尚书问谷永有何欲言之事，于是大司马王商密令谷永趁着天变，上书切谏。谷永自恃有太后及王商等暗中保护，又因屡次言事，成帝皆能容受。此次遂对尚书上书，直言成帝种种过失。成帝见书，不觉大怒。王商恐谷永祸遭不测，急令人通知谷永，使其速去。成帝果命侍御史往捕谷永，并嘱咐道："谷永如已起程，行过交道厩者，勿再追赶。"御史到时，谷永已去，遂得免祸。后成帝怒气渐解，复召谷永为太中大夫。

成帝虽被谷永直言指斥，尚不肯改。一日偶然行至侍中班伯家中，班伯乃班婕妤之弟，因见许后被废，班婕妤供养东宫，遂告病在家，数年未曾入朝。如今不意成帝御驾亲来问候，班伯只得销了病假，入宫供职。却遇成帝与张放、淳于长等在禁中宴饮，正在饮得酣畅，任意谈笑。成帝因班伯久病初起，加意礼待，时御座近旁张有屏风，上画商纣拥着妲己饮酒，作长夜之乐。成帝便指着画图问班伯道："此图何以示戒？"班伯对道："诗书所陈，淫乱之戒，其原皆在于酒。"成帝听了不觉叹道："吾久不见班生，今日复闻谠言。"张放等一团高兴，被班伯用言打断，心中俱各不悦，于是托着更衣，逐渐散去。

正当此时，恰有长信宫宦官林表奉太后命前来，眼见适才诸人宴饮情形，并亲闻班伯对帝言语，一一记在心上，回去便从头至尾告知太后。太后自得班婕妤，日夕在侧侍奉，甚加怜爱。今见班伯是婕妤兄弟，又能遇事规谏成帝，心中甚喜。过了数日，成帝来到东宫，朝见太后。太后见了不觉伤感，流下泪来，口中说道："帝近来颜色瘦黑，宜留意保养。班侍中本大将军所保荐，应特别看待，富平侯可令就国。"成帝见说，只得答应道："是。"

事为王商所闻，急通知丞相薛宣、御史大夫翟方进使其劾奏张放，于是薛宣、翟方进遂上书备陈张放罪恶。成帝心爱张放，无奈内中碍着太后，外面又碍着诸大臣，只得下诏贬张放为北地都尉。后两次召回，均被太后及翟方进又劝成帝逐之。成帝不得已，遂令张放就国。张放临去，成帝常对之涕泣，及去后屡赐玺书慰问。至成帝既崩，张放思慕，哭泣而死。

成帝自张放去后，稍厌出游，暇时留意经书，太后甚悦。光阴荏苒，到了元延元年冬十二月，王商病卒，照例应以王立代之。只因王立犯法，为司直孙宝所劾，成帝遂拜王根为大司马卫将军辅政，以代王商，而以王立位特进领城门兵。自成帝即位以来，王氏兄弟相继秉政，几于成为定例。南昌尉梅福上书，极言外戚专权以致灾异连见，成帝不纳。元延元年又有日蚀、星变之事，刘向又上书指斥王氏，其言痛切。此外又有多人上书，所言大抵与刘向相同。成帝见了，心中迟疑不决，便寻一平日最为亲信之人，问其意见。未知成帝所问何人，且听下回分解。

第一七一回　张禹设辞媚外戚　朱云请剑斩佞臣

话说成帝因吏民上书多言王氏专政，心中疑惑，特寻一亲信之人，向之动问。此人是谁，即张禹是也。张禹本是成帝师傅。成帝即位，即命张禹与王凤同领尚书事。张禹见王凤专权，心不自安，上书辞职，成帝不准，河平四年，遂代王商为相，在位六年。到了鸿嘉元年，张禹以老病乞骸骨，成帝慰留再三，然后准奏，赐安车驷马黄金百斤，罢相就第，又加位特进，朔望朝见，礼如丞相。张禹为人谨厚，家世以田为业，及身已富贵，多置田产，至四百顷，皆是肥美之地，其财产之富，也可想见。

张禹既拥有大财，罢相之后，落得在家享福，平日服用奢华，自不消说，更兼他性知音乐，闲居无事，便就后堂畜起一班歌妓，终日吹弹歌唱，以为娱乐。张禹平日所教弟子，学成出仕者，为数甚多，中有二人最为出名，一系淮阳人姓彭名宣，至大司空；一系沛郡姓戴名崇，官至少府。彭宣为人恭俭，举动有法；戴崇为人和蔼，多有智谋。二人品行不同，张禹看待二人也分两样。每遇彭宣到来问候，张禹在便坐接见，所有谈论，不外经义，到了天晚，留他吃饭，饭菜虽有数品，荤味不过一件，杯酒相对，并无音乐；及至戴崇到了，便向张禹要求道："先生应该置酒作乐，与弟子同乐一日。"张禹见说，便带领戴崇，直到后堂，大开筵宴，唤出歌童舞女，奏起丝竹管弦，师弟二人兴高采烈，直饮到更深，戴崇方才告辞回去。彭宣却从未曾到过后堂。后来二人彼此查知张禹看待不同，在戴崇自以为先生爱他，在彭宣亦自以为先生敬他，因此各自得意，也可见张禹能体贴人情了。

成帝素来敬重师傅，对于张禹，前后赏赐不下数千万。张禹受成帝此种恩遇，也应心满意足，谁知他年纪愈老，贪得之心愈甚。他自想生前固然快乐，也须预为死后打算，便欲寻得一块好地，营造生坟，起盖祠堂，为未来之受用。于是四出寻觅，只有平陵肥牛亭地最为中意，又与成帝所造延陵相离不远，但此地乃是官家所有，不能用钱买得。张禹倚借身是师傅，便老着面皮，上书自向成帝乞取此地。成帝见书，心想一块小小之地，既为师傅所爱，何妨赐之，遂即批准。时曲阳侯王根为大司马卫将军辅政，闻知此事急进前阻止道："此地正当平陵，每月寝庙衣冠出游必经之道，张禹身为师傅，不知谦让，妄行求索，且旧亭所在，移徙亦非所宜，应请另择别地以赐张禹。"成帝不听。

说起王根虽是成帝母舅，又兼当国秉政，成帝敬重他却远不及张禹。只因王根前此兴建园林土山渐台，俨如白虎殿。成帝见了，曾经大怒，意欲加罪，碍着太后情面，只得责备一场了事。今见王根谏阻将地赐与张禹，成帝暗想张禹却不曾似汝那种骄奢僭上，便作是先帝衣冠出游所经之道，岂有不许人造墓起屋之理，因此不肯依从，竟将此地赐与张禹，并命有司将肥牛亭移建它处。

王根见成帝宠爱张禹，不听其言，心中愈加妒忌，便屡在成帝面前诉说张禹不好，成帝早已识破王根心事，腹中自语道："汝王氏一门八侯，富贵穷极，便想占尽朝廷风光,连我一个师傅都不能容,我偏要格外优待,看他有何办法。”于是成帝每遇王根进言一次,其看待张禹,反比前加厚一次,弄得王根也就无可奈何。

张禹年老多病,每遇抱病,成帝必命其家人将起居情形随时上闻,有时成帝亲自驾临张禹私第,问候病情。张禹病重,卧在床上,成帝来到床前,向之下拜。张禹在床上叩头谢恩,成帝用言抚慰,问其所欲。张禹被问便对道:“老臣生有四男一女,平日爱女尤甚于男,如今女儿远嫁为张掖太守萧咸之妻,病中不胜父女之情,意欲与之亲近。”成帝闻言,立即下诏调萧咸为弘农太守,使他女儿得随时到京见父。

一日,成帝又来看候张禹,适值张禹最小之子在旁侍病,张禹偶然望见,便又提起一宗心事。原来张禹所生四子,三子皆已得官,只有小子尚未出仕。张禹意思欲趁成帝在此,替他小子求官,但又自觉不便启口,只得频频举目看他小子。成帝见此情形,知得张禹暗中示意,立就床下拜张禹小子为黄门郎给事中,张禹方才欢喜。读者试想天子敬重师傅,到了成帝,也算极点,张禹遭遇也算好到极点了。

张禹虽然家居,成帝每值国家大政,必与张禹商议。此次吏民上书,多言灾变由王氏专政所致,成帝见书也颇相信,但想起王氏诸人不过奢侈,尚无大恶,未便将他贬退,因此心中怀疑,欲请张禹代为决断,遂命排齐车驾,亲到张禹之家。张禹闻报,急忙出外迎接。成帝下车,步行入内,拣了一间静室,屏退左右,独与张禹二人商议此亭。成帝将吏民所上之书,交与张禹阅看。张禹逐一看毕,也知道众人指斥王氏,不为无见。又转念现有太后在上,做王氏诸人靠山,我便赞成众人之言,劝主上将他贬退,但恐事未必成,徒与王氏结怨,我今年纪已老,子孙弱小,况因请求墓地已为王根所忌,若再有碍他言语,必至遭其陷害,不如趁主上来问,替他成全几句,使他闻知,自然感我,我身家也得保全,岂不是好?

张禹想定主意,便对成帝道:“灾变之事,深远难见,陛下宜修政事,以善应之,自可转祸为福。如今新学小生,乱道误人,不宜信用。”成帝素来信爱张禹,听了此言,从此放心,不疑王氏。不久此语传到王氏诸人耳中,俱各欢喜,都来亲近张禹。读者须知,成帝如此倚任张禹,张禹理应尽忠竭力,报效国家,方合臣节。且成帝此问,关系何等重大。若使张禹力劝成帝抑制王氏,则汉家社稷,便可长保,王莽又何从篡位?乃因一念之私,但顾自己利害,不管国家兴亡。况当日君臣密议,王氏何从得知,岂非张禹有意漏泄,卖此人情,此等患得患失小人,比起权奸巨憝,更为可恨。成帝尚自不知,十分信任,因此旁边恼了一位直臣,便向成帝上书,自请求见。读者欲知此位直臣是谁?原来即是朱云。朱云自与陈咸一同下狱,罚为城旦,终元帝之世,废弃不用。朱云家居,教授弟子甚多,此次闻知张禹对答成帝之语,不禁大怒。遂诣阙上书,求见成帝驾坐前殿,公卿人等侍立两旁,朱云被召入见,对成帝说道:“现今朝廷大臣上不能匡主,下无以益民,皆属尸位素餐,臣愿赐尚方斩马剑,断佞臣一人头,以警其余。”成帝见说问道:“佞臣是谁?”朱云对道:“安昌侯张禹。”成帝大怒道:“汝乃小臣,胆敢廷辱师傅,罪在不赦。”喝令左右拿下,御史应声上前来拿朱云,朱云用手攀住殿前栏槛,大叫道:“臣得从龙逢、比干游于地下,于愿足矣!但未知圣朝如何耳?”御史欲拖朱云下殿,朱云抱住栏槛不放,谁知用力过猛,栏槛竟被折断。御史遂将朱云带去,旁有左将军辛庆忌,即辛武贤之子,见朱云直言被诛,心中不忍,急免冠解印绶叩头谏道:“此人素以狂直著称,使其言果是,不可加诛;其言即非,亦当容之,臣敢以死力争。”庆忌说罢,连连叩头,皮破血流。成帝见了,怒气顿释,命将朱云释放。后来有司欲将坏槛拆去,另易新者。成帝道:“不必更易,只须将坏处修补,以旌直臣。”相传唐时代,宫殿正中一闲横槛,独不施栏楯,谓之折槛,即是依着汉时朱云故事。

朱云自被赦免,不复出仕,常乘牛车,带领诸生出游,所过之处,人皆敬礼。一日往见丞相薛宣,薛宣待以宾主之礼,留他在府住宿,因说道:“君在田野无事,不妨留我东阁,也可结识四方奇士。”朱云闻言张眼看着薛宣道:“汝乃后辈小生,竟欲我为汝属吏耶?”薛宣见说,不敢多言。朱云年至七十余寿终于家。

成帝既听张禹之言,不废王氏。到了绥和元年,大司马王根因病辞职。成帝诸舅除红阳侯王立尚在,因犯法不得任用外,其余皆已死亡,论着次序,便应轮到淳于长辅政,谁知却被新都侯王莽夺得。王莽自从封侯之后,官拜侍中,官爵愈高,待人愈加谦恭,常将车马衣服,散给宾客,家中并无余财;又收养名士,交结公卿,朝中之人,争相推荐,一班儒生游客,皆称其贤,由此王莽在王氏中,算最出色。

王莽之兄王永早死,生有一子名为王光,王莽使他投拜博士门下读书。每遇休沐之日,王莽整备车马,携带羊酒等物,来见其师,奉上羊酒谢其教授之劳,连着王光同学之人,皆有赠送。众人见了都叹其待师之厚。王光年岁比王莽长子王宇尚小,王莽使他二人同日娶妻。到了是日,正当宾客满堂异常热闹之际,忽有一人自内走出,对着王莽说道:“太夫人患某处疼痛,须服某药。”王莽闻言急撇下宾客,入内看视,如此不下数次,意欲对着众人卖弄其孝,众人何曾知得。

王莽一意收买名誉,专喜弄假,种种做作何曾是他本意?大凡弄假之人,任他如何巧诈,往往于无意之中露出破绽,被人窥见。王莽也是如此,但他偏又善于掩饰,使人不觉,也算是奸雄本领。先是王莽曾私买一个侍婢,藏在家中,意欲纳之为妾。若论古人纳妾,本是常事,何况贵戚侯门,更视为应有之事。独有王莽要想事事高出众人,虽然满心好色,却不愿旁人闻得,生出议论。谁知他一班兄弟之中,早已有人探得此事。王莽见消息泄漏,连忙变计,对着众人说道:“后将军朱子元无子,莽闻此婢宜男,故替他买得。”于是即日将婢送与朱博。朱博竟白得一妾。众人不知,还说是王莽真心为友。

此次王根病甚,意欲辞去大司马之职。王莽心想自己名望甚好,原可代叔父之职。无奈淳于长是他表兄,论起资格,在他之上,且得主上宠幸。叔父若是辞职,继任之人必系淳于长,须是设法将他除去,我便可坐享高位,独揽大权了。于是暗中探得淳于长种种不法之事,告知王根。原来淳于长倚着太后外甥,又得成帝信用,广畜妻妾,多受贿赂,种种骄奢不法,尚在其次。更犯了一件大罪,当日许后之姊许嬺,嫁为龙额侯韩宝夫人。韩宝死后,许嬺寡居,被淳于长引诱通奸,后竟娶之为妾。许后自被废之后,居住长定宫。许嬺偶入宫中看视其妹。许后闻说许嬺再嫁淳于长,素知淳于长有宠成帝,言听计从,便托许嬺转嘱淳于长,替她在成帝面前求复得为婕妤,并将出许多财物赠与淳于长。淳于长明知成帝对于许后恩情已断,覆水难收,不敢开口代求,但又舍不得许多财物。未知淳于长对于此事如何处置,且听下回分解。

第一七二回　王莽计害淳于长　成帝逼死翟方进

话说淳于长明知许后已废，万难再得进幸，却又舍不得许多财物，心想她自送来，落得收受，但用空言买她欢喜罢了。遂嘱许孊转达许后，说是等候机会，准向主上进言，为她为左皇后。许后闻言，愈加欢喜。谁知日复一日，并不闻有个好消息。许后盼望到极，又将出物件送他，催他从速进说。淳于长含糊答应。如此经过多年，淳于长前后所受财物不下千余万，并未曾替她说一句话。淳于长欺骗许后，白得财物，尚不足意。他见许后现在失势，更不把她放在眼里，每遇许孊入到长定宫，他便作书寄与许孊，书中言语，还要戏侮许后，说出许多不堪入耳之言，真是小人毫无忌惮。谁知此种行径，却被王莽探得。

王莽欲除淳于长，便趁着王根抱病，前来侍候。等到无人在旁，便先用言激怒王根道："淳于长见将军久病，意中甚喜，自以为当代将军之位，对着众人预先说定，某人当做某官，某人应办某事。"王根听了，已是愤怒。王莽又将淳于长种种罪恶，说了一遍。王根怒道："既然如是，何不早说？"王莽道："未知将军之意，故未敢言。"王根道："汝可速奏太后得知。"王莽遂入见太后，备言淳于长欲代曲阳侯辅政，又与许孊奸通，私受长定宫财物。太后听说，也怒道："小儿竟敢如此，汝可往告主上。"王莽奉命来见成帝，照前述了一遍。成帝将淳于长免官，遣其归国。

淳于长一向得意洋洋，忽然得了免官就国消息，正如晴空中陡下霹雳。事后探知原由，虽然心怨王莽，但因自己实有其事，无可分辩，只得收拾行装，预备起程。读者须知，淳于长虽然免官，尚是列侯，且平日所得赏赐及贿赂不计其数，若使安静无事，回到定陵本国，一生受用也就够了。谁知他贪心不死，尚欲设法挽回，只因此一举，遂连身家性命一齐断送。也是他作恶多端，当受显报，孽由自取，却怪不得王莽了。

当日淳于长临顾起行，忽有红阳侯王立长子王融到来，淳于长接入相见。说起王融与淳于长，原是中表兄弟。今因淳于长就国，知他财产甚多，粗重物件不能尽数携带，意欲向其索取车马，遂来向淳于长说明本意。淳于长听说忽然心动，便将出许多珍宝，交付王融托其转恳王立代向成帝说情，仍准留京居住。王融依言，回家告知王立。王立见了珍宝，满心欢喜，立即入见成帝，极言淳于长冤枉。成帝闻言，顿然生疑。原来王立前因犯罪，不得辅政，心疑是淳于长在成帝前说他坏话，因此怨恨淳于长。成帝久知其事，今见王立反替淳于长求情，觉得前后相反，料得此中定有他故，不但不断王言之言，且命有司查办。有司查出王融经手，过付贿赂，便来拿捕王融。王立闻信，恐受贿发觉，连自己都要犯罪，便命王融自杀灭口。有司见王融已死，只得将情形回奏成帝。成帝愈疑其有重大情事，下诏将淳于长拿捕下狱究办。先是王莽但知淳于长私通许孊，暗受许后贿赂，尚未知其详细。到了此时，淳于长被官吏追究到极处，只得将自己如何应允许后，代求成帝立为左皇后，并如何致书许孊戏侮许后情形逐一供出。刑官依律，判定罪当大逆。淳于长竟死于狱中，妻子移徙合浦，母归故郡，许后赐药自杀，红阳侯王立勒令就国，此案连累将军卿大夫郡守免官者多至数十人。于是太后与成帝皆称王莽为人忠直。王根久病未愈，遂上书乞骸骨，并荐王莽自代。成帝准奏，即拜王莽为大司马。

王莽由侍中光禄大夫一跃而登高位，年才三十八岁，自以身继伯叔父四人之后，初出辅政，欲使名誉胜过前人，乃聘请贤良为其掾史，所得赏赐，皆用以宴享宾客，家中衣食，却十分节俭。一日王莽之母抱病，朝中公卿列侯皆遣其夫人前往问候，于是香车宝马络绎盈门。诸人下车入内，大抵满头珠翠，满身罗绮。王莽之妻闻报，争出迎接，身上仍穿常服，腰围布裙，众人见了，还道是个仆妇。暗问旁人，方知她是大司马夫人，无不吃惊。

王莽辅政年余，到了绥和二年三月，成帝忽然驾崩。当驾崩之前一月，太史奏说荧惑守住心星。原来荧惑乃是恶星，据古代天文家之说，以为荧惑所居之处必受殃祸，心星号为天王，荧惑守心，应在君主不利。成帝因此心中畏忌。时有郎官贲丽善观天文，知得成帝忧虑，便上言道："大臣应当此咎。"成帝听说便想杀一大臣，以当星变。说起当日朝中大臣，惟有丞相与大司马最为尊贵。大司马王莽乃是太后内侄，视事未久，又兼平日名誉甚好，自不能无故杀他。只有丞相翟方进系由微贱出身，在位已有十年。成帝便想移祸到他身上。

翟方进字子威，汝南上蔡人，幼孤，年十二三为太守府小史。生性迟钝，屡被掾卑侮辱。方进心中自伤，便往寻本地一个善相人蔡父，请他一看，到底应作何事。蔡父一见方进之面，大加奇异，因说道："汝有封侯之骨，当由经术进身，务须努力勤学。"方进本不愿为小史，闻此言语，心中暗喜，立即告病辞职回家，向其后母告辞，欲往长安从师求学。其后母怜他年纪尚幼，孤身远出，无人照应，放心不下，遂随着方进一同到了长安。方进拜博士为师，日夜勤读。其母织履自活。过十余年，方进学问成就射策甲科，得为郎官，又被举明经，迁议郎，转博士，出为朔方刺史。依法劾奏不职官吏，甚有威名，在任数年。成帝召入拜为丞相司。丞相薛宣甚加敬重，尝对属吏说道："诸君务须敬事翟君，翟君将来定当到我地位。"果然不久成帝便擢翟方进为御史大夫。

到了河平二年冬，丞相薛宣因事免职，翟方进也被连累，贬为执金吾。成帝命群臣推举丞相，群臣多举翟方进。成帝也器重方进才干，遂拜方进为丞相，封高陵侯。方进新遭贬官，忽被超升相位，也算是意外遭逢了。

方进为人公廉，不受请托，但是用法深刻，倚势立威。当日朝臣中如陈威、朱博、萧育、逢信、孙闳之类皆出身世家，又有才能，名闻当世，因与方进有隙，皆遭劾奏罢职。方进甚得成帝信任，每奏事无不当意，所以在位日久，一向无事。及至定陵侯淳于长罪犯大逆，死于狱中。朝臣中与淳于长交好者甚多，翟方进也在其列，因他曾向成帝保荐淳于长，成帝为翟方进是个大臣，且素来器重其人，故虽将诸人免官，独替方进隐讳，置之不问。方进自觉惭愧，上疏谢罪，乞骸骨。成帝下诏慰留，方进复出办事。欲买成帝欢喜，遂又搜寻得二十余如京兆尹孙宝、右扶风萧育等，皆与淳于长结交者，一概罢官，方进竟免连累。

及此次荧惑守心，有丞相议曹李寻者，素知天文，上书方进，说是君侯大祸将至，不止贬逐而已，阖府官属三百余人，望君侯选择贤能，与之商议良法，转凶为吉。原来方进也知天文，今见李寻所言，心中忧惧，计无所出。也是方进命该枉死，偏逼贲丽奏请成帝移祸大臣。成帝此时但求保全自己性命，闻道可使别人当灾，便想到方进身上。明知是屈杀方进，但事急也顾不得许多。当日成帝即召方进入见，借着种种灾异之事，将他责备一番。方进被责恐惧，回到相府，心中尚在留恋，未即自尽。成帝也料方进未必便死，遂又下一道策书，叙述历年所有灾异，归罪方进一人。并使尚书令赐以上尊酒十石，养牛一头。方进接读策书，只得服药而死。原来汉时故事，凡遇天地大变，天下大过，便都归咎在丞相身上。但因丞相地位尊贵，未便明白办罪，遂想得一法，要他自尽。其法由皇帝使侍中一人，持节乘坐四白马之车，往赐丞相上尊酒十石，养牛一头，并颁策书告以殃咎。使者奉命前去，不啻一道催命符，早有人将此事告知丞相，丞相便早作预备。使者行至半通，尚未到来，丞相早已遣人告病。使者行到相府，开读策书，致了使命，回到宫门，尚未复奏，尚书便报闻皇帝，说是丞相病已不起，此是汉朝向来成例。如今成帝欲令方进当灾，便照着此法行事。翟方进既死，成帝知他冤枉，不忍照着大臣有罪自杀之例办理，只当他平空病死，厚加恤赠。即日遣九卿策赠丞相高陵侯印绶，赐以御用葬具，使少府办理供给，所有相府梁柱栏槛遍行挂白。成帝亲身临吊数次，一切礼仪恩赐，比较别个宰相为优，谥为恭候，使其长子翟宣袭爵。方进虽然枉死，身后丧葬却甚风光，都为成帝有意将他当灾，自觉过意不去，所以办理丧事一切加厚，希冀方进一死，便可塞了天变。谁知此种举动，毫无益处，方进死后，不过一月，成帝也就驾崩，身后竟无子嗣。未知以后如何，且听下回分解。

第一七三回　肆淫虐嬖宠擅权　怀忠愤阉人聚议

话说成帝素体强健，平日生性好色，后宫妃妾甚多，自从赵飞燕、合德入宫，姊妹专宠十余年，自己无子，却偏不许她人生子。一闻后宫某人怀孕，某人生产，定要将她杀害。成帝又甘心受制，自绝其种，以致继嗣中绝。也是汉室将亡，天生妖孽，当日民间燕啄王孙之谣，果然应验。

先是宫人中有姓曹名宫者，乃官婢曹晓之女，为中宫史。当日汉宫中宫人甚多，凡未得进幸者，不免抑郁无聊，便自择合意之人，假作夫妇，历久遂成为一种习惯，名为对食。曹宫在宫日久，与官婢道房做了对食。元延元年，曹宫忽被成帝看中，召入侍寝，便将其事告知道房。过了数月，其母曹晓入宫，来看其女，忽见曹宫腹大，问是何故。曹宫答道："得蒙主上宠幸，怀孕在身。"曹晓闻言，暗自欢喜，嘱咐女儿，须要保重。主上无子，汝若生下一男，不愁不享富贵。曹宫听说，口中不语，心中却想到赵氏姊妹十分妒忌，知我有子，未必相容。将来吉凶如何，只好听诸天命而已。

及十月期足，曹宫便就掖庭牛官舍中分娩，果然产一男孩，掖庭令知是成帝所生，派有侍婢六人前来侍候，一面报知成帝。读者试思，成帝多年无子，如今闻说得子，虽然其母微贱，总是自己骨血，自应将他养育成人，谁知他做事竟出人意料之外。曹宫生子才过二三日，忽有中黄门田客捧着成帝手诏到了掖庭，那手诏系用绿色绸匣装贮，封口盖有御史中丞印田客将手诏交与掖庭管狱狱丞籍武，籍武开读手诏，其中写道："取牛官令舍妇人及新生小儿并婢六人，尽置曝室狱中，勿问此儿是男是女，以及何人所生。"籍武见了手诏，不知原由，只得依言行事，遂遣人接取曹宫母子与侍婢等一律安置狱中。曹宫到了狱中，心知不妙，又见籍武并不向她动问，自己又不便直说，遂想得一法，对着籍武示意道："我儿胞衣，须要好好收藏，狱丞汝知得此是何等儿子？"原来籍武先并不知是成帝之子，只因诏书命他勿问，所以不敢开口。今闻曹宫言语，已悟其意，便命手下人等好生将她看待。

曹宫母子在狱中过了三日，外面并无动静，以为侥幸保得性命了。不料到了第三日，又遇中黄门田客到来，手持木简，交与籍武。说道："此系主上手诏，问儿死未？命汝即将答辞写在木简背面。"籍武接过一看，不觉大惊，只得据实写道："儿现在未死。"写毕仍交田客带去。籍武暗想天下竟有此等事，真令人万想不到，籍武正在想得出神，不消片刻，田客却又到来，对籍武道："主上与昭仪见了足下答辞，一同大怒，命我前来问汝，何故不将儿杀却？"籍武见说叩头流泪答道："不杀儿，自知当死，杀之也是死罪。"说罢，便写成一个表章，托田客代奏。大意是说陛下现在未有继嗣，子无贵贱，惟望留意。田客持了表章，匆匆而去。

此奏既上。不久田客复来，说道："有诏命中黄门王舜今夜初更时候，在东交掖门等候，汝可将儿交与王舜。"籍武心想："我表章上去，未知能否见听。今忽来取此儿，到底是何用意？料想田客必然知道。”遂私问田客道：“主上见我表章，意思如何？”田客答道：“主上不发一言，但睁起双目，望着不动。”籍武听说，也不知成帝听从与否，只得依照诏中言语，当晚将儿交与王舜抱去。

原来赵合德闻知曹宫生儿，定要置之死地，成帝无如之何。后来见了籍武奏章，也觉心动，便暗命王舜将儿抱去抚养。王舜奉命将儿安置一处，择定官婢曹弃为乳母，命她好生抚养，将来必有重赏，但须小心秘密，勿使他人得知。此时儿生才有七八日，曹宫闻说调书来取其儿，不敢违抗，只得痛哭一场，任其抱去。从此曹宫独自坐在狱中，忆念其子，不知此去是死是活，真是度日如年，好容易过了三日，并无消息。

曹宫正在胡思乱想，准知田客又奉诏到来，早有人报知籍武。籍武出外迎接，望见田客，仍旧捧着绿色绸匣，上面也贴着御史中丞印花封口。籍武拆开一看，中间放着手诏。中有小匣一个，包封甚密。手诏写道：“着籍武匣国内物件并手书交与狱中妇人，亲自监视她服下此药。”籍武看罢，又打开小匣，见是丸药两个，薄纸一张，上面写道：“告伟能努力饮此药，不想再得入宫，汝当自知。”原来伟能便是曹宫别字。籍武见书，果了半晌，只得携匣入内，交与曹宫。

曹宫读毕手书，又见丸药，一时冤愤填胸，不禁大言道：“果然不出我之所料，她姊妹二人要想专擅天下，害我无辜惨死。我死尚不足惜，我儿乃是主上所生，额上有发像孝元皇帝。如今我儿，不知何在，想也被她杀害。”曹宫说到此处，一阵心酸，泪如雨下，又搓着两手说道：“如何能使太后得闻此事？”籍武在旁见了，也替她不平，无奈自己毫无权力救她，只得默然不语。曹宫自知走投无路，便恶狠狠将丸药一并吞下，不消片刻，一命呜呼。籍武叹口气，遣人将她收拾，并打发田客回去复命。尚有伺候曹宫婢女六人在狱不到数日，也被赵合德遣人唤入，对她们说道：“我知汝等无罪，但事已至此，只得委屈汝等，还是自杀，还是要人动手，一听汝便。”六人闻言，料得不免，便一齐答应道：“情愿自杀。”合德遂遣宦官仍将六人押回曝室狱中，六人到狱，将合德言语告知籍武，便取出带来，一齐自缢而死。籍武见了愈加愤叹，忽想起合德擅杀婢女，主上恐尚不知。因疑到先前赐与曹宫之药，未必非合德假传诏书，我若不奏明，将来主上闻知，反要归罪于我，遂将曹宫并婢女身死情形，写一表章，奏闻成帝。成帝见奏，默然无语。

合德虽毒死曹宫，逼杀侍婢，只因小儿尚在，心中仍不足意，又遣心腹人四处查访，竟被查出下落，便逼成帝写一手诏，命宫长李南将儿取至。其时张弃抚养此儿才十一日，闻道诏书来取，不敢违拗，便将儿交与李南抱去。谁料自从一去之后，不见回来，也无从查问消息。不消说得，自然是被合德杀死。

当日后宫又有一位美人姓许，住在上林涿沐馆，素得成帝爱幸，展被召到饰室中居住，大约一年必召二三次，每次留住数月或半年，皆瞒着飞燕、合德二人，不使得知。到了元延二年，许美人怀孕生下一子。成帝闻信甚喜，使中黄门靳严带同医生并产后药物，送到许美人处，令其安心调养。此时赵飞燕姊妹尚未知得。成帝心想她姊妹二人耳目众多，终久不能隐瞒，索性自行告知。此番许美人生子，不比前次曹宫，料她也无话说，于是十分高兴，来向合德说明。谁知不说尚可，此一说又若出一场大祸。

赵合德闻说许美人生子，顿然变色，对成帝道：“常骗我说是由中宫来，果由中宫来，许美人何从生儿？如今许氏有子，竟要立她为后了。”说罢双手自向胸膛乱筑，又立起身来，将头望着四处乱撞，不论是门是壁是柱，拚命撞去。左右侍婢于客子、王偏、臧兼等见了急上前将合德抱住，扶到床上卧下。合德哪肯干休，后由床上滚下地来，一边大哭，一边说道：“现在将我如何安置？我要回去罢了。”

成帝见合德一连撒泼，心中虽然气恼，却不敢发作，口中只说道：“我好意告诉与她，她反无故发怒，真不可解。”正当此时，左右进上御膳。合德不肯进食，成帝也就不食。合德瞅了成帝一眼，说道：“陛下自己如此，何故不食？陛下常言誓不负汝，今美人有子，岂非自背前约？”成帝答道：“我是约明，因为赵氏之故，不立许氏，使天下无再出赵氏之上者，汝可勿忧。”合德听了，方才止住啼哭，渐息怒气。过了数日，合德又逼着成帝写成一书，用绿囊装贮，唤到中黄门靳严嘱咐：“汝将此书交与许美人阅看，许美人当有物件交汝，汝可带来，放在饰室中门帘之南。”靳严奉命将书来见许美人。许美人看罢来书，便将所生之儿，放在一个苇叶编成小箱内，用绳缚好，又另写回书一封，一并交与靳严。靳严捧了苇箱，并复书回来，依言放在饰室帘南，便自退下。

成帝正与合德一同坐在饰室，于客子、王偏、臧兼等均侍立一旁，成帝望见靳严持物到来，便命于客子上前，解开箱上所缚之绳。于客子动手解绳，尚未解开。成帝忽想起此事不可使旁人看见，遂命于客子、王偏、臧兼等一齐退出，亲手将门闭上。此时只有成帝与合德二人在内，也不知他所作何事，众侍婢等不免纷纷拟议。过了片刻，成帝开门，唤进于客子等三人，令他仍旧将箱缚好，并用绿色绸匣装着手诏，一并推放屏风东边，传到中黄门吴恭捧了苇箱绸匣，交咐掖庭狱丞籍武。籍武见手诏上写道：“箱中有死儿埋僻处，勿令人知。”不觉吃了一惊，便也猜到几分，却不敢开口动问，只得拣了狱内楼墙旁边。掘开一坎，将儿埋下。

籍武亲见此两次之事，虽然与他无干，心中却也气愤不过。一日正在闲坐，忽报掖庭令吾丘遵到来，籍武迎人，二人闲谈数语。吾丘遵四顾无人，遂走近前来，附着籍武耳边说道：“掖庭官吏多与赵昭仪通同一气：无可与语。我今特来寻汝，有话告知。据我所见，掖庭中得蒙主上御幸生有儿女者，都被昭仪杀害，莫想得活，更有被逼服药堕胎者不计其数。我心中实属不平，意欲与汝一同出头告发，但赵氏姊妹举动残忍，轻易将人族诛，我无子并无顾虑，事若不成，不过一死。汝现有子，谅必惧祸，敢于此事否？”

籍武闻言，正合其意，自然赞成。吾丘遵不禁大喜。未知二人如何告发，且听下回分解。

第一七四回　承正统刘欣入继　耽淫乐成帝暴崩

话说吾丘遵见籍武与之同心，不禁大喜，因又说道："如今若向朝中告发，朝中当权之人，只有骠骑将军王根，他为人一味贪财，倘使暗受赵氏姊妹贿赂，反说我等诬告，不如奏闻太后，太后必然查办此事，但是有何方法，能使太后得知。"二人商议良久，一时想不出善法，只得暂行搁下，等候机会。谁知不久吾丘遵忽得一病，病到沉重之际，籍武前往看候。吾丘遵自知不起，屏了从人，密对籍武嘱咐道："我死之后，从前所言之事，汝一人不能独为，须要谨慎，不可轻泄。"籍武领诺而退。不过数日，吾丘遵果然病死。籍武孤掌难鸣，只好依他遗言，将告发之举，作为罢论。

读者试想，当日飞燕姊妹未入宫以前，成帝即位已久，却不曾有子，如班婕妤虽然生子，偏又不育。及至飞燕姊妹得宠以后，后宫所生子女，更不想一人望活。但若系飞燕姊妹，暗地将他杀害，成帝全不预闻，也就罢了。如今许美人所生之于，明是成帝与合德一同害死。俗语道："虎犹不食其子"。成帝也是个人，何至受制妇人，为此忍心做害理之事，此是成帝自绝其嗣，却不能委诸天命了。又可见凡人一为女色所迷，连身心都不能自主，任使作何恶事，无不奉命惟谨。有如傀儡一般，听人播弄，如何不亡国败家丧身绝嗣。说起女色为祸，真是可怕之至。

闲言少叙，当日成帝见飞燕姊妹二人自身既不能生子，却又不许别人替他生子，再想到自己年已四十余岁，便算因为赵氏姊妹甘心无后，惟帝位却不能不寻人接继，由此遂存有立嗣之意。但立嗣必由近支弟侄中选择一人。当日与成帝最亲者，只有二人：一为中山王刘兴，乃元帝冯昭仪之子，算是成帝少弟；一为定陶王刘欣，乃元帝傅昭仪之孙，定陶恭王刘康之子，算是成帝胞侄。前此刘康来朝，成帝曾欲留他在京，却被王凤奏令归国。到了阳朔二年刘康身死，刘欣遂嗣立为王。如今成帝欲立继嗣，只有他二人最为合宜。

恰好元延四年春日，刘兴与刘欣二人一同入朝，成帝见了忽触起立嗣之念，意欲比较二人优劣，择贤而立。此时刘兴年已三十四岁，刘欣年才十七岁。成帝留心察看，见刘兴来时只带太傅一人。刘欣却将国中傅相中尉各官一概带来，遂借着此事，用言试他二人。先问刘欣何故随带许多官吏，刘欣答道："依照法令，诸侯王入朝，准其随带二千石官吏，傅相中尉，并是国中二千石官吏，所以一概带来。"成帝见他根据法律对答，心中已自暗喜，又命其背诵《诗经》。刘欣不但背得清楚，且能讲解其义。成帝十分满意。遂转向刘兴问道："汝来朝独带太傅，依据何种法令？"刘兴被问，对答不出：成帝也不再问，便命其背诵书经。刘兴背到中间，却又忘记。成帝便觉得他不济。一日正值成帝赐宴，众人都已食毕，单余刘兴一人落后，到得席散，起身下殿，又将袜带脱落。成帝由此知得刘兴无才，一意爱重刘欣，时时对人称其才干。

读者试想，成帝既然看中定陶王刘欣，何不即时下诏立为皇太子。须知立嗣大事，上有皇太后，外有骠骑将军王根；内有飞燕姊妹，必得大众赞同，方可成事。但是皇太后与王根不甚管事，尚可听凭成帝意思，独有飞燕姊妹二人，权力甚大，成帝所生之儿，她要杀便杀，成帝都无如之何。何况立嗣，关系甚大，二人若不许可，成帝也不能自作主张。谁知此次飞燕姊妹及王根等却与成帝同意，欲立刘欣为嗣。也是刘欣命该为帝，所以不谋而合。然而成帝赏识刘欣，是为他才能甚好；飞燕姊妹等却不是取他才能，所以不欲立刘兴，单单欲立刘欣，此中别有用意，说起来情节也就甚长。

先是傅昭仪与冯昭仪同事元帝，并得宠幸，各生一子。傅昭仪之子名康，冯昭仪之子名兴，元帝封康为定陶王，兴为信都王。元帝既崩，傅昭仪随刘康归国。时刘兴尚幼，与冯昭仪住居上林储元宫，直至河平中方始就国，后又移封中山。傅昭仪本河内温县人，父早死，其母再嫁魏郡郑翁为妻，又生一子一女。子名郑晖，女名郑礼。郑礼嫁于张氏生有一女，傅昭仪便替刘康娶郑礼之女张氏立为王后。傅昭仪因张后是昭甥女，一心望其生子。谁知始终无子，只有丁姬生下一子，即刘欣是也。刘欣初生之时，傅太后便自行抱来抚养。如今长成为王，因受祖母抚养成人，自然十分孝敬。

此次刘欣照例入朝，傅昭仪便想到主上无子，将来必然立嗣。希望自己孙儿得为太子，但尚有中山王是主上少弟，莫被他占了大位，此事须是自己亲身一行，方可成功。傅昭仪想定主意，便收拾了许多珍宝财物，与刘欣一同起身。独有冯昭仪却安分守己，不随刘兴人朝。原来傅昭仪为人颇有材略，善于权变。从前在宫之时，事上待下一切殷勤周到，以此宫中无不道好，一般宫女侍婢感她恩惠，每当祭祀饮酒，都祝她延年益寿，其能得人欢心如此。当日傅昭仪到了长安，入宫见过太后诸人，留心查访，知得宫中是飞燕姊妹专权，赵合德尤为有力。外廷是王根秉政，王根只一味贪财，便料到此事甚有把握。于是放出手段，奉承飞燕姊妹，一面将带来珍宝财物暗地送与飞燕姊妹并骠骑将军王根。三人不知不觉，入了傅昭仪圈套，便将傅昭仪当作好人。暗想主上无子，将来帝位不知属于何人，我等既承傅昭仪美意，不如力劝主上立定陶王为嗣，傅昭仪必然感激，似此预先与她交结，也是将来长久之计。三人竟不谋而合，不待成帝开口，先后同向成帝进言。成帝本有此意，今见内外同心，更加欢喜，自然立即允从。但因立嗣乃是大典，不可草草从事，又见刘欣尚未加冠，遂命有司替他行了冠礼，仍遣回国。

过了一年，是为绥和元年春二月，成帝使执金吾任宏守大鸿胪，持节往召定陶王刘欣到京，下诏立为皇太子，又下调加封中山王刘兴三万户，并封中山王舅谏大夫冯参为宜乡侯。成帝因见刘兴不得承继为帝，恐其心中怨恨，故用此安慰其意。成帝又想起刘欣既为皇太子，便算是自己之子，但定陶恭王刘康未免无后，遂立楚孝王之孙刘景为定陶王，使奉恭王祭祀。太子欣闻知，意欲上书谢恩。少傅阎崇道："太子既为人后，不得复顾私亲，不应陈谢。"太傅赵玄以为当谢，太子依从赵玄之言。成帝见了谢表，下诏诘问所以当谢之故。尚书查是赵玄赞成，成帝即将赵玄贬为少府，拜光禄勋师丹为太傅。

当日傅昭仪及丁姬均随刘欣到了长安，住在定陶国邸。刘欣受了册立，入居太子宫中。有司议奏她二人不得与太子相见。傅昭仪本意刘欣得为太子，已是太子祖母，自然也得好处。谁知如今连面都不能一见,不觉懊丧异常,便入宫面恳王太后,许她及丁姬常与太子相见。王太后念她祖孙母子一向相聚,如今平空将她分隔,也觉得难以为情,遂向成帝言明,欲使傅昭仪、丁姬每十日一到太子宫中。成帝说道:“太子既承正统,自当供养陛下,不得复顾私亲。”王太后听成帝所言有理,本来无话可说,无奈被傅昭仪纠缠不过,便又想得一法,说道:“太子自幼系傅昭仪保抱长大,便不算祖母,也可算是乳母。如今准她到太子处,系念乳母旧恩,无甚妨碍。”成帝方始无言,乃下诏令傅昭仪得至太子处,丁姬因不曾抚养太子,不得入见。

成帝自立太子欣过了一年,便遇着荧惑守心,意欲移祸大臣,便逼丞相翟方进自杀。谁知翟方进身死不过一月,成帝也就驾崩。当驾崩之前一夕,成帝身体强壮如常,并无疾病。此时正值楚王刘衍、梁王刘立来朝,预备明早辞行回国。成帝又因翟方进既死,丞相出缺,意欲拜左将军孔光为丞相。已刻成侯印,写好策文,预备明日行事。当晚成帝在赵合德宫中住宿,宫人但听得成帝终夜吃吃笑声不绝。到了五鼓早朝时候,成帝由床上坐起,穿了中衣,系上袜带,左右捧上衣服,成帝正欲下床,忽然元神脱体,不能言语。左右近前看时,早已身体僵硬,气息毫无。人人惊讶,都道死得奇怪。成帝自十九岁即位,在位二十六年,改元七次,享年四十五岁。说起成帝为人,自少好学,博览古今,秉性宽仁,容受直言,善修容仪,临朝尊严,望之如神,俨然是个人君气象。无如贪酒好色,荒淫无度,纵容外家诸舅,专制朝政,又任凭飞燕姊妹淫乱宫闱,以致性命暴亡,后嗣灭绝。究其祸根,无非贪色之故。清人谢启昆有诗咏成帝道:

穆穆修容俨若神,射熊高馆槛车新。
婕妤团扇辞芳辇,妲己屏风拥醉人。
二赵宫中珠错落,五侯墓上梓轮囷。
君行休矣吾方念,虚费更生封事陈。

欲知以后如何,且听下回分解。

第一七五回　承大统哀帝即位　避外家王莽辞职

话说绥和二年春三月成帝无病暴崩于未央宫。王太后闻信，出其不意，大惊失色。是时朝廷尚无丞相，王太后乃命孔光就灵前拜受丞相博山侯印绶。太后想起成帝并无疾病，死得离奇，而且消息传到外边，人人都觉可疑，互相拟议，须要查究明白，于是下诏大司马王莽、丞相孔光会同掖庭令查明皇帝发病情形具奏。早有人将此信息报知赵合德。合德见成帝暴死，也就心慌，心尚希望自己可保无事。今闻太后遣大臣查办，料得自己难免重责，不如早寻一死。忽又想起平日杀害后宫子女甚多，罪犯重大，若使查究出来，我虽已死，兄姊难免受累，须要设法弥缝。因就心腹侍女逐一点算，如于客子、王偏、臧兼等是最亲信之人，断不至泄漏秘密。惟内中有王业、任孋、公孙等三人，或是许后侍儿，或是王商、王谭家婢，见我已死，被大臣盘问，难保不直言供出。合德想罢，遂唤到王业等三人，各用好言安慰一番，又将宫婢赐与三人，每人十名，嘱咐道："汝等切勿说我家过失。"三人领命退去。合德吩咐已毕，遂即服毒而死。

王莽与孔光奉太后之诏，会同掖庭令查办此事。问知成帝确是暴脱，并非被人谋害，又见赵合德自尽，遂将情形复奏太后，作为罢论。群臣奉太后诏，请太子欣即皇帝位，是为哀帝。尊王太后为太皇太后，赵飞燕为皇太后。哀帝自为太子，亲见成帝骄奢荒淫，外戚专权，心中甚不以为然。此次即位，节省宫中用费，一切从俭，躬亲政事，大权独揽。一时人心悦服，想望至治。王太后知得哀帝意思，心想母家弟侄专政日久，如今孙儿是承继而来，他也有外家，自然欲用自己亲人。古语道："一朝天子，一朝臣"。不比成帝在时容易说话，与其将来被他罢斥，不如自己告退，尚能保全体面，乃下诏王莽命其辞职。王莽受诏即上书乞骸骨。哀帝得书，正中其意。但想起自己初次即位，未便立时更换大臣，况王莽求退，非出自愿，系由太皇太后授意。今若即行允准，对于太皇太后，难以为情，乃下诏挽留。又命丞相孔光、大司空何武、左将军师丹、卫尉傅喜向王太后奏道："皇帝闻太后诏令大司马辞职、心中甚悲。大司马若不视事，皇帝不敢听政。"王太后见说，只得又下诏令王莽照前供职。

王太后见哀帝能周全她子侄，心中甚喜。因想起从前已准傅昭仪十日一到太子宫中，如今太子即位，她母子祖孙反不得相见，未免不近人情，于是下诏准傅太后、丁姬十日一到未央宫中，与帝相见。傅昭仪与丁姬得此消息，自然欢喜。王太后又想起傅昭仪与丁姬是皇帝本生祖母生母，若仍旧住在定陶王邸，似太难为她们了，乃下诏问丞相孔光、大司空何武道："定陶恭王太后宜居何处？"二人奉诏，各陈意见；孔光素闻傅昭仪为人刚暴，多有权谋，加之哀帝是她抚养成人，其后立为太子，又全亏她出力，倘使与帝旦夕亲近，必然干预政事，擅作威福，须是离开方好，因议请另行筑宫居住。大司空何武不知孔光意思，心想另行筑宫，未免劳费，现有北宫，无人居住，乃奏道可居北宫。哀帝依从何武之言，奏明王太后，使傅昭仪及丁姬移到北宫居住。

读者须知，哀帝既继与成帝为子，入承大统，依照古礼，与傅昭仪、丁姬应断绝关系。傅昭仪虽然心中不悦，然限于名分如此，但不使她与哀帝相见，任她具有本领，也无如之何。谁知王太后要想讨好，准她十日入宫一见，傅昭仪已好乘机要求。王太后如在梦中，尚要格外讨好，将二人移居他处，以示优待。偏又遇着何武不曾思患预防，竟建议令其居住北宫。从此傅昭仪、丁姬出入宫闱，愈见便利。原来北宫本筑有紫房复道，可以直达未央宫，更不消十日一见了。

傅昭仪与丁姬移居北宫之后，果然日夜由复道到了未央宫，面向哀帝要求得称尊号，并封其亲属官爵。哀帝要想拒绝，又碍着是本生祖母，不敢得罪；待要依允，又明知太皇太后与朝中大臣必不肯从。正在左右为难之际，恰有高昌侯董宏知得此事，上书迎合帝意道："昔日秦庄襄王母本夏氏，而华阳夫人养以为子，及即位俱尊为太后，宜立定陶恭王后为皇太后。"哀帝见奏发交群臣会议，于是大司马王莽、左将军领尚书事师丹一同劾奏董宏明知皇太后至尊之号，乃称引亡秦以为比喻，非所宜言，大不道。哀帝既被傅昭仪日夜催促，又得董宏建议，本意希望朝臣能依议而行。今见王莽、师丹出而反对，心中虽然不悦，但因自己即位未久，不欲违忤大臣，只得下调将董宏免为庶人。

事为傅昭仪所闻，不觉大怒，便立迫哀帝硬要改她称号。哀帝无法只得往求王太后，下诏追尊其父定陶恭王为定陶恭皇。王太后到此追悔无及，心想既做好人，便做到底，于是勉强依从。哀帝遂趁势尊傅昭仪为定陶恭皇太后，丁姬为定陶恭皇后。先是傅太后父早死无子，故傅太后并无亲兄弟，只有堂弟三人，一名傅喜，一名傅晏，一名傅商。傅太后又以傅晏之女配哀帝，及即位立为皇后，傅曼以皇后父封为孔乡侯。哀帝又追封傅太后父为崇祖侯，拜傅喜为右将军，并封舅丁明为阳安侯。傅昭仪既称太后，遂与丁姬皆有食邑，并置左右詹事等官，体统与皇太后、皇后略同。

王莽见此举动，心虽不悦，未使出言谏阻。一日哀帝在未央宫置酒，遍请王太后、赵太后、定陶傅太后、定陶丁皇后并许多皇亲国戚。先期内者令安排筵席，铺设座位，居中正坐，自然是王太后。内者令以为傅太后是主上祖母，与太皇太后地位相同，便就王太后近旁设一座位，预备傅太后坐处，排设既毕，诸人尚未入席，王莽却先自到来。

王莽自见哀帝尊崇丁、傅两太后，并封拜外家官爵，早料到傅太后要与王太后一体称尊，而且将来得志，权力反在王太后之上，因此心中不平，对着朝廷一举一动，无不留心。此次宫中设宴，王太后与傅太后一同在座，王莽便想到座位一层，不知如何排设，因此先来巡视一周。当时见此情形，气愤填胸，纵使王莽何等巧诈，也觉忍耐不住，便想借此发作，压倒傅太后气焰，替王太后出此恶气。于是唤到内者令厉声责备道："定陶太后乃是藩妾，何得与至尊并坐？"喝令立时撤去，另于别处设座。王莽督着众人，移易座位已毕，方始气吁吁走出。

到了上席时候，哀帝与王太后、赵太后、丁姬等并一班皇亲国戚都已到齐，独有德太后一人不到，哀帝见了，觉得奇异，一连遣人催请。傅太后只是不来。哀帝无法，只得由她。遂恭请王太后、赵太后等入席，并传谕诸人一同就座。当日在座诸人，自王太后以下，都觉得傅太后无故不来，必是动气，各人暗自猜疑。也有一二知得原因者，便料到不日将起风波。只有哀帝早识他祖母性气不好，今番又不知为着何事动怒，料到明日又要受她叨絮，想到此处，真是坐立不宁。古语云：“一人向隅，举座为之不乐”。此一席酒，任汝炮凤烹龙，天家富贵，只因人人怀着鬼胎，便也不乐而散。

读者须知，傅太后既未患病，又无要事，何故不来？原来当日有人看见王莽移易座位，争行报知傅太后。傅太后因他孙儿做了皇帝，今日请她饮酒，何等排场，心中十分高兴。一早起来，梳妆已毕，穿上一身盛服，正想起身前往，忽闻此事，几乎气死。大骂王莽，干汝甚事，屡次与我作对，今竟敢派我坐在一旁，明是有意侮辱，我若与之急论，又碍着王太后在座，只索性不往罢了。傅太后正在沉思，哀帝遣人到来催请，傅太后喝令左右辞谢。使者一连来请几次，都被拒绝。到了次日一早，傅太后便赶到未央宫，见了哀帝，告诉一番，并说王莽欺人太甚，立迫哀帝即行罢斥，以泄此恨。哀帝只得应允。王莽消息本也灵通，既闻傅太后言语，自料不能见容，遂又上书辞职。哀帝巴不得王莽告退，下诏赐黄金五百斤，安车驷马，罢职归第。王莽虽然免官，一时舆论无不称颂其贤。哀帝又欲敷衍王太后，下诏加封王莽三百五十户，位特进，朔望朝见礼如三公，并准乘坐绿车随驾出行，又特置中黄门为使者，每十日赐餐一次。

当日大司马一职，大抵皆任用外家之人，已成惯例。及王莽去位，人人心中皆以为哀帝必由丁、傅两家中选用一人。此两家中惟有傅喜，自少好学，志气高尚，品行端正，名誉甚好，素为众人所仰望，便是哀帝也想用他。偏遇傅太后不欲令其辅政，只因傅喜素性恬退，不欲招揽权势。当傅太后初次干预政事时，傅喜心甚不以为然，屡次进谏，因此触忤傅太后之意。及哀帝封拜丁傅诸人，傅喜意存谦让，托病在家，不愿受封。此次哀帝虽然注意傅喜，无奈用人行政之权已受傅太后干涉，不能自由。傅喜既为傅太后所不喜，又兼称病在家，只得作罢。此外尚有傅晏、丁明，一是皇后之父，一是皇帝之舅，无如资格太浅，名望不高，不能胜任，于是哀帝一概不用，但将左将军师丹升为大司马。

哀帝自为定陶王时，成帝委任外家，专执政权，王氏一班子弟又皆异常骄僭，心中早怀不平，久欲收回大权，力加整顿，但以即位未久，姑且容忍。在朝群臣亦畏惧王氏势力，不敢纠劾。如今王莽卸去政权，丁傅用事，司隶解光窥知帝意，遂上书劾奏道：

> 曲阳侯根，三世据权，五将秉政，天下辐辏。赃累巨万，大治第宅，赤墀青琐，游观射猎。使奴从者披甲持弓弩，陈步兵，止宿离宫，水衡供帐，发民治道，百姓苦其役。推亲近吏张业为尚书，蔽上壅下。先帝山陵未成，公聘娶掖庭女乐殷严、王飞君等，置酒歌舞。及根兄子成都侯况亦聘娶故掖庭贵人以为妻，皆无人臣礼，大不敬不道。

此奏既上，哀帝见了自然合意。但哀帝本因王氏过于强盛，欲借事将其稍加惩戒，杀其气焰。若依解光所言，大不敬不道罪名，非同小可，不特免去官爵，且当办罪，觉得未免太重，且对于王太后也难为情，于是想得一法，下诏道：“先帝待遇王根、王况恩德甚厚，今乃背恩忘义，本应重办；以王根曾建社稷之策，今从宽可遣就国。王况免为庶人，归故郡。凡经王根、王商荐举为官者皆罢免。”王氏之势遂衰。未知以后如何，且听下回分解。

第一七六回　易大臣何武罢官　忤外戚师丹免职

话说哀帝既允王莽免职，又想将大臣更换一番。先是成帝时何武建议请设三公官。成帝从其言，改御史大夫为大司空封列侯，增加俸禄，与丞相大司马同为三公。绥和元年遂拜何武为大司空，封纪乡侯。何武字君公，蜀郡郫县人，少学易为郎，出为鄠县令。免官归里，兄弟五人同为郡吏，事太守何寿。何寿知何武有宰相之器，又加同姓，十分厚待，以此郡县之人皆敬惮之。何武之弟何显，家有市籍，倚借郡吏之势，不纳租税，县中官吏无如之何，历任县官皆因收税不及额考列下等。后忽遇一任市啬夫，姓求名商，为人刚直，不畏权势。见何显家中欠纳市租，将其家人捕拿，勒令追缴。何显闻知大怒，欲借他事陷害求商，报复此怨。何武说道："吾家纳税当差，不为众人之先，彼吏人奉公办事，乃职分当然，岂可挟仇倾陷。"遂入见太守，请召求商为卒史，于是乡里闻之，皆服何武之公。

过了一时，何武被举贤良方正，拜谏大夫，出为扬州刺史，对于郡国守相，无论其人贤与不肖，一律以礼看待，因此地方之人各尊重其官吏，一州清平。何武每出巡部内，到了一处，必先往学官召见诸生，试其经学，问以得失。事毕，方到旅馆，发出命令，查问垦田数目，五谷丰凶，然后接见地方长官。遇有太守犯罪，随时劾奏，但当劾奏之前，必先将奏章宣布，使其本人得知。本人果肯服罪，即令其自行辞职，销去奏案；若不肯服罪，便尽法参奏，也有办到死罪者。当日九江太守戴圣学习礼经，与戴德齐名，时人称戴德为大戴，戴圣为小戴。戴圣在任行事，多不遵法度，历任刺史因他是有名大儒，遇事宽容。及何武为刺史，巡行到了九江，清理词讼，曾将几桩案件发郡都中审判。戴圣见了冷笑道："后进小生，偏想乱人政事。"竟将各案搁起不理。何武使部下从事查得戴圣罪过，将欲举奏。戴圣恐惧，自行辞职。不久戴圣复被召为博士，心恨何武，时向朝庭出言毁谤。何武闻知，却终不言戴圣之恶。一日戴圣之子结交盗贼，劫掠财物，被官吏捕得，系入庐江狱中，庐江正属扬州刺史部下。戴圣在京得报大惊，心想此案落在何武手中，正好报怨，我子莫想望活。谁知何武却不问他是何人，只照案情依律秉公判决，戴圣之子竟得不死，由是戴圣惭愧服罪。每遇何武入京奏事，戴圣必到门称谢，其感化人如此。何武在扬州每值年终照例入京奏事。河平二年何寿入为大司农，其侄在庐江为长史，何武未为推荐。此次其侄来京，何武适在长安。何寿因欲托何武推荐其侄，又知何武为人公正，未便直言干求，乃备了酒席，请到何武之弟何显，并何武故人杨复众等入席饮酒。饮到酒酣，何寿命其侄出见，对众人道："此子在扬州部下为长史，才能低下，未蒙刺史召见。"何显等听了，觉得何寿语中含有讥刺，甚觉惭愧。席散之后，何显回家，便将席间言语告知何武。何武答道："刺史即古之方伯，主上所委任，为一州之表率，职在进善退恶，官吏治行有异及人民有隐逸者，乃当召见，不可徇私滥行访问。"何显、杨复众觉得终对何寿不住，一齐强求何武为之设法。何武被众人纠缠，不得已回到扬州，召何寿之侄来见，赐以酒食。于是庐江太守以为是刺史看重之人，即行荐举。

何武任扬州刺史五年，后为沛郡太守，曾断一案，为人所称。先是沛郡有一富翁，积有家财二千余万，正妻早死，遗有一女，长成出嫁。富翁复纳一妾，生一子，才数岁，其妾又死。富翁年老病重，想起儿子甚幼，家产又多，并无近亲可以付托，惟有女与女婿，意欲托他照顾，无如女儿生性不贤，必然贪我钱财，难保不害死我儿，霸占家产。富翁反复沉思，忽得一计，便命遍请族人，自作遗嘱，交与众人阅看，其遗嘱写道：

悉以财属女，但以一剑与儿，年十五以还付之。

众人见了遗嘱，都觉诧异，因是他自己家财，只得照他遗嘱处分。不久富翁身死，他女婿及女儿竟据了他财产，并不照顾其子。富翁生前早留下一笔款项，密嘱亲信之人抚养其子，及至其子年已十五岁，便照遗嘱向其姊索剑。其姊贪心不足，连一剑都不肯交与其弟。其弟心中不甘，遂到郡署告状。何武见了状词，即命吏役往传女及女婿到案，询问一番，并将富翁遗嘱反复细看，忽然省悟，因对旁边掾史道："汝等知此富翁用意否？盖因女性强梁，婿又贪鄙，富翁心恐其儿被害，又念儿年太小，纵与以财，不能保管，遗命交付其女，实寄之耳；又命以剑与儿者，剑所以示决断也；限年十五者，已届成年，足以自活；且料其女不肯还剑，必致告到官府，希望官府明察，代为伸理。似此深谋远虑，岂庸常之人所能及？"于是判将富翁全部家财交还其子，又说道："劣女恶婿，温饱十余年，也算便宜了他。"此案既结，人人皆言何武原情度事，皆得其理，无不心服。

何武为人仁厚，喜称人之善，荐引皆贤士。所居之官，并无赫赫之名，及其去后，常为人所思慕。成帝末年召入为廷尉，擢御史大夫，改大司空。遇事每多举奏，时人讥其烦碎，不以为贤。武有后母在本郡居住，遣吏往迎。适值成帝驾崩，吏恐道途或有盗贼，不敢起程来京，左右近臣遂有言何武事亲不笃者，哀帝乃下诏将何武免官就国，拜师丹为大司空。师丹字仲公，琅琊东武人，少从匡衡学诗，举孝廉，累官光禄勋侍中。哀帝为太子，师丹为太子太傅，至是由大司马迁大司空。师丹自以师傅居三公之位，见哀帝封拜丁傅，多变更成帝时政事，因上书极谏，言多切直。时傅太后从侄傅迁官为侍中，性尤奸邪。哀帝深恶其人，下诏免官遣归故郡。傅太后闻知大怒。哀帝不得已只得下诏仍将傅迁留住。孔光与师丹一同奏道："诏书前后相反，天下疑惑，无所取信，请仍令傅迁归故郡。"哀帝明知所言甚是，无如受制于傅太后，竟不能遣，复命之为侍中。

过了一年，哀帝初次改元，是为建平元年。此时师丹既迁大司空，尚余大司马一缺，便以傅喜补充，又封为高武侯。先是王莽辞职时，傅喜告病在家。哀帝赐以黄金百斤，遣归养病。何武、唐林皆上书保奏。哀帝心中亦自看重傅喜，故至是复拜为大司马。

当日司隶解光自参倒王氏后，又想到赵飞燕姊妹在成帝时，与王氏一般横行。曾闻人言许美人与曹宫皆得幸成帝，生有子女，不知去向。乃遣部下属吏四出查问，遂查得当日在场眼见之人，如掖庭狱丞籍武、故、中黄门王舜、英恭、靳严、官婢曹晓、道房、张弃及宫人于客子、王偏、臧兼等人，解光、傅齐诸人，逐一讯问。诸人知难瞒隐，遂将飞燕姊妹杀害皇子情形详细供出。解光据情奏闻，哀帝因碍着赵飞燕尚在，便把罪状归在赵合德一人身上。哀帝得奏下诏将新成侯赵钦、成阳侯赵欣免为庶人，家属移徙辽西郡，于是议郎耿育上书请勿穷究。哀帝因想起自己得立为太子，颇赖赵飞燕之力，遂将此事作罢。傅太后也念旧情，对于赵飞燕厚加看待。赵飞燕心畏傅太后势力，要想保全自己，乃一心一意奉事傅太后买其欢心，竟将王太后冷落，因此王太后甚为怨恨，但又无如之何，只得忍耐。王、赵二家，既皆失势，权力全归傅太后一人。傅太后也可心满意足，安静无事。谁知却有一班小人，欲图自己富贵，偏又设法讨好，惹出许多事来。

是年秋日有郎中冷、褒黄门郎段犹等奏言："恭皇太后、恭皇后皆不宜加以定陶藩国名称，应请除去。所有车马衣服，宜皆称皇。设置二千石以下之官属，各供其职，又宜为恭皇立庙于京师。"哀帝见奏，发交有司会议。朝中群臣畏惧傅太后之势，都道应如二人所言。独有师丹、孔光、傅喜三人以为不可。师丹议道："定陶恭皇太后、定陶恭皇后以定陶恭为号者，乃母从子、妻从夫之义，今欲设置官吏车服与太皇太后相同，非所以明尊无二上之义也。陛下既继体先帝，承天地宗庙社稷之祀，不得复奉定陶恭皇之祭。今欲立庙于京师，而使臣下祭之，是无主也。"哀帝见群臣都无异议，偏他三人不肯顺从，三人之中师丹尤为敢言，欲将此事作罢，傅太后岂肯甘心？待欲独断施行，又因师丹等皆是大臣，所议甚正，未便违反，哀帝左右为难，便想借事将师丹免官，方好行事。

一日有人上书言古代用龟贝为币，今以钱易之，故民多贫，应请改变币制。哀帝便问师丹道："币制是否可改？"师丹答言："可改。"哀帝又命有司议奏，众人皆言钱币通行已久，不易骤变。师丹年老，忘却前次曾对哀帝之言，遂从群臣之议。复奏既上，哀帝觉他前后言语不符，以为有意如此，心甚不悦。又一日师丹自作奏章，命属吏替他书写。属吏私抄草稿，传与外人观看。事为丁傅两家子弟得知，遂使人上书告说师丹上奏时，行道之人皆传观其草稿。哀帝遂将师丹发交廷尉查办，廷尉劾师丹大不敬。哀帝遂将师丹免官，并夺其侯爵。尚书令唐林上书言师丹夺爵太重，哀帝依言，复赐师丹爵为关内侯。以朱博为大司空。未知以后如何，且听下回分解。

第一七七回　任权术武吏显名　验鼓妖大臣遭戮

话说朱博自元帝时救免陈咸出狱，义侠之名闻于一时。至成帝即位，王凤秉政，奏请陈咸为长史。陈咸引进朱博，并萧育同在幕府。王凤一见朱博，甚奇其人，举为栎阳县令，累迁长安令，擢冀州刺史。朱博本由武吏出身，初为刺史，所有文书法令，素未练习。一日出巡所部，行至一县，到了旅馆暂歇，方欲预备起行。从人报说外面忽来吏民数百人，拥挤不开，欲见刺史言事，请示办理。朱博未及开言，旁有属吏请朱博暂留此县，传见众人，事毕再行起程。朱博不听，吩咐速行驾车。少顷从人入内，告知车已驾好。朱博出外登车，望见许多吏民，便遣属吏宣告道："汝等欲言县丞以下官吏者，刺史不察小官，可向郡署告发；欲言二千石以下长吏者，俟刺史巡行回署后，前来具呈。此外人民被官吏冤枉以及盗贼词讼等案，各归该管属吏办理。"朱博宣告已毕，便在车上将来人依照所言逐一发遣，不消片刻，四五百人一时散去。旁观吏民都道此位刺史判事迅速，于是人人皆惊以为神明。

读者试想，此数百人何以不约而同趁着刺史出巡一齐到来？原来朱博部下有个老吏，因见朱博初为刺史，料他不谙吏治，暗地指使多人哄动他一番。待到众人聚集，又故意请他缓行，看他如何办理。谁知此等诡计，早被朱博看破，不但不落圈套，反借此显他本领。事后朱博留心查访，果被他查出真情，竟将老吏办成死罪，因此州郡皆畏朱博威严，不敢轻犯。

过了数年，朱博迁为琅玡太守。琅玡乃是齐地。当日齐人生性迟缓，又喜自为高大，博取名声，历久成为一种风气。朱博新到任上，一班上级吏人同时告病不来。朱博心疑，便唤到一二吏人问是何故。吏人答道："向例太守新到，须先遣人用言抚慰，方敢出而就职。"朱博闻言大怒，须髯尽张，拍案骂道："齐儿欲以此成为风俗，我偏不许。"于是尽召下级掾史并各县吏，自行选择其可用者，拔补各缺。所有告病吏人，一概罢斥出府。郡中传说，莫不大惊。朱博生性不喜儒生，每到郡必将议曹一职裁去。偶遇儒生向之陈说道理，朱博便用言拒绝道："太守乃汉朝官吏，但知奉着三尺律令治理。君等所言圣人之道，吾不能用；君等且持此道归去，等候尧舜君出，再为陈说。"儒生被他当面抢白一番，无言退出。朱博又见吏人衣服长大，命功曹勒令众人所服之衣，皆须离地三寸。有门下掾姓赣名遂，乃一老儒，教授学生数百人。朱博嫌其拜起迟缓，吩咐主簿道："赣老生不习为吏之礼，可令其练习拜起。"朱博在任数年，齐地属吏礼节为之一变。

朱博治郡，常令所属各县选用其地之有名豪杰以为属官。每遇县中出有大贼及非常之事，朱博便责成其人办理。立有功劳，必加厚赏；若不称职，即加诛罚。当日琅玡有一属县名为姑幕，一日竟有八人在县廷中杀人报仇，县中官吏擒捕不获，县令县丞畏罪自行系狱，一面申报到府。府贼曹掾史向朱博自请前往姑幕捕拿，朱博留之不遣。

又有功曹掾史自请前往，朱博亦置之不理。郡署中人见朱博对于此案毫无动静，莫测其意，于是府丞到署请见。朱博始对各属吏道："吾意以为县中自有长吏，一向办事不曾由府干预，丞掾意谓此事府当干预之耶？"诸人闻言，不敢对答。朱博乃命作成檄文，饬下姑幕县，命县令、县丞各就原职，照常办事，责成游徼王卿办理此案。王卿奉檄异常惊惶，亲属等皆为之忧惧，急遣人日夜四出，侦探杀人罪犯。不过十数日，竟被他拿获五人。朱博下令褒美王卿，命其到府叙功，其余三人交与部下追捕。朱博常用此法操纵其下，由此豪强无不帖服。

朱博在琅玡数年，召入为左冯翊，治法多尚严酷，敢于诛杀，然亦有时从宽，故属吏皆为之尽力。其时长陵有大姓复姓尚方名禁者，少年时曾与有夫之妇私通，忽被其夫撞见，心中愤怒，持刀来杀尚方禁。尚方禁躲避不及，颊上被他砍伤，尽力奔逃，幸得脱身。后来刀伤虽然医好，面上却留有疤痕。乡里人等闻知其事，都鄙薄其人，不与为礼。尚方禁自觉惭愧，因希望得为官吏，洗此耻辱，无如品行不端，更无人肯出头举他。好在家财富足，便将金钱贿赂左冯翊功曹，托他举荐。功曹受了贿赂，遂设法将尚方禁署理县尉。朱博到任，闻知其事。一日借着他事，唤尚方禁来见。尚方禁毫不知得。及至见面之时，朱博观看尚方禁面上果然有疤，心知所闻是实，即屏去左右，假作不知，向尚方禁问道："此是何种疤痕？"尚方禁被问，料得朱博早有所闻，势难隐瞒，只得叩头服罪，据实说出。朱博笑道："情欲之事，人所不免。我今欲为汝雪除此耻，汝肯效力否？"尚方禁闻言，且喜且惧，叩头对道："愿尽死力。"朱博遂嘱咐尚方禁谨记此言，勿得漏泄，嗣后在外留心查访，有所闻见，随时记载，秘密报闻。尚方禁领命退出。从此朱博遂将尚方禁收为耳目，甚加亲信。尚方禁也感激朱博知遇，每值部内出有盗案，或其他奸恶情事，日夜探知实情，告于朱博，积有功劳，朱博便擢尚方禁连署县令。

朱博既用术笼络尚方禁，一面将受贿功曹召入府署，闭上阖门，责其受贿舞弊。功曹尚欲辩白，朱博便举尚方禁一事作为证据。功曹见朱博说出真赃实据，吓得哑口无言。朱博料他所受贿赂不止一次，便命左右取笔札交与功曹，令其将历来所受贿赂逐条记出，不准隐匿一钱，若有半句虚言，立时斩首。功曹惊恐异常，只得战战兢兢，据实书写，不敢隐瞒，写毕呈与朱博。朱博看了一遍，知他所写是实，于是切实教训一顿，使其改过自新。功曹得蒙饶恕，唯唯遵命。朱博投下小刀，使之自将所记削去，开门放出，仍令照旧供职。功曹从此小心办事，不敢胡行。朱博也就将他提拔，后来竟得出仕。

元延二年成帝召朱博入京，拜为廷尉。朱博恐被属官蒙蔽，初到任时，召见所属官吏，对他们说道："吾本由武夫出身，不通法律，幸有群贤相助，自可无忧。但吾自为郡守，判断狱讼，亦将二十年，耳闻目见，为日已久，大抵国法不外人情，诸君试选从前疑难案件数十起，持来问我，我为诸君以意断之，看是如何？"众人听说，心想朱博纵使如何明察，所揣度未必适合，于是检出旧案多起，来问朱博。朱博大会属官，一同坐下，将所检疑难之案，自出己意，加以判决，分别轻重，其结果与原判相符者，居然十有八九。一班属官遂皆心服朱博才情过人。原来朱博每换一官，到任之时，必先想法卖弄手段，见得他不是受人欺蔽。自为廷尉，不过一年，擢为后将军，因与红阳侯王立交好，王立有罪，朱博也坐免官。

哀帝即位，复召朱博拜为光禄大夫京兆尹。说起朱博为人清廉俭朴，不喜酒色游宴，自从微贱以至富贵，每食不过一肉，迟眠早起，勤于办事。其妻少得见面，生有一女无男。但他性喜交游，结识朋友甚多，自为郡守九卿，宾客满门。有欲出仕者，朱博便极力为之举荐；有欲报仇雪怨者，朱博便亲解佩剑与之，由此显名于世，然结果也由此失败。当日傅太后虽已得称定陶恭皇太后，却为前次会宴王莽撤去她的座位，自觉此种称号不能与王太后一样尊贵。恰值冷褒、段犹上书请除去定陶字样，正合其意；无如群臣会议之时，又被师丹、孔光、傅喜三人从中作梗，以致不能实行，傅太后甚是懊恼。却有孔乡侯傅晏素性谄谀，要想迎合傅太后以悦其意，但欲行此事，须将师丹等三人除去，别用同意之人为三公，方可成议。傅晏因想起朱博本系先朝大臣，此次新得起用，可为援助，于是遂与朱博深相交结。到了交情既密，便将傅太后欲称尊号之意秘密告知，请其赞成此举。朱博本是武人，未曾学习儒书，不知大体，生性伉爽任侠，但知朋友与之交好，便一味热心为之尽力；加以功名心重，料得依附丁傅，可至大位，因此慨然应允。傅晏便告知傅太后转告哀帝，超拜朱博为大司空以代师丹，时建平元年冬十月也。

哀帝既将师丹免官，意欲借此感动傅喜，使他顺从傅太后之意。谁知傅喜却仍持前议，不肯改变，哀帝因此不悦。傅喜素性恭俭，虽为三公，仍如平日；而一班丁傅子弟骤然享受富贵，莫不骄傲奢侈。相形之下，彼此见绌，不怪自己不是，反说傅喜沽名钓誉，时在傅太后及哀帝前时加毁谤。更有丞相孔光当成帝欲立继嗣时，建议以为当立中山王刘兴，已忤哀帝之意，今又与傅太后反对。朱博心知哀帝不喜二人，每乘暇时入见，奏言丞相孔光志在自守，不能忧国；大司马傅喜阿党大臣，无益政治。又请罢去大司空官，自愿仍为御史大夫。哀帝依言。到了建平二年春二月，哀帝将傅喜免官，遣就国，拜丁明为大司马卫将军。又罢大司空，以朱博为御史大夫。四月哀帝复将孔光免官，遣就国，拜朱博为丞相，封阳乡侯，以少府赵玄为御史大夫。

当日三公皆已易人，哀帝遂下诏将定陶恭皇除去定陶字样，立庙京师。尊定陶恭皇太后傅氏为帝太太后，恭皇后丁氏为帝太后，帝太太后称永信宫，帝太后称中安宫，与王太皇太后、赵皇太后共四太后，各置少府太仆，秩皆中二千石。丁太后称尊不久，便即驾崩，合葬恭皇园中。于是丞相朱博、御史大夫赵玄又奏言："关内侯师丹、新都侯王莽贬抑尊号，亏损孝道，当伏显诛。幸蒙赦令，不宜复有爵士，请免为庶人。"哀帝下诏将师丹免爵，并遣王莽就国。谏大夫杨宣上言："孝成皇帝以陛下代奉东宫，今太皇太后春秋已高，敕令亲属退位以避丁傅，陛下试登高望见延陵能不惭愧？"哀帝见奏大为动心，乃复封王商子王邑为成都侯。

傅太后既得此至尊称号，自然心满意足。又想起两年来费尽心机，受尽闲气，方始得有今日。都缘从中有人作梗，不得早遂吾愿。但别人出头反对，尚属情有可原，独有傅喜是我从弟，理应为我尽力，谁知他与王莽、师丹等通同一气，破坏吾事，真是可恨。试问他受封为高武侯，系由何处得来？他既不念姊弟亲情，仍得坐享爵邑，实令人心有不甘，必须将他免为庶人，方出我气。傅太后越想越气，自己却不便向哀帝开口。因见朱博近曾劾奏师丹、王莽，与此事同一律。遂令孔乡侯傅晏转告朱博，令其奏请将傅喜免去侯爵。朱博应允，便唤到御史大夫赵玄商议此事。赵玄道：“事属已往，不宜再提。”朱博道：“我已应许孔乡侯了，匹夫结约，尚不相背，何况至尊？事若不济，博唯有死而已。”赵玄见朱博意决，只得依从。朱博也料到单劾傅喜一人，形迹太露，主上难免生疑。因想起前大司空纪乡侯何武免官就国，情节相似。遂与赵玄上书奏说：“傅喜、何武前此在位，无益于治；虽已罢免，不当得有爵士，请皆免为庶人。”

哀帝早知傅太后深怨傅喜，今见朱博、赵玄奏章，便疑二人是迎合傅太后意思，又见朱博为人甚有机变，不易问出真情；赵玄却近于诚实，乃命尚书先召赵玄一人诘问。赵玄被诘，不能抵赖，果然据实说出。哀帝下诏将赵玄减死三等办罪，傅晏削去封邑四分之一。遣谒者持节召朱博赴廷尉狱，朱博闻命自杀。先是朱博与赵玄初拜为丞相御史大夫时，将欲登殿受策，忽有大声如钟，殿中郎吏等皆闻之。哀帝便问黄门侍郎李寻、扬雄，此是何故？二人对称乃是鼓妖，应在正卿，不出期年，当蒙其咎。至是其言果验。朱博既死，哀帝遂拜平当为丞相，王嘉为御史大夫。未知以后如何，且听下回分解。

第一七八回　中山兴狱抱奇冤　东平立石遭横祸

话说哀帝自从即位以来，得了痿痹之疾，往往卧床不起。又值连年水灾地震，变异屡见。傅太后便从中擅权作威作福，顺之者无功受封，逆之者无罪受罚。更有一班小人借此邀功生事，便兴出许多大狱来。当日首先受祸者，即冯昭仪是也。冯昭仪本与傅太后同事元帝，并得宠幸，因曾独身当熊，元帝倍加敬异。傅太后自愧不如，由此心生怨恨。及冯昭仪随子刘兴至国，为中山王太后，替刘兴娶其弟冯参之女为王后，生有二女无子。刘兴别纳卫姬生有一子，名为箕子。成帝绥和元年，刘兴病死。箕子年才二岁，嗣立为王。谁知却得一病，每当发作之时，见鬼见神，日夜不安，名为眚病。冯昭仪只此一孙，格外爱惜，亲自抚养，因他患了眚病，便时遣神巫，为之祈祷禳解。

及哀帝即位，闻知中山王有病，特遣中郎谒者张由带领医士前往诊视。张由奉命率领医士到了中山，冯昭仪见是朝廷派来之人，以礼接待，不敢怠慢。随来医士入到王宫，看病用药。说起肝厥之病，本是小儿常有，时发时愈，不易断根。张由既奉哀帝之命，带领医士专来治病，须是治到全愈，方可回京复命。今因此病一时不能奏效，便只得在中山暂住。不料中山王病尚未愈，张由之病却又发作起来，因此酿出一场大祸。原来张由素有疯狂之疾，每当病发之时，往往改易常性，病愈仍如常人。此次住在中山过了一时，长日无聊，不免动起乡思，心中愁闷，急盼回京，因此引起旧疾，无故发怒，便收拾行李，一直回京。冯昭仪不知其故，只得任他回去。

张由一路回到长安，便往宫门报到。哀帝见他忽然回来，既无诏书宣召，又未得中山王病愈消息，遂命尚书将他责问。谁知张由先前因欲回京，以致疯病发作，病发时不由自主，便糊糊涂涂，自行回京。一到京中，病又渐愈。自己回想起来，也就莫名其故。今被尚书责问，方悟奉使潜回，犯了罪名。若按法律办起，必至下狱受罪；纵使据实说出，为病所误，情有可原，也难保全官职，张由因此恐惧。一时心急计生，但图自己免罪，也不顾得他人，便诬说中山王太后遣巫咒诅主上及傅太后，故特赶回告发。尚书录了口供，奏闻哀帝。哀帝尚未相信，却被傅太后得知。傅太后一向心恨冯昭仪，今当得势之时，正想寻事泄愤，一闻此事，真如火上加油，怒不可遏，便立迫哀帝派遣御史丁玄前往查办。

丁玄奉命一到中山，便不管他是真是假，尽将中山官吏宫人以及冯氏昆弟亲族等共约百余人，一律拿捕，分别囚系洛阳、魏郡、巨鹿三处狱中。丁玄本是丁太后弟侄，与傅氏通同一气，今奉命办理此案，自然想替傅太后出力，遂将狱中诸人逐一调出讯问。无如冯昭仪本无咒诅之事，所以丁玄一连审问数十日，竟无丝毫影响。傅太后见丁玄问不出头绪，自己急欲趁此报仇，惟恐错过机会，于是复命中谒者令史立与丞相长史大鸿胪丞会同审问。

史立临行之际，傅太后亲自叮嘱一番，所嘱是何言语，无庸细述，谅读者也可想而知。史立受了傅太后吩咐，心想办得此案，便可博取封侯，暗笑丁玄无用，却让我占此功劳。一路上十分高兴，到了中山，丁玄便将案卷移送过来。史立看了案情，也觉事属冤枉，但他良心上之主张，却敌不过希望封侯的妄想，便一意设法栽陷成罪。此事虽有丞相长史与大鸿胪丞同来会审，却都凭史立一人主意。史立遂不问青红皂白，概用严刑拷打，逼他供招，一连被他打死数十人，并无供词。末后有一神巫，姓刘名吾，受刑不过，只得诬说冯昭仪命他咒诅主上及傅太后。史立得了口供，心中大喜。但因案情重大，此种证据，尚觉不能充足。又见冯昭仪之妹冯习及寡居弟妇君之也在案中，曾被拷问不服，乃暗地买嘱医士徐遂成，教他到案，供称冯习与君之并对他说道："武帝时有一名医修氏治好帝病，所得赏赐，不过二千万而已。今汝常治主上之病，即使治愈，也不得封侯；不如将来趁着主上病时，用药毒杀，使中山王代为皇帝，汝便可得封侯之赏等语。"徐遂成依言上供，史立便据二人不明不白的供词，硬判冯昭仪咒诅谋反大逆罪名，一面奏闻哀帝，一面唤到冯昭仪亲自责问。

冯昭仪见了史立，自然极口辩明，不肯诬服。史立驳她不过，只得说道："当日熊将上殿，独身当之，何其勇也！今犯此大罪，不敢承认，又何其怯？"冯昭仪见史立所问之语，文不对题，惟有置之不答。及至罢审回宫，冯昭仪对左右道："当熊乃先帝时事，且系宫中之语，彼官吏何从知之？由此看来，明是有意陷我，显他功劳。我今含冤负屈，无处昭雪，惟有一死，反觉干净。"冯昭仪说罢，遂服毒而死。过了一时，史立奏报既已到京，有司请诛冯昭仪。哀帝不忍，下诏废为庶人。诏书未下，昭仪已死，哀帝仍命以王太后礼葬也。

当日冯氏一案既出，众人皆言其冤，惊动一位直臣，此人姓孙名宝，字子严，乃颍川鄢陵人，现官司隶，闻知此事，大为不平，遂上奏哀帝请将此案派人复审。傅太后见奏大怒道："帝置司隶一官，原来专为管我，今冯氏谋反，事已明白，司隶故意挑剔，意在与我作对，便令他将我办罪罢了。"哀帝见其祖母发怒，便将孙宝下狱。旁有尚书仆射唐林上书保救，哀帝责其朋党，贬为敦煌鱼泽障候。时傅喜尚为大司马，与光禄大夫龚胜见傅太后挟制哀帝，贬黜直臣，又向哀帝力争。哀帝也不敢自主，转向傅太后求情，始赦孙宝出狱，复其官职，于是朝中群臣更无人敢出一言。有司遂奏请将冯昭仪弟妹等连坐办罪，冯氏死者十七人，内有宜乡侯冯参，乃冯昭仪少弟，为人严正，性好礼仪，王氏五侯，皆敬惮之。此次被召赴廷尉狱，冯参不肯受辱，拔剑自杀。临死时仰天叹道："我父子兄弟皆备大位，身至封侯。今被恶名而死，不敢自惜身命，但伤无以见先人于地下耳！"闻者莫不怜之。冯氏宗族移归故郡。哀帝以张由首先告发，赐爵关内侯，擢史立为中太仆。后平帝即位，孔光奏张由诬告骨肉，史立陷人死罪。幸蒙赦令，请皆免为庶人，移徙合浦。

哀帝连年患病，对于冯氏一案，心中虽不能无疑，竟全凭傅太后主意办理。自从此案发生，朝中群臣公正者知其冤枉，无不愤叹；巧佞者便想遇事生风，借此取得富贵，天下遂从此多事。先是司隶解光及待诏黄门李寻皆以通天文进幸。哀帝数问以事，李寻又举荐夏贺良善知历数。哀帝使待诏黄门，至是夏贺良因上言汉家历数中衰，当再受命。成帝不应天命，所以绝嗣。今陛下久病，灾异屡见，此乃上天垂谴，急宜改元易号，乃可延年益寿，生育皇子，消除殃咎。哀帝卧病既久，见了此奏，心想不妨试从其言，或有效验。遂下诏以建平二年为太初元将元年，自加称号为陈圣刘太平皇帝。又改漏刻为百二十度，布告天下，使明知之。

过了月余，哀帝病仍如故，并不差减。夏贺良又请变更朝政，朝中大臣皆以为不可。夏贺良遂奏言大臣皆不知天命，宜将丞相及御史大夫罢免，以解光、李寻辅政。哀帝正怪夏贺良所言无验，今见其竟欲干预用人行政，因此发怒，下诏罢去改元易号之事，将夏贺良下狱诛死，解光及李寻皆徙敦煌郡。

夏贺良等虽然失败，不久却又有一班人仿照张由、史立方法，竟得成功。其时正值建平三年，无盐危山地方，一日土忽自起，盖在草上开辟一条道路，俨如人工筑成。又邻近瓠山地方，有石在山腰上自行起立，计高九尺六寸，移开一丈，阔四尺。一时远近之人传为奇事，争往观看。无盐本属东平国管领，事为东平王刘云所知。刘云乃东平思王刘宇之子，宣帝之孙，性好奇异。闻报惊以为神，立与其后谒亲往祭之，又命工人刻石像，所立之石束以草，为神主，立庙祭之。在刘云意思本欲求福，谁知却有人向阙下上书，告他咒诅主上，刘云反因此得祸。

当日上书告发者有二人，一复姓息夫名躬，一姓孙名宠。息夫躬字子微，河内河阳人，少从博士学习《春秋》。容貌壮丽，见者莫不称异。与孔乡侯傅晏同郡，素相交好，借其势力交游日广。孙宠长安人，以游说显名，曾为汝南太守，免官回里，遂与息夫躬深相结纳。二人皆因上书得为待诏。说起待诏，本是一个虚衔，并无实职，官卑俸薄，息夫躬甚觉无聊。因见张由告发冯昭仪，事后竟得赐爵关内侯，心中不胜羡慕。于是日夜留心探听时事，希望有机可乘，仿照张由办法，便可发迹。此次竟被他探得刘云祭石之事，不禁暗喜，急唤到孙宠秘密商议道："主上病久不愈，又无继嗣，关东诸侯各怀阴谋，今无盐大石自立，遂有邪人私议以为昔日泰山石立，宣帝龙兴，所以东平王与其后日夜祭祷，意在咒诅主上，欲图非分。又后舅伍弘以医得幸，出入禁门，恐有霍显之谋、荆轲之变。事势若此，今出而告发，必能成功，此封侯之计也。"二人议定，尚恐人少不能取信，又约中郎右师谭同托中常侍宋弘代奏。哀帝病中见奏，正触所忌，大为嫌恶，遂将奏发交有司查办，有司奉哀帝命令，便传到东平王后并案中一干人犯，严加刑讯，逼取口供，复奏哀帝。据说东平王后谒供称，使巫傅恭婢合欢等，祭祀诅咒主上，为刘云求为天子。刘云又与知灾异人高尚等夜观天文，指示星象，言主上病必不愈，刘云当得天下，山石自立，即宣帝崛起之验也。于是有司请诛刘云。哀帝下诏废为庶人，徙居房陵，后谒及伍弘等皆处死刑。当日办理此案，乃由朝廷派遣官吏前往东平，会同地方官审讯，及定罪之后，冬月将尽，便要行刑。廷尉梁相见了案卷，心疑其中情节不实，恐承审官吏也如史立，有意诬陷，屈害多人。他职本刑官，见有疑案理应审慎，奏请哀帝，将此案人犯解到长安，再委公卿复讯。此奏既上，尚书令鞫谭、仆射宗伯凤以梁相所请甚是，可以允许。哀帝病中心多疑忌，暗想此三人因见我病久不愈，怀有二心，希望此案越过冬日，便可减死，并无讨贼疾仇之意，乃下诏将梁相鞫谭、宗伯凤皆免为庶人。

时丞相平当已死，哀帝拜王嘉为丞相，封新甫侯。王嘉字公仲，平陵人。为人刚直严毅，甚有威仪，素为哀帝所敬。对于东平一案，心中也疑有冤，因见哀帝正在盛怒，不敢进言，于是此案遂定。东平王刘云闻知被废，即日自杀。王后及伍弘等竟皆诛死。哀帝擢孙宠为南阳太守，右师谭为颖川都尉，宋弘、息夫躬皆为光禄大夫左曹给事中。哀帝又想借着此案封一幸臣为侯。未知幸臣是谁，且听下回分解。

第一七九回　董圣卿断袖蒙恩　息夫躬进谗受报

话说哀帝新得一个幸臣，此人年纪甚少，容貌美丽，先因父荫，得为太子舍人。哀帝为太子时，已闻其名字，初不在意。及哀帝即位，所有东宫官属照例皆得升迁，此人便由太子舍人迁为郎官，少得进见，一直过了二年余，并无升擢。也是他时运到来，一日因传奏漏刻行至殿下，哀帝坐在殿上，不意中望他一眼，似乎美貌非常，心中大悦。忽又记起他姓名，因问左右："此是舍人董贤否？"左右答道："是。"哀帝即命引他上殿。董贤行到御前拜罢，侍立一旁。哀帝细看他形容，觉得后宫虽有许多佳丽，比较起来，尚不及他，一时心生怜爱，便问他别号、籍贯。董贤对说："号圣卿，云阳人。"哀帝闻了数语，即拜为黄门郎，由此始得亲近。一日哀帝偶向董贤问知其父董恭，现为云中候，哀帝即下诏召为霸陵令，擢光禄大夫。董贤得宠日甚，由黄门郎迁驸马都尉侍中，出则骖乘，入侍左右。自从得见哀帝，不过一月之间，所得赏赐不计其数，一时贵幸倾动朝廷。

哀帝既得董贤，常与一同卧起。偶于白昼二人同卧，及至哀帝睡觉，董贤尚在梦中。哀帝有事正欲起床，忽见自己一边，衣袖被董贤压在身下，哀帝欲将衣袖掣回，却不忍惊动董贤，扰他好睡；待要仍前睡下，自己又有事不能待他醒来，一时性急，也顾不得将衣脱下，便拼却此衣不要，顺手掣出床头佩刀，将衣袖割断，方始起身，其怜爱董贤至于如此。

董贤生性却也柔和，善能奉承哀帝之意，希望保持宠爱。每当休沐之日，照例准其回家。董贤借口哀帝多病，不肯出宫，仍在左右侍奉医药。哀帝本不能一日离开董贤，见他假日不归，正中其意，愈加欢喜。但又想起董贤家中也有妻子，今为我一人长日在宫，不得回家团聚，觉得甚不过意。不如将他家眷移入宫中居住，彼此也觉两便，但是天子宫禁，岂容人臣住家？哀帝却想得一法，他以为董贤官为侍中，向例应在殿中值宿，备有宿舍，名为直庐。论起直庐与官吏衙署无异，何妨居住家眷，遂下诏将董贤之妻姓名列入宫门门籍，准其随时入宫，居住直庐，比照官吏妻子得居衙署之例。哀帝又问起董贤，知他尚有一妹，待字闺中，立召入宫，拜为昭仪，位次皇后。哀帝因见皇后所居之殿名为椒房，乃更名董昭仪所居之处为椒风，以与椒房并称。于是董昭仪及董贤夫妇日夜并侍左右，哀帝赏赐三人各以千万计算。

哀帝有意欲封董贤为侯，因其无功，又未得机会，所以久未发表。侍中傅嘉知得哀帝意思，便想设法迎合。恰值东平一案发生，哀帝已将息夫躬、孙宠、宋弘等擢升官职。傅嘉乘间献策，请将董贤名字加入告发诸人中，便可行封。哀帝依言，遂将息夫躬、孙宠告发本章自行改定，除去宋弘，加入董贤，托言此事系由董贤代奏。于是下诏先赐董贤、息夫躬、孙宠三人爵为关内侯。哀帝欲封董贤，心恐上有傅太后和下有大臣从中作梗，乃先加恩傅氏，以悦太后之意。先是傅太后父已追封崇祖侯，并无后嗣。哀帝因封傅太后堂侄傅商为侯，以奉其后，却惹起尚书仆射郑崇上前力谏。

郑崇字子游，平陵人。其弟郑立与傅喜同学交好，及傅喜为大司马，荐郑崇于哀帝，擢为尚书仆射，屡求见，直言极谏，哀帝初多听从。郑崇足曳革履，行步有声，每人见，哀帝笑道："我识郑尚书履声。"此次哀帝欲封傅商，郑崇谏道："昔日成帝封五侯时，天色赤黄，白昼昏暗，日中有黑气，今无故欲封傅商，坏乱制度，逆天人之心，臣愿以身命当国咎。"说罢手持诏书案，起立而去。哀帝见郑崇言语切直，欲将此事作罢。傅太后闻知大怒，对哀帝道："岂有身为天子反被臣下专制之理。"哀帝遂下诏封傅商为汝昌侯，又封傅太后同母异父弟郑业为阳信侯，追尊业父郑恽为阳信节侯，时建平四年春二月也。

哀帝既封傅商等，又尊傅太后为皇太太后，趁着傅太后心中欢喜，便欲续封董贤，又恐丞相王嘉谏阻，乃先拟成诏书，使皇后父孔乡侯傅晏持交丞相御史阅看，探其意见。丞相王嘉与御史大夫贾延看罢诏书，二人会议共同上奏道："窃见董贤等三人初赐爵为关内侯，外议纷纷，皆言陛下宠爱董贤，以致息夫躬等皆得蒙恩。今陛下又欲加恩董贤，宜先将董贤等本章宣布于外，命朝臣会议，然后加封，不然恐至大失众心。臣等明知顺意不忤，可得容身，所以不敢者，思报厚恩也。"哀帝见奏，感其言语恳切，明知告发东平之事，董贤并未代奏，不便将本章宣布，遂又暂行中止。先擢董恭为少府，赐爵关内侯，不久复移为卫尉。

哀帝又拜董贤妻父为将作大匠，命其为董贤起大第于北阙下，重五殿，洞六门，梁栋墙壁，皆画云气花草山灵水怪，或蒙以锦绣，或饰以金玉。南门三重，题曰：南中门、南上门、南便门。东西两面亦皆如此。第中楼阁台榭，连亘如云。山林池沼，无不备具。引御沟水流入园中，转相灌注。土木之工，穷极技巧。说起将作大匠，既是董贤妻父，托赖女婿之力，得为此官。今奉命为女婿起屋，自然格外讨好。哀帝尚恐其不能尽心，特派使者监工，所有作工之人，厚加赏赐，日夜催迫，尚费年余之力，方才完工。

哀帝既不时拣取内库珍宝赐与董贤，又命尚方为董贤制造器物，每一物造成，先须进呈哀帝过目。哀帝亲选上等者送给董贤，次等者自行使用；又遣使者开武库搬取甲兵，送给董贤及乳母王阿家。执金吾毋将隆谏道："武库兵器，乃天下公物。今以给私门，非所以示四方也。臣请收还武库。"哀帝闻言，心中不悦，遂借着小事，将毋将隆贬官，拜董贤妻弟为执金吾。

一日董贤之母抱病，哀帝闻知，分遣使者四出设祭祈祷，并饬长安官厨备办祭席，使者祷于道中。排列祭品，不计其数。所有祭余酒肉，行道过往之人皆得饮食。每遇董贤家中结婚姻，会宾客，哀帝便饬百官各具礼物，前往帮助。哀帝有时御驾亲临宴饮，赐及苍头奴婢，每人至十万钱。哀帝又为董贤建造生圹，就自己所立义陵近旁，赐以墓地，四面筑墙，周围数里。并赐以东园秘器、珠襦玉柙，无不全备。尚书郑崇见哀帝宠待董贤太过，屡次进谏，大忤帝意，每借职事责备。尚书令赵昌生性谄佞，素忌郑崇。今知其为帝所疏，乃诬言郑崇与宗族交通，疑有奸谋，请遣官查办。哀帝遂召郑崇责问道："君门如市人，何以欲禁阻主上？"郑崇对道："臣门如市，臣心如水，愿得查办。"哀帝发怒，遂命将郑崇下狱。有司严刑逼供，郑崇屡被拷打几死，终无一言。于是司隶孙宝奏称赵昌挟嫌诬陷郑崇，请将赵昌处治。哀帝责孙宝附下罔上，免为庶人。郑崇不久竟死狱中。

哀帝既杀郑崇，是年秋八月遂下诏封董贤为高安侯，孙宠为方阳侯，息夫躬为宜陵侯。息夫躬既得封侯，屡进见言事，历数公卿大臣之短，无所避忌，举朝之人，皆畏其口，见之侧目。丞相王嘉极言董贤贵宠过甚，孙宠、息夫躬性皆倾邪，不可任用。哀帝不听。谏大夫鲍宣亦上书请罢斥孙宠、息夫躬，召用傅喜、何武、师丹、孔光、彭宣、龚胜，其言切直。哀帝因其名儒，格外宽容，不加罪责。

当日丁傅子弟并进用事，见哀帝偏爱董贤，心生妒忌。孔乡侯傅晏欲谋当国辅政，向息夫躬求计。息夫躬也想倚借丁傅势力，得至高位。是时郡国地震，又关东人民无故惊恐，到处奔走，手持稻藁或麻杆一枚，逐人传递，说是行西王母筹；也有披发赤足，夤夜拆毁关门，逾越墙屋，状如癫狂；也有乘坐车马，一路奔驰，凡经历郡国二十六处，直至京师，地方官吏无法禁止；民间又多聚会歌舞，祭西王母。此种举动自春到秋，方始止息。息夫躬因上奏哀帝道："灾异屡见，恐有非常变故发生，宜遣大将军出巡边地，斩一郡守以立威应变。"哀帝将言转问丞相王嘉，王嘉谏道："不可。"哀帝不听，下诏命将军与中二千石各举明习兵法有大虑者，又将次年改元为元寿元年，就元旦日拜傅晏为大司马卫将军，丁明为大司马骠骑将军。谁知是日恰值日蚀，哀帝下诏命举贤良方正能直言者。丹阳人杜邺应诏对策，以为皆由偏宠外家所致。哀帝尚在迟疑，却被董贤探知息夫躬、孙宠联结丁傅阴谋与己作对，遂向哀帝进言。哀帝对于董贤言语自无不听从之理，遂下诏收回傅晏印绶。又值丞相王嘉、御史大夫贾延上奏息夫躬、孙宠罪恶，哀帝乃下诏罢二人官职，遣令就国。

息夫躬回到宜陵本国，自己并无第宅，带同老母妻子住在一个空亭之中。当地一班匪徒，以为他是侯家，必然富有钱财，意图窃取。到了晚间，便在空亭前后探望。吓得息夫躬一家大小夜间不敢安寝。一日适有同邑人贾惠来访息夫躬，问知情由，遂对息夫躬道："我有一法，可以辟盗。"因教以如此如此。息夫躬即依言而行。其法取桑树向东南枝为匕，画北斗七星于其上。息夫躬每夜披发立在中庭，面向北斗，手持此匕，或招或指，以咒盗贼。久之传到外间，遂有人向阙上书，言息夫躬心怀怨恨，夜观星宿，望候天子吉凶，与巫同为咒诅。"哀帝见奏，遣侍御史廷尉监前往，逮捕息夫躬，下入洛阳诏狱。承审官吏调出息夫躬，正欲拷问，息夫躬仰天大叫，忽然倒地，身体僵直。官吏遣人验看，报说咽喉已断，血由鼻耳中出，不久遂死。原来息夫躬自知不免，扼喉自杀。官吏追究党羽，牵连下狱者百余人。息夫躬之母坐咒诅主上，大逆不道，判处死刑。妻子移徙合浦，孙宠与右师谭后亦免爵徙合浦。说者以为陷害东平王刘云之报。

哀帝既将息夫躬、孙宠罢官，遂召孔光问以日食之事。孔光回奏，甚合帝意，拜为光禄大夫。鲍宣又请召用何武、师丹、彭宣、傅喜，哀帝乃召何武、彭宣，拜鲍宣为司隶。正当此时，皇太太后傅氏忽得一病，不久驾崩，合葬元帝渭陵，上尊号为孝元傅皇后。哀帝又欲趁此时加封董贤。未知以后如何，且听下回分解。

第一八〇回　王嘉进谏下诏狱　孔光复宫巡园陵

话说哀帝宠待董贤，也算极其尽至，然而哀帝心中还以为不足，几次欲再加恩，以无机会可乘而止。恰值傅太后驾崩，遂假傅太后遗诏，加封董贤食邑二千户。傅晏、傅商诸人，一律赐与国邑，并说傅太后临终嘱将此诏交王太后发下丞相御史照办。王太后收到此诏，便发下丞相御史，令其依诏办理。一班御史心中多不以为然，但人人皆恐得罪，不敢进谏。独有丞相王嘉愤然不服，立将诏书封还，并上疏切谏，谁知因此却惹出一场大祸。

先是东平王一案，哀帝心疑廷尉梁相、尚书令鞠谭、仆射宗伯凤阴怀二心，将三人一律坐罪，贬为庶人。当时王嘉虽明知三人受了冤屈，却因哀帝正在发怒，不敢进谏，只得也说他三人应当治罪。此事过了数月，恰值大赦，王嘉便趁此时推荐三人，说此三人各有才干，可以赦罪起用。哀帝见奏，疑王嘉有意替此三人脱卸，心中怀恨，尚未发作；至是欲加封董贤，又被王嘉阻止，遂触起前恨，正如火上加油，不胜愤怒，立时下了一道严旨，命人召王嘉，诣尚书听候究问。

王嘉被召前往，一路心猜必定为了封还诏书缘故，及来到尚书，不料哀帝却令尚书提出举荐梁相诸人一事，责他何故以前既明知三人在位不忠，阿附诸侯；今又称三人有才，上书保荐，令其切实答复。王嘉被问出于意外，一时想不出回话，只得脱冠谢罪。尚书见嘉无辞对答，即命退去，一面将情形上朝奏明。

哀帝闻奏，却不即将王嘉定罪，命将此事交文武诸臣会议。光禄大夫孔光揣着哀帝心意，便约同左将军公孙禄、右将军王安、光禄勋马宫，一齐议坐王嘉迷国罔上不道之罪。只有光禄大夫龚胜不以众人所议为然，谓王嘉举荐梁相诸人，不过犯了小小过失，若加以罔上不道罪名，恐不可以示天下。众人议罢，各将议案呈现与哀帝阅看，哀帝即从孔光诸人所议。孔光诸人便趁势奏请将王嘉召交廷尉诏狱究治。哀帝见说，又故作迟疑，命将上事再由百官会议具奏。却有卫尉孙云等五十人议称孔光诸人所言甚是，可以听从。其余诸人或议称王嘉不称宰相之职，只宜夺爵贬为庶人；或议称王嘉虽应办罪，但圣王之于大臣，不宜令其关械受笞，有伤国体。大众议论纷纷，莫衷一是。孰知哀帝主意早定，两次会议，不过欲避去诛戮大臣之名。今既得孔光、孙云等附和，胆气益壮，便立刻遣使者持节往召王嘉诣廷尉诏狱。

使者奉命来到相府，府中一班掾史主簿闻得此事，莫不恐慌，大家议道："此事惟有劝丞相自尽，方免下狱受辱，谅丞相必肯听从。"议罢便七手八脚配成一药，盛在杯中，将药捧到王嘉面前，说明劝他服药自尽意思。偏是王嘉此时心中自有把握，不肯听从。主簿见王嘉不肯服药，因进前说道："将相不对理陈冤，相踵以为故事，君侯宜引决。"王嘉闻言，依然不睬。主簿只得退下。使者见王嘉半晌不出，偏故意坐在府门上立待。主簿发急，又进劝王嘉服药。王嘉被劝不过，急得将药杯向地上一摔，对众说道："丞相幸得备位三公，奉职负国，当伏刑都市以示万众，何为学儿女子服药死耶！”说罢便起身朝装而出，拜受诏书，随同使者一直来到廷尉衙署。廷尉向使者问明来意，遂将王嘉所佩丞相及新甫侯印绶收下，立时装出威风，喝令狱卒将王嘉捆起，押往都船诏狱。使者见王嘉已经下狱，便自去回朝复命。

哀帝自遣使者去后，满心以为王嘉闻旨，必不肯偷生赴狱。及闻使者回报，不禁大怒，立即传旨令有司穷究。王嘉不堪诘责，乃仰天叹道：“我职充宰相，不能进贤退不肖，以是负国，死有余责。”有司问道：“汝所云贤不肖者系指何人？”王嘉答道：“孔光、何武是贤人，董贤父子是不肖，我不能进孔光、何武，退董贤父子，虽死犹所恨也！”言罢自此不食，不过数日，呕血而亡。可怜王嘉为相三年，遇事敢谏，有名臣风。哀帝为了董贤一个嬖臣，竟将他下狱屈死。更有孔光诸臣只知阿意承旨，以致王嘉负冤莫白。王嘉临死，乃犹称孔光为贤。孔光转因王嘉临死一言，得了好处，真是太便宜了。

王嘉既死，此信传到朝廷，大众皆不敢有所议论。独有哀帝母舅大司马丁明，平日敬重王嘉，闻其死耗，频频嗟惜。哀帝闻知，因此怀恨丁明，将其免职，任董贤为大司马。丞相一职，自王嘉下狱，尚未有人补充。哀帝因想王嘉曾称孔光为贤人，遂将孔光任为丞相。

孔光字子夏，褒成君霸之少子，幼通经学，前曾历官至丞相。哀帝建平二年，因忤傅太后旨，免职罢归。及傅太后驾崩，始起用为光禄大夫。光为人外似忠诚，内实奸猾，遇事故作谨慎，每每上朝奏谏，回来便将奏稿削去。以为奏稿皆是陈列皇上过失，如留存此稿，被人窥见，是彰明主上过失，以博自己忠直声名，如此便是人臣大罪。其实孔光此种举动，不过欲令人主喜其能替自己隐恶匿过，格外宠任而已。光又时常保荐人才，保荐之后，故不告知其人，若惟恐人晓得此事。其人当时不知是何人提拔，到后来查得是光举荐，事出意外，对光更加感激，其圆熟取巧，大抵如此。光性阴重不泄，彼在朝中办事，不常回家。有时遇着沐日，归家休息，家人设宴聚谈。光席间所说，皆是闲话，绝不提及朝政。常有人问光温室所栽之树是何木？光并不答一语，用别话支开，由是人人皆称其谨慎。哀帝亦深信其为人忠厚，甚见宠任，至是遂复拜为丞相。

孔光就职之后，一日忽记起丞相照例四时应巡视园陵，便思到园陵一走。说起园陵，乃是帝后坟墓所在，中有驰道一条，向来不许人轻易行走。惟官吏奉准，得行驰道中，却有一定限制，只许其从道旁行走，不得越到中央三丈地界。当日孔光想到园陵巡视，便带了许多属官，来到园陵，一班属吏行经驰道时，见其地人迹稀少，以为谅必不至被人撞见，便将车马冲入驰道中间，大家纵辔扬镳，十分高兴。忽然有人也带了一班属吏，从园陵经过，一眼看见他们如此行动，不问来历，立刻喝令左右拿人，大众莫不吃了一惊，未知此人是谁，且听下回分解。

第一八一回　辱丞相鲍宣获罪　救司隶王咸举幡

话说孔光所带属官正在园陵道中驰走，忽然遇着一人，喝令左右前来拿人。众人吃了一惊，定睛一看，原来是司隶校尉鲍宣。鲍宣字子都，渤海高城人。当初出身不过是个上计掾，一日奉命进京就职，路中无意遇着一位书生，鲍宣细看此人，不像贫家子弟，却是一人独行，并无奴仆跟随，心中正在疑惑。书生行不数步，忽然面容改色，跌倒在地。鲍宣急忙下车动问，书生答道："骤患心痛。"说罢呻吟不止。鲍宣见他在途得病，无人服事，心生怜悯，遂向书生腹上如法按摩，谁知按摩许久，依然无效。不到一刻，书生已一命呜呼。鲍宣见书生已死，心中追悔道："我与他匆匆见面，未曾问得姓名住址，无从报与他家属知道，我又无力为之收殓，此事如何是好？"因又想道："不知书生身上有无随带银钱，可以取作葬费。"遂向书生身上细细检了一回，偏是分文没有，只有素书一卷，银瓶两个。鲍宣见银瓶尚是值钱之物，便卖去银瓶一个，买得衣衾棺椁回来，将书生殓好，以所余银瓶一个，及素书一卷，一同装在棺中，雇人抬去，安放一个所在。鲍宣临去，又向棺前祝道："君灵魂有知，当令君家知君在此，我身奉使命，不能久留此处为君守护。"祝毕遂登程而去。

鲍宣一路攒行，不销数日，便到京师。正拟向前行走，忽闻有物长嘶一声，自背后奔来。鲍宣回头一看，乃是一匹骢马。此马一见鲍宣，便紧紧追随不舍。旁人看见，莫不称奇，个个都想近前牵它。鲍宣见大众欲牵此马，连忙让开。谁知此马一见他人走近，便举起四蹄狂跳起来，众人莫想近得分毫。及鲍宣至前，此马却依然俯首贴耳，屹立不动。鲍宣因见此马并无失主前来认领，遂只得自留乘坐。

光阴迅速，鲍宣在京住了数年。一日有事回家，便骑着此骢马，一直出京。谁知行不到数里，却走错了路径。鲍宣正欲觅人动问，无奈日已西沉，自想趱程已经不及，不如暂借人家一宿。此时恰好路旁有一座人家，起得屋宇巍峨，楼台重叠。鲍宣向前细看，不像平常民居，忙问近邻，知是关内侯住宅。问毕便思入内借宿，遂一手拉马，一手检出名刺，立在门口，高声唤人传递。内中闻得有客呼门，急遣仆人前来探问。鲍宣遂将名刺交与来人，说明欲见主人借宿。来人见说，收下名刺，正欲入内通报。忽然一眼瞥见骢马，来人便呆了半晌，又进前看了一看，立即转身入内。

鲍宣不解何故，正在狐疑。来人已经奔到内宅，将鲍宣来意，报知主人；并说细认来客骢马，乃是当年主人所失之马，被他盗去。说毕，呈上鲍宣名刺。主人闻言，忙接过名刺一看，沉吟了半晌，口中说道："此人是鲍子都，久闻他是位高士，岂有盗马之理？他今既敢骑我此马前来，必能说出原因，作速请他入见。"仆人闻命，立将鲍宣请入，寒暄既毕，主人遂问道："闻君有一马，乃是我当年无故失去之骢马，不知何以为君所得？"鲍宣被问，遂将当年奉差进京，路见书生如何暴病身死，如何收殓，到京如何遇见此马，相随不舍，从头至尾说了一遍。主人听罢大惊道："君所说书生，此人乃是吾儿。”主人说罢,谢了鲍宣,将他留宿。鲍宣闻主人说书生是他儿子,心中也暗暗称奇。因想此事实在凑巧,莫不是书生真个灵魂有知,应了我当年祝告,他在暗中显灵,不然何以他家骢马无故走出跟我,偏是我迷途又在他家借宿?他家见马,才能查出书生死耗。此事真是奇怪,他猜度了半晌方去安歇。

次日鲍宣辞别主人去后,主人欲验鲍宣之言是否属实,即依着鲍宣所说,前往书生停棺所在,将棺运回开视,果然银瓶素书,件件皆在,确是他儿子遗物,方信鲍宣并不说谎。且感鲍宣恩德,欲思报答,于是合家诣阙,保荐鲍宣。朝廷因此将鲍宣屡次拔用,由上计历官至谏大夫州牧,至是擢为司隶校尉。论起司隶校尉,本来可以举察百官,及京师近都犯法者。当日鲍宣经过园陵,见丞相属官,竟敢违法行走道中,遂喝令左右从事将丞相掾拘下,并令将其车马没官。

孔光遇着此事,心中虽然不免怀恨,因是自己属官违法,也不便出来拦阻,只得忍怒受辱。偏是此事传到哀帝耳中,他方宠任孔光,以为司隶胆敢侮辱丞相,立将此事发令御史中丞穷究。御史奉命前往司隶衙署,来提从事查办。鲍宣闻信,以为此事由我做主,与从事何干,遂令人闭上署门,不许御史进内拿人。御史被拒回奏哀帝说:“鲍宣拒闭使者,无人臣礼,大不敬不道。”哀帝闻奏大怒,命将鲍宣交廷尉下狱办罪。

此时朝中诸臣,虽皆闻得此事,无如人人只知保重禄位,无人敢出来犯颜谏阻。转是此事传到外间,却有一人闻知,十分愤愤,此人姓王名咸,济南人,现为大学博士弟子。生来极有义气,他见丞相属官犯法,鲍宣职居司隶理应收捕;哀帝不责孔光纵容属下,反将鲍宣下狱,未免赏罚不公,是非倒置,因此心中不服,便欲设法救出鲍宣。心想此事须借大众出力,才能办到。现在大学诸生人数不少,他们也曾闻得鲍宣下狱,只不知人人是否欲救鲍宣,我必须设法一探。主意既定,连忙用布制成一幡,便在大学一个宽敞地方,将幡高高举起,口中喊道:“欲救鲍司隶者,请会此幡下。”王咸才喊了一声,早已惊动大学一班学生,纷纷出来观看。大家问明情由,却也个个都是同意,莫不争先奔到王咸举幡之处,聚立其下,不到一刻,已经聚了一千余人。王咸举目一看,满心欢喜,遂对大众提出一个办法。大众全体赞成,各自散会,不在话下。

当日丞相孔光自经园陵受辱回到相府,心中暗恨鲍宣,且恐哀帝见责,及闻哀帝反代己出气,将鲍宣下狱,自然十分畅意。至次日黎明,依然放胆上朝。遂传齐车马,立时起身,刚刚行到一处,忽然漫街遍巷来了无数之人,齐向着孔光车马行处围拢上来。孔光吃了一惊,定睛一看,见来人皆是儒生装束,但不知何故前来。来人既拢到孔光车前,也不待孔光开口动问,一齐对着孔光说道:“大众因闻鲍司隶下狱,欲要求丞相上朝恳恩,将他赦罪。”孔光见说,方知来人是为了此事,心想哀帝因我受了鲍宣侮辱,将他下狱,我若上朝替他恳恩求赦,不独辜负主上一番美意;且恐因此触怒主上,或反办我一个纵容属吏犯法之罪,如此岂不是我自寻苦吃。此事万不可徇了众人来意,自误前程,我只设辞拒绝,量大众也无奈我何。

孔光既拿定主意,遂一任众人如何进说,他总推辞不允。大众见他不肯依从,愈聚愈多,将孔光车马围得寸步难行。大众围了半日,见孔光仍是执定不允。众人也觉得无法,只得让开一条路径放他出去。孔光得了脱身,忙命左右推动车马,一溜烟急奔上朝。孔光去后，一班诸生见丞相如此情形，知他上朝必不肯将此事代奏。大众遂议道：“我等昨日所议之策，已经不行，但事已至此，一不做二不休，不如大众回去拟定一书，同到朝门上书恳求，或能耸动天听，也未可知。”众人议罢，连忙退回大学，便推定一人主稿，立刻拟成一书，书中所言，不消说得是代鲍宣恳恩。大众将书传观一遍，各将名字签上，然后将书带在身边，一齐离了大学，来到朝门。把门卫尉见许多人众前来，连忙拦住问故。诸生齐声说道：“有事来此上书。”旁有掌管文书官吏，见说便向诸生取了奏书，代他进呈。诸生见奏书已经呈进，方各散回，一面暗中打听消息。不久闻得哀帝见书只将鲍宣减去死刑一等，仍不免受了髡钳之刑。大众闻知，也无可奈何，惟有暗中代鲍宣不平而已。

哀帝既将鲍宣治罪，孔光自然十分感激，愈思设法以博哀帝欢心。恰好一日，哀帝不知何故忽遣董贤前往相府，孔光便思在董贤身上觅出一个讨好哀帝方法。未知孔光如何讨好，且听下回分解。

第一八二回　迎幸臣孔光献媚　慕华胄董恭求婚

话说哀帝自任董贤为大司马之后，一日忽想起贤父董恭当丞相、孔光为御史大夫时，恭曾为御史，系孔光属下，常奉事光。今虽将董贤任为大司马，与光并为三公，贵宠相敌，但不知孔光对着董贤心中有无藐视之意。我何不趁此时令贤往见孔光，看其如何接待，也可借此使人见贤与丞相往来，以示尊宠。想罢遂令董贤前往相府。董贤闻命，便立刻传齐车马，预备出门。

是时丞相孔光因哀帝将鲍宣治罪，替他出气，心中非常感激，正思设法讨好。忽闻左右报知大司马董贤将命驾前来，不禁大喜。心想董贤是主上宠爱之人，如能得此人欢心，不愁主上不喜。我只待其到来，如此如此，必能得其欢心。想毕连忙整顿衣冠，急急奔出相府大门，拱立等待。

孔光等待了半晌，见有许多官府车马经过，皆疑是董贤前来，几次屏气鞠躬，以示恭敬。及认真细看，却不是董贤，心中十分扫兴。正悬望间，忽见远远仪仗缤纷，行人避道，不消一刻，已瞭见一大队车马前呼后拥，喝道而来，车中端坐一位官员，正是董贤。孔光此时却不即回身退入，故意待着董贤瞧见自己立在大门恭候，然后徐徐倒退入内，又转身奔到中门伺候。及董贤车到中门，光俟其行近，忙又打一转身，急退入阁。直等到董贤在堂前下车已毕，光乃连忙出来接着董贤，纳头便拜，拜罢将董贤延入高座，寒温既毕，孔光对着董贤又说出许多恭维之话。董贤闻言，自然非常高兴，坐了一刻，起身告辞。光又一直恭送到门外，直待董贤车马去得无影无迹，方才回身入内。

董贤离了相府，一路暗想孔光今日对着自己，一直自大门迎接到堂，并不高抬丞相身分，一味谦卑，真是难得，于是回朝见着哀帝，便说孔光如何谦恭优待，又称道孔光许多好处。哀帝见说大喜，心想孔光知敬重董贤，是能体贴我欲尊宠董贤之意，我不可不将他加恩；只是孔光已官拜丞相，无职可升。他之儿子放也已经授职为侍郎，惟有其两兄之子，尚未得官，不如也封与官职，使其一门荣耀，方不负他优待董贤之意，遂立时传旨将孔光两兄之子，皆拜为谏大夫常侍。

此事传闻于外，满朝公卿无人不想交欢董贤，以求恩宠，但苦无机会可乘。偏是有一人遇着机会，却不肯与董氏联络，此人姓萧名咸，乃前将军萧望之之子，现官拜中郎将。认其家世，也算累代簪缨。董贤之父董恭，平日闻其家声，甚见羡慕。查得萧咸有女，年已长成。因想次子宽信，现蒙皇上授职为驸马都尉，功名已经成就，尚未授室，难得萧咸有女，他家门第不薄，正合我意。不如托人前往求婚，结成秦晋之好。因又想道：“求婚一事，必须觅一相识之人，且须系萧咸眷属，倘得如此之人为媒，自然一说便成。”董恭思索了半日，忽然记起中常侍王闳乃萧咸女婿，可托撮合，遂往见王闳，说明来意。王闳见是董恭托其为媒，本不愿意，因碍着情面，不便推辞，只得应许。

董恭去后，王闳遂往见萧咸道：“董恭闻翁有爱女，欲为其子宽信求婚，使某来作冰人,不知尊意如何?”萧咸闻言,心中忽触起一事,面上不觉露出惊惶之色,连连摇头说道:“此事却不敢当。”工闳见此情形,不解何故。萧咸屏退左右,密对王闳说道:“前日主上封董贤为大司马,其册文有允执其中等语,此乃尧禅位于舜之文,非封三公故事。当日一班老臣,见此册文,莫不心中生惧,以为董公有非常之望。若就此事看来,如咸平人之女,岂堪与董公兄弟结婚耶!”王闳听罢,细思萧咸之言甚是不错,也觉得哀帝封董贤册文大有深意,无怪萧咸于求婚一事,辞不敢当。又因自己本不愿为媒,遂不将此事勉强相劝。咸又嘱闳代为婉辞,闳应允而去。

董恭自托王闳向萧咸求婚去后,心想我家声势赫赫,谁人不争来联姻,谅此事萧咸必定愿意。董恭正在想得畅意,忽报王闳到来,连忙命人请进。闳遂对恭说道:“顷间奉命,前往萧府求婚,据萧咸口意,以为彼官职卑小,门户低微,不敢高攀,托某前来辞谢。”董恭见说,一团高兴,不觉冰冷,乃发声长叹道:“我家何负天下,而为人所畏如是。”言罢,恨恨不绝。王闳见董恭发怒,也不便久坐,遂告辞回去。王闳回到家中,心上尚牵挂着册文一事,因想哀帝如果有意让位董贤,将来必召祸乱。我须设法谏阻一番,但一时无机会可以进言,如何是好。王闳正在寻思进谏,一日忽报哀帝遣人召其入宫,王闳不解何故,连忙进宫打听。未知哀帝何事来召王闳,且听下回分解。

第一八三回　闻戏言王闳进谏　惧伏诛董贤自戕

话说哀帝一日在宫无事，偶思饮酒取乐，因系私宴，不便召集外臣，只召董贤父子亲属，及一班皇亲国戚。王闳乃王太后侄儿，故哀帝也命其前来与宴。王闳被召，不知何故，连忙进宫打听。后查知此事，方才安心。

哀帝见众人已经齐集，遂命内侍在未央宫中麒麟殿排下筵席，大众各自入座侍饮。哀帝饮至半酣，乘着酒兴，将一只朦胧醉眼斜视董贤笑道："朕班学古帝尧禅位于舜，汝意如何？"董贤闻言，细想哀帝此言，显露让位与我之意，心中暗自欢喜，表面却不敢露出声色。董恭在旁，也非常得意，以为从此有了太上皇希望。更有董贤许多亲属，闻得此言，也乐不可支，恨不得董贤立刻即登大位，好让他们可以攀龙附凤，各得高官。此时在座，只有一班皇亲国戚，见哀帝忽然说出此言，人人心中莫不惊异，都对着哀帝发怔，不解哀帝何以忽发此言。

原来哀帝意中，常常想着自己并非成帝亲生之子，又身患痿痹之疾，后宫虽有许多妃嫔，却不能生得一男半女，将来死后，此位终属他人；不如趁着生前，将帝位让与生平心爱之人，做个人情，岂不甚妙？又因在座并无外臣，遂对着董贤，放胆说出此话。

哀帝正乘醉说得高兴，座中忽恼了一人，出席谏道："陛下此言错矣！天下乃高皇帝之天下，非陛下得私为已有。陛下上承宗庙，当传子孙于无穷。统业至重，陛下身为天子，岂可出此戏言？"众人视之，乃侍中王闳也。哀帝听罢王闳之言，满面生惭，不发一语，霎时面露不快之色。左右之人皆代王闳捏一把汗，以为哀帝必因此加罪王闳。谁知哀帝却也自知失言，并不将王闳办罪，只遣其出归郎署，从此不命侍宴。过了多日，太皇太后闻知此事，遂向哀帝代王闳谢罪。哀帝又命人召回王闳。

王闳既经回朝，心中又想起哀帝溺爱董贤，竟至欲行让位，此事关系甚重。前日虽幸得谏阻一次，但恐哀帝未必真能悔过，必须再行进谏，因又上书谏道："昔文帝幸邓通，官不过中大夫；武帝幸韩嫣，赏赐而已，皆不在大位。今董贤无功封爵，父子兄弟横蒙拔擢，赏赐空竭帑藏，道路喧哗，非所以垂法后世也。"书既上，哀帝看罢，虽十分不悦，心中却念着王闳年少气盛，遇事敢言，因此不曾见罪。

此事过了一年，忽报匈奴单于、乌孙大昆弥皆来朝见。哀帝闻报大喜，心想汉兴以来，外人屡次背叛，今日难得殊方异域皆来朝觐，此是何等荣耀。但外国既然来朝，礼当赐宴示恩。宴会之日，必须召集文武诸臣，全班陪席，使外人见我中华人物。哀帝想罢，遂传下诏旨，命朝臣预备明日尽来侍宴，朝臣各个遵命。果然次日黎明，文武各官一概上朝，按班排列。哀帝遂命召单于、大昆弥入见，于是引见官员，忙将二王引导上殿。二王对着哀帝朝参已毕，哀帝便传旨赐宴。一时钟鼓齐鸣，管弦竞奏，二王一同入席，朝臣皆在旁陪侍。酒过数巡，单于举起双眼东张西望，见殿上许多奇珍玩物，陈设得金碧辉煌；又将各朝臣一看，一个个冠裳整肃，剑佩铿锵。不禁暗暗称赞道："天朝气象，毕竟不同。”单于正在羡慕，忽见朝臣席中，有一人面貌生得非常美丽，年纪甚轻，他坐位偏列在诸臣前面。单于不知此人是谁，心中十分怪异，欲行动问，又苦言语不通，遂向翻译人员问故。哀帝闻知，急命翻译人员答道：“此人是大司马董贤，年纪虽轻，论起人品，却是一位大贤，故皇上使居是职，所以坐位列在诸臣之前。”单于闻言，信以为真，慌忙出席拜倒，口贺汉朝得着贤臣。各官闻之，莫不暗笑，心想董贤不过是个嬖臣，哀帝有意将他尊宠，故使居前席，其实有何贤德可称。侥幸单于不曾深晓底细，不然此事岂不令外人传为笑柄。各官想罢，因在宴会，也不敢发言议论。

朝宴既毕，单于、大昆弥皆谢恩退出，各回本国。朝中无事，董贤时时回家休息。一日董贤在家，忽闻砉然一声，外面大门无故倒下。董贤吃了一惊，自思我家新造，土木极坚，大门何故忽坏？不知此事主何预兆，心中闷闷不乐。不久忽报哀帝得了一病，董贤忙入宫探视。谁知哀帝病势日重一日，不到一月驾崩，时元寿二年六月也。

哀帝既死，太皇太后忙召董贤问以皇上丧事应如何调度。是时董贤正因哀帝驾崩，心中忧虑，未曾打算到此。一时被问，不能对答，只得免冠谢罪。太后遂对董贤说道：“新都侯莽前为大司马时，曾经送过先帝大行，通晓故事，我当令其助君料理此事。”贤闻言连连叩首，口称：“如此幸甚。”太后便遣使者往召王莽前来。

王莽奉命，心中暗想哀帝在日，只知宠爱董贤一人，将我冷落到今。今幸哀帝已死，我方得出头。此去若不将董贤究治，何以出我胸中之气。于是到朝，便立时假传太后旨意，命尚书奏劾董贤，说他哀帝得病，不亲待医药，从此禁其在宫殿司马门中出入。贤闻知此事，吓得手足无措，忙将朝冠脱下，赤着双足，诣阙谢罪。莽见贤前来，又使人就阙下传太后懿旨，说贤为大司马不合众心，当收回大司马印绶，罢官归第。贤闻旨不敢迟延，立将印绶缴上，退回家中。自思哀帝死才数日，我便被人凌践至此。回想从前得宠，何等尊荣，不禁伤心欲哭。又自悔道：“我当时不该恃色专宠，朝臣无出我右，以致招人妒忌，近日王莽如此相待，分明欲报复旧怨。料想此后我也莫想得再活，不如早寻短计，以免显遭诛戮。”主意既定，遂与其妻同日自杀。

董贤既死，家中亲属尚怕有祸事临门，也不敢挂孝开丧，连忙将董贤收殓，趁着夜间人静，悄悄将棺抬出安葬。不料此事却被王莽得知，心疑董贤畏罪装死，又命有司奏请将贤棺抬至狱中开验。有司依言进奏，莽遂捏旨批准。一面令人掘开董贤坟墓，将棺抬到狱中，拖出尸首，脱得精光，验明后也不用棺收殓，即将裸体之尸，胡乱收埋狱中一个地方。

王莽将董贤开棺验尸，心中正在快意，忽报有人向狱中将董贤尸骸收去安葬。王莽闻信大怒，命人查究此事。不久查得是一个吏人姓朱名诩，来狱收葬。王莽查知之后，本想即将朱诩重办，因无罪名可加，于是另寻出一案，将朱诩拿来，立时打杀。

读者欲知朱诩何故收葬董贤，原来朱诩乃董贤为大司马时属官，董贤当日待他甚厚。后来董贤虽被王莽罢官，诩尚在司马署中供差。及闻董贤死后，遭王莽裸葬狱中，心感旧恩，遂托故辞差，立时离署，暗中买得衣衾棺椁，来到狱中，将贤尸起回安葬。事为王莽所闻，竟遭打杀。论起朱诩为人，虽身事嬖臣，不明去就，然能感恩图报，不惜冒死仗义，也算是难得了。王莽既迫死董贤，打杀朱诩，尚思设计将董贤家属办罪。未知王莽如何设计，且听下回分解。

第一八四回　没家财董氏远徙　贬四后王莽弄权

话说董贤家属，自从董贤死后，家中老幼皆畏祸不敢出头，谁知闭门家中坐，祸从天上来。王莽迫死董贤之后，他又想起董贤家属尚未办罪，未免太便宜了董贤一家，遂又寻出董氏罪案，授意与孔光，命其依言奏劾。

当日孔光见是王莽有命，不敢不从，连忙依着王莽所嘱，上书奏称董贤自杀伏辜，其父董恭及贤弟宽信尚不知悔过，又敢将贤棺用朱砂画成龙虎，并以珠玉收殓，穷奢极侈，虽至尊无以加。恭等依律本该重办，今幸免伏诛，应请将其驱逐远方，不准在中土居住，并将其家财收没入官。

孔光上了此奏，王莽便请太后批准，立命将董恭等一家男女，皆徙往合浦居住，又令县官没收其家财。董恭等闻得此信，惟有暗暗叫苦，预备起身。此时长安有一班无赖小民，见董氏犯罪，将移家远去，纷纷相聚欢呼；又交头接耳，不知议着何事。议罢便三五成群，向董氏家中前来，一齐对着宽信，故意装作哭泣之状，说是因闻君家遭了丧事，又将远行，大众皆为君可怜，特来吊唁。众人一面哭说，一面偷眼四处张望，众人正在左顾右盼，忽报县官带了许多吏役到来。众人闻言，皆吃了一惊，急向宽信告辞出去。

原来此一班小民，平日深知董氏家财极富，垂涎已久，因畏董氏声势不敢生心；今闻董氏犯罪即将远迁，因此大众闻之十分欢喜，便想趁董氏家属忙乱之时，假着吊唁为名，乘机窃取财物，不料正欲下手，却被县官到来冲散。

县官来到董恭家中，立即喝令左右查抄财产。一班吏役答应了一声，如狼如虎，飞奔入内，不论何物尽情搜检。宽信见此情形，惟有瞪着双眼，一任其倾箱倒箧，不敢作声。董恭也无可奈何，只在暗中长吁短叹。县官查抄了半日，搜出无数金银宝物，标封已毕，便命董恭家属即日离宅，遵调迁往合浦。董恭等闻言，不敢迟延，即挈同家属，星夜向合浦而去。董恭家属去后，县官即将其家财估卖，值钱四十三万万。可笑董氏赚得许多财物，一旦尽行没官，分文也带不去，转弄得家散人亡。真是小人结果，到底无半点好处。

当日太后既依王莽将董贤家属办罪，因又记起董贤死后，大司马一职尚未有人补充。太后本来属意王莽，因莽是其亲侄，不欲自出己意任用，犯人议论。遂传下诏旨，命百官举荐可为大司马之人。在太后意思，以为众人必举王莽，偏是前将军何武，后将军公孙禄不曾知得太后心意，他二人竟暗中密议道："当日惠帝、昭帝皆因年幼登基，以致外戚吕霍上官把持朝政，几危社稷。今为国家计，不可再使外戚专权。此事看来，不如我二人互相举荐为妙。"议罢何武遂举公孙禄可以为大司马，禄亦举武堪胜此任。太后见二人互相称举，并不推荐王莽，甚觉不悦。王莽闻知，也暗暗怀恨。此时孔光在旁，见何武、公孙禄二人互荐，太后不独不肯听从，且面有不悦之色。他却生得乖巧，便猜出太后心意，且欲讨好王莽，遂约同各官，一齐推荐王莽。太后见说，便立将王莽用为大司马。即日与之商议立嗣，莽遂议立中山王刘兴之子箕子为嗣，使其从弟车骑将军王舜持节往迎。不久王舜将箕子迎到，莽即立之为帝，是为平帝。平帝登极，年方九岁。太后以其年幼又常多病，遂亲身临朝。一切朝政，皆令王莽处断，于是文武各官，皆听命于王莽一人。

莽既专权，便欲作威福，因对太后说道："赵太后从前与其妹昭仪恃宠杀害皇子；傅皇后父傅晏，当哀帝时骄僭不法，傅后并不拦阻。论起二后，皆应办罪，请将赵太后贬去太后尊号，与傅皇后一同令其迁出未央宫。"太后一一依从。莽即传太后诏旨，将赵太后贬为孝成皇后，令其迁往北宫，将傅皇后迁往桂宫。二后被迁，心中虽明知是王莽作弄，因是太后有旨，也只得委曲顺从。谁知王莽尚未快意，又奏请太后将赵后、傅后一律贬为庶人。二后闻得此事，十分愤愤，自思身为帝后，竟被臣子废贬，有何颜面为人，不如早寻自尽，免受此辱，于是二后各就其所居园中即日自杀。说起赵太后为人，生前种种淫乱，死不足惜。只可怜傅皇后并无过失，王莽却借傅晏一事，将其废贬，以致自杀，真是死得冤枉。

王莽既迫杀二后，又想起傅太后、丁太后也不可不将其追贬，遂命有司奏劾丁、傅两家罪恶，莽即借此题目，奏请将傅太后贬为定陶共王母，丁太后贬为丁姬。莽连贬四后之后，不久忽有义陵寝寝令，以急变进报，说是义陵寝柙中所藏神衣无人移动，却会自行出柙，移在陵寝一个床上。太后闻报，甚觉诧异，忙命人预备太牢，前往祭祷。宫中诸人见说，遂有人猜度此事，必是王莽连贬四后，所以神为发愤，特显此怪异。惟有王莽闻得此事，心中并不介意，他方想着自己奏贬四后，宫中已经人人畏服，不敢与我作对。惟朝宫中尚有多人，不肯阿附于我，也必须设法陷害，方能使各人畏服。未知王莽欲陷害何人，且听下回分解。

第一八五回 恣攻击贼臣树党 颂功德群僚献谀

话说王莽见朝臣尚有多人不肯附己，欲将其设法陷害，因思此事必须引用党羽，以资臂助。于是以王邑、王舜为心腹，孙建为爪牙，平晏管领机密，刘秀充司笔墨。尚有弹劾一事，无人可以胜任，乃命甄丰、甄邯分任其事。莽既将一班私人布置已毕，便想将平日心恶之人，寻出过失，害他一害。因记起昔日太后命名官举荐大司马，满朝公卿多是举着自己，独有何武、公孙禄偏无一言推荐，二人且彼此对荐起来，真是可恨之极，必须先将二人免职，方消我气。莽遂使甄邯假传太后旨意，命孔光奏劾何武、公孙禄，坐以前日互相称举之罪，将其免官就国。莽又令光进奏董武、毋将隆、张由、史立、丁玄、赵昌各人罪恶，将其贬为庶人，或夺去官爵。此时朝中各官所有不附王莽者，已被王莽驱除将尽。其余各人尽是仰莽鼻息，不敢与莽反对，莽遂不将诸人放在眼里。惟有红阳侯王立，莽每见其人，即心生畏惧。原来王立乃王莽叔父，又是太后胞弟，素日与莽不对。莽常恐其寻出自己短处，向太后报告，使己不得畅所欲为，因此心畏王立，几次欲奏请太后将王立遣去；又怕太后念着姊弟之情，不肯见听，所以不敢造次进言。

一日王莽忽想出一胁制太后之法，乃先命孔光上书奏称王立前知定陵侯淳于长犯罪，因受其贿赂，反行称誉。又以官婢杨氏所生之子为皇子，舆论不服，应请将王立速遣回国。太后闻奏，果然不肯听从。莽遂对太后说道："汉家数世无嗣，今太后代幼主听政，此时遇事纵使一秉至公，尚恐众人不服，何况红阳侯今犯有过失。太后若但顾私恩，不从大臣所奏，将红阳侯遣去，恐朝中诸臣皆将效尤为非，祸乱必从此而起。据臣愚见，不如暂令红阳侯回国，以后再行召用未晚。"太后见说，心中本不愿意，因王莽说得十分有关系，不得已乃命王立回国，王立只得遵命起身。

王莽见王立已去，心中非常畅意，因想自己登朝以来，一班朝臣与己意见不合者，轻则罢免，重则诛戮，威权已经显著；只是功德尚无人称颂，必须假造一种祥瑞之事，使群臣歌功颂德，方遂我意。莽正在寻思此事，忽有人报告北方广牧地方，有女子姓赵名春，因病身死，家中众人将她收殓入棺。经过六日之后，众人正想将棺抬去安葬。忽见赵春尸身竟会出在棺外，依然活着。众人看见，皆吃了一惊，疑是见鬼。及走近一看，却的确是赵春其人，遂争向赵春问故。赵春答道："我死之后，见着已死之父亲及丈夫，他二人对我说道：'汝年方二十七岁，阳寿未终，命不该绝。'我遂不知不觉，身子忽出在棺外。"

不久又有人传说长安有一个女子，未曾嫁人，忽然身中怀孕，生下一儿，形状与常人不同。常人头只一个，臂只两个，他偏生得古怪，颈上却有两个头，身上又有四个臂。更有一种奇异，尻上还生有眼睛，长至二寸。

当日王莽接连闻得两宗异事，心想我正欲假造祥瑞，以博众人称颂，不料偏遇着此种怪异不祥之事，众人闻知，岂不道我在位毫无功德，所以召此变异。今惟有急觅出一事，使大众称为祥瑞，方能将此事遮掩过去。王莽想罢，便暗中遣人前往益州塞外，对着一群蛮夷说道："汝等可自称为越裳氏，将白雉一个进献汉朝，必有厚赏。一班蛮人闻言，心贪重赏，即依照来人所嘱，连忙觅得白雉，来到汉朝，口称越裳氏前来进贡，说罢将白雉献上。王莽闻知大喜，命人赏与许多财帛，遣其回塞。

各官闻得此事，皆思讨好王莽，遂一齐向太后奏道："昔日周公辅周，越裳氏有献雉之瑞；今莽辅汉，德同周公，所以越裳氏也来进献白雉。周公有大功，得赐号曰周；莽有安定汉朝之功，也当赐号为安汉公，并请将莽照故司马霍光之例，加封三万户，以示优异。"此奏既上，太后立时批准。王莽闻知，偏故意上书辞让道："臣与孔光、甄丰、甄邯诸人一同定策迎立中山王，以安社稷。今请只将孔光等论功行赏，臣莽可不必一律加恩。"太后见书，迟疑不决。甄邯忙向太后奏道："莽有安宗庙之功，今若听其辞让不封，无以见赏罚公平。"太后闻说，即下诏令莽勿辞，并召莽入朝听赏，莽又托病不入。太后使人连召数次，莽皆说有病不能进朝。左右之人见莽三番五次不肯进朝，皆劝太后依从王莽之意，但封孔光诸人，莽自然进朝。太后依言遂只封孔光为太师，王舜为太保，甄丰为少傅，甄邯为承阳侯。

太后将四人封职已毕，谁知王莽依旧推病不来。朝臣见此情形，皆猜出王莽是假意谦让，欲博美名。今见太后当真只封孔光诸人，所以心中不悦，故又托病在家。于是群臣又上奏言："莽有大功，今虽辞让不居，照例总须将其加赏。"太后闻奏，遂又传诏封莽为太傅，赐号曰安汉公，并加封食邑二万八千户。莽奉到此诏，又假作惶恐不得已之状，上朝受了太傅官职，与安汉公名号，将封邑让还。

莽受太后封赐之后，心中十分得意，便想将一班官吏，也请太后加恩，以博众人称颂。莽遂奏封前东平王云太子开明为东平王，桃乡侯子成都为中山王，宣帝耳孙信等三十六人皆为列侯，太仆杨恽等二十五人皆为关内侯。又奏请凡王公列侯，如无后裔，其兄弟之子皆许立为嗣，袭其官爵。皇室宗族在五服之内，因罪废绝者，许复其属籍。吏有因年老罢官者，按其原有官俸，以三分之一与之，许其人一生得食此俸。

莽既将王公宗室以及退老官吏各个加恩，又令群臣奏称太后年高，不宜躬亲小事。请太后自今以后，将二千石以下各吏及州郡所举人员，皆令王莽面试其才，分别任免。惟封爵一事，乃令奏闻。太后见奏，一一依从。莽遂趁着考问群吏之时，将新旧各官一律请进，温语慰问，每人赠与财物，以结其心。于是上至王侯宗室，下至一班小吏，无人不受王莽笼络，争先颂德。

此事过了一年，越雋江上，一日忽然波浪掀天，走出一物，张髯舞爪，在江上翻腾游戏。本地人民闻得，纷纷来到江边观看，都说是黄龙出现。地方官查知，忙将此事上奏。郡臣闻奏，皆聚议此事。太师孔光、大司徒马宫遂议称黄龙出游，是从来罕见之瑞，此乃安汉公功德可比周公，故能感召此瑞。各官闻说，皆称二人所议甚是。旁有大司农孙宝见众人只知阿谀王莽，不觉发怒，便对众人说道："周公上圣，召公大贤，当时召公对着周公，尚不以周公为然，心生不悦。此事见在经典，诸君谅皆知道。今奈何每遇一事，诸君即异口同声称颂安汉公，此岂是朝廷美事？"

孙宝此一番话，只说得众人面面相观，尽皆失色。甄邯闻之，尤十分愤愤，便传太后之旨，令群臣罢议。是时有司直陈崇见孙宝说出此言，心知王莽闻之，必然怀恨。因欲寻出孙宝过失，将宝奏劾，以博王莽欢心。恰好孙宝令人往接家属，其母行至半途得病，不能趱程，遂折回其弟家中养病，命宝先将妻子接往。陈崇借此事奏劾孙宝只知爱重妻子，置其母于不顾。太后阅奏，立命三公前往穷究。孙宝闻信，自思我年已七十，又遇着王莽当权，诸臣谄附，眼见朝政日非，居官也无乐趣，不如承认此罪，听凭太后发落。孙宝主意既定，待到三公来问，宝便答道："宝年老智昏，做事颠倒，以至重妻轻母，陈崇所奏是实。"三公见说，即依言回奏，太后遂将孙宝免官回家。

孙宝免职之后，群臣尚欲另寻一事，颂扬王莽。忽各处纷纷报告灾荒，遂将此意打断。欲知各处是何灾荒，且听下回分解。

第一八六回　赈灾民王莽市恩　降匈奴二王伏法

话说元始二年夏月，各处大旱，只见赤日当空，有如烈火，晒得田干河涸，树焦草槁。于是百姓人等，家家户户求神祈雨，一直祈到秋初，也无半点雨滴，田中稻穗已经枯黄过半。人民见此情形，惟有叫苦呼天，瞪着双眼，呆看晴空，希望云兴雨作。谁知人民正在望雨之时，忽然半空中飞下无数小虫，将田中将枯未枯之稻尽情饱吃，不消一刻，将田稻吃得精光，原来此物即是飞蝗。

说起飞蝗，乃一种害虫。本名蝗螽，因其善飞，故又名飞蝗。其形状生得前翅稍窄，带黄褐色兼有黑色粗纹，后翅甚阔，有一半透明。前胸有脊线突起，口大且锐，其快如剪。每飞则千百成群，纷集田间，食稻立尽。此虫到得秋末，雌者又生卵于地，至春其子破卵而出，是名为蝻。人欲驱除此虫，惟有掘其生卵之地，杀其卵子；或等待春日，其卵多数浮出水面，然后将其收聚，用火烧毙；其已成虫者，可制成大网捕取，除此别无良法。

当日各处人民既受大旱之苦，又遭蝗虫为灾，田园如洗，秋收无望，于是富足之家，虽广有田地，因无收成，也变为穷户；贫苦之人，靠着代人耕种度活，至此更无可谋生，只听得到处男号女哭，人人呼饥。遂有一班灾民，扶老携幼，心想出外逃荒，又因身边分文没有，只得沿途求乞。一路上风餐露宿，说不尽困苦颠连。不料逃过一省，也是如此情形，因此逃荒人民，就有许多活活饿死，也有因着贫病倒毙路中。其幸得生存之人，多半鹄面鸠形，离死不远。真是天地行灾，万民遭劫，但人民既受此巨灾，何以地方官不早行报告？只因各处官府皆知王莽不喜人陈说灾变，所以畏惧不敢上闻。而今灾情弄得过大，也不得不据实出奏。

地方官既将此事奏闻，人人心中尚恐触怒王莽，偏是王莽是时正欲寻事买结民心，闻之反觉暗喜。立命朝中各官前往四处，查勘灾民，计其人口，给与田宅；有患病者，即代觅空宅，将病民移住其中，为之预备医药；如有因病身死，各赐与葬费：凡一家之中，死六人以上者，给钱五千，死四人以上者，给钱三千，死二人以上者，给钱二千。又分遣使者向各处灾区，督捉蝗虫。并令人民有能捉得蝗虫者，照其所捉之数给与赏钱。所有被灾之处，人民赀财不满十万者，尽免其租税。并命于长安城中建筑房屋二百区，以居贫民。

莽将恤灾各事分发已毕，即奏请太后衣缯减膳，以示天下。莽亦装作十分忧灾之意，不吃荤食；一面又上书奏称愿出钱百万，田三十顷助给灾民。此奏既上。满朝公卿闻得此事，平日本来舍不得田宅，此时因欲讨好王莽，人人也都愿慷慨捐助。一时捐田助宅者，竟有二百三十人之多。莽即将其田宅变卖财物，一律散给灾民。各处灾民得此赈济，人人皆以为王莽是真心爱民，称颂不绝。

莽见百姓人人颂德，非常高兴。不久莽即带领群臣，向太后奏道："幸赖太后德泽，如今天灾已息，风雨得时，甘露常降，朱草嘉禾，百瑞并集，应请太后仍穿帝后之常服，食天厨之盛馔，使臣子各得欢心供养。”太后见奏，正欲依从，莽又暗中拦阻，令太后下诏不从。莽既教太后种种掩饰，又想起自己因灾吃素之事，外人未必知道，遂密遣左右将此事告知太后。太后即令使者持诏向莽劝道：“闻公忧民过深，常常菜食。今秋禾已熟，公可食肉，为国爱身。”莽闻诏心想此事既经太后下诏，外人谅已尽知，遂不再吃素。到得食时，依旧山珍海错，大嚼起来。

此事过了数月，忽报车师后王姑句投降匈奴。原来车师有新道一条，可通玉门关，较它处路途直捷，此道向未开辟。车师虽明知有此捷径，也不报告汉朝。谁知却被镇守西域校尉徐普查知，即命人往令车师后王姑句开通此路，以便汉使往来。姑句见说，知此事已被徐普知情，本想应允，忽又转念道：“汉使往来，我国向例都要供给刍谷等物，但从前汉使未曾知有此路，不尽皆由我国经过；今若开通此道，与玉门关接近，汉使贪其近便，必多由此往来，我国岂能频频供给。”姑句想罢，遂向徐普托故推辞，徐普闻之大怒，立命部下将姑句拿来，拘在一处，派人看管。

姑句被拘急得无法可想，暗将财物贿赂看管之人，托其说情求放。无奈徐普心恨姑句违抗，一任众人如何说情，皆不肯听。姑句之妻股紫陬，见姑句耗去许多财物，依然不得放出，坐在家中，正在十分纳闷。忽见家中所藏之矛，矛头忽然发生火光。股紫陬遂想出一计，连忙来到姑句被拘之处，托故求见姑句，暗中密对姑句说道：“妾闻从前车师前王，曾被汉朝都护司马所杀。今王受拘，久不得放，将来恐也难免被害。近日我家矛头忽然发火，此主利于用兵之兆。王何不乘机逃出，带同人马，往降匈奴，以求免祸。”姑句闻言，连连点头称善，即命其妻秘密行事。股紫陬答应了一声，急急奔回家中，自去预备。

次日姑句忽然逃出，竟同股紫陬带领一队人马，乘徐普不备，突出高昌壁，投降匈奴。读者欲知姑句被拘，何以能逃出来？只因看管姑句之人，受了姑句财物，对于姑句便不严加拘束，故姑句得乘机逃出。

姑句出降之后，同时又有去来胡王唐兜也投降匈奴。唐兜因与赤水羌有衅，互相遣兵侵犯。唐兜战不过赤水羌，急向汉朝都护但钦处求救，但钦置之不理。唐兜心中怀恨，连夜投奔玉门关，意欲入关告知汉朝。不料守关官吏查知唐兜欲控都护，不许入关。唐兜大怒，自思我前此降汉，以为汉朝必不薄待于我。今汉朝官吏，各个将我藐视，我降汉也无好处，遂率同妻子及人民千余人，即日投降匈奴。

匈奴接连受了车师、胡去来二王之降，心恐汉朝闻知，必来责问。忙将姑句、唐兜来降情形，令人前往汉朝报告。王莽闻报大怒，立遣使者往责单于不应收纳姑句、唐兜二王投降。单于见说，自知理短，忙向使者谢罪，即将二王缚交使者；一面代为说情，请使者从宽免罪。使者不敢做主，即将此事报知王莽。偏遇王莽欲将二王重办示威，不肯依从。即日传下廷旨，命使者排列军队，会同西域各国王，将姑句、唐兜二人当着各国王面前，斩首示众。使者奉到此诏，只得依诏办理。

王莽既命使者斩了姑句、唐兜二王，因想匈奴胆敢私受二王之降，非与严定条约不可。莽遂拟定条约四条，其条文中说是：一、匈奴不得收受中国人投降；二、匈奴不得收受乌孙国人投降；三、匈奴不得收受西域诸国佩中国印绶之人投降；四、匈奴不得收受乌桓国人投降。莽既拟定条约，即修成一书，将条约封在书中，遣使者携往匈奴，交与单于，令其依约遵守。莽将条约颁示匈奴之后，又欲令单于遣其二女前来。未知王莽何故令单于遣女，且听下回分解。

第一八七回　受甘言单于遣女　托大义王莽杀儿

话说匈奴王呼韩邪死后，其子雕陶莫皋嗣位。从胡人风俗，以呼韩邪之妃王昭君为妻，生有二女。长女名云，号为须卜居次，次女号为当于居次，二女皆已长成嫁人。雕陶莫皋又有弟三人，一名且麋胥，一名且莫车，一名囊知牙斯。呼韩邪临死，遗命雕陶莫皋，死后传位与弟，以次继立。后来雕陶莫皋身死，遂传位与且麋胥。且麋胥死，传且莫车。至是且莫车又死，囊知牙斯遂立为单于。

当日王莽因单于受姑句、唐兜之降，特遣使者往颁条约，不准其擅受各国降人。遣使之时，王莽忽记起单于前王曾有二女，皆系昭君所生，因此便想暗令使者劝诱单于，遣二女入侍太后，以显自己威德远著，匈奴畏服。于是使者行时，王莽遂将此事密嘱使者行办。使者到了匈奴，颁毕条约，即依王莽所嘱，用许多好言劝诱单于。单于被使者说得十分动听，遂依了使者之言。回宫之后，即召须卜居次、当于居次二女来宫，告知此事。

二女闻言，暗思自己母家，本在中国，只因生长匈奴，未得前往一游。今幸有此机会，不可错过。且母亲在日，也曾教我学过中国之言，此去也不患言语不通。二女想毕，心中大悦，连忙依允。即日拜别单于，各自回家，约同其夫，陪伴同行。一路攒程，但见风沙满目，驼马成群，并无风景可观。行了多日，方到得玉门关，守关兵士查明来历，开关放行。二女入关之后，又经过多处，才抵京师。是时便有招待外人之官，将一行人接入馆舍，一面上朝奏报。

王莽闻报大喜，即将此事奏知太后。太后见奏，心想向来只闻匈奴侵犯中国，而今单于竟肯遣女入侍，此必是王莽威德胜过先帝，所以匈奴畏服，特遣二女前来。太后想罢，十分喜悦，即命人往召二女。二女奉召入宫。太后见其生得聪明伶俐，大加赞赏，赐与许多财物，将其留在宫中。过了一时，太后查知二女系与其婿同来，不便久留，仍将二女并婿遣送回国。直至天凤五年，长女须卜居次又与其婿须卜当，及其妹当于居次之子醯椟王一同来汉，此是后话不提。

单于二女去后，一日太后临朝，忽报中山卫后有书进呈。说起中山卫后，乃是中山孝王之姬，平帝之母。卫后自从平帝被王莽迎立，心中甚觉思念，几次欲同卫氏诸人进京求见，偏遇王莽恐卫氏夺其权柄。预先奏请太后命甄丰携带玺绶，前往中山，拜卫姬为中山孝王后，封平帝舅卫宝、卫玄为关内侯，赐平帝妹长名谒臣号为修义君，次名哉皮号为承礼君，三名鬲子号为尊德君。封罢并传太后诏旨，命诸人受封之后，仍在中山居住，不准进京。卫氏诸人奉到此诏，只得依从。

此事却被王莽之子王宇闻知，心想卫氏乃平帝外家，今父亲恐其与己争权，奏请太后不准来京，将来平帝长成，查知此事，必然怀恨报复。一旦祸事临门，难免加累自己，不如趁此时瞒过父亲，暗中讨好卫氏，以后自己方能免祸。王宇主意既定，遂背地密寄一书与卫宝,说是因闻卫后不得进京,今宇已代卫后想得一法,只须如此如此,写成一书,命人进呈太后,必能见允。卫宝得书,心知王宇是好意指使,即告知卫后。卫后大喜,至是遂遣人上书。

当日太后闻得卫后有书上呈,不知所说何事,即交王莽拆阅。王莽将书拆开一看,书中首说是拜谢太后封赐之恩,末后又说傅太后、丁太后生前种种罪恶。王莽将书反复看了数遍,忽猜道:“此定是卫后欲求进京,知得太后最恶丁、傅二后,所以书中故意陈列二人罪恶,欲借此以博太后欢心,准其前来,不然何故忽说及二后之事。”王莽猜罢,也不说破此情,只将卫后书中所说各事告知太后,请太后传旨褒奖卫后能陈丁傅二后罪案,加赐汤沐邑七千户。太后依言,即命有司前往中山,传旨奖赐。卫后闻旨,自思我此次上书,满望能得太后喜悦,许我入京,得见平帝之面。谁知太后只将我奖赏,并无一言许我前去,眼见得我母子两人,生生隔断,会面无期。卫后想到此处,不禁十分伤心,日夜啼哭。王宇闻得此事,心中甚觉不安,又密教卫后再行上书,直说欲求至京。卫后又依言上了一书。王莽见卫后屡次上书,欲求入京,心疑总是卫氏诸人不怀好意,遂将此事置之不睬。

王宇见两番指教卫后上书皆无效力,自知此计不行,便欲另寻一法。遂命人请到其师吴章与妻兄吕宽,将此事密告二人,求其想法。二人沉思了半晌,吴章忽想出一计,即暗对王宇说道:“此事若是他人,尽可用言进谏,但汝父为人,平日不受人劝谏,好在他生平最信鬼神,汝可装神弄鬼,寻出一种怪异之事,吓他一吓。他如心生疑惧,对我说起,我便说是因他专政,禁阻卫氏进京,所以鬼神示警,现此变异,他闻言必然追悔。我再趁势劝其归政卫氏,如此则卫后何愁不得至京?”王宇见说,点头称善,即向吕宽附耳说了数言,命其夜间依言行事。吕宽应允而去,吴章也各散回家。吕宽待到夜间,果然手持一物,遮遮掩掩,来至王莽门前,正将此物泼向门上,忽然被王莽府中出来一个吏人撞见。吕宽见人,即没命逃去。吏人见吕宽鬼鬼祟祟,不知在门前做着何事,正在狐疑。忽闻一股腥气,冲入鼻中,连忙取火来到门外一看,只见大门之上,斑斑点点尽是血迹,心知此血必是吕宽所泼,所以吕宽见人即逃,但不知吕宽何故来此泼血,立将此事报知王莽。王莽闻报大怒,命人连夜追捕吕宽。不久将吕宽捕到,究出泼血一事,乃王宇主使,又究出王宇与吴章诸人秘密所议各事。王莽即将王宇及宇妻吕焉缚送下狱,一面令人往捕吴章。王宇下狱之后,莽即迫其服药自杀。莽既杀王宇,又思将宇妻吕焉也行杀死。后查知吕焉怀孕在身,遂命暂拘狱中,俟生子后杀之。

王宇既死,莽即上书奏知太后说:“王宇误听吕宽诸人之言,欲借怪异之事,造作谣言,惑乱众心,与周朝管蔡同罪,臣不敢顾私恩而忘大义,已将其杀死。”王莽既上了此奏,又欲穷究吕宽之案。此时恰好吴章已被王莽遣人捕到,莽即命将吴章办罪。未知吴章性命如何,且听下回分解。

第一八八回　云敞仗义收遗骸　王莽修怨兴大狱

话说王莽捕到吴章，心中痛恨吴章密教王宇设计吓他，立将吴章坐成腰斩之罪，命人押往东市门行刑，并磔尸示众。左右答应了一声，即将吴章押到东市门，拦腰一刀两段，又将其尸分裂，陈在市上示众，真是死得凄惨。

吴章字伟君，平陵人。精通《尚书》，官拜博士，当时人皆羡慕其名，纷纷前来受业，门下学生遂有一千多人。及至吴章被杀，王莽查得吴章学生甚多，以为此一班学生，皆是恶人之党，便想将其禁锢。学生闻信，人人畏祸，都改称他人为师，遂无人敢道是吴章学生，因此吴章之尸在市上抛弃许久，并无一人敢来收殓。

一日忽有人上书自称是吴章学生，此人上书之后，连忙来到东市门，行近吴章尸旁，也不怕血肉狼籍，双手抱起尸骸，一直抱回家中，用棺收殓，抬去安葬。原来此人姓云名敞字幼儒，现在大司徒署中为属吏，与吴章本是同县之人，也曾拜过吴章为师。此次因闻吴章犯罪被杀，同学之人皆畏祸不认吴章为师，一任吴章尸骸抛露，无人出来收拾，一时义愤激发，也不惧触怒王莽，遂上书自劾是吴章学生，将吴章之尸，抱回收葬。

云敞收葬吴章之时，京师人民皆称赞云敞真是难得，遂有人将此事报知车骑将军王舜。若论王舜为人，平日本帮同王莽害人。谁知他此时一团害人之心，却被云敞义气折服，反说"云敞此种行事，可比栾布奏事于彭越头下，志节可嘉。"说罢十分叹赏，立时修成一书荐为中郎谏大夫。王莽见王舜称美云敞，遂不将其办罪。自此云敞名誉到处传扬，平陵之人莫不敬重云敞为人，为之生前立碑于吴章墓旁，以为纪念。后来更始闻敞贤名，召为御史大夫。不久因病辞官，终老于家。

当日王莽既将吴章办罪，因此案皆由卫氏而起，若不将卫氏诸人尽行诛灭，将来必留祸根。莽遂令人星夜前往中山，将卫宝、卫玄兄弟及其家属人等不分老幼，一概坐罪杀死。只留卫后一人，幸存生命。莽灭卫氏之后，便欲趁此时将平日心恶之人，皆牵入吕宽一案，将其陷害。因记起当日前将军何武不荐自己为司马，虽经将其免官，未免办罪太轻，即授意与甄丰，诬指何武与吕宽案有关系，命人以槛车往召何武。何武见此情形，心知不免，立时自杀。莽又恶叔父红阳侯王立、从弟平阿侯王仁不肯附己，皆遣人将其株连迫杀。莽杀了此一班人，心中尚未快意，又想将敬武长公主，也行设计诬害。

说起敬武长公主，乃元帝之妹，先嫁与营平侯赵钦为妻，钦死，帝见公主寡居，高阳侯薛宣妻亡未娶，遂将公主配与薛宣。迨后薛宣又死，公主留居京师，常恨王莽专政，时时出言说莽不是。莽因此怀恨在心，恰值吕宽事起，莽遂欲设计诬害公主。也是公主合当有事，薛宣前妻有子名况，与吕宽交好，却被王莽查知，即将薛况究办，并说其与公主私通，命人将薛况斩首于市；一面即借此事，假传太后诏旨，将公主赐死。公主闻旨，气得蛾眉倒竖，星眼圆睁，大骂王氏欺陵刘氏孤弱，无故捏造暧昧之事，将其诬害。王莽闻知大怒，喝令使者立迫公主自尽。公主被迫不过，遂服药而死。

甄丰、甄邯见王莽所杀之人，皆系仇怨，他二人也都想觅着怨家，设辞加害。是时有护羌校尉辛通、函谷关都尉辛遵、水衡都尉辛茂，此三人皆成帝时名将辛庆忌之子，一向不肯谄附王莽。尤心鄙甄丰、甄邯二人，不与亲近，二人因此十分切齿。偏是辛通有子名次兄，曾与卫宝从堂兄弟卫子伯交情甚密，甄丰、甄邯查知此事，心中大喜，暗想辛氏兄弟，平日自恃名臣之子，身列显贵，看不起我，如今被我觅出罪案，休想再活。遂对王莽说道："闻辛氏诸人皆与卫子伯秘密结交，暗作卫氏心腹，且在背地常说安汉公许多短处。今既灭卫氏，不除诸辛，必留后患。"王莽闻言，立命将辛氏父子兄弟及其宗属南郡太守辛伯，一律拿办，处以死刑。甄丰、甄邯奉命，扬扬得意，自去办理。二人去后，朝中又闪出一人，向王莽说道："辛氏宗属尚有一人，也宜办罪。"王莽视之，乃司直陈崇也。王莽便问道："汝所说是何人？"陈崇答道："此人名辛兴，乃陇西一个豪杰，平日横行州郡，百姓皆畏其威。王莽见说，便下诏载明辛兴姓名，令人将其捕到。王莽捕到辛兴，又查出一事，并将前司隶鲍宣治罪。读者欲知王莽查出何事，将鲍宣治罪？原来鲍宣自从侮辱孔光，遭了髡钳之后，又被徙居上党。鲍宣因见上党地方豪杰甚少，以为居此易于出色，便想移家来此居住。谁知鲍宣因移到家属，却惹出一场大祸。

先是鲍宣少时，家道清贫，曾在富人桓氏家中读书。桓氏怜其清苦勤学，遂以其女少君嫁与为妻。少君出嫁时候，妆奁其盛，侍婢如云。少君一身穿戴，尽是金珠绮罗，非常华丽。鲍宣见此情形，暗想妻子如此妆饰，明是炫她有财，将来难免不恃富骄奢，因此对着少君，面上常露不悦之色。却被少君窥知，因对鲍宣说道："妾身既经奉事君子，如嫌妾服饰华侈，侍从众多，敢不惟命是听。"说罢即将左右服侍之人，尽行遣散，并除去艳妆，穿上一套短布衣裳，与鲍宣一同乘着鹿车，即日回到夫家，拜见舅姑。拜毕即提瓮出去汲水，亲理井臼之事。鲍宣见其妻能勤修妇职，自然十分欢喜。后来少君生了一子一女，到得上党之时，女已长成，嫁与许绀为妻。许绀偏与辛兴往来，曾邀辛兴同到鲍宣家中。鲍宣不知王莽正在诏捕辛兴，遂留住辛兴在家吃饭。至是王莽捕到辛兴，查知辛兴曾同许绀在鲍宣家中吃饭一次，遂坐鲍宣以知情之罪，将其下狱。鲍宣受此冤屈，无从辨白，在狱自杀。辛兴、许绀也被王莽处以死刑，尚有乐昌侯王安，以及一班不附莽之人，同时枉死者数百人。此事传到各处，人人惊惧，是时有一人姓逢名萌字子庆，在长安读书，闻得王莽杀其子王宇，又因是案陷害多人，心中十分愤慨，便对其友说出一言，未知逄萌所说何言，且听下回分解。

第一八九回 固权柄联姻天子 行大婚颁赏群臣

话说逢萌因闻王莽不顾父子之情，杀了其子王宇，又借此案陷害多人，不觉愤然对其友说道："三纲绝矣！我若不早避去，必及于祸。"说罢遂将所戴之冠脱下，挂在东都城门，立时回家，带同妻子乘舟渡过大海，往辽东避祸去了，时元始三年也。

逢萌去后，是时王莽已将平日反对之人诛除净尽，心中无事。忽记起女儿吉期将到，忙命家中人等预备嫁女之事。读者欲知王莽将女嫁与何人，此中却有一段原因。先是王莽因见太后年纪已老，不久人世，自思我一向得持大权，皆赖太后之力。如今太后年老，一旦身死，谁人为我保护权力。王莽因此便想将其女嫁与平帝为后，以为将来倚靠女儿保存权力地位，只是此事不便明言。王莽遂想出一法，设辞向太后奏道："臣观国家所以召乱，其原因由于天子无嗣。今皇上登极已经三年，后宫尚未有人，宜趁此时仿照古者天子十二女之制，选择长安公卿嫡妻所生之女，纳为后妃，以广后嗣。"

太后闻奏，甚以为然，即依王莽之言，将此事命有司办理。有司奉命，连忙向公卿各家选取子女。公卿家中闻得此事，人人莫不希望女儿得做皇后。遂有一班无女之家，恨不得平空生出一个长大女儿，好仗她做了国丈；其有女之人，都将女儿妆得粉雕玉琢，以备有司选择。谁知有司选择之时，偏将王氏各家女儿选得最多，选罢即造成名册进呈。

王莽闻得有司已呈进选女名册，即将其册展开细看，见被选者，除自己女儿列在首名外，其余被选之人，多半也是自己王氏家中子女，不觉皱起双眉。暗想我此次议选皇后，只望我女与异姓众女同行选入，太后自然将我女另眼相看，必立我女为后。今有司误会我意，偏将我王氏诸女选取多名。太后若见所选之女，多是自己外家之人，势必与我女一律看待。难保不于外家诸女之中，随便择定一女为后，如此则皇后之位，我女不能稳稳做到。此事看来，惟有先行设法禁选我王家诸女；一面暗中指令多人，奏请选立我女，方是万全之策。

王莽主意既定，即将选册呈与太后，因向太后奏道："臣女才居下等，不堪与众女并选。今有司误选臣女，应请太后下诏有司，令其勿选。"太后见奏，以为王莽是一派真言，又心猜王莽或是因王氏系外戚，若行选取，恐人议论，所以不愿将女选进，但王莽既不愿选其女，我索性将外家诸女也行禁选，以免被人议论。太后猜罢，遂下诏有司说道："王氏诸女，是朕外家，有司毋庸选取。"

有司奉到此诏，便将王莽之女及王氏诸女一概除名，另行改选。不久便有许多朝臣，因着此事纷纷到朝上奏；更有一班人赶不及到朝者，皆俯伏在省户下，个个都奏称安汉公功劳卓著，今当选立皇后，天下之人，皆望以安汉公之女为天下母，奈何太后独弃安汉公之女不选，如此岂不失了众人之望？群臣奏罢，太后尚未回答。又报阙下来了无数吏民，人人都有书进呈，不知所言何事。太后闻报，即命人将各书取来观看。原来众人之书，也说是当选王莽之女为后。太后看毕，心想大众都请采选王莽之女，偏是王莽又上言辞谢，此事如何是好。太后正在迟疑未决，王莽遂趁着此事假意遣人向进言各人，分头阻止。说也奇怪，众人被阻，上书者比前更多。从此逐日都有一千余人到阙上书，只闹得太后无法可想，遂依了大众之意。

王莽见太后已依众言，采选其女，心中暗喜。偏又向太后说道："臣女虽蒙选取，但立后一事，尚当遍选众女。"群臣闻之，又向太后急道："皇后之位，何等郑重，不宜选及众女。依臣愚见，非安汉公之女不可。"太后见群臣力争此事，遂决意立王莽之女为后。又于众女之中，选出十一人，作为随嫁之媵。

于是王莽知太后已决立其女，也不再推让，即对太后说道："臣女既承太后许立为后，但臣女相貌如何，太后尚未深知，应请派遣大臣前往一看。"太后点首依允。过了一时，太后即命少府夏侯藩、宗正刘宏、尚书令平晏三人，往行纳采之礼。三人奉命一同来到王莽府中，见过王莽之女，立即回宫复奏。都说安汉公之女生得仪容窈窕，德性幽娴，堪以正位中宫，奉承祭祀。

三人回奏之后，太后又命太卜各官，占卜此事。各官卜罢，皆奏道："臣已占得金水王相卦，此卦系金水相生。遇父母得位，乃大吉之兆。"太后闻奏甚喜，遂命有司议聘皇后之礼。有司皆议奏请照汉朝故事，皇后聘礼：黄金二万斤，值钱二万万。太后依议，即令有司将聘金送与王莽。王莽廉让不肯全受，只受四千万。王莽受了此项聘金，因想起自己女儿即立为后，又受厚聘，料得被选为媵之家，心中必然不平，难免在背地议论，我何不将聘金分出送他，借此堵塞其口。莽想罢遂交所受聘金四千万，自己只留七百万，分出三千三百万，送与为媵各家。各家得此多金，虽然其女不得为后，也各欢喜无言。此事却被朝臣闻知，又奏请太后加送王莽聘金二千三百万，合王莽所留七百万，共为三千万。群臣奏加王莽聘金之后，有司也上言奏道："古者天子封皇后之父百里，请以新野田二万五千六百顷，加封王莽。"太后依从。王莽闻信，自思我现刻大权在手，岂贪此区区田地，遂上奏辞谢。太后见王莽坚辞不受，只得听之。

当日太后既聘定王莽之女为后，遂令人择定明年仲春之月，为平帝大婚吉期。至是吉期将到，王莽忙命家中众人预备嫁女，将家中陈设得十分华丽。光阴迅速，不觉已是元始四年二月丁未日，平帝大婚之期已到。太后即命大司徒马宫、大司空甄丰、光禄大夫刘歆、左将军孙建、右将军甄邯捧着皇后玺绶，率领许多迎亲之人，驾起凤辇，往迎皇后，一路上说不尽热闹风光。百姓闻得此事，人人都想出来观看，只是皇上娶亲，比不得常人，自有沿途卫士禁阻闲人，一班百姓只得远远站着。只见迎亲之人过后不消一刻，便闻得呵殿之声，皇后凤辇已经出来，左有文臣，右有武士，前后更有宫娥内侍不计其数，蜂拥皇后之车，向延寿门直入未央宫而去。

皇后车到未央宫，是时平帝年才一十三岁，由大臣引导行礼，礼毕群臣皆出班称贺。太后便传旨大赦天下，一面颁赏群臣，自三公以下莫不受赏。此事过了一时，忽报太保王舜等及吏民多人，皆有书上呈。未知众人何故上书，且听下回分解。

第一九〇回　滥封典加号宰衡　施媚术求悦太后

话说太保王舜等及吏民八千余人，皆上书称说王莽功德，请太后依照从前陈崇所奏之事，将王莽加赏。读者欲知陈崇前曾奏过何事，王舜等及吏民欲请照办？原来陈崇前欲讨好王莽，闻得张敞之子张竦学问渊博，欲托其代作一封奏稿，请太后重赏王莽之功。遂与张竦说知此事，张竦因与陈崇交好，且欲自炫其才，闻言并不推辞，便取出纸笔，代为拟稿。张竦拟稿之时，自思我索性将王莽极力称扬一番，将来王莽闻知此稿系我手笔，定然欢喜于我。张竦想罢，立即拟成一稿，直将王莽说得比尧舜、禹汤、文武、伊周、孔子还胜过许多，并历陈王莽种种功德，请太后效成王封周公故事，增大王莽之国，厚赏王莽之子。张竦拟了此稿，交与陈崇。陈崇阅之，甚觉得意，即呈奏太后。太后见奏，不欲自出己意施行，立命公卿会议此事。公卿正在会议之时，恰值吕宽、王宇诸人出了罪案，此事遂被延搁下来。至是王舜等及吏民又上书请照陈崇所奏，加赏王莽，太后遂将各人所上之书，发下有司，命其议奏。

有司奉命，皆议将王莽前所辞让新野诸田，再行加封王莽。并议采伊尹、周公二人称号，加称王莽为宰衡。又议定宰衡属下掾史，食俸六百石。宰衡出门仪从期门二十人，羽林三十人，前后大车十乘。又议封王莽母为功显君，食邑二千户、封王莽之子安为褒新侯，临为赏都侯、加皇后聘金三千七百万。有司议罢，立将所议之事奏知太后。太后一一依从，即命人往召王莽来朝听赏。王莽闻召，忙同来人进朝。太后闻得王莽到朝，即亲身来到前殿，仿照周封周公故事，先将王莽封赏之后，又封赏莽子安、临二人。太后封毕，自思如此封赏，人臣之中也算罕有，谅王莽必然乐受。谁知王莽得此封常，又装腔作势，连忙叩头辞让，起身退出。立时修成奏章，进奏太后，说是愿只受其母功显君封号，其余封赏、请皆收回成命。王莽上了此奏，遂托病在家，不肯上朝视事。太后见此情形，不知如何处置，即召到孔光诸臣，商议此事。孔光诸臣遂对太后说道："此次安汉公受赏，尚未足以酬功。今又谦辞不受，此乃安汉公欲表示廉让以成风化。依臣等愚见，新野诸田，不妨姑听安汉公让还；其余封赏皆甚微薄，勿听辞让。并请即遣大臣持诏往命安汉公速入视事；一面诏令尚书，勿再受安汉公辞让之奏。"太后见说，即依言办理。

王莽闻讯，暗想太后此番以周封周公之礼封我，此种封典，再也荣耀不过，我心中何曾舍得，只是表面上不能不假情辞让。如今诸臣既道我功高赏薄，请太后只许我让还所赏田地，我也乐得趁势依从，何必再行托病坚辞。王莽主意既定，及太后诏书到来，令其入朝视事。莽即起身上朝，辞去新野诸田，余皆拜受。

王莽拜受封赏之后，忽想起自己虽蒙太后拜为宰衡，尚未刻有印信，未免有名无实。遂又上书太后，称说宰衡一官，以正百僚平海内为职，若无印信，名实不符。并说自己无兼官之才，不堪兼任太傅大司马各职，请太后颁发宰衡印章，当呈上太傅大司马之印。太后闻奏,以为有理,即下诏允许。王莽大喜,心想太后如此言听计从,我若能再寻出种种谄媚方法,将太后极力奉承,博其欢心,将来何事不可做到。因思太后是个女流,长年住在深宫,虽然居处华丽,日久定也生厌。若教令太后时时出游,一新眼界,太后必然欢喜。莽遂对太后盛陈出游之乐,请太后四时车驾巡狩四郊。太后正苦深居郁闷,闻言果然十分愿意。

于是太后春则游于茧馆,带领皇后及列侯夫人,采桑为乐。夏则游于御宿鄠杜各处。秋则游于东馆,会集于黄山宫。冬则游于飞羽校猎于土兰,或临泾水之旁,观览风景。太后游得高兴,车驾所经之处常施恩惠,赐百姓以钱帛牛酒等物。又召见孤儿寡妇,加以抚恤,一班百姓无不大喜。自此以后,太后每年出游,皆是如此。

一日太后忽记起自己当元帝为太子时,曾见元帝于太子宫,因得进幸。如今事隔多年,不知太子宫现在何处?欲想前往一游,因对王莽说道:"我当初来到太子家中之时,与太子相见于丙殿,今事隔五六十年,我尚能记得。"王莽见说,猜出太后心意欲游太子宫,忙即顺口答道:"太子宫离此不远,此去并不劳苦,太后可以一往游观。"太后闻之,即命驾往幸太子宫。太后来到太子宫,旧地重游,心中甚觉喜悦。

太后有弄儿一个,乃官婢所生之子,太后其见爱惜,常取入宫中抚玩。一日弄儿忽然得了一病,太后命人将弄儿安置在外舍疗养,遂有人将此事报知王莽。王莽因见弄儿是太后所爱,闻得弄儿有病,他却当作一宗要事,连忙亲到外舍探视其病。

王莽又常见太后左右侍女,多是太后贴己之人,心思我欲取悦太后,此一班人必须先行讨好,方不说我坏话。莽遂取出所受聘钱千万,暗中分赠各侍女。

太后又有姊妹三人,一名君侠,一名君力,一名君弟,时常往来宫中。莽查知此三人常在太后身旁,因想此三人既系太后姊妹,又常与太后亲近,也须想出一法,博她姊妹欢心才好。但是她姊妹出身尊贵,眼光阔大,比不得一班侍女,可以金钱买足其心。此事看来,惟有请太后将她姊妹封赏,料得必能令其满意。莽遂奏请太后封君侠为广恩君,君力为广惠君,君弟为广施君,每人皆赐与汤沐邑。于是太后姊妹及左右诸侍女,无不对着太后时时刻刻交口称赞王莽。王莽既讨好宫中诸人,又想方设法博得群臣称颂。欲知王莽如何使群臣称颂,且听下回分解。

第一九一回　权奸受赏加九锡　公卿助恶掘后陵

话说王莽欲邀群臣称颂，遂仿效周公制作，上奏请兴明堂、辟雍、灵台、诸工作，不久此种工作成功，果然群臣皆上朝奏称成周明堂辟雍灵台诸制，毁废千载，无人能兴，今安汉公兴建仅及二旬，大功告成，虽成周造业，无以复加。应请将安汉公宰衡位次升在诸侯王之上。太后闻奏，下诏许可，并令诸臣会议九锡之法，以备赏赐王莽。

此事过了一年，忽有长安吏民纷纷上书太后，请速将王莽加赏。原来吏民因王莽从前不受新野诸田，屡次上书为之求赏，前后计达四十八万七千五百七十二人。但王莽不受赏田，事本无关紧要，何以竟有许多人为之上书？此不消说得，大概是一班少数无耻吏民，欲讨好王莽，特托大众名义上书。其实上书之人，未必确有此数。

当日吏民上书之后，朝中诸臣也因此事，纷纷进朝奏请加赏王莽。王莽闻讯，心想太后前已命议九锡赏我，但许久尚未实行。如今大众为我请赏，偏不指定此项赏典，殊不合我意。莽想毕遂上书辞谢，说是自己方从事制礼作乐，事成之后，但乞赐骸骨归家，以避贤路。众人所上之书，请无庸令有司议奏。

王莽上了此书，却被甄邯猜出心意，暗请太后下诏允从王莽所奏。俟其制作成就之后，再行加赏，并请太后催令诸臣速将九锡之礼，会议奏闻。太后即依言下了一诏。群臣奉诏，恰好已将九锡之礼议妥，遂奏请太后依着周官《礼记》所载九命之锡施行。太后许可。待到是年五月，太后便亲临前殿，召王莽听赏；一面令人宣读诏书，将王莽登朝以来，如何建功立德，应受九锡之赏，宣布了一遍，然后赐王莽以九锡之礼。说起九锡，乃是一衣服、二车马、三弓矢、四斧钺、五秬鬯、六命珪、七朱户、八纳陛、九虎贲。

王莽受了此项赏典，十分惬意，此时并不推辞。太后尚恐王莽未曾满意，又命以楚王王府赐与王莽为宅。王莽遂命人大加修理，将王府修理得灿烂一新，又命人将祖庙旧式也重新改造为朱户纳陛。

王莽正在修改祖庙之时，忽报风俗使者陈崇、王恽等八人回朝。先是王莽曾遣陈崇等八人为使者，向各处采问风俗，宣布教化；谁知诸人虽然奉命前去，大家偏猜出王莽命他们出使意思，不过欲学周公采风故事，以博美名，并非确欲周知民间风俗。于是大众乐得借着此事，向各处游历一番，也无一人将此事认真办理。但众人既不留心此事，回来如何报告王莽，众人却想出一法，在路上捏造了许多歌谣，预备回时蒙骗王莽。至是回朝，王莽便召诸人入见，查询采风各事。陈崇等遂齐声答道："各地风俗，本多不齐。自从宣布安汉公教化之后，现刻天下风俗已经齐同，百姓无不感戴，发为歌谣，大众已将其歌谣抄录带回。"说罢即将歌谣呈上。王莽接过一看，见歌谣尽是称颂自己功德，凡三万言。王莽看毕，只乐得心花怒放，暗赞众人果能真心办事，立将陈崇等八人，奏封为列侯。

众人受封，莫不暗中称幸，以为不料一派虚言，却得了侯封。惟有陈崇尚未足意，又欲趁此时机，觅事讨好，希望得到更多好处。恰遇王莽已受九锡，正在修理祖庙。陈崇遂向太后奏道：“臣闻安汉公祖庙设在城外，安汉公如有出城祭祖，应令城门校尉带领骑士相从，以昭慎重。”太后依奏，便令城门校尉照办。自此王莽每有出城祭祖，除自己原有期门羽林诸吏卒护从之外，更有骑士追随，真是十分威武。

于是王莽尊贵既极，愈加放纵无忌。一日忽又想起傅太后、丁太后二人，前虽奏请将其贬去太后尊号，尚未足泄愤，必须设法将二人掘墓开棺，方才快意。莽遂上奏太后说：“共王之母傅太后及丁姬二人，前已贬去尊号，不料二人死时尚暗挟帝太后、皇太太后玺绶随葬，实属不合于礼，请将其坟墓发掘，取出玺绶毁灭，并请将共王母迁葬定陶共王墓旁，丁姬已葬定陶，姑听其仍埋旧处。”

太后见奏，暗想丁傅二后，虽然挟带玺绶同葬，但二后葬已多年，若因此事将其坟墓发掘，未免过于忍心。遂对王莽说道：“此事已属既往，不必再行发掘。”王莽闻说，心中不悦，又向太后力争。太后拗不过王莽，只得应允，惟不许其将二后易棺改葬。遂下诏说道：“可就其故棺改葬，并为之备椁作冢，祭以太牢。”王莽奉诏，心中暗自寻思道：“太后毕竟妇人，心肠柔软，只知一味顾惜丁傅二人，并不念及旧怨，且命我将她二人备椁致祭真是过于仁慈了。但太后既如此执意，一时也难违拗，看来易棺一事，只好俟以后相机进说，如今惟有先将二人坟墓急行发掘。”王莽主意既定，立命官吏带同人夫数百人，先将傅太后陵墓发掘。

傅太后本葬在渭陵，其墓甚高。众人来到墓上，七手八脚，锹锄齐下，登时已开成一个窟窿，众人便趁势用出死力，向下猛掘。谁知人众力沉，墓中四围土石，因受震力摇动，忽然一巨响如山崩地裂，全座皇陵向下塌陷，将数百人尽数压死在内。只有立在远处监工官吏逃得性命，将此事回报王莽。

王莽闻报，并不怜惜数百人死于非命，嘱将此事暂行搁下。又另召一班吏卒，命其速往定陶，将丁姬掘墓开棺。吏卒奉命，不敢迟延，连夜趱程，来到丁姬墓地，将墓掘开，取出棺椁。对准椁户，一斧劈去，刚将椁户劈开，忽见一道红光，自内射出。顷刻火焰腾腾，直冲过四五丈之远。众人莫不十分惊恐，纷纷弃斧逃出墓外，各个摇头伸舌，说此椁无故发火，真是古怪。众人因吓得神志昏昏，都忘却设法将火扑灭，只瞪着双眼，袖手旁观。是时火势因无人救灭，愈加蓬蓬勃勃，烧个不住，只见墓门之内，皆为黑烟缭绕，烈焰熏蒸，莫想近前。大众看了许久，方记得救火，忙去取水，向着墓中倾泼。泼了半日，才将火焰扑灭。于是吏卒人等，莫不心猜此次丁姬尸骸必遭焚烧，及进前一看，谁知此火只将丁姬外椁及附葬器物烧得半点无遗，却不曾延烧内棺，吏卒看罢，忙即据情向王莽报告。

王莽自遣吏卒开掘丁姬坟墓去后，正在家中坐盼众人回来复命，及闻吏卒来报此事，心中也暗自称奇。因想丁姬之椁竟会发火，此事若被太后闻知，必然心疑因我奏开丁姬之墓，所以丁姬阴灵发怒，现此怪象；如今惟有设辞敷衍太后，并可趁着此事，奏请将丁傅二人易棺以快我意。王莽想定，即向太后奏说丁姬葬逾礼制，今皇天示谴，火焚其椁，应将丁姬照着姬妾之礼，改葬于姬妾墓中。并说傅太后、丁姬葬时棺用梓宫，衣用珠玉，非藩妾所宜，应将二人棺椁服饰，重行更换，方合于礼。

王莽此一番言语，直说得太后深信不疑，立即允许。王莽大喜，即令人将丁、傅二后，开棺易以它木，并除去珠玉等衣。当开傅太后棺木之时，忽喷出一股臭气，数里之内皆闻其臭。是时偏有一位官员，欲在人前卖弄殷勤，取悦王莽。他独立近棺前，督率开棺，却被此股臭气冲入鼻中，立时倒地而死。众人视之，乃洛阳丞也。

此人死后，又有一班公卿，闻得王莽正在发掘丁傅二后之墓，人人都想逢迎王莽，各出金钱绸帛，以供发掘工费；又自遣其家中子弟及四方蛮夷凡十余万人，个个手持作工器具，帮同工人一齐开掘，不久即将二墓掘成平地。说也奇怪，二墓掘平之后，忽有燕子数千，口中个个衔土，投向丁姬墓上。王莽闻之，心恐众人议论丁姬是个好人，无故将她掘墓，故有此异。乃命人就丁傅二后墓上遍栽荆棘诸草，表示二后皆是恶人，众人当以为戒。

王莽既将二后掘墓开棺，因又记起师丹前曾反对推尊丁太后，遂将师丹封为义阳侯。师丹受封月余，即得病而死。王莽又记得泠褒、段犹二人，前常议尊傅太后，即将二人办罪，徙居合浦。二人不敢违抗，只得忍气吞声而去。此事却被太师马宫闻知，心中不觉吃了一惊。未知马宫何故吃惊。且听下回分解。

第一九二回　怀母仇平帝被弑　践大位王莽立君

话说马宫自从元始五年四月孔光身死，经王莽将其升补太师之职，正在十分得意。不料王莽忽然追究从前议尊傅太后之人，将冷褒、段犹二人办罪。马宫闻之，大吃一惊。原来马宫从前也曾议尊傅太后谥号，此次王莽因念马宫平日尚能顺从其意，并不想将他加罪。偏是马宫胆小，闻王莽追究此事，心中大为惶恐，因想与其待王莽究办，不如自己上书谢罪，或可减轻罪名。遂连忙修成一书，呈奏太后，说自己前议尊傅太后，罪当伏诛。虽幸蒙宽有，令其自新，实无颜复对朝廷，愿赐骸骨归里。太后见书，即交王莽办理。王莽本拟仍将马宫留任，无奈已将冷褒、段犹二人究办；马宫又上书自劾，若听其仍居显职，难免犯人议论，遂传下太后诏旨，命马宫以侯爵罢官就第。

马宫去后，忽有泉陵侯刘庆欲讨好王莽，上书说道："昔日周成王幼少，称为孺子，周公居摄。今皇帝富于春秋，应令安汉公代行天子之事，如周公当时。"刘庆上了此书，便有一班朝臣随声附和，一齐向太后说道："宜依刘庆之言。"太后闻说，心中不以为然，遂未将此书批准。

当刘庆上书之时，平帝年已渐长。一日在宫无事，忽被他查出王莽前曾禁阻其母卫后不许见面，又杀害卫氏一家之事。平帝得知此情，非常怀恨。虽对着王莽不敢公然发作，毕竟他仍是小儿心性，不善含忍，心中有了怨愤，便时常现于面色。却被王莽察觉，暗想自己禁绝卫后及杀害卫氏各事，既被子帝知情，心存愤恨，难保将来不代他母氏报仇，不如趁其年纪尚幼，手无权力，设法将他除去，别立一人，以绝后患。王莽主意既定，遂想出一个毒计，预备是岁腊日举行。说起腊日，乃是年终祭百神之日。汉朝故事，以大寒后戌日为腊日。莽待到是日，遂假托进献椒酒为名，将毒药暗放酒中，进与平帝。平帝不知有毒，将酒饮下，立时得了一病。

王莽闻得平帝得病，心中暗喜，又恐被人猜破是他进毒谋害。欲思掩饰此事，急趁平帝病中，作成一道策文，说是为平帝请命，愿以己身替代，即将此策携向泰畤地方祷告；一面命人制成金縢一个，祷告即毕，将策文收在金縢之内，令人抬去放在前殿。又故意禁止群臣不得漏泄此事，群臣自然不敢轻说。原来王莽此种做作，也是仿效周公。周公因武王得病，曾设坛祝告，愿以身代武王，将祝文藏在金縢，戒守者勿言。故王莽也依样施行。在王莽之意，以为如此则不独可以掩盖自己阴谋，且可博得贤名。果然当时朝臣，见王莽肯以身替代平帝，皆暗赞王莽忠心，遂不疑其有谋杀之事。谁知平帝此时，一条性命已轻轻断送在王莽手里。当日平帝自饮酒得病之后，日重一日，医治无效，不久驾崩于未央宫，时年才一十四岁也。

平帝既死，太后因平帝无子，遂召集朝臣，会议立嗣。此时元帝脈下之人，死绝已尽，无人可立。惟有宣帝曾孙甚多，现居王位者计有淮阳王縯、中山王成都、楚王纡、信都王景、东平王开明。五王之外，封为列侯者尚有四十八人。群臣本拟于五王列侯之中，议立一人。王莽心恐诸王及列侯年皆长大，若立为帝，必多妨碍自己行事。遂对群臣说道："五王列侯，皆属兄弟之辈，兄弟不得相继为嗣。"群臣闻说，不敢再言。莽乃自出己意，议立宣帝元孙。使人将元孙尽数召来，择其年纪最少者一人，拟立为嗣。众人视之，乃广戚侯刘显之子刘婴也。时婴年方两岁。莽恐众人议其舍长立幼，遂又托言卜卦觇相，皆言立婴最吉，借此堵塞众人之口。

莽方议定此事，忽左右报说前辉光谢嚣有事进奏。莽即召谢嚣进问，谢嚣奏道："今因武功长孟通浚井得白石一块，其状上圆下方，有丹书写在石上。其文说道：'告安汉公莽为皇帝。'臣不敢隐瞒，特此奏闻。"王莽闻奏，即令群臣将此事奏知太后。太后听毕，暗思石在井底，何从有此丹书？此事若非王莽欲称帝，故意令谢嚣假造此石；即系谢嚣欲取悦王莽，假托此种符命奏闻。我若依言准王莽称帝，岂不惹天下谈论。太后寻思了半晌，遂对群臣说道："此乃欺骗天下之事，不可施行。"群臣未及回答。旁有太保王舜见太后说出此言，心知太后不肯依丹石所言，允许王莽称帝。因思自己既奉王莽之命前来，若不将此事奏准，王莽必然不悦。遂向太后说道："事已如此，也无可奈何。依臣愚见，王莽并非敢有他志，不过欲摄行皇帝之事，以重其权，使天下畏服耳！太后何妨姑且听许？"王舜说罢，太后只得屈意依从。王舜尚恐太后翻悔，即与诸臣立请太后下了一道诏书。其诏书道：

> 朕以孝平皇帝短命而崩，已使有司聘孝宣皇帝玄孙二十三人，差度宜者以嗣孝子皇帝之后。玄孙年在襁褓，不得至德君子，孰能安之？安汉公莽辅政三世，与周公异代同符。今前辉光嚣武功长通上言丹石之符，朕深思厥意，云为皇帝者，乃摄行皇帝之事也。其令安汉公居摄践祚，如周公故事，具礼仪奏。

太后下了此诏，群臣奉命，即会同将此项礼仪议妥，一齐向太后奏道："太后圣德昭明，深知天意，故诏令安汉公居摄。臣等谨依太后之意。今议请安汉公践祚，服天子韨冕，负斧依立于户牖之中，南面受朝听政，出入用警跸。民臣称臣妾，一如天子制度。如遇祭祝之时，具辞祝赞，则称安汉公为假皇帝。百姓及群臣对于安汉公，则称为摄皇帝。安汉公自称为予。凡临朝决事，用皇帝之诏称制。至于朝见太皇太后、皇帝皇后，则仍照臣子之节，如诸侯礼仪故事。"君臣奏毕，太后即依言下诏许可。

于是王莽居然践位摄政，尊同天子，将年号改元为居摄。居摄元年正月，莽遂排起御驾，来到南郊祭祀上帝。及三月已丑日，莽乃将前议立宣帝之元孙婴，立为皇太子，号其名为孺子婴。尊其女平帝皇后为皇太后。莽将诸事布置已毕，忽记起此次自己得以居摄称尊王舜之力最多，遂升王舜为太傅左辅。又记起甄丰、甄邯二人，皆系自己心腹，又升甄丰为太阿右拂，甄邯为太保后承。莽正在将诸人加官封职，十分高兴。忽报有人带领兵马前来讨罪，其众已抵宛城。未知此人是谁，且听下回分解。

第一九三回　安众侯兴兵倡义　翟太守为国倾家

话说王莽正在将王舜诸人加封官爵，非常高兴。忽报有人率兵讨罪，其兵已进攻宛城。王莽闻报，急忙使人打听。原来却是安众侯刘崇。说起刘崇，乃是长沙定王后裔，汉之宗室。因见王莽专权揽政，尚不满意。今趁平帝驾崩，又敢居摄践祚，此种举动，分明心怀篡逆；又见朝中诸臣尽是阿附王莽，更无一人激发义愤，出与王莽为难。即刘氏许多宗支亦莫不畏惧王莽势力，莫敢如何。刘崇见此情形，心中十分愤愤。因想道："我若不举义兵，讨伐王莽，谅宗室中也无人敢出为首。但是我安众一个小小地方，人马甚缺，如何能讨得王莽？然事已至此，说不得也只好拚命一战，或可借此一举，激动众心。"刘崇想罢，即使人召到其相张绍等与之商议道："安汉公莽，必危刘氏，天下虽知其非，莫敢先发。此事说来，乃是我宗室之耻。吾今意欲率领宗族，举兵讨莽，为天下倡义，谅天下闻我此举，必能响应，未知君等以为何如？"张绍诸人闻说，皆以为然。崇遂同张绍等及从者一百余人，星夜进攻宛城。

王莽探得刘崇率众攻宛，连忙遣兵将宛城把守得似如铁桶。刘崇、张绍率同百余人，拚命进攻。到底兵微将寡，不能破城直入，反被王莽之兵开城出战，杀得大败，刘崇及张绍诸人皆死于败军之中。是时刘崇有一个族父名嘉，与张绍之从堂兄弟张竦，闻得刘崇、张绍举兵讨莽，皆被王莽遣兵杀死。惟恐王莽追究二人之罪，株连自己，急趁王莽未曾究办之时，各自诣阙请罪。王莽见刘嘉、张竦皆自行投到请罪，遂不将二人究治。

刘嘉因感王莽不杀之恩，欲思讨好。知得张竦是个惯会以文字谀人，欲倩张竦代作一奏，以博王莽欢心。张竦也感王莽将他免罪，遂代刘嘉作了一篇奏章，极力称扬王莽美德。又痛骂刘崇兴兵谋叛，罪不容诛，并说刘嘉自己愿为宗室倡始。父子兄弟，负笼荷锸奔到南阳，掘平崇之宫室，作为污池，以示警戒。张竦作毕，即交与刘嘉进呈。王莽阅之大喜，立时批准，并将此事奏知太后。说刘嘉甚是忠直，下诏封嘉为率礼侯，赐嘉子七人皆为关内侯。后又查知此奏系张竦所作，遂封张竦为淑德侯。

当刘嘉、张竦受封之时，长安之人闻得此事，莫不心生鄙笑。以为此次战败刘崇之人，皆无封赏；刘嘉、张竦本系有罪，刘嘉因倩张竦作了一纸奏书，反博得父子荣封，张竦也因此得了好处，遂将二人编成一种谣言。其谣言说道："欲求封，过张伯松。力战斗，不如巧为奏。"于是此种谣言遂传遍长安各处。

当日刘嘉既奏准将刘崇宫室掘成污池，群臣也趁势奏称刘崇等谋逆，系因王莽权力太轻，今宜尊重王莽之权，使海内畏服。太后依言。五月甲辰，即下诏准王莽朝见之时，称为假皇帝。此种消息传到东郡地方，却触动一人忠愤，此人姓翟名义，字文仲，上蔡人，乃成帝时丞相翟方进之子，现为东郡太守。闻得王莽摄位称尊，不觉大怒，欲思起义讨莽。因见其姊之子陈丰年纪虽小，却生得极有胆略，遂对陈丰说道："新都侯莽，摄天子之位。又欲假托周公辅成王名义，故意选立宗室年幼之人，意存乘机篡位，其兆已见。今宗室衰弱，外无强藩，无人足以起平国难。吾父子世受汉朝厚恩，义当为国讨贼，以安社稷。吾今欲举兵声讨王莽摄位之罪，择宗子孙立之，汝肯相从乎？”陈丰闻言，慨然应许。翟义大喜，因又想道：“但陈丰一人，尚恐不济。”遂又暗中约同东郡都尉刘宇、严乡侯刘信、信弟武平侯刘璜一同起事。

义既约定诸人，遂趁九月考武之日，将应试之材官骑士一律收用，又招募郡中勇敢之士，日夜编练队伍，选择将帅，部署既定。义又想起欲讨王莽，必须立一人为天子，方可号召天下，乃立严乡侯刘信为天子。自称为大司马柱天大将军。会集众军，立向长安进发，一面传檄郡国，说莽鸩杀平帝，矫诏摄位，欲篡汉室。今天子已立，当共行天罚。此檄传到郡国，人心莫不震动。于是义兵经过之处，人多归附。及抵山阳地方，人数已凑集十余万，声势浩大，探马报入长安。王莽吓得胆战心惊，连饮食都吃不下。急忙召集党羽亲族，会议抵敌之法。议毕即拜威武侯孙建为奋武将军，忠孝侯刘宏为奋冲将军，震羌侯窦兄为奋威将军，成都候王邑为虎牙将军，明义侯王骏为强弩将军，建威侯王昌为中坚将军，校尉王况为震威将军，一共派定将军七人，连夜发紧急命令，使七人各带兵马，前往迎敌。

七人去后，莽又恐翟义分兵攻袭各处关隘，复命太仆武让为积弩将军守函谷关，蒙乡侯逯并为横壄将军守武关，红休侯刘歆为扬武将军守宛。莽正在派兵遣将，忙得不了。又报三辅、槐里男子赵鹏、霍鸿等率众十余万，杀奔前来。原来三辅人民，自闻翟义兴兵倡义，自茂陵以西凡二十三县豪杰，皆蜂起响应。槐里人赵鹏、霍鸿遂自称将军，杀死官吏，聚众相议道：“今王莽尽遣猛将精兵，东向防敌，京师空虚，我若进攻长安，一鼓可破。”计议既毕，众皆赞成，相从者有十余万人，一齐杀奔长安。霎时喊声震地，烟尘冲天，火光直射入未央宫前殿。王莽闻讯，愈加恐慌，急命王级、阎迁诸人为将军，前往堵击赵鹏等众。又虑京城无人防守，立派将军王恽、王晏、赵恢数人，分兵守城。命甄邯为大将军，统领天下兵马，镇守城外。并派王舜、甄丰二人，日夜巡视殿中，以防不测。

莽虽防备周到，心中仍恐诸将敌不过各路义兵，日夜抱着孺子婴，祷告郊庙，祈获胜仗。又依《周书》作《大诰》，说是当反位孺子之意，使大夫桓谭等布告天下，希望解散众心。此时孙建等七将军，已引兵东抵陈留，与翟义诸军恰好相遇，两边排开阵势。翟义阵内武平侯刘璜，首先带领人马，出与莽将交锋。彼此鏖战片刻，刘璜敌不过莽将，竟被一刀斩下首级，余众奔散。莽营诸将乘胜挥军掩杀将来，义军大乱，急忙退入圉城固守。

莽将得胜，急令人往长安报捷。莽闻知大喜，即传诏就军中先封车骑都尉孙贤等五十五人为列侯，以示奖励。于是诸将士莫不奋勇争先进攻翟义，将围城围得水泄不通。义与诸人坐困孤城，外无救援，不久遂被莽兵攻破。义同刘信只得弃却军士，单身逃去。谁知二人逃到固始地界，刘信虽然走脱，翟义却被莽将所获，立时杀死，裂尸市上示众。可怜翟义只因举兵讨贼，以致惨死，且全家皆因此遇祸。

先是义兄宣与母皆居在长安。所居之宅，每至夜深人静，家中众人常闻有一种惨切之声,如人哭泣,及倾耳细听,又不知声在何处。又有一日宣教授生徒,诸生坐满讲堂,忽然有一狗从外进来,恰值庭中畜有鹅数十头,狗便趁人不觉,走入庭中,吃其群鹅。及被人察知,急往救护,群鹅之头,已经尽被咬断。众人急觅此狗,早逃出门外,不知去向。于是翟宣因夜闻哭声,又见狗咬断鹅头,心中十分懊恼,以为此乃不祥之兆。遂向义母说道:"文仲为东郡太守,令家中屡有怪异,恐是文仲在郡胡为,大祸将至,故有此异。太夫人宜避回外家,假作与翟氏断绝,以免被祸。"义母闻言,不肯相信,竟不避去。及义举兵,莽乃捕宣与义母及亲属二十四人,皆杀死长安市上,碎尸暴露。至是义因兵败也遭惨死,果然应了凶兆。翟义既死,莽恨之入骨。又使人将义居宅拆坏,并遣人前往汝南发掘义父方进及其祖先坟墓,又下令灭其三族。莽既破灭翟义,遂召还王邑诸将,使与王级合兵,进攻赵鹏、霍鸿。未知胜败如何,且听下回分解。

第一九四回　托符命王莽即真　索玉玺太后发怒

话说赵鹏、霍鸿自从槐里起事，率众十余万进攻长安，却被王莽遣将王级、阎迁诸人截住厮杀，彼此相持许久，胜负不分。王莽见王级诸将，不能战胜赵鹏、霍鸿，正在着急，恰好翟义兵败。莽遂召还王邑一班战将，命其与王级等合兵进攻。王邑等奉命，即日引领大军，会同王级各军，并力合击赵鹏、霍鸿。赵鹏、霍鸿因与王级等苦战数月，兵力渐见不支。加以王邑等又带领许多人马，前来助战，赵鹏、霍鸿因此抵挡不住，被王邑诸将杀得大败，赵鹏、霍鸿皆力战而死，余人四散逃命。王邑等便乘胜进攻各县举义豪杰，不久皆被破灭。王邑诸将遂击得胜鼓回朝。王莽闻讯大喜，即日在白虎殿大张筵宴，慰劳战胜诸将，叙其功绩，奏请太后各封官爵。于是群臣见太后封赏诸将，也趁势奏请加封王莽之子安为新举公，临为褒新公，莽侄光为衍功侯。又因王莽辞还新都侯国邑，遂奏封莽孙宗为新都侯，袭莽爵邑。

王莽既东破翟义，西灭鹏、鸿，自己以为得了天人之助，故能逢凶化吉，打得胜仗。因思我若不趁此时实行篡位，更待何时？但是此事必须假托符命，方能压服众心。莽想罢便暗中自去布置。不久遂有广饶侯刘京、车骑将军千人扈云、太保属官臧鸿纷纷奏说符命。莽即据各人所说，向太后奏道："臣蒙太后诏令居摄，臣犹恐不能称职。今广饶侯刘京上书说道：'七月中旬，齐郡、临淄地方亭长辛当，夜间忽得一梦。梦见天使告他道摄皇帝当为真皇帝，如不见信，此亭中当发见新井为证。亭长得梦，次早起视亭中，果然平地忽现出一口新井，其深且入地百尺。'更有一事，臣又闻扈云奏说巴郡有石牛出现，其上有文。臧鸿奏说扶风雍石也有文在其上。臣曾将此二物迎接到京，放在未央宫前殿。即与太保王舜等往视，不料霎时天起大风，尘沙四起，白昼无光。及风歇息，忽于石前拾得铜符帛图，其中有文，即命骑都尉崔发细阅其文所说何事。据崔发阅毕，回复道：'其文系说天告帝符，献者封侯。'臣因思天意如此，不敢不遵，应请太后此后准臣如有呈奏太后皇后，皆称为假皇帝。令天下奏事勿言摄，并请改居摄三年为初始元年，以应天命。"太后见奏，只得一一依从。

于是众人皆知王莽欲借符命之事，实行篡位。遂有期门郎张充等六人闻知不服，暗中议同举兵劫莽，别立宣帝曾孙楚王刘纡为天子。谁知机事不密，却被王莽侦知，尽行杀死。是时有梓潼人姓哀名章，在长安求学。此人素无品行，且好作大言，因见王莽摄位，深信符命，也思假造符命，以图出身。遂秘密制成铜匮一个，又作书两册，其书各有封题：一题为天帝行玺金匮图，一题为赤帝玺邦传与皇帝金策书。书中说是王莽当为真天子，并缮莽大臣八人姓名于图中。又加入自己假造之王兴、王盛二名，并将自己姓名也列在其中，统共一十一人，各标明官爵。哀章将此事假造完备，待到黄昏人静之时，身着黄衣，将所制铜匮悄悄携到高庙，交与一个守庙官员，连忙转身出去。守庙官员，接了铜匮，正待询问，来人已不知去向。心想此人装束奇异，行踪飘忽，莫非是神灵遣来。即将此事报知王莽。王莽闻报，立时来到高庙，令人将铜匮打开，取出图书一看，见图书所说之事，正合其意，以为此是神明命他即位，即对众拜受金匮。拜毕回朝，命左右取出王冠，穿戴齐整，往见太后。说神明授与金匮图书，命其受汉禅位。太后不料王莽说出此言，正如半天打个霹雳，惊得目定神呆，半日说不出一句话来。

王莽见太后如此情形，知太后不以为然，也不待太后应允，即退回未央宫前殿，下了一道诏书，说是天帝赐他金匮图书，嘱托以天下兆民；又说汉高帝神灵，遵承天命，也赐他以传国金策之书，他因此不敢不受。今当以戊辰日，即真天子之位，定国号为新，改十二月朔日，为始建国元年正月朔日。服色旗帜皆上黄，牺牲用白。

此诏既下，满朝公卿多是王莽心腹，无不赞成。及戊辰之日，王莽居然高登大位，诸臣纷纷出班称贺。也无一人追念汉朝旧恩，可叹汉自高祖开基，传到如今，竟被王莽所篡。此皆由王太后纵容王莽，假以威权，以致潜移汉统。若论王太后此人，也算是西汉一个亡国罪魁了。

当日王莽篡位之后，满心又记着传国玺是紧要之物，即命人向太后请玺。说起传国玺，乃是秦始皇之物。当初汉高祖入咸阳之时，兵至霸上，秦王子婴在轵道出降，献上此玺。及高祖即位，即行用此玺，号之为汉传国玺，示世世传受之意。至是因孺子婴未立为帝，此玺尚藏在太后长乐宫，故王莽命人往请。偏是太后因恨王莽篡位，不肯交与。王莽见太后不肯交玺，心中不悦，即召到王舜，命其向本后说明必欲取玺之意。

王舜奉命，立即来到长乐宫，见着太后，尚未开口。太后即猜出王舜此来，必是王莽命其索玺，不禁大怒，骂道："汝等父子宗族，皆蒙汉家之恩，得以富贵累代。今受人托孤，不思报答，反乘机篡夺其位。为人如此，虽狗彘不食其余。我看天下之人，罕有如汝兄弟，且汝等既托金匮符命，作起新皇帝，将正朔服制尽行改换；也当另行作玺，以传万世，何以尚要此亡国不祥之玺，向我索取？我乃汉家老寡妇，不久将死，欲与此玺同葬，任汝如何，此玺休想取得。"

太后骂毕，气得两泪交流。左右之人，莫不哭泣。王舜被太后骂得垂头丧气，因见太后伤心，自己也不觉流下眼泪。过了一刻，王舜方才抬起头来，向太后说道："此事臣等已难拦阻，依臣愚见，王莽既定要此玺，太后有何方法能坚持到底？"太后闻说，暗想王舜此语，尚属有理，我若不将此玺交出，王莽必定要强取，不如与他罢了。只悔我不该一向纵容王莽，以致养虎贻害，如今悔也无及。太后想罢，余怒未息，取出传国玺掷在地上，命王舜取去。复又骂道："我老将死，如汝等兄弟必至灭族。"王舜闻言，不敢回答，连忙向地上拾起传国玺。那玺却已被太后掷坏了一处。

原来太后掷玺之时，因用力太猛，却将玺上所刻螭兽掷落一角，从此汉玺遂不完全。王舜既拾起传国玺，即向太后告辞，将玺携往王莽处奏呈。王莽得玺，十分喜悦。命人在未央宫渐台，设起酒席。未知王莽何故设席，且听下回分解。

第一九五回　按金匮拜封党羽　因符命诛戮公卿

话说王莽取得传国玺，心中十分喜悦。因恐太后不乐，特命人在未央宫渐台，替太后排起筵宴，请太后饮酒取乐。又召集乐工多人，大奏音乐，以助酒兴。只听得未央宫中，鼓吹沸天，笙歌盈耳，俨然是新朝气象。

此事过了数日，王莽忽又想起自己既篡汉朝，若仍听太后称汉尊号，佩汉玺绶，未免有些不妥，因此欲将太后尊号及玺绶重新改换，又恐太后不从，正在暗中想法。恰好有一人却猜出王莽心意，欲思讨好，遂上了一书。王莽将书拆开一看，原来此书乃是他疏远亲属王谏所上。书中说是皇天废去汉室，命立新室，太皇太后不宜仍称尊号，当将尊号废去，以顺天命。王莽看毕，暗想王谏此书甚合我意，但不知太后肯否依从，好在此事系他所说，纵使太后闻知不悦，也不能怪我。我何妨姑将其书转告太后，且看太后意旨如何，再作打算。

王莽主意既定，即将王谏所上之书，告知太后。太后闻说，心想王谏何人，胆敢上书欲废我旧号？立时放下脸色，向王莽道："此言是也？"王莽知太后发怒，急忙归罪王谏。即答道："此乃悖谬之臣，罪当诛戮。"王莽说罢，立即退去。

不久又有冠军人张永进献铜璧文，说皇太后当号为新室文母皇太后。王莽闻得此事，原想再告知太后，因又转念道："前次王谏上书欲废太后旧号，太后发怒不从。今张永铜璧文所说，也是欲改太后旧号，太后未必肯从，不如不告知太后；先下诏依从其说，将太后改去旧号，另换玺绶，谅太后见我已将此事明诏宣布，也不能不依。"王莽想定，即下诏称说张永所献铜璧之文，予以示群臣，皆说其文甚美，并非人力刻划，乃出于天然。予因思皇天既命予为子，又命太后为新室文母皇太后，予不敢不从。当择良月吉日，亲率公卿，奉上皇太后玺绂。以顺天心而光四海。王莽下了此诏，果然太后闻知无可奈何，只得依从。莽遂鸩杀王谏，以悦太后。又因张永献符命有功，封张永为贡符子。王莽既将太后改去旧号，另换玺绶，因思尚有孺子婴未曾废去，此事也不宜迟延，始建国元年正月朔日。莽遂将孺子婴废为定安公，作策命朝臣宣读。朝臣读毕，莽乃故意携着孺子婴之手，满面流泪说道："昔日周公摄位，后来仍得反位成王。今予独迫于皇天威命，不能得遂己意。"说罢又接连长吁短叹了数声。旁有中傅人员，遂将孺子婴带领出殿，令其北面俯伏称臣。王莽见孺子婴称臣，也不谦让。即命将大鸿胪衙署，改为定安公居宅，使孺子婴即日移往居住。又恐刘氏诸臣与孺子婴背地相亲，特设门卫使者多人，把守其宅，不准刘氏诸臣往来，并禁乳母与婴说话。又将婴所居之室，四面筑起围墙，使婴常居其中，不令观见一物。可怜孺子婴遭此软禁，到得长大，竟成了一个呆子，连六畜都不能知其名。后来更始之时，孺子婴因平陵人方望欲立之为帝，遂被刘玄遣兵杀死，此是后话不提。

当日王莽废去孺子婴之后，又记起金匮书中所列诸臣官职，尚未按名封拜，遂拜王舜为太师,封安新公。平晏为太傅,封就新公。刘歆为国师,封嘉新公。哀章为国将,封美新公。谓之四辅。又拜甄邯为大司马,封承新公。王寻为大司徒,封章新公。王邑为大司空,封隆新公。谓之三公。莽既设四辅三公名目。又增设四将,甄丰为更始将军,孙建为立国将军,王兴为卫将军,王盛为前将军。王兴从前不过一个城门令史,王盛乃是卖饼儿,二人只因应了哀章所造金匮人名,竟平空得了显职,真是梦想不到。莽将诸臣封拜已毕,又将汉朝百官名称予以改易,并将汉诸侯称王者三十二人尽降为公,称侯者一百八十一人尽降为子。不久又将降级诸人皆夺职为民。惟鲁王刘闵、中山王成都曾上书称莽功德,广阳王刘嘉曾献符命,此三人仍得封为列侯。是时吏民人等,因见献符命之人,皆能得王莽欢心。又闻王莽封拜金匮书中所封诸人,由是各人争作符命,希望得到好处;其不作符命之人,遂相戏道:“独无天帝除书乎!”此事却被司命陈崇闻得,即向王莽告诉道:“臣观符命一事,此乃开奸臣邀福作乱之源,不可不行禁止。”王莽闻陈崇说得有理,自己此时也厌说符命,遂令尚书查究,如有妄献符命之人,即下狱治罪。于是更始将军甄丰之子甄寻遂因此事,惹起一场大祸。

先是王莽用毒酒将平帝暗杀之后,因念其女为平帝皇后,不免青年守寡,心中十分怜悯。欲将皇后改嫁,又恐皇后不从。遂想出一法,将平帝后宫诸媵尽遣回家出嫁。在王莽意思,原欲借此移夺皇后之心。谁知皇后生性贞烈,自从平帝死后,即托病不肯出宫,一任王莽将诸媵遣嫁,她并不曾动心。王莽不知皇后立志甚坚,篡位之后,又想将其改嫁,遂改皇后尊号为黄皇室主,表示与汉断绝关系;一面暗代皇后择配,择了许久,并无合意之人。因见立国将军孙建,是自己素所倚重之人,欲将皇后配与孙建之子孙豫,又不知皇后是否愿意。即命孙豫修饰衣冠,假托请医问病为名,往见皇后。孙豫奉命,非常得意,自思若得皇后下嫁,何等荣幸!即依王莽之言,将一身装得锦簇花团,带领医生,往皇后宫中问病。

宫中左右查知孙豫是王莽遣来问病,遂不阻止。不料皇后见孙豫装束华丽,带着医生同来,猜出是王莽欲将她配与孙豫。特托率医问病一事,命孙豫来此探她心意,不觉登时大怒。因恨左右并不拦阻,即将左右之人拿下责打。

孙豫见皇后责打宫人,心知此事不妙,惟恐自己也讨没趣,急带同医生出宫,将此事报知王莽。王莽闻之,自此方知皇后守节难移,遂不再将改嫁之事强迫皇后。偏是甄丰之子甄寻,平日也存心欲娶皇后为妻。因见王莽极信符命,至是遂假造符命,说是平帝皇后黄皇室主,当为寻妻。甄寻作此符命,恰值王莽正在命究妄献符命之人。甄寻也不管死活,竟将此符命进呈。王莽闻知甄寻竟敢明指欲得黄皇室主为妻,藐视自己太甚,不禁勃然大怒道:“黄皇室主,乃是天下之母。此言何说也?”即命人速拿甄寻究办。甄寻吓得走投无路,急随同一位道士逃入华山。甄丰因其子犯罪逃去,恐王莽将他治罪,立时自杀。甄寻逃去年余,却被王莽查获杀死。又命人穷究此案,牵涉多人,于是国师刘歆之子刘棻、棻弟刘泳、歆门人丁隆、大司空王邑之弟王奇以及公卿列侯,死者数百人。是时尚有一人,也被此案株连,官吏前往捕拿。欲知此人拿到如何办罪,且听下回分解。

第一九六回　畏坐罪扬雄投阁　耻屈节龚胜轻生

话说王莽命官吏究办甄寻罪案，牵涉公卿列侯，死者多人，刘棻也因此坐罪。官吏查出刘棻曾从扬雄学作奇字，心疑扬雄也与此案有关。又因曾奉王莽命令，凡被此案牵涉之人，即便收捕，不必奏请。官吏遂不问扬雄有无与知符命之事，径行率人往捕扬雄。

扬雄字子云，蜀郡成都人，为人生来口吃，不善言谈。性好深思，常慕司马相如之才，每有作赋，皆摹仿相如。又心怪屈原文才过相如，因不容于楚，作《离骚》、投江而死。乃取《离骚》之文，反其辞意，作《反离骚》一篇，携投江中，以吊屈原。又仿《离骚》作文，名为《广骚》。复依《惜诵》《怀沙》各篇作文，名为《哔牢愁》，于是扬雄文名传播一时。及成帝即位，王音举荐扬雄才似相如。成帝召雄待诏承明。后来雄因成帝像嗣于甘泉、泰畤、汾阴、后土等处，乃作《甘泉》、《河东》二赋献上成帝。成帝阅之，大加称赏。雄又因成帝将举行田猎之事，复献《羽猎赋》以谏。成帝爱重其才，遂用为郎。雄自任为郎之后，历经哀帝、平帝两朝，皆不升官，因此自己无意功名，惟一味专事著书。一日摹拟《周易》作《太玄经》一卷，忽得一梦，梦吐出凤凰一个，立在《太玄经》之上，霎时不见。雄既作成《太玄经》，刘歆闻之，前往借观。因见玄文深奥难通，以为此文流传后世，必为人厌弃，遂向扬雄说道："吾恐后人将以此文复酱瓿。"是时又有人因雄久不升官，闻其曾著《太玄经》，遂造作一言讥笑扬雄，说其以玄尚白，故不得升官。雄乃作文解之，号为《解嘲》。雄因人多说其玄文难晓，又作文解之，号为《解难》。雄虽文名甚著，只因家道清贫，人遂少与往来。惟巨鹿人侯芭常到其家，拜之为师。又有一二好事之人，闻雄性好饮酒，常载酒肴等物从之游学。此外即是刘歆之子刘棻，曾从之学作奇字。至是官吏遂因此事来捕扬雄。

是时扬雄年纪已老，经王莽用为大夫，正在天禄阁校阅群书。闻讯吃了一惊，不知自己所犯何罪。及查明罪由，方才明白。因思自己既被刘棻连累，王莽命官吏在此守捕，此去恐也难免一死，不如投阁自尽，免得临老受刑。扬雄想罢，急走出阁外，耸身一跳，直撞下来。诸官吏正欲上阁来捕扬雄，忽见有人从阁上投下，忙围拢一看，正是扬雄，已跌得奄奄一息。官吏见扬雄投阁，跌得半死，忙将此情报知王莽。王莽闻之，因寻思道："扬雄平日并不干预符命之事，今此案何故牵连及他？"遂使人密向扬雄问故，雄将官吏来捕情由，告知来人，并说符命之事，自己实不知情。来人依言回报，王莽即下诏命官吏不必将扬雄拿问。于是京师之人，闻得扬雄投阁，大众相传，作为笑柄，自此遂不看重扬雄。扬雄经此次死里得生之后，直至王莽天凤五年，方才病死。

读者须知，扬雄此人文艺虽然优长，但他身为汉臣，屈事王莽，大节有亏。且又尝作《法言》，于末后一章，盛称王莽功德，比之伊尹、周公。复作《剧秦美新》之文，以颂王莽，实是卑谄可耻，故虽文才盖世，也毫无足取。

当日与扬雄同时却有一人，其气节大与扬雄不同，此人即从前哀帝时官拜光禄大夫龚胜是也。龚胜自从王莽专政，即上书辞官。经太后传诏优礼遣归，自此告老在家，不想出仕。王莽篡位之后，立子临为太子，欲为太子立师友数人，乃用马宫为师，凝凤为傅丞，袁圣为阿辅，王嘉为保拂，号为四师。又用唐林、李充、赵襄、廉丹诸人为四友。四师四友之外，莽又欲添设六经祭酒各一人。因记起龚胜现正告老在家，此人是一个最著名通经之士，便欲聘龚胜为太子师友祭酒。即命使者携带玺书印绶，并预备安车驷马，前往迎接龚胜。又命先支六个月薪俸，交与龚胜备办行装，即日来京就职。

使者奉命，一路寻思龚胜此人素以气节自高，不比他人热心功名，容易招致。此去必须邀同当地官吏，及士子多人，齐向聘请，他却不过众人情面，必然应许。使者计划既定，及到龚胜所居地方，即遍邀郡县长官，及诸生千余人，一齐来到龚胜里中。先使人将王莽诏书送与龚胜观看，自己却立在门外等候。在使者之意，以为龚胜如肯就聘奉诏，必然出来接他，所以故意立在门外，借探龚胜心事。谁知龚胜得诏，闻得王莽欲聘其为太子师友祭酒，心中十分不愿；又恐不从必得罪王莽，使子孙受祸，乃假作表示恭敬之意。令人在室中向南窗下东面，排设一床，自己便向床中卧下，将朝服披在身上，外加大带。然后令人出报使者，说是因病重不能出迎。

使者闻报，知龚胜故意托病不出，只得自行入内，将玺书交与龚胜家中之人，并令将带来安车驷马尽推入宅中。乃进见龚胜说道："圣朝未尝忘君，今因制作未定，待君为政，以安海内，君不可推辞。"龚胜闻说，即答道："胜素性愚昧，加以年老抱病，命在旦夕。若随使君上路，必死在路中。是胜虽往，无益万分。"使者见龚胜一味推病不就，心想我用婉言劝请，他既不从；不如且说出王莽威势，吓他一吓，看他如何。遂又对着龚胜说出许多威吓之言，龚胜听了，并不畏惧。使者急得无法，乃行至龚胜身旁，将印绶强加在龚胜身上。龚胜又再三固辞不受，使者无奈，只得退去。

使者退去之后，即设辞上奏，说现当盛夏，龚胜病无气力，可否待到秋凉，令其出发。王莽闻奏，下诏许可，并令使者在原处守候，五日一次与太守同往龚胜家中，问候起居。使者奉到此诏，自思龚胜托病，知他何时得愈，在此久候，徒劳无功。如今惟有托他亲近之人往说，或能听从。使者遂向龚胜两个儿子及门生高晖等说道："朝廷虚心等待龚君到朝，将赐以茅土之封。今虽有病，也应移到传舍，以示有出行之意，子孙因此必可得好处。"高晖等闻使者说得动听，即将使者之言，入告龚胜。龚胜听毕，暗想我三番五次推辞不往，使者不肯见听；此事看来，除非自己一死，总难了结。即对二子及高晖说道："吾受汉朝厚恩，无以报答。今年纪已老，不久将死，若以一身事二姓，何面目见旧君于地下。汝等可为我速制衣衾棺椁，预备后事。"说毕从此闭口不食，一直饿至十四日，才气绝身死，死时年已七十九岁。

使者闻得龚胜身死，即与太守亲临吊丧。使者吊丧之后，又有龚胜学生一百多人闻知龚胜死耗，都赶到龚胜家中，穿戴素服，帮同举办丧事。于是丧堂之上，一时热闹非常。众人正在忙着挂孝开丧，忽然自外走进一人，年纪约有九十余岁，此人来到丧堂，便向龚胜灵前，放声大哭。哭毕口中又叹惜道："薰，以香自烧；膏，以明自销。龚生竟夭天年，非吾徒也。"此人说罢，也不与众人通问，即转身走出。众人皆不知此人为谁，莫不称异。原来此人乃彭城老父，是楚国一位隐者，见汉室衰微隐居不仕，因此无人知他姓名。但见其年老住在彭城，遂称之为彭城老父。老父因闻龚胜耻事王莽，被使者迫得绝食而死，故来此痛哭，甚为嗟惜。龚胜既死，与龚胜同时以明经著名者，尚有薛方、纪逡、唐林、唐尊数人。纪逡与唐林、唐尊皆屈身仕莽。惟有薛方虽经王莽遣使往召，薛方不肯应征。常对使者谢道："臣闻尧舜在上，下有巢由。今明主方隆唐之德，小臣欲守箕山之节。"莽闻薛方说得委婉可听，遂不强迫其出仕。其时又有沛国人姓陈名咸，前在汉朝官拜尚书，因见王莽专权，迫杀何武、鲍宣，遂上书辞职。及王莽即位，欲召之为御寇大夫，咸托病不往。咸有三子，皆已出仕，咸尽令辞官归里。咸在家无事，长日闭门不出。又常用汉朝腊日祭祖，不用王莽所定之腊。有人问故，咸答道："我先人岂知王氏腊乎？"其不忘汉朝如此，真是难得。

当日薛方、陈咸诸正人，既皆不仕王莽。王莽朝中所用尽是一班利禄小人，朝政遂愈弄愈坏。王莽又百般苛虐百姓，百姓不堪其苦，莫不心思作乱。欲知百姓如何作乱，且听下回分解。

第一九七回　行苛政群盗纷起　荐奇士连帅被诛

话说王莽篡位之后，正人远避，小人进用，朝政日非，人心思乱。莽尚不知悔悟，又施行许多苛政，人民被逼不过，遂蜂起为盗。先是王莽居摄二年，欲变更钱法，乃造错刀一值五千文，契刀一值五百文，大钱一值五十文，与汉朝所铸五铢钱并行。及始建国元年，莽又将错刀、契刀及五铢钱罢去不用，另造小钱值一文，与前所造大钱并用。是时人民因莽屡次变易钱法，前后损失不少。且因使用汉五铢钱已久，甚觉利便，遂有人造作一种谣言，说大钱不久当废去不用。此言一经传布，王莽所造之钱，便无人留用。商贾买卖，暗中皆以五铢钱相交易。此事却被王莽闻知，即下令严禁人民，如敢收留五铢钱使用，及说当废大钱之人，皆治以重罪，人民因此犯罪者不计其数。

王莽既下了此令，又使侦查人民如有私铸铜钱，即将邻伍之人，牵连坐罪。犯罪及坐罪之家，不论男女老少，皆充军为奴婢。充军之时，男子用囚车押往，儿女令步行相随，复用铁锁加在颈上，防其逃走。及到充军所在，即将犯人夫妇，各个改配，不准团聚。于是充军男女，既经沿途磨折，又受离散之苦，死者十分之七。

王莽又常欲仿效周公制礼作乐，以为能将此事办了，天下自然太平。遂命公卿诸臣日夜聚议此事。诸臣因此无暇兼顾他事，民间案件积叠如山，不能清理。各处官吏成绩，也无人考核，各官吏皆得久留在任，受脏枉法，无所不为。更有一班绣衣执法、十一公士巡视郡县，恃势弄权，无恶不作。其时虽有多数人民，因受官吏苛虐，赴阙上诉，无如常被尚书舞弊延搁，在京守候批示，直至数年不得回家；有冤待理之人，拘押郡县，遇赦方才得出，人民因此无不心怀怨愤。至天凤五年，王莽又设六筦之法，凡酤酒卖盐铸造铁器以及采办名山大泽诸物，皆要纳税。如有违法不纳之人，皆以重罪科罚。可怜人民如何能经得各种苛税，遂不负暗中犯法。及被王莽查知，即拿去办罪，不得安居乐业。又兼官吏仗着此种禁令，百般勒索。有钱之家，不能自保；贫苦之人，无可谋生。人民到此生路尽绝，只得纷纷去作盗贼。遂有临淮人姓瓜田名仪，盘踞会稽、长州之间为盗。又有女子吕母也聚众为盗。

说起吕母，乃琅玡人，家中颇称富足。吕母有子为海曲县吏人，被县令无辜杀死。吕母心痛其子死得冤枉，欲图报复，遂尽散家财，收买兵器，暗中结好贫苦少年一百多人，求其帮同杀死县令，为子报仇。众人因感吕母之情，皆许为出力。不久吕母遂同众人一齐手携兵器，奔向海曲县来杀县令。县令因无防备，遂被杀死。

吕母既杀死县令，心想我今虽已为子报仇，但是率众戕官，依律应处死罪；如今惟有约同众人，去作强盗，或可逃得性命。吕母想罢，遂与众人计议一番，逃入海中为盗。后来吕母党羽渐聚渐多，竟有一万多人。

同时尚有一帮强盗，在江湖上最为著名。此辈乃是荆州地方饥民，中有二人：一名王匡，一名王凤，皆新市人，此二人算是强盗中头目。他二人何以独能做了头目？只因当日饥民掘取田中凫茈度饥，彼此争夺此物，起了衅端。王匡、王凤二人为之判断此事，甚觉公平，众皆服从。及众人为盗，遂推二人为头目。

二人作了头目之后，又有南阳人马武、颍川人王常、成丹等，皆前来入伙，真是如虎添翼，一霎时盗众竟聚有七八千人。但是此一起盗众，若无巢穴，何处容身。恰好附近有一座大山，名为绿林山，生得形势险峻，林木深密，盗众遂依据此山，专事打劫。虽经官吏闻知，前来查捕，无如他们盗众出没无常，官吏也无法擒获，只得听之。于是各处之人，闻得官吏不能治盗，皆闻风效尤。一时南郡人张霸、江夏人羊牧、东海人力子都，又有琅邪人樊崇，皆聚众万余人，抢掠于青州、徐州一带。王莽闻讯，急遣官兵往剿。偏是此辈官兵，只能平日残害良民，及遇着盗贼，却无一毫本领擒获，反被他打败。盗贼遂愈加横行无忌。

王莽因官兵不能擒盗，无可奈何，遂下了一诏，命使者持诏往赦群盗之罪，许其自新。群盗闻赦，虽稍稍解散，然不过数月，又苦法令繁苛，无计生活，依然出来为盗。王莽见群盗散而复聚，自知恩威皆不足结服人心。遂又想出一法，令太史推算三万六千岁历纪，每六岁一改元，将此事布告天下。并说自己当如黄帝成了神仙，升登天界。读者须知，王莽此种做作，是说自己传国久远，有三万六千岁之久，后来又能成仙，欲以此夸耀百姓，销解盗贼。谁知盗贼闻之，并不解散，却被百姓传作一种笑柄。

当日王莽正在设法解散盗贼，忽报匈奴侵入边界。原来匈奴自呼韩邪单于以来，皆与汉朝亲密。平帝时匈奴王囊知牙斯，曾遣王昭君所生二女须卜居次、当于居次，入侍太后。太后因查二女系与其婿同来，不久即遣令回国。及王莽专政，欲示威匈奴，屡与为难，匈奴遂多侵犯汉界。至是呼都而尸道皋单于立，因贪得汉朝赏赐，又欲与汉和好。遂备齐礼物，命右骨都侯须卜当之子大且渠奢及当于居次之子醯椟王同到汉朝进献。二人进献之时，恰值王莽因闻须卜居次与其夫须卜当常劝匈奴与汉和亲，欲立须卜当为单于，又恐须卜当不从。正思设计强立，及闻大且渠奢与醯椟王前来进贡，王莽即授计与和亲侯王歙，命其随带兵马，与大且渠奢、醯椟王等同到虎猛制虏塞下，与须卜当相会。王歙依计而行，来到塞下，即请须卜当前来相见。须卜当不知何事，急忙来见。王歙即指挥兵马将须卜当围住，强迫其来汉。须卜当被迫不过，乃与王歙及大且渠奢一同前往长安。王莽闻得须卜当前来，立拜须卜当为须卜单于。须卜当无法，只得依从。

当王歙用兵强迫须卜当之时，醯椟王见势不佳，急从塞下逃回匈奴，将此事报知匈奴王。匈奴王闻报大怒，立时起兵侵入汉朝边界。守边官吏见匈奴大队来攻，急向长安告急。王莽乃大募天下成丁男子及死罪囚人，皆令充当兵士，并抽天下吏民家产助饷。又命公卿以及县令，皆要认真养蓄马匹，以备军用；一面又下令招募凡有奇技异术之人，皆来投效。

此令既下，遂有多人前来应募，个个自称其能。有一个说是能不用船只渡水，只用马匹接连排在水面，可以渡过百万之兵；又有一个说是能使兵士不带斗米，但服食一种药物，可以腹中不饥；更有一个说是能于一日之内，飞行千里，可以窥探匈奴军情。王莽闻说，暗想不料天下果有许多异人，可惜不曾早日知得，但如此异能，生平并未见过，不可不先令他试演一番,遂命诸人以次献技。是时能飞之人闻说,便欲显他能干。即取出大鸟羽翅,作为两翼,又从头至身用毛粘着,中间安着机纽。此人布置既毕,将机纽一攀,果然能从平地飞起,但他飞到数百步场地,即坠落下来,再也不能飞远。王莽见此人如此飞法,知不中用。又将余人也一一试验,皆无实在功效。王莽至此方知诸人尽是虚言欺骗,原想将他们办罪,忽又转念道:“此一班人既扬言各有异能,何妨姑且留用,使匈奴闻知,以为我军有能人扶助,必然畏惧。”遂将诸人皆授以理军之职。

王莽将诸人授职之后,又有夙夜连帅韩博闻王莽招募奇士,也思乘势博取王莽欢心,遂上奏说道:“今有奇士一人,来臣府中,自称毋霸。此人出在蓬莱东南五城西北昭如海边,生得身长一丈,腰大十围,轺车不能载,三马不能驮,睡时用鼓作枕,食时用铁为箸,真是古今罕见。此乃皇天遣之以助新朝,愿陛下作大甲高车,接他前来,可以示服百蛮,镇安天下。”韩博此奏既上,王莽见了也暗暗称奇。忽又沉下脸色,命人召到韩博,立将韩博下狱斩首治罪。左右之人,皆不解何故。原来王莽因自己小字巨君,今韩博所说奇人,竟取名巨毋霸,心疑韩博有意欺慢于他,故借此人名称,犯他尊号,说他勿行霸道,因此发怒,将韩博下狱杀死。

王莽既杀了韩博,仍令人将巨毋霸留在新丰候用。王莽虽然留了巨毋霸,终嫌其名字犯他忌讳,欲将其更改,因记起王太后号为新室文母,遂改名巨毋霸为巨母氏,取文母助己为霸王之意。此事过了一年,王莽一日在宫,忽然查出一事,欲将其子王临杀死。未知王莽何故欲杀王临,且听下回分解。

第一九八回　私侍女王临谋逆　讨赤眉廉丹败亡

话说王莽娶妻王氏，生有四个儿子。长名宇，次名获，三名安，四名临。王获在新都时，因杀死侍婢，被王莽责令自杀。王宇因使吕宽装作鬼神之事，恐吓王莽，被王莽查出，下狱杀死。此时王莽夫妻膝下，只有王临、王安二人。王安为人，生得心地不明，终日恍恍惚惚。惟王临人颇乖觉，甚为王莽所爱，立之为太子，但生性好色，因此闹出一场大祸。

先是王莽杀死王获、王宇之时，其妻王氏四个儿子竟被王莽杀死两个，不免痛子情切，终日啼哭，遂至两眼失明，因此得了一病。王莽见其妻得病，乃命王临住在内宫，奉侍其母。王临既住宫中，遂与其母侍女原碧暗中私通。后来王临查知原碧已经受过王莽宠幸，恐王莽察知此事，不肯饶恕，遂与原碧背地共议一计，欲杀王莽。又心恐此计不成，性命难保，正在心头七上八下，小鹿乱撞时，恰好其妻刘愔前来告诉道："妾猜宫中将有白衣会。"临闻之不觉大喜。原来王临之妻，乃是国师刘歆之女，能通星学。因夜观天象，见木星与金星会在一处，是名为白衣会，主有丧服，特来告知王临。王临以为此种凶兆，当应在王莽身上，谋弑之事，必能成功，故不觉大喜。读者试思王临因与侍女私通，竟至欲弑其父，此真是奸臣生贼子，天道昭彰，报应不爽了。

当日王临既闻其妻所说，正欲与原碧实行谋弑之事，谁知不久天上忽然起了大风，刮得王路堂屋瓦皆飞，大木尽被拔起。王莽遭此风灾，无可解说，乃下了一道诏书，说是阴阳不和，风雨为灾。此其咎在王临有兄而立为太子，名称不正之故。王莽下了此诏，遂将王临贬为统义阳王，迁出宫外。王临出宫之后，自思我既被迁出宫外，与原碧不能见面，谋弑一事，不消说得是无从下手；且恐原碧泄露阴谋，自己难逃死罪，因此心中十分忧惧。是时恰值其母病重，临遂暗中作了一书，寄与其母。说王莽待子孙极严，恐自己也难保全。其母接到此书，因病重未曾将书收藏。及王莽入宫问病，看见此书，顺手取来一阅。阅毕暗思王临竟敢说我虐待子孙，又说自己恐难保全，他若不是心怀恶意，何故忧惧如此。王莽想罢，心中甚觉愤怒。到得其妻死时，王莽遂不准王临前来临丧；一面将妻收殓清楚，葬于渭陵西边一个场地。王莽何故将妻葬在此处？只因王太后于新建国五年死后，葬在渭陵，故王莽将妻葬在此地，以为可以永远侍奉王太后。在王莽此举，也无非欲欺骗外人，见他尚忠心于王太后。

王莽葬妻既毕，欲追究王临寄书之事。因想王临住在内宫，如有不法举动，当瞒不过原碧，遂命执法官吏将原碧拿去严刑拷问。原碧受不过刑法，供出与王临通奸，恐事发露，欲谋害王莽等情。问官得供，即据情报告王莽。王莽闻说，恐此事被问官传扬出去，惹人笑话，立时命人将审问此案官吏杀死灭口，埋在狱中。可怜此一班问官无辜被杀，家中尚不知其人死活。王莽杀了问官，即赐药与王临，令其服药自尽。王临不肯依从，用刀自刺而死。

王临死后，莽又下诏告知国师刘歆，说王临本不明星学，因刘愔告他宫中有白衣会，以致犯罪，是此案实由刘愔而起。刘歆接到此诏，刘愔闻之，恐王莽要将他办罪，也就自杀。当刘愔自杀之月，莽之第三子王安及王宇之子公明、公寿，皆得病相继而死。一月之间，连出四个丧事。王莽至此妻亡子丧，孙儿又死，虽然篡得大位，只剩得孤寡一身，可见恶人到底总无好处。

闲言少叙，当日王匡、王凤及马武、王常、成丹一帮贼众，依据绿林山为盗，官吏不能捕治，后来声势愈盛。荆州牧闻讯，恐其作乱，遂于地皇二年，发下紧急命令，召集兵士两万人，前往攻讨绿林。王匡诸人闻得官兵来讨，急忙整队出迎，恰好与官兵相遇于云社地方，两边排开阵势，鼓声响处，两军各拼命奋战。是时贼兵皆如狼似虎，官兵抵挡不住，立被杀死数千人，夺去许多辎重。荆州牧见贼势凶猛，急引败军向北退去，正行间忽见一军拦住去路，为首之将乃是马武。荆州牧被马武拦路，正欲挥兵突围而出，却被马武用钩搭住坐车，拉入泥中，手起刀落，将骖乘一个将官杀死。马武虽然杀死骖乘一将，心中仍畏惧荆州牧是个官长，不敢杀他，荆州牧遂得了性命逃去。

贼兵既打败官军，便乘势攻入竟陵。又转击云社、安陆等处，连战皆捷。但贼众虽屡获胜仗，却不贪得城池，只将妇女抢掠多人，仍收队退回绿林山中。此事过了一年，绿林山中忽然发生一种瘟疫，贼兵死去大半。诸贼将乃议分兵散伙，各据一方。于是王常、成丹二人带领一队贼兵，西入南郡，号为下江兵；王匡、王凤、马武诸人率同余党朱鲔、张印等，北入南阳，号新市兵；又有荆州平林人陈牧、廖湛聚众数千人，号称平林兵，出与王匡响应。由是贼势复盛，王莽闻报，急遣严尤、陈茂二将引兵往剿。

莽遣二将去后，一日又报青州贼将樊崇率众起事。太师属官景尚带兵往讨被杀。王莽得报，忙令更始将军廉丹与太师王匡统领精兵十万，克日往击樊崇。樊崇探知官军将来攻打，恐自己兵队与官军相混，乃想出一法，令众贼将脸上两道眉毛，用朱涂作赤色，以示与官军有别，因此号为赤眉。

廉丹、王匡既奉命往讨赤眉，立时带同十万大兵向东方出发，沿途旌旗蔽日，刀剑如林，却也十分威武；只是纪律不严，一任兵士骚扰地方，残害百姓，弄得东方百姓人人怨恨。

当日官兵行近贼寨，不知何故，却将人马扎住，不与贼兵开仗。此事被王莽查知，即下诏怒责廉丹，催其速战。廉丹被责，非常惶恐。待到夜间，廉丹便唤其属吏冯衍，将王莽诏书交与观看。说起冯衍，乃汉左将军冯奉世曾孙，平日常思尽忠于汉，因未得机会，故暂在廉丹部下为属吏。及廉丹将王莽诏书付阅，冯衍便想趁势劝廉丹叛莽助汉，乃说廉丹道："昔张良五世相韩，椎击秦始皇于博浪沙中，将军先人，为汉大臣。当此人心思汉，不附新室。为将军计，莫如屯据大郡，收纳豪杰，兴社稷之利，除万人之害。如此则福禄流于无穷，功烈著于不朽，岂不胜于一旦兵败身死，辱及先祖哉？"

冯衍说了此言，偏是廉丹甘心为王莽尽职，不肯听从。不久廉丹即与王匡各率兵马，与赤眉在成昌地方开战。两军接战多时，贼军非常勇悍，官军竟被杀败。王匡吓得胆战心惊，欲与廉丹同逃。廉丹不肯，即将兵符将印交与王匡，口中说道："君等小儿可走，吾不可走。"说罢自去招集败军，与赤眉决战，遂被赤眉杀死。廉丹死时，其部下汝云、王隆等二十余人,尚在别处与赤眉抗拒,及闻廉丹死耗,各人皆说道:“今廉公已死,吾辈岂可独生?”遂一齐杀奔贼中,力战而死。廉丹与汝云诸人既死,此信传到长安。王莽急命国将哀章,星夜领兵东下,与王匡并力平贼。谁知贼尚未平,又有汉朝宗室二人欲举兵起事,未知二人是谁,且听下回分解。

第一九九回　刘縯兴兵复帝室　王常率从助汉兵

话说汉宗室有兄弟二人：一名縯，字伯升；一名秀，字文叔，南阳蔡阳人，乃汉高祖九世孙，长沙定王发后裔刘钦之子。刘钦娶樊氏，生三子。长刘縯，次刘仲，三刘秀。刘秀生到九岁，父母双亡，与兄縯、仲皆依靠其叔刘良度日。及三人长成，刘縯素性慷慨，常怀大志，欲恢复汉室，因此在家不事生业，惟好结交天下豪杰。刘秀为人，与兄不同，并不交朋结友，终日只在田中勤理耕作。刘縯见基弟刘秀只知料理田业，常出言取笑刘秀，说他为人好似高祖之兄刘喜。后来刘秀也知耕田非远大之计，遂向长安求学，及略通书中大义，刘秀依旧回到家中。

一日，刘秀偶与其姊之夫邓晨同到穰人蔡少公家闲谈，少公见刘秀到来，即招呼入座。恰值座中宾客甚多，少公即对众说道："刘秀当为天子。"众人闻说，心里不信刘秀此人，他会作天子。遂有人向少公问道："少公此言，是说国师公刘秀乎？"少公尚未回答。刘秀见此人看轻他不能为天子，便向此人戏道："君何由知非仆耶？"座中诸人闻刘秀作此大言，莫不哄然大笑。惟有邓晨闻之，暗赞刘秀志趣不凡，心中甚喜。读者欲知少公何故说刘秀能为天子？原来少公曾习图谶，自以为能知未来之事，故说出此言。

同时尚有一人，也通图谶之学，此人姓李名守，系宛县人。李守尝对其子李通说道："我以图谶之文卜之，将来刘氏当兴，李氏为之辅佐。"李通闻说，便将此事记在心中。及地皇三年，新市、平林各处兵起，李通有一个堂弟名轶，闻得各处乱耗，因向李通说道："今四方扰乱，汉当复兴，吾欲乘乱起兵助汉。但汉朝宗室，惟南阳刘伯升兄弟泛爱容众，可与共谋大事，兄意以为然否？"李通听了，正合其心，遂笑向李轶答道："吾亦常存此意。"李通与李轶正在密谈此事。恰好刘秀因南阳各县闹饥，自己田地却独得收成，积下米谷不少，遂将米携向宛县贩卖。李通闻得刘秀前来卖米，暗想我正欲与他计议大事，他却来得凑巧，忙遣李轶往接刘秀来家相见。及刘秀到得李通家中，李通便将其父所说谶文等事，告知刘秀。遂与刘秀暗中交结，并议待到立秋考试骑士之日，往劫莽将甄阜与梁丘赐，借此号令大众。计议既毕，李通即使李轶与刘秀同回春陵举兵接应。

刘秀回到春陵，将此事告诉刘縯。刘縯甚以为然，即召集平日所交诸豪杰，与之商议道："王莽暴虐，百姓离心，今又连年大旱，刀兵并起，此正天亡王莽之时。愚意欲趁此时，恢复高祖帝业，平定万世，未知诸君以为何如？"众人闻言，皆极赞成。刘縯遂分遣李软及心腹请人，向各县招募兵士。自己一面调集春陵各家子弟，一同举事。各家子弟问讯，以为同刘縯谋叛，必有杀身之祸，皆恐惧躲避。后来看见刘秀也打扮起军装，身披绛衣，头戴大冠，各家子弟方大惊道："不料刘秀此人，素来谨慎，今日也肯作此事。"于是各家子弟心中稍安，不再如前躲避，遂被刘縯集得七八千人。部署既定，专候机会出发。

当日李通自遣刘秀、李轶去后，便暗中布置举兵。谁知机事不密，被人发觉。李通连忙逃去，其父李守及家属人等逃避不及，尽被王莽命人拿去杀死。刘缜闻得李通泄露机密逃去，家属被戮，心知李通所议之事，已经不成。乃命族人刘嘉往说新市、平林诸贼帅，请其出兵帮助。诸贼帅皆应许。刘縯、刘秀遂与贼帅王凤、陈牧诸人，各带兵队，西击长聚，又乘势进剿唐子乡，并用计诱杀湖阳县尉。众军一路得胜，夺得财物甚多，于是大众因争财物，遂与刘氏诸人起了衅端，欲反攻诸刘。刘秀查知此情，急将刘氏族人所得之物，尽数取出，给与众人。众人方才欢喜，又随刘秀前往攻打棘阳。棘阳遂被打破。

刘秀打破棘阳之时，恰值李轶与邓晨也带同许多人前来相助，刘縯见人马聚集渐多，又连得胜仗，遂思进攻宛县。到得十一月，刘縯与刘秀即督率各队，一齐杀奔小长安而来。王莽守将甄阜、梁丘赐闻报，急忙引兵前往迎敌。两军正当接战之时，忽然天降大雾，将两边人马遮得彼此不能见面，汉兵遂被莽兵杀得大败。是时刘縯家属也在军中，皆惊散乱逃。刘秀只剩单身匹马，逃出营门，逃到不远，恰遇其妹伯姬，也逃出避难。刘秀遂与其妹共骑一马，加鞭前进，行到半路，又与其姊刘元相遇。刘秀因见其姊步行逃走，忙招其姊上马同逃。其姊不肯，连连挥手向刘秀说道："汝可速行，势已至此，不能相顾，若被追兵赶到，岂不大家一齐没命？"刘秀闻说，欲再苦劝。忽听后面喊声四起，烟尘钟天，追兵已如潮似浪，蜂拥而来。刘秀只得撇下其姊，拍马前逃，其姊遂为追兵所杀。同时死于乱军之中者，尚有縯弟刘仲及宗族数十人。

刘缜既被甄阜、梁丘赐二将杀败，急收聚残兵，退回棘阳保守。不久刘秀也逃回聚在一处。甄阜、梁丘赐因打败汉兵，欲思乘胜收复棘阳，乃将辎重留在蓝乡地方。即日带领精兵十万，一路扬威耀武，来到沘水将人马扎住，安营下寨。又将后路桥梁撤断，以示兵士无退还之意，探马报入汉营。新市、平林诸兵，闻得阜赐二将亲率大军来打，又见汉兵新败，诸贼兵皆无心出战，欲纷纷拔队散去。刘缜闻知此事，心中十分焦急。正在无法可想，忽报下江兵五千余人，来到宜秋。刘缜闻报，即与刘秀及李通诸人，同赴下江军营求救。把营兵士见刘缜诸人前来，忙询明来意。刘缜即答道："欲见下江一位贤将，与议大事。"兵士据情入报。大众闻知齐推王常出去接见。刘缜即对王常细说合兵攻莽之利。王常听罢，十分佩服，愿出身相助。缜即与常深相交结，然后带着诸人，告辞回去。

刘缜去后，王常即将刘缜所说，入内告知成丹、张印诸将。诸将因恃下江兵众，闻言不愿依从，即向王常说道："大丈夫既然起事，当各自为主，何故服从他人，受其牵制？"常见诸将不服，又用言细劝道："王莽苛虐，渐失百姓之心。百姓思汉，已非一日，所以吾辈方得借此起事。但起事必须下顺民心，上合天意，方能成功；若徒负强恃勇，虽得天下，必然复失。试看秦皇、项羽何等势力，只因自恃，遂至复灭。何况我等皆布衣之人，相聚起义，若亦自恃强勇，此乃灭亡之道。今南阳诸将，举族起兵，观此次来议之人，皆深谋远虑，有王公之才。我军若与合并，必成大功。此天所以祐吾属也，不可错过。"诸将见王常说得有理，又因平日敬重王常，乃皆感谢道："若无王将军一言，我等几陷于不义。"说罢各自回营引兵，随同王常前往与汉兵合并。

刘缜闻知大喜，便令军中大排筵宴，与各将士痛饮立约。此时汉兵因得新军来助，个个心胆皆壮，勇气十倍。刘缜遂将各兵分为六部。分派既毕，即下令命各兵休息三日，预备出战。及十二月晦日，刘缜便于夜半传下军令，命各营皆偃旗息鼓，乘夜袭取蓝乡辎重。诸军奉令立向蓝乡进发。及到蓝乡，天尚未明，众军发一声喊，一齐杀入。蓝乡守兵因无防备，皆被杀败。阜、赐二将所藏辎重，尽为汉兵所得。

过了一月，刘缜欲进攻阜、赐二将，遂约同下江各兵同日出发。阜赐二将探知汉兵来攻，急命兵士备战。及汉营各兵到来，两边接住厮杀。汉兵与下江兵，无不并力死战，只杀得阜、赐各兵人仰马翻，尸横遍地，死去二万余人，余众四散逃走，阜、赐二将皆被汉兵杀死。刘缜遂击得胜鼓回营。刘缜得胜之后，忽又报莽将严尤、陈茂欲率兵据宛。刘缜忙又遣兵迎敌，未知胜负如何，且听下回分解。

第二〇〇回　破淯阳刘玄称帝　围渐台王莽伏诛

话说刘縯闻得莽将严尤、陈茂率兵据宛，立时传令起兵进攻，及行到淯阳地方，严尤、陈茂已领大队前来迎敌。刘縯挥兵直进，严尤、陈茂不能抵挡，遂被杀得大败，退入宛城。刘縯即乘胜进兵围宛。

是时淯阳既破，汉兵声势愈盛，人马已有十数万。于是军中诸将，因兵队甚多，无人统一，欲立一人为帝，号令全军。大众遂相聚商议此事，议时皆以刘氏最属人望，欲就刘氏中选立一人。但众人虽决议立刘氏，惟应立何人，意见不一。南阳诸豪杰与王常等皆欲立刘縯。新市、平林一班将帅，却欲立刘玄。刘玄在平林军中被任为将军，号更始将军，为人生性懦弱，不似刘縯精明。新市、平林诸人，因贪刘玄懦弱可欺，故欲拥以为帝。

新市、平林诸人既欲立刘玄，便预先在背地计议一策。议定方才将刘縯请来，告他大众已决议立刘玄为帝。刘縯闻之，即对众说道："诸将军欲尊立宗室，足见厚意。惟是目下赤眉聚众数十万，方在青、徐起事。若闻我处立宗室为帝，恐赤眉也依样仿行，将来两帝不并立，势必至宗室自相攻打，如此是使天下怀疑，且于威权有损，窃恐不能破得王莽。为今之计，不如权立刘玄为王，王号亦足以号令诸将。且看他日赤眉有无举立，如有所立，其人果贤，我等可以率众往从；如无所立，俟破莽降伏赤眉之后，再称帝号，亦未晚也。"刘縯此一篇话，直说得众人皆点头称善。偏是旁有下江将官张卬不以为然，立时拔起佩剑，在地上一击，厉声说道："今日之事，早经大众决议，不得再有更改；若反复多疑，何以成得大功。"众人闻说，不觉又被张卬说得心动，皆依张卬之言。

到了二月朔日，众人便在淯水之上筑起一坛，立刘玄为皇帝。刘玄字圣人，乃刘縯族兄。刘玄被立为帝之时，见许多将帅皆称臣朝见，刘玄从未见过如此场面，只羞得汗流满面，将两手举起，不能说出一言。刘玄既即帝位，遂改国号为更始，又颁定官职，封王匡、王凤为上公。又封朱鲔为大司马，刘縯为大司徒，陈牧为大司徙，刘秀为太常偏将军。刘玄即位封官既毕。王莽闻知此事，心中十分忧惧，苦得须发皆白，又恐被人察觉，乃将须发染黑。又将所聘杜陵人史谌之女，立为皇后。皇后之外，又选立一百二十人为妃嫔，终日在宫取乐。但王莽虽然外示安乐，心中却甚忧汉兵。遂又下了一令，说是有人能捕得刘縯诸人，皆封为上公，食邑万户。王莽正在悬赏捕拿刘縯各人，不料刘秀已与王常诸将引兵攻入颍川，打破昆阳。王莽闻之，愈加恐慌，急命司空王邑会同司徒王寻调集各处大兵，一齐往讨。并将从前韩博所荐奇士巨毋霸，用为垒尉。又寻得虎豹犀象许多猛兽，驱令随营，以助声威。

王邑、王寻奉命，立即带同巨毋霸及众猛兽，催兵前进。恰好行到洛阳，各处调兵亦到，计共四十二万人，遂号称百余万人。沿途旌旗辎重，接连不绝。及更始元年三月，王邑等兵到颍川，严尤、陈茂二将也领军前来，遂与之合兵会剿。探马报入汉营，诸将闻讯，皆出营探看。及见莽兵势浩大，莫不大惊失色，各个扭转身躯，飞奔入昆阳，欲解队散去。刘秀闻之，急出拦阻，劝其并力出敌。诸将不听，皆怒道："刘将军有何胆略，乃敢如此？"刘秀闻言，大笑而起。诸将正与刘秀争论，探马又来报王莽大兵将至城北，其兵排列数百里，不能望见后队，不知军马多少。诸将闻报，更加惊惶，忙请刘秀商议破敌之法。刘秀乃代诸将指划成败，诸将方才安心，皆连声称是，于是皆听从刘秀之言。

当日王莽遣王邑、王寻往攻汉兵去后，心中以为此次大兵东下，必能破得汉兵。谁知不久忽报王邑、王寻已被汉兵打得大败，王寻被杀，余众皆逃，王莽闻知大惊。正当此时，又有人来说将军王涉、国师刘歆及大司马董忠欲谋劫驾降汉。王莽听了大怒，即命人将王涉、刘歆、董忠诸人拿问杀死。于是莽见大臣内叛，汉兵外迫，心中十分苦恼，三餐不能下咽，每日惟饮酒啖鳆鱼遣闷，或读兵书，虽至困倦，不能睡在枕上。

过了一时，又报成纪县内，有隗崔、隗嚣兄弟二人起兵助汉，攻杀雍州、安定各官长。又有人来报，析人邓晔、于匡也举兵南乡，县令出降，现已进攻武关。莽接连得着数处警报，吓得计无所出。朝臣崔发，乃教王莽哭泣告天，以禳兵灾。王莽依言，即亲率群臣，来到南郊，对天自陈所受各种符命，又仰面向天说道："皇天既将符命授与臣莽，何故不灭亡众贼？如果是臣莽不好，请遣雷霆下来，将臣莽击死，亦是愿意。"王莽说到伤心，不禁捶胸大哭，直哭到力竭气尽，方才止住。乃跪下叩头，叩毕又作了一道策文告天，说他平日功劳。并命诸生及百姓朝夕皆前来聚哭，如有人能哭得哀切及能解诵策文之人，皆升他为郎。因此得升为郎者，五千余人。

莽既命众人聚哭，又拜将军九人，皆以虎命名，号为九虎。九虎拜将之后，莽即命其领军东讨汉兵，赐九虎钱每人四千。九虎因查知王莽御库之中，尚藏金玉财宝甚多，每人只赐钱四千，尽怨王莽鄙吝，心中不愿出战。及兵至华阴地界，与邓晔相遇，遂被邓晔杀败，四虎逃得无踪。二虎奔回长安，被王莽怒责自杀。三虎重收败兵，退入京师仓，保守不出。

当日邓晔既杀败九虎，乃开武关城门迎接汉兵。恰好汉将李松引兵到来，邓晔遂与李松并力往攻京师仓。不料京师仓把守甚坚，急切不能打下。邓晔乃遣校尉王宪带领数百人，北渡渭水，打入左冯翊及频阳各地；自己一面收兵退回华阴，等待刘玄大兵到来，同攻长安。当邓晔退兵之时，各处汉兵已经齐集长安城下，个个磨拳擦掌，欲争先破城。王莽闻讯，忙遣使者尽散城中牢狱囚人，各给兵器，杀牲设誓。誓毕即命将军史谌，带领诸狱囚，前往抵敌。史谌行至渭桥，诸狱囚怕死皆四散逃走，只剩史谌一人空身回去。时汉兵在城外，见城内并无一兵出来迎敌，乃在城外尽掘王莽父祖及妻子坟墓，烧其棺椁，又纵火烧王莽所起九庙与明堂辟雍。一霎时火光四起，烟焰冲天，照得全城通红，汉兵又在城外连声喊杀。王莽恐汉兵打破城门，急令各校尉分领骑士数百人，在各城门把守。

更始元年十月朔日，汉兵打破宣平门。王莽忙命王邑、王林、王巡诸将分兵驻扎北阙，与汉兵死命抵拒。此事过了一宵，次日城中忽有少年朱弟、张鱼各人，恐被汉兵掳掠，也假作外兵，结队出行，沿街叫喊。又持斧砍破敬法殿门，大呼道："反虏王莽，何不出降？”呼毕即放火烧作室门。作室门被烧，火势遂延及黄皇室主所居之掖庭。可怜一班宫女，耳闻外面喊杀连天，又见掖庭火起，皆吓得啼哭惊呼，走投无路。黄皇室主见此情形，以为汉兵已入，口中自说道：“何面目以见汉家？”即踊身跳入火中而死。此时火势愈盛，王莽恐被火烧死，乃躲入宣室前殿，取出玺绶，带在身上。手持虞帝匕首，命天文郎持拭立在面前，时时令测斗柄所在。将坐席旋转，随之而坐。坐时又自说道：“天生德于予，汉兵其如予何？”读者试想王莽到此地步，尚作欺人之言，真是可发一笑。

王莽避火在宣室前殿时，汉兵已杀入朝门。十月三日早晨，群臣乃扶王莽由前殿往渐台躲避，百官随行者千余人，惟王邑仍在外与汉兵苦战，后因兵少敌不过汉兵，左右被杀将尽。王邑见事势不佳，又不知王莽死活；乃舍了汉兵，反身走入宫中，来寻王莽。及查知王莽躲在渐台，即往保护。王邑到得渐台，汉兵已由朝门杀入殿中。皆大呼道：“反虏王莽安在？”汉兵正在殿中呼喝，房内忽然走出一个宫女说道：“王莽现在渐台。”众兵闻言，即追往渐台。渐台四面环水，众兵不能即登，乃将渐台重重围住，用箭乱射。台上众官亦命弓弩手还射。只见两边箭如飞蝗往来，射了半日，两边箭皆射尽，各用短兵接战。又战了许久，天色已晚，王邑及王巡诸人皆战死。众兵遂一拥上台，杀死莽臣王揖、赵博、唐尊、王盛诸人，惟不见了王莽。校尉公宾即四处寻觅王莽，忽见商人杜吴手中携着王莽所佩天子玺绶，即问杜吴道：“佩此绶之人安在？”杜吴答道：“在室中西北角间。”公宾急依言往寻，果见一人倒在室中，及近前细看，认是王莽，但已被人杀死。原来王莽见众兵上台，逃人室中，被杜吴杀死，取去玺绶。公宾见王莽已死，即拔刀将王莽首级割下。公宾割了王莽首级，众兵也一哄上前，将王莽尸身乱砍。不须一刻，已将尸身砍得七零八落。众兵因欲抢尸献功，彼此争斗，杀死数十人。

公宾既得王莽首级，也不管众兵争杀，急将首级持向校尉王宪处报功。杜吴也将所得王莽玺绶献上，王宪皆命留下。不久李松、邓晔自华阴领兵前来，将军赵萌、申屠建也率队而至。诸将既到，查得王宪将王莽玺绶匿藏不献，又自称大将军，擅用天子旗鼓，立将王宪拿下斩首。诸将既斩了王宪，即命人将王莽首级送与更始。更始命悬于宛县街市示众。百姓闻知，皆来观看。百姓不看犹可，一看王莽首级，莫不恨其生前暴虐。立将王莽首级取下，持在手中，乱打一顿。又将其舌割下，细细切食。可叹王莽篡夺汉统一十八年，苛政虐民，穷凶极恶，卒至中外怨愤，盗贼并起。刘缜兄弟举义一呼，四方响应，不过数月之间，城池失守，肢体分裂，只落得千古骂名。王莽既死，汉朝又复中兴。列位欲知汉朝如何中兴，请看《东汉演义》可也。

东汉演义

（清）清远道人　著

鄧禹
馮異
吳漢
岑彭
馬武

齊王劉縯
嚴光
漢光武帝
郭皇后
陰皇后

桓榮
東海王劉彊
漢明帝
馬皇后
馬援

樊崇
劉盆子
淮陽王劉玄
公孫述
隗囂

竇皇后
漢章帝
班固
班超
曹大家

竇憲
漢和帝
鄧皇后
漢殤帝
鄧騭

楊雲
漢安帝
閻皇后
乳母王聖
北鄉侯劉懿

虞美人
漢沖帝
漢順帝
梁皇后
漢桓帝
梁冀
孫壽

陳蕃
竇武
漢桓帝
竇皇后
單超

徐穉
郭泰
陳寔
荀淑
申屠蟠

杜喬
李固
李膺
杜密
范滂

何進
漢靈帝
何皇后
曹節
甫

蔡文姬
蔡邕
董卓
貂蟬
呂布

唐姬
陳留王劉辯
漢獻帝
伏皇后
董貴人

劉璋
劉表
袁紹
袁術
公孫瓚

趙雲
後主禪
諸葛亮
蜀侯昭烈帝
甘夫人
孫夫人

張飛
漢壽亭侯關羽
馬超
黃忠
姜維

許褚
典韋
曹操
曹植
荀彧

曹芳
曹叡
魏主曹丕
曹髦
曹奐

孫策
孫堅
周瑜
魯肅
陸遜

孫休
吳主孫權
潘夫人
孫亮
孫皓

司馬昭
司馬師
司馬懿
鍾會
鄧艾

第一回　英君图治开三衅

汉朝自高祖起沛，引兵自南阳入武关，破秦；项羽背约，分王汉中；后得韩信，拜为大将，遂东出陈仓，定三秦；信复北举燕赵，东击齐，南会楚，五年之间，卒破羽于垓下。天下大定，定都长安。初灭楚时，建都洛阳，从娄敬、张良之议，遂都长安。长安在洛阳之西，故后世号为西汉也。高祖在位十二年崩，传位与长子盈，是为惠帝。

帝仁孝，见吕太后所为惨毒寡恩，常怀不乐。一日，太后鸩杀御弟赵王，断其母戚夫人手足，去眼辉耳，饮瘖药，使居厕中，号曰“人彘”。召帝观之，帝大惊，哭曰：“此非人所为，朕何以治天下！”由此日唯饮酒作乐，不听政事，郁郁七年而崩。

帝无嗣，吕太后取他人儿为太子，立为少帝。后又杀之，更取他人子，立为后少帝，太后自临朝称制，尽封诸吕为王，欲灭刘氏之祚。幸得太尉周勃，右丞相陈平协谋，太后崩，悉捕诸吕斩之，迎代王恒即位，是为文皇帝。帝高帝中子，薄姬所生也。

文帝恭俭，有王者规模，在位二十三年，天下富庶。至景帝绍位十六年，遵守成业，蠲民租，减笞法，庚廪府，库充实至于朽不可校。但刻薄尚刑名之学，以至激变七国，赖周亚夫讨平之。后亚夫子为人所告，事连亚夫，召诣廷尉，不食呕血而死。

武帝雄才大略，焕然可述。在位五十四年，表章六经，举俊茂，兴太学；又逐匈奴，通西域，平南越，开朝鲜，南置交趾，北置朔方，可谓盛矣。然穷奢极欲，繁刑重敛，内侈宫室，外事四夷，信惑神怪，巡游无度，使百姓疲敝，起为盗贼，几类秦始。幸其末年悔过，壬辰二月，亲耕于钜定，还见群臣曰：“朕即位以来，所为狂悖，使天下愁苦，不可追悔。自今事有伤害百姓，靡费天下者，悉罢之。”以田千秋为丞相，封富民侯。千秋无他材能学术，又无阀阅功劳，特以前曾讼太子之冤，一言悟主，数月之间，取宰相封侯，世未尝有也！然为人敦厚有智，居位自称。先是桑弘羊言：“输台东有溉田五千顷以上，可遣屯田卒，置校尉，募壮健民诣田所，垦田筑亭，以威西方之国。”时上深悔既往之非，闻奏乃下诏曰：

> 前有司奏，欲益民赋三十，以助边用，是重困老弱孤独也。今又请遣卒田轮台，轮台西于车师千余里，前击车师，虽降其王，以辽远乏食，道死者数千人，况益西乎？匈奴常言汉极大，然不耐饥渴，失一狼，走千羊。乃者贰师败，军士死略离散，悲痛常在朕心。今又请远田轮台，欲起亭隧，是扰劳天下，非所以忧民也。朕不忍闻。当今务在禁苛暴，止擅赋，力本农，修马复令，以补缺毋乏武备而已。

自是不复出军。而封田千秋为富民侯，以明休息，思富养民也。又以赵过为搜粟都尉，过能教民治田，其耕耘田器，皆有便巧，用力少而得谷多，民皆便之。

时钩弋夫人之子弗陵，年七岁，体壮大，多智。上奇爱之，欲立为太子，以其年稚，乃使黄门画“周公负成王朝诸侯图”以赐光禄大夫霍光。后以光为大司马大将军，金日磾痦为车骑将军，上官桀为左将军，受遗诏辅少主。帝崩，太子弗陵即位，年才十岁，是为昭帝也。童稚之年能辨霍光之忠。惜天啬其年，寿二十二岁而崩。帝无嗣，立昌邑王即位。王昏乱，淫戏无度。大将军光率群臣奏太后，废之。迎武帝曾孙病已入即位，是为宣帝。

帝在位二十五年，励精图治，信赏必罚，吏称民安。惜乎治杂于霸，文景之治不复存矣！至用恭、显，而启元帝之信阉宦；贵许、史，而启成帝之任外戚；杀赵、盖、韩、杨，而后哀帝之诛大臣。故论其功，则为中兴之君；察其罪，则为基祸之主。按两汉凡二十五君，共坐四百二十六年天下，计西汉十三君，合王莽淮阳王十六年，共二百三十年；东汉君一十有二，共年百九十有六。那二十五君：

高惠文景武昭宣，元成哀平孺子篡，
光武明章和殇安，顺冲质帝桓灵献。

前部西汉演义，但做到高祖得天下而止。读者费了数日功夫，只知得数年之事。其子孙坐了几年天下，谁为圣明，谁为昏暴，竟茫然不知，如看一两出戏文，热闹半天，还是有头无尾。至平帝如何失了国，王莽如何便篡了位，树必先朽而后虫生，做东汉的，更不叙明根源，这又叫个有尾无头，更是闷事。今重新演说光武中兴故事，顺便将西汉一代之事，约略补述在前，令读者于一代兴衰，了然在目。

且说宣帝太子名奭，温柔慈善，帝极钟爱。一日，所幸的司马良娣病死，太子大哭，痛不欲生。宣帝自进宫劝解，只是不乐。帝令皇后遍择美女于后宫。一家人子中得元城王氏女，名政君，其祖王贺，曾为绣衣御史。时政君年方十八，娇媚秀发，送入宫中，太子一见甚是欢悦，政君百体顺承，自不必说。年余，生下皇孙。宣帝大喜，取名骜，字太孙，常抱置左右，即成帝也。宣帝崩，元帝即位，立王政君为皇后。元帝宠用宦官，诛戮忠良，汉家元气剥削殆尽矣。欲知如何，且听下回分解。

第二回　伪学趋权附五侯

却说宣帝时有两位宦官，一名宏恭，官中书令，一名石显，官仆射，皆久典枢机。显尤巧慧，习事能深得人主意指。元帝体弱多疾，以显中人无外党，遂委以朝政，事无大小，皆显自决，贵幸倾朝。时前将军萧望之，光禄大夫周堪，与大司马车骑将军史高，同受遗诏辅政，领尚书事。望之、堪旧为师傅，帝信任之，因荐举宗室更生与金敞，为给事侍中，四人同心谋议国政。史高充位而已，由是与望之有隙，深结恭、显。

望之等既患许、史放纵，又疾恨恭、显擅权，乃奏帝，以为中书政本，国家枢机，宜以通明公正之士处之。武帝游宴后庭，故用宦官，非古制也。宜罢中书宦官，应古不近刑人之义。帝闻奏不能决，恭、显遂奏望之、堪、更生朋党相称誉，谮诉大臣，毁离亲戚，欲以专权擅势，为臣不忠，诬上不道，请谒者招致廷尉。上曰："数人皆国家重臣，未必如此。"显曰："且致廷尉问之，看是如何。"上即准奏。一日，有事召堪及更生，左右回奏，两人系在狱中，须诏赦出。上初即位，不知致廷尉为下狱，大惊曰："非但廷尉问耶？"立召恭、显责问，恭、显皆叩头，上大骂，又叩头。上无法处治，乃曰："汝二人且出视事。"二人出，立请史高商议。高即见帝，面奏曰："陛下新即位，未以德化闻于下天，而先验师傅，但既下狱，宜因而决其罪，以免其官，不然中外纷然议论，更累圣德。"上从之，乃赦望之等罪，收其印绶，与周堪、刘更生俱免为庶人。后上念三人皆忠良，无辜削职，心甚不安，诏赐望之爵关内侯，给事中，朝朔望。复徵周堪、刘更生，欲以为谏大夫。恭、显惧其多言，因奏以为中郎。

更生乃使其外亲上变事，言各处地震，殆为恭、显专权，宜退恭、显，以章蔽善之罚，进望之等，以通贤者之路，奏上，恭、显疑更生所为，白请考奸诈，词服，更生复逮系狱，免为庶人。会望之之子伋亦上书讼望之前事，恭、显复奏望之教子上书，失大臣体，不敬，请逮捕。上曰："太傅素守高节，恐不肯就吏、受诎辱，而致其死也。"显等曰："望之前幸不坐罪，复赐爵邑，不悔过服罪，深怀怨望，又自托师傅之尊，若不屈之牢狱，塞其怏怏之心，则圣朝难以施恩厚矣。且人命至重，谁不贪生？今望之所坐语言薄罪，谅不致死，无足深虑。"上乃点首允之。显等即令谒者召望之，望之仰天叹曰："吾尝备位将相，年逾六十矣！老入牢狱，苟求生活，不可鄙乎？"遂饮鸩自杀。帝知之，大惊拊手曰："朕固疑其不就牢狱，果杀吾贤傅。"却食涕泣，哀动左右，召显等责问，皆免冠谢罪，良久然后已。

是时前后地震日食，三月雪，霜杀桑，夏寒日青。刘更生乃上书曰：

臣闻舜命九官，济济相让，和之至也。众贤和于朝，则万物和于野。故萧韶九成，而凤凰来仪。至周幽厉之际，朝廷不和，转相非怨，则日月薄食，水泉沸腾，山谷易处，霜降失节。由此观之，和气致祥，乖气致异。祥多者，其国安；异众者，其国危。天地之常，经古今之通义也。正臣进者，治之表也；正臣陷者，乱之机也。夫执狐疑之心者，来谗贼之口；持不断之意者，开群枉之门。谗邪进则众贤退，群枉盛则正士消。今以陛下明知，诚深思天地之心，考祥应之福，灾异之祸，杜闭群枉之门，广开众正之路，使是非炳然可知，则百异消灭而众祥并至，太平之基，万世之利也。

是时周堪、张猛在朝，石显等惮之，于是显及许、史皆言，灾异皆堪、猛用事之咎，遂左迁周堪为河东太守，张猛为槐里令。后猛为显诬谮，令自杀。后贤读史谓堪、猛皆自取颠覆者，盖是时群小在内，主德不明，必无可为之理，恋恋于朝，何所补益，屡遭黜辱，宜矣。若周堪以受遗大臣，当望之饮鸩之后，称疾而去，不亦善乎！

有京房者，《善易》以孝廉为郎，屡言灾异有验，天子悦之，数召对。一日宴见，问上曰："幽厉之君，何以危？所任者，何人也？"上曰："君不明，而所任者巧佞。"房曰："齐桓公、秦二世亦尝闻此君而非笑之，然任竖刁、赵高，政治日乱，盗贼满山。何不以幽厉卜之而觉寤乎？"上曰："唯有道者能以往知来耳。"房因免冠顿首曰："陛下视今为治耶？乱耶？"上曰："亦极乱耳。然今之为乱者谁哉？"房曰："明主宜自知之。"上曰："不知也。如知，何故用之？"房曰："上最所信任，与图事帷幄之中，进退天下之士者，是矣。"上频频点首曰："朕已谕。"房出，上亦不能退显。时宏恭已死，专权者石显，党与五鹿充宗为尚书令，亦用事，深疾房，欲远之，因建言以房为魏郡太守。去月余，竟徵下狱，杀之。初京房学易于焦延寿，延寿尝曰："得吾道以亡身者，京生也。"房学长于灾变，分六十卦更直日用事，以风雨寒温为候，各有占验。然而不明乎消息盈虚之理，语默进退之机，才得为郎，便欲去上所亲信而不量，元帝之庸懦亦难乎其免矣。故占候前知之学，君子所不贵焉。若无帝者，既知其言之是矣，不唯不能用，又从而杀之，是乌足以为君哉。

帝优柔不断者十六年而崩。成帝嗣位，凡二十六年。初即位，以元舅王凤为大司马大将军，领尚书事。又封舅王崇为安成侯，赐谭、商、立、根、逢时爵关内侯。是月黄雾四塞，谏大夫杨兴等奏曰："此阴盛侵阳之气也。高祖之约，非功臣不侯。今太后诸弟皆以无功为侯，外戚未曾有也。"大将军凤惧，上书辞职，优诏不许。

秋八月，有雨月相承，晨见东方。冬十二月，朔日食，夜地震，未央宫殿中灾异叠见。乃召直言极谏之士，诣白虎殿对策，议者多归咎王凤。时儒者谷永有贤良直谏死格，知凤方柄用，阴欲自托，乃上书曰：

方今四夷宾服，皆为臣妾。骨肉大臣有申伯之忠，无重合、安阳、博陆之乱。窃恐陛下听暗昧之瞽说，归咎无辜，重失天心，不可之大者也。陛下诚深察愚言，解偏驳之爱，平天覆之施，使列妾得人人更进，益纳宜子妇人，毋择好丑，毋避尝字，以慰皇太后之忧愠，解谢上帝之谴怒，则继嗣蕃滋，灾异讫息矣。

杜钦亦仿此意，上了一本，上皆以其书，示后宫，即以永为光禄大夫。又悉封诸舅为列侯，谭为平阿侯，商为成都侯，立为红阳侯，根为曲阳侯，逢时为高平侯。五人同日封，故世谓之五侯。

有京兆尹王章，素刚直敢言，虽为王凤所举，见凤专权太甚，心头按捺不住，乃奏封事，言日食之咎，实凤专权蔽主之过，辞语恺切。上召见，谓章曰："君试为朕求可以自辅者。"于是章遂荐琅邪太守冯野王，忠信质直。上久闻野王之名，欲倚用以代凤。凤闻之，即称病，上疏乞骸骨。上兀兀不安，乃优诏报凤，强起之。又使尚书劾王章罪，下章吏，廷尉致其大逆，章竟死狱中。自是公卿见凤，侧目不敢正视。王氏愈盛，郡国守相刺史皆出其门。五侯群弟，争为奢侈，赂遗珍宝，四方而至。因而博取声誉，好士养贤，倾财施予。

刘向素怀精忠，尝作《洪范五行传论》，又上《列女传》《新序》《说苑》，因事著述以讽上。上心知其意，然终不能夺王氏权。至是复上封事，极谏曰："王氏与刘氏势不并立，如下有泰山之安，则上有累卵之危。陛下为人子孙，守持宗庙，而今国祚移于外亲，降为皂隶，纵不为身，奈宗庙何？妇人内夫家而外父母家，此亦非皇太后之福也。"书奏，天子召见向，叹息悲伤其意，曰："君且休矣。吾将思之。"然终不能用其言。及王凤卒，以王音为大司马、车骑将军。

太后兄弟八人，独弟曼早死，未封侯。曼子莽，字巨君，善事伯叔。凤临死，以莽托太后及帝，乃封为新都侯。时永始元年乙巳，越二十年乙丑，莽遂行篡逆。此按史记，至成帝酒色亡身，哀帝嬖幸盈朝，后作两回叙。

第三回　温柔乡成帝追欢

却说《春秋》二百四十二年之间，书日食者三十六，地震五，山陵崩弛二。汉成帝在位二十六年，日食地震三倍于《春秋》，水灾大旱则无以比数。绥和二年九月，自京师至北边郡国三十余处地震，为自古所无。朝廷凡有灾，例皆召对，此时灾变叠见，吏民上书，无不以为王氏专政所致，上卒不悟，安昌侯张禹，以天子师，每有大政，必与定议。一日，帝至其私第，辟去左右，得吏民所言示禹曰："上天示异，吏民不约而同，皆以为王氏所致，王氏一门，何以独能上干大象？刘向素称博学，亦以为然，朕终不解其意。经传颇有记载，吏民所言，亦颇合经义否？君老臣，学问非人听及，又朕所亲信，愿详言之，以决疑衷。"禹见自己年老，子孙弱；恐为王氏所怨，因谓上曰："《春秋》日食地震，或为诸侯相杀；夷狄侵中国，灾变之意深远难见，故圣人罕言命，不语怪神，性与天道，自子贡之属不得闻，何况浅见鄙儒之所言！陛下宜修政事，以善应之，此经义意也。新学小生，乱道误人，宜无信用。"上素信爱禹，由此不疑王氏。

时有故槐里令朱云上书求见，众公卿同在前，云曰："今朝廷大臣上不能匡主，下无以益民，皆尸位素餐，孔子所谓'鄙夫不可与事君，苟患失之，无所不至'者也。臣愿赐上方斩马剑，断佞臣一人头，以厉其余。"上急问："其人是谁？"对曰："安昌侯张禹。"上大怒曰："小臣居下讪上，廷辱师傅，罪死不赦。"御史簇云下，云牢攀殿槛，御史强拉之，力猛槛折，云大呼曰："臣得下从龙逢、比干游于地下，足矣。未知圣朝何如耳！"于是左将军辛庆忌免冠叩头于殿下曰："此臣素著狂直，使其言是，不可诛；其言非，固当容之。臣敢以死诤。"庆忌叩头，头破血流。上意解，然后得已。及后当治槛，上曰："勿易，但辑之。留以旌直臣。"

却说成帝性耽酒色，尝与侍中张放等宴饮禁中，又尝为微行，出入市井郊野，远至傍县，斗鸡走马，常自称富平侯家人。富平侯者，即侍中张放也，宠幸无比，朝野不敢谁何，故假称之，一日，微行过阳阿主家，见歌舞者赵飞燕，大悦之，以为倢伃。飞燕本姓冯，父名万金，貌绝美，善为几靡之乐，闻者心动，江都王有孙女姑苏主，嫁江都中尉赵曼，曼幸万金，食不同器不饱，万金遂通赵主。主有娠，曼性暴妒，且早有私病，不近妇人。主恐，乃称疾居王宫。主产二女，归之万金，长曰宜主，次曰合德，皆冒姓赵。宜主纤便轻细，举止翩然，人因谓之飞燕。合德嫩体膏滑，出浴不濡，而善音辞，轻缓可听，二人皆绝世色。万金死，冯氏家败。飞燕姊妹流转至长安，以组文刺绣，出入阳阿主家，至是入宫得幸，宠冠后宫，未久立为皇后。先是许皇后与班倢伃皆有宠，上尝游后庭，欲与倢伃同辇，倢伃辞曰："观古图画，圣贤之君，皆有名臣在侧，三代末主，乃有嬖妾。今欲同辇，得无近似之乎？"上善其言而止。太后闻之喜曰："古有樊姬，今有班倢伃。"自飞燕入后，宠乃衰，复谮告许皇后、班倢伃，祝诅主上，遂废许后，而考问班倢伃，对曰："妾闻死生有命，富贵在天。修正尚未蒙福，为邪欲以何望？使鬼神有知，不受不臣之诉；如其无知，诉之何益？故不为也。”上善其对，赦之。倢伃恐久终见危，乃求供养太后于长信宫，上许焉。班氏一女子，吐属安闲如此，且始不挟恩怙宠，后能知机引退，有怨歌一首，至今词人传诵，歌曰：

新裂齐纨素，鲜洁如霜雪；裁为合欢扇，团团似明月。出入君怀袖，动摇微风发；常恐秋节至，凉飚夺炎热。弃捐箧笥中，恩情中道绝。

及上闻后女弟合德美，以百宝凤毛辇，迎入宫。帝幸之，大悦，以转属体，无所不靡，谓为“温柔乡”。曰：“吾老是乡矣！不能效武帝求白云乡也。”号为赵倢伃，帝无嗣，赵后多通侍郎宫奴多子者，倢伃倾心翊护之，后终无子。后宠少衰，合德益贵幸，为昭仪。居昭阳宫，皆以黄金白玉明珠翠羽饰之，自来后宫未尝有焉。时帝病缓弱，太医万方不能治，遍求奇药，得慎恤胶以遗昭仪，每进帝一丸，一幸昭仪。一日，醉后兴狂，乃进帝七丸，帝昏夜拥昭仪居九成帐，笑吃吃不休。抵明，宫中忽大哗，众宫奴内侍大惊，齐集宫门。未知何事？下回再为分解。

第四回　麒麟殿董贤固宠

却说帝素强无疾病，时楚王梁王来朝，明旦当辞去，又欲拜孔光为丞相，已刻侯印书赞。昏夜平善入宫，次日晨早，忽闻宫中大乱。皇太后急自进宫，只见帝挺卧帐中，已不能言，阴精涌出不止，顷刻气绝。太后立诏大司马王莽，究问发病状。赵昭仪已自杀矣。

帝无嗣，早已立定定陶共王之子为太子，于是即位，即哀帝，以孔光为丞相，罢大司马王莽就第。帝欲收揽威柄，而很愎不明，初以师丹为大司马，又策免大司空何武，遣就国，而以丹为大司空，以傅喜为大司马。后以共皇立庙京师事，下议，独师丹以为不可，不合上意，以细事下廷尉，劾丹大不敬，免为庶人，复赐爵关内侯。又以朱博为丞相。孔光忤傅太后指，免为庶人。师丹亦免为庶人。大臣黜陟无定，又下尚书仆射郑崇狱，免司隶孙宝为庶人。

时侍中董贤，性和柔便佞少上三岁，美丽无双，得幸于上，贵震朝廷，常与上卧起。妻得通引籍殿中，女弟为昭仪，父恭为少府。诏将作大匠，为贤起大第于北阙下，穷极技巧。又为贤起冢茔于义陵旁，周垣数里。于是郑崇极谏，上责崇曰："君自门庭如市，何以欲禁切主上？"崇对曰："臣门如市，臣心如水。"上怒，下崇狱。司隶孙宝上书曰："崇狱覆治，榜掠将死，卒无一辞，道路称冤。疑昌与崇内有纤芥，浸润相陷，请治昌以解众心。"盖尚书令赵昌谀旨，奏崇与宗族通来往，疑有奸三。于是诏曰："司隶宝附下罔上，国之贼也，免为庶人。"而崇死狱中。

封董贤为高安侯，孙宠为方阳侯，息夫躬为宜陵侯。谏大夫鲍宣复上书谏曰：

> 窃见孝成皇帝时，外亲特权，独乱天下，奢泰无度，穷困百姓，是以日食且十，彗星四起，危亡之徵，陛下所亲见也。今奈何反复剧于前乎？朝臣无有大儒骨鲠之士，论议通古今，忧国如饥渴者。敦外亲小童，幸臣董贤等在省户下。陛下欲与此共承天地，安海内，甚难！官爵非陛下之官爵，乃天下之官爵也。陛下官非其人，而望天悦民服，岂不难哉！孙宠、息夫躬奸人之雄，惑世尤剧，宜以时罢退。及外亲幼童，未通经术者，皆宜令休，就外傅。急徵傅喜，使领外亲；何武、师丹、孔光、彭宣，龚胜可大委任。陛下尚容无功德者甚众，曾不能忍武等邪？治天下者、当用天下之心为心，不得自专快意而已也。

上览奏不喜，以宣名儒，优容之。

明年，复益封董贤二千户。时王嘉为丞相，乃封还诏书，谏曰："爵禄、土地，天之有也。王者代天爵人，不宜滥授。董贤佞幸之臣，陛下倾爵位以贵之，单货财以富之，损至尊以宠之，流闻四方，皆同怨疾。”云云。上大怒，召嘉诣尚书，以他事责问。孔光等遂奏嘉迷国罔上，不道，诏召丞相诣廷尉诏狱。嘉喟然仰天叹曰：“幸得充备宰相，不有进贤退不肖，以是负国，死有余责。”遂不食，呕血而死。

以孔光为丞相。上故令贤私过孔光家。光闻贤来，知上欲尊宠董贤，乃警戒衣冠出门以待，望见贤车，乃垂手却入，贤至中门，光入阁，既下车，乃趋出拜谒。迎送恭谨，不敢用宾主钧敌之礼。上喜，立拜光两兄子为谏大夫常侍。

贤由是权与人主侔矣。上方珍宝，尽归董氏。尝共上昼寝，左右白事，上欲起，而贤偏籍上袖，恐惊贤寐，乃断袖而起，其宠爱如此。后置酒麒麟殿，上从容视贤，笑曰：“吾欲法尧禅舜，何如？”中常侍丁闳进曰：“陛下承宗庙，当传子孙于无穷，统业至重，天子无戏言。”上默然。左右遣闳出，闳遂上书曰：“昔文帝幸邓通，不过中大夫，武帝幸韩嫣，赏赐而已，皆不在大位。今贤无功封侯，列备鼎足，喧哗道路，不当天心。”上下从，亦不罪之。元寿二年五月，以董贤为大司马，孔光为大司徒，彭宣为大司空。六月，帝崩，时年二十五岁。在位六年。

太皇太后闻帝崩，立即驾往未央宫，收取玺绶。召大司马贤，问以丧事调度，贤忧惧不能对。太后曰：“新都侯莽，前奉送先帝大行，晓习故事，吾令莽佐君。”贤顿首曰：“幸甚。”

太后遣使者驰召莽。莽至，以太后指，使尚书劾董贤，不亲医药，禁止不得入宫殿。贤免冠徒跣诣阙，莽又以太后有诏，即阙下册收贤印绶，罢归第。贤归、与妻即日皆自杀。家人惶恐，夜葬之。莽疑其诈死，发其棺至狱诊视，因埋于狱中。籍没其家财，得四十二万万。父恭与家属徙合浦。后人有诗叹曰：

> 云阳舍人貌自工，年才二十为三公。法尧禅舜尚不惜，何况断褎枕席中。
> 孝武当年称好色，思患预防杀钩弋。嬖一幸竖忘祖宗，欲绵汉祚何由得，
> 后人空骂新都贼。

太皇太后乃诏公卿举可为大司马者。太皇太后即天帝后王政君，莽之姑也。于是孔光以下皆举王莽，忽有两位大臣出班大声曰：“不可不可！”二公是谁？下文分解。

第五回　掘后坟群臣荷锸

且说朝中文武何以都趋附王莽？盖王莽最为奸诈。成帝初即位，即委政王凤，王氏势极盛。刘向所谓“王氏与刘氏势不并立”也。时五侯诸子，唯知乘时侈靡以舆马声色，佚游相高。独莽觊觎神器，心怀篡逆。见主无刚断，臣乏骨鲠，一时朝野所尊信儒臣，如谷永、孔光、杜钦、张禹之徒，唯知规免祸患，依凭宠禄，殊易牢笼，因折节为恭俭，勤身博学，内事诸父，外交英俊。及爵位益尊，节操愈谦，振施宾客，家无所余，虚誉隆洽，倾其诸父。又敢为激发之行，处之不惭恧，尝私买侍婢，昆弟怪之，莽因曰：“后将军朱子元无子，莽闻此儿种宜子，为买之。”即日以婢奉博。其慝情求名如此。王介甫有诗一首，足寒权奸之胆。诗曰：

周公恐惧流言日，王莽谦恭下士时，
假使当年身便死，一生真伪有谁知。

哀帝渔色丧躯，及崩，无嗣，未议迎立。太皇太后先欲以大权归之王莽，于是诏公卿佥举可为大司马者。时宰相孔光，欲媚太后，以固宠荣，乃出班奏曰：“新都侯莽，才高管、晏，德并伊、周，允堪厥任。”于是光以下文武两班，同声应曰：“大司徒所举是也。”

独前将军何武，左将军公孙禄，以为惠昭之世，外戚持权，几危社稷，今此世无嗣，市当选立亲近幼主，不宜令外戚持权，言辞侃侃。太后竟置若罔闻，竟自用莽为大司马，领尚书事。

时朝中议论迎立之事，纷纷不一，太皇太后一听王莽主裁。时中山王箕，子年方九岁，宗支亲近中最为年幼，故众大臣无一人议及。而王莽独利其年幼，与太后议定，遂遣车骑将军王舜，使持节迎之，立以为帝，即平帝也。

莽以孔光名儒，曾相三主，太后所敬，天下信之，于是盛尊事光，引光女婿甄邯为侍中，劾奏何武、公孙禄互相称举，免官就国，红阳侯王立，虽不居位，莽畏之，令光奏立罪恶，请遣就国。于是附顺者拔擢，忤恨者诛灭。以王舜、王邑为腹心，甄丰、甄邯主击断，平晏领机事，刘秀典文章，孙建为爪牙，百官总已以听，莽色厉而言方，欲有所为，微现风采，党与即承其指意而显奏之。

莽则稽首悌泣，固固推让，上以惑太后，下以示信于众庶焉。

此时内外都已布置，而心急行篡，终碍太后精明，一日，忽然得一妙计，孔光尝称吾功德比周公，周公之时，有越裳氏重译来朝故事，此时正好借用。即暗遣心腹，前往益州，如此如此。

一日，忽有塞外蛮夷，自称越裳氏重译来献白雉一对。于是王莽启太后以为越裳氏不通中国者，千有今年，今德教远敷，重译来贡，允宜以荐宗庙。群臣乃共奏曰："幼主初嗣，此大司马莽之功德也，宜赐号曰安汉公，益户畴爵邑。"太后即诏尚书照此办理。莽乃上书言："臣与孔光、王舜、甄丰、甄邯共定策，今愿独叙光等之功，置臣莽于勿议。"固让数四，称疾不起。太后乃诏光为太师，舜为太保，丰为少傅，邯封承阳侯。王莽尚未起，群臣复上言，宜以时加赏元功。太后乃以莽为太傅，斡四辅之事，号曰安汉公，益封二万八千户，于是莽故为惶恐，不得已受太傅、安汉公号，让还益封事。复建言褒赏宗室群臣，下至庶民鳏寡。恩泽之政，无所不施。又讽公卿奏言："太后春秋高，不宜亲省小事"。令太后下诏曰："自今以后，唯封爵乃以闻，他事安汉公平决。"于是权尽归莽，势与人主侔矣。

时大司空彭宣乃上印绶，乞骸骨归乡里。光禄大夫楚国龚胜，太中大夫琅邪邴汉，以王莽专政，皆乞骸骨。莽令太后皆优礼遣之。又有故南昌尉梅福，字子真，知莽必篡汉，一朝弃妻子去，不知所之。福九江寿春人，博学通经，成帝时见权戚用事，便弃职居家，修身乐道。成帝永始三年王凤已死，莽复弄权，福看不过意，尝因县道上书，直指时事，婉切极谏，上不纳。至是弃家而去。人传以为仙。其后有人见福于会稽者，变姓名为吴市门卒云。

却说平帝乃中山王兴之子，既立，莽恐帝外家卫氏夺其权，白太后曰："前者哀帝立，皆太后恩义，自贵外家，几危社稷，今帝以幼年，复奉大宗，宜明一统之义，以成前事，为后代法。"乃遣使即拜帝母卫姬为中山孝王后，赐帝舅宝、玄爵关内侯，皆留中山，不得至京师，莽长子名宇，见莽隔绝平帝母子，心非其行，又恐久后受祸，私自通书与卫宝，教卫后上书谢恩，因而陈说丁、傅旧恶，庶几得至京师。先是元帝昭仪傅氏，甚有宠，生一子为定陶恭王。及恭王毙，子欣代为王。会成帝无嗣，傅太后乃多以珍宝赂遗赵昭仪。及成帝舅骠骑将军王根，求以王为汉嗣，诸人更相称誉定陶王欣贤，遂徵入，立为太子。哀帝立，乃尊傅太后为皇太太后，帝母丁氏为皇太后，博氏侯者，凡六人，大司马二人，九卿二千石六人，侍中诸曹十余人，丁氏侯者，凡二人，大司马一人，将军九卿二千石六人，侍中诸曹亦十余人。丁、傅一二年间暴兴尤盛，然哀帝下甚假以权势，权势不如王氏在成帝世也。傅太后元寿元年崩，丁太后建平二年崩。及哀帝崩，王莽秉政，使有司举奏丁、傅罪恶，乃贬傅太后为定陶恭王母，丁太后号曰丁姬。哀帝后乃定陶太后从弟之女也，哀帝为定陶王时，傅太后欲重亲，取以配王，王即帝位，为皇后，至是令退就桂宫，后月余，复与孝成赵皇后俱废为庶人，就其园逼令自杀。赵皇后即飞燕也。哀帝时，虽有王太后在内，而莽无权，故恨之入骨。及卫后书上，顺其指，遂益以七千户，为后汤沐邑。时更立宗室桃乡侯子成都为中山王，以奉孝王之后，亦赐黄金百斤，而不令至京师，卫后日夜啼泣，思见帝一面而不可得，悲痛万状。宇复教令上书，但益户邑而已。宇乃与其师吴章及妇兄吕宽商议。章以为莽不可谏，而好鬼神，可为变怪以惊惧之，然后说令归政。会事发觉，莽执宇送狱，饮药死。宇妻怀子亦系狱，候产子后杀之。莽奏言："宇为吕宽等诖误，流言惑众，恶与管、蔡同罪，臣不敢隐其诛。"甄邯等白太后，下诏曰：

夫唐尧有丹朱，周文王有管、蔡，此皆上圣无奈下愚子何，以其性不可移也。公居周公之位，辅成王之主，而行管、蔡之诛，不以亲亲害尊尊，朕甚嘉之。昔周公诛四国之后，乃至于刑措，公其专意翼国，期于致平。

莽因是诛灭卫氏，卫宝女为中山王后，亦黜其后位，而徙置合浦。唯卫后在，后亦废为家人。乃穷治吕宽之狱，连引郡国豪杰，平素非议己者，内及敬武公主，红阳侯立，平阿侯仁，使者迫守，皆自杀。忠直不附莽者，何武、鲍宣及王商、辛庆忌诸子，皆坐死。凡数百人，海内震焉。吴章特腰斩。初章为当世名儒，教授千余人。莽以为恶人党，皆当禁锢不得仕宦，门人尽更名他师。有平陵人云敞，时为大司徒椽，自劾是吴章弟子，愿弃官抱章尸归棺殓葬之。时北海逄萌谓友人曰："三纲绝矣！不去祸将及身。"即解冠挂东都城门归，带家属浮海客于辽东。

时有大司马护军王褒奏曰："安汉公遭子宇陷于管、蔡之辜，子爱至深，为帝室故，不敢顾私，唯宇遭罪，喟然愤发，作书八篇，以戒子孙，此宜颁于郡国，令学官用为教授。"事下公卿议，群公乃请今天下能诵公此戒者，著官簿用之，得这举，比《孝经》焉。莽欲以虚名悦太后，白言亲承前孝哀丁、傅奢侈之后，百姓未赡者多，太后宜且衣缯练，颇减膳以示天下，莽因上书，愿出钱百万，献田三十顷，付大司农助给贫民，每有水旱、莽辄素食。左右以白太后，乃遣使者诏莽曰："闻公菜食，忧民深矣，今秋幸孰，公勤于职，宜以时食肉，爱身为国也。"莽既耀媚事太后，下至旁侧。长御诸人，方故万端，不可胜纪。

莽既尊重，欲以女配帝为皇后，以固其权。乃奏言："皇帝即位三年，长秋宫未建，液廷媵未充。乃者国家之难，本从无嗣，配取不正也。请考论《五经》，定娶礼，正十二女之义，以广继嗣，博采二王后，及周公孔子世列侯在长安者适子女。"事下，有司上众女名王氏女多在选中者。莽恐其与己女争，即上言："身无德，女材下，不宜与众女并采。"太后以为至诚，乃下诏曰："王氏女朕之外家，其勿采。"而庶民、诸生、郎吏以上，守阙上书者日千余人，公卿大夫或诣廷中，或伏省户下，咸言："明诏圣德，巍巍若彼，安汉公盛勋堂堂若此，今当立后，独奈何废公女，天下安所归命？愿得公女为天下母。"莽遣长史以下诸人，分部谕止公卿及诸生，而上书愈甚，太后不得已。听公卿，采莽女。莽复自白宜博选众女。公卿争曰："不宜采诸女，以贰正纯。"莽白："愿见女。"太后遂遣长乐少府、宗正尚书，纳采见女，还奏言："公女渐渍德化，有窈窕之容，宜承大序，奉祭祀。"有诏遣大司徒大司空策告宗庙，杂加卜筮，皆曰："兆吉。"于是公卿大夫同奏曰："古者天子封后父百里，尊而不臣，所以重宗庙，孝之至也。请以新野田二万五千六百顷，益封莽满百里。"莽谢曰："臣莽子女，诚不足以配至尊，复听众议益封，臣莽伏自思念，得托肺腑，获爵土如使子女，诚能奉称圣德，臣莽国邑足以供朝贡，不须复加益地之宠，愿归还所益之田。"太后许之，有司又奏："故事聘皇后，黄金二万斤，为钱二万万。"莽辞让，受四千万，而以三千三百万予十一媵家。群臣复言："今皇后受聘，逾于群妾无几。"有诏复益二千三百万，合为三千万。莽复以其千万分予九族贫者。

陈崇时为大司徒司直，与张竦相善。竦者，博通士也，为崇草奏称莽功德。崇奏之曰：

窃见安汉公自初束修，值世俗隆奢丽之时，蒙两宫厚骨肉之宠，被诸父赫赫之光，财饶势足，无所牾意。然而折节行仁，克心履礼，拂世矫俗，确然特立，恶衣恶食，陋车驽马，妃匹无二，闺门之内，孝友之德，众莫不闻，清静乐道，温良下士，惠于故旧，笃于师友。孔子曰："未若贫而乐，富而好礼。"公之谓矣。及为侍中，故定陵侯淳于长有大逆罪，不之敢私，建白诛讨，周公诛管、蔡，季子鸩叔牙，公之谓矣。是以孝成皇帝命公大司马，委以国统。孝哀即位，高昌、董宏，希指求美，造作二统，公手劾之，以定大纲。建白定陶太后，不宜在乘舆幄坐，以明国体。《诗》曰："柔亦不茹，刚亦不吐，不侮鳏寡，不畏强圉。"公之谓矣。深执谦退，推诚让位。定陶太后欲立僭号，惮彼面刺幄坐之义，佞惑之雄，朱博之畴，惩此长、宏手劾之事，上下一心，谗贼交乱，诡辟制度，遂成篡号，斥逐仁贤，诛残戚属，而公被胥、原之诉，远去就国，朝政崩坏，纲纪废弛，危亡之祸，不坠如发。《诗》云："人之云亡，邦国殄悴。"公之谓矣。当此之时，宫无储主，董贤据重，加以傅氏有女之援，皆自知得罪天下，结仇中山，则必同忧，断金相翼，藉假遗诏，频用赏诛，先除所惮，急引所附，遂诬往冤，更徵远属，事势张见，其不难矣！赖公立入，即时退贤，及其党亲。当此之时，公运独见之明，奋无前之威，盱衡厉色，振扬武怒，乘其未坚，厌其未发，震起机动，敌人摧折，虽有贲育，不及持刺，虽有樗里，不及回智，虽有鬼谷，不及造次，是故董贤丧其魂魄，遂自绞杀。人不旋踵，日不移晷，霍然四除，更为宁朝，非陛下莫引立公，非公莫克此祸。《诗》云："唯师尚父，时惟鹰扬，亮彼武王。"孔子曰："敏则有功。"公之谓矣。于是公乃白内故泗水相丰、斄令邯，与大司徒光、车骑将军舜，建定社稷，奉节东迎，皆以功德，受封益土，为国名臣。《书》曰："知人则哲。"公之谓也。公卿咸叹公德，同盛公勋，皆以周公为比，宜赐号安汉公，益封二县，公皆不受。《传》曰："申包胥不受存楚之报，晏平仲不受辅齐之封。"孔子曰："能以礼让，为国乎何有？"公之谓也。将为皇帝定立妃后，有司上名，公女为首，公深辞让，迫不得已，然后受诏，父子之亲，天性自然，欲其荣贵，甚于为身，皇后之尊，侔于天子，当时之会，千载稀有，而公唯国家之统，揖大福之恩，事事谦退，动而固辞。《书》曰："舜让于德不嗣。"公之谓矣。自公受策，以至于今，亹亹翼翼，日新其德，增修雅素，以命下国，後俭隆约，以矫世俗，割财损家，以帅群下，弭躬执平，以逮公卿，教子尊学，以隆国化。童奴衣布，马不秣谷，食饮之用，不过凡庶，《诗》云："温温恭人，如集于木。"孔子曰："食无求饱，居无求安。"公之谓矣。克身自约，籴食逮给，物物卬市，日阕无储，又上书归孝哀皇帝所益封邑，入钱献田，殚尽旧业，为众倡始。于是大小乡和，承风从化，外则王公列侯，内则帷幄侍御，翕然同时，各竭所有，或入金钱，或献田亩，以振贫穷收赡不足者。昔令尹子文朝不及夕，鲁公仪子不茹园葵，公之谓矣，开门延士，下及白屋，屡省朝政，综管众治，亲见牧守以下，考迹雅素，审知白黑。《诗》云："夙夜匪懈，以事一人。"《易》曰"终日乾乾，夕惕若厉。"公之谓矣。比三世为三公，再奉送大行，秉冢宰职，填安国家，四海辐辏。靡不得所。《书》曰："纳于大麓，烈风雷雨不迷。"公之谓矣。是上世之所鲜，禹、稷之所难，而公包其终始，一以贯之，可谓备矣。是以三年之间，化行如神，嘉瑞叠累，岂非陛下知人之效，得贤之致哉！故非独君之受命也，臣之生亦不虚矣。是以伯禹锡元圭，周公受郊祀，盖以达天之使，不敢擅天之功也。揆公德行，为天下纪，观公功勋，为万世基，基成而赏不配，纪立而褒不副，诚非所以厚国家，顺天心也。高皇帝褒赏元功，相国萧何邑户既倍，又蒙殊礼，奏事不名，入殿不趋，封其亲属十有余人，乐善无厌，班赏无遴，苟有一策，即必爵之，是故公孙戎位在充郎，选由旄头，壹明樊哙，封二千户，孝文皇帝褒赏绛侯，益封万户，赐黄金五千斤。孝武皇帝恤录军功，裂三万户以封卫青，青子三人，或在襁褓，皆为通侯。孝宣皇帝显著霍光，增户命畴，封者三人，延及兄孙。夫绛侯即因汉藩之固，杖朱虚之鲠，依诸将之递，据相扶之势，其事虽丑，要不能遂。霍光即席常任之重，乘大胜之威，未尝遭时不行，陷假离朝，朝之执事，无非同类，割断历久，统政旷世，虽曰有功，所因亦易，然犹有计策不审过徼之累。及至青、戎摽末之功，一言之劳，然犹皆蒙邱山之赏。课功绛、霍，造之与因也，比于青戎，地之与天也。而公又有宰治之效，乃当上与伯禹、周公等盛齐隆，兼其褒赏，岂特与若云者同日而论哉！然特不得蒙青等之厚，臣诚惑之，臣闻功无原者赏不限，德无首者褒不检，是故成王之与周公也，度百里之限，越九锡之检，开七百里之宇，兼商奄之民，赐以附庸殷民六族，大路大旗，封父之繁弱，夏后之璜，祝宗卜史，备物典策，官司彝器，白牡之牲，郊望之礼。王曰："叔父，建尔元子。"子父俱延拜而受之，可谓不检无原者矣！非特止此，六子皆封。《诗》曰："亡言不雠，亡德不报。"报当如之不如非报也。近观行事，高祖之约，非刘氏不王，然而番君得王长沙，下诏称忠，定著于令，明有大信不拘于制也。春秋晋悼公用魏绛之策，诸夏服从，郑伯献乐，悼公于是以半赐之，绛深辞让，晋侯曰："微子，寡人不能济河。夫赏，国之典，不可废也。子其受之。"魏绛于是有金石之乐。《春秋》善之，取其臣竭忠以辞功，君知臣以遂赏也。今陛下既知公有周公功德，不行成王之褒赏，遂听公之固辞，不顾《春秋》之时义，则民臣何称，万世何述，诚非所以为国也。臣愚以为宜恢公国，令如周公，建立公子，令如伯禽，所赐之品，亦皆如之，诸子之封，皆如六子。即群下较然输忠，黎庶昭然感德，臣诚输忠，民诚感德，则于王事何有。唯陛下深知祖宗之重，敬畏上天之戒，仪刑虞周之盛，敕尽伯禽之赐，无遴周公之报，令天法有设，后世有祖，天下幸甚。

书上，太后以示群公，遂请还前所益二县，及黄邮、新野田，采伊尹、周公称号，加公为宰衡，位上公，掾史秩六百石，三公言事，称“敢言之”，群吏毋得与公同名，出从期门二十人，羽林三十人，前后大车十乘。赐公太夫人号曰功显君，食邑二千户，黄金印，赤韨。封公子男二人，安为褒新侯，临为赏都侯，加后聘三千七百万，合为一万万，以明大礼，太后临前殿，亲封拜，安汉公拜前，二子拜后，如周公故事，莽稽首辞让，出拜封事，愿独受母号，还安、临印韨及号位户邑。事下，太师光等皆曰：“赏未足以当功，谦约退让，公之常节，终不可听。”莽复求见，固让，太后下诏曰：“公每见，叩头流涕固辞，今移病，固当听其让，令视事。将当遂行其赏，遣归就第也。”孔光等曰：“安、临亲受印韨，策号通天，其义昭昭。黄邮、召陵、新野之田，为入尤多，皆止于公。公欲自损以成国化，宜可听许，治平之化，当以时成，宰衡之官，不可世及，至纳征钱，乃以尊皇后，非为公也。功显君户，宜身不传。褒新、赏都两国，合三千户，甚少矣，忠臣之节，亦宜自屈而伸主上之义，宜遣大司徒大司空，时节承制，诏公亟入视事，诏尚书勿复受公之让。”太后即准奏，莽乃起视事。

元始四年，群臣奏莽功德，灿然唐虞举发，成周造业，诚无以加。诏议九锡之法。时大风吹长安城东门，屋瓦且尽。五年正月，祫祭明堂，征诸侯王、列侯、宗室子助祭、礼毕，封赏有差。时吏民以莽不受新野田而上书者，前后四十八万六千五百七十二人。及诸侯王、列侯、宗室见太后者，皆叩头言，宜亟加赏于安汉公。于是莽上书曰：

臣以外属，越次备位，未能奉称。伏念圣德纯茂，承天当古，制礼以治民，作乐以移风，四海奔走，百蛮并臻，辞去之日，莫不陨涕，非有款诚，岂可虚致。自诸侯王以下，至于吏民，咸知臣莽上与陛下有葭莩之故，又得典职，每归功列，德者辄以臣莽为余言，臣见诸侯面言事于前者，未尝不流汗而惭愧也。虽性愚鄙至诚，自知德薄位尊，力小任大，夙夜悼栗，常恐污辱圣朝。今天下治平，风俗齐同，百蛮率服，皆陛下圣德所自躬亲，太师光、太保舜等辅政佐治，群卿大夫莫不忠良，故能以五年之间，至致此焉。臣莽实无奇策异谋，奉承太后圣诏宣之于下，不能得什一，受群臣之筹划而上以闻，不能得什五，当被无益之辜，所以敢且保首领须臾者，诚上休陛下余光，而下依群公之故也。陛下不忍众言，辄下其章于议者，臣莽前欲立奏止，恐其遂不肯止。今大礼已行，助祭者毕辞，不胜至愿，愿诸章下议者，皆寝勿上，使臣莽得尽力毕制礼作乐事，事成以传示天下，与海内平之，即有所间非，则臣莽当被诖上误朝之罪。如无他谴，得全命赐骸骨，归家避贤者路，是臣之私愿也。唯陛下哀怜裁幸。

甄邯等乃白太后，诏曰：

可。唯公功德光于天下，是以诸侯王公，列侯宗室，诸生吏民，翕然同谓，连守阙庭，故下其章。诸侯宗室辞去之日，复见前重陈，虽晓谕罢遣，犹不肯去，告以孟夏将行厥赏，莫不欢悦，称万岁而退。今公每见辄流涕叩头，言愿不受赏，赏即加，不敢当位。方制作未定，事须公而决，故且听公制作毕成。

群公以闻，究于前议，其九锡礼仪亟奏。五月，遂赐莽九锡。

先是遣陈崇等八人，分行天下，览观风俗，至是还言天下风俗齐同，为市无二价，官无狱讼，邑无盗贼，野无饥民，道不拾遗，男女异路。又诈为郡国造歌谣，颂功德，于是封刘歆、陈崇等十二人为列侯。莽又思北方匈奴，东方海外，南国黄支，俱以重赂买其通贡。唯西域隔绝，乃遣中郎将平宪等，多持金币诱塞外羌，使献诚内属。

莽忽想得平日所为，止劾傅太后一事，最为合礼，且因此致怨被遣就国。前虽贬傅太后为共王母，丁太后为丁姬，而逼死傅皇后，犹未足快意。于是复言共王母、丁姬，前不臣妾，至葬渭陵冢，高与元帝山齐，又棺中有帝太后、皇太太后玺绶，不合礼，礼有改葬，请发共王母及丁姬冢，取其玺绶消灭之，而徙归定陶，葬共王冢次。太后以为既往之事不须复发，莽必欲掘其冢，固争之。不知掘否如何，且听下回分解。

第六回　摄君位宗室兴戈

却说王莽要掘哀帝母及祖母傅后冢墓，太后不忍，莽固争要掘，遂遣将作大匠，前往渭陵。时在位公卿大臣阿莽之指，皆争入钱帛，遣子弟及诸生、四夷，凡十余万人，持具前往助掘。先发傅太后冢，冢崩，压杀数百人。及开丁姬椁，椁户火出，炎四五丈，吏卒以水沃灭，乃得入椁中。器物皆烧燔，原棺皆名梓宫，衣珠玉之衣，莽命换以木棺，搏去珠玉衣。既开傅太后棺，臭闻数里。时又有群燕数千，衔土投丁姬圹中，一时有此数异焉。

且说平帝年十三矣，颇有知识，见莽所为诈伪，惨毒日甚，党羽遍朝野，虽居帝位，举目无亲，如坐樊笼，常是忧形于色。莽早已看在心中，于十二月腊日。莽亲上椒酒，遂置毒酒中，帝才饮入腹，顿觉焦热如火，五脏欲裂，大呼曰："王莽弑君也。"莽急以他辞乱其语，令左衔扶入宫中，自却奔至泰畤请命。泰畤者，元鼎中立大乙及帝祠坛于甘泉，是为泰畤也。莽至泰畤，戴璧秉圭，怀中取出所作愿以身代策文，藏之金滕，置于前殿，敕诸公不得漏言。不一时间，宫中传言，帝已崩矣，时元帝世系已绝，而宣帝曾孙现在为王者有五人，列侯广戚侯显等有四十八人，莽皆恶其长大，曰："兄弟不得相为后。"乃选元孙中最幼者广戚侯子婴，年二岁，托以为卜相最吉。是月，前辉光谢嚣奏武功长孟通浚井得白石，上圆下方，有丹书著石，文曰："告安汉公莽为皇帝。"莽使群公以白太后。太后曰："此诬罔天下，不可施行。"太保舜谓太后曰："事已如此，无可奈何，沮之力不能止。又莽非敢有他，但欲称摄以重其权，镇服天下耳。"太后听许，于是莽居摄践祚，服天于韨冕，南面朝群臣，听政事，车服出入警跸，民臣称臣妾，皆如天子之制。郊祀天地，宗祀明堂，其祀宗庙，享祭群神。赞曰"假皇帝"，民臣谓之"摄皇帝"，自称曰"予"，平决朝事，常以皇帝之诏称"制"。明年改元，曰居摄元年。正月，莽祀上帝于南郊，迎春于东郊，行大射礼于明堂，养三老五更，成礼而去。三月己丑，立宣帝玄孙婴为太子，号曰孺子，以王舜为太傅左辅，甄丰为太阿右弼，甄邯为太保后承。

却说汉朝初得天下，惩秦孤立之祸，大封同姓子弟，以镇抚四海，藩卫王室，至景帝时，七国变起，后主父偃复劝武帝行推恩之说，以弱诸侯，诸侯寝以衰息矣。哀平之际，王莽专柄，宗室竞尚阿附取容，故莽肆无忌惮，得以盗窃神器。此时却恼了一位宗室，乃安众侯刘崇，愤曰："篡逆之迹已著，而犹以周公待之，岂天下皆聋聩耶。"因与相张绍谋曰："安汉公莽专制朝政，必危刘氏，天下非之，乃莫敢先举，此宗室之耻也。吾帅宗族为先，海内必和。"绍曰："人谁无死，为社稷死，荣于卑污图存也。况为忠义倡首，虽事不成，为后起者鼓其气亦善矣。"遂与从者百余人，进攻宛，不得入而败，张绍者，张竦之从兄也，竦遂与刘崇族父刘嘉，诣阙自归，莽赦弗罪，竦因为嘉作奏曰：

建平元寿之间，大统几绝，宗室几弃。赖蒙陛下圣德，扶服振救，遮扞匡卫，国命复延，宗室明目。临朝统政，发号施令，动以宗室为始，登用九族为先，并录支亲，建立王侯南面之孤，计以百数，收复绝属，存亡续废，得比肩首，复为人者，嫔然成行，所以藩汉国辅汉宗也。建辟雍，立明堂，班天法，流圣化，朝群后，昭文德，宗室诸侯，咸益土地，天下喁喁，引领而叹，颂声洋洋，满耳而入。国家所以服此美，膺此名，飨此福，受此荣者，岂非太皇太后日昃之思，陛下夕惕之念哉！何谓？乱则统其理，危则致其安，祸则引其福，绝则继其统，幼则代其任。晨夜屑屑，寒暑勤勤，无时休息，孳孳不已者，凡以为天下，厚刘氏也。臣无愚智，民无男女，皆谕至意。而安众侯崇乃独怀悖惑之心，操畔逆之虑，兴兵动众，欲危宗庙，恶不忍闻，罪不容诛，诚臣子之仇，宗室之仇，国家之贼，天下之害也。是故亲属震落而告其罪，民人溃畔而弃其兵，进不跬步，退伏其殃，百岁之母，孩提之子，同时断斩，悬头竿杪，珠珥在耳，首饰犹存，为计若此，岂不悖哉。臣闻古者畔逆之国，既已诛讨，而豬其宫室，以为污池，纳垢浊焉，名曰凶墟。虽生菜茹而人不食。四墙其社，覆上栈下，示不得通，辨社诸侯，出门见之，著以为戒，方今天下，闻崇之反也，咸欲骞衣手剑而叱之，其先至者，则拂其颈，冲其匈，刃其躯，切其肌，后至者欲拔其门，仆其墙，夷其屋，焚其器，应声涤地，即时成创。而宗室尤甚。言必切齿焉。何则？以其背畔恩义，而不知重德之所在也。宗室所居或远，嘉幸得先闻，不胜愤愤之愿，愿为宗室倡始，父子兄弟，负笼荷锸，驰之南阳，豬崇宫室，令如古制，及崇社宜如亳社，以赐诸侯，用永监戒，愿下四辅公卿大夫议，以明好恶，示四方。

于是莽大悦，以杜衍户千封嘉为师礼侯，嘉子七人皆赐爵关内侯，又封张竦为淑德侯，长安谓之语曰："欲求封过张伯松，力战斗不如巧为奏。"伯松，竦之字也，时人无不唾骂窃笑之，竦固诩诩然自以为得意。

竦祖张敞为宣帝时名臣，数治剧郡，有声，为政以经术自辅。又尝为妇画眉，有司以奏，上问之，对曰："臣闻闺房之内，夫妇之私，有过于画眉者。"上爱其能，弗备责也。其时王太后数出游猎，敞以书谏，后遂不复出。霍氏贵盛，敞时为山阳太守，闻之，即上封事，以为辅臣专政，贵戚太盛，君臣之分不明，请罢霍氏三侯，皆使就第。及卫将军、张安世，宜赐几杖归休，时存问召见，天下以陛下为不忘功德，而朝臣为知礼，霍氏世世无所患苦云云。上甚善其计，而不能用。使用敞言，则霍氏无族灭之祸矣。然霍光决大计，安宗庙，定天下，功忠盖世，惜不学无术，不能敛抑妻子，使千载后徒悲惜。汉宣前不能从敞计，早为之所，后不能存一二孤幼，以奉功忠之祠，则敞之一疏足以昭鉴后世，顾不重欤。使元、成、哀、平之际有敞，凤且不能专权，何有于莽之醇盗虚声者哉！竦之无耻，沾辱乃祖矣。竦死无子，遂绝敞后云。

却说莽得竦奏，狂喜之极，既封嘉、竦，又封王舜之子匡为同心侯，林为悦德侯。时孔光已老死，乃封其孙寿为合意侯，甄丰、孙匡为并力侯，益甄邯、孙建各三千户。正在封赏诸臣,忽见一宦者,捧羽书仓皇奔入,奏曰:“今有东郡太守翟义造反,雄兵十万,所向风靡,将入长安,各郡县文书,雪片般飞来。”莽大惊,急取羽书观看,莽未看毕,已吓得魂飞魄散,面如土色。不知申报何等厉害,且听下回分解。

第七回　颁大诰群雄举义

且说翟义字文仲，汝南上蔡人也，乃故相方进之子。方进幼孤学，给事太守府为小史，迟顿不及事，数为掾史所詈辱。方进自伤，乃从汝南蔡父求相，因问当从何术可以上达。蔡父奇其形貌，告曰："小史有封侯骨，当以经术进，努力为诸生学问。"方进既厌为小史，闻蔡父言，心喜，因归家辞其后母，欲西至京师受经。母怜其幼，随之长安织履以给衣食。方进读经博士，受《春秋》积十余年，经学明习，徒众日广，诸儒称之。以射策中甲科，为郎。二三岁举明经，迁议郎。河平中，转为博士。数年，迁朔方刺史。居官不烦苛，所察应条辄举，甚有威名。再三奏事，迁为丞相司直。十余年间，擢为丞相，封高陵侯。方进智能有余，兼通文法吏事，以儒雅缘饬法律，号为"通明相"，天子甚器重之，奏事无不当意。又善求人主微指，以固其位，而持法刻深，举奏牧守九卿，峻文深诋，中伤者尤多，后以灾变，上赐册，乃自杀。长子宣，嗣侯位。宣亦明经笃行，君子人也。义其幼子，年二十为南阳都尉，吏民不敢动，威振南阳。后为宏农太守，迁河南太守，青州牧。所居著名，有父风烈，徙为东郡太守，数岁，闻平帝崩，王莽居摄，大怒，谓姊子上蔡陈丰曰："新都侯莽，公行篡试矣，平帝晨起临朝，饮莽酒不终目，七孔流血而崩，是以鸠弑君也。公然践祚，服天子韨冕，南面朝群臣，出警入跸，是已篡位也。汉家亲王列侯，犹有百数，乃择二岁之幼稚，以为孺子，托周公辅成王之义，且以观望天下人心耳。方今元帝亲支已绝，王太后实灭汉之罪魁，朝臣尽助贼之奸党，而宗室衰弱，外无强蕃，天下倾首服从，莫能亢扞国难。吾幸得备宰相子，身守大郡，父子受汉厚恩，义当为国讨贼，以安社稷。欲举兵西诛不当摄者，选宗室子孙辅而立之。设令时命不成，死国埋名，犹可以不惭于先帝。今欲发事，汝肯从我乎？"丰年十八，甚是勇壮，慨然许诺。遂与东郡都尉刘宇，严乡侯刘信，信弟武平侯刘璜结谋，于是以九月九日，众官会都课试之时，义对众宣言举义之事，无不踊跃愿从，独观县令畏莽威权不附，义遂斩之。因勒其车骑，材官士，再募郡中勇敢青，得数千人，举兵并东平地，立刘信为天子。信东平王云子也，云诛死，信兄开明嗣为王，薨，无子，而信子匡，复立为王。义立信为天子，义自号大司马，柱天大将军，以东平王傅苏隆为丞相，中尉皋丹为御史大夫，移檄郡国，言莽鸠杀孝平皇帝，矫摄尊号，今天子已立，恭行天罚。此檄一出，郡国日震，响应者日众，比至山阳，众已十余万。

莽得报大惧，无所措手足，其党亲孙建、王邑等曰："翟义一郡守耳！兵虽众，乌合无纪律。方今雄兵皆在京师，臣等掌之；藩镇宗室，皆虚名无权，何足惧哉！但陛下初登宝位，义以一郡守，振臂一呼，众至十余万，足见民心犹未忘汉。设有继起，绥抚诚难。今当命将益兵，镇守关隘，以防窃发而固人心；再以重兵东向，义为齑粉矣。"莽大喜，乃拜成武侯孙建为奋武将军，成都侯王邑为虎牙将军，明义侯王骏为强弩将军，城门校尉王况为震威将军，宗伯忠孝侯刘宏为奋冲将军，建威侯王昌为中坚将军，中郎将震羌侯窦况为奋威将军，凡七人，令自择关西健汉为校尉军吏，挑选关东甲卒三十万东征。一面以太仆武让为积弩将军，屯函谷关；将作大匠蒙乡侯逯并为横野将军，屯武关；红休侯刘歆为扬武将军，屯宛；太保后承丞阳侯甄邯为大将军，屯霸上。

却说孙建等带领雄兵往东进发，一日，探听义兵屯扎陈留，相去不远，建即传令扎下大寨。次日，命强弩将军王骏带三万人马，前去攻打头阵；奋威将军窦况引兵一万接应，骏等欣然领军前进。时翟义已打听莽兵到来，与刘宇等商议曰："建等兵多将勇，今初至，其锋诚不可当，须用奇以挫其锐。令陈丰领兵二万，前去应敌；义与都尉各引兵五千，左右抄出其后，必取胜也。"王骏到来，只见义阵整齐，旗门开处，一将出马，年才弱冠，开口便骂："篡贼之走狗！"骏大怒，举枪便刺。却说骏本轻义兵少，且非素练，今见陈丰肤白态弱，所执乃短兵钢锤一对，殊不在意。丰年虽幼，却身躯矫捷，力有千斤，见骏枪到，单锤一格，一锤早已飞到，王骏大惊，急忙招架，用尽平生之力。战有二十回合，忽见阵后大乱，王骏借势败回，陈丰挥军掩杀。且说窦况接应之兵，相去五六里，正往前行，忽听得金鼓齐鸣，山凹中翟义、刘宇两支伏兵冲出，况兵大乱。况虽老将，难敌二面，杀得人马四散。义等随转身来助陈丰，丰正驱兵掩杀，三人并力，大获全胜。夺得旗幡金鼓马匹无数。王骏死战身得脱。归到大营，查点四万人马，折去一半。

次日翟义领一支兵逼近大营挑战，孙建大怒，自同震羌侯窦况领中营出阵，命王骏、刘宏、王况、王昌分左右翼，只留王邑守营，全军尽出，如山崩潮起，翟义只带三千，却是胆雄气壮，突出以连弩逼射，建阵大乱却退，及两翼兵到，义已掣回。建等掩杀，转过林子，义兵一个不见，只听得四面金鼓之声，殷殷如雷，建急传令扎住阵脚，不得乱动，前进之兵随随退回。才整队伍，忽然轰天震响，义兵四面杀到，不知多少人马，建等惊魂不定，无处应敌，只得混战。及天色将晚，义阵鸣金收军，建亦不敢追赶，缓缓结阵而退，正遇王邑接应。却说王邑初恐翟义又如前次，分兵抄后，故未敢擅动，后闻军声忽远忽近，恐建有失，始领兵前来。计两次交锋，折兵数万矣。

且说王莽自遣将之后，闻各郡传说，初因孔光、杨雄、刘歆等一班儒臣称颂王莽德比周公，又闻屡次辞赏赐、辞爵邑，又出钱助给贫民，光等之言，将毋可信。但所行事，亦多悖谬，如董贤已死，尸犹入狱，傅太后实元帝之昭仪，丁太后为哀帝之亲母，皆已葬而掘其冢，开棺以露其躯，为盗跖之已甚，岂周公而至此？况赵、傅两皇后，生遭逼死；平帝身为帝主，年仅九龄；慈母别居不得侔面，莽子宇为之书策，诚天理之良，亦伦常之正，而莽不知愧悔，反兴大狱。则今者翟义移檄，言莽毒杀平帝，欲绝汉室为诚然矣。纷纷传说，其抱不平。莽知诡诈之谋已露，惶惧不能食，昼夜抱孺子告祷郊庙。又思世间终是愚人多，乃仿周公《大诰》之文，作策一篇，遣大夫桓谭等颁于天下，谕以摄位当反政孺子之意，其文曰：

唯居摄二年十月甲子，摄皇帝若曰，大诰道诸侯，王三公列侯于汝卿大夫元士御事，不吊天降丧于赵傅丁董，洪唯我幼冲孺子，当承继嗣无疆，大历服事。予未遭其明哲，能道民于安，况其能往知天命，熙吾念孺子，若涉涧水，予唯往求朕所济度奔走，以傅近奉承高皇帝所受命。云云。

长篇累牍，深文曲义，皆依《书经》口气，佶屈聱牙。诰文颁到之处，士民传诵。浅读者不能成句，多有老学究为之吟诵解说。诵至“天降威明，用宁帝室，遗吾居摄宝龟。太皇太后以丹石之符，乃绍天明意，诏予即命居摄践祚，如周公故事。”及“帝不违卜，故予为冲人，长思厥难。曰：乌乎！义信所犯，诚动鳏寡。哀哉！予遭天役，遗大解难于予身，以为孺子，不身自恤。予义彼国君泉陵侯上书曰：成王幼弱，周公践天子位，以治天下。六年，朝诸侯于明堂，制礼乐，班度量，而天下大服。太皇太后承顺天心，成居摄之义。皇太子为孝平皇帝子，年在襁褓，宜且为子，知为人子道，令皇太后得加慈母恩，畜养成就，加元服，然后复子明辟。”等语，无不连连点首，曰：“原来如此。”及读至“天毖劳吾成功所，予不敢不极卒，安皇帝之所图事，肆予告我诸侯王公列侯卿大夫元士御事，天辅诚辞，天其累吾以民，予害敢不于祖宗安人图功所终。”等语，尤极摇头顿足，拖声哦诵，扬眉戟手曰：“翟义、刘信逆贼，独不念汉朝累世天恩，反敢流言惑众耶！”桓谭回朝，将此情形奏莽，莽大悦，乃封谭为明告里附城。明告者，莽特制名，以其出使能明告谕于外也，附城者，如古之附庸也。莽魂相定，自觉觳觫之状为丑，乃谓群臣曰：“昔成王幼，周公摄政，而管、蔡挟禄父以畔，今翟义亦挟刘信而作乱。自古大圣犹惧此，况臣莽之斗筲。”群臣皆曰：“不遭此变，不章圣德。”一日忽得王骏败报，又闻近京各处起兵，莽大惊，急命分头探听。

却说王莽《大诰》所到之处，众人纷纷赞颂，而骂翟义为反贼，槐里地方最大，人物辐辏。有一好汉姓赵名明，见一簇人拥着观看地方官誊示《大诰》，不知何事，乃分开众人看毕，大怒曰：“好贼已篡大位，犹敢舞文愚弄天下耶！”声如霹雳。众人大惊，急就问曰：“篡贼为谁？”明曰：“孝元皇后之侄王莽也。”忽有儒服者数人进曰：“此言取族灭矣。鸩毒之事，夫谁见之？复子明辟之文，炳炳朗朗，小子无妄言也。”明曰：“误天下事而酿祸患者，大抵皆公等迂腐庸俗之徒也！不知事势，罔达机宜，在朝则附和以固宠荣，在里则逡巡而惜身命，君父之难可忍，污秽之事又胡不可为乎！天下大权，尽归王氏已四世矣。今明据天子之位而称皇帝，犹以为非篡非弑，不知汝辈是何肺腑也。宁必待孺子已冠而不反政，迟十数年尝试之，而后攻之乎？抑近而待其复如平帝，而后诛之乎？平帝鸩死有迹，犹以未见为解说；若孺子只须绝其乳哺，更无迹可见矣。再择一襁褓中儿而立之，其立与不立，权在王氏乎？在刘氏乎？在庸庸碌碌之人之手乎？不待辨而明也。君等全无血性，枉有须眉。吾高皇帝诛强暴之秦，百战而有天下。前后相承二百余年，深仁厚泽，遍于寰宇，被一王太后锄灭忠良而亲母党，潜移国祚而绝夫嗣，然坐视此贼肆然而为帝，则明有赴东海而死耳，不忍为诈伪贼之民也。”言未毕，见一大汉叫跳如雷曰：“不必多言，与迂腐子谈，徒丧人神气，挥之速退。某愿与公同赴国难，万死无悔。”明大喜拍手，问其姓名，答曰：“小弟姓霍名鸿，家离城不远，蒙不弃，乞同至舍一叙何如？”时众人除闻二人大言遁去者，尚聚百余人，同声哗曰：“某等亦何能作诈伪之贼之民？亦愿同死耳！”遂一哄同至霍鸿家来。

数日间，聚至万余人。乃相与谋曰：“闻得翟义兵势甚盛，莽贼欲一鼓而擒，以威天下，故诸将精兵，尽往山东，京师空虚。”我等戮力直攻长安，若得入城，捉住王莽，缚至太后之前，同一班阿谀谄佞无耻贼臣，问莽有何功，而有何德，敢假冒周公，而无惭怍？

问群臣腰金衣紫，附贼忘君，只图一时宠荣，不顾千年遗臭，富贵安在，徒玷祖宗？再问太后，汉朝后妃之家，如吕、霍、上官，几危社稷，皆就灭亡，太后知之乎？然奢僭比之王氏，百不及一，满门尽贵，弟曼蚤死，犹怜念追封，而用其子莽，一门十侯五将。其有素抱忠真，不阿吕老太后母家者，诛戮净尽，狐心雄胆，布满朝廷，吕后虽毒，朝中犹有旧臣忠正也。“今亲见夫嗣灭却，社稷倾危，所以为刘氏者若此者，为王氏则富贵尊荣，而至于为皇帝南面朝诸侯。”以一妇人纵未如此，诚自古所未有也。设非安众侯建大义于前，翟太守奋孤忠于后，则汉家烈烈轰轰之天下，遂没没忽忽而失之，使后世以周公为迷众之旌旗，《尚书》为窃国之秘谱矣。“高祖之创此大业也，披坚执锐，履险蹈危，频死者数矣。子孙得太后如此贤妇，引用如此贤侄，假元圣之徽号，套《尚书》之旧文，不费张弓只箭，垂手而得天下，岂不痛哉！然太后春秋高，亦尝自计升遐后梓宫当作王氏之新陵乎？抑归元帝之渭陵乎？人死而无灵，人死如有灵，则太后亦何颜以入高祖之太庙乎？”言辞未毕，众军鼓掌称快，勇气百倍，遂建旗讨贼，闻风相附者益多。不半月，众至十万，乃鼓行而东，所向披靡。

报入京中，莽大恐，急召太保甄邯为大将军，领兵屯城外；令王舜、甄丰昼夜循行殿中；遣将军王奇、王级将兵西出，以拒赵、霍。莽犹战栗不安，复以安乡侯王恽为车骑将军，屯平乐馆；骑都尉王晏为建威将军，屯城北；城门校尉赵恢为城门将军，皆勒兵自备。

再说孙建等东征，两次大败，因其相商议制胜之策。王邑曰：“义军虽非素练，其气甚壮，先声足以夺人，我军未免倚众而轻敌，此所以败也。今当结营固守，以骄其志。俟彼军心稍懈，然后以全军精锐压之。又先发奔命一千，抄其后以夺城。一军逐北，则全军继之；两路而逃，则分军逐之。务以一战而收全功。”建等大喜。

翟义等连日挑战，王邑兵坚壁不出。义躁极曰：“似此何日得达长安，以诛逆贼。”苏隆曰：“此以前者两次挫其锐，欲反劳为逸，且以骄吾兵也。”义曰：“然则如何？”隆曰：“贼兵势大，欲以数倍之众压吾耳。此时只恨孔光、刘歆、杨雄等班谄佞贼臣，以伊、周颂莽，迷痼天下耳目者已久，不然岂无一二豪杰兴举义兵以相应哉！此时京师空虚，若振一旅之师以入长安，则大事济矣。今唯有舍死拒敌，胜则长驱，败则东走，弹丸之城不足以守，直弃之以图后举可也。”忽报孙建领兵杀来，义令陈丰出阵，两马相交十数回合，孙建看看抵敌不住，王邑一马冲出，这边刘璜接住厮杀，才五七个照面，那边五将齐出，刘璜一时着慌，刀略松一松，被王邑一枪刺落下马，借势挥军掩杀，陈丰等不敢恋战，且战且走，直追至菑，严乡侯刘信，都尉刘宇领二万生力军正到。陈丰性起，换了马翻身复杀回来，双锤入阵。只见金光迸裂，逢着便倒。这边军士看得兴气勃勃，刘信将旗一招，挥军齐进。邑阵大乱退走，反将刘宏、王况等接追人马冲动，自相践踏，死伤无数。陈丰等见前面兵多，亦不敢再追。王邑等大军遂屯陈留城。

翟义此次大败，折去刘璜，军士死伤大半，只存三四万人。忽闻得三辅大乱，自茂陵以西至汧二十三县刀兵并发，义等大喜曰：“人心相近，天下岂无豪杰！”乃率众人围城以观其变。建等亦未敢追袭。后闻赵明、霍鸿等自称将军，攻烧官寺，杀右辅都尉及斄令，劫略吏民，义等跌足叹曰：“无能为矣！奈何不声讨其罪，直入京师，而乃近盗贼之所为！殆汉祚当绝，奸贼乃得天助耶！”

却说孙建等得胜捷书报到京师，莽喜，因大赦天下。下诏曰：

> 太皇太后遭家不造，国统三绝，绝辄复续，恩莫厚焉，信莫立焉。孝平皇帝短命早崩，幼嗣孺冲，诏予居摄，予承明诏，奉社稷之任，持大宗之重，养六尺之托，受天子之寄，战战兢兢，不敢安息。伏念太皇太后，唯经艺分析，王道离散，汉家制作之业，独未成就，故博征儒士，大兴典制，备物致用，立功成器，以为天下利，王道粲然，基业既著，千载之废，百世之遗，于今乃成，道德庶几于唐虞，功烈比齐于殷周。今翟义、刘信等谋反大逆，流言惑众，欲以篡位，贼害吾孺子，罪深于管蔡，恶甚于禽兽。信父故东平王云，不孝不谨，亲毒杀其父思王，名曰钜鼠，后云竟坐大逆诛死。义父故丞相方进，险诐阴贼，兄宣，静言令色，外巧内嫉，所杀乡邑汝南者数十人。今积恶二家，迷惑相得，此时命当殄，天所灭也。已捕斩断信二子谷乡侯章，德广侯鲔，义母练，兄宣，亲属二十四人，皆磔暴于长安都市四通之衢。当其斩时，观者重叠，天气清和，可谓当矣。命遣大将军恭行皇天之罚，讨海内之仇，功效著焉，予甚嘉之。《司马法》不云乎，赏不逾时，欲民速睹为善之利也。今先封车骑都尉孙贤等五十五人皆为列侯，户邑之数别下。

遣使者持黄金印，赤韨縌，朱轮车即军中拜授。诏书到日，欢动三军，遂复攻义，围往圉城三匝，义等昼夜轮班守御，城卒不下。

困至月余，粮草将尽，义会众议曰：“自古无纯盗虚声，尧名桀行而不败者，况莽恶已盈，岂能久乎！恨义力微时钝，不能生抉莽首。义死固甘心，严乡侯已建名号，不可辱也，当速改庸装，合陈丰相辅，明日义开城决战，可借势逃出。”信大哭，不愿独生，陈丰曰：“势已如此，何暇作儿女态。但母舅当护驾出亡，令丰决死战，丰愿多杀贼而死，不愿隐忍以生也。”义曰：“吾已筹之熟矣，贼固愿得我首而甘心，我一死则捕获缓矣。”次日，各饱餐结束，怀干粮，午后开西城门，大喊杀出。建等围久，出乎不意，义军皆死命，无不以一当百。孙建下令曰：“翟义罪魁，务须生获，不可令渠逃轶。”挥众急追，离城十里许，义夏奋勇死战。天色已晚，被其走脱否，下回分解。

第八回　去号位太后生悲

却说翟义拼命杀出重围，王邑等不肯舍，紧紧追赶。看看赶上，义又翻身斗杀，终是死命，邑军虽众，不能围住，反多杀伤。会日已西沉，乃收兵进城，搜捕余党，一无所获。刘信、陈丰早同众百姓混出城去矣。邑等商议分头追捕，时司威陈崇为监军使，乃曰："追捕自不必说，但此时大功已建，摄皇帝好大喜夸，当先上一本，以取其欢心，若义、信等釜中之鱼，尚安所逃哉。"

众人大赞所见极是。共请陈崇修稿，其略曰：

> 陛下奉天洪范，心合宝龟，膺受元命，豫知成败，咸应兆占，是谓配天。配天之主，虑则移气，言则动物，施则成化。臣崇伏读诏书下日。窃计其时，圣思始发，而反虏仍破；论文始书，反虏大败；制书始下，反虏毕斩。众将未及齐其锋芒，臣崇未及尽其愚虑，而事已决矣。

孙建等读毕，击节叹赏，以为得淑德侯张伯松之神髓。书上，莽果大悦。

再说翟义次日对军士曰："义食君之禄，世受国恩，志切讨贼，愤不顾家，事不成，死其分耳。诸君相从至此，尚何能为乎？趁追兵未至，各自逃生，义舍一死以绝大索之累。"时手下不足二百人，同声曰："诚如公言，但我等且走，幸得脱，则隐伏以俟时，若追至，则舍死命以杀贼。奸莽行篡弑，则凡莽所指挥者，皆贪利忘君之逆党，多杀一人亦足以称快！"言未毕，只见尘头大起，义急挥众速走，众下听，义只得部勒分作四队迎敌，人人奋勇，入阵横冲直撞，如恶龙搅海。王邑那边反嫌人众碍事，自相冲击，死伤无算。晌午后，义众渐渐相聚，得百亲人，杀条大路而去。至固始地界，义令军士尽弃盔甲，易装自逃，众军士抵死不肯相舍，义乃绐开众目，急拔剑自刎而死，众军大哭而终弗掩埋之者，令邑等得之以媚莽，免大索累天下，从义之志也，邑等乃将义尸磔于陈都市。广捕卒不能得信，遂班师回朝。莽乃尽坏义第宅，汙池之，发父方进乃先祖冢在汝南者，烧其棺柩，夷灭三族，诛及种嗣，至皆同坑，以棘及五毒并葬之。时居摄三年正月也，于是复命。

王邑引兵西，王骏以无功免，刘歆归故宫，复以邑弟侍中王奇为扬武将军，城门将军赵恢为疆弩将军，中郎将李棽为厌难将军，同与王级等合击赵明、霍鸿。二月，明等殄灭，诸县悉平。莽乃置酒未央宫白虎殿，劳飨将帅，大封拜。先是益州蛮夷，及金城塞外羌，怨莽乃反，攻西海太守程永。永奔走，莽遂诛永。遣护羌校尉窦况击之。二年春，窦况等击破西羌。至是乃并录其功，以大小为差，封侯伯子男，凡三百九十五人。曰皆以奋怒，东指西击，羌寇蛮盗，反虏逆贼，不得旋踵，应时殄灭，天下咸服之功封云。太后复诏进莽子褒新侯安为新举公，赏都侯临为褒新公，封莽侄光为衍功侯，孙宗为新都侯。

莽既灭翟义，自谓威德日盛，大得天人之助，遂稍示意谋即真之事矣。九月，莽母死，无哀意。群臣察得其指，少阿羲和刘歆与博士诸儒七十八人曰：

居摄之义，所以统立天功，兴崇帝道，成就法度，安辑海内也。昔殷成汤既没，而太子早夭，其子太甲幼少不明，伊尹放诸桐宫而居摄，以兴殷道。周武王既没，周道未成，成王幼少，周公屏成王而居摄，以成周道，是以殷有翼翼之化，周有刑错之功。今太皇太后比遭家之不造，委任安汉公宰尹群僚，衡平天下，遭孺子幼少，未能其上下，皇天降瑞，出丹石之符，是以太皇太后则天明命，诏安汉公居摄践祚，将以成圣汉之业，与唐虞三代比隆也，摄皇帝遂开秘府，会群儒，制礼作乐，卒定庶官，茂成天功，圣心周悉，卓尔独见，发得周礼，以明因监，则天稽古，而损益焉。犹仲尼之闻《韶》，日月之不可阶，非圣哲之至，谁能若兹！纲纪咸张，成在一匮，此其所以保佑圣汉，安靖元元之效也。今功显君薨，《礼》："庶子为后，为其母缌。"《传》曰："与尊者为体，不敢服其私亲也。"摄皇帝以圣德承皇天之命，受太后之诏，居摄践祚，奉汉大宗之后，上有天地社稷之重，下有元元万机之忧，不得顾其私亲。故太皇太后建厥元孙，俾侯新都，为哀侯后，明摄皇帝与尊者为体，承宗庙之祭，奉共养太皇太后，不得服其私亲也。《周礼》曰："王为诸侯缌缞"，"弁而加环绖"，同姓则麻，异姓则葛，摄皇帝当为功显君缌缞，弁而加麻环绖，如天子吊诸侯之服，以应圣制。莽心悦，遂行焉。凡壹吊再会，而令新都侯宗为主，服丧三年云。

十一月甲子，莽上奏太后：

陛下至圣，遭家不造，遇此十二世三七之厄，承天威命，诏臣莽居摄，受孺子之托，任天下之寄，臣莽兢兢业业，惧于不称。今宗室广饶侯刘京上书言："七月中，齐郡临淄县昌兴亭长辛当，一暮数梦，曰：'吾天公使也，天公使我告亭长曰：摄皇帝当为真，如不信吾，此亭中当有新井。'亭长晨起视亭中，诚有新井，入地且百尺。"十一月壬子，直建冬至，巴郡石牛；戊午，雍石文；皆到未央之前殿。臣与太保安阳侯舜等视，天风起尘冥，风止得铜符帛图于石前。文曰："天告帝符，献者封侯，承天命，用神令。"骑都尉崔发等视说。《尚书·康诰》："王若曰：孟侯，朕其弟，小子封。"

此周公居摄称王之文也。《春秋》隐公不言即位，摄也。此二经，周公孔子所定，盖为后法。孔子曰："畏天命，畏大人，畏圣人之言。"臣莽敢不承用。臣请共事神祇宗庙，奏言太皇太后、孝平皇后，皆称假皇帝，其号令天下，天下奏言事，毋得言摄。以居摄三年为初始元年，漏刻以百二十为度，用应天命。臣莽夙夜养育隆就孺子，令与周之成王比德，宣明太皇太后成德于万方，期于富而教之。孺子加元服，复子明辟，如周公故事。

奏可，众知莽欲奉符命即真，群臣乃博议别奏，以成其事。

梓潼人哀章即作铜匮为两检，其一署曰："天帝行玺金匮图。"其一署曰："赤帝行玺邦传予黄帝金策书。"书言王莽为真天子。又书莽大臣八人，又取令名王兴、王盛及自名凡十一人，皆署官爵，为辅佐。章闻齐井、石牛事下，即日昏时，衣黄衣持匮至高庙，以付仆射。仆射以闻。戊辰，莽至高庙，拜受金匮神禅。御王冠，谒太后，还坐未央宫前殿，下诏书曰：

予以不德，托于皇初祖考黄帝之后，皇始祖考虞帝之苗裔，而太皇太后之末属。皇天上帝隆显大佑，成命统序，符契图文，金匮策书，神明诏告，予以天下兆民。赤帝汉氏高皇帝之灵，承天命，传国金策之书，予甚祇畏，敢不钦受。以戊辰直定，御王冠，即真天子位，定有天下之号曰新。其改正朔，易服色，变牺牲，殊徽帜，异器制。以十二月朔癸酉为建国元年正月之朔。

却说王莽本武帝时绣衣御史王贺之后，其本系久已迷失。莽好夸诞，自起意图天下时，始自谓为黄帝之后云。初汉高祖入咸阳，至霸上，秦王子婴降于轵道，奉上始皇玺，盖和氏璧，李斯所篆刻也。及高祖诛项籍，即天子位，因御服其玺，世世传受，号传国玺。时以孺子未立，玺藏长乐宫。莽即篡位，乃请玺，太后不肯授。莽使安阳侯舜谕指。舜素谨敕，太后雅爱信之。舜既见太后，知其为莽求玺，怒骂之曰："汝属父子宗族，蒙汉家力，富贵累世，既无以报，受人孤寄，乘便利时，辄夺取其国玺，全不思义。人如此者，狗猪不食其余，天下岂有汝兄弟耶！且彼自以金匮符命为新皇帝，变更正朔服制，亦当即更作玺，传之万世，何用此亡国不祥玺为，而欲求之？吾汉家老寡妇，旦暮且死，欲与此玺俱葬，终不可得。"太后涕泣言此，旁侧长御以下，皆垂涕。舜亦悲不能自止，良久乃仰谓太后："臣等已无可言者，然莽必欲得传国玺，太后宁能终不与耶？"太后闻舜语切，恐莽胁之，乃出汉传国玺投之地，以授舜曰："吾老已死，知汝兄弟终族灭也。"舜即得玺，奏之，莽大悦。于是莽以建国元年正月朔，御正殿，受诸臣朝贺。群臣舞蹈山呼毕，莽乃下诏，命群公诸侯卿士，奉太皇太后玺韨，命去汉号焉。

初莽欲改太后汉家旧号，易其玺绶，恐不见听，沉吟微示其意。而莽疏属王谏欲谄莽，乃上书言："皇天废去汉而命立新室，太皇太后不宜称尊号，当随汉废，以奉天命。"莽乃车驾至东宫，亲以其书白太后。太后自思："当日为弟兄子侄，费尽心思，三世擅权，五将秉政，以致上干天象，亦唯有诛戮忠良，以庇护之。及哀帝崩，莽已免就国，是我遣使者驰召来京，又违忠臣何武、公孙禄之正论，亲授莽以大司马之权柄，以至唾手得天下。今日尚不能容吾一老朽之妇，犹欲废去之，岂不痛心！"因恚怼而言曰："王谏之言是也。"莽见太后喉中哽咽，泪流满面，因曰："此悖德之臣也，其罪当诛。"于是冠军张永献符命言："太皇太后当为新室文母太皇太后。"太后听言。莽遂命公卿大夫奉太后新室玺绶，鸩杀王谏而封张永为贡符子。莽既去太后汉号，乃立妻王氏为皇后，幼子临为皇太子，安为新嘉辟，封宇子六人为公。按莽四子，长宇，次获，次安，幼临。宇、获皆前诛死，安颇荒忽，乃以临为太子。大赦天下。乃策命孺子曰：

咨尔婴，昔皇天佑乃太祖，历世十二，享国二百一十载，历数在于予躬。《诗》不云乎，“侯服于周，天命靡常”。封尔为定安公，永为新室宾。于戏！敬天之休，往践乃位，毋废予命。

又曰：

其以平原、安德、漯阴、隔重邱，凡户万，地方百里，为安定公国。立汉祖宗之庙于其国，与周后并，行其正朔服色，世世以事祖宗，永以命德茂功，享历代之祀焉，以孝平皇后为定安太后。

读策毕，莽亲执孺子手，流涕嘘欷曰：“昔周公摄位，终得复子明辟。今子独迫皇天威命，不得如意。”哀叹良久。中傅将孺子下殿，北面而称臣。

又按金匮，辅臣皆封拜，以太傅左辅骠骑将军安阳侯王舜为太师，封安新公；大司徒就德侯平晏为太傅，就新公；少阿羲和京兆尹红休侯刘歆为国师，嘉新公；广汉梓潼哀章为国将，美新公；是为四辅，位上公。太保后承承阳侯甄邯为大司马，承新公；丕进侯王寻为大司徒，章新公；步兵将军成都侯王邑为大司空，隆新公；是为三公。大阿右弼大司空卫将军广阳侯甄丰为更始将军，广新公；京兆王兴为卫将军，奉新公；轻车将军成武侯孙建为立国将军，成新公；京兆王盛为前将军，崇新公；是为四将，凡十一公，王兴者，故城门令史；王盛者，卖饼儿；莽按符命求得此姓名十余人，两人容貌应卜相，径从布衣登用，以示神焉，余皆拜为郎。是日，封拜卿大夫、侍中、尚书官凡数百人。诸刘为郡守，皆徙为谏大夫。改明光宫为定安馆，定安太后居之。以故大鸿胪府为定安公第，皆置门卫使者监领。敕阿乳母不得与语，常在四壁中，至于长大，不能名六畜。

莽更改官名地名，纷纷不一。为太子置师友，秩以大夫，唐林为胥附，李充为奔走，赵襄为先后，廉丹为御侮。又遣谒者持安车印绶，就拜楚国龚胜为太子师友癸酒。胜辄推不受，曰：“吾受汉厚恩无以报，今年老矣。谊岂以一身事二姓？”语毕，遂不复饮食，积十四日，卒。又召陈咸为掌寇大夫，咸谢病不肯应。三子参、丰、钦皆在位，咸悉令解官归乡里，闭门不出入，犹用汉家祖腊，人问其故，咸曰：“吾先人岂知王氏腊乎？”

莽以汉氏诸庙在京师者，皆罢之。诸刘为诸侯者，以户多少，就五等之差；其为吏者，皆罢黜其职，待除于家。而曰：“嘉新公国师以符命为予四辅，明德侯刘龚、率礼侯刘嘉等，凡三十二人皆知天命，或献天符，或贡昌言，或捕告反虏，厥功茂焉。诸刘与三十二人同宗共祖者勿罢，赐姓曰王。”唯国师以女配莽子，故不赐姓。

初莽为安汉公时，谄太后，奏尊元帝庙为高宗，太后晏驾后当以礼配食云。及莽改太后号为新室文母，绝之于汉，不合得体元帝，乃毁坏孝元庙，更为文母起庙，独置元庙故殿，以为文母篡食堂，既成，名曰长寿宫。莽以太后好出游观，乃车驾置酒长寿宫,请太后。既至,见孝元庙废彻涂地,太后惊泣曰:“此汉家宗庙,皆有神灵,有何罪过而坏之,且使鬼神无知,又何用庙焉?如令有知,吾乃人之妃妾,岂宜辱帝之堂以陈馈食哉!”饮酒不乐而罢。自莽篡位后,知太后怨恨,求所以媚太后者,无所不为,然愈不悦。至建国五年二月癸丑,太后崩,享年八十四。三月,葬渭陵,与元帝合,而作沟以绝之。以长寿宫为文母庙,元帝配食坐于床下。亦可叹矣!后十年,汉兵诛莽,下文分解。

第九回 作符命大启边兵

却说王莽始初折节要名，诸儒臣颂之为周公。莽遂刻意效仿，初秉政，即暗遣心腹，假妆越裳氏重译来朝。后弑平帝，立孺子婴，乃效周公辅成王故事。及翟义讨罪，又仿《大诰》之文。迨翟义、赵鸿等兵败，自谓得天人之助而即真位，似周公为不足法，又改称大舜，曰："予之皇始祖考虞帝受禅于唐，汉氏初祖唐帝，世有传国之象，予复亲受金策于汉高皇帝之灵。"令以汉高庙为文祖庙，欲法舜受终于文祖也，又曰："予前在大麓，以至于摄假，深唯汉氏三七之厄，赤德气尽，思索广求，所以辅刘延期之术，靡所不用。然自孔子作《春秋》以为后王法，至于哀之十四而一代毕，协之于今，亦哀之十四也。赤世计尽，终不可强济。皇天明威，黄德当兴，隆显大命，属予以天下。"大麓者，谓为大司马宰衡时，妄引舜纳于大麓，烈风雷雨不迷也。

是时长安有女子名碧者，素姣好，忽发狂，叫呼道中，曰："高皇帝大怒，速还吾国，不者九月必杀汝。"奔呼不已，哄倾城市。莽闻，急令收捕杀之。四月，徐乡侯刘快起兵于其国，至即墨，攻城不克，败走，至长广死。莽恐天下豪杰举义兴诛，乃遣五威将王奇等十二人，颁符命四十二篇于天下。其文尔雅，依托古义而为之说。大约言莽当代汉而有天下，曰：

> 帝王受命，必有德祥之符瑞，协成五命，申以福应，然后能立巍巍之功，传于子孙，永享无穷之祚。故新室之兴也，德祥发于汉三七九世之后，肇命于新都，受瑞于黄支，开王于武功，定命于子同，成命于巴宕，申福于十二应。天所以保祐新室者，深矣，固矣。武功丹石出于汉氏平帝末年，火德销尽，土德当代，皇天眷然，去汉与新，以丹石始命于皇帝。皇帝谦让，以摄居之，未当天意，故其秋七月，天重以三能文马。皇帝复谦让，未即位，故三以铁契，四以石龟，五以虞符，六以文圭，七以玄印，八以茂陵石书，九以玄龙石，十以神井，十一以大神石，十二以铜符帛图。申命之瑞，浸以显著，至于十二，以昭告新皇帝。皇帝深唯上天之成不可不畏，故去摄号，犹尚称假，改元为初始，欲以承塞天命，克厌上帝之心，然非皇天所以郑重降符命之意，故是日天复决以龟书，丙寅暮汉氏高庙有金匮图策："高帝承天命，以国传新皇帝。"明旦宗伯忠孝侯刘宏以闻，乃召公卿议，未决，而大神石人谈曰"趣新皇帝之高庙受命，毋留。"于是新皇帝立登车，之汉氏高庙受命。受命之日，丁卯也。丁，火，汉氏之德也，卯，刘姓所以为字也，明汉刘火德尽，而传于新室也。皇帝谦谦，既备固让，十二符应迫著，命不可辞，惧然祗畏，苇然闵汉氏之终不可济，亹亹在左右之不得从意，为之三夜不御寝，三日不御食，延问公侯卿大夫，佥曰："宜奉如上天威命。"于是乃改元定号，海内更始。新室既

定，神祇欢喜，申以福应，吉瑞累仍。《诗》曰："宜民宜人，受禄于天，保佑命之，自天申之。"此之谓也。

五威将奉符命，赍印绶，王侯以下，及吏官更名者，及匈奴，西域、徼外蛮夷，皆即授新室印绶，因收故汉印绶，赐吏爵人二级，民爵人一级，女子百户，羊酒，蛮夷币帛各有差。大赦天下，五威将乘乾文车，驾坤六马，背负鷩鸟之毛，饰甚伟，每一将各置左右前后中帅，凡五帅，衣冠车服驾马，各如其方面色数。将持节，称太一之使，帅持幢，称五帝之使。

莽又欲复古井田法曰：

古者，设庐井八家，一夫一妇田百亩，什一而税，则国给民富而颂声作。此唐虞之道，三代所遵行也。秦为无道，厚赋税以自供奉，罢民力以极欲，坏圣制，废井田，是以兼并起，贪鄙生，强者规田以千数，弱者曾无立锥之居。又置奴婢之市，与牛马同栏，制于民臣，颛断其命，奸虐之人因缘为利，至略卖人妻子，逆天心，悖人伦，缪于天地之性，人为贵之义。《书》曰："予则奴戮女"，唯不用命者，然后被此辜矣。汉氏减轻田租，三十而税一，常有更赋，疲癃咸出，而豪民侵陵，分田劫假。厥名三十税一，实什税五也。父子夫妇终年耕耘，所得不足以自存。故富者犬马余菽粟，骄而为邪，贫者不厌糟糠，穷而为奸，俱陷于辜，刑用不错。予前在大麓，令天下公田口井，时则有嘉禾之祥，遭反虏逆贼且止。今更名天下田曰王田，奴婢曰私属，皆不得卖买。其男口不盈八，而田过一井者，分余田予九族邻里乡党。故无田，今当受田者，如制度。敢有非井田圣制，无法惑众者，投诸四裔，以御魑魅，如皇始祖考虞帝故事。

莽初居摄造货，错刀一直五千，契刀一直五百，大钱一直五十，与五铢钱并行，是时更作小钱，径六分，重一铢，文曰小钱直一，与前大钱五十者并行。欲防民命铸，乃禁不得挟铜炭。百姓便安汉五铢钱，以莽钱大小两行难知，又屡更改不信，皆私以五铢钱市买，讹言大钱当罢，莽患之，复下书："诸挟五铢钱，言大钱当罢者，比非井田例，投四裔。"于是农商失业，食货俱废，民人至涕泣于市道，及坐卖买田宅奴婢铸钱者，自诸侯卿大夫至于庶民，抵罪者不可胜数。又设六管之令，命县官酤酒、卖盐、铁器、铸钱诸采取名出大泽众物者，税之。又令市官收贱卖贵，赊贷与民，收月息，自是四夷皆乱，天下骚动矣。

且说五威将帅共七十二人，分行天下，东出者至玄菟、乐浪、高句骊、夫余，南出者逾徼外，历益州，西出者至西域，尽改其王为侯。其北出至匈奴者，乃王骏率甄阜、王飒、陈饶、帛敞、丁业六人，多资金帛，重遗单于，晓谕以莽受命代汉之状，因易单于故印。故印文曰"匈奴单于玺"，莽改玺为章，而加莽国号，曰"新匈奴单于章"。将帅既至，授单于印绂，诏令上故印绂。单于再拜受诏，译前，欲解取故印，单于举腋授之。左姑夕侯苏从旁谓单于曰："未见新印文，宜且勿与。"单于曰："印有何变更？"遂解奉上，将帅授单于新印，亦不解视，饮食至夜乃罢。右帅陈饶谓诸将帅曰："向者姑夕侯疑印文，几令单于不与人。如令视印，见其变改，必求故印，此非辞说所能距也。既得而复失之，辱命莫大焉，不如椎破故印，以绝祸根。"

将帅犹豫莫有应者。饶燕士，果悍，即取斧椎坏之。明日，单于果遣右骨都侯当白将帅曰："汉赐单于印言玺不言章，又无汉字，诸王以下乃言章，有汉字，今印去玺加新，与臣下无别，愿得故印。"将帅示以故印，谓曰："新室顺天制作，故印随已破坏。单于宜承天命，奉新室之制。"当还白，单于知已无可奈何，又多得赂遗，乃遣弟右贤王舆奉马牛随将帅入谢，因上书求故印。莽不与，单于怨恨，乃遣右大且渠蒲呼也皆等十余人将兵众万骑，以护送乌桓为名，勒兵朔方塞下。

会西域车师后王须置离谋降匈奴，都护但钦斩之。置离足狐兰支将人众二千余人，驱畜产，举国亡降匈奴。西域在玉门阳关外，匈奴之西，乌孙之南。南北有大山，中央有河，其河有两原，一出葱岭山，在西域近西，其山高大，上悉生葱，故以名焉；一出于阗，于阗在南山下，其河北流，与葱岭河合，东注蒲昌海，蒲昌海一名盐泽，去玉门阳关三百余里，广袤三百里，其水亭居，冬夏不增减，皆以为潜行地下，南出于积石，为中国河源云。亦有三十六国，哀平之际稍分至五十余国，有城郭田畜，与匈奴、乌孙异俗，故皆服役匈奴。汉兴，至武帝事征四夷以广威德，而张骞始开西域之迹。其后骠骑将军击破匈奴右地，降浑邪、休屠王，遂空其地，始筑令居以西，初置酒泉郡，后稍发徙民充实之，分置武威、张掖、敦煌，列四郡，据两关焉。自贰师将军伐大宛之后，西域震惧，多遣使来贡献。于是自敦煌西至盐译，往往起亭、轮台、渠犁皆有田卒数百人，置使者校尉领护营田，以给使外国者。至宜帝时，遣卫司马使护鄯善以西数国。后匈奴西边日逐王畏汉不自安，遂畔单于，将众来降，护鄯善以西使者乃置都护。匈奴益弱，不得近西域。都犹总也，使总护南北诸道，督察乌孙、康居诸外国也。都护怡乌垒城，去阳关二千六百三十八里，与渠犁田官相近，土地肥饶，为西域之中，故都护怡焉。至元帝时，复置戊己校尉，屯田乍师前王庭。自宣、元后，单于称藩臣，西域服从，其土地山川王侯户数道里远近详实矣。及莽遣五威将至西域，陈说符命，尽改其王为侯，乃畔，入匈奴，单于受之，与狐兰支共入寇，击车帅，杀后城长，伤都护司马，复还入匈奴。

时戊己校尉刁护病，史陈良、终带、司马丞韩玄、左曲侯任商等见西域颇背叛，又闻匈奴欲大侵，恐并死，即谋劫略吏卒数百人，共杀戊已校尉刁护，遣人与匈奴南犁汙王南将军相约。南将军遂将三千骑人西域迎良等，良尽胁略戊己校尉吏士男女二千余人入匈奴。西域都护但钦乃上书告急，莽大怒，乃更降匈奴单于名曰"降奴服于"。莽曰："降奴服于威侮五行，背叛四条，侵犯西域，延及边陲，为元元害，罪当夷灭。"命遣立国将军孙建等十二将，十道并出，共行皇天之罚。分匈奴国土人民，以为十五，立故呼韩邪单于稽侯狦子孙十五人为单于。遣中郎将蔺苞，副校尉戴级将兵万骑，多赍珍宝至云中塞下，招诱呼韩邪单于诸子，欲以次拜之。使译出塞，诱呼右犁汙王咸，咸子登助三人，至则胁拜咸为孝单于，赐安车鼓车各一，黄金千斤，杂绘千匹，戏戟十；拜助为顺单于，赐黄金五百斤；传送助、登之长安。单于闻之，大怒曰："先单于受汉宣帝恩，不可负也。今天子非宣帝子孙,何以得立?”乃遣左骨都侯右伊秩訾王呼卢訾,及左贤王乐,将兵入云中益寿塞,大杀吏民。单于又遍告左右部都尉诸边王,入塞寇盗,大辈万余,中辈数千,少者数百,杀雁门朔方太守都尉,略吏民畜产不可胜数。

莽恃府库之富,欲立威,乃拜十二部将,率发郡国勇士,武库精兵,各有所屯守。五威将军苗䜣、虎贲将军王况出五原;厌难将军陈钦、震狄将军王巡出云中;振武将军王嘉、平狄将军王萌出代郡;相威将军李棽、镇远将军李翁出西河;诛貉将军阳俊、讨秽将军严尤出渔阳;奋武将军王骏、定胡将军王晏出张掖;及偏裨以下百八十人。募天下囚徒、丁男、甲卒三十万人,众郡委输衣裘兵器粮食,长吏送自负海江淮至北边,使者驰传督催,以军法从事,天下骚动。先至者屯边郡,俟满三十万众,赍三百日粮,乃同时十道并出,穷追匈奴,因分其地为十五。莽将严尤谏曰:

“臣闻匈奴为害,所从来久矣,未闻上世有必征之者也。后世三家周、秦、汉征之,周得中策,汉得下策,秦无策焉。当周宣王时,猃狁内侵至于泾阳,命将征之,尽境而还。其视戎狄之侵,譬犹蚊虻之螫,驱之而已,故天下称明,是为中策。汉武帝选将练兵,约赍轻粮,深入远戍,虽有克获之功,胡辄报之。兵连祸结三十余年,中国疲耗,匈奴亦创艾,而天下称武,是为下策。”

“秦始皇不忍小耻而轻民力,筑长城之固,延袤万里,转输之行,起于负海,疆境既完,中国内竭,以丧社稷,是为无策。今天下遭阳九之厄,比年饥谨,西北边尤甚。发三十万众,具三百日粮,东援海代,南取江淮,然后乃备。计其道里,一年尚未集合。兵先至者,聚居暴露,师老械弊,势不可用,此一难也;边既空虚,不能奉军粮,内调郡国,不相及属,此二难也;计一人三百日食,用糒十八斛,非牛力不能胜,牛又当自赍食,加二十斛重矣,胡地沙卤,多乏水草,以往事揆之,军出未满百日,牛必物故且尽,余粮尚多,人不能负,此三难也;胡地秋冬甚寒,春夏甚风,多赍釜鍑薪炭,重不可胜,食糒饮水,以历四时,师有疾疫之忧,是故前世伐胡,不过百日,非不欲久,势力不能,此四难也;辎重自随,则轻锐者少,不得疾行,虏徐遁逃,势不能及,幸而逢虏,又累辎重,如遇险阻,衔尾相随,虏要遮前后,危殆不测,此五难也;大用民力,功不可必立,臣伏忧之,今既发兵,宜纵先至者,令臣尤等深入霆击,且以创艾胡虏。”

莽不听尤言,转兵谷如故。

却说右犁汙王咸既受莽孝单于之号,驰出塞归庭,具以见胁状白单于,单于更以为于粟置支侯,盖匈奴贱官也。后咸子助死,莽以登代助为顺单于,陈钦、王巡屯云中葛邪塞,时匈奴数为边寇,杀将帅吏士,略人民,驱畜产去甚众,捕得虏人验问,皆曰孝单于咸子角数为寇。两将以闻。莽乃会诸蛮夷,斩咸子登于长安市。后咸立为乌累若鞮单于。时匈奴用事大臣右骨都侯须卜当,劝咸和亲。当王昭君女伊墨居次云之婿也。单于贪莽赂遗,故外不失汉故事,然以子登死,恨入骨,入寇虏掠不绝。使者责之,辄曰："乌桓与匈奴无状黠民，其为寇，如中国有盗贼耳。咸初立持国，威信尚浅，然当尽力禁止，不敢有二心。"莽复遣和亲侯王歙多遗单于金珍，因谕说改其号，号匈奴曰恭奴，单于曰善于，赐印绶。歙，昭君兄子也。单于贪莽金币，故曲听之，然寇盗如故。

北边自宣帝时，匈奴内乱，五单于争立，呼韩邪携国归汉称臣以来，数世不见烟火之警，人民炽盛，牛马布野。及莽扰乱匈奴，与之构难，边民死亡。又十二部兵，久屯在边，吏士放纵；而内郡愁于征发，民弃城郭，流亡为盗贼，并州平州尤甚。莽乃遣中郎将绣衣执法，分镇缘边大郡，反各为权势，恐吓良民，赂赂为市，侵渔百姓，天下复困井田法，沟角经界，纷乱废业，流离困苦。中郎区博谏莽曰："井田虽圣王法，其废久矣。周道既衰，而民不从，秦知顺民之心，可以获大利也，故灭庐井而置阡陌，遂王诸夏，讫今海内未厌其敝。今欲违民心，追复千载绝迹，虽尧舜复起，而无百年之渐，弗能行也。天下初定，万民新附，诚未可施行。"莽知民怨，乃下书曰："诸名食王田，皆得卖之，勿拘以法，犯私买卖庶人者，且一切勿治。"先是莽以钱币讫不行，盗铸者禁不止，乃重其法。一家铸钱，五家坐之，没入为奴婢，而犯者益众，遂亦除其法。

是时上下争为符命取富贵，司命陈崇白莽曰："此开奸臣作福之路而乱天命，宜绝其原。"莽亦厌之，遂使尚书大夫赵并验治，非五威将帅所班，皆下狱。初甄丰、刘歆、王舜为莽腹心，倡导在位，褒扬功德，安汉、宰衡之号及封莽母、两子、兄子，皆丰等所其谋，而丰、舜、歆亦受其赐，并富贵矣，非复欲令莽居摄也：居摄之萌，出于泉陵侯刘庆、前辉光谢嚣、长安令田终术。莽羽翼已成，意欲称摄，丰等顺承其意，莽复封舜、歆两子及丰孙。丰等爵位已盛，心意既满，又实畏汉宗室天下豪杰。而疏远欲进者，并作符命，莽遂据以即真，舜、歆内惧而已。丰素刚强，莽觉其不悦，故徙大阿右弼大司空丰，托符命得为更始将军，与卖饼儿王盛同列。丰父子默默。时丰子寻乃作符命，言新室当分陕立二伯，以丰为右伯，太傅平晏为左伯，如周召故事。莽即从之，拜丰为右伯，当述职西出。未行，寻复作符命，言故汉氏平帝后黄皇室主为寻之妻。黄皇室主者，莽女，婉静有姿色，莽即真时年已十八，为后数年而未通人道，莽哀怜，欲嫁之，乃更号为黄皇室主。莽自谓土德承汉火运，故云黄；室，犹宫也。后自刘氏废，常称疾，不朝会。莽乃令立国将军孙建之子盛饰将医往问疾。后怒，莽遂不复强。寻知其事，而歆女美，故作符命。莽以诈得天下，心疑大臣怨谤，欲震威以惧下，因是发怒曰："黄皇室主天下母，此何谓也！"收捕寻，寻逃，丰自杀。寻随方士入华山，岁余捕得，辞连刘歆子侍中东通灵将、五司大夫隆威侯棻，棻弟右曹长水校尉伐虏侯泳，王邑弟左阙将军堂威侯奇，及歆门人侍中骑都尉丁隆等，牵引公卿党亲列侯以下，死者数百人。乃流棻于幽州，放寻于三危，殛隆于羽山，皆驿车载其尸传致云。

时北边莽以金币弥缝，故匈奴外承顺而暗侵掠，莽仍志满气盈，以为四夷不足吞灭，忽报西南蛮夷尽反，攻杀牂柯大尹周歆，复杀益州大尹程隆。莽大忧，急遣平蛮将军冯茂，发巴蜀犍为吏士，赋敛取足于民，以击益州，未知胜败如何，且听下文分解。

第十回　肆凶淫自戕骨肉

却说五威将帅出改句町王以为侯，王邯怨怒不附。牂柯大尹周歆觉其意，设计诱邯至，席间杀之。邯，句町王名也。邯弟名承，大怒，遂起兵攻杀歆。先是莽发高句骊兵以伐匈奴，兵皆不愿行，郡吏强迫之，乃亡出塞，因犯法为寇，辽西大尹田谭追击之，为所杀，州郡乃归咎高句骊侯驺，严尤奏曰："貉人犯法，不从驺起。即今猃狁变心，亦当令州郡且慰安之。今猥被以大罪，恐其遂叛，夫余之属必有和者。匈奴未克，夫余、秽貉复起，此大忧也。"莽不慰安，秽貉遂反，诏尤击之。尤诈高句骊侯驺至而斩焉，传首长安。莽大悦，下书曰："乃者命遣猛将，恭行天罚，诛灭虏知，分为十二部，或断其右臂，或斩其左腋，或溃其胸腹，或抽其两肋。今年刑在东方，诛貉之部先纵焉。捕斩虏驺，平安东域，虏知殄灭，在于漏刻。此乃天地群神社稷宗庙佑助之福，公卿大夫士民同心将帅虓虎之力也。予甚嘉之。其更名高句骊为下句骊，布告天下，令咸知焉。"于是貉人愈犯边，东北与西南夷皆乱云。

平蛮将军冯茂击句町三年，士卒疾疫，死者什六七，赋敛民财什取其五，益州虚耗而不克。莽征茂还，诛之。更遣宁始将军廉丹与庸部牧史熊大发天水、陇西骑士，广汉、巴蜀、犍为吏民十万人转输者，合二十万人，击之。始至，颇斩首数千，其后军粮前后不相及，士卒饥疫。三岁余，死者数万。而粤嶲蛮夷任贵，亦杀太守枚根，自立为邛谷王。

天凤元年六月，黄雾四塞；七月，大风拔树，北阙直城门屋瓦皆飞，雨雹杀牛羊。莽好空言，慕古法，多封爵，人性实吝啬，所封辄托地理未定，所与俸禄，皆终数岁不得，诸侯皆困，至有为人佣作者。天下吏以不得俸禄，并为奸利，郡尹县宰剋剥民脂民膏，多家累千金者。是岁复明六管之令，每一管下，为设科条防禁，犯者罪至死。又一切调上公以下诸有奴婢者，率一口出钱三千六百。天下愈愁，多为盗贼。纳言冯常以六管谏，莽大怒，免常官。临淮瓜田仪等为盗贼，依阻会稽长州。琅邪女子吕母亦起。初，吕母子为县吏，为县令所冤杀。母怨极，密聚客，规以报仇。母家素丰，资产数百万，乃益酿醇酒，买刀剑衣服。少年来酤者，皆赊与之；视其乏者，辄假衣裳，不问多少。数年财用稍尽。少年欲相与偿之，吕母垂泣曰："所以厚诸君者，非欲求利，徒以县宰不道，枉杀吾子，欲为报怨耳。诸君宁肯哀之乎？"少年壮其意，又素受恩，皆许诺。其中勇士徐次子等，自号猛虎，遂相聚得百余人，因与吕母入海中，招合亡命众至数千。吕母自命将军，引后还攻海曲，执县宰，诸吏叩头为宰请，母曰："吾子犯小罪不当死，而为宰所杀。为宰而轻杀人者，罪固当死，又何请乎？"遂斩之，以其头祭子冢。复入海，其众浸多，后皆万数。

时山东青徐大饥，寇贼蜂起。有樊崇者，字细君，起兵于莒，众百余人，转入泰山，自号三老，而群盗以崇勇猛，皆附之，一岁间至万余人。崇琅邪人。又崇同郡逄安，字少子，东海人徐宣，字骄稚，及谢禄、杨音各起兵，合数万人，复引从崇，共还攻莒，不能下，转掠至姑幕，因击莽探汤侯田况，大破之，杀万余人，遂北入青州，所过虏掠。

莽苦四夷扰乱，乃遣使者就各路赦盗贼罪，欲行招抚。使者还言盗贼解辄复合，问其故，皆曰愁法禁烦苛，不得举手刀作，所得不足以给贡税，闭门自守，又坐邻伍铸钱挟铜，奸吏株求不一，民无生路，故悉起为盗贼。莽大怒，免其官。其或顺指，言民骄黠当诛，及言时运适然，且灭不久。莽乃悦，辄迁升。以大司马允费兴为荆州牧，见，问到部方略，兴对曰："荆扬之民，率皆依阻山泽，以渔采为业。间者国张六管，税山泽，妨夺民利，连年久旱，百姓饥穷，故为盗贼。兴到部，欲明晓告盗贼归田里，假贷犁牛种食，宽其租赋，庶几可以解释安集。"莽闻言怒，立免兴官。莽假圣贤名号以窃天下，夸张符瑞，以矜天命，故喜谀颂，而恶言盗贼。然内实畏慑不自安。乃亲至南郊，铸作威斗，以五色药石及铜为之，形如北斗，长二尺五寸，欲以厌胜众兵，故名曰威斗。既成，令司命负之，莽出则在前，入则在御旁。

时更始将军廉丹击益州不能克，召还。更遣大司马护军郭兴，庸部牧李晔击蛮夷；太傅羲叔士孙喜清洁江湖之盗贼；而匈奴寇边益甚，莽欲遣严尤与廉丹击之：尤素有智略，极谏以为匈奴且后，当先忧山东盗贼。莽大怒，乃策尤曰："视事四年，蛮夷猾夏不能遏绝；寇贼奸宄不能殄灭，不畏天威，不用诏命，貌很自臧，持必不移，怀执异心，非沮军议。未忍致于理，其上大司马武建伯印韨，归故郡。"以降符伯董忠为大司马。

自莽即真，旱蝗灾异叠见，莽皆为饰说以掩之。且说地皇元年二月壬申，日正黑，莽以为王匡考问上变事者不实，欲蔽上之明，是以谪见于天，以正于理，塞大异焉。七月大风，毁王路堂，复下书曰：

> 乃壬午餔时，有烈风雪雨发屋折木之变，予甚恐焉。伏念一旬，迷乃解矣。昔符命文立安为新迁王，临国洛阳，为统义阳王。是时予在摄假，谦不敢当，而以为公。其后金匮文至，议者皆曰："临国洛阳为统，谓为新室统也，宜为皇太子。"自此后，临久病，虽瘳不平，朝见挈茵舆行。见王路堂，则设帐于西厢及后阁更衣中，又以皇后被疾，临侍疾，尝以妃妾就舍东永巷。壬午，烈风毁王路堂西厢及后阁更衣中室。昭宁堂池东南，榆树大十围，东僵，击东阁，阁即东永巷之西垣也。皆破折瓦坏，发屋拔木，予甚惊焉。又候官奏月犯心前星，予甚忧之。伏念临有兄而称太子，名不正。宣尼公曰："名不正则言不顺。至于刑罚不中，民无错手足。"唯即位以来，阴阳未和，风雨不时，数遇枯旱蝗螟为灾，谷稼少耗，百姓苦饥，蛮夷滑夏，寇贼奸宄，人民怔营，无所错手足。深知厥咎，在名不正焉。其立安为新迁王，临为统义阳王，冀以保全二子，子孙千亿，外攘四夷，内安中国焉。

二年正月，莽妻死。初莽妻以莽数其杀子，涕泣失明。莽令太子临居中养焉。莽妻旁侍者原碧，娇娆绝色，莽常幸之。后临亦通焉，恐事泄，谋共杀莽。后贬为统义阳王，出在外，愈忧恐。会莽妻病笃，临上书曰："上于子孙至严，前长孙、仲孙年俱三十而死，今臣临复适三十，诚恐一旦不保，则不知死命所在。”莽侯妻疾，见其书大怒，疑临有恶意，不令会丧。既葬，诏司命从事收原碧等考问。具服父子同奸及临谋杀状。莽欲秘之，乃杀案事司命从事，埋狱中。赐临药，临不肯饮，莽自刺死。策书曰：

符命文立临为统义阳王，此言新室即位三万六千岁后，为临之后者乃当龙阳而起。前过听议者，以临为太子，故有烈风之变，辄顺符命，立为统义阳王，乃此后不作信顺，弗蒙厥佑，夭年陨命。呜呼哀哉！

临妻国师公女，亦自杀。是月新迁王安病死。初莽为侯就国时，幸侍者增秩、怀能、开明。怀能生男兴，增秩生男匡，开明生女陈。以侍者或有外通，听生子女，不能分明，故皆留新都。及安疾甚，莽自患无子，乃为安作奏，使上言兴等母虽以贼属，犹皇子不可以弃。莽偏示群公，皆曰："安友于兄弟，宜及春更加封爵。”于是以王车遣使者迎兴等至，封为公，莽孙公明、公寿同时病死。旬月间，四丧焉：先是莽长子字子宗立为皇孙，坐自画容貌，被故天子衣冠，又宗舅吕宽家。前徙合浦，私与宗通，发觉按验，宗自杀。宗姊为卫将军王兴夫人，祝诅姑，杀婢以绝口，事发觉，与兴皆自杀。至是莽骨肉殆尽。或曰："天实为之。按莽生平所为，固应如也。”

是月，杜陵便殿乘舆虎文衣，藏匮中，忽自出，树立外堂上，良久，乃委地。吏卒以闻。莽恶之，下书曰："宝黄厮赤。”其令厮役贱者皆衣赤。盖莽以五行火生土，自谓以土德承汉火运，故宝黄厮赤，欲以贱汉行也。时望气功数者，多言有土功象。

莽又见四方盗贼，欲示为自安，能建万世之基者，于是下书营筑长安城南。崔发、张邯说莽曰："德盛者文缛，宜崇其制度，宣示海内，且令万世之后无以复加也。”莽乃博征天下工匠及吏民，入钱谷助作者，骆驿道路。坏彻上林苑中台馆，凡十余所，取其材瓦，以起九庙。穷极百工之巧，带高增下，功费数百巨万，卒徒死者万数。百姓怨恨，三辅盗贼麻乱，南方连岁饥荒，群雄竞起。南郡王常等号下江兵，南阳王匡等号新市兵，众皆万余人，州郡不能制。平原女子迟昭平，亦聚数千人，在河阻中。莽惶惧，召问群臣擒贼方略，皆曰："此天囚行尸，命在漏刻。”莽知诸臣谀指，而夸张符命之术无济而益甚，身心战栗。思有故左将军公孙禄，忠直敢言，素有经济，莽初秉政时，被莽贬逐，此时在家，弄孙自乐。事急无奈，乃遣使者安车征来与议。未知来否，下回再说。

第十一回　赤眉逞势斩廉丹

却说哀帝时董贤专宠，王莽被遣归国。及哀帝崩，王太后乃驰召莽，欲授以国柄。时宰相孔光等皆欲媚太后以自固，共荐莽为大司马，独前将军何武，左将军公孙禄以社稷为重、坚持不可。太后不听。及莽秉权，公孙禄、何武皆免官退职。及莽篡位，禄等忠谋已尽，问心无愧，乐志林泉，甚是逍遥自在。及至王莽末年，天下大乱，莽所用符命诈伪之术，用久不灵，朝中大臣，皆用惯的一班谀佞之徒，绝无一筹半策，甚是慌张。忽然想起汉时老将公孙禄，命使征召，禄欣然随使见莽。

莽询至治方略，禄曰："太史令宗宣，典星历，候气变，以凶为吉，乱天文，误朝廷；太傅平化侯，虚伪以偷名位，贼夫人之子；国师嘉信公，颠倒五经，毁师法，令学士疑惑；明学男张邯、地理侯孙阳，造井田，使民弃土业；羲和鲁匡，设六管以穷工商；说符侯崔发，阿谀取容，令下情不上通，宜诛此数子，以慰天下。"莽大怒曰："乃者蛮夷滑夏，寇贼奸宄，予以汝夙将练达，故特召询擒贼之方，乃答非所问，而肆毁大臣，何老悖至此？"禄复朗声曰："匈奴不可攻，当与和亲。臣恐新室忧不在匈奴，而在封域之中也。"莽怒，而念杀之无名，乃使虎贲扶禄出。禄飘然而去。

莽乃遣太师羲仲景尚，更始将军护军王党，将兵击青、徐；国师和仲曹放，助郭兴击句町；转天下谷币，诣西河、五原、朔方、渔阳，每一郡以百万数，欲以击匈奴。

初四方皆以饥寒穷愁，起为盗贼，稍稍群聚，常思岁熟，得归乡里，无攻城循地之计。众既寝盛，乃相与为约，杀人者死，伤人者偿创，以言辞为约束，无文书旌旗，部曲号令。其中最尊者但称三老，次从事，次卒吏，泛称曰臣人。转掠求食，而诸长吏牧守皆自乱斗，中兵而死，贼非敢欲杀之也。莽不悟，下书责七公曰：

> 夫吏者，理也。宣德明恩，以牧养民，仁之道也。抑强督奸，捕诛盗贼，义之节也。今则不然，盗发不辄得，至成群党，动曰以贫穷故耳。唯贫困饥寒，犯法为非，大者伙盗，小者穴偷，不过二科。今乃结谋连党，以千百数，是逆乱之大者，岂饥寒之谓耶？七公其严敕卿大夫、卒正、连率、庶尹，谨牧养善民，急捕殄盗贼！有不同心并力疾恶黠贼，而妄曰饥寒所为，辄捕系请治其罪。

于是群下愈恐，莫敢言贼情者，亦不得擅发兵。贼由是遂不制。

是时刘氏宗室，除歆、嘉、龚等三十二人谄附莽者，余外诸刘尽废所在郡县，反多所侵辱，营杀甚于平民。且说长沙定王之后，一人名赐，字子琴，祖利为苍梧太守，家南阳之白水乡，颇丰裕。赐父早死，有兄显，任侠有豪气。显叔名子张。一日，出遇蔡阳国釜亭长，亭长醉，故辱子张，至不可耐。子张怒，遂杀死亭长。后十余年，亭长子报仇，杀子张之子骞。显怒，欲为报怨，会显宾客劫人，发觉，州郡系显入狱，杀之。赐恨曰："刘氏何辜，人皆欺侮，亭长自取死者也，孽子杀骞，复杀我兄，尚可忍乎？"乃与显子信结客陈政等九人，烧杀亭长妻子四人而逃。骞兄名玄，字圣公，亦结客为报仇计。圣公家有酒，请游徼饮，宾客醉歌曰："朝烹两都尉，游徼后来用调羹味。"游徼大怒，缚客捶数百。圣公惧，避之平林。平林人陈牧、廖湛，时聚众千余人，号为平林兵，圣公往从之。牧以圣公刘氏宗室，以为其军安集椽。

时南方沸乱，新市人王凤、王匡常为人平理净讼，众遂推为渠帅，聚数百人，王常，成丹、张印等一班好汉俱往相聚。一日，又一彪形大汉到来，乃南阳湖阳人，姓马名武，字子张，少时避仇，客居江夏。王匡等大喜，乃共攻离城诸乡聚，藏兵绿林中，数月间，相聚万余人。荆州牧闻知，发奔命二万人攻之，匡等相率迎至云杜与战，大破之。牧败，欲北归随州。王匡等早料其败必走随，马武等伏路遮击，杀数千人，尽获其辎重。遂攻拔竟陵，转击云杜、安陆，多略妇女，还入绿林中，至有五万余口，官兵不敢向。明年为地皇三年，大疾疫，死者且半，乃各分散引去。王常、成丹西入南郡，号下江兵；王匡、王凤、马武及其支党朱鲔、张印等出入南阳，号新市兵；皆自称将军。七月，匡等进攻随，未能下。平林兵又起应之。王莽闻荆楚势大，遣严尤、陈茂击灭。尤、茂至南郡，王常等与战。尤出奇兵要杀，常败走，与成丹、张印等收散卒入蒌溪，因劫掠钟、龙间。众复振，乃引军与荆州牧战于上唐，大破之。遂北至宜秋。

再说景尚、王党至山东，被樊崇杀得大败，景尚阵亡，王党引残败军卒逃回。王莽大惊，遂遣太师王匡，更始将军廉丹东出，合将锐士十余万人，所过地方，勒索供给财贿，淫掳百姓，万民嗟怨，为之语曰："宁逢赤眉，不逢太师；太师尚可，更始杀吾。"樊崇恐众与莽兵乱，乃皆朱染其眉，以相别识，故号曰赤眉。先是莽严敕捕贼不得言饥寒所为，故郡县莫敢言贼情，上下蒙蔽，亦不敢擅发兵。唯翼平连率田况，素果敢，发民年十八以上者，得四万人，授与库兵，刻石为约，贼至则勒兵固守，去则追剿。又收合离乡老弱，置大城中，积藏谷粮，贼至无所得食。赤眉闻之，不敢入界。后况自请出界击贼，莽畏恶况，责以未赐虎符而擅发兵，以况或能禽灭贼，故且勿治罪。后况稍出界击贼，所向皆破。莽忌之，遣使者代监其兵，况随使入京，拜为师尉大夫。况去，齐地乃败矣。

无盐县索卢恢等，举兵反城，廉丹、王匡移兵攻拔之，斩首万余级。上章报捷，莽遣中郎将奉玺书劳丹、匡，晋爵为公，封吏士十余人。赤眉别校董宪等众数万人在梁郡，王匡欲进兵击之，廉丹曰："赤眉之众，十倍无盐，未可轻敌。且吾军新拔城，疲劳已极，当且休息军马，蓄养锐气。"王匡曰："贼匪跳梁，固未睹天朝之锐。无盐之战，已闻声丧胆矣，不乘胜进击，一鼓成禽，尚何待乎？将军倘惜劳，吾当独往。"遂独引兵前进。丹见谏之不听，以匡主将，又朝中权要大臣，只得率部众随之。

却说董宪山东有名好汉，一支铁枪，神出鬼没。闻莽发兵东征，正欲逞建头功，忽见许多百姓，纷纷逃难，称说王太师大兵将到，沿途搜劫，反向赤眉叩头，求速进兵救命。董宪大怒，挥众迎去，至成昌地界，两军相遇，各排阵势。但见阵门开处，王匡金盔金甲，护从校尉如云而出，匡顾盼自雄。董宪望见厥状，怒发如雷，挺枪跃马杀去，更不打话，直奔王匡，匡急闪入阵，校尉迎住，枪刀并举，董宪将枪一振，一个圆月圈，早已数枪落地，一连搠倒数人，匡阵已乱。这边宪众压上，杀得尸横遍野。恰得廉丹到来，抵住一阵，两边各自回营。

次日，董宪索战，廉丹坚壁不出，一连数日，军心稍定。王匡催促出战，正在交兵，樊崇又领数万人马杀来，王匡望见，便弃阵而逃。丹恨曰："小儿误事！但彼逃可生，吾逃亦死。"乃使吏持其印韨符节追付匡，自同众校尉，舍命杀转。是时丹兵才存万余人，赤眉众十余万，如何抵敌？只得败走。追至无盐，廉丹战死，校尉士卒尽被杀绝。

莽得报失色，国将哀章谓莽曰："皇祖考黄帝之时，中黄直为将，破杀蚩尤。今臣居中黄直之位，愿平山东。"莽遂遣章驰往，令与大师匡并力。又遣大将军阳浚守敖仓，司徒王寻将十余万屯洛阳填南宫，大司马董忠，养士习射于中军北垒，大司空王邑兼三公之职。司徒寻初发长安，宿霸昌厩，晨起忽亡其黄钺。寻麾下士房扬，素狂直，乃哭曰："此经所谓丧其齐斧者也。"自劾去。莽大怒，命击杀扬。

此时四方盗贼，动以万数或十余万，攻城邑，杀二千石以下如儿戏矣。太师王匡战数不利。莽知天下溃畔，事穷计迫，乃议遣风俗大夫分行天下，除井田奴婢山泽六管之禁，即位以来，诏令不便于民者，皆收还之。诏未发，会春陵兵起，刘圣公立为汉帝，莽忧惧不知所出。然莽欲外示自安，乃染其须发，进所征天下淑女杜陵史氏女为皇后，聘黄金三万斤，车马奴婢，杂帛珍宝以巨万计。莽亲迎于前殿两阶间，成同牢之礼于上西堂。备和嫔、美御凡百二十人。封皇后父谌为和平侯，拜为宁始将军，谌子二人皆侍中。是日，大风发屋折木。群臣上寿曰："乃庚子雨水洒道，辛丑清静无尘，其夕谷风迅疾，从东北来。辛丑，巽之宫日也。巽为风为顺，后谊明，母道得，温和慈惠之化也。《易》曰：'受兹介福，于其王母。'《礼曰》：'承天之庆，万福无疆。'诸欲依废汉火刘，皆沃灌雪除，殄灭无余杂矣。百谷丰茂，庶草蕃殖，元元欢喜，兆民赖福，天下幸甚。"莽日与方士于后宫考验方术，纵淫乐焉。

十一月，有星孛于张，东南行，五日不见。识者曰："张，南方宿也。星孛于张，东南行，即翼轸之分。翼轸楚地，是楚地将有兵乱。"时楚地起兵者，新市、平林、下江诸路，虽相聚人马皆道万数，然挡不住严尤宿将，勇而有谋，故皆不能起势。却恼了一位英雄，其却自王莽篡位以来，常愤愤不平，志存恢复，不事家业，倾身破产，结交天下雄俊，以图起创大业。于是部署宾客，崛起雄师，灭莽兴刘。毕竟此人是准？且听下文分解。

第十二回　齐武兴师诛甄阜

这英雄姓刘名縯，字伯升，乃汉景帝之后。帝生长沙定王发，发生春陵节侯买，买生郁林太守外，外生钜鹿都尉回，回生南顿令钦。钦取同郡樊重女字娴都，娴都性婉顺，自为童女，不正容服，不出于房，宗族敬焉，生三男三女，长男伯升，次仲，次光武。兄弟少孤，养于叔父良。

南顿君初为济阳令，以建平元年十二月甲子夜生光武于县舍。光武将生，钦以令舍不显，开宫后殿居之，时有赤光照室，尽明如昼。钦异焉，使卜者王长占之，长辟左右曰："此兆吉，不可言。"是机县界有嘉禾，生一茎九穗，因名光武曰秀，字文叔。明年，方士有夏贺良者，上言哀帝云："汉家历运中哀，当自受命。"于是改号为太初元年。不知却应在光武。

却说伯升性刚毅，慷慨有大节。幼学长安，见莽篡逆，痛恨回家，破产结客。时盗贼群起，南方尤甚，伯升乃召诸豪杰计议曰："王莽暴虐，百姓分崩，今枯旱连年，兵革并起，殆天将灭莽，正复高祖之业，定万世之秋也。"众皆然之。于是发春陵子弟，得数千人，部署宾客，自称柱天都部。

时文叔在宛，闻伯升宾客劫人，文叔素谨厚，乃辟吏于新野邓晨家。晨字伟卿，娶文叔姊元，尝与伯升及文叔俱之宛，与穰人蔡少公等宴语。少公颇学图谶，言刘秀当为天子。或曰："是国师公刘秀乎？"文叔戏曰："何以知非仆耶？"坐者皆大笑，晨心独喜。及文叔与家属过吏新野，舍晨庐，甚相亲爱。晨因谓文叔曰："王莽悖暴，盛夏斩人，此天亡之时也。往时会宛，少公之言行当应耶。"文叔笑不答。

至是南阳旱饥，而文叔家独丰收，因卖谷于宛。宛人李通闻文叔至，大喜，遣人迎之。通字次元，父守，好星历、谶记，为王莽宗卿师，通亦补巫县丞，有能名。莽末，百姓愁怨。通素闻父守说谶云："刘氏当兴，李氏为辅。"私尝怀之。且居家富逸，为闾里雄，以此不乐为吏，乃自免归。上下江、新市兵起，南阳骚动，通有从弟轶，亦素好事，乃其计议曰："今四方扰乱，新室且亡，汉当更兴。南阳宗室，独刘伯升兄弟泛爱容众，可以谋大事。"通笑曰："是吾意也。"即遣轶往迎文叔。

先是李通同母弟申徒臣能医而难使，伯升杀之。文叔言其报怨，不欲与轶相见，轶固请，乃强见之。轶深达通意，乃许往而意不安，乃买半镭佩刀怀之。至通舍，通甚悦，掘手为欢，得半镭刀，谓曰："一何武也？"光武曰："仓促时以备不虞耳。"共语移日，因言谶文事，文叔初姝不意，未敢当之。时守在长安，文叔乃当观通曰："即如此，当如宗伯师何？"通曰："已自有度矣。"因复备言其计。文叔既深知通意，遂与定谋。于是乃市兵弩，十月，与李通从弟轶等起于宛。时文叔年二十八。遂将宾客还春陵。及至，伯升已会众起兵矣。

初，诸家子弟恐，皆逃亡自匿，曰："伯升杀吾。"及见文叔绛衣大冠，皆惊曰："学子者亦复为之。”乃稍自安。伯升于是使族兄刘嘉往诱新市、平林兵，与其帅王凤、陈牧等西击长聚。文叔初骑牛，杀新野尉乃得马，进屠唐子乡，又杀湖阳尉。军中分财物不均，众恚恨，欲反攻诸刘。文叔敛宗人所得物，悉以与之，众乃悦。进拔棘阳。岑彭字君然，南阳棘阳人也，时守本县长。闻汉兵至，以棘阳地小乏兵，不足与敌，徒多杀伤而长敌势，遂将家属奔投前队大夫甄阜。阜怒彭不能固守，拘彭母妻，令效功自补。

汉既拔棘阳，因欲攻宛，兵至小长安。莽前队大夫甄阜属正梁邱赐，正领大兵杀来，两下结成阵势。这边廖湛出阵，只见对阵旗门开处，一将杀出，正是岑彭，身长九尺，紫面长须，绛袍金甲，如天神一般，手提偃月大刀。廖湛未经大敌，一见早已心怯，交手数合便支持不住，拨马回走。岑彭赶上，一刀砍去，忽一骑飞至，一支方天画戟到来，将刀架开。岑彭用力过猛，反在马上一幌，吃惊一看，只见那人面如活蟹，须若钢针，身躯比自己远约长数寸，彭喝曰：“来贼通名。”那人笑曰：“王莽乃篡国逆贼，亲弑平帝，天下皆知。汝辈皆贼党，助贼荼毒万民者也。反指人为贼乎？吾湖阳人，姓马名武，我看尔一表非俗，何不与吾共诛残暴乎？”岑彭大怒，举刀便砍，二人战到数十回合，不分胜败。天色已晚，各自回营。

次日岑彭出阵，朱鲔不待令下，便提枪杀出，才五七合，便觉招架不住，陈牧、王匡双骑冲出。岑彭望见，一刀劈下，朱鲔急闪，刀头起去，恰到王匡面前，王匡双锏急抵，回手一锏打来，岑彭轮转大刀，已照陈牧马头削下，陈牧御开，劈面盖还一斧，岑彭性起，大刀轮动如飞，遇空便砍。是日大雾迷空，岑彭骑的是上阵好马，转折似电，来去如风，三人攒一，大费招架，陈牧早被打落一斧，败回阵去。马武大怒，急提戟出阵，岑彭一见，便撇去二将来战马武。有游卒报与甄阜，阜急传梁邱赐曰：“岑彭独战多时，力乏矣，今当趁此密雾，大兵掩杀，可获全胜。”赐称善，遂拔营前进。岑彭见大兵卷来，乃撇了马武，一马斜刺飞入汉营，逢人便砍，杀得汉兵四散去营而逃，慢天匝地，皆是莽兵。先是伯升诸将家属，都相携欲诣宛，至是伯升姊元、弟仲，及叔父良之妻子，族兄嘉之妻子，皆遇害。文叔单马遁走，遇女弟伯姬，提上马，与共骑而奔。后来伯姬配与李通为妻。

此次大败，杀伤甚多，伯升收会兵众，还保棘阳。阖营伤妻痛子，哭声振天。忽闻南阳诛杀李通兄弟门宗六十四人，皆焚尸宛市，通父守已出长安，会甄阜上通起兵状，追回，守及守家在长安者，尽杀之。痛得李通一众，踊天躄地。又闻新野宰汙池邓晨宅，焚其冢墓。文叔族兄刘祉，字巨伯，乃舂陵康侯敞之子也，兄弟相率从文叔时，甄阜收其家属系宛狱，是时祉挺身还保棘阳，甄阜尽杀其母弟妻子。众人大哭，咬牙切齿，要进兵报仇泄恨。

伯升收泪劝解一番，因私谓舂陵众曰：“今日之惨，木石伤心，若等见新市平林中情乎？多为面慰，同痛者不多人。彼见我败，意欲解去矣。勿妄动，我当取下江兵以图万全。”遂同文叔、李通，径至宜秋军壁，曰：“愿见下江一贤将，议大事。”成丹、张卬共推王常出见，伯升曰：“汉家制度，圣圣相承，天下富庶，祖宗数世，不见兵革征役之苦，厚泽及民，沦肌浃髓。独以元后故，王氏四世擅权，扰乱天下。至莽贼，诛戮忠良，满布爪牙，弑平帝，掘后陵，穷凶极恶，假造符命，以篡天位；制王田，改钱币，设六管之禁，启四夷之兵；近复征淑女，营九庙，竭民脂髓，加之惨戮。方今四海鼎沸，正奸贼丧亡之秋，凡有血气，莫不刿心剔日，思复汉仇。况缜帝室宗亲，痛明堂之不祀，逼祏庙之未安者乎？前者振臂一呼，英豪环集，只以合从未就，指挥不闲，且前队之众数倍我师，致有小长安之败。然天心未尝厌汉，在事诚有可图之机。方今边境未安，青徐掣肘，诚欲得足下之众，并力取宛以作根基，然后遣将，分略定陵、昆阳，以定颍川，据有洛阳，三辅不足图也。为天下除害，定千秋之业。足下其有意乎？”王常大悟曰：“常一匹夫，昧于浅近，忽闻君子大论，快若拨云雾而睹青天。乃者王莽篡弑，残虐天下，百姓思汉，故豪杰并起。今贤昆弟英姿雄概，又刘氏宗室，真吾主也，敢不出身为用，辅成大功。”伯升大喜曰：“如事成，岂敢独享之哉！”遂与常深相结而去。

常还，向丹、印言之，丹、印负其众，同曰：“大丈夫既起，当各自为主，何故受人制乎？”常心独归汉，乃晓说其将帅曰：“往日成、哀衰微无嗣，故王莽得承间篡位，既有天下，而政令苛酷，积失百姓之心。民之讴吟思汉，非一日也，故使吾属得以起势。夫民所怨者，无所去也；民所思者，天所兴也。举大事必当下顺民心，上合无意，功乃可成。若负强恃勇，触情恣欲，虽得天下，必夏失之。以秦、项之势，尚至夷灭，况今布衣相聚草泽？以此行之，灭亡之道也。今南阳诸刘，举宗起兵，观其来议事者，皆有深计大谋，王公之才，与之并合，必成大功，此天所以佑吾属也。”却说王常字颜卿，颍川舞阳人，为弟报仇，亡命江夏，久之，与王凤、王匡等起兵云杜绿林中，常慷慨有大节，下江诸将，虽屈强少识，然素敬常，及闻常此言，乃皆谢曰：“无王将军，吾属几陷于不义。愿敬受教。”常即率众归汉。

人马正行，忽见迎面尘起，有数百大汉闯来。成丹迎去，大喝曰：“不知死活之徒，见大军到来，不远避，成群何往？速卸衣物，免汝残生。”

只见众中一支画戟行动，一人分众而出，背负钢鞭，随将手中戟付与从人。成丹一见，以为亭长来捕，不待开言，举枪便刺，其人一手将枪接住一扯，成丹跌下马来，急掣剑来斗，二人鞭剑往来，数合之间，剑已落地，成丹被擒。这边王常闻报，早已赶到，便问来将名姓，将何为者，其人曰：“我姓臧名宫，字君翁，颍川郏县人。少为县游徼，因见四方扰乱，亦欲自建功业，闻下江中有王颜卿者，愿往见之，以商去就。”王常不待辞毕，便去枪下马揖曰：“王常即某便是，此成将军丹也。”宫急放丹起，先向丹谢罪，然后各诉衷怀，大喜，遂同往棘阳进发，与汉军及新市、平林合。诸部齐心同力，锐气益壮。

伯升于是大飨军士，设盟约，休兵三日，分为六部，潜师夜起，袭取蓝乡。先是甄阜乘胜，留辎重于蓝乡，引精兵十万南渡潢淳水，临沘水，阻两川间为营，绝后桥，誓众曰：“不尽灭诸寇，不还渡此。”伯升得其情，于是袭蓝乡，尽获其辎重。明旦，汉兵自西南攻甄阜，下江自东南攻梁丘赐。先属付马武曰：“汝与岑彭敌，当诈败引彼远追。阜军去彭，余子不足数也。”马武领令出马。

却说是日晨早，探卒报与甄阜，汉兵夜劫蓝乡，新合下江兵，军势甚张，辎重尽去矣。阜大惊。忽报汉兵大至，马武讨战，阜急令岑彭应敌，嘱曰：“不擒马武，毋生还。”岑得令出马，见面便砍，马武提戟一拦，岑彭性起，一连几刀，如拨风骤雨，马武借势败下，落荒而走。岑彭哪里肯舍，追下十余里，看看赶上，马武回头喝曰：“君然不可欺人太甚！”仰面便是一戟，两人大战，不分胜负。

话分两头，且说王常与梁邱赐交战。臧宫急欲建功，大喊曰：“吾等冲阵去也。”一马冲入敌阵，横戟迅扫，近者立亡，但戟到处，便两边分开，敌卒纷纷倒地，这边成丹看得火发，一支枪又飞入阵。两人乱扫乱刺，如入无人之境。梁邱赐见自己阵势已乱，心头一慌，被王常一枪刺死。

先是伯升见岑彭追赶马武，便挥众杀出，甄阜急令放箭，伯升连冲几次不能近，将有两个时辰。忽然王常等追杀梁邱赐败卒，如潮势压过来，将阜阵脚冲动，甄阜大惊，急捉枪出马。伯升诸人一见甄阜出来，怨气冲天，不由分说，李通兄弟及诸刘，人人上前，将阜攒住，大骂：“逆贼助莽为恶，如何亦有今日！”阜张口战栗，早被伯升一枪搠下马来，刀剑并下，顷刻尸分万断。可怜阜军十万！伯升一众家室，多被甄阜杀戮，人人痛心，恨不得一刀切下两颗头来，尽量追杀，那边却阻着潢淳水，无桥无渡，先逃到水边的，都被后来的一层层拥下水去。

岑彭被马武缠得人困马乏，又恐大军有失，只得败回。劈面遇着李轶，斗了数合，李轶败下，彭亦不赶，只望人马厚处寻杀。却遇到刘嘉挡住，岑彭性起，一刀劈下，刘嘉一刀架住，说道：“君然尚欲何往？莽贼恶满，原该兴刘。今甄阜等已死，何不归汉？岂君然之明，尚不知王莽为篡弑之逆贼耶？”岑彭见四面皆是汉兵，谅来甄阜已死，不敢恋战，虚劈一刀，拍马便走。刘嘉驻马，横刀望之，顷刻不见。未知岑彭逃往何方，下卷再叙。

第十三回　闹昆阳南郊哭天

却说汉兵沘水之战，斩阜、赐，覆其军。伯升乃誓众，焚积聚，破釜甑，鼓行向宛进发。次日至缩阳，恰遇严尤、陈茂，因闻阜、赐军败，引兵欲先据宛。伯升知是严尤到来，谓众将士曰："此番交战，不比沘水之师，严尤宿将，队伍整练，未可轻进，兼须防其分兵冲突。"于是仿郑鱼丽阵，分为三军，新市众为右拒，自率下江兵为左拒，平林众居后作中军。嘱曰："彼见我军分为二，必先趋吾左，以为吾左军动，而后分一翼以趋吾右。吾左军既斗，右军不俟彼出，先犯其中垒；彼两将俱出而后，以中军压其大营，先偏后伍，弓弩弥缝，迭进，必破尤茂矣。"分遣才定，莽军已至。严尤亲出，伯升令王常敌。正在交锋，这边马武大喊："王莽篡贼，恶贯满盈，不尽殆其爪牙，更待何时？"提戟直入敌阵。陈茂急将阵门变开，掉枪来战马武，才五七回合，便支持不住。这边王凤、王匡、朱鲔一齐杀出，陈茂大惊，恐被攒杀，急弃阵而逃。严尤亦被臧宫及诸刘掩出，几乎被擒，弃军落荒败走。这回大胜，又斩首三千余级。乃号圣公为更始将军，伯升遂独率春陵众，进围宛。

却说严尤、陈茂二人逃回南阳，上本告急，王莽闻伯升名，阅奏大惧，下诏有能捕得伯升者，封为上公，食邑五万户，赐黄金十万斤。又令长安中官署及天下乡亭，皆画伯升像于联，旦起射之。又诏太师王匡、国将哀章、司命孔仁、兖州牧寿良、卒正王闳、扬州牧李圣，亟进所部州郡兵，迫剿青、徐盗贼。纳言将军严尤、秩宗将军陈茂、车骑将军王巡、左队大夫王吴、亟进所部州郡兵，凡十万众，迫剿前队丑虏，皆明告以来降者不杀之信，若复迷惑不解散，则皆并力合击殄灭之矣。大司空隆新公，宗室戚属，前为虎牙将军时，东指则反虏破坏，西击则逆贼靡碎，此乃新室威宝之臣也，如黠贼不解散，将遣大司空将百万之师征伐覅绝之矣。遣七公干士隗嚣等七十二人，分行晓谕天下。嚣等既出，因逃亡焉。

伯升既至宛，只见四门紧闭，城头旗帜鲜明，枪刀密布。伯升大怒，亲仗剑执盾，向城大喝曰："王莽以外家世权，忘恩背德，弑平帝，因孺子，以诈伪盗汉天下，复荼毒生民。方今人人思汉，切齿奸贼，吾以汉室宗亲，为平帝诛贼，为天下除害，所至归心，何汝弹丸之城，敢抗义师！吾尝斩甄阜于沘水，败严尤于缩阳。阜、尤之兵，甲非不多也，将非不智且勇也，然卒失其谋而丧其坚利者，何也？以所事者贼，所用者威，所谓顺天者昌，逆天者亡耳。革车匪遥，请试思之，授首屠城，后悔无及。"只听得城楼上大声曰："伯升欲效郦生以三寸舌下齐城耶？吾知守城耳，无多词费。"伯升视之，其人长须紫面，恰是岑彭。原来岑彭那日大战，身被数创，见甄阜全军已覆，只得逃身归宛，与前队贰师严说共守宛城，伯升正欲开言，见岑彭弯弓搭箭射来，伯升勒马急退，乃分兵四面而攻打，弩石灰瓶，守城甚固，连攻数日不能下。伯升怒甚，围之，绝其采樵。

时平林、新市众，俱在缩阳。自阜、赐死后，百姓日有降者，众至十余万。众虽多而无所统一。于是诸将会议，欲立刘氏，以从人望。王常与南阳豪杰，咸归于伯升，而新市、平林诸将帅，乐放纵，惮伯升威明，而贪圣公懦弱，先其定策立之。然后使骑召伯升至，示其议。伯升曰："诸将军幸欲尊立宗室，其德甚厚。然愚鄙之见，窃有未同。今赤眉起青、徐，众数十万，闻南阳立宗室，恐赤眉复有所立，如此必将内争，今王莽未灭而宗室相攻，是疑天下而自损权，非所以破莽也。且首兵唱号，鲜有能遂，陈胜、项籍即其事也。舂陵去宛三百里耳，未足为功，遽自尊立，为天下准的，使后人得承吾敝，非计之善者也。今且称王以号令，若赤眉所立者贤，相率而往从之；若无所立，破莽降赤眉，然后举尊号，亦未晚也。愿各详思之。"诸将多曰："善。"将军张卬拔剑击地曰："疑事无功，今日之议，不得有二。"朱鲔复大声曰："张将军之言是也。"众皆从之，遂设坛场于缩水上沙中，陈兵大会。时二月辛巳，圣公即帝位，南面立朝群臣，羞愧流汗，举手不能言。于是大赦天下，建元曰更始元年，悉拜置诸将，以族父良为国三老，王匡为定国上公，王凤为成国上公，朱鲔大司马，伯升大司徒，陈牧大司空，余皆九卿将军，文叔为太常偏将军。由是豪杰失望，多不服云。

诸将分头循城略地，伯升攻宛，王常、刘赐循汝南，平林后部攻新野，文叔与邓晨、马武、臧宫等循颍川。一路军兵正行，忽见数十人迎军求见曰："将军兴义兵，窃不自量，愿充行伍。"此人姓王名霸字元伯，颍川颍阳人也，父为决曹掾，霸亦少为狱吏，性慷慨，不乐吏职，其父奇之，遣西学长安，至是率宾客上谒。文叔大喜曰："梦想贤士，其成功业，岂有二哉。"文叔循昆阳、定陵、郾，皆下之。诸豪杰皆闻风归附，棘阳马成，字君迁，襄城傅俊，字子卫，皆有万夫不当之勇，文叔以马成为安集掾，傅俊为校尉。一路多得牛马财物，谷数十万斛，转送宛下。

莽闻光武攻下诸县，大惊，乃遣大司空王邑驰传之洛阳，与司徒王寻发众郡兵百万，号曰虎牙五威兵。命邑得专封爵，除用征诸明兵法六十三家术者。初莽招募奇技、猛士、明兵法者，或言能渡水不用舟楫，连马接骑，济百万师；或言不用斗粮，服食药物，三军不饥；或言能飞一日千里，可窥敌营，莽试之，见取大鸟翮为而翼，头与身皆著毛，通引环纽，飞数百步辄堕。莽知其不可用，苟欲取其名以耀天下。至是各持图书，受器械，以备军吏，多赍珍宝，倾府库以遣邑。时有奇士巨无霸，长一丈，大十围，以为垒尉。又驱诸虎豹犀象之属，以助威武。邑至洛阳，州郡各选精兵，牧守自将定会者，四十二万人，余者在路不绝，车甲士马之盛，自古出师，未尝有也。

文叔将数千兵迎至阳关，诸将望见寻、邑兵盛，大惊，尽反走驰入昆阳，皆惶怖，忧念妻孥，欲散归诸城。文叔议曰："今兵谷既少，而外寇强大，并力击之，功庶可立，如欲分散，势无俱全。且宛城未拔，不能相救，昆阳一破，诸部亦火矣，今不同心胆共举功名，反欲守妻子财物耶？"诸将怒曰："刘将军何敢如是？"文叔笑而起。会探马还言大兵且至城北，扎军阵数百里，不见其后。诸将惊惶无措，遽相谓曰："更请刘将军计之。"文叔复为图画成败，诸将皆曰："诺。"时王常别循汝南沛郡，还至昆阳，城中有八九千人。文叔乃使成国上公王凤同王常守城，至夜，自与骠骑大将军宗佻，五威将军李轶等十三骑，出城南门。时北军至城下者，且十万，文叔等几不得出。既至郾、定陵，悉发诸营兵，而诸将贪惜财货，欲分留守之。文叔曰："今若破敌，珍宝万倍，大功可成；如为所败，首领难存，何财物之有？”众乃从。

时严尤、陈茂亦至昆阳，见寻、邑纵兵围城，进曰：“昆阳城小而坚，今尊号者在宛，且亟进大兵，宛败，昆阳自服矣。”邑曰：“吾昔以虎牙将军围翟义，坐不生得，以见责让，今将百万之众，过城而不能下，何谓耶？”遂围之数十重，列营百数，云车十余丈，瞰临城中，旗帜蔽野，埃尘连天，钲鼓之声，闻数百里。或为地道，冲𫐐撞城，积弩乱发，矢下如雨，城中负户而汲。王凤乞降，不许。严尤又曰：“归师勿遏，围城为之阙，可如兵法，令得出逃。”邑自以为功在刻漏，不听尤言。夜有星坠营中，昼有云如坏山，当营而陨，不及地尺而散。吏士皆厌伏。

六月己卯，文叔发郾、定陵兵数千人，来救昆阳，自将步骑千余，前去大军四五里而阵。寻、邑大笑曰：“此亦称寇，何足血吾刃。”于是自将万余人行阵，敕诸营皆按部毋得动，独迎与汉兵战。文叔一见，疋马单刀，奔入邑阵，如入无人之境，顷刻斩首数十级而还。诸部喜曰：“刘将军平生见小敌怯，今见大敌勇甚，可怪也。且复居前，请助将军。”文叔复进，臧宫戟，王霸枪，李轶铁鞭，冯孝、任光长杆刀，马武、宗佻画戟，傅俊丈二矛，并诸将校二十余人，随着冲杀，只见邑军纷纷落马，诸将胆气既壮，勇力倍增，所向披靡，杀得寻、邑队伍大乱却退。城下大军无令不敢擅离相救，听凭诸将杀个尽量。这边马成见汉将大捷，挥动数千人马，大喊：“宛下兵到矣。”时伯升拔宛已三日，而光武军中尚未得知，盖亦虚张声势云。马成驱兵掩杀，文叔顾谓诸将曰：“趁此杀将去也！”诸将大喜曰：“愿从。”文叔舞动大刀，带众冲入中坚，王寻接住厮杀，不四五合，被文叔拦腰一刀，斩为两段。诸将杀得性起，逢人便砍便刺。王凤、王常闻得喊杀连天，急登城楼一望，只见汉兵所至，如风卷残云，二人大喜，急率众开城，鼓噪而出，中外合势，震呼动天地，莽兵大溃。王巡被傅俊一矛刺寄颈后，带下马来。王霸正在厮杀，只见天神般一将赶杀，汉兵纷纷退下，却是一员步将，比骑马的还高出一头，手执铁棍，见人便打，无人敢与交手。王霸望见大惊，料是巨无霸，急斜刺一马走开，将枪用膝押住，背上取下硬弓，拽满迎转一箭射去，正中巨无霸左眼，巨无霸大怒，拔出箭，提棍如飞赶来，霸又发一箭，射中其颈，方才立住了脚，将棍倚在胸前，两手叉开，似乎要拔箭。王霸谅他已无能得生矣，拍马复望人之多处杀去，王吴同李轶厮对，臧宫恰到，一戟刺去，王吴急闪，被戟枝扎住肩甲，拖下马来，李轶一鞭疾下，头颅浆迸。王邑魂飞魄散，急欲逃生，却遇马武缠住，数合之间，招架不住，谅来无可脱身，恰好严尤寻到，敌住马武。严尤又败走，追下二十余里，马武不舍，只得弃马窜入乱军中。正杀得天昏地黑，忽然大风大雷屋瓦皆飞，雨下如注，滍川涨溢，平地水深数尺。文叔急令马成、王常召集军众，分头追杀败军，百余里间，尸横遍地，走者奔殪相腾践，士卒急逃，溺死者以万数，水为不流，王邑、陈茂、严尤轻骑乘死人渡水，逃得性命。光武这回大胜，杀莽兵数十万，斩上将数十员，尽获其军实、辎重、车甲、珍宝，下可胜算，杀偃栗虎豹以飨士卒。

却说光武身长七尺三寸，美须眉，大口，隆准日角，性勤稼穑。幼之长安，受《尚书》于中大夫庐江许子威，略通大义。初无大志，尝为春陵侯家讼逋租于严尤，尤奇其貌。时宛人朱福亦为舅讼租于尤，尤止车独与光武语，不视福。光武归，戏福曰：“严公宁视卿耶？”其意似得严公一盼为荣。及严尤至昆阳，闻光武不取财物，但会兵计策，尤笑曰:“是美须眉者耶?何为乃如是。”又初至长安,见执金吾车骑甚盛,因叹曰:“仕宦当作执金吾,娶妻当得阴丽华。”盖南阳新野人阴睦之女也,自适新野时,闻其美,心悦之,故云。至是遂娶得之,时年十九。

且说王邑大败,数日间只收集得长安勇敢数千人还洛阳,关中闻之震恐。盗贼听闻,多用汉年号。又闻汉兵言莽鸩杀平帝,莽乃会公卿以下于王路堂,开所为平帝请命金滕之策,涕泣以示群臣。又命明学男张邯称说其德及符命事,因曰:“《易》言:‘伏戎于莽,升其高陵,三岁不兴。’‘莽’,皇帝之名,‘升’,谓刘伯升,‘高陵’,谓高陵侯子翟义也。言刘伯升、翟义伏戎之兵于新皇帝世,犹殄灭不兴也。”群臣皆称万岁。

先是卫将军王涉素养道士西门君惠,君惠好天文谶记,为涉言:“星孛扫宫室,刘氏当复兴,国师公姓名是也。”涉信其言,以语大司马董忠,数俱至国师庐,语论星宿,国师不应。后涉特往,对歆涕泣言:“诚欲与公共安宗族,奈何不信涉也?”歆因为言:“天文人事,东方必成。”涉曰:“新都哀侯小被病,功显君素嗜酒,疑帝本非我家子也。董公主中军精兵,为中宫卫,伊休侯主殿中,如同心合谋,共劫持帝,东降南阳天子,可以全宗族。不然者,俱夷灭矣。”伊休侯者,歆长子也,为侍中五官中郎将,莽素爱之。歆怨莽杀其三子,又畏大祸至,遂与涉、忠同谋,欲即发事。歆曰:“当待太白星出乃可。”董忠以司中孙伋亦典兵,复兴伋谋。伋归家颜色变,不能食。妻怪问之,语其状。妻以告弟陈邯,邯欲告之,伋惧,与邯俱言。莽遣使者分召忠等,忠方讲兵都肄,护军王咸谓忠:“谋久不发,恐有漏泄,不如遂斩使者,勒兵入。”忠不听,遂与歆、涉会省户下。莽令萈恽责问,皆服。遂格杀忠,收忠宗族,以醇醯、毒药、尺白刃、丛棘俱一坑而埋之;刘歆、王涉皆自杀。歆子以素谨不知情,但免侍中郎将,更为中散大夫。莽兵师外破,大臣内叛,左右无所信,不能复远念郡国,欲呼邑与计议。邑到,以为大司马。莽忧懑不能食,但饮酒啖鳆鱼,阅军书倦困,凭几寐,不复就枕矣。

一日阅报前忠武侯刘望起兵,略有汝南,严尤、陈茂既败昆阳,同往归之,望遂称尊。析人邓晔、于匡起兵南乡百余人。析宰将兵数千,屯鄡亭,备武关。晔、匡谓宰曰:“刘帝已立,君何不知命也。”宰请降,尽得其众。邓晔自称辅汉左将军,于匡右将军,拔析、丹水,攻武关,都尉朱萌降,进攻右队大夫宋纲,杀之,西拔湖。莽愈不知所出。崔发因言:“《周礼》及《春秋左氏》,国有大灾,则哭以厌之,故《易》称先号咷而后笑,宜呼嗟告天以求救。”莽自知败,乃率群臣至南郊,陈其符命本末,仰天曰:“皇天既命授臣莽,何不殄灭众贼?即令臣莽非是,愿下雷霆诛臣。”莽因搏心大哭,气尽,伏而叩头。又作告天策,自陈功劳千余言。诸生小民旦夕会哭,为设餐粥。其甚悲哀,及能诵策文者,除以为郎,至五十余人,萈恽领之。

一日又报陇西成纪、隗崔兄弟,共劫大尹李育,以兄子隗嚣为大将军,攻杀雍州牧陈庆。莽大哭曰:“是前遣赍诏晓谕天下者耶?仁亦至此。”未知是否,下文分解。

第十四回　搜渐台宛市悬首

隗嚣字季孟，天水成纪人也，少仕州郡，刘歆引用为士。莽地皇三年，遣嚣等赍诏晓谕天下，嚣见莽将败，乃亡归乡里。嚣季父崔，素豪侠，能得众，闻更始立而莽兵连败，于是乃与兄义及上络人杨广、冀人周宗，谋起兵应汉。嚣止之曰："兵，凶事也。宗族何辜！"崔不听，遂聚众数千人，攻平襄，杀莽镇戎大尹。而崔、广以为举事宜立主，以一众心，咸以嚣素有名，好经书，遂共推为上将军。嚣辞让不得已，曰："诸父众贤，不量小子，必能用嚣言者，乃敢从命。"众皆曰："诺。"

嚣既立，乃遣使聘请平陵人方望，以为军师。望至，说嚣曰："足下欲承天顺人，辅汉而起。今立者乃在南阳，王莽尚据长安，虽欲以汉为名，其实无所受命，将何以见信于众乎？宜急立高庙，称臣奉祠，所谓神道设教，求助人神者也。且礼有损益，质文无常，削地开兆，茅茨土阶，以致其肃敬。虽未备物，神明其舍诸？"嚣从其言，遂立庙邑东，祀高祖、太宗、世宗，嚣等皆称臣，史奉璧而告。祝毕，有司穿坎于庭，牵马操刀，奉盘錞，割牲而盟曰：

凡吾同盟，三十一将，十有六姓，允承天道，兴辅刘宗。如怀奸虑，神明殛之，高祖、文皇、武皇，俾坠厥命，厥宗受兵，族类灭亡。

有司奉血錞进，护军举手揖诸将军曰："錞不濡血，歃不入口，是欺神明也，厥罚如盟。"既而薶血加书，一如古礼。事毕，移檄告郡国曰：

汉复元年七月己酉朔己巳，上将军隗嚣、白虎将军隗崔、左将军隗义、右将军杨广、明威将军王遵、云旗将军周宗等告州牧、部监、郡卒正、连率、大尹、尹、尉队大夫、属正、属令：故新都侯王莽，慢侮天地，悖道逆理，鸩杀孝平皇帝，篡夺其位。矫托天命，伪作符书，欺惑众庶，震怒上帝。反戾饰文，以为祥瑞，戏弄神祇，歌颂祸殃。楚越之竹不足以书其恶，天下昭然所共闻见。今略举大端，以喻吏民。盖天为父，地为母，祸福之应，各以事降。莽明知而冥昧触冒，不顾大忌，诡乱天术，援引史传。昔秦始皇毁坏谥法，以一二世欲至万世，而莽下三万六千岁之历，言身当尽此度，循亡秦之轨，推无穷之数，是其逆天之大罪也，分裂郡国，断绝地络，田为王田，卖买不得，规锢山泽，夺民本业，造起九庙，穷极土作。发冢河东，攻劫丘垄，此其逆地之大罪也。尊任残贼，信用奸佞，诛戮忠正，覆按口语，赤车奔驰，法冠晨夜，冤系无辜，妄族众庶。行炮烙之刑，除顺时之法，灌以醇醯，裂以五毒。政令日变，官名月易，货币岁改，吏民昏乱，不知所从，商旅穷窘，号泣市道，设为六管，增重赋敛，刻剥百姓，厚自奉养，苞苴流行，财入公辅，上下贪贿，莫相检考。民坐挟铜炭，没入钟官，徒隶殷积，数十万人，工匠饥死，长安皆臭。既乱诸夏，狂心益悖，北攻强胡，南扰劲越，西侵羌戎，东摘涉貊。使四境之外，并入为害，缘边之郡，江海之濒，涤地无类。故攻战之所败，苛法之所陷，饥馑之所夭，疾疫之所及，以万万计。其死者则露尸不掩，生者则奔亡流散，幼孤妇女，流离系虏。此其逆人之大罪也。是故上帝哀矜，降罚于莽，妻子颠殒，还自诛刈，大臣反据，亡形已成。太司马董忠，国师刘歆，卫将军王涉，皆结谋内溃；司命孔仁，纳言严尤，秩宗陈茂，举众外降。今山东之兵，二百余万，已平齐楚，下蜀汉，定宛洛，据敖仓，守函谷，威命四布，宣风中岳，兴灭继绝，封定万国，遵高祖之旧制，修孝文之道德。有不从命，武军平之。驰使四夷，复其爵号，然后还师振旅，櫜弓卧鼓，申命百姓，名安其所，庶无负子之责。

右檄数莽罪恶，万于桀纣，且无虚辞云。嚣乃勒兵十万，击杀雍州牧陈庆。将攻安定。安定大尹王向，莽从弟平阿侯谭之子也，威风能行其邦内，属县皆无叛者，嚣乃移书于向，喻以天命，反覆诲示，终不从。于是进兵虏之，以徇百姓，然后行戮，安定悉降，闻长安中亦起兵诛莽，嚣遂分遣请将，徇陇西、武都、金城、武威、张掖、酒泉、敦煌。

且说伯升攻宛，数月不能下。城中食尽，百姓环告岑彭，彭不得外郡之息耗，思死守徒殃百姓，乃出降汉。诸将恨极，咸欲诛之，伯升在曰："彭守宛城，职也，降以救百姓，义也，今举大事，当表义士，不如封之，以劝其后。"遂请于更始，封为归德侯。更始遂入都之。先，平林从攻新野，新野宰潘临威信素著，能得众，攻之不能下。宰登城言曰："毋恃力，但得司徒刘公一信，则自愿下耳。"及伯升军至，即开城门降。

伯升五月拔宛，六月，光武破王莽王邑，兄弟威名益甚。由是更始群臣不自安，遂共谋诛伯升，乃大会诸将，以成其计。更始取伯升宝剑视之，绣衣御史申屠建随献玉玦，令早决也，更始竟不能发。及罢会，伯升勇樊宏谓伯升曰："昔鸿门之会，范增举玦以示项羽。今建此意，得无不善乎？"伯升笑而不应。初，李轶谄事更始贵将，光武深疑之，常以戒伯升曰："此人不可与信，须防之。"又不听。伯升部将宗人刘稷，数陷阵溃围，勇冠三军。时将兵击鲁阳，闻更始立，怒曰："本起兵图大事者，伯升兄弟也。今更始何为者耶？"更始闻而心忌之，以稷为抗威将军，稷不肯拜。更始乃与诸将陈兵数千人收稷，将诛之，伯升固争，李轶、朱鲔因劝更始并执伯升，即日遇害。有二子，建武二年，立长子章为太原王，兴为鲁王。十五年，追谥伯升为齐武王。此是后话。

光武既纳阴后，因复引兵循下颍阳，乃略父城。父城人冯异，字公孙，好读书，通《左氏春秋》《孙子兵法》，时以郡掾监五县。汉兵起，与父城长苗萌共守城。光武攻之不下，屯兵巾车乡。异间出微行视属县，为汉兵所执。时异从兄孝及同郡丁綝、吕晏并从光武，因共荐异，得召见。异曰："异一夫之用，不足为强弱。有老母在城中，愿归据五城，以效功报德。"光武大喜。异归，谓苗萌曰："今诸将皆壮士屈起，多暴横；独有刘将军所到不虏掠。观其言语举止，非庸人也，可以归身。"苗萌曰："死生同命，敬从子计。"

会传伯升为更始所害，光武大惊，随笑曰："吾尝谓伯升性刚，不可涉世，果遂至此。君臣之间，岂同草莽，可自任其天性耶？"语毕，无悲容。诸将大怒曰："更始何人哉！唯知伏草莽中，掳掠人财物，劫人妇女者耳。微将军兄弟，犹在绿林丛薮中，不为严公所诛戮，亦云幸矣，何有今日！刘司徒以国贼未灭，谦退未遑，听彼侈然而称帝，不知感愧，反敢嫉贤妒功。至此无知贼子，将置将军于何地？彼朱鲔者，贼性未除，李轶尤谄佞反复小人，不尽寸斫之，不足以舒人意。请助将军擒此数贼，不须昆阳城下半功也。"光武大怒曰："更始既立，则名分所在，谁敢顾私？报复相寻，天下安有宁日？若辈敢造反，请先试吾头。"吓得众人低头不语而退。

少间，臧宫请私见，宫入，见光武捶胸饮泣，半晌哽咽不能言。宫再三吊慰，乃曰："今事未成，两兄俱丧。秀幼孤，何以独生哉！"宫曰："死者不能复生，谗贼终当自败。方今王莽未败，诚恐自攻有误，贼人未有不大笑也。"宫曰："然则请宛将如何？"曰："以释其猜忌耳。"宫曰："设若变，思虑之。"光武曰："得君翁等相随，虽百万军何惧。况吾以兵往，子但秘之勿泄。"遂起行。

先颍阳县吏祭遵往进见，光武爱其容仪，署为门下史。遵字弟孙，颍阳人。少好经书，家富给，而遵恭俭，丧母，负土起坟，尝为部吏所侵，结客杀之。初县中以其柔也，既而皆惮焉。时马成已调宁郏令，王霸以父年老，念之，还休乡里，从行者只臧宫、傅俊、任光、丁綝、吕宴、祭遵、冯孝、铫期等十余人，铫期字次况，颍川郏人也，长八尺二寸，容貌绝异，矜严有威。父猛为桂阳太守，卒，期服丧三年，乡里称之。光武闻期志义，召署贼曹掾。既至，宛城司徒官属朱祐等迎吊光武，光武难交私语，深引过而已，不自伐昆阳之功，又不敢为伯升服丧，饮食言笑如平常。更始以是自惭，拜光武为破虏大将军，封武信侯。

更始乃遣定国上公王匡攻洛阳，西屏大将军申屠建，丞相司直李松攻武关，三辅震动。是时海内豪杰闻汉破莽兵百万于昆阳，翕然响应，皆杀其牧守，自称将军，用汉年号，以待诏命。旬月之间，遍于天下。莽大怖恐，拜将军九人，皆以虎为号，号曰九虎，将北军精兵数万人东出，而纳其妻子于宫中，以为质。时省中黄金万斤者为一匮，尚有六十匮，黄门、钩盾、臧府、中尚方处处各有数匮，长乐御府、中御府及都内、平准帑藏钱帛珠玉财物甚众，莽殊爱惜之，赐九虎人四千钱。众重怨，无斗意。九虎至华阴，遇于匡领数千人拦住挑战，破其一部。邓晔却将二万余人从阌乡南出枣街，又北抄九虎后击之。六虎败走，内二人诣阙归死，莽杀之，四人遂逃亡。其三虎收散卒保京师仓。

汉兵至，邓晔开武关迎之，李松遂将二千余人至湖，与晔等共攻京师仓，未下。晔乃以宏农掾王宪为校尉，将数百人北度渭，入左冯翊界，降城略地。李松遣偏将军韩臣等径西至新丰，与莽波水将军战，波水败走，韩臣等追奔，遂至长门宫。王宪北至频阳，所过迎降大姓，栎阳申砀，下络王大，皆率众随宪。嶭县严春，茂陵董喜，蓝田王孟，槐里汝臣，鋋稨王扶，阳陵严本，杜陵屠门少之属，众皆数千人，假号称汉将。

时李松、邓晔以为京师小小仓尚未能下，何况长安城，当须更始帝大兵到。即引军至华阴，造攻城具以待。而长安旁兵四会城下，闻天水隗氏兵方到，皆争欲先入城，贪立大功卤掠之利。莽遣使者分赦城中诸狱囚徒，皆授兵器，杀猪饮其血，与誓曰："有不为新室者，社鬼记之。”史谌将领，度渭桥，皆走散。谌空还。众兵发掘莽妻子父祖冢，烧其棺椁及九庙、明堂、辟雍，火照城中。或谓莽曰：“城中卒，东方人，不可信。”莽更发越骑士为卫，门置六百人，各一校尉。

十月戊申朔，兵从宣平城门入，民间所谓都门也。张邯巡行城门，逢兵见杀，王邑、王林、莀恽等，分将兵距击北阙下。汉兵贪获莽得封，力战者，七百余人。会日暮，官府邸第尽奔亡。

二日己酉，城中少年朱弟、张鱼等，恐见卤掠，趋呼相和，烧作室门，斧敬法闼，大呼曰：“反虏王莽，何不出降。”火及掖庭承明，黄皇室主所居也，室主焚死。莽避火宣室前殿，火辄随之，宫人妇女啼呼曰：“当奈何。”时莽绀袨服，带玺韨，持虞帝匕首，天文郎按拭于前，日时加某，莽旋席随斗柄而坐曰：“天生德于予，汉兵其如予何？”莽时不食，少气困极矣。

三日庚戌，晨旦，群臣扶掖莽，自前殿南下椒除，西出白虎门，就车之渐台，欲阻池水。犹抱持符命、威斗，公卿大夫、侍中、黄门郎从官尚千余人随之。王邑昼夜战，疲极，士死伤略尽，驰入宫，展转至渐台守莽。军众入殿中，呼曰：“反虏王莽安在？”有美人出房曰：“在渐台。”众兵追至，围数百重。台上亦备弓弩，稍稍矢尽，无以复纳，则短兵接战，王邑莀恽等战死，莽入室。下餔时，众兵上台，王揖、赵博、苗䜣、唐尊、王盛、王参等皆死台上。商人杜吴杀莽，取其绶，校尉东海公宾就，故大行治礼，识天子绶，因问吴绶主所在，曰：“室中西北陬间。”就趋往斩其首，军人分裂莽身，支节肌骨，数十人脔切分之。公宾就持莽首诣王宪。宪自称汉大将军，城中兵数十万属焉。止宿东宫，妻莽后宫，乘其车服。

六日癸丑，李松、邓晔入长安，赵萌、申屠建亦至。以王宪得玺绶不辄上，多挟宫女，建天子鼓旗，收斩之。传莽首诣宛，更始悬其首于市，百姓共掷击之，或切食其舌。

是月，拔洛阳，生缚王匡、哀章，至，皆斩之。先严尤、陈茂降刘望，望以严尤为大司马，陈茂为丞相。十月，遣奋威大将军刘信击杀望，并诛严尤、陈茂。岑彭从朱鲔击扬州，格杀李圣，孔仁将其众降。天下悉归汉矣。

更始将都洛阳，以光武行司隶校尉，使前整修宫府，于是置僚属，作文移，从事司察，一如旧章。更始定都，遂以刘赐为丞相。

却说申屠建尝事崔发学《诗》，建入长安，发投降见建，犹时时称说符命，建恐惑众，送发诣丞相府。刘赐问曰：“尔莽所封说符侯也，新井、石午等事，果天告帝符，抑亦人为之？”发不语，赐曰：“汝以善解说符命取封侯，今不直对，先断尔舌。”左右擒倒，毁其齿，发急曰：“大抵皆取富贵者所为耳！一时附和，实繁有徒，人皆为之，吾敢不为耶？”赐曰：“然则莽起九庙时，莽与尔富贵已极，尔与张邯何复谀之，以为宜崇其制度，令万世后无以复加，糜有用之财，死无辜之众，徒竭肌髓，无益名，亦乐为之，又何意也？世间诸佞小人，侮圣人之言，为斯文之玷，若谷永、张禹、杨雄、孔光之徒，生用不荣，死犹遗臭，今刘歆、哀章、张邯等，已就诛戮，死将及尔，鬼如有灵，为问永、禹、雄、光等曰：‘宠禄几时，富贵安在？’虽汉室当衰，故有妖孽，然汝与数辈，皆号为儒者，死或有灵，亦知愧悔否？”发大哭，叩头乞命。赐曰：“天地之大，何难容尔？但尔素有虚名，为德之贼，不斩尔，恐小人得生，又将逞其故态，摇唇鼓舌，以惑天下，且令人谓谗佞竟无惨报，殊不足以示后世也。”遂拖赴市曹行戮。史谌、王延、王林、赵闳亦降而见杀。

初，诸假号兵人人望封侯。申屠建既斩王宪，又扬言三辅人大黠，共杀其主，于是吏民惶恐，皆哄去属县屯聚，建等不能下。乃传送乘舆服御，又遣中黄与从官，奉迎迁都。二年二月，更始自洛阳而西。时三辅吏士东迎更始，见诸将过，皆冠帻而服妇人衣，诸于绣裾，莫不笑之。时有知者，以为服之不中，身之灾也，恐祸及，奔入边郡避之。及见司隶僚属，皆欢喜不自胜，老吏或垂涕曰：“不图今日复见汉官威仪。”由是识者皆属心焉。更始到长安，下诏大赦，非王莽子，他皆除其罪。故王氏宗族得全，三辅悉平。

初，王莽败，唯未央宫被焚，其余宫馆一无所毁，宫女数千，备列后庭，自钟鼓、帷帐、舆辇、器服、太仓、武库、官府、市里，不改于旧。更始居长乐宫，升前殿，郎吏以次列庭中。更始羞怍，府首刮席，不敢视。诸将后至者，更始问：“掳掠得几何？”左右待官皆宫省久吏，各惊相视。李松与赵萌说更始，宜悉王诸功臣，朱鲔争之，以为高祖约非刘氏不王。更始乃先封宗室，太常将军刘祉为定陶王，刘赐为宛王，刘庆为燕王，刘歙为元氏王，大将军刘嘉为汉中王，刘信为汝阴王，王匡为比阳王，王凤为宜城王，朱鲔为胶东王，卫尉大将军张印为淮阳王，廷尉大将军王常为邓王，执金吾大将军廖湛为穰王，申屠建为平氏王，尚书胡殷为随王，柱天大将军李通为西平王，五威中郎将李轶为舞阴王，水衡大将军成丹为襄邑王，大司空陈牧为阴平王，骠骑大将军宗佻为颍阴王，尹尊为郾王。唯朱鲔辞曰：“臣非刘宗，不敢干典。”遂让不受。乃徙鲔为左大司马，刘赐为前大司马，使与李轶、李通、王常等镇抚关东。以李松为丞相，赵萌为右大司马，共秉内任。

更始欲令亲近大将循河北，未知所使，刘赐言：“诸家子独有文叔可用。”大司马朱鲔等以为不可。更始疑不决，赐深劝之，乃拜光武为破虏将军，行大司马事，持节北渡河，镇慰州郡。未知如何，下文再叙。

第十五回　渡滹沱神人指路

光武既渡河而北，所到部县，辄见二千石、长吏、三老、官属、下至佐史，考察黜陟，如州牧行部事。辄平遣囚徒，除王莽苛政，复汉官名。吏人喜悦，争持牛酒迎劳。

进至邯郸，故赵缪王子林，说光武曰："赤眉今在河东，但决水灌之，百万之众可使为鱼。"光武不答，去之真定。林于是乃诈以卜者王郎为成帝子子舆，立郎为天子，都邯郸。王郎一名昌，邯郸人，素为卜相，略明星历，常以为河北有天子气。刘林好奇数任侠，于赵魏间多通豪猾，而郎与之亲善。初王莽篡位时，长安有自称成帝子子舆者，莽杀之，郎缘是诈称真子舆，扇惑燕赵间。林等疑惑，会说光武不用，乃与赵国大豪李育、张参等通谋，规共立郎。时传闻赤眉将渡河，林等因此宣言"赤眉当立刘子舆"，以观众心，百姓多信之。林等遂率车骑数百晨入邯郸城，止于故赵王宫，立郎为天子，林为丞相，李育为大司马，张参为大将军。分遣将帅，徇下幽、冀，移檄州郡曰：

> 制诏部刺史、郡太守曰：朕孝成皇帝子子舆也。昔遭赵氏之祸，因以王莽篡杀，赖知命者，将护朕躬，解刑河滨，削迹赵魏。王莽窃位，获罪于天，天命佑汉，故使东郡太守翟义，严乡侯刘信，拥兵征讨，出入胡汉。普天率上，知朕隐在人间。南岳诸刘，为其先驱。朕仰观天文，乃兴于斯，以今月壬辰即位赵宫。体气熏蒸，应时获雨。盖闻为国，子之袭父，古今不易。刘圣公未知朕，故且持帝号。诸兴义兵，咸以助朕，皆当裂土，享祚子孙，已诏圣公及翟太守，亟与功臣诣行在所。疑刺史二千石，皆圣公所置，未睹朕之沉滞，或不识去就，强者负力，弱者惶惑。今元元创痍，已过半矣，朕甚悼焉。故遣使者，班下诏书。

郎以百姓思汉，既多言翟义不死，故诈称之，以称人望，于是赵国以北，辽东以西，皆从风而靡。

初光武北渡，只带颍川兵千余人，相从诸将有铫期、祭遵、朱祐、冯异。先是光武还宛，异仍守父城，更始诸将攻父城者，前后十余辈，异坚守不下。及光武为司隶校尉，道经父城，异等即开门奉牛酒迎。光武署异为主簿，苗萌为从事，从至洛阳。时王霸在颍阳，闻光武过颍，请其父，愿从。父曰："吾老矣，不任军旅，汝往勉之。"光武既为大司马，以朱祐为护军，霸为功曹令史。先宾客从霸者数十人，至是稍稍引去。光武谓霸曰："颍川从我者皆逝，而子独留，当努力，疾风知劲草。"又有杜茂者，字诸公，南阳冠军人，闻光武义，来归。马成先为光武安集椽，后调守郏令，间光武讨河北，即弃官，步负追及随征。

却说光武自伯升之败，不敢显其悲戚，每独居，辄不御酒肉，枕席间，泪痕狼藉。独冯异察知，尝叩头宽譬哀情，光武止之曰："卿勿妄言。"异复因间进曰："天下同苦王氏，思汉久矣。今更始诸将，从横暴虐，所至虏掠，百姓失望，无所依戴。今公专命方面，施行恩德，夫有桀纣之乱，乃见汤武之功，人久饥渴，易为充饱。宜急分遣官属，循行郡县，理冤结，布惠泽。"光武深纳其言。至邯郸，遂遣异与铫期，乘传扶循属县，录因徒，存鳏寡，亡命自诣者除其罪，阴条二千石长吏同心及不附者上之。

邓禹字仲华，南阳新野人也，年十三，能诵诗，受业长安。时光武游学京师，禹年虽幼，而见光武知非常人，遂相亲附。数年归家。及汉兵起，更始立，豪桀多荐举禹，禹不肯从。及闻光武安集河北，即杖策北渡，追及于邺。光武见之甚欢，谓曰："我得专封拜，生远来，宁欲仕乎？"禹曰："不愿也。"光武曰："然则欲何为？"禹曰："但愿明公威德加于四海，禹得效其尺寸，垂功名于竹帛耳。"光武笑，因留宿与闲语。禹进说曰："更始虽都关西，今山东未安，赤眉、青犊之属，动以万数，三辅假号者，往往群聚，更始既未有所挫，又不自听断，诸将皆庸人屈起，志在财帛，争用威力，朝夕自快而已，非有忠良明智，深虑远图，欲尊主安民者也。四方分崩离析，形势可见。明公虽建藩辅之功，犹恐无所成立。于今之计，莫如延揽英雄，务悦民心，立高祖之业，救万民之命，以公而虑天下，不足定也。"光武大悦，因令左右号禹曰"邓将军"，常宿止于中，与定计议。忽报傅俊到，光武曰："傅子卫已归颍川，今亦为吾来耶。"初光武循襄城，俊以县亭长迎军，拜为校尉，襄城收其母弟宗族，皆灭之。及从破王寻后，又别击京、密，破之，乃遣归颍川，收葬家属。及上谒，使将颍川兵。于是大众花行，行至下曲阳，和成卒正邳彤举城降，复以为太守，彤字伟君，信都人，父吉为辽西太守。王莽分钜鹿为和成郡，居下曲阳，以彤为卒正也，光武留止数日，忽报有骑都尉至，光武惊疑，延入，其人姓耿名纯，字伯山，钜鹿宋子人也，父艾为王莽济平尹。纯学于长安，王莽败，更始使舞阴王李轶降诸郡国，纯父艾降，还为济南太守。时李轶兄弟用事专制方面，宾客游说者甚众，纯连求谒不得通，久之乃得见，说轶曰："大王以龙虎之姿，遭风云之时，奋迅拔起，期月之间，兄弟称王，而德信不闻于士民，功劳未施于百姓，宠禄暴兴，此智者之所忌也。兢兢自危，犹惧不终，而况沛然自足，可以成功者乎？"轶奇之，且以其钜鹿大姓，乃承制拜为骑都尉，授以节，令安集赵、魏。闻光武至，即谒见，光武深接之。纯退，见官属将兵法度不与他将同，遂求自结纳，献马及缣帛数百疋。光武乃留纯于邯郸，率众北至中山。

闻王郎兵起，众将佐请回击邯郸，光武曰："诈伪焉能成事，但彼新盛未可与争锋也。"

乃北循蓟。忽王郎移檄至，其大略云：

"朕孝平皇帝之子，遭王莽之乱，间关尘土。今天下思汉，朕以帝子，承业继兴，即位邯郸，上顺天心，下从民望，故檄书所至，无不从风归顺。汝以南阳宗室，早奋义戈，昆阳一战，野功允著，朕甚嘉之，即封以南阳十万户，世辅王家。已移檄圣公，修整宫府，汝当助朕扫清寰宇，复朕旧基，无得瞻循。"云云。

光武笑曰："此亦妄人也，已矣。"忽报故广阳王子刘接，起兵蓟中，以应王郎。光武大惊。又城中扰乱，言邯郸使者方到，二千石以下，皆出迎。于是急趣驾出，百姓聚观，喧呼满道，遮路不得行众中。铫期性起，睁圆环眼，倒竖虎须，奋就加鞭，突出众前，大呼曰："跸！"声如霹雳，众皆披靡，及至城门，门已闭，攻之得出。光武欲南还，狼狈不知所向，传闻信都独为汉拒邯郸兵，乃驰赴之。正行，忽见尘头大起，一支人马迎面而来。光武叹曰："后有追兵，前复无路，奈何！"不知何处人马，且听下回分解。

第十六回　循钜鹿将佐归心

却说光武大队正往信都进发，遇一标人马拦路，铫期急提戟策马迎去，原来却是邳彤遣来的。王郎使其将循地至和成，彤坚守不下。闻光武自蓟还，欲至信都，乃先使五官椽张万，督邮尹绥，选精骑二千余疋，缘路迎光武军。遂同之信都。信都太守乃是任光，初从光武破王寻、王邑，更始至洛阳，以光为信都太守。王郎起，郡国皆降之，光独不肯，乃与都尉李忠、信都令万修、功曹阮况、五官掾郭唐等同心固守。扶柳县廷掾持王郎檄诣府白光，光怒斩之，悬其头于市，以徇百姓，发精兵四千人守城。光等独守孤城无援，常恐不能全，闻光武至，大喜，吏民皆称万岁，即时开门，与李忠、万修率官属迎谒。光武入传舍时，邳彤亦至。

光武虽得二郡之助，而兵众未合。议者多言可因信都兵，相送西还长安。彤曰："议者之言皆非也。吏民歌吟思汉久矣，故更始举尊号而天下响应，三辅清官除道以迎之；一夫荷戟大呼，则千里之将无不捐城遁逃，虏伏请降。自上古以来，亦未有感物动民，其如此者也。又卜者王郎，假名因势，驱集乌合之众，遂震燕赵之地。况明公奋二郡之兵，扬响应之威，以攻则何城不克，以战则何军不服。今释此而归，岂徒空失河北，必更惊动三辅，堕损威重，非计之得者也。若明公无复攻伐之意，则虽信都之兵，犹难会也。何者？明公既西，则邯郸城民不肯捐父母，背城主而千里送公，其离散亡逃，可必也。"光武喜曰："伟君之言良善。但今势力虚弱，欲入城头子路、力子都兵中，何如耶？"任光曰："不可。"光武曰："卿兵少如何？"光曰："可募发奔命，出攻傍县，若不降者，恣听掠之。人贪财物，则兵可招而致也。"光武从之，即日拜彤为后大将军、和成太守如故，拜光为左大将军，封武成侯，留南阳宗广领信都太守事；使光将兵从。彤兵居前，光乃多作檄文曰："大司马刘公，将城头子路、力子都兵百万众，从东方来击诸反虏。"遣骑驰至钜鹿界中。吏民得檄，传相告语。邳彤先至堂阳，堂阳已反，属王郎矣。彤使张万、尹绥先晓譬吏民，光武与光等投暮入堂阳界，使骑各持炬火，弥满泽中，光炎烛天地，举城莫不震恐畏怖，其夜即降。旬日之间，兵众大盛，光武叹曰："前日出蓟，得公孙豆粥，渡滹沱，赖元伯机权。今复得诸公相助，殆天不欲亡吾也。"

初，光武自蓟东南驰，晨夜草舍，至饶阳无蒌亭。时天寒烈，众皆饥疲，冯异觅得豆粥进上。明旦，光武谓诸将曰："昨得公孙豆粥，饥寒俱解。"及至南宫，遇大风雨，光武引车入道傍空舍，异抱薪，邓禹爇火，光武对灶燎衣，异复进麦饭、菟肩。时传闻王郎兵已追至，从者皆恐，及滹沱河，候吏还白："河水流澌，无船不可济。"众益惧。令王霸往视之，霸恐惊众，又欲且前，水阻，追兵至合得众士死力以胜敌，还即诡曰："冰坚可渡。"官属皆喜。光武笑曰："候吏果妄语也。"遂前。比至河，河冰亦合，乃令霸以沙布冰以渡，未毕数骑而冰解。光武谓霸曰："安吾众得济免者，卿之力也。"霸谢曰："此明公至德，神灵之祐，虽武王白鱼之应，无以加此。”光武谓官属曰：“王霸权以济事，殆天瑞也。”以为军正，爵关内侯。

汉中王刘嘉有一位上将，姓贾名复，字君文，南阳冠军人也。少好学，习《尚书》，事舞阴李生。李生奇之，谓门人曰：“贾君之容貌志气如此，而勤于学，将相之器也。”莽末，下江、新市兵起，复亦聚众数百人于羽山，自号将军。更始立，乃将其众归刘嘉，以为校尉。复见更始政乱，诸将放纵，乃说嘉曰：“臣闻图尧舜之事而不能至者，汤武是也；图汤武之事而不能至者，桓文是也；图桓文之事而不能至者，六国是也；定六国之规，欲安守之而不能至者，亡六国是也。今汉室中兴，大王以亲戚为股肱，天下未定而安守所保，所保得无不可保乎？”嘉曰：“卿言大，非吾任也。大司马刘公在河北，但持吾书往。”复遂辞嘉受书，北渡河。嘉又荐长史陈俊，亦以书遣诸河北，俊字子昭，南阳西鄂人了。光武以俊为安集掾，署复为破虏将军，解左骖以赐之。时官属以复后来而好陵折等辈，共白欲以调补鄗尉，光武曰：“贾君有折冲千里之威，方任以重，勿以擅除。”

邓晨时为常山太守，闲行至钜鹿会光武，自请从击邯郸，光武曰：“伟卿以一身从吾，不如以一郡为吾北道主人。”乃遣晨归郡。后光武追铜马、高湖群贼于冀州，晨发积射士千人，又遣委输粮饷给军不绝。

却说王郎起邯郸，举尊号时，欲收耿纯。纯持节与从吏夜遁出城，驻节道中，诏取行者车马得数十，驰归宋子，与从昆弟䜣、宿、植共率宗族宾客二千余人，奉迎于育县。时众稍合，乃使邓禹别攻乐阳，李忠攻苦陉，冯异别收河间兵。铫期、傅宽、吕宴俱属邓禹，分循旁县。又发房子兵。禹以期为能，独拜偏将军。

王郎遣将攻信都，时王郎势大，响应者众，信都大姓马宠等，开城纳王郎将，收太守宗广及李忠母妻，而令忠亲属招呼忠。时马宠弟从忠为校尉，忠即时召见，责数以背恩反城，因格杀之。诸将惊曰：“家属在人手中，而杀其弟，何猛也？”忠曰：“纵贼不诛，是二心也。”光武闻而美之，谓忠曰：“今吾兵已成矣。将军可归救老母妻子，自募吏民能得家属者，赐钱千万，来从吾取。”忠曰：“明公大恩，思得效命，诚不敢内顾宗亲。”光武乃使任光将兵救信都，光兵于道散，降王郎，无功而还。会更始遣振威将军马武与尚书令谢躬，共攻王郎，乃破信都。忠家属得全。光武因使忠还行太守事，收郡中大姓附邯郸者，诛杀数百人。及任光归郡，忠乃还复为都尉。

光武徇钜鹿，昌城人刘植开城迎，光武曰：“子何人也？”曰：“刘植，字伯先，昌城人。天下苦王氏久矣，今汉室中兴，王郎一卜者，亦思诈起，以梗天命，郡县不察，竟从风而靡。植闻明公威德，故率宗族宾客据此城以待。”因命弟喜、从兄歆出见。光武大喜，以植为骁骑将军，喜、歆偏将军，皆为列侯。忽报真定王刘扬，起兵以附王郎，众十余万，光武即欲进讨，植曰：“彼未知王郎之诈耳。请先往说之。”光武至，扬出迎，相见甚欢。因留真定，纳郭皇后，即扬之甥也。光武于是北降下曲阳，复北击中山，拔卢奴，所过发奔命兵，移檄边部，共击邯郸，郡县还复响应。南击新市、真定、元氏、房子，皆下之。因入扬界。

时王郎大将李育屯柏人。汉兵不知而进，前部偏将朱浮、邓禹为育所破，辎重尽失。光武在后闻之,急前收浮、禹散卒,追至郭门。李育回马来战,被光武接连几刀,劈得招架不及。后面一班战将俱到,李育急逃入城,将城紧闭,落后兵卒尽被杀死,尽得其所获。因率众四面攻打,数日不能下。邓禹进曰:“小城何烦旷时日,不如引兵拔广阿也。”光武曰:“正合吾意。”未知如何,下卷再为分说。

第十七回　诛王郎邓禹入关

且说自古地气大抵随天运而转，而人事应焉，所谓人杰地灵。观汉室中兴，将帅大半皆出南阳，所谓从龙而起，天之生材，非偶然也。今再说一位豪杰，亦是宛人，姓吴名汉，字子颜，家贫，给事县为亭长。王莽末，以宾客犯法，乃亡命至渔阳。以乏资用，贩马为业，往来燕蓟间，所至皆交结豪杰。更始立，使使者韩鸿循河北，或谓鸿曰："吴子颜，奇士也，可以计事。"鸿召见汉，甚悦之，遂承制拜为安乐令。

会王郎起，北州扰惑。汉素闻光武长者，独欲归心，乃往说太守彭宠。宠亦宛人，字伯通，父宏哀帝时为渔阳太守，伟容貌，能饮饭，有威于边。王莽居摄，诛不附己者，宏与何武、鲍宣并遇害。宠少为郡吏，地皇中，为大司空士，从王邑东拒汉军，到洛阳，闻同产弟在汉兵中，惧诛，与吴汉同亡至渔阳。鸿与宠乡间故人，相见欢甚，即拜宠偏将军，行渔阳太守事。及光武至蓟，以书招宠，宠具牛酒，将上谒，会王郎遣将循渔阳、上谷，急欲发其兵，官属疑惑，多欲从之。适吴汉至，曰："渔阳、上谷突骑，天下所闻也。君何不合二郡精锐，附刘公击邯郸，此一时之功也。"宠以为然，而其时欲附王郎者众，宠不能夺。汉乃辞出，止外亭坐，念宠意虽从而才不能决众，须以计诈之，以祛众惑。方沉思，望见道中有一人似儒生者，汉使人召之，问以所闻。生因言刘公所过，为郡县所归；邯郸举尊号者，实非刘氏。汉大喜，即诈为光武书，移檄渔阳。使生赍以诣宠，令具以所闻告之。汉邀盖延随后入见，宠喜示以来檄。盖延渔阳人，字巨卿，身长八尺，常弯三百斤弓，边俗尚勇力，而延以气闻。历为列掾、州从事，所在职办。宠召署营尉，行护军，正议发兵方略，狐奴令王梁亦到，梁字君严，渔阳安阳人也。宠于是发步骑三千人，以吴汉行长史，及都尉严宣、护军盖延、狐奴令王梁，与上谷军合而南。

上谷太守耿况，字侠游，以明经为郎，后为朔调连率。及王莽败，更始立，诸将略地者，前后多擅威权，辄改易守令。况自以莽之所置，怀不自安，遣其子奉奏诣更始，因赍贡献以求自固。况子名弇，字伯昭，少学《诗》《礼》，明锐有权谋，常见郡尉试骑士，建旗鼓，肄驰射，由是好将帅之事。时年二十一。奉命至宋子，会王郎起兵邯郸，弇从吏孙仓、卫包于道共谋曰："刘子舆成帝正统，舍此不归，远行安之？"弇按剑曰："子舆弊贼，卒为降虏耳。吾至长安，与国家陈渔阳、上谷兵马之用，还出太原、代郡，反复数十日，归发突骑以辚乌合之众，如摧枯折腐耳。观公不识去就，族灭不久也。"仓、包不从，遂亡降王郎。弇道闻光武在卢奴，乃驰北上谒，光武留署门下吏。弇因说护军朱祐求归，发兵以定邯郸，光武笑曰："小儿曹乃有大意哉！"因数召见加恩慰。弇还檄与况，陈光武威德，自嫌年少，恐不见信，宜自来。弇因从光武至蓟。闻邯郸兵方到，光武欲南归，召官属议，弇曰："今从南来，不可南行。渔阳太守彭宠，公之邑人，上谷太守即弇父也，发此两郡，控弦万骑，邯郸不足虑也。"光武官属腹心皆不肯，曰："死尚南首，奈何北行入囊中。"光武指弇曰："是我北道主人也。"会城中扰乱，官吏争出城迎郎兵，光武众夺城出，辎重皆遮绝。弇归，主人食未已，闻乱奔出，城已闭，弇急以马与城门亭长，乃得出，走昌平就况。

先况得弇书，檄召功曹寇恂计议，恂曰："邯郸拔起，难可信向。昔王莽时，所难独有刘伯升耳。今闻大司马刘公，伯升母弟，尊贤下士，士多归之，诚可攀附。"况曰："邯郸方盛，力不能独拒，如何？"恂对曰："今上谷完实，控弦万骑，举大郡之资，可以详择去就。恂请东约渔阳，齐心合众，邯郸不足图也。"况然之。乃遣恂到渔阳，结谋彭宠。还至昌平，适王郎遣将循上谷，恂袭击之，杀使者，夺其军。弇亦至。况发突骑二千疋，步兵千人，使长史景丹与子弇及寇恂将之，与渔阳兵合军而南，所过击斩王郎将帅。大将赵闳守蓟，攻之不下，吴汉曰："诸公尽引而南，吾独留此，定斩闳也。"汉以五百人伏，闳见撤围去，果引军出城掩杀，吴汉突出，遂诛赵闳，降其众于路。斩王郎大将九卿校尉以下四百余级，得印绶百二十五，节二，斩首三万级，定涿郡、中山、钜鹿、清河、河间，凡二十二县。

时光武已拔广阿，将攻王郎，传闻王郎已发渔阳、上谷兵来，急召众计议。忽候骑飞报，有大兵杀来，捷如风雨，不知何处人马。光武急登城，勒兵在西门楼上。数将已及城下，光武问曰："若辈是何等兵？"下对曰："上谷、渔阳兵也。"又问："为谁来乎？"曰："为刘公。"光武大喜，开城请人，同引见。光武笑曰："邯郸将帅数言吾发渔阳、上谷兵，吾聊应言然。何意二郡果为吾来。当与上大夫共此功名耳。"乃皆以为偏将军，使各令其兵。加况大将军、兴义侯，彭宠大将军、建忠侯，因大飨士卒，人人劳勉，恩意甚备。俱从击邯郸。

至鄗，光武止传舍。鄗大姓苏公反城，开门纳王郎将李恽，耿纯先觉知，将兵逆与恽战，大破斩之。遂攻柏人，不下。议看以为守柏人，小如定钜鹿。乃引兵东北，围钜鹿。郎守将王饶据城，连攻月余，不克。郎遣大将倪宏、刘奉率数万人救钜鹿。光武逆战于南栾。宏等冲来，势不可当，朱祐着伤，退。景丹突骑恰到，纵击，大破之，追奔十余里，斩首数千级，伤者纵横。丹还，光武谓曰："吾闻突骑为天下精兵，今乃见其战，乐可言耶？"乃率众复攻钜鹿。而王饶正出兵应倪宏，恰遇铫期，期便独冲阵，所向披靡，手杀五十余人。期被创中额，正帻复战，后军至，遂大破之。饶奔入城，众复围城。耿纯进说曰："久守王饶，士众疲敝，不如及大兵精锐，进攻邯郸。若诛王郎，王饶不战自服矣。"光武曰："善。"乃留将军邓满守钜鹿，而进军邯郸，屯其郭北门。

郎连次出战不利，乃使其谏议大夫杜威，持节请降，威曰："郎实成帝遗体。"光武曰："使成帝复生，天下不可得，况诈子舆者乎？"威请求万户侯，光武曰："顾得全身可矣。"威曰："邯郸虽鄙，并力固守，尚旷日月。终不君臣相率，但全身而已。"遂辞而去。因急攻之，二十余日，郎少傅李立为反间计，开城纳汉兵，遂拔邯郸。郎夜亡走，王霸觉，独骑追斩之，得玺绶，还报功，封王乡侯。时更始二年五月也。及收王郎文书，得吏人与郎交关谤毁者数千章。光武不视，会齐诸将军，尽焚之，曰："令反侧子自安。"复大飨将士，封邳彤武义侯，盖延号建功侯，吴汉号建策侯，贾复迁都护将军，万修拜右将军，朱祐偏将军，王梁关内侯，冯异应侯，铫期拜虎牙大将军，以岑彭为刺奸大将军。彭先迁颍川太守，会舂陵刘茂起兵，略下颍川，彭不得之官，乃与麾下数百人，从河内太守韩歆。歆降光武，以为邓禹军师。彭从平河北，授节，使督察诸营。

铫期因间说光武曰："河北之地，界接边塞，人习兵战，号为精勇。今更始失政，大统危殆，海内无所归往。明公据河山之固，拥精锐之众，以顺万人思汉之心，则天下谁敢不从。"光武笑曰："卿欲遂前跸耶？"光武舍城楼上，披与地图，指示邓禹曰："天下郡国如是，今始得其一。子前言天下不足定，何也？"禹曰："方今海内淆乱，人思明君，犹赤子之慕慈母。古之兴者，在德厚薄，不以大小也。"

初，更始遣尚书令谢躬，率六将军攻王郎，不能下。会光武至，遂定邯郸。而躬裨将虏掠不相承禀，光武深忌之。虽俱在邯郸，遂分城而处，然每有以慰安之。躬勤于职事，光武常称曰："谢尚书真吏也。"一日请躬及马武等置酒高会，因欲以图躬，不克。既罢，独与武登业台，从容谓武曰："吾得渔阳、上谷突骑，欲令将军将之，何如？"武谢曰："驽怯无方略。"光武曰："将军久将习兵，岂与吾椽史同哉。"武由是归心。

时更始征代郡太守赵永，耿况劝永不应召，令诣于光武，光武遣永复郡。比永北还，而代令张晔据城反畔，招迎匈奴、乌桓以为援助。光武以耿舒为复胡将军，使击晔，破之。永乃得复郡，时五校贼二十余万，北寇上谷，况与舒连击破之，贼皆退走。

更始见光武威声日盛，君臣疑虑，乃遣使立光武为萧王，令罢兵，与诸将有功者还长安。遣苗曾为幽州牧，韦顺为上谷太守，蔡充为渔阳太守，并北之部。时光武居邯郸宫，昼卧温明殿，耿弇入造床下请间，因说曰："今更始失政，君臣淫乱，诸将擅命于畿内，贵戚纵横于都中，天子之命，不出城门，所在牧守，辄自迁易，百姓不知所从，士人莫敢自安。虏掠财物，劫掠妇女，怀金玉者至不生归。元元叩心，更思莽朝。又铜马、赤眉之属，数十辈，辈辄数十百万，圣公不能办也。其败不久，公首事南阳，破百万之军。今定河北，据天府之地，以义征伐，发号响应，天下可传檄而定。天下至重，不可令他姓得之。闻使者自西方来，欲罢兵，不可从也。今吏士死亡者多，弇愿归幽州，益发精兵以集其大计。"光武听罢，起坐指弇曰："卿失言，吾斩卿。"弇曰："大王哀厚弇如父子，故披赤心为大王陈事。"曰："吾戏卿耳。"乃拜弇为大将军，使持节北发幽州十郡兵，曰："当更得一人以助卿也。"乃夜召邓禹，问谁可使行者，禹曰："尝数与吴汉言事，其人勇鸷，有智谋，诸将鲜能及者。"即拜汉大将军，持节北行。

苗曾闻之，暗勒兵，敕诸郡不得应调。汉乃将二十骑先驰至无终。曾以汉无备，出迎于路，汉突擒斩之，夺其军。北州震骇，城邑莫不望风弭从。弇到上谷，亦收韦顺、蔡充斩之。于是悉发幽州兵，引而南。

是时长安政乱，更始纳赵萌女为夫人，有宠，遂委政于萌，日夜与妇人饮宴后庭。群臣欲言事，辄醉不能见，或不得已，乃令侍中坐帷内与语。诸将识非更始声，皆怨曰："成败未可知，遽自纵放若此。"

韩夫人尤嗜酒，每侍宴，见常侍奏事，辄怒曰："帝方对吾饮，正以此时持事来乎？"起击破书案。赵萌专权，威福自用。郎吏有说萌放纵，更始怒，拔剑击之，自是无复敢言。萌私忿侍中，引下斩之，更始救请，不从。时李轶、朱鲔擅命山东，王匡、张卬横暴三辅。其所授官爵者，皆群小贾竖，或膳夫庖人，多著绣面衣，锦袴、襜、褕、诸于，骂詈道中。长安为之语曰："灶下养，中郎将；烂羊胃，骑都尉；烂羊头，关内侯。"军师将军豫章李淑上书谏曰:“方今贼寇始诛,王化未行,百官有司宜慎其任。夫三公上应台宿,九卿下括河海,故天工人其代之。陛下定业虽因下江、平林之势,斯盖临时济用,不可施之既安。宜厘改制度,更延英俊,因才授爵,以匡王国。今公卿大位,莫非戎陈,尚书显官,皆出庸伍,资亭长、贼捕之用,而当辅佐纲维之任。唯名与器,圣人所重,今以所重加非其人,望其毗益万分,兴化致理,譬犹缘木求鱼,升山采珠。海内望此有以窥度汉祚。臣非有憎疾以求进也,但为陛下惜此举厝,败材伤锦,所宜至虑。惟割既往谬妄之失,思隆周文济济之美。”云云。更始怒,系淑诏狱。

自是关中离心,四方怨叛。梁王刘永擅命睢阳,公孙述称王巴蜀,李宪自立为淮南王,秦丰据黎邱,自号楚黎王,张步起琅邪,董宪起东海,延岑起汉中,田戎起夷陵,隗嚣据天水,窦融据河西,并置将帅,侵略郡县。又别号诸贼,铜马、大彤、高湖、重连、铁胫、大抢、尤来、上江、青犊、五校、檀乡、五幡、五楼、富平、获索等,各领部曲,众合数百万人,所在寇掠。将次第平之,难矣。

时铜马贼数十万入清阳、乃平。命铫期等击之,连战不利。期思以少击众,得死力方能取胜,乃背水挑战。期独登先陷阵,所向无敌。无奈贼众数十倍,愈杀愈盛,期军士杀伤甚多。但期所到处,贼兵纷纷倒地,期人本长大,贼远望见,便不敢近。却在危急不能顾及军士。会光武率陈俊、耿纯、吴汉、耿弇等大兵到来,吴汉、耿弇突骑十分厉害,贼众大败。是日杀贼数万,大获全胜。光武大喜。忽报谢躬分其兵数万去邯郸,还屯于邺县。光武乃召吴汉、岑彭计之,嘱其便宜行事。不数日,铜马贼众又引众欲战。光武曰:“贼众无粮,易破耳。”乃遣诸将,分营坚守。数挑战不出,贼出掳掠,辄击取之。凡十余日,贼食尽,夜遁去。追至馆陶,大破之。受降未尽,而高湖、重连从东南来,与铜马余众合。光武复与战,大破于蒲阳,悉降之,封其渠帅为列侯。然降者多不自安,光武知其意,敕令各归营勒兵,乃自乘轻骑,案行部陈,降者更相语曰:“萧王推赤心置人腹中,安得不投死乎。”由是皆服。悉将降人分配诸将,众遂数十万,故关西号光武为“铜马帝”。却说赤眉自杀莽更始将军廉丹后,其势益大,遂寇东海,掠楚、沛、汝南、颍川,还入陈留,攻拔鲁城,转至濮阳。会更始都洛阳,遣使降崇。崇等闻汉室复兴,即留其兵,自将渠帅二十余人,随使者至洛阳降更始,皆封为列侯。崇等既未有国邑,而留众稍有离叛,乃遂亡归其营,将兵入颍川,分其众为二部,崇与逄安为一部,徐宣、谢禄、杨音为一部。崇、安攻拔长社,南击宛,斩县令。而宣、禄等亦拔阳翟,引之梁,击杀河南太守。赤眉所向必胜,其别帅复与大彤、青犊入射犬,众十余万。

光武乃会谢躬谓曰:“吾追贼于射犬,必破之。尤来贼在山阳者,必当惊走,若以君威力,击此散虏,必成擒也。”躬曰:“善。”

光武遂率众至谢犬。铫期出阵,大肆击杀,见贼多处便杀入。光武见铫期勇猛无敌,贼众全无畏怯,又命贾复杀出。贾复一支丈八蛇矛,如蛟龙出水,手起处,渠帅落马。奈贼人众多,贾复性起,只是横击,铁矛过处,十数人头破颈落。这边铫期贪杀贼,深入贼阵,却被贼众分一支人马疾入期营,袭去辎重。及期觉时,贼正驱转,铫期大怒,画戟一挥,大喝声如霹雳振耳,贼众吓翻者数十人,借势杀回。贼众袭得辎重,正是得意,忽见铫期杀回,大怒曰:“世有如此上将耶?”各舍命攒上,将铫期围在垓心。却当不得铫期力大身捷，戟到处，便血溅肉糜，虽身被数创，其战益力。杀有两时辰许，但两员虎将所到之处，便尸横遍地。贼虽顽恶不畏死，至此时亦觉胆破心惊，魂飞魄散矣。时日已当午，贼仍不退。光武乃将大旗招动，鸣金收军，曰："吏士皆饥矣，可且朝饭。"贾复曰："先破之，然后食耳。"于是复又翻身杀出。众贼兵见汉兵收回，惊魂略定。而见满地血尸，及折臂断腰者，喊哭连天，无不深悔众不可恃，贼不可为。且欲造饭充饥，忽见汉兵复又杀来，势如疾风暴雨，贼众先已胆落心寒，此时不由得四散奔逃。复、期二人率军追杀一阵，然后回营。光武营上诸将看得眼花，咸服二人之勇云。

其尤来一众在山阳者，只见尘飞蔽天，鼓声振地，不知青犊等胜负如何。正欲过山，只见众贼败逃过来，尤来众急问交战情形，只说得"杀来也"三字，如飞而去。尤来大惊，又见后面尘头大起，急忙拔营而走。才到隆虑山，只见一军横开，截住去路，却是谢躬在此。尤来渠帅大惊曰："今番休矣。"众贼面面相觑，其大彤等逃将曰："前兵未知如何，后追者实不可挡，唯有舍命而前耳。"众皆曰："是。"遂奋勇而前，人人死战，杀得谢躬大败，死者数千人。

却说吴汉、岑彭各有随身突骑数千，因谢躬在外，遂同往袭取邺城。吴汉曰："躬去，守邺者乃大将军刘庆，魏郡太守陈康，二人皆知兵者，不如先以辞说陈康使降。若径攻之，躬回，未免费时日。"岑彭曰："吾当先入伏城中，如说之不下，子急攻之，吾为内应。"汉大喜，乃令辩士说康曰："盖闻上智不处危以侥幸，中智能因危以为功，下愚安于危以自亡。危亡之至，在人所由，不可不察。今京师败乱，四方云扰，公所闻也；萧王兵强士附，河北归命，公所见也；谢躬内背萧王，外失众心，公所知也。今公据孤危之城，待灭亡之祸，义无所立，节先所成，不若开门纳军，转祸为福，免下愚之败，收中智之功，此计之至者也。"康大悦，乃计缚刘庆，收躬妻子，开门纳汉等，及躬从隆虑归，不知康已反之，与数百骑轻入城，岑彭擒之。吴汉至，见躬跪伏彭前，汉曰："何故与鬼语。"遂拔剑斩之。其众悉降。躬字子张，南阳人。初其妻知光武不平之，常戒躬曰："君与刘公积不相能，而信其虚谈，不为之备，终受制矣。"躬不纳，故及于难。

诸贼或以山川土地为名，或以军容强盛为号，是时都已敛迹。河北河内，粗为平定。忽闻青犊、赤眉盛入函谷关。光武急召邓禹计议曰："赤眉西入，长安必破。吾欲定三辅，而方事山东，奈何？"未知邓禹如何划策，且看下文分解。

第十八回　斩李轶光武即位

却说赤眉众在南方，虽数战胜，而疲敝厌兵，日夜愁泣，思欲东归。崇等计议，虑东向必散，不如西攻长安。更始二年冬，樊崇、逄安自武关，徐宣等从陆浑关，两道俱入。三年正月，俱至宏农。更始遣讨难将军苏茂拒之，茂军大败，死者千余人。赤眉众于是大集，乃分万人为一营，凡三十营，营置三老、从事各一人。进至华阴。更始将王匡、成丹、刘均等莫能当。

时光武料赤眉破长安，欲乘衅并关中，而自事山东不能西去，思诸将佐中，唯邓禹深沉有大度，且知人善任，每有所举，皆当其才，乃拜为前将军，持节，中分麾下精兵二万人遣西入关，令自选偏裨以下可以俱者。于是以韩歆为军师，李文、李春、程虑为祭酒，冯愔为积弩将军，樊崇为骁骑将军，宗歆为车骑将军，邓寻为建威将军，耿䜣为赤眉将军，左于为军师将军，引而西。正月自箕关将入河东。河东都尉守关不战，连攻十日，破之，获辎重千余乘。遂进围安邑，安邑坚守未能即下。

且说洛阳一路。更始见光武屡捷，河北复收，河内有中分天下之势，恐其还入河南，乃遣朱鲔、李轶、田立、陈侨将兵号三十万，与舞阴太守武勃共守洛阳。

光武将北循燕赵，乃拜寇恂为河内太守。恂字子翼，上谷昌平人，为郡功曹，经明行修，名重一时。称光武尝问邓禹曰："魏郡河内，独不逢兵，而城邑完全，仓廪充实，吾欲守此，诸将中谁可使者。"禹曰："昔高祖任萧何于关中，无复西顾之忧，所以得专精山东，终成大业。今河内带河为固，户口殷实，北通上党，南迫洛阳。寇恂文武足备，有牧人御众之才，非此子莫可使也，"于是拜恂为太守，行大将军事。光武谓恂曰："河内完富，吾将因是而起。昔高祖留萧何镇关中，吾今委公以河内。坚守转运，给足军粮，率厉士马，防遏他兵，勿令北度而已。"又拜冯异为孟津将军，统二郡军于河上，与恂合势以拒朱鲔等。恂移书属县，讲兵肄射，伐淇园之竹，为矢百余万，养马二千匹，收租四百万斛，转以给军。异乃遣李轶书曰：

> 愚闻明镜所以照形，往事所以知今。昔微子去殷而入周，项伯畔楚而归汉，周勃迎代王而黜少帝，霍光尊孝宣而废昌邑，彼皆畏天知命，睹存亡之符，见废兴之事，故能成功于一时，垂业于万世。苟令长安尚可扶助，延期岁月，疏不间亲，远不逾近，季文岂能居一隅也，今长安坏乱，赤眉临郊，王侯构难，大臣乖离，纲纪已绝，四方分崩，异姓并起，是故萧王跋涉霜雪，经营河北。方今英俊云集，百姓风靡，虽邠岐慕周，不足以逾。季文诚能觉悟成败，亟定大计，论功古人，转祸为福，在此时矣。如猛将长驱，严兵围城，虽有悔恨，亦无及矣。

初轶与光武首结谋约，加相亲爱。及更始立，反其陷伯升。此时虽知长安已危，欲降又不自安，乃报异书曰：

> 轶本与萧王首谋造汉，结死生之约，同荣枯之计。今轶守洛阳，将军镇孟津，俱据机轴，千载一会，思成断金。唯深达萧王，愿进愚策，以佐国安人。

轶自通书之后，不复与异争锋，异因此得北攻天井关，拔上党两城，又南下河南成皋已东十三县，及诸屯聚，皆平之。降者十余万。武勃将万余人，攻诸畔降者，异引军度河，与勃战于士乡下。大破斩勃，获首五千余级。轶又闭门不救，异见其信效：具以奏闻。光武大喜，故宣露轶书，令朱鲔知之。鲔大怒，使人刺杀轶。由是城中乖离，多有降者。而朱鲔闻光武北伐，以河内势孤，使讨难将军苏茂，副将贾彊，将兵三万亲人渡巩河攻温。自率数万人，攻平阴，以牵缀冯异。异思朱鲔自来，必以重兵攻温，温县有失，河内危矣，即遣护军将军刘隆将兵在助寇恂。然后自率兵渡河击鲔。

却说寇恂闻苏茂将兵度巩，即勒军驰出，并移告属县，引兵会于温下。军吏皆谏曰："今洛阳兵渡河，前后不绝，宜待众军毕集，乃可出也。"恂曰："温，此郡之藩蔽，失温，则郡不可守。"遂赴之，旦日合战，而冯异遣救及诸县兵适至，士马四集，幡旗蔽野。恂乃令士卒鼓噪大呼言曰："刘公兵到。"苏茂军闻之，大恐，阵动。恂因奔击，遇贾彊出敌，只一合，斩之。苏茂赶上，战不数合，知非其敌，亦败下阵去。恂挥军追杀，茂兵落河死者数千人，生获万余人。追至洛阳，冯异亦到，言朱鲔败逃入城。恂、异合兵，围城一匝而还。自是洛阳震恐，城门尽闭。时光武传闻朱鲔破河内有顷，恂檄至，大喜曰："吾知寇子翼可任也。"异亦移檄上状。

先光武北行，耿纯军在前，去众营数里，上江、大肜、铁胫诸贼忽夜至，攻纯营，箭雨射入。纯勒部曲，坚守不动。选敢死二千人，俱持强弩，各傅三矢，使衔枚间行，绕出贼后，齐声呼噪，强弩并发，贼众惊走，追击，遂破之。驰白光武。明旦，光武与诸将俱至营劳纯曰："昨夜困乎？以大兵不可夜动，故不相救耳。"

又曰："军营进退无常，卿宗族不可悉居军中。"乃以纯族人耿伋蒲吾长，悉令将亲属居焉。遂进追尤来、大抢、五幡于元氏，耿弇将突骑五千为先锋，辄破走之。大军追至北平，连破之。又战于顺水北，贼急设伏，光武乘胜轻进，遇伏，贼死命斗，光武大败。尤来渠帅樊崇，紧追不舍，一枪刺到，光武接住，却破樊崇一扯，跌下马来。光武急拔剑砍倒樊崇的马，两下步战，群贼望见俱到，光武弃了樊崇，飞奔趋上高岸，贼又紧追。正在危急，恰好耿弇突骑到来，王丰望见，急加鞭前迎，下马授光武，抚其肩而上，顾笑谓耿弇曰："几为虏所嗤。"贼至，弇令射士逆射，稍退。计点士卒，死者数千人。时马武已归光武，独殿后，贼追至，武辄陷阵斩杀，以故不得追及，乃归保范阳。军中不见光武，或云已战殁，诸将不知所为，吴汉曰："卿辈努力，王兄子在南阳，何忧无主？"众恐惧数日乃定。

贼虽战胜，而素摄大威，不能得其情，夜遂引去。大军复进，将至安次，贼涌至，马武奋方天昼戟杀出，所向无前，诸将引而随之，斩杀无算。贼退至安次，五校刚到，五校渠帅高扈最是枭勇，接住马武厮杀。这边陈俊掉枪出马，大喊曰："马将军少息，吾来也。"马武退下，陈俊举枪便刺，高扈还枪，却被陈俊揲住，两人下马，高扈早一剑击到，陈俊一锏随下，将剑打落，复又一锏，高扈便走，陈俊后追，却不知高扈鏢枪厉害，五十步内取，百发百中。扈见陈俊赶来，心中暗喜，看相近，鏢从肩际发出，恰到陈俊喉间，却被陈俊一手接住，俊见扈肩项斜闪，知有暗器，及连接数枪，俊大怒曰："顽贼终不免死，暂活亦多伤徒众耳。"奋步追上，一锏击死。于是双锏轮动，逢人便打。只见一渠帅，形容凶恶，一槊刺到，俊接槊带下马来，死于锏下，复飞身上马，即以贼槊杀贼，所向必破，贼众大败，追奔二十余里，复斩一渠帅而还。光武望而叹曰："战将尽如是，岂有忧哉。"群贼引退入渔阳，所过虏掠。俊言于光武曰："宜令轻骑出贼前，使百姓各自坚壁，以绝其食，可不战而殄也。"光武然之，即遣俊将轻骑驰出贼前，视人保壁坚完者，敕令固守；放散在野者，因掠取之。贼至无所得，遂散败。及军还，光武谓俊曰："困此虏者，将军策也。"乃遣吴汉率耿弇、陈俊、马武等十二将军，追战于潞东及平谷，大破灭之。是时寇恂河内正捷，于是诸将议上尊号。马武先进曰："天下无主，如更有贤智承敝而起，虽仲尼为相，孙子为将，犹恐无能有益。反水不收，后悔无及。大王虽执谦退，奈宗庙社稷何？宜且还蓟，即尊位，乃议征伐。今此谁贼而驰骛击之乎？"光武惊曰："将军何出是言？可斩也。"武曰："诸将尽然。"光武使出晓谕诸将，乃引军还至蓟。

夏四月，公孙述自称天子。光武从蓟还，过范阳，命收葬战死吏士，至中山，诸将复上奏曰："汉遭王莽，宗庙废绝，豪杰愤怒，兆人涂炭。王与伯升，首举义兵，更始困其资以据帝位，而不能奉承大统，败乱纲纪，盗贼日多，群生危蹙。大王初下征昆阳，王莽自溃，后拔邯郸，北州弭定。参分天下而有其二，跨州据土，带甲百万。言武力则莫之敢抗，论文德则无所与辞。臣闻帝王不可以久旷，天命不可以谦拒。唯大王以社稷为计，万姓为心。"光武又不听。行到南棘，诸将复固请之。光武曰："寇贼未平，四面受敌，何遽欲正号位乎？"诸将且出，耿纯进曰："天下士大夫捐亲戚，弃土壤，从大王于矢石间者，其计固望攀龙鳞，附凤翼，以成其所志耳。今功业即定，天人亦应，而大王留时逆众，不正号位，纯恐士大夫望绝计穷，则有去归之思，无为久自苦也。大众一散，难可复合，时不可留，众不可逆。"纯言诚切，光武深感曰："吾将思之。"

行至鄗，召冯异诣鄗，问四方动静。异曰："三王反畔，更始败亡，天下无主，宗庙之忧在于大王，宜从众议，上为社稷，下为百姓。"光武曰："我昨夜梦乘赤龙上天，觉悟，心中动悸。"异因下席再拜贺曰："此天命发于精神，心中动悸，大王重慎之性也。"光武先在长安时同舍生彊华，适自关中来，奉《赤伏符》曰："刘秀发兵捕不道，四夷云集龙斗野，四七之际火为主。"异与诸将复奏曰："受命之符，人应为大，万里合信，不议同情。今上无天子，海内淆乱，符瑞之应，昭然著闻，宜答天神以塞群望。"光武于是命有司设坛场于鄗南千秋亭五成陌。六月己未，即皇帝位，燔燎告天，禋于六宗，望于群神，其祝文曰：

皇天上帝，后土神祇，眷顾降命，属秀黎元，为人父母，秀下敢当。群下百辟，不谋同辞，咸曰：王莽篡位，秀发愤兴兵，破王寻王邑于昆阳，诛王郎铜马于河北，平定天下，海内蒙恩。上当天地之心，下为元元所归，《谶记》曰："刘秀发兵捕不道，卯金修德为天子。"秀犹固辞，至于再，至于三，群下佥曰：皇天大命不可稽留。敢不敬承。

于是建元为建武，大赦天下，改鄗为高邑。

且说邓禹西入关，至此时恰是半年。演义只叙得光武一边，连三王反畔，更始改亡之事，亦只提得一两句，欲知详悉，且看下文。

第十九回　更始亡光武都洛

却说隗嚣雄踞陇西，更始二年遣使征嚣及崔、义等。嚣初起兵，本欲以应汉，闻召将行，军师方望以为更始未可知，固止之，嚣不听，望以书辞谢而去。嚣等遂至长安，更始以为右将军。方望初见更始政乱，知其必败，辞嚣去，乃于长安求得前孺子刘婴，将至临泾。三年正月，立为天子，聚党数千人，望为丞相。更始遣李松与苏茂等击破，皆斩之。

方望弟方阳，以更始杀其兄，闻赤眉至华阴，乃往说樊崇曰："更始荒乱，政令不行，故使将军得至于此。今将军拥百万之众，西向帝城而无称号，名为群贼，不可以久。不如立宗室，挟义征伐。以此号令，谁敢不服？"赤眉以为然。时有齐巫狂言城阳景王大怒，曰："当为县官，何故为贼！"有笑巫者，辄病。军中惊异，乃相与议曰："今迫近长安，而鬼神如此，当求刘氏共尊立之。"乃求得刘盆子，立以为帝，自号建世元年。盆子太山式人，城阳景王章之后也。先赤眉过式，掠得之，时年十五，被发徒跣，敝衣赭汗，见众拜，恐畏欲啼，尝走从牧儿游。崇虽起勇力，而为众所宗，然不知书数。徐宣故县狱吏，能通《易经》。遂共推宣为丞相，崇御史大夫，逢安左大司马，谢禄右大司马，自杨音以下皆为列卿。于是长驱而进。三月，更始遣李松会同朱鲔拒于蹋乡。松等大败，弃军走，死者三万余人。

先是邓禹围安邑，数月未能下。更始大将军樊参将数万人，度大阳欲击禹。禹遣诸将迎击于解南，大破之，斩参首。于是王匡、成丹、刘均等合军十余万，复共击禹。禹军大败，骁骑将军樊崇战死。会日暮罢战，军师韩歆及诸将见兵势已摧，皆劝禹夜去，禹不听。明日癸亥，匡等以六甲穷日，不出，禹因得理兵勒众。明旦，匡悉军出攻禹，禹令军中无得妄动，既至营下，因传发诸将鼓而并进，大破之。匡等皆弃军亡走，禹率轻骑急追，生擒刘均及河东太守杨宝、持节中郎将弭彊，皆斩之。收得节六，印绶五百，兵器不可胜数。遂定河东。承制拜李文为河东太守，悉更置属县令长以镇抚之。

王匡、张印为禹所破，还奔长安。印与诸将议曰："赤眉近在郑、华阴之间，旦暮且至。今独有长安，见灭不久，不如勒兵掠城中以自富，转攻所在，东归南阳，收宛王等兵。事若不集，复入湖池为盗耳。"申屠建、廖湛等皆以为然，共入说更始。更始怒不应莫敢复言。及赤眉立刘盆子，更始使王匡、陈牧、成丹、赵萌屯新丰，李松军𣎴，以拒之，张印、廖湛、胡殷、申屠建等与御史大夫隗嚣合谋，共劫更始以成前计。侍中刘能卿知其谋以告，更始托病不出，召张印等皆入，将悉诛之。惟隗嚣不至。更始孤疑，使印等四人且侍于外访庐。印与殷湛疑有变，遂突出，独申屠建在，更始斩之。印与湛殷，遂勒兵掠东西市。昏时，烧门入，战于宫中，更始大败。明旦，将妻子车骑百余，东奔新丰。更始复疑王匡、陈牧、成丹与张印等同谋，乃并召入，牧、丹先至，即斩之。王匡惧，将兵入长安，与张印等合。更始乃与李松、赵萌还长安，共攻匡、印于城内，连战月余，匡等败走。更始徙居长信宫。

却说隗嚣见赤眉入关，三辅扰乱，流闻光武即位河北，嚣即说更始归政于光武叔父，国三老刘良。更始不听。诸将欲劫更始东归，嚣与通谋，事发觉，更始召诸将及嚣，嚣称疾不入，勒兵自守，更始既斩申屠建，复使执金吾邓晔，将兵围嚣。嚣闭门拒守，至昏时，遂溃围与数十骑，夜斩平城门关，亡归天水。复招聚其众，据故地，自称西州大将军。嚣素谦恭爱士，倾身引接，为布衣交。以长安谷恭为掌野大夫，平陵范逡为师友，赵秉、苏衡、郑兴为祭酒，申屠刚、杜林为持书，杨广、王遵、周宗及平襄人行巡、阿阳人王捷、长陵人王元为大将军，杜陵、金丹之属为宾客，由此名震西州，闻于山东。

再说光武闻邓禹平定河东，大喜，遣使持节，拜禹为大司徒。策曰：

> 制诏前将军禹：深执忠孝，与朕谋谟帷幄，决胜千里，孔子曰："自吾有回，门人日亲。"
>
> 斩将破军，平定山西，功效尤著。百姓不亲，五品不训，汝作司徒，敬敷五教，五教在宽。今遣奉车都尉，授印绶，封为酂侯，食邑万户。敬之哉。

邓禹时年二十四，才学为中兴二十八将之冠，故首封及之。越数日，以野王令王梁大司空，以吴汉为大司马，景丹为骠骑大将军，耿弇为建威大将军，盖延为虎牙大将军，朱祐为建义大将军，杜茂为大将军。时宗室刘茂，自号厌新将军，率众降，封为中山王。七月己亥，驾幸怀，遣耿弇率强弩将军陈俊，军五社津，备荥阳以东；使吴汉率朱祐及廷尉岑彭、执金吾贾复、扬化将军坚镡等十一将军围朱鲔于洛阳。邓禹亦自汾阴河入夏阳。更始中郎将左辅都尉公乘歙引其众十万，与左冯翊兵其拒禹于衙，禹破走之。而赤眉遂入长安。

先是赤眉至高陵，王匡等迎降之，遂共连兵而进。李松出战，败，死者二千余人，赤眉生得松。时松弟汎为城门校尉，赤眉使使谓之曰："开城门，活汝兄。"迅即开门。九月，赤眉入城，更始单骑走，从厨城门出。初侍中刘恭以赤眉立其弟盆子，自系诏狱，闻更始败，乃出，步从至高陵。赤眉下书曰："圣公降者，封长沙王。过二十日，勿受。"更始遣刘恭请降，赤眉使其将谢禄往受之。十月，更始遂随禄肉袒诣长乐宫，上玺绶于盆子。赤眉欲杀之，刘恭为请不能得，急拔剑欲自刎，樊崇等遽共救止之，乃赦更始。刘恭复为固请，得封长沙王。三辅苦赤盾暴虐，皆怜更始。而张卬等以为虑，与谢禄谋，遂缢杀之于郊下。初光武闻赤眉入长安，更始破败，弃城逃走，妻子裸袒，流冗道路，甚愍之。急下诏封更始为淮阳王，吏人敢有贼害者，罪同大逆。至是乃诏大司徒邓禹及时进兵讨之，而令收葬更始于霸陵。

却说三辅连遭覆败，赤眉所过残贼，百姓不知所归。闻禹乘胜独克，而师行有纪，皆望风相携负以迎军，降者日以千数，众号百万。禹所止辄停车住节，以劳来之，父老童稚，垂发戴白，满其车下，莫不感悦，于是名震关西。帝嘉之，数赐书褒美。诸豪杰皆劝禹径攻长安，禹曰："不然！今吾从虽多，能战者少，前无可仰之积，后无转馈之资。赤眉新拔长安，财富充实，锋锐未可当也。夫盗贼群居，无终日之计，财谷虽多，变故万端，宁能坚守耶？上郡、北地、安定三郡，土广人稀，饶谷多畜，吾且休兵北道，就粮养士，以观其弊，乃可图也。”于是引军北至栒邑。禹所到，击破赤眉别将诸营保，郡邑皆开门归附焉。

且说光武所遣攻洛阳十一将军，乃是吴汉、王梁、朱祐、万修、贾复、刘植、坚镡、侯进、冯异、祭遵、岑彭、王霸，而贾复作先锋，先渡河。白虎公陈侨恰引兵迎来，侨曰：“杀不死的盐吏，何不知足也！”复答曰：“尔既闻吾威名，便当卸甲归降，何敢逆时以抗天兵？大抵亦迷于进退者耳。无多言，请饮吾刃。”举矛便刺，十数回合，陈侨抵敌不住，大败而走，大军尽渡。朱鲔等逆战，连破之，遂围洛阳。贾复先王莽未为县掾，尝迎盐于河东，后大战青犊于射犬。又北与五校战于真定，虽大破贼，而身受重伤，光武大惊曰：“吾所以不令贾复别将者，为其轻敌也！果然失吾名将。闻其妇有孕，生女耶，吾子娶之，生男子，吾妇嫁之，不令其忧妻子也。”复病寻愈，追及光武于蓟。故陈侨云云。

汉十一将军围洛阳，朱鲔等坚守，数月不下。帝以岑彭尝为鲔校尉，令岑彭往说之。彭至城下见鲔，相劳苦欢语如平生。彭因曰：“彭往者得执鞭侍从，蒙荐举拔擢，常思有以报恩。今赤眉已得长安，更始为三王所反，皇帝平定燕、赵，尽有幽、冀之地，百姓归心，贤俊云集，亲率大兵来攻洛阳。天下之事，逝其去矣。公虽婴城固守，将何待乎？”鲔曰：“吾非不知之。昔大司徒被害时，鲔与其谋，又谏更始无遣萧王北伐，诚自知罪深耳。”彭还，具言于帝。帝曰：“夫建大事者，不计小怨，鲔今若降，官爵可保，况诛罚乎？河水在此，吾不食言。”彭复往告鲔，鲔从城上下索曰：“必信，君然可乘此上。”彭趋索欲上，鲔见其诚，即许降。后五日，鲔将轻骑诣彭，顾敕诸部将曰：“坚守待吾，吾若不还，诸将径将大兵上轘辕，归郾王。”乃面缚，与彭俱诣河阳行在所。帝即解其缚，召见之，复令彭夜送鲔归城。鲔深感，明旦悉其众出降。帝拜鲔为平狄将军，封扶沟侯。鲔淮阳人，后为少府，秩二千石，传封累代云。

十月，车驾入洛阳，幸南宫却非殿，遂定都焉。访求卓茂为太傅。茂字子康，宛人也。元帝时学干长安，事博士江生，习《诗》《礼》及历算，究极师法，称为通儒。性宽仁恭爱，乡党故旧，虽行能与茂不同，而皆爱慕欣欣焉。尝为密县令，劳心谆谆，视民如子，吏人亲爱而不忍欺之，教化大行，道不拾遗。平帝时天下大蝗，河南二十余县，皆被其灾，独不入密县界。及王莽居摄，以病免归。更始立，以茂为侍中祭酒，从至长安，知更始政乱，以年老乞骸骨归。光武初即，先访求之。茂时年七十余矣，诣河阳谒见，以为太傅，封褒德侯。初，茂与同县孔休、陈留蔡勋、安众刘宣、林国龚胜、上党鲍宣六人同志，不仕王莽，并名重当时。刘宣字子高，安众侯崇之从弟。知王莽当篡，乃变姓名，隐避林薮，至是乃出。光武以宣袭封安众侯，擢龚胜子赐为上谷太守，求休、勋子孙，赐谷以旌显之。又征琅邪伏湛，拜为尚书，使典定旧制。

时檀乡贼聚众数十万，纵横赵、魏间。建武二年春，大司马吴汉率大司徒王梁，建义大将军朱祐，大将军杜茂，执金吾贾复，扬化将军坚镡，偏将军王霸，骑都尉刘隆、马武、阴识共击之于邺东漳水上，大破之，降者十余万人。汉复率诸将击邺西山贼黎伯卿等，及河内、修武，悉破诸屯聚。

于是大封功臣，吴汉为广平侯，朱祐堵阳侯，景丹栎阳侯，杜茂苦陉侯，刘隆亢父侯，傅俊昆阳侯，坚镡瀍强侯，马武山都侯，冯异阳夏侯，岑彭先已封归德侯，贾复已封冠军侯，至是益封穰、朝阳二县，盖延更封安平侯，陈俊是时攻匡城县贼，下四县，更封新处侯，臧宫封成安侯，耿弇更封好畤侯，食好畤、美阳二县，王霸为富波侯，祭遵拜征虏将军，封颍阳侯，任光阿陵侯，李忠中水侯，万修更封槐里侯，邳彤先已更封灵寿侯，刘植更为昌城侯，耿纯高阳侯。

力子都者，东海人也，莽末起兵乡里，钞击徐、兖界，众有六七万。更始立，遣使降，拜子都徐州牧。光武狼狈奔信都时，任光尝假称刘公将城头子路、力子都兵百万众，从东方来击诸反虏。城头子路，姓爰名曾，字子路，起兵卢城头，故号为城头子路，寇掠河、济间，众至二十余万，亦降更始云。力子都为其部曲所杀，余党相聚，与诸贼会于檀乡，因号为檀乡。檀乡渠帅董次仲始起茌平，遂渡河人魏郡清河，与五校合。

初吴汉率众击檀乡，有诏军事一属大司马，而大司空王梁，辄发野王兵。帝以其不奉诏敕，令止于所在县，而梁复以便宜进军。帝以梁前后违命，大怒，遣尚书宗广，持节即军中斩梁。广不忍，乃槛车送京师。既至，赦之。光武于功臣严而不峻，恩而不溺，唯始终保全，贤于高祖远矣。其功臣食邑大国四县，余各有差，下诏曰：

人情得足，苦于放纵，快须臾之欲，忘慎罚之义。唯诸将业远功大，诚欲传于无穷，宜如临深渊，如履薄水，战战栗栗，日慎一日。其显效未酬，名籍未立者，大鸿胪趣上，朕将差而录之。

博士丁恭议曰："古帝王封诸侯，不过百里，故利以建侯，取法于雷，强干弱枝，所以为治也。今封诸侯四县，不合法制。"帝曰："古之亡国，皆以无道，未尝闻功臣地多而灭亡者。"乃遣谒者，即授印绶。策曰：

在上下骄，高而不危，制节谨度，满而不溢，敬之戒之，传玺子孙，长为汉戒。

先是檀乡、五楼贼，入繁阳、内黄，又魏郡大姓，数反复，而更始将卓京谋欲相率反邺城。帝以铫期为魏郡太守，行大将军事。期发郡兵击卓京，破之，京亡入山，追斩其将校数十人，获京妻子。进击繁阳、内黄，复斩数百级，郡界清平。盗贼督李熊，邺中之豪，而熊弟陆，谋欲反城迎檀乡。或以告期，不应，告者至三四，期乃召问熊。熊叩头首服，愿与老母俱就死。期曰："为吏傥不若为贼乐者，可归与老母往就陆也。"使吏送出城。熊行，求得陆，与同诣邺城西门。陆不胜感愧，自杀以谢期。期嗟叹，以礼葬之，而还熊故职。于是郡中服其威信。

帝使岑彭击荆州，下韬、叶等十余城。是时南方尤乱。南郡人秦丰据黎邱，自称楚黎王，略有十二县；董䜣起堵乡；许邯起杏；又更始郾王尹遵，乃诸大将在南方，未降者尚多。帝召诸将议兵事，未有言，沉吟久之，乃以檄叩地曰："郾最强，宛为次，谁当击之？"贾复率然对曰："臣请击郾。"帝笑曰："执金吾击郾，吾复何忧！大司马当击宛。"

遂遣复与骑都尉阴识,骁骑将军刘植,南度五社津击郾,连破之。月余,尹尊降,尽定其地。引东击更始淮阳太守暴汜,汜降,属县悉定。

时宗室刘永据梁地,自称天子,结连东海董宪,琅邪张步。帝欲遣将征之。忽闻赤眉尽焚西京宫室,发掘园陵,帝大惊曰:"克贼残暴至此耶?"乃更封大司徒邓禹为梁侯,食四县,敕速定关中。又闻延岑反汉中,拥兵关西,关西所在破散。帝曰:"邓司徒何能定此。"时偏将军冯异,击破阳翟贼严终、赵根,乃遣异代禹讨之。车驾送至河南,赐以乘舆,七尺玉具剑,勅异曰:"三辅遭王莽、更始之乱,重以赤眉、延岑之酷,元元涂炭,无所依诉。今之征伐,非必略地屠城,要在平定安集之耳。诸将非不健斗,然好掳掠,卿本能御吏士,念自修敕,无为郡县所苦。"异顿首受命,引兵而西,复以王梁为中郎将,使北守箕关。赤眉如何暴乱,且听下回分解。

第二十回　赤眉败诸将平南

且说冯异为人谦退不伐，尝敕吏士，非交战受敌，常行诸营之后。与诸将相逢，辄引车避道。进止皆有表识，军中号为整齐。每所止舍，请将并坐论功，异常独屏树下，军中号曰："大树将军。"光武破邯郸时，部分诸将，各有配隶，军士皆言愿属大树将军，光武以此重之。散任以西征，异所至皆布威信。宏农群盗称将军者，十余辈，皆率众降异。后赤眉东走，异拒之不得东。

初赤眉入长安，盆子居长乐宫，诸将日会论功，争言讙呼，拔剑击柱，不能相一。三辅郡县，遣使贡献，兵士辄劫夺之，又数虏暴吏民，公卿肴乱，动相辩斗，而兵众辄逾宫斩关，入掠酒肉。盆子惶恐，日夜啼泣，独与中黄门共卧起，刘恭见赤眉众乱，知其必败，自恐兄弟俱祸，密教盆子归玺绶，习为辞让之言。建武二年正月朔，崇等大会，盆子乃下床解玺缓，叩头曰："今设置县官而为贼如故，吏人贡献，辄见剽劫，流闻四方，莫不怨恨，不复信向。此皆立非其人所致，愿乞骸骨，避贤圣。必欲杀盆子以塞责，无所避死。诚欲诸君肯哀怜之耳。"言罢涕泣嘘欷。崇等及会者数百人莫不哀怜之，乃皆避席顿首曰："臣无状负陛下，请自今已后，不敢复放纵。"因共抱持盆子，带以玺绶，盆子号呼不得已。既罢出，各闭营自守。三辅翕然，称天子聪明，百姓争还长安，市里且满。得二十余日，赤眉贪财物，复出大掠。城中粮食尽，遂收载珍宝，因大纵火烧宫室，引兵而西，过祠南郊，车甲兵马，最为猛盛，众号百万。自南山转掠城邑，与更始将军严春战于郿，破春，杀之，遂入安定、北地。至阳城、番须中，逢大雪，坑谷皆满，士多冻死，乃复还。发掘诸陵，取其宝货，遂汙辱吕后尸。凡贼所发，有玉匣殓者，率皆如生，故赤眉得多行淫秽。

却说邓禹闻赤眉西走，乃南至长安，列军昆明池，大飨士卒，率诸将斋戒，择吉日修礼谒祠高庙。收十一帝神主，遣使奉诣洛阳。忽闻得赤眉发掘诸陵，淫污后尸。叹曰："生为帝后，死犹受辱。张释之之计诚远矣。"因循行诸园陵，为置吏士奉守焉。

时赤眉在右扶风郁夷县，乃遣将击之，反为赤眉所败。禹怒，将悉众攻之。忽报延岑结连公孙述，刘嘉数败，禹叹曰："赤眉未衰，汉中复起，帐下无能战之将，所在皆劲敌，将奈之何？"时延岑已至蓝田，禹急遣邓寻先行，自引大兵随后进发。及禹到，邓寻早已败下。延岑追来，禹随将行阵分为两翼，便叫数百骑出迎，嘱诸将士曰："延岑万人敌，吾诱其入阵，以积弩合射，当取胜也。"岑至，禹笑谓之曰："延叔牙欲以勇力逆天命耶？今天子智勇天授，率士归心，大丈夫欲立功名，要当自审耳。誓死无悔，甚无谓也。"岑大怒曰："天命难知，事在人为。汉高亦一亭长耳。汝以天子必姓刘，何以更始继兴，而败不旋踵？足见汝言之妄。"言罢，举枪便刺。禹怒曰："反复小人，固不可以理喻。"还手便一枪扑去。二人战到数十回合，延岑见不能取胜，勒回马头，把枪一挥，数万人马齐冲过来。邓禹即退，中军内弓箭手一齐拥出，阵前乱射。岑军中伤甚多，急欲退回，禹军又走。延岑喝曰："敌箭已尽，擒捉邓禹正在此时。"于是岑军舍命复又追上。转过山头，禹军中号钲一响，两翼抄拢，万弩齐发。岑军急退，邓禹驱兵掩杀，延岑大败，死伤万余。连日交战，互有输赢，而邓禹军粮将尽，料延岑一时难灭，乃就谷云阳郡。

延岑字叔牙，南阳人，初起兵汉中，刘嘉击降于冠军。后更始以嘉为汉中王，扶威大将军，持节就国，都于南郑。至建武二年，延岑复反，攻汉中，围南郑。嘉兵败走。岑遂定汉中，与邓禹止相拒于蓝田。忽报邓禹退入云阳，岑笑曰："此粮尽，当急掩之。"率兵径追，为禹伏兵所败。遂复进兵武都，正行间，忽见一军挡路，岑急自迎上前，原来是更始柱功侯李宝，闻刘嘉兵败，特来相助。李宝一见延岑，大骂："无耻反贼。"举刀便砍。延岑心慌，被李宝杀得大败，遂走天水。公孙述乃遣大将侯丹取南郑。时刘嘉收散卒得数万人，乃以李宝为相，从武都南击侯丹，不利，还军河池，下辩。复与延岑连战，岑败，引兵北入散关，至陈仓，嘉追击，破之。于是军声复振。

先邓禹遣冯愔宗歆守栒邑，二人争权相攻，愔遂杀歆，因反击禹。禹遣使报，帝问使人："愔所亲爱为谁？"曰："护军黄防。"帝度愔、防不能久和，因报禹曰："缚冯愔者，必黄防。"禹乃遣尚书宗广特节降之。后月余，防果执愔，将其众归罪。时更始诸将王匡、胡殷、成丹等，皆诣广降，与共东归。至安邑，王匡等以伯升之故，自恐，欲亡走，广悉斩之。愔至洛阳，赦不诛。而邓禹军威自此稍损焉。

李宝因谓刘嘉曰："禹军数战不利，东南沸乱，大军未暇西顾，此天与之时也。"嘉曰："文叔才器天授，非吾所及，真帝王资也。"嘉妻兄来歙，亦劝嘉归光武，宝曰："时未可知，当且观成败。"忽报更始邓王廖湛将赤眉十八万杀来，已至谷口，嘉大怒曰："逆贼犹敢猖厥耶？"与战，大破之，嘉手杀湛。时军中乏食，遂到云阳就谷。光武闻之，告邓禹曰："孝孙素谨善，少且亲爱，当是长安轻薄儿误之耳。"禹即宣帝旨，嘉乃因来歙诣禹于云阳。李宝倨慢无礼，禹斩之。宝弟乃收宝部曲，击禹，杀将军耿䜣。禹军屡败，又乏食，归附者渐离散。赤眉遂复入长安。禹与战，败走，至高陵，军士饥饿者，皆食枣菜。帝乃徵禹还，敕曰："赤眉无谷，自当来东，吾折捶笞之，非诸将忧也。无得复妄进兵。"禹大惭，数以饥卒徼战，战辄不利。

却说延岑出散关，屯扎杜陵。赤眉将逄安击之，为岑所败，死者十余万人。时三辅大饥，人相食，城郭皆空，白骨蔽野，遗民往往聚为营保，各坚壁自守，赤眉虏掠无所得，乃引而东归，众尚二十余万。光武乃遣破奸将军侯进等屯新安，建威大将军耿弇等屯宜阳，以要其还路。敕诸将曰："贼若东走，可引宜阳兵会新安，贼若南走，可引新安兵会宜阳。"

却说赤眉东还，沿途掳掠。将至华阴，忽遇冯异兵到，截住去路，大怒索战，冯异便与交锋，赤眉诸将，皆非异对手，异却不十分追杀。与相拒六十余日，降其将卒五千余人，光武既徵邓禹还，即以冯为征西大将军。邓禹无粮草，手下又无健将，至是徵还，深惭受任无功，愤怒与赤眉交战，战辄不利。乃率车骑将军邓宏等自河北度至湖，要冯异共攻赤眉。异曰："异与贼相拒数十日，虽虏获雄将，余众尚多，是可稍以恩信倾诱，难卒用兵破也。上今使诸将屯黾池要其东，而异击其西，一举取之，此万成计也。"禹、宏不从，宏遂大战移日，赤眉诈败，弃辎重走，车皆载土，以豆覆其上。兵士饥饿，见之争取，赤眉大军突还击宏，宏军溃乱。冯异与邓禹合兵救之，赤眉却退，禹挥众掩追，异曰："士卒饥倦矣，可且休息。"禹不听，复战，大为所败，死伤者三千余人，禹以二十四骑脱归宜阳。异弃马步走上回溪阪，与麾下数人归营，收其散卒复坚壁自守。时建武三年正月也。

至闰正月，冯异兵气稍复，乃与赤眉约期会战。暗使壮士兵变服，与赤眉同，埋伏道侧。次日赤眉使万人攻异前部，异笑曰："贼殊狡犹。"乃少出兵以应之。贼见势弱，遂悉众攻异，异乃纵兵大战。日昃，贼气衰，伏兵卒猝起，衣服相乱，赤眉不复别识，众遂惊溃。异追击，大破之于崤底，死伤狼藉，男女投降乞命者八万人。帝降玺书劳异曰："始虽垂翅回溪，终能奋翼黾池，可谓失之东隅，收之桑榆。方论功赏，以答大勋。"

帝乃自将幸宜阳，盛陈六军，以邀其走路。赤眉余众正东向宜阳，忽遇大军，惊震不知所为，乃遣刘恭乞降曰："盆子将百万众降，陛下何以待之？"帝曰："待汝以不死耳。"樊崇乃将盆子及丞相徐宣以下三十余人肉袒降，上所得传国玺绶，更始七尺宝剑，及玉璧各一，积兵器盔甲于宜阳城西，堆与熊耳山齐。帝令县厨赐食，众久困馁，十余万人皆得饱饫。明旦，大陈兵马临洛水，令盆子君臣列而观之。谓盆子曰："自知当死不？"对曰："罪当应死，犹幸上怜赦之耳。"帝笑曰："儿大黠，宗室无蚩者。"又谓崇等曰："得无悔降乎？朕今遣卿归营勒兵，鸣鼓相攻，决其胜负，不欲强相服也。"徐宣等曰："臣等出长安东都门，君臣计议，归命圣德。百姓可以乐成，难以图始，故不告众耳。今日得降，犹去虎口，归慈母，诚欢诚喜，无所恨也。"帝曰："卿所谓铁中铮铮，庸中佼佼者也。"又曰："诸卿大为无道，所过皆夷灭老弱，溺社稷，汙井灶。然犹有三善：攻破城邑，周偏天下，本故妻妇无所改易，是一善也；立君能用宗室，是二善也；余贼立君，迫急皆持其首降，自以为功，诸卿独完全以付朕，是三善也。"乃令各与妻子居洛阳，赐宅人一区，田二顷。其夏，樊崇、逄安谋反，诛死。杨音在长安时，遇赵王有恩，乃赐爵关内侯，与徐宣俱归乡里，卒于家。刘恭为更始报杀谢禄，自系狱，赦不诛。帝怜盆子，赏赐甚厚，以为赵王郎中。此俱是后话。

赵王者，光武叔父良也。建武二年四月甲午，封叔父良为广阳王，兄子章为太原王，章弟兴为鲁王，春陵侯嫡子祉为城阳王。良后徙为赵王，故称赵王云。五月，又封歙为泗水王。歙子终与光武少相亲爱。汉兵起，始及唐子，诱杀湖阳尉者，终也，封为淄川王。光武既受传国玺，乃祠高庙，赐天下长子当为父后者，爵人一级。却说延岑既破赤眉兵，势复强盛，乃自称武安王，拜置牧守，欲据关中。时众寇犹多，王歆据下邦，芳丹据新丰，蒋震据霸陵，张邯据长安，公孙守据长陵，杨周据谷口，吕鲔据陈仓，角闳据汧，骆盖延据铚稨，任良据鄠，尔章据槐里，各称将军，拥兵转相攻击。延岑乃引张邯、任良共攻冯异。异击破之，诸附岑者，皆投降归异。岑乃走攻析县，异遣复汉将军邓晔，辅汉将军于匡要击岑，大破之，降其将苏臣等八千余人。岑遂自武关走南阳。时百姓饥饿，人相食，黄金一斤，易豆五升。道路隔断，委输不至，军士悉以果实为粮。帝闻，诏拜南阳赵匡为右扶风，将兵助异，并送缣谷。异兵既得食，乃稍诛击不从令者，褒赏降附有功劳者，悉遣其渠帅诣京师，散其众归本业。威行关中。唯吕鲔、张邯、蒋震降蜀,其余悉平。

延岑逃入南阳,复为寇,与秦丰、田戎等连合。先秦丰及更始诸将拥兵据南阳诸城。贾复自请击郾,月余诸县皆平定。光武并遣大司马吴汉击宛,汉领兵往南阳,一路进发,自南阳、宛、涅阳、郦、穰、新野诸城,皆下之,势如破竹。复引兵南进,以击秦丰。

却说吴汉起初说彭宠归光武及北发十郡突骑,收斩苗曾,击杀谢躬,数件功劳,最为上所重。又光武北击群贼,汉常将突骑先登陷阵,故光武即位,拜为大司马。后又破檀乡于漳水,复率诸将击邺西贼黎伯卿等及河内修武,悉破诸屯聚。车驾亲幸抚劳。汉功既高,宠荣亦至,其麾下军士未免意气扬扬,汉唯知立功,未尝察觉,故所过多侵暴。沿途百姓正无所控诉,却恼了一位虎将,原来破虏将军邓奉,时正谒归新野,闻知大怒曰:"谁不为官家出力,谁不能战,敢自以为功耶! 公然掠吾乡里,吾誓擒此狂夫,为诸君取笑。"于是众中大哗:"愿助将军!"邓奉乃部勒士众,得数千人,下令曰:"汉性勇鸷,尝自为军锋居前。当先袭其辎重,以破其胆。汉虽勇,非吾敌也。"

却说汉军正行,忽后队飞报,不知何处人马,突如其来,势不可当。汉大惊,急勒住前部,飞马来敌。邓奉一见,便骂:"无学狂夫,如何纵兵骚扰吾乡。"吴汉正待分说,邓奉一枪,早已飞到. 二人接手数十回合,这边辎重已破获去矣。吴汉心慌,大败,落阵而逃,邓奉紧追不舍。未知吴汉性命如何,看下文分解。

第二十一回　吴汉朱浮激楚蓟

且说邓奉乃西华侯邓晨之兄子也，骁勇绝伦。当日回家谒祖，见大司马吴汉军士放纵，掠其乡里，愤怒兴兵，杀得吴汉大败奔走，追赶不及，天色已晚，乃自收兵。因对众曰：“这厮素未败北，为上所重，今经此挫，势必不可两立，奈何？”众曰：“以将军之才，固可自立功业。方今秦、董诸人皆据地拥兵，何不与彼合从自卫。”奉叹曰：“时固未可逆，恩亦不可负。今为此贼，自陷百死莫赎，且据地自守，俟再会战时，手戮此贼，以舒吾恨也。”遂率众屯据缩阳，与诸贼合从。

却说光武闻报吴汉激反邓奉，大惊曰：“奉勇而用兵有法，诸将非其敌。须吾自往擒之。”正议亲征，忽南阳王常将妻子诣洛阳，肉袒来归。帝大喜曰：“王廷尉来，吾不忧南方矣。”乃召公卿将军以下大会，具为群臣言：“常以匹夫兴义兵，明于知天命，故更始封为知命侯。与吾相遇兵中，尤相厚善。”于是特加赏赐，拜为左曹，封山桑侯。乃遣朱祐、贾复及建威大将军耿弇，武威将军郭守，越骑将军刘宏，偏将军刘嘉、耿植，迁王常汉中将军，同南击邓奉、董䜣。时岑彭已破杏，降许邯，遂并力先击堵乡，邓奉见汉兵不到缩阳，料是重兵先困董䜣，乃将万余人往救之。䜣奉皆南阳精兵，岑彭等攻之，连月不克。

且说盖延先南击敖仓，转攻酸枣、封邱，皆拔之。其夏，遂督马武、刘隆、马成、王霸等南伐刘永。刘永者，梁郡睢阳人，梁孝王八世孙也。传国至父立，为王莽所诛。更始立，永先诣洛阳，绍封为梁王，都睢阳。永见更始政乱，遂据国起兵，以弟防为辅国大将军，防弟少公为御史大夫，遂召集诸郡豪杰，沛人周建等，并署为将帅，攻下济阴、山阳、沛、楚、淮阳、汝南，凡得二十八城。又遣使拜西防贼帅山阳佼彊为横行将军。时东海人董宪起兵据其郡，而张步亦定齐地。永遣使拜宪汉大将军，步辅汉大将军，与其连兵，遂专据东方。及更始败，永自称天子。建武二年夏，帝遣虎牙大将军盖延等伐之。延领兵而南，先攻拔襄邑，复进取麻乡，遂图永于睢阳。数月，拔之，永乃将家属走虞县。虞人反，杀其母及妻子，永与麾下数十人奔谯。盖延进攻，拔薛，斩其鲁郡太守梁邱寿，而彭城、扶阳、杼秋、萧皆降。又破永沛郡太守陈修，斩之。永将苏茂、佼彊、周建等三万余人救永，共攻延，战于沛西，延大破之，永军乱，遁没溺死者大半。永弃城走湖陵，苏茂奔广乐。延遂定沛、楚、临淮，修高祖庙，置啬夫、祝宰、乐人。

苏茂为更始讨难将军，与朱鲔等守洛阳。鲔既降汉，茂亦归命。光武因使茂与盖延俱攻刘永，军中不相能，茂遂反，杀淮阳太守，掠得数县，据广乐，臣于永。永以茂为大司马，淮阳王。永破败，茂遂仍还广乐。

帝使太中大夫伏隆持节安辑青、徐二州，招降张步。刘永闻隆至，乃遣使立张步为齐王。步贪其爵号遂受之，乃杀伏隆，而理兵于剧，遣将循山东诸郡，拓地渐广。是时帝方北忧渔阳，未暇灭此，故步得专集齐地，据有十二郡焉。

却说渔阳彭宠自归光武，围邯郸时，宠转输粮食，前后不绝。及王郎死，光武追铜马，北至蓟。宠上谒，自负其功，意望甚高，光武接之不能满，以此心怀不平。及上即位，吴汉、王梁，宠之所遣者，并为三公，而宠无所加，愈怏怏不得志，叹曰："吾功当为王，但尔者，陛下忘吾耶？"是时北州破散，而渔阳差完，有旧盐铁官，宠转以贸谷，以此益富强。朱浮与宠不相能，浮数谮构之。浮，沛国萧县人，初从破邯郸，拜为幽州牧，遂讨定北边。建武二年，封舞阳侯，食三县。浮年少有才能，颇欲厉风迹，收士心，辟召州中名宿，涿郡王岑之属，以为从事，及王莽时故吏二千石，皆引置幕府，乃多发诸郡仓谷廪，赡其妻子。宠以为天下未定，师旅方起，不宜多置官属，以损军实，不从其令。浮性矜急，自是颇不平，因以峻文诋之，密奏宠遣吏迎妻，而不迎其母，又受货贿，多聚兵谷，意计难量。有诏徵宠，宠意浮卖已，上疏愿与浮俱徵。又与吴汉、盖延等书，盛言浮谮枉之状，固求同徵。帝不许，宠益以自疑。而其妻素刚，不堪抑屈，固劝无受召，宠亲信吏皆怀怨于浮，莫有劝行者。遂发兵反，拜署将帅，自将二万余人，攻朱浮于蓟，分兵循广阳、上谷、右北平。朱浮以书责宠曰：

盖闻智者顺时而谋，愚者逆理而动，常窃悲京城太叔以不知足而无贤辅，卒自弃于郑也。伯通以名字典郡，有佐命之功，临人亲职，爱惜仓库，而浮秉征伐之任，欲权时救急，二者皆为国耳。即疑浮相谮，何不诣阙自陈，而为族灭之计乎？朝廷之于伯通，恩亦厚矣，委以大郡，任以威武，事有柱石之寄，情同子孙之亲。匹夫媵母，尚能致命一餐，岂有身带三绶，职典大邦，而不顾恩义，生心外畔者乎？伯通与吏人语，何以为颜？行步拜起，何以为容？坐卧念之，何以为心？引镜窥影，何施眉目？举措建功，何以为人？惜乎！弃休令之嘉名，造枭鸱之逆谋，捐传世之庆祚，招破败之重灾，高论尧舜之道，不忍桀纣之性，生为世笑，死为愚鬼，不亦哀乎！伯通与耿侠游俱起佐命，同被国恩。侠游谦让，屡有降挹之言，而伯通自伐，以为功高天下。往时辽东有豕，生子白头，异而献之，行至河东，见群豕皆白，怀惭而还。若以子之功论于朝廷，则为辽东豕也。今乃愚妄，自比六国。六国之时，其势各盛，廓土数千里，胜兵将百万，故能据国相持，多历年世。今天下几里，列郡几城，奈何以区区渔阳，而结怨天子，此犹河滨之人，捧土以塞孟津，多见其不知量也。方今天下适定，海内愿安，士无贤不肖，皆乐立名于世。而伯通独中风狂走，自捐盛时，内听骄妇之失计，外信谗邪之谀言，长为群后恶法，永为功臣鉴戒，岂不误哉！定海内者无私仇，勿以前事自误。愿留意顾老母幼弟，凡举事无为亲厚者所痛，而为见仇者所快。

宠得书愈怒，攻浮转急。帝使游击将军邓隆救蓟。隆军潞南，浮军雍奴，遣吏奏状。帝读檄怒，谓使吏曰："两营相去百里，其势岂可相及？比汝还，北军必败矣。"宠果盛兵临河以拒隆，又别发轻骑三千袭其后，大破隆军。浮远，遂不能救，引而去。

明年春，宠遂拔右北平、上谷数县。遣使以美女缯采赂遗匈奴，要结和亲。单于使左南将军七八千骑，往来为游兵以助宠。又南结张步，及富平、获索诸豪杰，皆与交质连衡。涿郡太守张丰亦举兵反。

时二郡畔戾，北州忧恐，浮以为天子必自将兵讨之，而但遣邓隆助浮。浮怀惧，复上疏求救，诏报曰："往年赤眉跋扈长安，吾策其无谷必东，果来归降。今度此反虏，势无久全，其中必有内相斩者。今军资未充，故须后麦耳。"浮城中粮尽，人相食。曾上谷太守耿况遣骑来救浮，浮乃得遁走。南至良乡，其兵长恶浮恃才舞文，反遮截之，浮恐不得脱，乃下马刺杀其妻，仅以身免。城遂降于宠，宠乃自称燕王。

时张丰自称无上大将军，与宠连兵。帝遣建义大将军朱祐，建威大将军耿弇，征虏将军祭遵，骁骑将军刘喜讨张丰于涿郡。祭遵先至，急攻丰，禽之。初丰好方术，有道士言丰当为天子，以五彩囊裹石系丰肘，云石中有玉玺。丰信之，遂反。既执当斩，犹曰："肘石有玉玺。"遵为椎破之，丰乃知被诈，仰天叹曰："当死无所恨。"

上诏耿弇进击彭宠，弇以父况与宠同功，又兄弟无在京师者，不敢独进，求诣洛阳。诏报曰："将军举宗为国，功效尤著，何嫌何疑而欲求徵？"况闻之，更遣弇弟国入侍。时祭遵屯良乡，刘喜屯阳乡，彭宠引匈奴兵欲击之，耿况使其子舒袭破匈奴兵，斩两王，宠乃退走。

后宠斋，独在便室，苍头子密等三人因宠卧寐，共缚着床，伪称宠命，呼其妻入，妻惊喊，奴乃挑其头，击其颊，将妻入取宝物，至宠所装之，又使妻缝两缣囊。昏夜后，解宠手，令作记告城门将军开门书。毕，即斩宠及妻头置缣囊中。持记出城，因以诣阙。明旦，阁门不开，官属逾墙而入，见两尸大惊怖。其尚书韩立等共立宠子午为王。国师韩利斩午首。诣祭遵降，夷其宗族，帝封子密为不义侯。

朱浮逃归洛阳，尚书令侯霸奏浮败乱幽州，构成宠罪，徒劳军师，不能死节，罪当伏诛。帝不忍，以浮代贾复为执金吾，徒封父城侯。这俱是后话。而平狄将军庞萌又背而为乱，杀楚郡太守孙萌，而东附董宪。史称光武知人善任，独诎于庞萌。知人则哲，唯帝其难哉！欲知后事如何，且听下文分解。

第二十二回　盖延耿弇定梁齐

先是董䜣、邓奉、延岑等在南阳一带，岑彭、耿弇等攻之不下。三年夏，帝乃自将南征。大兵至叶，董䜣别将，将数千人遮道，车骑不能前进，岑彭奋勇奔击，大破之，遂至堵阳。

却说邓奉令候卒伏道傍，见车骑一日不绝，归语奉。奉大惊，连夜逃归缩阳。董䜣见邓奉夜遁，料来不可独支，遂降。岑彭与耿弇、贾复及积弩将军傅俊、骑都尉臧宫等从追邓奉于小长安，帝率诸将亲战，大破之。奉迫急，乃降。帝怜奉旧功臣，且衅起吴汉，欲全宥之。岑彭与耿弇谏曰："邓奉背恩反逆，暴师经年，致贾复伤痍，朱祐见获。陛下既至，犹下知悔善，而亲在行阵，兵败乃降。若不诛奉，无以惩恶。"于是斩之。先诸将击奉，朱祐军败，被奉生擒去，贾复与战，身被十二创，几乎不免。及奉降，帝复祐位，而厚加慰赐。复遣祐击新野、随县，皆平之。

是时野谷旅生、麻术尤盛，野蚕成茧，被于山阜，人收其利焉。六月戊戌，立贵人郭氏为皇后，于疆为皇太子，大赦天下。秋八月，帝自将征五校。丙辰，幸内黄，大破五校于戏阳。降之。九月，骠骑大将军景丹薨。丹病疟，在上前发寒栗，上笑曰："闻壮士不病疟，今汉大将军反病疟耶？"使小黄门扶起，赐医药，还归洛阳。病遂加。会陕贼苏况攻破宏农，生获郡守。帝以丹旧将，欲令强起领郡事，乃夜召入，谓曰："贼迫近京师，但得将军威重，卧以镇之，足矣。"丹不敢辞，乃力疾拜命，将营兵到郡。十余日，薨。

延岑自被冯异杀败，走入南方与秦丰合。及邓奉既除，帝回洛阳，诸将乃并力以伐秦丰，六月，耿弇与延岑战于穰，大破之。七月，岑彭率三将军攻秦丰，战于黎邱，大破之，获其将蔡宏，延岑至东阳，遇朱佑、祭遵，大战一阵，岑将张成枭勇无比，被祭遵斩为两段，延岑败逃。今且阁处。

再说吴汉一边。汉自被邓奉杀败之后，光武便不令他在南阳地界，却与偏将军冯异同击昌城、五楼贼张文等，又攻铜马、五幡于新安，皆破之。三年春，率耿弇盖延击青犊于轵西，大破降之。及盖延战刘永于楚、沛，耿弇追邓奉于缩阳，时苏茂叛归刘永，后被盖延杀败，转至广乐，吴汉乃率杜茂、陈俊等，围苏茂于广乐。攻打一月，城已将破，吴汉曰："苏茂困急矣，来日吾等只攻三面，缺一门，贼必走此，便好擒之。"正商议停安，忽探马来报，不知何处人马如潮水般涌来，吴汉大惊，谓杜茂等曰："公等小心督营，汉自去迎之，看是如何。"乃引轻骑千余，迎上前去。原来是周建自沛西败后，别招聚收集得十余万人来救广乐。吴汉一见大怒，奋起画戟，便战周建。战到数十回合，周建抵敌不住，败下阵去，吴汉性起，大喝一声，拍马赶去，看看赶上，不料飞跑过急，马失前蹄，将吴汉一跤翻下马来。周建听得，急勒回马，一刀盖下，却被众军一齐拥上，救汉回营。建等遂借势入城。

却说吴汉一跤跌倒，左脚膝盖骨跌歪在一边，不能起床。周建、苏茂军势大振，率众来攻。陈俊谓汉曰："大敌在前而公伤卧，众心惧矣。"汉乃勃然裹创而起，椎牛飨士，令军中曰："贼众虽多，皆劫掠群盗，胜不相让，败不相救，非有仗节死义者也。今日封侯二秋，诸君勉之。"于是军中激怒，人倍其气。旦日，建、茂出兵围汉。汉选四部精兵黄头吴河等及乌桓突骑三千余人，汉躬被甲拔戟，令诸部将曰："闻擂鼓声，皆大呼而进，后进者斩。"遂鼓而进之。建军大溃，反还奔城。汉长驱追击，争门并入，茂、建见汉兵追进城来，舍命复又突走出城。吴汉料茂、建必投睢阳，遂留杜茂、陈俊等守广乐，自却将兵往睢阳，以助盖延。

刘永先被盖延杀败，走保湖陵。后睢阳人反城迎永，于是盖延复率诸将围睢阳，将百日，却是攻不破。忽苏茂、周建领数千人马到来，刘永在敌楼望见大喜，以为已胜广乐，急率众开城迎入。茂、建哭诉战败情形，刘永伤感不已。次日，吴汉又到，将睢阳围成铁桶，盖延命架云梯上城。刘永吓得走投无路，周建等曰："陛下勿忧，东有董宪，北有张步，足以制敌。又有五校之属，在牵掣其肘。今且走酂，收集散卒，并约五校之众为助，盖延之势孤矣。"苏茂、周建乃保定刘永，拼命杀出重围。盖延顾谓众将曰："此寇前次大败，母亡妻丧，未久复聚众数十万。虚声最能惑众，天下愚人多，吾等须趁此时灭之，无为久苦苍生也。"军中大悦，遂拔营迅追。

却说刘永等众没命的走了一天，会日山西沉，霞光夕照中，探望征尘已静，料离追兵已远，方裁歇下营盘。旦日黎明，正待趱行，大将庆吾入帐曰："人不可逆天，逆天而行，未有不亡。刘秀作天子，哀平之际已有此谶，水合滹沱，白衣指路，天命可知矣，以战功论之，南胜昆阳，北破邯郸，三辅氛靖，南阳叛诛，用兵若此，何有于齐梁哉！前有明诏，复宗室故国，诚不如倒戈归顺。朱鲔且封，况大王乎？"永闻言大怒，指庆吾骂曰："佞贼见吾暂败，敢反耶？"言未已，庆吾早已赶上，一剑将刘永砍倒，提头在手。众卫士大惊，欲奔上前，庆吾大声对众曰："为此一人不达天时，妄欲富贵，已害数十万生灵。今追骑已至，诸君欲延命乎？欲与妄竖同死乎？"苏茂、周建等闻变，急入中军，吴汉突骑如疾风骤雨到来，茂、建等大惊，挟得永子刘纡上马急逃。军士有大半随着庆吾投降。盖延大喜，命将追赶苏茂等，追之不及，延等乃分头安抚各郡邑，奏凯而回。

却说苏茂、周建等逃至垂惠，复招聚得数万人，立纡为梁王，据城自守。佼彊乃奔保西防焉。四年春，盖延又击苏茂、周建于蕲，进与董宪战于留下，皆破之。因率平敌将军庞萌攻西防，拔之。复追败周建、苏茂于彭城，茂、建逃奔。延所向必克，诸寇望风而惧。

董宪将贲休举兰陵城降。宪闻之大怒，自郯尽起大兵往兰陵围休。时盖延及庞萌在楚，急报帝，请往救之。帝敕曰："可直往捣郯，则兰陵之围自解。"延等以贲休城危，遂先赴之。董宪乃率千余人迎战，接手数合，便败下阵去，延等追杀一阵，因破围入城。原来董宪知延、萌到来，二将皆难力敌，故此诈败，明日乃大出兵，将兰陵围得水泄不通。延等大惊曰："不听帝言，果中贼计！今当趁此舍命杀出。"遂遽出突走。宪兵虽众，却当不庄延、萌之勇。延等既出，因往攻郯。帝闻延败，让之曰："间欲先赴郯者，以不意故耳。今既奔走，贼计已立，围岂可解乎？"延等至郯，果不能克，而董宪遂拔兰陵，杀贲休。

秋七月，上遣捕虏将军马武，骑都尉王霸，围刘纡、周建于垂惠。攻之数月，不下。五年二月，苏茂将五校兵十余万，来救垂惠。马武为茂、建所败，奔过王霸营，大呼求救。霸曰："贼兵盛出，救必两败，努力而已。"乃闭营坚壁。军吏皆争曰："同受帝命，今败不相救，毋乃不可。"霸曰："茂兵精锐，其众又多，吾吏士心恐，而捕虏与吾相持，两军不一，此败道也。今闭营固守，示不相援，贼必乘胜轻进，捕虏无救，战必倍力。如此茂众疲劳，吾乘其敝，乃可克也。"茂、建果悉出攻武，将武众围在垓心。马武见王霸坐视不救，怒发如雷，睁圆豹眼，倒竖虎须，大喊："众吏士随我出重围去也。"只这一声如霹雳振空，众军士齐声应曰："愿舍死助将军。"马武奋起青铜大砍刀，一马便去冲围，所到处，只见人翻马倒。马武只数千人，在十数万人之中，半日，虽是杀人如麻，却冲不出去。王霸营中只听得喊杀连天，半日不绝，人人怒发，愿去助阵。内有壮士数十人，按捺不往，自断其发，入营请战。王霸见士气已作，乃下令开营后，出精骑，抄敌背后袭杀。茂、建等众正杀得疲乏，被王霸生力军从后杀来，无不以一当百，马武一得知是王霸出救，又气增百倍的杀，茂、建前后受敌，惊乱败走。霸、武追杀一阵，各自归营。

不数日，茂、建复聚兵挑战，至霸营，霸坚卧不出，方飨士作倡乐。茂雨射营中，箭中霸前酒樽，霸安坐不动。军吏皆曰："茂前日已破，今易击也。"霸曰："不然，苏茂客兵远来，粮良不足，数挑战，以徼一时之胜。今闭营休士，所谓不战而屈人兵者也。"茂、建既不得战，乃引还营。周建、刘纡欲入城，周建兄子诵反闭城据之。建怒，自前责之。诵曰："叔负奇才，不能择主，而恃强逆天命，屡败而不知悔，是自求灭宗者也。既今求生有路，舍死无名，机决俄顷，后悔无及。"建听罢，气得目瞪口呆，又见城头上高竖降旗，大吼一声，鲜血直喷，仰下马来。刘纡命人救起，急自逃生。周建路死，纡往投佼彊，苏茂连夜奔下邳，与董宪合。垂惠已定。

是时大司马吴汉，率建威大将军耿弇击富平、获索贼于平原，大破，降其众四万余人。先是耿弇破南阳后，从上幸舂陵，因见，自请北收上谷兵未发者，定彭宠于渔阳，取张丰于涿郡，还收富平、获索，东攻张步，以平齐地。帝壮其意乃许之。至是各功俱建，一应前言。因诏弇进讨张步。

时梁地董宪犹强，盖延等乃往来要击宪别将耿于彭城、郏、邳之间，颇有克获。帝以延轻敌深入，数以书诫之。延深感，乃上疏曰："臣幸得受干戈，诛逆虏，奉职未称，久留天诛。常恐污辱名号，不及等伦，天下平定以后，曾无尺寸可数，不得预竹帛之编。明诏深闵，儆戒备具，每事奉循诏命，必不敢为同之忧也。"

却说庞萌每当见诏书独下延而不及己，以为延谮己，自疑，遂反叛，袭破延军，引兵与董宪连和，自号东平王，屯桃乡之北。萌，山阳人。初为侍中，为人逊顺，帝信爱之，常称曰："可以托六尺之孤，寄百里之命者，庞萌是也。"拜为平狄将军，与延共击董宪。至是反。帝王闻之大怒，自将讨萌，与诸将书曰："吾常以庞萌力社稷之臣，将军得无笑其言乎？老贼当族。其各厉兵马，会睢阳。"庞萌攻破彭城，杀楚郡太守孙萌。

却说董宪闻帝自讨庞萌，乃与刘纡、苏茂、佼彊去下邳，还兰陵，使茂、彊助萌，合兵三万，急围桃城。帝时在蒙，闻之，乃留辎重，自将轻骑三千，步卒数万，晓夜驰赴。师次任城，去桃乡六十里。旦日，诸将请进，贼亦勒兵挑战，帝不听，乃休兵养锐，以挫其锋。城中闻车驾至,众心益固。时吴汉在东郡,驰使召之。诸将会者,汉忠将军王常,前将军王梁,捕虏将军马武,讨虏将军王霸与盖延俱到任城。先庞萌等见光武不战,乃悉兵攻城,二十余日,众已疲困而不能下。及吴汉与诸将到齐,乃率众军进桃城。帝亲自搏战,董宪手下亦有数十员战将,早被光武斩了几员。宪大惊,急自上前,不数合,亦招架不住,败下阵去。盖延、马武、王常等,见光武亲战,俱各奋勇恶杀,杀得萌、茂七零八落,尸横遍地,天晚方才收兵。庞萌、苏茂、佼彊弃辎重比夜逃奔,董宪乃与刘纡率残败数万人走屯昌虑,却自将锐卒拒新阳。相去数十里,忽见一彪人马拦住,门旗开处,一将突出喝曰:"吾在此候多时矣。"原来吴汉到任城时,帝密谓汉曰:"此战贼必走昌虑,又必发精锐以拒新阳。将军乘胜即先驰往,伏要路以邀截之。"

却说董宪见是吴汉,惊曰:"何其捷速!真所谓用兵如神也。"急欲回军,吴汉早已杀到,宪败,复还昌虑。汉随后追击,亦进至昌虑,屯守之。宪大恐,乃招诱五校余贼步骑数千人,屯建阳,去昌虑三十里。帝至蕃,去宪所百余里。诸将请进,帝笑曰:"五校乏食当退,吾将乘其敝也。"敕各营坚壁以待之。数日,五校粮尽,果引去,帝乃亲临,四面攻宪,三日,复大破之。众皆奔散,遣吴汉追击之。后佼彊将其众降,苏茂奔投张步,董宪及庞萌走入缯山。数日,吏士闻宪尚在,复相聚得数百人,迎宪入郯城。吴汉等夏攻拔郯,宪与庞萌走守朐具。刘纡不知所归,军士高扈斩其首降。梁地悉平。吴汉乃进兵围朐,后城中谷尽,宪、萌潜出,袭取赣榆。琅邪太守陈俊攻之,宪、萌走泽中。会吴汉攻下朐城,尽获其妻子,宪乃流涕谢其将士曰:"妻子皆已得矣,嗟乎!久苦诸卿。"乃将数十骑夜去,欲从间道归降,而吴汉校尉韩湛追斩宪于方与,方与人黔陵亦斩萌,皆传首洛阳。帝封韩湛为列侯,黔陵为关内侯。帝还京,因幸鲁,使大司空祠孔子焉。

且说耿弇既受命讨张步,乃收集降卒,结部曲,置将吏,一面檄率骑都尉刘歆、太山太守陈俊引兵而东。先是太山豪杰多拥众与张步连兵,吴汉言于帝曰:"非陈俊莫能定此郡。"于是拜俊太山太守,行大将军事。张步闻之,遣将击俊,战于嬴下,俊大破之,追至济南,遂定太山,后以琅邪未平,徙俊为琅邪太守,领将军如故。俊盖威振青齐云。

却说张步闻弇将至,乃使其大将军费邑军历下,又分兵屯祝阿,别于太山钟城列营数十以待之。弇从朝阳桥渡河,先击祝阿。自旦攻城,日未中而拔之,故意开围一角,令其众得奔归钟城。钟城人闻祝阿已破,魂飞魄散,遂空壁亡去。弇将进兵历下,闻费邑遣其弟敢分兵守巨里,弇乃令先进兵胁巨里,却使兵众多伐树木,扬言以填塞坑堑。数日,闻费邑谋来救弟,弇因严令军中促修攻城器具,宣敕诸部,后三日当悉力攻巨里城。却阴纵生丁,令得逃归,以弇期告邑。邑大惊,急自将精兵三万余人前来。弇喜,谓诸将曰:"贼中吾计矣。所以修攻具者,欲诱至费邑耳。野兵不击,何以城为。"即分三千人守巨里,自引兵上冈阪,乘高合战,大破之,临阵斩邑,取其首级以示城中。城中凶惧,费敢悉众逃归张步。弇收其积聚,复纵兵击诸未下者,凡平四十余营,遂定济南。

时张步都剧,使弟蓝将精兵二万守西安,诸郡太守合万余人守临淄,相去四十里。弇进军画中,居二城之间。弇视西安城小而坚,且蓝兵又精,临淄名虽大,而实易攻,乃敕诸校:"后五日,会集攻打西安。"蓝闻之,晨夜惊守。至期夜半,弇敕诸将皆蓐食,会明至临淄。护军荀梁等争之,以为攻临淄,西安必救之,攻西安,则临淄不能救。宜速攻西安。弇曰："不然。西安闻吾欲攻之，日夜为备。方自忧，何暇救人？临淄出不意而至，必惊忧，吾攻之一日必拔。拔临淄则西安孤，蓝与步隔绝，必复亡去，所谓击一而得二者也。若先攻西安，不能卒下，顿兵坚城，死伤必多。纵能拔之。蓝必引军还临淄，并兵合势，得以观人虚实。吾深入敌地，后无转输，旬月之间，不战而困矣。"遂攻临淄，半日拔之，入据其城。张蓝闻之，大惧，遂将其众亡归剧。

弇乃下令军中，无得妄掠剧下，待张步至乃取之。步闻大笑曰："以尤来、大彤十余万众，吾皆就其营而破之。今大耿兵少于彼，又皆疲劳，何足惧哉！"乃与三弟蓝、宏、寿及故大彤渠帅重异等，兵号二十万，至临淄大城东，将攻弇。弇大喜，上书光武曰："臣据临淄，深堑高垒，张步从剧县来攻，疲劳饥渴，欲进则诱而攻之，欲去则随而击之。臣依营而战，精锐百倍，以逸待劳，以实击虚，旬日之间，步首可获。"于是弇先出淄水上，只见前面尘头大起，突骑便欲上前厮杀，弇曰："来者必非张步也。"探之，乃是先锋重异。弇急令收回，众大异之，弇曰："重异易破，吾恐挫其锋，令步不敢进，故示弱以盛其气耳。"乃引归小城，陈兵于内，使刘歆、陈俊分阵于城下。步至，直攻弇营，与刘歆等合战。临淄本齐国所都，小城即齐王宫，中有环台，弇升环台望之，视歆等战到酣处，乃引突骑冲出，步阵被弇冲为两节，遂大破之。飞箭射中弇股，以剑截之，左右无知者。一场恶战，至夜乃罢。明旦，弇复勒兵出。是时帝在鲁，闻弇为张步所攻，自往救之，未至。陈俊谓弇曰："剧虏兵盛将勇，可且闭营休士，以须上来。"弇曰："乘舆且到，臣子当击牛酾酒，以待百官，反欲以贼虏遗君父耶。"乃出兵大战，自旦及昏，复大破之，杀伤无数，沟堑皆满。弇知步困将退，预置左右翼，埋伏以待之。人定时，步果引去，伏兵起纵击，追至钜昧水上，八九十里僵尸相属，收得辎重二千余两。步大败还剧，兄弟各分兵散去。

后数日，车驾至临淄自劳军，郡臣大会。帝谓弇曰："昔韩信破历下以开基，今将军攻祝阿以发迹，此皆齐之西界，功足相方，而韩信袭击已降，将军独拔劲敌，其功乃难于信也。又田横烹郦生，及田横降，高帝诏卫尉不听为仇，张步前亦杀伏隆，若步来归，吾当语大司徒，释其怨，又事尤相类也。将军前在南阳，建此大策，常以为落落难合，有志者事竟成也。"帝因进幸剧。弇复追张步，步奔平寿。

却说苏茂任城败后，逃归张步，至是将万余人来救之。因责步曰："以南阳兵精，延岑善战，而耿弇走之。大王奈何往攻其营？且既呼茂，何不能少待耶？"步曰："负负无可言者。"

帝时遣使告步、茂，能相斩降者，封为列侯。步遂斩茂，诣耿弇军门，肉袒降。弇传诣行在所，而勒兵入据其城。树十二郡旗鼓，令步兵各以郡人诣旗下，众尚十余万，辎重七千余两，皆遣归乡里。弇复引兵至城阳，降五校余党，齐地悉平，振旅还京师。张步三弟，各自系所在狱，诏皆赦之。封步为安邱侯，与妻子居洛阳。耿弇为将，凡所平郡四十六，州城三百，未尝挫折焉。

是岁十二月，卢芳自称天子于九原。西州大将军隗嚣遣子恂入侍，交趾牧邓让率七郡太守遣使奉贡。

六年正月，扬武将军马成等拔舒城，获李宪。宪王莽时为庐江连率，莽败，遂据郡自守。建武三年，自立为天子，置公卿百官，拥九城，众十余万。四年秋，帝拜成扬武将军，督诛虏将军刘隆，振威将军宋登，射声校尉王赏，发会稽、丹阳、九江、六安四郡兵击李宪，围宪于舒。成令诸军各深沟高垒，宪数挑战，成坚壁不出，守之岁余，至是城中食尽，乃攻之。遂屠舒，斩李宪，追击其党羽，尽平江淮地。封成平舒侯，刘隆遣屯田武当，诸将还京师。帝乃大宴功臣，各加赏赐。忽报公孙述遣将在满寇南郡甚急。欲知如何，下回再叙。

第二十三回　马援入洛识真主

却说公孙述字子阳，扶风茂陵人。哀帝时为清水长，太守以其能，使兼摄五县。政事修理，奸盗不发，郡中谓有鬼神。王莽天凤中，为导江卒正，居临邛，复有能名。及更始立，豪杰各起其县以应汉，南阳宗成自称虎牙将军，入略汉中。又商人王岑亦起兵于雒县，自称定汉将军，杀王莽庸部牧以应成，众合数万人。述闻之，遣使迎成等。成等至成都，掳掠暴横。述恶之，召县中豪杰谓曰："天下同苦新室，思刘氏久矣，故闻汉将军到，驰迎道路。今百姓无辜，而妇子系获，室屋烧燔，此寇贼，非义兵也。吾欲保郡自守，以待真主。诸卿欲并力者即留，不欲者便去。"豪杰皆叩头曰："愿效死"。述于是使人诈称汉使者，假述辅汉将军、蜀郡太守兼益州牧印绶，乃选精兵西击成等，杀之，并其众。

二年秋，更始遣李宝、张忠将军兵万余人徇蜀、汉。述恃其地险众附，有自立志，乃使其弟恢击忠、宝于绵竹，大破走之，由是威振益部，功曹李熊说述曰："方今四海波荡，匹夫横议，将军割据千里，地十汤武，若奋威德以投天隙，霸王之业成矣。宜改名号，以镇百姓。"述喜，遂自立为蜀王，都成都。民夷皆附之。建武元年，李熊复说述宜称天子。四月，有龙出其府殿中，述以为符瑞，因刻其掌文曰公孙帝。遂自立为天子，号成家，改元龙兴，民夷皆附之，以弟光为大司马，恢为大司空。遂使将军侯丹开白水关，北守南郑，将军任满从阆中下江州，东据磚关，于是尽有益州之地。时光武方事山东，未遑西伐，述遂大作营垒，会聚甲兵数十万人，积粮汉中，筑宫南郑。及秦丰败，延岑、田戎皆降于述。述乃以岑为大司马，封汝宁王，田戎翼江王。光武谓大中大夫来歙曰："今西州未附，子阳称帝，道里阻远，诸将方务关东，思西州方略，未知所任，奈何？"歙曰："臣尝与隗嚣相遇长安，其人始起，以汉为名。臣愿得奉陛下威命，开以丹青之信，嚣必束手就归，则述自亡之势，不足图也。"帝然之，乃令歙使于西州。

却说隗嚣自更始时亡归天水，复招聚士众，名震西州。建武二年，邓禹裨将冯愔叛禹，西向天水，嚣迎击破之。禹乃承制命嚣为西州大将军，得专制凉州、朔方事。及赤眉去长安，欲西上陇，嚣遣将军杨广迎击，追败之于乌氏、泾阳间。嚣既有功于汉，又受邓禹爵署，其腹心议者多劝通使京师。会来歙至，嚣乃上书诣阙。光武素闻其风声，报以殊礼，言称字，用敌国之仪，所以慰藉之甚厚。时陈仓人吕鲔，拥众数万，与公孙述通，寇三辅。嚣复遣兵，佐冯异击走之，遣使上状。帝报以手书，其略曰：

> 隔于盗贼，声问不数，将军操执款款，扶倾救危，南距公孙之兵，北御羌胡之乱，是以冯异西征，得以数千百人踯躅三辅。微将军之助，则咸阳已为他人禽矣。今关系寇贼，往往屯聚，志务广远，多所不暇，未能观兵成都，与子阳角力。如今子阳到汉中、三辅，愿因将军兵马，鼓旗相当。傥肯如言，蒙

天之福，即智士计功割地之秋也。管仲曰：“生我者父母，成我者鲍子。”自今以后，手书相闻，勿用傍人解构之言。云云。自是恩礼愈笃。其后公孙述数出兵汉中，遣使至天水，以大司空、扶安王印绶授嚣，嚣怒曰：“汉帝且重嚣，子阳乃欲臣我哉！”乃斩其使，出兵击之，连破述军，以故述兵不复北出。时关中将帅数上书言蜀可击之状。帝以示嚣，因使讨蜀，以效其信，嚣乃遣长史上书，极言三辅单弱，刘文伯在边，未宜谋蜀。帝知嚣欲持两端，不愿天下统一，于是稍黜其礼，正君臣之仪。

嚣内怀观望，不能决，因使马援入蜀观探。援字文渊，扶风茂陵人，有三兄况、余、员，并有才能。援年十二而孤，少有大志，诸兄奇之。尝师事颍川满昌，受《齐诗》，意不能守章句。而见家用不足，乃辞况就边郡畜牧。况曰：“汝大才，当晚成，良工不示人朴，且从所好。”会况卒，援服丧，三年不离墓所，敬事寡嫂，不冠不入舍。后为郡督邮，送囚至司命府，囚有重罪，援哀怜纵之，自遂亡命北地。遇赦，因留天水牧畜。宾客多归附者，遂役属数百家，转游陇汉间，尝谓宾客曰：“丈夫为志，穷当益坚，老当益壮。”因处田牧，至有牛马羊数千头，谷数万斛。既而叹曰：“凡殖货财产，贵其能施赈也，否则守钱虏耳。”乃尽散与昆弟故旧。王莽末，四方兵起，莽从弟卫将军林广招雄俊，乃辟援及同县原涉为掾，荐之于莽，莽以涉为天水太守，援为汉中太守。及莽败，援兄员时为上郡太守，与援俱去郡，夏避地凉州。光武即位，员先诣洛阳，帝遣复原郡，卒于官。援因留西州，隗嚣甚敬重之，以为绥德将军，与决筹策。至是使入蜀探察公孙述消息。

援与述同里闬，素相善，既至，以为当握手欢如平生，而述盛陈陛卫，以延援入，交拜礼毕，使出就馆，更制衣冠。旦日，会百官于宗庙中，立旧交之位，述鸾旗旄骑，警跸就车，磬折而入，礼飨官属甚盛，欲授援以封侯大将军之位。宾客皆乐留蜀，援晓之曰：“天下雎雄未定，公孙不吐哺走迎国士，与图成败，反修饰边幅，如偶人形，此子何足久稽天下士乎？”因辞归，谓嚣曰：“子阳井底蛙耳，而妄自尊大，不如专意东方。”

四年冬，嚣乃使援奉书洛阳。援至，引见于宣德殿。光武迎笑谓援曰：“卿遨游二帝间，今见卿，使人大惭。”援顿首辞谢，因曰：“当今之世，非独君择臣也，臣亦择君矣。臣与公孙述同县，少相善。臣前至蜀，述陛戟而进臣。臣今远来，陛下何知非刺客奸人。而简易若是？”帝复笑曰：“卿非刺客，顾说客耳。”援曰：“天下反复，盗名字者不可胜数。今见陛下，恢廓大度，同符高祖。乃知帝王自有真也。”帝甚壮之。明年正月，帝使来歙持节送援归陇右。隗嚣与援共卧起，问以东方事，援曰：“前到朝廷，上引见数十，每接燕语，自夕至旦，才明勇略，非人所能敌也。且开心见诚，无所隐伏，阔达多大节，略与高帝同。经学博览，政事文辩，前世无比：“嚣曰：“卿谓何如高帝？”援曰：“不如也。高帝无可无不可，今上好吏事，动如节度，又不喜饮酒。”嚣意不悦，曰：“如卿言，反复胜耶？”然雅信援，遂遣长子恂随歙入质。援因将家属随恂归洛阳。

却说嚣将王元见嚣专心内事，愤曰：“天下成败未可知也。”

遂说嚣曰：“昔更始西都，四方响应，天下喁喁，谓之太平。一旦败坏，大王几无所措！今南有子阳，北有文伯，江湖海岱，王公十数，而欲牵儒生之说，弃千乘之基，羁旅危国，以求万全，此循覆车之轨，计之不可者也。今天水完富，士马最强，北收西河、上郡，东收三辅之地，按秦旧迹，表里河山。元请以一丸泥为大王东封函谷关，此万世一时也。若计不及此，且畜养士马，据隘自守，旷日持久，以待四方之变。图王不成，其弊犹足以霸。要之鱼不可脱于渊，神龙失势，即还与蚯蚓同。”嚣心然元计，虽遣子入质，犹负险厄，欲专方面。因问于班彪曰：“往者周亡，战国并争，天下分裂，数世然后定。意者纵横之事，复起于今乎？将承运迭兴，在于一人也。愿生试论之。”彪字叔皮，扶风安陵人。性沉重好学，年二十余，避更始之乱，入天水，从嚣，嚣素重之。因对曰：“周之废兴，与汉殊异。昔周爵五等，诸侯从政，本根既微，枝叶强大，故其末流有纵横之事，势数然也。汉承秦制，改立郡县，主有专己之威，臣无百年之柄，至于成帝，假借外家，哀平短祚，国嗣三绝，故王氏擅朝，因窃位号。危自上起，伤不及下，是以即真之后，天下莫不引领而叹。十余年间，中外骚扰，远近俱发，假号云合，咸称刘氏，不谋同辞。方今雄杰带州域者，皆无六国世业之资，而百姓讴吟思仰，汉必复兴，已可知矣。”嚣曰：“生言周汉之势，可也，至于愚人习识刘氏姓号之故，而谓汉当复兴，疏矣。昔秦失其鹿，刘季逐而羁之，时民复知汉乎？”彪乃为之著《王命论》以风切之曰：

昔尧之禅舜曰：“天之历数在尔躬。”舜亦以命禹。洎于稷、契，咸佐唐虞，至于汤武，而有天下。刘氏承尧之祚，尧据火德，而汉绍之，有赤帝子之符，故为鬼神所福飨，天下所归往。由是言之，未见运世无本，功德不纪，而得屈起在此位者也。俗见高祖兴于布衣，不达其故，至比天下于逐鹿，幸捷而得之，不知神器有命，可以智力求也。悲夫！此世所以多乱臣贼子者也。夫饿馑流隶，饥寒道路，所愿不过一金，然终转死沟壑，何则？贫穷亦有命也。况乎天子之贵，四海之富，神明之祚，可得而妄处哉！故虽遭罹厄会，窃其权柄，勇如信、布，强如梁、籍，成如王莽，然卒润镬伏质，烹醢分裂，又况幺麿尚不及数子，而欲暗奸天位者乎？昔陈婴之母，以婴家世贫贱，卒富亏不祥，止婴勿王。王陵之母，知汉王必得天下，伏剑而死，以固勉陵。夫以匹妇之明，犹能推事理之致，探祸福之机，而全宗祀于无穷，垂策书于春秋，而况大丈夫之事乎？是故穷达有命，吉凶由人，婴母知废，陵母知兴，审此四者，帝王之分决矣。加之高祖，宽明而仁恕，知人善任使，当食吐哺，纳子房之策，拔足挥洗，揖郦生之说，举韩信于行阵，收陈平于亡命，英雄陈力，群策毕举，此高祖之大略，所以成帝业也。若乃灵瑞符应，其事甚众，故淮阴、留侯谓之天授，非人力也。英雄诚知觉悟，超然远览，渊然深识，收陵、婴之明分，绝信、布之觊觎，拒逐鹿之瞽说，审神器之有授。毋贪不可冀，为二母之所笑，则福祚流于子孙，天禄其永终矣。

却说隗嚣矜己饰智，每自比西伯，览班彪之论，心知其是而不能纳。乃与诸将议，欲称王。郑兴曰：“昔文王三分天下有二，尚服事殷。武王八百诸侯，不谋同会，犹还兵待时。高祖征伐累年，犹以沛公行师，今令德虽明，世无宗周之祚，威略虽振，未有高祖之功，而欲举未可之事，昭速祸患，无乃不可乎？”嚣乃止。后又广置职位，以自尊高。郑兴复止嚣曰：“夫中郎将、太中大夫、使持节官，皆王者之器，非人臣所当制也。无益于实，有损于名，非尊上之意也。”嚣病之而止。

兴河南开封人，更始时拜凉州刺史。赤眉入关，兴乃西归隗嚣，而耻为之屈，尝称疾不起。适嚣遣子恂入侍，将行，兴因恂求归葬父母。嚣不听而徙兴舍，益其秩礼。兴入见嚣曰：“前遭赤眉之乱，以将军僚旧，故敢归身明德。今为父母未葬，请乞骸骨。若以增秩徙舍，中更停留，是以亲为饵，无礼甚矣。将军焉用之？”嚣曰：“嚣将不足留故耶？”兴曰：“将军据七郡之地，拥羌故之众，以戴本朝，德莫厚焉，威莫重焉，居则为专命之使，入必为鼎足之臣。兴，从俗者也，不敢深居屏处。因将军求进，不患不达，因将军求入，何患不亲，此兴之计不逆将军者也。兴业为父母请，不可以已，愿留妻子，独归葬亲。”嚣令与妻子俱东。帝徵为大中大夫，于是陇中游士长者，多引去者。

申屠刚，文帝时丞相申屠嘉之后，平帝时为郡功曹。见王莽专政，隔绝帝外家，甚不平之。及举贤良方正，因对策极言其失，中有数语，激切之至，如“人无贤愚，莫不为怨，奸臣贼子，以之为便，不讳之变，诚难其虑。今之保傅，非古之周公。陛下宜昭然觉悟，而遣使者徵中山太后，置之别宫，令时朝见。又召冯、卫二族，裁与冗职，使得执戟，亲奉宿卫，以防未然之符，以抑祸患之端。上安社稷，下全保傅，内和亲戚，外绝鄙吝。”云云。书奏，莽令元后下诏，使罢归田里。后莽篡位，刚遂避地河西，转入巴蜀，往来二十许年。及是闻隗嚣欲背汉而附公孙述，乃说之曰：“愚闻人所归者，天所与人所畔者，天所去也。伏念本朝躬圣德，举义兵，恭行天罚，所当必摧，诚天之福，非人力也。将军本无尺土，孤立一隅，宜推诚附顺，与朝并力，上应天心，下酬人望，为国立功，可以永年。嫌疑之事，圣人所绝，以将军之威重，远在千里，动作举措，可不慎欤？今玺书数到，委国归信，欲与将军共同吉凶。布衣相与，尚有没身不负然诺之信，况于万乘者哉！今何畏何利，久疑如是？猝有非常之变，上负忠孝，下愧当世。夫未至豫言，固常为虚，及其已至，又无所及。是以忠言至谏，希得为用，诚愿反覆愚老之言。”嚣不纳。

班彪见嚣不听至言，知其必败，遂避地河西。窦融以为从事，甚礼重之。融字周公，扶风平陵人也。早孤。王莽居摄中，为明义侯王俊司马，随军东击翟义，还攻槐里，以军功封宁武男。女弟为王邑小妻。家长安中，以任侠为名，然事母兄，养弱弟，内修行义。及汉兵起，从王邑败于昆阳。后拜为波水将军，引兵至新丰。莽败，融以军降更始大司马赵萌，萌以为校尉，甚重之，荐为钜鹿太守。融见更始新立，东方尚扰，不欲出关，以累世在河西，知其土俗，因谓兄弟曰：“天下安危未可知。河西殷富，带河为固，张掖属国精兵万骑，一旦缓急，杜绝河津，足以自守，此遗种处也。”兄弟皆然之。融于是日往求萌，辞让钜鹿，图出河西。萌为言更始，乃得为张掖属国都尉，即将家属而西。既到，抚结雄杰，怀辑羌虏，甚得其欢心，河西翕然归之。时酒泉太守梁统，金城太守厍钧，张掖都尉史苞，酒泉都尉竺曾，敦煌都尉辛肜，并州郡英俊，融皆与厚善。及更始败，融与梁统等计议曰：“今天下扰乱，未知所归，河西斗绝在羌胡中，不同心戮力，则不能自守。权钧力齐，复无以相率，当推一人为大将军，共全五郡，观时变动。”议既定，而各谦让，咸以融世任河西，为吏人所敬向，乃推融行河西五郡大将军事。是时武威太守马期，张掖太守任仲，并孤立无党，乃共移书告示之，二人即解印绶去，于是以梁统为武威太守，史苞为张掖太守，竺曾为酒泉太守，辛肜为敦煌太守，厍钧为金城太守。融居属国，领都尉职如故，置从事，监察五郡。河西民俗质朴，而融等政亦宽和，上下相亲，晏然富殖，修兵马，习战射，明烽燧之警。羌胡犯塞，融辄自将破之，诸郡相救，皆如符要。其后匈奴惩乂，稀复侵寇，羌胡皆震服亲附。及光武即位，融等心欲东向，以西河隔远，未能自通。因隗嚣称建武年号，乃从嚣受正朔，嚣皆假其将军印绶。

却说隗嚣外顺人望，内怀异心，使辩士张玄游说河西。见窦融，融曰："前闻隗将军斩子阳之使，复遣子入侍，输诚纳忠，书使往还，恩礼俱笃。近闻用武将之谋，拒士之谏，季孟名士，奈何守志不贞，初终易辙如此哉。"玄笑曰："将军自审，智足以知来，力足以续绝耶？"融曰："不能。"曰："然则顾以己之不能，责人之能，己之愚，责人之不愚耶？玄请为将军筹之。更始事业已成，寻复亡灭，此一姓不再兴之明验也。今即有所主，便相系属，一旦拘制，自令失柄，后有危殆，虽悔无及。今豪杰竞逐，雌雄未决，当各据土宇，与陇蜀台从，高可为六国，下不失尉佗也。"融不能答，于是召豪杰及诸太守计议，其中智者皆曰："汉承尧运，历数延长。今皇帝姓号，见于图书，自前世博物道术之士，已建明汉有再受命之符。且以人事论之，今称帝者数人，而洛阳土地最广，甲兵最强，号令最明。观符命而察人事，他姓殆未能当也。"诸郡太守各有宾客，或同或异。融小心精详，与班彪区画，遂决策东向。遣长史刘钧奉书献马。

帝闻河西完富，地接陇蜀，常欲招之，见钧至，欢甚。礼飨毕，乃遣令还，赐融玺书曰：

> 制诏行河西五郡大将军事，属国都尉：劳镇守边五郡，兵马精强，仓库有蓄，民庶殷富，外则折挫羌胡，内则百姓蒙福。威德流闻，虚心相望，道路隔塞，邑邑何已。长史所奉书献马悉至，深知厚意。今益州有公孙子阳，天水有隗将军，方蜀汉相攻，权在将军，举足左右，便有轻重。以此言之，欲相厚岂有量哉！诸事具长史所见，将军所知。王者迭兴，千载一会。欲遂立桓、文，辅微国，当勉卒功业。欲三分鼎足，连衡合纵，亦宜以时定。天下未并，吾与尔绝域，非相吞之国。今之议者，必有任嚣效尉佗制七郡之计，王者有分土，无分民，自适己事而已。今以黄金二百斤赐将军，便宜辄言。

因授融为凉州牧。玺书既至，河西咸惊，以为天子明见万里之外。融复上书，中云：

> 前遣刘钧，口陈肝胆。自以底里上露，长无纤介，而玺书盛称蜀汉二主，三分鼎足之权，任嚣、尉佗之谋，窃自痛伤。臣融虽无识，犹知利害之际，顺逆之分，岂可背真旧之主，事奸伪之人，废忠贞之节，倾覆之事，弃已成之基，求无冀之利。此三者，虽问狂夫，犹知去就，而臣独何以用心。云云。

帝复赐融书，所以慰藉之甚备。

六年春，山东江淮悉平，诸将还京师。三月，公孙述使田戎、任满寇荆州，不克而去。帝积苦兵马之间，以隗嚣遣子内侍，公孙述亦远据边陲，乃谓诸将曰："巨当置此两子于度外耳。"因休诸将于洛阳，分军士于河内。后陇蜀虽相继而灭，汉家却伤了数员大将，闹了七年干戈，才得平定，可见一统之不易也。话分两回，下文便见。

第二十四回　窦氏请师封两侯

且说光武久于行阵，意殊厌兵，乃数腾书陇、蜀，告示祸福。公孙述亦屡移书中国，自陈符命以惑众。帝乃与述书曰：

> 图谶言公孙，即宣帝也。代汉者，姓当涂名高，君岂高之身耶？乃复以掌文为瑞，王莽何足效乎？君非吾贼臣乱子，仓促时人皆欲为君事耳。君日月已逝，妻子弱小，当早为定计。天下神器，不可力争，宜留三思。

署曰“公孙皇帝”。述不答。

明年，隗嚣称臣于述，述骑都尉平陵荆邯说述曰：“汉高起于行陈之中，兵破身困者数矣。然军散复合，疮愈复战，何则？前死而成功，愈于却就于灭亡也。隗嚣遭遇运会，割有雍州，兵强士附，威加山东。遇更始政乱，复失天下，众庶引领，四方瓦解。嚣不及此时，推危乘胜，以争天下，而退欲为西伯之事，尊师章句，宾友处士，偃武息戈，卑辞事汉，喟然自以文王复出也。今汉帝释关陇之忧，专精东伐，四分天下而有其三，发闻使，名携贰，使西州豪杰咸居心于山东，则五分而有四，若举兵天水，必至沮溃，天水既定，则九分而有其八。陛下以梁州之地，内奉万乘，外给三军，百姓愁困，不堪上命，将有王氏自溃之变。臣之愚计，以为宜及天下之望未绝，豪杰尚可招诱，急以此时发国内精兵，令田戎据江陵，临江南之会，倚巫山之固，筑垒坚守。传檄吴、楚，长沙以南必随风而靡。令延岑出汉中，定三辅，天水、陇西拱手自服。如此则海内震摇，冀有大利。”述以问群臣，博士吴柱曰：“昔武王伐殷，先观兵孟津，八百诸侯不期同辞，然犹还师以待天命。未闻无左右之助，而欲出师千里之外，以广封疆者也。”邯曰：“今东帝无尺土之柄，驱乌合之众，跨马陷敌，所向辄平，不亟乘时与之分功，而坐谈武王之说，是效隗嚣欲为西伯也。”述听邯言，欲悉发北军屯士及山东客兵，使延岑、田戎分出两道，与汉中诸将合兵并势。蜀人及述弟光以为不宜空国十里之外，决成败于一举，固争之。述乃止。延岑、田戎亦数请兵立功，述终疑不听，唯公孙氏得任事。述性苛细，察于小事，敢诛杀而不见大体，立其两子为王，各食数县。或谏曰：“成败未可知，戎士暴露，而遽王皇子，示无大志，不可。”述不从，由此大臣皆怨。

却说光武素闻隗嚣能得士，常称嚣为长者，务欲招之，会公孙述寇南郡，乃诏嚣当从天水伐蜀。嚣上言白水险阻，栈阁绝败。帝知其终不为用，叵欲讨之。适征西大将军冯异自长安入朝，引见，帝大喜，谓公卿曰：“是吾起兵时主簿也。为吾披荆棘，定关中。”顾异曰：“仓促无篓亭豆粥，滹沱河麦饭，厚意久不报。”异稽首谢曰：“臣愿国家无忘河北之难，小臣不敢忘巾车之恩。”帝是之。既罢，使中黄门赐以珍宝、衣服、钱帛，后数引宴见，与定议图蜀。留十余日，令与妻子还西。

夏四月丙子，上行幸长安，谒园陵。诏虎牙大将军祭遵及耿弇、盖延、王常、马武、刘歆、刘尚，从陇道伐蜀。先使中郎将来歙，奉玺书赐嚣谕旨。嚣冘豫不决，歙愤曰："国家以君知臧否，晓废兴，故以手书畅意。足下推忠诚，既以伯春委质，而又用佞惑之言，为灭族之计耶？"因欲前刺嚣，嚣起入部，勒兵杀歙，歙随杖节就车而去。嚣使牛邯将兵围之，必杀歙，嚣将王遵急谏曰："不可，君叔虽单车远使，而陛下之外兄也，杀之无损于汉，而益上怒，昔宋执楚使，遂有析骸易子之祸。小国犹不可辱，况于万乘之主，重以伯春之命哉。"歙为人有信义，言行不违，及往来游说，皆可案覆，西州士大夫皆信重之，多为其言，故得免而东归。

五月，隗嚣遂发兵反，使王元据陇坻，伐木塞道。诸将因与嚣战，汉将仰面争雄，陇兵顺步冲敌，势如山压，汉兵大败，急退，嚣众追杀下来。马武督后队正进，只见前军败回，武急选精骑千余，让过败军，迎上陇去。嚣正追来，马武怒发，一支画戟，飞入嚣阵，如电掣雷轰，所选精骑随着砍杀。武偏只望人多兵厚处杀去，不一时间，杀人数千，嚣众大溃，武乃从容下陇。光武闻之，乃曰："嚣占地利，故是劲敌，当徐图之耳。"于是下诏着耿弇军漆，冯异军栒邑，祭遵军汧，吴汉、盖延等还屯长安。

却说冯异引军未至栒邑。隗嚣乘胜，使王元、行巡将二万余人下陇，分遣巡取栒邑。异闻之，即驰兵欲先据之。诸将曰："虏兵盛而乘胜，不可与争锋，宜军便地，徐思方略。"异曰："虏兵临境，惯习小利，且欲深入。若令得栒邑，则三辅动摇矣，是吾忧也，夫攻者不足，守者有余，今先据城，以逸待劳，非所以争也。"潜往闭城，偃旗息鼓。行巡不知，驰赴之。异乘其不意，猝然击鼓建旗而出，巡军惊乱奔走，追击数十里，大破之，祭遵亦破王元于汧。于是北地诸豪长耿定等悉叛隗嚣来降。异乃上书言状，不敢自伐。诸将或欲分其功，帝乃下玺书褒奖异功，而赐吏士死伤者医药棺殓。令大司马以下亲吊死问疾，以崇谦让。于是使异进军义渠，并领北地太守事。青山胡肥头小卿率万余人降异。时卢芳将军贾览将胡骑击杀代郡太守刘兴，异击破之。上郡、安定皆降。异复领安定太守事。

卢芳，安定三水人也。王莽时，天下咸思汉德，芳由是诈称武帝曾孙刘文伯，诳惑安定间。莽末，乃与三水属国羌胡起兵。后更始败，三水豪杰以芳为刘氏子孙，宜承宗庙，乃共立芳为西平王，使使与西羌、匈奴结和亲。单于曰："匈奴本与汉约为兄弟，后匈奴中衰，呼韩邪单于归汉，汉为发兵拥护，世世称臣。今汉中绝，刘氏来归，吾亦当立之，令尊事吾。"乃发数千骑迎芳入匈奴，立芳为汉帝。建武五年，李兴、闵堪等引兵至单于庭，迎芳入塞，都于九原县。掠有五原、朔方、云中、定襄、雁门五郡，并置守令，与胡通兵，侵苦北边焉。

且说河西窦融闻隗嚣反，乃与嚣书，责让之曰：

伏惟将军国富政修，士兵怀附，亲遇厄会之际，国家不利之时，守节不回，承事本朝，后遣伯春委身于国，无疑之诚，于斯有效。融等所以欣服高义，愿从役于将军者，良为此也。而忿之悁间，改节易图，君臣分争，上下接兵。委成功，造难就，去从议，为横谋，百年累之，一朝毁之，岂不惜乎！殆执事者贪功建谋，以至于此，融实痛之。当今西州，地势局迫，人兵离散，易以辅人，难以自建。计若失路不反，闻道犹迷，不南合子阳，则北入文伯耳。夫负虚交而易强御，恃远救而轻近敌，未见其利也。融闻智者不危众以举事，仁者不违义以要功。今以小敌大，于众何如？弃子徼功，于义何如？且初事本朝，稽首北面，忠臣节也，及遣伯春，垂涕相送，慈父恩也，俄而背之，谓吏士何？忍而弃之，谓留子何？自起兵以来，转相攻击，城郭皆为邱墟，生人转于沟壑，今其存者，非锋刃之余，则流亡之孤，迄今伤痍之耻未愈，哭泣之声尚闻，幸赖天运少还，而将军复重其难，是使积疴得遂瘳，幼孤将复流离，言之可为酸鼻，庸人且犹不忍，况君者乎！融闻为忠甚易，得宜实难。忧人太过，以德取怨，且以言获罪也，区区所献，唯将军省焉。

嚣得书，不能纳。窦融怒曰："善言不入，是所谓下愚不移也。"乃与五郡太守，共砥砺兵马，上疏请师期。即与诸郡守将兵入金城，击嚣党先零羌封何等，大破之。梁统恐众心犹有疑惑，使人刺杀张玄。因并河扬威武，伺候车驾，时大兵未进，融乃引还。

五月辛未，帝下诏曰："唯天水、陇西、安定、北地吏人为隗嚣所诖误者，又三辅遭难赤眉，有犯法不道者，自殊死以下，皆赦除之。"六月，以县官吏职繁多，诏各部条奏置长吏可并合者，于是并省四百余县。

却说马援既归光武，以三辅地旷土沃，而相随宾客猥多，乃上书求屯田上林苑中，帝许之。会嚣用王元计，欲贰于汉，援数以书责譬之。嚣怨援背己，得书增怒，竟发兵拒汉。援乃上疏求诣行在所，极陈灭嚣之术。帝乃召援计事，援具言谋划。因使援将突骑五千，往来游说嚣将高峻、任禹之属，下及羌豪，为陈祸福，以离嚣支党，又为书与嚣将杨广，使劝嚣勿反，广不答。其书恺切动人，篇长未录。六年秋，延岑欲出汉中，遣前将军李通领侯进、王霸等十营击之，大胜。公孙述遣兵赴救，通等与战于西城，破之。

初隗嚣以地占形胜，国富民附，歆王元之说，据陇坻以拒汉。及王元、行巡之败，稍识山东智勇，接闻冯异击破贾览、李通战胜延岑，遂惶惑忧惧。上书谢过曰：

吏人闻大兵卒至，惊恐自救，臣嚣不能禁止。兵有大利，不敢废臣子之节，亲自追还。昔虞舜事父，大杖则走，小杖则受，臣虽不敏，敢忘斯义。今臣之事，在于本朝，赐死则死，加刑则刑。如更得洗心，死骨不朽。

有司官以嚣言慢，请诛其子。帝不忍，复使来歙至汧，赐嚣书曰：

昔柴将军云：陛下宽仁，诸侯虽有亡叛而后归，辄复位号，不诛也，以嚣文吏，晓义理，故复赐书。今若束手，复遣恂弟归阙庭者，则爵禄获全，有浩大之福矣。吾年垂四十，在兵中十岁，厌浮语虚辞，即不欲，勿报。

嚣知帝审其诈，遂遣使称臣于公孙述。七年三月，述以嚣为朔宁王，遣兵往来，为之援势。

秋，隗嚣将步骑三万侵安定，至阴槃，冯异率诸将拒之。嚣又令别将下陇，攻祭遵于汧，皆不得利，乃引还。帝因令来歙以书招王遵，遵乃与家属东诣京师，拜为大中大夫，封向义侯。遵字子春，霸陵人也。父为上郡太守。遵少豪侠，有才辩，虽与嚣举兵，而常有归汉意。尝谓来歙曰："吾所以戮力不避矢石者，岂要爵禄哉！先君蒙汉厚恩，思效万分耳。"数劝嚣遣子入侍。前后辞谏切甚，嚣不从，故去焉。

八年春，来歙与祭遵袭略阳，遵路中病还，乃分精兵随歙，合二千余人，伐山开道，从番须、回中径至略阳，斩嚣守将金梁，因保其城。嚣大惊曰："何其神也。"帝闻得略阳，甚喜曰："略阳，嚣所依阻，心腹已坏，则制其支体易矣。"吴汉等诸将闻歙据略阳，各引兵驰赴之。帝急遣人分头追诸将还，曰："嚣失所恃，亡其要城，势必悉以精锐来攻。旷日久围，而城不拔，士卒顿敝，乃可乘危而进也。"隗嚣果使王元拒陇坻，行巡守番须口，王孟塞鸡头道，牛邯军瓦亭，嚣自悉其大众数万人围略阳。公孙述遣将李育、田弇引兵助嚣。斩山筑堤，激水灌城。来歙与将士固死坚守，矢尽，发屋断木以为兵器。嚣尽锐攻之，累月不能下。

夏闰四月，帝召吴汉、盖延、王霸、马成、寇恂，上自将征隗嚣。光禄勋汝南郭宪谏曰："东方初定，未可远征。"帝不从，宪乃当车拔佩刀以断车靷，卒不听。西至漆，诸将亦多以王师之重，不宜远入险阻，计冘豫未决。帝先已召马援，会援夜至，帝大喜引入，具以群议质之。援因说隗嚣将帅有土崩之势，兵进有必破之状。又于帝前聚米为山谷，指画形势，开示众军所从道径往来，分析曲折，昭然可晓。帝曰："虏在吾目中矣。"明旦遂进军至第一。窦融率五郡太守及羌虏小月氏等步骑数万，辎重五千余辆，与大军会。是时军旅草创，诸将朝会礼容多不肃，融先遣从事问会见仪。帝闻而善之，以宣告百僚，乃置酒高会，待融等以殊礼。遂共进军，分数道上陇。使王遵以书招牛邯，下之。邯字孺卿，狄道人，有勇力，才气雄于边陲，帝拜邯大中大夫。于是嚣大将十三人，属县十六，众十六余万皆降。王元入蜀求救，嚣将妻子奔西城从杨广，而田弇、李育保上邽。略阳围解。帝劳赐来歙，班坐绝席，在诸将之右，赐歙妻缣千疋。进幸上络，诏告嚣曰："若束手自诣，父子相见，保无他也。高皇帝云：横来，大者王，小者侯。若遂欲为黥布者，亦自任也。"嚣终不降。于是诛其子恂，而使吴汉、岑彭围西城，耿弇、盖延围上络。帝嘉窦融功，以四县封之，力安丰侯，弟友为显亲侯，及五郡太守，皆封列侯，遣西还所镇。融以久专方面，惧不自安，数上书求代。诏报曰："吾与将军如左右手耳。数执谦退，何不晓人意？勉循士民，无擅离部曲。"

却说吴汉、耿弇等攻打西城、上络两处。杨广等固守，急切不能下。帝正沉思方略，忽闻颍州盗贼蜂起，寇没属县，河东守兵亦叛，京师骚动，羽书雪片般纷纷不绝。帝大惊曰："吾悔不用郭子横之言。"急传命将士，车驾东发。赐岑彭等书曰："两城若下，便可将兵南击蜀虏。人苦不知足，既平陇，复望蜀。每一发兵，头须为白。"八月，帝自上邽，晨夜东驰。九月乙卯，至洛阳。庚申，帝驾亲征，军兵浩荡，往颍川进发。未知胜负如何，下文再为分解。

第二十五回　扫陇西三将殒命

前为颍川太守者，昌平寇恂也。先治河内，大得人心。建武二年，坐系考上书者免官。其时颍川人严终为寇，以是复拜恂颍川太守，与破奸将军侯进，俱击之，数月平定。封恂雍奴侯，邑万户。三年，遣使者就拜为汝南太守，扫除盗贼，郡中无事。恂素好学，乃修乡校，教生徒，聘能为《左氏春秋》者，亲受学焉。七年，代朱浮为执金吾。明年，从车驾击隗嚣，而颍川盗贼群起，帝乃引军还，谓恂曰："颍川迫近京师，当以时定。唯念独卿能平之耳。然从九卿复出，以忧国可知也。"恂对曰："颍川剽轻，闻陛下远逾阻险，有事陇、蜀，故狂狡乘间相诖误耳。如闻乘舆南向，贼必惶怖归死。臣愿执锐前驱。"即日车驾南征，恂从至颍川，盗贼悉降，百姓遮道曰："愿从陛下复借寇君一年。"乃留恂长社，镇抚吏民，受纳余降。

车驾将还，忽报东郡济阴地方，盗贼群起。帝遣大司空李通，横野大将军王常率兵击之。帝有所省，复遣使拜东光侯耿纯为大中大夫，使与大兵会于东郡。先是真定王刘扬谋不轨，造作谶记，交通绵曼贼。纯用计诛之，真定震怖，无敢动者。纯还京师，自请曰："臣本吏家子孙，幸遭大汉复兴，圣帝受命，各位列将，爵为通侯。天下略定，臣无所用志，愿试治一郡，尽力自效。"帝笑曰："卿既治武，复欲修文耶。"乃拜纯为东郡太守。时东郡未平，纯视事数月，盗贼清宁。后尝将兵击太山、济南及平原贼，皆平之。纯居东郡四岁，以事坐免。后从击董宪，道过东郡，百姓老小数千，随车驾泣涕曰："愿复得耿君。"帝谓公卿曰："纯年少被甲胄为军吏耳，治郡乃能见思若是乎？"六年，上令诸侯就国。纯先封耿乡侯，乃上书自陈："前在东郡，案诛涿郡太守朱英亲属。今国属涿，诚不自安。"诏报曰："侯前奉公行法，朱英久吏，晓知义理，何当以公事相是非。然已更择国土，令侯无介然之忧。"乃更封纯为东光侯。到国，吊死问病，民爱敬之。帝因颍川服寇君，忽忆东郡百姓思耿君正同，故已遣将，复调纯会东郡也。郡闻纯入界，盗贼九千余人，皆诣纯降，大兵不战而还。玺书复以纯为东郡太守，吏民悦服。

九月戊寅，车驾至洛。公卿奏安邱侯张步将妻子逃去，揣探寻奔临淮一路，已檄要地侦缉，尚无确耗。帝笑曰："此固不能安享富贵者，行当就擒耳。"言未已，有司奏徐州申报，叛侯张步逃奔临淮，与弟宏、蓝招其故众，欲乘船入海，琅邪太守陈俊追击斩之。帝即赐俊玺书曰："将军元勋大著，威震青、徐，有警，得专征之。"后俊得抚贫弱，表有义，检制军吏，不得与郡县相干，百姓歌颂之。数上书自请，愿奋击陇蜀。诏报曰："东州新平，大将军之功也。负海猾夏，盗贼之处，国家以为重忧，且勉镇抚之。"

先是帝思陇西虽降，嚣众犹多，兼之陇、蜀有唇齿之忧，子阳势必力助，平之未有时日。乃下书敕吴汉曰："诸部甲卒，新旧凡数十万，但坐费粮食耳。若有逃亡，则沮败众心，宜悉罢之。"敕到，汉等贪并力攻嚣，犹豫不能遣，日复一日，粮食渐少，吏士疲役，逃亡果多，汉等心慌。十一月，嚣将杨广死，隗嚣穷困无策，汉等攻打益急。其大将王捷别在戎邱，登城呼汉军曰："为隗王城守者，皆必死无二心。愿诸军悉罢，捷请自杀以明之。"遂自刎死。汉兵见之嗟异。汉大声喝曰："此辈不达天时，罔识帝德，始既误投其主，久复自任其愚，不能迁善，九死滋愧。汝众稍有知识，亟当开城纳顺，帝德汪洋，永保乐佚。"只见城头上沸反声喊："宁死不降。"吴汉大怒，嚜的一声，城上一人早已仰翻着箭。汉士卒一拥前攻，城上矢石如雨，只得退回。

却说各处城池虽小，却死守不能下。岑彭乃令军士运土，筑截各处山谷，激壅谷水，以灌西城。城未没，只丈余，嚣众大惊曰："今番尽为鱼鳖矣。"嚣大哭，与妻子诀别，欲自尽，左右救劝不住。忽听得城外金鼓齐鸣，喊杀连天，众急拥嚣上敌楼眺望，原来是王元、行巡、周宗将蜀救兵五千余人，乘高卒至，鼓噪大呼百万之众方至。汉军大惊，未及成阵。王元等决开木围，舍死恶战，遂得入城，迎嚣归冀。时吴汉军食尽，乃烧去辎重，引兵下陇，盖延、耿弇亦相随而退。嚣闻之，率众紧迫，逼入汉营。却恼了一位大将，持偃月刀，飞马直入嚣阵，大骂："败虏敢尔耶！"刀起处，早已纷纷人头落地。嚣众正在兴头，突然遇那天神般将横冲直撞，刀如疾电，马若怒龙，如入无人之境，嚣阵中一员大将，拍马赶来赴敌，才一合，大刀过处，连人带马，分为四段，嚣众大惊曰："汉将中有此人，吾属无噍类矣。"遂纷纷然，各自逃生。那将犹砍杀不休，一时间，尸横遍地，其跌压践踏未死者，到处蠕蠕然惨目。直追杀十数里，然后一辔如云，腾回本阵。是谁？乃岑彭也。于是诸将乃得全军东归。唯祭遵屯汧不退，吴汉等复屯长安，岑彭还津乡。而安定、北地、天水、陇西、复反归嚣矣。

校尉温序为嚣将苟宇所获，欲降之。序怒，以节挝杀数人，伏剑而死。从事王忠持其丧归洛阳。帝曰："此吴汉违吾敕，遂弃前功也。"赐温序冢地，拜其三子为郎。诏书赐祭遵缣曰："将军连年距难，众却独留，功劳烂然。兵退无宿戒，粮食不豫具，今乃调度，恐力不堪。国家知将军不易，亦不遗力。今送缣千匹，以赐吏士。"

却说祭遵自春间进攻略阳，途中得病而回。至是诸将悉退，独遵留汧，兵粮不足，遵日夜操心军务，病益加重。九年春正月，遂薨于军。帝闻大惊，一面诏冯异守征虏将军，并将其营。遵丧至河南县，诏百官先会丧所，而车驾素服临之，望哭哀恸。还幸城门，阅过丧车，瞻望涕泣不能已，丧礼成，复亲祠以太牢。诏大长秋、谒者、河南尹护丧事，大司农给费至葬，车驾复临，赠以将军、侯印绶，朱轮容车，遣校尉发骑士四百人，被元甲兜鍪，兵车军阵送葬。谥曰成侯。既葬，车驾复临其坟，存见夫人室家。遵为廉约小心，克己奉公，赏赐辄尽与士卒，家无私财，身衣韦裤布被，夫人裳不加缘。帝以是重焉。遵无子，同产兄午，娶妾送之，遵以身任于国，军兵未靖，不敢图生虑继嗣之计，乃使人逆而不受。临死遗诫，牛车载丧，薄葬洛阳。问以家事，终无所言。其为将军，取士皆用儒术，对酒设乐，必雅歌投壶，又建为孔子立后，奏置五经大夫。虽在军旅，不忘俎豆，可谓好礼悦乐，守死善道者也。其后会朝，帝每叹曰："安得忧国奉公之臣如祭征虏者乎？"其见思如此。

且说隗嚣经岑彭一场恶战，惊吓成病。及祭遵死，闻冯异并其军，嚣将吏数惊。冯异军至，嚣卧病不得食。至出城餐糗糒，会有传说祭遵丧葬之荣，汉帝哭泣之哀者，津津不置。嚣闻之，恚愤而死。王莽末，天水童谣曰："出吴门，望缇群，见一蹇人，人言欲上天。今天可上，地上安得人？”时嚣初起兵于天水，后意稍广，欲为天子，遂遭破灭。嚣少病蹇，故云。嚣既死，王元、周宗立嚣少子纯为王，总兵据冀。公孙述遣将赵匡、田弇助纯。

光武闻之，诏冯异复行天水太守事，令攻赵匡等。久不能拔，诸将欲且还休兵，异固持不动。秋八月，诏来歙率冯异、耿弇、盖延、马成、刘尚入天水协攻赵匡、田弇等。于是诸将分击各部，耿弇循安定、北地诸营保，盖延西击街泉、略阳、清水诸屯聚，马成同刘尚合破河池、武都。赵匡等告急文书，纷纷往益州取救，蜀地震恐。时王元降蜀，因说公孙述遣田戎、任满、程汎将兵下江关，元与领军环安拒河池。

却说荆江一带乃岑彭之所经理。初，彭攻破秦丰、田戎，南方悉定，以将代蜀汉，而川谷水险，难于漕运，乃留威虏将军冯骏军江州，都尉田鸿军夷陵，领军李玄军夷道，自引兵还屯津乡。津乡，当荆、扬之咽喉也。建武八年，彭引兵从车驾，破天水。彭壅谷水灌西城，会汉军食尽而退，复还津乡。

且说在满、田戎，皆智勇宿将。且荆南是其昔日巢窟，地势远近险易，尤了然心目，此时将数万精兵，乘箄筏而下江关，真是势如破竹，数月之间，冯骏及田鸿、李玄等，俱战败，夷道、夷陵尽失，贼据荆门、虎牙，此处江水所出，荆门山在南，上合下开，其状似门，虎牙山在北，石壁之色红白相间类牙，故有此名。此二山，楚之西塞，极为险要。岑彭初闻田戎等下江关，使大惊曰：“南郡不保矣！昔狐惊鼠窜之日，破之犹费数载之功。今挟全蜀之势，拥精锐之众，实为劲敌。”一面上奏，一面调拨各路机宜。及引兵到来，只见横江搭起浮桥斗楼，满江欑柱，拦绝水道，贼营扎于山上。彭水旱不能进，几次设计攻打，反为所败，只得拒住江面各路隘口，加意提防，却日夜督造直进楼船、露桡冒突数千艘，以待救到大进。

却说光武得奏，正要遣将助彭，忽报卢芳结连匈奴，寇边甚急。帝曰：“荆楚有岑彭在，寇谅不能深入。且置之。”于是遣吴汉率王霸、王常、朱祐、侯进等五将军，将兵五万余人击之。军次高柳，芳将贾览、闵堪迎战，大败。会大雨，而匈奴救至，汉兵反为所挫。帝闻之，料芳非时日可克，乃召吴汉还洛阳。令朱祐屯常山，王常屯涿郡，侯进屯渔阳，拜王霸为上谷太守，领屯兵，得捕击胡虏，无拘郡界。

而冯异攻击赵匡、田弇等且一年矣，皆斩之。马成、刘尚已破河池，遂平武都。耿弇、盖延俱建功，扫平各部。因合兵共攻冀，数月不能拔，众欲且还休兵，以观其变，异固持不动，常为军前锋。十年夏，与诸将攻落门，未拔。异病发，薨于军。帝闻报大恸，谥之曰节侯。长子彰嗣。明年，帝思异功，复封彰弟䜣为析乡侯。异既薨，来歙等攻贼益力。

时高平未下，耿弇率太中大夫窦士，武威太守梁统等围之，不拔。初隗嚣将安定高峻拥兵万人，据高平、第一。帝使马援招降峻，由是河西道开。来歙承制拜峻通路将军，封关内侯。后吴汉军退，天水诸郡尽失。峻复逃归，助嚣拒陇坻。及嚣死，峻据高平，畏诛坚守不下。

帝怒，入关将自征之。乃徵渔阳太守郭伋，拜颍川太守，而召寇恂从征陇州。时颍川贼事未净，伋召见辞谒，帝劳之曰：“贤太守去帝城不远，河润九里，冀京师并蒙福也。

君虽精于追捕，而山道险厄，自斗当一士耳，深宜慎之。”伋到郡，招怀山贼阳夏赵宏、襄城召吴等数百人，皆束手诣伋降，悉遣归附农。后宏、吴等党与闻汲威信，远自江南，或从幽、冀，不期俱降，骆驿不绝云。

恂至长安，谏帝曰：“长安道里居中，应接近便，安定、陇西必怀震惧。此从容一处，可制四方也。今士马疲倦，方履险阻，非万乘之固汧，前年颍川可为至戒。”帝不从，进军用汧。峻犹不下。帝议遣使降之，乃谓恂曰：“卿前止吾此行，今将烦卿，若峻不降，即引耿弇等五营击之。”恂奉玺书至第一，峻遣军师皇甫文出谒，辞理不屈。恂怒将诛文，诸将谏曰：“高峻精兵万余人，率多强弩，西遮陇道，连年不下。今欲降之，而反戮其使，无乃不可乎？”恂不应，遂斩之。遣其副归告竣曰：“军师无礼，已戮之矣。欲降急降，不降固守。”峻惶恐，即日开城门降，诸将皆贺，因曰：“敢问杀其使而降其城，何也？”恂曰：“皇甫文，峻之腹心，其所取计者也。今来辞意不屈，必无降心。全之，则文得其计，杀之，则峻亡其胆，是以降耳。”诸将皆曰：“非所及也。”遂传峻还洛阳。

十月，来歙、耿弇等攻破落门，周宗、行巡、苟宇、赵恢等将隗纯降。宗、恢及诸隗分徙京师以东，纯与巡、宇徒宏农。陇右既平，西羌犹为患。自王莽末，羌虏多背叛，遂入居塞内，金城属县，多为虏有。而隗嚣招怀其酋豪，遂得为用。及嚣死后，五溪、先零诸种，数为寇掠，皆营堑自守，州郡不能讨。来歙乃大修攻具，率盖延、刘尚及太中大夫马援等，进击羌于金城，大破之，斩首虏数千人，获牛羊万余头，谷数十万斛。时大饥，流离相望，歙乃倾仓廪，转运诸县，以赈赡之。于是陇右遂安，而凉州流通焉。歙复奏言，陇西侵残，非马援莫能定。十一年夏，玺书拜援陇西太守。歙乃与盖延、马成进攻王元、环安于河池、下辩，陷之，乘胜遂进。蜀人大惧，使刺客刺歙。未殊死，驰召盖延至，见歙利刃插入胁中，惊伏悲哀，不能仰视。歙叱曰：“虎牙何敢如此？今使者中刺客，无以报国，故呼巨卿，欲相属以军事，而反效儿女子涕泣乎？刃虽在身，不能勒兵斩公耶？”延收泪强起，受所诫嘱，歙复自书表曰：

> 臣夜入定后，为贼所伤，中臣要害。臣不敢自惜，诚恨奉职不称，以为朝廷羞。夫理国以得贤为本，太中大夫段襄，骨鲠可任，愿陛下裁察。又臣兄弟不肖，终恐被罪，望陛下哀怜，数赐教督。

投笔抽刃而绝。

帝闻大惊，省书揽涕不止。乃使太中大夫赠歙中郎将、征羌侯印绶，谥曰节侯，谒者护丧事。丧还洛阳，乘舆缟素临吊送葬。子褒嗣侯。帝嘉歙忠节，十三年，复封歙弟由为宜西侯。《后汉书》论曰：

> 世称来君叔天下信士，夫专使乎二国之间，岂厌诈谋哉！而能独以信称者，良其诚心在乎使两义俱安，而已不私其功也。

且说此刺客乃环安所遣也。王元遂欲乘丧复河池，安曰：“东将才能愈出愈奇，全陇之盛,犹不足以当之,况残败之余。而马成、刘尚智勇足备,岂易争锋?”忽报盖延病回长安,又闻朝廷遣大司马吴汉及诛虏将军刘隆,辅威将军臧宫,骁骑将军刘歆,发南阳、武陵、南郡兵以助岑彭灭蜀。又发桂阳、零陵、长沙委输棹卒六万余人,骑五千疋,皆会荆门。任满等大败,环安等遂归蜀,王元往助延岑。伐蜀胜负,下文分说。

第二十六回　灭子阳全蜀归心

建武九年，公孙述遣其将任满、田戎、程汎大下江关，击破冯骏等，据住荆门。岑彭兵少，数攻不利，于是大造战船、攻具，以待援兵到来。至十一年春，帝遣岑彭与吴汉及臧宫、刘隆、刘歆发南阳、武陵、南郡兵，又发桂阳、零陵、长沙水兵，皆会集荆门。时江中欑柱密布，岑彭乃同吴汉等沿江远远相度形势，吴汉曰："似此水道横绝，无用武之地，兵多止费粮谷耳。当暂罢三郡蜀卒，俟隙观变，再行调取。"彭岑曰："蜀兵势盛，吾兵既集，不乘势以规进取，而复遣去，不益长冠志，而阻士心乎？"汉必欲罢之，彭乃上书言状。帝报彭书曰："大司马习用步骑，不晓水战。荆门之事，一由征南公为重而已。"

彭乃令军中募攻浮桥先登者上赏。于是偏将军鲁奇应募而前。时东风大起，彭大喜曰："此天助也。"因与鲁奇各领露桡冒突百艘，各带攻具，扬帆西进。露桡者，谓露桡在外，人在船中，触冒而冲突也。鲁奇领令，开船先进，只见帆饱流急，雪浪喷空，船去如弩箭离弦，顷刻将抵浮桥。正待直冲而进，却是作怪，那船只在江中摇摆不得上。而斗楼上任满等早已望见，楼上弩弓密布，桥下战船一字摆开杀下，虽非顺风，却是顺水，摇动摧艄橹，纷纷迎来。鲁奇大惊，吩咐各船齐用劲弩，发火炬焚桥，自却舍命恶战，枪挑落水者，不计其数。任满正在斗楼指挥兵将，只见火炬如流星般飞来，一刻之间，楼桥俱着，吓得蜀将火急逃生不及，时风怒火盛，只听得轰天价一声响，桥楼崩坍。先是鲁奇船不得动，原来是欑柱上的反把钩，奇使善泅者入水，尽去其欑柱，此时岑彭亦到，于是数百号冒突楼船，顺风并进。蜀兵大乱，溺死者数千人。这一场大战，斩了任满，生擒程汎。只逃走田戎，却保守江州去了。

于是岑彭表上刘隆为南郡太守，自率臧宫、刘歆等长驱入江关，而下令军中，无得掳掠。所过百姓皆奉牛酒迎劳。彭每亲见诸耆老，为言大汉哀愍巴蜀，久见虏役，故与师远伐，以讨有罪，为人除害，让不受其牛酒。百姓皆大喜悦，争开门降。彭到江州，以田戎粮食多，难以卒拔，乃留冯骏守之，自引兵乘利直指垫江，攻破平曲，收其米数十万石。

时公孙述大惧，乃使延岑、吕鲔、王元及其弟恢，领倾国之兵，拒住广汉及资中，又遣侯丹率二万人拒黄石。岑彭探听的实，乃多张疑兵，使护军杨翕与臧宫拒延岑等，自却分兵浮江下还江州，溯成都江而上，袭击侯丹，大破之。因日夜倍道兼行二千余里，径拔武阳。使精骑驰上广都，离成都数十里，势若风雨，所至皆奔散。公孙述大惊，以杖击地曰："吾以大兵拒广汉，乃绕出延岑军后，是何神也！"

先是六月，述将环安遣人刺杀中郎将来歙，帝乃自将大兵征蜀。七月，次长安。八月，岑彭破侯丹于黄石。时臧宫将降卒数万于广汉间，粮少，转输不至，降者皆欲散畔，所得郡邑，复各保聚，观望成败。宫彷徨无措，欲引还，恐为所反。会帝遣谒者将兵诣岑彭,有马七百疋。宫大喜,乃矫制取以自益,因日夜进兵,多张旗帜,登山鼓噪,右步左骑,挟船而引,呼声动山谷。延岑不意汉兵骤至,登山望之,大震恐。宫因从击,大破之,斩首无算,溺死者万余人,水为之浊流。延岑逃得性命,奔往成都,其众悉降,尽获其兵马珍宝,自是乘胜追杀。时王元人马屯扎平阳乡,臧宫一到,元已魂飞魄散,举众归降。遂进拔绵竹,破涪城,斩公孙述弟恢。复攻拔繁、郫。前后收得节五,印绶千八百,全蜀震恐。

帝欲降述,乃与述书,陈言祸福。述省书叹息,以示所亲常少、张隆,隆、少皆劝降,述曰:"废兴,命也。岂有降天子哉。"左右莫敢复言。领军环安进曰:"汉将中只岑彭一人难敌耳。追田戎于夷陵,拒隗嚣于陇坻,蜀人至今胆寒。"述笑曰:"犹强于来君叔哉!"

却说岑彭既拔武阳,闻臧宫已破涪城,吴汉将南阳兵溯江而上,亦将到,喜曰:"灭蜀可克期矣。"遂拔营前进。有成都亡奴来降,云述得帝书,光禄勋张隆,太常常少劝述降,述无降意,大臣皆怨,日夜离叛。岑信之,留于帐下,会日暮驻营,询地名,曰:"彭亡。"彭恶之,以日暮未便他徙。夜半,营中有警巡营,见有黑影瞥如飞鸟,出投西去,追之莫及。传入中军,彭已被刺死。监军郑兴大惊,不俟天明,急领全营东退,以授吴汉,而武阳一带复失。彭持军整齐,所过秋毫无犯。邛谷王任贵闻彭威信,越数千里遣使迎降。会彭已薨,帝尽以任贵所献,赐彭妻子,谥曰壮侯。蜀人怜之,为立庙武阳,岁时祠焉。子遵嗣,徙封细阳侯。

吴汉稍休士卒,复率兵进。十二年正月,与蜀将魏党、公孙永战于渔涪津,大破之,遂围武阳。述遣子婿史兴将五千人救之。汉迎击兴,尽殄其众,因入犍为界。诸县皆城守,汉乃进军攻广都,拔之。时秋七月也,威虏将军冯峻已拔江州,生擒田戎。武阳以东诸小城皆降。汉闻各路兵俱到,乃遣轻骑烧成都市桥。帝驰书戒汉曰:"成都十余万众,不可轻也,但坚据广都,待其来攻,勿与争锋。若不敢来,公转营迫之,须其力疲,乃可击也。"汉不听,乃自将步骑二万余人,进逼成都。去城十余里,阻江北为营,作浮桥,使副将武威将军刘尚将万余人屯于江南,相去二十里。帝闻之大惊,责汉曰:"比敕公于条万端,何意临事悖乱,既轻敌深入,又与尚别营,事有缓急,不复相及。贼若出兵缀公,以大众攻尚,尚破,公既败矣。幸无他者,急引兵还广都。"此诏未到,述果使其将谢丰、袁吉将众十余万,分为二十余营,并出攻汉,使别将将万余人,劫刘尚,令不得相救。汉与大战一日,兵败走入壁,丰因围之。汉乃召诸集帐下曰:"吾共诸君逾越险阻,转战于里,所在斩获,遂深入敌地,至其城下。而今与刘尚两处受围,势既不接,其祸难量,欲潜师就尚于江南,并兵御之,若能同心一力,人自为战,则大功可立,如其不然,败必无余。成败之机,在此一举。"诸将皆曰:"诺。"于是厉兵秣马,闭营三日不出,乃多树旗幡,使烟火不绝,夜衔枚引兵与刘尚合军。丰等不觉,明日,乃分兵拒江北,谢丰自将攻江南。汉尽出精锐迎战,自旦至脯,遂大破之,斩谢丰、袁吉,获甲首五千余级。于是引还广都,留刘尚拒述,具以状上,而深自谴责,帝报曰:"公还广都,甚得其宜。述必不敢略尚而击公也。若先攻尚,公从广都五十里,悉步骑赴之,适当值其危困,破之必矣。"帝复使谒者张堪,送委输缣帛,并领骑七千匹,诣吴汉,在道复追拜堪为蜀郡太守,堪字君游，南阳宛人也。早孤，年十六让父余财数百万与兄子，而受业长安，志美行厉，诸儒号为圣童。帝微时见堪志操，常嘉焉。及即位，来歙荐之，召拜郎中，三迁为谒者。

却说吴汉惩前失，自是与述将战于广都、成都间，八战八克，遂军于成都郭中。述惊惶无措，谓延岑曰："事当奈何？"岑曰："男儿当死中求生，可坐穷乎？财物易聚耳，不宜有爱。"述乃悉散金帛，募敢死士五千余人，以配延岑，出市桥，大建旗帜，鸣鼓挑战，而潜遣奇兵出吴汉军后。岑众无不以一当百，吴汉大败，延岑舍死追杀，汉落水中，缘马尾得出。正在危急，恰好张堪到来，七千匹马尘土蔽天，延岑大惊，退入城中。吴汉收聚残败，谓刘尚曰："已逼贼城，犹有此败。今军中只余七日粮，而克城未有时日。速阴具船，将军先行，吾当断后耳。"

却说张堪正到，闻汉败欲遁去，急驰往见汉，说述必败，不宜退师之策。汉从之，乃示弱挑敌，相延数日为。十一月一日，见述众竞备西北，俄顷知辅威将军臧宫杀到，宫破涪城后，复连屠大城，兵马旌旗甚盛，乃乘兵入小雒郭门，直历成都城下。不一刻，只见宫随从数骑，来至汉营。汉大喜，为置酒高会，甚欢。饮毕，宫辞去，汉谓宫曰："将军向者经虏城下，震扬威灵，风行电照。然穷寇难量，还营愿从他道矣。"宫不从，复路而归，贼亦不敢近之。

明日，臧宫攻咸门甚急，述视占书云："虏死城下。"大喜，谓汉等当之。乃自将数万人，出城攻汉，使延岑拒臧宫。岑三合三胜，自旦及日中，军士不得食，并疲倦。先吴汉见述出，乃自勒兵，令敌与宫战，至是乃使护军高午、唐邯，将数万锐卒，突出击之。述兵大乱败走。高午正在酣战，忽见远远銮旗之下，盔甲鲜明，知是公孙述，乃急追上，大喝一声，"丑贼何逃，还吾岑将军命来。"述急转身来斗，被午当胸一枪，直穿透背，跌下马来，却彼左右抢救，舆入城去。述召延岑入，以兵属之。至夜创血不止，痛极而死。明旦，岑遂降。吴汉乃夷述妻子，尽灭公孙氏，并族延岑。

先是城拔，张堪先入据城，检阅库藏，收其珍宝，悉条列上闻，秋毫无私。及吴汉入，乃族灭两家，复放兵大掠，焚述宫室。帝闻之，怒以谴汉，又让汉副将刘尚曰："城降三日，吏人从服，孩儿老母，口以万数，一旦放兵纵火，闻之可为酸鼻。尚宗室子孙，尝更吏职，何忍行此？仰视天，俯视地，观放麑啜羹二者，谁仁？良失斩将吊人之义也。"时常少、张隆并以忧死。帝下诏追赠，以礼改葬之。其忠节志义之士，并蒙旌显。程乌、李育以有才干，皆擢用之。于是西土咸悦，莫不归心焉。以张堪能慰抚吏民。复拜臧宫为广汉太守。

明年正月，吴汉振旅浮江而下，至宛，有诏令过家上冢，赐谷二万斛。时又增臧宫邑，更封酇侯。帝思岑彭功，复封其幼子淮为谷阳侯。陇蜀俱平，于是大飨将士，班劳策勋，功臣增邑，更封凡三百六十五人，其外戚恩泽封者四十五人。益州传送公孙述瞽师，郊庙乐器、葆车、舆辇，于是法物始备。兵革既息，天下少事，文书调役，务从简，乃至十省其九焉。

帝诏窦融与五郡太守，奏事京师，官属宾客相随，驾乘千余辆马，牛羊被野。融到，诣洛阳城门，上凉州牧、张掖属国都尉、安丰侯印绶，诏遣使还侯印绶。引见，就诸侯位，赏赐恩宠，倾动京师。数月，拜为冀州牧，十余日，迁大司空，融自以非旧臣，一旦入朝，在功臣之右，每召会进见，容貌辞气卑恭已甚。帝以此愈亲厚之。融小心，久不自安，数辞让爵位。尝上疏曰：

臣融年五十三，有子年十五，质性顽钝。臣融朝夕教导以经艺，不得令观天文，见谶记，诚欲令恭肃畏事，恂恂循道，不愿其有才能，何况乃当传以连城广土，享故诸侯王国哉！

因复请间求见，帝不许。后朝罢，逡巡席后。帝知欲有让，遂使左右传出。他日会见，先诏融曰："日者知公欲让职还土，故命公暑热且自便。今相见，宜论他事，勿得复言。"融乃不敢重请。后又加位特进，行卫尉事，弟友为城门校尉，兄弟并典禁兵。融长子穆，尚内黄公主。穆子勋，尚东海恭王缰女沘阳公主。友之子固，亦尚光武女涅阳公主。窦氏一门，两侯三公主，四二千石，皆并时。自祖及孙，官府邸第相望，京邑奴婢以千数，于亲戚功臣中，莫以为比。范氏《后汉书》论曰：

窦融始以豪侠为名，拔起风尘之中，以投天隙，遂蝉蜕王侯之尊，终膺卿相之位，此则徼功趣势之士也。及其爵位崇满，至乃放远权宠，恂恂似若不能已者，又何智也。尝独详味此子之风度，虽经国之术无足多谈，而进退之礼良可言矣。

融卒时年七十八。谥曰戴侯。子孙显达，盖与国相终始云。此时天下底定，而西平诸羌，南靖交址，则马伏波之言语行事，颇足观览，次之后回。

第二十七回　三边绩用伏波死

却说羌戎种类不一，大抵得西方金行偏气，故性坚刚勇，以力为雄。然王政修则宾服，德教失则寇乱。三代以来，见诸《诗》《书》《左》《史》姑不叙论，及秦始皇使蒙恬将兵略地，西逐诸戎，北却众狄，筑长城以界之，众羌不复南度。至于汉兴，匈奴冒顿兵强，破东胡，走月氏，威震百蛮，臣服诸羌，是以无事。武帝开边，障塞亭燧，夏出长城外数千里。即宣帝时，先零诸羌叛，赵充国将兵破平之。直至王莽末，众羌始还，据西海为寇。更始、赤眉之际，羌遂放纵，寇金城、陇西。隗嚣虽拥兵，而不能讨之，乃就慰纳，因发其众，与汉相拒。及隗嚣死，司徒掾班彪上言："羌汉杂处，习俗既异，言语不通，数为小吏黠人所见侵夺，穷恚无聊，故致反叛。旧制益州、幽、凉各部，皆置校尉，持节领护，理其怨结，循受疾苦，又数遣使驿，通动静，以为儆备。今宜复如旧，以明威防。"光武从之，以牛邯为议羌校尉。未久邯卒，而职省十年。

羌寇金城，来歙与诸将破之，歙荐马援为陇西太守。时先零闻来歙已死，复寇临洮。马援乃发步骑三千人掩击，大破之，诸羌八千余人，诣援降。诸种复有数万屯聚寇钞，拒浩亹隘。援与扬武将军马成击之。羌败，因将妻子辎重，移阻于允吾谷。援乃潜行间道，掩赴其营。羌大惊溃，复远从唐翼谷中，援复追之。羌引精兵聚北山上，援即向山结阵，而分遣数百骑，绕袭其后，乘夜放火，击鼓叫噪，虏遂大溃，凡斩首千余级。援以兵少，不得穷追，收其谷粮、畜产而还。时夜战，援中弩，矢贯其胫，援战愈力，还营始去矢治创。是时朝臣以金城、破羌之西，途远多寇，议欲弃之。援上言，破羌以西，城多完牢，易可依固，其田土肥壤，灌溉流通。如羌在湟中，则为害不休，不可弃也。帝然之，于昌诏武威太守梁统，令悉还金城客民，归者三千余口，使各返旧邑，援奏置长吏，缮城郭，起坞侯，开导水田，劝以耕牧，郡中乐业。乃罢马成军。

十三年，武都参狼羌与塞外诸种为寇，杀长吏。援将四千余人击之，至氐道县，羌在山上，援军据便地，夺其水草，不与战。羌遂穷困，豪帅数十万户尽亡出塞，诸种万余人悉降。于是陇右清净。

时王常屯固安，拒卢芳，薨于屯所。以杜茂屯北边，遣马武屯滹沱河，以备匈奴。杜茂、吴汉数击卢芳，并不克。而芳将随昱留守九原，见陇蜀俱平，知芳必随灭，计欲胁芳降汉。芳微觉，知羽翼外附，心膂内离，遂弃辎重，亡入匈奴。其众尽归随昱，昱乃随使者程恂诣阙，拜昱为五原太守，封镌羌侯。芳后病死。

四夷既安，乃益求贤俊，以图治安。先是丞相故事，四科取士，一曰德行高妙，志节清白；二曰学通行修，经中博士；三曰明达法令，足以决疑，能案章覆问，文中御史；四曰刚毅多略，遭事不惑，明足以决，才任三辅。令皆有孝悌廉公之行。是时为建武十二年八月乙未，复下诏书："三公岁举茂才各一人，廉吏各二人，光禄岁举茂才、四行各一人，察廉吏三人，中二千石岁察廉吏各一人，廷尉、大司农各二人，将兵将军岁察廉吏各二人，监察御史、司隶州牧岁举茂才各一人。”

帝初即位，即访求卓茂以为太傅，而以邓禹为大司徒，吴汉为大司马，王梁为大司空，是为三公。邓禹西征，以伏湛行大司徒事。湛字惠公，父理受《诗》于匡衡，为当世名儒，湛性孝友，少传父业。帝知湛才任宰相，建武三年，遂代邓禹为大司徒。湛虽在仓促，造次必于文德，以为礼乐政化之首，颠沛犹不可违。会以细故坐免。六年，徙封不其侯，遣就国，以侯霸代之。霸字君房，河南密人也。矜严有威容，笃志好学，师事九江太守房元，治《穀梁春秋》。王莽时，为临淮大尹，有能名。建武四年，征拜尚书令。时朝无故典，又少旧臣，霸明习故事，收录遗文，条奏前世善政法度，有益于时者，皆施行之。每春下宽大之诏，奉四时之令，皆霸所建也。及为大司徒，在位明察守正，奉公不回。建武二年，王梁以军事违敕，遂以宋宏为大司空。宏以清行致称，雅进贤士。

建武六年，茂陵杜林自陇西还三辅，光武闻之，乃徵拜侍御史。林字伯山，尝从外氏张竦受学，博洽多闻，时称通儒。东海卫宏、济南徐巡等，皆师事之。林前于西州得漆书《古文尚书》一卷，常宝爱之，虽遭艰困，握持不离身。出以示宏等曰：“林流离兵乱，常恐斯经将绝。何意东海卫子，济南徐生，复能传之，是道竟不坠于地也。古文虽不合时务，然愿诸生无悔所学。”宏、巡益重之，于是古文遂行。林尝荐同郡范逡、赵秉、申屠刚及牛邯等，皆被擢用。十一年，代郭宪为光禄勋。内奉宿卫，外总三署，周密敬慎，选举称平。时群臣上言宜增科禁，诏下公卿议，林奏曰：“夫人情挫辱，则节义之风损，法防繁多，则苟免之行兴。古之明王深识远虑，动居其厚，不务多辟，大汉初兴，蠲除苛政，更立疏纲，海内欢欣，人怀宽德。及至其后，渐以滋章，吹毛求疵，诋欺无限，果桃菜茹之馈，集以成臧，小事无防于义，以为大戮，故国无廉士，家无完行。至于法不能禁，令不能止，上下相遁，为敝弥深。臣愚以为宜如旧制，不合翻移。”帝从之。

帝好经术，所至先访儒雅，采求阙文。故四方学士莫不抱负坟策，云会京师，如范升、陈元、郑兴、杜林、卫宏、刘昆、桓荣之徒，继踵而集。故图籍之盛，考之史传，未有如东汉者。初光武迁还洛阳，其经牒秘书，载之二千余辆，自此以后，犹三倍于前云。

帝长于民间，颇达情伪，悉民疾苦，故勤约之风，行于上下。而临宰邦邑者，亦竞能其官。略表数人，所谓迹显当时，声施后世者，览之颇足兴顽起惰。

茂陵郭伋，字细侯，乃武帝时郭解之后也。少有志行，王莽时为并州牧。世祖即位，徵拜雍州牧。建武五年，转渔阳太守。时猾寇充斥，伋到，示以信赏，纠戮渠师，盗贼销散。又整勒士马，设攻守之略，匈奴远迹，不敢入塞，民得安业。在职五岁，赋口倍增。后寇恂从征西陇，征伋拜颍川太守，远近贼寇，束手归降。十一年，上以卢芳未灭，调伋为并州守，所到县邑，老幼相携，逢迎道路焉。伋乃聘求耆德雄俊，设几杖之礼，朝夕与参政事。行部到西河美稷，有童儿数百，各骑竹马，迎拜道次，曰：“闻使君到，人人生喜，故来奉迎。”伋笑谢之。及事讫，诸儿复欢聚，送至郭外，遮问使君何日当还，伋顾别驾从事计日以告之。行部既还，先期一日，伋为违信于诸儿，遂止于野亭，待期乃入。

南阳太守杜诗，性节俭，而政治清平。以诛暴立威，善于计略，省爱民役，造作农器，百姓便之。又修治陂池，广拓土田，郡内比室殷足。时人以方召信臣，语曰：“前有召父，后有杜母。”召信臣，元帝时为南阳太守，为人兴利，务在当之。字翁卿，寿春人也。

孔奋，字君鱼，扶风茂陵人。少从刘歆受《春秋左氏传》，歆称之，谓门人曰："吾已从君鱼受道矣。"遭王莽乱，与老母幼弟避兵河西。建武五年，窦融请署议曹掾，守姑臧长。时天下扰乱，唯河西独安，而姑臧称为富邑。陇蜀既平，河西守令咸被征召，财货连毂，弥竟川泽。惟奋无资，单车就路。姑臧吏民及羌胡更相谓曰："孔君清廉仁贤，举县蒙恩，如何今去，不共报德？"遂相赋敛牛马器物，至千万以上，追送数百里。奋谢之而已，一无所受。后拜武都太守，举郡改操。

张堪先为蜀郡太守，吏民大悦。后拜渔阳太守，捕击奸滑，赏罚必信，吏民皆乐为用。匈奴尝以万骑入渔阳，堪率数千骑奔击，大破之，郡界以静。乃于狐奴开稻田八千余顷，劝民耕种，以致殷富。时麦多双穗，百姓歌曰："桑无附枝，麦穗两岐，张君为政，乐不可支。"帝尝召见诸郡计吏，问其风土及前后守令能否。蜀郡计掾樊显进曰："渔阳太守张堪昔在蜀汉，仁以惠下，威能讨奸。前公孙述破，珍宝山积，卷握之物，足富十世，而堪去职之日，乘折辕车，布被囊而已。"帝闻之叹息，即拜显力鱼复长。

卫飒，河内修武人。初除襄城令，政有名迹，迁桂阳太守。郡与交州接境，颇染其俗，不知礼则。飒下车修庠序之教，设婚姻之礼，期年间，邦俗从化，飒理恤民事，居官如家，其所施政，莫不合于物宜。

宛人任延，年十二为诸生，学于长安，明《诗》《易》《春秋》，显名太学，学中号为"圣童"。避兵之陇西，时隗嚣已据四郡，遣使请延，延不应。更始元年，拜会稽都尉，时年十九，迎官惊其少。及到，静泊无为，惟先礼祠延陵季子，聘请高行，如董子仪、严子陵等，敬待以师友之礼。掾吏贫者，辄分俸禄以赈给之，省诸卒，令耕公田，以周穷急。建武初，延上书，愿乞骸骨，归拜王庭。诏徵为九真太守。九真俗以射猎为业，不知牛耕，民常告籴交址，每致困乏。延乃令铸作田器，教之垦辟日畴，岁岁开广，百姓充给。又骆越之民，无嫁娶礼法，各因淫好，无适的对之匹，不识父子之性，夫妇之道。延乃移书属县，各使男年二十至五十，女年十五至四十，皆以年齿相配，其贫无礼聘，令长史以下，各省俸禄以赈助之。同时相娶者，二千余人。是岁，风雨顺节，谷稼丰衍，其产子者，始知种姓，咸曰："使吾有是子者，任君也。"视事四年，征诣洛阳。九真吏人，生为立祠。后拜武威太守，帝亲见，戒之曰："善事上官，无失名誉。"延对曰："臣闻忠臣不私，私臣不忠，履正奉公，臣子之节，上下雷同，非陛下之福。善事上官，臣不敢奉诏。"帝叹息曰："卿言是也。"既之武威，郡之大姓，聚众为害，延发兵破之。自是威行境内，吏民累息。郡北当匈奴，南接种羌，民畏寇抄，多废田业，延到，集武略之士，明其赏罚，令屯要害，有警击讨。虏多残伤，遂不敢出。河西旧少雨泽，延乃为置水官吏，修理沟渠，人蒙其利。又立校官，自掾吏子孙，皆令诸学受业，郡遂有儒雅之士。后坐擅诛羌不先上，左转召陵令。及显宗即位，拜颍川太守，又为河内太守。数年，病卒。

前汉鲁人徐生善为仪容，文帝以为礼官大夫。刘昆者，陈留东昏人，少习容礼，通《易经》，能弹雅琴。王莽时教授弟子，恒五百人，每春秋飨射行礼，县宰辄率吏属而观之。后天下大乱，昆避难河南负犊山中。建武五年，举孝廉，不行，遂逃，教授于江陵。光武闻之，即除为江陵令，时县多火灾，昆辄向火叩头，辄能降雨止风。征拜议郎，迁宏农太守。先是崤黾驿道多虎灾，行旅不通，昆为政三年，仁风大行，虎皆负子渡河。帝闻而异之。后徵代杜林为光禄勋，帝问曰："卿前在江陵，反风灭火，后守宏农，虎北渡河。行何德政，而致是事？"昆对曰："偶然耳。"左右皆笑其质讷。帝叹曰："此乃长者之言也。"顾命书诸策。乃令入教授皇太子及诸王小侯五十余人。建武三十年，以老乞骸骨，诏赐洛阳第舍，以千石禄终其身焉。

光武自幼学长安之时，便亲淑贤俊，及即位以来，尤加意访求，孜孜不倦，故一时内辅外任，济济多贤，不可胜数。而蒲输旌帛，犹不绝于岩薮。

北海逢萌，王莽时挂冠东都城门，浮海客辽东。及光武即位，乃之琅邪崂山，养志修道，人皆化其德。帝连征之，不起。

太原广武人周党，亦不仕莽，敕身修志。莽末，贼暴纵横，残灭郡县，至广武，贼闻党高行，过城不入，帝强征之，乃着短布单衣待见尚书。及引见，党伏而不谒，自陈愿守所志，帝乃许焉。博士范升奏曰："臣闻尧不须许由、巢父，而建号天下，周不待伯夷、叔齐，而王道以成。伏见太原周党等，蒙加厚恩，使者三聘，乃肯就车。及陛见帝廷，偃蹇骄悍，不以礼屈。党等文不能演义，武不能死君，钓采华名，庶几三公之位。臣愿与坐云台之下，考试图国之道，不如臣言，伏虚妄之罪。而敢私窃虚名，夸上求高，皆大不敬。"书奏，帝诏曰："自古明王圣主，必有不宾之士。伯夷、叔齐不食周粟，太原周党不受朕禄，亦各有志焉。"其赐帛四十匹，党遂隐居黾池。

时齐国上言：有一男子披羊裘钓泽中。帝喜曰："此当是子陵也。"子陵姓严名光，一名遵，会稽余姚人。少有高名，与光武同游学。及光武即位，光乃变姓名，隐身不见。帝思其贤，令天下以物色访之。至是乃备安车玄纁，遣使聘之。三反而后至，舍于北军，给床褥，太官朝夕进膳。司徒侯霸与光素旧，遣使奉书。光于床上箕踞抱膝，发书读讫，问曰："君房素痴也。今为三公宁小差否？"使对曰："位已鼎足，不痴也。"光曰："遣卿来何言？"因传霸言，光曰："君言不痴，是非痴语耶？天子徵吾三，乃来，人主尚不见，当见人臣乎？"使求报书，光曰："吾手不能书。"乃口授曰："君房足下，位至鼎足，甚善。怀仁辅义天下悦，阿谀顺旨要倾绝。"使者嫌少，求更足，光曰："买菜乎？求益也。"霸得书，封奏之，帝笑曰："狂奴故态也。"车驾即日幸其馆。光卧不起，帝就其卧榻，抚光腹曰："咄咄！子陵不可相助为理耶？"光又眠不应，良久，乃张目熟视曰："昔唐尧著德，巢父洗耳。士故有志，何至相迫乎？"帝曰："子陵，吾竟不能下汝耶？"于是升舆叹息而去。复引光入，论道旧故，相对累日。帝从容问光曰："朕何如昔时？"对曰："陛下差增于往。"因共偃卧，光以足加帝腹上。明日，太史奏客星犯御坐甚急，帝笑曰："朕故人严子陵共卧耳。"除为谏议大夫，不屈，乃耕于富春山。后人名其钓处为严陵濑焉。宋朝范文正公有《钓台记》云：

非光武不能遂子陵之高，非陵不能成光武之大。

《后汉书·逸民传赞》曰：

江海冥灭，山林长往，远性风疏，逸情云上，亦足高尚而惩薄俗矣。

又有向子平者，名长，河内朝歌人也。隐居不仕，性尚中和，好通《老》《易》，贫无资食。好事者更馈焉，向受之取足，而反其余。王邑辟之，连年乃至，欲荐之于莽，固辞乃止，潜隐于家。一日读《易》至“损”“益”卦，喟然叹曰：“吾已知富不如贫，贵不如贱，但未知死何如生耳！”建武中，男女娶嫁既毕，乃敕断家事，勿复相关，当如吾死也。于是与同好北海禽庆，俱游五岳名山，竟不知所终。

是时前后祥瑞叠见，甘露降南行唐，黄龙见东阿。九真徼外蛮夷，率种人内属，日南徼外变夷，献白雉白兔，广汉徼外白马羌豪，率种人内属，匈奴遣使奉献，莎车国、鄯善国并遣使奉献。初巴、蜀既平，大司马吴汉上书请封皇子，不许。重奏连岁，至是乃诏群臣议。十五年四月，遂封皇子辅为右翊公，英为楚公，阳为东海公，康为济南公，苍为东平公，延为淮阳公，荆为山阳公，衡为临淮公，焉为左翊公，哀为琅邪公，又追谥兄伯升为齐武公，兄仲为鲁哀公。时朱佑奏：“古者人臣受封，不加王爵，可改诸王为公。”故诸王皆为公，后仍复为王者。

有诏下州郡，检核垦田顷亩及户口年纪。河南尹张伋及诸郡太守十余人，坐度田不实，皆下狱死，而郡国大姓，及兵长群盗，处处并起，郡县追讨，到则解散，去复屯结，青、徐、幽、冀四州尤甚。乃遣使者下郡国，听群盗自相纠发，五人共斩一人者，除其罪；吏虽逗留回避故纵者，皆勿问，以擒讨为效；其牧守令长，境内坐盗贼而不收捕者，又以畏愞捐城委守者，皆不以为负，但取获贼多少为殿最；惟蔽匿者乃罪之。于是更相追捕，贼并解散。徙其魁帅于他郡，赋田受禀，使安生业。自是牛马放牧，邑门不闭。

时有妖民李广等，诳惑百姓，无识下愚多信从之，遂共聚徒党，攻没皖城，杀皖侯刘闵，自称“南岳太师”。帝遣谒者张宗，将兵数千人讨之，为广所败。愚民益信之，其众大炽。时马援已还京师，于是使援发诸郡兵数万人击之。援曰：“是皆不乐太平之愚民，稍有膂力，遂自谓无敌，所谓蚁敌蜂屯，一燎无遗者耳。”遂发万余人四布，自率数百人奔击。李广出战，只一合斩之，万余人四合围剿，遂尽歼其众。援轻重回京，忽玺书复下拜授为伏波将军，大发三军，南征交址。未知如何，且听下回分解。

第二十八回　少海波覃薄后尊

却说南方诸国，虽自秦时分置郡县，然言语各异，礼教未通。及光武中兴，锡光为交址，任延守九真，于是教其耕稼，制为冠履，始知姻娶，渐习礼义，故慕化来献者不绝。及建武十六年，交址女子徵侧及其妹徵贰造反，大乱南边。徵侧者，麊泠县雒将之女也，嫁为朱鸢人诗索妻。姊妹皆精通武艺，勇力超群，遂恃勇霸害一方。太守苏定以法绳之，侧忿不受制，故反。于是九真、日南、合浦蛮夷皆应之，遂自立为王，寇略岭外六十余城。交址刺史及诸太守，仅得自守。光武乃诏长沙、合浦、交址具车船，修道桥，通障溪，储粮谷。至十八年四月，乃拜马援为伏波将军，以扶乐侯刘隆为副，督楼船将军段志等讨之。于是发长沙、桂阳、零陵、苍梧兵万余人，随山刊道千余里，至浪泊大战，贼败，斩首数千级，降者万亲人。援追徵侧等，连败之，乃奔入禁溪穴中，援守之。时段志病卒，刘隆等追散余贼。明年正月，穴中食尽，徵侧、徵贰出战，援悉斩之，传首洛阳。帝封援新息侯，食邑三千户。

援乃击牛酾酒，劳飨军士，从容谓官属曰："吾从弟少游常哀吾慷慨多大志，曰：'士生一世，取衣食裁足，乘下泽车，御款段马，为郡掾吏，守坟墓，乡里称善人，斯可矣。致求盈余，但自苦耳。'当吾在浪泊、西里间，虏未灭之时，下潦上雾，毒气重蒸，仰视飞鸢，跕跕堕水中，卧念少游平生时语，何可得也。今赖士大夫之力，被蒙大恩，猥先诸君纡佩金紫，且喜且惭。"吏士皆欢呼称颂。援将楼船二千余艘，战士二万余人，击九真余党都羊等，自无功至居风，斩获五千余人，岭南悉平。援所过辄为郡县治城郭，穿渠灌溉，以利其民。又与越人申明旧制，以约束之，自后骆越皆奉行马将军故事。

二十年秋，振旅还至京师。故人多迎劳之，平陵人孟冀亦于坐贺。冀，名下士，援因谓之曰："吾望子有善言，反同众人耶！昔伏波将军路博德开置七郡，裁封数百户。今吾微劳，猥飨大县，功薄赏厚，何以能长久乎？先生何以相济？"冀曰："愚不及也。"援曰："方今匈奴、乌桓尚扰北边，欲自请击之。男儿要当死于边野，以马革裹尸还葬耳，何能卧床上在儿女子手中耶？"冀曰："谅为烈士，当如此矣。"

还京月余，会匈奴、乌桓寇扶风，援请行复出，屯襄国。

后武威将军刘尚击武陵、五溪蛮夷，深入军没，援因复请行，时年六十二。帝悯其老，未许之。援自请曰："臣尚能披甲上马。"帝令试之，援据鞍顾眄，以示可用。帝笑曰："矍铄哉！是翁也。"遂率中郎将马武、耿舒、刘延、孙永等，将四万余人征五溪。援夜与送者诀别，谓友人杜愔曰："吾受厚恩，年迫余日索，常恐不得死国事，今获所愿，甘心瞑目，但畏权要子弟等，或在左右，或与从事，殊难得调。介介独恶是耳。"明年春，军至临乡，遇贼攻县，援迎击，破之。寇被逼饥困欲降，会援病卒，谒者宋均入虏受降，为置吏司，群蛮遂平。

初军次下隽，有两道可入，从壶头则路近而水险，从充则涂夷而运远，帝初以为疑。

及军至,耿舒欲从充道,援以为弃日费粮,不如进壶头,扼其咽喉,充贼自破。以事上之,诏从援策。遂进营壶头。贼乘高守隘,水疾,船不得上。会暑甚,士卒多疫死,援亦中病,乃穿岸为室,以避炎气。贼每升险鼓噪,援辄曳足以观之,乃作歌曰:

> 滔滔武溪一河深,鸟飞不渡,兽不敢临,嗟哉!武溪多毒淫。

慷慨悲歌,左右闻之,莫不为之流涕,咸愿舍死杀贼焉。

时耿舒与兄弇书曰:

> 前舒上书,当先击充,粮虽难运,而兵马得用,军人数万,争欲先奋。今壶头竟不得进,大众怫郁行死,诚可痛惜。前到临乡,贼无故自致,若夜击之,即可殄灭。伏波类西域贾胡,到一处辄止,以是失利。今果疾疫,皆如舒言。

弇得书,奏之。帝乃使虎贲中郎将梁松,乘驿责问,因代监援军。会援病卒,而寇亦平。松,梁统子,尚舞阴公主。先是援尝有疾,松来候之,独拜床下,援不答拜。松去,请子问曰:"梁伯孙帝婿,贵重朝廷,公卿以下莫不惮之,大人奈何独不为礼。"援曰:"吾乃松父友也,虽贵,何得失礼以轻其父乎?"松由是恨之。至是遂奏陷援。帝大怒,追收援新息侯印绶。又援在交耻,尝饵薏苡仁,以能轻身胜瘴气。而南方薏苡实大,援欲以为种,军还,乃载之一车。时人以为南土珍宝,权贵皆望之。援时方有宠,故莫以闻。及卒后,有上书谮之者,以为前所载还,皆明珠文犀。马武与侯昱皆上章言其状,帝益怒。援妻孥惶惧,不敢以丧还旧茔,裁买城西数亩地,槁葬而已。宾客故人,莫敢吊会。援兄子严与援妻子,草索相连,诣阙请罪。帝乃梁松书以示之,方知所坐,上书诉冤,前后六上,辞甚哀切,然后得葬。

有前云阳令朱勃诣阙上书曰:

> 臣闻玉德圣政,不忘人之功,采其一美,不求备于众。故高祖赦蒯通,而以王礼葬田横,大臣旷然,咸不自疑。夫大将在外,谗言在内,微过辄记,大功不计,诚为国之所慎也。故章邯畏口而奔楚,燕将据聊而不下,岂其甘心末规哉,悼巧言之伤类也。
>
> 窃见故伏波将军新息侯马援,拔自西州,钦慕圣义,间关险难;触冒万死,孤立群贵之间,傍无一言之佐,驰深渊,入虎口,岂顾计哉!宁自知当要七郡之使,徼封侯之福耶?八年,车驾西讨隗嚣,国计狐疑,众营未集,援建宜进之策,卒破西州。及吴汉下陇,唯狄道为国坚守,士民饥困,寄命漏刻。援奉诏西使,镇慰边众,乃招集豪杰,晓诱羌戎,谋如涌泉,势如转规,遂救倒悬之急,存几亡之城。兵全师进,师进辄克,铢锄先零,缘入山谷,猛怒力战,飞矢贯胫。又出征交址,士多障气,援与妻子生诀,无悔吝之心,遂斩灭徵

侧，克平一州。间复南讨，立陷临乡，师已有业，未竟而死，吏士虽疫，援不独存。夫战或以久而立功，或以速而致败，深入未必为得，不进未必为非。人情岂乐久屯绝地不生归哉！唯援得事朝廷二十二年，北出塞漠，南渡江海，触冒害气，僵死军事，名灭爵绝，国土不传。海内不知其过，众庶未闻其毁，卒遇三夫之言，横被诬罔之谗。家属杜门，葬不归墓，怨隙并兴，宗亲怖栗。死者不能自列，生者莫为之讼。臣窃伤之。夫明主于用赏，约于用刑。高祖赏与陈平金四万斤，以间楚军，不问出入所为，岂复疑以钱谷间哉！夫操孔父之忠，而不能自免于谗，此邹阳之所悲也。《诗》云："取彼谗人，投畀豺虎、豺虎不食，投畀有北，有北不受，投畀有昊。"此言欲令上天而平其恶。惟陛下留思竖儒之言，无使功臣怀恨黄泉。臣闻《春秋》之义，罪以功除，圣王之祀，臣有五义。若援，所谓以死勤事者也。愿下公卿平援功罪，宜绝宜续，以厌海内之望。臣年已六十，常伏田里，窃感栾布哭彭越之义，冒陈悲愤，战栗阙庭。

书奏，报归田里。至肃宗皇帝即位，乃追念之，下诏曰：

故云阳令朱勃，建武中以伏波将军爵土不传，上书陈状，不顾罪戾，怀旌善之志，有烈士之风。《诗》云："无言不雠，无德不报。"其以县见谷二千斗，赐勃子若孙，勿令远诣阙谢。

《东观汉记》曰："援长七尺五寸，色理发肤眉目容貌如画。"闲于进对，尤善述前世行事。每言及三辅长者，下至阎里少年，皆可观听。自皇太子诸王侍，闻者莫不属耳忘倦。又善兵策，光武尝言：'伏波论兵，与吾意合。'每有所谋，未尝不用。援有四子三女，卒后，梁松、窦固等谮之，家益失势，数为权贵所侵侮。兄子严，不胜忧愤，白蔺夫人，绝窦氏婚，求进女掖庭。书上，选援幼女入太子宫。显宗即位，立为后，即明德皇后也。这都是后话。亦昌黎所谓得牵连书者也。

且说光武初起宛时，娶于阴氏。明年春，击王郎至真定，又纳郭后。及即位，令侍中傅俊至新封迎阴后与胡阳、宁平公主诸宫人至洛阳。二后俱封为贵人。是年郭贵人生子彊。三年，群臣请立后，帝以阴后雅性宽仁，欲立之。后以郭氏有子，固辞不肯当，遂立郭氏为皇后，以子彊为皇太子。其后郭后宠稍衰，数怀怨怼。十七年十月，遂废为中山王太后，立贵夫人阴氏为皇后。进后中子右翊公辅为中山王，以常山郡益中山国。其余九国公，皆归旧封，晋爵为王。时太子侍讲郅恽言于帝曰："臣闻夫妇之好，父不能得之于子。况臣能得之于君乎？是臣所不敢言。虽然，愿陛下念其可否之计，无令天下有议社稷而已。"帝曰："恽善恕己量主，知吾必不有所左右而轻天下也。"

郭后弟况，小心谨慎，帝善之。年始十六，拜黄门侍郎，封绵蛮侯。以后弟贵重，宾客辐辏。况谦恭下士，颇得声誉。十四年，迁城门校尉，至是复徙封大国，为汤安侯。后迁大鸿胪。帝数幸其第，赏赐丰盛，京师号况家为"金穴"云。

阴后兄识，弟兴，皆有名望。识初从伯升起兵，有功，更始封为阴德侯，行大将军事。建武元年，随贵人至，以为骑都尉，更封阴乡侯。随征，以军功增封，识叩头让曰："天下初定，将帅有功者众，臣托属掖庭，仍加爵邑，不可以示天下。"帝甚美之，以为关都尉，镇函谷。十五年，定封原鹿侯。兴为人有膂力，建武二年，为黄门侍郎，守期门仆射，典将武骑，从征伐，平定郡国，甚见亲信。兴与同郡张宗，上谷鲜于裒，不相好，知其有用，犹称所长而荐达之。友人张汜、杜禽与兴厚善，以为华而少实，但私之以财，终不为言。是以世称其忠平。九年迁侍中，赐爵关内侯。帝后召兴欲封之，置印绶于前，兴固让曰："臣未有先登陷阵之功，而一家数人，并蒙爵土，令天下觖望，诚为盈溢。臣蒙陛下、贵人恩泽至厚，富贵已极，不可复加。至诚不愿。"帝嘉之，不夺其志。贵人问其故，兴曰："贵人不读书耶？'亢龙有悔'，夫外戚家，苦不知谦退，嫁女欲配侯王，取妇眄睨公主，愚心实不安也。富贵有极，人当知足，夸奢益为观听所讥耳。"贵人感其言，深自降挹，卒不为宗亲求位。

帝舅寿张侯樊宏，为人谦柔畏慎，不求苟进。常戒其子曰："富贵盈溢，未有能终者。吾非不喜荣势也，天道恶满而好谦，前世贵戚皆明戒也。保已全身，岂不乐哉。"宏所上便宜及言得失，辄手自书写，毁削草本。公朝访逮，不敢众对。宗族染其化，未尝犯法。帝甚重之。及后病困，车驾临视，留宿，问其所欲言，宏顿首自陈："无功享食大国，诚恐子孙不能保全厚恩，令臣魂神惭负黄泉。愿还寿张，食小乡亭。"帝悲伤其言，而竟不许。二十七年卒。子儵嗣，谨约有父风焉。

却说光武皇帝十一子，郭皇后生东海王彊，沛王辅，济南王康，阜陵王延，中山王焉，许美人生楚王英，光烈皇后生显宗，东平王苍，广陵王荆，临淮公衡，琅邪王京。衡未及进爵为王而薨，无子，国除。彊为皇太子，郭后废，彊常戚戚不自安，数因左右及诸王陈其恳诚，愿备藩国。光武不忍，迟回者数岁。至十九年，乃立东海王阳为皇太子，改名庄。而以彊为东海王。帝以彊废不以过，去就有礼，故优以大封，兼食鲁郡，合二十九县，赐虎贲旄头，宫殿钟虡之悬，拟于乘舆。二十年，徙封辅为沛王，郭后为沛太后。

是时朝野肃清，只有匈奴鲜卑犹时入塞，杀掠吏人，朝廷以为忧。而中兴诸大将，已老死略尽，高密侯邓禹，胶东侯贾复，固始侯李通，好畤侯耿弇，扬虚侯马武，朗陵侯臧宫皆以特进奉朝请。全椒侯马成先为中山太守，以征武陵蛮无功，上太守印绶，就国。王霸以识边事，在上谷二十余年。祭遵从弟祭彤，初以遵故，拜为黄门侍郎，及遵死无子，帝伤之，乃以彤为偃师长，令近遵坟墓，四时奉祠之。彤有权略，视事五岁，县无盗贼，课为第一，迁襄贲令。时襄贲盗贼，白日公行。彤至，诛破奸猾，殄其支党，数年政清。帝以为能当匈奴、鲜卑，及赤山、乌桓连和强盛，数入塞，帝忧之，乃拜彤为辽东太守。彤有勇力，能贯三百斤弓，虏每犯塞，常为士卒锋，数破走之。二十一年秋，鲜卑万骑寇辽东，彤率数千人迎击之，自被甲陷阵上，大奔，死者过半，遂穷追出塞。自后鲜卑震怖，不敢复窥塞。彤以三虏连和，卒为边害，二十五年，乃招呼鲜卑，示以财利。其太都护偏何，遣使奉献，愿得归化。彤慰纳赏赐。于是满离、高句骊之属，不骆驿款塞，上貂裘好马，帝辄倍其赏赐。其后偏何邑落诸豪并归义，愿自效。彤曰："审欲立功，当归击匈奴，斩送头首，乃信耳。”偏何等皆仰天指心曰：“必自效，即击匈奴，持头诣郡。”其后岁岁相攻，辄送首级受赏。自是匈奴衰弱，边无寇警，鲜卑、乌桓并入朝贡。

却说大司马吴汉自平蜀后，十五年，同马成北击匈奴。自后帝念汉功劳，不复令其征伐。汉在朝廷斤斤谨质，形于体貌。初汉出征，妻子尝买田业。汉还责之曰：“军师在外，吏士不足，何忍多买田宅乎！”遂尽以分与昆弟外家。又性强毅，每出师，朝受命，夕即引道，初无办严之日。帝深重之。尝叹曰：“吴公治军，差强人意。”十八年，蜀郡守将史歆反于成都，而宕渠、朐䏰等处，各起兵应之。帝以史歆昔为岑彭护军，晓习兵事，乃复遣汉率刘尚及太中大夫臧宫将兵讨之。汉至，诛歆平之。二十年，汉病笃，车驾亲临。及薨，有司奏议以武为谥，诏特赐谥曰忠侯。发北军五校、轻车、介士送葬，如大将军霍光故事。汉以质简而强力，故光武始终倚爱之。

昔贤有云：“仁义不足以相怀，则智者以有余为疑，而朴者以不足取信。”观汉高之任平、勃，犹贤于光武之怒马伏波矣。嗟乎！志士之就功名，固愿马革裹尸，英主之凭喜怒，独不念及生平，且固必不移，西域贾胡一语，云阳令六百余言，不足以解之，诚足悼痛！此周党所以短布单衣，子陵张目熟视，其旷怀远览，岂虚博清高之誉哉！语虽如此，然光武待功臣，较之高帝，不啻天渊。其推诚眷爱，有如父子家人，厌塞众心。又每能回容，宥其小失，而有功辄增邑赏，不任以吏职。故皆保其福禄，终无诛谴者。尝与诸功臣宴语，从容言曰：“诸卿不遭际会，自度爵禄何所至乎？”高密侯禹先对曰：“臣少尝学问，可郡文学博士。”帝曰：“何言之谦乎，卿邓氏子志行修整，何为不掾功曹？”余各以次对，至马武曰：“臣以武勇，可守尉，旨盗贼。”帝笑曰：“且勿为盗贼，自致亭长斯可矣。”君臣相得甚欢如此。

上幸章陵故里，置酒作乐。时宗室诸母因酣悦，相与语曰：“文叔少时谨信，与不人款曲，唯直柔耳。今乃能如此。”上大笑曰：“吾治天下，亦欲以柔道行之。”乃悉为春陵宗室起祠堂。时有五凤凰见于颍川之郏县。《东观汉记》曰：“凤高八尺，毛五彩，群鸟并从，行列盖地数倾，停一十七日”云。十九年，南巡狩，进幸南顿县。舍置酒会，赐吏人，诏复田租一岁。父老前叩头言：“皇考居此日久，愿加厚恩，赐复十年。”帝曰：“天下重器，常恐不任，日复一日，安敢远期十岁乎？”吏人又言：“陛下实惜之，何言谦也？”帝大笑，复增一岁。二十六年，作寿陵。诏所制地不过二三顷，无为山陵，陂他裁令流水而已。使迭兴之后，与丘陇同体。

上东巡，群臣请封禅，诏曰：“即位三十年，百姓怨气满腹，吾谁欺，欺天乎？何事污七十二代之编录。”于是群臣不敢复言。后读《河图会昌符》云：“赤刘之九，会命岱宗。”遂禅泰山，宣布图谶于天下。上以《赤伏符》即位，信用谶文，多以决定嫌疑。桓谭上疏，极言谶之非经，上大怒曰：“桓谭非圣无法，将下斩之。”谭叩头流血，良久乃得解。先是上与郑兴议郊祀事，上欲断以谶，兴对曰：“臣不为谶也。”上怒曰：“卿不为谶，非之耶？”兴曰：“臣于书有所未学，而无所非也。”上意乃解。

时禁纲尚疏，诸王皆在京师，竞修名誉，争礼四方宾客。寿光侯刘鲤，更始幼子也，得幸于沛王辅。鲤怨刘盆子害其父，因辅结客，报杀盆子之兄故式侯恭。诏收案法抵死。辅坐系诏狱，三日，乃得出。时沛太后郭氏已薨，于是诏郡县捕王侯宾客，更相牵引，坐死者数千人。有吕种者，前为马援行军司马，临诛叹曰："马将军诚神人也。"先是援尝谓种曰："自今以往，海内当安耳，但忧国家诸子并壮，而旧防未立。若多通宾客，则大狱起矣。卿曹戒慎之。"至是果应其言云。始诏东海王彊，沛王辅、楚王英，济南王康、淮阳王延，皆就国。

上乃大会百官，诏求太子傅。郡臣承望上意，皆言太子舅阴识可任。博士张佚正色曰："今陛下立太子，为阴氏乎？为天下乎？为天下，宜用天下之贤才。"帝称善，曰："欲置傅者，以傅太子也。今博士不难正朕，况太子乎？"即拜佚为太子太傅，以博士桓荣为少傅。荣字春卿，沛郡龙亢人也。少学长安，事九江朱普。贫窭无资，常客庸以自给十五年，精力不倦。至王莽篡位，乃归。会朱普卒，荣奔丧九江，负土成坟。莽败，天下乱，荣抱其经书与弟子逃匿山谷，虽常饥困，而讲论不辍。后复客授江、淮间。建武十九年，始辟大司徒府。显宗始立为皇太子，选求明经，擢荣弟子豫章何汤为虎贲中郎将，以《尚书》授太子。光武问汤本师为谁，汤对曰："事沛国桓荣。"帝即召荣，令说《尚书》。帝称善，曰："得生几晚。"因拜为博士。车驾尝幸太学，会诸博士论难于前，荣辩明经义，每以礼让相，不以辞长胜人，儒者莫之及。至是为少傅，赐以辎车、乘马。荣大会诸生，陈其车马印绶，曰："今日所蒙，稽古之力也，可不勉哉！"三十年，拜为太常。初荣未达，与族人桓元卿同饥厄，而荣讲诵不息。元卿嗤曰："但自苦气力，何时复施用乎？"荣笑不应。及为太常，元卿来候，因叹曰："吾农家子，岂意学之为利乃若是哉！"后显宗即位，尊以师礼，封关内侯。年八十余卒，帝亲自变服临丧送葬。子郁袭爵，官至太常，教授肃宗、和帝。其门人杨震、朱宠皆位至三公焉。郁子普传爵至曾孙。郁中子焉，能世其家学。孙鸾。曾孙典、彬、严。彬少与蔡邕齐名。桓氏之学，代作帝师，与西汉伏生世为名儒，同其显盛。敦崇圣学，足可宗也。

帝既厌兵事，偃武修文，武臣亦多敦儒学。胶东侯贾复，少习《尚书》，后复治《易经》，关门养威重。高密侯邓禹，欲远名势，不修产利，有子十三人，各使守一艺。禹内文明，笃行淳备，事母至孝，其修整闺门，教养子孙，皆可为系世法。帝并重之。

是时四裔宾服，西域则役属匈奴，而匈奴敛税重刻，诸国皆不堪命。二十一年，车师、前王、鄯善、焉耆等十八国，俱道遣子入侍，献其珍宝。及得见，皆流涕稽首，愿得都护。上以天下初定，未遑外事，皆还其侍子，厚遣之。后莎车王贤，自负兵强，欲并兼西域，诸国忧恐，复上书，愿复遣子入侍，更请都护。天子不许，报曰："今使者大兵未能得出，如诸国力不从心，东西南北自在也。"于是车师、鄯善、复附匈奴，而莎车王贤益横。会匈奴饥役，自相纷争，帝以问朗陵侯臧宫，宫曰："匈奴贪利无信，穷则稽首，安则侵盗。个人畜疫死，旱蝗赤地，万里死命悬在陛下。愿得五千骑以立功。"帝笑曰："常胜之家，难以虑敌。吾方自思之。"宫后复与扬虚侯马武上书，请喻告高句骊、乌桓、鲜卑攻其左，发河西四郡、天水、陇西击其右，以为万世刻石之功。诏报曰："《黄石公记》曰：'务广地者荒，务广德者强，有其有者安，贪人有者残。残灭之政，虽成必败。'今国无善政，灾变不息，百姓惊惶，人不自保，而复欲远边外乎？孔子曰：'吾恐季孙之忧不在颛臾'。且北狄尚强，而屯田警备，传闻之事，恒多失实。诚能举天下之半，以灭大寇，岂非至愿？苟非其时，不如息人。"自是诸将莫敢复言兵事。三十一年，北匈奴遣使奉献。

明年，改元中元元年，大赦天下。是岁初起明堂、灵台、辟雍及北郊兆域。使司空告祠高庙曰：

高皇帝与群臣约，非刘氏不王。吕太后贼害三赵，专王吕氏。赖社稷之灵，禄、产伏诛。天命几堕，危朝更安。吕太后不宜配食高庙，同祧至尊。薄太后母德慈仁，孝文皇帝贤明临国，子孙赖福，延祚至今。其上薄太后尊号曰高皇后，配食地祇。迁吕太后庙主于园，四时上祭。

是夏，京师醴泉涌出，饮之者痼疾皆愈，唯眇蹇者不瘳。又有赤草生于水崖，郡国频上甘露。群臣奏言："嘉瑞显庆，宜令太史撰集，以传来世。"帝自谦无德，不纳。

二年，岁在丁巳二月戊戌，帝崩于南宫前殿，年六十二。遗诏曰：

朕无益百姓，皆如孝文皇帝制度，务从约省。刺史，二千石长吏，皆无离城郭，无遣吏及因邮奏。

帝精勤政事，每旦视朝，日昃乃罢。数引公卿郎将，备论经理，夜分乃寐。皇太子见帝勤劳不怠，每次问谏曰："陛下有禹汤之明，而失黄老养性之福。愿颐养精神，优游息宁。"帝曰："吾自乐此不为疲也。"虽身济大业，兢兢如不及，故能明慎政体，总揽权纲，量时度力，举无过事。退功臣而进文吏，戢弓矢而散马牛，虽道未方古，斯亦止戈之武焉。明帝即位，上尊庙曰世祖。案谥法，能绍前业曰光，克定祸乱曰武，此功此德，故谥称光武云。明章以后，迄于灵献，叙其大纲，次之末卷。

第二十九回　二十八宿画云台

显宗孝明皇帝讳庄，光武第四子也。中元二年二月，即皇帝位，年三十。尊母阴后曰皇太后。三月，葬光武皇帝于原陵。四月，赐天下男子爵，人二级；三老、孝悌、力田，人三级；爵过公乘，得移与子若同产、同产子；及流人无名数欲自占者，人一级；鳏、寡、孤、独笃癃粟，人十斛。赦罪免刑。以高密侯禹为太傅，东平王苍为骠骑将军。又诏："今选举不实，邪佞未去，权门请托，残吏放手，百姓愁怨，情无告诉。有司明奏罪名，并正举者。"

是年九月，西羌寇陇右，遣谒青张鸿讨之，战于允吾，鸿军大败，战殁。冬十一月，拜马武捕虏将军，王丰付之，与监军使者窦固，将四万人击之。明年为水平元年，秋七月，马武大破之。羌引众出塞，武追击至东西邯，斩首四千六百级，获生口千六百人，余皆降散。振旅还京。

二年正月辛未，宗祀光武于明堂。帝及公卿列侯始服冠冕、衣裳、玉佩、绚履以行事。礼毕，登灵台，望元气，吹时律，观物变。冬十月，幸辟雍，行养老礼，以李躬为三老，桓荣为五更。引桓荣及子弟升堂，上自为辩说，诸儒执经问难于前。冠带缙绅之人环桥门而观听者，盖亿万计。

三年，立贵人马氏为皇后，子糊为皇太子。后，前伏波将军马援女也。初入太子官时，年十三，奉承阴后，傍接同列，礼则修备，上下安之，遂见宠异。显宗即位，以后为贵人。时后前母姊女贾氏亦以选入，生肃宗。帝以后无子，令养之，谓曰："人未必当自生子，但患爱养不至耳。"后于是尽心抚育，劳悴过于所生。至是，有司奏立长秋宫，帝未有所言，皇太后曰："马贵人德冠后宫，即其人也。"遂立为皇后。后身长七尺二寸，方口美发，能诵《易》，好读《春秋》《楚辞》，尤善《周官》、董仲舒书。既正位宫闱，愈自谦肃，常衣大练，裙不加缘。朔望诸姬主朝请望见后袍衣疏粗，反以为绮縠，就视乃笑。后辞曰："此缯特宜染色，故用之耳。"六宫莫不叹息。

是岁夏旱，而大起北宫，及诸官府。尚书仆射钟离意免冠上疏曰：

> 伏见陛下以天时小旱，忧念元元，降避正殿，躬自克责，而比日密云，遂无大润，岂政有未得应天心者耶？昔成汤遭旱，以六事自责曰："政不节耶？使人疾耶？宫室荣耶？女谒盛耶？苞苴行耶？谗夫昌耶？"窃见北宫大作，人失农时，此所谓宫室荣也。自古非苦宫室小狭，但患人不安宁，宜且罢止，以应天心。臣意以匹夫之才，无有行能，久食重禄，擢备近臣，比受厚赐，喜惧相并，不胜愚戆征营，罪当万死。

帝报曰："汤引六事，咎在一人。其冠履勿谢。敕大匠止作，诸宫减省不急。"

因谢公卿百僚，诏下，遂应时澍雨焉。

时窦融年老，子孙纵诞，多不法，诏切责之。融惶恐乞骸骨，诏令归第养病，以赵熹代为卫尉。熹字伯阳，宛人也，少有节操。初更始攻舞阴不下，云闻宛有赵氏孤孙熹，信义著名，愿得降之。更始乃徵熹。熹年未二十，既见，更始笑曰："茧栗犊岂能负重致远乎？"即除为郎中，行偏将军事，使诣舞阴城，遂降。因进人颍川，击诸不下者。又助光武战昆阳，熹被创，有战功，封勇功侯。更始败，熹亡归，遇更始亲属，裸跣涂炭，饥困不能前，熹将所装缣帛资粮，悉以与之，将护归乡里。时邓奉反南阳，熹素与奉善，数遗书切责之，而谗者因言熹与奉合谋。及奉败，帝得熹书，乃惊曰："赵熹真长者也。"即徵熹，引见，赐鞍马，待诏公车。后拜怀令，迁平原太守，擢举义行，诛锄奸恶。后青州大蝗，侵入平原界辄死，百姓歌之。二十六年，徵入为太仆。二十七年，拜太尉，赐爵关内侯。及帝崩，受遗诏典丧礼。时藩王皆在京师，自王莽篡乱，旧典不存，皇太子与东海王等杂止同席，宪章无序。熹乃正色，横剑殿阶，扶下诸王，以明尊卑。时藩国官属，出入宫省，与百僚无别，熹表奏谒者将护，分止他县，诸王并令就邸，惟朝晡入临。整礼仪，严门卫，内外肃然。永平元年，封节卿侯。三年，以事免。其冬，为卫尉。

以郭丹为司徒，虞延为太尉。郭丹与侯霸、杜林、张湛、郭伋齐名相善，杜诗亦叹服，至是为司徒，年已八十六矣。明年以事免，而河南尹范迁代之。迁初为渔阳太守，以智略安边，匈奴不敢入界。迁有清行，其妻尝谓曰："君有四子而无栖身之地，可余俸禄，为后世业乎？"迁曰："吾备位大臣，而蓄财求利，何以示后世耶？"在位四年毙，家无担石，与郭丹同。虞延字子大，长八尺六寸，腰带十围，力能负千斤，手能擒虎，建武中，除细阳令，百姓感悦之。后迁洛阳令，尝忤信阳侯阴就，于是外戚敛手。

以太仆伏恭为司空。前是梁松尚光武女舞阴长公主，宠幸莫比。光武崩，受遗诏辅政。永平元年，迁太仆。而松数为私书请托郡县，二年，发觉免官，以伏恭代之。松益怀怨望，乃悬飞书诽谤，下狱死。弟竦、恭俱坐徙九真，后诏还本郡。竦闭门自养，以经籍自娱，著书数篇，名曰《七序》，班固见而称之。竦好施，不事产业。自负其才，郁郁不得意。尝登高远望，叹息言曰："大丈夫居世，生当封侯，死当庙食，如其不然，闲居可以养志，《诗》《书》足以自娱。州郡之职，徒劳人耳。"后辟命交至，并无所就。有三男三女，肃宗纳其二女，皆为贵人。小贵人生和帝，窦皇后养为己子，而竦家私相庆。后诸窦闻之，恐梁氏得志，终为己害，遂谮杀二贵人，而陷竦等以恶逆。竦死狱中，家属复徙九真。这俱是后话不表。

且说光武旧将存者，贾复于中元元年薨，刘隆、马成中元二年薨，永平元年臧官、耿弇、邓禹薨，永平二年王霸薨，只有马武一人，至永平四年亦薨。显宗甚为悲悼。按中兴二十八将，当世以为上应二十八宿。大抵真主定世，一时承命，感会风云，奋其智勇，理应然也。而后世俗说，乃有二十八宿闹昆阳之语，战昆阳时，只有臧宫、王霸、傅俊、任光、马成、朱祐、王常、马武，其余将帅皆在后。于颍阳得祭遵、铫期，于父城得冯异，及讨河北而后，诸将始出。旧演义竟架空杂奏，甚至以光武骑神牛，严子陵作军师，荒唐不已，且不贯串，读传奇，虽以消暇，而亦足以资感发。故唯按史书实事，纪事编年，错综出入，则披览之余，启人神志，不无裨益。且座间席次，偶为谈助，亦不致遗讥市俗，见笑通人也。

却说明帝追感前世功臣不已，乃图画二十八将于南宫云台，所谓二十八宿是也。其外又画王常、李通、窦融、卓茂，合三十二人。今依其本第，列之于左，以志名臣列将之次云：

太傅高密侯邓禹中山太守全椒侯马成
大司马广平侯吴汉河南尹阜成侯王梁
左将军胶东侯贾复琅邪太守祝阿侯陈俊
建威大将军好畤侯耿弇骠骑大将军参蘧侯杜茂
执金吾雍奴侯寇恂；积弩将军昆阳侯傅俊
征南大将军舞阳侯岑彭左曹合肥候侯镡
征西大将军阳夏侯冯异上谷太守淮阳侯王霸
建义大将军鬲侯朱祐信都太守阿陵侯任光
征虏将军颍阳候祭遵豫章太守中水侯李忠
骠骑大将军栎阳侯景丹右将军槐里候万修
虎牙大将军安平侯盖延太常灵寿侯邳彤
卫尉安成侯铫期骁骑将军昌成侯刘植
东郡太守东光侯耿纯横野大将军山桑侯王常
城门校尉朗陵侯臧宫大司空固始侯李通
捕虏将军扬虚侯马武大司空安丰侯窦融
骠骑将军慎侯刘隆太傅宣德侯卓茂

时东平王苍观图，言于帝曰："何故不画伏波将军像？"帝笑而不言。苍少好经书，雅有志思，在朝至诚敢言，多所隆益，显宗甚爱重之。而苍自以至亲辅政，声望日重，意不自安，上疏归职，其疏曰：

臣苍疲驽，特为陛下慈恩覆护，在家被教导之仁，升朝蒙爵命之首，制书褒美，班之四海，举负薪之才，升君子之器。凡匹夫一介，尚不忘箪食之惠，况臣居宰相之位，同气之亲哉！宜当暴骸青野，为百僚先，而愚顽之质，加以固病，诚差负乘，辱汙辅将之位，将被诗人三百赤绂之刺。今方域晏然，要荒无儆，将遵上德无为之时也，文官犹可并省，武职尤不宜建。昔象封有鼻，不任以政。诚由爱深，不忍扬其过恶。前事之不忘，来事之师也。自汉兴以来，宗室子弟，无得在公卿位者，唯陛下审览虞帝优养母弟，遵承旧典，终卒厚恩。乞上骠骑将军印绶，退就蕃国，愿蒙哀怜。

帝阅疏叹息，优诏不听。其后数陈乞，辞甚恳切。五年，乃许还国，而不听上将军印绶，厚加赏赐。六年冬，帝幸鲁，徵苍从还京师。明年皇太后崩，既葬，乃归国。帝临送归宫，凄然还思，乃遣使手诏国中傅曰：

> 辞别之后，独坐不乐，因就车归，伏轼而吟。瞻望永怀，实劳吾心，诵及《采菽》，以增叹息。日者问东平王，处家何者是乐？王言为善最乐，其言甚大，副是腰腹矣。今送列侯印十九枚，诸王子年五岁已上能趋拜者，皆令带之。

苍为人美须髯，腰带十围，故云。

苍于十王中最贤，而显宗友爱亦笃。沛王辅，亦好经书，善《京氏易》《孝经》《论语》，在国谨节，终始如一，称为贤王。东海王彊，恭谦好礼，永平元年薨，礼遇尤为殊异。楚王英，许美人所生也。自显宗为太子时，英常独归附太子。太子特亲爱之。及即位，数受赏赐。元年，特封英舅子许昌为龙舒侯。英少好游侠，交通宾客，晚节更学为浮屠斋戒。浮屠者，佛也，西域天竺国其人修浮屠道，不杀伐，遂以成俗。《后汉书》载云："世传明帝梦见金人，长大，项有光明，以问群臣。或曰：'西方有神，名曰佛，其形长丈六尺，黄金色，梦或是此。'帝于是遣使天竺问佛道法，遂于中国图画形象焉。楚王英始信其术，中国因此颇有奉其道者"云。其教大抵慈悲不杀为主，而专务清静。又以为人死精神不灭，随复受形，生时善恶，皆有报应，故所贵修炼精神，以至无生而得为佛。精于其道者，号曰沙门，善为宏阔胜大之言，以劝诱愚俗。

按史书，明帝并无遣使西域之事，大抵亦后世好奇喜异者托说耳。《西域传》永平十六年，明帝乃命将帅，北征匈奴，取尹吾卢地，置宜禾都尉以屯田，遂通西域。于阗诸国，皆遣子入侍。西域自王莽时与中国绝，至是凡六十五载，乃复通焉。而楚王英好佛，则永平八年，已有入缣赎罪之文，十四年已谋逆自杀矣，其为后人托说无疑，故《后汉书》金人入梦，天竺问佛之说，著以"世传"二字，亦明文，故以世传之说入书。而于十六年通西域，复特书西域自与中国绝者六十五载，以明后世传说为乌有子虚。世多通儒，当有辩证，姑不具论。

且说永平八年，诏令天下死罪，皆入缣赎，英奉黄缣白纨诣国相曰："托在藩辅，过恶累积，欢喜大恩，奉送缣帛，以赎衍罪。"国相大为诧异，只得奏闻。诏报曰："楚王诵黄老之微言，尚浮屠之仁慈，洁斋与神为誓，何嫌何疑，当有悔吝，其还赎，以助伊蒲塞桑门之盛馔。"英后遂大交通方士，作金龟玉鹤，刻文字以为符瑞。十三年十月，有男子燕广，告英与渔阳王平、颜忠等造作图书，有逆谋。事下案验，有司奏英招聚奸猾，造作图谶，擅相官秩，置诸侯、王公、将军、二千石，大逆不道，请诛之。帝以亲亲不忍，乃废英，徙于丹阳泾县，赐汤沐邑五百户，男女为侯主者，食邑如故，许太后勿上玺绶，留住楚官。明年，英至丹阳，自杀。诏以诸侯礼葬于泾，而封燕广为折奸侯。于是穷治楚狱，遂至累年。其词语相连，自京师亲戚、诸侯、州郡豪杰及考案吏，阿附相陷，坐死徒者以千数，而系狱者，尚数千人。

初，樊鯈弟鲔，为其子赏求楚王英女，鯈闻而止之曰："建武中吾家并受荣进，一宗五侯。时特进一言，女可配王，男可尚主，但以贵宠过盛，即为祸患，故不为也。且尔一子,奈何弃之于楚乎。"鲔不从,及楚事觉,鯈已卒。上追念鯈谨恪,故其诸子皆得不坐。

英尝阴疏天下名士,上得其录,有吴郡太守尹兴名,乃征兴及掾史五百余人诣廷尉就考。诸吏不胜掠治,死者大半,唯门下掾陆续,主簿梁宏,功曹史驷勋,备受五毒,肌肉消烂,终无异辞。续母自吴来洛阳。觇侯消息。狱特严急,无缘相闻,母但馈食付门卒以进之。续在狱虽刑考,辞色未尝变,忽对食悲泣,不能自胜,治狱使者怪而问之,续曰:"母远来,不得相见,故悲痛耳。"问:"何从得知母来?"续曰:"因馈食,识母所自调和。吾母截肉,未尝不方,断葱以寸为度,故知母来耳。"使者嘉之,以状闻帝,即赦兴等还乡里,禁锢终身。续,会稽人,太守尹兴尝因岁饥,使续于都亭赈民饘粥。续悉简阅其民,讯以名氏。事毕,兴问所食几何,续因口说六百余人,皆分别姓氏,无有差谬。以老病卒。

再说颜忠、王平辞引隧乡侯耿建、朗陵侯臧信、护泽侯邓鲤、曲成侯刘建。建等辞未尝与忠、平相见。是时显宗怒甚,吏皆惶恐,诸所连及,率一切陷入,无敢以情恕者。侍御史寒朗心伤其冤,试以建等形状独问忠、平,而二人错愕不能对。朗知其诈,乃上言:"建等无奸,专为忠等所诬,疑天下无辜,类多如此。"帝曰:"即如是,忠、平何故引之?"对曰:"忠、平自知所犯不道,故多有虚引,翼以自明。"帝曰:"即如是,何不早奏?"对曰:"臣恐海内别有发其奸者。"帝怒曰:"吏持两端,促提下,捶之。"左右方引来,朗曰:"愿一言而死,小臣不敢欺,欲助国耳。"帝闻曰:"谁与共为章?"对曰:"臣独作之。"帝曰:"何不与三府议?"对曰:"臣自知当必族灭,不敢多污染人。"帝曰:"何故族灭?"对曰:"臣考事一年,不能穷尽奸状,反为罪人讼冤,故知当族灭。然臣所以言者,诚冀陛下一觉悟而已。臣见考囚在事者,咸共言妖恶大故,臣子所宜同疾,今出之不如入之,可无后责。是以考一连十,考十连百。又公卿朝会,陛下问以得失,皆长跪言,旧制大罪祸及九族,陛下大恩,裁止于身,天下幸甚。及其归舍,口虽不言,而仰屋窃叹,莫不知其多冤,无敢牾陛下言者。臣今所陈,诚死无悔。"帝下诏遣朗出。后二日,车驾自幸洛阳狱,录囚徒,理出千余人。时天旱,即大雨。马后亦以楚狱多滥,乘间为帝言之。帝恻然感悟,夜下暗思,由是多所降宥。

任城令汝南袁安,迁楚郡太守,到任不入府,先往案楚王英狱事,理其无明验者,条上出之。府丞掾史,皆叩头争,以为阿附与反虏,法与同罪,不可。安曰:"如有不合,太守自当坐之,不以相及也。"遂分别具奏,帝感悟,即报许。得出者四百余家,亦见楚狱惨矣。

千乘太守薛汉,世习《韩诗》,政有异迹,而善说灾异谶纬。建武初,为博士,受诏校定图谶,弟子常数百人,亦坐楚事诛死。故人门生莫敢视。独府掾廉范,往收敛之。吏以闻,帝大怒,召范入,诘责曰:"薛汉与楚王同谋,交乱天下。范公府掾,不与朝廷同心,而反收敛罪人,何也?"范叩头曰:"臣无状愚憨,以为汉等皆已伏诛,不胜师资之情,罪当万坐。"帝怒稍解,问范曰:"卿廉颇后耶?与右将军褒、大司马丹有亲属乎?"范对曰:"褒,臣之曾祖,丹,臣之祖也。"帝曰:"怪卿志胆敢尔。"因赦之。范由是显名,举茂才。数月,再迁为云中太守。

显宗性偏急,而闻义亦能徙,殆所谓情理之枢,有开塞之感耶。又好以耳目隐发为明，故公卿大臣数被诋毁。近臣尚书以下，至见提曳。常以事怒郎药崧，以杖撞之。崧走入床下，帝怒甚，疾言曰："郎出！郎出！"崧曰："天子穆穆，诸侯煌煌，未闻人君自起撞郎。"帝赦之，朝廷莫不悚栗，争为严切，以避诛责。尚书钟离意独敢谏争，数封还诏书，臣下过失，辄救解之。会连有变异，复上疏曰：

伏唯陛下躬行孝道，修明经术，郊祀天地，畏敬鬼神，忧恤黎元，劳心不怠，而天气未和，日月不明，水泉涌溢，寒暑违节者，咎在群臣不能宣化理职，而苛刻为俗，吏杀良人，继踵不绝。百官无相亲之心，吏人无雍雍之志。至于骨肉相残，毒害弥深，感逆和气，以为天灾。百姓可以德胜，难以力服，先王要道，民用和睦，故能致天下和平，灾害不生，祸乱不作。《鹿鸣》之诗，必言宴乐者，以人神之心洽，然后天气和也。愿陛下垂圣德，揆万机，诏有司，慎人命，缓刑罚，顺时气，以调阴阳，垂之无极。

帝知其诚，然不能用。以此不得久留，出为鲁相。意视事五年，爱利百姓，人多殷富，以病卒官，遗言上书，陈升平之世，难以急化，宜少宽假。帝感伤其意，下诏嗟叹，赐钱二十万。

按意《别传》载：意为鲁相，到官，出私钱万三千文，付户曹孔䜣，修夫子车，身入庙，拭几席剑履。男子张伯除堂下草，土中得玉璧七枚。伯怀其一，以六枚白意。意令主簿安置几前。孔子教授堂下床首有悬瓮，意召孔䜣问："此何瓮也？"对曰："夫子瓮也，背有丹书，人莫敢发。"意曰："夫子为人所以遗瓮，欲悬示后贤。"因发之，中得素书，文曰："后世修吾书，董仲舒；护吾车，拭吾履，发吾瓮，会稽钟离意。璧有七，张伯藏其一。"意召问伯，果服焉。又建武初董宪裨将屯兵于鲁，侵害百姓。太守鲍永击讨，大破之。唯别帅彭丰、虞休、皮常等各千余人，称将军，不肯下。顷之，孔子阙里，无故荆棘自除，从讲堂至于里门。永异之。谓府丞及鲁令曰："方今危急，而阙里自开，斯岂夫子欲令太守行礼，助吾诛无道耶？"乃会人众，修乡射之礼，请彭丰等其会观，欲因此擒之。丰等亦欲图永，乃持牛酒劳飨，而潜挟兵器。永觉之，手格杀丰等，其党羽悉破平之。《记》曰："至诚之道，可以前知。"又曰："至诚如神。"固如是哉。乃好异者，至舍圣人之道而他求。若楚王英者，固以尧舜周孔之道为不足法也。性情如此，其不善终也亦宜。

广陵王荆，性刻急阴险，有才能而喜文法。光武崩，荆哭不哀，而作飞书，令苍头诈称东海王彊舅郭况与彊书，以彊无罪被废，劝彊乘丧起兵，夺天下。彊得书惶怖，即执其使，封书上之。显宗以荆母弟，秘其事，遣荆出止河南宫，时西羌反，荆不得志，冀天下因羌惊动有变，私迎能为星者与谋议。帝闻之，徙封荆广陵王，遣之国。后荆复呼相工谓曰："吾貌类先帝，先帝三十得天下，吾今亦三十，可起兵未？"相者诣吏告之。荆惶恐，自系狱。帝复加恩，不考极其事，使中尉谨宿卫之。荆犹不改，九年使巫祭祀咒诅，有司举奏，请诛之。荆自杀，帝怜伤之，赐谥曰思王。十四年，封荆子元寿为广陵侯，服王玺绶，食故国六县。荆之罪，浮子英，帝何独恨英之深也。显宗深明经术者，殆于还赎一诏有隐晦与?

十五年夏四月,封皇子恭为钜鹿王,党为乐成王,衍为下邳王,畅为汝南王,昺为常山王,长为济阴王,赐天下男子爵人三级,大赦天下。诸不应宥者,皆赦除之。天下大酺五日。酺,布也。汉律三人以上,无故群饮者,罚金四两,今布恩于天下,得聚会饮食五日也。

时天下又安乌桓、鲜卑、南匈奴,皆附汉内属。独北匈奴虽遣使入贡,而寇钞不息,边城昼闭。耿秉数上言请击之。秉字伯初,况孙,大司马国之子。有伟体,腰带八围,博通书记,能说《司马兵法》,尤好将帅之略。常以中国虚费,边陲不宁,其患专在匈奴,以战去战,盛王之道,显宗欲遵武帝故事,阴然其言。显亲侯窦固,窦融弟友之子也。永平初,坐从兄穆有罪,废于家十余年。帝以固旧随融在河西,明习边事,十五年冬,拜耿秉为驸马都尉,窦固为奉车都尉,乃使秉、固与太仆祭肜,虎贲中山郎将马廖,下博侯刘张,好畤侯耿忠等共议之,如何建议,下回分解。

第三十回　三十六人平西域

匈奴之分南北，自建武二十四年十二月始。初，呼韩邪单于死，诸子以次立，至单于舆，骄踞自比冒顿，数寇边。光武方平诸夏，未遑外事。九年，遣吴汉击之，经岁无功，而匈奴转盛，钞暴日增，北边无复宁岁。单于弟右谷蠡王伊屠知牙师，以次当为左贤王。左贤王即是单于储副，当为单于者也。单于舆欲传其子，遂杀知牙师。知牙师者，王昭君之子也。乌珠留单于之子比怒曰："以兄弟言之，右谷蠡王次当立，以子言之，吾前单于长子，吾当立。何得诛弟自立其子？"遂内怀猜惧，庭会稀阔。单于疑之。先舆以比为右薁鞬日逐王，部领南边及乌桓，至是乃遣两骨都侯，监领比所部兵。比不得立，益愤恨，密遣人奉汉以匈奴地图。二十三年，诣西河太守，求内属。两骨都侯觉之，因白单于。比惧，遂敛所主南边八郡，众四五万人，待两骨都侯还，欲杀之。骨都侯且到，知其谋，皆轻骑亡去，以告单于。单于发万骑击之，见比众盛，不敢进而还。二十四年春，八部大人共议，立比为呼韩邪单于，以其大父尝依汉得安，故欲袭其号。乃款五原塞，愿永为藩蔽，扞御北虏。帝用中郎将耿国议，乃许之。其冬，比自立为呼韩邪单于。

二十五年春，南单于遣其弟左贤王莫，将万余人击北单于弟薁鞬，左贤王，生获之，北单于震怖，却地千余里。南单于复遣使诣阙贡献，求使者监护，遣侍子修旧约。诏南单于入居边内地，遣中郎将段彬，副校尉王郁，将兵西河，护卫之。单于亦列置诸部王，助汉扞戎，为郡县侦逻耳目。北单于惶恐，颇还所掠汉民。

二十七年，北匈奴遣使诣武威，求和亲。帝诏公卿廷议，不决。时显宗为太子，言曰："南单于新附，北虏惧于见伐，故倾耳而听，争欲归义耳。今未能出兵。而反交通北虏，臣恐南单于将有二心，北虏降者，且不复来矣。"帝然之，告武威太守，勿受其使。明年，复遣使诣阙贡马及裘，更乞和亲，并请音乐。又求率西域诸国胡客，与俱献见。帝下三府议酬答之宜。司徒掾班彪奏曰："北匈奴见南单于来附，惧谋其国耳。今既未获助南，亦不宜绝北。"因拟答辞并上曰：

> 单于不忘汉恩，追念先祖旧约，欲修和亲，以辅身安国，计议甚高，为单于嘉之。往者匈奴数有乖乱，呼韩、郅支自相仇隙，并蒙孝宣皇帝垂恩救护，故各遣侍子，称藩保塞。其后郅支忿戾，自绝皇泽，而呼韩亲附，忠孝弥著，及汉灭郅支，遂保国传嗣，子孙相继。今南单于携众向南，款塞归命，自以呼韩嫡长，次第当立，而侵夺失职，猜疑相背，数请兵将，归埽北庭。策谋纷纭，无所不至。惟念斯言不可独听，又以北单于比年贡献，欲修和亲，故拒而未许，将以成单子忠孝之义。汉秉威信，总率万国，日月所照，皆为臣妾，殊俗百蛮，义无亲疏，服顺者褒赏，逆者诛罚，善恶之效，呼韩、郅支是也。今单

> 于欲修和亲，款诚已达，何嫌而欲率西域诸国，俱来献见。西域国属匈奴与属汉何异？单于数连兵乱，国内虚耗，贡物裁以通礼，何必献马裘。今赍杂缯五百疋，弓鞬韥丸一，矢四发，遣遗单于。又赐献马左骨都侯、右谷蠡王，杂缯各四百匹，斩马剑各一。单于前言，先帝时所赐呼韩邪竽瑟空侯皆败，愿复裁赐。念单于国尚未安，方厉武节，以战攻为务，竽瑟之用，不如良弓利剑，故未以赍。朕不爱小物，于单于便宜所欲，遣驿以闻。

自后边界相安。

至明帝永平五年，北匈奴寇五原及云中，南单于击走之。自此数寇钞边郡，焚烧城邑，杀掠甚众，河西城门昼闭。显宗患之，十五年冬，乃使诸将共议北征之策。耿秉以为当先击白山，得伊吾，破车师，通使乌孙诸国，以断其右臂。伊吾亦有匈奴南呼衍一部，为此复为折其左角，然后匈奴可击也。上善其言。议者或以为今兵出白山，匈奴必并兵相助，又当分其东以离其众。上从之。遂以耿秉为驸马都尉，以骑都尉秦彭副之，以窦固为奉车都尉，耿忠副之，皆置从事司马，出屯凉州。十六年二月，乃大发缘边兵，遣诸将四道出塞。祭肜与度辽将军吴棠将河东、西河、羌胡及南单于兵万一千骑，出高阙塞。窦固、耿忠率酒泉、敦煌、张掖甲卒及卢水羌胡万二千骑，出酒泉塞。耿秉秦彭率武威、陇西、天水募士及羌胡万骑出张掖、居延塞。骑都尉来苗、护乌桓校尉文穆将太原、雁门、代郡、上谷、渔阳、右北平、定襄郡兵及乌桓、鲜卑万一千骑，出平城塞。

且说窦固、耿忠军至天山，击呼衍王，斩首千余级，呼衍王走，假司马卒起，复邀到，勇不可当，虏遂大败。追至蒲类海，取伊吾卢地，遂置宜禾都尉，留吏士屯田伊吾卢城，而使班超与从事郭恂使西域。耿秉、秦彭击匈林王，绝幕六百余里。来苗、文穆至匈河水上，虏皆奔走，不战而还。祭肜、吴棠与南单于左贤王信出高阙，期至涿邪山。左贤王信有嫌于肜，出塞九百余里有小山，信乃妄言以为涿邪山。肜到，不见虏，遂还。时诸将惟窦固有功，加位特进。肜、棠坐逗遛畏懦，不至涿邪山，免为庶人下狱。

肜建武中为辽东太守，威声畅于北方，西自武威，东尽玄菟及乐浪，胡夷皆来内附，野无风尘，悉罢缘边屯兵。十二年，显宗徵为太仆。肜在辽东三十几年，衣无兼副，帝嘉其功，又美肜清约，拜日赐钱百万，马三匹，衣被刀剑，下至居室什物，大小无不悉备。帝每见肜，常叹息以为可属以重任，及坐法下狱，随赦之。而肜性沉毅内重，自恨见诈无功，出狱数日，呕血死。临终谓其子曰："吾蒙国厚恩，奉使不称，微绩不立，身死诚惭，义不可以无功受赏，死后，汝悉簿上所得赐物，身自诣兵屯，效死前行，以副吾心。"既卒，其子逢上疏，具陈遗言。帝雅信重肜，方更任用，闻之大惊，召逢问疾状，嗟叹者良久。后乌桓、鲜卑追思肜无已，每次朝贺京师，常过冢拜谒，仰天号泣乃去。辽东吏人为立祠，四时奉祭焉，肜葬后，子参遂诣窦固从军，击车师有功，稍迁辽东太守，此是后话。

且说班超字仲升，扶风平陵人，徐令彪之少子也。为人有志，不修细节。然内孝谨，居家常执勤苦，不耻劳辱。有口辩，而涉猎书传。兄固，字孟坚，九岁能文，及长，遂博贯载籍，九流百家之书，无不穷究。以父彪所续前史未详，乃潜精研思，欲就其业。

既而有人上书，告固私改作国史者，有诏下郡，收固系京兆狱，尽取其家书。超恐固为郡所覈考，不能自明，乃驰诣阙上书，得召见，超具言固所著述意，而郡亦上其书。显宗甚奇之，召固诣校书部，除兰台令史，使终成前书。固后积思二十余年，至建初中乃成。即今所谓《前汉书》也。初，固被召诣校书郎，超与母随至洛阳，家贫，常为官佣书以供养，久劳苦。尝投笔叹曰："大丈夫无他志略，犹当效傅介子、张骞立功异域，以取封侯，安能久事笔研间乎？"左右皆笑之，超曰："小子安知壮士志哉！"后有相者，谓当封侯万里之外，超问其状，相者指曰："生燕颔虎颈，飞而食肉，此万里侯相也。"久之，显宗问固："卿弟安在？"固对："为官写书，受值以养老母。"帝乃除超为兰台令史，后坐事免官。及窦固出击匈奴，以超为假司马，将兵别击伊吾，战于蒲类海，多斩首虏而还。固以为能，遂复遣同郭恂俱使西域云。

超到西域鄯善国，鄯善王广奉超礼敬甚备，后忽更疏懈。超谓其官属曰："宁觉广礼意薄乎？"官属曰："胡人不能常久耳。"超曰："此必有北虏使来，狐疑未知所从故也。明者睹未萌，况已著耶？"乃召侍胡，诈之曰："匈奴使来数日，今安在乎？"侍胡惶恐曰："到已三日，去此三十里。"超乃闭侍胡，悉会其吏士三十六人，与共饮，酒酣，因激怒之曰："卿曹与吾俱在绝域，今虏使到裁数日，而王广礼敬即废。如今鄯善收吾属送匈奴，骸骨长为豺狼食矣。为之奈何？"官属皆曰："今在危亡之地，死生从司马。"超曰："不入虎穴，不得虎子。当今之计，独有因夜以火攻虏，使彼不知吾多少，必大震怖，可殄尽也。灭此虏，则鄯善破胆，功成事立矣。"众曰："当与从事议之。"超怒曰："吉凶决于今日，从事文俗吏，闻此必恐而谋泄。死无所名，非壮士也。"众曰："善！"初夜，超遂将吏士往奔虏营。会天大风，令十人持鼓藏虏舍后，约曰见火然，皆当鸣鼓大呼。余人悉持兵弩夹门而伏。超乃顺风纵火，前后鼓噪。虏众惊乱，超手格杀三人，吏兵斩其使及从士三十余级，余众百许人悉烧死。明日乃还，告郭恂，恂大惊，既而色动。超知其意，举手曰："掾虽不行，班超何心独擅之乎？"恂乃悦，超于是召鄯善王广，以虏使首示之，一国震怖。超告以汉威德，自今以后，勿复与北虏通。广叩头，愿属汉无二心，遂纳子为质。还白窦固，固大喜，具上超功效，并求更选使使西域。帝曰："吏如班超，何故不遣，而更选乎？今以超为军司马，令遂前功，复使于寘。"固欲益其兵，超曰："愿将本所从三十六人足矣。于寘国大而远，今将数百人，无益于强，如有不虞，多益为累耳。"

是时于寘王广德，新攻破莎车国，遂雄张南道，而匈奴使监护其国。超既至，广德礼意甚疏，且其俗信巫，巫言："神怒何故欲向汉？汉使有马，急求取以祠吾。"广德乃遣国相私来比就超请马。超知其状，报许之，而令巫自来取马。有顷巫至，超即斩其首，收私来比，鞭笞数百，以巫首送广德，因责让之。广德先闻超在鄯善，诛灭虏使，大惶恐，即杀匈奴使者而降。超重赐其王以下，因镇抚焉。于是诸国遣子入侍。西域与汉绝六十五载，至是乃复通焉。

却说伊吾、车师为西域之门户，故汉常与匈奴争车师、伊吾以制西域。既属汉，匈奴益窘，遂大人寇云中，烽火不绝。云中太守廉范，立传吏士出拒。故事虏人过五千，当移文傍郡。吏乃请传檄求救，范不听，自率士卒拒之。虏众盛而范兵不敌，会日暮，范令军士各交缚两炬，三头爇火，手持一端。虏遥望营中火光星列，谓汉兵救至，大惊，待旦将退。范乃令军中蓐食，晨往赴之，斩首数百级。虏自相辚藉，死者千余人。北匈奴由此不敢复向云中。

十七年冬，乃遣窦固率耿秉、刘张出敦煌昆仑塞，以击西域，取车师。伊吾北通车师千二百里，自车师前王庭，傍南山北陂河西行，至莎车，为南道，随北山陂河行，至疏勒，为北道。南道西逾葱岭，则出大月氏、安息诸国，北道西逾葱岭，则出大宛、康居、奄蔡、焉耆诸国。班超知汉必出白山击车师，遂从间道北至疏勒。疏勒东北为龟兹，龟兹王建，为匈奴所立，倚恃匈奴，据有北道，攻杀疏勒王，自立其臣兜题为疏勒国王。超至疏勒，去兜题所居槃台城九十里，逆遣吏田虑先往降之。敕虑曰："兜题本非疏勒种，国人心不用命。若不即降，便可执之。"虑既到，兜题见虑轻弱，殊无降意。虑因其无备，遂前劫缚兜题。左右出其不意，皆惊惧奔走。虑驰报超，超即赴之，悉召疏勒将吏，说以龟兹无道之状，因立其故王兄子忠为王。国人大悦。忠及官属，皆请杀兜题，超欲示汉威信，不听，遂释而遣之。疏勒由是与龟兹结怨。

窦固等合兵万四千骑。十一月，击破白山虏于蒲类海上。遂进击车师。车师北与匈奴接，有前后部，车师前王即后王之子也，其廷相去五百余里。固以后王道远，山谷深，士卒寒苦，欲攻前王。耿秉以为先赴后王，则前王自服。固计未决，秉奋身而起曰："请行前。"乃上马引兵北入。众兵不得已，遂并进，纵兵抄掠，斩首数千级。后王安得震怖，从数百骑出迎秉。而固司马苏安欲全功归固，即驰谓安得曰："汉贵将独有奉车都尉，天子姊婿，爵为通侯，当先降之。"安得乃还，更令其诸将迎秉。秉大怒，被甲上马，麾其精骑，径造固壁，言曰："车师王降，讫今不至，请往枭其首。"固大惊曰："且止！将败事。"秉厉声曰："受降如受敌。"遂驰赴之。安得惶恐。走出门，脱帽趋抱马足降。秉以诣固。其前王亦归命，遂定车师。固奏复置西域都护及戊己校尉，以陈睦为都护，耿恭为戊校尉，屯后王都金蒲城，关宠为己校尉，屯前王部柳中城。屯各置数百人。

十八年，诏窦固等罢兵还京师。固等去，北单于遂遣左鹿蠡王率二万骑击车师。耿恭遣司马将兵三百人救之，尽为所没。匈奴遂破杀车师后王安得，而攻金蒲城。恭乘城搏战，以毒药缚矢。传语匈奴曰："汉家箭神，其中创必有异。"因发强弩射之；虏中矢者，视创皆沸，遂大惊。会天暴风雨，随雨击之，杀伤甚众。匈奴震怖相谓曰："汉兵神，真可畏也。"

遂解去。恭以疏勒城傍有涧水可固，五月，乃引兵据之。恭字伯宗，亦况孙，国弟广之子也。少孤，慷慨多大略，有将帅才。刘张请恭为司马，车师定，乃以为戊校尉。恭既据城，七月，匈奴复来攻。恭募先登数千人直驰之，胡骑散走。匈奴遂于城下拥绝涧水。恭于城中穿井十五丈，亦不得水。吏士渴乏，笮马粪汁而饮之。恭仰叹曰："闻昔贰师将军拔佩刀刺山，飞泉涌出。今汉德神明，岂有穷哉！"乃整衣服，向井再拜，为吏士祷。有顷，水泉奔出，众皆称万岁。乃令士且勿饮，先和泥涂城，扬水示之。虏以为神明，遂引去。

时焉耆、龟兹攻殁都护陈睦，北匈奴亦围关宠于柳中。会显宗驾崩，救兵不至，车师复叛，与匈奴共攻耿恭，未知耿恭生死如何，下回再为分解。

第三十一回　肃宗爱色容权戚

永平十八年秋八月壬子，帝崩于东宫前殿。年四十八，遗诏无起寝庙，藏主于皇后更衣别室。帝初作寿陵，制令流水而已，无得起坟。万年之后，埽地而祭，杅水脯糒而已，过百日，唯四时设奠，置吏卒数人，供给洒埽，勿开修道。敢有所兴作者，以擅议宗庙法从事。帝遵奉建武制度，无敢违者。后宫之家，不得封侯与政。馆陶公主为子求郎，不许，而赐钱千万。谓群臣曰："郎官上应列宿，出宰百里，苟非其人，则民受其殃，是以难之。"故吏称其官，民安其业，远近肃服，户口兹殖焉。

肃宗孝章皇帝讳炟，显宗第五子也。少宽容，好儒术。即位年十九。尊马后曰皇太后。十月，大赦天下，赐民爵与粟如先代。以节乡侯赵熹为大傅，司空牟融为太尉。融经行纯备，举动方重，显宗每延谋政事，以经明才高，善议论，朝廷皆服其能云。擢第五伦为司空。伦字伯鱼，少有义行。王莽末，盗贼起，伦依险筑营以保宗族，贼至，辄奋厉其众，引强持满以拒之。铜马、赤眉之属前后攻杀，皆不能下。后京兆尹阎兴召为主簿。时盖延代鲜干褒为冯翊，多非法。伦数切谏，延恨之，故滞不得举。伦每读诏书，常叹息曰："此圣主也，一见决矣。"等辈笑之曰："尔说州将尚不下，安能动万乘乎？"伦曰："未遇知己，道不同故耳。"建武二十六年，举孝廉，补淮阳国医工长，从王朝京师，随官属得会见。帝问以政事，伦因此酬对政道，帝大悦。明日，复特召入，与语至夕。诏以为扶夷长，未到官，追拜会稽太守，会稽俗好淫祀，其巫觋多依托鬼神，诈怖愚民，百姓财产以之困乏。伦到官，移书属县，晓告百姓，执愚者，皆案论之。民初颇恐惧，或咒诅妄言，伦案之愈急，后遂断绝，百姓以安。永平五年，坐法徵，老少攀车啼呼相随，日裁行数里，不得前。伦乃伪止亭舍，阴乘船去。众知，复追诣京师，守阙上书者千余人。后免归田里，身自耕种。数岁，拜为宕渠令，迁蜀郡太守。伦所举吏，多至九卿、二千石，时以为知人云。

且说是时北匈奴正围关宠于柳中城。会闻中国有大丧，救兵不出，车师亦叛，与匈奴共攻取耿恭。恭率厉士众御之，数月，食尽穷困，乃煮铠弩，食其筋革。恭与士卒推诚同死生，故皆无二心，而稍稍死亡，余数十人。单于知恭困，欲必降之，遣使招恭曰："若降者，当封为白屋王，妻以女子。"恭诱其使上城，手击杀之，炙诸城上。单于大怒，更益兵围恭，不能下。

关宠上书求救，诏公卿会议。第五伦以为不宜救。司徒鲍昱曰："今使人于危难之地，急而弃之，外则纵蛮夷之暴，内则伤死难之臣。诚令权时后无边事可也，匈奴如复犯塞为寇，陛下将何以使将？又二部兵人裁各数十，匈奴围之，历旬不下，是其寡弱力尽之效也。可令敦煌、酒泉太守各将精骑二千，多其幡帜，倍道兼行，以赴其急。匈奴疲极之兵，必不敢当。四十日间，足还入塞。"帝然之。乃遣征西将军耿秉屯酒泉，行太守事，遣酒泉太守秦彭与谒者王蒙、皇甫援发张掖、酒泉、敦煌三郡及鄯善兵合六千余人，以救之。时十一月也。

明年为建初元年，正月，秦彭等兵会柳中城，击车师，攻交河城，斩首三千八百级。北匈奴惊走，车师复降。会关宠已殁，王蒙等闻之，便欲引兵还。耿恭军吏范羌时在军中，固请迎恭。诸将不敢前，乃分兵二千人与羌，从山北迎恭，遇大雪丈余，军仅能至。城中夜闻兵马声，以为虏来，大惊。羌遥呼曰："吾范羌也，汉遣军迎校尉耳。"城中皆称万岁，开门，共相持涕位。明日，遂相随俱归。虏兵追之，且战且行。吏士久饥困，发疏勒时，尚有二十六人，随路死没，三月至玉门关，唯余十三人。衣履穿决，形容枯槁。中郎将郑众为恭已下洗沐，易衣冠。上疏曰："耿恭以单兵固守孤城，当匈奴之冲，对数万之众，连月逾年，心力困尽，凿山为井，煮弩为粮，出于万死无一生之望。前后杀伤丑虏数百千计，卒全忠勇，不为大汉耻。恭之节义，古今未有，宜蒙显爵，以厉将帅。"及恭至洛阳，鲍昱奏恭节过苏武，宜蒙爵赏。于是拜为骑都尉，以恭司马石修为洛阳市丞，张封为雍营司马，军吏范羌为共丞，余九人皆补羽林。

后恭复将兵讨西羌，恭与羌接战，斩获无算，勒姐、烧何羌等十三种数万人，皆诣恭降。初，恭出陇西时，上言故安丰侯窦融，昔在西州，甚得羌胡腹心。今大鸿胪固，即其子孙，前击白山，攻冠三军，宜奉大使，镇抚凉部。令车骑将军马防屯军汉阳，以为威重。由是大忤于防。谒者李谭遂承防旨，奏恭不忧军事，被诏怨望。坐徵下狱，免官归本部，卒于家防，明德太后兄也，虽性奢纵，有忿于恭，构之未必遂出其本意，大抵贵显之门，承颜趋旨者作威福，为害一时，遗讥后世，可胜道哉！防兄廖亦倾身结交，冠盖之士争赴趣之。于是第五伦上疏，其略曰：

《书》曰："臣无作威作福，其害于而家，凶于而国。"近世光烈皇后，虽友爱天至，而抑损阴氏，不假以权势。其后书记请托，一皆断绝。窃闻卫尉廖以布三十匹，城门校尉防以钱三百万，私赡三辅衣冠，知与不知，莫不毕给。越骑校尉光，腊用羊三百头，米四百斛，肉五千斤。臣愚以为不应经义。惶恐不敢不以闻，陛下情欲厚之，亦宜所以安之。

后帝欲封爵诸舅，太后不听。会大旱，言事者以为下封外戚之故。有司奏宜依旧典。太后诏曰：

凡言事者，皆欲媚朕以要福耳。昔王氏五侯同日俱封，黄雾四塞，不闻澍雨之应。夫外戚贵盛，鲜不倾覆。故先帝防慎舅氏，不令在枢机之位。诸子之封，裁令半楚、淮阳诸国，常谓吾子不当与先帝子等。今有司奈何欲以马氏比阴氏乎？且阴卫尉天下称之，省中御者至门，出不及履，此蘧伯玉之敬也。新阳侯虽刚强微失理，然有方略，据地谈论，一朝无双。原鹿贞侯勇猛诚信。此三人者，天下选臣，岂可及哉。马氏不及阴氏远矣。吾不才，夙夜累息，常恐亏先后之法，有毛发之罪吾不释，言之下舍书昼夜，而亲属犯之不止，治丧起坟，又不时觉，是吾言之不立，而耳国之塞也。吾为天下母，而身服大练，食不求甘，左右但著帛布，无香薰之饰者，欲身率下也。以为外亲见之，当伤心自敕，但笑言太后素好俭。前过濯龙门上，见外家问起居者，车如流水，马如游龙，苍头衣绿褠，领袖正白，顾视御者，不及远矣。故不加谴怒，但绝岁用而已，冀以默愧其心，犹懈怠无忧国忘家之虑。知臣莫若君，况亲属乎？吾岂可上负先帝之旨，下亏先人之德，重袭西京败亡之祸哉。

固不许。帝省诏悲叹，重复请曰：

汉兴，舅氏之封侯，犹皇子之为王也。太后诚存谦虚，奈何令臣独不加恩三舅乎？且卫尉年尊，两校尉有大病，如令不讳，使臣长抱刻骨之恨，宜及吉时，不可稽留。

太后报曰：

吾反复念之，思令两善，岂徒欲获谦让之名，而使帝受不外施之嫌哉！高祖约，无军功不侯。今马氏无功，岂得与阴、郭中兴之后等耶？常观富贵之家，禄位重叠，犹再实之木，其根必伤。且人所以愿封侯者，欲上奉祭祀，下求温饱耳。今祭祀则受太官之赐，衣食则蒙御府余资，斯岂不书足，而必当得一县乎？吾计之谁矣，勿有疑也。夫至孝之行，安亲为上。今数遭变异，谷价数倍，忧惶昼夜，不安坐卧，而欲先营外家之封，违慈母之拳拳乎。吾素刚急，有胸中气，不可不顺也。子之未冠，由于父母，已冠成人，则行子之志。念帝人君也，吾以未逾三年之故，自吾家族，故得专之。若阴阳调和，边境清静，然后行子之志，吾但当含饴弄孙，不能复关政矣。

上乃止。太后尝诏三辅，诸马婚亲有属托郡县，干乱吏治者，以法闻。其外亲有谦素义行者，辄假借温言，赏以财位。如有纤介，则先见严恪之色，然后加谴。于是内外从化，被服如一，诸家惶恐，倍于永平时。

至四年夏，有司连据旧典，请封诸舅。帝以天下丰稔，方垂无事，四月癸卯，遂封廖为顺阳侯，防为颍阳侯，光为许侯。太后闻之曰："吾少壮时，但慕竹帛，志不顾命。今虽已老，犹戒之在得。故日夜惕厉，思自降损，冀乘此道，不负先帝。所以化导兄弟，共同斯志，欲令瞑目之日，无所复恨，何意老志不从哉！万年之日长恨矣。"廖等并辞让，愿就关内侯，帝不许。廖等不得已受封爵，而退位归第焉。

是年六月，太后崩。帝既为太后所养，专以马氏为外家，故贾贵人不登极位，亲族无受宠荣者。及太后崩，方策书加贵人王赤绶，安车一驷，宫婢二百，御府杂帛二万匹，黄金千斤，钱二千万。

肃宗初即位，岁大旱，谷贵。问群臣何以消复旱灾。校书郎杨终奏以为，广陵、楚、淮阳、济南之狱，徙者万数，又远屯绝域，吏民怨旷，足以动天地。上问司徒鲍昱，昱对曰："陛下始践天位，虽有失得，未能致异。臣前为汝南太守，典治楚事，系者千余人，恐未能尽当其罪。夫大狱一起，冤者过半。又诣徙者骨肉离分，孤魂不祀。宜一切还诸徙家，蠲除禁锢，使死生获所，则和气可致。"第五伦亦议宜罢边屯。帝悉纳其言。元年三月，诏徵还班超。二年三月，罢伊吾卢屯兵。诏还坐楚、淮阳事徙者四百余家。

匈奴复遣兵，守伊吾卢地。班超被征，将发还，疏勒举城忧恐。其都尉黎弇曰："汉使弃吾，吾必复为龟兹所灭耳。诚不忍见汉使去。"因以刀自刭。超还至于窴，王侯以下，皆号位曰："依汉使如父母，诚不可去。"互抱超马脚，不得行。超亦欲遂其本志，乃更还疏勒。疏勒两城已降龟兹，而兴与尉头连兵。超捕斩反者，击破尉头，杀六百余人，疏勒复安。

建初三年三月，立贵人窦氏为皇后。四年，立皇子庆为皇太子。初，明德马后闻平陵宋扬二女皆有才色，扬以恭孝称于乡间，扬姑即后之外祖母也，乃迎而训之。永平末，选入太子宫，甚有宠。肃宗即位，并为贵人。后，窦勋女也。勋尚东海王彊女沘阳公主。勋父穆，尚内黄公主。勋父子皆坐交通轻薄，属托郡县，下狱死。建初二年，后与女弟俱以选入宫。肃宗先闻后美，及见，雅爱之，因入掖庭，后性敏给，倾心承接，称誉日闻。明年，遂立为皇后。梁贵人者，梁竦之女也，亦以二年选入。宋贵人生皇太子庆，梁贵人生和帝。后既无子，并嫉忌之，数间于帝，渐致疏嫌。因诬宋贵人挟邪媚道，遂出贵人姊妹于暴室，饮药死，废庆为清河王。立梁贵人子肇为皇太子，后养为己子。欲专名外家，而忌梁氏，遂谮杀梁贵人，父梁竦先坐兄松事徒九真，后赦还，至是乃陷以恶，逆死狱中，家属复徙九真，嫂舞阴公主亦坐徙新城。宫省事密，莫有知和帝梁氏生者。

后宠日隆，兄宪为侍中、虎贲中郎将，弟笃为黄门侍郎，并侍宫省，赏赐累积，而喜交通宾客。司空第五伦奏曰："窦宪椒房之亲，典司禁兵，出入省闼，而好士交结。诸出人贵戚者，类多瑕衅禁锢之人，尤少守约安贫之节。士大夫无志之徒，更相贩卖，云集其门，盖骄佚所从生也。臣愿陛下、中宫严敕宪等，闭门自守，无妄交通士大夫，防其未萌，永保福禄。"宪恃宫掖声势，自王、主及阴、马诸家，莫不畏惮。宪以贱值请夺沁水公主园田，主逼畏不敢计。后帝出过园，指以问宪，宪阴喝不得对。后发觉，帝大怒，召宪切责曰："深思前过夺主田园时，何用愈赵高指鹿为马！久念使人惊怖，今贵主尚见枉夺，何况小民哉！国家弃宪，如孤雏、腐鼠耳。"宪大惧。皇后为毁服深谢，良久乃得解，使以田还主。虽不绳其罪，然亦不授以重任。

下邳周纡好韩非之术，性仇猾吏，志除豪贼，专任刑法，而善为辞案。拜洛阳令，下车先问大姓、主名。吏数闾里豪强以对，纡厉声曰："本问贵戚若马、窦等辈，岂能知此卖菜庸乎？"于是部吏承望风旨，争以激切为事，贵戚跼蹐，京师肃清。

肃宗初政承永平故事，治尚严切。尚书陈宠谏曰："为政犹张琴瑟，大弦急者小弦绝。陛下宜全广至德，以奉天心。"帝敬纳宠言，每事务于宽厚。第五伦亦以秦酷虐亡国，莽苛法自灭。后遂诏有司绝钻鑽诸惨酷之科，解妖恶之禁，除文致之请谳五十余事，定著于令。是后人俗和平，屡有嘉瑞。宠，王莽时挂冠去，祭用反家祖腊之，陈咸之曾孙也。世习法律，皆务宽详。

时诏议贡举大鸿胪韦彪上议曰："国以简贤为务，贤以孝行为首，是求忠臣必于孝子之门。夫忠孝之人，持心近厚，锻炼之夫，持心近薄。士宜以才行为先，不可纯任阀阅。然其要归在于选二千石，二千石贤，则贡举皆得其人矣。”帝常戒俗吏矫怖，诏曰：“夫俗吏矫饰，外貌似是而非，朕甚厌之。安静之吏，悃愊无华，日计不足，月计有余。如襄城令刘方，事吏民同声谓之不烦，虽未有他异，斯亦殆近之矣。间敕二千石，各尚宽明。夫以苛为察，以刻为明，以轻为德，以重为威，四者或兴，则下有怨心。其勉思旧令，称朕意焉。”帝尝诏诸儒会白虎观，讲议五经同异。又赐诸怀妊者胎养谷，人千斛，复其夫算一岁，著以为令。诏告卢江太守、东平相，赐郑均、毛义谷各十斛，常以八月长吏存问，赐羊酒，以显异行。郑均，字仲虞，少好黄老书。兄为县吏，颇受礼遗。均数谏止，不听，即脱身为傭，岁余得钱帛，归以与兄曰：“物尽可复得，为吏坐臧，终身捐弃。”兄感其言，遂为廉洁。均好义笃实，养寡嫂孤儿，恩礼敦至，常称疾家廷，不应州郡辟召。建初六年，公车特征，再迁尚书，数纳忠言，帝敬重之。后以病乞骸骨，拜议郎告归。元和二年，帝东巡，过任城，乃幸均舍，敕赐尚书禄以终其身。时人号为“白衣尚书”。毛义，卢江人，前为安邑令。初，张奉慕义名，往谒，适檄召义为令，义捧檄而入，喜动颜色，奉心贱之。后义母死，徵辟皆不至。奉乃叹曰：“贤者固不可测，往者之喜，乃为亲屈也。”

章帝在位十三年，章和二年正月崩，年三十三。孝和皇帝讳肇，即位，年十岁。窦太后临朝，窦宪兄弟皆在亲要之地。宪以前太尉邓彪仁厚委随，故尊崇之以为太傅，令百官总己以听。其所施为，辄外令彪奏，内白太后，事无不从。又校尉桓郁性和退自守，荐令授经禁中。所以内外协附，莫生疑异。

宪性暴横，睚眦之怨，莫不报复。故谒者韩纡，考劾宪父勋狱。宪令客斩纡子，以首祭勋冢。齐都乡侯畅吊国忧，太后数召见之。宪惧畅分宫省之权，遣客刺杀之，而归罪于畅弟利侯刚，使侍御史杂考刚。未知如何，下回分解。

第三十二回　桓帝诛贤宠宦官

却说和帝十岁即位，太后临朝，而窦氏悉居亲要之地，汉势动摇矣。幸有几位忠鲠大臣，名望所归，却推荡不动。袁安、任隗、韩棱、何敞等，皆严重有威，不为势挠者。都乡侯被刺死，有司畏宪威，委疑于畅弟刚所使，诏遣侍御史往齐案其事。尚书韩棱曰："贼在京师，不宜舍近问远，恐为奸臣所笑。"太后怒，以切责棱，棱固执其议。何敞乃说太尉宋由曰："畅宗室肺腑，茅土藩臣，致此残酷。奉宪之吏，莫适讨捕，主名不立。敞备数股肱，职典贼曹，欲亲至发所，以纠其变。而二府以为故事三公不与盗贼，公纵奸慝。敞请独奏案之。"由乃许焉。二府闻敞行，皆遣王曹随之。于是推举，具得其实。太后怒，闭宪于内宫。宪惧，乃白太后，求击匈奴以赎死。太后许之。

先是章帝末年，北匈奴衰耗，党众离叛。南部攻其前，丁零寇其后，鲜卑击其左，西域侵其右，不复自立，乃远引而去。章和元年，北匈奴五十八部，口三十八万，诣云中、五原、朔方、北地降。二年，南单于上言，宜及北虏分争，出兵讨伐，破北成南，并为一国，令汉家长无北念。太后以示耿秉，秉上言以为时遭天授，国家之利，宜可听许。尚书宋意上书曰：

夫戎夷自汉兴以来，征伐数矣，其所克获，曾不补害。光武皇帝因其来降，羁縻畜养，边民得生，劳役休息，于兹四十年矣。今鲜卑奉顺，斩获万数，中国坐享大功。所以然者，夷虏相攻，无损汉兵也。臣察鲜卑侵伐匈奴，正是利其抄掠。及归功圣朝，实由贪得重赏。今若听南虏还都北庭，则不得不禁制鲜卑。鲜卑外失暴掠之愿，内无功劳之赏，必为边患。今北虏西遁，请求和亲，宜因其归附，以为外扞。巍巍之业，无以过此。若引兵费赋，以顺南虏，则坐失上略，去安即危矣，诚不可许。

太后竟以宪为车骑将军，伐北匈奴，耿秉为副，发缘边十二郡骑士及羌胡兵出塞。

和帝永元元年春，窦宪将征匈奴。三公九卿诣朝堂上书谏，以为匈奴不犯边塞，而无故劳师远涉，损费国用，邀功万里，非社稷之计。书连上辄寝，宋由惧，遂不敢复署议，而诸卿稍自引止。唯袁安、任隗守正不移，免冠固争，书且十上，众皆为之危惧，安、隗正色自若。侍御史鲁恭上疏曰：

国家新遭大忧，陛下方在谅阴，今乃以盛春之月，兴发军役，扰动天下，以事戎夷，诚非所以垂恩中国，改元正时，由内及外也。夫戎狄者，四方之异气也。是以圣王之制，羁縻不绝而已。今匈奴为鲜卑所破，远藏于史侯河西，去塞数千里，而欲乘其虚耗，利其微弱，是非义之所出也。今始征发，大司农调度不足，上下相迫，民间之急，亦已甚矣。群僚百姓，咸曰不可。陛下独奈何以一人之计，弃万人之命，不恤其言乎！上观天心，下察人志，足以知事之得失。臣恐中国不为中国，岂徒匈奴而已哉。

尚书令韩棱，骑都尉朱晖，议郎乐恢，皆上疏谏。太后不听。

六月，窦宪、耿秉出朔方鸡鹿塞，南单于出满夷谷，度辽将军邓鸿出稒阳塞，皆会涿邪山。宪分遣阎盘、耿夔将南匈奴精骑万余，与北单于战于稽落山，大破之，单于遁走，追至私渠北鞮海，斩名王以下万三千级，诸裨小王率众降者，前后八十一部，二十余万人。宪、秉出塞三千余里，登燕然山，命中护军班固刻石勒功，纪汉威德而还。单于遣弟奉贡入侍，南单于复袭击之，北单于被创，仅而得免。宪以北匈奴微弱，欲遂灭之。三年二月，复遣耿夔、任尚出塞，大破之，单于逃走，不知所在，出塞五千里而还。自汉出师，所未尝至也。

北单于既亡，其弟于除鞬自立为单于，遣使款塞。宪请遣使立于除鞬为单于，置护如南单于故事。事下公卿议，宋由等以为可许。袁安、任隗奏以为光武诏怀南虏，非谓可永安内地，正以权时之算。可得扦御北狄故也。今朔漠既定，宜令南单于反其北庭，并领降众，无缘复更立，以增国费。安与宪更相难折，宪负势诋安，安终不移，然上竟从宪策。自此南北互叛，边戎靡宁矣。

且说窦宪既平匈奴，威名大盛，以耿夔、任尚等为爪牙，邓叠、郭璜为心腹，班固、傅毅之徒，皆置幕府，以典文章，刺史守令，多出其门。而郅寿、乐恢并以忤意，相继自杀。由是朝臣震慑，望风承旨。而窦氏父子兄弟，并为卿校，充满朝廷。宪弟景尤骄纵，奴客缇骑，依倚形势，侵陵小人，强夺财货，篡取罪人，妻掠妇女，商贾闭塞，如避寇仇。有司莫敢举奏。

初，卢江周荣，辟袁安府，安举奏窦景及争立北单于事，皆荣所具草。窦氏容恶之，胁荣曰："子为袁公腹心之谋，排奏窦氏，窦氏悍士、刺客满城中，谨备之矣。"荣曰："荣江淮孤生，得备宰士，纵为窦氏所害，诚所甘心。"因敕妻子，若猝遇飞祸，无得殡敛，冀以区区腐身，觉悟朝廷。

时穰侯邓叠，叠弟磊及母元，宪女婿郭举，举父璜，共相交结。元、举并出入禁中，举得幸太后，遂共图为杀害。帝知其谋，是时宪兄弟专权，帝与内外臣僚，莫由亲接，所与居者，阉宦而已。中常侍郑众，谨敏有心机，不事豪党，遂与众定议诛宪，以宪在外，虑其为乱，忍而未发。会宪与邓叠皆还京师，时清河王庆常入省宿止，令庆取《外戚传》，并索求故事。帝遂幸北宫，诏执金吾、五校尉勒兵屯卫南北宫，闭城门，收捕郭璜、郭举、邓叠、邓磊皆下狱死。遣谒者仆射收宪大将军印绶，更封为冠军侯，与笃、景、瓌皆就国。帝以太后故，不欲名诛宪，为选严能相督察之，宪、笃、景到国，皆迫令自杀。宗族宾客，以宪为官者，皆免归。瓌少好经书，节约自修，不被迫，明年徙封罗侯，不得臣吏人。后被梁氏兄弟迫之，亦自杀。

初，班固奴尝醉骂洛阳令种兢，兢因逮考窦氏宾客，收捕固，死狱中。固尝著《汉书》，尚未就，诏固女弟曹寿妻昭踵成之。初，窦宪纳妻，天下郡国皆有礼庆。汉中郡亦遣吏行，户曹李郃谏曰："窦将军椒房之亲，不修德礼而专权骄恣，危亡之祸，可翘足而待。愿明府一心王室，勿与交通。"太守固遣之，郃不能止，乃请求自行许之。郃遂所在迟留，以观其变，行至扶风，而宪败。凡交通者，皆坐免官，汉中太守独不与焉。郃南郑人，有隐德，通五经，善河洛风星，外质朴，人莫之识。子固为汉重臣，与林虑杜乔皆忠正不挠，世称李杜。夫权贵纵恣，为祸最烈，故列序数事，为后世龟鉴云。

永元九年，窦太后崩。上本梁贵人出，不得其死，太后崩，始有言之者，三公奏请贬太后尊号，不宜合葬先帝。上手诏勿议，但尊母梁贵人为皇太后，封梁竦三子棠、雍、翟皆为侯，而梁氏日盛矣。

时班超大破焉耆、尉犁，斩其王，传首京师，先是章帝初，诏徵还班超，而疏勒、于窴王侯以下，号泣不舍，遂复还疏勒。至永元五年，超欲遂平西域，上疏请兵。帝知其功可成，议欲给兵，而平陵徐幹上疏，奋身佐超，帝遂以幹为假司马，将千人就超，击诸叛者，大破之。

八年冬，帝拜超为将兵长史，以徐幹为军司马，别遣卫侯李邑，护送乌孙使者。先超以乌孙兵强，宜因其力，上言遣使招尉，上纳其谋。邑送使者至于窴，适值龟兹攻疏勒，恐惧不敢前，因上书陈西域之功不可成，又盛毁超，拥爱妻，抱爱子，安乐外国，无内顾心，超闻之叹曰："身非曾参，而有三至之谗，恐见疑于当时矣。"遂去其妻。帝知超忠，乃切责邑曰："纵超拥爱妻，抱爱子，思归之士千余人，何能尽与超同心乎。"令邑旨超受节度。超即遣邑将乌孙侍子还京师。徐幹曰："邑前亲毁君，欲败西域。今何不缘诏书留之，更遣他吏送侍子乎？"超曰："是何言之陋也，以邑毁超，故今遣之，内省不疚，何恤人言？快意留之，非忠臣也。"

超发于窴诸国兵二万五千人，攻莎车，而龟兹王遣左将军发温宿、姑墨、尉头合五万人救之。超召将校及于窴王议曰："今兵少不敌，其计莫若各散去。于窴从是而东，长史亦于此西归。可须夜鼓声而发，阴缓所得生口。"龟兹王闻之大喜，自以万骑于西界遮超，温宿王将八千骑于东界徼于窴。超知二虏已出，密召诸部勒兵，鸡鸣驰赴莎车营，胡大惊乱奔走，追斩五千余级。莎车遂降，龟兹等因各退散。

初，月氏尝助汉击车师有功，是岁贡奉珍宝，符拔，师子，因求尚公主。超拒还其使，由是怨恨，遣其副王谢将兵七万攻超。超众少，皆大恐。超譬军士曰："月氏兵虽多，然数千里逾葱岭来，非有运输，何足忧也。但当收谷坚守，彼饥穷自降。不过数十日，决矣。"谢遂前攻超，不下，又抄掠无所得。超度其粮将尽，必从龟兹求食，乃遣兵数百，于东界要之。谢果遣骑赍金银珠玉，以赂龟兹。超伏兵遮击，尽杀之，持其使首以示谢。谢大惊，愿得生归，超纵遣之。月氏由是大震，岁奉贡献。而龟兹、姑墨、温宿，诸国皆降。于是以班超为西域都护，徐幹为长史。

超遂发龟兹诸国兵讨焉耆，到其城下，诱焉耆王广、尉犁王汎等于陈睦故城，斩之，传首京师。于是西域五十余国，悉纳内属，至于海滨四万里外，皆重译贡献。超遣掾甘英使大秦、条支，穷西海，皆前世所不至，莫不备其风土，传其珍怪焉。明年，下诏封超为定远侯。

超久在绝域，年老思土，上书乞归曰："臣不敢望到酒泉郡，但愿生入玉门关。谨遣子勇，随安息献物入塞。及臣生在，令勇目见中土。”书上未报，超妹曹大家复上书请，辞意尤为宛至。帝感其言，乃徵超还。永元十四年八月，至洛阳，拜为射声校尉。其九月，病卒，年七十一。朝廷愍惜，使者吊祭，赠赗甚厚。

初超被征，以任尚代之。尚与超交代，谓超曰：“君侯在外国三十余年，而小人猥承君后，任重虑浅，宜有以诲之。”超曰：“年老失智，任君数当大位，岂班超所能及哉。必不得已，愿进愚言。塞外吏士，本非孝子顺孙，皆以罪过徙补边屯。而蛮夷怀鸟兽之心，难养易败。今君性严急，水清无大鱼，察政不得下和，宜佚荡简易，宽小过，总大纲而已。”超去后，尚私谓所亲曰：“吾以班君当有奇策，今听言平平耳。”尚屯数年而西域反乱，以罪被征，如超所言。后遂罢西域都护，迎还屯兵。

安帝时，北匈奴复以兵威役属之，与共为边寇。长史索班将兵往屯伊吾，全军覆殁。公卿议弃西域，闭玉门关。邓太后闻军司马班勇有父风，召问之，勇曰：“昔武帝患匈奴强盛，于是开通西域，以夺匈奴府藏，断其右臂。光武未遑外事，故匈奴复强，至敦煌河西诸郡，城门昼闭。及孝明命将西征，而匈奴远遁，边境得安。宜复敦煌营兵，置护西域校尉，如永元故事。又宜遣长史将兵屯楼兰，西当焉耆、龟兹径路，南强鄯善于寘心瞻，北捍匈奴东近敦煌。”朝臣与勇反复辩难，乃从勇议。但复营兵，未能出屯。

其后匈奴果数与车师共入寇抄，河西大被其害。敦煌太守张珰上书陈三策，朝廷下其议，陈忠曰：“今北虏已破车师，势必南攻鄯善，弃而不救，则诸国从矣。若然，则虏财贿益增，胆势益殖，威临南羌，与之交通。如此，河湎四郡危矣。河西既危，不可不救，则百倍之役兴，不訾之费发矣，非良计也。”帝然之，于是以班勇为西域长史，将兵五百人出屯柳中。勇至楼兰开以恩信，鄯善、龟兹、姑墨、温宿皆归附。因发其兵到车师前王庭，击走匈奴，复击后部王军就，大破之，生擒军就及匈奴使者，将至索班殁处，斩之，传首京师。至顺帝时，诸国悉平，大击匈奴，呼衍王遂远徙，自后西域无复虏迹。这俱是后话，冗长不必细表。

且说和帝自窦宪诛后，躬亲万机，每有灾异，辄延问公卿，极言得失。立邓贵人为皇后。恭肃小心，动有法度。帝在位十六年崩，年二十六。长子平原王有疾，少子隆即位，时诞育百余日，皇太后临朝。后以鬼神难徵，淫祀无福，乃诏有司罢诸祠官不合典礼者。又诏赦除建武以来诸犯妖恶，及马、窦家属被禁锢者，皆复之为平人。减省费用，免遣诸园羸老宫人五六百人。

殇帝立二年，崩。太后定策，立安帝，犹临朝政。帝讳祜，清河王庆子也。庆自被废，小心恭孝，畏事慎法，和帝特亲爱之。以母宋贵人葬礼有阙，每切感恨。及窦太后崩，乃求上冢致哀。上许之，诏太官四时给祭具。庆垂涕曰：“生虽不获供养，终得奉祭祀，私愿足矣。”欲求作祠堂，恐有同梁后之嫌，遂不敢言。和帝崩，庆号泣前殿，呕血数升，顺以发病。安帝立，阅数月遂薨。

和熹皇后，高密侯禹第六子训之女也。训宽中容众，而严于家范。尝奏罢通漕役，岁省费亿万计，全活徒士数千人。数任边塞，训死，乌桓家家力立祠，每有疾病，辄此请祷求福。五子皆谦退，遵祖父禹教训，皆守法度，深戒窦氏，检敕宗族，后兄骘尝推进天下贤士何熙、祋讽、羊浸、李郃、陶敦等列于朝廷，辟杨震、朱宠、陈禅，置之幕府。骘子凤，亦尝荐马融，以为宜在台阁。其忠贤可知。

安帝少号聪敏，及长，多不德。而太后久不归政，帝乳母王圣，小黄门李闰，常谮太后兄悝等，言欲废帝立平原王。帝每忿惧。及太后崩，令有司奏悝等大逆无道，诸邓皆废为庶人，骘以不与谋，但免特进，遣就国，悉籍没其财产。诸邓归郡县，逼迫皆自杀，骘与子凤并不食死。惟骘弟宏之子广德甫德，以母阎后戚属，得留京师。时大司农朱宠，痛骘无罪遇祸，乃肉袒舆榇，上疏曰：

> "伏唯和熹皇后圣善之德，为汉父母，兄弟忠孝，同心忧国，功成身退，历世外戚无以为比。而横为宫人单辞所陷，罪无申证，狱不讯鞫，遂令骘等罹此酷滥，一门七人，并不以命，尸骸流离。逆天感人，率土丧气。"云云。

帝意颇悟，乃谴让州郡擅自逼迫，令还葬旧茔，遣使者祠以中牢。

后顺帝追感太后恩训，愍骘无辜，乃诏复骘宗亲朝见如故事。除骘兄弟子及门从十二人为郎中。擢朱宠为太尉，录尚书事。邓氏自中兴后，累世贵宠，共侯者二十九人，公二人，大将军以下十三人，中二千石十四人，列校二十二人，州牧、郡守四十八人，其余侍中、将、大夫、郎、谒者，不可胜数。初太傅邓禹叹曰："吾将百万之兵，未尝妄杀一人，后世必有兴者。"子孙复能恪守祖训，其久盛不亦宜乎！

阎后以才色见宠，安帝元初二年立为后。专房妒忌，帝幸宫人李氏，生皇子保，遂鸩杀李氏。邓太后崩，兄显及弟景、耀、晏并为卿校，典禁兵，与朝权。后遂与江京、樊丰等共谮皇太子保，废为为济阴王。明年春，后从帝幸章陵，帝道疾，崩于叶县。后、显兄弟及江京、樊丰等谋曰："今晏驾道次，济阴王在内，公卿立之，还为大害。"及伪言帝疾甚，徙御卧车，行四日还宫。明日，诈遣司徒诣郊庙告天请命，其夕乃发丧，尊后日皇太后，临朝。以阎显为车骑将军。太后欲久专国政，择立幼年，乃迎立章帝孙济北王子北乡侯懿即帝位。显等遂诛樊丰，废耿宝，乳母王圣等皆死徙。显等威福自由。

北乡侯立二百日，疾薨。阎显、江京等白太后，秘不发丧，而更徵立诸王子。未至，中黄门孙程等十九人合谋杀江京等，立济阴王，是为顺帝。显、景、晏及党与皆伏诛。迁太后于离宫，封十九人为侯。

帝立六年，立梁贵人为皇后，梁商女也。以商为大将军，商子冀为河南尹，少子不疑为奉车都尉。时小黄门曹节等用事于中，商遣二子与为交友。而宦官张逵等忌其宠，反谮陷商。帝不信，张逵等伏诛。及商死，以冀为大将军，不疑为河南尹。冀为人鸢肩豺目，纵暴自恣。帝遣杜乔、周举、周栩、张罔等八人分行州郡，表贤黜贪，张纲独埋其车轮不行曰："豺狼当道，安问狐狸？"遂劾奏冀、不疑以外戚专肆，宜加大辟。帝知纲直，而不能用。李固对策，请除阿母之封，损外戚之权，罢宦官之任。朝廷肃然，以固为议郎。

帝崩，太子炳即位，年二岁，曰冲帝。梁太后临朝，以李固为太尉。冲帝立一年，崩。徵清河王蒜，渤海王鸿之子缵至京师。蒜为人严重有法度，公卿皆归心焉。李固谓梁冀曰："今立帝，愿详察周、霍之立文、宣，戒邓、阎之利幼弱。"冀不从，与太后定策，禁中立缵，是为质帝。蒜罢归国。

时扬、徐剧贼，寇扰州郡，西羌、鲜卑及日南蛮夷，攻城暴掠。太后夙夜勤劳，乃委任李固等，拔忠良，斥贪恶，故海内获安。而梁冀深忌嫉之。奸佞既怨，又希冀旨，遂共作飞章陷固。太后不听。质帝时年八岁，少而聪慧，尝因朝会，目梁冀曰："此跋扈将军也。"冀闻深恶，遂鸩杀帝。及议立嗣，李固、杜乔皆议立蒜。冀乃忌蒜严明，乃迎立蠡吾侯志，是为桓帝。而诬杀李固、杜乔，并贬徙清河王蒜自杀。李杜既死，内外丧气，群臣侧足而立。冀益暴横。

冀妻孙寿色美而善为妖态，能制御冀，冀宠惮之。冀大起第舍，寿亦对街为宅，殚极土木，互相夸兢。又多拓林苑，禁同王家，西至宏农，东界荥阳，南极鲁阳，北达河淇，近含山薮，远带丘荒，周旋封域，殆将千里。又起别第于城西，以纳奸亡。或取良人，悉为奴婢，至数千人。冀爱监奴秦宫，得出入寿所，寿因以私焉。宫内外兼宠，威权大震。孙氏宗亲，为侍中、卿校、郡守者，亦十余人。皆贪叨凶淫，各遣私客籍属县富人，被以他罪，闭狱拷掠，使出钱自赎，赀物少者，至于死徙。

帝以冀有援立之功，崇以殊典，入朝不趋，剑履上殿，谒赞不名，机事大小，莫不咨决。朝臣忤意，辄如斩杀，威行内外，百僚侧目，莫敢违命。帝不堪之，遂与中常侍单超等谋，使尚书令尹勋待节勒丞郎以下，皆操兵守省阁。黄门令具援将左右都侯剑戟士与司棣校尉张彪共围冀第，使光禄勋袁盱持节收冀大将军印绶。

冀及妻寿即日皆自裁，悉收诸梁及孙氏中外宗亲送诏狱，无长少，皆弃市。其他所连，及公卿、列校、刺史、二千石，死者数十人，故吏宾客免黜者三百余人，朝廷为空。收冀财货，斥卖，合三十余万万，以充王府用，减天下税租之半，散其园囿，以业穷民。百姓莫下称庆。帝封毕超等五人为侯。又封小黄门刘普等八人为乡侯。

自是权归宦官。天下名士，号为党人。李膺下狱，陈蕃策免。迨灵帝即位，李膺传天子诏，窦武、陈蕃共秉朝政。时宦言曹节、王甫等弄权，武、蕃欲诛之，而节等反矫诏杀武、蕃，李膺自诣，皆死。宦官复奏钩于党人，死者百余人。

郭林宗私恸曰："《诗》云：'人之云亡，邦国殄瘁。'汉室灭矣，但未知瞻乌爰止于谁之屋耳。"想古好臧否人物，而下为危急激论，故能处浊世而怨祸不及焉。初，桓帝时陈蕃尝荐处士徐樨、姜肱、袁闳、韦著、李昙，上备礼徵之，皆不至。又称魏桓，其乡人劝之行，桓曰："后宫千数，其可去乎？厩马万匹，其可减乎？左右权豪，其可去乎？皆对曰："不可。"桓乃慨然叹曰："使桓生行死归，于诸子何有哉。"遂隐身不仕。

按安帝、顺帝在位皆十九年，桓帝二十二年，灵帝二十三年，献帝虽在位三十年，播迁之余，徒为曹操所挟以令诸侯耳，有《三国志》，在故灵帝以后，不复缕述。